U0128031

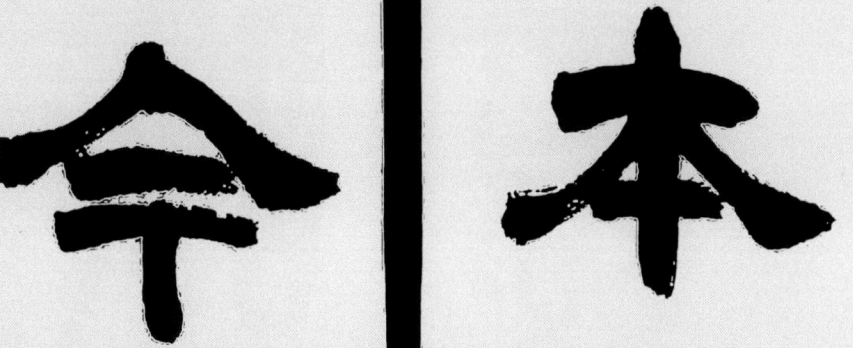

林老師瓊峯之墨寶「溯源立本　博古通今」。

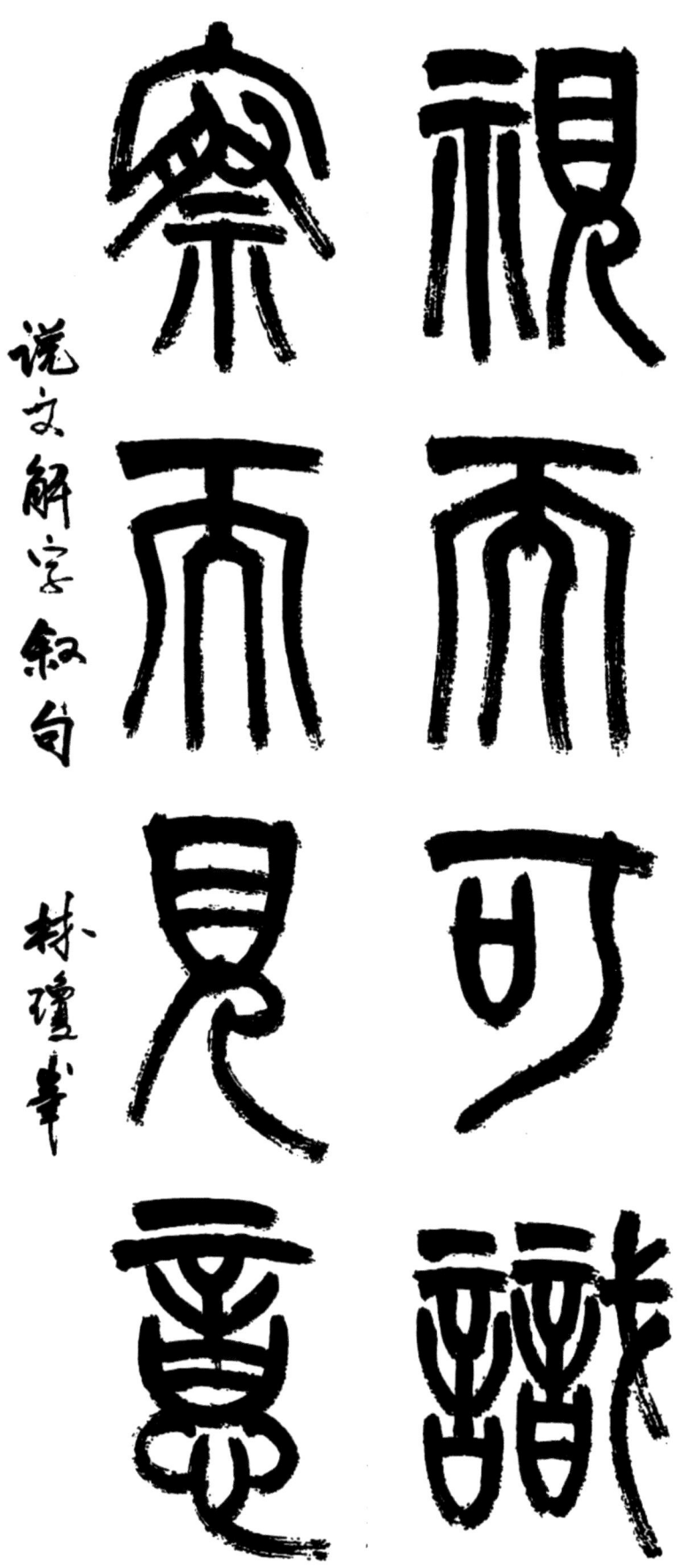

林老師瓊峯之墨寶「視而可識　察而見意」。

折檻堂為朱氏宗族之堂號，以為我朱氏子孫効法追遠之。

賢內助張秀英與作者於二〇一八年遊美國大峽谷，於火車上留影。
她熱愛書法，書脊上隸書「說文段注通檢」係出於她的手筆。

本家其超侄（泗陽桃源浪琴灣）在我撰著期間，隔海魚雁往返，鼓勵相伴，
不斷為我字斟句酌，糾錯補漏，功成不居，實乃筆者左膀右臂，吾宗折檻堂之寶，特此銘謝。

黃埔同學鄭國樑精於美編，為本書出謀劃策，且千里跋涉，並於二〇一九年與作者段翁墓前合影。

黃埔同學蕭鼎中，熱愛金石篆刻、篆書，封面篆書係出於他的手筆。

生平紀事

就讀黃埔軍校時期

一九七九年中正國防幹部預備學校（第一期畢業）。

陸軍軍官學校

一九八三年黃埔（鳳山）陸軍官校（正）五十二期通信電子科畢業。

篆學經歷

一九八七年初學篆刻於吳老師書杰先生座前，以上照片是老師堂外拓碑實作。
左上角左二吳老師書杰先生。

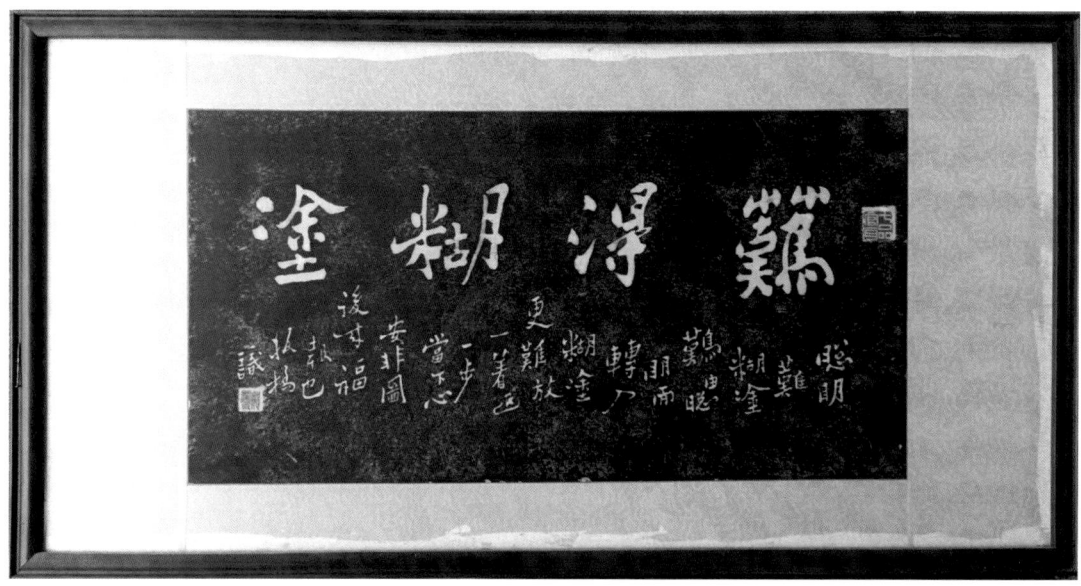

以上兩幅「靜軒」、「難得糊塗」碑石拓本，係吳老師書杰先生於一九八八年前完成，
作者珍藏至今。

二○一四年再學書法、篆刻於呂老師國祈先生座前。以上照片是作者以呂老師指導之法，
將吳老師於一九八八年摹刻之鄭板橋所書「靜軒」後拓印本，描稿於描圖紙上。

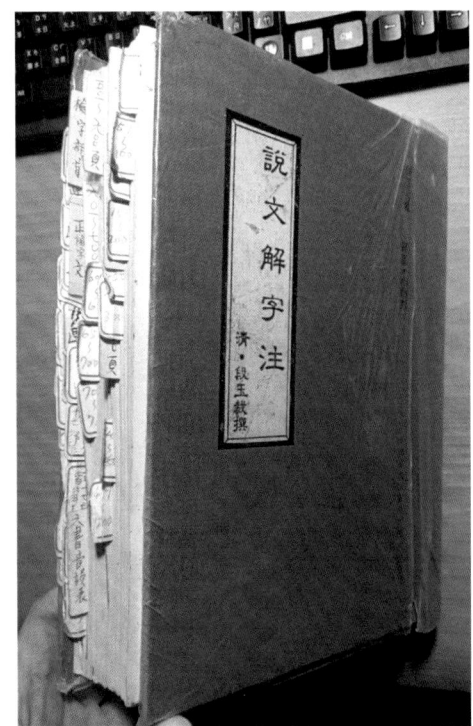

工欲善其事，必先利其器。為書本加添「頁籤」，是作者為書本開光的重要動作。

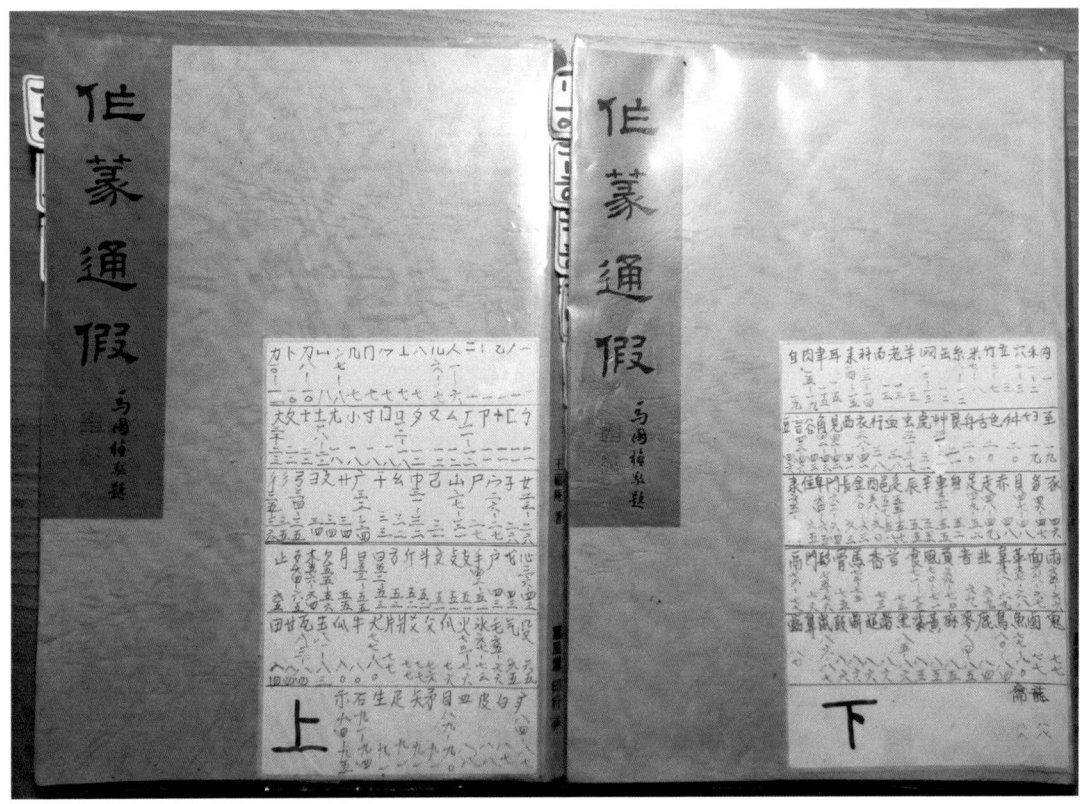

古書如果沒有索引，作者必自製之，如此才能事半功倍。

二〇一四年參加中華書學會所辦之第二十二屆暑期書法教學研討會，

本次研討會由淡江大學文錙藝術中心舉辦，跟講習教師、與會學員互動交流，收穫豐富。

拜師圓夢

訪金壇段玉裁紀念館

從結識段翁的《說文解字注》起，就對段翁的崇偉，敬佩的無以復加。

二〇一五年趁返鄉（南京湯山）掃墓之便，前往金壇參訪段玉裁紀念館。

段玉裁紀念館是座仿清式的古建築，其按照四合院的模式建造，古色古香。兩側是廂房和長廊，
廂房裡陳列着段玉裁的有關著作、生平和年表，長廊陳列段玉裁的連環畫。
踏入紀念館之時，心情十分激動，宛如跨越重重時光，拜訪段翁，與段翁會面。

段翁墓，也是作者念念不忘之處，返鄉掃墓之際，如有機會，必定會前往拜謁。

上圖為二○一五年與二○一七年造訪時所攝陵園一影。

二〇一九年第三次造訪段翁家祠，因緣際會始入祠給段翁行拜師大禮，終償夙願。

出版簽約

二〇二二年筆者嘗試聯繫出版業者及各知名大學中文相關系所，期望能有付梓的機會，但都石沉大海毫無音訊，唯師大國文系專任教授羅先生凡晸熱心回函指點，與「萬卷樓圖書公司」洽談，幸得萬卷樓圖書公司慧眼，幸甚！

（大合照合影者左起為：兄朱永發、筆者、友鄭國樑、梁錦興總經理、張晏瑞總編輯、林以邠編輯）

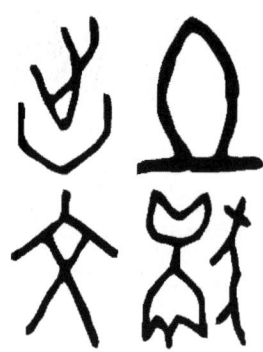

出土文獻譯注研析叢刊

《說文》段注
拼音通檢

朱恒發　著

許翁叔重說文解字敍[1]

敍曰

　　古者庖犧〔pao´xi〕氏之王天下也，仰則觀象於天，俯則觀法於地，視鳥獸之文，與地之宜；近取諸身，遠取諸物。於是始作《易》、《八卦》，已（以）垂憲象。及神農氏結繩為治，而統其事，庶業其緐（繁〔fan´〕），飾偽（詐也）萌（萌〔meng´〕）生。黃帝之史倉頡，見鳥獸蹏（蹄〔ti´〕）迒（〔hang´〕，見迒而知其為兔）之跡，知分理之可相別異也。初造書契，百工已乂（乂〔yi`〕，治也），萬品（眾庶也）已察（覆審也），蓋取諸夬（〔guai`〕分決也）；夬，揚於王庭。言文（書契）者宣教朙（明）化於王者朝廷，君子所已施祿及下（謂能文者則加祿之），居德則忌也（謂律己則貴德不貴文也）。

　　倉頡之初作書，葢（蓋）依類象形，故謂之文。其後形聲相益，即謂之字。文者，物象之本；字者，言孳（〔zi〕孳孳汲汲生也）乳而寖（浸〔jin`〕漸也）多也，箸（著〔zhu`〕）於竹帛謂之書。書者，如也（謂如其事物之狀也），已迄五帝三王之世（黃帝而帝顓頊高陽、帝嚳高辛、帝堯、帝舜，為「五帝」；夏禹、商湯、周文武，為「三王」），改易殊體，封于泰（太）山者七十有二代，靡有同焉。

　　《周禮》八歲入小學，保（保〔bao˘〕）氏教國子，先已六書。一曰指（指）事。指事者，視而可識，察而見意，二 二 （上下，古文也）是也。二曰象形。象形者，畫成其物，隨體詰詘（〔jie´qu〕，屈曲也），日月是也。三曰形聲。形聲者，已事為名，取譬（〔pi`〕）相成，江河是也。四曰會意。會意者，比類合誼，已見指撝（〔zhi˘hui〕，所指向也），武（武）信是也。五曰轉注。轉注者，建類一首（謂分立其義之類而一其首），同意相受（謂無慮諸字意恉略同，義可互受相灌注而歸於一首。），考老是也。六曰假借。假借者，本無其字，依聲託（寄也）事，令長是也（許獨舉「令」、「長」二字者，以今通古，謂如今漢之縣令，縣長字即是也。）。

　　及宣王大史（官名）籀（〔zhou`〕人名）著《大篆》十五篇，與古文或異。至孔子書《六經》，左丘朙（明）述《春秋傳》，皆已古文，厥（〔jue´〕假借字，其也）意可得而說。其後諸侯力政，不統於王，惡禮樂之害己（〔ji˘〕，另有巳〔si`〕、已〔yi˘〕。作者按：三字可如此記憶，巳封、已中、己通），而皆去其典籍，分為七國（韓、趙、魏、燕、齊、楚、秦）；田疇（疇〔chou´〕）異畮（畝〔mu˘〕）、車涂（途）異軌、律令異灋（法）、衣冠異制、言語異聲、文字異形。

　　秦始皇帝初兼天下，丞相李斯乃奏同之（書同文），罷（遣有辠〔zui`〕也。辠同

罪）其不與秦文合者。斯作《倉頡篇》，中車府令趙高作《爰〔yuanˊ〕歷篇》，大史令胡毋（〔huˊguanˋ〕姓氏，或稱〔huˊmuˇ〕、〔huˊwuˊ〕）敬作《博學篇》，皆取史籀大篆，或頗省改（精簡也），所謂小篆者也。是時秦燒滅經書，滌〔diˊ〕除舊典，大發吏卒，興戍（〔shuˋ〕守邊也）役，官獄職務緐（繁〔fanˊ〕），初有隸書，以趣（〔quˋ〕疾走也，方便快速之義）約易，而古文由此絕矣。

　　自爾秦書有八體。一曰大篆，二曰小篆，三曰刻符，四曰蟲書，五曰摹印（即新莽之「繆篆」也），六曰署書（凡一切封檢、題字皆曰「署」），七曰殳（〔shu〕，云杖者、殳用積竹無刃）書（古者，文既記笏，武亦書殳），八曰隸書。漢興有艸（草）書。《尉律》（漢廷尉所守律令也）：學僮（童〔tongˊ〕）十七已上，始試，諷（謂能背誦《尉律》之文）籀書九千字乃得為史（吏）。又已八體試之，郡移大史（大史令也）并課（合而試之也），取（〔juˋ〕聚。此字諸家註釋各異，讀者自辨）者以為尚書史（尚書令史十八人，二百石，主書）。書或不正，輒〔zheˊ〕舉劾之。今雖有《尉律》不課（謂不試以「諷籀尉律九千字」也），小學不修，莫達（達，莫解）其說久矣（後不試，第聽閭里書師習之，而「小學」衰矣）。

　　孝宣皇帝時，召通《倉頡》讀者，張敞〔changˇ〕從受之、涼州刺史杜業、沛人爰禮、講學大夫秦近，亦能言之。孝平皇帝時，徵禮（爰禮）等百餘人（徵天下通小學者），令說文字未央廷中（各令記字於庭中），已禮為小學元士（孝平紀元始五年，征天下通知《逸經》、《古記》、《天文》、《厤算》、《鍾律》、《小學》、《史篇》、《方術》、《本艸》，及以《五經》、《論語》、《孝經》、《爾雅》教授者，在所為駕一封軺傳遣詣京師。至者數千人。）。黃門侍郎楊雄，采已作《訓纂〔zuanˇ〕篇》，凡《倉頡》已下十四篇，凡五千三百四十字，羣書所載，略存之矣。

　　及亡新（王莽新朝）居攝，使大司空甄〔zhen〕豐等校文書之部，自已為應制作，頗（〔po〕很，相當地）改定古文。時有六書（與《周禮》保氏「六書」，名同實異）：一曰古文，孔子壁中書也；二曰奇字，即古文而異者也；三曰篆書，即小篆，秦始皇帝使下杜人程邈〔miaoˇ〕所作也；四曰左（佐）書，即秦隸書；五曰繆〔miuˋ〕篆，所已摹印也；六曰鳥蟲書，所已書幡信（「幡」，當作「旛」。漢人俗字，以「幡」為之。謂書旗幟，「書信」謂書符卩〔jieˊ〕。）也。壁中書者，魯恭王壞孔子宅而得《禮記》、《尚書》、《春秋》、《論語》、《孝經》。

　　又北平侯張蒼獻《春秋左氏傳》，郡國亦往往于山川得鼎彝〔dingˇyiˊ〕，其銘即毒（前）代之古文，皆自相佀（似）。雖叵（〔poˇ〕不可也）復見遠流，其詳可得略說也。而世人大共非訾（《禮記》鄭注曰：口毀曰訾。），已為好奇者也。故詭（「詭」當作「恑」，變也。）夏（更）正文，鄉壁虛造不可知之書，變亂常行，已燿（耀）於世。諸生競逐說字解經誼（義），稱秦之隸書為倉頡時書，云：父子相傳，何得改易？乃猥（犬吠聲，鄙也）曰：馬頭人為長（謂「馬」上加「人」，便是「長」字會意），

人持十為斗（今所見漢「隸書」字，「斗」作「升」，與「升」字「什」字相混），**虫者屈中也**。（本像形字，所謂「隨體詰詘」。隸字只令筆畫有橫直可書，本非从「中」而屈其下也。）

　　　廷尉說律，至吕字斷法（猶之「說字解經義」也），**苛人受錢**（謂有治人之責者而受人錢），「**苛**」**之字**「**止句**」**也**（「苛」從「艸」，「可」聲，假為「訶〔he〕」字，並非從「止句」也。而隸書之尤俗者，乃訛為「峇」。說律者曰：「此字从止句。句讀同鉤，謂止之而鉤取其錢。」）。**若此者甚眾**（不可勝數也），**皆不合孔氏古文，謬於史籀。俗儒啚**（鄙）**夫，翫**（玩〔wan´〕）**其所習，蔽所希聞，不見通學，未嘗覩字例之條**（《藝文志》曰：「安其所習，毀所不見，終以自蔽。此學者之大患也。」）。**怪舊埶**（〔yi`〕藝）**而善野**（鄙略也）**言，吕其所知為祕妙**（妙，取精細之意）。**究**（窮也）**洞**（「洞」，同「迵〔dong`〕」；迵者，達也。）**聖人之微恉**（意也），**又見**《**倉頡**》**篇中**「**幼子承詔**」（胡亥即位事），**因曰古帝之所作也，其辭有神僊**（仙）**之術焉，其迷誤不諭，豈不悖**（〔bei`〕亂也）**哉！**

　　　《**書**》（《尚書》）**曰：予欲觀古人之象，言必遵修舊文而不穿鑿**〔zao´〕。**孔子曰：「吾猶及史之闕文，今亡矣夫！」**（《論語·衛靈公篇》文。）**蓋非其不知而不問，人用己私，是非無正，巧說衺**（邪〔xie´〕）**辭，使天下學者疑**（《藝文志》曰：「古制書，必同文。不知則闕，問諸故老。至於衰世，是非無正，人用其私。故孔子曰：『吾猶及史之闕文也，今亡矣夫。』蓋傷其寖不正。」）。**蓋文字者，經藝之本，王政之始，耑**（前）**人所吕垂後，後人所吕識古。故曰：「本立而道生」**（《論語·學而篇》文），「**知天下之至嘖而不可亂也**」（《易·繫辭傳》 文）。**今敘篆文，合吕古籀**（許重復古，而其體例不先「古文」、「籀文」者，欲人由近古以考古也），**博采通人，至於小大**（《論語》云：「賢者識其大者，不賢者識其小者」是也），**信而有證**（《中庸》曰「無徵不信」。可信者，必有徵也。）。**稽譔**（〔zhuan`〕專教也；「譔」音與詮〔quan´〕同，詮，具也）**其說，將吕理群類，解謬誤、曉**（明之也）**學者、達**（猶通也）**神恉**（意也）。**分別部居，不相襍**（雜〔za´〕）**廁也。萬物咸覩**（〔du˘〕見也），**靡不兼載，厥誼**（義）**不昭，爰眮**（明）**吕諭。其偁**（揚也）《**易**》、**孟氏；**《**書**》、**孔氏**（孔子有《古文尚書》）；《**詩**》、**毛氏；**《**禮**》、**周官**、《**春秋**》、**左氏**、《**論語**》、《**孝經**》，**皆古文也，其於所不知，蓋闕如也。**

《說文解字詁林正補合編》序[1]

楊家駱

　　劉歆《七略・六藝略》之《六藝》，指《易》、《書》、《詩》、《禮》、《樂》、《春秋》六經；又有、《論語》、《孝經》、《小學三類》，則附隸於六經者也。蓋《論語》記孔子之言行，固治六經者所必習；而漢自惠帝起廟諡〔shì〕多加「孝」字，可見特重《孝經》之意，此類中著錄者，實非僅《孝經》；其專收幼童識字教本者，則稱之為「小學」。至《孝經》類之有《弟子職》，固可相依以附著，獨有《五經雜議》、《爾雅》、《小爾雅》、《古今字》四書，則皆羣經總義之屬，其書既少、不能自為一類，遂附之於《孝經》後。謂《爾雅》、《古今字》為羣經總義，不僅以其次《五經雜議》後，歆實別有解說，其言曰：「古文應讀《爾雅》，故解古今語而可知也」（今見《漢志・書》後序）。

　　《小學》類如《史籀〔zhòu〕》十五篇、《蒼頡》一篇（合、《蒼頡》七章、《爰歷》六章、《博學》七章而成，亦稱、《三蒼》）、《凡將》一篇、《急就》一篇、《元尚》一篇、《訓纂〔zuǎn〕》一篇，皆幼童識字教本；《八體六技》及《別字》十三篇，亦皆取助識字之書；又〈蒼頡傳〉一篇著錄於最後，則訓釋識字教本者，故《漢志》依例於其後增入《楊雄蒼頡訓纂》（此「訓纂」二字，與《訓纂篇》因篇首有「訓纂」二字命以為篇名者不同，而為纂輯其訓釋也）一篇、〈杜林蒼頡訓纂〉一篇、〈杜林蒼頡故〉一篇，班固曰：「入楊雄、杜林二家、三篇」，是可證也。

　　循上說，後漢許慎（西元？-121?年）於永元十二年（西元100年）作〈後序〉，建光元年（西元121年）病中命子冲上之《說文解字》十四篇及〈後序〉一篇，如出於前漢，《七略》或將著之於《孝經》類《古今字》後，即視之為羣經總義，而不列之於「小學」類。蓋以訓詁書（包括《爾雅》等），字書（包括《說文解字》等）、韻書（包括《切韻》等）合為一類，係出後世逐漸將「小學」類擴大而成，初非歆之本意。**然學術愈研而愈精，載籍愈後而愈繁，此特就剖判流別立言，其實積重難返，不必尋源而廢流，且在今日，即由訓詁、字書、韻書三屬組成之「小學」類，亦早已不能概括語言文字學之全面矣。**

　　在西安半坡所發見陶器上刻畫之符號，是否可證中國在六千年前已有文字之萌芽，雖有疑問，但三千餘年前之殷墟卜辭，已為成熟之文字，則無可疑。如此，則在周宣王（西元前827-前782年在位，從董作賓《中國年曆總譜》）時產生識字教本，應有可能。故潘重規先生推翻王國維先生不信《史籀篇》

---

[1] 本敘文經楊公女公子楊思明教授同意全文照刊於本書，在此特表敬謝之意。

成書年代之說，可以採據。但《史籀篇》之為識字教本，僅為字書之原始型態，至《爾雅》始得謂之解釋語義之書。**《爾雅》雖不必全出先秦，然其陸續組成，主要部分不致晚於西漢前期，與後期之《方言》，同為採取類聚式之解釋型態者。至創立部首，以成字典，則推許慎《說文解字》為首出**。作於永元十二年之〈後序〉，謂：「其書十四篇、五百四十部、九千三百五十三文，重一千一百六十三，解說凡十三萬三千四百四十一字。」既有確實字數，應已成書。則企圖從字形結構，尋其本義，而為一完整之語義學字典，係完成於一世紀末之《說文解字》，以是此書之成為中國語言文字學經典著作，堪稱定論。魏晉南北朝間治許學者有庾儼〔yuˇ yanˇ〕之《演說文》一卷，不著撰人之《說文音隱》四卷，並亡。

在《說文解字》後繼其系統以編字典者，如晉呂忱《字林》七卷、北魏江式《古今文字》四十卷，皆佚〔yiˋ〕。至梁顧野王《玉篇》三十卷，後行雖謂為唐孫強增字，而復經宋陳彭年等重修大加增刪之本，實亦非孫、陳之舊。待楊守敬於清末在日本發見野王原本殘卷，駱曾囑門下林生明波就唐慧琳、遼希麟〈一切經音義〉正續篇統計徵引《玉篇》條數，明波謂慧琳引稱「顧野王」者一四六九次、又稱「玉篇」者五三一次，希麟引「顧野王」者七二次，又稱「玉篇」者一六二次，校其在原本殘卷中者多相合，是野王原本在遼時猶存也。駱再取唐時發明平假名之日本僧空海所撰〔zhuanˋ〕《萬象名義》三十卷互校，知其全襲《玉篇》詳本，而偶有闕〔que〕誤，經以《玉篇》殘卷、《萬象名義》及《一切經音義》正續篇等所引重校寫為《顧野王玉篇詳本》，當於《中國學術類編》印行之。以其為繼慎書之今存古字典，多足相互參讀也。

《說文解字》唐時已經李陽冰之竄改，然錯誤遺脫，違失本真。今唐寫本尚存有木部、口部殘卷，其文不足二百字。後世據以治許學者則取宋太宗雍熙三年（西元 986 年）命徐鉉〔xuanˋ〕校定付國子監雕板之《說文解字》為準，亦即丁丈福保《說文解字詁林》之主本也。鉉弟鍇亦攻許學，作《說文繫傳》，故世稱鉉所校定者為大徐本，《繫傳》為小徐本。鉉校除糾正本書脫誤外，又略有增改，增改之迹，約有五端：

一、改易分卷　許書原分十四篇，又〈後序〉一篇，故稱十五卷。鉉以篇帙〔zhiˋ〕繁重，每卷各分上下，於原十四篇尚無不合理處。惟〈後序〉自「古者庖犧〔paoˊ xi〕氏之王天下也」至「理而董之」本為一篇，中於「其所不知，蓋闕如也」句下備列十四篇、五百四十部全目，鉉強分目後「此十四篇」句起為下卷，並誤增「敍曰」二字於下卷之首，遂若二篇。又以「召陵萬歲里公乘草莽臣冲稽首再拜上書皇帝陛下」至「建光元年九月己亥朔二十日戊午上」，即慎子冲上表，及

「召上書者汝南許沖」至「敕〔chì〕勿謝」，即記漢安帝受書情形者，一概接叙〔xù〕於「理而董之」句下，殊欠明晰（《詁林》於沖上書雖已提行另起，然下仍與安帝受書之文接）。

　　二、增加前目　古人著書，於書成後始寫叙目，故敍目列在末篇，如〈太史公書序略〉（今誤作〈太史公自序〉，駱已考定其初名，說見拙譔〔zhuàn〕《史記今釋》）即其例。鉉乃徇後世書式，別加「標目」於卷首，便於開卷可案，初無可非，而於「標目」下署「漢太尉祭酒許慎記」，一若慎書本如是者，此則謬〔miù〕矣。

　　三、增加反切　慎時尚無反切，故注音僅云「讀若某」而已。鉉始據孫愐〔miǎn〕《唐韻》加注反切於每字下，殊不知與漢人聲讀多不符也。

　　四、增加注釋　原《說解》之未備者，更為補釋；時俗譌〔é〕變之別體字之與《說文》正字不同者，亦詳辨之，皆題「臣鉉等曰」為別。間引李陽冰、徐鍇之說，亦各著所據。

　　五、增加新附字　凡經典相承時俗要用之字而《說文》原書未載者，皆補錄於每部之末，別題曰「新附字」。此與上項皆合校書體例。

今慎書原本不傳，所見惟鉉校為全本，鉉雖工篆書，但形聲相從之例不能悉通，增入會意之訓，不免穿鑿附會（錢大昕說）。**其實慎之解說，參以後出之今文、甲骨文，其謬亦多，然苟無慎書，則金文、甲骨文亦無從而得辨認，故慎書在中國文字學上仍不失其經典性之價值。**

駱最不可解者，鉉校慎書，宋初既由國子監板行，世當多有其本，然自南宋時李燾〔dào〕作《說文解字五音韻譜》，世遂行李書，而鉉本就微（詳駱所撰《續通鑑長編輯略》），明趙宧〔yí〕光竟據李書增刪撰成《說文長箋〔jiān〕》一百卷、《六書長箋》七卷，附題辭一卷，卷首二卷，丁丈《詁林》未收，駱就中央圖書館善本書室所藏明崇禎六年（西元 1633 年）趙氏原刊木讀之，其書多達四十冊，疏舛〔shū chuǎn〕百出，一無是處。甚至清康熙間陳夢雷編《古今圖書集成・字學典》亦誤認李書為許書，雖或出楊琯〔guǎn〕之手（詳駱《字學典》識語），不能以責夢雷，然其時毛氏汲古閣重刊宋本《說文》早行，而夢雷竟採摭〔zhí〕不及，亦可見康熙時於許學世仍不重也。康熙四十九年（西元 1710 年）清聖祖諭合明梅膺祚〔yīng zuò〕《字彙》、清初張自烈《正字通》編《康熙字典》，五十五年（西元 1716 年）書成刊行，乾隆間王錫侯撰《字貫》，於《康熙字典》偶有糾正，四十二年（西元 1777 年）十一月，不僅錫侯逮獄論死，江西巡撫至監司亦均革職，此後不僅於欽定御纂之書無敢議，即字典亦不敢重編。**至嘉慶十三年**（西元 1808 年）**而段玉裁《說文解字注》成**（據王念孫序），**駱每嘆以段氏之才，倘撰一字典，必為傑作。然其不得不就慎書為注，固乾嘉學風使然，繼思乾嘉學風亦由**

文字獄所促成，其後治許學數百家，成書之多，為諸經所不及，求其消息，駱謂係《康熙字典》所逼成，殆未為過。當康、雍之際，非無治《說文》者，特偶及之耳，至此乃藉一古字典為對象，以成其新字典。竊以乾嘉以來無論詁經校子，考證名物，以迨金文之研讀，契文之發見，二百年來千百才智之士精力之所萃，謂為儲積字典辭典資料之學，亦不為過，駱之事於《中華大辭典》之作正以此。而先駱備收段玉裁、桂馥、王筠〔yún〕、朱駿聲等所著書一百八十二種、又文二百九十八篇依鉉本原次以成《說文解字詁林》六十六冊者則丁丈福保也。旋丁丈又搜書四十六種、文二百四十七篇成《說文解字詁林補遺》十六冊，皆其自設之醫學書局所影印，沾溉後學，受其惠者又不僅駱一人已。

　　據戊辰（西元 1928 年）周雲青〈說文解字詁林跋〉，謂：「丁師仲祜〔hù〕編纂《說文解字詁林》，始於癸〔guǐ〕亥，至戊辰乃告成。」駱讀之大惑，蓋癸亥為同治二年（西元 1863 年），丁丈生於同治十三年（西元 1874 年），豈得有「始於癸亥」之事？考之光緒二十一年（西元 1895 年）丁丈二十二歲，肄〔yì〕業江陰南菁書院，擬編《說文詁林》，然擬編非即著手之謂，據其自述謂：「甲子（西元 1924 年）五十一歲，…回憶三十年前擬編之《說文詁林》，時作時輟〔chuò〕，久未告竣，今將一切書稿停辦，專心董理《詁林》一書，因作〈詁林前後序〉及〈纂例〉三十條。(〈纂例〉後署西元 1928 年，當為定稿之歲)。……戊辰（西元 1928 年）五十五歲，是年《詁林》全書出版（據〈編纂說文詁林之時間及經費記略〉，初版印二百部，再版中無此文。又據〈重印說文詁林叙〉，知重印係在西元 1930 年）。……辛未五十八歲，編《說文詁林補遺》」。《補遺》印成於西元一九三二年，時駱寓平，一日下午謁熊丈秉三於宣內石駙馬大街，以所著書求質正，熊丈留談逾四小時，臨別就鄴架取《說文解字詁林》正補二帙共八十二冊相贈，每冊首頁皆鈐〔qián〕有「熊希齡」朱印。駱雖在西元一九二八年嘗謁丁丈於上海梅白格路，已購正編六十六冊，然於熊丈所賜，特寶重之，四十餘年在寫作生涯中幾未嘗去手，西元一九五一年由港渡海來臺，攜之於行笈〔jí〕者即熊丈所賜之醫學書局本也。今重纂為正補合編本，於熊丈印皆留之冊內，以誌永不敢忘之意。

　　《詁林》兩篇採摭之富，纂組之工，舉世譽之為文字學寶典。然通讀丁書，於其尊為名家、列為專屬之王筠《說文釋例》正補各二十卷，應編於〈前編中——六書總論〉及〈前編下——說文例〉中者，乃除其〈前編上——敍跋類〉收其一序一跋，及十四篇中散錄其專指一字之條外，凡論六書及通例者竟隻字未採。百密一疏，固所難免，然於如此巨帙，竟至漏而不知，而《詁林》行世四十餘年，復無發其事者，誠亦令人費解。然〈釋例〉全書有其一貫性，倘裁之於〈前編〉中、下內，亦有未當處，故合編列之於第一冊後為〈前編補〉，庶可兩全。至正補二編之必需合編者，蓋

《詁林》正書編成，知有所遺，因附之於正書之後為〈補編〉；而後出之〈補遺〉，又有〈補遺之續〉；於是每檢一字，應翻閱四處，至感不便。因就慎書原字及鉉校新附，逐字編定統一號碼，冠於字首，合編時號碼下為《詁林》正書，此字補編上冠「補編」二字，補遺之續上冠「遺續」二字，然後貫合為一，則向之應分檢四處者皆一舉而應手可得。至卷首、前編、後編、附編凡其移動原次以期合理處皆一一加「合編者案」以說明之。惟既經貫合，原正書及補遺之頁數，均已移動，故丁氏兩通檢，已成無用，特另編一先分筆畫寡多，再按同畫依部首次第之〈新增統一索引〉，蓋此法凡能查電話簿者皆可取檢，又為便於應用計，獨裝一冊。然丁丈兩通檢之叙言，仍保留於全書卷首，如此則於丁書只增不減，無一字之遺矣。

　　自西元一九五七年起駱以任臺灣師範大學國文研究所教授，曾指導林生明波撰作《清代許學書考》為學位論文，西元一九五九年嘉新水泥公司已印為專冊，其中錄丁丈失收書頗多，民國後新成及關於甲骨文、金文者更無論矣，駱所藏已數十種，鼎文書局正陸續彙印，已備重補《詁林》。至駱後謁丁丈，據告上擬編《羣雅詁林》，駱亦當繼以成之。丁丈並曾以自述晚年詳本見贈，本應以之易其舊作，但行笈中徧檢未得，亦祇有俟〔si ˋ〕之補《詁林》時，再取之矣。所有合編事委之門下孫先生助，附之以著其勤，《合編》成，緣序其所見如此。

西元一九七五年十二月一日　金陵楊家駱謹識

《說文段注通檢》序

朱恒發

　　《說文解字》、《說文解字注》為天下有心於古籍、古書研讀者之所宜必備。僅《說文解字詁林　正補合編》合計十二巨冊（台北鼎文書局印行，楊家駱編纂，1977年初版。作者按：其序文蒙　家駱公女公子楊思明教授特允全文照刊，特銘謝於此。）內收錄著作、文章，計七百八十有六，至為浩瀚。吾乃後學小輩，崇拜字聖祖師爺叔重先生、字仙段翁若膺先生，發願以一己之力，編纂《說文、段注　拼音、部首通檢》工具書，期能嘉惠學子、學者，於使用《說文》、《段注》，得事半功倍。

　　吾才疏學淺，感於《說文解字注》，學界多有爭論，遂引《說文解字注》來探究，是否真如諸多學者所言？昔段翁治學、訓詁、考證，常用「淺」字非難前人，唯其謙沖自牧之本質，實不該如謝山先生譏段翁「臆決專斷、詭更正文。」（作者按：徐承慶，字夢祥，一字謝山，元和人。乾隆五十一年舉人，官至山西汾州府知府。著有《段注匡謬》，十五卷，其攻瑕索瘢，尤勝鈕氏之書，皆力求其是，非故為吹求者。〔以上摘錄自百度百科〕）；亦或「盲目尊許、過於自信。」（《說文解字注》，漢京文化，1983，總編輯王進祥，〈出版說明〉）

　　段翁於《段注》內，屢屢「妄人」、「淺人」如何、如何！吾舉四十二例供讀者參考，察段翁如何「臆決專斷、詭更正文。」、「盲目尊許、過於自信。」：

1. 「首」：段9上-16　（𦣻）古文百也。各本古文上有百同二字。妄人所增也。許書絕無此例。惟麻下云與𣏟（pai ˋ）同。亦妄人所增也。

2. 「𦠄」〔qi ˇ〕：段9上-16　𦠄首也。三字句。各本作下首也。亦由妄人不知三字句之例而改之。今正。

3. 「䃽」〔mcn ´〕：段8上-69　詩曰。毳衣如䃽。疑此六字乃淺人妄增。非許書固有。

4. 「毆」：段3下-26　葢擊字皆本作毃。淺人改之而未盡。擊、攴也。攴、小毃也。與毃字義異。

5. 「版」：段7上-33　舊作判也。淺人所改。

6. 「䕡」〔mi ´〕：段7上-61　各本無䕡字。淺人所刪。今補。

7. 「秠」〔pi〕：段7上-46　淺人墨守爾雅、毛傳。而不心知其意。乃妄改許書。致文理不通而不可讀。敫悲切。

8. 「穮」〔biao〕：段7上-47　然則今本說文淺人用字林改之。

9. 「㠾」〔jian〕：段7下-48　（㠾）幡幟也。幡幟、旓識之俗字也。古有旓無幡。有識無幟。許書本作旓識。淺人易之。。

10. 「冃」〔mao ˋ〕：段7下-37　按高注兜鍪二字葢淺人所加。

11.「冣」：段 7 下-39　今小徐本此下多又曰會三字。係淺人增之。韵會無之。

12.「飾」：段 7 下-50　許有飾無拭。凡說解中拭字皆淺人改飾爲之。

13.「櫳」〔long´〕：段 6 上-65　許於楯下云闌檻是也。左木右龍之字恐淺人所增。

14.「戩」〔gan〕：段 12 下-38　盾下曰。瞂也。按瞂字必淺人所改。循全書之例、必當云戩也。二篆爲轉注。淺人不識戩爲干戈字。讀侯旰切。乃改爲瞂。

15.「昏」：段 7 上-7　一曰民聲。此四字葢淺人所增。非許本書。宜刪。

16.「視」：段 8 下-13　許書當本作視人。以疊韵爲訓。經淺人改之耳。

17.「頗」〔you`〕：段 9 上-12　按此篆亦當作疣。从疒、又聲據玄應書及廣韵可證。玄應曰。今作疣。知淺人以今體改古體耳。

18.「顑」〔kan˘〕：段 9 上-13　云面黄也。此恐淺人所增。廣韵。顑頷、瘦也。

19.「鼶」〔fan´〕：段 10 上-37　鼶鼠也。三字爲句。各本皆刪一字。淺人所爲也。

20.「熒」〔ying´〕：段 10 下-1　而經典、史記、漢書、水經注皆爲淺人任意竄易。

21.「亦」：段 10 下-7　一曰臂下也。一曰臂下之語、葢淺人據俗字增之耳。

22.「蕼」〔ju´〕：段 14 上-56　按共聲古音在九部。士喪禮輁九勇反是也。淺人不知爲同字。

23.「爽」：段 3 下-44　（爽）篆文爽。此字淺人竄補。當刪。爽之作爽、奭〔shi`〕之作奭皆隸書改篆。取其可觀耳。淺人補入說文。（此字未刪）

24.「鼫」〔wa`〕：段 6 下-2　易曰。槷鼫…恐四字淺人所增也。

25.「份」：段 8 上-7　說解內字多自亂其例。葢許時所用固與古不同。許以後人又多竄改。

26.「楅」〔bi〕：段 6 上-63　各本作逼者、後人以俗字改之也。

27.「㵓」〔xian˘〕：段 7 上-11　（㵓）衆微杪也…疑當作衆明也。

28.「杳」〔mi`〕：段 7 上-13　此字古籍中未見。其訓云不見也…自讀許書者不解，而妄改其字。或改作冒。廣韵改作冒。意欲與覓之俗字作覔者比附爲一。

29.「曑」〔shen〕：段 7 上-23　从晶。㐱聲。㐱聲疑後人竄改。

30.「舫」〔fang˘〕：段 8 下-5　釋水。大夫方舟。亦或作舫。則與毛詩方泭也不相應。愚嘗謂爾雅一書多俗字。與古經不相應。由習之者多率肊改之也。

31.「嗀」〔wu`〕：段 9 下-8　按此篆許書本無。後人增之。

32.「沙」：段 11 上貳-14　（沙）水散石也。詩正義作水中散石。非是。水經注引與今本同。凡古人所引古書有是有非。不容偏信。

33.「尹」〔yin˘〕：段 3 下-18　（𢍅）古文尹。各本乖異。今姑從大徐。

34.「𧛆」〔yì〕：段 3 下-21　<u>此依小徐</u>。右從聿niè`、左從籀文希nǐ也。

35.「斠」〔jiào〕：段 14 上-33　今俗謂之校。音如教。<u>因有書校讎字作此者。</u><u>音義雖近。亦大好奇矣。</u>

36.「黿」〔yuán〕：段 13 下-11　（黿）大鼈也。<u>今目驗黿與鼈同形。而但</u>分大小之別。

37.「勞」：段 13 下-52　（勞）古文如此。如此大徐作从悉。篆體作勞。今依玉篇、汗簡、古文四聲韵所據正。汗簡與玉篇中雖小異。下皆从力。<u>竊謂古文乃从熒不省。未可知也。</u>

38.「屾」〔shen〕：段 9 下-9　今音所臻切。<u>恐是肊說。</u>

39.「徲」〔chí〕：段 2 下-16　按廣韵徲。杜奚切。久待也。無徲字。玉篇、集韵有徲無徲。<u>未知孰是</u>。廣雅。徲徲往來也。

40.「鴼」〔hú〕：段 10 上-14　<u>按許書不必有此字。姑補於此。</u>

41.「軒」〔xuan〕：段 14 上-37　曲輈者，<u>戴先生曰</u>。小車謂之輈。大車謂之轅。人所乘欲其安。故小車暢轂梁輈。大車任載而已。

42.「顰」〔pín〕：段 11 下-1　<u>幸晁氏以道古周易、呂氏伯恭古易音訓所據</u>音義皆作卑。晁云。卑、古文也。今文作顰。<u>攷古音者得此、真一字千金矣。</u>

　　前二十四例多責難淺人，婉言厲詞，各有玄妙。竊以為段翁所責之人（或書），事關全族，非同小可，以淺人稱之，使世人難度何人是桑？何人為槐？以避災禍。經學諸子，即或透亮亦心照不宣。《說文解字詁林正補合編》編者楊公家駱先生於序文質疑頗為精確：「康熙四十九年（1710）清聖祖諭合明梅膺祚〔yīng zuò`〕《字彙》、清初張自烈《正字通》編《康熙字典》，五十五年（1716）書成刊行，乾隆間王錫侯撰《字貫》，於《康熙字典》偶有糾正，四十二年（1777）十一月，不僅錫侯逮獄論死，江西巡撫至監司亦均革職，此後不僅於欽定御纂之書無敢議，即字典亦不敢重編。至嘉慶十三年（1808）而段玉裁《說文解字注》成（據王念孫序），駱每嘆以段氏之才，倘撰一字典，必為傑作。然其不得不就慎書為注，固乾嘉學風使然，繼思乾嘉學風亦由文字獄所促成，其後治許學數百家，成書之多，為諸經所不及，求其消息，駱謂係《康熙字典》所逼成，殆未為過。」（作者按：請參閱本書：楊家駱《說文解字詁林正補合編》序。）

　　後十八例可識段翁學問文章虛懷若谷之端倪，更有末例知段翁探究文字之強烈企圖至死不渝。既有懷疑，如「昏」字，言宜刪而未刪，諸多字如是也；既有鍇本為佐證，如「靡」字，當補則補；循全書例，如「戩」字，有例依例；查有亂例，如「份」字，當正則正；未可知字，如「勞」字，當疑則疑；或古或今，如「黿」字，目驗為憑；各本乖異，如「尹」字，姑且從之；遇有惑訛，如「沙」字，不容偏信；諸家不一，如「徲」字，留待後查。

綜前所列，僅愚刻意紀錄之數，讀者或可專一研究，他日成就蔚然可期。

　　「昔段若膺氏嘗言：『小學有形、有音、有義，三者互相求，舉一可得其二。……學者考字，因音以得其義。治經莫重乎得義，得義莫切於得音。』形義考求，易於著手，歷來研究，成績較著。獨音學一科，出乎口，入乎耳，時逾千載，地隔萬里，既不能起古人於九原，又不能躋吾身於三古，則欲明古今音韵源流，豈易言哉！」（摘錄自〈音略證補重印序二〉，林慶勳，台灣中山大學，中國文學系榮譽退休教授。《重校增訂　音略證補》，陳新雄著，文史哲出版社，1978年初版。）

　　吾駑鈍微小，謹參考新華字典網頁（作者按：參見 https://zidian.911cha.com/zi64ca.html）通採拼音，完成本書，以惠後世。新華字典雖未臻完備，唯其所涵蓋範圍，影響所及，佔寰宇中文使用人口十之七八，吾輩當為字典之盡善盡美而全力以赴，假以時日大業必成。吾素敬奉　許翁叔重著《說文解字》為文字之聖經，　段翁若膺著《說文解字注》為訓詁之仙書。唯有兩書字音一統，使溝通順暢，查找迅捷。俾中國文字之學習更科學，中華文化之影響更深透。超越美語，取而代之。

　　　　　　　　西元二〇二三年春　淺生朱恒發　序於台灣桃園

目次

附錄

拼音凡例

　　一、「注音字母」之形體，皆取筆畫最簡之漢字，而用雙生疊〔die′〕韻法變讀其原來之字音。其三十九文如下：

聲母二十四：　　　　ㄅ、ㄆ、ㄇ、ㄈ、万，
　　　　　　　　　　ㄉ、ㄊ、ㄋ、ㄌ，
　　　　　　　　　　ㄍ、ㄎ、兀、ㄏ，
　　　　　　　　　　ㄐ、ㄑ、广、ㄒ，
　　　　　　　　　　ㄓ、ㄔ、ㄕ、ㄖ，
　　　　　　　　　　ㄗ、ㄘ、ㄙ。
韻母十五：　　　　　一、ㄨ、ㄩ，
　　　　　　　　　　ㄚ、ㄛ、(ㄜ)、ㄝ，
　　　　　　　　　　ㄞ、ㄟ、ㄠ、ㄡ，
　　　　　　　　　　ㄢ、ㄣ、ㄤ、ㄥ，
　　　　　　　　　　ㄦ。

（摘錄自瑞安林尹《中國聲韻學通論》，台北黎明文化，1993 年 10 刷，頁 40）

西元 1920 年五月二日，「國語統一籌備委員會」議決增加「ㄜ（接近〔er〕）」母，遂成四十文。西元 1932 年公布國音常用字彙，以北平音為標準，不用万〔wan`〕、兀〔wu`〕、广〔guang˘〕、〔an〕三母，故今日所用之「注音符號」，實止三十七文。（摘錄自《中國聲韻學通論》頁 41）

　　二、童子入學識字，即宜教之審音正讀，使不歧〔qi′〕誤。故歐文首教字母、習拼音，日本文首教假名，而我國現代小學教育亦定為首教注音符號、并〔bing`〕習拼音與聲調（聲調即舊日所謂四聲）。　蓋不能審音正讀，則或歧於方音（方言），或誤於俗讀，甚且有望字生音、憑肊〔yi`〕妄讀者，斯大悖〔bei`〕于國音統一之旨矣。……小學包形、義、音三端，而音為首要，因形義之變遷多以音之通轉為其樞紐，故前代之聲韻學必當講求。（摘錄自《中國聲韻學通論》，頁 1〈錢序 吳興錢學同〉）

　　三、本書最高宗旨乃方便讀者查找《說文解字》、《說文解字繫傳》及《說文解字注》裡所有篆文本字，以利學習、考據。諸多學者、老師表示：「《說文》、《段注》裡夾雜古文、金文、籀文，易混淆初學者篆刻、篆書之章法，故而不鼓勵使用」學篆者竟因此而錯失最重要的習篆經典。今日學習古文或研究古代文獻者亦因查找不便而放棄使用紙本《說文解字》、《說文解字繫傳》及《說文解字注》，大量使用網路資訊，乃至學藝膚淺、錯訛百出，每念及此，甚為扼腕。

四、本書音序係參考《注音版 說文解字》（北京中華書局 2017 年，3 刷），以陳昌治先生刊本為依據，拼音則參考網頁新華字典 911 查詢（作者按：參見後同，不另出注。https://zidian.911cha.com/）。

五、本書採資料庫形式建立，無法進行專業排版縮省空間，僅能逐字條列，頗費篇幅。又國人及初學中文之外國人士，使用漢字字典，多以筆畫多寡尋字，考量篆本字及通用字筆畫數多寡，多有重複，意在使讀者不至遺漏，寧濫毋缺。故篆本字、古文、金文、籀〔zhou`〕文、俗字、通用字、通叚字等，字型大小為 16，其餘資訊皆縮小字型，以節省紙張。篆本字不採粗體（唯拼音可能與通叚字群同或不同，讀者仍須再確認其正確讀音），括弧內，遇本音則為粗體，所有小字皆為提醒讀者之用。凡有雙實線、虛線框，提醒讀者須小心確認該篆字之本意。因 EXCEL 有編輯困擾，以致拼音檢字表區，無法顧及一般拼音換列、首尾無法對齊，請讀者務必留意拼音的四音符號，以免皆誤認為一聲。

六、例：「釁〔xin`〕（衅、釁段注态〔min˘〕述及，𥁕、釁、釁、釁通叚）」，「（」左邊為篆本字，括弧內以「，」作區隔。左括弧左邊為段注篆本字，左括弧右邊含古文、金文、籀〔zhou`〕文甚或俗字、通用字；逗號右邊為《作篆通叚》之通叚字（作者按：杭州王福庵先生原著，蕭山韓登安先生校錄，南海馬國權老師薦舉。台北蕙風堂筆墨 1999 年初版。），少數增補《金石大字典》（作者按：錫山汪仁壽原著、南通張謇〔jian˘〕等會輯。台北印林雜誌社，1980 年代印行）。括弧內字體加粗者，為其應有之拼音，篆本字無刻意處理；筆畫數亦以篆本字為基準，以至於筆畫數區間秩序凌亂，祈讀者寬宥。篆本字聲韻或同、或異，讀者要以新華字典 911 查詢，再確認為妥。惟前述各家著作難免有訛〔er´〕誤（或刻工失誤、校對缺漏），筆者已竭盡全力比對、確認附註，請讀者務必再確認音、義、形，以完備古文字之訓詁〔gu˘〕、考據。

七、「夾〔shan˘〕（非大部夾〔jia´〕）」，「夾〔jia´〕（非亦部夾〔shan˘〕）」，凡括弧內之提示，請讀者務必詳加參考。如前述二字，乍看之下一模一樣，其實楷體及篆書皆不同，音義也截然不同。夾〔shan˘〕從入〔ru`〕，夾〔jia´〕從人〔ren´〕。即便是「愷〔kai˘〕」字，也分為心部及豈〔kai˘〕部（《段注》內有詳細解說）。《說文》、《段注》字群太過龐大，筆者憑藉 EXCEL 之尋找（ctrl+F）功能，發現諸多類似現象，以小字提醒讀者，細心查察。

八、各個篆本字康熙部首，皆依據沙青巖《說文大字典》（台北大孚書局，1993 年，初版）置入，與康熙字典大體相同，如有差異，係時代變遷因素，讀者可參考之。

九、拼音、注音絕大多數採用網頁新華字典 911 查詢，差異十之一、二，蓋時代演進之故；如遇重音、今古異音，則予以增補（如「穴〔xue´〕」字增補於〔xue`〕內）。惟《說文解字注》篆本字之查找（紙本、網絡）能事半功倍，乃筆者初衷，相關古音

或今音之正確讀音，非筆者專長，尚請讀者費心鑽研。

十、《說文解字》、《說文解字繫傳》及《說文解字注》係依〈540 部目〉排序，初學篆字，務必先學〈540 部目〉。臨帖雖是學篆捷徑，但有創作時，正確的使用篆字，是書家、篆刻家不可或缺之正途；莫貪圖一時之快，致一世英名，毀於一字。

十一、編輯之初，筆者在括弧內加註拼音以壯聲色，後因加入通叚字群，占用格框內空間頗多，乃刪除非必要或占用空間者之拼音；不影響空間者，輒予以保留，雖有畫蛇添足之嫌，惟此舉無傷大雅。又拼音檢字盡可能將相同、相似之字相鄰而置，篆本字筆畫序凌亂，未再花心思去調整，應無大礙。凡此種種，造成讀者微小困擾，筆者在此致歉。

十二、本書提供篆本字各家頁碼十分精確（筆者於〈編輯過程實記〉有詳細說明），符合各出版業者（作者按：「洪葉版注音索引」所提供之頁碼與諸家頁碼不同）影印「經韵樓藏版」頁碼。再加上「經韵樓藏版」《說文解字注》及《說文解字》、《說文解字繫傳》原本的章篇頁數，讀者可據此輕鬆查找任何影印版的《說文解字》、《說文解字注》及《金石大字典》內所有篆本字。

十三、本書所據乃徐鉉《說文解字》（藤花榭〔xie`〕版大徐本。北京中國書店，2013 年 20 刷）。徐鍇《說文解字繫〔xi`〕傳》（作者按：祁巂〔gui〕藻刻本、顧千里影宋鈔本、汪士鐘宋槧殘本校勘版小徐本。北京中華書局，1998 年 2 刷）。段翁玉裁《說文解字注》（經韵樓藏版，台北漢京文化，1983 年，初版。及台北洪葉文化，2016，三刷）。沙青巖〔yan´〕《說文大字典》（作者按：檇〔zui`〕李嘉興沙青巖原輯，孫星衍等百數十人校閱。台北大孚書局，1993 年初版）。汪仁壽《金石大字典》（作者按：錫山汪仁壽原著、南通張謇〔jian˘〕等會輯。台北印林雜誌社，1980 年代印行）。王福庵《作篆通叚》（作者按：杭州王福庵先生原著，蕭山韓登安先生校錄，南海馬國權老師薦舉 。台北蕙風堂筆墨，1999 年初版）。

十四、本書發韌於光大段翁若膺先生《說文解字注》大作，後摻和大、小徐本之《說文解字》、《說文解字繫傳》、《說文大字典》、《金石大字典》、《作篆通叚》諸元素，乃錦上添花之舉。又本書調整為拼音、部首檢索，遂與中華書局所出版之《注音版說文解字》篇頁無法契合，相信其他版本亦當有此問題。惟《說文解字注》大體依循《說文解字繫傳》編纂〔zuan˘〕，僅木部字序大幅更動，其餘皆大體相同，讀者無須擔心。讀者可先採用「經韵樓藏版」《說文解字注》篇頁，借為參考，即便他著（例《說文解字詁林》）篇頁差異頗大，亦可在其中順著《說文解字》錯版字序找到篆本字，省時省事，誠所謂雖不中亦不遠矣。

十五、筆者敬重段翁若膺先生，他以超人的記憶，窮一生精力完成《說文解字注》「經韵樓藏版」，留給後世一本「古代小百科全書」。舉凡古籍書冊、典章制度、

地理山川、百工百業、人情風俗、花草蟲鳥等，皆有精彩的論述。此外，也敬佩當時所有參與編輯工作、投資段翁出書諸公，及往後在臺灣影印、圈點斷句、雙色處理出書的所有前輩（漢京文化事業有限公司甚且在版權方面，鼓勵同業：歡迎翻印，以廣流傳）；更有勞苦且收益微薄的木版刻字工夙夜匪懈，使所有奇異的偏旁、部首、金文、籀文、及段翁理校推斷的古文，少有錯訛，這是《康熙字典》、《四庫全書》無法比擬的。最後，本書如內容有誤，尚祈不吝指教，筆者會將讀者寶貴的建議，納入再版補正，期望所有愛好我中華傳統文化典籍的讀者都能受益。來函請寄 hengfachu@gmail.com 或 2831802078@qq.com。

附記　編纂說明

今體字同，部首異者，計十字：【大 da`】、【自 zi`】、【右 you`】、【否 fou˘】、【兆 zhao`】、【吹 chui】、【苟 gou˘】、【敖 ao´】、【愷 kai˘】、【瀧 long´】。（作者按：以上係筆者於編纂過程中陸續發現，以下諸前輩文章，多有提及，唯事後查閱《說文解字詁林正補合編》方知，故不一一列舉）

今體字異，古篆字同者，計三十組：【蘻nan´、然 ran´】（作者按：摘自江蘇吳縣葉先生德輝《說文解字詁林正補合編》前篇下，〈說文各部重見字及有部無屬從字例〉）。【柅 ni˘、屎 ni˘】、【藍 lan´、薓 lan´（段正）】。（作者按：摘自安徽黟县俞先生正燮〈說文重字考〉，搜得相關重文，供讀者參考。）【吁 xu、吂xu】、【尋de´、得de´（得）、】、【鞈 ge´、鞳ta`】、【劃 hua´、畫 hua`（劃）】、【歕 xi˘、喜 xi˘】、【沇 yan˘、㕣yan˘、沿 yan´】、【保bao˘、孚 fu´（保）】、【㠯gong˘、巩gong˘】、【㲈you˘、呦 you】、【唾 tuo`、湤 tuo】、【哲 zhe´、悊 zhe´】、【鏝 man`、槾 man`】、【踞 ju`、居 ju】、【斁du`、劇 duo´】（作者按：摘自太倉嘉定王先生鳴盛《說文解字詁林正補合編》前篇下，〈說文重出字〉頁1-1236）；【鬮jiu、撌 jiu】（摘自西雲札記，福建福安李先生枝青，《說文解字詁林正補合編》，〈說文重出字〉）。【羑you˘、羐you˘】、【亥 hai`、豕 shi˘】、【廿 nian`、疾 ji´】、【蟊mao´、蟲 mao´】、【嬌luan˘、孌 luan´】、【屋 wu、握 wo`】、【嘯 xiao`、歗 xiao`】、【輟 chuo`、綴zhuo´】、【磺 huang´、卵 luan˘】、【墉 yong、盫guo】、【奰 huan`、院 yuan`】、【及 ji´、乁 yi´】（筆者於編纂過程中，據《段注》查實後增補計十二組。）

同部異位合體字（作者按：以下摘自安徽黟縣俞先生正燮《說文解字詁林正補合編》前篇下〈說文重字攷〉頁1-1237），計二十三組：、【古 gu˘、叶 xie´】、【㤅（愛）ai`、慨 kai˘】、【東 dong、杲 gao˘、杳 yao˘】、【旰 gan`、旱 han`】、【柔zhen、梓 zi˘、楢 jian`（梓）】、【棘 ji´、棗 zao˘】、【襱 long´、襲 xi´】、【悬jian（姦）、悍 han`】、【含 han´、吟 yin´】、【褒 bao`、袍 pao´】、【卟 ji、占 zhan】、【睹 shu˘、暑 shu˘】、【忠 zhong、忡 chong】、【恭gong˘、恭 gong】、【慔 mu`、慕从艸（慕）mu`】【怡 yi´、怠 dai`】、【愚yu´、愚 yu´】、【恼 nao´、怒 nu`】、【拲 gong˘、拱 gong˘】、【批zi˘、摔cui`】、【汩 gu˘（非汩 mi`）、沓 ta`兩字皆从曰 yue】、【洐 xing´、衍 yan˘】、【改 ji˘、妃 fei】

今體字極相似易混淆者，計三十一組：【凵 kan˘、厶qu】、【几 ji˘、几shu】、【己ji˘、已 yi˘、巳 si`】、【穴bie´、众 bing】、【丸 wan´、凡 fan´】、【汩 mi`，汩 gu˘】、【田tian´、由 yu´、甲 jia˘、申 shen、甶 fu´】、【本 ben˘、本 tao】、【巿 shi`、市 fu´】、【毋wu´、毌 guan`、母 mu˘】、【忍yi`、忍 ren˘】、【夆 feng、夆hai`】、【釆 bian`、采 cai˘】、【夾shan˘、夾 jia´】、【谷jue´、谷 gu˘】、【戾 li`、戾 ti`】、【枾 shi`、柿 fei`】、【林 lin´、棘pai`、柿fei`】、【延zheng、延 yan´】、【苗 miao´、苗 di`】、【陜 shan˘、陝 xia´】、【祖zu˘、祖 ju`】、【奘 zang`、奘 zang`】、【兹 zi、兹 zi】、【嵒 yan´、嵒 nie`】、【案 an`、

窾an`】、【萑 huan´、萑 huan´】、【裸 luoˇ、裸 guan`】、【癈 fei`、廢 fei`】、【暴 bao`、暴bao`】、【褆 ti´、褆 ti´】。

　　今體簡字易錯用者，計三組：【圣 ku、聖 sheng`】、【坏 pei´、壞 huai`】、【鉄 tieˇ、鐵 tieˇ】。

附記　各書訛誤略記

《說文解字注》

1. 苟〔jiˊ〕（此字非苟〔gouˇ〕），段 9 篇上–39。內文第 4 行末，「……葢誤仞為从艸〔caoˇ〕之苟也……」，此仞〔renˋ〕字疑為錯字，認〔renˋ〕字較為妥適。
2. 笮〔zuoˊ〕，段五篇上–6。內文第 3 行首，「……或从艸作笮。」此笮字疑為錯字，應作莋〔zuoˊ〕字。

《說文解字繫傳》

1. 十六篇–13，視〔shiˋ〕：古文植為眎〔shiˋ〕，應為眡〔shiˋ〕 〔shiˋ〕。
2. 十七篇–13，鬼〔guiˇ〕：古文植為䰇〔guiˇ〕，應為䰤〔guiˇ〕 〔guiˇ〕。
3. 十九篇–18，爝〔jueˊ〕：其篆字从彡〔shan〕（寸字位置）， 應从 〔youˋ〕。（以上篆字採用新華字典網頁圖片）

重複字：炙〔zhiˋ〕，十九篇–15，十九篇–20
　　　　思〔xian〕，二十篇–4，二十篇–13。
　　　　閑〔xianˊ〕，十一篇–29 門部，二十三篇–5 木部。同字異部首，
　　　　　　　義不同。《大徐本》及《段注》僅收錄門部。

《金石大字典》

1. 誤植字： 篆「可」字，卷 5–56，誤植於篆「何」字內，卷 3–2。
2. 重複字： 冒：卷- 4–15，卷 21–26。
　　　　　　扁：卷-10–45，卷 30–64

《作篆通叚》

1. 第二頁，稆〔luˇ〕，篆作柅〔niˇ〕，應作秜〔niˊ〕。
2. 第二十頁，瞂〔faˊ〕，篆作栰〔faˊ〕，應作筏〔faˊ〕。通叚內有很多字無電腦用字，故僅舉兩例。

　　以上所舉，除段翁兩例，多倚靠電腦才得發現，非筆者記憶過人。祈望讀者每有發現異常，多以標籤貼紙註記，蒐羅多了，也是一大成就。

《注音，拼音聲母、韻母》簡易對照表

ㄅ=b	ㄏ=h	ㄙ=si，s	ㄣ=en，e
ㄆ=p	ㄐ=j	ㄚ=a	ㄤ=ang，a
ㄇ=m	ㄑ=q	ㄛ=o	ㄥ=eng，e
ㄈ=f	ㄒ=x	ㄜ=e	ㄦ=er，e
ㄉ=d	ㄓ=zhi，zh-	ㄝ=ie	ㄧ=yi，y
ㄊ=t	ㄔ=chi，ch-	ㄞ=ai，a	ㄨ=wu，w
ㄋ=n	ㄕ=shi，sh-	ㄟ=ei，e	ㄩ=yu、u，y
ㄌ=l	ㄖ=ri，r	ㄠ=ao，a	
ㄍ=g	ㄗ=zi，z	ㄡ=ou，o	
ㄎ=k	ㄘ=ci，c	ㄢ=an，a	

拼音目次表

拼（注）音	頁次	拼（注）音	頁次	拼（注）音	頁次	拼（注）音	頁次
chǒu(ㄔㄡˇ)	53	cú(ㄘㄨˊ)	64	děng(ㄉㄥˇ)	76	dùn(ㄉㄨㄣˋ)	90
chòu(ㄔㄡˋ)	53	cù(ㄘㄨˋ)	64	dèng(ㄉㄥˋ)	76	duō(ㄉㄨㄛ)	90
chū(ㄔㄨ)	53	cuán(ㄘㄨㄢˊ)	65	dī(ㄉㄧ)	76	duó(ㄉㄨㄛˊ)	91
chú(ㄔㄨˊ)	54	cuàn(ㄘㄨㄢˋ)	65	dí(ㄉㄧˊ)	77	duǒ(ㄉㄨㄛˇ)	91
chǔ(ㄔㄨˇ)	54	cuī(ㄘㄨㄟ)	65	dǐ(ㄉㄧˇ)	78	duò(ㄉㄨㄛˋ)	91
chù(ㄔㄨˋ)	55	cuǐ(ㄘㄨㄟˇ)	66	dì(ㄉㄧˋ)	78	**E**	92
chuā(ㄔㄨㄚ)	56	cuì(ㄘㄨㄟˋ)	66	diān(ㄉㄧㄢ)	79	ē(ㄜ)	92
chuāi(ㄔㄨㄞ)	56	cūn(ㄘㄨㄣ)	67	diǎn(ㄉㄧㄢˇ)	80	é(ㄜˊ)	92
chuǎi(ㄔㄨㄞˇ)	56	cún(ㄘㄨㄣˊ)	67	diàn(ㄉㄧㄢˋ)	80	ě(ㄜˇ)	93
chuài(ㄔㄨㄞˋ)	56	cǔn(ㄘㄨㄣˇ)	67	diāo(ㄉㄧㄠ)	81	è(ㄜˋ)	93
chuān(ㄔㄨㄢ)	56	cùn(ㄘㄨㄣˋ)	67	diǎo(ㄉㄧㄠˇ)	82	ēi(ㄟ)	95
chuán(ㄔㄨㄢˊ)	56	cuō(ㄘㄨㄛ)	68	diào(ㄉㄧㄠˋ)	82	ēn(ㄣ)	95
chuǎn(ㄔㄨㄢˇ)	56	cuó(ㄘㄨㄛˊ)	68	diē(ㄉㄧㄝ)	82	èn(ㄣˋ)	95
chuàn(ㄔㄨㄢˋ)	57	cuǒ(ㄘㄨㄛˇ)	68	dié(ㄉㄧㄝˊ)	82	ēng(ㄥ)	95
chuāng(ㄔㄨㄤ)	57	cuò(ㄘㄨㄛˋ)	68	dīng(ㄉㄧㄥ)	84	ér(ㄦˊ)	95
chuáng(ㄔㄨㄤˊ)	57	**D**		dǐng(ㄉㄧㄥˇ)	84	ěr(ㄦˇ)	96
chuǎng(ㄔㄨㄤˇ)	57	dā(ㄉㄚ)	69	dìng(ㄉㄧㄥˋ)	84	èr(ㄦˋ)	96
chuàng(ㄔㄨㄤˋ)	57	dá(ㄉㄚˊ)	69	dōng(ㄉㄨㄥ)	85		
chuī(ㄔㄨㄟ)	58	dǎ(ㄉㄚˇ)	69	dǒng(ㄉㄨㄥˇ)	85	**F**	97
chuí(ㄔㄨㄟˊ)	58	dà(ㄉㄚˋ)	70	dòng(ㄉㄨㄥˋ)	85	fā(ㄈㄚ)	97
chūn(ㄔㄨㄣ)	58	dāi(ㄉㄞ)	70	dōu(ㄉㄡ)	85	fá(ㄈㄚˊ)	97
chún(ㄔㄨㄣˊ)	59	dài(ㄉㄞˋ)	70	dǒu(ㄉㄡˇ)	86	fǎ(ㄈㄚˇ)	97
chǔn(ㄔㄨㄣˇ)	60	dān(ㄉㄢ)	71	dòu(ㄉㄡˋ)	86	fà(ㄈㄚˋ)	97
chuō(ㄔㄨㄛ)	60	dǎn(ㄉㄢˇ)	72	dū(ㄉㄨ)	86	fān(ㄈㄢ)	97
chuò(ㄔㄨㄛˋ)	60	dàn(ㄉㄢˋ)	72	dú(ㄉㄨˊ)	87	fán(ㄈㄢˊ)	98
cī(ㄘ)	61	dāng(ㄉㄤ)	73	dǔ(ㄉㄨˇ)	87	fǎn(ㄈㄢˇ)	99
cí(ㄘˊ)	61	dǎng(ㄉㄤˇ)	74	dù(ㄉㄨˋ)	88	fàn(ㄈㄢˋ)	99
cǐ(ㄘˇ)	62	dàng(ㄉㄤˋ)	74	duān(ㄉㄨㄢ)	88	fāng(ㄈㄤ)	100
cì(ㄘˋ)	62	dāo(ㄉㄠ)	74	duǎn(ㄉㄨㄢˇ)	88	fáng(ㄈㄤˊ)	100
cōng(ㄘㄨㄥ)	63	dǎo(ㄉㄠˇ)	74	duàn(ㄉㄨㄢˋ)	89	fǎng(ㄈㄤˇ)	101
cóng(ㄘㄨㄥˊ)	63	dào(ㄉㄠˋ)	75	duī(ㄉㄨㄟ)	89	fàng(ㄈㄤˋ)	101
còng(ㄘㄨㄥˋ)	64	de(ㄉㄜ)	75	duǐ(ㄉㄨㄟˇ)	89	fēi(ㄈㄟ)	101
còu(ㄘㄡˋ)	64	dé(ㄉㄜˊ)	75	duì(ㄉㄨㄟˋ)	89	féi(ㄈㄟˊ)	102
cū(ㄘㄨ)	64	dēng(ㄉㄥ)	76	dūn(ㄉㄨㄣ)	90	fěi(ㄈㄟˇ)	102

拼（注）音	頁次	拼（注）音	頁次	拼（注）音	頁次	拼（注）音	頁次
J	166	jū(ㄐㄩ)	201	kǒng(ㄎㄨㄥˇ)	220	làn(ㄌㄢˋ)	230
jī(ㄐㄧ)	166	jú(ㄐㄩˊ)	203	kòng(ㄎㄨㄥˋ)	220	láng(ㄌㄤˊ)	230
jí(ㄐㄧˊ)	169	jǔ(ㄐㄩˇ)	205	kōu(ㄎㄡ)	220	lǎng(ㄌㄤˇ)	230
jǐ(ㄐㄧˇ)	172	jù(ㄐㄩˋ)	206	kǒu(ㄎㄡˇ)	220	làng(ㄌㄤˋ)	231
jì(ㄐㄧˋ)	173	juān(ㄐㄩㄢ)	207	kòu(ㄎㄡˋ)	221	lāo(ㄌㄠ)	231
jiā(ㄐㄧㄚ)	176	juǎn(ㄐㄩㄢˇ)	208	kū(ㄎㄨ)	221	láo(ㄌㄠˊ)	231
jiá(ㄐㄧㄚˊ)	177	juàn(ㄐㄩㄢˋ)	208	kǔ(ㄎㄨˇ)	221	lǎo(ㄌㄠˇ)	231
jiǎ(ㄐㄧㄚˇ)	178	juē(ㄐㄩㄝ)	209	kù(ㄎㄨˋ)	221	lào(ㄌㄠˋ)	231
jià(ㄐㄧㄚˋ)	179	jué(ㄐㄩㄝˊ)	209	kuā(ㄎㄨㄚ)	222	lè(ㄌㄜˋ)	232
jiān(ㄐㄧㄢ)	179	juè(ㄐㄩㄝˋ)	212	kuǎ(ㄎㄨㄚˇ)	222	léi(ㄌㄟˊ)	232
jiǎn(ㄐㄧㄢˇ)	181	jūn(ㄐㄩㄣ)	212	kuà(ㄎㄨㄚˋ)	222	lěi(ㄌㄟˇ)	233
jiàn(ㄐㄧㄢˋ)	183	jùn(ㄐㄩㄣˋ)	213	kuǎi(ㄎㄨㄞˇ)	222	lèi(ㄌㄟˋ)	234
jiāng(ㄐㄧㄤ)	185			kuài(ㄎㄨㄞˋ)	222	léng(ㄌㄥˊ)	234
jiǎng(ㄐㄧㄤˇ)	185	**K**		kuān(ㄎㄨㄢ)	214	lěng(ㄌㄥˇ)	234
jiàng(ㄐㄧㄤˋ)	186	kāi(ㄎㄞ)	214	kuǎn(ㄎㄨㄢˇ)	214	lí(ㄌㄧˊ)	234
jiāo(ㄐㄧㄠ)	186	kǎi(ㄎㄞˇ)	214	kuāng(ㄎㄨㄤ)	214	lǐ(ㄌㄧˇ)	236
jiáo(ㄐㄧㄠˊ)	187	kài(ㄎㄞˋ)	215	kuáng(ㄎㄨㄤˊ)	215	lì(ㄌㄧˋ)	238
jiǎo(ㄐㄧㄠˇ)	187	kān(ㄎㄢ)	215	kuàng(ㄎㄨㄤˋ)	215	lián(ㄌㄧㄢˊ)	241
jiào(ㄐㄧㄠˋ)	189	kǎn(ㄎㄢˇ)	215	kuī(ㄎㄨㄟ)	216	liǎn(ㄌㄧㄢˇ)	242
jiē(ㄐㄧㄝ)	190	kàn(ㄎㄢˋ)	216	kuí(ㄎㄨㄟˊ)	216	liàn(ㄌㄧㄢˋ)	242
jié(ㄐㄧㄝˊ)	191	kāng(ㄎㄤ)	216	kuǐ(ㄎㄨㄟˇ)	216	liáng(ㄌㄧㄤˊ)	243
jiě(ㄐㄧㄝˇ)	192	káng(ㄎㄤˊ)	216	kuì(ㄎㄨㄟˋ)	226	liǎng(ㄌㄧㄤˇ)	243
jiè(ㄐㄧㄝˋ)	193	kàng(ㄎㄤˋ)	216	kūn(ㄎㄨㄣ)	226	liàng(ㄌㄧㄤˋ)	244
jīn(ㄐㄧㄣ)	194	kāo(ㄎㄠ)	217	kǔn(ㄎㄨㄣˇ)	227	liáo(ㄌㄧㄠˊ)	244
jǐn(ㄐㄧㄣˇ)	195	kǎo(ㄎㄠˇ)	217	kùn(ㄎㄨㄣˋ)	227	liǎo(ㄌㄧㄠˇ)	245
jìn(ㄐㄧㄣˋ)	195	kào(ㄎㄠˋ)	217	kuò(ㄎㄨㄛˋ)	227	liào(ㄌㄧㄠˋ)	245
jīng(ㄐㄧㄥ)	197	kē(ㄎㄜ)	217			liè(ㄌㄧㄝˋ)	246
jǐng(ㄐㄧㄥˇ)	197	ké(ㄎㄜˊ)	218	**L**		lín(ㄌㄧㄣˊ)	247
jìng(ㄐㄧㄥˋ)	198	kě(ㄎㄜˇ)	218	lā(ㄌㄚ)	218	lǐn(ㄌㄧㄣˇ)	248
jiōng(ㄐㄩㄥ)	199	kè(ㄎㄜˋ)	218	là(ㄌㄚˋ)	218	lìn(ㄌㄧㄣˋ)	248
jiǒng(ㄐㄩㄥˇ)	199	kēn(ㄎㄣˇ)	219	lái(ㄌㄞˊ)	219	líng(ㄌㄧㄥˊ)	249
jiū(ㄐㄧㄡ)	200	kèn(ㄎㄣˋ)	219	lài(ㄌㄞˋ)	219	lǐng(ㄌㄧㄥˇ)	250
jiǔ(ㄐㄧㄡˇ)	200	kēng(ㄎㄥ)	220	lán(ㄌㄢˊ)	219	lìng(ㄌㄧㄥˋ)	250
jiù(ㄐㄧㄡˋ)	201	kōng(ㄎㄨㄥ)	220	lǎn(ㄌㄢˇ)	220	liū(ㄌㄧㄡ)	250

拼（注）音	頁次	拼（注）音	頁次	拼（注）音	頁次	拼（注）音	頁次
O		pí(ㄆㄧˊ)	305	qí(ㄑㄧˊ)	317	qiǔ(ㄑㄧㄡˇ)	338
ō(ㄛ)	297	pǐ(ㄆㄧˇ)	306	qǐ(ㄑㄧˇ)	320	qū(ㄑㄩ)	338
ó(ㄛˊ)	297	pì(ㄆㄧˋ)	306	qì(ㄑㄧˋ)	321	qú(ㄑㄩˊ)	339
ōu(ㄡ)	297	piān(ㄆㄧㄢ)	307	qiā(ㄑㄧㄚ)	322	qǔ(ㄑㄩˇ)	341
ǒu(ㄡˇ)	297	pián(ㄆㄧㄢˊ)	307	qiá(ㄑㄧㄚˊ)	323	qù(ㄑㄩˋ)	341
òu(ㄡˋ)	297	piǎn(ㄆㄧㄢˇ)	308	qià(ㄑㄧㄚˋ)	323	quān(ㄑㄩㄢ)	341
		piàn(ㄆㄧㄢˋ)	308	qiān(ㄑㄧㄢ)	323	quán(ㄑㄩㄢˊ)	341
P		piāo(ㄆㄧㄠ)	308	qián(ㄑㄧㄢˊ)	325	quǎn(ㄑㄩㄢˇ)	343
pā(ㄆㄚ)	297	piáo(ㄆㄧㄠˊ)	309	qiǎn(ㄑㄧㄢˇ)	326	quàn(ㄑㄩㄢˋ)	343
pá(ㄆㄚˊ)	298	piǎo(ㄆㄧㄠˇ)	309	qiàn(ㄑㄧㄢˋ)	326	quē(ㄑㄩㄝ)	343
pà(ㄆㄚˋ)	298	piào(ㄆㄧㄠˋ)	309	qiāng(ㄑㄧㄤ)	327	què(ㄑㄩㄝˋ)	343
pāi(ㄆㄞ)	298	piē(ㄆㄧㄝ)	309	qiáng(ㄑㄧㄤˊ)	327	qūn(ㄑㄩㄣ)	344
pái(ㄆㄞˊ)	298	piě(ㄆㄧㄝˇ)	310	qiǎng(ㄑㄧㄤˇ)	328	qún(ㄑㄩㄣˊ)	344
pài(ㄆㄞˋ)	298	piè(ㄆㄧㄝˋ)	310	qiàng(ㄑㄧㄤˋ)	328	qùn(ㄑㄩㄣˋ)	344
pān(ㄆㄢ)	299	pīn(ㄆㄧㄣ)	310	qiāo(ㄑㄧㄠ)	328		
pán(ㄆㄢˊ)	299	pín(ㄆㄧㄣˊ)	310	qiáo(ㄑㄧㄠˊ)	329	R	345
pǎn(ㄆㄢˇ)	299	pǐn(ㄆㄧㄣˇ)	310	qiǎo(ㄑㄧㄠˇ)	329	rán(ㄖㄢˊ)	345
pàn(ㄆㄢˋ)	300	pìn(ㄆㄧㄣˋ)	310	qiào(ㄑㄧㄠˋ)	330	rǎn(ㄖㄢˇ)	345
pāng(ㄆㄤ)	300	pīng(ㄆㄧㄥ)	311	qiē(ㄑㄧㄝ)	330	ráng(ㄖㄤˊ)	345
páng(ㄆㄤˊ)	300	píng(ㄆㄧㄥˊ)	311	qié(ㄑㄧㄝˊ)	330	rǎng(ㄖㄤˇ)	346
pàng(ㄆㄤˋ)	301	pō(ㄆㄛ)	312	qiě(ㄑㄧㄝˇ)	330	ràng(ㄖㄤˋ)	346
pāo(ㄆㄠ)	301	pó(ㄆㄛˊ)	312	qiè(ㄑㄧㄝˋ)	330	ráo(ㄖㄠˊ)	346
páo(ㄆㄠˊ)	301	pǒ(ㄆㄛˇ)	312	qīn(ㄑㄧㄣ)	331	rǎo(ㄖㄠˇ)	347
pào(ㄆㄠˋ)	301	pò(ㄆㄛˋ)	312	qín(ㄑㄧㄣˊ)	332	rào(ㄖㄠˋ)	347
pēi(ㄆㄟ)	302	pōu(ㄆㄡ)	313	qǐn(ㄑㄧㄣˇ)	333	rě(ㄖㄜˇ)	347
péi(ㄆㄟˊ)	302	póu(ㄆㄡˊ)	313	qìn(ㄑㄧㄣˋ)	333	rè(ㄖㄜˋ)	347
pèi(ㄆㄟˋ)	302	pǒu(ㄆㄡˇ)	313	qīng(ㄑㄧㄥ)	333	rén(ㄖㄣˊ)	347
pēn(ㄆㄣ)	303	pū(ㄆㄨ)	313	qíng(ㄑㄧㄥˊ)	334	rěn(ㄖㄣˇ)	347
pén(ㄆㄣˊ)	303	pú(ㄆㄨˊ)	314	qǐng(ㄑㄧㄥˇ)	334	rèn(ㄖㄣˋ)	348
pēng(ㄆㄥ)	303	pǔ(ㄆㄨˇ)	314	qìng(ㄑㄧㄥˋ)	335	rēng(ㄖㄥ)	348
péng(ㄆㄥˊ)	303	pù(ㄆㄨˋ)	315	qiōng(ㄑㄩㄥ)	335	réng(ㄖㄥˊ)	348
pěng(ㄆㄥˇ)	304			qióng(ㄑㄩㄥˊ)	335	rì(ㄖˋ)	348
pèng(ㄆㄥˋ)	304	Q		qiū(ㄑㄧㄡ)	315	róng(ㄖㄨㄥˊ)	349
pī(ㄆㄧ)	304	qī(ㄑㄧ)	315	qiú(ㄑㄧㄡˊ)	337	rǒng(ㄖㄨㄥˇ)	349

拼（注）音	頁次	拼（注）音	頁次	拼（注）音	頁次	拼（注）音	頁次
tiàn(ㄊㄧㄢˋ)	402	tuó(ㄊㄨㄛˊ)	413	wū(ㄨ)	427	xíng(ㄒㄧㄥˊ)	453
tiāo(ㄊㄧㄠ)	402	tuǒ(ㄊㄨㄛˇ)	413	wú(ㄨˊ)	427	xǐng(ㄒㄧㄥˇ)	454
tiáo(ㄊㄧㄠˊ)	403	tuò(ㄊㄨㄛˋ)	413	wǔ(ㄨˇ)	428	xìng(ㄒㄧㄥˋ)	454
tiǎo(ㄊㄧㄠˇ)	403			wù(ㄨˋ)	429	xiōng(ㄒㄩㄥ)	454
tiào(ㄊㄧㄠˋ)	404	**W**				xióng(ㄒㄩㄥˊ)	455
tiē(ㄊㄧㄝ)	404	wā(ㄨㄚ)	414	**X**		xiòng(ㄒㄩㄥˋ)	455
tiě(ㄊㄧㄝˇ)	404	wá(ㄨㄚˊ)	414	xī(ㄒㄧ)	430	xiū(ㄒㄧㄡ)	455
tiè(ㄊㄧㄝˋ)	404	wǎ(ㄨㄚˇ)	414	xí(ㄒㄧˊ)	433	xiǔ(ㄒㄧㄡˇ)	456
tīng(ㄊㄧㄥ)	404	wà(ㄨㄚˋ)	414	xǐ(ㄒㄧˇ)	434	xiù(ㄒㄧㄡˋ)	456
tíng(ㄊㄧㄥˊ)	405	wāi(ㄨㄞ)	415	xì(ㄒㄧˋ)	435	xū(ㄒㄩ)	456
tǐng(ㄊㄧㄥˇ)	405	wǎi(ㄨㄞˇ)	415	xiā(ㄒㄧㄚ)	437	xú(ㄒㄩˊ)	457
tōng(ㄊㄨㄥ)	406	wài(ㄨㄞˋ)	415	xiá(ㄒㄧㄚˊ)	437	xǔ(ㄒㄩˇ)	458
tóng(ㄊㄨㄥˊ)	406	wān(ㄨㄢ)	415	xiǎ(ㄒㄧㄚˇ)	438	xù(ㄒㄩˋ)	458
tǒng(ㄊㄨㄥˇ)	407	wán(ㄨㄢˊ)	415	xià(ㄒㄧㄚˋ)	438	xuān(ㄒㄩㄢ)	460
tòng(ㄊㄨㄥˋ)	407	wǎn(ㄨㄢˇ)	416	xiān(ㄒㄧㄢ)	439	xuán(ㄒㄩㄢˊ)	461
tōu(ㄊㄡ)	407	wàn(ㄨㄢˋ)	417	xián(ㄒㄧㄢˊ)	440	xuǎn(ㄒㄩㄢˇ)	462
tóu(ㄊㄡˊ)	407	wāng(ㄨㄤ)	417	xiǎn(ㄒㄧㄢˇ)	442	xuàn(ㄒㄩㄢˋ)	462
tǒu(ㄊㄡˇ)	407	wáng(ㄨㄤˊ)	417	xiàn(ㄒㄧㄢˋ)	442	xuē(ㄒㄩㄝ)	463
tòu(ㄊㄡˋ)	408	wǎng(ㄨㄤˇ)	417	xiāng(ㄒㄧㄤ)	444	xué(ㄒㄩㄝˊ)	463
tū(ㄊㄨ)	408	wàng(ㄨㄤˋ)	418	xiáng(ㄒㄧㄤˊ)	444	xuě(ㄒㄩㄝˇ)	463
tú(ㄊㄨˊ)	408	wēi(ㄨㄟ)	418	xiǎng(ㄒㄧㄤˇ)	445	xuè(ㄒㄩㄝˋ)	464
tǔ(ㄊㄨˇ)	409	wéi(ㄨㄟˊ)	419	xiàng(ㄒㄧㄤˋ)	445	xūn(ㄒㄩㄣ)	464
tù(ㄊㄨˋ)	409	wěi(ㄨㄟˇ)	420	xiāo(ㄒㄧㄠ)	445	xún(ㄒㄩㄣˊ)	465
tuān(ㄊㄨㄢ)	409	wèi(ㄨㄟˋ)	422	xiáo(ㄒㄧㄠˊ)	447	xùn(ㄒㄩㄣˋ)	466
tuán(ㄊㄨㄢˊ)	409	wēn(ㄨㄣ)	424	xiǎo(ㄒㄧㄠˇ)	447		
tuǎn(ㄊㄨㄢˇ)	410	wén(ㄨㄣˊ)	424	xiào(ㄒㄧㄠˋ)	448	**Y**	467
tuàn(ㄊㄨㄢˋ)	410	wěn(ㄨㄣˇ)	424	xiē(ㄒㄧㄝ)	448	yā(ㄧㄚ)	467
tuī(ㄊㄨㄟ)	410	wèn(ㄨㄣˋ)	425	xié(ㄒㄧㄝˊ)	448	yá(ㄧㄚˊ)	467
tuí(ㄊㄨㄟˊ)	410	wēng(ㄨㄥ)	425	xiě(ㄒㄧㄝˇ)	450	yǎ(ㄧㄚˇ)	468
tuǐ(ㄊㄨㄟˇ)	411	wěng(ㄨㄥˇ)	425	xiè(ㄒㄧㄝˋ)	450	yà(ㄧㄚˋ)	468
tuì(ㄊㄨㄟˋ)	411	wèng(ㄨㄥˋ)	425	xīn(ㄒㄧㄣ)	452	yān(ㄧㄢ)	469
tūn(ㄊㄨㄣ)	411	wō(ㄨㄛ)	425	xín(ㄒㄧㄣˊ)	452	yán(ㄧㄢˊ)	470
tún(ㄊㄨㄣˊ)	411	wǒ(ㄨㄛˇ)	426	xìn(ㄒㄧㄣˋ)	452	yǎn(ㄧㄢˇ)	472
tuō(ㄊㄨㄛ)	412	wò(ㄨㄛˋ)	426	xīng(ㄒㄧㄥ)	453	yàn(ㄧㄢˋ)	474

拼（注）音	頁次	拼（注）音	頁次	拼（注）音	頁次	拼（注）音	頁次
zòng(ㄗㄨㄥˋ)	566	zǔ(ㄗㄨˇ)	568	zuī(ㄗㄨㄟ)	569	zùn(ㄗㄨㄣˋ)	571
zōu(ㄗㄡ)	567	zù(ㄗㄨˋ)	569	zuǐ(ㄗㄨㄟˇ)	570	zuō(ㄗㄨㄛ)	571
zǒu(ㄗㄡˇ)	567	zuān(ㄗㄨㄢ)	569	zuì(ㄗㄨㄟˋ)	570	zuó(ㄗㄨㄛˊ)	571
zòu(ㄗㄡˋ)	567	zuǎn(ㄗㄨㄢˇ)	569	zūn(ㄗㄨㄣ)	570	zuǒ(ㄗㄨㄛˇ)	571
zū(ㄗㄨ)	567	zuàn(ㄗㄨㄢˋ)	569	zǔn(ㄗㄨㄣˇ)	571	zuò(ㄗㄨㄛˋ)	571
zú(ㄗㄨˊ)	568						

拼音檢字表

篆本字（古文、金文、籀文、俗字、通用字，通叚、金石）	說文部首	康熙部首	筆畫	一般頁碼	洪葉頁碼	金石字典頁碼	段注篇章	徐鍇通釋篇章	徐鉉藤花榭篇
A									
ā（ㄚ）									
阿（阿、槴通叚）	𨸏部	【阜部】	5畫	731	738	30-23	段14下-2	錯28-1	鉉14下-1
腌（淹，醃通叚）	肉部	【肉部】	8畫	176	178	無	段4下-38	錯8-14	鉉4下-6
āi（ㄞ）									
哀（悕通叚）	口部	【口部】	6畫	61	61	6-34	段2上-26	錯3-11	鉉2上-5
唉（欸、誒）	口部	【口部】	7畫	57	58	無	段2上-19	錯3-8	鉉2上-4
欸（唉、誒）	欠部	【欠部】	7畫	412	416	無	段8下-22	錯16-16	鉉8下-5
誒（唉、欸）	言部	【言部】	7畫	97	98	無	段3上-23	錯5-12	鉉3上-5
埃（靉曃naiˋ 述及）	土部	【土部】	7畫	691	698	無	段13下-35	錯26-6	鉉13下-5
娭（嬉）	女部	【女部】	7畫	620	626	無	段12下-17	錯24-6	鉉12下-3
挨	手部	【手部】	7畫	608	614	無	段12上-50	錯23-16	鉉12上-8
ái（ㄞˊ）									
殟	歺部	【歹部】	10畫	163	165	無	段4下-12	錯8-6	鉉4下-3
敱	攴部	【支部】	10畫	123	124	無	段3下-34	錯6-17	鉉3下-8
皚（澄通叚）	白部	【白部】	10畫	364	367	無	段7下-58	錯14-24	鉉7下-10
磑（weiˋ）	石部	【石部】	10畫	452	457	無	段9下-31	錯18-10	鉉9下-5
齸	齒部	【齒部】	10畫	80	80	無	段2下-22	錯4-11	鉉2下-5
ǎi（ㄞˇ）									
毒	毋部	【毋部】	4畫	626	632	無	段12下-30	錯24-10	鉉12下-5
佁（yi˘）	人部	【人部】	5畫	379	383	無	段8上-30	錯15-10	鉉8上-4
欸（唉、誒）	欠部	【欠部】	7畫	412	416	無	段8下-22	錯16-16	鉉8下-5
唉（欸、誒）	口部	【口部】	7畫	57	58	無	段2上-19	錯3-8	鉉2上-4
誒（唉、欸）	言部	【言部】	7畫	97	98	無	段3上-23	錯5-12	鉉3上-5
矮	矢部	【矢部】	8畫	無	無	無	無	無	鉉5下-4
睥（罷、䍡，婢、矮通叚）	立部	【立部】	8畫	500	505	無	段10下-21	錯20-8	鉉10下-4
雉（餯，埃、矮通叚）	隹部	【隹部】	5畫	141	143	30-55	段4上-25	錯7-11	鉉4上-5
僾（薆，噯通叚）	人部	【人部】	13畫	370	374	無	段8上-12	錯15-5	鉉8上-2
靄	雨部	【雨部】	16畫	無	無	無	無	無	鉉11下-4
藹（靄，靉通叚）	艸部	【艸部】	12畫	43	43	無	段1下-44	錯2-20	鉉1下-7

篆本字（古文、金文、籀文、俗字、通用字，通叚、金石）	說文部首	康熙部首	筆畫	一般頁碼	洪葉頁碼	金石字典頁碼	段注篇章	徐鍇通釋篇章	徐鉉藤花榭篇
藹(靄通叚)	言部	【艸部】	16畫	93	93	25-41	段3上-14	錯5-8	鉉3上-3
ai(ㄞˋ)									
艾(乂，薉通叚)	艸部	【艸部】	2畫	31	32	24-55	段1下-21	錯2-10	鉉1下-4
炁(乂、艾)	心部	【心部】	2畫	515	520	無	段10下-51	錯20-18	鉉10下-9
乂(刈、艾)	丿部	【丿部】	1畫	627	633	無	段12下-31	錯24-11	鉉12下-5
壁(乂、艾)	辟部	【辛部】	7畫	432	437	無	段9上-35	錯17-11	鉉9上-6
愛(炁)	夊部	【心部】	9畫	233	235	無	段5下-36	錯10-15	鉉5下-7
籆(愛、薆，曖、靉通叚)	竹部	【竹部】	13畫	198	200	無	段5上-20	錯9-7	鉉5上-3
炁(憨、愛、薆)	心部	【心部】	5畫	506	510	13-9	段10下-32	錯20-12	鉉10下-6
旡(㤅、先、炁、優)	旡部	【无部】	1畫	414	419	15-21	段8下-27	錯16-18	鉉8下-6
欬(kai`)	欠部	【欠部】	6畫	413	417	17-17	段8下-24	錯16-17	鉉8下-5
飴(�，餃)	倉部	【食部】	5畫	218	221	31-41	段5下-7	錯10-4	鉉5下-2
該(餀，絯、餃通叚)	言部	【言部】	6畫	101	102	無	段3上-31	錯5-16	鉉3上-6
餲(胹、胺、餲、鰛通叚)	倉部	【食部】	9畫	222	224	無	段5下-14	錯10-6	鉉5下-3
嗌(蒜、益，膉通叚)	口部	【口部】	10畫	54	55	6-50	段2上-13	錯3-6	鉉2上-3
齸(嗌)	齒部	【齒部】	10畫	80	81	無	段2下-23	錯4-12	鉉2下-5
癌	疒部	【疒部】	11畫	352	355	無	段7下-34	錯14-15	鉉7下-6
藹(靄，靄通叚)	艸部	【艸部】	12畫	43	43	無	段1下-44	錯2-20	鉉1下-7
壒	土部	【土部】	14畫	無	無	無	無	無	鉉13下-6
堨(遏，壒通叚)	土部	【土部】	9畫	685	693	無	段13下-23	錯26-3	鉉13下-4
旡(㤅、先、炁、優)	旡部	【无部】	1畫	414	419	15-21	段8下-27	錯16-18	鉉8下-6
優(薆，曖通叚)	人部	【人部】	13畫	370	374	無	段8上-12	錯15-5	鉉8上-2
籆(愛、薆，曖、靉通叚)	竹部	【竹部】	13畫	198	200	無	段5上-20	錯9-7	鉉5上-3
埃(靉皑nai`述及)	土部	【土部】	7畫	691	698	無	段13下-35	錯26-6	鉉13下-5
懝(癡，儗通叚)	心部	【心部】	14畫	509	514	無	段10下-39	錯20-14	鉉10下-7
礙(硋，碍、軶通叚)	石部	【石部】	14畫	452	456	無	段9下-30	錯18-10	鉉9下-4
俟(胲、礙、贆，賅通叚)	人部	【人部】	6畫	368	372	3-10	段8上-7	錯15-3	鉉8上-1

篆本字（古文、金文、籀文、俗字、通用字，通段、金石）	說文部首	康熙部首	筆畫	一般頁碼	洪葉頁碼	金石字典頁碼	段注篇章	徐鍇通釋篇章	徐鉉藤花榭篇
譺	言部	【言部】	14畫	96	97	無	段3上-21	鍇5-11	鉉3上-4
䦥从廿月(隘)	䦙部	【阜部】	16畫	737	744	30-46	段14下-13	鍇28-5	鉉14下-2
阨(扼、隘籒dian ﹀述及，阨通段)	昌部	【阜部】	5畫	734	741	無	段14下-8	鍇28-3	鉉14下-1
ān(ㄢ)									
厂(厈、巖广an述及，圸通段)	厂部	【厂部】		446	450	5-32	段9下-18	鍇18-6	鉉9下-3
广	广部	【广部】		442	447	11-45	段9下-11	鍇18-4	鉉9下-2
安	宀部	【宀部】	3畫	339	343	9-22	段7下-9	鍇14-4	鉉7下-2
晏(安、宴晏曣古通用，晛xian ﹀述及)	日部	【日部】	6畫	304	307	15-45	段7上-5	鍇13-2	鉉7上-1
洝(安)	水部	【水部】	6畫	561	566	無	段11上貳-31	鍇21-22	鉉11上-8
侒	人部	【人部】	6畫	373	377	無	段8上-17	鍇15-7	鉉8上-3
盌(椀，碗、盋通段)	皿部	【皿部】	5畫	211	213	21-18	段5上-46	鍇9-19	鉉5上-9
鞌(鞍)	革部	【革部】	6畫	109	110	無	段3下-6	鍇6-4	鉉3下-2
餲(胭、胺、鰪、鰞通段)	倉部	【食部】	9畫	222	224	無	段5下-14	鍇10-6	鉉5下-3
裺(yan ˇ)	衣部	【衣部】	8畫	390	394	無	段8上-51	鍇16-2	鉉8上-8
婩	女部	【女部】	9畫	620	626	無	段12下-18	鍇24-6	鉉12下-3
諳	言部	【言部】	9畫	101	101	無	段3上-30	鍇5-16	鉉3上-6
闇(暗，菴通段)	門部	【門部】	9畫	590	596	無	段12上-13	鍇23-5	鉉12上-3
盦(庵、罯、盒、菴通段)	皿部	【皿部】	11畫	213	215	21-21	段5上-49	鍇9-20	鉉5上-9
雗(鷼、鶾，鷳通段)	隹部	【隹部】	11畫	143	145	無	段4上-29	鍇7-13	鉉4上-5
ǎn(ㄢˇ)									
俺	人部	【人部】	8畫	369	373	無	段8上-10	鍇15-4	鉉8上-2
晻(崦通段)	日部	【日部】	8畫	305	308	無	段7上-8	鍇13-3	鉉7上-1
暗(闇、晻，陪通段)	日部	【日部】	9畫	305	308	無	段7上-8	鍇13-3	鉉7上-1
頜(頷)	頁部	【頁部】	8畫	419	423	無	段9上-8	鍇17-3	鉉9上-2
罯(署)	网部	【网部】	9畫	356	360	無	段7下-43	鍇14-20	鉉7下-8
盦(庵、罯、盒、菴通段)	皿部	【皿部】	11畫	213	215	21-21	段5上-49	鍇9-20	鉉5上-9
嬌	女部	【女部】	11畫	623	629	無	段12下-24	鍇24-8	鉉12下-4

篆本字(古文、金文、籀文、俗字、通用字，通段、金石)	說文部首	康熙部首	筆畫	一般頁碼	洪葉頁碼	金石字典頁碼	段注篇章	徐鍇通釋篇章	徐鉉藤花榭篇
灛	水部	【水部】	17畫	546	551	無	段11上貳-1	鍇21-13	鉉11上-4
an(ㄢˋ)									
犴(犴、岸，狱通段)	豸部	【豸部】	3畫	458	462	無	段9下-42	鍇18-15	鉉9下-7
岸(犴，矸通段)	屵部	【山部】	5畫	442	446	10-54	段9下-10	鍇18-4	鉉9下-2
屵(嵃通段)	屵部	【山部】	2畫	442	446	無	段9下-10	鍇18-4	鉉9下-2
按	手部	【手部】	6畫	598	604	14-15	段12上-29	鍇23-10	鉉12上-5
案木部	木部	【木部】	6畫	260	263	16-34	段6上-45	鍇11-20	鉉6上-6
窠禾部	禾部	【禾部】	6畫	325	328	無	段7上-47	鍇13-19	鉉7上-8
洝(安)	水部	【水部】	6畫	561	566	無	段11上貳-31	鍇21-22	鉉11上-8
荌	艸部	【艸部】	6畫	29	29	無	段1下-16	鍇2-8	鉉1下-3
晻(崦通段)	日部	【日部】	8畫	305	308	無	段7上-8	鍇13-3	鉉7上-1
暗(闇、晻，陪通段)	日部	【日部】	9畫	305	308	無	段7上-8	鍇13-3	鉉7上-1
闇(暗，菴通段)	門部	【門部】	9畫	590	596	無	段12上-13	鍇23-5	鉉12上-3
騲	馬部	【馬部】	8畫	462	467	無	段10上-5	鍇19-2	鉉10上-1
黯	黑部	【黑部】	9畫	487	492	無	段10上-55	鍇19-19	鉉10上-10
韽	音部	【音部】	11畫	102	103	無	段3上-33	鍇5-17	鉉3上-7
āng(ㄤ)									
腌(淹，醃通段)	肉部	【肉部】	8畫	176	178	無	段4下-38	鍇8-14	鉉4下-6
亢(頏、肮、吭)	亢部	【亠部】	2畫	497	501	2-28	段10下-14	鍇20-5	鉉10下-3
áng(ㄤˊ)									
卬(印、仰，昂通段)	匕部	【卩部】	2畫	385	389	5-23	段8上-42	鍇15-14	鉉8上-6
仰(卬)	人部	【人部】	4畫	373	377	2-53	段8上-18	鍇15-7	鉉8上-3
昂	日部	【日部】	4畫	無	無	無	無	無	鉉7上-2
茚(茆通段)	艸部	【艸部】	4畫	34	34	無	段1下-26	鍇2-12	鉉1下-4
鞅	革部	【革部】	4畫	108	109	無	段3下-3	鍇6-3	鉉3下-1
駠	馬部	【馬部】	4畫	464	469	無	段10上-9	鍇19-3	鉉10上-2
àng(ㄤˋ)									
柳	木部	【木部】	4畫	267	269	無	段6上-58	鍇11-25	鉉6上-7
盎(瓮，映通段)	皿部	【皿部】	5畫	212	214	21-15	段5上-47	鍇9-19	鉉5上-9
醠(盎)	酉部	【酉部】	10畫	748	755	無	段14下-35	鍇28-18	鉉14下-8
āo(ㄠ)									
窅窅朕=坳突=凹凸(眑、窅通段)	目部	【穴部】	5畫	130	132	無	段4上-3	鍇7-2	鉉4上-1

篆本字(古文、金文、籀文、俗字、通用字,通叚、金石)	說文部首	康熙部首	筆畫	一般頁碼	洪葉頁碼	金石字典頁碼	段注篇章	徐鍇通釋篇章	徐鉉藤花榭篇
鑣(爊、鏖)	金部	【金部】	13畫	704	711	無	段14上-6	鍇27-3	鉉14上-2
áo(ㄠˊ)									
敖放部(敖,螯、遨、鰲通叚)	放部	【攴部】	7畫	160	162	14-43	段4下-5	鍇8-3	鉉4下-2
敖出部(敖,螯、遨、鰲通叚)	出部	【攴部】	7畫	273	275	無	段6下-2	鍇12-2	鉉6下-1
嶅(敖,碯、隞通叚)	山部	【山部】	11畫	439	444	無	段9下-5	鍇18-2	鉉9下-1
傲(敖、嫯,慠、憿通叚)	人部	【人部】	11畫	369	373	13-31	段8上-10	鍇15-4	鉉8上-2
聱(謷)	耳部	【耳部】	10畫	無	無	無	無	無	鉉12上-4
謷(囂、聱)	言部	【言部】	11畫	96	96	無	段3上-20	鍇5-10	鉉3上-4
鼇	黽部	【黽部】	10畫	無	無	無	無	無	鉉13下-3
龜(𪓰,鼇通叚)	龜部	【龜部】		678	685	32-61	段13下-9	鍇25-17	鉉13下-2
嗷(嗸)	口部	【口部】	11畫	60	60	無	段2上-24	鍇3-10	鉉2上-5
嶅(敖,碯、隞通叚)	山部	【山部】	11畫	439	444	無	段9下-5	鍇18-2	鉉9下-1
擎(擎,撽通叚)	手部	【手部】	13畫	608	614	無	段12上-50	鍇23-16	鉉12上-8
漖	水部	【水部】	11畫	532	537	無	段11上壹-33	鍇21-10	鉉11上-2
熬(𤏳从敖麥、爊)	火部	【火部】	11畫	482	487	19-24	段10上-45	鍇19-15	鉉10上-8
獒	犬部	【犬部】	11畫	474	479	無	段10上-29	鍇19-9	鉉10上-5
翱	羽部	【羽部】	12畫	140	141	23-56	段4上-22	鍇7-10	鉉4上-4
觺(xi´)	角部	【角部】	13畫	187	189	無	段4下-60	鍇8-20	鉉4下-9
鑣(爊、鏖)	金部	【金部】	13畫	704	711	無	段14上-6	鍇27-3	鉉14上-2
ǎo(ㄠˇ)									
芙	艸部	【艸部】	4畫	29	29	無	段1下-16	鍇2-8	鉉1下-3
拗	手部	【手部】	5畫	無	無	無	無	無	鉉12上-8
夭(拗、殀、麇通叚)	夭部	【大部】	5畫	494	498	7-62	段10下-8	鍇20-3	鉉10下-2
撟(矯,拗通叚)	手部	【手部】	12畫	604	610	無	段12上-41	鍇23-13	鉉12上-6
鴢	鳥部	【鳥部】	8畫	151	152	無	段4上-44	鍇7-20	鉉4上-8
媼(嫗)	女部	【女部】	10畫	615	621	無	段12下-7	鍇24-2	鉉12下-1
襖	衣部	【衣部】	13畫	無	無	無	無	無	鉉8上-10
燠(奥,墺、襖通叚)	火部	【火部】	12畫	486	490	無	段10上-52	鍇19-17	鉉10上-9
襦(濡,襖通叚)	衣部	【衣部】	14畫	394	398	無	段8上-60	鍇16-4	鉉8上-9

篆本字(古文、金文、籀文、俗字、通用字，通段、金石)	說文部首	康熙部首	筆畫	一般頁碼	洪葉頁碼	金石字典頁碼	段注篇章	徐鍇通釋篇章	徐鉉藤花榭篇
ao(ㄠˋ)									
坳	土部	【土部】	5畫	無	無	無	無	無	鉉13下-6
㚪(傲)	夰部	【大部】	9畫	498	503	無	段10下-17	錯20-6	鉉10下-4
嫯(傲)	女部	【女部】	11畫	625	631	8-49	段12下-28	錯24-9	鉉12下-4
傲(敖、嫯，慠、慜通段)	人部	【人部】	11畫	369	373	13-31	段8上-10	錯15-4	鉉8上-2
寏(奧，膜通段)	宀部	【大部】	9畫	338	341	無	段7下-6	錯14-3	鉉7下-2
燠(奧，噢、禳通段)	火部	【火部】	12畫	486	490	無	段10上-52	錯19-17	鉉10上-9
頞(顢)	頁部	【頁部】	11畫	418	422	無	段9上-6	錯17-2	鉉9上-1
驁(驁)	馬部	【馬部】	11畫	463	467	無	段10上-6	錯19-2	鉉10上-1
壧(埻)	土部	【土部】	12畫	682	689	無	段13下-17	錯26-2	鉉13下-3
嫐(惱，懊通段)	女部	【女部】	9畫	626	632	無	段12下-29	錯24-10	鉉12下-4
澳(隩)	水部	【水部】	13畫	554	559	無	段11上貳-18	錯21-18	鉉11上-6
隩(坳、阮)	𨸏部	【阜部】	13畫	734	741	無	段14下-8	錯28-3	鉉14下-3
魩(鰅)	魚部	【魚部】	5畫	577	583	無	段11下-21	錯22-8	鉉11下-5
鱙(鰅，鰲通段)	魚部	【魚部】	14畫	577	583	無	段11下-21	錯22-9	鉉11下-5
B									
ba(ㄅㄚ)									
八	八部	【八部】		48	49	4-1	段2上-1	錯3-1	鉉2上-1
巴(芭通段)	巴部	【己部】	1畫	741	748	11-14	段14下-22	錯28-10	鉉14下-5
芭(岜，芭通段)	艸部	【艸部】	9畫	37	38	無	段1下-33	錯2-16	鉉1下-5
杷(桂，扒、抓、朳、爬、琶通段)	木部	【木部】	4畫	259	262	無	段6上-43	錯11-19	鉉6上-6
馱	馬部	【馬部】	2畫	461	465	無	段10上-2	錯19-1	鉉10上-1
祀(帊、琶、笆通段)	巴部	【巾部】	9畫	741	748	無	段14下-22	錯28-10	鉉14下-5
豝	豕部	【豕部】	4畫	455	459	無	段9下-36	錯18-12	鉉9下-6
鈀	金部	【金部】	4畫	708	715	無	段14上-14	錯27-5	鉉14上-3
枚	木部	【木部】	5畫	263	266	無	段6上-51	錯11-22	鉉6上-7
捌	手部	【手部】	7畫	無	無	無	無	無	鉉12上-8
刏(別，捌、莂通段)	冎部	【刂部】	7畫	164	166	4-31	段4下-14	錯8-6	鉉4下-3
bá(ㄅㄚˊ)									
犮(坺)	犬部	【犬部】	1畫	475	480	無	段10上-31	錯19-10	鉉10上-5
扒(po)	手部	【手部】	4畫	600	606	無	段12上-34	錯23-11	鉉12上-6

篆本字(古文、金文、籀文、俗字、通用字，通段、金石)	說文部首	康熙部首	筆畫	一般頁碼	洪葉頁碼	金石字典頁碼	段注篇章	徐鍇通釋篇章	徐鉉藤花榭篇
迣(跊、趰)	辵(辶)部	【辵部】	4畫	70	71	無	段2下-3	鍇4-2	鉉2下-1
癹(撥通段)	癶部	【癶部】	4畫	68	68	無	段2上-40	鍇3-18	鉉2上-8
妭	女部	【女部】	5畫	616	622	無	段12下-10	鍇24-3	鉉12下-2
魃(妭)	鬼部	【鬼部】	5畫	435	440	無	段9上-41	鍇17-14	鉉9上-7
拔(挬通段)	手部	【手部】	5畫	605	611	無	段12上-44	鍇23-14	鉉12上-7
庬(茇、拔)	广部	【广部】	5畫	445	449	無	段9下-16	鍇18-6	鉉9下-3
跋(拔、沛)	足部	【足部】	5畫	83	84	無	段2下-29	鍇4-16	鉉2下-6
沛(勃、拔、跋，霈通段)	水部	【水部】	4畫	542	547	18-8	段11上壹-53	鍇21-11	鉉11上-3
軷(跋)	車部	【車部】	5畫	727	734	無	段14上-51	鍇27-14	鉉14上-7
茇(庬)	艸部	【艸部】	5畫	38	39	24-60	段1下-35	鍇2-17	鉉1下-6
炦	火部	【火部】	5畫	482	486	無	段10上-44	鍇19-15	鉉10上-8
鈸(鈌通段)	金部	【金部】	3畫	707	714	無	段14上-12	鍇27-5	鉉14上-3
魃(妭)	鬼部	【鬼部】	5畫	435	440	無	段9上-41	鍇17-14	鉉9上-7
鮁	鳥部	【鳥部】	5畫	153	155	無	段4上-49	鍇7-21	鉉4上-9
bǎ(ㄅㄚˇ)									
把(爬、琶通段)	手部	【手部】	4畫	597	603	14-11	段12上-28	鍇23-10	鉉12上-5
靶	革部	【革部】	4畫	109	110	無	段3下-5	鍇6-4	鉉3下-1
祀(帊、琶、笆通段)	巴部	【巾部】	9畫	741	748	無	段14下-22	鍇28-10	鉉14下-5
bà(ㄅㄚˋ)									
鮁(鱍)	魚部	【魚部】	5畫	581	587	無	段11下-29	鍇22-11	鉉11下-6
崥(罷、羆，牌、矮通段)	立部	【立部】	8畫	500	505	無	段10下-21	鍇20-8	鉉10下-4
罷(罷)	网部	【网部】	10畫	356	360	23-43	段7下-43	鍇14-20	鉉7下-8
霸(胃、灞漣述及)	月部	【雨部】	13畫	313	316	32-4	段7上-24	鍇13-9	鉉7上-4
鑭(鑭，耙通段)	金部	【金部】	15畫	707	714	無	段14上-11	鍇27-5	鉉14上-3
bái(ㄅㄞˊ)									
白(皁，請詳查)	白部	【白部】		363	367	21-5	段7下-57	鍇14-24	鉉7下-10
百(百、白)	白部	【白部】	1畫	137	138	21-6	段4上-16	鍇7-8	鉉4上-4
bǎi(ㄅㄞˇ)									
百(百、白)	白部	【白部】	1畫	137	138	21-6	段4上-16	鍇7-8	鉉4上-4
柏(栢、檗狛boˊ述及)	木部	【木部】	5畫	248	250	16-31	段6上-20	鍇11-8	鉉6上-3
伯(柏)	人部	【人部】	5畫	367	371	2-59	段8上-5	鍇15-2	鉉8上-1

篆本字(古文、金文、籀文、俗字、通用字，通段、金石)	說文部首	康熙部首	筆畫	一般頁碼	洪葉頁碼	金石字典頁碼	段注篇章	徐鍇通釋篇章	徐鉉藤花榭篇
佰(袹、陌通段)	人部	【人部】	6畫	374	378	3-7	段8上-19	鍇15-7	鉉8上-3
捭(擘，擺通段)	手部	【手部】	9畫	609	615	無	段12上-51	鍇23-16	鉉12上-8
帗(襬)	巾部	【巾部】	5畫	358	361	無	段7下-46	鍇14-21	鉉7下-8
bài(ㄅㄞˋ)									
敗(贁)	攴部	【攴部】	7畫	125	126	14-45	段3下-37	鍇6-18	鉉3下-8
退(敗)	辵(辶)部	【辵部】	7畫	74	74	28-28	段2下-10	鍇4-5	鉉2下-2
猈	犬部	【犬部】	8畫	473	478	無	段10上-27	鍇19-9	鉉10上-5
稗	禾部	【禾部】	8畫	323	326	無	段7上-44	鍇13-18	鉉7上-8
粺	米部	【米部】	8畫	331	334	無	段7上-59	鍇13-24	鉉7上-10
黍卑	黍部	【黍部】	8畫	330	333	無	段7上-57	鍇13-23	鉉7上-9
排(橐、韛通段)	手部	【手部】	8畫	596	602	無	段12上-26	鍇23-14	鉉12上-5
絥(茯、鞴，鞦、韛通段)	糸部	【糸部】	6畫	658	664	無	段13上-30	鍇25-7	鉉13上-4
捧(拜、𢷎、𢪽)	手部	【手部】	11畫	595	601	14-13	段12上-23	鍇23-9	鉉12上-4
収(廾、拜、捧)	収部	【廾部】		103	104	12-11	段3上-35	鍇5-19	鉉3上-8
bān(ㄅㄢ)									
攽(頒)	攴部	【攴部】	4畫	123	124	14-39	段3下-34	鍇6-17	鉉3下-8
頒(班、頫、鬚，朌通段)	頁部	【頁部】	4畫	417	422	無	段9上-5	鍇17-2	鉉9上-1
顮(鬚、頒、泮、鬣)	須部	【頁部】	11畫	424	428	無	段9上-18	鍇17-6	鉉9上-3
辬(斒、斑、虨、頒、班隉述及，玢、瑞通段)	文部	【辛部】	11畫	425	430	無	段9上-21	鍇17-7	鉉9上-4
虨(班、豳)	虍部	【虍部】	11畫	209	211	無	段5上-42	鍇9-17	鉉5上-8
般(班磑ai´述及、舩，股、磐通段)	舟部	【舟部】	4畫	404	408	24-47	段8下-6	鍇16-11	鉉8下-2
蟠(般)	虫部	【虫部】	12畫	667	674	無	段13上-49	鍇25-12	鉉13上-7
班(班、般磑ai´述及)	玨部	【玉部】	6畫	19	19	20-10	段1上-38	鍇1-19	鉉1上-6
癶(攀、攀、扳)	癶部	【又部】	4畫	104	105	10-49	段3上-37	鍇5-20	鉉3上-8
華(搬通段)	華部	【十部】	8畫	158	160	無	段4下-1	鍇8-1	鉉4下-1
擊(搬通段)	手部	【手部】	10畫	604	610	無	段12上-42	鍇23-13	鉉12上-6
瘢	疒部	【疒部】	10畫	351	355	無	段7下-33	鍇14-14	鉉7下-6

篆本字(古文、金文、籀文、俗字、通用字，通叚、金石)	說文部首	康熙部首	筆畫	一般頁碼	洪葉頁碼	金石字典頁碼	段注篇章	徐鍇通釋篇章	徐鉉藤花榭篇
蟹	虫部	【虫部】	10畫	667	674	無	段13上-49	鍇25-12	鉉13上-7
羙	羙部	【八部】	12畫	103	104	無	段3上-35	鍇5-19	鉉3上-8
bǎn(ㄅㄢ∨)									
昄	日部	【日部】	4畫	306	309	無	段7上-10	鍇13-4	鉉7上-2
版(板、反，蝂、鈑通叚)	片部	【片部】	4畫	318	321	無	段7上-33	鍇13-14	鉉7上-6
瓪	瓦部	【瓦部】	4畫	639	645	無	段12下-56	鍇24-18	鉉12下-9
阪(坡、陂、反，坂通叚)	𨸏部	【阜部】	4畫	731	738	30-21	段14下-2	鍇28-1	鉉14下-1
隑(殞、岅通叚)	𨸏部	【阜部】	10畫	733	740	無	段14下-5	鍇28-2	鉉14下-1
bàn(ㄅㄢ丶)									
半	半部	【十部】	3畫	50	50	5-14	段2上-4	鍇3-2	鉉2上-1
料(半)	斗部	【斗部】	5畫	718	725	無	段14上-34	鍇27-11	鉉14上-6
扮	手部	【手部】	4畫	604	610	無	段12上-41	鍇23-13	鉉12上-6
伴(胖、般)	人部	【人部】	5畫	369	373	無	段8上-10	鍇15-4	鉉8上-2
夶(伴)	夫部	【大部】	5畫	499	504	無	段10下-19	鍇20-7	鉉10下-4
判(胖、拌通叚)	刀部	【刂部】	5畫	180	182	無	段4下-45	鍇8-16	鉉4下-7
拚(抃、弁、弁帚述及，拌通叚)	手部	【手部】	5畫	604	610	無	段12上-42	鍇23-13	鉉12上-6
姅	女部	【女部】	5畫	625	631	無	段12下-28	鍇24-10	鉉12下-4
料(半)	斗部	【斗部】	5畫	718	725	無	段14上-34	鍇27-11	鉉14上-6
絆(靽通叚)	糸部	【糸部】	5畫	658	665	23-14	段13上-31	鍇25-7	鉉13上-4
辦	力部	【力部】	12畫	無	無	無	無	無	鉉13下-8
辨(辨平便通用便述及、辦，辦通叚)	刀部	【辛部】	14畫	180	182	28-10	段4下-45	鍇8-16	鉉4下-7
瓣	瓜部	【瓜部】	14畫	337	341	無	段7下-5	鍇14-2	鉉7下-2
bāng(ㄅㄤ)									
邦(邦=封國述及、𨛜)	邑部	【邑部】	4畫	283	285	28-60	段6下-22	鍇12-13	鉉6下-5
封(坴、𡎤、邦，𡉚通叚)	土部	【寸部】	6畫	687	694	10-18，坴7-12	段13下-27	鍇26-4	鉉13下-4
絣(緐、幫、帮，幇通叚)	糸部	【糸部】	9畫	661	668	無	段13上-37	鍇25-8	鉉13上-5

篆本字(古文、金文、籀文、俗字、通用字，通叚、金石)	說文部首	康熙部首	筆畫	一般頁碼	洪葉頁碼	金石字典頁碼	段注篇章	徐鍇通釋篇章	徐鉉藤花榭篇
bǎng(ㄅㄤˇ)									
紡(綁通叚)	糸部	【糸部】	4畫	645	652	無	段13上-5	錯25-2	鉉13上-1
榜(榜、舫，膀、篣通叚)	木部	【木部】	10畫	264	266	16-49	段6上-52	錯11-23	鉉6上-7
舫(方、榜)	舟部	【舟部】	4畫	403	408	24-48	段8下-5	錯16-11	鉉8下-1
膀(髈、旁啓述及)	肉部	【肉部】	10畫	169	171	無	段4下-23	錯8-9	鉉4下-4
bàng(ㄅㄤˋ)									
玤	玉部	【玉部】	4畫	16	16	無	段1上-32	錯1-16	鉉1上-5
蚌(蜯，蛣、鮮通叚)	虫部	【虫部】	4畫	671	677	無	段13上-56	錯25-13	鉉13上-8
蜃(蚌、蟸)	虫部	【虫部】	7畫	670	677	25-55	段13上-55	錯25-13	鉉13上-7
棓(棒，椑通叚)	木部	【木部】	8畫	263	266	16-47	段6上-51	錯11-22	鉉6上-7
搒	手部	【手部】	10畫	610	616	無	段12上-53	錯23-17	鉉12上-8
傍(並、旁)	人部	【人部】	10畫	375	379	無	段8上-21	錯15-8	鉉8上-3
旁(旁、㫄、㫄、霜、徬傍彷緐述及、方訪述及，磅通叚)	二(上)部	【方部】	6畫	2	2	15-15	段1上-3	錯1-4	鉉1上-1
滂(澎、磅、霶通叚)	水部	【水部】	10畫	547	552	18-49	段11上貳-4	錯21-14	鉉11上-4
謗(方)	言部	【言部】	10畫	97	97	無	段3上-22	錯5-11	鉉3上-5
髼(挷，碰俗)	彭部	【彭部】	10畫	429	433	無	段9上-28	錯17-9	鉉9上-4
bāo(ㄅㄠ)									
勹(包)	勹部	【勹部】		432	437	4-55	段9上-35	錯17-12	鉉9上-6
包(苞)	包部	【勹部】	3畫	434	438	4-56	段9上-38	錯17-12	鉉9上-6
苞(包柚述及、藨)	艸部	【艸部】	5畫	31	31	24-59	段1下-20	錯2-10	鉉1下-4
枹(fu´)	木部	【木部】	5畫	265	267	無	段6上-54	錯11-24	鉉6上-7
胞(脬)	包部	【肉部】	5畫	434	438	無	段9上-38	錯17-13	鉉9上-6
脬(胞)	肉部	【肉部】	7畫	168	170	24-27	段4下-22	錯8-9	鉉4下-4
苞(包柚述及、藨)	艸部	【艸部】	5畫	31	31	24-59	段1下-20	錯2-10	鉉1下-4
郒	邑部	【邑部】	5畫	294	296	無	段6下-44	錯12-19	鉉6下-7
剝(攴，刏)	刀部	【刂部】	8畫	180	182	4-42	段4下-46	錯8-16	鉉4下-7
襃(褒、裒，褱通叚)	衣部	【衣部】	10畫	393	397	26-22	段8上-57	錯16-3	鉉8上-8
báo(ㄅㄠˊ)									
雹(靁)	雨部	【雨部】	5畫	572	578	無	段11下-11	錯22-5	鉉11下-3
皰(皰，疱、皯通叚)	皮部	【皮部】	5畫	122	123	無	段3下-31	錯6-16	鉉3下-7

篆本字(古文、金文、籀文、俗字、通用字，通叚、金石)	說文部首	康熙部首	筆畫	一般頁碼	洪葉頁碼	金石字典頁碼	段注篇章	徐鍇通釋篇章	徐鉉藤花榭篇
覆(窅通叚)	穴部	【穴部】	12畫	343	347	無	段7下-17	鍇14-8	鉉7下-4
薄(襮㻮liang`述及、箔簾述及，礴通叚)	艸部	【艸部】	13畫	41	41	無	段1下-40	鍇2-19	鉉1下-7
洦(泊、狛俗、薄，岶通叚)	水部	【水部】	6畫	544	549	無	段11上壹-58	鍇21-13	鉉11上-4
亳(薄)	高部	【亠部】	8畫	227	230	無	段5下-25	鍇10-10	鉉5下-5
bǎo(ㄅㄠˇ)									
乇	七部	【匕部】	2畫	385	389	無	段8上-41	鍇15-13	鉉8上-6
鴇(䲍、鵏、鴇)	鳥部	【鳥部】	4畫	153	155	無	段4上-49	鍇7-21	鉉4上-9
宋(宗、寶)	宀部	【宀部】	7畫	340	343	無	段7下-10	鍇14-5	鉉7下-2
飽(餥、饜，餔通叚)	倉部	【食部】	5畫	221	223	31-41	段5下-12	鍇10-5	鉉5下-2
保(保古作呆宋述及、佹、柔、孚古文、堡湳述及)	人部	【人部】	7畫	365	369	3-17	段8上-1	鍇15-1	鉉8上-1
壔(保，堡通叚)	土部	【土部】	14畫	690	696	無	段13下-32	鍇26-5	鉉13下-5
孚(采，菢通叚)	爪部	【子部】	4畫	113	114	9-2	段3下-13	鍇6-7	鉉3下-3
葆(堡、褓通叚)	艸部	【艸部】	9畫	47	47	25-19	段1下-52	鍇2-24	鉉1下-9
緥(褓)	糸部	【糸部】	9畫	654	661	無	段13上-23	鍇25-5	鉉13上-3
寶(宷)	宀部	【宀部】	17畫	340	343	10-9	段7下-10	鍇14-5	鉉7下-3
宋(宗、寶)	宀部	【宀部】	7畫	340	343	無	段7下-10	鍇14-5	鉉7下-2
bào(ㄅㄠˋ)									
勹(抱)	勹部	【勹部】	2畫	433	438	無	段9上-37	鍇17-12	鉉9上-6
捊(抱、裒，抔、抛通叚)	手部	【手部】	7畫	600	606	無	段12上-33	鍇23 10	鉉12上-5
裒(抱)	衣部	【衣部】	5畫	392	396	無	段8上-56	鍇16-3	鉉8上-8
孚(采，菢通叚)	爪部	【子部】	4畫	113	114	9-2	段3下-13	鍇6-7	鉉3下-3
豹	豸部	【豸部】	3畫	457	462	27-20	段9下-41	鍇18-14	鉉9下-7
鮑	魚部	【魚部】	5畫	580	586	32-17	段11下-27	鍇22-10	鉉11下-6
鞄(鮑)	革部	【革部】	5畫	107	108	無	段3下-1	鍇6-2	鉉3下-1
骹(校，骹、骲、跤、骲、髐通叚)	骨部	【骨部】	6畫	165	167	無	段4下-16	鍇8-7	鉉4下-3
虣	虎部	【虍部】	8畫	無	無	無	無	無	鉉5上-8
報(報、赴)	幸部	【土部】	9畫	496	501	7-22	段10下-13	鍇20-5	鉉10下-3

篆本字（古文、金文、籀文、俗字、通用字，通叚、金石）	說文部首	康熙部首	筆畫	一般頁碼	洪葉頁碼	金石字典頁碼	段注篇章	徐鍇通釋篇章	徐鉉藤花榭篇
暴本部(暴，虣通叚)	本部	【日部】	11畫	497	502	15-50	段10下-15	鍇20-6	鉉10下-3
暴日部(曑，暴[暴露]、曝、瀑通叚)	日部	【日部】	11畫	307	310	15-50	段7上-11	鍇13-4	鉉7上-2
爆	火部	【火部】	15畫	483	487	無	段10上-46	鍇19-15	鉉10上-8
瓝(瓞、䫂、䊌)	瓜部	【瓜部】	6畫	337	340	無	段7下-4	鍇14-2	鉉7下-2
瓞(瓝、䫂)	瓜部	【瓜部】	5畫	337	340	無	段7下-4	鍇14-2	鉉7下-2
bēi(ㄅㄟ)									
陂(坡、波，岥通叚)	𨸏部	【阜部】	5畫	731	738	無	段14下-2	鍇28-1	鉉14下-1
坡(陂，岥通叚)	土部	【土部】	5畫	683	689	無	段13下-18	鍇26-2	鉉13下-3
波(陂)	水部	【水部】	5畫	548	553	18-19	段11上貳-6	鍇21-15	鉉11上-5
破(坡、陂，磇通叚)	石部	【石部】	5畫	452	456	21-43	段9下-30	鍇18-10	鉉9下-5
阪(坡、陂、反，坂通叚)	𨸏部	【阜部】	4畫	731	738	30-21	段14下-2	鍇28-1	鉉14下-1
坡(陂，岥通叚)	土部	【土部】	5畫	683	689	無	段13下-18	鍇26-2	鉉13下-3
卑(貏、鵯通叚)	ナ部	【十部】	6畫	116	117	5-14	段3下-20	鍇6-11	鉉3下-4
俾(卑、裨，睥、鵯通叚)	人部	【人部】	8畫	376	380	3-22	段8上-24	鍇15-9	鉉8上-3
顰(卑、頻、瞋、嚬)	瀕部	【頁部】	15畫	567	573	無	段11下-1	鍇21-26	鉉11下-1
桮(杯、匹、匼籩方言曰：盃械盞溫閒楬盧，桮也，盃、杯通叚)	木部	【木部】	7畫	260	263	16-27	段6上-45	鍇11-19	鉉6上-6
悲(蒽通叚)	心部	【心部】	8畫	512	517	13-23	段10下-45	鍇20-16	鉉10下-8
庳(椑通叚)	广部	【广部】	9畫	445	449	無	段9下-16	鍇18-6	鉉9下-3
頼(俾、庳)	頁部	【頁部】	8畫	421	425	無	段9上-12	鍇17-4	鉉9上-2
髀(踔、庳、跋)	骨部	【骨部】	8畫	165	167	無	段4下-15	鍇8-7	鉉4下-3
碑(碑、碑)	石部	【石部】	8畫	450	454	21-44	段9下-26	鍇18-9	鉉9下-4
箄(pai´)	竹部	【竹部】	8畫	193	195	無	段5上-9	鍇9-4	鉉5上-2
錍	金部	【金部】	8畫	706	713	無	段14上-9	鍇27-4	鉉14上-2
鞞(鞴，琕通叚)	革部	【革部】	8畫	108	109	31-15	段3下-4	鍇6-3	鉉3下-1
頮(顰、頒、沜、鬔)	須部	【頁部】	11畫	424	428	無	段9上-18	鍇17-6	鉉9上-3

篆本字（古文、金文、籀文、俗字、通用字，通段、金石）	說文部首	康熙部首	筆畫	一般頁碼	洪葉頁碼	金石字典頁碼	段注篇章	徐鍇通釋篇章	徐鉉藤花榭篇
頒(班、頗、鬢，肦通段)	頁部	【頁部】	4畫	417	422	無	段9上-5	鍇17-2	鉉9上-1
牌	冎部	【冂部】	12畫	164	166	無	段4下-14	鍇8-6	鉉4下-3
虂	艸部	【艸部】	15畫	36	37	無	段1下-31	鍇2-15	鉉1下-5
旇(虂)	㫃部	【方部】	7畫	311	314	無	段7上-20	鍇13-7	鉉7上-3
鑘(鑷，鈹通段)	金部	【金部】	15畫	707	714	無	段14上-11	鍇27-5	鉉14上-3
běi(ㄅㄟˇ)									
北(古字背)	北部	【匕部】	3畫	386	390	4-59	段8上-44	鍇15-15	鉉8上-6
bèi(ㄅㄟˋ)									
宋(浿、柿，淉通段)	宋部	【木部】		273	276	16-11	段6下-3	鍇12-3	鉉6下-1
貝(鼎述及，唄通段)	貝部	【貝部】		279	281	27-22	段6下-14	鍇12-9	鉉6下-4
鼎(丁、貝，鷫通段)	鼎部	【鼎部】		319	322	32-46	段7上-35	鍇13-15	鉉7上-6
孛(勃)	宋部	【子部】	4畫	273	276	9-5	段6下-3	鍇12-3	鉉6下-1
勃(孛，淉、渤、鵓通段)	力部	【力部】	7畫	701	707	無	段13下-54	鍇26-12	鉉13下-8
艴(勃、孛)	色部	【色部】	5畫	432	436	無	段9上-34	鍇17-11	鉉9上-6
牬(牰)	牛部	【牛部】	4畫	51	51	無	段2上-6	鍇3-3	鉉2上-2
鮊	魚部	【魚部】	4畫	579	584	無	段11下-24	鍇22-9	鉉11下-5
背(偝通段)	肉部	【肉部】	5畫	169	171	無	段4下-23	鍇8-9	鉉4下-4
北(古字背)	北部	【匕部】	3畫	386	390	4-59	段8上-44	鍇15-15	鉉8上-6
倍(偝、背、陪、培述及)	人部	【人部】	8畫	378	382	3-24	段8上-27	鍇15-9	鉉8上-4
掊(倍、捊，刨、裒、抔、稻通段)	手部	【手部】	8畫	598	604	無	段12上-30	鍇23-10	鉉12上-5
被	衣部	【衣部】	5畫	394	398	26-16	段8上-60	鍇16-4	鉉8上-9
鞁(被)	革部	【革部】	5畫	109	110	無	段3下-5	鍇6-4	鉉3下-1
髲(被)	髟部	【髟部】	5畫	427	431	無	段9上-24	鍇17-8	鉉9上-4
邶(鄁通段)	邑部	【邑部】	5畫	288	291	28-63	段6下-33	鍇12-16	鉉6下-6
瓨(瓡、甀、㼜)	瓜部	【瓜部】	6畫	337	340	無	段7下-4	鍇14-2	鉉7下-2
瓡(瓨、㼢)	瓜部	【瓜部】	5畫	337	340	無	段7下-4	鍇14-2	鉉7下-2
葡(備)	用部	【用部】	6畫	128	129	20-30	段3下-43	鍇6-21	鉉3下-10
備(俻、俻)	人部	【人部】	11畫	371	375	3-33	段8上-14	鍇15-6	鉉8上-2

篆本字(古文、金文、籀文、俗字、通用字,通段、金石)	說文部首	康熙部首	筆畫	一般頁碼	洪葉頁碼	金石字典頁碼	段注篇章	徐鍇通釋篇章	徐鉉藤花榭篇
紴(茷、䩉,靽、鞴通段)	糸部	【糸部】	6畫	658	664	無	段13上-30	鍇25-7	鉉13上-4
排(橐、鞴通段)	手部	【手部】	8畫	596	602	無	段12上-26	鍇23-14	鉉12上-5
琲	玉部	【玉部】	8畫	無	無	無	無	無	鉉1上-6
怖(邁、悖、愨通段)	心部	【心部】	4畫	511	516	無	段10下-43	鍇20-15	鉉10下-8
誖(悖、蓬,悖、愨通段)	言部	【言部】	7畫	97	98	26-50	段3上-23	鍇5-12	鉉3上-5
跰(狽通段)	足部	【足部】	7畫	83	83	無	段2下-28	鍇4-14	鉉2下-6
倍(俖、背、陪、培述及)	人部	【人部】	8畫	378	382	3-24	段8上-27	鍇15-9	鉉8上-4
陪(倍、培述及)	𨸏部	【阜部】	8畫	736	743	無	段14下-11	鍇28-4	鉉14下-2
掊(倍、抙,刨、衰、抔、耗通段)	手部	【手部】	8畫	598	604	無	段12上-30	鍇23-10	鉉12上-5
菩(蔀,蓓通段)	艸部	【艸部】	8畫	27	28	無	段1下-13	鍇2-7	鉉1下-2
輩(軰,𨌰通段)	車部	【車部】	8畫	728	735	無	段14上-53	鍇27-14	鉉14上-7
穦(爨、焜、焙,焣、備通段)	火部	【火部】	14畫	483	487	無	段10上-46	鍇19-15	鉉10上-8
糒(糈,備通段)	米部	【米部】	11畫	332	335	無	段7上-62	鍇13-25	鉉7上-10
犕(犕、服)	牛部	【牛部】	11畫	52	52	19-48	段2上-8	鍇3-4	鉉2上-2
備(備、俻)	人部	【人部】	11畫	371	375	3-33	段8上-14	鍇15-6	鉉8上-2
憊(憊、痛)	心部	【心部】	11畫	515	519	無	段10下-50	鍇20-18	鉉10下-9
排(橐、鞴通段)	手部	【手部】	8畫	596	602	無	段12上-26	鍇23-14	鉉12上-5
bēn(ㄅㄣ)									
奔(奔,犇、渀通段)	夭部	【大部】	7畫	494	499	8-17	段10下-9	鍇20-3	鉉10下-2
賁(奔)	貝部	【貝部】	5畫	279	282	27-32	段6下-15	鍇12-10	鉉6下-4
僨(焚、賁)	人部	【人部】	12畫	380	384	無	段8上-32	鍇15-11	鉉8上-4
bĕn(ㄅㄣˇ)									
本(楍)	木部	【木部】	1畫	248	251	16-14	段6上-21	鍇11-9	鉉6上-3
夲非本ben˘	夲部	【大部】	2畫	497	502	無	段10下-15	鍇20-5	鉉10下-3
畚(畚)	甾部	【田部】	5畫	637	643	無	段12下-52	鍇24-17	鉉12下-8
bèn(ㄅㄣˋ)									
笨	竹部	【竹部】	5畫	190	192	無	段5上-3	鍇9-2	鉉5上-1
坋(墳)	土部	【土部】	4畫	691	698	7-12	段13下-35	鍇26-6	鉉13下-5

篆本字（古文、金文、籀文、俗字、通用字，通段、金石）	說文部首	康熙部首	筆畫	一般頁碼	洪葉頁碼	金石字典頁碼	段注篇章	徐鍇通釋篇章	徐鉉藤花榭篇
墳(坋、濆、蚡毆述及，蕡通段)	土部	【土部】	12畫	693	699	7-25	段13下-38	鍇26-7	鉉13下-5
bēng(ㄅㄥ)									
徶(徿，伻通段)	彳部	【彳部】	14畫	76	77	無	段2下-15	鍇4-8	鉉2下-3
絣	糸部	【糸部】	6畫	662	668	無	段13上-38	鍇25-8	鉉13上-5
嵎(陠、崩)	山部	【山部】	8畫	441	445	無	段9下-8	鍇18-3	鉉9下-1
嗙	口部	【口部】	10畫	59	60	無	段2上-23	鍇3-10	鉉2上-5
繃(綳通段)	糸部	【糸部】	11畫	647	654	無	段13上-9	鍇25-3	鉉13上-2
祊(祊，閍通段)	示部	【示部】	12畫	4	4	無	段1上-8	鍇1-6	鉉1上-2
běng(ㄅㄥˇ)									
琫(韐，鞛通段)	玉部	【玉部】	8畫	13	13	無	段1上-26	鍇1-14	鉉1上-4
菶(唪)	艸部	【艸部】	8畫	38	38	無	段1下-34	鍇2-16	鉉1下-6
綳(繫、幫，幫、幫通段)	糸部	【糸部】	9畫	661	668	無	段13上-37	鍇25-8	鉉13上-5
bèng(ㄅㄥˋ)									
姘(屏，赾、跰通段)	女部	【女部】	6畫	625	631	無	段12下-28	鍇24-10	鉉12下-4
骿(駢、駢，胼、跰通段)	骨部	【骨部】	6畫	165	167	無	段4下-15	鍇8-7	鉉4下-3
迸	辵(辶)部	【辵部】	6畫	無	無	無	無	無	鉉2下-3
屏(摒、迸通段)	尸部	【尸部】	6畫	401	405	10-45	段8上-73	鍇16-9	鉉8上-11
堋(朋結述及，塴通段)	土部	【土部】	8畫	692	699	無	段13下-37	鍇26-6	鉉13下-5
bī(ㄅㄧ)									
皀非皂zao丶(薌通段)	皀部	【白部】	2畫	216	219	21-7，薌25-35	段5下-3	鍇10-2	鉉5下-1
逼	辵(辶)部	【辵部】	9畫	無	無	無	無	無	鉉2下-3
富(畐、偪、逼，湢通段)	富部	【田部】	5畫	230	232	20-39	段5下-30	鍇10-12	鉉5下-6
幅(福非示部福、逼通段)	巾部	【巾部】	9畫	358	361	無	段7下-46	鍇14-21	鉉7下-8
鶝	鳥部	【鳥部】	7畫	153	155	無	段4上-49	鍇7-21	鉉4上-9
竮(罷、矲，矲、矮通段)	立部	【立部】	8畫	500	505	無	段10下-21	鍇20-8	鉉10下-4
楅	木部	【木部】	9畫	269	272	無	段6上-63	鍇11-28	鉉6上-8
蜌	虫部	【虫部】	10畫	666	672	無	段13上-46	鍇25-11	鉉13上-6

篆本字(古文、金文、籀文、俗字、通用字，通段、金石)	說文部首	康熙部首	筆畫	一般頁碼	洪葉頁碼	金石字典頁碼	段注篇章	徐鍇通釋篇章	徐鉉藤花榭篇
bi(ㄅㄧˊ)									
鼻(自皇述及，齂通段)	鼻部	【鼻部】		137	139	無	段4上-17	錯7-8	鉉4上-4
臱(自〔凹〕請詳查內容、㿝、鼻皇述及)	白部	【白部】		136	138	24-35，自21-6	段4上-15	錯7-7	鉉4上-3
bǐ(ㄅㄧˇ)									
匕(比、朼)	匕部	【匕部】		384	388	4-58	段8上-40	錯15-13	鉉8上-5
比(篦笓ji述及、匕鹿述及，夶)	比部	【比部】		386	390	14-48	段8上-43	錯15-14	鉉8上-6
篦(比笓ji述及，笓通段)	竹部	【竹部】	9畫	無	無	無	無	無	鉉5上-3
帔(帗)	巾部	【巾部】	2畫	359	362	無	段7下-48	錯14-22	鉉7下-9
疕	疒部	【疒部】	2畫	349	352	20-55	段7下-28	錯14-12	鉉7下-5
姕(妣)	女部	【女部】	4畫	615	621	8-30	段12下-7	錯24-3	鉉12下-1
呰(訾，吡、些通段)	口部	【口部】	6畫	59	60	無	段2上-23	錯3-9	鉉2上-5
淠(㳆，渒通段)	水部	【水部】	8畫	533	538	18-37	段11上壹-35	錯21-10	鉉11上-2
祕	示部	【示部】	4畫	5	5	21-51	段1上-9	錯1-6	鉉1上-2
秕(瘪)	禾部	【禾部】	4畫	326	329	無	段7上-49	錯13-20	鉉7上-8
紕(毞，綞通段)	糸部	【糸部】	4畫	662	668	無	段13上-38	錯25-8	鉉13上-5
旇(跛，佊通段)	㞢部	【九部】	5畫	495	499	無	段10下-10	錯20-3	鉉10下-2
彼	彳部	【彳部】	5畫	76	76	12-41	段2下-14	錯4-7	鉉2下-3
柀(彼、披，殍通段)	木部	【木部】	5畫	242	244	無	段6上-8	錯11-4	鉉6上-2
筆	聿部	【竹部】	6畫	117	118	22-47	段3下-22	錯6-12	鉉3下-5
娝(婄通段)	女部	【女部】	7畫	624	630	無	段12下-26	錯24-9	鉉12下-4
肥(朏腜yu´許注，淝、屝通段)	肉部	【肉部】	4畫	171	173	24-19	段4下-27	錯8-14	鉉4下-5
俾(卑、裨，睥、輫通段)	人部	【人部】	8畫	376	380	3-22	段8上-24	錯15-9	鉉8上-3
頧(俾、庳)	頁部	【頁部】	8畫	421	425	無	段9上-12	錯17-4	鉉9上-2
攷	攴部	【攴部】	8畫	126	127	無	段3下-40	錯6-20	鉉3下-9
萆(薜、襞，蓽通段)	艸部	【艸部】	8畫	43	44	無	段1下-45	錯2-21	鉉1下-7
髀(踔、庳、跛)	骨部	【骨部】	8畫	165	167	無	段4下-15	錯8-7	鉉4下-3
卑(貏、鵯通段)	㐅部	【十部】	6畫	116	117	5-14	段3下-20	錯6-11	鉉3下-4
啚(㐭、鄙)	㐭部	【口部】	8畫	230	233	6-42	段5下-31	錯10-13	鉉5下-6
鄙(啚、否)	邑部	【邑部】	11畫	284	286	29-19	段6下-24	錯12-14	鉉6下-5

篆本字（古文、金文、籀文、俗字、通用字，通段、金石）	說文部首	康熙部首	筆畫	一般頁碼	洪葉頁碼	金石字典頁碼	段注篇章	徐鍇通釋篇章	徐鉉藤花榭篇
bi(ㄅㄧˋ)									
必	八部	【心部】	1畫	49	50	13-3	段2上-3	錯3-2	鉉2上-1
畀(畁非畁qi´)	丌部	【田部】	3畫	200	202	20-37	段5上-23	錯9-9	鉉5上-4
閉(閇、閛)	門部	【門部】	3畫	590	596	30-10	段12上-13	錯23-5	鉉12上-3
即(弻)	卩部	【卩部】	4畫	430	435	無	段9上-31	錯17-10	鉉9上-5
坒	土部	【土部】	4畫	687	694	無	段13下-27	錯26-4	鉉13下-4
㠯(敝)	㡀部	【巾部】	4畫	364	367	無	段7下-58	錯14-25	鉉7下-10
庀(庇)	广部	【广部】	4畫	445	450	11-45	段9下-17	錯18-6	鉉9下-3
粊(粆、䉺、䊽)	米部	【米部】	4畫	331	334	無	段7上-60	錯13-25	鉉7上-10
芘(pi´)	艸部	【艸部】	4畫	37	37	無	段1下-32	錯2-15	鉉1下-5
佖(怭通段)	人部	【人部】	5畫	368	372	無	段8上-8	錯15-3	鉉8上-2
邲	邑部	【邑部】	5畫	289	291	5-28	段6下-34	錯12-16	鉉6下-6
卲(邲通段)	卩部	【卩部】	5畫	431	435	5-28	段9上-32	錯17-10	鉉9上-5
㚖(佛、廢)	大部	【大部】	5畫	493	497	無	段10下-6	錯20-2	鉉10下-2
柲(枈、䩓通段)	木部	【木部】	5畫	263	266	無	段6上-51	錯11-22	鉉6上-7
毖	比部	【比部】	5畫	386	390	無	段8上-43	錯15-14	鉉8上-6
泌(毖)	水部	【水部】	5畫	547	552	無	段11上貳-3	錯21-14	鉉11上-4
眓(毖、泌、祕)	目部	【目部】	5畫	131	132	無	段4上-4	錯7-2	鉉4上-1
珌(璏)	玉部	【玉部】	5畫	14	14	無	段1上-27	錯1-14	鉉1上-4
苾(咇、馝、馥通段)	艸部	【艸部】	5畫	42	42	無	段1下-42	錯2-19	鉉1下-7
閟(祕)	門部	【門部】	5畫	588	594	無	段12上-10	錯23-5	鉉12上-3
祕(閟，秘通段)	示部	【示部】	5畫	3	3	21-55	段1上-6	錯1-6	鉉1上-2
鞑	革部	【革部】	5畫	108	109	無	段3下-4	錯6-4	鉉3下-1
飶	倉部	【食部】	5畫	221	223	無	段5下-12	錯10-5	鉉5下-2
駜	馬部	【馬部】	5畫	464	468	無	段10上-8	錯19-3	鉉10上-2
髲(被)	髟部	【髟部】	5畫	427	431	無	段9上-24	錯17-8	鉉9上-4
魮	魚部	【魚部】	5畫	581	587	無	段11下-29	錯22-11	鉉11下-6
詖(頗)	言部	【言部】	5畫	91	91	無	段3上-10	錯5-6	鉉3上-3
賋	貝部	【貝部】	5畫	280	283	無	段6下-17	錯12-10	鉉6下-4
賁(奔)	貝部	【貝部】	5畫	279	282	27-32	段6下-15	錯12-10	鉉6下-4
僨(焚、賁)	人部	【人部】	12畫	380	384	無	段8上-32	錯15-11	鉉8上-4

篆本字（古文、金文、籀文、俗字、通用字，通段、金石）	說文部首	康熙部首	筆畫	一般頁碼	洪葉頁碼	金石字典頁碼	段注篇章	徐鍇通釋篇章	徐鉉藤花榭篇
辟(僻、避、譬、闢、壁、襞，擗、霹通段)	辟部	【辛部】	5畫	432	437	28-8	段9上-35	鍇17-11	鉉9上-6
擘(擗、薜、辟，鈚通段)	手部	【手部】	13畫	606	612	無	段12上-46	鍇23-15	鉉12上-7
僻(辟，澼、癖通段)	人部	【人部】	13畫	379	383	無	段8上-29	鍇15-10	鉉8上-4
襞(辟)	衣部	【衣部】	13畫	395	399	無	段8上-62	鍇16-5	鉉8上-9
避(辟)	辵(辶)部	【辵部】	13畫	73	73	28-51	段2下-8	鍇4-4	鉉2下-2
闢(闢、辟)	門部	【門部】	13畫	588	594	30-19	段12上-10	鍇23-5	鉉12上-3
壁(蹃、辟，躄通段)	止部	【止部】	13畫	68	68	無	段2上-40	鍇3-17	鉉2上-8
畢(畢，潷、罼通段)	華部	【田部】	6畫	158	160	20-40	段4下-1	鍇8-1	鉉4下-1
彈(畢)	弓部	【弓部】	12畫	641	647	無	段12下-60	鍇24-20	鉉12下-9
敱(畢)	攴部	【攴部】	12畫	125	126	14-57	段3下-38	鍇6-19	鉉3下-8
榁	木部	【木部】	7畫	266	268	無	段6上-56	鍇11-24	鉉6上-7
皕	皕部	【白部】	7畫	137	139	21-11	段4上-17	鍇7-8	鉉4上-4
陛(蛭、阰通段)	𨸏部	【阜部】	7畫	736	743	30-26	段14下-11	鍇28-4	鉉14下-2
蠯(蛭、蜌，蠯、鮍通段)	虫部	【虫部】	12畫	671	677	無	段13上-56	鍇25-13	鉉13上-7
婢	女部	【女部】	8畫	616	622	8-44	段12下-10	鍇24-3	鉉12下-2
埤(裨、朇)	土部	【土部】	8畫	689	696	無	段13下-31	鍇26-5	鉉13下-4
朇(裨、埤)	會部	【曰部】	16畫	223	226	無	段5下-17	鍇10-7	鉉5下-3
裨(朇、埤，裨、綼、鵧通段)	衣部	【衣部】	8畫	395	399	26-19	段8上-61	鍇16-5	鉉8上-9
俾(卑、裨，睥、鞞通段)	人部	【人部】	8畫	376	380	3-22	段8上-24	鍇15-9	鉉8上-3
敝	㡀部	【攴部】	8畫	364	367	14-49	段7下-58	鍇14-25	鉉7下-10
㡀(敝)	㡀部	【巾部】	4畫	364	367	無	段7下-58	鍇14-25	鉉7下-10
痹(疕)	疒部	【疒部】	8畫	350	354	無	段7下-31	鍇14-14	鉉7下-6
箅	竹部	【竹部】	8畫	192	194	無	段5上-8	鍇9-3	鉉5上-2
萆(薜、襞，蓽通段)	艸部	【艸部】	8畫	43	44	無	段1下-45	鍇2-21	鉉1下-7
髀(踔、庳、跛)	骨部	【骨部】	8畫	165	167	無	段4-15	鍇8-7	鉉4-3
脾(髀肝述及)	肉部	【肉部】	8畫	168	170	無	段4下-22	鍇8-8	鉉4下-4
塻	土部	【土部】	9畫	684	690	無	段13下-20	鍇26-2	鉉13下-4

篆本字(古文、金文、籀文、俗字、通用字，通叚、金石)	說文部首	康熙部首	筆畫	一般頁碼	洪葉頁碼	金石字典頁碼	段注篇章	徐鍇通釋篇章	徐鉉藤花榭篇
弼(弼、弜、弻、弝、弞，弼、弼通叚)	弜部	【弓部】	9畫	642	648	12-25	段12下-61	鍇24-20	鉉12下-9
即(弼)	卩部	【卩部】	4畫	430	435	無	段9上-31	鍇17-10	鉉9上-5
愊	心部	【心部】	9畫	503	508	無	段10下-27	鍇20-10	鉉10下-5
牖	片部	【片部】	9畫	318	321	無	段7上-33	鍇13-14	鉉7上-6
碧	玉部	【石部】	9畫	17	17	21-46	段1上-34	鍇1-17	鉉1上-5
蓖(蓖，蓖通叚)	艸部	【艸部】	9畫	27	27	無	段1下-12	鍇2-6	鉉1下-2
箆(比笓ji述及，筐通叚)	竹部	【竹部】	9畫	無	無	無	無	無	鉉5上-3
比(箆笓ji述及、匕鹿述及，夶)	比部	【比部】		386	390	14-48	段8上-43	鍇15-14	鉉8上-6
夏(复，愎通叚)	夊部	【夊部】	9畫	232	235	無	段5下-35	鍇10-14	鉉5下-7
辟	辟部	【辛部】	10畫	432	437	無	段9上-35	鍇17-11	鉉9上-6
澩(鬻)	仌部	【冫部】	11畫	571	577	無	段11下-9	鍇22-4	鉉11下-3
楅	木部	【木部】	11畫	244	247	無	段6上-13	鍇11-6	鉉6上-2
煏	火部	【火部】	11畫	480	485	無	段10上-41	鍇19-14	鉉10上-7
獘(獙、弊，獘通叚)	犬部	【犬部】	11畫	476	480	無	段10上-32	鍇19-11	鉉10上-6
痺	疒部	【疒部】	11畫	350	354	無	段7下-31	鍇14-14	鉉7下-6
綼	糸部	【糸部】	11畫	647	654	23-33	段13上-9	鍇25-3	鉉13上-2
趩(禪、躩，僿、禪通叚)	走部	【走部】	11畫	67	67	無	段2上-38	鍇3-16	鉉2上-8
醳	酉部	【酉部】	11畫	751	758	無	段14下-42	鍇28-19	鉉14下-9
陛(狴)	非部	【阜部】	11畫	583	588	無	段11下-32	鍇22-12	鉉11下-7
韠(軷)	韋部	【韋部】	11畫	234	237	31-21	段5下-39	鍇10-16	鉉5下-8
鷩	鳥部	【鳥部】	11畫	155	157	無	段4上-53	鍇7-22	鉉4上-9
幣(贊通叚)	巾部	【巾部】	12畫	358	361	無	段7下-46	鍇14-21	鉉7下-8
彈(畢)	弓部	【弓部】	12畫	641	647	無	段12下-60	鍇24-20	鉉12下-9
斁(畢)	攴部	【攴部】	12畫	125	126	14-57	段3下-38	鍇6-19	鉉3下-8
箪(蕇通叚)	竹部	【竹部】	12畫	198	200	無	段5上-20	鍇9-7	鉉5上-3
蔽(蒂通叚)	艸部	【艸部】	12畫	40	40	25-33	段1下-38	鍇2-18	鉉1下-6
茀(蔽，第、芾通叚)	艸部	【艸部】	5畫	42	42	24-61	段1下-42	鍇2-19	鉉1下-7
鄪	邑部	【邑部】	12畫	294	296	無	段6下-44	鍇12-19	鉉6下-7
嬖	女部	【女部】	13畫	622	628		段12下-22	鍇24-7	鉉12下-3

篆本字(古文、金文、籀文、俗字、通用字,通段、金石)	說文部首	康熙部首	筆畫	一般頁碼	洪葉頁碼	金石字典頁碼	段注篇章	徐鍇通釋篇章	徐鉉藤花榭篇
壁	土部	【土部】	13畫	685	691	7-25	段13下-22	錯26-3	鉉13下-4
廦(壁)	广部	【广部】	13畫	444	448	無	段9下-14	錯18-5	鉉9下-2
璧	玉部	【玉部】	13畫	12	12	20-19	段1上-23	錯1-12	鉉1上-4
繄	糸部	【糸部】	13畫	659	665	23-36	段13上-32	錯25-7	鉉13上-4
臂	肉部	【肉部】	13畫	169	171	24-29	段4下-24	錯8-9	鉉4下-4
薜	艸部	【艸部】	13畫	31	31	25-35	段1下-20	錯2-10	鉉1下-4
劈(副、薜、擘,鈚、霹通段)	刀部	【刂部】	13畫	180	182	無	段4下-45	錯8-16	鉉4下-7
躄(躃、辟,躃通段)	止部	【止部】	13畫	68	68	無	段2上-40	錯3-17	鉉2上-8
擘(擗、薜、辟,鈚通段)	手部	【手部】	13畫	606	612	無	段12上-46	錯23-15	鉉12上-7
僻(辟,澼、癖通段)	人部	【人部】	13畫	379	383	無	段8上-29	錯15-10	鉉8上-4
襞(辟)	衣部	【衣部】	13畫	395	399	無	段8上-62	錯16-5	鉉8上-9
避(辟)	辵(辶)部	【辵部】	13畫	73	73	28-51	段2下-8	錯4-4	鉉2下-2
闢(闢、辟)	門部	【門部】	13畫	588	594	30-19	段12上-10	錯23-5	鉉12上-3
辟(僻、避、譬、闢、壁、襞,擗、霹通段)	辟部	【辛部】	5畫	432	437	28-8	段9上-35	錯17-11	鉉9上-6
樸(榑通段)	木部	【木部】	14畫	254	256	無	段6上-32	錯11-16	鉉6上-4
檘(榑通段)	木部	【木部】	17畫	254	256	無	段6上-32	錯11-14	鉉6上-5
濞(儶、湃通段)	水部	【水部】	14畫	548	553	無	段11上貳-5	錯21-14	鉉11上-4
鼻(自皇述及,襣通段)	鼻部	【鼻部】		137	139	無	段4上-17	錯7-8	鉉4上-4
穮(爂、焙、焙,焣、犕通段)	火部	【火部】	14畫	483	487	無	段10上-46	錯19-15	鉉10上-8
糒(精,犕通段)	米部	【米部】	11畫	332	335	無	段7上-62	錯13-25	鉉7上-10
𣊤(禆、埤)	曾部	【曰部】	16畫	223	226	無	段5下-17	錯10-7	鉉5下-3
觷从或角(觷)	角部	【角部】	16畫	188	190	無	段4下-61	錯8-21	鉉4下-9
澩(觷)	仌部	【冫部】	11畫	571	577	無	段11下-9	錯22-4	鉉11下-3
奰(奰,贔通段)	大部	【大部】	21畫	499	504	8-22	段10下-19	錯20-7	鉉10下-4
癟(奰,癭通段)	广部	【广部】	24畫	349	353	無	段7下-29	錯14-13	鉉7下-5

biān(ㄅㄧㄢ)

砭	石部	【石部】	5畫	453	457	無	段9下-32	錯18-10	鉉9下-5

篆本字(古文、金文、籀文、俗字、通用字,通段、金石)	說文部首	康熙部首	筆畫	一般頁碼	洪葉頁碼	金石字典頁碼	段注篇章	徐鍇通釋篇章	徐鉉藤花榭篇

篆本字（古文、金文、籀文、俗字、通用字，通段、金石）	說文部首	康熙部首	筆畫	一般頁碼	洪葉頁碼	金石字典頁碼	段注篇章	徐鍇通釋篇章	徐鉉藤花榭篇
㮙(梗，挭、硬、鞕通段)	木部	【木部】	7畫	247	250	16-41	段6上-19	鍇11-8	鉉6上-3
牑	片部	【片部】	9畫	318	321	無	段7上-34	鍇13-15	鉉7上-6
猵(獖)	犬部	【犬部】	9畫	478	482	無	段10上-36	鍇19-12	鉉10上-6
甂	瓦部	【瓦部】	9畫	639	645	無	段12下-55	鍇24-18	鉉12下-8
箯	竹部	【竹部】	9畫	194	196	無	段5上-11	鍇9-5	鉉5上-2
編	糸部	【糸部】	9畫	658	664	23-27	段13上-30	鍇25-6	鉉13上-4
萹	艸部	【艸部】	9畫	26	26	無	段1下-10	鍇2-5	鉉1下-2
蝙	虫部	【虫部】	9畫	673	680	無	段13上-61	鍇25-14	鉉13上-8
鞭(鞭、㲻)	革部	【革部】	9畫	110	111	31-16	段3下-8	鍇6-5	鉉3下-2
鯾(鯿)	魚部	【魚部】	9畫	577	582	32-20	段11下-20	鍇22-8	鉉11下-5
趨(趨)	走部	【走部】	13畫	64	65	無	段2上-33	鍇3-15	鉉2上-7
邊(邊)	辵(辶)部	【辵部】	15畫	75	76	28-55	段2下-13	鍇4-6	鉉2下-3
籩从鼻(匽从匚夐、籩)	竹部	【竹部】	18畫	194	196	22-64	段5上-11	鍇9-4	鉉5上-2

biǎn(ㄅㄧㄢˇ)

扁(匾通段)	冊(册)部	【戶部】	5畫	86	86	14-5	段2下-34	鍇4-17	鉉2下-7
㾹(扁)	疒部	【疒部】	9畫	351	354	無	段7下-32	鍇14-14	鉉7下-6
窆	穴部	【穴部】	5畫	347	350	無	段7下-24	鍇14-10	鉉7下-4
貶	貝部	【貝部】	5畫	282	284	無	段6下-20	鍇12-12	鉉6下-5
尊(尊、貶)	巢部	【寸部】	7畫	275	278	無	段6下-7	鍇12-6	鉉6下-3
㸛	㸛部	【辛部】	7畫	742	749	無	段14下-23	鍇28-11	鉉14下-5
揙	手部	【手部】	9畫	610	616	無	段12上-53	鍇23-16	鉉12上-8
褊(幅通段)	衣部	【衣部】	9畫	394	398	26-20	段8上-60	鍇16-4	鉉8上-9
䁵	目部	【目部】	12畫	130	131	無	段4上-2	鍇7-1	鉉4上-1
辡(弁)	心部	【心部】	14畫	508	512	無	段10下-36	鍇20-13	鉉10下-7

biàn(ㄅㄧㄢˋ)

辦(辨平便通用便述及、辧，辬通段)	刀部	【辛部】	14畫	180	182	28-10	段4下-45	鍇8-16	鉉4下-7
辯(辨、㸛通段)	㸛部	【辛部】	14畫	742	749	27-6	段14下-23	鍇28-11	鉉14下-5
釆(乎、釆、辨弄juan、述及)	釆部	【釆部】		50	50	29-28	段2上-4	鍇3-2	鉉2上-1

篆本字(古文、金文、籀文、俗字、通用字，通叚、金石)	說文部首	康熙部首	筆畫	一般頁碼	洪葉頁碼	金石字典頁碼	段注篇章	徐鍇通釋篇章	徐鉉藤花榭篇
便(便、平、辨，婤、梗通叚)	人部	【人部】	7畫	375	379	3-13	段8上-22	錯15-8	鉉8上-3
平(釆，平便辨通用便述及，評、頖通叚)	亏部	【干部】	3畫	205	207	11-28	段5上-33	錯9-14	鉉5上-6
汳(汴)	水部	【水部】	4畫	535	540	18-5	段11上壹-39	錯21-11	鉉11上-3
開(枅通叚)	門部	【門部】	5畫	588	594	無	段12上-9	錯23-5	鉉12上-2
昪(弁，忭通叚)	日部	【日部】	5畫	306	309	無	段7上-9	錯13-3	鉉7上-2
兒(覓、奐、弁、卞，絣通叚)	兒部	【小部】	6畫	406	410	10-37	段8下-10	錯16-12	鉉8下-2
辡(弁)	心部	【心部】	14畫	508	512	無	段10下-36	錯20-13	鉉10下-7
拚(抃、弄、弈帚述及，拌通叚)	手部	【手部】	5畫	604	610	無	段12上-42	錯23-13	鉉12上-6
頨(頨，頨、頨通叚)	頁部	【頁部】	7畫	416	421	無	段9上-3	錯17-1	鉉9上-1
便(便、平、辨，婤、梗通叚)	人部	【人部】	7畫	375	379	3-13	段8上-22	錯15-8	鉉8上-3
辧(辨平便通用便述及、辦，辯通叚)	刀部	【辛部】	14畫	180	182	28-10	段4下-45	錯8-16	鉉4下-7
平(釆，平便辨通用便述及，評、頖通叚)	亏部	【干部】	3畫	205	207	11-28	段5上-33	錯9-14	鉉5上-6
辡(猵、斑、彪、頒、班陛述及，玢、瑞通叚)	文部	【辛部】	11畫	425	430	無	段9上-21	錯17-7	鉉9上-4
徧(辯，漏、遍通叚)	彳部	【彳部】	9畫	77	77	12-57	段2下-16	錯4-8	鉉2下-3
辯(辨、誩通叚)	辡部	【辛部】	14畫	742	749	27-6	段14下-23	錯28-11	鉉14下-5
纏(繾)	糸部	【糸部】	11畫	661	668	無	段13上-37	錯25-8	鉉13上-5
辮	糸部	【辛部】	14畫	647	653	無	段13上-8	錯25-3	鉉13上-2
變	攴部	【言部】	15畫	124	125	14-60	段3下-35	錯6-18	鉉3下-8

biāo(ㄅㄧㄠ)

篆本字	說文部首	康熙部首	筆畫	一般頁碼	洪葉頁碼	金石字典頁碼	段注篇章	徐鍇通釋篇章	徐鉉藤花榭篇
髟(髟、猋)	髟部	【髟部】		425	430	32-4	段9上-21	錯17-7	鉉9上-4
猋(飆、髟)	猋部	【方部】	13畫	311	314	無	段7上-19	錯13-7	鉉7上-3
猋(焱古互譌，飈通叚)	犬部	【犬部】	8畫	478	482	19-56	段10上-36	錯19-12	鉉10上-6
焱(猋粲述及古互譌)	焱部	【火部】	8畫	490	495	無	段10下-1	錯19-20	鉉10下-1
杓(shao´)	木部	【木部】	3畫	261	263	無	段6上-46	錯11-20	鉉6上-6

篆本字（古文、金文、籀文、俗字、通用字，通段、金石）	說文部首	康熙部首	筆畫	一般頁碼	洪葉頁碼	金石字典頁碼	段注篇章	徐鍇通釋篇章	徐鉉藤花榭篇
麃(儦)	鹿部	【鹿部】	4畫	471	475	32-31	段10上-22	鍇19-6	鉉10上-4
瀌(麃)	水部	【水部】	15畫	559	564	無	段11上貳-27	鍇21-21	鉉11上-7
穮(麃、穮通段)	禾部	【禾部】	15畫	325	328	無	段7上-47	鍇13-19	鉉7上-8
彪	虎部	【虍部】	5畫	210	212	12-38	段5上-44	鍇9-18	鉉5上-8
奧(票)	火部	【示部】	5畫	484	489	無	段10上-49	鍇19-16	鉉10上-8
滮(滮)	水部	【水部】	8畫	547	552	無	段11上貳-3	鍇21-14	鉉11上-4
幖(幖、標、剽、表，彫通段)	巾部	【巾部】	18畫	359	363	無	段7下-49	鍇14-22	鉉7下-9
標(剽，嘌通段)	木部	【木部】	11畫	250	252	無	段6上-24	鍇11-11	鉉6上-4
熛(票、猋)	火部	【火部】	11畫	481	486	無	段10上-43	鍇19-14	鉉10上-8
膘(胇、骲、骠通段)	肉部	【肉部】	11畫	173	175	無	段4下-32	鍇8-12	鉉4下-5
薸(秒，薸、藻通段)	艸部	【艸部】	11畫	38	38	無	段1下-34	鍇2-16	鉉1下-6
秒(薸、穮)	禾部	【禾部】	4畫	324	327	無	段7上-45	鍇13-19	鉉7上-8
漂(澳，瘭、膔通段)	水部	【水部】	11畫	549	554	無	段11上貳-7	鍇21-15	鉉11上-5
鏢(鏢、鐰)	金部	【金部】	11畫	710	717	無	段14上-18	鍇27-6	鉉14上-3
飆(颮从犬、颮)	風部	【風部】	12畫	677	684	無	段13下-7	鍇25-16	鉉13下-2
旚	㫃部	【方部】	14畫	311	314	無	段7上-19	鍇13-7	鉉7上-3
僄	人部	【人部】	15畫	368	372	無	段8上-8	鍇15-3	鉉8上-2
麃(儦)	鹿部	【鹿部】	4畫	471	475	32-31	段10上-22	鍇19-6	鉉10上-4
瀌(麃)	水部	【水部】	15畫	559	564	無	段11上貳-27	鍇21-21	鉉11上-7
穮(麃、穮通段)	禾部	【禾部】	15畫	325	328	無	段7上-47	鍇13-19	鉉7上-8
藨(莔、苞)	艸部	【艸部】	15畫	32	33	無	段1下-23	鍇2-11	鉉1下-4
苞(包柚述及、藨)	艸部	【艸部】	5畫	31	31	24-59	段1下-20	鍇2-10	鉉1下-4
鑣(鑪)	金部	【金部】	15畫	713	720	無	段14上-23	鍇27-7	鉉14上-4
幖(幖、標、剽、表，彫通段)	巾部	【巾部】	18畫	359	363	無	段7下-49	鍇14-22	鉉7下-9
驫	馬部	【馬部】	20畫	469	474	無	段10上-19	鍇19-5	鉉10上-3
biǎo(ㄅㄧㄠˇ)									
裒(表、襃、俵通段)	衣部	【衣部】	3畫	389	393	26-12	段8上-50	鍇16-2	鉉8上-7
幖(幖、標、剽、表，彫通段)	巾部	【巾部】	18畫	359	363	無	段7下-49	鍇14-22	鉉7下-9
標(剽，嘌通段)	木部	【木部】	11畫	250	252	無	段6上-24	鍇11-11	鉉6上-4
橐(橐pao)	橐部	【木部】	13畫	276	279	17-11	段6下-9	鍇12-7	鉉6下-3

篆本字（古文、金文、籀文、俗字、通用字，通段、金石）	說文部首	康熙部首	筆畫	一般頁碼	洪葉頁碼	金石字典頁碼	段注篇章	徐鍇通釋篇章	徐鉉藤花榭篇
biào(ㄅㄧㄠˋ)									
受(荄，殍通段)	叉部	【又部】	4畫	160	162	無	段4下-5	鍇8-4	鉉4下-2
袤(表、褾、俵通段)	衣部	【衣部】	3畫	389	393	26-12	段8上-50	鍇16-2	鉉8上-7
摽(拋通段)	手部	【手部】	11畫	601	607	無	段12上-36	鍇23-12	鉉12上-6
biē(ㄅㄧㄝ)									
鼈(鱉从蔽,蕨述及,蟞、鱉通段)	黽部	【黽部】	11畫	679	686	無	段13下-11	鍇25-17	鉉13下-3
嫳(憋通段)	女部	【女部】	12畫	623	629	無	段12下-24	鍇24-8	鉉12下-4
bié(ㄅㄧㄝˊ)									
𠔿(別、兆)	八部	【儿部】	4畫	49	49	4-7	段2上-2	鍇3-2	鉉2上-1
刜(別,捌、莂通段)	丹部	【刂部】	5畫	164	166	4-31	段4下-14	鍇8-6	鉉4下-3
胉	肉部	【肉部】	5畫	173	175	無	段4下-31	鍇8-12	鉉4下-5
蟞(蚾通段)	虫部	【虫部】	12畫	667	673	無	段13上-48	鍇25-11	鉉13上-7
撆(撇,襒通段)	手部	【手部】	11畫	606	612	無	段12上-45	鍇23-14	鉉12上-7
蹩(蹾)	足部	【足部】	11畫	82	83	無	段2下-27	鍇4-14	鉉2下-6
biě(ㄅㄧㄝˇ)									
秕(癟)	禾部	【禾部】	4畫	326	329	無	段7上-49	鍇13-20	鉉7上-8
biè(ㄅㄧㄝˋ)									
纅从㪿人糸(絷)	糸部	【糸部】	14畫	657	663	無	段13上-28	鍇25-6	鉉13上-4
彆(弻)	弓部	【弓部】	12畫	641	647	無	段12下-60	無	鉉12下-9
bīn(ㄅㄧㄣ)									
汃(邠、豳請詳查，湃通段)	水部	【水部】	8畫	516	521	無	段11上壹-1	鍇21-2	鉉11上-1
辬(斒、斑、虨、頒、班陸述及,玢、璸通段)	文部	【辛部】	11畫	425	430	無	段9上-21	鍇17-7	鉉9上-4
份(邠、豳、彬、斌,玢通段)	人部	【人部】	4畫	368	372	2-58	段8上-7	鍇15-3	鉉8上-1
邠(豳，妢通段)	邑部	【邑部】	4畫	285	288	無	段6下-27	鍇12-14	鉉6下-6
虨(班、豳)	虍部	【虍部】	11畫	209	211	無	段5上-42	鍇9-17	鉉5上-8
汃(邠、豳請詳查，湃通段)	水部	【水部】	8畫	516	521	無	段11上壹-1	鍇21-2	鉉11上-1
豩	豕部	【豕部】	7畫	456	460	無	段9下-38	鍇18-13	鉉9下-6

篆本字(古文、金文、籀文、俗字、通用字,通叚、金石)	說文部首	康熙部首	筆畫	一般頁碼	洪葉頁碼	金石字典頁碼	段注篇章	徐鍇通釋篇章	徐鉉藤花榭篇
賓(賓、𡩋,檳通叚)	貝部	【貝部】	7畫	281	283	無	段6下-18	鍇12-11	鉉6下-5
儐(賓、擯)	人部	【人部】	14畫	371	375	無	段8上-14	鍇15-6	鉉8上-2
檳(檳)	木部	【木部】	16畫	244	246	無	段6上-12	鍇11-6	鉉6上-2
鬭从丏貝(繽、續)	鬥部	【鬥部】	11畫	114	115	無	段3下-16	鍇6-9	鉉3下-3
覿(額通叚)	見部	【見部】	14畫	408	413	無	段8上-15	鍇16-14	鉉8上-3
䰰	鬼部	【鬼部】	14畫	436	440	無	段9上-42	鍇17-14	鉉9上-7
瀕(瀕、濱、頻)	瀕部	【水部】	15畫	567	573	無	段11下-1	鍇21-26	鉉11下-1
bin(ㄅㄧㄣˋ)									
儐(賓、擯)	人部	【人部】	14畫	371	375	無	段8上-14	鍇15-6	鉉8上-2
殯	歺部	【歹部】	14畫	163	165	無	段4下-11	鍇8-5	鉉4下-3
髕(臏、剕)	骨部	【骨部】	14畫	165	167	無	段4下-16	鍇8-7	鉉4下-3
鬢从髟賓	髟部	【髟部】	14畫	425	430	無	段9上-21	鍇17-7	鉉9上-4
bīng(ㄅㄧㄥ)									
仌	仌部	【冫部】	2畫	570	576	4-19	段11下-7	鍇22-4	鉉11下-3
冰(凝)	仌部	【冫部】	4畫	570	576	4-20	段11下-7	鍇22-4	鉉11下-3
掤(冰)	手部	【手部】	8畫	610	616	無	段12上-54	鍇23-17	鉉12上-8
乓(兵、俜、㑞,倂)	収部	【八部】	5畫	104	105	4-9	段3上-37	鍇5-19	鉉3上-8
栟	木部	【木部】	6畫	241	244	無	段6上-7	鍇11-4	鉉6上-2
bǐng(ㄅㄧㄥˇ)									
柄(棅)	木部	【木部】	5畫	263	266	16-29	段6上-51	鍇11-22	鉉6上-7
秉(柄)	又部	【禾部】	3畫	115	116	22-15	段3下-18	鍇6-10	鉉3下-4
丙	丙部	【一部】	4畫	740	747	1-20	段14下-20	鍇28-9	鉉14下-4
恦(怲)	心部	【心部】	5畫	513	518	無	段10下-47	鍇20-17	鉉10下-8
炳(昺通叚)	火部	【火部】	5畫	485	489	19-8	段10上-50	鍇19-17	鉉10上-9
苪(芮通叚)	艸部	【艸部】	6畫	43	44	無	段1下-45	鍇2-21	鉉1下-7
邴	邑部	【邑部】	5畫	294	297	28-63	段6下-45	鍇12-19	鉉6下-7
鮏	魚部	【魚部】	5畫	581	586	無	段11下-28	鍇22-10	鉉11下-6
蠭(蛵、蜻,蠯、鮏通叚)	虫部	【虫部】	12畫	671	677	無	段13上-56	鍇25-13	鉉13上-7
餅(飥、餦、餛、鉼釘述及,麨通叚)	食部	【食部】	6畫	219	221	無	段5下-8	鍇10-4	鉉5下-2
釘(鉼)	金部	【金部】	2畫	703	710	29-37	段14上-3	鍇27-2	鉉14上-1

篆本字(古文、金文、籀文、俗字、通用字，通段、金石)	說文部首	康熙部首	筆畫	一般頁碼	洪葉頁碼	金石字典頁碼	段注篇章	徐鍇通釋篇章	徐鉉藤花榭篇
稟(廩，禀通段)	亩部	【禾部】	8畫	230	233	22-23	段5下-31	錯10-13	鉉5下-6
鞞(鞸通段)	革部	【革部】	8畫	108	109	31-15	段3下-4	錯6-3	鉉3下-1
寎	癃部	【宀部】	10畫	348	351	無	段7下-26	錯14-11	鉉7下-5
bing(ㄅㄧㄥˋ)									
幷(并，拼通段)	从部	【干部】	5畫	386	390	11-40	段8上-43	錯15-14	鉉8上-6
病	疒部	【疒部】	5畫	348	351	20-56	段7下-26	錯14-11	鉉7下-5
仿(放、俩、髣、彷，倣、昉、髮通段)	人部	【人部】	4畫	370	374	無	段8上-12	錯15-5	鉉8上-2
窆(穸通段)	穴部	【穴部】	5畫	343	347	無	段7下-17	錯14-8	鉉7下-4
竝(並)	竝部	【立部】	5畫	501	505	22-37	段10下-22	錯20-8	鉉10下-5
併(並、併)	人部	【人部】	6畫	372	376	無	段8上-16	錯15-6	鉉8上-3
偋	人部	【人部】	9畫	377	381	無	段8上-26	錯15-9	鉉8上-4
抨(拼，摒通段)	手部	【手部】	5畫	608	614	無	段12上-50	錯23-16	鉉12上-8
屏(摒、迸通段)	尸部	【尸部】	6畫	401	405	10-45	段8上-73	錯16-9	鉉8上-11
姘(屏，赿、跰通段)	女部	【女部】	6畫	625	631	無	段12下-28	錯24-10	鉉12下-4
庰(屏)	广部	【广部】	6畫	444	448	無	段9下-14	錯18-5	鉉9下-3
bō(ㄅㄛ)									
癶(址)	癶部	【癶部】		68	68	21-1	段2上-40	錯3-18	鉉2上-8
犮(址)	犬部	【犬部】	1畫	475	480	無	段10上-31	錯19-10	鉉10上-5
波(陂)	水部	【水部】	5畫	548	553	18-19	段11上貳-6	錯21-15	鉉11上-5
絟	糸部	【糸部】	5畫	655	661	23-13	段13上-24	錯25-5	鉉13上-3
頗(詖中述及，玻通段)	頁部	【頁部】	5畫	421	425	無	段9上-12	錯17-4	鉉9上-2
袚	衣部	【衣部】	5畫	397	401	無	段8上-66	錯16-6	鉉8上-9
鲅(鱍)	魚部	【魚部】	5畫	581	587	無	段11下-29	錯22-11	鉉11下-6
剝(攴，刐)	刀部	【刂部】	8畫	180	182	4-42	段4下-46	錯8-16	鉉4下-7
攴(剝、朴、扑)	攴部	【攴部】		122	123	14-35	段3下-32	錯6-17	鉉3下-7
磻(碆，磐通段)	石部	【石部】	12畫	452	457	無	段9下-31	錯18-10	鉉9下-5
盋	皿部	【皿部】	5畫	無	無	無	無	無	鉉5上-9
槃(盤、鑒，盆、柈、洀、磐、鉢通段)	木部	【木部】	10畫	260	263	17-1	段6上-45	錯11-19	鉉6上-6
菔(葡)	艸部	【艸部】	8畫	25	25	無	段1下-8	錯2-4	鉉1下-2
撥	手部	【手部】	12畫	604	610	無	段12上-42	錯23-13	鉉12上-7

篆本字（古文、金文、籀文、俗字、通用字，通段、金石）	說文部首	康熙部首	筆畫	一般頁碼	洪葉頁碼	金石字典頁碼	段注篇章	徐鍇通釋篇章	徐鉉藤花榭篇
播(番噾yi`述及、敽)	手部	【手部】	12畫	608	614	14-30	段12上-49	鍇23-15	鉉12上-7
潘(播，潴通段)	水部	【水部】	12畫	561	566	18-57	段11上貳-32	鍇21-23	鉉11上-8
譒(播)	言部	【言部】	12畫	95	95	無	段3上-18	鍇5-9	鉉3上-4
番(蹞、𤲙、播，蟠、蹯通段)	釆部	【田部】	7畫	50	50	20-42	段2上-4	鍇3-2	鉉2上-1
bó(ㄅㄛˊ)									
彴(趵)	人部	【人部】	3畫	372	376	無	段8上-15	鍇15-6	鉉8上-2
狖	犬部	【犬部】	4畫	475	480	無	段10上-31	鍇19-10	鉉10上-5
迒(跰、赽)	辵(辶)部	【辵部】	4畫	70	71	無	段2下-3	鍇4-2	鉉2下-1
駁	馬部	【馬部】	4畫	462	467	無	段10上-5	鍇19-2	鉉10上-1
伯(柏)	人部	【人部】	5畫	367	371	2-59	段8上-5	鍇15-2	鉉8上-1
敀(伯、迫)	攴部	【攴部】	5畫	122	123	14-42	段3下-32	鍇6-17	鉉3下-8
帛	帛部	【巾部】	5畫	363	367	11-18	段7下-57	鍇14-24	鉉7下-10
狛(獚)	犬部	【犬部】	5畫	477	482	無	段10上-35	鍇19-11	鉉10上-6
貘(貊、狛，獏、猵通段)	豸部	【豸部】	11畫	457	462	無	段9下-41	鍇18-14	鉉9下-7
洦(泊、狛俗、薄，岶通段)	水部	【水部】	6畫	544	549	無	段11上壹-58	鍇21-13	鉉11上-4
怕(泊)	心部	【心部】	5畫	507	511	無	段10下-34	鍇20-12	鉉10下-6
濼(泊)	水部	【水部】	15畫	535	540	19-4	段11上壹-40	鍇21-11	鉉11上-3
柏(栢、檗狛bo´述及)	木部	【木部】	5畫	248	250	16-31	段6上-20	鍇11-8	鉉6上-3
伯(柏)	人部	【人部】	5畫	367	371	2-59	段8上-5	鍇15-2	鉉8上-1
膞(胉、迫、拍)	肉部	【肉部】	10畫	174	176	24-28	段4下-33	鍇8-12	鉉4下-5
迫(敀、胉脅述及)	辵(辶)部	【辵部】	5畫	74	74	28-21	段2下-10	鍇4-5	鉉2下-2
鮊(鰤，鰤通段)	魚部	【魚部】	5畫	580	585	32-20鯟	段11下-26	鍇22-10	鉉11下-5
匏(壺，瓟通段)	包部	【勹部】	9畫	434	438	4-57	段9上-38	鍇17-13	鉉9上-6
鈸(鏺通段)	金部	【金部】	3畫	707	714	無	段14上-12	鍇27-5	鉉14上-3
柀(彼、披，皱通段)	木部	【木部】	5畫	242	244	無	段6上-8	鍇11-4	鉉6上-2
纀(帕、袙、幞、縸、襆、襮通段)	糸部	【糸部】	5畫	654	661	無	段13上-23	鍇25-5	鉉13上-3
佰(袙、陌通段)	人部	【人部】	6畫	374	378	3-7	段8上-19	鍇15-7	鉉8上-3
瓝(瓞、㼚、㼍)	瓜部	【瓜部】	6畫	337	340	無	段7下-4	鍇14-2	鉉7下-2
瓟(瓝、㼚)	瓜部	【瓜部】	5畫	337	340	無	段7下-4	鍇14-2	鉉7下-2

篆本字（古文、金文、籀文、俗字、通用字，通叚、金石）	說文部首	康熙部首	筆畫	一般頁碼	洪葉頁碼	金石字典頁碼	段注篇章	徐鍇通釋篇章	徐鉉藤花榭篇
譻(服、䰯，㬥通叚)	言部	【言部】	10畫	99	99	無	段3上-26	鍇5-14	鉉3上-5
跛	足部	【足部】	6畫	82	83	無	段2下-27	鍇4-13	鉉2下-6
駮	馬部	【馬部】	6畫	469	473	無	段10上-18	鍇19-5	鉉10上-3
箹(肕)	筋部	【竹部】	7畫	178	180	無	段4下-41	鍇8-15	鉉4下-6
誖(悖、㦉，俘、愍通叚)	言部	【言部】	7畫	97	98	26-50	段3上-23	鍇5-12	鉉3上-5
怖(邁，俘、愍通叚)	心部	【心部】	4畫	511	516	無	段10下-43	鍇20-15	鉉10下-8
拔(挬通叚)	手部	【手部】	5畫	605	611	無	段12上-44	鍇23-14	鉉12上-7
宋(浡、旆，浡通叚)	宋部	【木部】	7畫	273	276	16-11	段6下-3	鍇12-3	鉉6下-1
孛(勃)	宋部	【子部】	4畫	273	276	9-5	段6下-3	鍇12-3	鉉6下-1
勃(孛，浡、渤、鵓通叚)	力部	【力部】	7畫	701	707	無	段13下-54	鍇26-12	鉉13下-8
艴(勃、孛)	色部	【色部】	5畫	432	436	無	段9上-34	鍇17-11	鉉9上-6
浡(勃、拔、跋，霈通叚)	水部	【水部】	4畫	542	547	18-8	段11上壹-53	鍇21-11	鉉11上-3
郣(垺、渤通叚)	邑部	【邑部】	7畫	299	301	29-5	段6下-54	鍇12-22	鉉6下-8
坺(伐、旆，墢、垺、墢通叚)	土部	【土部】	5畫	684	691	7-12	段13下-21	鍇26-3	鉉13下-4
亳(薄)	高部	【亠部】	8畫	227	230	無	段5下-25	鍇10-10	鉉5下-5
趉(踏)	走部	【走部】	8畫	66	66	無	段2上-36	鍇3-16	鉉2上-8
踏(趉)	足部	【足部】	8畫	83	84	無	段2下-29	鍇4-15	鉉2下-6
博	十部	【十部】	10畫	89	89	5-18	段3上-6	鍇5-4	鉉3上-2
簙(博)	竹部	【竹部】	12畫	198	200	無	段5上-20	鍇9-7	鉉5上-3
嚩	口部	【口部】	10畫	55	56	無	段2上-15	鍇3-6	鉉2上-3
齱(嚩)	齒部	【齒部】	10畫	80	81	無	段2下-23	鍇4-12	鉉2下-5
搏(捕、拍，拍通叚)	手部	【手部】	10畫	597	603	14-28	段12上-27	鍇23-9	鉉12上-5
暴糸部从日出大糸(襮)	糸部	【糸部】	10畫	654	661	無	段13上-23	鍇25-5	鉉13上-3
襮(暴从日出大糸)	衣部	【衣部】	15畫	390	394	無	段8上-51	鍇16-2	鉉8上-8
膊(肊、迫、拍)	肉部	【肉部】	10畫	174	176	24-28	段4下-33	鍇8-12	鉉4下-5
迫(敀、肊𣤢述及)	辵(辶)部	【辵部】	5畫	74	74	28-21	段2下-10	鍇4-5	鉉2下-2
譻(服、䰯，㬥通叚)	言部	【言部】	10畫	99	99	無	段3上-26	鍇5-14	鉉3上-5
縠(縠)	豖部	【豖部】	10畫	455	459	無	段9下-36	鍇18-12	鉉9下-6
鎛(鏄)	金部	【金部】	10畫	709	716	29-50	段14上-16	鍇27-6	鉉14上-3

篆本字（古文、金文、籀文、俗字、通用字，通段、金石）	說文部首	康熙部首	筆畫	一般頁碼	洪葉頁碼	金石字典頁碼	段注篇章	徐鍇通釋篇章	徐鉉藤花榭篇
鏄(鎛)	金部	【金部】	16畫	709	716	29-63	段14上-15	鍇27-6	鉉14上-3
鞟	革部	【革部】	10畫	109	110	31-16	段3下-6	鍇6-4	鉉3下-1
髉(拍)	骨部	【骨部】	10畫	164	166	無	段4下-14	鍇8-7	鉉4下-3
齰(嚊)	齒部	【齒部】	10畫	80	81	無	段2下-23	鍇4-12	鉉2下-5
僰(棘通段)	人部	【人部】	12畫	383	387	3-39	段8上-38	鍇15-13	鉉8上-5
簙(博)	竹部	【竹部】	12畫	198	200	無	段5上-20	鍇9-7	鉉5上-3
檗	米部	【米部】	13畫	332	335	無	段7上-61	鍇13-25	鉉7上-10
魄(珀、粕、礴通段)	鬼部	【鬼部】	5畫	435	439	無	段9上-40	鍇17-13	鉉9上-7
薄(襮椋liang`述及、箔簾述及，礴通段)	艸部	【艸部】	13畫	41	41	無	段1下-40	鍇2-19	鉉1下-7
洦(泊、狛俗、薄，岶通段)	水部	【水部】	6畫	544	549	無	段11上壹-58	鍇21-13	鉉11上-4
亳(薄)	高部	【亠部】	8畫	227	230	無	段5下-25	鍇10-10	鉉5下-5
鬻从孛	弼部	【鬲部】	13畫	113	114	無	段3下-13	鍇6-7	鉉3下-3
撲(扑、撲、擈通段)	手部	【手部】	12畫	608	614	14-30	段12上-50	鍇23-16	鉉12上-8
襮(暴从日出大糸)	衣部	【衣部】	15畫	390	394	無	段8上-51	鍇16-2	鉉8上-8
欂(欂通段)	木部	【木部】	16畫	254	256	無	段6上-32	鍇11-14	鉉6上-5
樽(欂通段)	木部	【木部】	14畫	254	256	無	段6上-32	鍇11-16	鉉6上-4
鏄(鎛)	金部	【金部】	16畫	709	716	29-63	段14上-15	鍇27-6	鉉14上-3
鎛(鏄)	金部	【金部】	10畫	709	716	29-50	段14上-16	鍇27-6	鉉14上-3
bǒ(ㄅㄛˇ)									
跛	足部	【足部】	5畫	無	無	無	無	鍇4-15	鉉2下-6
尣(跛，伿通段)	尢部	【尢部】	5畫	495	499	無	段10下-10	鍇20-3	鉉10下-2
髀(踔、庳、跛)	骨部	【骨部】	8畫	165	167	無	段4下-15	鍇8-7	鉉4下-3
簸	箕部	【竹部】	13畫	199	201	無	段5上-21	鍇9-8	鉉5上-4
bò(ㄅㄛˋ)									
洦(泊、狛俗、薄，岶通段)	水部	【水部】	6畫	544	549	無	段11上壹-58	鍇21-13	鉉11上-4
咅(嚌、啐通段)	口部	【口部】	6畫	59	60	無	段2上-23	鍇3-9	鉉2上-5
亳(薄)	高部	【亠部】	8畫	227	230	無	段5下-25	鍇10-10	鉉5下-5
播(番嗌yi`述及、敽)	手部	【手部】	12畫	608	614	14-30	段12上-49	鍇23-15	鉉12上-7
潘(播，瀋通段)	水部	【水部】	12畫	561	566	18-57	段11上貳-32	鍇21-23	鉉11上-8
譒(播)	言部	【言部】	12畫	95	95	無	段3上-18	鍇5-9	鉉3上-4

篆本字(古文、金文、籀文、俗字、通用字，通叚、金石)	說文部首	康熙部首	筆畫	一般頁碼	洪葉頁碼	金石字典頁碼	段注篇章	徐鍇通釋篇章	徐鉉藤花榭篇
番(顄、𤲃、播，嶓、蹯通叚)	采部	【田部】	7畫	50	50	20-42	段2上-4	鍇3-2	鉉2上-1
檗(蘗)	木部	【木部】	13畫	245	247	17-12	段6上-14	鍇11-6	鉉6上-2
柏(栢、檗狛bo´述及)	木部	【木部】	5畫	248	250	16-31	段6上-20	鍇11-8	鉉6上-3
擘(擗、薜、辟，鈹通叚)	手部	【手部】	13畫	606	612	無	段12上-46	鍇23-15	鉉12上-7
劈(副、薜、擘，鈹、霹通叚)	刀部	【刂部】	13畫	180	182	無	段4下-45	鍇8-16	鉉4下-7
捭(擘，擺通叚)	手部	【手部】	9畫	609	615	無	段12上-51	鍇23-16	鉉12上-8
bū(ㄅㄨ)									
誧	言部	【言部】	7畫	94	95	無	段3上-17	鍇5-9	鉉3上-4
逋(逋)	辵(辶)部	【辵部】	7畫	74	74	28-27	段2下-10	鍇4-5	鉉2下-2
庯(峬、逋)	厂部	【厂部】	7畫	447	452	無	段9下-21	鍇18-7	鉉9下-3
餔(𩜌，晡通叚)	倉部	【食部】	7畫	220	223	無	段5下-11	鍇10-4	鉉5下-2
bú(ㄅㄨˊ)									
轐(輹)	車部	【車部】	12畫	724	731	無	段14上-45	鍇27-13	鉉14上-7
輹(轐、腹、輻)	車部	【車部】	9畫	724	731	無	段14上-45	鍇27-13	鉉14上-7
bǔ(ㄅㄨˇ)									
卜(ㅏ，鳲通叚)	卜部	【卜部】		127	128	5-20	段3下-41	鍇6-20	鉉3下-9
哺(吷通叚)	口部	【口部】	7畫	55	56	無	段2上-15	鍇3-6	鉉2上-3
捕	手部	【手部】	7畫	609	615	14-18	段12上-52	鍇23-16	鉉12上-8
搏(捕、㧌，拍通叚)	手部	【手部】	10畫	597	603	14-28	段12上-27	鍇23-9	鉉12上-5
補	衣部	【衣部】	7畫	396	400	26-18	段8上-63	鍇16-5	鉉8上-9
韡(輔)	韋部	【韋部】	10畫	236	238	31-21	段5下-41	鍇10-17	鉉5下-8
㨢	手部	【手部】	9畫	609	615	無	段12上-51	鍇23-16	鉉12上-8
鸔(鵏通叚)	鳥部	【鳥部】	17畫	151	153	無	段4上-45	鍇7-20	鉉4上-8
bù(ㄅㄨˋ)									
布(布)	巾部	【巾部】	2畫	362	365	11-17	段7下-54	鍇14-23	鉉7下-9
尃(布，敷通叚)	寸部	【寸部】	7畫	121	122	10-19	段3下-30	鍇6-16	鉉3下-7
不(鴀、鳺、鶏通叚)	不部	【一部】	3畫	584	590	1-12	段12上-2	鍇23-1	鉉12上-1
丕(㔻、不)	一部	【一部】	4畫	1	1	無	段1上-2	鍇1-2	鉉1上-1
步	步部	【止部】	3畫	68	69	17-25	段2上-41	鍇3-18	鉉2上-8
捬(挎通叚)	手部	【手部】	5畫	597	603	14-14	段12上-28	鍇23-10	鉉12上-5

篆本字(古文、金文、籀文、俗字、通用字,通段、金石)	說文部首	康熙部首	筆畫	一般頁碼	洪葉頁碼	金石字典頁碼	段注篇章	徐鍇通釋篇章	徐鉉藤花榭篇
悑(怖)	心部	【心部】	7畫	514	519	無	段10下-49	鍇20-18	鉉10下-9
莩	艸部	【艸部】	7畫	44	44	無	段1下-46	鍇2-21	鉉1下-8
瓿	瓦部	【瓦部】	8畫	639	645	無	段12下-55	鍇24-18	鉉12下-8
錇	缶部	【缶部】	8畫	225	227	無	段5下-20	鍇10-8	鉉5下-4
脃(腤)	肉部	【肉部】	8畫	175	177	無	段4下-35	鍇8-13	鉉4下-5
部	邑部	【邑部】	8畫	287	289	29-7	段6下-30	鍇12-16	鉉6下-6
菩(蔀,蓓通段)	艸部	【艸部】	8畫	27	28	無	段1下-13	鍇2-7	鉉1下-2
箁(簿)	竹部	【竹部】	12畫	190	192	無	段5上-4	鍇9-2	鉉5上-1

C

ca(ㄘㄚˋ)

篆本字	說文部首	康熙部首	筆畫	一般頁碼	洪葉頁碼	金石字典頁碼	段注篇章	徐鍇通釋篇章	徐鉉藤花榭篇
鼛(藝ca`)	鼓部	【鼓部】	6畫	206	208	無	段5上-36	鍇9-15	鉉5上-7

cāi(ㄘㄞ)

篆本字	說文部首	康熙部首	筆畫	一般頁碼	洪葉頁碼	金石字典頁碼	段注篇章	徐鍇通釋篇章	徐鉉藤花榭篇
赵	走部	【走部】	3畫	64	65	無	段2上-33	鍇3-15	鉉2上-7
猜	犬部	【犬部】	8畫	475	479	19-55	段10上-30	鍇19-10	鉉10上-5
偲(愢、葸通段)	人部	【人部】	9畫	370	374	無	段8上-11	鍇15-4	鉉8上-2

cái(ㄘㄞˊ)

篆本字	說文部首	康熙部首	筆畫	一般頁碼	洪葉頁碼	金石字典頁碼	段注篇章	徐鍇通釋篇章	徐鉉藤花榭篇
才(凡才、材、財、裁、纔字以同音通用)	才部	【手部】		272	274	14-6	段6下-1	鍇12-1	鉉6上-9
材	木部	【木部】	3畫	252	255	16-16	段6上-29	鍇11-13	鉉6上-4
財(纔)	貝部	【貝部】	3畫	279	282	27-24	段6下-15	鍇12-9	鉉6下-4
裁(裁)	衣部	【衣部】	7畫	388	392	無	段8上-48	鍇16-1	鉉8上-7
纔(緅)	糸部	【糸部】	17畫	651	658	無	段13上-17	鍇25-4	鉉13上-3
麳	麥部	【麥部】	3畫	232	235	無	段5下-35	鍇10-14	鉉5下-7

cǎi(ㄘㄞˇ)

篆本字	說文部首	康熙部首	筆畫	一般頁碼	洪葉頁碼	金石字典頁碼	段注篇章	徐鍇通釋篇章	徐鉉藤花榭篇
寀	宀部	【宀部】	8畫	無	無	無	無	無	鉉7下-3
彩	彡部	【彡部】	8畫	無	無	無	無	無	鉉9上-4
采(俗字手采作採、五采作彩,埰、寀、棌、綵、髿通段)	木部	【采部】		268	270	16-27	段6上-60	鍇11-27	鉉6上-7
采(乎、丂、辨弄juan、述及)	采部	【采部】		50	50	29-28	段2上-4	鍇3-2	鉉2上-1
菜(古多以采爲菜)	艸部	【艸部】	8畫	40	41	25-16	段1下-39	鍇2-18	鉉1下-7
悵	心部	【心部】	8畫	509	514	無	段10下-39	鍇20-13	鉉10下-7

篆本字(古文、金文、籀文、俗字、通用字，通段、金石)	說文部首	康熙部首	筆畫	一般頁碼	洪葉頁碼	金石字典頁碼	段注篇章	徐鍇通釋篇章	徐鉉藤花榭篇
cài(ㄘㄞˋ)									
采(俗字手-采作採、五采作彩，埰、寀、棌、綵、髦通段)	木部	【采部】		268	270	16-27	段6上-60	鍇11-27	鉉6上-7
菜(古多以采爲菜)	艸部	【艸部】	8畫	40	41	25-16	段1下-39	鍇2-18	鉉1下-7
蔡	艸部	【艸部】	11畫	40	41	25-25	段1下-39	鍇2-18	鉉1下-6
幏(縩通段)	巾部	【巾部】	11畫	359	362	無	段7下-48	鍇14-22	鉉7下-9
cān(ㄘㄢ)									
餐(湌)	倉部	【食部】	7畫	220	223	31-43	段5下-11	鍇10-4	鉉5下-2
粲(餐，燦、璨通段)	米部	【米部】	7畫	331	334	無	段7上-59	鍇13-24	鉉7上-9
傪(慘)	人部	【人部】	11畫	369	373	無	段8上-10	鍇15-4	鉉8上-2
驂	馬部	【馬部】	11畫	465	469	31-63	段10上-10	鍇19-3	鉉10上-2
曑(曑、參)	晶部	【日部】	13畫	313	316	5-40	段7上-23	鍇13-8	鉉7上-4
篸(參)	竹部	【竹部】	12畫	190	192	無	段5上-3	鍇9-2	鉉5上-1
厽(參，瘰通段)	厽部	【厶部】	4畫	737	744	無	段14下-13	鍇28-5	鉉14下-2
cán(ㄘㄢˊ)									
奴	奴部	【歹部】	2畫	161	163	無	段4下-7	鍇8-4	鉉4下-2
歺(殆凡殘餘字當作歺)	歹部	【歹部】	4畫	163	165	無	段4下-12	鍇8-6	鉉4下-3
殘(戔、歺)	歹部	【歹部】	8畫	163	165	無	段4下-12	鍇8-6	鉉4下-3
戔(殘、諓，醆、盞通段)	戈部	【戈部】	4畫	632	638	13-56	段12下-41	鍇24-13	鉉12下-6
慙(慚段注、通段皆無)	心部	【心部】	11畫	515	519	無	段10下-50	鍇20-18	鉉10下-9
摲(摲)	手部	【手部】	11畫	602	608	無	段12上-37	鍇23-12	鉉12上-6
芟(摲、煔通段)	艸部	【艸部】	4畫	42	43	無	段1下-43	鍇2-20	鉉1下-7
獑	犬部	【犬部】	11畫	474	478	無	段10上-28	鍇19-9	鉉10上-5
蠶(蚕通段)	蚰部	【虫部】	18畫	674	681	25-59	段13下-1	鍇25-15	鉉13下-1
cǎn(ㄘㄢˇ)									
嫪	女部	【女部】	11畫	624	630	無	段12下-26	鍇24-9	鉉12下-4
慘	心部	【心部】	11畫	512	517	無	段10下-45	鍇20-16	鉉10下-8
傪(慘)	人部	【人部】	11畫	369	373	無	段8上-10	鍇15-4	鉉8上-2
黲(黕通段)	黑部	【黑部】	11畫	488	492	無	段10上-56	鍇19-19	鉉10上-10
憯(憯，慘、晻通段)	心部	【心部】	12畫	512	517	無	段10下-45	鍇20-16	鉉10下-8
朁(憯)	曰部	【曰部】	8畫	203	205	無	段5上-29	鍇9-11	鉉5上-5

篆本字(古文、金文、籀文、俗字、通用字,通叚、金石)	說文部首	康熙部首	筆畫	一般頁碼	洪葉頁碼	金石字典頁碼	段注篇章	徐鍇通釋篇章	徐鉉藤花榭篇
càn(ㄘㄢˋ)									
奻(姕)	女部	【女部】	5畫	622	628	無	段12下-21	鍇24-7	鉉12下-3
璨	玉部	【玉部】	13畫	無	無	無	無	無	鉉1上-6
燦	火部	【火部】	13畫	無	無	無	無	無	鉉10上-9
粲(餐,燦、璨通叚)	米部	【米部】	7畫	331	334	無	段7上-59	鍇13-24	鉉7上-9
謲	言部	【言部】	11畫	96	97	無	段3上-21	鍇5-11	鉉3上-4
cāng(ㄘㄤ)									
倉(仺,傖通叚)	倉部	【人部】	8畫	223	226	3-42	段5下-17	鍇10-7	鉉5下-3
槍(鎗,搶、傖通叚)	木部	【木部】	10畫	256	259	16-60	段6上-37	鍇11-16	鉉6上-5
滄(凔,凔通叚)	仌部	【冫部】	10畫	571	576	無	段11下-8	鍇22-4	鉉11下-3
滄(凔,凔通叚)	水部	【水部】	10畫	563	568	無	段11上貳-36	鍇21-24	鉉11上-9
匴	匚部	【匚部】	10畫	636	642	無	段12下-50	鍇24-16	鉉12下-8
瑲(鏘、鎗、鶬,瑲通叚)	玉部	【玉部】	10畫	16	16	無	段1上-31	鍇1-15	鉉1上-5
鎗(鏘、鶬、將、瑲述及)	金部	【金部】	10畫	709	716	29-50	段14上-16	鍇27-6	鉉14上-3
蒼	艸部	【艸部】	10畫	40	40	25-23	段1下-38	鍇2-18	鉉1下-6
鶬(䧹)	鳥部	【鳥部】	10畫	154	155	無	段4上-50	鍇7-22	鉉4上-9
cáng(ㄘㄤˊ)									
藏	艸部	【艸部】	15畫	無	無	無	無	無	鉉1下-9
臧(臧、賍、藏,臟通叚)	臣部	【臣部】	8畫	118	119	24-32	段3下-24	鍇6-13	鉉3下-6
cāo(ㄘㄠ)									
喿(噪)	品部	【口部】	10畫	85	85	6-48	段2下-32	鍇4-16	鉉2下-7
操(掾通叚)	手部	【手部】	13畫	597	603	14-32	段12上-27	鍇23-9	鉉12上-5
摻(操)	手部	【手部】	11畫	611	617	無	段12上-55	無	鉉12上-8
cáo(ㄘㄠˊ)									
慒(悰通叚)	心部	【心部】	11畫	506	510	無	段10下-32	鍇20-12	鉉10下-6
朁(曹)	曰部	【曰部】	7畫	203	205	15-56	段5上-29	鍇9-11	鉉5上-5
槽(皁、曹)	木部	【木部】	11畫	264	267	無	段6上-53	鍇11-23	鉉6上-7
漕(漕,酒通叚)	水部	【水部】	11畫	566	571	18-56	段11上貳-42	鍇21-25	鉉11上-9
蓸(蕈)	艸部	【艸部】	11畫	46	46	無	段1下-50	鍇2-23	鉉1下-8

篆本字(古文、金文、籀文、俗字、通用字，通叚、金石)	說文部首	康熙部首	筆畫	一般頁碼	洪葉頁碼	金石字典頁碼	段注篇章	徐鍇通釋篇章	徐鉉藤花榭篇
禈(襠，媷、幨、襴通叚)	衣部	【衣部】	11畫	396	400	無	段8上-64	鍇16-5	鉉8上-9
聊(聊，膠、聭通叚)	耳部	【耳部】	5畫	591	597	24-10	段12上-16	鍇23-7	鉉12上-4
棘	東部	【木部】	12畫	271	273	無	段6上-66	鍇11-30	鉉6上-9
蠶(蠶，蠽通叚)	蚰部	【虫部】	26畫	675	681	無	段13下-2	鍇25-15	鉉13下-1
cǎo(ㄘㄠˇ)									
艸(草)	艸部	【艸部】		22	22	24-55	段1下-2	鍇2-2	鉉1下-1
草(葍、皁、皂非皀ji´，悼、騲通叚)	艸部	【艸部】	6畫	47	47	25-5	段1下-52	鍇2-24	鉉1下-9
慅(騷，慺通叚)	心部	【心部】	10畫	513	517	無	段10下-46	鍇20-16	鉉10下-8
懆	心部	【心部】	13畫	512	516	無	段10下-44	鍇20-16	鉉10下-8
cào(ㄘㄠˋ)									
蚤(鱉从鼓蚤)	豈部	【虫部】	13畫	205	207	無	段5上-34	鍇9-14	鉉5上-7
璪(繰通叚)	玉部	【玉部】	13畫	14	14	無	段1上-28	鍇1-14	鉉1上-4
操(鄵通叚)	手部	【手部】	13畫	597	603	14-32	段12上-27	鍇23-9	鉉12上-5
cè(ㄘㄜˋ)									
冊(笧、冊、筴亦作策)	冊(冊)部	【冂部】	3畫	85	86	4-14	段2下-34	鍇4-17	鉉2下-7
茦(筴通叚，釋文筴本又作冊，亦作策，或簎)	艸部	【艸部】	7畫	38	39	無	段1下-35	鍇2-16	鉉1下-6
策(冊、簎)	竹部	【竹部】	6畫	196	198	22-47	段5上-15	鍇9-6	鉉5上-3
晉(冊)	日部	【日部】	5畫	202	204	無	段5上-28	鍇9-11	鉉5上-5
敇(駚通叚)	攴部	【攴部】	6畫	126	127	無	段3下-40	鍇6-20	鉉3下-9
測	水部	【水部】	9畫	549	554	無	段11上貳-8	鍇21-15	鉉11上-5
畟(測，謖通叚)	夊部	【田部】	5畫	233	236	無	段5下-37	鍇10-15	鉉5下-7
側(仄)	人部	【人部】	9畫	373	377	3-31	段8上-17	鍇15-7	鉉8上-3
仄(厌、側、昃)	厂部	【厂部】	2畫	447	452	無	段9下-21	鍇18-7	鉉9下-4
廁(側，厠通叚)	广部	【广部】	9畫	444	448	無	段9下-14	鍇18-5	鉉9下-3
堲	土部	【土部】	9畫	690	697	無	段13下-33	鍇26-5	鉉13下-5
惻	心部	【心部】	9畫	512	517	無	段10下-45	鍇20-16	鉉10下-8
萴	艸部	【艸部】	9畫	30	31	無	段1下-19	鍇2-9	鉉1下-4
萩	艸部	【艸部】	10畫	44	44	無	段1下-46	鍇2-22	鉉1下-8
嘖(讀，憤、賾通叚)	口部	【口部】	11畫	60	60	無	段2上-24	鍇3-10	鉉2上-5

篆本字（古文、金文、籀文、俗字、通用字，通叚、金石）	說文部首	康熙部首	筆畫	一般頁碼	洪葉頁碼	金石字典頁碼	段注篇章	徐鍇通釋篇章	徐鉉藤花榭篇
籇(擉通叚)	手部	【竹部】	12畫	609	615	無	段12上-52	鍇23-16	鉉12上-8
藪	艸部	【艸部】	12畫	31	32	無	段1下-21	鍇2-10	鉉1下-4
cēn(ちㄣ)									
篸(參)	竹部	【竹部】	12畫	190	192	無	段5上-3	鍇9-2	鉉5上-1
cén(ちㄣˊ)									
屵从入ruˋ入	入部	【山部】	2畫	224	226	無	段5下-18	鍇10-7	鉉5下-3
岑(嵾通叚)	山部	【山部】	4畫	439	444	10-53	段9下-5	鍇18-2	鉉9下-1
涔	水部	【水部】	7畫	558	563	無	段11上貳-26	鍇21-21	鉉11上-7
湛(涔枰luˊ述及)	水部	【水部】	8畫	544	549	無	段11上壹-57	鍇21-12	鉉11上-4
醏	酉部	【酉部】	9畫	747	754	無	段14下-34	鍇28-17	鉉14下-8
鱏	魚部	【魚部】	12畫	578	584	無	段11下-23	鍇22-9	鉉11下-5
céng(ちㄥˊ)									
曾(曽通叚)	八部	【曰部】	8畫	49	49	15-57	段2上-2	鍇3-1	鉉2上-1
增(曽)	土部	【土部】	12畫	689	696	7-25	段13下-31	鍇26-5	鉉13下-4
層(增)	尸部	【尸部】	12畫	401	405	10-46	段8上-73	鍇16-9	鉉8上-11
繒(綷，縡、嶒通叚)	糸部	【糸部】	12畫	648	654	23-34	段13上-10	鍇25 3	鉉13上-2
鄫(繒)	邑部	【邑部】	12畫	298	300	29-20	段6下-52	鍇12-21	鉉6下-8
竲(橧通叚)	立部	【立部】	12畫	501	505	無	段10下-22	鍇20-8	鉉10下-4
cèng(ちㄥˋ)									
蹭	足部	【足部】	12畫	無	無	無	無	無	鉉2下-6
chā(ㄔㄚ)									
叉(釵，衩、䘚、靫通叚)	又部	【又部】	1畫	115	116	無	段3下-17	鍇6-9	鉉3下-4
杈	木部	【木部】	3畫	249	251	無	段6上-22	鍇11-10	鉉6上-3
臿(橾，橇、敐、腷通叚)	臼部	【臼部】	3畫	334	337	無	段7上-66	鍇13-27	鉉7上-10
瑳(差，嗟通叚)	玉部	【工部】	7畫	200	202	11-10	段5上-24	鍇9-9	鉉5上-4
瘥(差，殘通叚)	疒部	【疒部】	10畫	352	356	20-58	段7下-35	鍇14-16	鉉7下-6
媶	女部	【女部】	9畫	624	630	無	段12下-25	鍇24-9	鉉12下-4
插(捷、扱，劄、揝通叚)	手部	【手部】	9畫	599	605	無	段12上-31	鍇23-10	鉉12上-5
扱(插)	手部	【手部】	4畫	608	614	無	段12上-50	鍇23-16	鉉12上-8
鍤	金部	【金部】	9畫	706	713	無	段14上-9	鍇27-4	鉉14上-2

篆本字(古文、金文、籀文、俗字、通用字，通段、金石)	說文部首	康熙部首	筆畫	一般頁碼	洪葉頁碼	金石字典頁碼	段注篇章	徐鍇通釋篇章	徐鉉藤花榭篇
𤰞(䶥，齄通段)	甾部	【田部】	11畫	637	643	無	段12下-52	鍇24-17	鉉12下-8
chá(ㄔㄚˊ)									
秅	禾部	【禾部】	3畫	328	331	22-15	段7上-53	鍇13-23	鉉7上-9
叉(釵，衩、䑡、靫通段)	又部	【又部】	1畫	115	116	無	段3下-17	鍇6-9	鉉3下-4
茬(茌)	艸部	【艸部】	6畫	39	40	無	段1下-37	鍇2-17	鉉1下-6
詧	言部	【言部】	6畫	92	92	無	段3上-12	鍇5-7	鉉3上-3
荼(𦵸，茶、𣘻、𤨵、𣻈、鵌通段)	艸部	【艸部】	7畫	46	47	25-10	段1下-51	鍇2-24	鉉1下-8
庑(秺，秺通段)	广部	【广部】	8畫	444	449	無	段9下-15	鍇18-5	鉉9下-3
槎(櫳，柞、楂通段)	木部	【木部】	10畫	269	271	無	段6上-62	鍇11-28	鉉6上-8
察	宀部	【宀部】	11畫	339	343	無	段7下-9	鍇14-4	鉉7下-2
樝(查通段)	木部	【木部】	11畫	238	241	17-7	段6上-1	鍇11-1	鉉6上-1
ch ǎ(ㄔㄚˇ)									
鬐(髊、鬖通段)	髟部	【髟部】	10畫	426	430	無	段9上-22	鍇17-7	鉉9上-4
chà(ㄔㄚˋ)									
叉(釵，衩、䑡、靫通段)	又部	【又部】	1畫	115	116	無	段3下-17	鍇6-9	鉉3下-4
侂(托，仛、侘通段)	人部	【人部】	6畫	382	386	無	段8上-36	鍇15-12	鉉8上-5
宅(宅、厇、侘)	宀部	【宀部】	3畫	338	341	9-19	段7下-6	鍇14-3	鉉7下-2
剎	刀部	【刂部】	6畫	無	無	無	無	無	鉉4下-7
㓭(剎、塔通段)	刀部	【刂部】	11畫	181	183	無	段4下-48	鍇8-17	鉉4下-7
奼(姹通段)	女部	【女部】	3畫	613	619	無	段12下-4	鍇24-2	鉉12下-1
吒(咤，喥、詫通段)	口部	【口部】	3畫	60	60	6-15	段2上-24	鍇3-10	鉉2上-5
chái(ㄔㄞ)									
叉(釵，衩、䑡、靫通段)	又部	【又部】	1畫	115	116	無	段3下-17	鍇6-9	鉉3下-4
釵	金部	【金部】	3畫	無	無	無	無	無	鉉14上-4
㯙(柝、拆)	木部	【木部】	5畫	252	254	16-52	段6上-28	鍇11-13	鉉6上-4
墌(坼，拆、跅通段)	土部	【土部】	5畫	691	698	無	段13下-35	鍇26-6	鉉13下-5
𢀩(差，嗟通段)	左部	【工部】	7畫	200	202	11-10	段5上-24	鍇9-9	鉉5上-4
瘥(差，𣨼通段)	疒部	【疒部】	10畫	352	356	20-58	段7下-35	鍇14-16	鉉7下-6

篆本字（古文、金文、籀文、俗字、通用字，通段、金石）	說文部首	康熙部首	筆畫	一般頁碼	洪葉頁碼	金石字典頁碼	段注篇章	徐鍇通釋篇章	徐鉉藤花榭篇
chái（ㄔㄞˊ）									
豺(犲通段)	豸部	【豸部】	3畫	457	462	27-20	段9下-41	錯18-14	鉉9下-7
柴(積，偨通段)	木部	【木部】	6畫	252	255	16-34	段6上-29	錯11-13	鉉6上-4
祡(禷)	示部	【示部】	6畫	4	4	無	段1上-7	錯1-6	鉉1上-2
輂(𨍏，𨍵通段)	車部	【車部】	7畫	730	737	無	段14上-57	錯27-15	鉉14上-8
儕	人部	【人部】	14畫	372	376	無	段8上-15	錯15-6	鉉8上-2
chǎi（ㄔㄞˇ）									
茝(芷通段)	艸部	【艸部】	6畫	25	26	無	段1下-9	錯2-5	鉉1下-2
chài（ㄔㄞˋ）									
蠆(蠤、蠤、蜇)	虫部	【虫部】	9畫	665	672	25-56	段13上-45	錯25-11	鉉13上-6
厲(厲、厤、癘、蠆、蠆、勵、礪、濿、烈、例，唳通段)	厂部	【厂部】	9畫	446	451	5-37	段9下-19	錯18-7	鉉9下-3
癘(厲、蠆、疠，癩通段)	疒部	【疒部】	15畫	350	354	無	段7下-31	錯14-16	鉉7下-6
瘥(差，瘥通段)	疒部	【疒部】	10畫	352	356	20-58	段7下-35	錯14-16	鉉7下-6
譇(譇，嗏通段)	言部	【言部】	10畫	99	100	無	段3上-27	錯5-14	鉉3上-6
chān（ㄔㄢ）									
延(辿)	延部	【廴部】	4畫	78	78	12-1	段2下-17	錯4-10	鉉2下-4
姁	女部	【女部】	5畫	619	625	無	段12下-16	錯24-5	鉉12下-2
痹(痕)	疒部	【疒部】	5畫	351	354	無	段7下-32	錯14-14	鉉7下-6
覘(沾，佔、貼通段)	見部	【見部】	5畫	408	413	無	段8下-15	錯16-14	鉉8下-3
梴槤 篆本字(挻、埏)	木部	【木部】	7畫	251	253	無	段6上-26	錯11-30	鉉6上-4
婆	女部	【女部】	8畫	619	625	無	段12下-16	錯24-5	鉉12下-2
摻(操)	手部	【手部】	11畫	611	617	無	段12上-55	無	鉉12上-8
棽(摻)	林部	【木部】	8畫	271	274	無	段6上-67	錯11-30	鉉6上-9
襜(裧、幨，紳、袡、袩通段)	衣部	【衣部】	13畫	392	396	26-24	段8上-56	錯16-3	鉉8上-8
幨(裧、幨、裧通段)	巾部	【巾部】	10畫	359	362	無	段7下-48	錯14-22	鉉7下-9
攙	手部	【手部】	17畫	無	無	無	無	無	鉉12上-8
儳(攙)	人部	【人部】	17畫	380	384	無	段8上-31	錯15-10	鉉8上-4

篆本字（古文、金文、籀文、俗字、通用字，通叚、金石）	說文部首	康熙部首	筆畫	一般頁碼	洪葉頁碼	金石字典頁碼	段注篇章	徐鍇通釋篇章	徐鉉藤花榭篇
chán(ㄔㄢˊ)									
炎(炏)	火部	【火部】	5畫	481	486	無	段10上-43	鍇19-14	鉉10上-8
黇(黆 通叚)	黃部	【黃部】	7畫	698	704	無	段13下-48	鍇26-10	鉉13下-7
鋋	金部	【金部】	7畫	710	717	無	段14上-18	鍇27-6	鉉14上-3
潺	水部	【水部】	12畫	無	無	無	無	無	鉉11上-9
孱(孨)	孨部	【子部】	6畫	744	751	9-8	段14下-27	鍇28-13	鉉14下-6
孨(孱，潺 通叚)	孨部	【子部】	9畫	744	751	10-46	段14下-27	鍇28-13	鉉14下-6
傸(僝、潺)	人部	【人部】	9畫	368	372	無	段8上-8	鍇15-3	鉉8上-2
斬(獑、钀 通叚)	車部	【斤部】	11畫	730	737	無	段14上-57	鍇27-15	鉉14上-8
磛(巉、嶃、漸)	石部	【石部】	11畫	451	455	無	段9下-28	鍇18-10	鉉9下-4
銑(鐇 通叚)	金部	【金部】	6畫	702	709	29-42	段14上-2	鍇27-2	鉉14上-1
廛(里，厘、塵、墫、瀍、鄽 通叚)	广部	【广部】	12畫	444	449	無	段9下-15	鍇18-5	鉉9下-3
嬋	女部	【女部】	12畫	無	無	無	無	無	鉉12下-4
蟬(嬋 通叚)	虫部	【虫部】	12畫	668	674	25-58	段13上-50	鍇25-12	鉉13上-7
撣(嬋 通叚)	手部	【手部】	12畫	597	603	14-32	段12上-28	鍇23-10	鉉12上-5
嬗(嬋 通叚)	女部	【女部】	13畫	621	627		段12下-19	鍇24-6	鉉12下-3
禪(禮、墠)	示部	【示部】	12畫	7	7	21-63	段1上-13	鍇1-7	鉉1上-2
僵	人部	【人部】	13畫	373	377	無	段8上-17	鍇15-7	鉉8上-3
毚(欃 通叚)	㲋部	【比部】	13畫	472	477	無	段10上-25	鍇19-7	鉉10上-4
澶	水部	【水部】	13畫	538	543	無	段11上壹-45	鍇21-6	鉉11上-3
詹(蟾、譫、詀 通叚)	八部	【言部】	6畫	49	49	26-47	段2上-2	鍇3-2	鉉2上-1
纏(縺、繵 通叚)	糸部	【糸部】	15畫	647	653	23-37	段13上-8	鍇25-2	鉉13上-2
躔	足部	【足部】	15畫	82	83	無	段2下-27	鍇4-13	鉉2下-6
儳(攙 通叚)	人部	【人部】	17畫	380	384	無	段8上-31	鍇15-10	鉉8上-4
劖	刀部	【刂部】	17畫	181	183	無	段4下-48	鍇8-17	鉉4下-7
嚵(饞 通叚)	口部	【口部】	17畫	55	56	無	段2上-15	鍇3-6	鉉2上-3
讒	言部	【言部】	17畫	100	100	無	段3上-28	鍇5-16	鉉3上-6
鄽	邑部	【邑部】	17畫	295	297	無	段6下-46	鍇12-19	鉉6下-7
毚(欃 通叚)	㲋部	【比部】	13畫	472	477	無	段10上-25	鍇19-7	鉉10上-4
鑱(欃 通叚)	金部	【金部】	17畫	707	714	無	段14上-12	鍇27-4	鉉14上-3
chǎn(ㄔㄢˇ)									
屵	丨部	【方部】	3畫	21	21	無	段1上-41	鍇1-20	鉉1上-7

篆本字(古文、金文、籀文、俗字、通用字，通段、金石)	說文部首	康熙部首	筆畫	一般頁碼	洪葉頁碼	金石字典頁碼	段注篇章	徐鍇通釋篇章	徐鉉藤花榭篇
蚩	虫部	【虫部】	3畫	669	676	無	段13上-53	鍇25-13	鉉13上-7
延(辿)	延部	【廴部】	4畫	78	78	12-1	段2下-17	鍇4-10	鉉2下-4
產(簅通段)	生部	【生部】	6畫	274	276	20-27	段6下-4	鍇12-4	鉉6下-2
滻(產)	水部	【水部】	11畫	524	529	無	段11上壹-17	鍇21-4	鉉11上-2
猨	犬部	【犬部】	8畫	474	478	無	段10上-28	鍇19-9	鉉10上-5
鞦	革部	【革部】	9畫	109	110	無	段3下-6	鍇6-4	鉉3下-1
犣	牛部	【牛部】	11畫	51	52	無	段2上-7	鍇3-4	鉉2上-2
鏟(剗，劗通段)	金部	【金部】	11畫	705	712	無	段14上-8	鍇27-3	鉉14上-2
剗(剪，剗、劗通段)	刀部	【刂部】	7畫	178	180	4-41	段4下-42	鍇8-15	鉉4下-7
蕆	艸部	【艸部】	12畫	無	無	無	無	無	鉉1下-9
籖(鍼，蕆通段)	竹部	【竹部】	9畫	196	198	無	段5上-16	鍇9-6	鉉5上-3
燀	火部	【火部】	12畫	482	486	無	段10上-44	鍇19-15	鉉10上-8
闡(灛通段)	門部	【門部】	12畫	588	594	30-19	段12上-10	鍇23-5	鉉12上-3
繟	糸部	【糸部】	12畫	653	660	無	段13上-21	鍇25-5	鉉13上-3
幝(繕繟述及)	巾部	【巾部】	12畫	360	364	無	段7下-51	鍇14-22	鉉7下-9
繕(幝繟述及)	糸部	【糸部】	13畫	646	652	無	段13上-6	鍇25-2	鉉13上-1
讇(諂)	言部	【言部】	16畫	96	96	無	段3上-20	鍇5-10	鉉3上-4
醿(醆通段)	酉部	【酉部】	17畫	751	758	無	段14下-41	鍇28-19	鉉14下-9
敠(虣、虦从鹵)	攴部	【攴部】	14畫	126	127	無	段3下-40	鍇6-20	鉉3下-9
chàn(ㄔㄢˋ)									
覘(沾，佔、貼通段)	見部	【見部】	5畫	408	413	無	段8下-15	鍇16-14	鉉8下-3
硟(碾)	石部	【石部】	7畫	452	456	無	段9下-30	鍇18-10	鉉9下-5
顫(䪼通段)	頁部	【頁部】	13畫	421	426	31-32	段9上-13	鍇17-4	鉉9上-2
羼	羴部	【羊部】	15畫	147	149	無	段4上-37	鍇7-17	鉉4上-7
chāng(ㄔㄤ)									
昌(昌，菖通段)	日部	【日部】	4畫	306	309	15-28	段7上-9	鍇13-3	鉉7上-2
倡(昌、唱，娼通段)	人部	【人部】	8畫	379	383	無	段8上-30	鍇15-10	鉉8上-4
唱(倡)	口部	【口部】	8畫	57	57	無	段2上-18	鍇3-7	鉉2上-4
倀(猖通段)	人部	【人部】	8畫	378	382	無	段8上-27	鍇15-10	鉉8上-4
淐(溳、淐，汤通段)	水部	【水部】	8畫	552	557	無	段11上貳-13	鍇21-17	鉉11上-6
閶	門部	【門部】	8畫	587	593	無	段12上-7	鍇23-4	鉉12上-2
閶(閶)	門部	【門部】	11畫	590	596	無	段12上-13	鍇23-6	鉉12上-3
鋹(閶、閶)	金部	【金部】	11畫	710	717	29-52	段14上-17	鍇27-6	鉉14上-3

篆本字(古文、金文、籀文、俗字、通用字，通叚、金石)	說文部首	康熙部首	筆畫	一般頁碼	洪葉頁碼	金石字典頁碼	段注篇章	徐鍇通釋篇章	徐鉉藤花榭篇
鼛(鼞、鏜、鼞)	鼓部	【鼓部】	11畫	206	208	無	段5上-36	鍇9-15	鉉5上-7
襄从工己爻(襄、嬢、攘、驤，儴、勷、褏通叚)	衣部	【衣部】	11畫	394	398	26-23	段8上-60	鍇16-4	鉉8上-9
cháng(ㄔㄤˊ)									
長(夫、夬、镸)	長部	【長部】		453	457	30-1	段9下-32	鍇18-11	鉉9下-5
常(裳，嫦通叚亦作姮)	巾部	【巾部】	8畫	358	362	11-25	段7下-47	鍇14-21	鉉7下-8
萇	艸部	【艸部】	8畫	26	27	25-13	段1下-11	鍇2-6	鉉1下-2
場(塲通叚)	土部	【土部】	9畫	693	699	無	段13下-38	鍇26-7	鉉13下-5
腸	肉部	【肉部】	9畫	168	170	24-27	段4下-22	鍇8-9	鉉4下-4
嘗(嚐通叚)	旨部	【口部】	11畫	202	204	6-50	段5上-28	鍇9-14	鉉5上-5
鱨(鰋，鱨通叚)	魚部	【魚部】	13畫	577	583	無	段11下-21	鍇22-9	鉉11下-5
償	人部	【人部】	15畫	374	378	3-42	段8上-20	鍇15-8	鉉8上-3
chǎng(ㄔㄤˇ)									
昶	日部	【日部】	5畫	無	無	15-42	無	無	鉉7上-2
暢(暢，昶通叚)	田部	【田部】	5畫	698	704	20-51	段13下-48	鍇26-9	鉉13下-6
敞(廠、厰、惝、鼚通叚)	攴部	【攴部】	8畫	123	124	14-51	段3下-34	鍇6-18	鉉3下-8
黨(曭、尚，儻、讜、倘、惝通叚)	黑部	【黑部】	8畫	488	493	32-42	段10上-57	鍇19-19	鉉10上-10
氅	毛部	【毛部】	12畫	無	無	無	無	無	鉉8上-10
chàng(ㄔㄤˋ)									
畼	畼部	【畼部】		217	219	32-5	段5下-4	鍇10-3	鉉5下-1
弢(韔、韣、畼)	弓部	【弓部】	5畫	641	647	無	段12下-59	鍇24-19	鉉12下-9
韔(弢、畼，韔通叚)	韋部	【韋部】	8畫	235	238	31-21	段5下-41	鍇10-17	鉉5下-8
唱(倡)	口部	【口部】	8畫	57	57	無	段2上-18	鍇3-7	鉉2上-4
倡(昌、唱，娼通叚)	人部	【人部】	8畫	379	383	無	段8上-30	鍇15-10	鉉8上-4
悵	心部	【心部】	8畫	512	516	無	段10下-44	鍇20-16	鉉10下-8
瑒	玉部	【玉部】	9畫	12	12	20-16	段1上-24	鍇1-12	鉉1上-4
璗(瑒)	玉部	【玉部】	12畫	19	19	20-16	段1上-37	鍇1-18	鉉1上-6
暢(暢，昶通叚)	田部	【田部】	9畫	698	704	20-51	段13下-48	鍇26-9	鉉13下-6
蘍(暢、暢)	艸部	【艸部】	14畫	39	39	無	段1下-36	鍇2-17	鉉1下-6

篆本字（古文、金文、籀文、俗字、通用字，通叚、金石）	說文部首	康熙部首	筆畫	一般頁碼	洪葉頁碼	金石字典頁碼	段注篇章	徐鍇通釋篇章	徐鉉藤花榭篇
chāo（ㄔㄠ）									
訬（吵、炒）	言部	【言部】	4畫	99	100	無	段3上-27	鍇5-14	鉉3上-5
鈔（抄、剿）	金部	【金部】	4畫	714	721	29-38	段14上-25	鍇27-8	鉉14上-4
操（攕）	手部	【手部】	11畫	608	614	無	段12上-50	鍇23-16	鉉12上-8
弨	弓部	【弓部】	5畫	640	646	無	段12下-58	鍇24-19	鉉12下-9
怊	心部	【心部】	5畫	無	無	無	無	無	鉉10下-9
惆（怊通叚）	心部	【心部】	8畫	512	516	無	段10下-44	鍇20-16	鉉10下-8
超（怊、迢通叚）	走部	【走部】	5畫	63	64	27-47	段2上-31	鍇3-14	鉉2上-7
cháo（ㄔㄠˊ）									
鼂（鼊从皀黽、朝、晁）	黽部	【黽部】	5畫	680	686	無	段13下-12	鍇25-18	鉉13下-3
翰（朝、輖）	倝部	【月部】	8畫	308	311	16-6	段7上-14	鍇13-5	鉉7上-3
輖（朝怒ni ˋ述及，輕、轇通叚）	車部	【車部】	8畫	727	734	無	段14上-52	鍇27-14	鉉14上-7
嘲	口部	【口部】	12畫	無	無	無	無	無	鉉2上-6
啁（嘲，謿通叚）	口部	【口部】	8畫	59	60	無	段2上-23	鍇3-9	鉉2上-5
巢（澡通叚）	巢部	【巛部】	8畫	275	278	無	段6下-7	鍇12-6	鉉6下-3
轈（巢）	車部	【車部】	11畫	721	728	無	段14上-39	鍇27-12	鉉14上-6
淖（濤，潮通叚）	水部	【水部】	8畫	546	551	18-36	段11上貳-1	鍇21-13	鉉11上-4
鑽（厝、攢通叚）	金部	【金部】	19畫	707	714	無	段14上-12	鍇27-5	鉉14上-3
饡（厝、厝）	倉部	【食部】	19畫	220	222	無	段5下-10	鍇10-4	鉉5下-2
樔	木部	【木部】	11畫	268	270	17-8	段6上-60	鍇11-27	鉉6上-7
轈（巢）	車部	【車部】	11畫	721	728	無	段14上-39	鍇27-12	鉉14上-6
鄛	邑部	【邑部】	11畫	292	294	無	段6下-40	鍇12-18	鉉6下-7
魗（勦）	鬼部	【鬼部】	12畫	436	440	無	段9上-42	鍇17-14	鉉9上-7
chǎo（ㄔㄠˇ）									
訬（吵、炒）	言部	【言部】	4畫	99	100	無	段3上-27	鍇5-14	鉉3上-5
爨从鬻（炒、熮、㷻、㷎、楺，煰、爝、鬻通叚）	爨部	【鬲部】	16畫	112	113	無	段3下-12	鍇6-7	鉉3下-3
熮（爨、焣、焙，㷹、㷸通叚）	火部	【火部】	14畫	483	487	無	段10上-46	鍇19-15	鉉10上-8

篆本字（古文、金文、籀文、俗字、通用字，通叚、金石）	說文部首	康熙部首	筆畫	一般頁碼	洪葉頁碼	金石字典頁碼	段注篇章	徐鍇通釋篇章	徐鉉藤花榭篇
chē（ㄔㄜ）									
車(戁)	車部	【車部】		720	727	27-58	段14上-37	鍇27-12	鉉14上-6
chě（ㄔㄜˇ）									
瘳(揫、扯、掣，摩通叚)	手部	【疒部】	4畫	602	608	無	段12上-38	鍇23-12	鉉12上-6
趀(赿、趂、趣)	走部	【走部】	9畫	66	66	無	段2上-36	鍇3-16	鉉2上-8
chè（ㄔㄜˋ）									
屮	屮部	【屮部】		21	22	10-47	段1下-1	鍇2-1	鉉1下-1
壀(圻，拆、跅通叚)	土部	【土部】	5畫	691	698	無	段13下-35	鍇26-6	鉉13下-5
聅	耳部	【耳部】	5畫	592	598	無	段12上-18	鍇23-8	鉉12上-4
硩(摘、砓段注、說文作硩皆誤本)	石部	【石部】	8畫	452	456	無	段9下-30	鍇18-10	鉉9下-4
瘳(揫、扯、掣，摩通叚)	手部	【疒部】	4畫	602	608	無	段12上-38	鍇23-12	鉉12上-6
觢(掣通叚)	角部	【角部】	6畫	185	187	無	段4下-55	鍇8-19	鉉4下-8
憨(恆、悊)	心部	【心部】	9畫	512	516	無	段10下-44	鍇20-16	鉉10下-8
趀(赿、趂、趣)	走部	【走部】	9畫	66	66	無	段2上-36	鍇3-16	鉉2上-8
轍	車部	【車部】	11畫	無	無	無	無	無	鉉14上-8
徹(徹，撤、蹴、轍通叚)	攴部	【彳部】	12畫	122	123	12-58	段3下-32	鍇6-17	鉉3下-8
勶(撤，轍通叚)	力部	【力部】	15畫	700	706	4-54	段13下-52	鍇26-11	鉉13下-7
儠(懾)	人部	【人部】	18畫	372	376	無	段8上-15	鍇15-6	鉉8上-2
chēn（ㄔㄣ）									
肜(彤、融、繹)	舟部	【舟部】	3畫	403	407	無	段8下-4	鍇16-10	鉉8下-1
融(螎、肜，烔、蝸通叚)	鬲部	【虫部】	10畫	111	112	25-57	段3下-10	鍇6-6	鉉3下-2
棽(摻)	林部	【木部】	8畫	271	274	無	段6上-67	鍇11-30	鉉6上-9
綝(禁)	糸部	【糸部】	8畫	647	654	無	段13上-9	鍇25-3	鉉13上-2
禁（傑蓋古以綝chen爲禁字，伶通叚）	示部	【示部】	8畫	9	9	21-59	段1上-17	鍇1-8	鉉1上-3
郴	邑部	【邑部】	8畫	294	297	無	段6下-45	鍇12-19	鉉6下-7
琛	玉部	【玉部】	8畫	無	無	無	無	無	鉉1上-6
覝	見部	【見部】	9畫	409	413	無	段8下-16	鍇16-14	鉉8下-4

篆本字(古文、金文、籀文、俗字、通用字,通叚、金石)	說文部首	康熙部首	筆畫	一般頁碼	洪葉頁碼	金石字典頁碼	段注篇章	徐鍇通釋篇章	徐鉉藤花榭篇
嗔(闐)	口部	【口部】	10畫	58	58	無	段2上-20	錯3-8	鉉2上-4
瞋(眹)	目部	【目部】	10畫	133	134	無	段4上-8	錯7-4	鉉4上-2
膜	肉部	【肉部】	10畫	177	179	無	段4下-39	錯8-14	鉉4下-6
謓	言部	【言部】	10畫	100	100	無	段3上-28	錯5-14	鉉3上-6
chén(ㄔㄣˊ)									
臣(悪)	臣部	【臣部】		118	119	24-30	段3下-24	錯6-13	鉉3下-6
辰(厎)	辰部	【辰部】		745	752	28-13	段14下-30	錯28-15	鉉14下-7
忱(諶)	心部	【心部】	4畫	505	509	13-10	段10下-30	錯20-11	鉉10下-6
諶(忱)	言部	【言部】	9畫	92	93	無	段3上-13	錯5-7	鉉3上-3
煁(諶、湛)	火部	【火部】	9畫	482	486	無	段10上-44	錯19-15	鉉10上-8
沈(瀋、湛、黕,沉俗、邥通叚)	水部	【水部】	4畫	558	563	18-7	段11上貳-25	錯21-20	鉉11上-7
霃(沈,霃、霃通叚)	雨部	【雨部】	7畫	573	578	無	段11下-12	錯22-6	鉉11下-3
瀋(沈)	水部	【水部】	15畫	563	568	無	段11上貳-36	錯21-24	鉉11上-8
湛(淡、沈淑述及)	水部	【水部】	9畫	556	561	18-41	段11上貳-22	錯21-19	鉉11上-7
茺(茞通叚)	艸部	【艸部】	4畫	35	36	無	段1下-29	錯2-13	鉉1下-5
訦	言部	【言部】	4畫	92	93	無	段3上-13	錯5-7	鉉3上-3
鈂	金部	【金部】	4畫	706	713	無	段14上-10	錯27-4	鉉14上-2
茞	艸部	【艸部】	6畫	25	25	無	段1下-8	錯2-4	鉉1下-2
邸	邑部	【邑部】	6畫	295	297	無	段6下-46	錯12-19	鉉6下-7
晨晨部(晨)	晨部	【辰部】	6畫	105	106	28-16	段3上-39	錯6-1	鉉3上-9
曟晶部(晨、晨)	晶部	【日部】	15畫	313	316	15-51	段7上-23	錯13-8	鉉7上-4
鷐(晨)	鳥部	【鳥部】	11畫	155	156	無	段4上-52	錯7-22	鉉4上-9
娠	女部	【女部】	7畫	614	620	無	段12下-6	錯24-2	鉉12下-1
宸(梊)	宀部	【宀部】	7畫	338	342	無	段7下-7	錯14-3	鉉7下-2
㞢(宸)	尸部	【尸部】	7畫	400	404	10-44	段8上-72	錯16-9	鉉8上-11
麎(祁)	鹿部	【鹿部】	7畫	471	475	無	段10上-22	錯19-6	鉉10上-3
梊(檎)	木部	【木部】	7畫	241	243	無	段6上-6	錯11-3	鉉6上-1
欨(啟、覹)	欠部	【欠部】	7畫	413	417	無	段8下-24	錯16-17	鉉8下-5
霃(沈,霃、霃通叚)	雨部	【雨部】	7畫	573	578	無	段11下-12	錯22-6	鉉11下-3
諶(忱)	言部	【言部】	9畫	92	93	無	段3上-13	錯5-7	鉉3上-3
忱(諶)	心部	【心部】	4畫	505	509	13-10	段10下-30	錯20-11	鉉10下-6
煁(諶、湛)	火部	【火部】	9畫	482	486	無	段10上-44	錯19-15	鉉10上-8

篆本字（古文、金文、籀文、俗字、通用字，通段、金石）	說文部首	康熙部首	筆畫	一般頁碼	洪葉頁碼	金石字典頁碼	段注篇章	徐鍇通釋篇章	徐鉉藤花榭篇
鷐(晨)	鳥部	【鳥部】	11畫	155	156	無	段4上-52	鍇7-22	鉉4上-9
陳(𨸘 、陣、敶、敕、田述及)	𨸎部	【阜部】	8畫	735	742	30-29	段14下-10	鍇28-4	鉉14下-2
敶(敕、陳、陣)	攴部	【攴部】	12畫	124	125	14-56	段3下-35	鍇6-18	鉉3下-8
曟	曑部	【辰部】	13畫	223	226	無	段5下-17	鍇10-7	鉉5下-3
晨晶部(晨、晨)	晶部	【日部】	15畫	313	316	15-51	段7上-23	鍇13-8	鉉7上-4
麤(麤、塵)	麤部	【鹿部】	25畫	472	476	7-25	段10上-24	鍇19-7	鉉10上-4
chěn(ㄔㄣˇ)									
踸	足部	【足部】	9畫	無	無	無	無	無	鉉2下-7
冘(猶、淫，趻、踸通段)	冂部	【冖部】	2畫	228	230	無	段5下-26	鍇10-10	鉉5下-5
黲(墋通段)	黑部	【黑部】	11畫	488	492	無	段10上-56	鍇19-19	鉉10上-10
chèn(ㄔㄣˋ)									
齔(齓通段)	齒部	【齒部】	2畫	78	79	無	段2下-19	鍇4-11	鉉2下-4
疢(疹、疹通段)	疒部	【疒部】	4畫	351	355	20-55	段7下-33	鍇14-15	鉉7下-6
趁(駗，跈、蹍、辿通段)	走部	【走部】	5畫	64	64	無	段2上-32	鍇3-14	鉉2上-7
櫬	木部	【木部】	16畫	270	273	無	段6上-65	鍇11-29	鉉6上-8
讖	言部	【言部】	17畫	90	91	27-8	段3上-9	鍇5-6	鉉3上-3
chēng(ㄔㄥ)									
泟(泟)	赤部	【水部】	7畫	492	496	無	段10下-4	鍇19-21	鉉10下-1
經(頳、赬)	赤部	【赤部】	7畫	491	496	無	段10下-3	鍇19-21	鉉10下-1
琤(瑲)	玉部	【玉部】	8畫	16	16	無	段1上-31	鍇1-15	鉉1上-5
爯(稱、偁)	冓部	【爪部】	5畫	158	160	19-32	段4下-2	鍇8-1	鉉4下-1
稱(爯、偁、秤)	禾部	【禾部】	9畫	327	330	22-23	段7上-51	鍇13-22	鉉7上-8
偁(稱、秤)	人部	【人部】	9畫	373	377	3-28	段8上-18	鍇15-7	鉉8上-3
赿(撐，撑、樘通段)	止部	【止部】	8畫	67	68	17-26	段2上-39	鍇3-17	鉉2上-8
樘(掌、撐、撑、赿，撑、敤通段)	木部	【木部】	11畫	254	256	無	段6上-32	鍇11-14	鉉6上-4
瞠(瞠，瞠、瞠、瞠通段)	目部	【目部】	20畫	131	132	無	段4上-4	鍇7-2	鉉4上-1
竀	穴部	【穴部】	12畫	345	349	無	段7下-21	鍇14-9	鉉7下-4
檉	木部	【木部】	13畫	245	247	無	段6上-14	鍇11-7	鉉6上-3

篆本字(古文、金文、籀文、俗字、通用字，通段、金石)	說文部首	康熙部首	筆畫	一般頁碼	洪葉頁碼	金石字典頁碼	段注篇章	徐鍇通釋篇章	徐鉉藤花榭篇
chéng(ㄔㄥˊ)									
杖(撜、打，虹通段)	木部	【木部】	2畫	268	271	無	段6上-61	鍇11-27	鉉6上-8
丞	収部	【一部】	5畫	104	104	1-22	段3上-36	鍇5-19	鉉3上-8
成(戌，胾通段)	戊部	【戈部】	3畫	741	748	13-47	段14下-21	鍇28-9	鉉14下-5
盛(成，晟通段)	皿部	【皿部】	6畫	211	213	21-18	段5上-46	鍇9-19	鉉5上-9
郕(成、盛)	邑部	【邑部】	6畫	296	299	無	段6下-49	鍇12-20	鉉6下-8
呈(程通段)	口部	【口部】	4畫	58	59	6-20	段2上-21	鍇3-8	鉉2上-4
承(懲)	手部	【手部】	4畫	600	606	14-9	段12上-34	鍇23-11	鉉12上-6
持(承詩述及)	手部	【手部】	6畫	596	602	14-16	段12上-26	鍇23-9	鉉12上-5
宬	宀部	【宀部】	6畫	339	342	無	段7下-8	鍇14-4	鉉7下-2
晟	日部	【日部】	6畫	無	無	無	無	無	鉉7上-2
誠	言部	【言部】	6畫	93	93	26-49	段3上-14	鍇5-7	鉉3上-4
頸(頳通段)	頁部	【頁部】	7畫	417	421	31-29	段9上-4	鍇17-2	鉉9上-1
輋	車部	【車部】	6畫	727	734	無	段14上-51	鍇27-14	鉉14上-7
脀(烝，胚通段)	肉部	【肉部】	6畫	171	173	無	段4下-28	鍇8-11	鉉4下-5
城(䃼)	土部	【土部】	6畫	688	695	7-14	段13下-29	鍇26-4	鉉13下-4
盛(成，晟通段)	皿部	【皿部】	6畫	211	213	21-18	段5上-46	鍇9-19	鉉5上-9
觪(觪，衡通段)	角部	【角部】	4畫	185	187	無	段4下-56	鍇8-19	鉉4下-8
珽(珵)	玉部	【玉部】	7畫	13	13	無	段1上-25	鍇1-13	鉉1上-4
程	禾部	【禾部】	7畫	327	330	22-21	段7上-52	鍇13-22	鉉7上-9
裎(程)	衣部	【衣部】	7畫	396	400	無	段8上-63	鍇16-5	鉉8上-9
郢(邨、程)	邑部	【邑部】	7畫	292	295	29-6	段6下-41	鍇12-18	鉉6下-7
呈(程通段)	口部	【口部】	4畫	58	59	6-20	段2上-21	鍇3-8	鉉2上-4
醒(醒)	酉部	【酉部】	7畫	750	757	無	段14下-40	鍇28-19	鉉14下-9
棖	木部	【木部】	8畫	263	265	無	段6上-50	鍇11-22	鉉6上-6
塍(塲、艚通段)	土部	【土部】	10畫	684	690	7-23	段13下-20	鍇26-3	鉉13下-4
騂	馬部	【馬部】	10畫	467	472	無	段10上-15	鍇19-5	鉉10上-2
騰(騋、乘、滕侯述及)	馬部	【馬部】	10畫	468	473	31-62	段10上-17	鍇19-5	鉉10上-3
椉(桼、乘，乘通段)	桀部	【木部】	12畫	237	240	2-5	段5下-44	鍇10-18	鉉5下-9
憕	心部	【心部】	12畫	503	507	無	段10下-26	鍇20-10	鉉10下-5
拚拚 (撜、拯)	手部	【手部】	6畫	603	609	無	段12上-39	鍇23-13	鉉12上-6
橙	木部	【木部】	12畫	238	241	無	段6上-1	鍇11-1	鉉6上-1

篆本字(古文、金文、籀文、俗字、通用字，通叚、金石)	說文部首	康熙部首	筆畫	一般頁碼	洪葉頁碼	金石字典頁碼	段注篇章	徐鍇通釋篇章	徐鉉藤花榭篇
澂(澄、徵)	水部	【水部】	12畫	550	555	18-58	段11上貳-9	鍇21-15	鉉11上-5
樘(牚、撐、橕、⿱尚疋，摚、敳通叚)	木部	【木部】	11畫	254	256	無	段6上-32	鍇11-14	鉉6上-4
懲(徵)	心部	【心部】	15畫	515	520	無	段10下-51	鍇20-18	鉉10下-9
承(懲)	手部	【手部】	4畫	600	606	14-9	段12上-34	鍇23-11	鉉12上-6
ch ĕ ng(ㄔㄥˇ)									
逞	辵(辶)部	【辵部】	7畫	75	75	28-27	段2下-12	鍇4-6	鉉2下-3
徎(逞)	彳部	【彳部】	7畫	76	76	無	段2下-14	鍇4-7	鉉2下-3
騁(駎通叚)	馬部	【馬部】	7畫	467	471	31-59	段10上-14	鍇19-4	鉉10上-2
庱	广部	【广部】	8畫	無	無	無	無	無	鉉9下-3
夌(淩、凌、陵，庱、輘通叚)	夊部	【夊部】	5畫	232	235	7-47	段5下-35	鍇10-14	鉉5下-7
chèng(ㄔㄥˋ)									
爯(稱、偁)	冓部	【爪部】	5畫	158	160	19-32	段4下-2	鍇8-1	鉉4下-1
稱(偁、秤)	禾部	【禾部】	9畫	327	330	22-23	段7上-51	鍇13-22	鉉7上-8
偁(稱、秤)	人部	【人部】	9畫	373	377	3-28	段8上-18	鍇15-7	鉉8上-3
ch ī (ㄔ)									
⿱山羽	羽部	【羽部】	4畫	139	141	無	段4上-21	鍇7-10	鉉4上-4
蚩(媸通叚)	虫部	【虫部】	4畫	667	674	無	段13上-49	鍇25-12	鉉13上-7
醜(謉，媸、⿰忄酉通叚)	鬼部	【酉部】	10畫	436	440	無	段9上-42	鍇17-14	鉉9上-7
眡(昏)	目部	【目部】	4畫	131	132	21-27	段4上-4	鍇7-3	鉉4上-2
笞	竹部	【竹部】	5畫	196	198	無	段5上-16	鍇9-6	鉉5上-3
瓻	瓦部	【瓦部】	7畫	無	無	無	無	無	鉉12下-9
⿰氐隹(鴟，瓻通叚)	隹部	【隹部】	5畫	142	144	無	段4上-27	鍇7-12	鉉4上-5
齝(⿰齒司、⿰齒寺通叚)	齒部	【齒部】	5畫	80	80	無	段2下-22	鍇4-12	鉉2下-5
眵(⿰月多通叚)	目部	【目部】	6畫	134	135	無	段4上-10	鍇7-5	鉉4上-2
胵	肉部	【肉部】	6畫	173	175	無	段4下-32	鍇8-14	鉉4下-5
至(⿱㞢土，胵通叚)	至部	【至部】		584	590	24-37	段12上-2	鍇23-1	鉉12上-1
絺(郗、希繡述及)	糸部	【糸部】	7畫	660	666	23-23	段13上-34	鍇25-8	鉉13上-4
郗(絺)	邑部	【邑部】	7畫	288	290	29-7	段6下-32	鍇12-16	鉉6下-6
喫	口部	【口部】	9畫	無	無	無	無	無	鉉2上-6
醜(謉，媸、⿰忄酉通叚)	鬼部	【酉部】	10畫	436	440	無	段9上-42	鍇17-14	鉉9上-7

篆本字（古文、金文、籀文、俗字、通用字，通叚、金石）	說文部首	康熙部首	筆畫	一般頁碼	洪葉頁碼	金石字典頁碼	段注篇章	徐鍇通釋篇章	徐鉉藤花榭篇
欼(嗤、歟，攷、咍通叚)	欠部	【欠部】	10畫	412	416	無	段8下-22	鍇16-16	鉉8下-5
覷(矖、矕通叚)	見部	【見部】	19畫	407	412	無	段8下-13	鍇16-13	鉉8下-3
摛(攡)	手部	【手部】	11畫	598	604	無	段12上-29	鍇23-10	鉉12上-5
魑	鬼部	【鬼部】	10畫	無	無	無	無	無	鉉9上-7
螭(魑，貙、彲通叚)	虫部	【虫部】	11畫	670	676	無	段13上-54	鍇25-13	鉉13上-7
离(離，魑通叚)	内部	【内部】	6畫	739	746	無	段14下-17	鍇28-7	鉉14下-4
癡(痴通叚)	疒部	【疒部】	14畫	353	356	無	段7下-36	鍇14-16	鉉7下-6
懝(癡，儗通叚)	心部	【心部】	14畫	509	514	無	段10下-39	鍇20-14	鉉10下-7
chi（彳ˊ）									
弛(弙，弪通叚)	弓部	【弓部】	3畫	641	647	12-18	段12下-59	鍇24-19	鉉12下-9
池各本無，通叚作沱tuoˊ	水部	【水部】	3畫	553	558	18-9	段11上貳-16	無	鉉11上-6
沱(池、沲、跎通叚)	水部	【水部】	5畫	517	522	18-9	段11上壹-4	鍇21-2	鉉11上-1
馳	馬部	【馬部】	3畫	467	471	無	段10上-14	鍇19-4	鉉10上-2
坻(汦、渚)	土部	【土部】	5畫	689	695	無	段13下-30	鍇26-4	鉉13下-4
蚳(蟸、䖲)	虫部	【虫部】	5畫	666	673	無	段13上-47	鍇25-11	鉉13上-6
虒(虒、虒通叚)	虫部	【虫部】	4畫	665	672	無	段13上-45	鍇25-11	鉉13上-6
持(承詩述及)	手部	【手部】	6畫	596	602	14-16	段12上-26	鍇23-9	鉉12上-5
詩(譀、持)	言部	【言部】	6畫	90	91	26-48	段3上-9	鍇5-6	鉉3上-3
趍(跢通叚)	走部	【走部】	6畫	65	65	27-49	段2上-34	鍇3-15	鉉2上-7
歭(踦，榯、跱、跢、跦通叚)	止部	【止部】	6畫	67	68	17-26	段2上-39	鍇3-17	鉉2上-8
茬(茌)	艸部	【艸部】	6畫	39	40	無	段1下-37	鍇2-17	鉉1下-6
荎	艸部	【艸部】	6畫	35	36	無	段1下-29	鍇2-14	鉉1下-5
匙(鍉、棍)	匕部	【匕部】	9畫	385	389	無	段8上-41	鍇15-13	鉉8上-6
鍉(鍉)	金部	【金部】	11畫	711	718	無	段14上-20	鍇27-8	鉉14上-4
箈	竹部	【竹部】	9畫	197	199	無	段5上-17	鍇9-6	鉉5上-3
茞	艸部	【艸部】	9畫	43	44	無	段1下-45	鍇2-21	鉉1下-7
諉	言部	【言部】	10畫	91	91	無	段3上-10	鍇5-11	鉉3上-3
遫	走部	【走部】	10畫	66	66	無	段2上-36	鍇3-16	鉉2上-8
籭从虎(籭、筺)	龠部	【龠部】	10畫	85	86	無	段2下-33	鍇4-17	鉉2下-7
漦	水部	【水部】	11畫	546	551	無	段11上貳-2	鍇21-13	鉉11上-4
墀(墀通叚)	土部	【土部】	12畫	686	693	7-24	段13下-25	鍇26-3	鉉13下-4

篆本字(古文、金文、籀文、俗字、通用字，通段、金石)	說文部首	康熙部首	筆畫	一般頁碼	洪葉頁碼	金石字典頁碼	段注篇章	徐鍇通釋篇章	徐鉉藤花榭篇
遲(迡、遟=遲夌述及、夷夌述及、迡，迡通段)	辵(辶)部	【辵部】	12畫	72	73	28-47	段2下-7	鍇4-4	鉉2下-2
夷(遲夌述及，侇、恞通段)	大部	【大部】	3畫	493	498	8-12	段10下-7	鍇20-2	鉉10下-2
遟(黎、犂、遲夌述及)	辵(辶)部	【辵部】	15畫	72	73	無	段2下-7	鍇4-4	鉉2下-2
徲(徫，徲通段)	彳部	【彳部】	13畫	77	77	12-58	段2下-16	鍇4-9	鉉2下-4
chǐ (ㄔˇ)									
齒(㘩)	齒部	【齒部】		78	79	32-55	段2下-19	鍇4-10	鉉2下-4
尺(伬通段)	尺部	【尸部】	1畫	401	406	10-40	段8下-1	鍇16-9	鉉8下-1
烾(赤、㸀、尺)	赤部	【赤部】		491	496	27-44	段10下-3	鍇19-21	鉉10下-1
施(旎橎yi旎者施之俗也，肔、胣、葹通段)	㫃部	【方部】	5畫	311	314	15-14	段7上-19	鍇13-6	鉉7上-3
豖	卪部	【卩部】	6畫	430	435	無	段9上-31	鍇17-10	鉉9上-5
㙂(㤉通段)	土部	【土部】	6畫	690	697	無	段13下-33	鍇26-5	鉉13下-5
姼(姼，爹通段)	女部	【女部】	6畫	616	622	無	段12下-9	鍇24-3	鉉12下-1
恥(耻通段)	心部	【心部】	6畫	515	519	無	段10下-50	鍇20-18	鉉10下-9
敊(豉尗、豆爲古今字)	尗部	【支部】	6畫	336	340	無	段7下-3	鍇14-1	鉉7下-1
炒(煼通段)	火部	【火部】	6畫	485	489	無	段10上-50	鍇19-17	鉉10上-9
侈(傺)	人部	【人部】	6畫	379	383	3-12	段8上-30	鍇15-10	鉉8上-4
袲(褒、移、侈)	衣部	【衣部】	6畫	394	398	無	段8上-59	鍇16-4	鉉8上-8
移(侈、迻，橠、簃通段)	禾部	【禾部】	6畫	323	326	無	段7上-44	鍇13-19	鉉7上-8
奢(奓)	奢部	【大部】	9畫	497	501	8-19	段10下-14	鍇20-5	鉉10下-3
誃(謻、簃、哆)	言部	【言部】	6畫	97	97	無	段3上-22	鍇5-11	鉉3上-5
鉹(𨮁通段)	金部	【金部】	6畫	703	710	無	段14上-4	鍇27-2	鉉14上-1
彖	彑部	【彑部】	7畫	456	461	27-15	段9下-39	鍇18-14	鉉9下-6
叕(彖)	彑部	【彑部】	4畫	456	461	無	段9下-39	鍇18-14	鉉9下-6
廖	广部	【广部】	8畫	444	449	無	段9下-15	鍇18-5	鉉9下-3
㰓	木部	【木部】	9畫	無	無	無	無	無	鉉6上-8
褫(扡)	衣部	【衣部】	10畫	396	400	無	段8上-63	鍇16-5	鉉8上-9

篆本字(古文、金文、籀文、俗字、通用字，通叚、金石)	說文部首	康熙部首	筆畫	一般頁碼	洪葉頁碼	金石字典頁碼	段注篇章	徐鍇通釋篇章	徐鉉藤花榭篇
chi(彳ヽ)									
彳(躑通叚)	彳部	【彳部】		76	76	12-40	段2下-14	鍇4-7	鉉2下-3
炙(赤、𧹪、尺)	赤部	【赤部】		491	496	27-44	段10下-3	鍇19-21	鉉10下-1
赨(赤)	赤部	【赤部】	6畫	491	496	無	段10下-3	鍇19-21	鉉10下-1
叱	口部	【口部】	2畫	60	60	無	段2上-24	鍇3-10	鉉2上-5
屎(柅，抳、㞞通叚)	木部	【木部】	3畫	264	266	無	段6上-52	鍇11-23	鉉6上-7
柅(屎、欄，茞、㞞通叚)	木部	【木部】	5畫	244	247	無	段6上-13	鍇11-23	鉉6上-2
翄(翅、瓵)	羽部	【羽部】	4畫	138	140	無	段4上-19	鍇7-9	鉉4上-4
啻(商、翅痕qi´述及，螪通叚)	口部	【口部】	9畫	58	59	無	段2上-21	鍇3-9	鉉2上-4
翨(翅)	羽部	【羽部】	9畫	138	139	無	段4上-18	鍇7-9	鉉4上-4
飭(飾)	力部	【食部】	4畫	701	707	無	段13下-54	鍇26-12	鉉13下-8
扶	手部	【手部】	5畫	609	615	無	段12上-51	鍇23-16	鉉12上-8
眙(瞠)	目部	【目部】	5畫	133	135	無	段4上-9	鍇7-6	鉉4上-2
魑(媿、殊)	鬼部	【鬼部】	5畫	435	439	無	段9上-40	鍇17-13	鉉9上-7
伐	人部	【人部】	6畫	372	376	無	段8上-16	鍇15-6	鉉8上-3
庌(厈、斥，鴈通叚)	广部	【广部】	6畫	446	450	11-48	段9下-18	鍇18-6	鉉9下-3
鵄	鳥部	【鳥部】	6畫	無	無	無	無	無	鉉4上-10
式(拭、栻、鵡、鷔从敕通叚)	工部	【弋部】	3畫	201	203	12-15	段5上-25	鍇9-10	鉉5上-4
敕(勑、勅，憼、惐、揫通叚)	支部	【攴部】	7畫	124	125	14-46	段3下-35	鍇6-18	鉉3下-8
勑(敕俗、倈、俫通叚)	力部	【力部】	8畫	699	705	無	段13下-50	鍇26-11	鉉13下-7
淶(勑)	水部	【水部】	12畫	525	530	無	段11上壹-20	鍇21-5	鉉11上-2
狾(猘、狛、瘈、瘈、瘈通叚)	犬部	【犬部】	7畫	476	481	無	段10上-33	鍇19-11	鉉10上-6
渍	水部	【水部】	8畫	544	549	無	段11上壹-57	鍇21-12	鉉11上-4
啻(商、翅痕qi´述及，螪通叚)	口部	【口部】	9畫	58	59	無	段2上-21	鍇3-9	鉉2上-4
憓(恉、悓)	心部	【心部】	9畫	512	516	無	段10下-44	鍇20-16	鉉10下-8
溢	水部	【水部】	9畫	549	554	無	段11上貳-8	鍇21-15	鉉11上-5

篆本字（古文、金文、籀文、俗字、通用字，通段、金石）	說文部首	康熙部首	筆畫	一般頁碼	洪葉頁碼	金石字典頁碼	段注篇章	徐鍇通釋篇章	徐鉉藤花榭篇
翹(翅)	羽部	【羽部】	9畫	138	139	無	段4上-18	鍇7-9	鉉4上-4
趣(跐)	走部	【走部】	9畫	65	66	無	段2上-35	鍇3-15	鉉2上-7
瘛(瘈、瘲通段)	疒部	【疒部】	10畫	352	356	無	段7下-35	鍇14-15	鉉7下-6
摏(搈、扒、掔，摩通段)	手部	【疒部】	10畫	602	608	無	段12上-38	鍇23-12	鉉12上-6
臸(憒，憶通段)	至部	【至部】	10畫	585	591	無	段12上-3	鍇23-2	鉉12上-1
懲	心部	【心部】	13畫	無	無	無	無	無	鉉10下-9
滯(瘴，懲通段)	水部	【水部】	11畫	559	564	無	段11上貳-27	鍇21-21	鉉11上-7
憑(殤，嶒、懲通段)	心部	【心部】	11畫	504	508	無	段10下-28	鍇20-11	鉉10下-6
祭(傺通段)	示部	【示部】	6畫	3	3	21-57	段1上-6	鍇1-6	鉉1上-2
剎(刹、塔通段)	刀部	【刂部】	11畫	181	183	無	段4下-48	鍇8-17	鉉4下-7
蹄(蠆)	足部	【足部】	11畫	82	83	無	段2下-27	鍇4-14	鉉2下-6
佮(傝通段)	人部	【人部】	6畫	374	378	3-7	段8上-19	鍇15-7	鉉8上-3
熾(戠)	火部	【火部】	12畫	485	490	19-28	段10上-51	鍇19-17	鉉10上-9
趣	走部	【走部】	12畫	65	65	27-52	段2上-34	鍇3-16	鉉2上-7
樀(櫱、枾、桙、朩[不]，蘖通段)	木部	【木部】	20畫	268	271	無	段6上-61	鍇11-27	鉉6上-8

chōng(ㄔㄨㄥ)

充(祝、毓通段)	儿部	【儿部】	4畫	405	409	3-48	段8下-8	鍇16-11	鉉8下-2
忡(懘、忱、悀通段)	心部	【心部】	4畫	514	518	無	段10下-48	鍇20-17	鉉10下-9
沖(盅，冲、沁、翀通段)	水部	【水部】	4畫	547	552	18-6	段11上貳-4	鍇21-14	鉉11上-4
盅(沖)	皿部	【皿部】	4畫	212	214	無	段5上-48	鍇9-20	鉉5上-9
舂(樁通段)	臼部	【臼部】	5畫	334	337	24-40	段7上-65	鍇13-27	鉉7上-10
鏦(鏉、欑、欀从爨，種通段)	金部	【金部】	11畫	711	718	29-52	段14上-19	鍇27-6	鉉14上-3
惷	心部	【心部】	11畫	509	514	13-36	段10下-39	鍇20-14	鉉10下-7
憧	心部	【心部】	12畫	510	514	無	段10下-40	鍇20-14	鉉10下-7
罿(罬)	网部	【网部】	12畫	356	359	無	段7下-42	鍇14-19	鉉7下-8
撞(剷、剸、揰、摐、樁通段)	手部	【手部】	12畫	606	612	無	段12上-46	鍇23-14	鉉12上-7
衝(衝)	行部	【行部】	12畫	78	78	26-11	段2下-18	鍇4-10	鉉2下-4
䡴(衝)	車部	【車部】	12畫	721	728	無	段14上-39	鍇27-12	鉉14上-6

篆本字(古文、金文、籀文、俗字、通用字，通段、金石)	說文部首	康熙部首	筆畫	一般頁碼	洪葉頁碼	金石字典頁碼	段注篇章	徐鍇通釋篇章	徐鉉藤花榭篇
chóng(ㄔㄨㄥˊ)									
虫(虺)	虫部	【虫部】		663	669	25-54	段13上-40	鍇25-9	鉉13上-6
重(童董述及)	重部	【里部】	2畫	388	392	29-29	段8上-47	鍇15-16	鉉8上-7
緟(重)	糸部	【糸部】	9畫	655	662	無	段13上-25	鍇25-6	鉉13上-3
童(𡐤从立黃土、重董述及，犝、疃、瞳通段)	辛部	【立部】	7畫	102	103	22-41，瞳21-35	段3上-33	鍇5-17	鉉3上-7
湩(重、童)	水部	【水部】	9畫	565	570	18-43	段11上貳-40	鍇21-25	鉉11上-9
憧(重，懂通段)	心部	【心部】	9畫	503	507	無	段10下-26	鍇20-18	鉉10下-5
痋(疼)	疒部	【疒部】	6畫	351	355	無	段7下-33	鍇14-15	鉉7下-6
嵩	山部	【山部】	8畫	無	無	無	無	無	鉉9下-2
崇(崈、嵩，崧、菘通段)	山部	【山部】	8畫	440	444	10-56	段9下-6	鍇18-3	鉉9下-1
蟲(蟲、蝩，蝩通段)	蚰部	【虫部】	11畫	674	681	無	段13下-1	鍇25-15	鉉13下-1
緟(重)	糸部	【糸部】	9畫	655	662	無	段13上-25	鍇25-6	鉉13上-3
琮(瑽通段)	玉部	【玉部】	8畫	12	12	無	段1上-23	鍇1-12	鉉1上-4
爞	火部	【火部】	18畫	無	無	無	無	無	鉉10上-9
蟲(爞通段)	蟲部	【虫部】	12畫	676	682	無	段13下-4	鍇25-16	鉉13下-1
chǒng(ㄔㄨㄥˇ)									
寵	宀部	【宀部】	16畫	340	344	10-8	段7下-11	鍇14-5	鉉7下-3
龍(寵、和、尨買述及、駹騪述及，曨通段)	龍部	【龍部】		582	588	32-56	段11下-31	鍇22-11	鉉11下-6
chòng(ㄔㄨㄥˋ)									
銃(銃通段)	金部	【金部】	6畫	706	713	無	段14上-9	鍇27-4	鉉14上-2
撞(剚、剷、搥、摐、樁通段)	手部	【手部】	12畫	606	612	無	段12上-46	鍇23-14	鉉12上-7
chōu(ㄔㄡ)									
𥄂(䀛，瞅、瞗通段)	目部	【目部】	7畫	134	136	無	段4上-11	鍇7-5	鉉4上-2
篗(篗，箈通段)	竹部	【竹部】	15畫	192	194	無	段5上-8	鍇9-3	鉉5上-2
搐(搊、抽、搊)	手部	【手部】	10畫	605	611	無	段12上-44	鍇23-14	鉉12上-7
紬(抽)	糸部	【糸部】	5畫	648	655	23-15	段13上-11	鍇25-3	鉉13上-2
瘳	疒部	【疒部】	11畫	352	356	20-58	段7下-35	鍇14-16	鉉7下-6
犨(犨从隹言)	牛部	【牛部】	23畫	51	52	無	段2上-7	鍇3-4	鉉2上-2

篆本字（古文、金文、籀文、俗字、通用字，通段、金石）	說文部首	康熙部首	筆畫	一般頁碼	洪葉頁碼	金石字典頁碼	段注篇章	徐鍇通釋篇章	徐鉉藤花榭篇
chóu(ㄔㄡˊ)									
仇(逑，扐通段)	人部	【人部】	2畫	382	386	2-42	段8上-36	錯15-12	鉉8上-5
讎(仇，售通段)	言部	【言部】	16畫	90	90	27-7	段3上-8	錯5-10	鉉3上-3
逑(救、仇、求，宋通段)	辵(辶)部	【辵部】	7畫	73	74	28-25	段2下-9	錯4-5	鉉2下-2
斛(仇)	斗部	【斗部】	13畫	718	725	無	段14上-34	錯27-11	鉉14上-6
怞(妯)	心部	【心部】	5畫	506	511	無	段10下-33	錯20-12	鉉10下-6
妯(怞)	女部	【女部】	5畫	623	629	無	段12下-23	錯24-8	鉉12下-3
紬(抽)	糸部	【糸部】	5畫	648	655	23-15	段13上-11	錯25-3	鉉13上-2
詶(呪、酬，咒、祝通段)	言部	【言部】	6畫	97	97	無	段3上-22	錯5-11	鉉3上-5
醻从喬(醻、酬，酧通段)	酉部	【酉部】	14畫	749	756	29-27	段14下-37	錯28-18	鉉14下-9
鯈(鰍、鮋、鰷，鰌、鯵通段)	魚部	【魚部】	7畫	577	582	無	段11下-20	錯22-8	鉉11下-5
惆(怊通段)	心部	【心部】	8畫	512	516	無	段10下-44	錯20-16	鉉10下-8
椆	木部	【木部】	8畫	241	243	無	段6上-6	錯11-3	鉉6上-1
綢(稠)	糸部	【糸部】	8畫	661	668	23-23	段13上-37	錯25-8	鉉13上-5
髻(綢，髳、鬏从壽通段)	髟部	【髟部】	8畫	426	431	無	段9上-23	錯17-8	鉉9上-4
稠(綢)	禾部	【禾部】	8畫	321	324	無	段7上-40	錯13-17	鉉7上-7
淍(淖、稠)	水部	【水部】	10畫	563	568	無	段11上貳-35	錯21-23	鉉11上-8
裯	衣部	【衣部】	8畫	391	395	無	段8上-54	錯16-3	鉉8上-8
雔(售通段)	雔部	【隹部】	8畫	147	149	無	段4上-37	錯7-17	鉉4上-7
愁(慗，愀通段)	心部	【心部】	9畫	513	518	無	段10下-47	錯20-17	鉉10下-8
湫	水部	【水部】	13畫	565	570	無	段11上貳-40	錯21-25	鉉11上-9
儔(翿、翮旁述及、疇从田)	人部	【人部】	14畫	378	382	3-42	段8上-27	錯15-10	鉉8上-4
噊(喟、嚋、疇)	口部	【口部】	14畫	58	59	6-47	段2上-21	錯3-9	鉉2上-4
疇(喟)	田部	【田部】	14畫	695	701	20-51	段13下-42	錯26-8	鉉13下-6
幬(幬、纛，幮通段)	巾部	【巾部】	14畫	358	362	無	段7下-47	錯14-21	鉉7下-9
燾(幬)	火部	【火部】	14畫	486	490	無	段10上-52	錯19-17	鉉10上-9
檮(櫃)	木部	【木部】	14畫	269	271	無	段6上-62	錯11-28	鉉6上-8

篆本字(古文、金文、籀文、俗字、通用字,通段、金石)	說文部首	康熙部首	筆畫	一般頁碼	洪葉頁碼	金石字典頁碼	段注篇章	徐鍇通釋篇章	徐鉉藤花榭篇
擣(擣、癗,搗、搗、檮、疇从臼通段)	手部	【手部】	14畫	605	611	14-32	段12上-44	鍇23-14	鉉12上-7
瞉(擣)	殳部	【殳部】	14畫	119	120	無	段3下-26	鍇6-14	鉉3下-6
瞉(皫)	攴部	【攴部】	14畫	126	127	無	段3下-40	鍇6-19	鉉3下-9
疇(畺、畾、疇)	白部	【白部】	14畫	137	138	無	段4上-16	鍇7-8	鉉4上-4
籌	竹部	【竹部】	14畫	198	200	22-63	段5上-19	鍇9-7	鉉5上-3
鄹	邑部	【邑部】	14畫	293	296	無	段6下-43	鍇12-19	鉉6下-7
蹢(躑、躊,貓、躑通段)	足部	【足部】	11畫	82	83	無	段2下-27	鍇4-14	鉉2下-6
醻从畾(醻、酬,酧通段)	酉部	【酉部】	14畫	749	756	29-27	段14下-37	鍇28-18	鉉14下-9
䴗(鷪从壽通段)	鳥部	【鳥部】	13畫	155	157	無	段4上-53	鍇7-22	鉉4上-9
仇(逑,扰通段)	人部	【人部】	2畫	382	386	2-42	段8上-36	鍇15-12	鉉8上-5
讎(仇,售通段)	言部	【言部】	16畫	90	90	27-7	段3上-8	鍇5-10	鉉3上-3
逑(扰、仇、求,裘通段)	辵(辶)部	【辵部】	7畫	73	74	28-25	段2下-9	鍇4-5	鉉2下-2
懲(懲)	心部	【心部】	20畫	506	511	無	段10下-33	鍇20-12	鉉10下-6
chǒu(ㄔㄡˇ)									
丑	丑部	【一部】	3畫	744	751	無	段14下-28	鍇28-14	鉉14下-7
杻(杻)	木部	【木部】	4畫	270	272	無	段6上-64	鍇11-29	鉉6上-8
醜(魗,孈、慃通段)	鬼部	【酉部】	10畫	436	440	無	段9上-42	鍇17-14	鉉9上-7
瞉(皫)	攴部	【攴部】	14畫	126	127	無	段3下-40	鍇6-19	鉉3下-9
chòu(ㄔㄡˋ)									
臭(嗅、齅通段)	犬部	【自部】	4畫	476	480	無	段10上-32	鍇19-11	鉉10上-5
殠(臭)	歹部	【歹部】	10畫	163	165	無	段4下-11	鍇8-5	鉉4下-3
蓲(簉)	艸部	【艸部】	10畫	39	39	無	段1下-36	鍇2-17	鉉1下-6
chū(ㄔㄨ)									
出从屮(出从凵)	出部	【凵部】	3畫	273	275	4-23	段6下-2	鍇12-2	鉉6下-1
初	刀部	【刂部】	6畫	178	180	4-28	段4下-42	鍇8-15	鉉4下-7
摴	手部	【手部】	11畫	無	無	無	無	無	鉉12上-9
樗(㯉、檴、㭨、摴通段)	木部	【木部】	11畫	241	243	無	段6上-6	鍇11-6	鉉6上-2
檴(㯉、樺、華)	木部	【木部】	11畫	244	247	無	段6上-13	鍇11-6	鉉6上-2

篆本字(古文、金文、籀文、俗字、通用字，通叚、金石)	說文部首	康熙部首	筆畫	一般頁碼	洪葉頁碼	金石字典頁碼	段注篇章	徐鍇通釋篇章	徐鉉藤花榭篇
貙(貗通叚)	豸部	【豸部】	11畫	457	462	無	段9下-41	鍇18-14	鉉9下-7
chú(ㄔㄨˊ)									
芻(蒭、檕通叚)	艸部	【艸部】	4畫	44	44	24-58	段1下-46	鍇2-21	鉉1下-8
犓(芻)	牛部	【牛部】	10畫	52	52	無	段2上-8	鍇3-4	鉉2上-2
狙	豖部	【豕部】	5畫	455	460	無	段9下-37	鍇18-13	鉉9下-6
鉏(鋤)	金部	【金部】	5畫	706	713	29-39	段14上-10	鍇27-5	鉉14上-2
耡(莇)	耒部	【耒部】	7畫	184	186	無	段4下-54	鍇8-19	鉉4下-8
除	𨸏部	【阜部】	7畫	736	743	30-26	段14下-11	鍇28-4	鉉14下-2
滁	水部	【水部】	10畫	無	無	無	無	無	鉉11上-9
涂(塗、塗、墍，滁、搽、途通叚)	水部	【水部】	7畫	520	525	18-26	段11上壹-9	鍇21-3	鉉11上-1
諸(者，蜍、蠩通叚)	言部	【言部】	9畫	90	90	26-59	段3上-8	鍇5-5	鉉3上-3
余(予，蜍、鵌通叚)	八部	【人部】	5畫	49	50	3-3	段2上-3	鍇3-2	鉉2上-1
嫭	女部	【女部】	10畫	614	620	無	段12下-6	鍇24-2	鉉12下-1
犓(芻)	牛部	【牛部】	10畫	52	52	無	段2上-8	鍇3-4	鉉2上-2
篨	竹部	【竹部】	10畫	192	194	無	段5上-7	鍇9-3	鉉5上-2
蒢	艸部	【艸部】	10畫	28	28	無	段1下-14	鍇2-7	鉉1下-3
雛(鶵)	隹部	【隹部】	10畫	142	143	無	段4上-26	鍇7-12	鉉4上-5
廚(厨、幮通叚)	广部	【广部】	12畫	443	448	11-54	段9下-13	鍇18-5	鉉9下-2
辵(躇，踱、跦通叚)	辵(辶)部	【辵部】		70	70	28-16	段2下-2	鍇4-1	鉉2下-1
躇(蹰、蹢通叚)	足部	【足部】	12畫	83	83	無	段2下-28	鍇4-14	鉉2下-6
藸(薥通叚)	艸部	【艸部】	15畫	29	29	無	段1下-16	鍇2-8	鉉1下-3
chǔ(ㄔㄨˇ)									
処(處)	几部	【几部】	3畫	716	723	4-21	段14上-29	鍇27-9	鉉14上-5
杵	木部	【木部】	4畫	260	262	無	段6上-44	鍇11-19	鉉6上-6
楮(柠)	木部	【木部】	8畫	246	248	16-52	段6上-16	鍇11-7	鉉6上-3
褚(卒、著絮述及，幡、袸通叚)	衣部	【衣部】	8畫	397	401	26-21	段8上-65	鍇16-6	鉉8上-9
紵(緒、褚，苎、袸通叚)	糸部	【糸部】	5畫	660	667	無	段13上-35	鍇25-8	鉉13上-4
齭(齼、憷、楚)	齒部	【齒部】	8畫	80	80		段2下-22	鍇4-12	鉉2下-5
楚(憷、憷通叚)	林部	【木部】	9畫	271	274	16-53	段6上-67	鍇11-30	鉉6上-9
黀(楚)	黹部	【黹部】	11畫	364	368	無	段7下-59	鍇14-25	鉉7下-10

篆本字(古文、金文、籀文、俗字、通用字，通段、金石)	說文部首	康熙部首	筆畫	一般頁碼	洪葉頁碼	金石字典頁碼	段注篇章	徐鍇通釋篇章	徐鉉藤花榭篇
礎	石部	【石部】	13畫	無	無	無	無	無	鉉9下-5
舄(雒、鵻，潟、礎、碣、蕮、鵲通段)	烏部	【臼部】	6畫	157	158	19-19	段4上-56	鍇7-23	鉉4上-10
禠(褆，媞、幨、襴通段)	衣部	【衣部】	11畫	396	400	無	段8上-64	鍇16-5	鉉8上-9
黼(楚)	黹部	【黹部】	11畫	364	368	無	段7下-59	鍇14-25	鉉7下-10
儲(蓄、具、積)	人部	【人部】	16畫	371	375	無	段8上-14	鍇15-5	鉉8上-2
chù(ㄔㄨˋ)									
亍	彳部	【二部】	1畫	77	78	無	段2下-17	鍇4-9	鉉2下-4
豖	豕部	【豕部】	1畫	455	460	無	段9下-37	鍇18-13	鉉9下-6
怵	心部	【心部】	5畫	514	519	無	段10下-49	鍇20-18	鉉10下-9
誅(鉥、怵)	言部	【言部】	5畫	96	96	無	段3上-20	鍇5-10	鉉3上-4
柷(zhu`)	木部	【木部】	5畫	265	267	無	段6上-54	鍇11-24	鉉6上-7
欪	欠部	【欠部】	5畫	413	418	無	段8下-25	鍇16-17	鉉8下-5
泏(zhu´)	水部	【水部】	5畫	551	556	無	段11上貳-11	鍇21-16	鉉11上-5
畜(蓄、畱，禂通段)	田部	【田部】	5畫	697	704	20-39	段13下-47	鍇26-9	鉉13下-6
嘼(畜)	嘼部	【口部】	12畫	739	746	6-54	段14下-18	鍇28-8	鉉14下-4
嫹(畜)	女部	【女部】	10畫	618	624	無	段12下-13	鍇24-4	鉉12下-2
慉(畜)	心部	【心部】	10畫	505	510	無	段10下-31	鍇20-11	鉉10下-6
絀(黜)	糸部	【糸部】	5畫	650	656	無	段13上-14	鍇25-4	鉉13上-2
黜(絀、詘)	黑部	【黑部】	5畫	489	493	無	段10下-58	鍇19-19	鉉10下-10
俶(淑，俅、倜通段)	人部	【人部】	8畫	370	374	3-21	段8上-12	鍇15-5	鉉8上-2
埱	土部	【土部】	8畫	690	696	無	段13下-32	鍇26-5	鉉13下-5
琡	玉部	【玉部】	8畫	無	無	無	無	無	鉉1上-6
璹(琡)	玉部	【玉部】	14畫	15	15	無	段1上-29	鍇1-14	鉉1上-4
歱	止部	【止部】	8畫	68	68	無	段2上-40	鍇3-17	鉉2上-8
叔(寂、諔通段)	口部	【口部】	8畫	61	61	無	段2上-26	鍇3-11	鉉2上-5
宗(諔、家、寂，淑、諔通段)	宀部	【宀部】	6畫	339	343	無	段7下-9	鍇14-4	鉉7下-2
蓄(葍，俶、滀、稸通段)	艸部	【艸部】	10畫	47	48	25-25	段1下-53	鍇2-24	鉉1下-9
鄐	邑部	【邑部】	10畫	289	291	29-16	段6下-34	鍇12-16	鉉6下-6

篆本字(古文、金文、籀文、俗字、通用字,通段、金石)	說文部首	康熙部首	筆畫	一般頁碼	洪葉頁碼	金石字典頁碼	段注篇章	徐鍇通釋篇章	徐鉉藤花榭篇
嚚(畜)	嚚部	【口部】	12畫	739	746	6-54	段14下-18	錯28-8	鉉14下-4
嬌(畜)	女部	【女部】	10畫	618	624	無	段12下-13	錯24-4	鉉12下-2
歇(歡)	欠部	【欠部】	13畫	412	417	無	段8下-23	錯16-16	鉉8下-5
歡(噇、歇,顧通段)	欠部	【欠部】	18畫	411	416	無	段8下-21	錯16-16	鉉8下-4
蜀(蠋,臅通段)	虫部	【虫部】	7畫	665	672	25-55	段13上-45	錯25-11	鉉13上-6
觸(犓通段)	角部	【角部】	13畫	185	187	26-38	段4下-56	錯8-20	鉉4下-8
羑(矗通段)	羑部	【大部】	9畫	103	104	8-20	段3上-35	錯5-18	鉉3上-8
chuā(ㄔㄨㄚ)									
驀从竹目大黑	黑部	【黑部】	14畫	488	493	無	段10上-57	錯19-19	鉉10上-10
chuǎi(ㄔㄨㄞ)									
歁(摫、挪、邪、擜,挪通段)	欠部	【欠部】	10畫	411	416	無	段8下-21	錯16-16	鉉8下-4
chuǎi(ㄔㄨㄞˇ)									
揣(簅、敪、椯,敊通段)	手部	【手部】	9畫	601	607	無	段12上-35	錯23-11	鉉12上-6
竱(揣)	立部	【立部】	11畫	500	504	無	段10下-20	錯20-7	鉉10下-4
chuài(ㄔㄨㄞˋ)									
叕(嘬、噈通段)	口部	【口部】	8畫	55	55	無	段2上-14	錯3-6	鉉2上-3
chuān(ㄔㄨㄢ)									
巜(川、鬈)	川部	【巛部】		568	574	無	段11下-3	錯22-1	鉉11下-1
鬈(巜)	髟部	【髟部】	9畫	428	432	無	段9上-26	錯17-9	鉉9上-4
穿	穴部	【穴部】	4畫	344	348	無	段7下-19	錯14-8	鉉7下-4
chuán(ㄔㄨㄢˊ)									
船	舟部	【舟部】	5畫	403	407	24-49	段8下-4	錯16-10	鉉8下-1
椽	木部	【木部】	9畫	255	257	16-59	段6上-34	錯11-15	鉉6上-5
篅(圖)	竹部	【竹部】	9畫	194	196	無	段5上-11	錯9-4	鉉5上-2
遄	辵(辶)部	【辵部】	9畫	71	72	28-42	段2下-5	錯4-3	鉉2下-1
輇(輇通段)	車部	【車部】	6畫	729	736	無	段14上-55	錯27-15	鉉14上-7
傳(zhuan `)	人部	【人部】	11畫	377	381	3-32	段8上-25	錯15-9	鉉8上-3
椯	木部	【木部】	13畫	241	243	無	段6上-6	錯11-3	鉉6上-1
chuǎn(ㄔㄨㄢˇ)									
舛(踳、踳、僢)	舛部	【舛部】		234	236	24-45	段5下-38	錯10-15	鉉5下-7
喘	口部	【口部】	9畫	56	56	無	段2上-16	錯3-7	鉉2上-4

篆本字（古文、金文、籀文、俗字、通用字，通段、金石）	說文部首	康熙部首	筆畫	一般頁碼	洪葉頁碼	金石字典頁碼	段注篇章	徐鍇通釋篇章	徐鉉藤花榭篇
歀	欠部	【欠部】	9畫	411	416	無	段8下-21	錯16-16	鉉8下-4
惴(耑通段)	心部	【心部】	9畫	513	517	無	段10下-46	錯20-17	鉉10下-8
chuàn(ㄔㄨㄢˋ)									
串		【丨部】	6畫	無	無	無	無	無	
毌(串、貫)	毌部	【毋部】		316	319	17-45	段7上-29	錯13-12	鉉7上-5
貫(毌、摜、宧、串)	毌部	【貝部】	4畫	316	319	27-25	段7上-29	錯13-12	鉉7上-5
釧	金部	【金部】	3畫	無	無	無	無	無	鉉14上-4
彖(系，猭、腞通段)	彑部	【彑部】	6畫	456	461	27-15	段9下-39	錯18-14	鉉9下-6
腨(膞、肫、臇)	肉部	【肉部】	9畫	170	172	無	段4下-26	錯8-10	鉉4下-4
鷬	鳥部	【鳥部】	9畫	151	152	無	段4上-44	錯7-20	鉉4上-8
敠(籑、饌从鹵)	攴部	【攴部】	14畫	126	127	無	段3下-40	錯6-20	鉉3下-9
chuāng(ㄔㄨㄤ)									
刅刃部(創、瘡，刅通段)	刃部	【刂部】	2畫	183	185	4-26	段4下-51	錯8-18	鉉4下-8
囪(囱、窗、囧，牕通段)	囪部	【囗部】	4畫	490	495	6-61	段10下-1	錯19-20	鉉10下-1
窻(窗，窻通段)	穴部	【穴部】	7畫	345	348	無	段7下-20	錯14-8	鉉7下-4
覩(靚)	見部	【見部】	11畫	409	413	無	段8下-16	錯16-14	鉉8下-4
撞(剸、剷、揰、搑、樁通段)	手部	【手部】	12畫	606	612	無	段12上-46	錯23-14	鉉12上-7
chuáng(ㄔㄨㄤˊ)									
广(ne`)	广部	【广部】		348	351	20-55	段7下-26	錯14-11	鉉7下-5
牀(床通段)	木部	【爿部】	4畫	257	260	無	段6上-39	錯11-17	鉉6上-5
幢	巾部	【巾部】	12畫	無	無	無	無	無	鉉7下-9
橦(幢通段)	木部	【木部】	12畫	257	260	無	段6上-39	錯11-17	鉉6上-5
chuǎng(ㄔㄨㄤˇ)									
闖	門部	【門部】	10畫	591	597	無	段12上-15	錯23-6	鉉12上-3
甀(磢)	瓦部	【瓦部】	11畫	639	645	無	段12下-56	錯24-18	鉉12下-9
chuàng(ㄔㄨㄤˋ)									
刱井部(剙、刱、創)	井部	【刂部】	6畫	216	218	4-34	段5下-2	錯10-2	鉉5下-1
刅刃部(創、瘡，刅通段)	刃部	【刂部】	2畫	183	185	4-26	段4下-51	錯8-18	鉉4下-8

篆本字(古文、金文、籀文、俗字、通用字，通叚、金石)	說文部首	康熙部首	筆畫	一般頁碼	洪葉頁碼	金石字典頁碼	段注篇章	徐鍇通釋篇章	徐鉉藤花榭篇
墢(糏)	土部	【土部】	9畫	684	690	無	段13下-20	鍇26-2	鉉13下-4
愴	心部	【心部】	10畫	512	517	無	段10下-45	鍇20-16	鉉10下-8
chuī（ㄔㄨㄟ）									
吹口部	口部	【口部】	4畫	56	56	無	段2上-16	鍇3-7	鉉2上-4
吹欠部	欠部	【口部】	4畫	410	415	無	段8下-19	鍇16-15	鉉8下-4
炊	火部	【火部】	4畫	482	487	19-7	段10上-45	鍇19-15	鉉10上-8
䉊从炊(歊)	畾部	【畾部】	8畫	85	86	無	段2下-33	鍇4-17	鉉2下-7
chuí（ㄔㄨㄟˊ）									
頧	頁部	【頁部】	8畫	417	421	31-30	段9上-4	鍇17-2	鉉9上-1
箠(圌)	竹部	【竹部】	9畫	194	196	無	段5上-11	鍇9-4	鉉5上-2
垂(垂、陲、權銓述及，倕、菙通叚)	土部	【土部】	12畫	693	700	7-21	段13下-39	鍇26-7	鉉13下-5
陲(陲、垂)	𨸏部	【阜部】	12畫	736	743	30-32	段14下-12	鍇28-4	鉉14下-2
箠(箠、垂，菙、棰、種通叚)	竹部	【竹部】	12畫	196	198	無	段5上-15	鍇9-6	鉉5上-3
烝(䍼、垂、𥬇)	烝部	【丿部】	9畫	274	277	2-5	段6下-5	鍇12-4	鉉6下-2
厜(厜、㞑、崒)	厂部	【厂部】	12畫	446	451	無	段9下-19	鍇18-7	鉉9下-3
搥(搥，搋通叚)	手部	【手部】	12畫	609	615	無	段12上-51	鍇23-16	鉉12上-8
錘(鎚，鎚通叚)	金部	【金部】	12畫	708	715	無	段14上-14	鍇27-5	鉉14上-3
追(鎚，腿、頧通叚)	辵(辶)部	【辵部】	6畫	74	74	28-22	段2下-10	鍇4-5	鉉2下-2
椎(鎚通叚)	木部	【木部】	8畫	263	266	無	段6上-51	鍇11-22	鉉6上-7
槌	木部	【木部】	10畫	261	264	無	段6上-47	鍇11-20	鉉6上-6
䍦(錘、甀通叚)	缶部	【缶部】	10畫	225	227	23-40	段5下-20	鍇10-8	鉉5下-4
搥(搥，搋通叚)	手部	【手部】	12畫	609	615	無	段12上-51	鍇23-16	鉉12上-8
腄(腄)	肉部	【肉部】	12畫	171	173	無	段4下-28	鍇8-11	鉉4下-5
陲(陲、垂)	𨸏部	【阜部】	12畫	736	743	30-32	段14下-12	鍇28-4	鉉14下-2
chūn（ㄔㄨㄣ）									
軕(輴)	車部	【車部】	3畫	722	729	27-64	段14上-42	鍇27-13	鉉14上-6
楯(楯、輴通叚)	木部	【木部】	9畫	256	258	無	段6上-36	鍇11-14	鉉6上-5
杶(櫄、杻、杻、橁，椿通叚)	木部	【木部】	4畫	242	245	無	段6上-9	鍇11-5	鉉6上-2
橁(枸、椿、箟、箟通叚)	木部	【木部】	12畫	242	245	無	段6上-9	鍇11-5	鉉6上-2

篆本字(古文、金文、籀文、俗字、通用字，通段、金石)	說文部首	康熙部首	筆畫	一般頁碼	洪葉頁碼	金石字典頁碼	段注篇章	徐鍇通釋篇章	徐鉉藤花榭篇
萅(春)	艸部	【日部】	5畫	47	48	15-36	段1下-53	錯2-25	鉉1下-9
盾(鶞通段)	盾部	【目部】	4畫	136	137	無	段4上-14	錯7-7	鉉4上-3
chún(ㄔㄨㄣˊ)									
奄	大部	【大部】	4畫	493	497	無	段10下-6	錯20-2	鉉10下-2
純(醇，忳、稕通段)	糸部	【糸部】	4畫	643	650	23-10	段13上-1	錯25-1	鉉13上-1
臺(臺、純、醇)	亯部	【羊部】	9畫	229	232	23-50	段5下-29	錯10-11	鉉5下-5
濬(淳、純、醇)	水部	【水部】	8畫	564	569	18-36	段11上貳-37	錯21-24	鉉11上-9
醕(醇、純，酳通段)	酉部	【酉部】	8畫	748	755	29-26	段14下-35	錯28-17	鉉14下-8
肫(準、膞、忳、純)	肉部	【肉部】	4畫	167	169	無	段4下-20	錯8-8	鉉4下-4
緣(純，橼、褖通段)	糸部	【糸部】	9畫	654	661	無	段13上-23	錯25-5	鉉13上-3
緇(紂、純、滓述及)	糸部	【糸部】	8畫	651	658	無	段13上-17	錯25-4	鉉13上-3
惷(惃)	心部	【心部】	12畫	513	518	無	段10下-47	錯20-17	鉉10下-8
唇驚也(震)	口部	【口部】	7畫	60	60	6-35	段2上-24	錯3-10	鉉2上-5
脣(顄)	肉部	【肉部】	7畫	167	169	無	段4下-20	錯8-8	鉉4下-4
陙	𨸏部	【阜部】	7畫	736	743	無	段14下-12	錯28-4	鉉14下-2
燇(焞、淳、燉)	火部	【火部】	8畫	485	489	無	段10上-50	錯19-17	鉉10上-8
濬(淳、純、醇)	水部	【水部】	8畫	564	569	18-36	段11上貳-37	錯21-24	鉉11上-9
醕(醇、純，酳通段)	酉部	【酉部】	8畫	748	755	29-26	段14下-35	錯28-17	鉉14下-8
臺(臺、純、醇)	亯部	【羊部】	9畫	229	232	23-50	段5下-29	錯10-11	鉉5下-5
純(醇，忳、稕通段)	糸部	【糸部】	4畫	643	650	23-10	段13上-1	錯25-1	鉉13上-1
肫(準、膞、忳、純)	肉部	【肉部】	4畫	167	169	無	段4下-20	錯8-8	鉉4下-4
緣(純，橼、褖通段)	糸部	【糸部】	9畫	654	661	無	段13上-23	錯25-5	鉉13上-3
犜(犉，駐通段)	牛部	【牛部】	8畫	51	52	無	段2上-7	錯3-4	鉉2上-2
雜(鷻、鶉、鷷、鷩=隼雛述及、雖奄chunˊ述及)	隹部	【隹部】	8畫	143	145	無	段4上-29	錯7-13	鉉4上-5
鷷(鷻、鶉、雜、鷩從敦、隼雛述及)	鳥部	【鳥部】	12畫	154	155	無	段4上-50	錯7-22	鉉4上-9
鐓從亯羊(鐓、錞、錞)	金部	【金部】	12畫	711	718	29-47	段14上-19	錯27-7	鉉14上-3
臺(臺、純、醇)	亯部	【羊部】	9畫	229	232	23-50	段5下-29	錯10-11	鉉5下-5

篆本字(古文、金文、籀文、俗字、通用字，通段、金石)	說文部首	康熙部首	筆畫	一般頁碼	洪葉頁碼	金石字典頁碼	段注篇章	徐鍇通釋篇章	徐鉉藤花榭篇
湨	水部	【水部】	11畫	552	557	無	段11上貳-14	鍇21-17	鉉11上-6
濣(淳、純、醇)	水部	【水部】	16畫	564	569	18-36	段11上貳-37	鍇21-24	鉉11上-9
蒓(純、蘩述及)	艸部	【艸部】	11畫	43	44	無	段1下-45	鍇2-21	鉉1下-7
蘩(蒓、純，蘽通段)	艸部	【艸部】	23畫	26	27	無	段1下-11	鍇2-6	鉉1下-2
chǔn(ㄔㄨㄣˇ)									
朐	肉部	【肉部】	6畫	無	無	無	無	無	鉉4下-6
胸(腃、朐通段)	肉部	【肉部】	5畫	174	176	24-24	段4下-33	鍇8-12	鉉4下-5
惷(蠢)	心部	【心部】	9畫	511	515	13-26	段10下-42	鍇20-15	鉉10下-8
偆(蠢)	人部	【人部】	9畫	376	380	無	段8上-23	鍇15-9	鉉8上-3
蠢(截、萅)	蚰部	【虫部】	15畫	676	682	無	段13下-4	鍇25-15	鉉13下-1
chuō(ㄔㄨㄛ)									
趠(踔)	走部	【走部】	8畫	65	66	27-51	段2上-35	鍇3-15	鉉2上-7
踔(趠)	足部	【足部】	8畫	82	83	無	段2下-27	鍇4-14	鉉2下-6
逴(踔)	辵(辶)部	【辵部】	8畫	75	75	無	段2下-12	鍇4-6	鉉2下-3
綽(綽)	素部	【糸部】	12畫	662	669	23-27	段13上-39	鍇25-9	鉉13上-5
chuò(ㄔㄨㄛˋ)									
辵(躇，踱、跅通段)	辵(辶)部	【辵部】		70	70	28-16	段2下-2	鍇4-1	鉉2下-1
利(diaoˇ)	禾部	【禾部】	3畫	324	327	無	段7上-45	鍇13-19	鉉7上-8
匕(匃、臱)	匕部	【比部】	5畫	472	476	17-49	段10上-24	鍇19-7	鉉10上-4
婡(妮)	女部	【女部】	7畫	620	626	8-40	段12下-18	鍇24-6	鉉12下-3
趣(起、跙通段)	走部	【走部】	8畫	63	64	無	段2上-31	鍇3-14	鉉2上-7
齱(齛、齺通段)	齒部	【齒部】	8畫	79	79	無	段2下-20	鍇4-11	鉉2下-4
啜(嚽、嚽通段)	口部	【口部】	8畫	55	55	無	段2上-14	鍇3-6	鉉2上-3
餟(醊)	食部	【食部】	8畫	222	225	無	段5下-15	鍇10-6	鉉5下-3
婥(naoˋ)	女部	【女部】	8畫	626	632	無	段12下-29	鍇24-10	鉉12下-4
惙	心部	【心部】	8畫	513	518	無	段10下-47	鍇20-17	鉉10下-8
腏	肉部	【肉部】	8畫	176	178	無	段4下-38	鍇8-14	鉉4下-6
輟(畷)	車部	【車部】	8畫	728	735	無	段14上-54	鍇27-15	鉉14上-7
畷(畷、輟)	网部	【网部】	8畫	356	359	無	段7下-42	鍇14-19	鉉7下-8
逴(踔)	辵(辶)部	【辵部】	8畫	75	75	無	段2下-12	鍇4-6	鉉2下-3
婼	女部	【女部】	9畫	623	629	8-46	段12下-23	鍇24-8	鉉12下-3
窡(㓽)	女部	【穴部】	11畫	622	628	無	段12下-22	鍇24-7	鉉12下-3
擉(擉通段)	手部	【竹部】	12畫	609	615	無	段12上-52	鍇23-16	鉉12上-8

篆本字(古文、金文、籀文、俗字、通用字，通叚、金石)	說文部首	康熙部首	筆畫	一般頁碼	洪葉頁碼	金石字典頁碼	段注篇章	徐鍇通釋篇章	徐鉉藤花榭篇
緯(綽)	素部	【糸部】	12畫	662	669	23-27	段13上-39	鍇25-9	鉉13上-5
歠从叕(映)	歙部	【欠部】	15畫	414	418	無	段8下-26	鍇16-18	鉉8下-5
cī(ち)									
趑(次，屌、趺、趀通叚)	走部	【走部】	4畫	64	64	27-47	段2上-32	鍇3-14	鉉2上-7
親(親通叚)	見部	【見部】	5畫	408	412	無	段8下-14	鍇16-14	鉉8下-3
辈	羊部	【羊部】	5畫	146	148	無	段4上-35	鍇7-16	鉉4上-7
骴(殨、漬、髊、胔、脊、瘠)	骨部	【骨部】	5畫	166	168	無	段4下-18	鍇8-7	鉉4下-4
漬(骴漬脊瘠四字、古同音通用，當是骴為正字也)	水部	【水部】	11畫	558	563	無	段11上貳-26	鍇21-24	鉉11上-7
疵(玼，庛通叚)	疒部	【疒部】	5畫	348	352	20-57	段7下-27	鍇14-12	鉉7下-5
玼(瑳=磋釃qie`述及)	玉部	【玉部】	6畫	15	15	無	段1上-29	鍇1-14	鉉1上-5
泚(玼)	水部	【水部】	6畫	547	552	無	段11上貳-4	鍇21-14	鉉11上-4
庛(庲)	广部	【广部】	5畫	446	450	無	段9下-18	鍇18-6	鉉9下-3
雌	隹部	【隹部】	6畫	143	145	30-54	段4上-29	鍇7-13	鉉4上-6
縒	糸部	【糸部】	10畫	646	653	無	段13上-7	鍇25-2	鉉13上-2
齹从佐(齹从差)	齒部	【齒部】	7畫	79	80	無	段2下-21	鍇4-11	鉉2下-4
燯(ci羡)	火部	【火部】	7畫	482	486	無	段10上-44	鍇19-15	鉉10上-8
柴(積，偨通叚)	木部	【木部】	6畫	252	255	16-34	段6上-29	鍇11-13	鉉6上-4
蠀(螬，蠩通叚)	虫部	【虫部】	14畫	665	672	無	段13上-45	鍇25-11	鉉13上-6
cí(ち／)									
祠(祀)	示部	【示部】	5畫	5	5	21-56	段1上-10	鍇1-6	鉉1上-2
罰(詞、辭)	司部	【言部】	5畫	429	434	26-46	段9上-29	鍇17-10	鉉9上-5
鶿	鳥部	【鳥部】	5畫	154	155	無	段4上-50	鍇7-22	鉉4上-9
刺(剌、庛、薊通叚)	刀部	【刂部】	6畫	182	184	4-35	段4下-50	鍇8-18	鉉4下-7
茨	艸部	【艸部】	6畫	42	43	25-6	段1下-43	鍇2-20	鉉1下-7
薋(茨)	艸部	【艸部】	13畫	39	40	無	段1下-37	鍇2-17	鉉1下-6
餈(饡、粢)	倉部	【食部】	6畫	219	221	無	段5下-8	鍇10-4	鉉5下-2
瓷	瓦部	【瓦部】	6畫	無	無	無	無	無	鉉12下-9
垐(墍、瓷，磁通叚)	土部	【土部】	6畫	689	696	無	段13下-31	鍇26-5	鉉13下-4
慈(磁通叚)	心部	【心部】	9畫	504	508	13-30	段10下-28	鍇20-10	鉉10下-6
辭(辝、辤)	辛部	【辛部】	8畫	742	749	28-9	段14下-23	鍇28-11	鉉14下-5

篆本字(古文、金文、籀文、俗字、通用字，通段、金石)	說文部首	康熙部首	筆畫	一般頁碼	洪葉頁碼	金石字典頁碼	段注篇章	徐鍇通釋篇章	徐鉉藤花榭篇
辭(𤔲、辤述及)	辛部	【辛部】	12畫	742	749	28-10	段14下-23	鍇28-11	鉉14下-5
䛐(詞、辭)	司部	【言部】	5畫	429	434	26-46	段9上-29	鍇17-10	鉉9上-5
霣(䨞，霽、濱通段)	雨部	【雨部】	10畫	573	578	無	段11下-12	鍇22-6	鉉11下-3
濱(䨞，霽通段)	水部	【水部】	13畫	557	562	無	段11上貳-24	鍇21-20	鉉11上-7
鷀	鳥部	【鳥部】	10畫	153	154	32-26	段4上-48	鍇7-21	鉉4上-9
薋(茨)	艸部	【艸部】	13畫	39	40	無	段1下-37	鍇2-17	鉉1下-6
cǐ(ㄘˇ)									
此	此部	【止部】	2畫	68	69	17-24	段2上-41	鍇3-18	鉉2上-8
䮞	馬部	【馬部】	5畫	464	468	無	段10上-8	鍇19-3	鉉10上-2
佌(仳、䇳)	人部	【人部】	6畫	378	382	無	段8上-28	鍇15-10	鉉8上-4
貲(啙通段)	貝部	【貝部】	6畫	282	285	無	段6下-21	鍇12-13	鉉6下-5
泚(玼)	水部	【水部】	6畫	547	552	無	段11上貳-4	鍇21-14	鉉11上-4
趾(跐通段)	走部	【走部】	6畫	65	65	無	段2上-34	鍇3-15	鉉2上-7
鮆(魟，鱭通段)	魚部	【魚部】	6畫	578	583	無	段11下-22	鍇22-9	鉉11下-5
cì(ㄘˋ)									
次从二不从仌(𠎤、佽)	欠部	【欠部】	2畫	413	418	17-15	段8下-25	鍇16-17	鉉8下-5
佽(次)	人部	【人部】	6畫	372	376	3-8	段8上-16	鍇15-6	鉉8上-3
㖢(次)	口部	【口部】	7畫	60	61	無	段2上-25	鍇3-11	鉉2上-5
趀(次，㞕、跌、趑通段)	走部	【走部】	4畫	64	64	27-47	段2上-32	鍇3-14	鉉2上-7
朿(刺、棘梗yi´述及，庛、䵷、蛓通段)	朿部	【木部】	2畫	318	321	16-16	段7上-33	鍇13-14	鉉7上-6
刺(刾、庛、䵷通段)	刀部	【刂部】	6畫	182	184	4-35	段4下-50	鍇8-18	鉉4下-7
刺非刺ciˋ字(䵷通段)	朿部	【刂部】	7畫	276	279	4-40	段6下-9	鍇12-6	鉉6下-3
疵(玼，庛通段)	疒部	【疒部】	5畫	348	352	20-57	段7下-27	鍇14-12	鉉7下-5
絘(縩)	糸部	【糸部】	6畫	660	666	無	段13上-34	鍇25-8	鉉13上-4
桼(漆，杀、柒、軟通段)	桼部	【木部】	7畫	276	278	16-43	段6下-8	鍇12-6	鉉6下-3
髮	髟部	【髟部】	6畫	427	431	無	段9上-24	鍇17-8	鉉9上-4
莿	艸部	【艸部】	6畫	31	32	無	段1下-21	鍇2-10	鉉1下-4
諫	言部	【言部】	6畫	100	101	26-50	段3上-29	鍇5-15	鉉3上-6
蛓(蚝)	虫部	【虫部】	7畫	665	671	無	段13上-44	鍇25-11	鉉13上-6
犎(qianˇ)	牛部	【牛部】	8畫	52	53	無	段2上-9	鍇3-4	鉉2上-2

篆本字(古文、金文、籀文、俗字、通用字，通段、金石)	說文部首	康熙部首	筆畫	一般頁碼	洪葉頁碼	金石字典頁碼	段注篇章	徐鍇通釋篇章	徐鉉藤花榭篇
莿	艸部	【艸部】	8畫	32	32	無	段1下-22	鍇2-10	鉉1下-4
賜(錫，傷通段)	貝部	【貝部】	8畫	280	283	27-38	段6下-17	鍇12-11	鉉6下-4
錫(賜)	金部	【金部】	8畫	702	709	29-46	段14上-1	鍇27-1	鉉14上-1
緤(緤、纝、肆、遂)	希部	【互部】	13畫	456	461	12-30	段9下-39	鍇18-13	鉉9下-6
cōng(ちㄨㄥ)									
囪(囱、窗、囦，熜通段)	囪部	【口部】	4畫	490	495	6-61	段10下-1	鍇19-20	鉉10下-1
悤(傯、忽、謥通段)	囪部	【心部】	7畫	490	495	13-20	段10下-1	鍇19-20	鉉10下-1
樅	木部	【木部】	11畫	247	250		段6上-19	鍇11-8	鉉6上-3
從(从、縱、軵，蓯通段)	从部	【彳部】	8畫	386	390	12-50	段8上-43	鍇15-14	鉉8上-6
鏦(鏾、欑、攘从爨，種通段)	金部	【金部】	11畫	711	718	29-52	段14上-19	鍇27-6	鉉14上-3
廰	广部	【广部】	11畫	444	449	無	段9下-15	鍇18-5	鉉9下-3
熜(燵通段)	火部	【火部】	11畫	483	488	無	段10上-47	鍇19-16	鉉10上-8
瑽	玉部	【玉部】	11畫	17	17	無	段1上-33	鍇1-16	鉉1上-5
聰	耳部	【耳部】	11畫	592	598	24-10	段12上-17	鍇23-7	鉉12上-4
蔥(虉从蔥)	艸部	【艸部】	11畫	45	45	25-26	段1下-48	鍇2-22	鉉1下-8
鏓(鏓)	金部	【金部】	11畫	709	716	29-53	段14上-16	鍇27-6	鉉14上-3
驄	馬部	【馬部】	11畫	462	466	31-64	段10上-4	鍇19-2	鉉10上-1
繱	糸部	【糸部】	15畫	651	657	無	段13上-16	鍇25-4	鉉13上-3
cóng(ちㄨㄥˊ)									
从(從)	从部	【人部】	2畫	386	390	2-44	段8上-43	鍇15-14	鉉8上-6
從(从、縱、軵，蓯通段)	从部	【彳部】	8畫	386	390	12-50	段8上-43	鍇15-14	鉉8上-6
軵(從、蹤、踪，軵、縱通段)	車部	【車部】	8畫	728	735	無	段14上-54	鍇27-14	鉉14上-7
淙	水部	【水部】	8畫	549	554	無	段11上貳-8	鍇21-15	鉉11上-5
琮(璁通段)	玉部	【玉部】	8畫	12	12	無	段1上-23	鍇1-12	鉉1上-4
賨(幒)	貝部	【貝部】	8畫	282	285	無	段6下-21	鍇12-13	鉉6下-5
幒(賨)	巾部	【巾部】	10畫	362	365	無	段7下-54	鍇14-23	鉉7下-9
悰	心部	【心部】	8畫	503	508	無	段10下-27	鍇20-10	鉉10下-5

篆本字(古文、金文、籀文、俗字、通用字，通段、金石)	說文部首	康熙部首	筆畫	一般頁碼	洪葉頁碼	金石字典頁碼	段注篇章	徐鍇通釋篇章	徐鉉藤花榭篇
憯(憁通段)	心部	【心部】	11畫	506	510	無	段10下-32	鍇20-12	鉉10下-6
潨(潀，灇通段)	水部	【水部】	11畫	553	558	無	段11上貳-15	鍇21-17	鉉11上-6
叢(樷、藂通段)	丵部	【又部】	16畫	103	103	無	段3上-34	鍇5-18	鉉3上-8
藂(叢)	艸部	【艸部】	18畫	47	47	25-43	段1下-52	鍇2-24	鉉1下-9
còng(ㄘㄨㄥˋ)									
悤(傯、怱、憁通段)	囪部	【心部】	7畫	490	495	13-20	段10下-1	鍇19-20	鉉10下-1
còu(ㄘㄡˋ)									
湊(凑、腠、輳通段)	水部	【水部】	9畫	556	561	無	段11上貳-22	鍇21-19	鉉11上-7
奏(奏、屖、敳，腠通段)	本部	【大部】	6畫	498	502	8-18	段10下-16	鍇20-6	鉉10下-3
柚(欈，榛通段)	木部	【木部】	5畫	238	241	無	段6上-1	鍇11-1	鉉6上-1
cū(ㄘㄨ)									
觕(牾，衕通段)	角部	【角部】	4畫	185	187	無	段4下-56	鍇8-19	鉉4下-8
粗(觕述及、麤从鹿)	米部	【米部】	5畫	331	334	無	段7上-60	鍇13-24	鉉7上-10
伹(粗)	人部	【人部】	5畫	377	381	無	段8上-26	鍇15-9	鉉8上-4
麤(麁、粗，麄、麠通段)	麤部	【鹿部】	22畫	472	476	無	段10上-24	鍇19-7	鉉10上-4
麤(麤)	艸部	【艸部】	33畫	44	44	無	段1下-46	鍇2-21	鉉1下-7
cú(ㄘㄨˊ)									
殂(徂、勛、勳、殙、歾)	歹部	【歹部】	5畫	162	164	17-38	段4下-9	鍇8-5	鉉4下-3
徂(徂、遺)	辵(辶)部	【辵部】	5畫	70	71	28-21	段2下-3	鍇4-2	鉉2下-1
cù(ㄘㄨˋ)									
切(刌，沏、砌、挈通段)	刀部	【刂部】	2畫	179	181	無	段4下-43	鍇8-16	鉉4下-7
齪(齰、切)	齒部	【齒部】	10畫	80	80	無	段2下-22	鍇4-11	鉉2下-5
庴(廥)	广部	【广部】	5畫	446	450	無	段9下-18	鍇18-6	鉉9下-3
鼀(鼀，鼀通段)	黽部	【黽部】	5畫	679	685	32-44	段13下-10	鍇25-17	鉉13下-3
蹙	足部	【足部】	11畫	無	無	無	無	無	鉉2下-6
促(蹙通段)	人部	【人部】	7畫	381	385	無	段8上-34	鍇15-11	鉉8上-4
欨(蹙，慼通段)	欠部	【欠部】	6畫	411	416	無	段8下-21	鍇16-16	鉉8下-4
蹴(蹙、蹙、蹴通段)	足部	【足部】	12畫	82	82	無	段2下-26	鍇4-13	鉉2下-6

篆本字(古文、金文、籀文、俗字、通用字，通段、金石)	說文部首	康熙部首	筆畫	一般頁碼	洪葉頁碼	金石字典頁碼	段注篇章	徐鍇通釋篇章	徐鉉藤花榭篇
戚(蹙、慽、頯覘shi述及，蹴、俶、鏚、顣通段)	戉部	【戈部】	7畫	632	638	13-61	段12下-42	鍇24-13	鉉12下-6
踧(趚、踰、顣通段)	足部	【足部】	8畫	81	82	無	段2下-25	鍇4-13	鉉2下-5
俶(踧、宿)	彳部	【彳部】	5畫	77	77	無	段2下-16	鍇4-8	鉉2下-3
歜(嘁、歐，顣通段)	欠部	【欠部】	18畫	411	416	無	段8下-21	鍇16-16	鉉8下-4
歐(歜)	欠部	【欠部】	13畫	412	417	無	段8下-23	鍇16-16	鉉8下-5
趣(趥、踧通段)	走部	【走部】	8畫	63	64	無	段2上-31	鍇3-14	鉉2上-7
楝(槭通段)	木部	【木部】	7畫	256	258	16-42	段6上-36	鍇11-16	鉉6上-5
諫	言部	【言部】	7畫	93	93	無	段3上-14	鍇5-8	鉉3上-3
猝(卒)	犬部	【犬部】	8畫	474	478	無	段10上-28	鍇19-9	鉉10上-5
卒(猝，倅通段)	衣部	【十部】	6畫	397	401	26-12	段8上-65	鍇16-6	鉉8上-9
醋(醋、酢)	酉部	【酉部】	8畫	749	756	無	段14下-37	鍇28-18	鉉14下-9
酢(醋，酪通段)	酉部	【酉部】	5畫	751	758	無	段14下-41	鍇28-19	鉉14下-9
娖(婍通段)	女部	【女部】	9畫	625	631	8-47	段12下-27	鍇24-9	鉉12下-4
鏃(zu´)	金部	【金部】	11畫	714	721	無	段14上-25	鍇27-8	鉉14上-4
族(鏃，蔟、簇、瘯通段)	㫃部	【方部】	7畫	312	315	15-20	段7上-21	鍇13-7	鉉7上-3
蔟(簇通段)	艸部	【艸部】	11畫	44	45	無	段1下-47	鍇2-22	鉉1下-8
cuán(ㄘㄨㄢˊ)									
窜(押)	穴部	【穴部】	5畫	347	350	無	段7下-24	鍇14-10	鉉7下-4
欑(攢通段)	木部	【木部】	19畫	264	266	無	段6上-52	鍇11-23	鉉6上-7
cuàn(ㄘㄨㄢˋ)									
篡	厶部	【竹部】	10畫	436	441	無	段9上-43	鍇17-15	鉉9上-7
竄	穴部	【穴部】	13畫	346	349	無	段7下-22	鍇14-9	鉉7下-4
鑹(鑗、欑、爨從爨，種通段)	金部	【金部】	11畫	711	718	29-52	段14上-19	鍇27-6	鉉14上-3
爨(爨)	爨部	【火部】	24畫	106	106	19-31	段3上-40	鍇6-2	鉉3上-9
cuī(ㄘㄨㄟ)									
縗(膏、衰、蓑)	衣部	【衣部】	4畫	397	401	26-14	段8上-65	鍇16-6	鉉8上-9
縗(衰)	糸部	【糸部】	10畫	661	667	無	段13上-36	鍇25-8	鉉13上-5
瘣(衰)	疒部	【疒部】	10畫	352	356	無	段7下-35	鍇14-16	鉉7下-6
榱	木部	【木部】	10畫	255	257	無	段6上-34	鍇11-15	鉉6上-5

篆本字(古文、金文、籀文、俗字、通用字，通叚、金石)	說文部首	康熙部首	筆畫	一般頁碼	洪葉頁碼	金石字典頁碼	段注篇章	徐鍇通釋篇章	徐鉉藤花榭篇
崔(隹，磪通叚)	山部	【山部】	8畫	441	446	10-55	段9下-9	錯18-3	鉉9下-2
嶊(陮)	屵部	【山部】	10畫	442	446	無	段9下-10	錯18-4	鉉9下-2
催(摧)	人部	【人部】	11畫	381	385	無	段8上-33	錯15-11	鉉8上-4
摧(催，嗺、慛、攉、謻通叚)	手部	【手部】	11畫	596	602	無	段12上-26	錯23-14	鉉12上-5
cuǐ(ㄘㄨㄟˇ)									
趡(趥，跐通叚)	走部	【走部】	8畫	66	67	27-51	段2上-37	錯3-16	鉉2上-8
漼	水部	【水部】	11畫	550	555	無	段11上貳-10	錯21-16	鉉11上-5
璀	玉部	【玉部】	10畫	無	無	無	無	無	鉉1上-6
翠(膬髒述及，璀通叚)	羽部	【羽部】	8畫	138	140	23-55	段4上-19	錯7-9	鉉4上-4
濢(濢通叚)	水部	【水部】	13畫	560	565	無	段11上貳-30	錯21-22	鉉11上-8
cui(ㄘㄨㄟˋ)									
脃(脆、脺通叚)	肉部	【肉部】	6畫	176	178	無	段4下-38	錯8-14	鉉4下-6
膬(脆、脃)	肉部	【肉部】	12畫	176	178	無	段4下-38	錯8-14	鉉4下-6
倅	人部	【人部】	8畫	無	無	無	無	無	鉉8上-5
萃(倅籆cuo`述及，稡、瘁通叚)	艸部	【艸部】	8畫	40	40	25-17	段1下-38	錯2-18	鉉1下-6
卒(猝，倅通叚)	衣部	【十部】	6畫	397	401	26-12	段8上-65	錯16-6	鉉8上-9
摔	手部	【手部】	6畫	602	608	無	段12上-38	錯23-12	鉉12上-6
啐(嗺)	口部	【口部】	8畫	60	60	無	段2上-24	錯3-10	鉉2上-5
嗺(啐)	口部	【口部】	11畫	55	56	無	段2上-15	錯3-6	鉉2上-3
崒(崔)	山部	【山部】	8畫	439	444	無	段9下-5	錯18-2	鉉9下-1
悴(瘁通叚)	心部	【心部】	8畫	513	518	無	段10下-47	錯20-17	鉉10下-8
萃(倅籆cuo`述及，稡、瘁通叚)	艸部	【艸部】	8畫	40	40	25-17	段1下-38	錯2-18	鉉1下-6
頬(悴、萃、瘁，額通叚)	頁部	【頁部】	8畫	421	426		段9上-13	錯17-4	鉉9上-2
焠(淬文選)	火部	【火部】	8畫	484	488	19-18	段10上-48	錯19-16	鉉10上-8
淬(焠)	水部	【水部】	8畫	563	568	無	段11上貳-36	錯21-24	鉉11上-9
粹(睟、晬通叚)	米部	【米部】	8畫	333	336	無	段7上-63	錯13-25	鉉7上-10
翠(膬髒述及，璀通叚)	羽部	【羽部】	8畫	138	140	23-55	段4上-19	錯7-9	鉉4上-4
綷(綷，猝通叚)	帣部	【帣部】	8畫	364	368	無	段7下-59	錯14-25	鉉7下-10
毳	毳部	【毛部】	8畫	399	403	17-51	段8上-70	錯16-8	鉉8上-10

篆本字(古文、金文、籀文、俗字、通用字，通叚、金石)	說文部首	康熙部首	筆畫	一般頁碼	洪葉頁碼	金石字典頁碼	段注篇章	徐鍇通釋篇章	徐鉉藤花榭篇
愹(邃，竁通叚)	心部	【心部】	9畫	505	510	無	段10下-31	鍇20-11	鉉10下-6
竅	宀部	【宀部】	12畫	342	345	10-6	段7下-14	鍇14-6	鉉7下-3
憝	心部	【心部】	12畫	506	511	無	段10下-33	鍇20-12	鉉10下-6
臿(臿，橇、牏、歃通叚)	臼部	【臼部】	3畫	334	337	無	段7上-66	鍇13-27	鉉7上-10
祽	示部	【示部】	12畫	6	6	無	段1上-12	鍇1-7	鉉1上-2
竁	穴部	【穴部】	12畫	346	350	無	段7下-23	鍇14-9	鉉7下-4
膬(脆)	肉部	【肉部】	12畫	176	178	無	段4下-38	鍇8-14	鉉4下-6
縩	虫部	【虫部】	12畫	664	670	無	段13上-42	鍇25-10	鉉13上-6
澤	水部	【水部】	14畫	552	557	無	段11上貳-13	鍇21-17	鉉11上-5
cūn(ㄘㄨㄣ)									
邨(村)	邑部	【邑部】	4畫	300	302	28-61	段6下-56	鍇12-22	鉉6下-8
蹲(踆竣字述及，鷒通叚)	足部	【足部】	12畫	83	84	無	段2下-29	鍇4-15	鉉2下-6
竣(踆通叚)	立部	【立部】	7畫	500	505	無	段10下-21	鍇20-8	鉉10下-4
逡(後、踆通叚)	辵(辶)部	【辵部】	7畫	73	73	無	段2下-8	鍇4-4	鉉2下-2
皴	皮部	【网部】	7畫	無	無	無	無	無	鉉3下-7
鞁(韗、鞠，皴、皴、履、靴、韡通叚)	革部	【革部】	9畫	107	108	無	段3下-2	鍇6-2	鉉3下-1
cún(ㄘㄨㄣˊ)									
存(邨通叚)	子部	【子部】	3畫	743	750	9-1	段14下-26	鍇28-13	鉉14下-6
栫(拵通叚)	木部	【木部】	6畫	263	265	無	段6上-50	鍇11-21	鉉6上-6
cǔn(ㄘㄨㄣˇ)									
忖	心部	【心部】	3畫	無	無	無	無	無	鉉10下-9
寸(忖通叚)	寸部	【寸部】		121	122	10-17	段3下-29	鍇6-15	鉉3下-7
刌(切、忖)	刀部	【刂部】	3畫	179	181	無	段4下-43	鍇8-16	鉉4下-7
切(刌，沏、砌、抐通叚)	刀部	【刂部】	2畫	179	181	無	段4下-43	鍇8-16	鉉4下-7
cùn(ㄘㄨㄣˋ)									
寸(忖通叚)	寸部	【寸部】		121	122	10-17	段3下-29	鍇6-15	鉉3下-7
鑹	缶部	【缶部】	17畫	225	228	無	段5下-21	鍇10-8	鉉5下-4

篆本字(古文、金文、籀文、俗字、通用字，通段、金石)	說文部首	康熙部首	筆畫	一般頁碼	洪葉頁碼	金石字典頁碼	段注篇章	徐鍇通釋篇章	徐鉉藤花榭篇
cuō(ㄘㄨㄛ)									
瑳(磋皫qie`述及)	玉部	【玉部】	10畫	無	無	無	無	無	鉉1上-4
玼(瑳=磋皫qie`述及)	玉部	【玉部】	6畫	15	15	無	段1上-29	鍇1-14	鉉1上-5
厝(錯、措，磋通段)	厂部	【厂部】	8畫	447	452	5-35	段9下-21	鍇18-7	鉉9下-3
按(隋、墮、綏、挪，挼、搓、抄通段)	手部	【手部】	7畫	605	611	無	段12上-44	鍇23-14	鉉12上-7
蹉	足部	【足部】	10畫	無	無	無	無	無	鉉2下-6
娑(蓌通段)	女部	【女部】	7畫	624	630	無	段12下-25	鍇24-8	鉉12下-4
撮	手部	【手部】	12畫	599	605	無	段12上-32	鍇23-15	鉉12上-5
最(冣非取jiu``、撮，嘬通段)	冃部	【冂部】	10畫	354	358	無	段7下-39	鍇14-17	鉉7下-7
cuó(ㄘㄨㄛˊ)									
虘	虍部	【虍部】	5畫	209	211	25-47	段5上-42	鍇9-17	鉉5上-8
痤	疒部	【疒部】	7畫	350	353	無	段7下-30	鍇14-13	鉉7下-5
眭(脞通段)	目部	【目部】	7畫	135	137	無	段4上-13	鍇7-6	鉉4上-3
鹺(鹾)	鹵部	【鹵部】	7畫	586	592	無	段12上-5	鍇23-3	鉉12上-2
齹从佐(齹从差)	齒部	【齒部】	7畫	79	80	無	段2下-21	鍇4-11	鉉2下-4
嵯(嵳)	山部	【山部】	10畫	441	445	無	段9下-8	鍇18-3	鉉9下-1
厜(厬、嵳)	厂部	【厂部】	9畫	446	451	無	段9下-19	鍇18-7	鉉9下-3
嵯(瘥)	田部	【田部】	10畫	695	702	無	段13下-43	鍇26-8	鉉13下-6
瘥(差，殘通段)	疒部	【疒部】	10畫	352	356	20-58	段7下-35	鍇14-16	鉉7下-6
鬖(髭、鬌通段)	髟部	【髟部】	10畫	426	430	無	段9上-22	鍇17-7	鉉9上-4
麨	麥部	【麥部】	10畫	232	234	無	段5下-34	鍇10-14	鉉5下-7
苴(蒫通段)	艸部	【艸部】	5畫	44	44	24-60	段1下-46	鍇2-21	鉉1下-7
酇(鄼)	邑部	【邑部】	19畫	284	286	無	段6下-24	鍇12-14	鉉6下-5
鄼(酇)	邑部	【邑部】	11畫	294	297	無	段6下-45	鍇12-19	鉉6下-7
cuǒ(ㄘㄨㄛˇ)									
眭(脞通段)	目部	【目部】	7畫	135	137	無	段4上-13	鍇7-6	鉉4上-3
脞(脞通段)	肉部	【肉部】	10畫	176	178	無	段4下-37	鍇8-13	鉉4下-6
cuò(ㄘㄨㄛˋ)									
剉	刀部	【刂部】	7畫	181	183	無	段4下-48	鍇8-17	鉉4下-7
挫(挫、莝)	手部	【手部】	7畫	596	602	14-17	段12上-26	鍇23-16	鉉12上-5
莝	艸部	【艸部】	7畫	44	44	無	段1下-46	鍇2-22	鉉1下-8

篆本字（古文、金文、籀文、俗字、通用字，通叚、金石）	說文部首	康熙部首	筆畫	一般頁碼	洪葉頁碼	金石字典頁碼	段注篇章	徐鍇通釋篇章	徐鉉藤花榭篇
夌	夂部	【夂部】	7畫	無	無	無	無	無	鉉5下-7
趑(夌、蔆通叚)	走部	【走部】	7畫	64	65	無	段2上-33	鍇3-15	鉉2上-7
銼	金部	【金部】	7畫	704	711	無	段14上-5	鍇27-3	鉉14上-2
斫(斮通叚)	斤部	【斤部】	8畫	717	724	無	段14上-31	鍇27-10	鉉14上-5
厝(錯、措，磋通叚)	厂部	【厂部】	8畫	447	452	5-35	段9下-21	鍇18-7	鉉9下-3
措(錯、厝)	手部	【手部】	8畫	599	605		段12上-31	鍇23-10	鉉12上-5
錯(遣、厝，鍍通叚)	金部	【金部】	8畫	705	712	29-46	段14上-8	鍇27-4	鉉14上-2
遣(錯，撒、戲、皷通叚)	辵(辶)部	【辵部】	8畫	71	71	28-34	段2下-4	鍇4-3	鉉2下-1
齰(zu´)	齒部	【齒部】	8畫	80	80	無	段2下-22	鍇4-11	鉉2下-5
膌(膜)	肉部	【肉部】	10畫	175	177	無	段4下-36	鍇8-13	鉉4下-5

D

dā(ㄅㄚ)

蹋(踏，剔、蹹通叚)	足部	【足部】	10畫	82	82	無	段2下-26	鍇4-13	鉉2下-6

dá(ㄅㄚˊ)

羍(傘、達)	羊部	【羊部】	3畫	145	147	無	段4上-33	鍇7-15	鉉4上-7
妲	女部	【女部】	5畫	無	無	無	無	無	鉉12下-4
旦(妲通叚)	旦部	【日部】	1畫	308	311	15-25	段7上-14	鍇13-5	鉉7上-2
怛(悬，憵通叚)	心部	【心部】	5畫	512	517	13-10	段10下-45	鍇20-16	鉉10下-8
炟	火部	【火部】	5畫	480	484	無	段10上-40	鍇19-14	鉉10上-7
富(畐、偪、逼，湢通叚)	富部	【田部】	5畫	230	232	20-39	段5下-30	鍇10-12	鉉5下-6
笪	竹部	【竹部】	5畫	196	198	無	段5上-16	鍇9-6	鉉5上-3
靼(韃)	革部	【革部】	5畫	107	108	無	段3下-2	鍇6-2	鉉3下-1
點	黑部	【黑部】	5畫	488	492	無	段10上-56	鍇19-19	鉉10上-10
荅(答，嗒通叚)	艸部	【艸部】	6畫	22	23	25-6	段1下-3	鍇2-2	鉉1下-1
楉(荅)	木部	【木部】	10畫	248	250	無	段6上-20	鍇11-9	鉉6上-3
達(达，闥通叚)	辵(辶)部	【辵部】	9畫	73	73	28-40	段2下-8	鍇4-4	鉉2下-2
沓(達)	曰部	【水部】	4畫	203	205	15-56	段5上-29	鍇9-11	鉉5上-5
羍(傘、達)	羊部	【羊部】	3畫	145	147	無	段4上-33	鍇7-15	鉉4上-7
龘	龍部	【龍部】	16畫	582	588	無	段11下-31	鍇22-12	鉉11下-6

dǎ(ㄅㄚˇ)

打	手部	【手部】	2畫	無	無	無	無	無	鉉12上-9

篆本字(古文、金文、籀文、俗字、通用字，通叚、金石)	說文部首	康熙部首	筆畫	一般頁碼	洪葉頁碼	金石字典頁碼	段注篇章	徐鍇通釋篇章	徐鉉藤花榭篇
杕(㧣、打，虹通叚)	木部	【木部】	2畫	268	271	無	段6上-61	鍇11-27	鉉6上-8
da(ㄉㄚˋ)									
大不得不殊爲二部(太泰述及，忕通叚)	大部	【大部】		492	496	7-56	段10下-4	鍇20-1	鉉10下-1
大(亣籀文大、太泰述及)	大部	【大部】		498	503	7-56	段10下-17	鍇20-6	鉉10下-4
岱(太、泰)	山部	【山部】	5畫	437	442	無	段9下-1	鍇18-1	鉉9下-1
眔(隸)	目部	【目部】	5畫	132	133	21-28	段4上-6	鍇7-3	鉉4上-2
dāi(ㄉㄞ)									
孈(儓、懝、跆通叚)	女部	【女部】	14畫	624	630	無	段12下-26	鍇24-9	鉉12下-4
係(保古作呆宋述及、俕、柔、孚古文、堡湳述及)	人部	【人部】	7畫	365	369	3-17	段8上-1	鍇15-1	鉉8上-1
dài(ㄉㄞˋ)									
隸(逮，迨通叚)	隸部	【隸部】		117	118	30-49	段3下-22	鍇6-13	鉉3下-5
眔(隸)	目部	【目部】	5畫	132	133	21-28	段4上-6	鍇7-3	鉉4上-2
逮(迨、霴通叚)	辵(辶)部	【辵部】	8畫	72	73	28-33	段2下-7	鍇4-4	鉉2下-2
隸(迨、殆)	隸部	【隸部】	9畫	117	118	無	段3下-22	鍇6-13	鉉3下-5
殆(始)	歹部	【歹部】	5畫	163	165	無	段4下-12	鍇8-5	鉉4下-3
始(殆)	女部	【女部】	5畫	617	623	8-32	段12下-12	鍇24-4	鉉12下-2
軑	車部	【車部】	3畫	725	732	無	段14上-48	鍇27-13	鉉14上-7
代(世)	人部	【人部】	3畫	375	379	2-46	段8上-21	鍇15-8	鉉8上-3
貣(貳、忒差述及、貸)	貝部	【貝部】	3畫	280	282	27-25	段6下-16	鍇12-10	鉉6下-4
貸(貣)	貝部	【貝部】	5畫	280	282	27-27	段6下-16	鍇12-10	鉉6下-4
忒(貣)	心部	【心部】	3畫	509	513	13-4	段10下-38	鍇20-13	鉉10下-7
岱(太、泰)	山部	【山部】	5畫	437	442	無	段9下-1	鍇18-1	鉉9下-1
怠	心部	【心部】	5畫	509	514	無	段10下-39	鍇20-14	鉉10下-7
紿	糸部	【糸部】	5畫	645	652	23-12	段13上-5	鍇25-2	鉉13上-1
帒	巾部	【巾部】	5畫	無	無	無	無	無	鉉7下-9
縢(幐，帒、幦、袋通叚)	巾部	【巾部】	10畫	361	364	無	段7下-52	鍇14-23	鉉7下-9
螣(蟘，蠹、蚨通叚)	虫部	【虫部】	10畫	663	670	無	段13上-41	鍇25-10	鉉13上-6

篆本字（古文、金文、籀文、俗字、通用字，通叚、金石）	說文部首	康熙部首	筆畫	一般頁碼	洪葉頁碼	金石字典頁碼	段注篇章	徐鍇通釋篇章	徐鉉藤花榭篇
蝳(蝳、𧒒，蚩、蚔、蝳通叚)	虫部	【虫部】	10畫	664	671	無	段13上-43	鍇25-10	鉉13上-6
毒(箌，玳、瑇、蕭、蝳通叚)	屮部	【毋部】	5畫	22	22	14-48	段1下-2	鍇2-1	鉉1下-1
歭(跱，榯、踟、跢、跦通叚)	止部	【止部】	6畫	67	68	17-26	段2上-39	鍇3-17	鉉2上-8
赿(跢通叚)	走部	【走部】	6畫	65	65	27-49	段2上-34	鍇3-15	鉉2上-7
待	彳部	【彳部】	6畫	76	77	12-42	段2下-15	鍇4-8	鉉2下-3
帶	巾部	【巾部】	8畫	358	361	11-24	段7下-46	鍇14-21	鉉7下-8
暜(韢)	日部	【日部】	10畫	305	308	無	段7上-8	鍇13-3	鉉7上-1
逮(迨、韢通叚)	辵(辶)部	【辵部】	8畫	72	73	28-33	段2下-7	鍇4-4	鉉2下-2
隶(迨)	隶部	【隶部】	9畫	117	118	無	段3下-22	鍇6-13	鉉3下-5
黱(黛)	黑部	【黑部】	10畫	489	493	無	段10上-58	鍇19-19	鉉10上-10
蹹(躂)	足部	【足部】	11畫	82	83	無	段2下-27	鍇4-14	鉉2下-6
戴(戴、載)	異部	【戈部】	14畫	105	105	13-64	段3上-38	鍇5-20	鉉3上-9
載(載、戴述及，緈通叚)	車部	【車部】	6畫	727	734	27-66	段14上-51	鍇27-14	鉉14上-7
dān(ㄉㄢ)									
丹(𠖋、肜)	丹部	【丶部】	3畫	215	218	1-29	段5下-1	鍇10-1	鉉5下-1
赭(丹、泍)	赤部	【赤部】	9畫	492	496	無	段10下-4	鍇19-21	鉉10下-1
眈(躭通叚)	目部	【目部】	4畫	131	133	無	段4上-5	鍇7-3	鉉4上-2
覘(眈)	見部	【見部】	9畫	408	413	無	段8下-15	鍇16-14	鉉8下-3
耽(瞻)	耳部	【耳部】	4畫	591	597	無	段12上-16	鍇23-6	鉉12上-3
媅(耽、湛，妉、愖通叚)	女部	【女部】	9畫	620	626	8-46	段12下-18	鍇24-6	鉉12下-3
瞻(耽、儋)	耳部	【耳部】	13畫	591	597	無	段12上-16	鍇23-7	鉉12上-3
酖(耽、湛)	酉部	【酉部】	4畫	749	756	無	段14下-37	鍇28-18	鉉14下-9
鴆(酖)	鳥部	【鳥部】	4畫	156	158	無	段4上-55	鍇7-23	鉉4上-9
聃(聸、耼)	耳部	【耳部】	5畫	591	597	24-7	段12上-16	鍇23-7	鉉12上-3
單	吅部	【口部】	9畫	63	63	6-47	段2上-30	鍇3-13	鉉2上-6
鄲(單)	邑部	【邑部】	12畫	290	292	29-21	段6下-36	鍇12-17	鉉6下-7
殫(單，勯通叚)	歹部	【歹部】	12畫	163	165	無	段4下-12	鍇8-6	鉉4下-3
覘(眈)	見部	【見部】	9畫	408	413	無	段8下-15	鍇16-14	鉉8下-3

篆本字(古文、金文、籀文、俗字、通用字，通段、金石)	說文部首	康熙部首	筆畫	一般頁碼	洪葉頁碼	金石字典頁碼	段注篇章	徐鍇通釋篇章	徐鉉藤花榭篇
瞻(耽、儋)	耳部	【耳部】	13畫	591	597	無	段12上-16	鍇23-7	鉉12上-3
匰	匚部	【匚部】	12畫	637	643	無	段12下-51	鍇24-17	鉉12下-8
簞	竹部	【竹部】	12畫	192	194	無	段5上-8	鍇9-4	鉉5上-2
襌衣部	衣部	【衣部】	12畫	394	398	無	段8上-60	鍇16-4	鉉8上-9
單	吅部	【口部】	9畫	63	63	6-47	段2上-30	鍇3-13	鉉2上-6
鄲(單)	邑部	【邑部】	12畫	290	292	29-21	段6下-36	鍇12-17	鉉6下-7
儋(擔，甔通段)	人部	【人部】	13畫	371	375	3-41	段8上-13	鍇15-5	鉉8上-2
瞻(耽、儋)	耳部	【耳部】	13畫	591	597	無	段12上-16	鍇23-7	鉉12上-3
賀(嘉、儋、擔)	貝部	【貝部】	5畫	280	282	27-31	段6下-16	鍇12-10	鉉6下-4
耽(瞻)	耳部	【耳部】	4畫	591	597	無	段12上-16	鍇23-6	鉉12上-3
dǎn(ㄉㄢˇ)									
抌(揕)	手部	【手部】	4畫	609	615	無	段12上-51	鍇23-16	鉉12上-8
紞(髡鬆述及，忱、統、衽通段)	糸部	【糸部】	4畫	652	659	無	段13上-19	鍇25-5	鉉13上-3
黕(湛，曇通段)	黑部	【黑部】	4畫	488	493	32-40	段10上-57	鍇19-19	鉉10上-10
沈(瀋、湛、黕，沉俗、妉通段)	水部	【水部】	4畫	558	563	18-7	段11上貳-25	鍇21-20	鉉11上-7
倓(倒、睒)	人部	【人部】	8畫	367	371	3-24	段8上-6	鍇15-3	鉉8上-1
亶(邅驙述及)	㐭部	【亠部】	11畫	230	233	2-37	段5下-31	鍇10-13	鉉5下-6
撢(探)	手部	【手部】	12畫	605	611	無	段12上-44	鍇23-14	鉉12上-7
疸	疒部	【疒部】	5畫	351	355	無	段7下-33	鍇14-15	鉉7下-6
癉(癚、憚、疸)	疒部	【疒部】	12畫	351	355	無	段7下-33	鍇14-15	鉉7下-6
膽(胆通段)	肉部	【肉部】	13畫	168	170	24-28	段4下-22	鍇8-8	鉉4下-4
黵	黑部	【黑部】	13畫	489	493	無	段10上-58	鍇19-19	鉉10上-10
dàn(ㄉㄢˋ)									
石(碩、秅，碏通段)	石部	【石部】		448	453	21-41	段9下-23	鍇18-8	鉉9下-4
碩(石)	頁部	【石部】	9畫	417	422	31-27	段9上-5	鍇17-2	鉉9上-1
秅(石)	禾部	【禾部】	5畫	328	331	無	段7上-54	鍇13-23	鉉7上-9
旦(妲通段)	旦部	【日部】	1畫	308	311	15-25	段7上-14	鍇13-5	鉉7上-2
紞(髡鬆述及，忱、統、衽通段)	糸部	【糸部】	4畫	652	659	無	段13上-19	鍇25-5	鉉13上-3
妼(zhen˘)	攴部	【攴部】	4畫	119	120	無	段3下-25	鍇6-14	鉉3下-6
但(袒，襢通段)	人部	【人部】	5畫	382	386	3-3	段8上-35	鍇15-11	鉉8上-4

篆本字(古文、金文、籀文、俗字、通用字，通段、金石)	說文部首	康熙部首	筆畫	一般頁碼	洪葉頁碼	金石字典頁碼	段注篇章	徐鍇通釋篇章	徐鉉藤花榭篇
怛(悬，㦡通段)	心部	【心部】	5畫	512	517	13-10	段10下-45	鍇20-16	鉉10下-8
秙(石)	禾部	【禾部】	5畫	328	331	無	段7上-54	鍇13-23	鉉7上-9
觛(酖通段)	角部	【角部】	5畫	186	188	無	段4下-58	鍇8-20	鉉4下-9
鴠	鳥部	【鳥部】	5畫	150	151	無	段4上-42	鍇7-19	鉉4上-8
啴(次)	口部	【口部】	7畫	60	61	無	段2上-25	鍇3-11	鉉2上-5
誕(迉，譠通段)	言部	【言部】	7畫	98	99	26-52	段3上-25	鍇5-13	鉉3上-5
蜑	虫部	【虫部】	7畫	無	無	無	無	無	鉉13上-8
啖(噉，餤通段)	口部	【口部】	8畫	59	59	無	段2上-22	鍇3-9	鉉2上-5
啗(噡、啗通段)	口部	【口部】	8畫	55	56	無	段2上-15	鍇3-6	鉉2上-3
惔(tan´)	心部	【心部】	8畫	513	518	無	段10下-47	鍇20-17	鉉10下-8
淡(贍，痰通段)	水部	【水部】	8畫	562	567	無	段11上貳-34	鍇21-23	鉉11上-8
澹(淡)	水部	【水部】	13畫	551	556	18-60	段11上貳-11	鍇21-16	鉉11上-5
胆(朕通段)	肉部	【肉部】	8畫	177	179	無	段4下-39	鍇8-14	鉉4下-6
窞(竂通段)	穴部	【穴部】	8畫	345	349	無	段7下-21	鍇14-9	鉉7下-4
黮(甚，霪通段)	黑部	【黑部】	9畫	489	493	32-42	段10上-58	鍇19-20	鉉10上-10
霮(沈，霆、霴通段)	雨部	【雨部】	7畫	573	578	無	段11下-12	鍇22-6	鉉11下-3
嘾(憛通段)	口部	【口部】	12畫	59	59	無	段2上-22	鍇3-9	鉉2上-4
僤(彈)	人部	【人部】	12畫	369	373	3-38	段8上-9	鍇15-4	鉉8上-2
彈(弓、弾)	弓部	【弓部】	12畫	641	647	12-26	段12下-60	鍇24-20	鉉12下-9
憚(癉)	心部	【心部】	12畫	514	519	無	段10下-49	鍇20-17	鉉10下-9
癉(癚、憚、疸)	疒部	【疒部】	12畫	351	355	無	段7下-33	鍇14-15	鉉7下-6
滯(癉，澱通段)	水部	【水部】	11畫	559	564	無	段11上貳-27	鍇21-21	鉉11上-7
撣(嬋通段)	手部	【手部】	12畫	597	603	14-32	段12上-28	鍇23-10	鉉12上-5
禫(導)	示部	【示部】	12畫	9	9	無	段1上-17	鍇1-8	鉉1上-3
儋(擔，甔通段)	人部	【人部】	13畫	371	375	3-41	段8上-13	鍇15-5	鉉8上-2
聸(耽、儋)	耳部	【耳部】	13畫	591	597	無	段12上-16	鍇23-7	鉉12上-3
賀(嘉、儋、擔)	貝部	【貝部】	5畫	280	282	27-31	段6下-16	鍇12-10	鉉6下-4
憺(惔)	心部	【心部】	13畫	507	511	無	段10下-34	鍇20-12	鉉10下-6
澹(淡)	水部	【水部】	13畫	551	556	18-60	段11上貳-11	鍇21-16	鉉11上-5
纏(繵、繵通段)	糸部	【糸部】	15畫	647	653	23-37	段13上-8	鍇25-2	鉉13上-2
藺(萏)	艸部	【艸部】	16畫	34	34	無	段1下-26	鍇2-13	鉉1下-4

dāng(ㄉㄤ)

璫	玉部	【玉部】	13畫	無	無	無	無	無	鉉1上-6

篆本字(古文、金文、籀文、俗字、通用字，通叚、金石)	說文部首	康熙部首	筆畫	一般頁碼	洪葉頁碼	金石字典頁碼	段注篇章	徐鍇通釋篇章	徐鉉藤花榭篇
當(璫、簹、襠通叚)	田部	【田部】	8畫	697	703	20-46	段13下-46	鍇26-9	鉉13下-6
蟷(螗、蟷)	虫部	【虫部】	13畫	666	673	無	段13上-47	鍇25-11	鉉13上-7
鐺(鎗)	金部	【金部】	13畫	713	720	無	段14上-24	鍇27-7	鉉14上-4
dǎng(ㄉㄤˇ)									
鄙(郶、鄲)	邑部	【邑部】	8畫	299	302	無	段6下-55	鍇12-22	鉉6下-8
讜	言部	【言部】	20畫	無	無	無	無	無	鉉3上-7
黨(曭、尚，儻、讜、倘、惝通叚)	黑部	【黑部】	8畫	488	493	32-42	段10上-57	鍇19-19	鉉10上-10
攩(黨、儻，傥通叚)	手部	【手部】	20畫	600	606	無	段12上-34	鍇23-11	鉉12上-6
dàng(ㄉㄤˋ)									
宕	宀部	【宀部】	5畫	342	345	9-36	段7下-14	鍇14-6	鉉7下-3
甍	瓦部	【瓦部】	8畫	638	644	20-22	段12下-54	鍇24-18	鉉12下-8
愓(婸，偒通叚)	心部	【心部】	9畫	510	514	無	段10下-40	鍇20-14	鉉10下-7
碭(礍通叚)	石部	【石部】	9畫	449	453	21-46	段9下-24	鍇18-9	鉉9下-4
簜	竹部	【竹部】	9畫	194	196	無	段5上-11	鍇9-5	鉉5上-2
募(蕩)	艸部	【艸部】	9畫	29	30	無	段1下-17	鍇2-9	鉉1下-3
像(愓)	心部	【心部】	12畫	509	514	無	段10下-39	鍇20-14	鉉10下-7
潒(蕩)	水部	【水部】	12畫	546	551	無	段11上貳-2	鍇21-13	鉉11上-4
盪(蕩，盪、璗通叚)	皿部	【皿部】	12畫	213	215	21-22	段5上-49	鍇9-20	鉉5上-9
蕩與蕩不同	水部	【水部】	13畫	527	532	25-32	段11上壹-24	鍇21-8	鉉11上-2
璗(瑒)	玉部	【玉部】	12畫	19	19	20-16	段1上-37	鍇1-18	鉉1上-6
簜	竹部	【竹部】	12畫	189	191	22-62	段5上-1	鍇9-1	鉉5上-1
dāo(ㄉㄠ)									
鮆(魛，鱭通叚)	魚部	【魚部】	6畫	578	583	無	段11下-22	鍇22-9	鉉11下-5
刀(舠、鳭鵰述及，刁、刐、魛)	刀部	【刂部】		178	180	4-25	段4下-41	鍇8-15	鉉4下-6
忍非忍renˇ字(忉通叚)	心部	【心部】	2畫	511	516	13-3	段10下-43	鍇20-15	鉉10下-8
饕(叨、飸，飹通叚)	倉部	【食部】	13畫	221	224	無	段5下-13	鍇10-5	鉉5下-3
dǎo(ㄉㄠˇ)									
倒	人部	【人部】	8畫	無	無	無	無	無	鉉8上-5
到(倒通叚)	至部	【刂部】	6畫	585	591	4-34	段12上-3	鍇23-2	鉉12上-1
禂(禱、禱)	示部	【示部】	8畫	7	7	21-59	段1上-14	鍇1-8	鉉1上-2
蹈	足部	【足部】	10畫	82	83	無	段2下-27	鍇4-13	鉉2下-6

篆本字（古文、金文、籀文、俗字、通用字，通段、金石）	說文部首	康熙部首	筆畫	一般頁碼	洪葉頁碼	金石字典頁碼	段注篇章	徐鍇通釋篇章	徐鉉藤花榭篇
悼(蹈)	心部	【心部】	8畫	514	519	無	段10下-49	錯20-18	鉉10下-9
崜(島、隝、嶹通段)	山部	【山部】	11畫	438	442	10-55	段9下-2	錯18-1	鉉9下-1
導(禫)	寸部	【寸部】	12畫	121	122	10-33	段3下-30	錯6-16	鉉3下-7
禫(導)	示部	【示部】	12畫	9	9	無	段1上-17	錯1-8	鉉1上-3
疛(癑)	疒部	【疒部】	3畫	349	353	無	段7下-29	錯14-13	鉉7下-5
壔(保，堡通段)	土部	【土部】	14畫	690	696	無	段13下-32	錯26-5	鉉13下-5
擣(擣、癑，搗、搗、檮、疇从臼通段)	手部	【手部】	14畫	605	611	14-32	段12上-44	錯23-14	鉉12上-7
禱(襦、纛从邑chou´眞夂)	示部	【示部】	14畫	6	6	無	段1上-12	錯1-7	鉉1上-2
dào(ㄉㄠˋ)									
到(倒通段)	至部	【刂部】	6畫	585	591	4-34	段12上-3	錯23-2	鉉12上-1
盜(盜通段)	㳄部	【皿部】	7畫	414	419	無	段8下-27	錯16-18	鉉8下-5
悼(蹈)	心部	【心部】	8畫	514	519	無	段10下-49	錯20-18	鉉10下-9
菿(荲通段，菽說文)	艸部	【艸部】	8畫	41	42	無	段1下-41	錯2-25	鉉1下-9
倒(菿，晫通段)	人部	【人部】	8畫	370	374	無	段8上-11	錯15-4	鉉8上-2
罩(罩，箌、篧、罹、籗通段)	网部	【网部】	8畫	355	359	無	段7下-41	錯14-19	鉉7下-7
道(衜)	辵(辶_)部	【辵部】	9畫	75	76	28-38	段2下-13	錯4-6	鉉2下-3
稻	禾部	【禾部】	10畫	322	325	22-24	段7上-42	錯13-18	鉉7上-7
稻	禾部	【禾部】	13畫	326	329	無	段7上-50	錯13-21	鉉7上-8
燾(幬)	火部	【火部】	14畫	486	490	無	段10上-52	錯19-17	鉉10上-9
幬(幬、燾，幪通段)	巾部	【巾部】	14畫	358	362	無	段7下-47	錯14-21	鉉7下-9
翿(翢、翪从宙縣、纛从壽縣，翢、翿通段)	羽部	【羽部】	14畫	140	142	無	段4上-23	錯7-10	鉉4上-5
儔(翢、翿旒迣及、疇从田)	人部	【人部】	14畫	378	382	3-42	段8上-27	錯15-10	鉉8上-4
de(ㄉㄜ)									
旳(的、勺，玓通段)	日部	【日部】	3畫	303	306	15-27	段7上-4	錯13-2	鉉7上-1
dé(ㄉㄜˊ)									
尋(得，㝵通段)	見部	【見部】	3畫	408	412	10-19	段8下-14	錯16-13	鉉8下-3
得(得、㝵)	彳部	【彳部】	8畫	77	77	12-48	段2下-16	錯4-9	鉉2下-4

篆本字(古文、金文、籀文、俗字、通用字，通段、金石)	說文部首	康熙部首	筆畫	一般頁碼	洪葉頁碼	金石字典頁碼	段注篇章	徐鍇通釋篇章	徐鉉藤花榭篇
德(得)	彳部	【彳部】	12畫	76	76	12-58	段2下-14	錯4-7	鉉2下-3
悳(德、惪)	心部	【心部】	8畫	502	507	無	段10下-25	錯20-9	鉉10下-5
dēng(ㄉㄥ)									
豋(登)	豆部	【豆部】	6畫	208	210	27-12	段5上-39	錯9-16	鉉5上-7
登(𤼈、𤼃、𤼈)	癶部	【癶部】	7畫	68	68	無	段2上-40	錯3-18	鉉2上-8
璒	玉部	【玉部】	12畫	17	17	無	段1上-33	錯1-16	鉉1上-5
毲	毛部	【毛部】	12畫	無	無	無	無	無	鉉8上-10
籫	竹部	【竹部】	12畫	195	197	無	段5上-14	錯9-5	鉉5上-2
蹬	足部	【足部】	12畫	無	無	無	無	無	鉉2下-6
鐙(燈通段)	金部	【金部】	12畫	705	712	29-56	段14上-7	錯27-3	鉉14上-2
děng(ㄉㄥˇ)									
等	竹部	【竹部】	6畫	191	193	22-48	段5上-5	錯9-2	鉉5上-1
dèng(ㄉㄥˋ)									
眙(瞪)	目部	【目部】	5畫	133	135	無	段4下-9	錯7-6	鉉4下-2
鄧	邑部	【邑部】	12畫	292	294	29-20	段6下-40	錯12-18	鉉6下-7
隥(墱，磴、嶝通段)	𨸏部	【阜部】	12畫	732	739	30-46	段14下-3	錯28-2	鉉14下-1
dī(ㄉㄧ)									
低	人部	【人部】	5畫	無	無	無	無	無	鉉8上-5
底(氐楷zhi述及、庣俗，低通段)	广部	【广部】	5畫	445	449	11-46	段9下-16	錯18-5	鉉9下-3
氐(低、底楷zhi述及，秪通段)	氐部	【氐部】	1畫	628	634	17-55	段12下-34	錯24-12	鉉12下-5
柢(氐、蒂，秪通段)	木部	【木部】	5畫	248	251	無	段6上-21	錯11-9	鉉6上-3
奃	大部	【大部】	5畫	493	497	無	段10上-6	錯20-1	鉉10下-2
紙	糸部	【糸部】	5畫	644	650	無	段13上-2	錯25-1	鉉13上-1
羝	羊部	【羊部】	5畫	146	147	23-47	段4上-34	錯7-15	鉉4上-7
袛	衣部	【衣部】	5畫	391	395	無	段8上-54	錯16-3	鉉8上-8
趆	走部	【走部】	5畫	65	65	無	段2上-34	錯3-15	鉉2上-7
隄(堤通段)	𨸏部	【阜部】	9畫	733	740	30-38	段14下-6	錯28-3	鉉14下-1
堤(坻、隄俗)	土部	【土部】	9畫	687	694	無	段13下-27	錯26-4	鉉13下-4
鞮	革部	【革部】	9畫	108	109	無	段3下-3	錯6-3	鉉3下-1
滴(滴、渧)	水部	【水部】	12畫	555	560	無	段11上貳-19	錯21-19	鉉11上-6
樀(摘)	木部	【木部】	12畫	255	258	17-6	段6上-35	錯11-15	鉉6上-5

篆本字（古文、金文、籀文、俗字、通用字，通叚、金石）	說文部首	康熙部首	筆畫	一般頁碼	洪葉頁碼	金石字典頁碼	段注篇章	徐鍇通釋篇章	徐鉉藤花榭篇
尲(尲)	尤部	【尢部】	13畫	495	500	無	段10下-11	鍇20-4	鉉10下-2
尵(尵，尲通叚)	尤部	【尢部】	22畫	495	500	無	段10下-11	鍇20-4	鉉10下-2
di(ㄉㄧˊ)									
仢(彴)	人部	【人部】	3畫	372	376	無	段8上-15	鍇15-6	鉉8上-2
馰	馬部	【馬部】	3畫	462	467	無	段10上-5	鍇19-2	鉉10上-1
靮	革部	【革部】	3畫	無	無	無	無	無	鉉3下-2
馬(𩧄、䮶、䮾，踧、靮通叚)	馬部	【馬部】	3畫	467	472	無	段10上-15	鍇19-5	鉉10上-2
狄	犬部	【犬部】	4畫	476	481	19-51	段10上-33	鍇19-11	鉉10上-6
翟(狄，鸐、鷈通叚)	羽部	【羽部】	8畫	138	140	30-55	段4上-19	鍇7-9	鉉4上-4
迯(遏、狄)	辵(辶)部	【辵部】	7畫	75	75	28-31	段2下-12	鍇4-6	鉉2下-3
鬄从易(髢)	髟部	【髟部】	8畫	427	431	無	段9上-24	鍇17-8	鉉9上-4
衸(踧、宙)	彳部	【彳部】	5畫	77	77	無	段2下-16	鍇4-8	鉉2下-3
笛(篴)	竹部	【竹部】	5畫	197	199	無	段5上-18	鍇9-7	鉉5上-3
苗(蓄、蓫董述及，董通叚)	艸部	【艸部】	5畫	29	30	24-59	段1下-17	鍇2-9，2-24	鉉1下-3
迪(廸通叚)	辵(辶)部	【辵部】	5畫	71	72	無	段2下-5	鍇4-3	鉉2下-2
邮diˊ非簡字郵	邑部	【邑部】	5畫	287	289	無	段6下-30	鍇12-15	鉉6下-6
炟(炮)	火部	【火部】	6畫	484	489	無	段10上-49	鍇19-17	鉉10上-8
啻(啇、翅痏qiˊ述及，螪通叚)	口部	【口部】	9畫	58	59	6-40	段2上-21	鍇3-9	鉉2上-4
萩(荻、藡通叚)	艸部	【艸部】	9畫	35	35	25-18	段1下-28	鍇2-13	鉉1下-5
翟(狄，鸐、鷈通叚)	羽部	【羽部】	8畫	138	140	30-55	段4上-19	鍇7-9	鉉4上-4
薇(蔽、滌)	艸部	【艸部】	10畫	39	39	無	段1下-36	鍇2-17	鉉1下-6
滌(條、脩，藗、潟通叚)	水部	【水部】	12畫	563	568	無	段11上貳-35	鍇21-23	鉉11上-8
騅	馬部	【馬部】	10畫	468	473	無	段10上-17	鍇19-5	鉉10上-3
嫡(適)	女部	【女部】	11畫	620	626	無	段12下-18	鍇24-6	鉉12下-3
敵(適)	攴部	【攴部】	11畫	124	125	14-58	段3下-36	鍇6-18	鉉3下-8
樀(樠)	木部	【木部】	11畫	255	258	17-6	段6上-35	鍇11-15	鉉6上-5
蹢(躑、躊，貈、躑通叚)	足部	【足部】	11畫	82	83	無	段2下-27	鍇4-14	鉉2下-6
鏑(鍉)	金部	【金部】	11畫	711	718	無	段14上-20	鍇27-8	鉉14上-4

篆本字（古文、金文、籀文、俗字、通用字，通段、金石）	說文部首	康熙部首	筆畫	一般頁碼	洪葉頁碼	金石字典頁碼	段注篇章	徐鍇通釋篇章	徐鉉藤花榭篇
鷉	鳥部	【鳥部】	11畫	155	157	無	段4上-53	鍇7-22	鉉4上-9
糶	米部	【米部】	14畫	333	336	無	段7上-63	鍇13-25	鉉7上-10
潪(潪通段)	水部	【水部】	15畫	551	556	無	段11上貳-11	鍇21-16	鉉11上-5
覿	見部	【見部】	15畫	無	無	26-34	無	無	鉉8下-4
儥(䝨、覿)	人部	【人部】	15畫	374	378	3-42	段8上-20	鍇15-8	鉉8上-3
糴	入部	【米部】	16畫	224	226	無	段5下-18	鍇10-7	鉉5下-3
dǐ(ㄉㄧˇ)									
氐(低、底楮zhi述及，秪通段)	氐部	【氏部】	1畫	628	634	17-55	段12下-34	鍇24-12	鉉12下-5
柢(氐、蒂，秪通段)	木部	【木部】	5畫	248	251	無	段6上-21	鍇11-9	鉉6上-3
厎(砥、耆)	厂部	【厂部】	5畫	446	451	5-33	段9下-19	鍇18-7	鉉9下-3
底(氐楮zhi述及、厎俗，低通段)	广部	【广部】	5畫	445	449	11-46	段9下-16	鍇18-5	鉉9下-3
詆(呧述及)	言部	【言部】	5畫	100	101	無	段3上-29	鍇5-15	鉉3上-6
呧(詆)	口部	【口部】	5畫	59	60	無	段2上-23	鍇3-9	鉉2上-5
弴(弙、敦、追、弤)	弓部	【弓部】	16畫	639	645	無	段12下-56	鍇24-19	鉉12下-9
坻(汥、渚)	土部	【土部】	5畫	689	695	無	段13下-30	鍇26-4	鉉13下-4
坁(坻)	土部	【土部】	4畫	687	694	無	段13下-27	鍇26-4	鉉13下-4
阺(坻)	自部	【阜部】	5畫	734	741	無	段14下-8	鍇28-3	鉉14下-1
抵	手部	【手部】	5畫	596	602	無	段12上-26	鍇23-14	鉉12上-5
牴(抵、觝)	牛部	【牛部】	5畫	52	53	19-46	段2上-9	鍇3-4	鉉2上-2
柢(氐、蒂，秪通段)	木部	【木部】	5畫	248	251	無	段6上-21	鍇11-9	鉉6上-3
蒂(薵、柢，蒂通段)	艸部	【艸部】	11畫	38	39	無	段1下-35	鍇2-17	鉉1下-6
邸(柢)	邑部	【邑部】	5畫	284	286	28-63	段6下-24	鍇12-14	鉉6下-5
軝	車部	【車部】	5畫	729	736	無	段14上-56	鍇27-15	鉉14上-7
迡	辵(辶_)部	【辵部】	5畫	73	73	無	段2下-8	鍇4-4	鉉2下-2
阺(坻)	自部	【阜部】	5畫	734	741	無	段14下-8	鍇28-3	鉉14下-1
dì(ㄉㄧˋ)									
地(墜，埊通段)	土部	【土部】	3畫	682	688	7-9	段13下-16	鍇26-2	鉉13下-3
磉(墜、隊，墜通段)	石部	【石部】	9畫	450	454	無	段9下-26	鍇18-9	鉉9下-4
隊(墜、磉、墜通段)	自部	【阜部】	9畫	732	739	30-43	段14下-4	鍇28-2	鉉14下-2
旳(的、勺，玓通段)	日部	【日部】	3畫	303	306	15-27	段7上-4	鍇13-2	鉉7上-1

篆本字(古文、金文、籀文、俗字、通用字，通叚、金石)	說文部首	康熙部首	筆畫	一般頁碼	洪葉頁碼	金石字典頁碼	段注篇章	徐鍇通釋篇章	徐鉉藤花榭篇
杕(柁、舵)	木部	【木部】	3畫	251	253	無	段6上-26	鍇11-12	鉉6上-4
玓	玉部	【玉部】	3畫	18	18	無	段1上-35	鍇1-17	鉉1上-5
釱(鈠通叚)	金部	【金部】	3畫	707	714	無	段14上-12	鍇27-5	鉉14上-3
迡	辵(辶)部	【辵部】	4畫	75	76	無	段2下-13	鍇4-6	鉉2下-3
弔(弓、迠，吊通叚)	人部	【弓部】	1畫	383	387	無	段8上-37	鍇15-12	鉉8上-5
弟(𠦆，悌、第通叚)	弟部	【弓部】	4畫	236	239	12-19	段5下-42	鍇10-17	鉉5下-8
第(弟)	竹部	【竹部】	5畫	199	201	22-44	段5上-21	無	鉉5上-3
圛(弟、涕、繹)	口部	【口部】	13畫	277	280	無	段6下-11	鍇12-8	鉉6下-3
帝(帝)	二(上)部	【巾部】	6畫	2	2	11-19	段1上-3	鍇1-4	鉉1上-1
娣	女部	【女部】	7畫	615	621	無	段12下-8	鍇24-3	鉉12下-1
睇(睼)	目部	【目部】	7畫	133	135	無	段4上-9	鍇7-6	鉉4上-2
荑(苐、夷薙ti ` 述及)	艸部	【艸部】	7畫	27	27	25-6	段1下-12	鍇2-6	鉉1下-2
防(陜、坊，堕通叚)	𨸏部	【阜部】	4畫	733	740	30-21	段14下-6	鍇28-3	鉉14下-1
棣	木部	【木部】	8畫	245	248	16-47	段6上-15	鍇11-7	鉉6上-3
禘	示部	【示部】	9畫	5	5	無	段1上-10	鍇1-6	鉉1上-2
締	糸部	【糸部】	9畫	647	654	23-27	段13上-9	鍇25-3	鉉13上-1
諦(諟宷shen ˇ 述及，譙通叚)	言部	【言部】	9畫	92	92	無	段3上-12	鍇5-7	鉉3上-3
鯑(鮧、鯷、鯑)	魚部	【魚部】	7畫	578	584	無	段11下-23	鍇22-9	鉉11下-5
踶	足部	【足部】	9畫	82	83	27-55	段2下-27	鍇4-14	鉉2下-6
遞(逓通叚)	辵(辶)部	【辵部】	10畫	71	72	28-45	段2下-5	鍇4-3	鉉2下-2
適(㢳通叚)	辵(辶)部	【辵部】	11畫	71	71	28-46	段2下-4	鍇4-2	鉉2下-1
懘(殢，嚏、懘通叚)	心部	【心部】	11畫	504	508	無	段10下-28	鍇20-11	鉉10下-6
揥(捹，掃通叚)	手部	【手部】	11畫	600	606	無	段12上-33	鍇23-11	鉉12上-5
蔕(薳、柢，蒂通叚)	艸部	【艸部】	11畫	38	39	無	段1下-35	鍇2-17	鉉1下-6
柢(氐、蒂，秪通叚)	木部	【木部】	5畫	248	251	無	段6上-21	鍇11-9	鉉6上-3
蠆(蝍)	虫部	【虫部】	11畫	673	680	無	段13上-61	鍇25-14	鉉13上-8
黿(蛛、蝍黿述及)	黽部	【黽部】	6畫	680	686	32-45	段13下-12	鍇25-18	鉉13下-3
遭(遭通叚)	辵(辶)部	【辵部】	11畫	72	73	無	段2下-7	鍇4-4	鉉2下-2
diān(ㄉㄧㄢ)									
聑	耳部	【耳部】	5畫	591	597	無	段12上-16	鍇23-6	鉉12上-3
滇	水部	【水部】	10畫	520	525	無	段11上壹-9	鍇21-3	鉉11上-1

篆本字(古文、金文、籀文、俗字、通用字，通段、金石)	說文部首	康熙部首	筆畫	一般頁碼	洪葉頁碼	金石字典頁碼	段注篇章	徐鍇通釋篇章	徐鉉藤花榭篇
顛(顛，巔、傎、偵、癲、瘨、酊、鷏、齻通段)	頁部	【頁部】	10畫	416	420	31-31	段9上-2	錯17-1	鉉9上-1
闐(顛)	門部	【門部】	10畫	590	596	無	段12上-13	錯23-6	鉉12上-3
瘨(顛)	疒部	【疒部】	10畫	348	352	無	段7下-27	錯14-12	鉉7下-5
槙(顛、積，柛通段)	木部	【木部】	10畫	249	252	無	段6上-23	錯11-11	鉉6上-4
蹎(顛)	足部	【足部】	10畫	83	83	無	段2下-28	錯4-15	鉉2下-6
趚(蹎)	走部	【走部】	10畫	67	67	無	段2上-38	錯3-16	鉉2上-8
diǎn(ㄉㄧㄢ∨)									
鉆(玷通段)	缶部	【缶部】	5畫	225	228	無	段5下-21	錯10-8	鉉5下-4
跕(蹀、喋、啑，跇、踮通段)	足部	【足部】	11畫	82	83	無	段2下-27	錯4-14	鉉2下-6
點(玷，蔵通段)	黑部	【黑部】	5畫	488	492	無	段10上-56	錯19-19	鉉10上-10
興(典、箅，黃通段)	丌部	【八部】	6畫	200	202	4-11	段5上-23	錯9-9	鉉5上-4
敁(典)	支部	【支部】	8畫	123	124	無	段3下-33	錯6-17	鉉3下-8
蕈(蕈)	艸部	【艸部】	12畫	45	46	無	段1下-49	錯2-22	鉉1下-8
diàn(ㄉㄧㄢ丶)									
甸	田部	【田部】	2畫	696	702	20-36	段13下-44	錯26-8	鉉13下-6
佃	人部	【人部】	5畫	378	382	無	段8上-28	錯15-10	鉉8上-4
鈿	金部	【金部】	5畫	無	無	無	無	無	鉉14上-4
田(陳，鈿、鷏通段)	田部	【田部】		694	701	20-31	段13下-41	錯26-8	鉉13下-6
刐(玷)	刀部	【刂部】	5畫	182	184	無	段4下-49	錯8-17	鉉4下-7
鉆(玷通段)	缶部	【缶部】	5畫	225	228	無	段5下-21	錯10-8	鉉5下-4
點(玷，蔵通段)	黑部	【黑部】	5畫	488	492	無	段10上-56	錯19-19	鉉10上-10
坫(店)	土部	【土部】	5畫	686	692	無	段13下-24	錯26-3	鉉13下-4
耆	老部	【老部】	5畫	398	402	無	段8上-68	錯16-7	鉉8上-10
阽	𨸏部	【阜部】	5畫	736	743	無	段14下-11	錯28-4	鉉14下-2
電(霣)	雨部	【雨部】	5畫	572	577	31-1	段11下-10	錯22-5	鉉11下-3
悿(tui`)	心部	【心部】	8畫	507	511	無	段10下-34	錯20-12	鉉10下-6
奠(壓)	丌部	【大部】	9畫	200	202	8-20	段5上-24	錯9-9	鉉5上-4
𡳆(奠)	尸部	【尸部】	12畫	399	403	無	段8上-70	錯16-8	鉉8上-11
定(奠、淀洋述及，顁通段)	宀部	【宀部】	5畫	339	342	9-35	段7下-8	錯14-4	鉉7下-2

篆本字(古文、金文、籀文、俗字、通用字，通叚、金石)	說文部首	康熙部首	筆畫	一般頁碼	洪葉頁碼	金石字典頁碼	段注篇章	徐鍇通釋篇章	徐鉉藤花榭篇
殿	殳部	【殳部】	9畫	119	120	17-42	段3下-26	鍇6-14	鉉3下-6
唸(殿)	口部	【口部】	8畫	60	60	無	段2上-24	鍇3-10	鉉2上-5
墊(埶)	土部	【土部】	11畫	689	695	無	段13下-30	鍇26-4	鉉13下-4
褺(襲、墊)	衣部	【衣部】	11畫	394	398	無	段8上-59	鍇16-4	鉉8上-9
窒(墊)	宀部	【宀部】	11畫	342	345	無	段7下-14	鍇14-6	鉉7下-3
霸	雨部	【雨部】	11畫	574	580	無	段11下-15	鍇22-7	鉉11下-4
驔(驔、驔)	馬部	【馬部】	21畫	462	467	無	段10上-5	鍇19-2	鉉10上-1
黗(澱，黵通叚)	黑部	【黑部】	9畫	489	493	無	段10上-58	鍇19-20	鉉10上-10
澱(淀洋yang´述及、黵)	水部	【水部】	13畫	562	567	無	段11上貳-33	鍇21-23	鉉11上-8
定(奠、淀洋述及，顁通叚)	宀部	【宀部】	5畫	339	342	9-35	段7下-8	鍇14-4	鉉7下-2
籘(tun´)	竹部	【竹部】	13畫	196	198	無	段5上-16	鍇9-6	鉉5上-3
簟(簟)	竹部	【竹部】	17畫	192	194	22-62	段5上-7	鍇9-3	鉉5上-2
驔(驔、驔)	馬部	【馬部】	21畫	462	467	無	段10上-5	鍇19-2	鉉10上-1

diāo(ㄅㄧㄠ)

篆本字(古文、金文、籀文、俗字、通用字，通叚、金石)	說文部首	康熙部首	筆畫	一般頁碼	洪葉頁碼	金石字典頁碼	段注篇章	徐鍇通釋篇章	徐鉉藤花榭篇
刀(舠、鳭鷦述及，刁、刂、刕)	刀部	【刂部】		178	180	4-25	段4下-41	鍇8-15	鉉4下-6
袑	衣部	【衣部】	4畫	397	401	無	段8上-66	鍇16-6	鉉8上-9
蛁(虭通叚)	虫部	【虫部】	5畫	664	670	無	段13上-42	鍇25-10	鉉13上-6
褶(袑，裛通叚)	衣部	【衣部】	11畫	394	398	無	段8上-59	鍇16-4	鉉8上-8
貂(貂鼦you`述及)	豸部	【豸部】	5畫	458	463	無	段9下-43	鍇18-15	鉉9下-7
鼦(貂，鼦通叚)	鼠部	【鼠部】	5畫	479	483	無	段10上-38	鍇19-13	鉉10上-7
琱(彫、雕，剛通叚)	玉部	【玉部】	8畫	15	15	20-12	段1上-30	鍇1-15	鉉1上-5
彫(琱，剛通叚)	彡部	【彡部】	8畫	424	429	無	段9上-19	鍇17-6	鉉9上-3
凋	仌部	【冫部】	8畫	571	576	無	段11下-8	鍇22-4	鉉11下-3
雕(鵰、琱、凋、舟)	隹部	【隹部】	8畫	142	144	30-57	段4上-27	鍇7-12	鉉4上-5
錭	金部	【金部】	8畫	714	721	無	段14上-26	鍇27-8	鉉14上-4
彇(弴、敦、追、弤)	弓部	【弓部】	16畫	639	645	無	段12下-56	鍇24-19	鉉12下-9
鯛	魚部	【魚部】	8畫	581	587	無	段11下-29	鍇22-11	鉉11下-6
眮	目部	【目部】	11畫	133	134	無	段4上-8	鍇7-4	鉉4上-2

篆本字（古文、金文、籀文、俗字、通用字，通段、金石）	說文部首	康熙部首	筆畫	一般頁碼	洪葉頁碼	金石字典頁碼	段注篇章	徐鍇通釋篇章	徐鉉藤花榭篇
diǎo(ㄉㄧㄠˇ)									
扚	手部	【手部】	3畫	608	614	14-8	段12上-50	錯23-16	鉉12上-8
秒(chuoˋ)	禾部	【禾部】	3畫	324	327	無	段7上-45	錯13-19	鉉7上-8
褿(袑，裊通段)	衣部	【衣部】	11畫	394	398	無	段8上-59	錯16-4	鉉8上-8
diào(ㄉㄧㄠˋ)									
弔(弜、迢，吊通段)	人部	【弓部】	1畫	383	387	無	段8上-37	錯15-12	鉉8上-5
釣	金部	【金部】	3畫	713	720	無	段14上-23	錯27-7	鉉14上-4
誂(挑)	言部	【言部】	6畫	98	99	無	段3上-25	錯5-13	鉉3上-5
銚(斛、槑、鏊，鍬通段)	金部	【金部】	6畫	637	711	無	段14上-6	錯27-3	鉉14上-2
區(莜)	匸部	【匸部】	7畫	636	642	無	段12下-50	錯24-16	鉉12下-8
莜(蓧通段)	艸部	【艸部】	7畫	43	44	無	段1下-45	錯2-21	鉉1下-7
掉	手部	【手部】	8畫	602	608	無	段12上-38	錯23-12	鉉12上-6
調(tiaoˊ)	言部	【言部】	8畫	93	94	26-54	段3上-15	錯5-8	鉉3上-4
窵	穴部	【穴部】	11畫	345	349	無	段7下-21	錯14-9	鉉7下-4
藋(蘿通段)	艸部	【艸部】	14畫	26	27	無	段1下-11	錯2-6	鉉1下-2
diě(ㄉㄧㄝ)									
媎(姪，爹通段)	女部	【女部】	6畫	616	622	無	段12下-9	錯24-3	鉉12下-1
dié(ㄉㄧㄝˊ)									
佚(古失佚逸泆字多通用，劮通段)	人部	【人部】	5畫	380	384	3-4	段8上-31	錯15-10	鉉8上-4
瓞(庣、瓝)	瓜部	【瓜部】	5畫	337	340	無	段7下-4	錯14-2	鉉7下-2
瓝(瓞、瓞、𤬭)	瓜部	【瓜部】	6畫	337	340	無	段7下-4	錯14-2	鉉7下-2
眣(眰，妷通段)	目部	【目部】	5畫	134	136	無	段4上-11	錯7-5	鉉4上-2
胅胅胅=坳突=凹凸(突通段)	肉部	【肉部】	5畫	172	174	無	段4下-29	錯8-11	鉉4下-5
芺	艸部	【艸部】	5畫	36	36	無	段1下-30	錯2-14	鉉1下-5
詄(呹通段)	言部	【言部】	5畫	98	99	無	段3上-25	錯5-13	鉉3上-5
昳	日部	【日部】	5畫	無	無	無	無	無	鉉7上-2
跌(昳通段)	足部	【足部】	5畫	83	84	無	段2下-29	錯4-15	鉉2下-6
镻	長部	【長部】	5畫	453	458	無	段9下-33	錯18-11	鉉9下-5
鴃	鳥部	【鳥部】	5畫	151	152	無	段4上-44	錯7-19	鉉4上-8
軼(泆泆述及)	車部	【車部】	5畫	728	735	無	段14上-54	錯27-14	鉉14上-7

篆本字(古文、金文、籀文、俗字、通用字，通叚、金石)	說文部首	康熙部首	筆畫	一般頁碼	洪葉頁碼	金石字典頁碼	段注篇章	徐鍇通釋篇章	徐鉉藤花榭篇
洗(洮)	水部	【水部】	5畫	551	556	18-13	段11上貳-12	錯21-16	鉉11上-5
佚(古失佚逸泆字多通用，劮通叚)	人部	【人部】	5畫	380	384	3-4	段8上-31	錯15-10	鉉8上-4
迭(載)	辵(辶)部	【辵部】	5畫	73	74	無	段2下-9	錯4-4	鉉2下-2
秩(載、戴)	禾部	【禾部】	5畫	325	328	22-19	段7上-48	錯13-20	鉉7上-8
耊(耋、載通叚)	老部	【老部】	6畫	398	402	無	段8上-67	錯16-7	鉉8上-10
咥(xì)	口部	【口部】	6畫	57	57	無	段2上-18	錯3-7	鉉2上-4
垤	土部	【土部】	6畫	692	698	無	段13下-36	錯26-6	鉉13下-5
軼	氏部	【氏部】	6畫	628	634	無	段12下-34	錯24-12	鉉12下-5
絰	糸部	【糸部】	6畫	661	667	無	段13上-36	錯25-8	鉉13上-5
窒(怪、愄通叚)	穴部	【穴部】	6畫	346	349	22-33	段7下-22	錯14-9	鉉7下-4
戜(戝、戴)	戈部	【戈部】	7畫	630	636	13-62	段12下-38	錯24-12	鉉12下-6
蛈(蝶)	虫部	【虫部】	8畫	667	674	無	段13上-49	錯25-12	鉉13上-7
惉	心部	【心部】	9畫	無	無	無	無	無	鉉10下-9
帖(貼，怗、惉、憇通叚)	巾部	【巾部】	5畫	359	362	無	段7下-48	錯14-22	鉉7下-9
懾(慄通叚)	心部	【心部】	18畫	514	519	無	段10下-49	錯20-17	鉉10下-9
慹(慄通叚)	心部	【心部】	11畫	514	519	無	段10下-49	錯20-18	鉉10下-9
瘱(殢、殜通叚)	疒部	【疒部】	10畫	351	354	無	段7下-32	錯14-14	鉉7下-6
褋(襟，褶通叚)	衣部	【衣部】	9畫	391	395	無	段8上-54	錯16-2	鉉8上-8
諜(牒，喋通叚)	言部	【言部】	9畫	101	102	無	段3上-31	錯5-16	鉉3上-6
牒(諜)	片部	【片部】	9畫	318	321	無	段7上-34	錯13-15	鉉7上-6
讋(呫、喋通叚)	言部	【言部】	11畫	96	97	無	段3上-21	錯5-11	鉉3上-4
蹀(蹀、喋、啑，踥、跕通叚)	足部	【足部】	11畫	82	83	無	段2下-27	錯4-14	鉉2下-6
疐(躓，躓、蟄、駤通叚)	叀部	【疋部】	9畫	159	161	20-53	段4下-3	錯8-2	鉉4下-1
鰈	魚部	【魚部】	9畫	無	無	無	無	無	鉉11下-6
鰨(魶，鰨、鰈通叚)	魚部	【魚部】	10畫	575	581	無	段11下-17	錯22-7	鉉11下-4
慸(殢，嵽、懘通叚)	心部	【心部】	11畫	504	508	無	段10下-28	錯20-11	鉉10下-6
褻(襲、褺)	衣部	【衣部】	11畫	394	398	無	段8上-59	錯16-4	鉉8上-9
墊(褺)	土部	【土部】	11畫	689	695	無	段13下-30	錯26-4	鉉13下-4
壔(堞、隍)	土部	【土部】	12畫	688	695	無	段13下-29	錯26-4	鉉13下-4

篆本字(古文、金文、籀文、俗字、通用字，通段、金石)	說文部首	康熙部首	筆畫	一般頁碼	洪葉頁碼	金石字典頁碼	段注篇章	徐鍇通釋篇章	徐鉉藤花榭篇
陴(𨸏、壄)	𨸏部	【阜部】	8畫	736	743	無	段14下-12	鍇28-4	鉉14下-2
曡(疊，㬪、𣊡、𣊡通段)	晶部	【日部】	14畫	313	316	15-51	段7上-23	鍇13-8	鉉7上-4
dīng(ㄉ一ㄥ)									
个(丁，虰、釘通段)	丁部	【人部】	1畫	740	747	1-2丁	段14下-20	鍇28-9	鉉14下-4
玎(丁)	玉部	【玉部】	2畫	16	16	無	段1上-31	鍇1-15	鉉1上-5
鼎(丁、貝，鼎通段)	鼎部	【鼎部】		319	322	32-46	段7上-35	鍇13-15	鉉7上-6
朾(揨、打，虰通段)	木部	【木部】	2畫	268	271	無	段6上-61	鍇11-27	鉉6上-8
町(圢通段)	田部	【田部】	2畫	695	701	無	段13下-42	鍇26-8	鉉13下-6
釘(鉼通段)	金部	【金部】	2畫	703	710	29-37	段14上-3	鍇27-2	鉉14上-1
鐕(釘、簪先述及)	金部	【金部】	12畫	707	714	無	段14上-12	鍇27-5	鉉14上-3
阠	𨸏部	【阜部】	2畫	735	742	無	段14下-10	鍇28-3	鉉14下-2
靪	革部	【革部】	2畫	108	109	無	段3下-3	鍇6-3	鉉3下-1
酊	酉部	【酉部】	2畫	無	無	無	無	無	鉉14下-9
顛(顛，巔、傎、傎、癲、瘨、酊、鷏、齻通段)	頁部	【頁部】	10畫	416	420	31-31	段9上-2	鍇17-1	鉉9上-1
dǐng(ㄉ一ㄥˇ)									
鼎(丁、貝，鼎通段)	鼎部	【鼎部】		319	322	32-46	段7上-35	鍇13-15	鉉7上-6
貝(鼎述及，唄通段)	貝部	【貝部】		279	281	27-22	段6下-14	鍇12-9	鉉6下-4
芋	艸部	【艸部】	2畫	36	36	無	段1下-30	鍇2-14	鉉1下-5
頂(顁、顯、定，頔通段)	頁部	【頁部】	2畫	416	420	31-24	段9上-2	鍇17-1	鉉9上-1
dìng(ㄉ一ㄥˋ)									
訂	言部	【言部】	2畫	92	92	無	段3上-12	鍇5-7	鉉3上-3
个(丁，虰、釘通段)	丁部	【人部】	1畫	740	747	1-2丁	段14下-20	鍇28-9	鉉14下-4
定(奠、淀洋述及，頔通段)	宀部	【宀部】	5畫	339	342	9-35	段7下-8	鍇14-4	鉉7下-2
頂(顁、顯、定，頔通段)	頁部	【頁部】	2畫	416	420	31-24	段9上-2	鍇17-1	鉉9上-1
鋌	金部	【金部】	7畫	703	710	無	段14上-4	鍇27-2	鉉14上-1
錠	金部	【金部】	8畫	705	712	29-45	段14上-7	鍇27-3	鉉14上-2

篆本字（古文、金文、籀文、俗字、通用字，通叚、金石）	說文部首	康熙部首	筆畫	一般頁碼	洪葉頁碼	金石字典頁碼	段注篇章	徐鍇通釋篇章	徐鉉藤花榭篇
dōng(ㄉㄨㄥ)									
冬(㐆，佟通叚)	夊部	【冫部】	3畫	571	576	4-20	段11下-8	鍇22-4	鉉11下-3
綔(終、宎、冬，薐通叚)	糸部	【糸部】	5畫	647	654	23-13	段13上-9	鍇25-3	鉉13上-2
東	東部	【木部】	4畫	271	273	16-21	段6上-66	鍇11-30	鉉6上-9
苳(葖)	艸部	【艸部】	5畫	46	47	無	段1下-51	鍇2-23	鉉1下-8
鼕从隆(鼟，鼞从夆通叚)	鼓部	【鼓部】	12畫	206	208	無	段5上-36	鍇9-15	鉉5上-7
凍	水部	【水部】	8畫	516	521	18-34	段11上壹-2	鍇21-2	鉉11上-1
蝀	虫部	【虫部】	8畫	673	680	無	段13上-61	鍇25-14	鉉13上-8
dǒng(ㄉㄨㄥˇ)									
蕫(董、督)	艸部	【艸部】	12畫	32	32	25-29	段1下-22	鍇2-10	鉉1下-4
督(董，督通叚)	目部	【目部】	8畫	133	135	21-33	段4上-9	鍇7-5	鉉4上-2
dòng(ㄉㄨㄥˋ)									
恫(痌、痌、癑通叚)	心部	【心部】	6畫	512	517	無	段10下-45	鍇20-16	鉉10下-8
侗(恫)	人部	【人部】	6畫	369	373	無	段8上-9	鍇15-4	鉉8上-2
詷(侗通叚)	言部	【言部】	6畫	94	95	無	段3上-17	鍇5-9	鉉3上-4
敁(婳，胴通叚)	女部	【女部】	6畫	619	625	無	段12下-15	鍇24-5	鉉12下-2
挏	手部	【手部】	6畫	601	607	無	段12上-35	鍇23-11	鉉12上-6
洞(峒通叚)	水部	【水部】	6畫	549	554	10-54	段11上貳-8	鍇21-15	鉉11上-5
同(峒通叚)	冂部	【口部】	3畫	353	357	6-9	段7下-37	鍇14-17	鉉7下-7
迵	辵(辶)部	【辵部】	6畫	73	74	28-25	段2下-9	鍇4-4	鉉2下-2
駧	馬部	【馬部】	6畫	467	471	無	段10上-14	鍇19-4	鉉10上-2
凍	夊部	【冫部】	8畫	571	576	無	段11下-8	鍇22-4	鉉11下-3
棟	木部	【木部】	8畫	253	256	無	段6上-31	鍇11-14	鉉6上-4
動(逐，勲、慟通叚)	力部	【力部】	9畫	700	706	4-50	段13下-52	鍇26-11	鉉13下-7
湩(重、童)	水部	【水部】	9畫	565	570	18-43	段11上貳-40	鍇21-25	鉉11上-9
dōu(ㄉㄨ)									
枓(斗)	木部	【木部】	4畫	261	263	無	段6上-46	鍇11-20	鉉6上-6
哣(嚅通叚)	口部	【口部】	4畫	59	60	無	段2上-23	鍇3-9	鉉2上-5
都(瀦、賭、闍通叚)	邑部	【邑部】	8畫	283	286	29-11	段6下-23	鍇12-13	鉉6下-5
兜(覤)	兜部	【儿部】	9畫	406	411	無	段8下-11	鍇16-12	鉉8下-3
覤(兜)	見部	【見部】	10畫	410	414	無	段8下-18	鍇16-15	鉉8下-4

篆本字(古文、金文、籀文、俗字、通用字,通叚、金石)	說文部首	康熙部首	筆畫	一般頁碼	洪葉頁碼	金石字典頁碼	段注篇章	徐鍇通釋篇章	徐鉉藤花榭篇
兜(兜)	兜部	【儿部】	4畫	406	411	無	段8下-11	錯16-12	鉉8下-3
箃	竹部	【竹部】	12畫	195	197	無	段5上-14	錯9-5	鉉5上-2
dǒu(ㄉㄡˇ)									
斗(枓魁述及、陡陗qiao丶述及,戽、抖、郖、蚪、阧通叚)	斗部	【斗部】		717	724	15-4	段14上-32	錯27-10	鉉14上-5
枓(斗)	木部	【木部】	4畫	261	263	無	段6上-46	錯11-20	鉉6上-6
dòu(ㄉㄡˋ)									
豆(昷、皀、菽尗shu丶述及,餖通叚)	豆部	【豆部】		207	209	27-11	段5上-37	錯9-16	鉉5上-7
梪(豆)	豆部	【木部】	7畫	207	209	無	段5上-38	錯9-16	鉉5上-7
尗(菽、豆古今語,亦古今字。)	尗部	【小部】	3畫	336	339	10-36	段7下-2	錯14-1	鉉7下-1
鬥	鬥部	【鬥部】		114	115	32-5	段3下-15	錯6-8	鉉3下-3
鬬从斲(鬥)	鬥部	【鬥部】	14畫	114	115	無	段3下-15	錯6-8	鉉3下-3
醲(酘通叚)	酉部	【酉部】	14畫	748	755	無	段14下-35	錯28-17	鉉14下-8
脰(頭)	肉部	【肉部】	7畫	168	170	無	段4下-21	錯8-8	鉉4下-4
逗(住)	辵(辶_)部	【辵部】	7畫	72	73	無	段2下-7	錯4-4	鉉2下-2
郖(逗)	邑部	【邑部】	7畫	287	290	無	段6下-31	錯12-16	鉉6下-6
鞮	革部	【革部】	7畫	109	110	無	段3下-6	錯6-4	鉉3下-1
尻(脾,启、脁、豚、犯、貀通叚)	尸部	【尸部】	2畫	400	404	無	段8上-71	錯16-8	鉉8上-11
鎦(鋗,鉶通叚)	金部	【金部】	10畫	704	711	29-51	段14上-6	錯27-3	鉉14上-2
斟	斗部	【斗部】	13畫	719	726	無	段14上-35	錯27-11	鉉14上-6
鬬从斲(鬥)	鬥部	【鬥部】	14畫	114	115	無	段3下-15	錯6-8	鉉3下-3
竇(瀆)	穴部	【穴部】	15畫	344	348	22-35	段7下-19	錯14-8	鉉7下-4
dū(ㄉㄨ)									
督(菫,睯通叚)	目部	【目部】	8畫	133	135	21-33	段4上-9	錯7-5	鉉4上-2
菫(董、督)	艸部	【艸部】	12畫	32	32	25-29	段1下-22	錯2-10	鉉1下-4
裻(督)	衣部	【衣部】	8畫	393	397	26-18	段8上-58	錯16-4	鉉8上-8
裯(襡、督,褶通叚)	衣部	【衣部】	9畫	392	396	無	段8上-55	錯16-3	鉉8上-8
闍	門部	【門部】	8畫	588	594	無	段12上-9	錯23-4	鉉12上-2
都(瀦、賭、鄐通叚)	邑部	【邑部】	8畫	283	286	29-11	段6下-23	錯12-13	鉉6下-5

篆本字（古文、金文、籀文、俗字、通用字，通段、金石）	說文部首	康熙部首	筆畫	一般頁碼	洪葉頁碼	金石字典頁碼	段注篇章	徐鍇通釋篇章	徐鉉藤花榭篇
dú(ㄉㄨˊ)									
毒(箘，玳、瑇、𧎮、蝳通段)	屮部	【毋部】	5畫	22	22	14-48	段1下-2	鍇2-1	鉉1下-1
毅	殳部	【殳部】	8畫	119	120	無	段3下-26	鍇6-14	鉉3下-6
賣(𧸇、𧷏、䙟，瓄、𧷠通段)	貝部	【貝部】	12畫	282	285	27-38	段6下-21	鍇12-13	鉉6下-5
襡(襭、督，襦通段)	衣部	【衣部】	9畫	392	396	無	段8上-55	鍇16-3	鉉8上-8
藚(蕸、竹萹pian述及)	艸部	【艸部】	12畫	25	26	無	段1下-9	鍇2-5	鉉1下-2
獨(竹萹述及)	犬部	【犬部】	13畫	475	480	19-58	段10上-31	鍇19-10	鉉10上-5
韣	韋部	【韋部】	13畫	235	238	無	段5下-41	鍇10-17	鉉5下-8
弢(韔、韣、𢎛)	弓部	【弓部】	5畫	641	647	無	段12下-59	鍇24-19	鉉12下-9
髑(髏通段)	骨部	【骨部】	13畫	164	166	無	段4下-14	鍇8-7	鉉4下-3
櫝(匵)	木部	【木部】	15畫	258	260	17-14，5-3	段6上-40	鍇11-18	鉉6上-5
匵(櫝)	匚部	【匚部】	15畫	636	642	5-3	段12下-50	鍇24-16	鉉12下-8
樚(櫝)	木部	【木部】	11畫	270	273	無	段6上-65	鍇11-29	鉉6上-8
殰(𣦸，犢通段)	歹部	【歹部】	15畫	161	163	無	段4下-8	鍇8-5	鉉4下-2
瀆	水部	【水部】	15畫	554	559	19-4	段11上貳-18	鍇21-18	鉉11上-6
竇(瀆)	穴部	【穴部】	15畫	344	348	22-35	段7下-19	鍇14-8	鉉7下-4
遺(黷、瀆、嬻)	辵(辶)部	【辵部】	15畫	71	71	28-55	段2下-4	鍇4-2	鉉2下-1
嬻(瀆、黷)	女部	【女部】	15畫	622	628	無	段12下-22	鍇24-7	鉉12下-3
黷(瀆、嬻)	黑部	【黑部】	15畫	489	493	無	段10上-58	鍇19-19	鉉10上-10
牘	片部	【片部】	15畫	318	321	19-43	段7上-34	鍇13-14	鉉7上-6
犢	牛部	【牛部】	15畫	51	51	19-48	段2上-6	鍇3-3	鉉2上-2
讀	言部	【言部】	15畫	90	91	無	段3上-9	鍇5-6	鉉3上-3
隫(讀)	𨸏部	【阜部】	15畫	733	740	無	段14下-6	鍇28-2	鉉14下-1
韇(䩎，㯏通段)	革部	【革部】	15畫	110	111	31-17	段3下-8	鍇6-5	鉉3下-2
鹿(麤、𪋿、麗、蘪、轆、牘通段)	鹿部	【鹿部】		470	474	32-29	段10上-20	鍇19-6	鉉10上-3
讟	誩部	【言部】	22畫	102	102	無	段3上-32	鍇5-16	鉉3上-7
dǔ(ㄉㄨˇ)									
睹(覩，𥉌通段)	目部	【目部】	8畫	132	133	無	段4上-6	鍇7-3	鉉4上-2
賭	貝部	【貝部】	8畫	無	無	無	無	無	鉉6下-5
躲(射，榭、賭通段)	矢部	【身部】	5畫	226	228	21-40，榭26-64	段5下-22	鍇10-9	鉉5下-4

篆本字(古文、金文、籀文、俗字、通用字,通叚、金石)	說文部首	康熙部首	筆畫	一般頁碼	洪葉頁碼	金石字典頁碼	段注篇章	徐鍇通釋篇章	徐鉉藤花榭篇
都(瀦、賭、鄵通叚)	邑部	【邑部】	8畫	283	286	29-11	段6下-23	錯12-13	鉉6下-5
豬(腯祉述及、豚,瀦通叚)	豕部	【豕部】	8畫	454	459	27-19	段9下-35	錯18-12	鉉9下-6
堵(翫)	土部	【土部】	8畫	685	691	7-21	段13下-22	錯26-3	鉉13下-4
裻(督)	衣部	【衣部】	8畫	393	397	26-18	段8上-58	錯16-4	鉉8上-8
箸(篤)	亯部	【竹部】	9畫	229	232	無	段5下-29	錯10-12	鉉5下-5
篤(竺述及、箸)	馬部	【竹部】	10畫	465	470	22-58	段10上-11	錯19-3	鉉10上-1
竺(篤)	二部	【竹部】	2畫	681	688	22-43	段13下-15	錯26-1	鉉13下-3
裻(襩、督,褶通叚)	衣部	【衣部】	9畫	392	396	無	段8上-55	錯16-3	鉉8上-8
dù(ㄉㄨˋ)									
土(芏通叚)	土部	【土部】		682	688	7-7	段13下-16	錯26-1	鉉13下-3
杜(塒、敔通叚)	木部	【木部】	3畫	240	242	16-20	段6上-4	錯11-2	鉉6上-1
敓(剫、杜)	攴部	【攴部】	9畫	125	126	無	段3下-37	錯6-19	鉉3下-8
剫	刀部	【刂部】	9畫	180	182	無	段4下-45	錯8-16	鉉4下-7
妒(妬段更改)	女部	【女部】	5畫	622	628	8-31	段12下-22	錯24-7	鉉12下-3
度	又部	【广部】	6畫	116	117	11-49	段3下-20	錯6-11	鉉3下-4
渡(度)	水部	【水部】	9畫	556	561	18-43	段11上貳-21	錯21-19	鉉11上-6
虞(娛、度、众旅述及,瀘通叚)	虍部	【虍部】	7畫	209	211	25-49	段5上-41	錯9-17	鉉5上-8
錯(遣、厝,鍍通叚)	金部	【金部】	8畫	705	712	29-46	段14上-8	錯27-4	鉉14上-2
託(咤通叚)	一部	【一部】	10畫	353	357	4-19	段7下-37	錯14-16	鉉7下-6
庩(秅,秅通叚)	广部	【广部】	8畫	444	449	無	段9下-15	錯18-5	鉉9下-3
殬(斁)	歺部	【歹部】	13畫	163	165	無	段4下-12	錯8-6	鉉4下-3
蠹(螙,蠧通叚)	蚰部	【虫部】	18畫	675	682	無	段13下-3	錯25-15	鉉13下-1
duān(ㄉㄨㄢ)									
耑(端、專)	耑部	【而部】	3畫	336	340	24-5	段7下-3	錯14-1	鉉7下-1
端(耑)	立部	【立部】	9畫	500	504	22-41	段10下-20	錯20-7	鉉10下-4
觛(端)	角部	【角部】	9畫	186	188	無	段4下-57	錯8-20	鉉4下-8
剬	刀部	【刂部】	9畫	179	181	無	段4下-43	錯8-16	鉉4下-7
稅	禾部	【禾部】	9畫	324	327	無	段7上-45	錯13-19	鉉7上-8
褍	衣部	【衣部】	9畫	393	397	無	段8上-58	錯16-3	鉉8上-8
duǎn(ㄉㄨㄢˇ)									
短	矢部	【矢部】	7畫	227	229	無	段5下-24	錯10-9	鉉5下-4

篆本字（古文、金文、籀文、俗字、通用字，通叚、金石）	說文部首	康熙部首	筆畫	一般頁碼	洪葉頁碼	金石字典頁碼	段注篇章	徐鍇通釋篇章	徐鉉藤花榭篇
duàn（ㄉㄨㄢˋ）									
段（鍛、碫、斵，腶通叚）	殳部	【殳部】	5畫	120	121	17-38	段3下-27	鍇6-14	鉉3下-6
碫（段、碫、鍛）	石部	【石部】	9畫	449	454	無	段9下-25	鍇18-9	鉉9下-4
鍛（段，煆通叚）	金部	【金部】	9畫	703	710	29-48	段14上-3	鍇27-2	鉉14上-1
瞂（殈、段）	卵部	【殳部】	12畫	680	687	無	段13下-13	鍇25-18	鉉13下-3
鞙（緞）	韋部	【韋部】	9畫	235	238	無	段5下-41	鍇10-17	鉉5下-8
斵（斷、剸、劅）	斤部	【斤部】	14畫	717	724	無	段14上-31	鍇27-10	鉉14上-5
段（鍛、碫、斵，腶通叚）	殳部	【殳部】	5畫	120	121	17-38	段3下-27	鍇6-14	鉉3下-6
踹（蹸，暖通叚）	足部	【足部】	14畫	81	82	無	段2下-25	鍇4-13	鉉2下-5
疃（暖、蹸，畽通叚）	田部	【田部】	12畫	697	704	20-51	段13下-47	鍇26-9	鉉13下-6
duī（ㄉㄨㄟ）									
𠂤（堆，塠、厴通叚）	𠂤部	【丿部】	5畫	730	737	2-5	段14上-58	鍇28-1	鉉14上-8
魁（𠂤）	斗部	【鬼部】	4畫	718	725	15-5	段14上-33	鍇27-11	鉉14上-6
蓷（萑通叚）	艸部	【艸部】	11畫	28	28	25-26	段1下-14	鍇2-7	鉉1下-3
鎚从言羊（鐓、鐜、錞）	金部	【金部】	12畫	711	718	29-47	段14上-19	鍇27-7	鉉14上-3
duǐ（ㄉㄨㄟˇ）									
追（鎚，膇、頧通叚）	辵(辶)部	【辵部】	6畫	74	74	28-22	段2下-10	鍇4-5	鉉2下-2
duì（ㄉㄨㄟˋ）									
役	殳部	【示部】	4畫	119	120	21-51	段3下-25	鍇6-14	鉉3下-6
兌（閲，莌、䇻通叚）	儿部	【儿部】	5畫	405	409	3-53	段8下-8	鍇16-11	鉉8下-2
儓（兌）	人部	【人部】	14畫	384	388	無	段8上-39	鍇15-13	鉉8上-5
餯（祝，饙通叚）	倉部	【食部】	7畫	222	225	無	段5下-15	鍇10-6	鉉5下-3
碓	石部	【石部】	8畫	452	457	無	段9下-31	鍇18-10	鉉9下-5
埻	立部	【立部】	8畫	500	504	無	段10下-20	鍇20-7	鉉10下-4
陮	𨸏部	【阜部】	8畫	732	739	30-29	段14下-3	鍇28-2	鉉14下-1
崔（陮）	屵部	【山部】	10畫	442	446	無	段9下-10	鍇18-4	鉉9下-2
碌（墜、隊，墬通叚）	石部	【石部】	9畫	450	454	無	段9下-26	鍇18-9	鉉9下-4
隊（墜、碌，墬通叚）	𨸏部	【阜部】	9畫	732	739	30-43	段14下-4	鍇28-2	鉉14下-1
譈（憝、譃）	心部	【心部】	12畫	511	516	無	段10下-43	鍇20-15	鉉10下-8
懟（憝，譀通叚）	心部	【心部】	14畫	512	516	無	段10下-44	鍇20-16	鉉10下-8

篆本字（古文、金文、籀文、俗字、通用字，通段、金石）	說文部首	康熙部首	筆畫	一般頁碼	洪葉頁碼	金石字典頁碼	段注篇章	徐鍇通釋篇章	徐鉉藤花榭篇
鐵从啇芊(鐓、鐃、錞)	金部	【金部】	12畫	711	718	29-47	段14上-19	錯27-7	鉉14上-3
鏊从啇芊(鏊、鐵)	金部	【金部】	19畫	714	721	無	段14上-26	錯27-8	鉉14上-4
隥	韭部	【韭部】	12畫	336	340	無	段7下-3	錯14-2	鉉7下-1
霽	雨部	【雨部】	14畫	無	無	無	無	無	鉉11下-4
對(對，霽通段)	丵部	【寸部】	13畫	103	103	10-31	段3上-34	錯5-18	鉉3上-8
僓(兌)	人部	【人部】	14畫	384	388	無	段8上-39	錯15-13	鉉8上-5
轛	車部	【車部】	14畫	722	729	無	段14上-42	錯27-12	鉉14上-6
dūn(ㄉㄨㄣ)									
惇(憞)	心部	【心部】	8畫	503	507	無	段10下-26	錯20-10	鉉10下-5
蹲(踆竣字述及，鷷通段)	足部	【足部】	12畫	83	84	無	段2下-29	錯4-15	鉉2下-6
頓(鈍，墩通段)	頁部	【頁部】	4畫	419	423	31-27	段9上-8	錯17-3	鉉9上-2
敦(敦，墩、蓋通段)	攴部	【攴部】	16畫	125	126	無	段3下-37	錯6-18	鉉3下-8
彈(弴、敦、追、弤)	弓部	【弓部】	16畫	639	645	無	段12下-56	錯24-19	鉉12下-9
dùn(ㄉㄨㄣˋ)									
庉	广部	【广部】	4畫	443	448	無	段9下-13	錯18-4	鉉9下-2
淪(率，沌通段)	水部	【水部】	8畫	549	554	18-39	段11上貳-7	錯21-15	鉉11上-5
笔(囤通段)	竹部	【竹部】	4畫	194	196	無	段5上-11	錯9-4	鉉5上-2
幀(囤通段)	巾部	【巾部】	9畫	361	364	無	段7下-52	錯14-23	鉉7下-9
鈍(頓)	金部	【金部】	4畫	714	721	無	段14上-26	錯27-8	鉉14上-4
頓(鈍，墩通段)	頁部	【頁部】	4畫	419	423	31-27	段9上-8	錯17-3	鉉9上-2
盾(鶞通段)	盾部	【目部】	4畫	136	137	無	段4上-14	錯7-7	鉉4上-3
楯(盾，橁、輴通段)	木部	【木部】	9畫	256	258	無	段6上-36	錯11-14	鉉6上-5
燇(焞、淳、燉)	火部	【火部】	8畫	485	489	無	段10上-50	錯19-17	鉉10上-8
遁	辵(辶)部	【辵部】	9畫	72	72	28-35	段2下-6	錯4-7	鉉2下-2
遯(逐通段)	辵(辶)部	【辵部】	11畫	74	74	28-46	段2下-10	錯4-5	鉉2下-2
duō(ㄉㄨㄛ)									
多(夛、夥禍huoˋ述及)	多部	【夕部】	3畫	316	319	7-53	段7上-29	錯13-11	鉉7上-5
咄(喋通段)	口部	【口部】	5畫	57	58	無	段2上-19	錯3-8	鉉2上-4
哆	口部	【口部】	6畫	54	55	無	段2上-13	錯3-6	鉉2上-3
誃(謻、簃、哆)	言部	【言部】	6畫	97	97	無	段3上-22	錯5-11	鉉3上-5

篆本字(古文、金文、籀文、俗字、通用字，通段、金石)	說文部首	康熙部首	筆畫	一般頁碼	洪葉頁碼	金石字典頁碼	段注篇章	徐鍇通釋篇章	徐鉉藤花榭篇
趍(跢通段)	走部	【走部】	6畫	65	65	27-49	段2上-34	鍇3-15	鉉2上-7
剟	刀部	【刂部】	8畫	180	182	無	段4下-45	鍇8-16	鉉4下-7
duó(ㄉㄨㄛˊ)									
頢	頁部	【頁部】	3畫	416	420	無	段9上-2	鍇17-1	鉉9上-1
橐(沰涿zhuoˊ述及、託轛suiˋ述及)	橐部	【木部】	12畫	276	279	17-11	段6下-9	鍇12-7	鉉6下-3
敚(奪)	攴部	【攴部】	7畫	124	125	14-48	段3下-36	鍇6-18	鉉3下-8
痥	疒部	【疒部】	7畫	352	356	20-57	段7下-35	鍇14-15	鉉7下-6
掇	手部	【手部】	8畫	605	611	無	段12上-43	鍇23-10	鉉12上-7
剫	刀部	【刂部】	9畫	180	182	無	段4下-45	鍇8-16	鉉4下-7
斣(剫、杜)	攴部	【攴部】	9畫	125	126	無	段3下-37	鍇6-19	鉉3下-8
吒(咤，嚡、詫通段)	口部	【口部】	3畫	60	60	6-15	段2上-24	鍇3-10	鉉2上-5
辵(躇，踱、跅通段)	辵(辶)部	【辵部】		70	70	28-16	段2下-2	鍇4-1	鉉2下-1
奪(奪、敚)	奞部	【大部】	11畫	144	145	8-20	段4上-30	鍇7-14	鉉4上-6
敚(奪)	攴部	【攴部】	7畫	124	125	14-48	段3下-36	鍇6-18	鉉3下-8
襗(澤襦亦述及)	衣部	【衣部】	13畫	393	397	無	段8上-57	鍇16-3	鉉8上-8
鐸	金部	【金部】	13畫	709	716	29-59	段14上-15	鍇27-6	鉉14上-3
duǒ(ㄉㄨㄛˇ)									
朵(朶，椯通段)	木部	【木部】	2畫	250	252	無	段6上-24	鍇11-11	鉉6上-4
垛(垜，陊通段)	土部	【土部】	6畫	686	693	無	段13下-24	鍇26-3	鉉13下-4
媠(挅，撱通段)	女部	【女部】	6畫	623	629	無	段12下-23	鍇24-8	鉉12下-3
埵	土部	【土部】	9畫	690	696	無	段13下-32	鍇26-5	鉉13下-5
椯	木部	【木部】	9畫	263	265	無	段6上-50	鍇11-22	鉉6上-6
耑(椯)	耑部	【而部】	8畫	430	434	無	段9上-30	鍇17-10	鉉9上-5
鬌从左月(髻、毻，鬚通段)	髟部	【髟部】	9畫	428	432	無	段9上-26	鍇17-9	鉉9上-4
劅(剫通段)	刀部	【刂部】	13畫	179	181	無	段4下-44	鍇8-16	鉉4下-7
奲(奲，軃通段)	奢部	【大部】	20畫	497	501	無	段10下-14	鍇20-5	鉉10下-3
duò(ㄉㄨㄛˋ)									
呰(啑通段)	口部	【口部】	5畫	57	58	無	段2上-19	鍇3-8	鉉2上-4
柮(朷通段)	木部	【木部】	5畫	269	271	16-33	段6上-62	鍇11-28	鉉6上-8
扡(拖，扡、柂通段)	手部	【手部】	5畫	610	616	14-14	段12上-53	鍇23-16	鉉12上-8
杕(柁、舵)	木部	【木部】	3畫	251	253	無	段6上-26	鍇11-12	鉉6上-4

篆本字（古文、金文、籀文、俗字、通用字，通段、金石）	說文部首	康熙部首	筆畫	一般頁碼	洪葉頁碼	金石字典頁碼	段注篇章	徐鍇通釋篇章	徐鉉藤花榭篇
朵(朵，椯通段)	木部	【木部】	2畫	250	252	無	段6上-24	鍇11-11	鉉6上-4
瘞(壇，屖通段)	疒部	【疒部】	6畫	352	356	無	段7下-35	鍇14-15	鉉7下-6
羠(羳)	羊部	【羊部】	8畫	146	148	無	段4上-35	鍇7-16	鉉4上-7
鵽	鳥部	【鳥部】	8畫	152	153	無	段4上-46	鍇7-20	鉉4上-8
辵(蹃，踱、跰通段)	辵(辶)部	【辵部】		70	70	28-16	段2下-2	鍇4-1	鉉2下-1
簑(箷、坙，蓳、桯、種通段)	竹部	【竹部】	9畫	196	198	無	段5上-15	鍇9-6	鉉5上-3
隋(隨隋述及、陊、墮)	肉部	【阜部】	9畫	172	174	無	段4下-30	鍇8-11	鉉4下-5
挼(隋、墮、綏、挪，捼、搓、抄通段)	手部	【手部】	7畫	605	611	無	段12上-44	鍇23-14	鉉12上-7
嶞(隋、隨、橢、墮)	山部	【山部】	12畫	440	444	無	段9下-6	鍇18-2	鉉9下-1
陊(墮，憜通段)	𨸏部	【阜部】	6畫	733	740	無	段14下-6	鍇28-2	鉉14下-1
隓(墥、墥、壍)	𨸏部	【阜部】	10畫	733	740	無	段14下-5	鍇28-2	鉉14下-1
隓(墥)	山部	【山部】	13畫	441	445	無	段9下-8	鍇18-3	鉉9下-1
祷(禰通段)	衣部	【衣部】	9畫	392	396	無	段8上-55	鍇16-3	鉉8上-8
嬌(婿)	女部	【女部】	12畫	618	624	無	段12下-13	鍇24-4	鉉12下-2
惰(惰、婿)	心部	【心部】	12畫	509	514	無	段10下-39	鍇20-14	鉉10下-7
褘(幃、泂)	衣部	【衣部】	12畫	393	397	26-24	段8上-58	鍇16-3	鉉8上-8
鐀(錆通段)	金部	【金部】	12畫	707	714	無	段14上-11	鍇27-5	鉉14上-2
鱑(鱐)	魚部	【魚部】	12畫	575	580	無	段11下-16	鍇22-7	鉉11下-4
隓(墥)	山部	【山部】	13畫	441	445	無	段9下-8	鍇18-3	鉉9下-1

E

ē(ㄜ)

婀	女部	【女部】	5畫	617	623	8-36	段12下-11	鍇24-4	鉉12下-2
妸(阿)	女部	【女部】	5畫	616	622	無	段12下-9	鍇24-3	鉉12下-1
阿(阿、槐通段)	𨸏部	【阜部】	5畫	731	738	30-23	段14下-2	鍇28-1	鉉14下-1
婐(婀、婐wo˘ 姬nuo˘ 俗作婀娜)	女部	【女部】	8畫	623	629	無	段12下-24	鍇24-8	鉉12下-4
疴(痾通段)	疒部	【疒部】	5畫	348	352	無	段7下-27	鍇14-12	鉉7下-5

é(ㄜˊ)

吪(訛通段)	口部	【口部】	4畫	60	61	無	段2上-25	鍇3-11	鉉2上-5

篆本字（古文、金文、籀文、俗字、通用字，通段、金石）	說文部首	康熙部首	筆畫	一般頁碼	洪葉頁碼	金石字典頁碼	段注篇章	徐鍇通釋篇章	徐鉉藤花榭篇
囮(圝，訛通段)	口部	【口部】	4畫	278	281	無	段6下-13	錯12-9	鉉6下-4
譌(為、偽、訛俗)	言部	【言部】	12畫	99	99	26-66	段3上-26	錯5-14	鉉3上-5
偽(僞、為、譌述及)	人部	【人部】	12畫	379	383	3-38	段8上-30	錯15-10	鉉8上-4
釓	金部	【金部】	4畫	714	721	29-37	段14上-26	錯27-8	鉉14上-4
額(額)	頁部	【頁部】	6畫	416	421	無	段9上-3	錯17-1	鉉9上-1
泧	水部	【水部】	7畫	無	無	無	無	錯21-3	鉉11上-1
娥	女部	【女部】	7畫	617	623	無	段12下-11	錯24-3	鉉12下-2
峨(峩、崕通段)	山部	【山部】	7畫	441	445	無	段9下-8	錯18-3	鉉9下-1
礹(峩通段)	厂部	【厂部】	13畫	446	451	無	段9下-19	錯18-7	鉉9下-3
硪(礒)	石部	【石部】	7畫	451	456	無	段9下-29	錯18-10	鉉9下-4
莪(蓨通段)	艸部	【艸部】	7畫	35	35	25-10	段1下-28	錯2-13	鉉1下-5
螘(蛾、蟻)	虫部	【虫部】	10畫	666	673	25-57	段13上-47	錯25-11	鉉13上-6
俄(蛾，頯通段)	人部	【人部】	7畫	380	384	無	段8上-31	錯15-11	鉉8上-4
蛾(螘、蟻)	虫部	【虫部】	7畫	666	672	無	段13上-46	錯25-11	鉉13上-6
蟲	蚰部	【虫部】	13畫	674	681	無	段13下-1	錯25-15	鉉13下-1
誐(假，哦通段)	言部	【言部】	7畫	94	95	26-53	段3上-17	錯5-9	鉉3上-4
䳘(鵝)	鳥部	【鳥部】	7畫	152	154	無	段4上-47	錯7-21	鉉4上-9
譌(為、偽、訛俗)	言部	【言部】	12畫	99	99	26-66	段3上-26	錯5-14	鉉3上-5
ě(ㄜˇ)									
騀	馬部	【馬部】	7畫	465	470	無	段10上-11	錯19-3	鉉10上-2
俄(蛾，頯通段)	人部	【人部】	7畫	380	384	無	段8上-31	錯15-11	鉉8上-4
閜(閜)	門部	【門部】	8畫	589	595	無	段12上-12	錯23-5	鉉12上-3
惡(悪通段)	心部	【心部】	8畫	511	516	13-25	段10下-43	錯20-15	鉉10下-8
歋(噎，嗚通段)	欠部	【欠部】	10畫	411	416	無	段8下-21	錯16-17	鉉8下-4
阿(陙、㥄通段)	𨸏部	【阜部】	5畫	731	738	30-23	段14下-2	錯28-1	鉉14下-1
è(ㄜˋ)									
歺(歺)	歺部	【歹部】		161	163	17-36	段4下-8	錯8-5	鉉4下-2
戹(厄、軶通段)	戶部	【戶部】	1畫	586	592	14-2，厄5-33	段12上-6	錯23-3	鉉12上-2
厄	卪部	【厂部】	2畫	431	435	5-33，14-2	段9上-32	錯17-10	鉉9上-5
屵(嶭通段)	屵部	【山部】	2畫	442	446	無	段9下-10	錯18-4	鉉9下-2
呃(呝)	口部	【口部】	5畫	61	62	無	段2上-27	錯3-11	鉉2上-6
軶(軛、厄、㧖、槅，柭通段)	車部	【車部】	5畫	726	733	27-65	段14上-49	錯27-13	鉉14上-7

篆本字（古文、金文、籀文、俗字、通用字，通段、金石）	說文部首	康熙部首	筆畫	一般頁碼	洪葉頁碼	金石字典頁碼	段注篇章	徐鍇通釋篇章	徐鉉藤花榭篇
阢(扼、隘霸dian ˋ述及，阤通段)	𨸏部	【阜部】	5畫	734	741	無	段14下-8	錯28-3	鉉14下-1
搞(抳、扼)	手部	【手部】	10畫	597	603	無	段12上-28	錯23-14	鉉12上-5
飢	倉部	【食部】	5畫	222	224	無	段5下-14	錯10-6	鉉5下-3
咢(咢，噩、蕚轉wei ˋ述及，垼、壧、蕚、諤通段)	吅部	【口部】	6畫	62	63	6-45，噩6-56	段2上-29	錯3-13	鉉2上-6
音(噆、哜通段)	口部	【口部】	6畫	59	60	無	段2上-23	錯3-9	鉉2上-5
姶	女部	【女部】	6畫	617	623	無	段12下-12	錯24-4	鉉12下-2
蚅(蝁、鰐、鼉)	虫部	【虫部】	6畫	672	679	25-56	段13上-59	錯25-14	鉉13上-8
詻	言部	【言部】	6畫	91	92	無	段3上-11	錯5-6	鉉3上-3
頟(顎)	頁部	【頁部】	6畫	416	421	31-28	段9上-3	錯17-1	鉉9上-1
鳶(鶚、鳶)	鳥部	【鳥部】	6畫	154	155	無	段4上-50	錯7-22	鉉4上-9
菩(蕚)	艸部	【艸部】	7畫	46	46	無	段1下-50	錯2-23	鉉1下-8
餓	倉部	【食部】	7畫	222	225	無	段5下-15	錯10-6	鉉5下-3
堊	土部	【土部】	8畫	686	693	無	段13下-25	錯26-3	鉉13下-4
掩(俺通段)	手部	【手部】	8畫	607	612	14-20	段12上-48	錯23-15	鉉12上-7
惡(悪通段)	心部	【心部】	8畫	511	516	13-25	段10下-43	錯20-15	鉉10下-8
該(餩，絯、餩通段)	言部	【言部】	6畫	101	102	無	段3上-31	錯5-16	鉉3上-6
噫(餩，醷、譩通段)	口部	【口部】	13畫	55	56	無	段2上-15	錯3-7	鉉2上-4
殣(qi)	歺部	【歹部】	8畫	164	166	無	段4下-13	錯8-6	鉉4下-3
蚅	虫部	【虫部】	8畫	669	676	無	段13上-53	錯25-13	鉉13上-7
鞥	革部	【革部】	8畫	109	110	無	段3下-6	錯6-4	鉉3下-1
遏(曷頟e ˋ述及)	辵(辶)部	【辵部】	9畫	74	75	無	段2下-11	錯4-5	鉉2下-2
閼(遏)	門部	【門部】	8畫	589	595	無	段12上-12	錯23-5	鉉12上-3
劓(劓、鍔)	刀部	【刂部】	9畫	178	180	4-44	段4下-41	錯8-15	鉉4下-6
堨(遏，塌通段)	土部	【土部】	9畫	685	693	無	段13下-23	錯26-3	鉉13下-4
鄂(鄂，噩、蕚、諤通段)	邑部	【邑部】	9畫	293	295	29-19	段6下-42	錯12-18	鉉6下-7
咢(咢，噩、蕚轉wei ˋ述及，垼、壧、蕚、諤通段)	吅部	【口部】	6畫	62	63	6-45，噩6-56	段2上-29	錯3-13	鉉2上-6
搹(抳)	手部	【手部】	10畫	599	605	無	段12上-31	錯23-11	鉉12上-5

篆本字（古文、金文、籀文、俗字、通用字，通段、金石）	說文部首	康熙部首	筆畫	一般頁碼	洪葉頁碼	金石字典頁碼	段注篇章	徐鍇通釋篇章	徐鉉藤花榭篇
搞(挭、扼)	手部	【手部】	10畫	597	603	無	段12上-28	鍇23-14	鉉12上-5
瘟(殗、殜通段)	疒部	【疒部】	10畫	351	354	無	段7下-32	鍇14-14	鉉7下-6
扂(扂、庿通段)	戶部	【戶部】	5畫	587	593	無	段12上-7	鍇23-4	鉉12上-2
鼶(貒)	鼠部	【鼠部】	10畫	479	483	無	段10上-38	鍇19-13	鉉10上-6
遷(遷，愕、俉、迀通段)	辵(辶)部	【辵部】	12畫	71	72	28-51	段2下-5	鍇4-3	鉉2下-2
ēi(ㄟ)									
誒(唉、欸)	言部	【言部】	7畫	97	98	無	段3上-23	鍇5-12	鉉3上-5
唉(欸、誒)	口部	【口部】	7畫	57	58	無	段2上-19	鍇3-8	鉉2上-4
欸(唉、誒)	欠部	【欠部】	7畫	412	416	無	段8下-22	鍇16-16	鉉8下-5
ēn(ㄣ)									
恩	心部	【心部】	6畫	504	508	13-17	段10下-28	鍇20-11	鉉10下-6
衮(焜，熅通段)	火部	【火部】	6畫	482	487	無	段10上-45	鍇19-15	鉉10上-8
èn(ㄣˋ)									
餧	食部	【食部】	10畫	221	223	無	段5下-12	鍇10-5	鉉5下-2
饐(wen`)	食部	【食部】	14畫	221	223	無	段5下-12	鍇10-5	鉉5下-2
ēng(ㄥ)									
鞥	革部	【革部】	9畫	109	110	無	段3下-5	鍇6-4	鉉3下-1
ér(ㄦˊ)									
儿(人大 𠆢 述及)	儿部	【儿部】		404	409	3-44	段8下-7	鍇16-11	鉉8下-2
人(仁果人，宋元以前無不作人字、儿大 𠆢 述及)	人部	【人部】		365	369	2-38	段8上-1	鍇15-1	鉉8上-1
而(能、如歃述及，髵通段)	而部	【而部】		454	458	24-4	段9下-34	鍇18-12	鉉9下-5
如(而歃述及)	女部	【女部】	3畫	620	626	8-27	段12下-18	鍇24-6	鉉12下-3
耏(耐、能而述及)	而部	【而部】	3畫	454	458	24-6	段9下-34	鍇18-12	鉉9下-5
㐔(nuoˊ)	九部	【而部】	3畫	448	453	無	段9下-23	鍇18-8	鉉9下-4
兒	儿部	【儿部】	6畫	405	409	3-53	段8下-8	鍇16-11	鉉8下-2
齯(兒)	齒部	【齒部】	8畫	79	80	無	段2下-21	鍇4-11	鉉2下-5
擩(擩，挼、掜通段)	手部	【手部】	9畫	604	610	無	段12上-41	鍇23-13	鉉12上-6
栭(檽、楩通段)	木部	【木部】	6畫	254	257	無	段6上-33	鍇11-15	鉉6上-5
薂(檽、楩)	艸部	【艸部】	9畫	36	37	無	段1下-31	鍇2-15	鉉1下-5

篆本字(古文、金文、籀文、俗字、通用字，通叚、金石)	說文部首	康熙部首	筆畫	一般頁碼	洪葉頁碼	金石字典頁碼	段注篇章	徐鍇通釋篇章	徐鉉藤花榭篇
恧(忸、眲、聏、聰、䶒通叚)	心部	【心部】	6畫	515	519	無	段10下-50	錯20-18	鉉10下-9
朒(胹、臑、䐒)	肉部	【肉部】	6畫	175	177	無	段4下-36	錯8-13	鉉4下-5
沑(朒)	水部	【水部】	6畫	561	566	無	段11上貳-31	錯21-22	鉉11上-8
蓏	艸部	【艸部】	6畫	40	41	無	段1下-39	錯2-19	鉉1下-7
陝(陜)	㚖部	【阜部】	9畫	736	743	無	段14下-12	錯28-4	鉉14下-2
鮞(鮞)	魚部	【魚部】	6畫	575	581	無	段11下-17	錯22-7	鉉11下-4
娞(呢通叚)	女部	【女部】	8畫	614	620	無	段12下-6	錯24-2	鉉12下-1
轜(轜，輀、輭通叚)	車部	【車部】	12畫	730	737	無	段14上-58	錯27-15	鉉14上-8
ěr(ㄦˇ)									
耳(爾唐譌亂至今，咡、駬通叚)	耳部	【耳部】		591	597	24-7	段12上-15	錯23-6	鉉12上-3
尒(爾)	八部	【小部】	2畫	48	49	無	段2上-1	錯3-1	鉉2上-1
爾(尒)	㸚部	【爻部】	10畫	128	129	19-41	段3下-44	錯6-21	鉉3下-10
毦	毛部	【毛部】	6畫			無	無	無	鉉8上-10
珥(咡、衈通叚)	玉部	【玉部】	6畫	13	13	20-10	段1上-26	錯1-13	鉉1上-4
刵(聏、衈通叚)	刀部	【刂部】	6畫	182	184	無	段4下-49	錯8-17	鉉4下-7
鬻(餌，咡、誀通叚)	弼部	【鬲部】	12畫	112	113	32-10	段3下-12	錯6-7	鉉3下-3
薾	艸部	【艸部】	14畫	38	38	無	段1下-34	錯2-16	鉉1下-6
邇(迩)	辵(辶)部	【辵部】	14畫	74	75	無	段2下-11	錯4-5	鉉2下-2
èr(ㄦˋ)									
二(弍)	二部	【一部】	1畫	681	687	無	段13下-14	錯26-1	鉉13下-3
貳(貮通叚)	貝部	【貝部】	5畫	281	283	27-27	段6下-18	錯12-11	鉉6下-5
佴	人部	【人部】	6畫	372	376	3-8	段8上-16	錯15-6	鉉8上-3
耳(爾唐譌亂至今，咡、駬通叚)	耳部	【耳部】		591	597	24-7	段12上-15	錯23-6	鉉12上-3
鬻(餌，咡、誀通叚)	弼部	【鬲部】	12畫	112	113	32-10	段3下-12	錯6-7	鉉3下-3
珥(咡、衈通叚)	玉部	【玉部】	6畫	13	13	20-10	段1上-26	錯1-13	鉉1上-4
刵(聏、衈通叚)	刀部	【刂部】	6畫	182	184	無	段4下-49	錯8-17	鉉4下-7
姏	女部	【女部】	6畫	617	623	無	段12下-12	錯24-4	鉉12下-2
酛(醋)	酉部	【酉部】	6畫	748	755	無	段14下-35	錯28-18	鉉14下-8
髻(髻从茸、鬢从恩、鬡从農通叚)	髟部	【髟部】	6畫	428	432	無	段9上-26	錯17-9	鉉9上-4

篆本字(古文、金文、籀文、俗字、通用字，通段、金石)	說文部首	康熙部首	筆畫	一般頁碼	洪葉頁碼	金石字典頁碼	段注篇章	徐鍇通釋篇章	徐鉉藤花榭篇
樻	木部	【木部】	12畫	244	246	無	段6上-12	鍇11-6	鉉6上-2

F

fā(ㄈㄚ)

篆本字	說文部首	康熙部首	筆畫	一般頁碼	洪葉頁碼	金石字典頁碼	段注篇章	徐鍇通釋篇章	徐鉉藤花榭篇
發(冹澤bi ˋ 述及)	弓部	【癶部】	7畫	641	647	21-4	段12下-60	鍇24-20	鉉12下-9

fá(ㄈㄚˊ)

篆本字	說文部首	康熙部首	筆畫	一般頁碼	洪葉頁碼	金石字典頁碼	段注篇章	徐鍇通釋篇章	徐鉉藤花榭篇
乏(㐅)	正部	【丿部】	4畫	69	70	2-4	段2下-1	鍇4-1	鉉2下-1
閥	門部	【門部】	6畫	無	無	無	無	無	鉉12上-3
伐(閥，垡通段)	人部	【人部】	4畫	381	385	2-56	段8上-34	鍇15-11	鉉8上-4
坺(伐、㔃，墢、埻、垡通段)	土部	【土部】	5畫	684	691	7-12	段13下-21	鍇26-3	鉉13下-4
妭	女部	【女部】	5畫	619	625	無	段12下-16	鍇24-6	鉉12下-3
茷	艸部	【艸部】	6畫	40	41	無	段1下-39	鍇2-18	鉉1下-6
斾(茷，斾通段)	㫃部	【方部】	6畫	309	312	無	段7上-15	鍇13-6	鉉7上-3
橃(筏、艬通段)	木部	【木部】	12畫	267	270	無	段6上-59	鍇11-27	鉉6上-7
瞂(戝、𥇒)	盾部	【目部】	9畫	136	138	無	段4上-15	鍇7-7	鉉4上-3
罰(罰、罸，䍺、蕳，傠通段)	刀部	【网部】	9畫	182	184	23-43	段4下-49	鍇8-17	鉉4下-7

fǎ(ㄈㄚˇ)

篆本字	說文部首	康熙部首	筆畫	一般頁碼	洪葉頁碼	金石字典頁碼	段注篇章	徐鍇通釋篇章	徐鉉藤花榭篇
髮(𩠐、頢)	髟部	【髟部】	5畫	425	430	32-4	段9上-21	鍇17-7	鉉9上-4
灋(法、佱)	廌部	【水部】	18畫	470	474	19-5	段10上-20	鍇19-6	鉉10上-3

fà(ㄈㄚˋ)

篆本字	說文部首	康熙部首	筆畫	一般頁碼	洪葉頁碼	金石字典頁碼	段注篇章	徐鍇通釋篇章	徐鉉藤花榭篇
髮(𩠐、頢)	髟部	【髟部】	5畫	425	430	32-4	段9上-21	鍇17-7	鉉9上-4

fān(ㄈㄢ)

篆本字	說文部首	康熙部首	筆畫	一般頁碼	洪葉頁碼	金石字典頁碼	段注篇章	徐鍇通釋篇章	徐鉉藤花榭篇
鄱(畨)	邑部	【邑部】	12畫	294	297	無	段6下-45	鍇12-19	鉉6下-7
颿(帆，篷通段)	馬部	【馬部】	9畫	466	471	無	段10上-13	鍇19-4	鉉10上-2
翻	羽部	【羽部】	12畫	無	無	無	無	無	鉉4上-5
幡(翻通段)	巾部	【巾部】	12畫	360	363	無	段7下-50	鍇14-22	鉉7下-9
旛(幡)	㫃部	【方部】	14畫	312	315	15-21	段7上-21	鍇13-7	鉉7上-3
繙(幡、膰通段)	糸部	【糸部】	12畫	646	653	無	段13上-7	鍇25-2	鉉13上-2
軬(輽通段)	車部	【車部】	4畫	722	729	無	段14上-42	鍇27-12	鉉14上-6
藩(輽，𡐔通段)	艸部	【艸部】	15畫	43	43	無	段1下-44	鍇2-20	鉉1下-7
簲(笲通段)	竹部	【竹部】	15畫	192	194	無	段5上-7	鍇9-3	鉉5上-2
瀿(潘通段)	水部	【水部】	17畫	549	554	無	段11上貳-8	鍇21-15	鉉11上-5

篆本字(古文、金文、籀文、俗字、通用字，通段、金石)	說文部首	康熙部首	筆畫	一般頁碼	洪葉頁碼	金石字典頁碼	段注篇章	徐鍇通釋篇章	徐鉉藤花榭篇
fán(ㄈㄢˊ)									
凡	二部	【几部】	1畫	681	688	4-21	段13下-15	錯26-1	鉉13下-3
騛(帆，篷通段)	馬部	【馬部】	9畫	466	471	無	段10上-13	錯19-4	鉉10上-2
匵(櫏方言曰：盌械盞溫閒槞廲，栖也，溫、杬、盞通段)	匚部	【匚部】	24畫	636	642	無	段12下-49	錯24-16	鉉12下-8
兞(覍、臱、弁、卞，絣通段)	兒部	【小部】	6畫	406	410	10-37	段8下-10	錯16-12	鉉8下-2
藩(轓，奮通段)	艸部	【艸部】	15畫	43	43	無	段1下-44	錯2-20	鉉1下-7
籓(笲通段)	竹部	【竹部】	15畫	192	194	無	段5上-7	錯9-3	鉉5上-2
番(蹞、虬、播，嶓、蹯通段)	釆部	【田部】	7畫	50	50	20-42	段2上-4	錯3-2	鉉2上-1
緐(繁、緐)	糸部	【糸部】	7畫	658	664	23-22	段13上-30	錯25-7	鉉13上-4
棥(樊)	爻部	【木部】	8畫	128	129	無	段3下-44	錯6-21	鉉3下-10
樊(棥，鞶通段)	𢨫部	【木部】	11畫	104	105	17-7	段3上-37	錯5-20	鉉3上-8
煩	頁部	【火部】	9畫	421	426	無	段9上-13	錯17-4	鉉9上-2
鬵(粥、鬻，糒、鬮通段)	鬲部	【鬲部】	12畫	112	113	32-10	段3下-11	錯6-6	鉉3下-2
獦	犬部	【犬部】	12畫	474	479	無	段10上-29	錯19-9	鉉10上-5
璠	玉部	【玉部】	12畫	10	10	無	段1上-20	錯1-10	鉉1上-3
皤(頗)	白部	【白部】	12畫	363	367	無	段7下-57	錯14-24	鉉7下-10
羳	羊部	【羊部】	12畫	146	147	無	段4上-34	錯7-16	鉉4上-7
蕃(薠)	艸部	【艸部】	12畫	47	47	25-31	段1下-52	錯2-24	鉉1下-9
燔(膰通段)	火部	【火部】	12畫	480	485	19-27	段10上-41	錯19-14	鉉10上-6
爒(燔、膰)	炙部	【火部】	16畫	491	495	無	段10下-2	錯19-21	鉉10下-1
繙(憣、膰通段)	糸部	【糸部】	12畫	646	653	無	段13上-7	錯25-2	鉉13上-2
蹯	韭部	【韭部】	12畫	337	340	無	段7下-4	錯14-2	鉉7下-2
鼢(蚡)	鼠部	【鼠部】	12畫	478	483	無	段10上-37	錯19-12	鉉10上-6
蘋	艸部	【艸部】	13畫	33	34	無	段1下-25	錯2-12	鉉1下-4
蘇(蘇，蘩通段)	艸部	【艸部】	13畫	46	47	25-41	段1下-51	錯2-24	鉉1下-9
蠜	虫部	【虫部】	15畫	666	673	無	段13上-47	錯25-11	鉉13上-6
覿(覩)	見部	【見部】	15畫	409	413	無	段8下-16	錯16-14	鉉8下-3
鄤	邑部	【邑部】	15畫	286	289	29-22	段6下-29	錯12-15	鉉6下-6

篆本字(古文、金文、籀文、俗字、通用字，通段、金石)	說文部首	康熙部首	筆畫	一般頁碼	洪葉頁碼	金石字典頁碼	段注篇章	徐鍇通釋篇章	徐鉉藤花榭篇
纇	頁部	【頁部】	15畫	420	425	無	段9上-11	錯17-3	鉉9上-2
繙(膰通段)	炙部	【火部】	16畫	491	495	無	段10下-2	錯19-21	鉉10下-1
彎	弓部	【弓部】	17畫	640	646	無	段12下-58	錯24-19	鉉12下-9
瀿(灐通段)	水部	【水部】	17畫	549	554	無	段11上貳-8	錯21-15	鉉11上-5
fǎn(ㄈㄢˇ)									
反(反)	又部	【又部】	2畫	116	117	5-45	段3下-19	錯6-10	鉉3下-4
版(板、反，蝂、鈑通段)	片部	【片部】	4畫	318	321	無	段7上-33	錯13-14	鉉7上-6
阪(坡、陂、反，坂通段)	𨸏部	【阜部】	4畫	731	738	30-21	段14下-2	錯28-1	鉉14下-1
軬(轓通段)	車部	【車部】	4畫	722	729	無	段14上-42	錯27-12	鉉14上-6
返(仮)	辵(辶)部	【辵部】	4畫	72	72	28-18	段2下-6	錯4-3	鉉2下-2
橎	木部	【木部】	12畫	247	249	無	段6上-18	錯11-8	鉉6上-3
fàn(ㄈㄢˋ)									
汎(渢通段)	水部	【水部】	3畫	548	553	18-3	段11上貳-5	錯21-14	鉉11上-4
氾(汎)	水部	【水部】	2畫	549	554	17-64	段11上貳-7	錯21-15	鉉11上-5
犯	犬部	【犬部】	2畫	475	479	19-50	段10上-30	錯19-10	鉉10上-5
梵	林部	【木部】	7畫	無	無	無	無	無	鉉6上-9
芃(梵)	艸部	【艸部】	3畫	38	39	24-56	段1下-35	錯2-17	鉉1下-6
妭	丸部	【女部】	3畫	448	453	無	段9下-23	錯18-8	鉉9下-4
軓(軋、范)	車部	【車部】	3畫	721	728	無	段14上-40	錯27-12	鉉14上-6
笵(軋、範)	竹部	【竹部】	5畫	191	193	22-44	段5上-5	錯9-2	鉉5上-1
範(軋、笵)	車部	【竹部】	9畫	727	734	28-3	段14上-52	錯27-14	鉉14上-7
販	貝部	【貝部】	4畫	282	284	無	段6下-20	錯12-12	鉉6下-5
飯(餅、飰)	倉部	【食部】	4畫	220	222	無	段5下-10	錯10-4	鉉5下-2
泛(泛、覂)	水部	【水部】	5畫	556	561	18-8	段11上貳-22	錯21-19	鉉11上-7
覂(泛)	西部	【西部】	5畫	357	360	無	段7上-44	錯14-20	鉉7上-8
芝	艸部	【艸部】	5畫	40	41	無	段1下-39	錯2-19	鉉1下-7
范(蠀通段)	艸部	【艸部】	5畫	46	46	24-59	段1下-50	錯2-23	鉉1下-8
蠤(蠡、蜂、蝥、蝨竁述及)	蚰部	【虫部】	17畫	675	681	無	段13下-2	錯25-15	鉉13下-1
酓	酉部	【酉部】	5畫	747	754	無	段14下-34	錯28-17	鉉14下-8
藩(轓，𡱈通段)	艸部	【艸部】	15畫	43	43	無	段1下-44	錯2-20	鉉1下-7

篆本字(古文、金文、籀文、俗字、通用字，通叚、金石)	說文部首	康熙部首	筆畫	一般頁碼	洪葉頁碼	金石字典頁碼	段注篇章	徐鍇通釋篇章	徐鉉藤花榭篇
娩	兔部	【女部】	9畫	472	477	無	段10上-25	鍇19-8	鉉10上-4
範(軓、笵)	車部	【竹部】	9畫	727	734	28-3	段14上-52	鍇27-14	鉉14上-7
嬯(嬈，娩通叚)	女部	【女部】	13畫	614	620	無	段12下-6	鍇24-2	鉉12下-1
灤(瀿通叚)	泉部	【水部】	18畫	569	575	無	段11下-5	鍇22-2	鉉11下-2
fāng(ㄈㄤ)									
匚非匸xì(匨、方)	匚部	【匚部】		635	641	5-1	段12下-48	鍇24-16	鉉12下-7
匚非匸fang	匚部	【匚部】		635	641	5-4	段12下-47	鍇24-16	鉉12下-7
坊	土部	【土部】	4畫	無	無	無	無	無	鉉13下-6
防(陂、坊，堨通叚)	𨸏部	【阜部】	4畫	733	740	30-21	段14下-6	鍇28-3	鉉14下-1
方(防、舫、汸、旁訪述及，坊、髣通叚)	方部	【方部】		404	408	15-12	段8下-6	鍇16-11	鉉8下-2
謗(方)	言部	【言部】	10畫	97	97	無	段3上-22	鍇5-11	鉉3上-5
舫(方、榜)	舟部	【舟部】	4畫	403	408	24-48	段8下-5	鍇16-11	鉉8下-1
匚非匸xì(匨、方)	匚部	【匚部】		635	641	5-1	段12下-48	鍇24-16	鉉12下-7
旁(旁、雱、丂、雱、徬徯彷㫍述及、方訪述及，磅通叚)	二(上)部	【方部】	6畫	2	2	15-15	段1上-3	鍇1-4	鉉1上-1
枋	木部	【木部】	4畫	244	247	16-23	段6上-13	鍇11-6	鉉6上-2
芳	艸部	【艸部】	4畫	42	42	24-57	段1下-42	鍇2-20	鉉1下-7
祊(祊，閍通叚)	示部	【示部】	12畫	4	4	無	段1上-8	鍇1-6	鉉1上-2
趽	足部	【足部】	4畫	84	85	無	段2下-31	鍇4-16	鉉2下-6
邡	邑部	【邑部】	4畫	294	296	28-58	段6下-44	鍇12-19	鉉6下-7
鈁	金部	【金部】	4畫	709	716	29-37	段14上-16	鍇27-6	鉉14上-3
雈	隹部	【隹部】	4畫	141	143	無	段4上-25	鍇7-11	鉉4上-5
魴(鳑、鸄)	鳥部	【鳥部】	4畫	150	152	無	段4上-43	鍇7-19	鉉4上-8
fáng(ㄈㄤˊ)									
妨	女部	【女部】	4畫	623	629	8-30	段12下-23	鍇24-8	鉉12下-3
房	戶部	【戶部】	4畫	586	592	14-2	段12上-6	鍇23-3	鉉12上-2
肪	肉部	【肉部】	4畫	169	171	24-19	段4下-23	鍇8-9	鉉4下-4
防(陂、坊，堨通叚)	𨸏部	【阜部】	4畫	733	740	30-21	段14下-6	鍇28-3	鉉14下-1
方(防、舫、汸、旁訪述及，坊、髣通叚)	方部	【方部】		404	408	15-12	段8下-6	鍇16-11	鉉8下-2

篆本字(古文、金文、籒文、俗字、通用字，通叚、金石)	說文部首	康熙部首	筆畫	一般頁碼	洪葉頁碼	金石字典頁碼	段注篇章	徐鍇通釋篇章	徐鉉藤花榭篇
魴(鱄、鰟)	魚部	【魚部】	4畫	577	582	32-14	段11下-20	錯22-8	鉉11下-5
fǎng(ㄈㄤˇ)									
放(仿孝jiao`述及，倣通叚)	放部	【攴部】	4畫	160	162	14-39	段4下-5	錯8-3	鉉4下-2
仿(放、倆、髣、彷，倣、昉、髴通叚)	人部	【人部】	4畫	370	374	無	段8上-12	錯15-5	鉉8上-2
徬(徬，彷通叚)	彳部	【彳部】	10畫	76	77	無	段2下-15	錯4-8	鉉2下-3
㫄(旁、秀、丂、叏、徬徫彷縈述及、方訪述及，磅通叚)	二(上)部	【方部】	6畫	2	2	15-15	段1上-3	錯1-4	鉉1上-1
舫(方、榜)	舟部	【舟部】	4畫	403	408	24-48	段8下-5	錯16-11	鉉8下-1
方(防、舫、汸、旁訪述及，坊、髣通叚)	方部	【方部】		404	408	15-12	段8下-6	錯16-11	鉉8下-2
榜(榜、舫，牓、篣通叚)	木部	【木部】	10畫	264	266	16-49	段6上-52	錯11-23	鉉6上-7
放(仿孝jiao`述及，倣通叚)	放部	【攴部】	4畫	160	162	14-39	段4下-5	錯8-3	鉉4下-2
昉	日部	【日部】	4畫	無	無	無	無	無	鉉7上-2
瓬(瓵、瓳通叚)	瓦部	【瓦部】	4畫	638	644	無	段12下-53	錯24-18	鉉12下-8
紡(緔通叚)	糸部	【糸部】	4畫	645	652	無	段13上-5	錯25-2	鉉13上-1
訪	言部	【言部】	4畫	91	92	無	段3上-11	錯5-7	鉉3上-3
鶭(鴋、鷲)	鳥部	【鳥部】	4畫	150	152	無	段4上-43	錯7-19	鉉4上-8
fàng(ㄈㄤˋ)									
放(仿孝jiao`述及，倣通叚)	放部	【攴部】	4畫	160	162	14-39	段4下-5	錯8-3	鉉4下-2
仿(放、倆、髣、彷，倣、昉、髴通叚)	人部	【人部】	4畫	370	374	無	段8上-12	錯15-5	鉉8上-2
fēi(ㄈㄟ)									
緋	糸部	【糸部】	8畫	無	無	無	無	無	鉉13上-5
非(緋通叚)	非部	【非部】		583	588	31-12	段11下-32	錯22-12	鉉11下-7
飛(蜚，霏通叚)	飛部	【飛部】		582	588	31-37	段11下-31	錯22-12	鉉11下-6
蠹(蜚、飛)	蟲部	【虫部】	20畫	676	683	25-60	段13下-5	錯25-16	鉉13下-1

篆本字(古文、金文、籀文、俗字、通用字，通段、金石)	說文部首	康熙部首	筆畫	一般頁碼	洪葉頁碼	金石字典頁碼	段注篇章	徐鍇通釋篇章	徐鉉藤花榭篇
妃(嬰)	女部	【女部】	3畫	614	620	8-28	段12下-5	錯24-2	鉉12下-1
配(妃)	西部	【酉部】	3畫	748	755	29-24	段14下-36	錯28-18	鉉14下-9
騑	馬部	【馬部】	8畫	464	469	無	段10上-9	錯19-3	鉉10上-2
斐(騑)	女部	【女部】	8畫	625	631	無	段12下-27	錯24-9	鉉12下-4
扉	戶部	【戶部】	8畫	586	592	無	段12上-6	錯23-3	鉉12上-2
眥	目部	【目部】	8畫	130	131	21-32	段4上-2	錯7-2	鉉4上-1
霏	雨部	【雨部】	8畫	無	無	無	無	無	鉉11下-4
菲(霏、酥通段)	艸部	【艸部】	8畫	45	46	無	段1下-49	錯2-23	鉉1下-8
屝(菲)	尸部	【尸部】	8畫	400	404	無	段8上-72	錯16-9	鉉8上-11
芴(萉)	艸部	【艸部】	4畫	45	46	無	段1下-49	錯2-23	鉉1下-8
裴(裵、裶、俳、徘)	衣部	【衣部】	8畫	394	398	26-18	段8上-59	錯16-4	鉉8上-8
蠹(蜚、飛)	蟲部	【虫部】	20畫	676	683	25-60	段13下-5	錯25-16	鉉13下-1
飛(蜚，霏通段)	飛部	【飛部】		582	588	31-37	段11下-31	錯22-12	鉉11下-6
養	倉部	【食部】	8畫	219	222	無	段5下-9	錯10-4	鉉5下-2
騹	馬部	【馬部】	9畫	463	467	無	段10上-6	錯19-2	鉉10上-1
轟	轟部	【非部】	12畫	399	403	無	段8上-70	錯16-8	鉉8上-10
féi(ㄈㄟˊ)									
肥(肥腴yuˊ述及，淝、屁通段)	肉部	【肉部】	4畫	171	173	24-19	段4下-27	錯8-14	鉉4下-5
腓(肥)	肉部	【肉部】	8畫	170	172	無	段4下-26	錯8-10	鉉4下-4
痱(腓、疿)	疒部	【疒部】	8畫	349	353	無	段7下-29	錯14-13	鉉7下-5
蜰	虫部	【虫部】	8畫	667	673	無	段13上-48	錯25-12	鉉13上-7
fěi(ㄈㄟˇ)									
棐	非部	【非部】	3畫	583	588	無	段11下-32	錯22-12	鉉11下-7
朏月部(胐通段)	月部	【月部】	5畫	313	316	16-5	段7上-24	錯13-9	鉉7上-4
翡	羽部	【羽部】	8畫	138	140	無	段4上-19	錯7-9	鉉4上-4
悱	心部	【心部】	8畫	無	無	無	無	無	鉉10下-9
誹(悱通段)	言部	【言部】	8畫	97	97	無	段3上-22	錯5-11	鉉3上-5
厞(茀、陫，扉通段)	厂部	【厂部】	8畫	448	452	無	段9下-22	錯18-7	鉉9下-4
箄(茀、扉)	竹部	【竹部】	10畫	195	197	無	段5上-14	錯9-5	鉉5上-3
斐	文部	【文部】	8畫	425	429	15-4	段9上-20	錯17-7	鉉9上-4
棐	木部	【木部】	8畫	271	273	無	段6上-66	錯11-29	鉉6上-8

篆本字(古文、金文、籀文、俗字、通用字，通叚、金石)	說文部首	康熙部首	筆畫	一般頁碼	洪葉頁碼	金石字典頁碼	段注篇章	徐鍇通釋篇章	徐鉉藤花榭篇
匪(斐、棐、籧)	匚部	【匚部】	8畫	636	642	無	段12下-50	錯24-16	鉉12下-8
悲(慈通叚)	心部	【心部】	8畫	512	517	13-23	段10下-45	錯20-16	鉉10下-8
濞(傽、湃通叚)	水部	【水部】	14畫	548	553	無	段11上貳-5	錯21-14	鉉11上-4
蠹(蛬)	蟲部	【虫部】	20畫	676	683	25-60	段13下-5	錯25-16	鉉13下-1
fèi(ㄈㄟˋ)									
吠(吠、哦，呸通叚)	口部	【口部】	4畫	61	62	無	段2上-27	錯3-12	鉉2上-5
瞂(戫、吠)	盾部	【目部】	9畫	136	138	無	段4上-15	錯7-7	鉉4上-3
犬(獒通叚)	犬部	【犬部】		473	477	19-49	段10上-26	錯19-8	鉉10上-4
柿(柿、柿)	木部	【木部】	4畫	268	270	無	段6上-60	錯11-27	鉉6上-7
茀(蔽，第、苐通叚)	艸部	【艸部】	5畫	42	42	24-61	段1下-42	錯2-19	鉉1下-7
市fuˊ非市shiˋ(戟、紱、戱、芾、茀、沛)	市部	【巾部】	1畫	362	366	11-16	段7下-55	錯14-24	鉉7下-9
肺(胇通叚)	肉部	【肉部】	4畫	168	170	24-21	段4下-21	錯8-8	鉉4下-4
沸(灊，潰通叚)	水部	【水部】	5畫	553	558	18-11	段11上貳-15	錯21-17	鉉11上-6
灊(沸)	鬲部	【鬲部】	8畫	111	112	32-10	段3下-10	錯6-6	鉉3下-2
瞶(眓)	目部	【目部】	5畫	135	137	無	段4上-13	錯7-6	鉉4上-3
費	貝部	【貝部】	5畫	281	284	27-30	段6下-19	錯12-12	鉉6下-5
厞(茀、陫，扉通叚)	厂部	【厂部】	8畫	448	452	無	段9下-22	錯18-7	鉉9下-4
篚(茀、厞)	竹部	【竹部】	10畫	195	197	無	段5上-14	錯9-5	鉉5上-3
垪	土部	【土部】	8畫	691	698	無	段13下-35	錯26-6	鉉13下-5
屝(菲)	尸部	【尸部】	8畫	400	404	無	段8上-72	錯16-9	鉉8上-11
犌	牛部	【牛部】	8畫	52	53	無	段2上-9	錯3-4	鉉2上-2
崩(圮、俷通叚)	屵部	【山部】	10畫	442	446	無	段9下-10	錯18-4	鉉9下-2
痱(腓、疿)	疒部	【疒部】	8畫	349	353	無	段7下-29	錯14-13	鉉7下-5
葩(顅、虌)	艸部	【艸部】	8畫	23	23	25-12	段1下-4	錯2-3	鉉1下-1
跰(荆)	足部	【足部】	8畫	84	84	無	段2下-30	錯4-15	鉉2下-6
髖(臏、荆)	骨部	【骨部】	14畫	165	167	無	段4下-16	錯8-7	鉉4下-3
髴从彖	髟部	【髟部】	8畫	429	433	無	段9上-28	錯17-9	鉉9上-4
灊(沸)	鬲部	【鬲部】	8畫	111	112	32-10	段3下-10	錯6-6	鉉3下-2
沸(灊，潰通叚)	水部	【水部】	5畫	553	558	18-11	段11上貳-15	錯21-17	鉉11上-6
閜(狒通叚)	内部	【内部】	9畫	739	746	無	段14下-18	錯28-7	鉉14下-4

篆本字(古文、金文、籀文、俗字、通用字，通段、金石)	說文部首	康熙部首	筆畫	一般頁碼	洪葉頁碼	金石字典頁碼	段注篇章	徐鍇通釋篇章	徐鉉藤花榭篇
烠(爩从或，曊、昲通段)	火部	【火部】	5畫	481	485	無	段10上-42	鍇19-14	鉉10上-7
橨	木部	【木部】	12畫	241	243	無	段6上-6	無	鉉6上-2
奔(佛、廢、猷、弗)	大部	【大部】	5畫	493	497	無	段10下-6	鍇20-2	鉉10下-2
廢(癈)	广部	【广部】	12畫	445	450	11-58	段9下-17	鍇18-6	鉉9下-3
癈(廢)	疒部	【疒部】	12畫	348	352	無	段7下-27	鍇14-12	鉉7下-5
觰	角部	【角部】	12畫	188	190	無	段4下-61	鍇8-21	鉉4下-9
穳	禾部	【禾部】	18畫	321	324	無	段7上-40	鍇13-17	鉉7上-7
fēn(ㄈㄣ)									
分	八部	【刂部】	2畫	48	49	4-26	段2上-1	鍇3-1	鉉2上-1
岕(芬)	屮部	【屮部】	4畫	22	22	10-49	段1下-2	鍇2-1	鉉1下-1
氛(雰)	气部	【气部】	4畫	20	20	無	段1上-39	鍇1-19	鉉1上-6
紛	糸部	【糸部】	4畫	658	664	無	段13上-30	鍇25-7	鉉13上-4
帉(帉、紛)	巾部	【巾部】	4畫	357	361	無	段7下-45	鍇14-20	鉉7下-8
鬦从豩bin(紛)	鬥部	【鬥部】	18畫	114	115	32-5	段3下-16	鍇6-9	鉉3下-3
棼(段借爲紛亂字)	林部	【木部】	8畫	272	274	無	段6上-68	鍇11-31	鉉6上-9
袡(褮)	衣部	【衣部】	4畫	394	398	無	段8上-59	鍇16-4	鉉8上-8
鳻(鳻，翁、鶅通段)	鳥部	【鳥部】	4畫	157	158	無	段4上-56	鍇7-23	鉉4上-9
棻(菜，樊通段)	木部	【木部】	7畫	245	247	無	段6上-14	鍇11-6	鉉6上-2
饙(饙、餴)	倉部	【食部】	11畫	218	220	31-43	段5下-6	鍇10-3	鉉5下-2
鬦从豩bin(紛)	鬥部	【鬥部】	18畫	114	115	32-5	段3下-16	鍇6-9	鉉3下-3
fén(ㄈㄣˊ)									
枌	木部	【木部】	4畫	247	250	無	段6上-19	鍇11-8	鉉6上-3
汾(墳)	水部	【水部】	4畫	526	531	18-6	段11上壹-21	鍇21-5	鉉11上-2
坋(墳)	土部	【土部】	4畫	691	698	7-12	段13下-35	鍇26-6	鉉13下-5
羒	羊部	【羊部】	4畫	146	147	23-46	段4上-34	鍇7-15	鉉4上-7
邠(豳，妢通段)	邑部	【邑部】	4畫	285	288	無	段6下-27	鍇12-14	鉉6下-6
鳻(鳻，翁、鶅通段)	鳥部	【鳥部】	4畫	157	158	無	段4上-56	鍇7-23	鉉4上-9
鲼	魚部	【魚部】	4畫	579	584	無	段11下-24	鍇22-9	鉉11下-5
鼢(蚡、蚠，鼥通段)	鼠部	【鼠部】	4畫	478	483	無	段10上-37	鍇19-12	鉉10上-6
頒(班、頯、顰，肦通段)	頁部	【頁部】	4畫	417	422	無	段9上-5	鍇17-2	鉉9上-1

篆本字(古文、金文、籀文、俗字、通用字,通叚、金石)	說文部首	康熙部首	筆畫	一般頁碼	洪葉頁碼	金石字典頁碼	段注篇章	徐鍇通釋篇章	徐鉉藤花榭篇
棻(段借爲紛亂字)	林部	【木部】	8畫	272	274	無	段6上-68	鍇11-31	鉉6上-9
焚(燓、燌、焱通叚)	火部	【火部】	8畫	484	488	無	段10上-48	鍇19-16	鉉10上-8
僨(焚、賁)	人部	【人部】	12畫	380	384	無	段8上-32	鍇15-11	鉉8上-4
墳(坋、濆、蚠鼢述及,羒通叚)	土部	【土部】	12畫	693	699	7-25	段13下-38	鍇26-7	鉉13下-5
坋(墳)	土部	【土部】	4畫	691	698	7-12	段13下-35	鍇26-6	鉉13下-5
鼢(蚠、蚡,鼶通叚)	鼠部	【鼠部】	4畫	478	483	無	段10上-37	鍇19-12	鉉10上-6
汾(墳)	水部	【水部】	4畫	526	531	18-6	段11上壹-21	鍇21-5	鉉11上-2
濆(墳)	水部	【水部】	12畫	552	557	無	段11上貳-14	鍇21-17	鉉11上-6
蕡(墳)	艸部	【艸部】	12畫	42	42	無	段1下-42	鍇2-20	鉉1下-7
幩	巾部	【巾部】	12畫	361	364	無	段7下-52	鍇14-23	鉉7下-9
豶	豕部	【豕部】	12畫	455	459	無	段9下-36	鍇18-12	鉉9下-6
轒(橨)	車部	【車部】	12畫	729	736	無	段14上-56	鍇27-15	鉉14上-8
鐼	金部	【金部】	12畫	702	709	無	段14上-2	鍇27-2	鉉14上-1
鼖(轒)	鼓部	【鼓部】	6畫	206	208	無	段5上-35	鍇9-15	鉉5上-7
茷(蘳、虋)	艸部	【艸部】	8畫	23	23	25-12	段1下-4	鍇2-3	鉉1下-1
fěn(ㄈㄣˇ)									
粉	米部	【米部】	4畫	333	336	無	段7上-64	鍇13-26	鉉7上-10
黺(粉)	黹部	【黹部】	4畫	364	368	32-43	段7下-59	鍇14-25	鉉7下-10
fèn(ㄈㄣˋ)									
份(邠、豳、彬、斌,玢通叚)	人部	【人部】	4畫	368	372	2-58	段8上-7	鍇15-3	鉉8上-1
忿	心部	【心部】	4畫	511	515	無	段10下-42	鍇20-15	鉉10下-8
坋(墳)	土部	【土部】	4畫	691	698	7-12	段13下-35	鍇26-6	鉉13下-5
墳(坋、濆、蚠鼢述及,羒通叚)	土部	【土部】	12畫	693	699	7-25	段13下-38	鍇26-7	鉉13下-5
轒(橨)	車部	【車部】	12畫	729	736	無	段14上-56	鍇27-15	鉉14上-8
坌(冀、攪)	土部	【土部】	5畫	687	693	無	段13下-26	鍇26-4	鉉13下-4
拚(抃、坌、坋帚述及,拌通叚)	手部	【手部】	5畫	604	610	無	段12上-42	鍇23-13	鉉12上-6
糞(冀,攪通叚)	華部	【米部】	11畫	158	160	無	段4下-1	鍇8-1	鉉4下-1
僨(焚、賁)	人部	【人部】	12畫	380	384	無	段8上-32	鍇15-11	鉉8上-4
憤	心部	【心部】	12畫	512	516	無	段10下-44	鍇20-16	鉉10下-8

篆本字(古文、金文、籀文、俗字、通用字，通叚、金石)	說文部首	康熙部首	筆畫	一般頁碼	洪葉頁碼	金石字典頁碼	段注篇章	徐鍇通釋篇章	徐鉉藤花榭篇
奮	雈部	【大部】	13畫	144	145	8-21	段4上-30	錯7-14	鉉4上-6
莽(奮、卉)	本部	【十部】	8畫	497	502	無	段10下-15	錯20-6	鉉10下-3
膹	肉部	【肉部】	13畫	176	178	無	段4下-37	錯8-13	鉉4下-6
幩	巾部	【巾部】	16畫	361	364	11-27	段7下-52	錯14-23	鉉7下-9
漢	水部	【水部】	17畫	560	565	無	段11上貳-30	錯21-22	鉉11上-8
fēng(ㄈㄥ)									
風(凮，瘋、飌通叚)	風部	【風部】		677	683	無	段13下-6	錯25-16	鉉13下-2
丰(妦)	生部	【丨部】	3畫	274	276	1-27	段6下-4	錯12-4	鉉6下-2
豐(丰、豓，灃通叚)	豐部	【豆部】	11畫	208	210	27-13	段5上-39	錯9-16	鉉5上-8
捀(捧通叚)	手部	【手部】	7畫	603	609	14-19	段12上-39	錯23-12	鉉12上-6
封(坴、𡉚、邦，對通叚)	土部	【寸部】	6畫	687	694	10-18，坴7-12	段13下-27	錯26-4	鉉13下-4
邦(邦=封國述及、峀)	邑部	【邑部】	4畫	283	285	28-60	段6下-22	錯12-13	鉉6下-5
徍	彳部	【彳部】	7畫	76	77	無	段2下-15	錯4-8	鉉2下-3
汎(渢通叚)	水部	【水部】	3畫	548	553	18-3	段11上貳-5	錯21-14	鉉11上-4
楓	木部	【木部】	9畫	245	248	無	段6上-15	錯11-7	鉉6上-3
葑(蘴，菘)	艸部	【艸部】	9畫	32	32	無	段1下-22	錯2-10	鉉1下-4
鏠(鋒、夆)	金部	【金部】	10畫	711	718	29-53	段14上-19	錯27-7	鉉14上-3
夆(鏠、峯，桻通叚)	夊部	【夊部】	4畫	237	239	7-46	段5下-43	錯10-18	鉉5下-8
夆(hai`)	夊部	【夊部】	4畫	237	239	無	段5下-43	錯10-18	鉉5下-8
峯	山部	【山部】	7畫	無	無	無	無	無	鉉9下-1
燓(烽通叚)	火部	【火部】	11畫	486	491	無	段10上-53	錯19-18	鉉10上-9
蠭(蠡、蜂、蠭、蠡螽述及)	蟲部	【虫部】	17畫	675	681	無	段13下-2	錯25-15	鉉13下-1
豐(丰、豓，灃通叚)	豐部	【豆部】	11畫	208	210	27-13	段5上-39	錯9-16	鉉5上-8
酆(豐)	邑部	【邑部】	18畫	286	289	29-22	段6下-29	錯12-15	鉉6下-6
寷	宀部	【宀部】	18畫	338	342	無	段7下-7	錯14-4	鉉7下-2
麷(逢)	麥部	【麥部】	18畫	232	234	無	段5下-34	錯10-14	鉉5下-7
féng(ㄈㄥˊ)									
馮(凭、憑)	馬部	【馬部】	2畫	466	470	31-55	段10上-12	錯19-4	鉉10上-2
凭(馮、憑，凴通叚)	几部	【几部】	6畫	715	722	無	段14上-28	錯27-9	鉉14上-5
夆(鏠、峯，桻通叚)	夊部	【夊部】	4畫	237	239	7-46	段5下-43	錯10-18	鉉5下-8
鏠(鋒、夆)	金部	【金部】	10畫	711	718	29-53	段14上-19	錯27-7	鉉14上-3

篆本字(古文、金文、籀文、俗字、通用字，通段、金石)	說文部首	康熙部首	筆畫	一般頁碼	洪葉頁碼	金石字典頁碼	段注篇章	徐鍇通釋篇章	徐鉉藤花榭篇
蓬(莑)	艸部	【艸部】	11畫	47	47	25-28	段1下-52	錯2-24	鉉1下-9
逢(逢通段)	辵(辶)部	【辵部】	7畫	71	72	28-32	段2下-5	錯4-3	鉉2下-2
逆(屰、逢、迎)	辵(辶)部	【辵部】	6畫	71	72	28-24	段2下-5	錯4-3	鉉2下-1
麷(逢)	麥部	【麥部】	18畫	232	234	無	段5下-34	錯10-14	鉉5下-7
縫(韃通段)	糸部	【糸部】	11畫	656	662	無	段13上-26	錯25-6	鉉13上-3
鄷	邑部	【邑部】	12畫	300	302	無	段6下-56	錯12-22	鉉6下-8
fěng(ㄈㄥˇ)									
覂(泛)	襾部	【襾部】	5畫	357	360	無	段7下-44	錯14-20	鉉7下-8
渢(泛、覂)	水部	【水部】	5畫	556	561	18-8	段11上貳-22	錯21-19	鉉11上-7
唪	口部	【口部】	8畫	58	58	無	段2上-20	錯3-8	鉉2上-4
菶(唪)	艸部	【艸部】	8畫	38	38	無	段1下-34	錯2-16	鉉1下-6
諷	言部	【言部】	9畫	90	91	26-61	段3上-9	錯5-6	鉉3上-3
fèng(ㄈㄥˋ)									
鳳(朋、鵬、鬲鳥、鸓鳥 从爾，鬝通段)	鳥部	【鳥部】	3畫	148	149	32-22，朋16-4	段4上-38	錯7-18	鉉4上-8
奉(俸、捧通段)	収部	【大部】	5畫	103	104	8-14	段3上-35	錯5-19	鉉3上-8
賵	貝部	【貝部】	9畫	無	無	無	無	無	鉉6下-5
冒(冃、冃，帽、瑁、賵通段)	冃部	【冂部】	7畫	354	358	4-15，21-26	段7下-39	錯14-17	鉉7下-7
諷	言部	【言部】	9畫	90	91	26-61	段3上-9	錯5-6	鉉3上-3
fó(ㄈㄛˊ)									
佛(髴，彿通段)	人部	【人部】	5畫	370	374	3-4	段8上-12	錯15-5	鉉8上-2
髴(佛fu´)	髟部	【髟部】	5畫	428	432	無	段9上-26	錯17-9	鉉9上-4
奔(佛、廢、猒、奰)	大部	【大部】	5畫	493	497	無	段10下-6	錯20-2	鉉10下-2
fóu(ㄈㄡˊ)									
紑	糸部	【糸部】	4畫	652	658	無	段13上-18	錯25-4	鉉13上-3
不(鴀、鴀、鴀通段)	不部	【一部】	3畫	584	590	1-12	段12上-2	錯23-1	鉉12上-1
罦(罘、罘)	网部	【网部】	7畫	356	359	23-41	段7下-42	錯14-19	鉉7下-8
罦(罦、罿、罩)	网部	【网部】	5畫	356	359	無	段7下-42	錯14-19	鉉7下-8
蟲从缶木(蜉，蚍、蝥、蠹通段)	蚰部	【虫部】	22畫	676	682	無	段13下-4	錯25-15	鉉13下-1

篆本字(古文、金文、籀文、俗字、通用字，通叚、金石)	說文部首	康熙部首	筆畫	一般頁碼	洪葉頁碼	金石字典頁碼	段注篇章	徐鍇通釋篇章	徐鉉藤花榭篇
fǒu(ㄈㄡˇ)									
缶(瓾)	缶部	【缶部】		224	227	23-40	段5下-19	錯10-7	鉉5下-4
否誤增也口部	口部	【口部】	4畫	61	61	6-19	段2上-26	錯3-11	鉉2上-5
否不部重字)	不部	【口部】	4畫	584	590	6-19	段12上-2	錯23-1	鉉12上-1
鄙(啚、否)	邑部	【邑部】	11畫	284	286	29-19	段6下-24	錯12-14	鉉6下-5
不(秠、鴀、鵎通叚)	不部	【一部】	3畫	584	590	1-12	段12上-2	錯23-1	鉉12上-1
炮(炰、缹、烰)	火部	【火部】	5畫	482	487	無	段10上-45	錯19-15	鉉10上-8
殖(膱、臙，殕通叚)	歺部	【歹部】	8畫	164	166	17-38	段4下-13	錯8-6	鉉4下-3
fū(ㄈㄨ)									
夫(玞、砆、芙、鴀通叚)	夫部	【大部】	1畫	499	504	7-6	段10下-19	錯20-7	鉉10下-4
袝	衣部	【衣部】	4畫	391	395	無	段8上-53	錯16-2	鉉8上-8
邞	邑部	【邑部】	4畫	298	301	無	段6下-53	錯12-21	鉉6下-8
鈇	金部	【金部】	4畫	713	720	29-37	段14上-23	錯27-7	鉉14上-4
鮄	魚部	【魚部】	4畫	581	587	無	段11下-29	錯22-11	鉉11下-6
麩(麪)	麥部	【麥部】	4畫	232	234	無	段5下-34	錯10-14	鉉5下-7
恷	心部	【心部】	5畫	503	507	無	段10下-26	錯20-10	鉉10下-5
柎(跗，趺、蚹通叚)	木部	【木部】	5畫	265	267	16-28	段6上-54	錯11-24	鉉6上-7
府(腑、胕通叚)	广部	【广部】	5畫	442	447	11-46	段9下-11	錯18-4	鉉9下-2
紨	糸部	【糸部】	5畫	660	666	無	段13上-34	錯25-8	鉉13上-4
枣(荂、花，蕐通叚)	枣部	【人部】	10畫	274	277	2-7	段6下-5	錯12-4	鉉6下-2
厞(峬、逋)	厂部	【厂部】	7畫	447	452	無	段9下-21	錯18-7	鉉9下-3
尃(布，尃通叚)	寸部	【寸部】	7畫	121	122	10-19	段3下-30	錯6-16	鉉3下-7
筟	竹部	【竹部】	7畫	191	193	無	段5上-6	錯9-3	鉉5上-2
豧	豕部	【豕部】	7畫	455	460	27-18	段9下-37	錯18-12	鉉9下-6
稃(柎、孚)	禾部	【禾部】	8畫	324	327	無	段7上-46	錯13-19	鉉7上-8
筍(筥、笱，柎、簠、簞、簿通叚)	竹部	【竹部】	6畫	189	191	22-48	段5上-2	錯9-1	鉉5上-1
敷(敷)	攴部	【攴部】	11畫	123	124	14-57	段3下-33	錯6-17	鉉3下-8
傅(敷，賻通叚)	人部	【人部】	10畫	372	376	3-31	段8上-16	錯15-6	鉉8上-3
鋪(敷、痡)	金部	【金部】	7畫	713	720	29-44	段14上-24	錯27-8	鉉14上-4
膚(臚、敷、腴，攄通叚)	肉部	【肉部】	16畫	167	169	24-29	段4下-20	錯8-8	鉉4下-4

篆本字(古文、金文、籀文、俗字、通用字,通段、金石)	說文部首	康熙部首	筆畫	一般頁碼	洪葉頁碼	金石字典頁碼	段注篇章	徐鍇通釋篇章	徐鉉藤花榭篇
蒪	艸部	【艸部】	12畫	38	39	無	段1下-35	鍇2-17	鉉1下-6
鄜(廍)	邑部	【邑部】	15畫	287	289	無	段6下-30	鍇12-15	鉉6下-6
fú(ㄈㄨˊ)									
乁	丿部	【丿部】		627	633	無	段12下-32	鍇24-11	鉉12下-5
市非市shiˋ(韍、紱、黻、芾、茀、沛)	市部	【巾部】	1畫	362	366	11-16	段7下-55	鍇14-24	鉉7下-9
韠(韍)	韋部	【韋部】	11畫	234	237	31-21	段5下-39	鍇10-16	鉉5下-8
甶	甶部	【田部】	1畫	436	441	無	段9上-43	鍇17-14	鉉9上-7
叐	又部	【又部】	2畫	116	117	5-45	段3下-19	鍇6-10	鉉3下-4
弗	丿部	【弓部】	2畫	627	633	12-18	段12下-32	鍇24-11	鉉12下-5
佛(弗)	心部	【心部】	5畫	510	514	無	段10下-40	鍇20-14	鉉10下-7
鳧	几部	【鳥部】	2畫	121	122	32-22	段3下-29	鍇6-15	鉉3下-7
伏(虙述及)	人部	【人部】	4畫	381	385	2-55	段8上-34	鍇15-11	鉉8上-4
虙(伏、宓)	虍部	【虍部】	5畫	209	211	無	段5上-41	鍇9-17	鉉5上-8
孚(采,菢通段)	爪部	【子部】	4畫	113	114	9-2	段3下-13	鍇6-7	鉉3下-3
稃(柎、孚)	禾部	【禾部】	8畫	324	327	無	段7上-46	鍇13-19	鉉7上-8
服(舩、舩,鵩通段)	舟部	【月部】	4畫	404	408	無	段8下-6	鍇16-11	鉉8下-2
犕(犕、服)	牛部	【牛部】	11畫	52	52	19-48	段2上-8	鍇3-4	鉉2上-2
箙(服)	竹部	【竹部】	8畫	196	198	22-55	段5上-15	鍇9-6	鉉5上-3
譽(服、砲,爆通段)	言部	【言部】	10畫	99	99	無	段3上-26	鍇5-14	鉉3上-5
屐(茯、庋、庪、輷通段)	履部	【尸部】	7畫	402	407	無	段8下-3	鍇16-10	鉉8下-1
扶(扙)	手部	【手部】	4畫	596	602	14-8	段12上-26	鍇23-9	鉉12上-5
枎(扶)	木部	【木部】	4畫	250	253	16-24	段6上-25	鍇11-12	鉉6上-4
芙	艸部	【艸部】	4畫	無	無	無	無	無	鉉1下-9
夫(玞、砆、芙、鳺通段)	夫部	【大部】	1畫	499	504	7-6	段10下-19	鍇20-7	鉉10下-4
茉	艸部	【艸部】	4畫	37	38	24-58	段1下-33	鍇2-16	鉉1下-5
蚨	虫部	【虫部】	4畫	671	678	無	段13上-57	鍇25-14	鉉13上-8
冹	仌部	【冫部】	5畫	571	577	無	段11下-9	鍇22-4	鉉11下-3
發(冹澋biˋ述及)	弓部	【癶部】	7畫	641	647	21-4	段12下-60	鍇24-20	鉉12下-9
帗(翇)	巾部	【巾部】	5畫	357	361	無	段7下-45	鍇14-20	鉉7下-8
翇(帗)	羽部	【羽部】	5畫	140	141	無	段4上-22	鍇7-10	鉉4上-5

篆本字（古文、金文、籀文、俗字、通用字，通叚、金石）	說文部首	康熙部首	筆畫	一般頁碼	洪葉頁碼	金石字典頁碼	段注篇章	徐鍇通釋篇章	徐鉉藤花榭篇
祓(襏通叚)	示部	【示部】	5畫	6	6	無	段1上-12	鍇1-7	鉉1上-2
黻(韍通叚)	黹部	【黹部】	5畫	364	368	32-44	段7下-59	鍇14-25	鉉7下-10
市非市shì(韍、紱、黻、芾、芾、沛)	市部	【巾部】	1畫	362	366	11-16	段7下-55	鍇14-24	鉉7下-9
沸(桴，潎、滂通叚)	水部	【水部】	5畫	555	560	無	段11上貳-20	鍇21-19	鉉11上-6
符(傅，苻通叚)	竹部	【竹部】	5畫	191	193	22-46	段5上-5	鍇9-2	鉉5上-1
莩(殍、苻、芰通叚)	艸部	【艸部】	7畫	29	29	無	段1下-16	鍇2-8	鉉1下-3
枹(bao)	木部	【木部】	5畫	265	267	無	段6上-54	鍇11-24	鉉6上-7
罦(罿、罬、罩)	网部	【网部】	5畫	356	359	無	段7下-42	鍇14-19	鉉7下-8
佛(髴，彿通叚)	人部	【人部】	5畫	370	374	3-4	段8上-12	鍇15-5	鉉8上-2
奔(佛、廢、猒、夒)	大部	【大部】	5畫	493	497	無	段10下-6	鍇20-2	鉉10下-2
刜	刀部	【刂部】	5畫	181	183	4-28	段4下-48	鍇8-17	鉉4下-7
拂(刜)	手部	【手部】	5畫	609	615	無	段12上-51	鍇23-16	鉉12上-8
咈	口部	【口部】	5畫	59	59	無	段2上-22	鍇3-9	鉉2上-5
岪	山部	【山部】	5畫	441	445	10-54	段9下-8	鍇18-3	鉉9下-2
怫(弗)	心部	【心部】	5畫	510	514	無	段10下-40	鍇20-14	鉉10下-7
柫	木部	【木部】	5畫	260	262	16-33	段6上-44	鍇11-19	鉉6上-6
沸(灊从或，瀵、㳍通叚)	火部	【火部】	5畫	481	485	無	段10上-42	鍇19-14	鉉10上-7
紼(綍通叚)	糸部	【糸部】	5畫	662	668	無	段13上-38	鍇25-8	鉉13上-5
艴(勃、孛)	色部	【色部】	5畫	432	436	無	段9上-34	鍇17-11	鉉9上-6
茀(蔽，第、芾通叚)	艸部	【艸部】	5畫	42	42	24-61	段1下-42	鍇2-19	鉉1下-7
篚(茀、厞)	竹部	【竹部】	10畫	195	197	無	段5上-14	鍇9-5	鉉5上-3
厞(茀、陫，厞通叚)	厂部	【厂部】	8畫	448	452	無	段9下-22	鍇18-7	鉉9下-4
跋	足部	【足部】	5畫	83	83	無	段2下-28	鍇4-14	鉉2下-6
髴(佛fo´)	髟部	【髟部】	5畫	428	432	無	段9上-26	鍇17-9	鉉9上-4
虙(伏、宓)	虍部	【虍部】	5畫	209	211	無	段5上-41	鍇9-17	鉉5上-8
伏(虙述及)	人部	【人部】	4畫	381	385	2-55	段8上-34	鍇15-11	鉉8上-4
紱(茯、韍，靴、鞴通叚)	糸部	【糸部】	6畫	658	664	無	段13上-30	鍇25-7	鉉13上-4
鳧	鳥部	【鳥部】	5畫	153	154	無	段4上-48	鍇7-21	鉉4上-9
复(復，愎通叚)	夂部	【夂部】	6畫	232	235	無	段5下-35	鍇10-14	鉉5下-7

篆本字（古文、金文、籀文、俗字、通用字，通叚、金石）	說文部首	康熙部首	筆畫	一般頁碼	洪葉頁碼	金石字典頁碼	段注篇章	徐鍇通釋篇章	徐鉉藤花榭篇
罞(罦、罜)	网部	【网部】	7畫	356	359	23-41	段7下-42	鍇14-19	鉉7下-8
俘	人部	【人部】	7畫	382	386	3-17	段8上-35	鍇15-12	鉉8上-4
桴(稃通叚)	木部	【木部】	7畫	253	256	16-44	段6上-31	鍇11-14	鉉6上-4
泭(桴，洬、粰通叚)	水部	【水部】	5畫	555	560	無	段11上貳-20	鍇21-19	鉉11上-6
浮(珡、蜉通叚)	水部	【水部】	7畫	549	554	18-26	段11上貳-7	鍇21-15	鉉11上-5
烰(浮)	火部	【火部】	7畫	481	485	無	段10上-42	鍇19-15	鉉10上-7
莩(殍、苻、荂通叚)	艸部	【艸部】	7畫	29	29	無	段1下-16	鍇2-8	鉉1下-3
郛(垺通叚)	邑部	【邑部】	7畫	284	286	29-3	段6下-24	鍇12-14	鉉6下-5
涪	水部	【水部】	8畫	517	522	18-33	段11上壹-3	鍇21-2	鉉11上-1
踩	立部	【立部】	8畫	500	505	無	段10下-21	鍇20-8	鉉10下-4
箙(服)	竹部	【竹部】	8畫	196	198	22-55	段5上-15	鍇9-6	鉉5上-3
菔(蔔)	艸部	【艸部】	8畫	25	25	無	段1下-8	鍇2-4	鉉1下-2
趚(趀)	走部	【走部】	8畫	65	66	無	段2上-35	鍇3-16	鉉2上-7
軬(輹从畐通叚)	珏部	【車部】	8畫	20	20	無	段1上-39	鍇1-19	鉉1上-6
匐(跰通叚)	勹部	【勹部】	9畫	433	437	4-58	段9上-36	鍇17-12	鉉9上-6
富(畐、偪、逼，湢通叚)	富部	【田部】	5畫	230	232	20-39	段5下-30	鍇10-12	鉉5下-6
幅(福非示部福、逼通叚)	巾部	【巾部】	9畫	358	361	無	段7下-46	鍇14-21	鉉7下-8
福非衣部福fu、	示部	【示部】	9畫	3	3	21-61	段1上-5	鍇1-5	鉉1上-2
葍(蔔通叚)	艸部	【艸部】	9畫	29	30	無	段1下-17	鍇2-9	鉉1下-3
蝠	虫部	【虫部】	9畫	673	680	25-56	段13上-61	鍇25-14	鉉13上-8
輻	車部	【車部】	9畫	725	732	無	段14上-48	鍇27-13	鉉14上-7
輹(輾、腹、輻)	車部	【車部】	9畫	724	731	無	段14上-45	鍇27-13	鉉14上-7
稫	黍部	【黍部】	9畫	330	333	無	段7上-57	鍇13-23	鉉7上-9
輹(輹)	車部	【車部】	12畫	724	731	無	段14上-45	鍇27-13	鉉14上-7
榑	木部	【木部】	10畫	252	255	無	段6上-29	鍇11-13	鉉6上-4
韛(韛)	韋部	【韋部】	10畫	236	238	31-21	段5下-41	鍇10-17	鉉5下-8
排(橐、韛通叚)	手部	【手部】	8畫	596	602	無	段12上-26	鍇23-14	鉉12上-5
紱(茇、韍，韨、韛通叚)	糸部	【糸部】	6畫	658	664	無	段13上-30	鍇25-7	鉉13上-4
幞	巾部	【巾部】	12畫	無	無	無	無	無	鉉7下-9

篆本字(古文、金文、籀文、俗字、通用字，通叚、金石)	說文部首	康熙部首	筆畫	一般頁碼	洪葉頁碼	金石字典頁碼	段注篇章	徐鍇通釋篇章	徐鉉藤花榭篇
纀(帞、袹、幞、纀、襆、襥通叚)	糸部	【糸部】	14畫	654	661	無	段13上-23	鍇25-5	鉉13上-3
𤎅(炥，㷆通叚)	火部	【火部】	16畫	480	485	19-30	段10上-41	鍇19-14	鉉10上-7
炥(𤎅从或，曊、昲通叚)	火部	【火部】	5畫	481	485	無	段10上-42	鍇19-14	鉉10上-7
蠹从缶木(蜉，蚥、螌、蠹通叚)	蚰部	【虫部】	22畫	676	682	無	段13下-4	鍇25-15	鉉13下-1
fǔ(ㄈㄨˇ)									
甫(圃、父咀亦述及)	用部	【用部】	2畫	128	129	20-30	段3下-43	鍇6-21	鉉3下-10
父(甫咀述及，蚥通叚)	又部	【父部】		115	116	19-38	段3下-17	鍇6-9	鉉3下-4
圃(蒲、甫藪述及、𡇼通叚)	囗部	【囗部】	7畫	278	280	7-2	段6下-12	鍇12-8	鉉6下-4
𢻳	攴部	【攴部】	3畫	125	126	無	段3下-37	鍇6-18	鉉3下-8
斧	斤部	【斤部】	4畫	716	723	15-7	段14上-30	鍇27-10	鉉14上-5
哺(吺咀述及)	口部	【口部】	7畫	55	56	無	段2上-15	鍇3-6	鉉2上-3
府(腑、胕通叚)	广部	【广部】	5畫	442	447	11-46	段9下-11	鍇18-4	鉉9下-2
撫(𢓜、拊，捬通叚)	手部	【手部】	12畫	601	607	14-30	段12上-35	鍇23-11	鉉12上-6
拊(撫，弣通叚)	手部	【手部】	5畫	598	604	無	段12上-30	鍇23-10	鉉12上-5
𠛎(拊、弣)	刀部	【刂部】	6畫	178	180	無	段4下-41	鍇8-15	鉉4下-6
頫(俛、俯)	頁部	【頁部】	6畫	419	424	無	段9上-9	鍇17-3	鉉9上-2
勉(俛頫述及、嬎娓述及)	力部	【力部】	8畫	699	706	無	段13下-51	鍇26-11	鉉13下-7
脯	肉部	【肉部】	7畫	174	176	24-27	段4下-33	鍇8-12	鉉4下-5
俌(輔)	人部	【人部】	7畫	372	376	3-15	段8上-16	鍇15-6	鉉8上-3
輔(俌)	車部	【車部】	7畫	726	733	28-1	段14上-50	鍇27-14	鉉14上-7
𩈪(輔)	面部	【面部】	7畫	422	427	31-13	段9上-15	鍇17-5	鉉9上-3
䯱(輔)	骨部	【骨部】	6畫	166	168	無	段4下-17	鍇8-7	鉉4下-4
郙	邑部	【邑部】	7畫	300	303	無	段6下-57	鍇12-22	鉉6下-8
鬴(釜)	鬲部	【鬲部】	7畫	111	112	32-10	段3下-10	鍇6-6	鉉3下-2
鍑(釜)	金部	【金部】	9畫	704	711	29-48	段14上-5	鍇27-3	鉉14上-2
黼(𪓑通叚)	黹部	【黹部】	7畫	364	368	無	段7下-59	鍇14-25	鉉7下-10
䋞	糸部	【糸部】	8畫	659	666	無	段13上-33	鍇25-7	鉉13上-4
腐	肉部	【肉部】	8畫	177	179	無	段4下-40	鍇8-14	鉉4下-6

篆本字（古文、金文、籀文、俗字、通用字，通叚、金石）	說文部首	康熙部首	筆畫	一般頁碼	洪葉頁碼	金石字典頁碼	段注篇章	徐鍇通釋篇章	徐鉉藤花榭篇
藼(qu)	艸部	【艸部】	8畫	43	43	無	段1下-44	鍇2-20	鉉1下-7
撫(㧨、拊，捬通叚)	手部	【手部】	12畫	601	607	14-30	段12上-35	鍇23-11	鉉12上-6
簠(医)	竹部	【竹部】	12畫	194	196	22-60	段5上-11	鍇9-4	鉉5上-2
fù(ㄈㄨˋ)									
父(甫咀述及，蚥通叚)	又部	【父部】		115	116	19-38	段3下-17	鍇6-9	鉉3下-4
甫(圃、父咀亦述及)	用部	【用部】	2畫	128	129	20-30	段3下-43	鍇6-21	鉉3下-10
皀(阜、𨸏，皀、皀通叚)	皀部	【阜部】		731	738	30-20	段14下-1	鍇28-1	鉉14下-1
負(偩，蝜、蜅通叚)	貝部	【貝部】	2畫	281	283	27-23	段6下-18	鍇12-11	鉉6下-5
赴(訃，趇通叚)	走部	【走部】	2畫	63	64	27-46	段2上-31	鍇3-14	鉉2上-7
毚(赴、趇)	兔部	【儿部】	22畫	472	477	無	段10上-25	鍇19-8	鉉10上-4
報(報、赴)	㚔部	【土部】	9畫	496	501	7-22	段10上-13	鍇20-5	鉉10上-3
趴	足部	【足部】	2畫	81	82	無	段2下-25	鍇4-13	鉉2下-5
付	人部	【人部】	3畫	373	377	2-45	段8上-17	鍇15-7	鉉8上-3
坿(附)	土部	【土部】	5畫	689	696	無	段13下-31	鍇26-5	鉉13下-4
附(坿)	皀部	【阜部】	5畫	734	741	無	段14下-7	鍇28-3	鉉14下-1
駙(附、傅)	馬部	【馬部】	5畫	465	470	31-57	段10上-11	鍇19-3	鉉10上-2
府	广部	【广部】	5畫	349	353	無	段7下-29	鍇14-13	鉉7下-5
祔	示部	【示部】	5畫	4	4	無	段1上-8	鍇1-6	鉉1上-2
府(腑、胕通叚)	广部	【广部】	5畫	442	447	11-46	段9下-11	鍇18-4	鉉9下-2
柎(跗，趺、蚹通叚)	木部	【木部】	5畫	265	267	16-28	段6上-54	鍇11-24	鉉6上-7
髯	彡部	【彡部】	5畫	427	432	無	段9上-25	鍇17-8	鉉9上-4
鮒	魚部	【魚部】	5畫	577	583	無	段11下-21	鍇22-8	鉉11下-5
复(復，復通叚)	夂部	【夂部】	6畫	232	235	無	段5下-35	鍇10-14	鉉5下-7
峊	皀部	【阜部】	7畫	735	742	30-25	段14下-10	鍇28-3	鉉14下-2
音(杏、㰦，㤸通叚)	、部	【口部】	5畫	215	217	無	段5上-53	鍇10-1	鉉5上-10
愊(愎、偪)	心部	【心部】	9畫	512	516	無	段10下-44	鍇20-16	鉉10下-8
馤	𨺅部	【阜部】	7畫	737	744	30-32	段14下-13	鍇28-5	鉉14下-2
婦	女部	【女部】	8畫	614	620	8-45	段12下-5	鍇24-2	鉉12下-1
賦	貝部	【貝部】	8畫	282	284	27-36	段6下-20	鍇12-12	鉉6下-5
副(福、疈)	刀部	【刂部】	9畫	179	181	4-43	段4下-44	鍇8-16	鉉4下-7
劈(副、薜、擘，鏴、霹通叚)	刀部	【刂部】	13畫	180	182	無	段4下-45	鍇8-16	鉉4下-7

篆本字(古文、金文、籀文、俗字、通用字，通叚、金石)	說文部首	康熙部首	筆畫	一般頁碼	洪葉頁碼	金石字典頁碼	段注篇章	徐鍇通釋篇章	徐鉉藤花榭篇
幅(福非示部福、逼通叚)	巾部	【巾部】	9畫	358	361	無	段7下-46	錯14-21	鉉7下-8
富	宀部	【宀部】	9畫	339	343	9-54	段7下-9	錯14-4	鉉7下-2
復	彳部	【彳部】	9畫	76	76	12-55	段2下-14	錯4-7	鉉2下-3
複(復)	衣部	【衣部】	9畫	393	397	無	段8上-58	錯16-4	鉉8上-8
蝮(復)	虫部	【虫部】	9畫	663	670	無	段13上-41	錯25-10	鉉13上-6
榎(複)	木部	【木部】	9畫	262	265	無	段6上-49	錯11-21	鉉6上-6
腹	肉部	【肉部】	9畫	170	172	24-27	段4下-25	錯8-10	鉉4下-4
輹(轐、腹、輻)	車部	【車部】	9畫	724	731	無	段14上-45	錯27-13	鉉14上-7
蕡	艸部	【艸部】	9畫	29	29	無	段1下-16	錯2-8	鉉1下-3
鍑(釜)	金部	【金部】	9畫	704	711	29-48	段14上-5	錯27-3	鉉14上-2
馥	香部	【香部】	9畫	無	無	無	無	無	鉉7上-9
苾(咇、祕、馥通叚)	艸部	【艸部】	5畫	42	42	無	段1下-42	錯2-19	鉉1下-7
鰒	魚部	【魚部】	9畫	580	585	無	段11下-26	錯22-10	鉉11下-5
賻	貝部	【貝部】	10畫	無	無	無	無	無	鉉6下-5
傅(敷，賻通叚)	人部	【人部】	10畫	372	376	3-31	段8上-16	錯15-6	鉉8上-3
駙(附、傅)	馬部	【馬部】	5畫	465	470	31-57	段10上-11	錯19-3	鉉10上-2
符(傅，苻通叚)	竹部	【竹部】	5畫	191	193	22-46	段5上-5	錯9-2	鉉5上-1
縛	糸部	【糸部】	10畫	647	654	無	段13上-9	錯25-3	鉉13上-2
傿(隖軉xuan述及，隖通叚)	人部	【人部】	11畫	378	382	無	段8上-27	錯15-9	鉉8上-4
匐(匐)	勹部	【勹部】	12畫	433	438	無	段9上-37	錯17-12	鉉9上-6
覆(匐通叚)	穴部	【穴部】	12畫	343	347	無	段7下-17	錯14-8	鉉7下-4
蕾	艸部	【艸部】	12畫	29	30	無	段1下-17	錯2-9	鉉1下-3
葍	艸部	【艸部】	12畫	29	30	無	段1下-17	錯2-9	鉉1下-3
覆	襾部	【襾部】	12畫	357	360	26-28	段7下-44	錯14-20	鉉7下-8
蜡(蛆、胆、褚，蠢通叚)	虫部	【虫部】	8畫	669	675	無	段13上-52	錯25-13	鉉13上-7
毚(赴、趗)	兔部	【儿部】	22畫	472	477	無	段10上-25	錯19-8	鉉10上-4

G

gá(《ㄚˊ)

篆本字	說文部首	康熙部首	筆畫	一般頁碼	洪葉頁碼	金石字典頁碼	段注篇章	徐鍇通釋篇章	徐鉉藤花榭篇
軋	車部	【車部】	1畫	728	735	無	段14上-53	錯27-14	鉉14上-7
乙(軋、軌，鳦通叚)	乙部	【乙部】		740	747	無	段14下-19	錯28-8	鉉14下-4

篆本字（古文、金文、籀文、俗字、通用字，通叚、金石）	說文部首	康熙部首	筆畫	一般頁碼	洪葉頁碼	金石字典頁碼	段注篇章	徐鍇通釋篇章	徐鉉藤花榭篇
gà(ㄍㄚˋ)									
尬	尢部	【尢部】	4畫	495	500	無	段10下-11	鍇20-4	鉉10下-2
gāi(ㄍㄞ)									
胲(臤)	肉部	【肉部】	6畫	170	172	無	段4下-26	鍇8-10	鉉4下-4
臤(顄、胲)	肉部	【肉部】	12畫	167	169	無	段4下-20	鍇8-8	鉉4下-4
侅(胲、礙、賌，賅通叚)	人部	【人部】	6畫	368	372	3-10	段8上-7	鍇15-3	鉉8上-1
該(餻，絯、餩通叚)	言部	【言部】	6畫	101	102	無	段3上-31	鍇5-16	鉉3上-6
晐(該、賅，姟通叚)	日部	【日部】	6畫	308	311	無	段7上-13	鍇13-4	鉉7上-2
垓(畡，夅、姟通叚)	土部	【土部】	6畫	682	689	無	段13下-17	鍇26-2	鉉13下-3
屺(峐，崕通叚)	山部	【山部】	3畫	439	443	無	段9下-4	鍇18-2	鉉9下-1
敳	攴部	【攴部】	6畫	120	121	無	段3下-27	鍇6-14	鉉3下-6
荄	艸部	【艸部】	6畫	38	39	25-8	段1下-35	鍇2-17	鉉1下-6
郂	邑部	【邑部】	6畫	299	301	無	段6下-54	鍇12-22	鉉6下-8
陔	𨸏部	【阜部】	6畫	736	743	無	段14下-11	鍇28-4	鉉14下-2
祴	示部	【示部】	7畫	7	7	無	段1上-14	鍇1-7	鉉1上-2
gǎi(ㄍㄞˇ)									
改與攺yiˇ不同	攴部	【支部】	3畫	124	125	14-37	段3下-35	鍇6-18	鉉3下-8
臤(顄、胲)	肉部	【肉部】	12畫	167	169	無	段4下-20	鍇8-8	鉉4下-4
絠	糸部	【糸部】	6畫	659	665	無	段13上-32	鍇25-7	鉉13上-4
gài(ㄍㄞˋ)									
匃(丐、匄，匈通叚)	亾部	【勹部】	3畫	634	640	4-56	段12下-46	鍇24-15	鉉12下-7
敚	奴部	【貝部】	7畫	161	163	無	段4下-7	鍇8-4	鉉4下-2
摡	手部	【手部】	9畫	607	613	14-29	段12上-48	鍇23-15	鉉12上-7
槩(概)	木部	【木部】	9畫	260	262	17-2	段6上-44	鍇11-19	鉉6上-6
杚(忔、槩，扢通叚)	木部	【木部】	4畫	260	262	無	段6上-44	鍇11-19	鉉6上-6
葢(蓋)	艸部	【艸部】	9畫	42	43	25-20	段1下-43	鍇2-20	鉉1下-7
鄐(蓋)	邑部	【邑部】	10畫	300	302	29-16	段6下-56	鍇12-22	鉉6下-8
盇(蓋、曷、盍、厺虖述及，溘、盒通叚)	血部	【血部】	3畫	214	216	21-14	段5上-52	鍇9-21	鉉5上-10
溉(漑，濯通叚)	水部	【水部】	11畫	539	544	18-57	段11上壹-47	鍇21-6	鉉11上-3
gān(ㄍㄢ)									
甘(柑通叚)	甘部	【甘部】		202	204	20-24	段5上-27	鍇9-10	鉉5上-5

篆本字（古文、金文、籀文、俗字、通用字，通叚、金石）	說文部首	康熙部首	筆畫	一般頁碼	洪葉頁碼	金石字典頁碼	段注篇章	徐鍇通釋篇章	徐鉉藤花榭篇
鉗(柑、髷通叚)	金部	【金部】	5畫	707	714	無	段14上-12	錯27-5	鉉14上-3
某(楳、梅，柑通叚)	木部	【木部】	5畫	248	250	16-33	段6上-20	錯11-9	鉉6上-3
忓	心部	【心部】	3畫	507	512	無	段10下-35	錯20-13	鉉10下-6
玕(琂)	玉部	【玉部】	3畫	18	18	20-8	段1上-36	錯1-18	鉉1上-6
戦(干)	戈部	【戈部】	7畫	630	636	13-61	段12下-38	錯24-12	鉉12下-6
干(竿，杆通叚)	干部	【干部】	2畫	87	87	11-27	段3上-2	錯5-2	鉉3上-1
竿(干、簡，杆通叚)	竹部	【竹部】	3畫	194	196	無	段5上-12	錯9-5	鉉5上-2
榦(幹，簳、杆、笥通叚)	木部	【木部】	10畫	253	255	16-61	段6上-30	錯11-14	鉉6上-4
肝(幹)	肉部	【肉部】	3畫	168	170	無	段4下-22	錯8-8	鉉4下-4
迁	辵(辶)部	【辵部】	3畫	74	75	28-17	段2下-11	錯4-5	鉉2下-2
鸛(鸛，鴰、鶊通叚)	鳥部	【鳥部】	17畫	154	156	無	段4上-51	錯7-22	鉉4上-9
岸(犴，矸通叚)	屵部	【山部】	5畫	442	446	10-54	段9下-10	錯18-4	鉉9下-2
泔	水部	【水部】	5畫	562	567	18-19	段11上貳-33	錯21-23	鉉11上-8
苷	艸部	【艸部】	5畫	26	26	無	段1下-10	錯2-5	鉉1下-2
戦(干)	戈部	【戈部】	7畫	630	636	13-61	段12下-38	錯24-12	鉉12下-6
乾(乹俗音乾溼)	乙部	【乙部】	10畫	740	747	2-12	段14下-20	錯28-8	鉉14下-4
尷(尷)	尢部	【尢部】	10畫	495	499	無	段10下-10	錯20-4	鉉10下-2
郌	邑部	【邑部】	11畫	300	302	無	段6下-56	錯12-22	鉉6下-8
厬	甘部	【甘部】	12畫	202	204	20-25	段5上-27	錯9-10	鉉5上-5
gǎn(ㄍㄢˇ)									
皯(野通叚)	皮部	【皮部】	3畫	122	123	無	段3下-31	錯6-16	鉉3下-7
衦	衣部	【衣部】	3畫	395	399	無	段8上-62	錯16-5	鉉8上-9
榦(幹，簳、杆、笥通叚)	木部	【木部】	10畫	253	255	16-61	段6上-30	錯11-14	鉉6上-4
趕(趲通叚)	走部	【走部】	3畫	67	67	無	段2上-38	錯3-16	鉉2上-8
稈(秆)	禾部	【禾部】	7畫	326	329	無	段7上-49	錯13-20	鉉7上-8
敢(毅、𣂡、敢，橄通叚)	攴部	【又部】	9畫	161	163	14-49	段4下-7	錯8-4	鉉4下-2
格(垎，垎、佫、烙、敆、橄、落通叚)	木部	【木部】	6畫	251	254	16-37，各6-4	段6上-27	錯11-12	鉉6上-4
涵(涵，澉通叚)	水部	【水部】	8畫	558	563	18-32	段11上貳-26	錯21-21	鉉11上-7

篆本字（古文、金文、籀文、俗字、通用字，通段、金石）	說文部首	康熙部首	筆畫	一般頁碼	洪葉頁碼	金石字典頁碼	段注篇章	徐鍇通釋篇章	徐鉉藤花榭篇
麠（麙、麆通段）	鹿部	【鹿部】	9畫	471	476	無	段10上-23	鍇19-7	鉉10上-4
感（憾，轗）	心部	【心部】	9畫	513	517	13-28	段10下-46	鍇20-16	鉉10下-8
贛（䕬，䕩通段）	艸部	【艸部】	24畫	29	30	無	段1下-17	鍇2-9	鉉1下-3
鱤（鱱，鱤通段）	魚部	【魚部】	13畫	577	583	無	段11下-21	鍇22-9	鉉11下-5
醓	酉部	【酉部】	17畫	748	755	無	段14下-36	鍇28-18	鉉14下-8
gàn（《ㄢˋ）									
旰	日部	【日部】	3畫	304	307	無	段7上-6	鍇13-2	鉉7上-1
盰（睅通段）	目部	【目部】	3畫	130	132	無	段4上-3	鍇7-2	鉉4上-1
骭（幹）	骨部	【骨部】	3畫	166	168	無	段4下-17	鍇8-7	鉉4下-3
紺（綊通段）	糸部	【糸部】	5畫	651	657	23-14	段13上-16	鍇25-4	鉉13上-3
譀（諴，詌通段）	言部	【言部】	12畫	98	99	無	段3上-25	鍇5-13	鉉3上-5
扞（爛通段）	臥部	【人部】	8畫	308	311	無	段7上-14	鍇13-5	鉉7上-2
淦（汵）	水部	【水部】	8畫	556	561	18-36	段11上貳-22	鍇21-19	鉉11上-7
榦（幹，䓟、杆、笴通段）	木部	【木部】	10畫	253	255	16-61	段6上-30	鍇11-14	鉉6上-4
肝（幹）	肉部	【肉部】	3畫	168	170	無	段4下-22	鍇8-8	鉉4下-4
骭（幹）	骨部	【骨部】	3畫	166	168	無	段4下-17	鍇8-7	鉉4下-3
翰（榦骭gan`述及，瀚通段）	羽部	【羽部】	10畫	138	139	23-56	段4上-18	鍇7-9	鉉4上-4
赣	赤部	【赤部】	10畫	492	496	無	段10下-4	鍇19-21	鉉10下-1
蘫	艸部	【艸部】	14畫	29	29	無	段1下-16	鍇2-8	鉉1下-3
戁	臥部	【人部】	16畫	308	311	無	段7上-14	鍇13-5	鉉7上-3
贛从夅（贛）	貝部	【貝部】	17畫	280	283	27-43	段6下-17	鍇12-11	鉉6下-4
贛（䕬，䕩通段）	艸部	【艸部】	24畫	29	30	無	段1下-17	鍇2-9	鉉1下-3
gāng（《ㄤ）									
扛（摓，摃通段）	手部	【手部】	3畫	603	609	無	段12上-40	鍇23-13	鉉12上-6
杠（矼通段）	木部	【木部】	3畫	257	260	無	段6上-39	鍇11-17	鉉6上-5
仜（肛、䏄、胮通段）	人部	【人部】	3畫	369	373	無	段8上-9	鍇15-4	鉉8上-2
缸（瓨）	缶部	【缶部】	3畫	225	228	無	段5下-21	鍇10-8	鉉5下-4
瓨（缸）	瓦部	【瓦部】	3畫	639	645	20-22	段12下-55	鍇24-18	鉉12下-8
釭	金部	【金部】	3畫	711	718	無	段14上-20	鍇27-7	鉉14上-4
筻（桁）	竹部	【竹部】	4畫	190	192	無	段5上-4	鍇9-2	鉉5上-1
舡（舡）	角部	【角部】	4畫	186	188	無	段4下-57	鍇8-20	鉉4下-8

篆本字（古文、金文、籀文、俗字、通用字，通段、金石）	說文部首	康熙部首	筆畫	一般頁碼	洪葉頁碼	金石字典頁碼	段注篇章	徐鍇通釋篇章	徐鉉藤花榭篇
岡(崗通段)	山部	【山部】	5畫	439	444	10-54	段9下-5	鍇18-2	鉉9下-1
剛(伝，鋥、鋼通段)	刀部	【刂部】	8畫	179	181	4-42	段4下-43	鍇8-16	鉉4下-7
牨	牛部	【牛部】	8畫	50	51	19-48	段2上-5	鍇3-3	鉉2上-2
綱(棡、杒)	糸部	【糸部】	8畫	655	662	23-25	段13上-25	鍇25-6	鉉13上-3
gāng(ㄍㄤˇ)									
阬	田部	【田部】	4畫	696	703	無	段13下-45	鍇26-9	鉉13下-6
岡(崗通段)	山部	【山部】	5畫	439	444	10-54	段9下-5	鍇18-2	鉉9下-1
港(港通段)	水部	【水部】	13畫	無	無	無	無	無	鉉11上-9
鸛(巷、巷、衖，港通段)	㿝部	【邑部】	13畫	301	303	28-66	段6下-58	鍇12-23	鉉6下-9
gàng(ㄍㄤˋ)									
杠(矼通段)	木部	【木部】	3畫	257	260	無	段6上-39	鍇11-17	鉉6上-5
戇(憨通段)	心部	【心部】	24畫	509	514	無	段10下-39	鍇20-13	鉉10下-7
gāo(ㄍㄠ)									
高	高部	【高部】		227	230	32-1	段5下-25	鍇10-10	鉉5下-4
羔	羊部	【羊部】	4畫	145	147	23-47	段4上-33	鍇7-15	鉉4上-6
皋(櫜从咎木、高、告、號、噑，皐、槔通段)	本部	【白部】	5畫	498	502	21-10	段10下-16	鍇20-6	鉉10下-3
鼛从咎(皋)	鼓部	【鼓部】	8畫	206	208	32-50	段5上-35	鍇9-15	鉉5上-7
楁	木部	【木部】	8畫	240	243	16-48	段6上-5	鍇11-3	鉉6上-1
睪(睪)	夲部	【目部】	8畫	496	500	21-32	段10下-12	鍇20-5	鉉10下-3
篙	竹部	【竹部】	10畫	無	無	無	無	無	鉉5上-3
槀(槁、槗，殤、箛、篙、醨通段)	木部	【木部】	10畫	252	254	16-61	段6上-28	鍇11-12	鉉6上-4
餻	倉部	【食部】	10畫	無	無	無	無	無	鉉5下-3
膏(糕、餻通段)	肉部	【肉部】	10畫	169	171		段4下-23	鍇8-9	鉉4下-4
藁(荅)	艸部	【艸部】	10畫	36	36	25-31	段1下-30	鍇2-14	鉉1下-5
橰(槹)	木部	【木部】	11畫	無	無	無	無	無	鉉6上-8
橋(槔gao韓述及，嶠、轎通段)	木部	【木部】	12畫	267	269	17-10	段6上-58	鍇11-26	鉉6上-7
櫜从咎木(韛通段)	橐部	【木部】	15畫	276	279	無	段6下-9	鍇12-7	鉉6下-3

篆本字（古文、金文、籀文、俗字、通用字，通叚、金石）	說文部首	康熙部首	筆畫	一般頁碼	洪葉頁碼	金石字典頁碼	段注篇章	徐鍇通釋篇章	徐鉉藤花榭篇
皋(櫜从咎木、高、告、號、嘷，皐、槔通叚)	本部	【白部】	5畫	498	502	21-10	段10下-16	鍇20-6	鉉10下-3
gǎo(ㄍㄠˇ)									
夰	夰部	【大部】	2畫	498	503	無	段10下-17	鍇20-6	鉉10下-4
杲	木部	【木部】	4畫	252	255	無	段6上-29	鍇11-13	鉉6上-4
臭(澤)	大部	【大部】	5畫	499	503	8-14	段10下-18	鍇20-6	鉉10下-4
槀(槁、犒，殈、笴、篙、醨通叚)	木部	【木部】	10畫	252	254	16-61	段6上-28	鍇11-12	鉉6上-4
藃(秏、槁)	艸部	【艸部】	14畫	39	39	無	段1下-36	鍇2-17	鉉1下-6
稾(稿，稈、藁通叚)	禾部	【禾部】	10畫	326	329	無	段7上-49	鍇13-20	鉉7上-8
縞(薃通叚)	糸部	【糸部】	10畫	648	655	23-30	段13上-11	鍇25-3	鉉13上-2
鎬(hao `)	金部	【金部】	10畫	704	711	29-51	段14上-5	鍇27-3	鉉14上-2
敲(擊、擎，搞通叚)	攴部	【攴部】	10畫	125	126	14-57	段3下-38	鍇6-19	鉉3下-9
稽	稽部	【禾部】	12畫	275	278	無	段6下-7	鍇12-5	鉉6下-2
gào(ㄍㄠˋ)									
告	告部	【口部】	4畫	53	54	6-24	段2上-11	鍇3-5	鉉2上-3
誥古文从言肘(叡、告、詔)	言部	【言部】	7畫	92	93	26-52	段3上-13	鍇5-7	鉉3上-3
皋(櫜从咎木、高、告、號、嘷，皐、槔通叚)	本部	【白部】	5畫	498	502	21-10	段10下-16	鍇20-6	鉉10下-3
峼(峼)	山部	【山部】	7畫	441	445	無	段9下-8	鍇18-3	鉉9下-1
祰	示部	【示部】	7畫	4	4	無	段1上-8	鍇1-6	鉉1上-2
栝(桰、筶，棝、筶通叚)	木部	【木部】	7畫	264	267	16-39	段6上-53	鍇11-23	鉉6上-7
郜	邑部	【邑部】	7畫	295	297	29-3	段6下-46	鍇12-19	鉉6下-7
gē(ㄍㄜ)									
戈	戈部	【戈部】		628	634	13-42	段12下-34	鍇24-12	鉉12下-6
圪(圪，仡通叚)	土部	【土部】	3畫	685	691	無	段13下-22	鍇26-3	鉉13下-4
愲(訖，忔、疙、忥通叚)	心部	【心部】	10畫	512	516	無	段10下-44	鍇20-16	鉉10下-8
仡(忔，砐、硈通叚)	人部	【人部】	4畫	369	373	無	段8上-10	鍇15-4	鉉8上-2

篆本字（古文、金文、籀文、俗字、通用字，通叚、金石）	說文部首	康熙部首	筆畫	一般頁碼	洪葉頁碼	金石字典頁碼	段注篇章	徐鍇通釋篇章	徐鉉藤花榭篇
鴚(鴚、駕，鵝通叚)	鳥部	【鳥部】	5畫	152	153	無	段4上-46	鍇7-21	鉉4上-9
嘉(美、善、賀，恕通叚)	壴部	【口部】	11畫	205	207	6-51	段5上-34	鍇9-14	鉉5上-7
骼(胳、骱、骼、骹)	骨部	【骨部】	6畫	166	168	無	段4下-18	鍇8-7	鉉4下-4
胳(骼、袼)	肉部	【肉部】	6畫	169	171	無	段4下-24	鍇8-9	鉉4下-4
亦(腋同掖、袼，佾通叚)	亦部	【亠部】	4畫	493	498	2-29	段10下-7	鍇20-2	鉉10下-2
鴿	鳥部	【鳥部】	6畫	150	151	無	段4上-42	鍇7-19	鉉4上-8
割(害，刱通叚)	刀部	【刂部】	10畫	180	182	4-43	段4下-46	鍇8-16	鉉4下-7
哥	可部	【口部】	7畫	204	206	無	段5上-31	鍇9-12	鉉5上-6
歌(謌)	欠部	【欠部】	10畫	411	416	17-20	段8下-21	鍇16-16	鉉8下-4
滒(淖、稠)	水部	【水部】	10畫	563	568	無	段11上貳-35	鍇21-23	鉉11上-8
閣(擱通叚)	門部	【門部】	6畫	589	595	30-12	段12上-11	鍇23-5	鉉12上-3

gé（ㄍㄜˊ）

篆本字（古文、金文、籀文、俗字、通用字，通叚、金石）	說文部首	康熙部首	筆畫	一般頁碼	洪葉頁碼	金石字典頁碼	段注篇章	徐鍇通釋篇章	徐鉉藤花榭篇
革(䩣，憶、撰通叚)	革部	【革部】		107	108	31-14	段3下-1	鍇6-2	鉉3下-1
翮(革)	羽部	【革部】	6畫	139	140	無	段4上-20	鍇7-9	鉉4上-4
帗(祓、笈通叚)	巾部	【巾部】	4畫	361	364	無	段7下-52	鍇14-23	鉉7下-9
佮(翕通叚)	人部	【人部】	6畫	374	378	3-7	段8上-19	鍇15-7	鉉8上-3
匌(郃)	勹部	【勹部】	6畫	433	438	無	段9上-37	鍇17-12	鉉9上-6
窅窅朕=坳突=凹凸(眑、窞通叚)	目部	【穴部】	5畫	130	132	無	段4上-3	鍇7-2	鉉4上-1
各(佫金石)	口部	【口部】	3畫	61	60	6-4，格16-37	段2上-26	鍇3-11	鉉2上-5
格(垎，垎、佫、烙、茖、橄、落通叚)	木部	【木部】	6畫	251	254	16-37，各6-4	段6上-27	鍇11-12	鉉6上-4
假(假、格，佫、遐通叚)	彳部	【彳部】	9畫	77	77	12-55，佫12-41	段2下-16	鍇4-8	鉉2下-3
挌(格，敆通叚)	手部	【手部】	6畫	610	616	無	段12上-53	鍇23-17	鉉12上-8
轄(格)	丰部	【口部】	7畫	183	185	無	段4下-52	鍇8-19	鉉4下-8
蛤(蛤)	虫部	【虫部】	6畫	670	677	無	段13上-55	鍇25-13	鉉13上-7
觡	角部	【角部】	6畫	186	188	無	段4下-58	鍇8-20	鉉4下-9
閣(擱通叚)	門部	【門部】	6畫	589	595	30-12	段12上-11	鍇23-5	鉉12上-3

篆本字（古文、金文、籀文、俗字、通用字，通段、金石）	說文部首	康熙部首	筆畫	一般頁碼	洪葉頁碼	金石字典頁碼	段注篇章	徐鍇通釋篇章	徐鉉藤花榭篇
閣	門部	【門部】	6畫	587	593	30-14	段12上-8	鍇23-4	鉉12上-2
鞈(鞈，鞈、鞈通段)	革部	【革部】	6畫	110	111	無	段3下-7	鍇6-4	鉉3下-2
鞈(鞈、榻、闟)	鼓部	【鼓部】	6畫	206	208	無	段5上-36	鍇9-15	鉉5上-7
袷(鞈，帢通段)	市部	【巾部】	8畫	363	366	無	段7下-56	鍇14-24	鉉7下-10
翎(革)	羽部	【革部】	6畫	139	140	無	段4上-20	鍇7-9	鉉4上-4
骼(胳、骱、骼、骲)	骨部	【骨部】	6畫	166	168	無	段4下-18	鍇8-7	鉉4下-4
胳(骼、袼)	肉部	【肉部】	6畫	169	171	無	段4下-24	鍇8-9	鉉4下-4
𦟆(格)	丰部	【口部】	7畫	183	185	無	段4下-52	鍇8-19	鉉4下-8
袼(祴通段)	衣部	【衣部】	4畫	392	396	無	段8上-56	鍇16-3	鉉8上-8
譗	言部	【言部】	9畫	101	101	無	段3上-30	鍇5-15	鉉3上-6
霅	雨部	【雨部】	9畫	573	579	無	段11下-13	鍇22-6	鉉11下-4
槅(覈、鬲)	木部	【木部】	10畫	266	268	16-62	段6上-56	鍇11-24	鉉6上-7
覈(覈、槅、核，敷通段)	襾部	【襾部】	13畫	357	360	26-29	段7下-44	鍇14-20	鉉7下-8
核(槅、覈)	木部	【木部】	6畫	262	265	26-29覈	段6上-49	鍇11-21	鉉6上-6
軛(軶、厄、鬲、槅，枙通段)	車部	【車部】	5畫	726	733	27-65	段14上-49	鍇27-13	鉉14上-7
碣(塥)	石部	【石部】	10畫	453	457	無	段9下-32	鍇18-10	鉉9下-5
垎(洛、塥通段)	土部	【土部】	6畫	689	695	無	段13下-30	鍇26-5	鉉13下-4
鉻(剆、斱)	金部	【金部】	6畫	714	721	無	段14上-25	鍇27-8	鉉14上-4
擊(隔)	手部	【手部】	13畫	609	615	14-32	段12上-52	鍇23-16	鉉12上-8
隔(膈通段)	𨸏部	【阜部】	10畫	734	741	30-45	段14下-8	鍇28-3	鉉14下-1
鬲(䰛、翮、厤，膈通段)	鬲部	【鬲部】		111	112	32-7	段3下-9	鍇6-5	鉉3下-2
鄏	邑部	【邑部】	13畫	292	295	無	段6下-41	鍇12-18	鉉6下-7
獵(獢、躐通段)	犬部	【犬部】	15畫	476	480	19-59	段10上-32	鍇19-10	鉉10上-5
葛(轕通段)	艸部	【艸部】	9畫	35	36	25-19	段1下-29	鍇2-14	鉉1下-5
虢从毃	虎部	【虍部】	16畫	210	212	無	段5上-44	鍇9-18	鉉5上-8
蘱(li ˋ)	艸部	【艸部】	19畫	42	42	無	段1下-42	鍇2-20	鉉1下-7
gě(ㄍㄜˇ)									
駒	馬部	【馬部】	5畫	466	471	無	段10上-13	鍇19-4	鉉10上-2
舸	舟部	【舟部】	5畫	無	無	無	無	無	鉉8下-2

篆本字（古文、金文、籀文、俗字、通用字，通段、金石）	說文部首	康熙部首	筆畫	一般頁碼	洪葉頁碼	金石字典頁碼	段注篇章	徐鍇通釋篇章	徐鉉藤花榭篇
柯(笥、舸通段)	木部	【木部】	5畫	263	266	16-30	段6上-51	鍇11-22	鉉6上-7
榦(幹，斡、杆、笴通段)	木部	【木部】	10畫	253	255	16-61	段6上-30	鍇11-14	鉉6上-4
薇(笈、管、籥、笴)	竹部	【竹部】	13畫	189	191	無	段5上-2	鍇9-1	鉉5上-1
槀(槁、犒，殕、笴、篙、醏通段)	木部	【木部】	10畫	252	254	16-61	段6上-28	鍇11-12	鉉6上-4
哿(珈通段)	可部	【口部】	7畫	204	206	無	段5上-31	鍇9-12	鉉5上-6
葛(轕通段)	艸部	【艸部】	9畫	35	36	25-19	段1下-29	鍇2-14	鉉1下-5
鬣从髟巤(鼠、獵、儠、㽅、髦、馼、髳、葛隸變、獵，犣通段)	囟部	【巛部】	12畫	501	505	11-5	段10下-22	鍇20-8	鉉10下-5
gè(ㄍㄜˋ)									
各(佫金石)	口部	【口部】	3畫	61	60	6-4，格 16-37	段2上-26	鍇3-11	鉉2上-5
茖	艸部	【艸部】	6畫	26	26	25-7	段1下-10	鍇2-5	鉉1下-2
鉻(剠、斫)	金部	【金部】	6畫	714	721	無	段14上-25	鍇27-8	鉉14上-4
箇(个、個)	竹部	【竹部】	8畫	194	196	無	段5上-12	鍇9-5	鉉5上-2
gēi(ㄍㄟˇ)									
給(jǐ)	糸部	【糸部】	6畫	647	654	23-19	段13上-9	鍇25-3	鉉13上-2
gēn(ㄍㄣ)									
根	木部	【木部】	6畫	248	251	16-34	段6上-21	鍇11-9	鉉6上-3
跟(䟪)	足部	【足部】	6畫	81	81	無	段2下-24	鍇4-12	鉉2下-5
gěn(ㄍㄣˇ)									
頣(顅)	頁部	【頁部】	5畫	417	421	無	段9上-4	鍇17-1	鉉9上-1
gèn(ㄍㄣˋ)									
艮(皀)	匕部	【艮部】		385	389	24-51	段8上-42	鍇15-14	鉉8上-6
亙(亘)	二部	【二部】	4畫	681	687	2-26	段13下-14	鍇26-1	鉉13下-3
楦(亙，㙔通段)	木部	【木部】	9畫	270	272	無	段6上-64	鍇11-28	鉉6上-8
搄(搄通段)	手部	【手部】	9畫	605	611	無	段12上-43	鍇23-14	鉉12上-7
gēng(ㄍㄥ)									
㪅(更)	攴部	【曰部】	3畫	124	125	15-54	段3下-35	鍇6-18	鉉3下-8
耕(耤耦述及)	耒部	【耒部】	4畫	184	186	24-6	段4下-53	鍇8-19	鉉4下-8

篆本字(古文、金文、籀文、俗字、通用字，通叚、金石)	說文部首	康熙部首	筆畫	一般頁碼	洪葉頁碼	金石字典頁碼	段注篇章	徐鍇通釋篇章	徐鉉藤花榭篇
远(跧，逭通叚)	辵(辶)部	【辵部】	4畫	75	76	28-18	段2下-13	鍇4-6	鉉2下-3
庚(鶊通叚)	庚部	【广部】	5畫	741	748	11-47	段14下-22	鍇28-10	鉉14下-5
掤(挷通叚)	手部	【手部】	9畫	605	611	無	段12上-43	鍇23-14	鉉12上-7
續(賡)	糸部	【糸部】	15畫	645	652	23-38	段13上-5	鍇25-2	鉉13上-1
緪(絚、恆)	糸部	【糸部】	9畫	659	665	23-28	段13上-32	鍇25-7	鉉13上-4
鬻从羔(鬻、鬻从羹geng、羹，臐通叚)	鬻部	【鬲部】	16畫	112	113	32-11	段3下-11	鍇6-6	鉉3下-2
gěng(ㄍㄥˇ)									
耿(褮通叚)	耳部	【耳部】	4畫	591	597	24-8	段12上-16	鍇23-7	鉉12上-4
嗰(哽)	口部	【口部】	9畫	59	59	無	段2上-22	鍇3-9	鉉2上-5
堩(埂)	土部	【土部】	9畫	691	697	無	段13下-34	鍇26-6	鉉13下-5
樱(梗，挭、硬、鞕通叚)	木部	【木部】	9畫	247	250	16-41	段6上-19	鍇11-8	鉉6上-3
緪(綆，統通叚)	糸部	【糸部】	9畫	659	665	無	段13上-32	鍇25-7	鉉13上-4
鄭(郠)	邑部	【邑部】	9畫	295	298	無	段6下-47	鍇12-20	鉉6下-7
鯁(鯹、骾)	魚部	【魚部】	9畫	580	585	無	段11下-26	鍇22-10	鉉11下-5
骾(骾、鯁)	骨部	【骨部】	9畫	166	168	無	段4下-17	鍇8-7	鉉4下-4
gèng(ㄍㄥˋ)									
叜(更)	攴部	【日部】	3畫	124	125	15-54	段3下-35	鍇6-18	鉉3下-8
椢(亙，堩通叚)	木部	【木部】	9畫	270	272	無	段6上-64	鍇11-28	鉉6上-8
鮪(鮘，鮔通叚)	魚部	【魚部】	9畫	576	581	無	段11下-18	鍇22-8	鉉11下-4
gōng(ㄍㄨㄥ)									
工(㠭)	工部	【工部】		201	203	11-5	段5上-25	鍇9-9	鉉5上-4
弓	弓部	【弓部】		639	645	12-15	段12下-56	鍇24-18	鉉12下-
彈(弓、弘)	弓部	【弓部】	12畫	641	647	12-26	段12下-60	鍇24-20	鉉12下-9
厷(厶、肱、弓)	又部	【厶部】	2畫	115	116	5-38	段3下-17	鍇6-9	鉉3下-4
公	八部	【八部】	2畫	49	50	4-3	段2上-3	鍇3-2	鉉2上-1
功(公)	力部	【力部】	3畫	699	705	4-46	段13下-50	鍇26-10	鉉13下-7
翁(滃、公，㹜、頜通叚)	羽部	【羽部】	4畫	138	140	23-52	段4上-19	鍇7-9	鉉4上-4
攻	攴部	【攴部】	3畫	125	126	14-38	段3下-38	鍇6-19	鉉3下-9
龏	収部	【龍部】	3畫	104	105	32-58	段3上-37	鍇5-19	鉉3上-8
龔(供)	共部	【龍部】	4畫	105	105	32-59	段3上-38	鍇5-20	鉉3上-8

篆本字(古文、金文、籀文、俗字、通用字，通叚、金石)	說文部首	康熙部首	筆畫	一般頁碼	洪葉頁碼	金石字典頁碼	段注篇章	徐鍇通釋篇章	徐鉉藤花榭篇
供(龔)	人部	【人部】	6畫	371	375	3-13	段8上-13	錯15-5	鉉8上-2
恭(共)	心部	【心部】	6畫	503	508	13-17	段10下-27	錯20-10	鉉10下-6
共(龏、恭)	共部	【八部】	4畫	105	105	4-8	段3上-38	錯5-20	鉉3上-8
躬(躳)	呂部	【身部】	6畫	343	347	27-58	段7下-17	錯14-7	鉉7下-3
竆(窮、躳、躬)	穴部	【穴部】	10畫	346	350	22-34	段7下-23	錯14-9	鉉7下-4
宮	宮部	【宀部】	7畫	342	346	9-41	段7下-15	錯14-7	鉉7下-3
蚣(蜙)	虫部	【虫部】	8畫	668	674	無	段13上-50	錯25-12	鉉13上-7
营(芎)	艸部	【艸部】	9畫	25	25	25-25	段1下-8	錯2-4	鉉1下-2
訌(虹，憤通叚)	言部	【言部】	3畫	98	99	無	段3上-25	錯5-13	鉉3上-5
觵(觥)	角部	【角部】	12畫	186	188	無	段4下-58	錯8-20	鉉4下-9
倴(觥)	人部	【人部】	6畫	378	382	無	段8上-28	錯15-10	鉉8上-4
gǒng(《ㄨㄥˇ)									
収(廾、拜、捀)	収部	【廾部】		103	104	12-11	段3上-35	錯5-19	鉉3上-8
湴(汖)	水部	【水部】	3畫	566	571	無	段11上貳-42	錯21-25	鉉11上-9
巩(鞏、𢀜)	丮部	【工部】	4畫	113	114	11-10	段3下-14	錯6-8	鉉3下-3
𢀜	手部	【手部】	6畫	596	602	無	段12上-25	錯23-9	鉉12上-5
恐	心部	【心部】	6畫	514	519	無	段10下-49	錯20-18	鉉10下-9
拱(共)	手部	【手部】	6畫	595	601	14-15	段12上-23	錯23-9	鉉12上-4
㭟(恭，栱通叚)	手部	【手部】	6畫	610	616	無	段12上-54	錯23-17	鉉12上-8
珙	玉部	【玉部】	6畫	無	無	無	無	無	鉉1上-6
碧	石部	【石部】	6畫	450	454	無	段9下-26	錯18-9	鉉9下-4
鞏	革部	【革部】	6畫	107	108	31-15	段3下-2	錯6-3	鉉3下-1
輂(欈、桐、轝、轝、軼，轎通叚)	車部	【車部】	6畫	729	736	無	段14上-56	錯27-15	鉉14上-8
gòng(《ㄨㄥˋ)									
貢	貝部	【貝部】	3畫	280	282	27-24	段6下-16	錯12-10	鉉6下-4
贛从夅(贛、貢)	貝部	【貝部】	17畫	280	283	27-43	段6下-17	錯12-11	鉉6下-4
共(龏、恭)	共部	【八部】	4畫	105	105	4-8	段3上-38	錯5-20	鉉3上-8
恭(共)	心部	【心部】	6畫	503	508	13-17	段10下-27	錯20-10	鉉10下-6
拱(共)	手部	【手部】	6畫	595	601	14-15	段12上-23	錯23-9	鉉12上-4
龏(供)	共部	【龍部】	4畫	105	105	32-59	段3上-38	錯5-20	鉉3上-8
供(龔)	人部	【人部】	6畫	371	375	3-13	段8上-13	錯15-5	鉉8上-2
筸(簅通叚)	竹部	【竹部】	6畫	193	195	無	段5上-10	錯9-4	鉉5上-2

篆本字（古文、金文、籀文、俗字、通用字，通段、金石）	說文部首	康熙部首	筆畫	一般頁碼	洪葉頁碼	金石字典頁碼	段注篇章	徐鍇通釋篇章	徐鉉藤花榭篇
贛从夅(贛、貢)	貝部	【貝部】	17畫	280	283	27-43	段6下-17	鍇12-11	鉉6下-4
籃(櫃方言曰：盌械盞溫間櫺廡，栖也，溫、杚、盞通段)	匚部	【匚部】	24畫	636	642	無	段12下-49	鍇24-16	鉉12下-8
gōu（ㄍㄡ）									
句(勾、劬、岣通段)	句部	【口部】	2畫	88	88	5-55	段3上-4	鍇5-3	鉉3上-2
絇(句)	糸部	【糸部】	5畫	657	664	23-14	段13上-29	鍇25-6	鉉13上-4
鉤	句部	【金部】	5畫	88	88	29-39	段3上-4	鍇5-3	鉉3上-2
刨(鉤)	刀部	【刂部】	5畫	178	180	無	段4下-41	鍇8-15	鉉4下-6
溝(鑄通段)	水部	【水部】	10畫	554	559	18-50	段11上貳-17	鍇21-18	鉉11上-6
佝(怐、傋、溝、瞉、瞉、區)	人部	【人部】	5畫	379	383	無	段8上-30	鍇15-10	鉉8上-4
冓(構、溝，搆通段)	冓部	【冂部】	8畫	158	160	4-15	段4下-2	鍇8-1	鉉4下-1
痀(頗通段)	疒部	【疒部】	5畫	349	353	無	段7下-29	鍇14-13	鉉7下-5
緱	糸部	【糸部】	9畫	656	663	無	段13上-27	鍇25-5	鉉13上-4
篝(篝、籧通段)	竹部	【竹部】	10畫	193	195	無	段5上-9	鍇9-3	鉉5上-2
韝(褠、幬，鞲通段)	韋部	【韋部】	10畫	235	237	無	段5下-40	鍇10-16	鉉5下-8
gǒu（ㄍㄡˇ）									
狗(豿通段)	犬部	【犬部】	5畫	473	477	19-52	段10上-26	鍇19-8	鉉10上-5
句(勾、劬、岣通段)	句部	【口部】	2畫	88	88	5-55	段3上-4	鍇5-3	鉉3上-2
枸(椇，苟通段)	木部	【木部】	5畫	244	247	無	段6上-13	鍇11-6	鉉6上-2
玽	玉部	【玉部】	5畫	17	17	無	段1上-33	鍇1-16	鉉1上-5
笱	句部	【竹部】	5畫	88	88	22-46	段3上-4	鍇5-3	鉉3上-2
耇(耆通段)	老部	【老部】	5畫	398	402	24-4	段8上-68	鍇16-7	鉉8上-10
苟非苟jì`	艸部	【艸部】	5畫	45	46	24-61	段1下-49	鍇2-22	鉉1下-8
苟非苟gouˇ，古文从羊句(亟、棘，急俗)	苟部	【艸部】	5畫	434	439	無	段9上-39	鍇17-13	鉉9上-7
蚼(蝻、蚼、蚼)	虫部	【虫部】	5畫	673	679	無	段13上-60	鍇25-14	鉉13上-8
gòu（ㄍㄡˋ）									
雊(呴通段)	隹部	【隹部】	5畫	142	143	無	段4上-26	鍇7-12	鉉4上-5
垢	土部	【土部】	6畫	692	698	無	段13下-36	鍇26-6	鉉13下-5
詬(訽)	言部	【言部】	6畫	101	102	無	段3上-31	鍇5-16	鉉3上-6
泃(濡)	水部	【水部】	8畫	544	549	無	段11上壹-57	鍇21-12	鉉11上-4

篆本字(古文、金文、籀文、俗字、通用字，通段、金石)	說文部首	康熙部首	筆畫	一般頁碼	洪葉頁碼	金石字典頁碼	段注篇章	徐鍇通釋篇章	徐鉉藤花榭篇
佝(怐、備、溝、穀、觳、區)	人部	【人部】	5畫	379	383	無	段8上-30	錯15-10	鉉8上-4
逅	辵(辶)部	【辵部】	6畫	無	無	無	無	無	鉉2下-3
構(搆、逅通段)	木部	【木部】	10畫	253	256	16-62	段6上-31	錯11-14	鉉6上-4
冓(構、溝，搆通段)	冓部	【冂部】	8畫	158	160	4-15	段4下-2	錯8-1	鉉4下-1
覯(逅通段)	見部	【見部】	10畫	408	413	26-33	段8下-15	錯16-14	鉉8下-3
媾(講)	女部	【女部】	10畫	616	622	8-47	段12下-9	錯24-3	鉉12下-1
講(媾，顜通段)	言部	【言部】	10畫	95	96	26-63	段3上-19	錯5-10	鉉3上-4
篝(寠、籀通段)	竹部	【竹部】	10畫	193	195	無	段5上-9	錯9-3	鉉5上-2
觳(呴通段)	子部	【子部】	10畫	743	750	9-15	段14下-25	錯28-12	鉉14下-6
佝(怐、備、溝、穀、觳、區)	人部	【人部】	5畫	379	383	無	段8上-30	錯15-10	鉉8上-4
彀	弓部	【弓部】	10畫	641	647	無	段12下-59	錯24-19	鉉12下-9
購	貝部	【貝部】	10畫	282	285	無	段6下-21	錯12-12	鉉6下-5
姤	女部	【女部】	6畫	無	無	8-38	無	無	鉉12下-4
遘(姤通段)	辵(辶)部	【辵部】	10畫	71	72	28-44	段2下-5	錯4-3	鉉2下-2
后(後，姤通段)	后部	【口部】	3畫	429	434	6-13	段9上-29	錯17-10	鉉9上-5
舌與后互譌	舌部	【舌部】		86	87	24-44	段3上-1	錯5-1	鉉3上-1
毃(獒)	犬部	【犬部】	11畫	477	482	無	段10上-35	錯19-11	鉉10上-6
gū(《ㄨ)									
枯(扢、㯏，扢通段)	木部	【木部】	4畫	260	262	無	段6上-44	錯11-19	鉉6上-6
呱(gua、wa)	口部	【口部】	5畫	54	55	無	段2上-13	錯3-6	鉉2上-3
夳	大部	【大部】	5畫	492	497	無	段10下-5	錯20-1	鉉10下-1
鴣	鳥部	【鳥部】	5畫	無	無	無	無	無	鉉4上-10
孤	子部	【子部】	5畫	743	750	9-8	段14下-26	錯28-13	鉉14下-6
柧(觚，軱通段)	木部	【木部】	5畫	268	271	無	段6上-61	錯11-27	鉉6上-8
沽	水部	【水部】	5畫	541	546	18-15	段11上壹-52	錯21-11	鉉11上-3
賈(沽、價，估通段)	貝部	【貝部】	6畫	281	284	27-34	段6下-19	錯12-12	鉉6下-5
酤(沽)	酉部	【酉部】	5畫	748	755	無	段14下-35	錯28-18	鉉14下-8
夂(沽、姑)	夂部	【夂部】	1畫	237	239	7-46	段5下-43	錯10-18	鉉5下-8
姑(媸、鴣通段)	女部	【女部】	5畫	615	621	8-35	段12下-7	錯24-2	鉉12下-1
汯(濲通段)	水部	【水部】	5畫	543	548	無	段11上壹-55	錯21-12	鉉11上-3
罛(罟)	网部	【网部】	5畫	355	359	無	段7下-41	錯14-19	鉉7下-7

篆本字（古文、金文、籀文、俗字、通用字，通段、金石）	說文部首	康熙部首	筆畫	一般頁碼	洪葉頁碼	金石字典頁碼	段注篇章	徐鍇通釋篇章	徐鉉藤花榭篇
蛄	虫部	【虫部】	5畫	666	672	無	段13上-46	鍇25-11	鉉13上-6
蔣(菰苽述及)	艸部	【艸部】	11畫	36	36	25-28，苽25-16	段1下-30	鍇2-14	鉉1下-5
苽(菰通段)	艸部	【艸部】	5畫	36	36	25-16	段1下-30	鍇2-14	鉉1下-5
觚(菰通段)	角部	【角部】	5畫	187	189	26-36	段4下-60	鍇8-20	鉉4下-9
柧(觚，軱通段)	木部	【木部】	5畫	268	271	無	段6下-61	鍇11-27	鉉6下-8
辜(辝、殆，估通段)	辛部	【辛部】	5畫	741	748	28-7	段14下-22	鍇28-11	鉉14下-5
殆(辜)	歺部	【歹部】	5畫	164	166	無	段4下-13	鍇8-6	鉉4下-3
嫴(辜，估通段)	女部	【女部】	12畫	621	627	無	段12下-19	鍇24-6	鉉12下-3
賈(沽、價，估通段)	貝部	【貝部】	6畫	281	284	27-34	段6下-19	鍇12-12	鉉6下-5
枯(楛，槀、肐通段)	木部	【木部】	5畫	251	254	無	段6上-27	鍇11-12	鉉6上-4
酤(沽)	酉部	【酉部】	5畫	748	755	無	段14下-35	鍇28-18	鉉14下-8
菰	艸部	【艸部】	8畫	無	無	無	無	無	鉉1下-9
莽(菰)	艸部	【艸部】	7畫	39	39	無	段1下-36	鍇2-17	鉉1下-6
箛	竹部	【竹部】	8畫	198	200	無	段5上-19	鍇9-7	鉉5上-3
嫴(辜，估通段)	女部	【女部】	12畫	621	627	無	段12下-19	鍇24-6	鉉12下-3
gǔ（ㄍㄨˇ）									
谷非谷jueˊ(螸)	谷部	【谷部】		570	575	27-10	段11下-6	鍇22-3	鉉11下-2
谷非谷gǔ(唂、臄)	谷部	【谷部】		87	87	6-25	段3上-2	鍇5-2	鉉3上-1
骨(榾通段)	骨部	【骨部】		164	166	31-68	段4下-14	鍇8-7	鉉4下-3
鶻(骨)	鳥部	【鳥部】	10畫	149	151	無	段4上-41	鍇7-19	鉉4上-8
鼓(皷、鼙、瞽从古)	鼓部	【鼓部】		206	208	32-49	段5上-35	鍇9-15	鉉5上-7
及(沽、姑)	夂部	【夂部】	1畫	237	239	7-46	段5下-43	鍇10-18	鉉5下-8
古(槃)	古部	【口部】	2畫	88	89	5-54	段3上-5	鍇5-4	鉉3上-2
枒(杚、槃，扢通段)	木部	【木部】	4畫	260	262	無	段6上-44	鍇11-19	鉉6上-6
兊(兜)	兠部	【儿部】	4畫	406	411	無	段8下-11	鍇16-12	鉉8下-3
汩从日yue，非汨miˋ	水部	【水部】	4畫	567	572	無	段11上貳-43	鍇21-26	鉉11上-9
汨从日，非汩gǔˇ	水部	【水部】	4畫	529	534	無	段11上壹-28	鍇21-9	鉉11上-2
濱(汩miˋ)	水部	【水部】	12畫	529	534	無	段11上壹-28	鍇21-9	鉉11上-2
羖	羊部	【羊部】	4畫	146	147	無	段4上-34	鍇7-16	鉉4上-7
股(膉腔述及)	肉部	【肉部】	4畫	170	172	24-19	段4下-26	鍇8-10	鉉4下-4
枯(楛，槀、肐通段)	木部	【木部】	5畫	251	254	無	段6上-27	鍇11-12	鉉6上-4
罟(罜)	网部	【网部】	5畫	355	359	23-42	段7下-41	鍇14-20	鉉7下-7
詁(故)	言部	【言部】	5畫	92	93	無	段3上-13	鍇5-8	鉉3上-3

篆本字(古文、金文、籀文、俗字、通用字，通叚、金石)	說文部首	康熙部首	筆畫	一般頁碼	洪葉頁碼	金石字典頁碼	段注篇章	徐鍇通釋篇章	徐鉉藤花榭篇
賈(沽、價，估通叚)	貝部	【貝部】	6畫	281	284	27-34	段6下-19	錯12-12	鉉6下-5
淈	水部	【水部】	8畫	550	555	無	段11上貳-10	錯21-16	鉉11上-5
鼓(皷通叚)	攴部	【攴部】	9畫	125	126	14-56	段3下-38	錯6-19	鉉3下-8
鼓(皷、皷、鼖从古)	鼓部	【鼓部】		206	208	32-49	段5上-35	錯9-15	鉉5上-7
榖(穀木部)	木部	【木部】	10畫	246	248	16-60	段6上-16	錯11-7	鉉6上-3
穀禾部	禾部	【禾部】	10畫	326	329	22-25	段7上-50	錯13-21	鉉7上-8
㲉	缶部	【缶部】	10畫	224	227	無	段5下-19	錯10-8	鉉5下-4
絹(帬通叚)	糸部	【糸部】	10畫	647	653	無	段13上-8	錯25-3	鉉13上-2
轂	車部	【車部】	10畫	724	731	無	段14上-46	錯27-13	鉉14上-7
鶻(骨)	鳥部	【鳥部】	10畫	149	151	無	段4上-41	錯7-19	鉉4上-8
尳	尢部	【尢部】	10畫	495	499	無	段10下-10	錯20-3	鉉10下-2
啒	古部	【口部】	11畫	88	89	6-53	段3上-5	錯5-4	鉉3上-2
盬	皿部	【皿部】	11畫	212	214	無	段5上-47	錯9-19	鉉5上-9
鹽	鹽部	【皿部】	13畫	586	592	32-29	段12上-5	錯23-3	鉉12上-2
瞽	目部	【目部】	13畫	135	136	無	段4上-12	錯7-6	鉉4上-3
蠱	蟲部	【虫部】	17畫	676	683	無	段13下-5	錯25-16	鉉13下-1
冶(蠱)	仌部	【冫部】	5畫	571	576	4-20	段11下-8	錯22-4	鉉11下-3
gù(《ㄨˋ)									
雇(鶚、鳸，僱通叚)	隹部	【隹部】	4畫	143	144	無	段4上-28	錯7-13	鉉4上-5
故	攴部	【攴部】	5畫	123	124	14-40	段3下-33	錯6-17	鉉3下-8
詁(故)	言部	【言部】	5畫	92	93	無	段3上-13	錯5-8	鉉3上-3
固(故)	口部	【口部】	5畫	278	281	6-62	段6下-13	錯12-8	鉉6下-4
痼(固，段改痼通叚)	疒部	【疒部】	8畫	352	356	無	段7下-35	錯14-15	鉉7下-6
梏	木部	【木部】	7畫	270	272	16-43	段6上-64	錯11-29	鉉6上-8
牿	牛部	【牛部】	7畫	52	52	無	段2上-8	錯3-4	鉉2上-2
涸(灂，沍、冱、凅通叚)	水部	【水部】	8畫	559	564	無	段11上貳-28	錯21-21	鉉11上-7
梱	木部	【木部】	8畫	267	269	無	段6上-58	錯11-25	鉉6上-7
痁	疒部	【疒部】	5畫			無	無	無	鉉7下-6
痼(固，段改痼通叚)	疒部	【疒部】	8畫	352	356	無	段7下-35	錯14-15	鉉7下-6
茵	艸部	【艸部】	8畫	29	29	無	段1下-16	錯2-8	鉉1下-3
錮	金部	【金部】	8畫	703	710	無	段14上-3	錯27-2	鉉14上-1
顧	頁部	【頁部】	12畫	418	423	31-32	段9上-7	錯17-3	鉉9上-2

篆本字(古文、金文、籀文、俗字、通用字、通段、金石)	說文部首	康熙部首	筆畫	一般頁碼	洪葉頁碼	金石字典頁碼	段注篇章	徐鍇通釋篇章	徐鉉藤花榭篇
guā(ㄍㄨㄚ)									
瓜	瓜部	【瓜部】		337	340	20-21	段7下-4	鍇14-2	鉉7下-2
昏(昬、舌隸變)	口部	【口部】	3畫	61	61	6-20	段2上-26	鍇3-11	鉉2上-5
呱(gu、wa)	口部	【口部】	5畫	54	55	無	段2上-13	鍇3-6	鉉2上-3
聒(guo)	耳部	【耳部】	6畫	592	598	無	段12上-17	鍇23-7	鉉12上-4
菩(苦)	艸部	【艸部】	6畫	31	32	無	段1下-21	鍇2-10	鉉1下-4
銛(枚、欦、樞，餂通段)	金部	【金部】	6畫	706	713	無	段14上-10	鍇27-4	鉉14上-2
錟(銛)	金部	【金部】	8畫	711	718	無	段14上-19	鍇27-7	鉉14上-3
骷	骨部	【骨部】	6畫	165	167	無	段4下-16	鍇8-7	鉉4下-3
鴣	鳥部	【鳥部】	6畫	154	155	無	段4上-50	鍇7-22	鉉4上-9
栝(桥、栖)	木部	【木部】	6畫	264	267	16-39	段6上-53	鍇11-23	鉉6上-7
楮(栝、筶，桥、筶通段)	木部	【木部】	7畫	264	267	16-39	段6上-53	鍇11-23	鉉6上-7
剐(刮)	刀部	【刂部】	7畫	181	183	無	段4下-47	鍇8-16	鉉4下-7
揝(括，擓、挄通段)	手部	【手部】	7畫	606	612	無	段12上-46	鍇23-15	鉉12上-7
适(适非適通段)	辵(辶)部	【辵部】	7畫	71	72	無	段2下-5	鍇4-3	鉉2下-1
銛	金部	【金部】	7畫	714	721	無	段14上-25	鍇27-8	鉉14上-4
緺(wo)	糸部	【糸部】	9畫	654	660	無	段13上-22	鍇25-5	鉉13上-3
蝸(wo)	虫部	【虫部】	9畫	671	677	無	段13上-56	鍇25-13	鉉13上-8
騧(驧、䯎)	馬部	【馬部】	9畫	462	466	無	段10上-4	鍇19-2	鉉10上-1
劀	刀部	【刂部】	12畫	180	182	無	段4下-46	鍇8-17	鉉4下-7
guǎ(ㄍㄨㄚˇ)									
冎(剮，咼通段)	冎部	【冂部】	4畫	164	166	無	段4下-14	鍇8-6	鉉4下-3
寡	宀部	【宀部】	11畫	341	344	10-3	段7下-12	鍇14-6	鉉7下-3
guà(ㄍㄨㄚˋ)									
卦	卜部	【卜部】	6畫	127	128	5-21	段3下-41	鍇6-20	鉉3下-9
挂(掛，罫通段)	手部	【手部】	6畫	609	615	14-16	段12上-52	鍇23-16	鉉12上-8
圭(珪，袿通段)	土部	【土部】	3畫	693	700	7-11	段13下-39	鍇26-7	鉉13下-5
絓(罣、袿、褂通段)	糸部	【糸部】	6畫	644	650	無	段13上-2	鍇25-1	鉉13上-1
詿(罣通段)	言部	【言部】	6畫	97	98	無	段3上-23	鍇5-12	鉉3上-5
謯(詿)	言部	【言部】	13畫	96	97	無	段3上-21	鍇5-11	鉉3上-5

篆本字(古文、金文、籀文、俗字、通用字，通叚、金石)	說文部首	康熙部首	筆畫	一般頁碼	洪葉頁碼	金石字典頁碼	段注篇章	徐鍇通釋篇章	徐鉉藤花榭篇
guāi(ㄍㄨㄞ)									
茋	屮部	【艸部】	6畫	144	146	無	段4上-31	錯7-14	鉉4上-6
巫(乖)	巫部	【丿部】	7畫	611	617	2-5	段12上-55	錯23-17	鉉12上-9
guǎi(ㄍㄨㄞˇ)									
屮	屮部	【艸部】	1畫	144	146	無	段4上-31	錯7-14	鉉4上-6
挂(掛，罫通叚)	手部	【手部】	6畫	609	615	14-16	段12上-52	錯23-16	鉉12上-8
guài(ㄍㄨㄞˋ)									
叏(夬，英、欮通叚)	又部	【大部】	1畫	115	116	5-46	段3下-18	錯6-10	鉉3下-4
恠(怪，恠通叚)	心部	【心部】	5畫	509	514	無	段10下-39	錯20-14	鉉10下-7
烪(恢)	多部	【土部】	8畫	316	319	無	段7上-29	錯13-12	鉉7上-5
挰(括，擓、挄通叚)	手部	【手部】	7畫	606	612	無	段12上-46	錯23-15	鉉12上-7
guān(ㄍㄨㄢ)									
官	𠂤部	【宀部】	5畫	730	737	9-33	段14上-58	錯28-1	鉉14上-8
冠	冖部	【冖部】	7畫	353	356	4-17	段7下-36	錯14-16	鉉7下-6
綸	絲部	【幺部】	7畫	663	669	無	段13上-40	錯25-9	鉉13上-5
莞	艸部	【艸部】	7畫	27	28	25-12	段1下-13	錯2-7	鉉1下-3
薲(莞，薲通叚)	艸部	【艸部】	12畫	28	29	無	段1下-15	錯2-7	鉉1下-3
倌	人部	【人部】	8畫	377	381	無	段8上-25	錯15-9	鉉8上-3
棺	木部	【木部】	8畫	270	273	16-48	段6上-65	錯11-29	鉉6上-8
涫(觀、滾灛述及)	水部	【水部】	8畫	561	566	18-35	段11上貳-31	錯21-22	鉉11上-8
館(觀，舘通叚)	倉部	【食部】	8畫	221	224	31-43	段5下-13	錯10-5	鉉5下-3
綸(lunˊ)	糸部	【糸部】	8畫	654	660	23-25	段13上-22	錯25-5	鉉13上-3
鰥(矜，瘝、癏、鰥、鰥、鯤通叚)	魚部	【魚部】	10畫	576	581	32-21	段11下-18	錯22-8	鉉11下-5
矜(憐、矜、瘻，瘝通叚)	矛部	【矛部】	5畫	719	726	21-36	段14上-36	錯27-11	鉉14上-6
關(樌、貫彎述及，攔通叚)	門部	【門部】	11畫	590	596	30-17	段12上-13	錯23-5	鉉12上-3
觀(矖从人廿隹)	見部	【見部】	18畫	408	412	無	段8下-14	錯16-13	鉉8下-3
館(觀，舘通叚)	倉部	【食部】	8畫	221	224	31-43	段5下-13	錯10-5	鉉5下-3
涫(觀、滾灛述及)	水部	【水部】	8畫	561	566	18-35	段11上貳-31	錯21-22	鉉11上-8
雚(鸛、觀，汍通叚)	雈部	【隹部】	10畫	144	146	30-59	段4上-31	錯7-14	鉉4上-6

篆本字(古文、金文、籀文、俗字、通用字，通段、金石)	說文部首	康熙部首	筆畫	一般頁碼	洪葉頁碼	金石字典頁碼	段注篇章	徐鍇通釋篇章	徐鉉藤花榭篇
guǎn(ㄍㄨㄢˇ)									
筦	竹部	【竹部】	7畫	191	193	22-50	段5上-6	鍇9-3	鉉5上-1
莞	艸部	【艸部】	7畫	27	28	25-12	段1下-13	鍇2-7	鉉1下-3
蔤(莞，蔤通段)	艸部	【艸部】	12畫	28	29	無	段1下-15	鍇2-7	鉉1下-3
管(琯)	竹部	【竹部】	8畫	197	199	22-55	段5上-18	鍇9-7	鉉5上-3
輨(錧通段)	車部	【車部】	8畫	725	732	無	段14上-48	鍇27-13	鉉14上-7
鞙	革部	【革部】	8畫	109	110	無	段3下-6	鍇6-4	鉉3下-1
館(觀，舘通段)	倉部	【食部】	8畫	221	224	31-43	段5下-13	鍇10-5	鉉5下-3
guàn(ㄍㄨㄢˋ)									
毌(串、貫)	毌部	【毋部】		316	319	17-45	段7上-29	鍇13-12	鉉7上-5
貫(毌、摜、宦、串)	毌部	【貝部】	4畫	316	319	27-25	段7上-29	鍇13-12	鉉7上-5
關(擱、貫彎述及，攔通段)	門部	【門部】	11畫	590	596	30-17	段12上-13	鍇23-5	鉉12上-3
摜(貫，慣通段)	手部	【手部】	11畫	601	607	無	段12上-35	鍇23-11	鉉12上-6
遺(貫、串，慣通段)	辵(辶)部	【辵部】	11畫	71	71	無	段2下-4	鍇4-2	鉉2下-1
磺(卝古文礦，鑛通段)	石部	【石部】	12畫	448	453	無	段9下-23	鍇18-8	鉉9下-4
卵(卝、鯤鱗duoˋ述及，畯通段)	卵部	【卩部】	5畫	680	686	5-28	段13下-12	鍇25-18	鉉13下-3
冠	冖部	【冖部】	7畫	353	356	4-17	段7下-36	鍇14-16	鉉7下-6
悹(瘝通段)	心部	【心部】	8畫	505	510	無	段10下-31	鍇20-11	鉉10下-6
祼非裸luoˇ	示部	【示部】	8畫	6	6	21-59	段1上-11	鍇1-7	鉉1上-2
臝从衣(祼非裸guanˋ，倮、臝从果、躶通段)	衣部	【衣部】	13畫	396	400	無	段8上-63	鍇16-5	鉉8上-9
鸛(鶴，鴇、鳩通段)	鳥部	【鳥部】	17畫	154	156	無	段4上-51	鍇7-22	鉉4上-9
鴝(鸛、鶴)	鳥部	【鳥部】	5畫	155	156	無	段4上-52	鍇7-22	鉉4上-9
雚(鶴、觀，汍通段)	萑部	【隹部】	10畫	144	146	30-59	段4上-31	鍇7-14	鉉4上-6
涫(觀、滾薵述及)	水部	【水部】	8畫	561	566	18-35	段11上貳-31	鍇21-22	鉉11上-8
摜(貫，慣通段)	手部	【手部】	11畫	601	607	無	段12上-35	鍇23-11	鉉12上-6
遺(貫、串，慣通段)	辵(辶)部	【辵部】	11畫	71	71	無	段2下-4	鍇4-2	鉉2下-1
關(擱、貫彎述及，攔通段)	門部	【門部】	11畫	590	596	30-17	段12上-13	鍇23-5	鉉12上-3
盥	皿部	【皿部】	11畫	213	215	21-20	段5上-49	鍇9-20	鉉5上-9

篆本字(古文、金文、籀文、俗字、通用字，通段、金石)	說文部首	康熙部首	筆畫	一般頁碼	洪葉頁碼	金石字典頁碼	段注篇章	徐鍇通釋篇章	徐鉉藤花榭篇
罐	缶部	【缶部】	18畫	無	無	無	無	無	鉉5下-4
灌(罐通段)	水部	【水部】	18畫	531	536	19-5	段11上壹-31	錯21-9	鉉11上-2
爟(烜、烜，晅通段)	火部	【火部】	18畫	486	490	19-30	段10上-52	錯19-17	鉉10上-9
瓘	玉部	【玉部】	18畫	10	10	20-20	段1上-19	錯1-10	鉉1上-3
矔	目部	【目部】	18畫	130	132	21-36	段4上-3	錯7-2	鉉4上-1
guāng(ㄍㄨㄤ)									
光(羡、茣，茪、胱、觥通段)	火部	【儿部】	4畫	485	490	3-50	段10上-51	錯19-17	鉉10上-9
桄(觥、輄通段)	木部	【木部】	6畫	268	271	無	段6上-61	錯11-27	鉉6上-8
橫(桄、橫、衡，桁、輄、鸁通段)	木部	【木部】	12畫	268	270	17-10	段6上-60	錯11-27	鉉6上-7
侊(觥)	人部	【人部】	6畫	378	382	無	段8上-28	錯15-10	鉉8上-4
洸(滉通段)	水部	【水部】	6畫	548	553	無	段11上貳-6	錯21-14	鉉11上-5
guǎng(ㄍㄨㄤˇ)									
广	广部	【广部】		442	447	11-45	段9下-11	錯18-4	鉉9下-2
臩(囧)	夰部	【臣部】	11畫	498	503	無	段10下-17	錯20-6	鉉10下-4
囧(冏、臩)	囧部	【囗部】	5畫	314	317	無	段7上-26	錯13-10	鉉7上-4
廣	广部	【广部】	12畫	444	448	11-56	段9下-14	錯18-5	鉉9下-2
獷(猓、黄)	犬部	【犬部】	15畫	474	479	無	段10上-29	錯19-9	鉉10上-5
guàng(ㄍㄨㄤˋ)									
臦	臣部	【臣部】	6畫	118	119	無	段3下-24	錯6-13	鉉3下-6
悹(kuang´)	心部	【心部】	7畫	510	515	無	段10下-41	錯20-14	鉉10下-7
徍(往、迬，徨、洭、徎通段)	彳部	【彳部】	5畫	76	76	12-40	段2下-14	錯4-7	鉉2下-3
儴(徎)	人部	【人部】	11畫	384	388	無	段8上-39	錯15-13	鉉8上-5
guī(ㄍㄨㄟ)									
龜(𪓑，鼇通段)	龜部	【龜部】		678	685	32-61	段13下-9	錯25-17	鉉13下-2
圭(珪、袿通段)	土部	【土部】	3畫	693	700	7-11	段13下-39	錯26-7	鉉13下-5
蠲(圭，螢通段)	虫部	【虫部】	17畫	665	672	25-58	段13上-45	錯25-11	鉉13上-6
絓(罣、袿、絓通段)	糸部	【糸部】	6畫	644	650	無	段13上-2	錯25-1	鉉13上-1
規(摫、槻通段)	夫部	【見部】	4畫	499	504	26-30	段10下-19	錯20-7	鉉10下-4
夫(玞、砆、芙、鴂通段)	夫部	【大部】	1畫	499	504	7-6	段10下-19	錯20-7	鉉10下-4

篆本字（古文、金文、籀文、俗字、通用字，通段、金石）	說文部首	康熙部首	筆畫	一般頁碼	洪葉頁碼	金石字典頁碼	段注篇章	徐鍇通釋篇章	徐鉉藤花榭篇
耕	耒部	【耒部】	6畫	184	186	無	段4下-53	鍇8-19	鉉4下-8
杷(耕，扒、抓、朳、爬、琶通段)	木部	【木部】	4畫	259	262	無	段6上-43	鍇11-19	鉉6上-6
菫	艸部	【艸部】	6畫	28	28	25-6	段1下-14	鍇2-7	鉉1下-3
邦	邑部	【邑部】	6畫	287	289	28-66	段6下-30	鍇12-15	鉉6下-6
閨	門部	【門部】	6畫	587	593	無	段12上-8	鍇23-4	鉉12上-2
膎(鮭)	肉部	【肉部】	10畫	174	176	無	段4下-33	鍇8-14	鉉4下-5
鯢(鮭通段)	魚部	【魚部】	8畫	578	583	32-19	段11下-22	鍇22-9	鉉11下-5
麎	鹿部	【鹿部】	6畫	471	476	無	段10上-23	鍇19-7	鉉10上-4
䫋(纇、槶)	頁部	【頁部】	8畫	418	422	無	段9上-6	鍇17-2	鉉9上-2
瑰(環通段)	玉部	【玉部】	10畫	18	18	20-16	段1上-36	鍇1-17	鉉1上-6
傀(傯、瓌、瓖、磈通段)	人部	【人部】	10畫	368	372	無	段8上-7	鍇15-3	鉉8上-1
騩	馬部	【馬部】	10畫	461	466	31-62	段10上-3	鍇19-1	鉉10上-1
嫛	女部	【女部】	11畫	620	626	無	段12下-17	鍇24-6	鉉12下-3
鬶	鬲部	【鬲部】	11畫	111	112	無	段3下-9	鍇6-5	鉉3下-2
窺(睽通段)	穴部	【穴部】	11畫	345	349	無	段7下-21	鍇14-9	鉉7下-4
嬀(媯，溈通段)	女部	【女部】	12畫	613	619	無	段12下-3	鍇24-1	鉉12下-1
歸(婦，皈通段)	止部	【止部】	14畫	68	68	17-33	段2上-40	鍇3-17	鉉2上-8
夔(歸)	夂部	【夂部】	17畫	233	236	7-49	段5下-37	鍇10-15	鉉5下-7
饋(歸、餽)	倉部	【食部】	12畫	220	223	31-45	段5下-11	鍇10-5	鉉5下-2
巂(鷒、驨、鶒通段)	隹部	【山部】	15畫	141	142	30-59	段4上-24	鍇7-11	鉉4上-5
虌(蘬)	艸部	【艸部】	18畫	47	47	無	段1下-52	鍇2-24	鉉1下-9
guǐ（ㄍㄨㄟˇ）									
鬼(魂从示)	鬼部	【鬼部】		434	439	32-11	段9上-39	鍇17-13	鉉9上-7
軌	車部	【車部】	2畫	728	735	27-63	段14上-53	鍇27-14	鉉14上-7
宄(叐、宭、軌)	宀部	【宀部】	2畫	342	345	9-18	段7下-14	鍇14-6	鉉7下-3
簋(匭、匭、軌、朹、九)	竹部	【竹部】	12畫	193	195	22-59	段5上-10	鍇9-4	鉉5上-2
氿(厬、漸，沋、坈、阬通段)	水部	【水部】	2畫	552	557	無	段11上貳-14	鍇21-17	鉉11上-6
九(氿厬guǐ述及)	九部	【乙部】	1畫	738	745	2-8	段14下-16	鍇28-7	鉉14下-3
厬(氿，漸通段)	厂部	【厂部】	12畫	446	451	無	段9下-19	鍇18-7	鉉9下-3

篆本字(古文、金文、籀文、俗字、通用字，通段、金石)	說文部首	康熙部首	筆畫	一般頁碼	洪葉頁碼	金石字典頁碼	段注篇章	徐鍇通釋篇章	徐鉉藤花榭篇
楷(揩、攱通段)	木部	【木部】	10畫	254	256	無	段6上-32	鍇11-14	鉉6上-4
癸(𥜌、葵)	部	【癶部】	4畫	742	749	無	段14下-24	鍇28-12	鉉14下-6
庋	广部	【广部】	7畫	無	無	無	無	無	鉉9下-3
跂(胑、歧通段)	足部	【足部】	4畫	84	85	無	段2下-31	鍇4-16	鉉2下-6
屐(秡、庋、庪、輾通段)	履部	【尸部】	7畫	402	407	無	段8下-3	鍇16-10	鉉8下-1
垝(陒，庪通段)	土部	【土部】	6畫	691	697	無	段13下-34	鍇26-5	鉉13下-5
危(峗、桅、捼通段)	危部	【卩部】	4畫	448	453	5-28	段9下-23	鍇18-8	鉉9下-4
姽	女部	【女部】	6畫	619	625	無	段12下-15	鍇24-5	鉉12下-2
恑(佹通段)	心部	【心部】	6畫	510	515	無	段10下-41	鍇20-14	鉉10下-7
詭(佹通段)	言部	【言部】	6畫	100	101	無	段3上-29	鍇5-15	鉉3上-6
攲(鼓、崎、奇、竒，欹通段)	危部	【支部】	6畫	448	453	無	段9下-23	鍇18-8	鉉9下-4
鼓(攲)	支部	【支部】	8畫	117	118	無	段3下-21	鍇6-11	鉉3下-5
祪	示部	【示部】	6畫	4	4	無	段1上-7	鍇1-6	鉉1上-2
蛫	虫部	【虫部】	6畫	672	678	無	段13上-58	鍇25-14	鉉13上-8
觤	角部	【角部】	6畫	186	188	無	段4下-57	鍇8-20	鉉4下-9
趌(跬、窺、頃、蹞)	走部	【走部】	6畫	66	66	無	段2上-36	鍇3-16	鉉2上-8
鈨(敧、鎘、鵤通段)	金部	【金部】	6畫	706	713	無	段14上-10	鍇27-4	鉉14上-2
晷	日部	【日部】	8畫	305	308	無	段7上-7	鍇13-2	鉉7上-1
逶(蟡、蝸通段)	辵(辶)部	【辵部】	8畫	73	73	28-34	段2下-8	鍇4-4	鉉2下-2
湀	水部	【水部】	9畫	553	558	無	段11上貳-16	鍇21-17	鉉11上-6
媿(愧，瞔通段)	女部	【女部】	10畫	626	632	8-47	段12下-29	鍇24-10	鉉12下-4
厬(氿，漸通段)	厂部	【厂部】	12畫	446	451	無	段9下-19	鍇18-7	鉉9下-3
簋(匭、甌、軌、杌、九)	竹部	【竹部】	12畫	193	195	22-59	段5上-10	鍇9-4	鉉5上-2
糾(繆繪述及、甌簋gui ˇ 述及，糺通段)	丩部	【糸部】	2畫	88	89	23-5	段3上-5	鍇5-3	鉉3上-2
賑(貨，脆通段)	貝部	【貝部】	12畫	279	282	27-25貨	段6下-15	鍇12-10	鉉6下-4
貨(賑)	貝部	【貝部】	4畫	279	282	27-25	段6下-15	鍇12-9	鉉6下-4
gui(《ㄨㄟˋ)									
賡(貴)	貝部	【貝部】	5畫	282	284	27-28	段6下-20	鍇12-13	鉉6下-5

篆本字(古文、金文、籀文、俗字、通用字,通段、金石)	說文部首	康熙部首	筆畫	一般頁碼	洪葉頁碼	金石字典頁碼	段注篇章	徐鍇通釋篇章	徐鉉藤花榭篇
柜(欅、榘渠述及)	木部	【木部】	5畫	246	248	無	段6上-16	鍇11-7	鉉6上-3
桂	木部	【木部】	6畫	240	242	16-36	段6上-4	鍇11-2	鉉6上-1
睢非且部睢ju鶪字(濉、睚通段)	目部	【目部】	8畫	132	134	21-33	段4上-7	鍇7-4	鉉4上-2
鶪(雖、鵙,鵙、鵙通段)	鳥部	【鳥部】	9畫	150	151	無	段4上-42	鍇7-19	鉉4上-8
跪	足部	【足部】	6畫	81	81	無	段2下-24	鍇4-13	鉉2下-5
蛫(蚖)	虫部	【虫部】	10畫	664	670	無	段13上-42	鍇25-10	鉉13上-6
樻(簂、薾,幗通段)	木部	【木部】	11畫	263	265	無	段6上-50	鍇11-22	鉉6上-6
匱(櫃、鐀)	匚部	【匚部】	12畫	636	642	5-3	段12下-50	鍇24-16	鉉12下-8
鞼	革部	【革部】	12畫	107	108	無	段3下-2	鍇6-2	鉉3下-1
鬠從髟貴	髟部	【髟部】	12畫	427	432	無	段9上-25	鍇17-8	鉉9上-4
㯕(巘、橛通段)	木部	【木部】	12畫	263	265	無	段6上-50	鍇11-22	鉉6上-6
鱖	魚部	【魚部】	12畫	578	584	無	段11下-23	鍇22-9	鉉11下-5
賵(貨,跪通段)	貝部	【貝部】	12畫	279	282	27-25貨	段6下-15	鍇12-10	鉉6下-4
貨(賵)	貝部	【貝部】	4畫	279	282	27-25	段6下-15	鍇12-9	鉉6下-4
儈	人部	【人部】	13畫	無	無	無	無	無	鉉8上-5
駔(儈)	馬部	【馬部】	5畫	468	472	無	段10上-16	鍇19-5	鉉10上-2
會(佮、儈駔zu ` 述及)	會部	【曰部】	9畫	223	225	15-58	段5下-16	鍇10-6	鉉5下-3
劊	刀部	【刂部】	13畫	179	181	無	段4下-43	鍇8-16	鉉4下-7
檜	木部	【木部】	13畫	247	250	無	段6上-19	鍇11-8	鉉6上-3
鄶(檜)	邑部	【邑部】	13畫	295	298	無	段6下-47	鍇12-20	鉉6下-7
禬	示部	【示部】	13畫	7	7	21-64	段1上-13	鍇1-7	鉉1上-2
襘	衣部	【衣部】	13畫	391	395	無	段8上-54	鍇16-2	鉉8上-8
劌(劊通段)	刀部	【刂部】	13畫	179	181	無	段4下-44	鍇8-16	鉉4下-7

gǔn(ㄍㄨㄣˇ)

丨	丨部	【丨部】		20	20	1-24	段1上-40	鍇1-20	鉉1上-7
秏(芼、粍、蓑)	禾部	【禾部】	3畫	325	328	無	段7上-47	鍇13-19	鉉7上-8
袞(衮、褒、卷,蓑、蓑、褧通段)	衣部	【衣部】	5畫	388	392	26-15	段8上-48	鍇16-1	鉉8上-7
卷(袞、弓ㄐ述及,啳、埢、綣、菤通段)	卩部	【卩部】	6畫	431	435	無	段9上-32	鍇17-10	鉉9上-5

篆本字(古文、金文、籀文、俗字、通用字，通叚、金石)	說文部首	康熙部首	筆畫	一般頁碼	洪葉頁碼	金石字典頁碼	段注篇章	徐鍇通釋篇章	徐鉉藤花榭篇
緄(袞)	糸部	【糸部】	8畫	653	659	無	段13上-20	鍇25-5	鉉13上-3
鯀(骾、縣，鮌通叚)	魚部	【魚部】	7畫	576	581	32-19	段11下-18	鍇22-8	鉉11下-5
輥	車部	【車部】	8畫	724	731	無	段14上-46	鍇27-13	鉉14上-7
涫(觀、滾灢述及)	水部	【水部】	11畫	561	566	18-35	段11上貳-31	鍇21-22	鉉11上-8
混(滾、渾、溷)	水部	【水部】	8畫	546	551	無	段11上貳-2	鍇21-13	鉉11上-4
橐从囷木(橐，稇通叚)	橐部	【木部】	18畫	276	279	無	段6下-9	鍇12-7	鉉6下-3
緷(橐从豕)	糸部	【糸部】	9畫	644	651	無	段13上-3	鍇25-2	鉉13上-1
gùn(ㄍㄨㄣˋ)									
掍(hun ˋ 棍)	手部	【手部】	8畫	611	617	無	段12上-55	鍇23-17	鉉12上-8
睔	目部	【目部】	8畫	130	132	無	段4上-3	鍇7-2	鉉4上-1
guō(ㄍㄨㄛ)									
鬲(鍋)	鬲部	【鬲部】	3畫	111	112	無	段3下-10	鍇6-5	鉉3下-2
聒(gua)	耳部	【耳部】	6畫	592	598	無	段12上-17	鍇23-7	鉉12上-4
崞	山部	【山部】	8畫	439	443	無	段9下-4	鍇18-2	鉉9下-1
蜮(蟈，蟈通叚)	虫部	【虫部】	8畫	672	678	無	段13上-58	鍇25-14	鉉13上-8
鄭(郭邑部、廓鼓述及)	邑部	【邑部】	8畫	298	301	29-9	段6下-53	鍇12-21	鉉6下-8
㕇(廓、郭㕇部)	㕇部	【邑部】	8畫	228	231	2-38	段5下-27	鍇10-11	鉉5下-5
墉(㕇、庸，隉通叚)	土部	【土部】	11畫	688	695	7-23	段13下-29	鍇26-4	鉉13下-4
鬲(鍋)	鬲部	【鬲部】	3畫	111	112	無	段3下-10	鍇6-5	鉉3下-2
楇(過、輠、鍋，輠、鐹通叚)	木部	【木部】	9畫	266	269	無	段6上-57	鍇11-24	鉉6上-7
過(楇、輠、鍋，渦、蝸、薖通叚)	辵(辶)部	【辵部】	9畫	71	71	28-35	段2下-4	鍇4-2	鉉2下-1
濄(渦通叚)	水部	【水部】	13畫	534	539	無	段11上壹-38	鍇21-11	鉉11上-3
彉(彉，擴、霩从口弓通叚)	弓部	【弓部】	12畫	641	647	無	段12下-60	鍇24-20	鉉12下-9
懖(聲)	心部	【心部】	14畫	510	515	無	段10下-41	鍇20-15	鉉10下-7
guó(ㄍㄨㄛˊ)									
國(或)	囗部	【囗部】	8畫	277	280	7-2	段6下-11	鍇12-8	鉉6下-3
或(域、國、惑㰟zi ˋ 述及)	戈部	【戈部】	4畫	631	637	13-56	段12下-39	鍇24-12	鉉12下-6
聝(馘)	耳部	【耳部】	8畫	592	598	24-10	段12上-18	鍇23-8	鉉12上-4
虢	虎部	【虍部】	9畫	211	213	25-51	段5上-45	鍇9-18	鉉5上-8

篆本字（古文、金文、籀文、俗字、通用字，通段、金石）	說文部首	康熙部首	筆畫	一般頁碼	洪葉頁碼	金石字典頁碼	段注篇章	徐鍇通釋篇章	徐鉉藤花榭篇
悔(痗、憪通段)	心部	【心部】	7畫	512	516	13-20	段10下-44	錯20-16	鉉10下-8
幗	巾部	【巾部】	11畫	無	無	無	無	無	鉉7下-9
椢(簂、蔮，幗通段)	木部	【木部】	11畫	263	265	無	段6上-50	錯11-22	鉉6上-6
瀡	水部	【水部】	15畫	559	564	無	段11上貳-28	錯21-21	鉉11上-7
guǒ(ㄍㄨㄛˇ)									
果(猓、倮、菓通段)	木部	【木部】	4畫	249	251	16-27	段6上-22	錯11-10	鉉6上-3
椁(櫃，槨通段)	木部	【木部】	8畫	270	273	16-48	段6上-65	錯11-29	鉉6上-8
淉	水部	【水部】	8畫	544	549	無	段11上壹-57	無	鉉11上-4
裹	衣部	【衣部】	8畫	396	400	無	段8上-64	錯16-5	鉉8上-9
過(楇、輠、鍋，渦、蝸、薖通段)	辵(辶)部	【辵部】	9畫	71	71	28-35	段2下-4	錯4-2	鉉2下-1
楇(過、輠、鍋，輠、鍋通段)	木部	【木部】	9畫	266	269	無	段6上-57	錯11-24	鉉6上-7
蠣(蠃)	虫部	【虫部】	13畫	667	673	無	段13上-48	錯25-12	鉉13上-7
guò(ㄍㄨㄛˋ)									
過(楇、輠、鍋，渦、蝸、薖通段)	辵(辶)部	【辵部】	9畫	71	71	28-35	段2下-4	錯4-2	鉉2下-1
楇(過、輠、鍋，輠、鍋通段)	木部	【木部】	9畫	266	269	無	段6上-57	錯11-24	鉉6上-7
H									
ha(ㄏㄚ)									
欱(哈、齸通段)	欠部	【欠部】	6畫	413	417	無	段8下-24	錯16-17	鉉8下-5
蝦(鰕通段)	虫部	【虫部】	9畫	671	678	無	段13上-57	錯25-14	鉉13上-8
鰕(鰕、蝦、瑕)	魚部	【魚部】	9畫	580	586	無	段11下-27	錯22-10	鉉11下-6
há(ㄏㄚˊ)									
盒(蛤)	虫部	【虫部】	6畫	670	677	無	段13上-55	錯25-13	鉉13上-7
hāi(ㄏㄞ)									
哈	口部	【口部】	5畫	無	無	無	無	無	鉉2上-6
欨(嗋、歈，改、哈通段)	欠部	【欠部】	10畫	412	416	無	段8下-22	錯16-16	鉉8下-5
欥(改、哂，嗋、吚通段)	欠部	【欠部】	3畫	411	415	無	段8下-20	錯16-16	鉉8下-4

篆本字(古文、金文、籀文、俗字、通用字,通叚、金石)	說文部首	康熙部首	筆畫	一般頁碼	洪葉頁碼	金石字典頁碼	段注篇章	徐鍇通釋篇章	徐鉉藤花榭篇
hái(ㄏㄞˊ)									
咳(孩)	口部	【口部】	6畫	55	55	6-32	段2上-14	鍇3-6	鉉2上-3
頦	頁部	【頁部】	6畫	422	426	無	段9上-14	鍇17-4	鉉9上-2
骸(輔)	骨部	【骨部】	6畫	166	168	無	段4下-17	鍇8-7	鉉4下-4
趌	走部	【走部】	7畫	65	65	無	段2上-34	鍇3-15	鉉2上-7
還(環轉述及,㣇通叚)	辵(辶)部	【辵部】	13畫	72	72	28-54	段2下-6	鍇4-4	鉉2下-2
檈(還)	木部	【木部】	17畫	247	249	無	段6上-18	鍇11-8	鉉6上-3
趯(還)	走部	【走部】	13畫	65	65	無	段2上-34	鍇3-15	鉉2上-7
繯(還,統通叚)	糸部	【糸部】	13畫	647	653	23-37	段13上-8	鍇25-3	鉉13上-2
環(還繯述及,鐶、鬟通叚)	玉部	【玉部】	13畫	12	12	20-20	段1上-23	鍇1-12	鉉1上-4
hǎi(ㄏㄞˇ)									
海	水部	【水部】	7畫	545	550	18-27	段11上壹-59	鍇21-13	鉉11上-4
醢(盬从鹵有)	酉部	【酉部】	10畫	751	758	無	段14下-42	鍇28-19	鉉14下-9
hài(ㄏㄞˋ)									
亥(𠀅,𣥐)	亥部	【亠部】	4畫	752	759	2-30	段14下-44	鍇28-20	鉉14下-10末
豕(𠀅)	豕部	【豕部】		454	459	27-15	段9下-35	鍇18-12	鉉9下-5
夆	夊部	【夊部】	4畫	237	239	無	段5下-43	鍇10-18	鉉5下-8
妎(嬇)	女部	【女部】	4畫	622	628	無	段12下-22	鍇24-7	鉉12下-3
恑	心部	【心部】	6畫	514	519	無	段10下-49	鍇20-18	鉉10下-9
餃	皀部	【食部】	6畫	221	224	無	段5下-13	鍇10-5	鉉5下-3
駭(駴)	馬部	【馬部】	6畫	467	471	無	段10上-14	鍇19-4	鉉10上-2
害(𡧱通叚)	宀部	【宀部】	7畫	341	345	9-44	段7下-13	鍇14-6	鉉7下-3
曷(害、盍,鞨通叚)	曰部	【曰部】	5畫	202	204	無	段5上-28	鍇9-11	鉉5上-5
餲(腸、胺、鶡、�通叚)	皀部	【食部】	9畫	222	224	無	段5下-14	鍇10-6	鉉5下-3
hān(ㄏㄢ)									
鼾(頇通叚)	鼻部	【鼻部】	3畫	137	139	無	段4上-17	鍇7-8	鉉4上-4
酣(佄通叚)	酉部	【酉部】	5畫	749	756	無	段14下-37	鍇28-18	鉉14下-9
黰(憨)	黑部	【黑部】	12畫	489	494	無	段10上-59	鍇19-20	鉉10上-10
戅(憨通叚)	心部	【心部】	24畫	509	514	無	段10下-39	鍇20-13	鉉10下-7
hán(ㄏㄢˊ)									
邗	邑部	【邑部】	3畫	297	300	無	段6下-51	鍇12-21	鉉6下-8

篆本字(古文、金文、籀文、俗字、通用字，通段、金石)	說文部首	康熙部首	筆畫	一般頁碼	洪葉頁碼	金石字典頁碼	段注篇章	徐鍇通釋篇章	徐鉉藤花榭篇
含(吟)	口部	【口部】	4畫	55	56	6-23	段2上-15	錯3-6	鉉2上-3
梣(含)	木部	【木部】	9畫	261	263	無	段6上-46	錯11-20	鉉6上-6
琀(含、唅)	玉部	【玉部】	7畫	19	19	無	段1上-37	錯1-18	鉉1上-6
瓵(櫝，甔通段)	瓦部	【瓦部】	4畫	639	645	無	段12下-56	錯24-18	鉉12下-9
鼢(鼸)	鼠部	【鼠部】	4畫	479	483	無	段10上-38	錯19-13	鉉10上-7
邯(㟏，澗通段)	邑部	【邑部】	5畫	290	292	28-63	段6下-36	錯12-17	鉉6下-6
圅(函、肣)	马部	【口部】	7畫	316	319	4-25，肣24-20	段7上-30	錯13-12	鉉7上-5
涵	夊部	【冫部】	8畫	571	576	無	段11下-8	錯22-4	鉉11下-3
涵(涵，澂通段)	水部	【水部】	8畫	558	563	18-32	段11上貳-26	錯21-21	鉉11上-7
顄(頷、領)	頁部	【頁部】	8畫	417	421	無	段9上-4	錯17-2	鉉9上-1
魋(䚔，魌通段)	虎部	【虍部】	6畫	210	212	無	段5上-44	錯9-18	鉉5上-8
虦(魋)	虎部	【虍部】	7畫	210	212	無	段5上-44	錯9-18	鉉5上-8
寒(寋通段)	宀部	【宀部】	9畫	341	345	9-58	段7下-13	錯14-6	鉉7下-3
瓬(櫝通段)	瓦部	【瓦部】	5畫	639	645	20-22	段12下-55	錯24-18	鉉12下-8
靁(霤)	雨部	【雨部】	10畫	573	578	無	段11下-12	錯22-6	鉉11下-3
韓(韓通段)	韋部	【韋部】	10畫	236	238	31-19	段5下-41	錯10-17	鉉5下-8
瓵(櫝，甔通段)	瓦部	【瓦部】	4畫	639	645	無	段12下-56	錯24-18	鉉12下-9
hǎn(ㄏㄢˇ)									
厂(厈、巖广an述及，圢通段)	厂部	【厂部】		446	450	5-32	段9下-18	錯18-6	鉉9下-3
罕(罕、㝹)	网部	【网部】	2畫	355	358	23-41	段7下-40	錯14-18	鉉7下-7
齦(喊通段)	齒部	【齒部】	9畫	80	80	無	段2下-22	錯4-11	鉉2下-5
hàn(ㄏㄢˋ)									
马(㠯)	马部	【弓部】		316	319	無	段7上-30	錯13-12	鉉7上-5
東(東)	東部	【木部】	2畫	317	320	無	段7上-31	錯13-13	鉉7上-5
厂(厈、巖广an述及，圢通段)	厂部	【厂部】		446	450	5-32	段9下-18	錯18-6	鉉9下-3
庍(厈、斥，鴈通段)	广部	【广部】	6畫	446	450	11-48	段9下-18	錯18-6	鉉9下-3
旱	日部	【日部】	3畫	305	308	無	段7上-8	錯13-3	鉉7上-2
汗(瀚通段)	水部	【水部】	3畫	565	570	18-3	段11上貳-40	錯21-25	鉉11上-9
豻(犴、岸，狱通段)	豸部	【豸部】	3畫	458	462	無	段9下-42	錯18-15	鉉9下-7
岸(犴，矸通段)	屵部	【山部】	5畫	442	446	10-54	段9下-10	錯18-4	鉉9下-2
釬	金部	【金部】	3畫	711	718	無	段14上-20	錯27-7	鉉14上-4

篆本字(古文、金文、籀文、俗字、通用字，通叚、金石)	說文部首	康熙部首	筆畫	一般頁碼	洪葉頁碼	金石字典頁碼	段注篇章	徐鍇通釋篇章	徐鉉藤花榭篇
閈	門部	【門部】	3畫	587	593	30-10	段12上-8	鍇23-4	鉉12上-2
閉(閇、閈)	門部	【門部】	3畫	590	596	30-10	段12上-13	鍇23-5	鉉12上-3
扞(捍)	手部	【手部】	3畫	609	615	14-7	段12上-52	鍇23-16	鉉12上-8
敦(扞、捍)	攴部	【攴部】	7畫	123	124	14-46	段3下-34	鍇6-17	鉉3下-8
咊(和，俰通叚)	口部	【口部】	5畫	57	57	6-28	段2上-18	鍇3-7	鉉2上-4
盉(和)	皿部	【皿部】	5畫	212	214	21-15	段5上-48	鍇9-19	鉉5上-9
龢(和)	龠部	【龠部】	5畫	85	86	32-62	段2下-33	鍇4-17	鉉2下-7
龍(寵、和、尨買述及、駹騋述及，曨通叚)	龍部	【龍部】		582	588	32-56	段11下-31	鍇22-11	鉉11下-6
鎮(頷)	頁部	【頁部】	8畫	419	423	無	段9上-8	鍇17-3	鉉9上-2
頜(頷)	頁部	【頁部】	6畫	417	421	無	段9上-4	鍇17-2	鉉9上-1
頷(頤)	頁部	【頁部】	7畫	418	423	無	段9上-7	鍇17-3	鉉9上-2
顄(頤、頷)	頁部	【頁部】	8畫	417	421	無	段9上-4	鍇17-2	鉉9上-1
悍	心部	【心部】	7畫	509	514	13-21	段10下-39	鍇20-14	鉉10下-7
睅(睆)	目部	【目部】	7畫	130	131	無	段4上-2	鍇7-2	鉉4上-1
盰(睅通叚)	目部	【目部】	3畫	130	132	無	段4上-3	鍇7-2	鉉4上-1
馯(駻)	馬部	【馬部】	7畫	467	471	無	段10上-14	鍇19-4	鉉10上-2
虤(kan ˇ)	虎部	【虍部】	7畫	210	212	無	段5上-44	鍇9-18	鉉5上-8
滔	水部	【水部】	8畫	558	563	無	段11上貳-26	鍇21-21	鉉11上-7
脗(脗通叚)	肉部	【肉部】	8畫	177	179	無	段4下-39	鍇8-14	鉉4下-6
衉(罐、脗)	血部	【血部】	8畫	214	216	無	段5上-52	鍇9-21	鉉5上-10
蛤	虫部	【虫部】	8畫	665	671	無	段13上-44	鍇25-10	鉉13上-6
撖(撼)	手部	【手部】	9畫	606	612	無	段12上-45	鍇23-14	鉉12上-7
感(憾，轗)	心部	【心部】	9畫	513	517	13-28	段10下-46	鍇20-16	鉉10下-8
顣(顑从咸心)	頁部	【頁部】	9畫	421	426	無	段9上-13	鍇17-4	鉉9上-2
睆(huan ˇ)	目部	【目部】	9畫	130	131	無	段4上-2	鍇7-2	鉉4上-1
汗(瀚通叚)	水部	【水部】	3畫	565	570	18-3	段11上貳-40	鍇21-25	鉉11上-9
翰(榦骭gan ˋ 述及，瀚通叚)	羽部	【羽部】	10畫	138	139	23-56	段4上-18	鍇7-9	鉉4上-4
乾(翰)	毛部	【毛部】	10畫	399	403	23-56	段8上-69	鍇16-7	鉉8上-10
駻(翰)	馬部	【馬部】	10畫	463	467	無	段10上-6	鍇19-2	鉉10上-1
雗(翰雉述及)	隹部	【隹部】	10畫	141	143	無	段4上-25	鍇7-11	鉉4上-5
菡(菡)	艸部	【艸部】	10畫	34	34	無	段1下-26	鍇2-13	鉉1下-4

篆本字（古文、金文、籀文、俗字、通用字，通叚、金石）	說文部首	康熙部首	筆畫	一般頁碼	洪葉頁碼	金石字典頁碼	段注篇章	徐鍇通釋篇章	徐鉉藤花榭篇
鶾(䡄通叚)	鳥部	【鳥部】	10畫	156	158	無	段4上-55	鍇7-23	鉉4上-9
漢(㵩)	水部	【水部】	11畫	522	527	18-53	段11上壹-14	鍇21-4	鉉11上-1
暵(熯，晅、嘆、蔉通叚)	日部	【日部】	11畫	307	310	無	段7上-12	鍇13-4	鉉7上-2
熯(暵、嘆)	火部	【火部】	11畫	481	485	無	段10上-42	鍇19-14	鉉10上-7
菸(暵、蔫矮述及)	艸部	【艸部】	8畫	40	41	無	段1下-39	鍇2-18	鉉1下-6
戁(熯)	心部	【心部】	19畫	503	507	無	段10下-26	鍇20-10	鉉10下-5
猴	犬部	【犬部】	12畫	474	478	無	段10上-28	鍇19-9	鉉10上-5
譀(諆，詌通叚)	言部	【言部】	12畫	98	99	無	段3上-25	鍇5-13	鉉3上-5
蔊(蘇)	艸部	【艸部】	22畫	45	46	無	段1下-49	鍇2-23	鉉1下-8
háng（ㄏㄤˊ）									
行(xing´)	日部	【行部】		78	78	26-2	段2下-18	鍇4-10	鉉2下-4
亢(頏、肮、吭)	亢部	【亠部】	2畫	497	501	2-28	段10下-14	鍇20-5	鉉10下-3
抗(杭)	手部	【手部】	4畫	609	615	14-9	段12上-52	鍇23-16	鉉12上-8
斻(航、杭杭者說文或抗字)	方部	【方部】	4畫	404	409	無	段8下-7	鍇16-11	鉉8下-2
迒(踉，逗通叚)	辵(辶)部	【辵部】	4畫	75	76	28-18	段2下-13	鍇4-6	鉉2下-3
茪(杭，芫通叚)	艸部	【艸部】	4畫	36	36	無	段1下-30	鍇2-14	鉉1下-5
魧(蚢)	魚部	【魚部】	4畫	581	586	無	段11下-28	鍇22-10	鉉11下-6
hàng（ㄏㄤˋ）									
沆(亢)	水部	【水部】	4畫	548	553	無	段11上貳-5	鍇21-14	鉉11上-4
妢(夋)	亢部	【夂部】	8畫	497	502	無	段10下-15	鍇20-5	鉉10下-3
闂(xiang`)	門部	【門部】	13畫	589	595	無	段12上-12	鍇23-5	鉉12上-3
hāo（ㄏㄠ）									
蒿(藁)	艸部	【艸部】	10畫	47	47	無	段1下-52	鍇2-24	鉉1下-9
郊(蒿)	邑部	【邑部】	6畫	284	286	28-64	段6下-24	鍇12-14	鉉6下-5
歊(歇、蒿)	欠部	【欠部】	10畫	411	416	無	段8下-21	鍇16-16	鉉8下-4
骹(校，蔽、嚆、跤、骲、髇通叚)	骨部	【骨部】	6畫	165	167	無	段4下-16	鍇8-7	鉉4下-3
薅(蘠、茠，嫇、林通叚)	蓐部	【艸部】	13畫	47	48	無	段1下-53	鍇2-25	鉉1下-9
薧(殠通叚)	死部	【艸部】	13畫	164	166	無	段4下-13	鍇8-6	鉉4下-3

篆本字（古文、金文、籀文、俗字、通用字，通段、金石）	說文部首	康熙部首	筆畫	一般頁碼	洪葉頁碼	金石字典頁碼	段注篇章	徐鍇通釋篇章	徐鉉藤花榭篇
háo(ㄏㄠˊ)									
鄂	邑部	【邑部】	5畫	292	294	無	段6下-40	錯12-18	鉉6下-7
䗊(蚝)	虫部	【虫部】	7畫	665	671	無	段13上-44	錯25-11	鉉13上-6
諕(xia`)	言部	【言部】	8畫	99	99	無	段3上-26	錯5-13	鉉3上-5
号(號)	号部	【口部】	2畫	204	206	6-2	段5上-32	錯9-13	鉉5上-6
號(譹通段)	号部	【虍部】	7畫	204	206	25-51	段5上-32	錯9-13	鉉5上-6
皋(櫜从咎木、高、告、號、嗥，皐、槔通段)	夲部	【白部】	5畫	498	502	21-10	段10下-16	錯20-6	鉉10下-3
嗥(獆，譹通段)	口部	【口部】	10畫	61	62	無	段2上-27	錯3-12	鉉2上-5
槹	木部	【木部】	11畫	241	243	17-7	段6上-6	錯11-3	鉉6上-1
勢(豪，濠通段)	力部	【力部】	10畫	701	707		段13下-54	錯26-11	鉉13下-8
毫(豪、毫、豪)	希部	【高部】	15畫	456	460	27-18	段9下-38	錯18-13	鉉9下-6
希(彖、彖、肆、貄、脩、豪，豵通段)	希部	【彑部】	5畫	456	460	無	段9下-38	錯18-13	鉉9下-6
hǎo(ㄏㄠˇ)									
好(玅)	女部	【女部】	3畫	618	624	8-26	段12下-13	錯24-4	鉉12下-2
玅(好)	女部	【女部】	4畫	613	619	無	段12下-4	錯24-1	鉉12下-1
旭(好)	日部	【日部】	2畫	303	306	15-26	段7上-4	錯13-2	鉉7上-1
郝	邑部	【邑部】	7畫	286	289	29-2	段6下-29	錯12-15	鉉6下-6
hào(ㄏㄠˋ)									
玅(好)	女部	【女部】	4畫	613	619	無	段12下-4	錯24-1	鉉12下-1
好(玅)	女部	【女部】	3畫	618	624	8-26	段12下-13	錯24-4	鉉12下-2
秏(耗)	禾部	【禾部】	4畫	323	326	無	段7上-43	錯13-18	鉉7上-8
薧(耗、槁)	艸部	【艸部】	14畫	39	39	無	段1下-36	錯2-17	鉉1下-6
界(昊)	夰部	【日部】	5畫	498	503	15-27	段10下-17	錯20-6	鉉10下-4
暤(皞、昊，暭、暤通段)	日部	【日部】	10畫	304	307	無	段7上-6	錯13-2	鉉7上-1
號(譹通段)	号部	【虍部】	7畫	204	206	25-51	段5上-32	錯9-13	鉉5上-6
号(號)	号部	【口部】	2畫	204	206	6-2	段5上-32	錯9-13	鉉5上-6
浩	水部	【水部】	7畫	548	553	18-24	段11上貳-5	錯21-14	鉉11上-4
顥(皓)	頁部	【頁部】	12畫	420	424	31-32	段9上-10	錯17-3	鉉9上-2

篆本字(古文、金文、籀文、俗字、通用字,通叚、金石)	說文部首	康熙部首	筆畫	一般頁碼	洪葉頁碼	金石字典頁碼	段注篇章	徐鍇通釋篇章	徐鉉藤花榭篇
晧(皓、澔,暠通叚)	日部	【日部】	7畫	304	307	15-46	段7上-6	鍇13-2	鉉7上-1
翯(嶉、暠、鶴,暠通叚)	羽部	【羽部】	10畫	140	141	無	段4上-22	鍇7-10	鉉4上-5
滈(鎬,翯、滜、灝通叚)	水部	【水部】	10畫	558	563	無	段11上貳-25	鍇21-20	鉉11上-7
暤(皞、昊,暉、曎通叚)	日部	【日部】	10畫	304	307	無	段7上-6	鍇13-2	鉉7上-1
唬(嚇、暠通叚)	口部	【口部】	8畫	62	62	6-42	段2上-28	鍇3-12	鉉2上-6
縞(薃通叚)	糸部	【糸部】	10畫	648	655	23-30	段13上-11	鍇25-3	鉉13上-2
鄗	邑部	【邑部】	10畫	290	292	無	段6下-36	鍇12-17	鉉6下-7
鎬(gao ˇ)	金部	【金部】	10畫	704	711	29-51	段14上-5	鍇27-3	鉉14上-2
鰝	魚部	【魚部】	10畫	581	586	無	段11下-28	鍇22-10	鉉11下-6
號(号,嘷通叚)	虖部	【虍部】	12畫	209	211	無	段5上-41	鍇9-17	鉉5上-8
顥(皓)	頁部	【頁部】	12畫	420	424	31-32	段9上-10	鍇17-3	鉉9上-2
瓗	玉部	【玉部】	13畫	17	17	無	段1上-33	鍇1-16	鉉1上-5
薧(耗、槁)	艸部	【艸部】	14畫	39	39	無	段1下-36	鍇2-17	鉉1下-6
灝	水部	【水部】	21畫	563	568	無	段11上貳-35	鍇21-23	鉉11上-8
hē(ㄏㄜ)									
丂	丂部	【一部】	1畫	203	205	1-5	段5上-30	鍇9-12	鉉5上-5
抲	手部	【手部】	5畫	606	612	無	段12上-46	鍇23-12	鉉12上-7
訶(苛、荷衹述及,呵、嗬、欱通叚)	言部	【言部】	5畫	100	100	26-45	段3上-28	鍇5-14	鉉3上-6
苛(訶衹述及,岢通叚)	艸部	【艸部】	5畫	40	40	24-60	段1下-38	鍇2-18	鉉1下-6
欱(哈、齁通叚)	欠部	【欠部】	6畫	413	417	無	段8下-24	鍇16-17	鉉8下-5
蚵(蝌、蠚通叚)	虫部	【虫部】	6畫	669	676	25-55	段13上-53	鍇25-13	鉉13上-7
喝(嚄,嗑通叚)	口部	【口部】	9畫	60	61	無	段2上-25	鍇3-11	鉉2上-5
hé(ㄏㄜˊ)									
禾	禾部	【禾部】		320	323	22-12	段7上-37	鍇13-16	鉉7上-7
合	亼部	【口部】	3畫	222	225	6-3	段5下-15	鍇10-6	鉉5下-3
洽(部、合)	水部	【水部】	6畫	559	564	18-22	段11上貳-27	鍇21-26	鉉11上-7
祫(合)	示部	【示部】	6畫	6	6	無	段1上-11	鍇1-6	鉉1上-2
秝	禾部	【禾部】	3畫	325	328	無	段7上-48	鍇13-20	鉉7上-8
紇	糸部	【糸部】	3畫	644	650	無	段13上-2	鍇25-1	鉉13上-1

篆本字(古文、金文、籀文、俗字、通用字，通段、金石)	說文部首	康熙部首	筆畫	一般頁碼	洪葉頁碼	金石字典頁碼	段注篇章	徐鍇通釋篇章	徐鉉藤花榭篇
盇(蓋、曷、盍、厺虖述及，溢、盒通)	血部	【血部】	3畫	214	216	21-14	段5上-52	鍇9-21	鉉5上-10
盍(庵、罨、盒、菴通段)	皿部	【皿部】	11畫	213	215	21-21	段5上-49	鍇9-20	鉉5上-9
齕	齒部	【齒部】	3畫	80	80	32-55	段2下-22	鍇4-12	鉉2下-5
麧(麧)	麥部	【麥部】	5畫	231	234	無	段5下-33	鍇10-14	鉉5下-7
河	水部	【水部】	5畫	516	521	18-9	段11上壹-1	鍇21-1	鉉11上-1
何(荷、呵，蚵通段)	人部	【人部】	5畫	371	375	3-2	段8上-13	鍇15-5	鉉8上-2
虭(娿、哬通段)	弋部	【戈部】	4畫	114	115	13-60	段3下-15	鍇6-8	鉉3下-3
咊(和，俰通段)	口部	【口部】	5畫	57	57	6-28	段2上-18	鍇3-7	鉉2上-4
盉(和)	皿部	【皿部】	5畫	212	214	21-15	段5上-48	鍇9-19	鉉5上-9
龢(和)	龠部	【龠部】	5畫	85	86	32-62	段2下-33	鍇4-17	鉉2下-7
龍(寵、和、尨買述及、騩驪述及，曨通段)	龍部	【龍部】		582	588	32-56	段11下-31	鍇22-11	鉉11下-6
曷(害、盇，鞨通段)	曰部	【曰部】	5畫	202	204	無	段5上-28	鍇9-11	鉉5上-5
遏(曷頞e`述及)	辵(辶)部	【辵部】	9畫	74	75	無	段2下-11	鍇4-5	鉉2下-2
劾(刻)	力部	【力部】	6畫	701	707	無	段13下-54	鍇26-12	鉉13下-8
攺	攴部	【攴部】	6畫	124	125	14-42	段3下-35	鍇6-18	鉉3下-8
頜(頜)	頁部	【頁部】	6畫	417	421	無	段9上-4	鍇17-2	鉉9上-1
頦(頦)	頁部	【頁部】	8畫	419	423	無	段9上-8	鍇17-3	鉉9上-2
鬲(瓹、䰛、䰐，膈通段)	鬲部	【鬲部】		111	112	32-7	段3下-9	鍇6-5	鉉3下-2
核(覈、覈)	木部	【木部】	6畫	262	265	26-29覈	段6上-49	鍇11-21	鉉6上-6
覈(覈、覈、核，敷通段)	襾部	【襾部】	13畫	357	360	26-29	段7下-44	鍇14-20	鉉7下-8
槅(覈、鬲)	木部	【木部】	10畫	266	268	16-62	段6上-56	鍇11-24	鉉6上-7
詥	言部	【言部】	6畫	93	94	無	段3上-15	鍇5-8	鉉3上-4
迨	辵(辶)部	【辵部】	6畫	71	71	28-22	段2下-4	鍇4-3	鉉2下-1
合	亼部	【口部】	3畫	222	225	6-3	段5下-15	鍇10-6	鉉5下-3
郃(洽、合)	邑部	【邑部】	6畫	286	289	28-65	段6下-29	鍇12-15	鉉6下-6
洽(郃、合)	水部	【水部】	6畫	559	564	18-22	段11上貳-27	鍇21-26	鉉11上-7
匌(郃)	勹部	【勹部】	6畫	433	438	無	段9上-37	鍇17-12	鉉9上-6
閤	門部	【門部】	6畫	590	596	無	段12上-13	鍇23-5	鉉12上-3

篆本字(古文、金文、籀文、俗字、通用字，通叚、金石)	說文部首	康熙部首	筆畫	一般頁碼	洪葉頁碼	金石字典頁碼	段注篇章	徐鍇通釋篇章	徐鉉藤花榭篇
鼬	鼠部	【鼠部】	6畫	478	483	無	段10上-37	鍇19-12	鉉10上-6
貃(貊，貜通叚)	豸部	【豸部】	6畫	458	462	無	段9下-42	鍇18-15	鉉9下-7
貉(貊，狢、貜通叚)	豸部	【豸部】	6畫	458	463	27-21	段9下-43	鍇18-15	鉉9下-7
荷	艸部	【艸部】	7畫	34	35	無	段1下-27	鍇2-13	鉉1下-4
茄(荷)	艸部	【艸部】	5畫	34	34	無	段1下-26	鍇2-13	鉉1下-4
菏(荷)	水部	【艸部】	8畫	536	541	無	段11上壹-42	鍇21-5	鉉11上-3
何(荷、呵，蚵通叚)	人部	【人部】	5畫	371	375	3-2	段8上-13	鍇15-5	鉉8上-2
訶(苛、荷詆述及，呵、嗬、欱通叚)	言部	【言部】	5畫	100	100	26-45	段3上-28	鍇5-14	鉉3上-6
涸(灂，冱、沍、凅通叚)	水部	【水部】	8畫	559	564	無	段11上貳-28	鍇21-21	鉉11上-7
褐(毼、襱通叚)	衣部	【衣部】	9畫	397	401	無	段8上-65	鍇16-6	鉉8上-9
楬(揭，毼通叚)	木部	【木部】	9畫	270	273	無	段6上-65	鍇11-29	鉉6上-8
顡(鬝、楬、毼)	頁部	【頁部】	8畫	420	425	無	段9上-11	鍇17-4	鉉9上-2
鬝(顡、毼、楬，鬚通叚)	髟部	【髟部】	12畫	428	432	無	段9上-26	鍇17-9	鉉9上-4
鬣从髟巤(巤、獵、儠、犡、髦、馸、毼、葛隸變、獵，犣通叚)	髟部	【髟部】	15畫	427	432	無	段9上-25	鍇17-8	鉉9上-4
蝎	虫部	【虫部】	9畫	665	672	無	段13上-45	鍇25-12	鉉13上-6
喝(瑪、嗝通叚)	口部	【口部】	6畫	61	61	無	段2上-26	鍇3-11	鉉2上-5
閤(閛，闔通叚)	門部	【門部】	9畫	588	594	無	段12上-9	鍇23-5	鉉12上-2
鶡	鳥部	【鳥部】	9畫	155	157	無	段4上-53	鍇7-22	鉉4上-9
鳺(鶡)	鳥部	【鳥部】	4畫	156	157	無	段4上-54	鍇7-22	鉉4上-9
榭	木部	【木部】	10畫	252	255	無	段6上-29	鍇11-13	鉉6上-4
碣(塯)	石部	【石部】	10畫	453	457	無	段9下-32	鍇18-10	鉉9下-5
皠(皠、曜通叚)	白部	【白部】	10畫	363	367	無	段7下-57	鍇14-24	鉉7下-10
翯(皠、皢、鶴，暠通叚)	羽部	【羽部】	10畫	140	141	無	段4上-22	鍇7-10	鉉4上-5
轄(羍、螛，鎋通叚)	車部	【車部】	10畫	727	734	無	段14上-52	鍇27-14	鉉14上-7
翩	羽部	【羽部】	10畫	139	140	無	段4上-20	鍇7-9	鉉4上-4
郘(蓋)	邑部	【邑部】	10畫	300	302	29-16	段6下-56	鍇12-22	鉉6下-8

篆本字(古文、金文、籀文、俗字、通用字，通段、金石)	說文部首	康熙部首	筆畫	一般頁碼	洪葉頁碼	金石字典頁碼	段注篇章	徐鍇通釋篇章	徐鉉藤花榭篇
嗑(譀通段)	口部	【口部】	10畫	59	60	無	段2上-23	錯3-10	鉉2上-5
藒(藒)	艸部	【艸部】	13畫	26	26	無	段1下-10	錯2-5	鉉1下-2
激(礉通段)	水部	【水部】	13畫	549	554	無	段11上貳-8	錯21-15	鉉11上-5
hè(ㄏㄜˋ)									
黑(黑，螺通段)	黑部	【黑部】		487	492	32-39	段10上-55	錯19-18	鉉10上-9
賀(嘉、儋、擔)	貝部	【貝部】	5畫	280	282	27-31	段6下-16	錯12-10	鉉6下-4
嘉(美、善、賀，恕通段)	壴部	【口部】	11畫	205	207	6-51	段5上-34	錯9-14	鉉5上-7
垎(洛、塙通段)	土部	【土部】	6畫	689	695	無	段13下-30	錯26-5	鉉13下-4
格(垎，垎、袼、烙、敁、橄、落通段)	木部	【木部】	6畫	251	254	16-37，各6-4	段6上-27	錯11-12	鉉6上-4
赫(奭、赩，嚇、烞、荔通段)	赤部	【赤部】	7畫	492	496	27-45	段10下-4	錯19-21	鉉10下-1
叡(鑿huoˋ)	奴部	【谷部】	7畫	161	163	無	段4下-7	錯8-4	鉉4下-2
暍(ye)	日部	【日部】	9畫	306	309	無	段7上-10	錯13-4	鉉7上-2
褐(毼、襭通段)	衣部	【衣部】	9畫	397	401	無	段8上-65	錯16-6	鉉8上-9
嗃	口部	【口部】	10畫	無	無	無	無	無	鉉2上-6
熇(嗃，謞通段)	火部	【火部】	10畫	481	486	無	段10上-43	錯19-14	鉉10上-8
鶴(鵠通段)	鳥部	【鳥部】	10畫	151	153	32-26	段4上-45	錯7-20	鉉4上-8
翯(䳛、皞、鶴，暠通段)	羽部	【羽部】	10畫	140	141	無	段4上-22	錯7-10	鉉4上-5
騅	馬部	【馬部】	10畫	468	473	無	段10上-17	錯19-5	鉉10上-3
臛(臒膗述及)	肉部	【肉部】	10畫	176	178	無	段4下-37	錯8-13	鉉4下-6
蛒(螫、蝲通段)	虫部	【虫部】	6畫	669	676	25-55	段13上-53	錯25-13	鉉13上-7
hēi(ㄏㄟ)									
黑(黑，螺通段)	黑部	【黑部】		487	492	32-39	段10上-55	錯19-18	鉉10上-9
默(嘿，嘿通段)	犬部	【黑部】	4畫	474	478	32-40	段10上-28	錯19-9	鉉10上-5
hén(ㄏㄣˊ)									
痕	疒部	【疒部】	6畫	351	355	20-57	段7下-33	錯14-14	鉉7下-6
鞎	革部	【革部】	6畫	108	109	無	段3下-4	錯6-3	鉉3下-1
hěn(ㄏㄣˇ)									
很	彳部	【彳部】	6畫	77	77	無	段2下-16	錯4-9	鉉2下-4

篆本字(古文、金文、籀文、俗字、通用字，通叚、金石)	說文部首	康熙部首	筆畫	一般頁碼	洪葉頁碼	金石字典頁碼	段注篇章	徐鍇通釋篇章	徐鉉藤花榭篇
狠(很)	犬部	【犬部】	6畫	474	478	無	段10上-28	鍇19-9	鉉10上-5
詪	言部	【言部】	6畫	98	99	無	段3上-25	鍇5-13	鉉3上-5
hèn(ㄏㄣˋ)									
恨	心部	【心部】	6畫	512	516	無	段10下-44	鍇20-15	鉉10下-8
hēng(ㄏㄥ)									
亯(亭、享、亨)	亯部	【亠部】	7畫	229	231	2-35	段5下-28	鍇10-11	鉉5下-5
鬺(鬺、鬻从將鼎、烹、亨，鬺通叚)	鬲部	【鬲部】	6畫	111	112	32-8	段3下-10	鍇6-6	鉉3下-2
héng(ㄏㄥˊ)									
恆(恒、死，峘通叚)	二部	【心部】	6畫	681	687	13-14	段13下-14	鍇26-1	鉉13下-3
緪(絙、恆)	糸部	【糸部】	9畫	659	665	23-28	段13上-32	鍇25-7	鉉13上-4
常(裳，嫦通叚亦作姮)	巾部	【巾部】	8畫	358	362	11-25	段7下-47	鍇14-21	鉉7下-8
胻	肉部	【肉部】	6畫	170	172	無	段4下-26	鍇8-10	鉉4下-4
珩(衡)	玉部	【玉部】	6畫	13	13	無	段1上-26	鍇1-18	鉉1上-4
衡(衡、奧，桁、蘅通叚)	角部	【行部】	10畫	186	188	26-9	段4下-57	鍇8-20	鉉4下-8
横(桄、横、衡，桁、輄、鱟通叚)	木部	【木部】	12畫	268	270	17-10	段6上-60	鍇11-27	鉉6上-7
笐(桁)	竹部	【竹部】	4畫	190	192	無	段5上-4	鍇9-2	鉉5上-1
潢	水部	【水部】	16畫	555	560	無	段11上貳-20	鍇21-19	鉉11上-6
hèng(ㄏㄥˋ)									
贊(賛，囋、讚、賛、囐、啈通叚)	貝部	【貝部】	12畫	280	282	27-41	段6下-16	鍇12-10	鉉6下-4
hōng(ㄏㄨㄥ)									
訇(訇，訇通叚)	言部	【言部】	2畫	98	98	無	段3上-24	鍇5-12	鉉3上-5
烘	火部	【火部】	6畫	482	487	無	段10上-45	鍇19-15	鉉10上-8
谾(谾)	谷部	【谷部】	16畫	570	576	無	段11下-7	鍇22-3	鉉11下-2
薨(翃、薨、薨通叚)	死部	【艸部】	13畫	164	166	無	段4下-13	鍇8-6	鉉4下-3
焭(嬛、惸、睘，僝、煢通叚)	卂部	【火部】	9畫	583	588	無	段11下-32	鍇22-12	鉉11下-7
轟(輷、輷、軥、輷)	車部	【車部】	14畫	730	737	無	段14上-58	鍇27-15	鉉14上-8
谷非谷jue´(輷)	谷部	【谷部】		570	575	27-10	段11下-6	鍇22-3	鉉11下-2

篆本字(古文、金文、籀文、俗字、通用字，通段、金石)	說文部首	康熙部首	筆畫	一般頁碼	洪葉頁碼	金石字典頁碼	段注篇章	徐鍇通釋篇章	徐鉉藤花榭篇
灦(淘)	水部	【水部】	15畫	563	568	無	段11上貳-36	錯21-24	鉉11上-9
儯(儱、懞通段)	人部	【人部】	17畫	378	382	無	段8上-27	錯15-10	鉉8上-4
hóng(ㄏㄨㄥˊ)									
厷(厶、肱)	又部	【厶部】	2畫	115	116	5-38	段3下-17	錯6-9	鉉3下-4
弘(彊、弦，軦、鈜通段)	弓部	【弓部】	2畫	641	647	12-16	段12下-59	錯24-19	鉉12下-9
宏(弘、閎，竑通段)	宀部	【宀部】	4畫	339	342	9-28	段7下-8	錯14-4	鉉7下-2
仜(肛、膀、胖通段)	人部	【人部】	3畫	369	373	無	段8上-9	錯15-4	鉉8上-2
玒	玉部	【玉部】	3畫	10	10	無	段1上-20	錯1-10	鉉1上-4
瓨(缸)	瓦部	【瓦部】	3畫	639	645	20-22	段12下-55	錯24-18	鉉12下-8
缸(瓨)	缶部	【缶部】	3畫	225	228	無	段5下-21	錯10-8	鉉5下-4
粀(紅，粦通段)	米部	【米部】	3畫	333	336	無	段7上-64	錯13-25	鉉7上-10
紅(葒、汸通段)	糸部	【糸部】	3畫	651	657	23-8	段13上-16	錯25-4	鉉13上-3
翃	羽部	【羽部】	3畫	無	無	無	無	無	鉉4上-5
虹(蚺、螮，翃通段)	虫部	【虫部】	3畫	673	680	25-54	段13上-61	錯25-14	鉉13上-8
訌(虹，憤通段)	言部	【言部】	3畫	98	99	無	段3上-25	錯5-13	鉉3上-5
翁(滃、公，翃、頜通段)	羽部	【羽部】	4畫	138	140	23-52	段4上-19	錯7-9	鉉4上-4
傭(鴻)	人部	【人部】	11畫	370	374	無	段8上-12	錯15-5	鉉8上-2
鴻(鳿)	鳥部	【鳥部】	6畫	152	153	32-25	段4上-46	錯7-20	鉉4上-8
雒(鳿、鴻)	隹部	【隹部】	3畫	143	145	32-22	段4上-29	錯7-13	鉉4上-5
項(雒)	頁部	【頁部】	3畫	417	421	無	段9上-4	錯17-2	鉉9上-1
閎	門部	【門部】	4畫	587	593	30-12	段12上-8	錯23-4	鉉12上-2
宏(弘、閎，竑通段)	宀部	【宀部】	4畫	339	342	9-28	段7下-8	錯14-4	鉉7下-2
弘(彊、弦，軦、鈜通段)	弓部	【弓部】	2畫	641	647	12-16	段12下-59	錯24-19	鉉12下-9
紘(綋，竑通段)	糸部	【糸部】	4畫	652	659	無	段13上-19	錯25-5	鉉13上-3
竑	宀部	【宀部】	5畫	339	342	9-28	段7下-8	錯14-4	鉉7下-2
谹(硡，硔通段)	谷部	【谷部】	4畫	570	576	無	段11下-7	錯22-3	鉉11下-2
泓(浤通段)	水部	【水部】	5畫	549	554	18-15	段11上貳-8	錯21-15	鉉11上-5
鞃(靬、鞇，弦、軦、鈜通段)	革部	【革部】	5畫	108	109	無	段3下-4	錯6-3	鉉3下-1
洪(洪)	水部	【水部】	6畫	546	551	18-22	段11上貳-1	錯21-13	鉉11上-4

篆本字（古文、金文、籀文、俗字、通用字，通段、金石）	說文部首	康熙部首	筆畫	一般頁碼	洪葉頁碼	金石字典頁碼	段注篇章	徐鍇通釋篇章	徐鉉藤花榭篇
薨(翃、薨、薧通段)	死部	【艸部】	13畫	164	166	無	段4下-13	鍇8-6	鉉4下-3
璜(鸞)	玉部	【玉部】	12畫	12	12	20-19	段1上-23	鍇1-12	鉉1上-4
橫(桄、橫、衡，桁、輄、鸞通段)	木部	【木部】	12畫	268	270	17-10	段6上-60	鍇11-27	鉉6上-7
鴻(瑪)	鳥部	【鳥部】	6畫	152	153	32-25	段4上-46	鍇7-20	鉉4上-8
傭(鴻)	人部	【人部】	11畫	370	374	無	段8上-12	鍇15-5	鉉8上-2
隹(瑪、鴻)	隹部	【隹部】	3畫	143	145	32-22	段4上-29	鍇7-13	鉉4上-5
hòng(ㄏㄨㄥˋ)									
鬨	鬥部	【鬥部】	6畫	114	115	無	段3下-15	鍇6-8	鉉3下-3
訌(虹，愪通段)	言部	【言部】	3畫	98	99	無	段3上-25	鍇5-13	鉉3上-5
澒(汞)	水部	【水部】	12畫	566	571	無	段11上貳-42	鍇21-25	鉉11上-9
hóu(ㄏㄡˊ)									
猴	犬部	【犬部】	9畫	477	482	無	段10上-35	鍇19-11	鉉10上-6
矦(侯、医，堠、猴、篌通段)	矢部	【人部】	7畫	226	229	21-38，侯3-30	段5下-23	鍇10-9	鉉5下-4
喉	口部	【口部】	9畫	54	54	無	段2上-12	鍇3-5	鉉2上-3
翭(鯸、鏃)	羽部	【羽部】	9畫	139	140	23-56	段4上-20	鍇7-9	鉉4上-4
鏃(鏃、翭述及)	金部	【金部】	9畫	711	718	29-50	段14上-19	鍇27-8	鉉14上-4
餱(餱，糇通段)	倉部	【食部】	9畫	219	221	無	段5下-8	鍇10-4	鉉5下-2
鯸	魚部	【魚部】	9畫	581	587	無	段11下-29	鍇22-11	鉉11下-6
hǒu(ㄏㄡˇ)									
后(吼，呴、吽通段)	后部	【口部】	6畫	429	434	無	段9上-29	鍇17-10	鉉9上-5
隹(呴通段)	隹部	【隹部】	5畫	142	143	無	段4上-26	鍇7-12	鉉4上-5
hòu(ㄏㄡˋ)									
后(後，姤通段)	后部	【口部】	3畫	429	434	6-13	段9上-29	鍇17-10	鉉9上-5
舌與后互講	舌部	【舌部】		86	87	24-44	段3上-1	鍇5-1	鉉3上-1
痀(頏通段)	疒部	【疒部】	5畫	349	353	無	段7下-29	鍇14-13	鉉7下-5
狗(豞通段)	犬部	【犬部】	5畫	473	477	19-52	段10上-26	鍇19-8	鉉10上-5
哮(豞，烋、庨、嫲通段)	口部	【口部】	7畫	61	62	6-37	段2上-27	鍇3-12	鉉2上-6
厚(佷、辰、底通段)	厂部	【戶部】	6畫	587	593	無	段12上-7	鍇23-4	鉉12上-2
後(逡)	彳部	【彳部】	6畫	77	77	12-42	段2下-16	鍇4-8	鉉2下-4
后(後，姤通段)	后部	【口部】	3畫	429	434	6-13	段9上-29	鍇17-10	鉉9上-5

篆本字（古文、金文、籀文、俗字、通用字，通段、金石）	說文部首	康熙部首	筆畫	一般頁碼	洪葉頁碼	金石字典頁碼	段注篇章	徐鍇通釋篇章	徐鉉藤花榭篇
𥃩(厚、旱)	𥃩部	【日部】	6畫	229	232	無	段5下-29	鍇10-12	鉉5下-5
厚(厚、垕、旱、𥃩)	𥃩部	【厂部】	7畫	229	232	5-33	段5下-29	鍇10-12	鉉5下-6
茩	艸部	【艸部】	6畫	33	33	無	段1下-24	鍇2-12	鉉1下-4
郈	邑部	【邑部】	6畫	297	300	無	段6下-51	鍇12-21	鉉6下-8
逅	辵(辶_)部	【辵部】	6畫	無	無	無	無	無	鉉2下-3
構(搆、逅通段)	木部	【木部】	10畫	253	256	16-62	段6上-31	鍇11-14	鉉6上-4
覯(逅通段)	見部	【見部】	10畫	408	413	26-33	段8下-15	鍇16-14	鉉8下-3
候(候、候)	人部	【人部】	8畫	374	378	無	段8上-20	鍇15-8	鉉8上-3
矦(侯、矢，堠、猴、篌通段)	矢部	【人部】	7畫	226	229	21-38，侯3-30	段5下-23	鍇10-9	鉉5下-4
鄇(鄇)	邑部	【邑部】	9畫	289	291	無	段6下-34	鍇12-16	鉉6下-6
hū（ㄏㄨ）									
虍	虍部	【虍部】		209	211	無	段5上-41	鍇9-17	鉉5上-8
乎(虖)	兮部	【丿部】	4畫	204	206	2-4	段5上-31	鍇9-13	鉉5上-6
虖(唬、乎，滹通段)	虍部	【虍部】	5畫	209	211	25-47	段5上-42	鍇9-17	鉉5上-8
評(呼，乎金石)	言部	【言部】	5畫	95	95	26-46	段3上-18	鍇5-10	鉉3上-4
忽(曶，惚、緫、笏通段)	心部	【心部】	4畫	510	514	13-10	段10下-40	鍇20-14	鉉10下-7
榾(榾、忽，㧬通段)	木部	【木部】	8畫	251	253	無	段6上-26	鍇11-12	鉉6上-4
昒(曶)	日部	【日部】	4畫	302	305	無	段7上-2	鍇13-1	鉉7上-1
曶(昒昒述及、囘、圁、曶，笏通段)	日部	【日部】	4畫	202	204	15-55	段5上-28	鍇9-11	鉉5上-5
昧(昒、曶)	日部	【日部】	5畫	302	305	15-38	段7上-2	鍇13-1	鉉7上-1
評(呼，乎金石)	言部	【言部】	5畫	95	95	26-46	段3上-18	鍇5-10	鉉3上-4
呼(滹通段)	口部	【口部】	5畫	56	56	6-27	段2上-16	鍇3-7	鉉2上-4
沠(滹通段)	水部	【水部】	5畫	543	548		段11上壹-55	鍇21-12	鉉11上-3
虖(唬、乎，滹通段)	虍部	【虍部】	5畫	209	211	25-47	段5上-42	鍇9-17	鉉5上-8
乎(虖)	兮部	【丿部】	4畫	204	206	2-4	段5上-31	鍇9-13	鉉5上-6
侉(夸、骻，恗、遝通段)	人部	【人部】	6畫	381	385	無	段8上-33	鍇15-11	鉉8上-4
雇	隹部	【隹部】	6畫	143	144	無	段4上-28	鍇7-12	鉉4上-5
圂(圂)	囗部	【囗部】	8畫	636	642	無	段12下-50	鍇24-16	鉉12下-8

篆本字（古文、金文、籀文、俗字、通用字，通段、金石）	說文部首	康熙部首	筆畫	一般頁碼	洪葉頁碼	金石字典頁碼	段注篇章	徐鍇通釋篇章	徐鉉藤花榭篇
莽(奮、卉)	本部	【十部】	8畫	497	502	無	段10下-15	鍇20-6	鉉10下-3
榾(榾、忽，棩通段)	木部	【木部】	8畫	251	253	無	段6上-26	鍇11-12	鉉6上-4
淈(淈、淈，汩通段)	水部	【水部】	8畫	552	557	無	段11上貳-13	鍇21-17	鉉11上-6
颮(颮、颲、颶)	風部	【風部】	8畫	678	684	無	段13下-8	鍇25-16	鉉13下-2
魊	鬼部	【鬼部】	8畫	436	440	無	段9上-42	鍇17-14	鉉9上-7
嘷(譹)	口部	【口部】	11畫	58	58	6-54	段2上-20	鍇3-8	鉉2上-4
寣	寢部	【宀部】	11畫	348	351	無	段7下-26	鍇14-11	鉉7下-5
歍	欠部	【欠部】	11畫	410	415	無	段8下-19	鍇16-15	鉉8下-4
譹(嘷)	言部	【言部】	11畫	95	95	無	段3上-18	鍇5-10	鉉3上-4
幠	巾部	【巾部】	12畫	360	364	無	段7下-51	鍇14-22	鉉7下-9
膴	肉部	【肉部】	12畫	174	176	無	段4下-34	鍇8-12	鉉4下-5
彙 圂上彖下[合]	希部	【互部】	13畫	456	460	無	段9下-38	鍇18-13	鉉9下-6
hú(ㄏㄨˊ)									
隺	冂部	【隹部】	3畫	228	231	30-53	段5下-27	鍇10-11	鉉5下-5
笠(互=魱鮥jiu`述及)	竹部	【竹部】	4畫	195	197	無	段5上-13	鍇9-5	鉉5上-2
弧	弓部	【弓部】	5畫	640	646	無	段12下-57	鍇24-19	鉉12下-9
狐	犬部	【犬部】	5畫	478	482	19-51	段10上-36	鍇19-11	鉉10上-6
斛(斞、槲通段)	斗部	【斗部】	7畫	717	724	15-5	段14上-32	鍇27-10	鉉14上-5
鵠(鵠通段)	鳥部	【鳥部】	7畫	151	153	32-25	段4上-45	鍇7-20	鉉4上-8
鶘(鴄、鶘、鶘)	鳥部	【鳥部】	4畫	153	155	無	段4上-49	鍇7-21	鉉4上-9
胡(猢、葫、鶘通段)	肉部	【肉部】	5畫	173	175	24-21	段4下-31	鍇8-12	鉉4下-5
鼯(猢、鼯、胡)	鼠部	【鼠部】	9畫	479	484	無	段10上-39	鍇19-13	鉉10上-7
鬻从古(粘、麴通段)	鬲部	【鬲部】	11畫	112	113	無	段3下-11	鍇6-6	鉉3下-2
黏(粘、糊，麴通段)	黍部	【黍部】	5畫	330	333	無	段7上-57	鍇13-23	鉉7上-9
餬(糊、醐、飴通段)	倉部	【食部】	9畫	221	223	無	段5下-12	鍇10-5	鉉5下-2
醐	酉部	【酉部】	9畫	無	無	無	無	無	鉉14下-9
壺(壼非壺kun˘)	壺部	【士部】	9畫	495	500	7-33	段10下-11	鍇20-4	鉉10下-3
匏(壺，瓟通段)	包部	【勹部】	9畫	434	438	4-57	段9上-38	鍇17-13	鉉9上-6
瓠(匏、壺，槬、攨、㼑通段)	瓠部	【瓜部】	6畫	337	341	無	段7下-5	鍇14-2	鉉7下-2
湖	水部	【水部】	9畫	554	559	18-43	段11上貳-17	鍇21-18	鉉11上-6
瑚	玉部	【玉部】	9畫	19	19	20-15	段1上-37	鍇1-18	鉉1上-6
搰	手部	【手部】	10畫	607	613	無	段12上-48	鍇23-15	鉉12上-7

篆本字（古文、金文、籀文、俗字、通用字，通段、金石）	說文部首	康熙部首	筆畫	一般頁碼	洪葉頁碼	金石字典頁碼	段注篇章	徐鍇通釋篇章	徐鉉藤花榭篇
捐(扣、掘)	手部	【手部】	10畫	607	613	無	段12上-48	鍇23-15	鉉12上-7
掘(捐)	手部	【手部】	8畫	607	613	無	段12上-48	鍇23-15	鉉12上-7
焳	火部	【火部】	10畫	483	487	無	段10上-46	鍇19-15	鉉10上-8
暀(皣、曤通段)	白部	【白部】	10畫	363	367	無	段7下-57	鍇14-24	鉉7下-10
縠	糸部	【糸部】	10畫	648	654	無	段13上-10	鍇25-3	鉉13上-2
豰(穀)	豕部	【豕部】	10畫	455	459	無	段9下-36	鍇18-12	鉉9下-6
觳(斛通段)	角部	【角部】	10畫	188	190	26-38	段4下-61	鍇8-21	鉉4下-9
蠸从羣(螢通段)	蚰部	【虫部】	19畫	675	681	無	段13下-2	鍇25-15	鉉13下-1
鬻(粘、麵通段)	弻部	【鬲部】	11畫	112	113	無	段3下-11	鍇6-6	鉉3下-2
酷	艸部	【艸部】	12畫	43	43	無	段1下-44	鍇2-20	鉉1下-7
礐(嚳)	石部	【石部】	13畫	451	455	無	段9下-28	鍇18-9	鉉9下-4
驚	馬部	【馬部】	13畫	467	471	無	段10上-14	鍇19-4	鉉10上-2
hǔ(ㄏㄨˇ)									
虎(虝、𪊨)	虎部	【虍部】	2畫	210	212	無	段5上-43	鍇9-18	鉉5上-8
虝(𧇂、蚙通段、俿金石)	虎部	【虍部】	4畫	211	213	3-22	段5上-45	鍇9-18	鉉5上-8
汻(滸)	水部	【水部】	4畫	552	557	無	段11上貳-14	鍇21-17	鉉11上-6
唬(嚇、㖽通段)	口部	【口部】	8畫	62	62	6-42	段2上-28	鍇3-12	鉉2上-6
虖(唬、乎，滹通段)	虍部	【虍部】	5畫	209	211	25-47	段5上-42	鍇9-17	鉉5上-8
琥	玉部	【玉部】	8畫	12	12	無	段1上-23	鍇1-12	鉉1上-4
閽(瞯、矙、鋘通段)	門部	【門部】	12畫	590	596	30-19	段12上-14	鍇23-6	鉉12上-3
鄠	邑部	【邑部】	11畫	299	302	無	段6下-55	鍇12-22	鉉6下-8
hù(ㄏㄨˋ)									
戶(屌)	戶部	【戶部】		586	592	14-1	段12上-6	鍇23-3	鉉12上-2
槴(屌、梀)	木部	【木部】	10畫	255	258	無	段6上-35	鍇11-16	鉉6上-5
扈(戶扈鄠三字同、岠，昈、滬、蔰通段)	邑部	【戶部】	7畫	286	288	14-5	段6下-28	鍇12-15	鉉6下-6
芐(苦)	艸部	【艸部】	3畫	32	32	無	段1下-22	鍇2-11	鉉1下-4
枑	木部	【木部】	4畫	266	268	16-24	段6上-56	鍇11-24	鉉6上-7
淴(瀔，沍、冱、洹通段)	水部	【水部】	8畫	559	564	無	段11上貳-28	鍇21-21	鉉11上-7
笠(互=魱鯦jiu`述及)	竹部	【竹部】	4畫	195	197	無	段5上-13	鍇9-5	鉉5上-2
罟(罜)	网部	【网部】	4畫	356	360	無	段7下-43	鍇14-19	鉉7下-8

篆本字(古文、金文、籀文、俗字、通用字，通段、金石)	說文部首	康熙部首	筆畫	一般頁碼	洪葉頁碼	金石字典頁碼	段注篇章	徐鍇通釋篇章	徐鉉藤花榭篇
笏	竹部	【竹部】	4畫	無	無	無	無	無	鉉5上-3
曶(吻吻述及、曶、曶、曶，笏通段)	日部	【日部】	4畫	202	204	15-55	段5上-28	鍇9-11	鉉5上-5
忽(惣、緫、笏通段)	心部	【心部】	4畫	510	514	13-10	段10下-40	鍇20-14	鉉10下-7
斗(料魁述及、阧陗qiao、述及，斞、抖、斛、蚪、阧通段)	斗部	【斗部】		717	724	15-4	段14上-32	鍇27-10	鉉14上-5
雇(鷃、鳸，僱通段)	隹部	【隹部】	4畫	143	144	無	段4上-28	鍇7-13	鉉4上-5
启	厂部	【厂部】	5畫	447	451	無	段9下-20	鍇18-7	鉉9下-3
岵	山部	【山部】	5畫	439	443	無	段9下-4	鍇18-2	鉉9下-1
怙	心部	【心部】	5畫	506	510	13-10	段10下-32	鍇20-12	鉉10下-6
祜	示部	【示部】	5畫	2	2	21-55	段1上-4	鍇1-5	鉉1上-1
妶	女部	【女部】	6畫	623	629	無	段12下-23	鍇24-8	鉉12下-3
瓠(匏、壺，槬、挈、瓥通段)	瓠部	【瓜部】	6畫	337	341	無	段7下-5	鍇14-2	鉉7下-2
昈	日部	【日部】	4畫	無	無	無	無	無	鉉7上-2
扈(戶扈鄠三字同、岴，昈、滬、蔰通段)	邑部	【戶部】	7畫	286	288	14-5	段6下-28	鍇12-15	鉉6下-6
姻(嫭通段)	女部	【女部】	8畫	623	629	無	段12下-23	鍇24-7	鉉12下-3
楛	木部	【木部】	9畫	244	246	無	段6上-12	鍇11-6	鉉6上-2
枯(楛，槀、胐通段)	木部	【木部】	5畫	251	254	無	段6上-27	鍇11-12	鉉6上-4
嗀	口部	【口部】	10畫	61	61	無	段2上-26	鍇3-11	鉉2上-5
赫从赤	赤部	【赤部】	10畫	491	496	無	段10下-3	鍇19-21	鉉10下-1
豰(獡)	犬部	【犬部】	11畫	477	482	無	段10上-35	鍇19-11	鉉10上-6
屺(峐，嵯通段)	山部	【山部】	3畫	439	443	無	段9下-4	鍇18-2	鉉9下-1
鄠	邑部	【邑部】	11畫	286	288	無	段6下-28	鍇12-15	鉉6下-6
扈(戶扈鄠三字同、岴，昈、滬、蔰通段)	邑部	【戶部】	7畫	286	288	14-5	段6下-28	鍇12-15	鉉6下-6
嫵(斌、姱、嫮通段)	女部	【女部】	12畫	618	624	無	段12下-13	鍇24-4	鉉12下-2
夸(跨弙kua、述及，姱、嫮、骻通段)	大部	【大部】	3畫	492	497	8-13	段10下-5	鍇20-1	鉉10下-1
觳	角部	【角部】	13畫	無	無	無	無	鍇8-20	鉉4下-8
護	言部	【言部】	14畫	94	95	27-4	段3上-17	鍇5-9	鉉3上-4

篆本字(古文、金文、籀文、俗字、通用字，通段、金石)	說文部首	康熙部首	筆畫	一般頁碼	洪葉頁碼	金石字典頁碼	段注篇章	徐鍇通釋篇章	徐鉉藤花榭篇
韄	革部	【革部】	14畫	110	111	無	段3下-8	鍇6-5	鉉3下-2
濩(鑊、護，頀通段)	水部	【水部】	14畫	557	562	無	段11上貳-24	鍇21-20	鉉11上-7
鱯(鱮，鳠通段)	魚部	【魚部】	14畫	577	583	無	段11下-21	鍇22-9	鉉11下-5
嚛	口部	【口部】	15畫	55	56	無	段2上-15	鍇3-7	鉉2上-4
hu ā(ㄏㄨㄚ)									
崋(崋、華)	山部	【山部】	8畫	439	443	10-57	段9下-4	鍇18-2	鉉9下-1
撝(華)	手部	【手部】	9畫	606	612	無	段12上-46	鍇23-15	鉉12上-7
華(花，陓、驊通段)	華部	【艸部】	8畫	275	277	25-14	段6下-6	鍇12-5	鉉6下-2
玗(玗、華，瓗通段)	玉部	【玉部】	3畫	17	17	20-7	段1上-34	鍇1-16	鉉1上-5
䔢(荂、花，蘤通段)	䔢部	【人部】	10畫	274	277	2-7	段6下-5	鍇12-4	鉉6下-2
皅(葩，蘤通段)	白部	【白部】	4畫	364	367	無	段7下-58	鍇14-24	鉉7下-10
huá(ㄏㄨㄚˊ)									
苿(鋘、鏵，鋘通段)	木部	【木部】	4畫	258	261	29-37鋘	段6上-41	鍇11-18	鉉6上-6
杇(鋘，圬、鋘通段)	木部	【木部】	3畫	256	258	29-37鋘	段6上-36	鍇11-16	鉉6上-5
麧	麥部	【麥部】	5畫	232	235	無	段5下-35	鍇10-14	鉉5下-7
婠(婚)	女部	【女部】	6畫	619	625	無	段12下-16	鍇24-6	鉉12下-3
華(花，陓、驊通段)	華部	【艸部】	8畫	275	277	25-14	段6下-6	鍇12-5	鉉6下-2
崋(崋、華)	山部	【山部】	8畫	439	443	10-57	段9下-4	鍇18-2	鉉9下-1
撝(華)	手部	【手部】	9畫	606	612	無	段12上-46	鍇23-15	鉉12上-7
玗(玗、華，瓗通段)	玉部	【玉部】	3畫	17	17	20-7	段1上-34	鍇1-16	鉉1上-5
搳	手部	【手部】	10畫	602	608	14-27	段12上-37	鍇23-12	鉉12上-6
槶	木部	【木部】	10畫	269	272	無	段6上-63	鍇11-28	鉉6上-8
滑(汩，猾、猾通段)	水部	【水部】	10畫	551	556	18-50	段11上貳-11	鍇21-16	鉉11上-5
齰	齒部	【齒部】	10畫	80	81	無	段2下-23	鍇4-12	鉉2下-5
劃(砉、驍通段)	刀部	【刂部】	12畫	180	182	無	段4下-46	鍇8-17	鉉4下-7
畫(畫、劃，驍通段)	畫部	【田部】	7畫	117	118	20-44	段3下-22	鍇6-12	鉉3下-5
譁	言部	【言部】	12畫	99	99	無	段3上-26	鍇5-13	鉉3上-5
爗(㸌，燁、燡通段)	火部	【火部】	16畫	485	490	無	段10上-51	鍇19-17	鉉10上-9
huà(ㄏㄨㄚˋ)									
匕變化(化)	匕部	【匕部】	2畫	384	388	4-58	段8上-39	鍇15-13	鉉8上-5
化教化(匕)	匕部	【匕部】	2畫	384	388	4-58	段8上-40	鍇15-13	鉉8上-5
魤	魚部	【魚部】	2畫	581	587	無	段11下-29	鍇22-11	鉉11下-6
𢦏(𡚸、𠲿通段)	丮部	【戈部】	4畫	114	115	13-60	段3下-15	鍇6-8	鉉3下-3

篆本字(古文、金文、籀文、俗字、通用字,通叚、金石)	說文部首	康熙部首	筆畫	一般頁碼	洪葉頁碼	金石字典頁碼	段注篇章	徐鍇通釋篇章	徐鉉藤花榭篇
絫	糸部	【糸部】	4畫	661	668	23-12	段13上-37	鍇25-8	鉉13上-5
傀	鬼部	【鬼部】	4畫	436	440	無	段9上-42	鍇17-14	鉉9上-7
觟	角部	【角部】	6畫	186	188	26-37	段4下-57	鍇8-20	鉉4下-9
話(話、譮,詁通叚)	言部	【言部】	6畫	93	94	無	段3上-15	鍇5-8	鉉3上-4
䨎(䵷通叚)	黃部	【黃部】	6畫	698	705	無	段13下-49	鍇26-10	鉉13下-7
畫(畵、劃,騞通叚)	畫部	【田部】	7畫	117	118	20-44	段3下-22	鍇6-12	鉉3下-5
劃(畫、騞通叚)	刀部	【刂部】	12畫	180	182	無	段4下-46	鍇8-17	鉉4下-7
崋(崋、華)	山部	【山部】	8畫	439	443	10-57	段9下-4	鍇18-2	鉉9下-1
鰈	魚部	【魚部】	8畫	577	583	無	段11下-21	鍇22-9	鉉11下-5
多(夘、夥)禍huoˋ述及	多部	【夕部】	11畫	316	319	無	段7上-29	鍇13-12	鉉7上-5
多(夘、夥)禍述及	多部	【夕部】	3畫	316	319	7-53	段7上-29	鍇13-11	鉉7上-5
譌	言部	【言部】	9畫	99	99	無	段3上-26	鍇5-13	鉉3上-5
捼	手部	【手部】	11畫	無	無	無	無	無	鉉12上-8
瓠(匏、壺,楜、捼、瓡通叚)	瓠部	【瓜部】	6畫	337	341	無	段7下-5	鍇14-2	鉉7下-2
樗(櫖、樺、華)	木部	【木部】	11畫	244	247	無	段6上-13	鍇11-6	鉉6上-2
檴(櫖、樗、樺、摴通叚)	木部	【木部】	11畫	241	243	無	段6上-6	鍇11-6	鉉6上-2
嬅	女部	【女部】	12畫	618	624	無	段12下-14	鍇24-5	鉉12下-2
huái(ㄏㄨㄞˊ)									
回(囘、𢌞衺xieˊ述及,迴、徊通叚)	口部	【口部】	3畫	277	279	6-61	段6下-10	鍇12-7	鉉6下-3
淮(維)	水部	【水部】	8畫	532	537	18-33	段11上壹-34	鍇21-10	鉉11上-2
踝	足部	【足部】	8畫	81	81	無	段2下-24	鍇4-13	鉉2下-5
槐(櫰)	木部	【木部】	10畫	246	248	16-62	段6上-16	鍇11-7	鉉6上-3
褱	衣部	【衣部】	10畫	392	396	26-21	段8上-56	鍇16-3	鉉8上-8
褢(懷)	衣部	【衣部】	10畫	392	396	26-21	段8上-56	鍇16-3	鉉8上-8
懷(褱)	心部	【心部】	16畫	505	509	無	段10下-30	鍇20-11	鉉10下-6
瀤	水部	【水部】	16畫	542	547	無	段11上壹-53	鍇21-11	鉉11上-3
huài(ㄏㄨㄞˋ)									
壞(毀、𡙇)	土部	【土部】	16畫	691	698	14-60	段13下-35	鍇6-19	鉉13下-5
瘣(壞,癟通叚)	疒部	【疒部】	10畫	348	351	無	段7下-26	鍇14-11	鉉7下-5

篆本字(古文、金文、籀文、俗字、通用字，通段、金石)	說文部首	康熙部首	筆畫	一般頁碼	洪葉頁碼	金石字典頁碼	段注篇章	徐鍇通釋篇章	徐鉉藤花榭篇
舓(䑛、舐、狧，咶通段)	舌部	【舌部】	8畫	87	87	無	段3上-2	鍇5-1	鉉3上-1
huān(ㄏㄨㄢ)									
鸛(鸛，鴅、鵍通段)	鳥部	【鳥部】	17畫	154	156	無	段4上-51	鍇7-22	鉉4上-9
彉(彏，彍通段)	弓部	【弓部】	18畫	640	646	無	段12下-58	鍇24-19	鉉12下-9
懽	心部	【心部】	18畫	507	512	13-41	段10下-35	鍇20-13	鉉10下-6
歡(驩)	欠部	【欠部】	18畫	411	415	無	段8下-20	鍇16-15	鉉8下-4
驩(歡)	馬部	【馬部】	18畫	464	468	31-67	段10上-8	鍇19-3	鉉10上-2
吅(喧、吅與讙通，嚾、諠通段)	吅部	【口部】	3畫	62	63	27-9讙	段2上-29	鍇3-13	鉉2上-6
讙(嚾、喚通段)	言部	【言部】	18畫	99	99	27-9	段3上-26	鍇5-13	鉉3上-5
貛(貒)	豸部	【豸部】	18畫	458	462	27-21	段9下-42	鍇18-15	鉉9下-7
貒(貛)	豸部	【豸部】	9畫	458	462	無	段9下-42	鍇18-15	鉉9下-7
酄	邑部	【邑部】	18畫	297	299	無	段6下-50	鍇12-20	鉉6下-8
huán(ㄏㄨㄢˊ)									
馬(睘、駭)	馬部	【馬部】	2畫	460	465	無	段10上-1	鍇19-1	鉉10上-1
丸(䏏通段)	丸部	【丶部】	2畫	448	452	1-28	段9下-22	鍇18-8	鉉9下-4
戺	广部	【广部】	4畫	444	449	無	段9下-15	鍇18-5	鉉9下-3
雈萑部	萑部	【隹部】	4畫	144	145	無	段4上-30	鍇7-14	鉉4上-6
萑艸部(蓷)	艸部	【艸部】	8畫	47	47	無	段1下-52	鍇2-24	鉉1下-9
桓(查)	木部	【木部】	6畫	257	260	16-38	段6上-39	鍇11-17	鉉6上-5
查(桓)	大部	【大部】	6畫	492	497	無	段10下-5	鍇20-1	鉉10下-1
狟(桓)	犬部	【犬部】	6畫	475	479	19-52	段10上-30	鍇19-10	鉉10上-5
恆(恒、死，峘通段)	二部	【心部】	6畫	681	687	13-14	段13下-14	鍇26-1	鉉13下-3
洹(汍)	水部	【水部】	6畫	537	542	18-23	段11上壹-44	鍇21-5	鉉11上-3
絙(綄通段)	糸部	【糸部】	6畫	654	661	無	段13上-23	鍇25-5	鉉13上-3
繯(還，綄通段)	糸部	【糸部】	13畫	647	653	23-37	段13上-8	鍇25-3	鉉13上-2
貆	豸部	【豸部】	6畫	458	462	無	段9下-42	鍇18-15	鉉9下-7
藼(蕿、萱，萲、萲、藧通段)	艸部	【艸部】	16畫	25	25	25-38	段1下-8	鍇2-4	鉉1下-2
垸(浣、睆，皖通段)	土部	【土部】	7畫	688	694	無	段13下-28	鍇26-4	鉉13下-4
莧(羱，羦、羦、羱通段)	萈部	【艸部】	8畫	473	477	無	段10上-26	鍇19-8	鉉10上-4

篆本字(古文、金文、籀文、俗字、通用字,通段、金石)	說文部首	康熙部首	筆畫	一般頁碼	洪葉頁碼	金石字典頁碼	段注篇章	徐鍇通釋篇章	徐鉉藤花榭篇
鋝(率、選、饌、垝、荆)	金部	【金部】	9畫	708	715	29-48	段14上-13	鍇27-5	鉉14上-3
窔(院)	宀部	【宀部】	9畫	338	342	9-59	段7下-7	鍇14-4	鉉7下-2
院(窔)	㠯部	【阜部】	7畫	736	743	30-27	段14下-12	鍇28-4	鉉14下-2
豲	豕部	【豕部】	10畫	455	460	27-20	段9下-37	鍇18-13	鉉9下-6
莞(莞,莧通段)	艸部	【艸部】	12畫	28	29	無	段1下-15	鍇2-7	鉉1下-3
萑(汍通段)	艸部	【艸部】	12畫	45	46	無	段1下-49	鍇2-23	鉉1下-8
圜(圓)	囗部	【囗部】	13畫	277	279	7-6	段6下-10	鍇12-7	鉉6下-3
煢(嬛、惸、睘,傊、翁通段)	卂部	【火部】	9畫	583	588	無	段11下-32	鍇22-12	鉉11下-7
嬛(煢,孈、婘、娟通段)	女部	【女部】	13畫	619	625	無	段12下-15	鍇24-5	鉉12下-2
嬛(娟、嬛)	女部	【女部】	15畫	618	624	無	段12下-14	鍇24-4	鉉12下-2
鬟从睘	髟部	【髟部】	13畫	無	無	無	無	無	鉉9上-5
還(環轉述及,儇通段)	辵(辶)部	【辵部】	13畫	72	72	28-54	段2下-6	鍇4-4	鉉2下-2
環(還繯述及,鐶、鬟通段)	玉部	【玉部】	13畫	12	12	20-20	段1上-23	鍇1-12	鉉1上-4
檈(還)	木部	【木部】	17畫	247	249	無	段6上-18	鍇11-8	鉉6上-3
趲(還)	走部	【走部】	13畫	65	65	無	段2上-34	鍇3-15	鉉2上-7
繯(還,綄通段)	糸部	【糸部】	13畫	647	653	23-37	段13上-8	鍇25-3	鉉13上-2
寰	宀部	【宀部】	13畫			10-7	無	無	鉉7下-3
縣(懸,寰通段)	県部	【糸部】	9畫	423	428	23-30	段9上-17	鍇17-6	鉉9上-3
闤	門部	【門部】	12畫			無	無	無	鉉12上-3
營(闤、闠)	宮部	【火部】	13畫	342	346	19-29	段7下-15	鍇14-7	鉉7下-3
瓛	玉部	【玉部】	20畫	13	13	無	段1上-25	鍇1-13	鉉1上-4
huǎn(ㄏㄨㄢˇ)									
爰(轅、袁,篆、鶢通段)	受部	【爪部】	5畫	160	162	19-31	段4下-5	鍇8-4	鉉4下-2
睅(睆)	目部	【目部】	7畫	130	131	無	段4上-2	鍇7-2	鉉4上-1
垸(浣、睆,皖通段)	土部	【土部】	7畫	688	694	無	段13下-28	鍇26-4	鉉13下-4
睕(han`)	目部	【目部】	9畫	130	131	無	段4上-2	鍇7-2	鉉4上-1
覎	見部	【見部】	9畫	407	412	無	段8下-13	鍇16-13	鉉8下-3
繠(蕊、緩)	素部	【糸部】	19畫	662	669	23-36	段13上-39	鍇25-9	鉉13上-5

篆本字(古文、金文、籀文、俗字、通用字，通叚、金石)	說文部首	康熙部首	筆畫	一般頁碼	洪葉頁碼	金石字典頁碼	段注篇章	徐鍇通釋篇章	徐鉉藤花榭篇
huàn(ㄏㄨㄢˋ)									
幺(幻)	予部	【幺部】	1畫	160	162	11-43	段4下-5	錯8-3	鉉4下-2
肒	肉部	【肉部】	3畫	172	174	無	段4下-29	錯8-11	鉉4下-5
焕	火部	【火部】	9畫			無	無	無	鉉10上-9
舁(奐，焕通叚)	収部	【大部】	6畫	104	104	無	段3上-36	錯5-19	鉉3上-8
宦	宀部	【宀部】	6畫	340	343	9-41	段7下-10	錯14-5	鉉7下-3
貫(毌、摜、宦、串)	毌部	【貝部】	4畫	316	319	27-25	段7上-29	錯13-12	鉉7上-5
豢(圂)	豕部	【豕部】	6畫	455	460	無	段9下-37	錯18-12	鉉9下-6
圂(豢、溷)	囗部	【囗部】	7畫	278	281	7-1	段6下-13	錯12-9	鉉6下-4
患(悶、懇，憦通叚)	心部	【心部】	7畫	514	518	13-20	段10下-48	錯20-17	鉉10下-9
鯇(鯶)	魚部	【魚部】	7畫	578	583	無	段11下-22	錯22-9	鉉11下-5
澣(浣、瀚)	水部	【水部】	17畫	564	569	無	段11上貳-38	錯21-24	鉉11上-9
濯(浣、擢段刪。楫jí 說文無擢字，棹又櫂之俗)	水部	【水部】	14畫	564	569	19-3	段11上貳-38	錯21-24	鉉11上-9
逭(糶、踚)	辵(辶)部	【辵部】	8畫	74	74	無	段2下-10	錯4-5	鉉2下-2
咺(喧、暖通叚)	口部	【口部】	6畫	54	55	無	段2上-13	錯3-6	鉉2上-3
換	手部	【手部】	9畫	611	617	14-26	段12上-55	錯23-17	鉉12上-8
趄(轅、爰、換)	走部	【走部】	6畫	66	67	27-48	段2上-37	錯3-16	鉉2上-8
渙	水部	【水部】	9畫	547	552	18-40	段11上貳-3	錯21-13	鉉11上-4
攌	手部	【手部】	13畫	605	611	無	段12上-43	錯23-13	鉉12上-7
轘	車部	【車部】	13畫	730	737	無	段14上-57	錯27-15	鉉14上-8
喚	口部	【口部】	9畫	無	無	無	無	無	鉉2上-6
嚻(嚻、喚)	㗊部	【口部】	16畫	86	87	無	段3上-1	錯5-1	鉉3上-1
讙(嚾、喚通叚)	言部	【言部】	18畫	99	99	27-9	段3上-26	錯5-13	鉉3上-5
吅(喧、吅與讙通，嚾、誼通叚)	吅部	【口部】	3畫	62	63	27-9讙	段2上-29	錯3-13	鉉2上-6
澣(浣、瀚)	水部	【水部】	17畫	564	569	無	段11上貳-38	錯21-24	鉉11上-9
huāng(ㄏㄨㄤ)									
㼱(荒，汒、澣、茫通叚)	川部	【巛部】	3畫	568	574	25-7	段11下-3	錯22-2	鉉11下-1
荒(㼱)	艸部	【艸部】	6畫	40	40	25-7	段1下-38	錯2-18	鉉1下-6
穅(荒)	禾部	【禾部】	10畫	327	330	無	段7上-51	錯13-21	鉉7上-8

篆本字（古文、金文、籀文、俗字、通用字，通叚、金石）	說文部首	康熙部首	筆畫	一般頁碼	洪葉頁碼	金石字典頁碼	段注篇章	徐鍇通釋篇章	徐鉉藤花榭篇
肎	肉部	【肉部】	3畫	168	170	無	段4下-21	鍇8-8	鉉4下-4
衁	血部	【血部】	3畫	213	215	26-1	段5上-50	鍇9-21	鉉5上-9
帉(絥述及，幠通叚)	巾部	【巾部】	6畫	358	361	無	段7下-46	鍇14-21	鉉7下-8
絥(帉)	糸部	【糸部】	6畫	644	650	無	段13上-2	鍇25-1	鉉13上-1
騜(騜)	馬部	【馬部】	6畫	467	471	無	段10上-14	鍇19-4	鉉10上-2
肓(肓、忙、茫)	肎部	【月部】	7畫	314	317	無	段7上-26	鍇13-10	鉉7上-4
穔(荒)	禾部	【禾部】	10畫	327	330	無	段7上-51	鍇13-21	鉉7上-8
怳(慌、恍通叚)	心部	【心部】	5畫	510	515	無	段10下-41	鍇20-14	鉉10下-7

huáng（ㄏㄨㄤˊ）

篆本字（古文、金文、籀文、俗字、通用字，通叚、金石）	說文部首	康熙部首	筆畫	一般頁碼	洪葉頁碼	金石字典頁碼	段注篇章	徐鍇通釋篇章	徐鉉藤花榭篇
黃(灷)	黃部	【黃部】		698	704	32-35	段13下-48	鍇26-10	鉉13下-7
獷(獚、黃)	犬部	【犬部】	15畫	474	479	無	段10上-29	鍇19-9	鉉10上-5
坒(坒，址通叚)	之部	【土部】	4畫	272	275	無	段6下-1	鍇12-2	鉉6下-1
艎	舟部	【舟部】	9畫	無	無	無	無	無	鉉8下-2
遑(偟通叚)	辵(辶)部	【辵部】	9畫	無	無	無	無	無	鉉2下-3
皇(遑，凰、偟、徨、媓、艎、餭、騜通叚)	王部	【白部】	4畫	9	9	21-8	段1上-18	鍇1-9	鉉1上-3
徍(往、迬，徨、洿、狂通叚)	彳部	【彳部】	5畫	76	76	12-40	段2下-14	鍇4-7	鉉2下-3
旺(皇、往，旺通叚)	日部	【日部】	8畫	306	309	15-47	段7上-10	鍇13-3	鉉7上-2
翌(皇)	羽部	【羽部】	4畫	140	141	23-53	段4上-22	鍇7-10	鉉4上-5
雩(𩅦、翌)	雨部	【雨部】	3畫	574	580	30-63	段11下-15	鍇22-7	鉉11下-4
惶	心部	【心部】	9畫	514	519	無	段10下-49	鍇20-18	鉉10下-9
湟	水部	【水部】	9畫	523	528	18-45	段11上壹-15	鍇21-4	鉉11上-1
煌	火部	【火部】	9畫	485	490	19-21	段10上-51	鍇19-17	鉉10上-9
瑝	玉部	【玉部】	9畫	16	16	無	段1上-31	鍇1-16	鉉1上-5
穜	禾部	【禾部】	9畫	326	329	無	段7上-50	鍇13-21	鉉7上-8
篁	竹部	【竹部】	9畫	190	192	無	段5上-4	鍇9-2	鉉5上-1
蝗	虫部	【虫部】	9畫	668	674	無	段13上-50	鍇25-12	鉉13上-7
喤(諻、韹通叚)	口部	【口部】	9畫	54	55	6-46	段2上-13	鍇3-6	鉉2上-3
鍠(喤，鐄、韹通叚)	金部	【金部】	9畫	709	716	29-48	段14上-16	鍇27-6	鉉14上-3
喤(諻、韹通叚)	口部	【口部】	9畫	54	55	6-46	段2上-13	鍇3-6	鉉2上-3
隍(堭通叚)	𨸏部	【阜部】	9畫	736	743	30-37	段14下-12	鍇28-4	鉉14下-2

篆本字(古文、金文、籀文、俗字、通用字，通段、金石)	說文部首	康熙部首	筆畫	一般頁碼	洪葉頁碼	金石字典頁碼	段注篇章	徐鍇通釋篇章	徐鉉藤花榭篇
鼟(鼥、茣)	舛部	【舛部】	18畫	234	236	無	段5下-38	鍇10-16	鉉5下-7
晃(晄、熿，爌、櫎 通段)	日部	【日部】	6畫	303	306	15-45	段7上-4	鍇13-2	鉉7上-1
潢	水部	【水部】	12畫	553	558	18-59	段11上貳-16	鍇21-18	鉉11上-6
璜(礥hong ´)	玉部	【玉部】	12畫	12	12	20-19	段1上-23	鍇1-12	鉉1上-4
磺(卝古文礦，鑛通段)	石部	【石部】	12畫	448	453	無	段9下-23	鍇18-8	鉉9下-4
簧	竹部	【竹部】	12畫	197	199	無	段5上-17	鍇9-6	鉉5上-3
蟥	虫部	【虫部】	12畫	667	673	無	段13上-48	鍇25-11	鉉13上-7
鼟(鼥、茣)	舛部	【舛部】	18畫	234	236	無	段5下-38	鍇10-16	鉉5下-7
huǎng(ㄏㄨㄤˇ)									
怳(慌、恍通段)	心部	【心部】	5畫	510	515	無	段10下-41	鍇20-14	鉉10下-7
晃(晄、熿，爌、櫎通段)	日部	【日部】	6畫	303	306	15-45	段7上-4	鍇13-2	鉉7上-1
詤(謊)	言部	【言部】	6畫	99	99	無	段3上-26	鍇5-14	鉉3上-5
洸(滉通段)	水部	【水部】	6畫	548	553	無	段11上貳-6	鍇21-14	鉉11上-5
櫎(幌、榥)	木部	【木部】	15畫	262	264	17-13	段6上-48	鍇11-20	鉉6上-6
huàng(ㄏㄨㄤˋ)									
洸(滉通段)	水部	【水部】	6畫	548	553	無	段11上貳-6	鍇21-14	鉉11上-5
櫎(幌、榥)	木部	【木部】	15畫	262	264	17-13	段6上-48	鍇11-20	鉉6上-6
huī(ㄏㄨㄟ)									
灰	火部	【火部】	2畫	482	486	無	段10上-44	鍇19-15	鉉10上-8
恢(迯通段)	心部	【心部】	6畫	503	508	13-14	段10下-27	鍇20-10	鉉10下-5
㧪(恢)	多部	【土部】	8畫	316	319	無	段7上-29	鍇13-12	鉉7上-5
悝(詼)	心部	【心部】	7畫	510	514	13-19	段10下-40	鍇20-14	鉉10下-4
姯(嫢、倠)	女部	【女部】	8畫	624	630	無	段12下-25	鍇24-8	鉉12下-4
睢非且部睢ju鴡字(濉、睯通段)	目部	【目部】	8畫	132	134	21-33	段4上-7	鍇7-4	鉉4上-2
揮(撣通段)	手部	【手部】	9畫	606	612	無	段12上-45	鍇23-14	鉉12上-7
楎	木部	【木部】	9畫	259	261	無	段6上-42	鍇11-18	鉉6上-6
暉	日部	【日部】	9畫	無	無	無	無	無	鉉7上-1
暈(輝、暉)	日部	【日部】	9畫	304	307	無	段7上-6	鍇13-2	鉉7上-1
煇(輝、暉、熏，爌通段)	火部	【火部】	9畫	485	490	19-21	段10上-51	鍇19-17	鉉10上-9

篆本字（古文、金文、籀文、俗字、通用字，通叚、金石）	說文部首	康熙部首	筆畫	一般頁碼	洪葉頁碼	金石字典頁碼	段注篇章	徐鍇通釋篇章	徐鉉藤花榭篇
猈	犬部	【犬部】	9畫	無	無	無	無	無	鉉10上-6
菫(焄、薰，獯、獯通叚)	艸部	【艸部】	9畫	24	25	25-36薰	段1下-7	鍇2-4	鉉1下-2
翬	羽部	【羽部】	9畫	139	141	23-56	段4上-21	鍇7-10	鉉4上-4
禕(褘通叚)	衣部	【衣部】	9畫	390	394	無	段8上-52	鍇16-2	鉉8上-8
撝(華)	手部	【手部】	9畫	606	612	無	段12上-46	鍇23-15	鉉12上-7
冎(剮、𠛱通叚)	冎部	【冂部】	4畫	164	166	無	段4下-14	鍇8-6	鉉4下-3
隓(墮、𡐦、隳)	𨸏部	【阜部】	10畫	733	740	無	段14下-5	鍇28-2	鉉14下-1
徽	糸部	【彳部】	14畫	657	663	23-34	段13上-28	鍇25-6	鉉13上-4
幑(徽)	巾部	【巾部】	11畫	359	363	無	段7下-49	鍇14-22	鉉7下-9
敳(緯、徽)	攴部	【攴部】	9畫	125	126	無	段3下-37	鍇6-18	鉉3下-8
隔(鄰)	𨸏部	【阜部】	12畫	735	742	無	段14下-10	鍇28-3	鉉14下-2
譴	言部	【言部】	13畫	99	100	無	段3上-27	鍇5-14	鉉3上-6
虉(鷊，虉通叚)	艸部	【艸部】	18畫	37	38	無	段1下-33	鍇2-16	鉉1下-5
麾(撝)	手部	【麻部】	20畫	610	616	無	段12上-54	鍇23-17	鉉12上-8
旇(麾，翠、耗通叚)	㫃部	【方部】	6畫	311	314	15-17	段7上-20	鍇13-7	鉉7上-3
hui（ㄏㄨㄟˊ）									
回(囘、韋衣xieˊ述及，迴、徊通叚)	囗部	【囗部】	3畫	277	279	6-61	段6下-10	鍇12-7	鉉6下-3
隹(邪、邪)	隹部	【犬部】	3畫	141	143	無	段4上-25	鍇7-11	鉉4上-5
洄	水部	【水部】	6畫	556	561	18-20	段11上貳-21	鍇21-19	鉉11上-6
褘(幗、洄)	衣部	【衣部】	12畫	393	397	26-24	段8上-58	鍇16-3	鉉8上-8
蛕(蛔，蚘通叚)	虫部	【虫部】	6畫	664	670	無	段13上-42	鍇25-10	鉉13上-6
huǐ（ㄏㄨㄟˇ）									
虺	虫部	【虫部】	3畫	664	670	無	段13上-42	鍇25-10	鉉13上-6
蜲(虺)	虫部	【虫部】	10畫	664	670	無	段13上-42	鍇25-10	鉉13上-6
虫(虺)	虫部	【虫部】		663	669	25-54	段13上-40	鍇25-9	鉉13上-6
悔(痗、慪通叚)	心部	【心部】	7畫	512	516	13-20	段10下-44	鍇20-16	鉉10下-8
賄(悔，賄通叚)	貝部	【貝部】	6畫	279	282	無	段6下-15	鍇12-9	鉉6下-4
𠈁(悔宜細讀內文)	卜部	【卜部】	7畫	127	128	無	段3下-42	鍇6-20	鉉3下-9
破(坡、陂，礦通叚)	石部	【石部】	5畫	452	456	21-43	段9下-30	鍇18-10	鉉9下-5
毀(毀)	土部	【殳部】	9畫	691	698	17-43	段13下-35	鍇26-6	鉉13下-5
燬(烜)	火部	【火部】	12畫	480	484	無	段10上-40	鍇19-14	鉉10上-7

篆本字(古文、金文、籀文、俗字、通用字，通段、金石)	說文部首	康熙部首	筆畫	一般頁碼	洪葉頁碼	金石字典頁碼	段注篇章	徐鍇通釋篇章	徐鉉藤花榭篇
焜(燬)	火部	【火部】	7畫	480	484	無	段10上-40	鍇19-14	鉉10上-7
茇(撕、燬通段)	艸部	【艸部】	4畫	42	43	無	段1下-43	鍇2-20	鉉1下-7
毇	毇部	【殳部】	12畫	334	337	無	段7上-65	鍇13-26	鉉7上-10
嫛	女部	【女部】	13畫	625	631	無	段12下-27	鍇24-9	鉉12下-4
擊	手部	【手部】	13畫	609	615	無	段12上-51	鍇23-16	鉉12上-8

hui(ㄏㄨㄟˋ)

篆本字	說文部首	康熙部首	筆畫	一般頁碼	洪葉頁碼	金石字典頁碼	段注篇章	徐鍇通釋篇章	徐鉉藤花榭篇
屮(卉)	艸部	【十部】	3畫	44	45	無	段1下-47	鍇2-22	鉉1下-8
萃(奮、卉)	本部	【十部】	8畫	497	502	無	段10下-15	鍇20-6	鉉10下-3
沬(頮、湏、靧)	水部	【水部】	5畫	563	568	18-44	段11上貳-36	鍇21-24	鉉11上-9
恚	心部	【心部】	6畫	511	516	無	段10下-43	鍇20-15	鉉10下-8
詯(咱，嚊、膪通段)	言部	【言部】	6畫	97	98	無	段3上-23	鍇5-12	鉉3上-5
賄(悔，賄通段)	貝部	【貝部】	6畫	279	282	無	段6下-15	鍇12-9	鉉6下-4
卟(悔宜細讀內文)	卜部	【卜部】	7畫	127	128	無	段3下-42	鍇6-20	鉉3下-9
晦	日部	【日部】	7畫	305	308	15-47	段7上-8	鍇13-3	鉉7上-1
誨	言部	【言部】	7畫	91	91	26-52	段3上-10	鍇5-6	鉉3上-3
顪	頁部	【頁部】	7畫	418	422	31-29	段9上-6	鍇17-2	鉉9上-1
彗(篲、篋，蔧通段)	又部	【彐部】	8畫	116	117	無	段3下-19	鍇6-10	鉉3下-4
習(彗)	習部	【羽部】	5畫	138	139	23-54	段4上-18	鍇7-9	鉉4上-4
蟪	虫部	【虫部】	12畫	無	無	無	無	無	鉉13上-8
惠(恵从屮叀心、蕙，憓、蟪、譓、鏸通段)	叀部	【心部】	8畫	159	161	13-24	段4下-3	鍇8-2	鉉4下-1
慧(惠)	心部	【心部】	11畫	503	508	13-32	段10下-27	鍇20-10	鉉10下-5
烯(煤通段)	火部	【火部】	6畫	485	489	無	段10上-50	鍇19-17	鉉10上-9
喙(瘃、殰、彙、豙黔述及，餯通段)	口部	【口部】	9畫	54	54	6-45	段2上-12	鍇3-5	鉉2上-3
會(佮、儈駔zuˋ述及)	會部	【日部】	9畫	223	225	15-58	段5下-16	鍇10-6	鉉5下-3
䯚(會、括、鬠从會)	骨部	【骨部】	13畫	167	169	無	段4下-19	鍇8-8	鉉4下-4
諱(瑋禳述及)	言部	【言部】	9畫	101	102	26-63	段3上-31	鍇5-16	鉉3上-6
媕	女部	【女部】	10畫	624	630	無	段12下-25	鍇24-8	鉉12下-4
彙(蝟、蝟、猬、彙)	希部	【彐部】	10畫	456	461	無	段9下-39	鍇18-13	鉉9下-6
瘣(壞，蘬通段)	疒部	【疒部】	10畫	348	351	無	段7下-26	鍇14-11	鉉7下-5

篆本字（古文、金文、籀文、俗字、通用字，通叚、金石）	說文部首	康熙部首	筆畫	一般頁碼	洪葉頁碼	金石字典頁碼	段注篇章	徐鍇通釋篇章	徐鉉藤花榭篇
匯(滙通叚)	匚部	【匚部】	11畫	637	643	無	段12下-51	鍇24-17	鉉12下-8
嘒(嚖、暳，嘒通叚)	口部	【口部】	11畫	58	58	無	段2上-20	鍇3-8	鉉2上-4
慧(恵)	心部	【心部】	11畫	503	508	13-32	段10下-27	鍇20-10	鉉10下-5
槥(櫝)	木部	【木部】	11畫	270	273	無	段6上-65	鍇11-29	鉉6上-8
橞	木部	【木部】	12畫	244	246	無	段6上-12	鍇11-6	鉉6上-2
潓	水部	【水部】	12畫	531	536	18-60	段11上壹-31	鍇21-9	鉉11上-2
讀(讀、潰訂述及)	言部	【言部】	16畫	98	99	無	段3上-25	鍇5-9	鉉3上-5
闠	門部	【門部】	12畫	588	594	無	段12上-9	鍇23-4	鉉12上-2
纘(繢)	糸部	【糸部】	16畫	645	651	23-35	段13上-4	鍇25-2	鉉13上-1
繪	糸部	【糸部】	13畫	649	656	無	段13上-13	鍇25-4	鉉13上-2
營(闤、闠)	宮部	【火部】	13畫	342	346	19-29	段7下-15	鍇14-7	鉉7下-3
嬇(wei ˋ)	女部	【女部】	13畫	625	631	無	段12下-27	鍇24-9	鉉12下-4
薈	艸部	【艸部】	13畫	39	40	無	段1下-37	鍇2-18	鉉1下-6
鉞(鈌、鐬)	金部	【金部】	5畫	712	719	無	段14上-22	鍇27-7	鉉14上-4
噦(鐬通叚)	口部	【口部】	13畫	59	59	無	段2上-22	鍇3-9	鉉2上-5
薉(穢，葳通叚)	艸部	【艸部】	13畫	40	40	25-33	段1下-38	鍇2-18	鉉1下-6
翽	羽部	【羽部】	13畫	140	141	無	段4上-22	鍇7-10	鉉4上-4
譓	言部	【言部】	13畫	99	99	無	段3上-26	鍇5-13	鉉3上-5
濊(瀊、瀎)	水部	【水部】	13畫	547	552	無	段11上貳-4	鍇21-14濊21-26	鉉11上-9
達	辵(辶)部	【辵部】	14畫	70	70	無	段2下-2	鍇4-2	鉉2下-1
讀(讀、潰訂述及)	言部	【言部】	16畫	98	99	無	段3上-25	鍇5-9	鉉3上-5
孈	女部	【女部】	18畫	624	630	無	段12下-25	鍇24-8	鉉12下-4

hūn(ㄏㄨㄣ)

篆本字	說文部首	康熙部首	筆畫	一般頁碼	洪葉頁碼	金石字典頁碼	段注篇章	徐鍇通釋篇章	徐鉉藤花榭篇
昏(昬，曛通叚)	日部	【日部】	4畫	305	308	15-32	段7上-7	鍇13-3	鉉7上-1
婚(㛮从止巳)	女部	【女部】	8畫	614	620	8-43	段12下-5	鍇24-2	鉉12下-1
惛(㥁通叚)	心部	【心部】	8畫	511	515	無	段10下-42	鍇20-15	鉉10下-8
涽(浼，泯、湣、涽通叚)	水部	【水部】	12畫	550	555	無	段11上貳-10	鍇21-16	鉉11上-5
殙(殠、殙，殈通叚)	歺部	【歹部】	8畫	161	163	無	段4下-8	鍇8-5	鉉4下-2
閽(勳)	門部	【門部】	8畫	590	596	無	段12上-14	鍇23-6	鉉12上-3
葷(焄、薫，獯、獯通叚)	艸部	【艸部】	9畫	24	25	25-36薫	段1下-7	鍇2-4	鉉1下-2

篆本字(古文、金文、籀文、俗字、通用字，通段、金石)	說文部首	康熙部首	筆畫	一般頁碼	洪葉頁碼	金石字典頁碼	段注篇章	徐鍇通釋篇章	徐鉉藤花榭篇
hún(ㄏㄨㄣˊ)									
䰟(魂、伝通段)	鬼部	【鬼部】	4畫	435	439	32-12	段9上-40	鍇17-13	鉉9上-7
餅(飩、餦、餛、鉼釘述及，䴵通段)	食部	【食部】	6畫	219	221	無	段5下-8	鍇10-4	鉉5下-2
倱	人部	【人部】	9畫	366	370	無	段8上-4	鍇15-2	鉉8上-1
堚	土部	【土部】	9畫	684	690	無	段13下-20	鍇26-2	鉉13下-4
渾	水部	【水部】	9畫	550	555	18-46	段11上貳-9	鍇21-15	鉉11上-5
混(滾、渾、溷)	水部	【水部】	8畫	546	551	無	段11上貳-2	鍇21-13	鉉11上-4
鼲	鼠部	【鼠部】	9畫	479	484	無	段10上-39	鍇19-13	鉉10上-7
䡣	車部	【車部】	10畫	726	733	無	段14上-49	鍇27-14	鉉14上-7
hùn(ㄏㄨㄣˋ)									
溷	水部	【水部】	10畫	550	555	18-51	段11上貳-10	鍇21-16	鉉11上-5
俒(溷、慁)	人部	【人部】	7畫	376	380	無	段8上-23	鍇15-9	鉉8上-3
混(滾、渾、溷)	水部	【水部】	8畫	546	551	無	段11上貳-2	鍇21-13	鉉11上-4
圂(豢、溷)	口部	【口部】	7畫	278	281	7-1	段6下-13	鍇12-9	鉉6下-4
豢(圂)	豕部	【豕部】	6畫	455	460	無	段9下-37	鍇18-12	鉉9下-6
掍(棍gun ˋ)	手部	【手部】	8畫	611	617	無	段12上-55	鍇23-17	鉉12上-8
睴(眼)	目部	【目部】	9畫	130	131	無	段4上-2	鍇7-2	鉉4上-1
慁	心部	【心部】	10畫	513	518	無	段10下-47	鍇20-17	鉉10下-8
顐	頁部	【頁部】	10畫	417	422	無	段9上-5	鍇17-2	鉉9上-1
橐从圂木(櫜，梱通段)	橐部	【木部】	14畫	276	279	無	段6下-9	鍇12-7	鉉6下-3
緷(櫜从豕)	糸部	【糸部】	9畫	644	651	無	段13上-3	鍇25-2	鉉13上-1
𨽐	𨸏部	【阜部】	18畫	731	738	無	段14下-1	鍇28-1	鉉14下-1
hu ō(ㄏㄨㄛ)									
畫(畵、劃，騞通段)	畫部	【田部】	7畫	117	118	20-44	段3下-22	鍇6-12	鉉3下-5
劃(砉、騞通段)	刀部	【刂部】	12畫	180	182	無	段4下-46	鍇8-17	鉉4下-7
摧(催，嗺、慛、擢、讙通段)	手部	【手部】	11畫	596	602	無	段12上-26	鍇23-14	鉉12上-5
huó(ㄏㄨㄛˊ)									
佸(佸)	人部	【人部】	7畫	374	378	3-13	段8上-19	鍇15-7	鉉8上-3
涽(活、濄)	水部	【水部】	7畫	547	552	無	段11上貳-3	鍇21-14	鉉11上-4
祮(祮)	示部	【示部】	7畫	7	7	無	段1上-13	鍇1-7	鉉1上-2
秳(秳)	禾部	【禾部】	7畫	325	328	無	段7上-48	鍇13-20	鉉7上-8

篆本字(古文、金文、籀文、俗字、通用字，通段、金石)	說文部首	康熙部首	筆畫	一般頁碼	洪葉頁碼	金石字典頁碼	段注篇章	徐鍇通釋篇章	徐鉉藤花榭篇
huǒ(ㄏㄨㄛˇ)									
火	火部	【火部】		480	484	19-7	段10上-40	鍇19-14	鉉10上-7
邩	邑部	【邑部】	4畫	299	302	無	段6下-55	鍇12-22	鉉6下-8
夥(錁)	多部	【夕部】	11畫	316	319	無	段7上-29	鍇13-12	鉉7上-5
多(夠、夥媧述及)	多部	【夕部】	3畫	316	319	7-53	段7上-29	鍇13-11	鉉7上-5
漷(kuo ˋ)	水部	【水部】	11畫	536	541	無	段11上壹-41	鍇21-11	鉉11上-3
huò(ㄏㄨㄛˋ)									
或(域、國、惑欳zi ˋ述及)	戈部	【戈部】	4畫	631	637	13-56	段12下-39	鍇24-12	鉉12下-6
惑(或)	心部	【心部】	8畫	511	515	無	段10下-42	鍇20-15	鉉10下-7
國(或)	口部	【口部】	8畫	277	280	7-2	段6下-11	鍇12-8	鉉6下-3
貨(賯)	貝部	【貝部】	4畫	279	282	27-25	段6下-15	鍇12-9	鉉6下-4
賯(貨，貥通段)	貝部	【貝部】	12畫	279	282	27-25貨	段6下-15	鍇12-10	鉉6下-4
眓(豁)	目部	【目部】	5畫	131	133	無	段4上-5	鍇7-3	鉉4上-2
捇	手部	【手部】	7畫	607	613	無	段12上-47	鍇23-15	鉉12上-7
叡(壑)	奴部	【谷部】	7畫	161	163	無	段4下-7	鍇8-4	鉉4下-2
咊(和，俰通段)	口部	【口部】	5畫	57	57	6-28	段2上-18	鍇3-7	鉉2上-4
㦝(彧、馘)	川部	【巛部】	8畫	568	574	12-38	段11下-3	鍇22-2	鉉11下-2
惑(或)	心部	【心部】	8畫	511	515	無	段10下-42	鍇20-15	鉉10下-7
或(域、國、惑欳zi ˋ述及)	戈部	【戈部】	4畫	631	637	13-56	段12下-39	鍇24-12	鉉12下-6
旤(禍)	旡部	【无部】	9畫	414	419	無	段8下-27	鍇16-18	鉉8下-6
禍(旤述及，禞通段)	示部	【示部】	9畫	8	8	無	段1上-16	鍇1-8	鉉1上-2
𧮰(豁)	谷部	【谷部】	10畫	570	576	無	段11下-7	鍇22-3	鉉11下-2
眓(豁)	目部	【目部】	5畫	131	133	無	段4上-5	鍇7-3	鉉4上-2
蒦(彠，矱通段)	萑部	【艸部】	10畫	144	146	無	段4上-31	鍇7-14	鉉4上-6
雘	丹部	【隹部】	10畫	215	218	無	段5下-1	鍇10-1	鉉5下-1
㯉(檴、樺、華)	木部	【木部】	11畫	244	247	無	段6上-13	鍇11-6	鉉6上-2
樗(檴、㯉、樺、摴通段)	木部	【木部】	11畫	241	243	無	段6上-6	鍇11-6	鉉6上-2
過(檛、輠、鍋，渦、蝸、濄通段)	辵(辶)部	【辵部】	9畫	71	71	28-35	段2下-4	鍇4-2	鉉2下-1
礐	石部	【石部】	14畫	451	456	無	段9下-29	鍇18-10	鉉9下-4

篆本字(古文、金文、籀文、俗字、通用字，通段、金石)	說文部首	康熙部首	筆畫	一般頁碼	洪葉頁碼	金石字典頁碼	段注篇章	徐鍇通釋篇章	徐鉉藤花榭篇
濩(鑊、護，護通段)	水部	【水部】	14畫	557	562	無	段11上貳-24	鍇21-20	鉉11上-7
擭(濩)	手部	【手部】	14畫	604	610	14-33	段12上-42	鍇23-13	鉉12上-6
獲(嚄、矆通段)	犬部	【犬部】	14畫	476	480	19-58	段10上-32	鍇19-11	鉉10上-6
矆(矆)	目部	【目部】	14畫	132	134	無	段4上-7	鍇7-4	鉉4上-2
穫	禾部	【禾部】	14畫	325	328	22-31	段7上-47	鍇13-20	鉉7上-8
蠖	虫部	【虫部】	14畫	666	672	無	段13上-46	鍇25-11	鉉13上-6
鑊(鑵通段)	金部	【金部】	14畫	704	711	29-61	段14上-5	鍇27-3	鉉14上-2
夰(瞿，矆通段)	夰部	【大部】	12畫	498	503	無	段10下-17	鍇20-6	鉉10下-4
奯(濊通段)	大部	【大部】	13畫	493	497	無	段10下-6	鍇20-1	鉉10下-1
濊	水部	【艸部】	16畫	無	無	無	無	無	鉉11上-4
濊(濊、濊)	水部	【水部】	16畫	547	552	無	段11上貳-4	鍇21-14、濊21-26	鉉11上-9
泧(濊通段)	水部	【水部】	5畫	560	565	無	段11上貳-30	鍇21-22	鉉11上-8
籆(籊、篗)	竹部	【竹部】	24畫	194	196	無	段5上-12	鍇9-5	鉉5上-2
霍(霍)	雥部	【雨部】	16畫	148	149	32-7	段4上-38	鍇7-17	鉉4上-7
臒(臛膗述及)	肉部	【肉部】	10畫	176	178	無	段4下-37	鍇8-13	鉉4下-6
虇(虇)	艸部	【艸部】	24畫	23	23	25-39	段1下-4	鍇2-2	鉉1下-1

J

jī（ㄐㄧ）

禾	禾部	【禾部】		275	277	無	段6下-6	鍇12-5	鉉6下-2
丌(亓qí＝其)	丌部	【一部】	2畫	199	201	1-11	段5上-22	鍇9-8	鉉5上-4
机(檆)	木部	【木部】	2畫	248	250	無	段6上-20	鍇11-8	鉉6上-3
几(机)	几部	【几部】		715	722	4-21	段14上-28	鍇27-9	鉉14上-5
肌(蚑通段)	肉部	【肉部】	2畫	167	169	無	段4下-20	鍇8-8	鉉4下-4
飢(饑，飴通段)	㲠部	【食部】	2畫	222	225	31-39	段5下-15	鍇10-6	鉉5下-3
饑(飢)	㲠部	【食部】	12畫	222	224	31-44	段5下-14	鍇10-6	鉉5下-3
郲(黎、耆、阢、飢)	邑部	【邑部】	8畫	288	291	無	段6下-33	鍇12-16	鉉6下-6
刉(祈、幾)	刀部	【刂部】	3畫	179	181	無	段4下-43	鍇8-16	鉉4下-7
卟(乩)	卜部	【卜部】	3畫	127	128	5-20	段3下-41	鍇6-20	鉉3下-9
枅(楄)	木部	【木部】	4畫	254	257	無	段6上-33	鍇11-15	鉉6上-5
軝(軝、軹、軒)	車部	【車部】	4畫	725	732	無	段14上-47	鍇27-13	鉉14上-7
軹(軒薯wěi述及)	車部	【車部】	5畫	725	732	27-65	段14上-47	鍇27-13	鉉14上-7

篆本字(古文、金文、籀文、俗字、通用字，通叚、金石)	說文部首	康熙部首	筆畫	一般頁碼	洪葉頁碼	金石字典頁碼	段注篇章	徐鍇通釋篇章	徐鉉藤花榭篇
芰	艸部	【艸部】	4畫	26	27	無	段1下-11	錯2-6	鉉1下-2
奇(竒)	可部	【大部】	5畫	204	206	8-14	段5上-31	錯9-12	鉉5上-6
錡(奇)	金部	【金部】	8畫	705	712	29-47	段14上-8	錯27-4	鉉14上-2
攲(㩻、崎、奇、竒，欹通叚)	危部	【支部】	6畫	448	453	無	段9下-23	錯18-8	鉉9下-4
姬	女部	【女部】	6畫	612	618	8-41	段12下-2	錯24-1	鉉12下-1
笸	竹部	【竹部】	6畫	191	193	無	段5上-6	錯9-3	鉉5上-1
笄(筓)	竹部	【竹部】	6畫	191	193	無	段5上-5	錯9-3	鉉5上-1
兂(簪=寁篸摺同字、筓)	兂部	【无部】	1畫	405	410	3-47	段8下-9	錯16-12	鉉8下-2
迹(速、蹟、速非速su、疎，跡通叚)	辵(辶)部	【辵部】	6畫	70	70	28-22	段2下-2	錯4-2	鉉2下-1
骴(殨、瀆、髊、齒、脊、瘠)	骨部	【骨部】	5畫	166	168	無	段4下-18	錯8-7	鉉4下-4
骴(殨、瀆、髊、齒、脊、瘠)	骨部	【骨部】	5畫	166	168	無	段4下-18	錯8-7	鉉4下-4
脊(脅、鶺雁jian述及，瀆、鶺、鶺通叚)	㜱部	【肉部】	6畫	611	617	24-25	段12上-56	錯23-17	鉉12上-9
精(睛、暒姓qing′述及，鯖、鶺、鶺从即、鶺、鸙通叚)	米部	【米部】	8畫	331	334	23-3	段7上-59	錯13-24	鉉7上-9
屐(扆、庋、屐、輾通叚)	履部	【尸部】	7畫	402	407	無	段8下-3	錯16-10	鉉8下-1
齎从貝(資，賷通叚)	貝部	【齊部】	7畫	280	282	27-42	段6下-16	錯12-10	鉉6下-4
劑(刘通叚)	刀部	【刂部】	8畫	178	180	無	段4下-42	錯8-15	鉉4下-6
基(其祺述及、期)	土部	【土部】	8畫	684	691	7-17	段13下-21	錯26-3	鉉13下-4
期(朞、稘、基，萁通叚)	月部	【月部】	8畫	314	317	16-7	段7上-25	錯13-9	鉉7上-4
其(基祺述及)	箕部	【八部】	8畫	199	201	22-50	段5上-21	錯9-8	鉉5上-4
稘(期、萁通叚)	禾部	【禾部】	8畫	328	331	無	段7上-54	錯13-23	鉉7上-9
跽(膌，踦通叚)	足部	【足部】	7畫	81	81	無	段2下-24	錯4-13	鉉2下-5
畸	田部	【田部】	8畫	695	702	20-49	段13下-43	錯26-8	鉉13下-6
踦(騎通叚)	足部	【足部】	8畫	81	81	無	段2下-24	錯4-13	鉉2下-5

篆本字(古文、金文、籀文、俗字、通用字，通叚、金石)	說文部首	康熙部首	筆畫	一般頁碼	洪葉頁碼	金石字典頁碼	段注篇章	徐鍇通釋篇章	徐鉉藤花榭篇
箕(𠀠、𠀳、𠥩、𠷤、其、匲)	箕部	【竹部】	8畫	199	201	22-50	段5上-21	鍇9-8	鉉5上-4
緁(緝、緝)	糸部	【糸部】	8畫	656	662	23-24	段13上-26	鍇25-6	鉉13上-3
緝(qi`)	糸部	【糸部】	9畫	659	666	23-28	段13上-33	鍇25-7	鉉13上-4
咠(緝，呫通叚)	口部	【口部】	6畫	57	58	24-7	段2上-19	鍇3-8	鉉2上-4
緁(緝、緝)	糸部	【糸部】	8畫	656	662	23-24	段13上-26	鍇25-6	鉉13上-3
係(毄、繫、系述及)	人部	【人部】	7畫	381	385	3-14	段8上-34	鍇15-11	鉉8上-4
系(𣪠从處、絲、係、繫、毄)	糸部	【糸部】	1畫	642	648	23-5	段12下-62	鍇24-20	鉉12下-10
觭	角部	【角部】	8畫	185	187	26-38	段4下-55	鍇8-19	鉉4下-8
磯	石部	【石部】	12畫	無	無	無	無	無	鉉9下-5
垠(圻，墍、磯通叚)	土部	【土部】	6畫	690	697	7-14	段13下-33	鍇26-5	鉉13下-5
幾(圻，磯、邊通叚)	丝部	【幺部】	9畫	159	161	11-44	段4下-3	鍇8-2	鉉4下-1
畿(幾、圻)	田部	【田部】	10畫	696	702	20-51	段13下-44	鍇26-8	鉉13下-6
豈(幾)	豈部	【豆部】	15畫	207	209	無	段5上-37	鍇9-15	鉉5上-7
覬(幾、驥、冀)	見部	【見部】	10畫	409	413	無	段8下-16	鍇16-14	鉉8下-4
蟣(幾)	虫部	【虫部】	12畫	665	671	無	段13上-44	鍇25-10	鉉13上-6
刉(祈、幾)	刀部	【刂部】	3畫	179	181	無	段4下-43	鍇8-16	鉉4下-7
系(𣪠从處、絲、係、繫、毄)	糸部	【糸部】	1畫	642	648	23-5	段12下-62	鍇24-20	鉉12下-10
嵇	山部	【山部】	7畫	無	無	無	無	無	鉉9下-2
稽(嵇通叚)	稽部	【禾部】	10畫	275	278	22-26	段6下-7	鍇12-5	鉉6下-2
𩠹(稽)	首部	【首部】	6畫	423	427	31-49	段9上-16	鍇17-5	鉉9上-3
雞(鷄)	隹部	【隹部】	10畫	142	143	30-58	段4上-26	鍇7-12	鉉4上-5
積(簀，蘈、襀通叚)	禾部	【禾部】	11畫	325	328	22-29	段7上-48	鍇13-20	鉉7上-8
簀(積毛日簀，積也)	竹部	【竹部】	12畫	192	194	無	段5上-7	鍇9-3	鉉5上-2
柴(積，偨通叚)	木部	【木部】	6畫	252	255	16-34	段6上-29	鍇11-13	鉉6上-4
儲(蓄、具、積)	人部	【人部】	16畫	371	375	無	段8上-14	鍇15-5	鉉8上-2
績(勣通叚)	糸部	【糸部】	11畫	660	666	無	段13上-34	鍇25-8	鉉13上-4
鰿(鯽、鰿，蟦通叚)	魚部	【魚部】	10畫	577	583	無	段11下-21	鍇22-8	鉉11下-5
賷(責、債，蟦、鰿通叚)	貝部	【貝部】	4畫	281	284	27-27	段6下-19	鍇12-12	鉉6下-5
韲(𩐈、𤖪，整通叚)	韭部	【韭部】	11畫	336	340	無	段7下-3	鍇14-2	鉉7下-1

篆本字（古文、金文、籀文、俗字、通用字，通叚、金石）	說文部首	康熙部首	筆畫	一般頁碼	洪葉頁碼	金石字典頁碼	段注篇章	徐鍇通釋篇章	徐鉉藤花榭篇
幾	人部	【人部】	12畫	371	375	無	段8上-13	錯15-5	鉉8上-2
嘰(譏)	口部	【口部】	12畫	55	56	無	段2上-15	錯3-6	鉉2上-3
𩳴(譏)	鬼部	【鬼部】	10畫	436	440	無	段9上-42	錯17-14	鉉9上-7
旡(既、嘰、譏、气、氣、餼氣迲及)	皀部	【无部】	5畫	216	219	15-22	段5下-3	錯10-2	鉉5下-1
機	木部	【木部】	12畫	262	264	17-9	段6上-48	錯11-21	鉉6上-6
璣	玉部	【玉部】	12畫	18	18	20-19	段1上-36	錯1-17	鉉1上-6
朡(頭、胲)	肉部	【肉部】	12畫	167	169	無	段4下-20	錯8-8	鉉4下-4
胲(朡)	肉部	【肉部】	6畫	170	172	無	段4下-26	錯8-10	鉉4下-4
䘌(刉)	血部	【血部】	12畫	214	216	無	段5上-51	錯9-21	鉉5上-10
譏	言部	【言部】	12畫	97	97	無	段3上-22	錯5-11	鉉3上-5
趭	走部	【走部】	12畫	65	66	無	段2上-35	錯3-15	鉉2上-7
刉(䥯通叚)	刀部	【刂部】	10畫	178	180	4-44	段4下-42	錯8-15	鉉4下-6
饑(飢)	倉部	【食部】	12畫	222	224	31-44	段5下-14	錯10-6	鉉5下-3
飢(饑，餼通叚)	倉部	【食部】	2畫	222	225	31-39	段5下-15	錯10-6	鉉5下-3
擊(隔)	手部	【手部】	13畫	609	615	14-32	段12上-52	錯23-16	鉉12上-8
激(礉通叚)	水部	【水部】	13畫	549	554	無	段11上貳-8	錯21-15	鉉11上-5
歞(激)	欠部	【欠部】	9畫	412	417	無	段8下-23	錯16-16	鉉8下-5
墼	土部	【土部】	14畫	687	693	無	段13下-26	錯26-3	鉉13下-4
檵	木部	【木部】	14畫	244	246	無	段6上-12	錯11-30	鉉6上-2
藉	艸部	【艸部】	14畫	28	29	無	段1下-15	錯2-8	鉉1下-3
躋(隮)	足部	【足部】	14畫	82	82	27-56	段2下-26	錯4-13	鉉2下-5
齊(齊、𤤴、臍，隮通叚)	齊部	【齊部】		317	320	32-51	段丿上-32	錯13-14	鉉7上-6
擠(隮)	手部	【手部】	14畫	596	602	無	段12上-26	錯23-14	鉉12上-5
罬(羈、羅、羇，鞿、鞿通叚)	网部	【网部】	19畫	356	360	23-44	段7下-43	錯14-20	鉉7下-8
ji(ㄐㄧˊ)									
亼	亼部	【人部】	1畫	222	225	無	段5下-15	錯10-6	鉉5下-3
及(乁、弓非弓、逮)	又部	【又部】	2畫	115	116	5-43	段3下-18	錯6-10	鉉3下-4
乁(古文及字，見市shiˋ)	乁部	【丿部】		627	633	1-31	段12下-32	錯24-11	鉉12下-5
皀非皂zaoˋ(蒩通叚)	皀部	【白部】	2畫	216	219	21-7，蒩25-35	段5下-3	錯10-2	鉉5下-1
驫(三馬一木)	木部	【木部】	30畫	250	252	無	段6上-24	錯11-11	鉉6上-4

篆本字(古文、金文、籀文、俗字、通用字，通段、金石)	說文部首	康熙部首	筆畫	一般頁碼	洪葉頁碼	金石字典頁碼	段注篇章	徐鍇通釋篇章	徐鉉藤花榭篇
丮	丮部	【丨部】	3畫	113	114	1-27	段3下-14	鍇6-8	鉉3下-3
吉(鵠通段)	口部	【口部】	3畫	58	59	6-5	段2上-21	鍇3-9	鉉2上-4
姞(吉)	女部	【女部】	6畫	612	618	8-37	段12下-2	鍇24-1	鉉12下-1
赽	走部	【走部】	3畫	65	65	無	段2上-34	鍇3-15	鉉2上-7
伋	人部	【人部】	4畫	366	370	2-55	段8上-4	鍇15-2	鉉8上-1
汲(伋)	水部	【水部】	4畫	564	569	18-7	段11上貳-37	鍇21-24	鉉11上-9
彶(汲)	彳部	【彳部】	4畫	76	77	12-40	段2下-15	鍇4-7	鉉2下-3
岌	山部	【山部】	4畫	無	無	無	無	無	鉉9下-2
馺(岌)	馬部	【馬部】	4畫	466	470	無	段10上-12	鍇19-4	鉉10上-2
极(笈通段)	木部	【木部】	4畫	266	268	16-23	段6上-56	鍇11-24	鉉6上-7
帗(袚、笈通段)	巾部	【巾部】	4畫	361	364	無	段7下-52	鍇14-23	鉉7下-9
疧	疒部	【疒部】	4畫	352	355	無	段7下-34	鍇14-15	鉉7下-6
級	糸部	【糸部】	4畫	646	653	23-10	段13上-7	鍇25-2	鉉13上-2
卲(即，螂通段)	皀部	【卩部】	5畫	216	219	5-30	段5下-3	鍇10-2	鉉5下-1
稷(稬、即、昃)	禾部	【禾部】	10畫	321	324	22-24	段7上-40	鍇13-17	鉉7上-7
急(伋通段)	心部	【心部】	5畫	508	512	無	段10下-36	鍇20-13	鉉10下-7
苟非苟gouˇ，古文从羊句(亟、棘，急俗)	苟部	【艸部】	5畫	434	439	無	段9上-39	鍇17-13	鉉9上-7
疾(痰、𥏆、廿與十部廿nianˋ篆同，蒺通段)	疒部	【疒部】	5畫	348	351	20-55	段7下-26	鍇14-11	鉉7下-5
廿與疾古篆同	十部	【廾部】	1畫	89	89	5-10	段3上-6	鍇5-4	鉉3上-2
佶	人部	【人部】	6畫	369	373	無	段8上-9	鍇15-4	鉉8上-2
姞(吉)	女部	【女部】	6畫	612	618	8-37	段12下-2	鍇24-1	鉉12下-1
趌	走部	【走部】	6畫	65	65	無	段2上-34	鍇3-15	鉉2上-7
揤	手部	【手部】	7畫	599	605	14-26	段12上-32	鍇23-16	鉉12上-5
齎從貝(資，賷通段)	貝部	【齊部】	7畫	280	282	27-42	段6下-16	鍇12-10	鉉6下-4
資(齎，憤通段)	貝部	【貝部】	6畫	279	282	27-33	段6下-15	鍇12-10	鉉6下-4
櫛(梛，扻通段)	木部	【木部】	13畫	258	261	無	段6上-41	鍇11-18	鉉6上-5
塈(墍、瓷，磁通段)	土部	【土部】	6畫	689	696	無	段13下-31	鍇26-5	鉉13下-4
耤(藉)	耒部	【耒部】	8畫	184	186	24-6	段4下-53	鍇8-19	鉉4下-8
蹐(蹟通段)	足部	【足部】	8畫	81	82	無	段2下-25	鍇4-13	鉉2下-5
品	品部	【口部】	9畫	86	87	無	段3上-1	鍇5-1	鉉3上-1
棘(棘)	朿部	【木部】	8畫	318	321	16-47	段7上-33	鍇13-14	鉉7上-6

篆本字（古文、金文、籀文、俗字、通用字，通段、金石）	說文部首	康熙部首	筆畫	一般頁碼	洪葉頁碼	金石字典頁碼	段注篇章	徐鍇通釋篇章	徐鉉藤花榭篇
朸(棘)	木部	【木部】	2畫	252	255	無	段6上-29	鍇11-13	鉉6上-4
棘(亟、棗，蕀、璉通段)	束部	【木部】	8畫	318	321	16-46	段7上-33	鍇13-14	鉉7上-6
苟非苟gou˘，古文从羊句(亟、棘，急俗)	苟部	【艸部】	5畫	434	439	無	段9上-39	鍇17-13	鉉9上-7
悈(亟、棘)	心部	【心部】	7畫	504	509	13-20	段10下-29	鍇20-11	鉉10下-6
亟(㥛、棘)	二部	【二部】	7畫	681	687	2-27	段13下-14	鍇26-1	鉉13下-3
㥛(亟、極、悈、戒、棘)	心部	【心部】	9畫	508	512	13-25	段10下-36	鍇20-13	鉉10下-7
極	木部	【木部】	9畫	253	256	16-57	段6上-31	鍇11-14	鉉6上-4
殛(極)	歺部	【歹部】	9畫	162	164	無	段4下-10	鍇8-5	鉉4下-3
鞭	革部	【革部】	9畫	110	111	無	段3下-8	鍇6-5	鉉3下-2
𠦜	十部	【十部】	9畫	89	89	無	段3上-6	鍇5-4	鉉3上-2
湒(潗溼述及，霵通段)	水部	【水部】	9畫	557	562	無	段11上貳-24	鍇21-20	鉉11上-7
戢	戈部	【戈部】	9畫	632	638	無	段12下-41	鍇24-13	鉉12下-6
輯	車部	【車部】	9畫	721	728	無	段14上-39	鍇27-12	鉉14上-6
卙(輯)	十部	【十部】	9畫	89	89	無	段3上-6	鍇5-4	鉉3上-2
楫(輯、橈、櫂，檝通段)	木部	【木部】	9畫	267	270	無	段6上-59	鍇11-27	鉉6上-7
佫(嫉、疾，愱、誱通段)	人部	【人部】	10畫	380	384	3-32	段8上-32	鍇15-11	鉉8上-4
楁(椋通段)	木部	【木部】	9畫	254	256	無	段6上-32	鍇11-14	鉉6上-5
嫛	殳部	【殳部】	10畫	119	120	無	段3下-25	鍇6-14	鉉3下-6
骴(殨、漬、髊、胔、脊、瘠)	骨部	【骨部】	5畫	166	168	無	段4下-18	鍇8-7	鉉4下-4
膌(瘠、瘠，瘠、瘠通段)	肉部	【肉部】	10畫	171	173	無	段4下-28	鍇8-10	鉉4下-5
漬(骴漬脊瘠四字、古同音通用，當是骴爲正字也)	水部	【水部】	11畫	558	563	無	段11上貳-26	鍇21-24	鉉11上-7
膌(脊、鴷雁jian述及，瘠、鶺、鶺通段)	巫部	【肉部】	6畫	611	617	24-25	段12上-56	鍇23-17	鉉12上-9

篆本字(古文、金文、籀文、俗字、通用字，通叚、金石)	說文部首	康熙部首	筆畫	一般頁碼	洪葉頁碼	金石字典頁碼	段注篇章	徐鍇通釋篇章	徐鉉藤花榭篇
精(晴、暒姓qing´述及，鯖、鯖、鷑从即、鵃、鼱通叚)	米部	【米部】	8畫	331	334	23-3	段7上-59	鍇13-24	鉉7上-9
蹟(趚)	足部	【足部】	10畫	83	84	無	段2下-29	鍇4-15	鉉2下-6
趚(蹟，趹通叚)	走部	【走部】	7畫	66	66	無	段2上-36	鍇3-16	鉉2上-8
藉(zi´)	艸部	【艸部】	11畫	38	39	無	段1下-35	鍇2-17	鉉1下-6
喋(嘖、嘖、嗃通叚)	口部	【口部】	12畫	55	55	無	段2上-14	鍇3-6	鉉2上-3
襋(極)	衣部	【衣部】	12畫	390	394	無	段8上-51	鍇16-2	鉉8上-8
覾	見部	【見部】	12畫	409	413	無	段8下-16	鍇16-14	鉉8下-4
鏶(鍓)	金部	【金部】	12畫	705	712	無	段14上-8	鍇27-3	鉉14上-2
濈	水部	【水部】	13畫	563	568	無	段11上貳-36	鍇21-24	鉉11上-8
葙(蕺、蘸今之香菜，蒩通叚)	艸部	【艸部】	9畫	23	24	無	段1下-5	鍇2-3	鉉1下-1
擊	手部	【手部】	13畫	609	615	14-32	段12上-52	鍇23-16	鉉12上-8
轚	車部	【車部】	13畫	729	736	無	段14上-55	鍇27-15	鉉14上-7
籍	竹部	【竹部】	14畫	190	192	22-62	段5上-4	鍇9-2	鉉5上-1
鄩	邑部	【邑部】	14畫	294	296	無	段6下-44	鍇12-19	鉉6下-7
踖(蹐通叚)	足部	【足部】	8畫	81	82	無	段2下-25	鍇4-13	鉉2下-5
藉(蹐通叚)	艸部	【艸部】	14畫	42	43	25-35	段1下-43	鍇2-20	鉉1下-7
雧(集、襍)	雥部	【隹部】	20畫	148	149	30-61	段4上-38	鍇7-17	鉉4上-8
jǐ（ㄐㄧˇ）									
几(机)	几部	【几部】		715	722	4-21	段14上-28	鍇27-9	鉉14上-5
几(殳 shu)	几部	【几部】		120	121	無	段3下-28	鍇6-15	鉉3下-7
己(㠯)	己部	【己部】		741	748	11-11	段14下-21	鍇28-10	鉉14下-5
辺(己、忌、記、其、辺五字通用)	丌部	【辵部】	3畫	199	201	無	段5上-22	鍇9-8	鉉5上-4
屼	山部	【山部】	2畫	438	443	無	段9下-3	鍇18-2	鉉9下-1
邔(阯)	邑部	【邑部】	2畫	299	302	無	段6下-55	鍇12-22	鉉6下-8
改	女部	【女部】	3畫	617	623	8-28	段12下-12	鍇24-4	鉉12下-2
泲(濟)	水部	【水部】	5畫	528	533	無	段11上壹-25	鍇21-8	鉉11上-2
批非批pi	手部	【手部】	6畫	599	605	無	段12上-32	鍇23-11	鉉12上-5
給(gei˘)	糸部	【糸部】	6畫	647	654	23-19	段13上-9	鍇25-3	鉉13上-2

篆本字(古文、金文、籀文、俗字、通用字,通段,金石)	說文部首	康熙部首	筆畫	一般頁碼	洪葉頁碼	金石字典頁碼	段注篇章	徐鍇通釋篇章	徐鉉藤花榭篇
脊(𦞠、鷽雁jian述及,瀆、鶺、鷊通段)	坐部	【肉部】	6畫	611	617	24-25	段12上-56	鍇23-17	鉉12上-9
瀆(骷瀆脊瘠四字、古同音通用,當是骷爲正字也)	水部	【水部】	11畫	558	563	無	段11上貳-26	鍇21-24	鉉11上-7
骷(殯、瀆、髒、觜、脊、瘠)	骨部	【骨部】	5畫	166	168	無	段4下-18	鍇8-7	鉉4下-4
麖(麂)	鹿部	【鹿部】	6畫	471	475	32-30	段10上-22	鍇19-6	鉉10上-3
幾(圻,磯、譏通段)	絲部	【幺部】	9畫	159	161	11-44	段4下-3	鍇8-2	鉉4下-1
畿(幾、圻)	田部	【田部】	10畫	696	702	20-51	段13下-44	鍇26-8	鉉13下-6
覬(幾、驥、冀)	見部	【見部】	10畫	409	413	無	段8下-16	鍇16-14	鉉8下-4
蟣(幾)	虫部	【虫部】	12畫	665	671	無	段13上-44	鍇25-10	鉉13上-6
鐖(幾)	豈部	【豆部】	15畫	207	209	無	段5上-37	鍇9-15	鉉5上-7
戟(戟,戳通段)	戈部	【戈部】	8畫	629	635	13-63	段12下-36	鍇24-12	鉉12下-6
掎	手部	【手部】	8畫	606	612	無	段12上-45	鍇23-14	鉉12上-7
㦚(御)	心部	【心部】	9畫	507	512	無	段10下-35	鍇20-13	鉉10下-7
穖	禾部	【禾部】	12畫	324	327	無	段7上-45	鍇13-19	鉉7上-8
蟣(幾)	虫部	【虫部】	12畫	665	671	無	段13上-44	鍇25-10	鉉13上-6
擠(隮)	手部	【手部】	14畫	596	602	無	段12上-26	鍇23-14	鉉12上-5
濟	水部	【水部】	14畫	540	545	19-2	段11上壹-50	鍇21-7	鉉11上-3
泲(濟)	水部	【水部】	5畫	528	533	無	段11上壹-25	鍇21-8	鉉11上-2
霽(濟)	雨部	【雨部】	14畫	573	579	32-6	段11下-13	鍇22-6	鉉11下-4
ji(ㄐㄧˋ)									
彑(彐)	彑部	【彑部】		456	461	12-29	段9下-39	鍇18-13	鉉9下-6
旡(㒫、兂、炁、僾)	旡部	【无部】	1畫	414	419	15-21	段8下-27	鍇16-18	鉉8下-6
計	言部	【言部】	2畫	93	94	26-40	段3上-15	鍇5-8	鉉3上-4
忌(鵋、鶺通段)	心部	【心部】	3畫	511	515	13-3	段10下-42	鍇20-15	鉉10下-8
諅(忌)	言部	【言部】	8畫	98	99	26-56	段3上-25	鍇5-13	鉉3上-5
記	言部	【言部】	3畫	95	95	26-41	段3上-18	鍇5-9	鉉3上-4
㚅(己、忌、記、其、㚅五字通用)	丌部	【辵部】	3畫	199	201	無	段5上-22	鍇9-8	鉉5上-4
紀	糸部	【糸部】	3畫	645	651	23-5	段13上-4	鍇25-2	鉉13上-1
伎(忮)	人部	【人部】	4畫	379	383	無	段8上-29	鍇15-10	鉉8上-4

篆本字(古文、金文、籀文、俗字、通用字,通段、金石)	說文部首	康熙部首	筆畫	一般頁碼	洪葉頁碼	金石字典頁碼	段注篇章	徐鍇通釋篇章	徐鉉藤花榭篇
恔(佼)	心部	【心部】	4畫	509	514	無	段10下-39	鍇20-14	鉉10下-7
技(佼)	手部	【手部】	4畫	607	613	無	段12上-47	鍇23-15	鉉12上-7
姣(佼)	女部	【女部】	4畫	621	627	無	段12下-20	鍇24-7	鉉12下-3
欥(覬、冀)	欠部	【欠部】	4畫	411	415	無	段8下-20	鍇16-16	鉉8下-4
芰(蔆)	艸部	【艸部】	4畫	33	33	無	段1下-24	鍇2-11	鉉1下-4
魖	鬼部	【鬼部】	4畫	435	440	32-12	段9上-41	鍇17-14	鉉9上-7
齏从火(齍通段)	火部	【齊部】	4畫	482	487	19-28	段10上-45	鍇19-15	鉉10上-8
季	子部	【子部】	5畫	743	750	9-7	段14下-25	鍇28-13	鉉14下-6
旣(既、譏、機、气、氣、餼氣述及)	皀部	【无部】	5畫	216	219	15-22	段5下-3	鍇10-2	鉉5下-1
苟非苟gou˘,古文从羊句(亟、棘,急俗)	苟部	【艸部】	5畫	434	439	無	段9上-39	鍇17-13	鉉9上-7
髻	彡部	【彡部】	6畫	無	無	無	無	無	鉉9上-5
結(紒、髻,鶛通段)	糸部	【糸部】	6畫	647	653	23-15	段13上-8	鍇25-3	鉉13上-2
髳(髻、紒,帗、氂通段)	彡部	【彡部】	4畫	427	432	無	段9上-25	鍇17-8	鉉9上-4
坦	土部	【土部】	6畫	689	696	無	段13下-31	鍇26-5	鉉13下-5
洎(泪通段)	水部	【水部】	6畫	560	565	18-19	段11上貳-30	鍇21-22	鉉11上-8
暨(曁、洎)	旦部	【日部】	10畫	308	311	無	段7上-14	鍇13-5	鉉7上-2
臮(臮、暨、洎)	㐱部	【自部】	6畫	387	391	無	段8上-45	鍇15-15	鉉8上-6
裂(裠,帣、袈通段)	衣部	【衣部】	6畫	395	399	無	段8上-62	鍇16-5	鉉8上-9
祭(際通段)	示部	【示部】	6畫	3	3	21-57	段1上-6	鍇1-6	鉉1上-2
鄒(祭)	邑部	【邑部】	11畫	287	290	無	段6下-31	鍇12-16	鉉6下-6
鮆(魛,鱭通段)	魚部	【魚部】	6畫	578	583	無	段11下-22	鍇22-9	鉉11下-5
萁(藄)	艸部	【艸部】	8畫	23	23	25-16	段1下-4	鍇2-2	鉉1下-1
誋	言部	【言部】	7畫	92	93	26-50	段3上-13	鍇5-7	鉉3上-3
惎(誋)	心部	【心部】	8畫	515	519	無	段10下-50	鍇20-18	鉉10下-9
跽(臉,跂通段)	足部	【足部】	7畫	81	81	無	段2下-24	鍇4-13	鉉2下-5
宗(誄、家、寂,淑、諔通段)	宀部	【宀部】	6畫	339	343	無	段7下-9	鍇14-4	鉉7下-2
唙(寂、諔通段)	口部	【口部】	8畫	61	61	無	段2上-26	鍇3-11	鉉2上-5
寄	宀部	【宀部】	8畫	341	345	9-51	段7下-13	鍇14-6	鉉7下-3
臮(屓、跠通段)	己部	【己部】	8畫	741	748	11-14	段14下-21	鍇28-10	鉉14下-5

篆本字(古文、金文、籀文、俗字、通用字,通段、金石)	說文部首	康熙部首	筆畫	一般頁碼	洪葉頁碼	金石字典頁碼	段注篇章	徐鍇通釋篇章	徐鉉藤花榭篇
徛	彳部	【彳部】	8畫	77	77	無	段2下-16	鍇4-9	鉉2下-4
悸	心部	【心部】	8畫	510	515	無	段10下-41	鍇20-14	鉉10下-7
瘁(悸)	疒部	【疒部】	8畫	349	353	無	段7下-29	鍇14-13	鉉7下-5
卑(萁)	収部	【廾部】	5畫	104	104	12-11	段3上-36	鍇5-19	鉉3上-8
諅(忌)	言部	【言部】	8畫	98	99	26-56	段3上-25	鍇5-13	鉉3上-5
猏(猘、狛、瘑、瘦、嚻通段)	犬部	【犬部】	7畫	476	481	無	段10上-33	鍇19-11	鉉10上-6
愒(憩,偈通段)	心部	【心部】	9畫	507	512	無	段10下-35	鍇20-13	鉉10下-7
係(毄、繫、系述及)	人部	【人部】	7畫	381	385	3-14	段8上-34	鍇15-11	鉉8上-4
系(䌛从處、繇、係、繫、毄)	系部	【糸部】	1畫	642	648	23-5	段12下-62	鍇24-20	鉉12下-10
鄸(薊)	邑部	【邑部】	9畫	284	287	無	段6下-25	鍇12-14	鉉6下-6
暨(曁、泊)	旦部	【日部】	10畫	308	311	無	段7上-14	鍇13-5	鉉7上-2
臮(臮、曁、泊)	似部	【自部】	6畫	387	391	無	段8上-45	鍇15-15	鉉8上-6
墍(墍,塈通段)	土部	【土部】	11畫	686	693	無	段13下-25	鍇26-3	鉉13下-4
椻	木部	【木部】	10畫	249	251	無	段6上-22	鍇11-10	鉉6上-3
稷(稅、即、畟)	禾部	【禾部】	10畫	321	324	22-24	段7上-40	鍇13-17	鉉7上-7
穄(稷俗誤作)	禾部	【禾部】	11畫	322	325	無	段7上-42	鍇13-18	鉉7上-7
覬(幾、驥、冀)	見部	【見部】	10畫	409	413	無	段8下-16	鍇16-14	鉉8下-4
欨(覬、冀)	欠部	【欠部】	4畫	411	415	無	段8下-20	鍇16-16	鉉8下-4
冀(覬,兾通段)	北部	【八部】	14畫	386	390	4-13	段8上-44	鍇15-15	鉉8上-6
鯽(鯽、鰂从賊)	魚部	【魚部】	9畫	579	585	無	段11下-25	鍇22-10	鉉11下-5
鰿(鯽、鰿,蟦通段)	魚部	【魚部】	10畫	577	583	無	段11下-21	鍇22-8	鉉11下-5
賾(責、債,蟦、鰿通段)	貝部	【貝部】	4畫	281	284	27-27	段6下-19	鍇12-12	鉉6下-5
繼(繼、䜌)	糸部	【糸部】	14畫	645	652	23-38	段13上-5	鍇25-2	鉉13上-1
稘	禾部	【禾部】	11畫	321	324	無	段7上-40	鍇13-18	鉉7上-7
鳲(鶒通段)	鳥部	【鳥部】	5畫	154	155	無	段4上-50	鍇7-21	鉉4上-9
笠(鶒通段)	竹部	【竹部】	5畫	195	197	無	段5上-14	鍇9-5	鉉5上-2
績(勣通段)	糸部	【糸部】	11畫	660	666	無	段13上-34	鍇25-8	鉉13上-4
積(簣,藉、襀通段)	禾部	【禾部】	11畫	325	328	22-29	段7上-48	鍇13-20	鉉7上-8
罽(罽)	网部	【网部】	11畫	355	359	無	段7下-41	鍇14-18	鉉7下-7
灐(罽)	水部	【水部】	17畫	550	555	無	段11上貳-9	鍇21-21	鉉11上-5

篆本字（古文、金文、籀文、俗字、通用字，通段、金石）	說文部首	康熙部首	筆畫	一般頁碼	洪葉頁碼	金石字典頁碼	段注篇章	徐鍇通釋篇章	徐鉉藤花榭篇
纞(罻)	糸部	【糸部】	17畫	662	668	無	段13上-38	鍇25-8	鉉13上-5
薽	艸部	【艸部】	11畫	39	40	無	段1下-37	鍇2-17	鉉1下-6
際(瘵)	𠂤部	【阜部】	11畫	736	743	無	段14下-11	鍇28-4	鉉14下-2
瘵(際)	广部	【广部】	11畫	348	352	無	段7下-27	鍇14-12	鉉7下-5
濝	水部	【水部】	12畫	544	549	無	段11上壹-57	鍇21-12	鉉11上-4
薊(蘮通段)	艸部	【艸部】	12畫	37	38	無	段1下-33	鍇2-16	鉉1下-5
檵(杞)	木部	【木部】	13畫	246	248	無	段6上-16	鍇11-7	鉉6上-3
杞(檵、芑)	木部	【木部】	3畫	246	248	16-19	段6上-16	鍇11-7	鉉6上-3
薊(葪通段)	艸部	【艸部】	13畫	26	27	25-35	段1下-11	鍇2-6	鉉1下-2
筋(薊)	筋部	【竹部】	6畫	178	180	22-47	段4下-41	鍇8-15	鉉4下-6
郱(薊)	邑部	【邑部】	9畫	284	287	無	段6下-25	鍇12-14	鉉6下-6
冀(覬，𦲽通段)	北部	【八部】	14畫	386	390	4-13	段8上-44	鍇15-15	鉉8上-6
覬(幾、驥、冀)	見部	【見部】	10畫	409	413	無	段8下-16	鍇16-14	鉉8下-4
飲(覬、冀)	欠部	【欠部】	4畫	411	415	無	段8下-20	鍇16-16	鉉8下-4
檕	木部	【木部】	14畫	262	264	無	段6上-48	鍇11-21	鉉6上-6
繼(繼、鑙)	糸部	【糸部】	14畫	645	652	23-38	段13上-5	鍇25-2	鉉13上-1
劑(齊)	刀部	【刂部】	14畫	181	183	4-45	段4下-47	鍇8-16	鉉4下-7
嚌	口部	【口部】	14畫	55	55	無	段2上-14	鍇3-6	鉉2上-3
穧	禾部	【禾部】	14畫	325	328	無	段7上-47	鍇13-19	鉉7上-8
薺	艸部	【艸部】	14畫	32	32	25-36	段1下-22	鍇2-10	鉉1下-4
膌(瘠、瘠，瘠、瘠通段)	肉部	【肉部】	10畫	171	173	無	段4下-28	鍇8-10	鉉4下-5
濟	水部	【水部】	14畫	540	545	19-2	段11上壹-50	鍇21-7	鉉11上-3
泲(濟)	水部	【水部】	5畫	528	533	無	段11上壹-25	鍇21-8	鉉11上-2
霽(濟)	雨部	【雨部】	14畫	573	579	32-6	段11下-13	鍇22-6	鉉11下-4
灡(罻)	水部	【水部】	17畫	550	555	無	段11上貳-9	鍇21-21	鉉11上-5
纞(罻)	糸部	【糸部】	17畫	662	668	無	段13上-38	鍇25-8	鉉13上-5
驥(冀，𩧢从雨，通段)	馬部	【馬部】	17畫	463	467	無	段10上-6	鍇19-2	鉉10上-1
豈(驥、愷，凱通段)	豈部	【豆部】	3畫	206	208	27-11	段5上-36	鍇9-15	鉉5上-7
覬(幾、驥、冀)	見部	【見部】	10畫	409	413	無	段8下-16	鍇16-14	鉉8下-4
㡨	廫部	【宀部】	19畫	347	351	無	段7下-25	鍇14-11	鉉7下-5
虀	艸部	【艸部】	19畫	32	32	無	段1下-22	鍇2-10	鉉1下-4

篆本字(古文、金文、籀文、俗字、通用字,通段、金石)	說文部首	康熙部首	筆畫	一般頁碼	洪葉頁碼	金石字典頁碼	段注篇章	徐鍇通釋篇章	徐鉉藤花榭篇
jiā(ㄐㄧㄚ)									
加(架)	力部	【力部】	3畫	700	707	4-47	段13下-53	鍇26-11	鉉13下-8
枷(架通段)	木部	【木部】	5畫	260	262	無	段6上-44	鍇11-19	鉉6上-6
夾非亦部夾shanˇ	大部	【大部】	4畫	492	497	8-13	段10下-5	鍇20-1	鉉10下-1
俠(夾jiaˊ)	人部	【人部】	7畫	373	377	3-20	段8上-17	鍇15-7	鉉8上-3
痂	疒部	【疒部】	5畫	350	353	無	段7下-30	鍇14-13	鉉7下-6
駔(鳴、駕,鵶通段)	鳥部	【鳥部】	5畫	152	153	無	段4上-46	鍇7-21	鉉4上-9
佳	人部	【人部】	6畫	368	372	3-8	段8上-7	鍇15-3	鉉8上-1
珈	玉部	【玉部】	5畫	無	無	無	無	無	鉉1上-6
哿(珈通段)	可部	【口部】	7畫	204	206	無	段5上-31	鍇9-12	鉉5上-6
家(宷,冢)	宀部	【宀部】	7畫	337	341	9-46	段7下-5	鍇14-3	鉉7下-2
浹	水部	【水部】	7畫	無	無	無	無	無	鉉11下-1
挾(浹)	手部	【手部】	7畫	597	603	14-18	段12上-28	鍇23-10	鉉12上-5
梜	木部	【木部】	7畫	268	270	無	段6上-60	鍇11-27	鉉6上-8
葭(蘆、笳通段)	艸部	【艸部】	9畫	46	46	25-17	段1下-50	鍇2-23	鉉1下-8
豭	豕部	【豕部】	9畫	455	459	27-19	段9下-36	鍇18-12	鉉9下-6
迦(袈、迦通段)	辵(辶)部	【辵部】	9畫	74	75	無	段2下-11	鍇4-6	鉉2下-3
麚(麚,豭通段)	鹿部	【鹿部】	9畫	470	474	無	段10上-20	鍇19-6	鉉10上-3
嘉(美、善、賀,恕通段)	壴部	【口部】	11畫	205	207	6-51	段5上-34	鍇9-14	鉉5上-7
假(假、嘏、嘉、暇)	人部	【人部】	9畫	374	378	3-29	段8上-19	鍇15-8	鉉8上-3
賀(嘉、儋、擔)	貝部	【貝部】	5畫	280	282	27-31	段6下-16	鍇12-10	鉉6下-4
jiá(ㄐㄧㄚˊ)									
冊(籥、冊、筴亦作策)	冊(册)部	【冂部】	3畫	85	86	4-14	段2下-34	鍇4-17	鉉2下-7
夾jiā非亦部夾shanˇ	大部	【大部】	4畫	492	497	8-13	段10下-5	鍇20-1	鉉10下-1
俠(夾jiaˊ)	人部	【人部】	7畫	373	377	3-20	段8上-17	鍇15-7	鉉8上-3
忦	心部	【心部】	4畫	513	517	無	段10下-46	鍇20-17	鉉10下-8
忿(恕)	心部	【心部】	4畫	510	514	無	段10下-40	鍇20-14	鉉10下-7
扴(砎通段)	手部	【手部】	4畫	601	607	無	段12上-36	鍇23-12	鉉12上-6
袷(衿裣述及,裌、褶通段)	衣部	【衣部】	6畫	394	398	無	段8上-60	鍇16-4	鉉8上-9

篆本字（古文、金文、籀文、俗字、通用字，通段、金石）	說文部首	康熙部首	筆畫	一般頁碼	洪葉頁碼	金石字典頁碼	段注篇章	徐鍇通釋篇章	徐鉉藤花榭篇
裣(袷=衿、襟段不認同)	衣部	【衣部】	8畫	390	394	無	段8上-52	錯16-2	鉉8上-8
跲	足部	【足部】	6畫	83	83	無	段2下-28	錯4-14	鉉2下-6
吉(鵠通段)	口部	【口部】	3畫	58	59	6-5	段2上-21	錯3-9	鉉2上-4
結(紒、髻，鵠通段)	糸部	【糸部】	6畫	647	653	23-15	段13上-8	錯25-3	鉉13上-2
唊	口部	【口部】	7畫	59	60	無	段2上-23	錯3-9	鉉2上-5
戛	戈部	【戈部】	7畫	630	636	13-61	段12下-37	錯24-12	鉉12下-6
莢(筴通段，釋文筴本又作冊，亦作策，或簎)	艸部	【艸部】	7畫	38	39	無	段1下-35	錯2-16	鉉1下-6
蛺	虫部	【虫部】	7畫	667	674	無	段13上-49	錯25-12	鉉13上-7
郟	邑部	【邑部】	7畫	291	294	無	段6下-39	錯12-17	鉉6下-7
鋏	金部	【金部】	7畫	703	710	無	段14上-3	錯27-2	鉉14上-1
鞅(韐)	革部	【革部】	7畫	108	109	無	段3下-3	錯6-3	鉉3下-1
頰(䫴)	頁部	【頁部】	7畫	416	421	無	段9上-3	錯17-1	鉉9上-1
頒(班、頻、顰，盼通段)	頁部	【頁部】	4畫	417	422	無	段9上-5	錯17-2	鉉9上-1
胛(岬、㤲劫述及，胎、脥通段)	肉部	【肉部】	6畫	169	171	無	段4下-23	錯8-9	鉉4下-4
帢(鞈，帕通段)	巿部	【巾部】	8畫	363	366	無	段7下-56	錯14-24	鉉7下-10
㓞	韧部	【刂部】	8畫	183	185	無	段4下-52	錯8-18	鉉4下-8
鷲	鳥部	【鳥部】	13畫	153	154	無	段4上-48	錯7-21	鉉4上-9
jiǎ(ㄐㄧㄚˇ)									
甲(甶、宁、胛髀述及)	甲部	【田部】		740	747	無	段14下-19	錯28-8	鉉14下-4
狎(甲)	犬部	【犬部】	5畫	475	479	無	段10上-30	錯19-10	鉉10上-5
胛(岬、㤲劫述及，胎、脥通段)	肉部	【肉部】	6畫	169	171	無	段4下-23	錯8-9	鉉4下-4
賈(沽、價，估通段)	貝部	【貝部】	6畫	281	284	27-34	段6下-19	錯12-12	鉉6下-5
叚(彶、叚)	又部	【又部】	7畫	116	117	5-52	段3下-20	錯6-11	鉉3下-4
斝(斚通段)	斗部	【斗部】	8畫	717	724	無	段14上-32	錯27-10	鉉14上-5
嘏(假)	古部	【口部】	11畫	88	89	6-53	段3上-5	錯5-4	鉉3上-2
假(假、格，徦、遐通段)	彳部	【彳部】	9畫	77	77	12-55，徦12-41	段2下-16	錯4-8	鉉2下-3

篆本字（古文、金文、籀文、俗字、通用字，通段、金石）	說文部首	康熙部首	筆畫	一般頁碼	洪葉頁碼	金石字典頁碼	段注篇章	徐鍇通釋篇章	徐鉉藤花榭篇
假(假、碬、嘉、暇)	人部	【人部】	9畫	374	378	3-29	段8上-19	鍇15-8	鉉8上-3
暇(假)	日部	【日部】	9畫	306	309	15-48	段7上-9	鍇13-3	鉉7上-2
誐(假，哦通段)	言部	【言部】	7畫	94	95	26-53	段3上-17	鍇5-9	鉉3上-4
椵	木部	【木部】	9畫	244	246	無	段6上-12	鍇11-6	鉉6上-2
瘕	疒部	【疒部】	9畫	350	353	無	段7下-30	鍇14-13	鉉7下-6
鞕(韃)	革部	【革部】	7畫	108	109	無	段3下-3	鍇6-3	鉉3下-1
櫃(榎)	木部	【木部】	13畫	242	244	無	段6上-8	鍇11-4	鉉6上-2
jia(ㄐㄧㄚˋ)									
駕(𩢲)	馬部	【馬部】	5畫	464	469	31-57	段10上-9	鍇19-3	鉉10上-2
加(架)	力部	【力部】	3畫	700	707	4-47	段13下-53	鍇26-11	鉉13下-8
枷(架通段)	木部	【木部】	5畫	260	262	無	段6上-44	鍇11-19	鉉6上-6
瞃	目部	【目部】	9畫	135	136	無	段4上-12	鍇7-6	鉉4上-3
嫁	女部	【女部】	10畫	613	619	8-48	段12下-4	鍇24-2	鉉12下-1
幏(賨)	巾部	【巾部】	10畫	362	365	無	段7下-54	鍇14-23	鉉7下-9
賨(幏)	貝部	【貝部】	8畫	282	285	無	段6下-21	鍇12-13	鉉6下-5
稼	禾部	【禾部】	10畫	320	323	無	段7上-38	鍇13-16	鉉7上-7
價	人部	【人部】	13畫	無	無	無	無	無	鉉8上-5
賈(沽、價，估通段)	貝部	【貝部】	6畫	281	284	27-34	段6下-19	鍇12-12	鉉6下-5
jiān(ㄐㄧㄢ)									
姦	女部	【女部】	3畫	625	631	無	段12下-28	鍇24-10	鉉12下-4
靬	革部	【革部】	3畫	107	108	無	段3下-1	鍇6-2	鉉3下-1
幵(岍)	幵部	【干部】	3畫	715	722	11-31	段14上-27	鍇27-9	鉉14上-5
鐵(尖，錟通段)	金部	【金部】	17畫	705	712	無	段14上-7	鍇27-3	鉉14上-2
兓(鐵、尖)	兂部	【儿部】	6畫	406	410	無	段8下-10	鍇16-12	鉉8下-2
櫼(尖通段)	木部	【木部】	17畫	257	259	無	段6上-38	鍇11-17	鉉6上-5
戔	戈部	【戈部】	4畫	631	637	13-56	段12下-40	鍇24-13	鉉12下-6
戔(殘、諓，醆、盞通段)	戈部	【戈部】	4畫	632	638	13-56	段12下-41	鍇24-13	鉉12下-6
殘(戔、歼)	歹部	【歹部】	8畫	163	165	無	段4下-12	鍇8-6	鉉4下-3
諓(戔)	言部	【言部】	8畫	94	94	無	段3上-16	鍇5-9	鉉3上-4
肩(𦝫)	肉部	【肉部】	5畫	169	171	24-20	段4下-24	鍇8-9	鉉4下-4
豣(豜、肩，狷通段)	豕部	【豕部】	4畫	455	459	無	段9下-36	鍇18-12	鉉9下-6

篆本字(古文、金文、籀文、俗字、通用字，通叚、金石)	說文部首	康熙部首	筆畫	一般頁碼	洪葉頁碼	金石字典頁碼	段注篇章	徐鍇通釋篇章	徐鉉藤花榭篇
雅	隹部	【隹部】	4畫	142	144	無	段4上-27	錯7-12	鉉4上-5
鳰	鳥部	【鳥部】	4畫	154	155	無	段4上-50	錯7-22	鉉4上-9
玲(瑮)	玉部	【玉部】	5畫	16	16	無	段1上-32	錯1-16	鉉1上-5
姦(悬、姧)	女部	【女部】	6畫	626	631	8-40	段12下-29	錯24-10	鉉12下-4
麗(麝)	鹿部	【鹿部】	6畫	470	475	無	段10上-21	錯19-6	鉉10上-3
龓	龍部	【龍部】	6畫	582	588	無	段11下-31	錯22-12	鉉11下-6
秝(兼、傔、鶼通叚)	秝部	【八部】	8畫	329	332	4-12	段7上-56	錯13-23	鉉7上-9
箋(牋通叚)	竹部	【竹部】	8畫	191	193	22-54	段5上-5	錯9-2	鉉5上-1
菅(蕑通叚)	艸部	【艸部】	8畫	27	28	25-16	段1下-13	錯2-7	鉉1下-3
霙(霚通叚)	雨部	【雨部】	8畫	573	578	無	段11下-12	錯22-6	鉉11下-3
堅	臤部	【土部】	9畫	118	119	7-20	段3下-24	錯6-13	鉉3下-6
緊(絸，繄通叚)	臤部	【糸部】	8畫	118	119	無	段3下-23	錯6-13	鉉3下-6
帵	巾部	【巾部】	9畫	359	362	無	段7下-48	錯14-22	鉉7下-9
械(含)	木部	【木部】	9畫	261	263	無	段6上-46	錯11-20	鉉6上-6
湔(濺瓚zan` 述及，瑂、盞通叚)	水部	【水部】	9畫	519	524	無	段11上壹-7	錯21-3	鉉11上-1
煎	火部	【火部】	9畫	482	487	無	段10上-45	錯19-15	鉉10上-8
監(瞖)	臥部	【皿部】	9畫	388	392	21-19	段8上-47	錯15-16	鉉8上-7
瞯(瞷)	目部	【目部】	15畫	132	134		段4上-7	錯7-4	鉉4上-2
鑑(鑒、鑒、監，覽通叚)	金部	【金部】	14畫	703	710	29-61	段14上-4	錯27-2	鉉14上-1
緘(咸，械通叚)	糸部	【糸部】	9畫	657	664	23-28	段13上-29	錯25-6	鉉13上-4
葴	艸部	【艸部】	9畫	25	25	無	段1下-8	錯2-5	鉉1下-2
逮	辵(辶)部	【辵部】	9畫	75	75	無	段2下-12	錯4-6	鉉2下-3
牶(楗溫述及)	牛部	【牛部】	9畫	無	無	無	無	無	鉉2上-3
楗(牶溫述及，捷通叚)	木部	【木部】	9畫	256	259	16-59	段6上-37	錯11-17	鉉6上-5
稴(秈)	禾部	【禾部】	10畫	323	326	無	段7上-43	錯13-18	鉉7上-7
鞬	革部	【革部】	9畫	110	111	無	段3下-8	錯6-5	鉉3下-2
縑	糸部	【糸部】	10畫	648	655	23-31	段13上-11	錯25-3	鉉13上-2
蒹	艸部	【艸部】	10畫	33	34	無	段1下-25	錯2-12	鉉1下-4
鰜(鳒通叚)	魚部	【魚部】	10畫	577	582	無	段11下-20	錯22-8	鉉11下-5
艱(囏)	堇部	【艮部】	11畫	694	700	24-53	段13下-40	錯26-8	鉉13下-6
攤(囏)	手部	【手部】	11畫	600	606	無	段12上-34	錯23-11	鉉12上-6

篆本字（古文、金文、籀文、俗字、通用字，通段、金石）	說文部首	康熙部首	筆畫	一般頁碼	洪葉頁碼	金石字典頁碼	段注篇章	徐鍇通釋篇章	徐鉉藤花榭篇
閒(間、閖、閒，瀾通段)	門部	【門部】	4畫	589	595	30-11	段12上-12	鍇23-5	鉉12上-3
憪(閒)	心部	【心部】	12畫	509	513	無	段10下-38	鍇20-13	鉉10下-7
蔪(藪、漸，蕲通段)	艸部	【艸部】	11畫	42	42	無	段1下-42	鍇2-19	鉉1下-7
潛(熸通段)	水部	【水部】	12畫	556	561	18-60	段11上貳-21	鍇21-19	鉉11上-7
蓮(蘭、領述及)	艸部	【艸部】	11畫	34	34	25-27	段1下-26	鍇2-13	鉉1下-4
菅(蕑通段)	艸部	【艸部】	8畫	27	28	25-16	段1下-13	鍇2-7	鉉1下-3
蘭(蕑通段)	艸部	【艸部】	17畫	25	25	25-42	段1下-8	鍇2-4	鉉1下-2
厱(礛，磏通段)	厂部	【厂部】	13畫	447	451	無	段9下-20	鍇18-7	鉉9下-3
靃(蘸通段)	雨部	【雨部】	13畫	573	579	無	段11下-13	鍇22-6	鉉11下-3
鬻从弜侃(餰、飦、鍵)	弼部	【鬲部】	14畫	112	113	32-11	段3下-11	鍇6-6	鉉3下-2
歉从咸糸	欠部	【欠部】	15畫	412	417	無	段8下-23	鍇16-17	鉉8下-5
矙(監)	目部	【目部】	15畫	132	134	無	段4上-7	鍇7-4	鉉4上-2
黬(葳、箴)	黑部	【黑部】	15畫	488	492	無	段10上-56	鍇19-19	鉉10上-10
鞬	革部	【革部】	16畫	無	無	無	無	無	鉉3下-2
薦(荐，揝、虀从薦豕、韉通段)	廌部	【艸部】	13畫	469	474	25-33	段10上-19	鍇19-6	鉉10上-3
錢(泉貝述及，籛通段)	金部	【金部】	8畫	706	713	29-45	段14上-10	鍇27-4	鉉14上-2
幨(籛)	巾部	【巾部】	17畫	360	363	無	段7下-50	鍇14-22	鉉7下-9
攕(纖)	手部	【手部】	17畫	594	600	無	段12上-21	鍇23-8	鉉12上-4
瀸(渰通段)	水部	【水部】	17畫	551	556	無	段11上貳-11	鍇21-16	鉉11上-5
殲(瀸)	歹部	【歹部】	17畫	163	165	無	段4下-12	鍇8-6	鉉4下-3
鑯(尖，鋟通段)	金部	【金部】	17畫	705	712	無	段14上-7	鍇27-3	鉉14上-2
尣(鐵、尖)	尢部	【儿部】	6畫	406	410	無	段8下-10	鍇16-12	鉉8下-2
櫼(尖通段)	木部	【木部】	17畫	257	259	無	段6上-38	鍇11-17	鉉6上-5
韱(薊通段)	韭部	【韭部】	8畫	337	340	31-22	段7下-4	鍇14-2	鉉7下-2
jiǎn(ㄐㄧㄢˇ)									
跰(研)	足部	【足部】	4畫	84	85	無	段2下-31	鍇4-16	鉉2下-6
柬(簡，揀通段)	束部	【木部】	5畫	276	278	16-30	段6下-8	鍇12-6	鉉6下-3
黫(蘭)	黑部	【黑部】	6畫	488	493	無	段10上-57	鍇19-19	鉉10上-10
歬(前、翦)	止部	【止部】	6畫	68	68	17-26，前4-41	段2上-40	鍇3-17	鉉2上-8
歬(剪，劗、劗通段)	刀部	【刂部】	7畫	178	180	4-41	段4下-42	鍇8-15	鉉4下-7

篆本字（古文、金文、籀文、俗字、通用字，通叚、金石）	說文部首	康熙部首	筆畫	一般頁碼	洪葉頁碼	金石字典頁碼	段注篇章	徐鍇通釋篇章	徐鉉藤花榭篇
戩(翦、齊、𢧵)	戈部	【戈部】	10畫	631	637	無	段12下-40	鍇24-13	鉉12下-6
揃(翦、𢧵)	手部	【手部】	9畫	599	605	無	段12上-32	鍇23-11	鉉12上-5
垷(挸，峴通叚)	土部	【土部】	7畫	686	693	無	段13下-25	鍇26-3	鉉13下-4
幓	巾部	【巾部】	8畫	358	362	無	段7下-47	鍇14-21	鉉7下-8
淺(幓)	水部	【水部】	8畫	551	556	18-35	段11上貳-12	鍇21-16	鉉11上-5
楪	束部	【木部】	9畫	276	279	無	段6下-9	鍇12-6	鉉6下-3
減(咸)	水部	【水部】	9畫	566	571	18-41	段11上貳-41	鍇21-25	鉉11上-9
緘(咸，城通叚)	糸部	【糸部】	9畫	657	664	23-28	段13上-29	鍇25-6	鉉13上-4
揃(翦、𢧵)	手部	【手部】	9畫	599	605	無	段12上-32	鍇23-11	鉉12上-5
歬(前、翦)	止部	【止部】	6畫	68	68	17-26，前4-41	段2上-40	鍇3-17	鉉2上-8
翦(翦、齊、歬、前、戩、鬋)	羽部	【羽部】	9畫	138	140	23-56	段4上-19	鍇7-9	鉉4上-4
戩(翦、齊、𢧵)	戈部	【戈部】	10畫	631	637	無	段12下-40	鍇24-13	鉉12下-6
鬋从歬(鬋、翦)	髟部	【髟部】	9畫	426	431	無	段9上-23	鍇17-8	鉉9上-4
蹇(謇，寋、騫、讓通叚)	足部	【足部】	10畫	83	84	27-56	段2下-29	鍇4-15	鉉2下-6
搴(攓，攐、撋、揅、搴、搴通叚)	手部	【手部】	12畫	605	611	無	段12上-44	鍇23-14	鉉12上-7
簡(蒝通叚)	心部	【竹部】	12畫	513	517	無	段10下-46	鍇20-16	鉉10下-8
簡(簡、襇、襴綩述及，襇通叚)	竹部	【竹部】	12畫	190	192	22-62	段5上-4	鍇9-2	鉉5上-1
柬(簡，揀通叚)	束部	【木部】	5畫	276	278	16-30	段6下-8	鍇12-6	鉉6下-3
竿(干、簡，杆通叚)	竹部	【竹部】	3畫	194	196	無	段5上-12	鍇9-5	鉉5上-2
繭(䋆从糸見，蠒通叚)	糸部	【糸部】	12畫	643	650	無	段13上-1	鍇25-1	鉉13上-1
襺(繭)	衣部	【衣部】	19畫	391	395	無	段8上-53	鍇16-2	鉉8上-8
黗(繭)	黑部	【黑部】	6畫	488	493	無	段10上-57	鍇19-19	鉉10上-10
蔳(蕳)	艸部	【艸部】	12畫	35	35	無	段1下-28	鍇2-13	鉉1下-5
鎌(鐮通叚)	倉部	【食部】	10畫	220	223	無	段5下-11	鍇10-5	鉉5下-2
儉(險)	人部	【人部】	13畫	376	380	3-41	段8上-23	鍇15-9	鉉8上-3
撿	手部	【手部】	13畫	595	601	無	段12上-23	鍇23-9	鉉12上-4
檢(簽通叚)	木部	【木部】	13畫	265	268	17-12	段6上-55	鍇11-24	鉉6上-7
鹼	鹽部	【鹵部】	13畫	586	592	無	段12上-6	鍇23-3	鉉12上-2
瞼	目部	【目部】	13畫	無	無	21-36	無	無	鉉4上-3

篆本字(古文、金文、籀文、俗字、通用字，通段、金石)	說文部首	康熙部首	筆畫	一般頁碼	洪葉頁碼	金石字典頁碼	段注篇章	徐鍇通釋篇章	徐鉉藤花榭篇
睞(睫、眊，眨、瞸、瞼通段)	目部	【目部】	7畫	130	131	無	段4上-2	錯7-2	鉉4上-1
灛	水部	【水部】	18畫	561	566	無	段11上貳-32	錯21-22	鉉11上-8
襺(繭)	衣部	【衣部】	19畫	391	395	無	段8上-53	錯16-2	鉉8上-8
jiàn(ㄐㄧㄢˋ)									
見(現通段)	見部	【見部】		407	412	26-30	段8下-13	錯16-13	鉉8下-3
件	人部	【人部】	4畫	無	無	無	無	錯15-13	鉉8上-5
閒(間、開、閑，淵通段)	門部	【門部】	4畫	589	595	30-11	段12上-12	錯23-5	鉉12上-3
筋(腱，劰、䐈通段)	筋部	【竹部】	5畫	178	180	無	段4下-41	錯8-15	鉉4下-6
建	廴部	【廴部】	6畫	77	78	12-7	段2下-17	錯4-9	鉉2下-4
栫(拵通段)	木部	【木部】	6畫	263	265	無	段6上-50	錯11-21	鉉6上-6
荐(洊、薦)	艸部	【艸部】	6畫	42	43	25-4	段1下-43	錯2-20	鉉1下-7
瀳(洊、荐)	水部	【水部】	17畫	551	556	19-5	段11上貳-11	錯21-16	鉉11上-5
俴	人部	【人部】	8畫	378	382	無	段8上-28	錯15-10	鉉8上-4
踐(𡲆通段)	足部	【足部】	8畫	82	83	27-55	段2下-27	錯4-14	鉉2下-6
徬(踐)	彳部	【彳部】	8畫	76	77	無	段2下-15	錯4-8	鉉2下-3
衞(俴)	行部	【行部】	8畫	78	78	無	段2下-18	錯4-10	鉉2下-4
諓(戔)	言部	【言部】	8畫	94	94	無	段3上-16	錯5-9	鉉3上-4
戔(殘、諓，醆、盞通段)	戈部	【戈部】	4畫	632	638	13-56	段12下-41	錯24-13	鉉12下-6
賤	貝部	【貝部】	8畫	282	284	27-37	段6下-20	錯12-12	鉉6下-5
趁(駗，跈、踂、辿通段)	走部	【走部】	5畫	64	64	無	段2上-32	錯3-14	鉉2上-7
鑒(鑑俗)	金部	【金部】	8畫	702	709	29-47	段14上-2	錯27-2	鉉14上-1
鑑(鑒、鑒、監，覽通段)	金部	【金部】	14畫	703	710	29-61	段14上-4	錯27-2	鉉14上-1
隒	𨸏部	【阜部】	8畫	736	743	無	段14下-12	錯28-4	鉉14下-2
餞	倉部	【食部】	8畫	221	224	無	段5下-13	錯10-5	鉉5下-3
健	人部	【人部】	9畫	369	373	無	段8上-9	錯15-4	鉉8上-2
楗(犍溫述及，揵通段)	木部	【木部】	9畫	256	259	16-59	段6上-37	錯11-17	鉉6上-5
犍(楗溫述及)	牛部	【牛部】	9畫	無	無	無	無	無	鉉2上-3

篆本字(古文、金文、籀文、俗字、通用字，通段、金石)	說文部首	康熙部首	筆畫	一般頁碼	洪葉頁碼	金石字典頁碼	段注篇章	徐鍇通釋篇章	徐鉉藤花榭篇
鬻从弜侃(餰、飦、鍵)	鬻部	【鬲部】	14畫	112	113	32-11	段3下-11	鍇6-6	鉉3下-2
瓚(zan`濺)	水部	【水部】	19畫	565	570	無	段11上貳-40	鍇21-25	鉉11上-9
湔(濺瓚zan`述及，瑳、盞通段)	水部	【水部】	9畫	519	524	無	段11上壹-7	鍇21-3	鉉11上-1
箭(晉)	竹部	【竹部】	9畫	189	191	無	段5上-1	鍇9-1	鉉5上-1
晉(晉、箭榗jian`述及，揂、暗通段)	日部	【日部】	12畫	303	306	15-43	段7上-4	鍇13-2	鉉7上-1
諫	言部	【言部】	9畫	93	93	26-59	段3上-14	鍇5-8	鉉3上-3
鍵(鐉通段)	金部	【金部】	9畫	704	711	無	段14上-6	鍇27-3	鉉14上-2
榗(梓)	木部	【木部】	10畫	243	246	無	段6上-11	鍇11-5	鉉6上-2
蹇(謇，寋、謇、讒通段)	足部	【足部】	10畫	83	84	27-56	段2下-29	鍇4-15	鉉2下-6
蟴	虫部	【虫部】	11畫	672	678	無	段13上-58	鍇25-14	鉉13上-8
趣(趏)	走部	【走部】	11畫	67	67	無	段2上-38	鍇3-16	鉉2上-8
漸(趣)	水部	【水部】	11畫	531	536	18-57	段11上壹-31	鍇21-9	鉉11上-2
磛(巉、嶄、漸)	石部	【石部】	11畫	451	455	無	段9下-28	鍇18-10	鉉9下-4
蔪(藪、漸，蘺通段)	艸部	【艸部】	11畫	42	42	無	段1下-42	鍇2-19	鉉1下-7
僭(譖)	人部	【人部】	12畫	378	382	無	段8上-27	鍇15-9	鉉8上-4
譖(僭)	言部	【言部】	12畫	100	100	無	段3上-28	鍇5-11	鉉3上-6
碞(僭)	石部	【石部】	9畫	451	456	無	段9下-29	鍇18-10	鉉9下-4
澗(潤，嵧、磵通段)	水部	【水部】	12畫	554	559	無	段11上貳-18	鍇21-18	鉉11上-6
瞯(瞷、瞯、騆，搁通段)	目部	【目部】	12畫	134	136	無	段4上-11	鍇7-5	鉉4上-2
僩(搁、瞯)	人部	【人部】	13畫	369	373	無	段8上-10	鍇15-4	鉉8上-2
騆(瞯、騆)	馬部	【馬部】	12畫	461	465	無	段10上-2	鍇19-1	鉉10上-1
鐧	金部	【金部】	12畫	711	718	無	段14上-20	鍇27-7	鉉14上-4
薦(荐，搁、薼从薦豕、轞通段)	廌部	【艸部】	13畫	469	474	25-33	段10上-19	鍇19-6	鉉10上-3
荐(洊、薦)	艸部	【艸部】	6畫	42	43	25-4	段1下-43	鍇2-20	鉉1下-7
劍刃部(劒、劍刀部)	刃部	【刂部】	14畫	183	185	4-44	段4下-51	鍇8-18	鉉4下-8
檻(欄述及，櫼、檻、艦、轞通段)	木部	【木部】	14畫	270	273	無	段6上-65	鍇11-29	鉉6上-8

篆本字(古文、金文、籀文、俗字、通用字，通段、金石)	說文部首	康熙部首	筆畫	一般頁碼	洪葉頁碼	金石字典頁碼	段注篇章	徐鍇通釋篇章	徐鉉藤花榭篇
濫(檻)	水部	【水部】	14畫	549	554	無	段11上貳-7	鍇21-15	鉉11上-5
醬	酉部	【酉部】	14畫	751	758	無	段14下-42	鍇28-20	鉉14下-9
鑑(鉴、鑒、監，覽通段)	金部	【金部】	14畫	703	710	29-61	段14上-4	鍇27-2	鉉14上-1
鋻(鑒俗)	金部	【金部】	8畫	702	709	29-47	段14上-2	鍇27-2	鉉14上-1
覵(覸同覵yaoˋ、顅、輕)	覞部	【見部】	15畫	410	414	無	段8下-18	鍇16-15	鉉8下-4
覞(覵通段同覵qian)	覞部	【見部】	7畫	410	414	無	段8下-18	鍇16-15	鉉8下-4
瀳(洊、荐)	水部	【水部】	17畫	551	556	19-5	段11上貳-11	鍇21-16	鉉11上-5
罐	缶部	【缶部】	17畫	225	228	無	段5下-21	鍇10-8	鉉5下-4
灒(zanˋ濺)	水部	【水部】	19畫	565	570	無	段11上貳-40	鍇21-25	鉉11上-9
jiāng(ㄐㄧㄤ)									
江(茳通段)	水部	【水部】	3畫	517	522	18-1	段11上壹-4	鍇21-2	鉉11上-1
牂(搿)	手部	【手部】	4畫	596	602	14-9	段12上-26	鍇23-9	鉉12上-5
畕	畕部	【田部】	5畫	698	704	無	段13下-48	鍇26-9	鉉13下-7
姜	女部	【女部】	6畫	612	618	8-36	段12下-1	鍇24-1	鉉12下-1
漿(泝、漿，饗通段)	水部	【水部】	8畫	562	567	無	段11上貳-34	鍇21-23	鉉11上-8
泮(判、畔，沜、半、牉、頖通段)	水部	【水部】	5畫	566	571	18-18	段11上貳-42	鍇21-25	鉉11上-9
將	寸部	【寸部】	8畫	121	122	10-20	段3下-29	鍇6-15	鉉3下-7
鎗(鏘、鶬、將、瑲述及)	金部	【金部】	10畫	709	716	29-50	段14上-16	鍇27-6	鉉14上-3
畺(疆，壃通段)	畕部	【田部】	8畫	698	704	20-49	段13下-48	鍇26-9	鉉13下-7
僵(殭，偃通段)	人部	【人部】	13畫	380	384	無	段8上-32	鍇15-11	鉉8上-4
橿	木部	【木部】	13畫	244	247	無	段6上-13	鍇11-6	鉉6上-2
犢	牛部	【牛部】	13畫	51	52	無	段2上-7	鍇3-4	鉉2上-2
繮(韁通段)	糸部	【糸部】	13畫	658	664	無	段13上-30	鍇25-7	鉉13上-4
薑(蕰)	艸部	【艸部】	16畫	23	24	無	段1下-5	鍇2-3	鉉1下-1
jiǎng(ㄐㄧㄤˇ)									
奬(獎、奬，犟通段)	犬部	【犬部】	8畫	474	478	19-56	段10上-28	鍇19-9	鉉10上-5
佝(怐、傋、溝、彀、瞉、區)	人部	【人部】	5畫	379	383	無	段8上-30	鍇15-10	鉉8上-4
講(媾，顜通段)	言部	【言部】	10畫	95	96	26-63	段3上-19	鍇5-10	鉉3上-4

篆本字（古文、金文、籀文、俗字、通用字，通叚、金石）	說文部首	康熙部首	筆畫	一般頁碼	洪葉頁碼	金石字典頁碼	段注篇章	徐鍇通釋篇章	徐鉉藤花榭篇
媾(講)	女部	【女部】	10畫	616	622	8-47	段12下-9	鍇24-3	鉉12下-1
蔣(菰苽述及)	艸部	【艸部】	11畫	36	36	25-28，苽25-16	段1下-30	鍇2-14	鉉1下-5
蔣(簞、槳)	竹部	【竹部】	12畫	190	192	無	段5上-4	鍇9-2	鉉5上-1
jiàng(ㄐㄧㄤˋ)									
弜	弜部	【弓部】	3畫	642	648	12-18	段12下-61	鍇24-20	鉉12下-9
匠(鶀通叚)	匚部	【匚部】	4畫	635	641	5-2	段12下-48	鍇24-16	鉉12下-8
絳(襟通叚)	糸部	【糸部】	6畫	650	656	23-18	段13上-14	鍇25-4	鉉13上-2
趮	走部	【走部】	6畫	64	65	無	段2上-33	鍇3-14	鉉2上-7
夅降服字，當作此。	夂部	【夂部】	3畫	237	239	7-46	段5下-43	鍇10-18	鉉5下-8
洚(降、夅)	水部	【水部】	6畫	546	551	無	段11上貳-1	鍇21-13	鉉11上-4
降投夅(屚通叚)	𨸏部	【阜部】	6畫	732	739	30-23	段14下-4	鍇28-2	鉉14下-1
將	寸部	【寸部】	8畫	121	122	10-20	段3下-29	鍇6-15	鉉3下-7
羌(羴，羌、強通叚)	羊部	【羊部】	2畫	146	148	3-55	段4上-35	鍇7-16	鉉4上-7
勥(勥)	力部	【力部】	11畫	699	706	無	段13下-51	鍇26-12	鉉13下-7
彊(勥)	弓部	【弓部】	13畫	640	646	12-26	段12下-58	鍇24-19	鉉12下-9
漿	水部	【水部】	11畫	561	566	無	段11上貳-32	鍇21-22	鉉11上-8
醬(醬、牆、牆)	酉部	【酉部】	11畫	751	758	29-26	段14下-41	鍇28-19	鉉14下-9
jiāo(ㄐㄧㄠ)									
芁(艻、芁通叚)	艸部	【艸部】	2畫	45	45	無	段1下-48	鍇2-22	鉉1下-8
茻(艻通叚)	屮部	【艸部】	6畫	88	89	無	段3上-5	鍇5-3	鉉3上-2
交(迋、佼，狡通叚)	交部	【亠部】	4畫	494	499	2-29	段10下-9	鍇20-3	鉉10下-2
迋(交)	辵(辶)部	【辵部】	6畫	71	72	無	段2下-5	鍇4-3	鉉2下-2
鵁(交，鵁、鷄通叚)	鳥部	【鳥部】	6畫	154	155	無	段4上-50	鍇7-22	鉉4上-9
睪(梟)	睪部	【目部】	4畫	423	428	無	段9上-17	鍇17-6	鉉9上-3
嬌 .	女部	【女部】	12畫	無	無	8-51	無	無	鉉12下-4
姣(佼，嬌通叚)	女部	【女部】	6畫	618	624	無	段12下-13	鍇24-4	鉉12下-2
驕(嬌、僑，憍通叚)	馬部	【馬部】	12畫	463	468	31-64	段10上-7	鍇19-2	鉉10上-2
獢(驕)	犬部	【犬部】	12畫	473	478	19-57	段10上-27	鍇19-8	鉉10上-5
茭	艸部	【艸部】	6畫	44	44	無	段1下-46	鍇2-21	鉉1下-8
筊(茭，笅通叚)	竹部	【竹部】	6畫	194	196	無	段5上-12	鍇9-5	鉉5上-2
茮(椒)	艸部	【艸部】	6畫	37	37	16-49	段1下-32	鍇2-15	鉉1下-5
迋(交)	辵(辶)部	【辵部】	6畫	71	72	無	段2下-5	鍇4-3	鉉2下-2
交(迋、佼，狡通叚)	交部	【亠部】	4畫	494	499	2-29	段10下-9	鍇20-3	鉉10下-2

篆本字（古文、金文、籀文、俗字、通用字，通段、金石）	說文部首	康熙部首	筆畫	一般頁碼	洪葉頁碼	金石字典頁碼	段注篇章	徐鍇通釋篇章	徐鉉藤花榭篇
郊(蒿)	邑部	【邑部】	6畫	284	286	28-64	段6下-24	鍇12-14	鉉6下-5
骹(校，骹、齩、跤、䯒、髐通段)	骨部	【骨部】	6畫	165	167	無	段4下-16	鍇8-7	鉉4下-3
鮫(蛟)	魚部	【魚部】	6畫	580	585	無	段11下-26	鍇22-10	鉉11下-5
蛟(鮫)	虫部	【虫部】	6畫	670	676	無	段13上-54	鍇25-13	鉉13上-7
鵁(交、鵁、鷄通段)	鳥部	【鳥部】	6畫	154	155	無	段4上-50	鍇7-22	鉉4上-9
爨(隻、焦=爵糕zhuo 述及、嶣嶤yaoˊ述及，僬、膲、蟭通段)	火部	【火部】	24畫	484	489	無	段10上-49	鍇19-16	鉉10上-8
喬(嶠，簥通段)	夭部	【口部】	9畫	494	499	6-46	段10下-9	鍇20-3	鉉10下-2
噭	口部	【口部】	11畫	57	58	無	段2上-19	鍇3-8	鉉2上-4
膠(翏通段)	肉部	【肉部】	11畫	177	179	24-28	段4下-39	鍇8-14	鉉4下-6
澆(溇通段)	水部	【水部】	12畫	563	568	無	段11上貳-35	鍇21-23	鉉11上-8
燋(爝)	火部	【火部】	12畫	481	486	無	段10上-43	鍇19-14	鉉10上-8
蕉	艸部	【艸部】	12畫	44	45	無	段1下-47	鍇2-22	鉉1下-8
樵(蕉，劁、蘸、藮通段)	木部	【木部】	12畫	247	250	無	段6上-19	鍇11-8	鉉6上-3
鐎	金部	【金部】	12畫	704	711	無	段14上-6	鍇27-3	鉉14上-2
姣(佼，嬌通段)	女部	【女部】	6畫	618	624	無	段12下-13	鍇24-4	鉉12下-2
驕(嬌、僑，憍通段)	馬部	【馬部】	12畫	463	468	31-64	段10上-7	鍇19-2	鉉10上-2
鷮	鳥部	【鳥部】	12畫	156	157	無	段4上-54	鍇7-23	鉉4上-9
鷦(鷦)	鳥部	【鳥部】	12畫	151	152	無	段4上-44	鍇7-20	鉉4上-8
漻(飂通段)	水部	【水部】	11畫	547	552	無	段11上貳-4	鍇21-14	鉉11上-4
爐(龢)	火部	【火部】	16畫	483	487	無	段10上-46	鍇19-16	鉉10上-8
爨(隻、焦=爵糕zhuo 述及、嶣嶤yaoˊ述及，僬、膲、蟭通段)	火部	【火部】	24畫	484	489	無	段10上-49	鍇19-16	鉉10上-8

jiáo（ㄐㄧㄠˊ）

| 嚼(嚼，噍通段) | 口部 | 【口部】 | 12畫 | 55 | 55 | 無 | 段2上-14 | 鍇3-6 | 鉉2上-3 |

jiǎo（ㄐㄧㄠˇ）

臽(角)	角部	【角部】		184	186	26-36	段4下-54	鍇8-19	鉉4下-8
疘(咎)	疒部	【疒部】	2畫	348	352	無	段7下-27	鍇14-12	鉉7下-5
督(䀉，瞯、瞷通段)	目部	【目部】	7畫	134	136	無	段4上-11	鍇7-5	鉉4上-2

篆本字(古文、金文、籀文、俗字、通用字，通叚、金石)	說文部首	康熙部首	筆畫	一般頁碼	洪葉頁碼	金石字典頁碼	段注篇章	徐鍇通釋篇章	徐鉉藤花榭篇
朴	木部	【木部】	3畫	251	253	無	段6上-26	錯11-12	鉉6上-4
佼	人部	【人部】	6畫	366	370	3-8	段8上-3	錯15-1	鉉8上-1
交(迱、佼，玅通叚)	交部	【亠部】	4畫	494	499	2-29	段10下-9	錯20-3	鉉10下-2
姣(佼，嬌通叚)	女部	【女部】	6畫	618	624	無	段12下-13	錯24-4	鉉12下-2
恔(悜)	心部	【心部】	6畫	503	508	無	段10下-27	錯20-10	鉉10下-5
狡	犬部	【犬部】	6畫	473	478	無	段10上-27	錯19-8	鉉10上-5
皎(晈通叚)	白部	【白部】	6畫	363	367	21-11	段7下-57	錯14-24	鉉7下-10
筊(茭，笅通叚)	竹部	【竹部】	6畫	194	196	無	段5上-12	錯9-5	鉉5上-2
絞(綹、鉸通叚)	交部	【糸部】	6畫	495	499	無	段10下-10	錯20-3	鉉10下-2
烄(敊)	火部	【火部】	6畫	481	486	無	段10上-43	錯19-14	鉉10上-8
敊(烄)	火部	【火部】	8畫	482	486	無	段10上-44	錯19-15	鉉10上-8
敎放部	放部	【攴部】	9畫	160	162	無	段4下-5	錯8-3	鉉4下-2
腳	肉部	【肉部】	9畫	170	172	無	段4下-26	錯8-10	鉉4下-4
勦(剿、剿)	力部	【力部】	11畫	700	707	無	段13下-53	錯26-11	鉉13下-7
魓(勦)	鬼部	【鬼部】	12畫	436	440	無	段9上-42	錯17-14	鉉9上-7
操(藻)	手部	【手部】	11畫	608	614	無	段12上-50	錯23-16	鉉12上-8
撟(矯，拗通叚)	手部	【手部】	12畫	604	610	無	段12上-41	錯23-13	鉉12上-6
矯(撟通叚)	矢部	【矢部】	12畫	226	228	無	段5下-22	錯10-9	鉉5下-4
孎(矯)	女部	【女部】	17畫	619	625	無	段12下-16	錯24-5	鉉12下-2
敽	攴部	【攴部】	12畫	124	125	無	段3下-35	錯6-18	鉉3下-8
蟜	虫部	【虫部】	12畫	665	671	無	段13上-44	錯25-11	鉉13上-6
僥	人部	【人部】	12畫	384	388	無	段8上-39	錯15-13	鉉8上-5
徼(僥、邀、闄通叚)	彳部	【彳部】	13畫	76	76	無	段2下-14	錯4-7	鉉2下-3
憿(僥、徼，儌通叚)	心部	【心部】	13畫	510	515	無	段10下-41	錯20-14	鉉10下-7
剿(剿，劋通叚)	刀部	【刂部】	13畫	181	183	無	段4下-48	錯8-17	鉉4下-7
勦(剿、剿)	力部	【力部】	11畫	700	707	無	段13下-53	錯26-11	鉉13下-7
鈔(抄、剿)	金部	【金部】	4畫	714	721	29-38	段14上-25	錯27-8	鉉14上-4
璬	玉部	【玉部】	13畫	13	13	無	段1上-25	錯1-13	鉉1上-4
皦(曒)	白部	【白部】	13畫	364	367	無	段7下-58	錯14-25	鉉7下-10
繳(繳)	糸部	【糸部】	13畫	659	665	無	段13上-32	錯25-7	鉉13上-4
盪	皿部	【皿部】	14畫	212	214	無	段5上-48	錯9-19	鉉5上-9
孎(矯)	女部	【女部】	17畫	619	625	無	段12下-16	錯24-5	鉉12下-2
攪(撹通叚)	手部	【手部】	20畫	606	612	無	段12上-46	錯23-14	鉉12上-7

篆本字(古文、金文、籀文、俗字、通用字，通段、金石)	說文部首	康熙部首	筆畫	一般頁碼	洪葉頁碼	金石字典頁碼	段注篇章	徐鍇通釋篇章	徐鉉藤花榭篇
灂(灂)	水部	【水部】	21畫	562	567	無	段11上貳-33	鍇21-23	鉉11上-8
jiao(ㄐㄧㄠˋ)									
叫(詨通段)	口部	【口部】	2畫	60	61	6-3	段2上-25	鍇3-11	鉉2上-5
訆(叫、詔)	言部	【言部】	2畫	99	99	無	段3上-26	鍇5-13	鉉3上-5
詔(訆)	品部	【口部】	11畫	86	87	無	段3上-1	鍇5-1	鉉3上-1
孝	子部	【子部】	4畫	743	750	無	段14下-26	鍇28-13	鉉14下-6
窌(窌)	穴部	【穴部】	5畫	345	349	無	段7下-21	鍇14-9	鉉7下-4
奅(窌)	大部	【大部】	5畫	493	497	無	段10下-6	鍇20-1	鉉10下-2
叧(玠，笤通段)	卜部	【卜部】	5畫	127	128	無	段3下-42	鍇6-20	鉉3下-9
交(迣、佼，珓通段)	交部	【亠部】	4畫	494	499	2-29	段10下-9	鍇20-3	鉉10下-2
較(較亦作校、挍)	車部	【車部】	4畫	722	729	27-64	段14上-41	鍇27-12	鉉14上-6
校(挍，較通段)	木部	【木部】	6畫	267	270	16-35	段6上-59	鍇11-27	鉉6上-7
斠(校，較通段)	斗部	【斗部】	10畫	718	725	無	段14上-33	鍇27-11	鉉14上-6
骹(校，蔽、嚙、跤、鮑、髐通段)	骨部	【骨部】	6畫	165	167	無	段4下-16	鍇8-7	鉉4下-3
窌	穴部	【穴部】	6畫	346	350	無	段7下-23	鍇14-9	鉉7下-4
教(羑、效、教)	教部	【攴部】	7畫	127	128	14-48	段3下-41	鍇6-20	鉉3下-9
窌	穴部	【穴部】	7畫	345	349	22-34	段7下-21	鍇14-9	鉉7下-4
梟(㬊、嗅、蟂通段)	木部	【木部】	7畫	271	273	無	段6上-66	鍇11-29	鉉6上-8
歗(激)	欠部	【欠部】	9畫	412	417	無	段8下-23	鍇16-16	鉉8下-5
詔(訆)	品部	【口部】	11畫	86	87	無	段3上-1	鍇5-1	鉉3上-1
訆(叫、詔)	言部	【言部】	2畫	99	99	無	段3上-26	鍇5-13	鉉3上-5
嶠	山部	【山部】	12畫	無	無	無	無	無	鉉9下-2
喬(嶠，簥通段)	夭部	【口部】	9畫	494	499	6-46	段10下-9	鍇20-3	鉉10下-2
橋(槔gao韓述及，嶠、轎通段)	木部	【木部】	12畫	267	269	17-10	段6上-58	鍇11-26	鉉6上-7
輂(槿、桐、轝、轝、輁，轎通段)	車部	【車部】	6畫	729	736	無	段14上-56	鍇27-15	鉉14上-8
噍(嚼，嗺通段)	口部	【口部】	12畫	55	55	無	段2上-14	鍇3-6	鉉2上-3
啾(噍)	口部	【口部】	9畫	54	55	無	段2上-13	鍇3-6	鉉2上-3
潐	水部	【水部】	12畫	559	564	無	段11上貳-28	鍇21-21	鉉11上-7
醮(譙，釃通段)	酉部	【酉部】	12畫	748	755	無	段14下-36	鍇28-18	鉉14下-9
趭(趡，躣通段)	走部	【走部】	8畫	66	67	27-51	段2上-37	鍇3-16	鉉2上-8

篆本字(古文、金文、籀文、俗字、通用字,通段、金石)	說文部首	康熙部首	筆畫	一般頁碼	洪葉頁碼	金石字典頁碼	段注篇章	徐鍇通釋篇章	徐鉉藤花榭篇
嗷(蹴通段)	口部	【口部】	13畫	54	54	無	段2上-12	鍇3-5	鉉2上-3
警	言部	【言部】	13畫	95	96	無	段3上-19	鍇5-10	鉉3上-4
猲(獦、獥)	犬部	【犬部】	9畫	473	478	無	段10上-27	鍇19-8	鉉10上-5
爈(爝通段)	火部	【火部】	17畫	486	491	無	段10上-53	鍇19-18	鉉10上-9
歠从㰟(醊)	欠部	【欠部】	18畫	412	417	無	段8下-23	鍇16-17	鉉8下-5
醊(歠)	酉部	【酉部】	18畫	749	756	無	段14下-37	鍇28-18	鉉14下-9

jie（ㄐㄧㄝ）

篆本字	說文部首	康熙部首	筆畫	一般頁碼	洪葉頁碼	金石字典頁碼	段注篇章	徐鍇通釋篇章	徐鉉藤花榭篇
皆(偕)	白部	【白部】	4畫	136	138	21-8	段4上-15	鍇7-8	鉉4上-4
痎	疒部	【疒部】	6畫	350	354	無	段7下-31	鍇14-14	鉉7下-6
街	行部	【行部】	6畫	78	78	26-2	段2下-18	鍇4-10	鉉2下-4
接	手部	【手部】	8畫	600	606	14-22	段12上-34	鍇23-11	鉉12上-6
椄(接)	木部	【木部】	8畫	264	267	16-49	段6上-53	鍇11-23	鉉6上-7
翣(接、涩,箑、歃、𣫍通段)	羽部	【羽部】	8畫	140	142	無	段4上-23	鍇7-10	鉉4上-5
萎	艸部	【艸部】	8畫	36	36	無	段1下-30	鍇2-14	鉉1下-5
喈	口部	【口部】	9畫	61	62	無	段2上-27	鍇3-12	鉉2上-6
湝	水部	【水部】	9畫	547	552	無	段11上貳-3	鍇21-14	鉉11上-4
揭(偈、擖通段)	手部	【手部】	9畫	603	609	無	段12上-39	鍇23-13	鉉12上-6
桀(櫭、揭)	桀部	【木部】	6畫	237	240	16-42	段5下-44	鍇10-18	鉉5下-9
楬(揭,𣫍通段)	木部	【木部】	9畫	270	273	無	段6上-65	鍇11-29	鉉6上-8
顠(鬚、楬、𣫍)	頁部	【頁部】	8畫	420	425	無	段9上-11	鍇17-4	鉉9上-2
鬚(顠、𣫍、楬,鬐通段)	彡部	【彡部】	12畫	428	432	無	段9上-26	鍇17-9	鉉9上-4
稭(秸、稖、鞂)	禾部	【禾部】	9畫	325	328	無	段7上-48	鍇13-20	鉉7上-8
腊	肉部	【肉部】	9畫	171	173	無	段4下-27	鍇8-10	鉉4下-5
階(堦通段)	𨸏部	【阜部】	9畫	736	743	無	段14下-11	鍇28-4	鉉14下-2
譻(謑,嗟通段)	言部	【言部】	10畫	99	100	無	段3上-27	鍇5-14	鉉3上-6
嵯(差,嗟通段)	左部	【工部】	7畫	200	202	11-10	段5上-24	鍇9-9	鉉5上-4
嗞(茲、嗟、咨,諮通段)	口部	【口部】	10畫	60	61	無	段2上-25	鍇3-11	鉉2上-5
鬏(髭、鬍通段)	彡部	【彡部】	10畫	426	430	無	段9上-22	鍇17-7	鉉9上-4
譇	言部	【言部】	11畫	95	96	無	段3上-19	鍇5-10	鉉3上-4

篆本字（古文、金文、籀文、俗字、通用字，通段、金石）	說文部首	康熙部首	筆畫	一般頁碼	洪葉頁碼	金石字典頁碼	段注篇章	徐鍇通釋篇章	徐鉉藤花榭篇
jié(ㄐㄧㄝˊ)									
卩(卪、節)	卩部	【卩部】		430	435	5-23	段9上-31	鍇17-10	鉉9上-5
丣(巳)	丣部	【弓部】		316	319	無	段7上-30	鍇13-12	鉉7上-5
孑(釨)	了部	【子部】		743	750	無	段14下-26	鍇28-13	鉉14下-6
尐	小部	【小部】	1畫	48	49	10-35	段2上-1	鍇3-1	鉉2上-1
剣	刀部	【魚部】	2畫	182	184	無	段4下-50	鍇8-17	鉉4下-7
疌(疌)	止部	【疋部】	3畫	68	68	17-25	段2上-40	鍇3-17	鉉2上-8
訐	言部	【言部】	3畫	100	100	無	段3上-28	鍇5-14	鉉3上-6
帗(祴、笈通段)	巾部	【巾部】	4畫	361	364	無	段7下-52	鍇14-23	鉉7下-9
岊(岤、屵)	山部	【山部】	4畫	441	446	無	段9下-9	鍇18-3	鉉9下-2
劫(刦，刼、拹通段)	力部	【力部】	5畫	701	707	無	段13下-54	鍇26-12	鉉13下-8
鈷	金部	【金部】	5畫	713	720	無	段14上-23	鍇27-7	鉉14上-4
劼	力部	【力部】	6畫	699	706	無	段13下-51	鍇26-11	鉉13下-7
奊	矢部	【大部】	6畫	494	498	無	段10下-8	鍇20-2	鉉10下-2
拮	手部	【手部】	6畫	607	613	無	段12上-48	鍇23-15	鉉12上-7
桔	木部	【木部】	6畫	243	246	無	段6上-11	鍇11-5	鉉6上-2
結(紒、髻，鴶通段)	糸部	【糸部】	6畫	647	653	23-15	段13上-8	鍇25-3	鉉13上-2
髻(髻、紒，帗、氂通段)	髟部	【髟部】	4畫	427	432	無	段9上-25	鍇17-8	鉉9上-4
潔	水部	【水部】	12畫	無	無	無	無	無	鉉11下-1
絜(潔，挈、摖、揳通段)	糸部	【糸部】	6畫	661	668	23-17	段13上-37	鍇25-8	鉉13上-5
蛣	虫部	【虫部】	6畫	665	671	無	段13上-44	鍇25-10	鉉13上-6
鮚(蛣)	魚部	【魚部】	6畫	581	586	無	段11下-28	鍇22-10	鉉11下-6
袺	衣部	【衣部】	6畫	396	400	無	段8上-64	鍇16-5	鉉8上-9
詰	言部	【言部】	6畫	100	101	無	段3上-29	鍇5-15	鉉3上-6
頡	頁部	【頁部】	6畫	420	424	31-28	段9上-10	鍇17-3	鉉9上-2
桀(榤、揭)	桀部	【木部】	6畫	237	240	16-42	段5下-44	鍇10-18	鉉5下-9
睫(睞、眣，眨、瞸、瞼通段)	目部	【目部】	7畫	130	131	無	段4上-2	鍇7-2	鉉4上-1
節(卪，嚌、蠞通段)	竹部	【竹部】	7畫	189	191	22-57	段5上-2	鍇9-1	鉉5上-1
卩(卪、節)	卩部	【卩部】		430	435	5-23	段9上-31	鍇17-10	鉉9上-5
婕(倢)	女部	【女部】	8畫	617	623	無	段12下-12	鍇24-4	鉉12下-2

篆本字（古文、金文、籀文、俗字、通用字，通段、金石）	說文部首	康熙部首	筆畫	一般頁碼	洪葉頁碼	金石字典頁碼	段注篇章	徐鍇通釋篇章	徐鉉藤花榭篇
倢（婕、捷）	人部	【人部】	8畫	372	376	無	段8上-16	鍇15-6	鉉8上-3
捷（倢）	手部	【手部】	8畫	610	616	14-26	段12上-54	鍇23-17	鉉12上-8
插（捷、扱，刯、揎通段）	手部	【手部】	9畫	599	605	無	段12上-31	鍇23-10	鉉12上-5
寁（摺、庲）	宀部	【宀部】	8畫	341	344	無	段7下-12	鍇14-6	鉉7下-3
宪（籫＝寁庲摺同字、笿）	宪部	【无部】	1畫	405	410	3-47	段8下-9	鍇16-12	鉉8下-2
楢（㯯通段）	木部	【木部】	9畫	254	256	無	段6上-32	鍇11-14	鉉6上-5
揭（偈、擖通段）	手部	【手部】	9畫	603	609	無	段12上-39	鍇23-13	鉉12上-6
愒（憩，偈通段）	心部	【心部】	9畫	507	512	無	段10下-35	鍇20-13	鉉10下-7
碣（𥓓、𥓔，嵑通段）	石部	【石部】	9畫	449	454	21-45	段9下-25	鍇18-9	鉉9下-4
稒	禾部	【禾部】	9畫	324	327	無	段7上-45	鍇13-19	鉉7上-8
竭（渴）	立部	【立部】	9畫	500	505	22-42	段10下-21	鍇20-8	鉉10下-4
渴（竭、㵣）	水部	【水部】	9畫	559	564	18-44	段11上貳-28	鍇21-21	鉉11上-7
羯	羊部	【羊部】	9畫	146	147	無	段4上-34	鍇7-16	鉉4上-7
趑	走部	【走部】	9畫	65	65	無	段2上-34	鍇3-15	鉉2上-7
鴂	鳥部	【鳥部】	9畫	152	154	無	段4上-47	鍇7-21	鉉4上-9
傑	人部	【人部】	10畫	366	370	3-32	段8上-4	鍇15-2	鉉8上-1
戡（截）	戈部	【戈部】	11畫	631	637	無	段12下-39	鍇24-13	鉉12下-6
繌	糸部	【糸部】	12畫	648	654	無	段13上-10	鍇25-3	鉉13上-2
櫛（梸，扴通段）	木部	【木部】	13畫	258	261	無	段6上-41	鍇11-18	鉉6上-5
叏（爇，爝通段）	火部	【火部】	6畫	484	488	無	段10上-48	鍇19-16	鉉10上-8
嶻（巀通段）	山部	【山部】	15畫	438	443	無	段9下-3	鍇18-2	鉉9下-1
鬜从戡	髟部	【髟部】	15畫	427	431	無	段9上-24	鍇17-8	鉉9上-4
鶛	鳥部	【鳥部】	15畫	150	152	無	段4上-43	鍇7-19	鉉4上-8
趨	走部	【走部】	17畫	64	65	無	段2上-33	鍇3-14	鉉2上-7
蠽（蜤，蟭通段）	蚰部	【虫部】	21畫	674	681	無	段13下-1	鍇25-15	鉉13下-1
jiě（ㄐㄧㄝˇ）									
姊（姉）	女部	【女部】	5畫	615	621	8-31	段12下-8	鍇24-3	鉉12下-1
姐	女部	【女部】	5畫	615	621	無	段12下-7	鍇24-2	鉉12下-1
嬃（姐）	女部	【女部】	11畫	623	629	無	段12下-23	鍇24-7	鉉12下-3

篆本字(古文、金文、籀文、俗字、通用字,通叚、金石)	說文部首	康熙部首	筆畫	一般頁碼	洪葉頁碼	金石字典頁碼	段注篇章	徐鍇通釋篇章	徐鉉藤花榭篇
解(廌,廨、嶰、獬、貊、繲、邂通叚)	角部	【角部】	6畫	186	188	26-37	段4下-58	鍇8-20	鉉4下-9
懈(解,懗通叚)	心部	【心部】	13畫	509	514	無	段10下-39	鍇20-14	鉉10下-7
jiè(ㄐㄧㄝˋ)									
介(阶、界)	八部	【人部】	2畫	49	49	2-43	段2上-2	鍇3-2	鉉2上-1
界(介、阶)	田部	【田部】	4畫	696	703	20-38	段13下-45	鍇26-9	鉉13下-6
駅(介)	馬部	【馬部】	4畫	467	472	無	段10上-15	鍇19-5	鉉10上-2
价(介)	人部	【人部】	4畫	377	381	無	段8上-25	鍇15-9	鉉8上-3
奔(介)	大部	【大部】	4畫	493	497	無	段10下-6	鍇20-1	鉉10下-2
丰	丰部	【丨部】	3畫	183	185	1-27	段4下-52	鍇8-18	鉉4下-8
廾(戒)	収部	【戈部】	3畫	104	105	13-55	段3上-37	鍇5-19	鉉3上-8
悈(亟、極、憿、戒、棘)	心部	【心部】	9畫	508	512	13-25	段10下-36	鍇20-13	鉉10下-7
妎(嬒)	女部	【女部】	4畫	622	628	無	段12下-22	鍇24-7	鉉12下-3
玠	玉部	【玉部】	4畫	12	12	無	段1上-24	鍇1-12	鉉1上-4
界(介、阶)	田部	【田部】	4畫	696	703	20-38	段13下-45	鍇26-9	鉉13下-6
介(阶、界)	八部	【人部】	2畫	49	49	2-43	段2上-2	鍇3-2	鉉2上-1
疥(蚧,螺通叚)	疒部	【疒部】	4畫	350	353	無	段7下-30	鍇14-13	鉉7下-6
芥(莽)	艸部	【艸部】	4畫	45	45	24-57	段1下-48	鍇2-22	鉉1下-8
扴(硈通叚)	手部	【手部】	4畫	601	607	無	段12上-36	鍇23-12	鉉12上-6
袺(褙通叚)	衣部	【衣部】	4畫	392	396	無	段8上-56	鍇16-3	鉉8上-8
駅(介)	馬部	【馬部】	4畫	467	472	無	段10上-15	鍇19-5	鉉10上-2
髻(髻、紒,帉、鬈通叚)	髟部	【髟部】	4畫	427	432	無	段9上-25	鍇17-8	鉉9上-4
結(紒、髻,鵠通叚)	糸部	【糸部】	6畫	647	653	23-15	段13上-8	鍇25-3	鉉13上-3
鳱(鶛)	鳥部	【鳥部】	4畫	156	157	無	段4上-54	鍇7-22	鉉4上-9
屆(朡)	尸部	【尸部】	5畫	400	404	無	段8上-71	鍇16-8	鉉8上-11
憿(亟、棘)	心部	【心部】	7畫	504	509	13-20	段10下-29	鍇20-11	鉉10下-6
悈(亟、極、憿、戒、棘)	心部	【心部】	9畫	508	512	13-25	段10下-36	鍇20-13	鉉10下-7
蚧(lüè)	虫部	【虫部】	7畫	669	675	無	段13上-52	鍇25-13	鉉13上-7
誡(喊通叚)	言部	【言部】	7畫	92	93	無	段3上-13	鍇5-7	鉉3上-3

篆本字(古文、金文、籀文、俗字、通用字，通叚、金石)	說文部首	康熙部首	筆畫	一般頁碼	洪葉頁碼	金石字典頁碼	段注篇章	徐鍇通釋篇章	徐鉉藤花榭篇
借(藉)	人部	【人部】	8畫	374	378	無	段8上-20	鍇15-8	鉉8上-3
譜(喈、借再證)	言部	【言部】	8畫	96	96	無	段3上-20	鍇5-10	鉉3上-4
牿(騸)	牛部	【牛部】	10畫	51	51	無	段2上-6	鍇3-3	鉉2上-2
踖(蹐通叚)	足部	【足部】	8畫	81	82	無	段2下-25	鍇4-13	鉉2下-5
藉(蹐通叚)	艸部	【艸部】	14畫	42	43	25-35	段1下-43	鍇2-20	鉉1下-7
耤(藉)	耒部	【耒部】	8畫	184	186	24-6	段4下-53	鍇8-19	鉉4下-8
借(藉)	人部	【人部】	8畫	374	378	無	段8上-20	鍇15-8	鉉8上-3
jīn(ㄐㄧㄣ)									
巾	巾部	【巾部】		357	360	無	段7下-44	鍇14-20	鉉7下-8
斤	斤部	【斤部】		716	723	15-6	段14上-30	鍇27-10	鉉14上-5
金(仐)	金部	【金部】		702	709	29-33	段14上-1	鍇27-1	鉉14上-1
采(乎、丂、辨弅juan、述及)	采部	【采部】		50	50	29-28	段2上-4	鍇3-2	鉉2上-1
今	亼部	【人部】	2畫	223	225	2-42	段5下-16	鍇10-6	鉉5下-3
矜(憐、矝、瘽，癏通叚)	矛部	【矛部】	5畫	719	726	21-36	段14上-36	鍇27-11	鉉14上-6
鰥(矝，癏、瘝、鰥、鰥、鯤通叚)	魚部	【魚部】	10畫	576	581	32-21	段11下-18	鍇22-8	鉉11下-5
給(綌、繪、衿、禁、襟)	糸部	【糸部】	4畫	654	661	23-10	段13上-23	鍇25-5	鉉13上-3
襟(袷=衿、襟段不認同)	衣部	【衣部】	8畫	390	394	無	段8上-52	鍇16-2	鉉8上-8
袷(衿襟述及，裌、褶通叚)	衣部	【衣部】	6畫	394	398	無	段8上-60	鍇16-4	鉉8上-9
聿	聿部	【聿部】	3畫	117	118	無	段3下-22	鍇6-12	鉉3下-5
釿	斤部	【金部】	4畫	717	724	29-38	段14上-31	鍇27-10	鉉14上-5
津(津、盡、艃，艃通叚)	水部	【水部】	9畫	555	560	18-22	段11上貳-20	鍇21-19	鉉11上-6
盡(盦、津)	血部	【血部】	9畫	214	216	無	段5上-51	鍇9-21	鉉5上-9
筋(薊)	筋部	【竹部】	6畫	178	180	22-47	段4下-41	鍇8-15	鉉4下-6
堘(埄)	土部	【土部】	7畫	690	696	無	段13下-32	鍇26-5	鉉13下-5
禜	示部	【示部】	7畫	8	8	無	段1上-16	鍇1-8	鉉1上-2

篆本字(古文、金文、籀文、俗字、通用字，通段、金石)	說文部首	康熙部首	筆畫	一般頁碼	洪葉頁碼	金石字典頁碼	段注篇章	徐鍇通釋篇章	徐鉉藤花榭篇
禁(㯲蓋古以綝chen爲禁字，伒通段)	示部	【示部】	8畫	9	9	21-59	段1上-17	鍇1-8	鉉1上-3
綝(禁)	糸部	【糸部】	8畫	647	654	無	段13上-9	鍇25-3	鉉13上-2
紟(絵、緸、衿、禁、襟)	糸部	【糸部】	4畫	654	661	23-10	段13上-23	鍇25-5	鉉13上-3
裣(衿=衿、襟段不認同)	衣部	【衣部】	8畫	390	394	無	段8上-52	鍇16-2	鉉8上-8
荃(芩)	艸部	【艸部】	8畫	32	33	無	段1下-23	鍇2-11	鉉1下-4
黔(黅通段)	黑部	【黑部】	8畫	488	492	無	段10上-56	鍇19-19	鉉10上-10
盡(𧖴、津)	血部	【血部】	9畫	214	216	無	段5上-51	鍇9-21	鉉5上-9
蓳(蘳)	艸部	【艸部】	9畫	47	47	無	段1下-52	鍇2-24	鉉1下-9
𡎺(𡎸)	土部	【土部】	10畫	690	696	無	段13下-32	鍇26-5	鉉13下-5
璡(瑨通段)	玉部	【玉部】	12畫	17	17	無	段1上-33	鍇1-16	鉉1上-5
紺(縉通段)	糸部	【糸部】	5畫	651	657	23-14	段13上-16	鍇25-4	鉉13上-3
jǐn(ㄐㄧㄣˇ)									
緊(絃，緊通段)	臤部	【糸部】	8畫	118	119	無	段3下-23	鍇6-13	鉉3下-6
錦	帛部	【金部】	8畫	363	367	無	段7下-57	鍇14-24	鉉7下-10
堇(𡍮、𦰩𡎸)	堇部	【土部】	9畫	694	700	7-19	段13下-40	鍇26-7	鉉13下-6
鄞(堇)	邑部	【邑部】	11畫	294	297	無	段6下-45	鍇12-19	鉉6下-7
菫(堇，槿通段)	艸部	【艸部】	11畫	45	46	無	段1下-49	鍇2-23	鉉1下-8
巹(𧯷)	己部	【己部】	6畫	741	748	無	段14下-21	鍇28-10	鉉14下-5
𧯷(巹)	豆部	【豆部】	9畫	207	209	無	段5上-38	鍇9-16	鉉5上-7
謹(慬、懃通段)	言部	【言部】	11畫	92	92	26-66	段3上-12	鍇5-7	鉉3上-3
僅(廑、慬)	人部	【人部】	11畫	374	378	無	段8上-20	鍇15-8	鉉8上-3
廑(僅、勤，厪、廑通段)	广部	【广部】	11畫	446	450	11-53	段9下-18	鍇18-6	鉉9下-3
瑾	玉部	【玉部】	11畫	10	10	20-18	段1上-20	鍇1-10	鉉1上-4
菫(堇，槿通段)	艸部	【艸部】	11畫	45	46	無	段1下-49	鍇2-23	鉉1下-8
饉	食部	【食部】	11畫	222	224	31-43	段5下-14	鍇10-6	鉉5下-3
醑(𦢊通段)	酉部	【酉部】	12畫	748	755	無	段14下-36	鍇28-18	鉉14下-9
盡(儘、傷賜述及)	皿部	【皿部】	9畫	212	214	21-19	段5上-48	鍇9-20	鉉5上-9
jìn(ㄐㄧㄣˋ)									
妗	女部	【女部】	4畫	619	625	無	段12下-16	鍇24-5	鉉12下-2

篆本字（古文、金文、籀文、俗字、通用字，通段、金石）	說文部首	康熙部首	筆畫	一般頁碼	洪葉頁碼	金石字典頁碼	段注篇章	徐鍇通釋篇章	徐鉉藤花榭篇
牸(牣)	牛部	【牛部】	4畫	52	53	無	段2上-9	鍇3-4	鉉2上-2
近(岓)	辵(辶)部	【辵部】	4畫	74	74	28-17	段2下-10	鍇4-5	鉉2下-2
靳	革部	【革部】	4畫	109	110	31-15	段3下-6	鍇6-4	鉉3下-1
赾(靳)	走部	【走部】	4畫	65	66	無	段2上-35	鍇3-15	鉉2上-7
勁	力部	【力部】	7畫	700	706	無	段13下-52	鍇26-11	鉉13下-7
笏(腱，劜、籐通段)	筋部	【竹部】	5畫	178	180	無	段4下-41	鍇8-15	鉉4下-6
搢	手部	【手部】	10畫	無	無	無	無	無	鉉12上-8
薦(荐，搢、驫从薦豕、韉通段)	廌部	【艸部】	13畫	469	474	25-33	段10上-19	鍇19-6	鉉10上-3
晉(晉、箭櫄jian`述及，搢、暗通段)	日部	【日部】	12畫	303	306	15-43	段7上-4	鍇13-2	鉉7上-1
箭(晉)	竹部	【竹部】	9畫	189	191	無	段5上-1	鍇9-1	鉉5上-1
燓(燼，燗通段)	火部	【火部】	6畫	484	488	無	段10上-48	鍇19-16	鉉10上-8
唫	口部	【口部】	8畫	56	57	無	段2上-17	鍇3-7	鉉2上-4
禁(傑蓋古以綝chen爲禁字，伶通段)	示部	【示部】	8畫	9	9	21-59	段1上-17	鍇1-8	鉉1上-3
綝(禁)	糸部	【糸部】	8畫	647	654	無	段13上-9	鍇25-3	鉉13上-2
紟(絵、繪、衿、禁、襟)	糸部	【糸部】	4畫	654	661	23-10	段13上-23	鍇25-5	鉉13上-3
進	辵(辶)部	【辵部】	8畫	71	71	28-34	段2下-4	鍇4-2	鉉2下-1
藎(進)	艸部	【艸部】	14畫	26	26	無	段1下-10	鍇2-5	鉉1下-2
賮(進，贐通段)	貝部	【貝部】	9畫	280	282	27-40	段6下-16	鍇12-10	鉉6下-4
盡(儘、僢賜述及)	皿部	【皿部】	9畫	212	214	21-19	段5上-48	鍇9-20	鉉5上-9
寖(濅、浸)	水部	【宀部】	10畫	540	545	無	段11上壹-49	鍇21-6	鉉11上-3
傿(侵、浸)	人部	【人部】	10畫	374	378	3-15	段8上-20	鍇15-8	鉉8上-3
璡(瑨通段)	玉部	【玉部】	12畫	17	17	無	段1上-33	鍇1-16	鉉1上-5
縉	糸部	【糸部】	10畫	650	656	無	段13上-14	鍇25-4	鉉13上-2
鄑(zi)	邑部	【邑部】	10畫	295	297	無	段6下-46	鍇12-19	鉉6下-7
墐	土部	【土部】	11畫	686	693	無	段13下-25	鍇26-3	鉉13下-4
殣(墐)	歹部	【歹部】	11畫	163	165	無	段4下-11	鍇8-5	鉉4下-3
攜(孉)	手部	【手部】	11畫	600	606	無	段12上-34	鍇23-11	鉉12上-6
羍	羊部	【羊部】	11畫	146	148	無	段4上-35	鍇7-16	鉉4上-7
覲	見部	【見部】	11畫	409	414	26-33	段8下-17	鍇16-14	鉉8下-4

篆本字(古文、金文、籀文、俗字、通用字，通叚、金石)	說文部首	康熙部首	筆畫	一般頁碼	洪葉頁碼	金石字典頁碼	段注篇章	徐鍇通釋篇章	徐鉉藤花榭篇
請(覯)	言部	【言部】	8畫	90	90	26-58	段3上-8	鍇5-5	鉉3上-3
嚛(類齡xie`述及)	口部	【口部】	13畫	56	57	無	段2上-17	鍇3-7	鉉2上-4
璄	玉部	【玉部】	14畫	17	17	無	段1上-33	鍇1-16	鉉1上-5
蓋(進)	艸部	【艸部】	14畫	26	26	無	段1下-10	鍇2-5	鉉1下-2
jīng(ㄐㄧㄥ)									
巠(坙)	川部	【巛部】	4畫	568	574	11-4	段11下-3	鍇22-2	鉉11下-1
秔(稉、粳=秈籼秜穬xian´述及、粳)	禾部	【禾部】	4畫	323	326	無	段7上-43	鍇13-18	鉉7上-7
京	京部	【亠部】	6畫	229	231	2-32	段5下-28	鍇10-11	鉉5下-5
荊(荊)	艸部	【艸部】	6畫	37	37	25-5	段1下-32	鍇2-15	鉉1下-5
旌(旍通叚)	㫃部	【方部】	7畫	309	312	無	段7上-16	鍇13-6	鉉7上-3
旍(旍通叚)	㫃部	【方部】	6畫	310	313	15-16	段7上-17	鍇13-6	鉉7上-3
涇(俓通叚)	水部	【水部】	7畫	521	526	18-29	段11上壹-11	鍇21-4	鉉11上-1
經	糸部	【糸部】	7畫	644	650	23-21	段13上-2	鍇25-1	鉉13上-1
莖(謍通叚)	艸部	【艸部】	7畫	37	38	31-23謍	段1下-33	鍇2-16	鉉1下-5
鋞(xing´)	日部	【金部】	7畫	704	711	無	段14上-5	鍇27-3	鉉14上-2
晶	晶部	【日部】	8畫	312	315	無	段7上-22	鍇13-8	鉉7上-4
精(晴、暚姓qing´述及，鯖、鶄、鷝从即、鶄、鼱通叚)	米部	【米部】	8畫	331	334	23-3	段7上-59	鍇13-24	鉉7上-9
姓(晴、暚、精)	夕部	【夕部】	5畫	315	318	無	段7上-28	鍇13-11	鉉7上-5
菁	艸部	【艸部】	8畫	24	25	25-17	段1下-7	鍇2-4	鉉1下-2
鯖(鶄)	鳥部	【鳥部】	8畫	154	155	無	段4上-50	鍇7-22	鉉4上-9
競(竸)	兄部	【儿部】	12畫	405	410	無	段8下-9	鍇16-12	鉉8下-2
驚(警俗)	馬部	【馬部】	13畫	467	471	31-65	段10上-14	鍇19-4	鉉10上-2
鱷(鯨、京)	魚部	【魚部】	13畫	580	585	無	段11下-26	鍇22-10	鉉11下-5
麠从畺(麖)	鹿部	【鹿部】	13畫	471	475	無	段10上-22	鍇19-6	鉉10上-3
jǐng(ㄐㄧㄥˇ)									
井(丼)	井部	【二部】	2畫	216	218	2-25	段5下-2	鍇10-2	鉉5下-1
邢(井)	邑部	【邑部】	4畫	290	292	28-59	段6下-36	鍇12-17	鉉6下-6
阱(穽、汬，汫通叚)	井部	【阜部】	4畫	216	218	30-20	段5下-2	鍇10-2	鉉5下-1
剄	刀部	【刂部】	7畫	182	184	無	段4下-50	鍇8-17	鉉4下-7
頸(頏通叚)	頁部	【頁部】	7畫	417	421	31-29	段9上-4	鍇17-2	鉉9上-1

篆本字（古文、金文、籀文、俗字、通用字，通叚、金石）	說文部首	康熙部首	筆畫	一般頁碼	洪葉頁碼	金石字典頁碼	段注篇章	徐鍇通釋篇章	徐鉉藤花榭篇
景(影、暎通叚)	日部	【日部】	8畫	304	307	15-47	段7上-5	鍇13-2	鉉7上-1
馭(彛)	奴部	【又部】	9畫	161	163	無	段4下-7	鍇8-4	鉉4下-2
憬(憭)	心部	【心部】	12畫	515	520	無	段10下-51	鍇20-18	鉉10下-9
曠(曠，憬通叚)	心部	【心部】	15畫	504	509	無	段10下-29	鍇20-11	鉉10下-6
憼	心部	【心部】	13畫	504	508	13-39	段10下-28	鍇20-10	鉉10下-6
璥	玉部	【玉部】	13畫	10	10	無	段1上-19	鍇1-10	鉉1上-3
耿(螢通叚)	耳部	【耳部】	4畫	591	597	24-8	段12上-16	鍇23-7	鉉12上-4
儆(警)	人部	【人部】	13畫	370	374	無	段8上-11	鍇15-5	鉉8上-2
警(敬、儆)	言部	【言部】	13畫	94	94	無	段3上-16	鍇5-9	鉉3上-4
驚(警俗)	馬部	【馬部】	13畫	467	471	31-65	段10上-14	鍇19-4	鉉10上-2
jing(ㄐㄧㄥˋ)									
妌	女部	【女部】	4畫	619	625	無	段12下-16	鍇24-5	鉉12下-3
境	土部	【土部】	11畫	無	無	無	無	無	鉉13下-6
竟(境通叚)	音部	【立部】	6畫	102	103	22-38	段3上-33	鍇5-17	鉉3上-7
勁	力部	【力部】	7畫	700	706	無	段13下-52	鍇26-11	鉉13下-7
徑(俓、逕、鶈通叚)	彳部	【彳部】	7畫	76	76	無	段2下-14	鍇4-7	鉉2下-3
陘(徑、峌)	𨸏部	【阜部】	7畫	734	741	30-27	段14下-7	鍇28-3	鉉14下-1
涇(俓通叚)	水部	【水部】	7畫	521	526	18-29	段11上壹-11	鍇21-4	鉉11上-1
桱	木部	【木部】	7畫	257	260	無	段6上-39	鍇11-17	鉉6上-5
痙(痓)	疒部	【疒部】	7畫	351	355	無	段7下-33	鍇14-15	鉉7下-6
脛(踁、骾鑒字述及，踁通叚)	肉部	【肉部】	7畫	170	172	無	段4下-26	鍇8-10	鉉4下-4
莖(踁通叚)	艸部	【艸部】	7畫	37	38	31-23踁	段1下-33	鍇2-16	鉉1下-5
誩	誩部	【言部】	7畫	102	102	無	段3上-32	鍇5-16	鉉3上-7
倞(競、僙，亮通叚)	人部	【人部】	8畫	369	373	3-26	段8上-9	鍇15-4	鉉8上-2
勍(倞)	力部	【力部】	8畫	700	706	無	段13下-52	鍇26-11	鉉13下-7
僵(殭，僙通叚)	人部	【人部】	13畫	380	384	無	段8上-32	鍇15-11	鉉8上-4
厱(岑通叚)	厂部	【厂部】	8畫	447	452	5-35	段9下-21	鍇18-7	鉉9下-3
婧	女部	【女部】	8畫	619	625	無	段12下-16	鍇24-5	鉉12下-2
彰(靚)	彡部	【彡部】	8畫	424	429	無	段9上-19	鍇17-6	鉉9上-3
清(圊槭述及，瀞)	水部	【水部】	8畫	550	555	18-32	段11上貳-9	鍇21-15	鉉11上-5
淨(瀞、埩、爭)	水部	【水部】	8畫	536	541	無	段11上壹-41	鍇21-11	鉉11上-3
埩(淨)	土部	【土部】	8畫	690	696	無	段13下-32	鍇26-5	鉉13下-5

篆本字（古文、金文、籀文、俗字、通用字，通段、金石）	說文部首	康熙部首	筆畫	一般頁碼	洪葉頁碼	金石字典頁碼	段注篇章	徐鍇通釋篇章	徐鉉藤花榭篇
瀞(淨、清，圊、淨通段)	水部	【水部】	8畫	560	565	19-4	段11上貳-30	鍇21-22	鉉11上-8
清(淨倉cang述及)	仌部	【冫部】	8畫	571	576	無	段11下-8	鍇22-4	鉉11下-3
靖(竫、㣋、誩)	立部	【立部】	8畫	500	504	22-41	段10下-20	鍇20-7	鉉10下-4
竫(靖、㣋、誩)	立部	【立部】	8畫	500	504	無	段10下-20	鍇20-7	鉉10下-4
靜(竫)	靑部	【靑部】	8畫	215	218	31-11	段5下-1	鍇10-2	鉉5下-1
靚(請)	見部	【見部】	8畫	409	413	26-31	段8下-16	鍇16-14	鉉8下-4
彭(靚)	彡部	【彡部】	8畫	424	429	無	段9上-19	鍇17-6	鉉9上-3
頼(蠅、靖)	頁部	【頁部】	8畫	420	425	無	段9上-11	鍇17-3	鉉9上-2
敬	茍部	【攴部】	9畫	434	439	14-54	段9上-39	鍇17-13	鉉9上-7
警(敬、儆)	言部	【言部】	13畫	94	94	無	段3上-16	鍇5-9	鉉3上-4
鏡(竟通段)	金部	【金部】	11畫	703	710	29-53	段14上-4	鍇27-2	鉉14上-1
瀏(淘)	水部	【水部】	15畫	563	568	無	段11上貳-36	鍇21-24	鉉11上-9
競	誩部	【立部】	15畫	102	102	22-42	段3上-32	鍇5-16	鉉3上-7
倞(競、傹，亮通段)	人部	【人部】	8畫	369	373	3-26	段8上-9	鍇15-4	鉉8上-2

ji ō ng（ㄐㄩㄥ）

篆本字（古文、金文、籀文、俗字、通用字，通段、金石）	說文部首	康熙部首	筆畫	一般頁碼	洪葉頁碼	金石字典頁碼	段注篇章	徐鍇通釋篇章	徐鉉藤花榭篇
冂(冄、囘、坰)	冂部	【冂部】		228	230	4-14	段5下-26	鍇10-10	鉉5下-5
扃(鼏)	戶部	【戶部】	5畫	587	593	無	段12上-7	鍇23-3	鉉12上-2
鉉(扃)	金部	【金部】	5畫	704	711	無	段14上-6	鍇27-3	鉉14上-2
駉	馬部	【馬部】	5畫	468	473	無	段10上-17	鍇19-5	鉉10上-3
駫(駉)	馬部	【馬部】	6畫	464	468	無	段10上-8	鍇19-3	鉉10上-2
驍(駉)	馬部	【馬部】	12畫	463	468	31-65	段10上-7	鍇19-2	鉉10上-1
欁(樻、檾，藞通段)	林部	【木部】	14畫	335	339	無	段7下-1	鍇13-28	鉉7下-1

ji ŏ ng（ㄐㄩㄥˇ）

篆本字（古文、金文、籀文、俗字、通用字，通段、金石）	說文部首	康熙部首	筆畫	一般頁碼	洪葉頁碼	金石字典頁碼	段注篇章	徐鍇通釋篇章	徐鉉藤花榭篇
炅	火部	【火部】	4畫	486	490	15-35	段10上-52	鍇19-17	鉉10上-9
囧(冏、冏)	囧部	【冂部】	5畫	314	317	無	段7上-26	鍇13-10	鉉7上-4
臩(囧)	夰部	【臣部】	11畫	498	503	無	段10下-17	鍇20-6	鉉10下-4
泂(洞)	水部	【水部】	5畫	563	568	無	段11上貳-36	鍇21-24	鉉11上-8
迥(泂)	辵(辶)部	【辵部】	5畫	75	75	28-20	段2下-12	鍇4-6	鉉2下-3
炯	火部	【火部】	5畫	485	490	無	段10上-51	鍇19-17	鉉10上-9
窘(瘑通段)	穴部	【穴部】	7畫	346	349	無	段7下-22	鍇14-9	鉉7下-4
褧(絅、檾)	衣部	【衣部】	10畫	391	395	無	段8上-54	鍇16-2	鉉8上-8
絅(褧，檾通段)	糸部	【糸部】	5畫	647	654	23-14	段13上-9	鍇25-3	鉉13上-2

篆本字(古文、金文、籀文、俗字、通用字，通叚、金石)	說文部首	康熙部首	筆畫	一般頁碼	洪葉頁碼	金石字典頁碼	段注篇章	徐鍇通釋篇章	徐鉉藤花榭篇
爇(䪫、穎，藾通叚)	林部	【木部】	14畫	335	339	無	段7下-1	鍇13-28	鉉7下-1
熲	火部	【火部】	11畫	481	486	無	段10上-43	鍇19-14	鉉10上-8
jiū(ㄐㄧㄡ)									
丩(弓)	丩部	【丨部】	1畫	88	89	1-24	段3上-5	鍇5-3	鉉3上-2
勼(鳩)	勹部	【勹部】	2畫	433	437	無	段9上-36	鍇17-12	鉉9上-6
鳩(勼、逑)	鳥部	【鳥部】	2畫	149	150	32-22	段4上-40	鍇7-19	鉉4上-8
朻(樛段刪此字)	木部	【木部】	2畫	250	253	17-2	段6上-25	鍇11-12	鉉6上-4
糾(繆繪述及、𤮭簋gui˘述及，紏通叚)	丩部	【糸部】	2畫	88	89	23-5	段3上-5	鍇5-3	鉉3上-2
赳	走部	【走部】	2畫	64	64	無	段2上-32	鍇3-14	鉉2上-7
䪨(艽通叚)	丩部	【艸部】	6畫	88	89	無	段3上-5	鍇5-3	鉉3上-2
芁(艽、朻通叚)	艸部	【艸部】	2畫	45	45	無	段1下-48	鍇2-22	鉉1下-8
啾(噍)	口部	【口部】	9畫	54	55	無	段2上-13	鍇3-6	鉉2上-3
揂(遒)	手部	【手部】	9畫	603	609	無	段12上-39	鍇23-12	鉉12上-6
揫(揪、韇从米韋，瘈通叚)	手部	【手部】	9畫	602	608	無	段12上-37	鍇23-12	鉉12上-6
韇从米韋(韉、韉、揫)	韋部	【韋部】	18畫	236	238	無	段5下-41	鍇10-17	鉉5下-8
愁(揫，愀通叚)	心部	【心部】	9畫	513	518	無	段10下-47	鍇20-17	鉉10下-8
摎(繆)	手部	【手部】	11畫	608	614	無	段12上-49	鍇23-15	鉉12上-8
嫪(摎毒ai˘述及)	女部	【女部】	11畫	623	629	無	段12下-23	鍇24-7	鉉12下-3
鬮从翏(摎)	鬥部	【鬥部】	11畫	114	115	無	段3下-15	鍇6-8	鉉3下-3
鬮(鬮通叚)	鬥部	【鬥部】	16畫	114	115	無	段3下-15	鍇6-8	鉉3下-3
jiǔ(ㄐㄧㄡˇ)									
韭	韭部	【韭部】		336	340	31-21	段7下-3	鍇14-1	鉉7下-1
九(氿厬gui˘述及)	九部	【乙部】	1畫	738	745	2-8	段14下-16	鍇28-7	鉉14下-3
簋(匭、匭、軌、朹、九)	竹部	【竹部】	12畫	193	195	22-59	段5上-10	鍇9-4	鉉5上-2
氿(厬、漸，沉、坈、阫通叚)	水部	【水部】	2畫	552	557	無	段11上貳-14	鍇21-17	鉉11上-6
厬(氿，漸通叚)	厂部	【厂部】	12畫	446	451	無	段9下-19	鍇18-7	鉉9下-3
久(灸)	久部	【丿部】	2畫	237	239	1-33	段5下-43	鍇10-18	鉉5下-9
灸(久)	火部	【火部】	3畫	483	488	無	段10上-47	鍇19-16	鉉10上-8

篆本字(古文、金文、籀文、俗字、通用字，通叚、金石)	說文部首	康熙部首	筆畫	一般頁碼	洪葉頁碼	金石字典頁碼	段注篇章	徐鍇通釋篇章	徐鉉藤花榭篇
妿(奻)	女部	【女部】	3畫	617	623	無	段12下-12	鍇24-4	鉉12下-2
玖	玉部	【玉部】	3畫	16	16	20-8	段1上-32	鍇1-16	鉉1上-5
酒	酉部	【酉部】	3畫	747	754	29-24	段14下-33	鍇28-17	鉉14下-8
jiǔ(ㄐㄧㄡˋ)									
臼非臼ju´(舅通叚)	臼部	【臼部】		334	337	24-39	段7上-65	鍇13-26	鉉7上-10
究	穴部	【穴部】	2畫	346	350	無	段7下-23	鍇14-10	鉉7下-4
宎(疚)	宀部	【宀部】	3畫	341	345	無	段7下-13	鍇14-6	鉉7下-3
匚(柩、匶从舊、匰)	匚部	【木部】	3畫	637	643	無	段12下-51	鍇24-17	鉉12下-8
咎(瘖金石)	人部	【口部】	5畫	382	386	6-28	段8上-36	鍇15-12	鉉8上-5
愁(咎)	心部	【心部】	8畫	513	517	無	段10下-46	鍇20-17	鉉10下-8
疚(咎)	疒部	【疒部】	2畫	348	352	無	段7下-27	鍇14-12	鉉7下-5
臬	米部	【米部】	6畫	333	336	無	段7上-63	鍇13-25	鉉7上-10
齨(駋)	齒部	【齒部】	6畫	80	81	無	段2下-23	鍇4-12	鉉2下-5
救	攴部	【攴部】	7畫	124	125	14-48	段3下-36	鍇6-18	鉉3下-8
舅	男部	【臼部】	7畫	698	705	無	段13下-49	鍇26-10	鉉13下-7
鳩	鳥部	【鳥部】	7畫	151	152	無	段4上-44	鍇7-20	鉉4上-8
俅	人部	【人部】	8畫	382	386	無	段8上-36	鍇15-12	鉉8上-5
萺(蓉)	艸部	【艸部】	10畫	36	36	25-31	段1下-30	鍇2-14	鉉1下-5
鮨	魚部	【魚部】	8畫	581	586	無	段11下-28	鍇22-10	鉉11下-6
麔	鹿部	【鹿部】	8畫	471	475	無	段10上-22	鍇19-6	鉉10上-3
毄	殳部	【殳部】	8畫	120	121	17-42	段3下-27	鍇6-14	鉉3下-6
廄(廐，廏、廐通叚)	广部	【广部】	9畫	443	448	11-52	段9下-13	鍇18-5	鉉9下-2
就(㝅)	京部	【尢部】	9畫	229	231	10-38	段5下-28	鍇10-11	鉉5下-5
匓(匓通叚)	勹部	【勹部】	11畫	433	438	無	段9上-37	鍇17-12	鉉9上-6
遒	辵(辶)部	【辵部】	11畫	70	71	無	段2下-3	鍇4-2	鉉2下-1
僦	人部	【人部】	12畫	無	無	無	無	無	鉉8上-5
舊(鵂)	萑部	【臼部】	12畫	144	146	無	段4上-31	鍇7-14	鉉4上-6
鷲(鷲)	鳥部	【鳥部】	12畫	150	152	無	段4上-43	鍇7-19	鉉4上-8
匚(柩、匶从舊、匰)	匚部	【木部】	3畫	637	643	無	段12下-51	鍇24-17	鉉12下-8
jū(ㄐㄩ)									
且(𠀠，蛆、跙通叚)	且部	【一部】	4畫	716	723	1-15	段14上-29	鍇27-9	鉉14上-5
趄(趑、趄、跙)	走部	【走部】	6畫	65	66	無	段2上-35	鍇3-16	鉉2上-7
趄	走部	【走部】	5畫	66	66	無	段2上-36	鍇3-16	鉉2上-7

篆本字(古文、金文、籀文、俗字、通用字，通叚、金石)	說文部首	康熙部首	筆畫	一般頁碼	洪葉頁碼	金石字典頁碼	段注篇章	徐鍇通釋篇章	徐鉉藤花榭篇
尻(居)	几部	【尸部】	2畫	715	722	10-42	段14上-28	鍇27-9	鉉14上-5
踞	足部	【足部】	8畫	無	無	無	無	鍇4-15	鉉2下-6
居(踞段刪、屄，㞐、賗、躆、鶋通叚)	尸部	【尸部】	5畫	399	403	10-43	段8上-70	鍇16-8	鉉8上-11
岨(砠、礩)	山部	【山部】	5畫	439	444	無	段9下-5	鍇18-2	鉉9下-1
庪(庩)	广部	【广部】	5畫	446	450	無	段9下-18	鍇18-6	鉉9下-3
拘	句部	【手部】	5畫	88	88	14-11	段3上-4	鍇5-3	鉉3上-2
斪(拘櫚述及)	斤部	【斤部】	5畫	717	724	15-7	段14上-31	鍇27-10	鉉14上-5
狙(覷)	犬部	【犬部】	5畫	477	481	19-51	段10上-34	鍇19-11	鉉10上-6
疽	疒部	【疒部】	5畫	350	353	無	段7下-30	鍇14-13	鉉7下-5
罝(罜、羅、置)	网部	【网部】	5畫	356	360	23-41	段7下-43	鍇14-19	鉉7下-8
苴(蒩通叚)	艸部	【艸部】	5畫	44	44	24-60	段1下-46	鍇2-21	鉉1下-7
蒩(苴)	艸部	【艸部】	10畫	42	43	無	段1下-43	鍇2-20	鉉1下-7
跔(跼通叚)	足部	【足部】	5畫	84	84	無	段2下-30	鍇4-15	鉉2下-6
耶	邑部	【邑部】	5畫	286	289	無	段6下-29	鍇12-15	鉉6下-6
駒	馬部	【馬部】	5畫	461	465	31-56	段10上-2	鍇19-1	鉉10上-1
鴡(雎，濰通叚)	鳥部	【鳥部】	5畫	154	156	32-25	段4上-51	鍇7-22	鉉4上-9
沮(雎，渣通叚)	水部	【水部】	5畫	519	524	18-13	段11上壹-8	鍇21-3	鉉11上-1
雎(雎)	虫部	【隹部】	9畫	664	670	30-58	段13上-42	鍇25-10	鉉13上-6
濾(沮)	水部	【水部】	11畫	542	547	無	段11上壹-54	鍇21-12	鉉11上-3
匊(掬)	勹部	【勹部】	6畫	433	437	4-57	段9上-36	鍇17-12	鉉9上-6
捄	手部	【手部】	7畫	607	613	無	段12上-48	鍇23-15	鉉12上-7
撓(嬈、擾、捄)	手部	【手部】	12畫	601	607	無	段12上-36	鍇23-14	鉉12上-6
觓(捄、觩)	角部	【角部】	2畫	185	187	無	段4下-56	鍇8-19	鉉4下-8
据(據)	手部	【手部】	8畫	602	608	無	段12上-37	鍇23-12	鉉12上-6
據(据)	手部	【手部】	13畫	597	603	14-31	段12上-27	鍇23-10	鉉12上-5
椐	木部	【木部】	8畫	243	245	無	段6上-10	鍇11-5	鉉6上-2
涺	水部	【水部】	8畫	544	549	無	段11上壹-57	鍇21-12	鉉11上-4
琚	玉部	【玉部】	8畫	16	16	無	段1上-32	鍇1-16	鉉1上-5
裾	衣部	【衣部】	8畫	392	396	無	段8上-56	鍇16-3	鉉8上-8
祛(裾，袪通叚)	衣部	【衣部】	5畫	392	396	無	段8上-55	鍇16-3	鉉8上-8
腒	肉部	【肉部】	8畫	174	176	無	段4下-34	鍇8-12	鉉4下-5

篆本字(古文、金文、籀文、俗字、通用字,通段、金石)	說文部首	康熙部首	筆畫	一般頁碼	洪葉頁碼	金石字典頁碼	段注篇章	徐鍇通釋篇章	徐鉉藤花榭篇
䀠	䀠部	【目部】	8畫	136	137	無	段4上-14	鍇7-6	鉉4上-3
菹(蒩、䔂皆从血,葅、䐈通段)	艸部	【艸部】	8畫	43	43	25-16	段1下-44	鍇2-20	鉉1下-7
娶(媷通段)	女部	【女部】	8畫	613	619	無	段12下-4	鍇24-2	鉉12下-1
諏(詛、詶,媷通段)	言部	【言部】	8畫	91	92	26-55	段3上-11	鍇5-7	鉉3上-3
陬(媷通段)	𨸏部	【阜部】	8畫	731	738	無	段14下-2	鍇28-2	鉉14下-1
鞠(簕从革、毬、鞫、鞭,毱、踘通段)	革部	【革部】	8畫	108	109	31-16	段3下-3	鍇6-3	鉉3下-1
窮(𥥓、鞠)	宀部	【宀部】	16畫	341	345	無	段7下-13	鍇14-6	鉉7下-3
濜(沮)	水部	【水部】	11畫	542	547	無	段11上壹-54	鍇21-12	鉉11上-1
暴(桐、欙、輂、轝,櫷通段)	木部	【木部】	8畫	262	264	無	段6上-48	鍇11-20	鉉6上-6
輂(櫷、桐、轝、轝、軶,轎通段)	車部	【車部】	6畫	729	736	無	段14上-56	鍇27-15	鉉14上-8
斛(仇)	斗部	【斗部】	13畫	718	725	無	段14上-34	鍇27-11	鉉14上-6
匊(鞠)	勹部	【勹部】	14畫	432	437	無	段9上-35	鍇17-12	鉉9上-6
窮(𥥓、鞠)	宀部	【宀部】	16畫	341	345	無	段7下-13	鍇14-6	鉉7下-3
籍(籔、鞠、鞠,諏通段)	辛部	【竹部】	17畫	496	501	無	段10下-13	鍇20-5	鉉10下-3
鞠(簕从革、毬、鞫、鞭,毱、踘通段)	革部	【革部】	8畫	108	109	31-16	段3下-3	鍇6-3	鉉3下-1
jú(ㄐㄩˊ)									
臼非臼jiu丶(掬通段)	臼	【臼部】		105	106	無	段3上-39	鍇6-1	鉉3上-9
凥	丮部	【厂部】	3畫	114	115	1-28	段3下-15	鍇6-8	鉉3下-3
跔(跼通段)	足部	【足部】	5畫	84	84	無	段2下-30	鍇4-15	鉉2下-6
局(侷、跼通段)	口部	【尸部】	4畫	62	62	10-43	段2上-28	鍇3-12	鉉2上-6
臭(潶、㹱、瞁、䚋通段)	犬部	【犬部】	5畫	474	478	無	段10上-28	鍇19-9	鉉10上-5
枸(栲)	木部	【木部】	5畫	242	245	無	段6上-9	鍇11-5	鉉6上-2
輂(櫷、桐、轝、轝、軶,轎通段)	車部	【車部】	6畫	729	736	無	段14上-56	鍇27-15	鉉14上-8

篆本字（古文、金文、籀文、俗字、通用字，通叚、金石）	說文部首	康熙部首	筆畫	一般頁碼	洪葉頁碼	金石字典頁碼	段注篇章	徐鍇通釋篇章	徐鉉藤花榭篇
欂(桐、橋、㯖、薠、薶)	木部	【木部】	21畫	267	269	無	段6上-58	鍇11-25	鉉6上-7
㬝(桐、欂、薶、鼙，樺通叚)	木部	【木部】	8畫	262	264	無	段6上-48	鍇11-20	鉉6上-6
氿(㕑、漸，沇、坋、阬通叚)	水部	【水部】	2畫	552	557	無	段11上貳-14	鍇21-17	鉉11上-6
隩(坋、阬)	𨸏部	【阜部】	13畫	734	741	無	段14下-8	鍇28-3	鉉14下-2
搰	手部	【手部】	7畫	601	607	無	段12上-36	鍇23-12	鉉12上-6
縎	素部	【糸部】	7畫	662	669	無	段13上-39	鍇25-9	鉉13上-5
鞠(䩶从革、毬、鞠、鞫，毱、踘通叚)	革部	【革部】	8畫	108	109	31-16	段3下-3	鍇6-3	鉉3下-1
匊(鞠)	勺部	【勹部】	14畫	432	437	無	段9上-35	鍇17-12	鉉9上-6
纍(疊)	糸部	【糸部】	8畫	647	653	23-24	段13上-8	鍇25-2	鉉13上-2
菊	艸部	【艸部】	8畫	24	25	無	段1下-7	鍇2-3	鉉1下-2
蜠	虫部	【虫部】	8畫	671	678	無	段13上-57	鍇25-14	鉉13上-8
趜	走部	【走部】	8畫	65	66	27-51	段2上-35	鍇3-16	鉉2上-7
鬻(粥、鬻，糈、餰通叚)	䰜部	【鬲部】	12畫	112	113	32-10	段3下-11	鍇6-6	鉉3下-2
鮈	魚部	【魚部】	8畫	579	585	無	段11下-25	鍇22-9	鉉11下-5
鄡	邑部	【邑部】	9畫	292	294	無	段6下-40	鍇12-18	鉉6下-7
鶪(雗、鳺，鵙、鶷通叚)	鳥部	【鳥部】	9畫	150	151	無	段4上-42	鍇7-19	鉉4上-8
鳩(鶪)	鳥部	【鳥部】	4畫	150	152	無	段4上-43	鍇7-19	鉉4上-8
臼非臼jiù(掬通叚)	臼	【臼部】		105	106	無	段3上-39	鍇6-1	鉉3上-9
匊(掬)	勺部	【勹部】	6畫	433	437	4-57	段9上-36	鍇17-12	鉉9上-6
鞠(掬通叚)	手部	【手部】	10畫	600	606	無	段12上-33	鍇23-11	鉉12上-5
攫(掬)	手部	【手部】	18畫	597	603	無	段12上-27	鍇23-9	鉉12上-5
暈	車部	【目部】	10畫	726	733	28-3	段14上-49	鍇27-13	鉉14上-7
纍(疊)	糸部	【糸部】	8畫	647	653	23-24	段13上-8	鍇25-2	鉉13上-2
橘	木部	【木部】	12畫	238	241	17-9	段6上-1	鍇11-1	鉉6上-1
桔(jié)	木部	【木部】	6畫	243	246	無	段6上-11	鍇11-5	鉉6上-2
衋从血(蠱从血)	血部	【血部】	12畫	214	216	無	段5上-51	鍇9-21	鉉5上-10

篆本字(古文、金文、籀文、俗字、通用字，通段、金石)	說文部首	康熙部首	筆畫	一般頁碼	洪葉頁碼	金石字典頁碼	段注篇章	徐鍇通釋篇章	徐鉉藤花榭篇
繘(𦅾、𦇑)	糸部	【糸部】	12畫	659	665	無	段13上-32	鍇25-7	鉉13上-4
趫(獢，翹通段)	走部	【走部】	12畫	65	66	無	段2上-35	鍇3-16	鉉2上-7
⿰酉喬	酉部	【酉部】	12畫	751	758	無	段14下-42	鍇28-19	鉉14下-9
趜(⿰角复、⿰角喬)	走部	【走部】	15畫	65	66	無	段2上-35	鍇3-15	鉉2上-7
蘜(⿱艹執、蘜)	艸部	【艸部】	16畫	33	33	25-38	段1下-24	鍇2-12	鉉1下-4
蘜	艸部	【艸部】	16畫	35	36	無	段1下-29	鍇2-13	鉉1下-5
⿰鞠鳥(⿰𥿮鳥)	鳥部	【鳥部】	16畫	149	151	無	段4上-41	鍇7-19	鉉4上-8
驧(⿰馬鞫从鞫)	馬部	【馬部】	17畫	467	472	無	段10上-15	鍇19-4	鉉10上-2
⿰扌瞿(掬)	手部	【手部】	18畫	597	603	無	段12上-27	鍇23-9	鉉12上-5
jǔ(ㄐㄩˇ)									
𠙴 𠙴部qu，與凵部kan ˇ 不同(⿱竹去，弆通段)	𠙴部	【凵部】		213	215	無	段5上-50	鍇9-20	鉉5上-9
厺(去，弆通段)	去部	【厶部】	3畫	213	215	5-39	段5上-50	鍇9-20	鉉5上-9
咀	口部	【口部】	5畫	55	55	無	段2上-14	鍇3-6	鉉2上-3
沮(睢，渣通段)	水部	【水部】	5畫	519	524	18-13	段11上壹-8	鍇21-3	鉉11上-1
蒟(枸，⿱艹朐通段)	艸部	【艸部】	10畫	36	37	無	段1下-31	鍇2-15	鉉1下-5
枸(椇，⿰木苟通段)	木部	【木部】	5畫	244	247	無	段6上-13	鍇11-6	鉉6上-2
積(枳，椇通段)	禾部	【禾部】	9畫	275	277	無	段6下-6	鍇12-5	鉉6下-2
⿰禾叔(椇)	禾部	【禾部】	7畫	275	277	22-23	段6下-6	鍇12-5	鉉6下-2
柜(櫸、榘渠述及)	木部	【木部】	5畫	246	248	無	段6上-16	鍇11-7	鉉6上-3
巨(榘、⿸工巨、矩，⿰犭巨、詎、駏通段)	工部	【工部】	2畫	201	203	11-6	段5上-25	鍇9-10	鉉5上-4
筥(⿱竹旅⿱竹稍shao述及)	竹部	【竹部】	7畫	192	194	22-49	段5上-8	鍇9-4	鉉5上-2
⿱竹豦(筥，籅通段)	竹部	【竹部】	12畫	195	197	無	段5上-13	鍇9-5	鉉5上-2
莒	艸部	【艸部】	7畫	24	25	25-10	段1下-7	鍇2-3	鉉1下-2
楀(⿰扌禹)	木部	【木部】	9畫	241	244	無	段6上-7	鍇11-4	鉉6上-2
聥	耳部	【耳部】	9畫	592	598	無	段12上-17	鍇23-7	鉉12上-4
踽(偊通段)	足部	【足部】	9畫	81	82	無	段2下-25	鍇4-13	鉉2下-5
蒟(枸，⿱艹朐通段)	艸部	【艸部】	10畫	36	37	無	段1下-31	鍇2-15	鉉1下-5
⿰齒虘(齟)	齒部	【齒部】	11畫	79	79	無	段2下-20	鍇4-11	鉉2下-4
⿱竹豦(筥，籅通段)	竹部	【竹部】	12畫	195	197	無	段5上-13	鍇9-5	鉉5上-2
擧	手部	【手部】	17畫	無	無	無	無	鍇23-13	鉉12上-6
舉(擧、擧)	手部	【手部】	14畫	603	609	14-33	段12上-39	鍇23-13	鉉12上-6

篆本字(古文、金文、籀文、俗字、通用字，通段、金石)	說文部首	康熙部首	筆畫	一般頁碼	洪葉頁碼	金石字典頁碼	段注篇章	徐鍇通釋篇章	徐鉉藤花榭篇
攑(攑段增，各本作舉)	手部	【手部】	17畫	603	609	無	段12上-39	錯23-17	鉉12上-6

jù(ㄐㄩˋ)

篆本字	說文部首	康熙部首	筆畫	一般頁碼	洪葉頁碼	金石字典頁碼	段注篇章	徐鍇通釋篇章	徐鉉藤花榭篇
句(勾、劬、岣通段)	句部	【口部】	2畫	88	88	5-55	段3上-4	錯5-3	鉉3上-2
絇(句)	糸部	【糸部】	5畫	657	664	23-14	段13上-29	錯25-6	鉉13上-4
詎	言部	【言部】	5畫	無	無	無	無	無	鉉3上-7
巨(榘、玨、矩，狟、詎、駏通段)	工部	【工部】	2畫	201	203	11-6	段5上-25	錯9-10	鉉5上-4
渠(璩、繰、藥、詎、轋通段)	水部	【水部】	9畫	554	559	無	段11上貳-18	錯21-18	鉉11上-6
鉅(巨業述及)	金部	【金部】	5畫	714	721	29-38	段14上-26	錯27-8	鉉14上-4
歫(拒，岠通段)	止部	【止部】	5畫	67	68	17-26	段2上-39	錯3-17	鉉2上-8
苣(炬，蒚通段)	艸部	【艸部】	5畫	44	45	無	段1下-47	錯2-22	鉉1下-8
粔	米部	【米部】	4畫	無	無	無	無	無	鉉7上-10
距(鉅、䮠)	足部	【足部】	5畫	84	84	27-54	段2下-30	錯4-15	鉉2下-6
虡(鐻、鐻、鉅，簴、璩通段)	虍部	【虍部】	11畫	210	212	無	段5上-43	錯9-17	鉉5上-8
齟	齒部	【齒部】	5畫	79	80	無	段2下-21	錯4-11	鉉2下-5
怚	心部	【心部】	5畫	508	513	無	段10下-37	錯20-13	鉉10下-7
祖衣部非祖zǔ	衣部	【衣部】	5畫	395	399	無	段8上-61	錯16-5	鉉8上-9
昍(瞿)	昍部	【目部】	5畫	135	137	21-28，瞿30-61	段4上-13	錯7-6	鉉4上-3
邭	邑部	【邑部】	5畫	299	301	無	段6下-54	錯12-22	鉉6下-8
佝(怐、傴、溝、瞉、瞉、區)	人部	【人部】	5畫	379	383	無	段8上-30	錯15-10	鉉8上-4
隩(坥、阹)	皀部	【阜部】	13畫	734	741	無	段14下-8	錯28-3	鉉14下-2
汜(屠、漸、泝，坥、阹通段)	水部	【水部】	2畫	552	557	無	段11上貳-14	錯21-17	鉉11上-6
具	収部	【八部】	6畫	104	105	4-9	段3上-37	錯5-20	鉉3上-8
俱(具)	人部	【人部】	8畫	372	376	3-21	段8上-15	錯15-6	鉉8上-2
儲(蓄、具、積)	人部	【人部】	16畫	371	375	無	段8上-14	錯15-5	鉉8上-2
豦	豕部	【豕部】	6畫	456	460	27-17	段9下-38	錯18-13	鉉9下-6
倨	人部	【人部】	8畫	369	373	無	段8上-10	錯15-4	鉉8上-2

篆本字(古文、金文、籀文、俗字、通用字，通段、金石)	說文部首	康熙部首	筆畫	一般頁碼	洪葉頁碼	金石字典頁碼	段注篇章	徐鍇通釋篇章	徐鉉藤花榭篇
冣(聚段不作冣zui`，儹 zan˘下曰：各本誤作最，冣通段)	一部	【一部】	8畫	353	356	4-19	段7下-36	鍇14-16	鉉7下-6
聚(冣、𡉖)	似部	【耳部】	8畫	387	391	24-10	段8上-45	鍇15-15	鉉8上-6
𡉖(聚)	土部	【土部】	8畫	690	696	無	段13下-32	鍇26-5	鉉13下-5
鋸	金部	【金部】	8畫	707	714	無	段14上-12	鍇27-5	鉉14上-3
䢊從邑(秬)	邑部	【邑部】	9畫	218	220	32-6	段5下-6	鍇10-3	鉉5下-2
媚(姐)	女部	【女部】	11畫	623	629	無	段12下-23	鍇24-7	鉉12下-3
寠(窶通段)	宀部	【宀部】	11畫	341	345	無	段7下-13	鍇14-7	鉉7下-3
貗(獢通段)	豸部	【豸部】	11畫	457	462	無	段9下-41	鍇18-14	鉉9下-7
虞(𧆌、鐻、鉅，簴、璩通段)	虍部	【虍部】	11畫	210	212	無	段5上-43	鍇9-17	鉉5上-8
夰(瞿，矆通段)	夼部	【大部】	12畫	498	503	無	段10下-17	鍇20-6	鉉10下-4
瞿(眀，戵、钁通段)	瞿部	【目部】	13畫	147	149	30-61	段4上-37	鍇7-17	鉉4上-7
劇	刀部	【刂部】	13畫	無	無	無	無	無	鉉4下-7
勮(劇通段)	力部	【力部】	13畫	700	707	4-53	段13下-53	鍇26-11	鉉13下-7
据	手部	【手部】	8畫	602	608	無	段12上-37	鍇23-12	鉉12上-6
據(据)	手部	【手部】	13畫	597	603	14-31	段12上-27	鍇23-10	鉉12上-5
蘆(藘從虍異，蕖通段)	艸部	【艸部】	13畫	24	24	無	段1下-6	鍇2-3	鉉1下-1
遽(憷通段)	辵(辶)部	【辵部】	13畫	75	76	28-54	段2下-13	鍇4-6	鉉2下-3
踞	足部	【足部】	8畫	無	無	無	無	鍇4-15	鉉2下-6
居(踞段刪、㞐，㞒、腒、蹫、鶋通段)	尸部	【尸部】	5畫	399	403	10-43	段8上-70	鍇16-8	鉉8上-11
醵(酤)	酉部	【酉部】	13畫	750	757	29-27	段14下-39	鍇28-18	鉉14下-9
屨(屦，鞻通段)	屨部	【尸部】	14畫	402	407	無	段8下-3	鍇16-10	鉉8下-1
懼(愳)	心部	【心部】	18畫	506	510	13-42	段10下-32	鍇20-12	鉉10下-6
juān(ㄐㄩㄢ)									
捐	手部	【手部】	7畫	610	616	14-18	段12上-54	鍇23-17	鉉12上-8
涓	水部	【水部】	7畫	546	551	18-30	段11上貳-2	鍇21-13	鉉11上-4
娟	女部	【女部】	7畫	無	無	無	無	無	鉉12下-4
嬛(娟、嬽)	女部	【女部】	15畫	618	624	無	段12下-14	鍇24-4	鉉12下-2

篆本字(古文、金文、籀文、俗字、通用字，通段、金石)	說文部首	康熙部首	筆畫	一般頁碼	洪葉頁碼	金石字典頁碼	段注篇章	徐鍇通釋篇章	徐鉉藤花榭篇
嬽(㜇，孏、婘、娟通段)	女部	【女部】	13畫	619	625	無	段12下-15	鍇24-5	鉉12下-2
焆(炔通段)	火部	【火部】	7畫	484	489	無	段10上-49	鍇19-16	鉉10上-8
稍(蘱)	禾部	【禾部】	7畫	326	329	無	段7上-49	鍇13-20	鉉7上-8
鞙(琄通段)	革部	【革部】	7畫	110	111	無	段3下-7	鍇6-4	鉉3下-2
巂(轊、驨、鵑通段)	隹部	【山部】	15畫	141	142	30-59	段4上-24	鍇7-11	鉉4上-5
朘(屪、峻通段)	肉部	【肉部】	7畫	177	179	無	段4下-40	無	鉉4下-6
鐫(鋑通段)	金部	【金部】	13畫	706	713	無	段14上-9	鍇27-4	鉉14上-2
蠲(圭，螢通段)	虫部	【虫部】	17畫	665	672	25-58	段13上-45	鍇25-11	鉉13上-6
juǎn(ㄐㄩㄢˇ)									
卷(袞、弓ㄐ述及，婘、埢、綣、菤通段)	卩部	【卩部】	6畫	431	435	無	段9上-32	鍇17-10	鉉9上-5
袞(褑、褧、卷，裷、襃、褢通段)	衣部	【衣部】	5畫	388	392	26-15	段8上-48	鍇16-1	鉉8上-7
埍	土部	【土部】	7畫	692	698	無	段13下-36	鍇26-6	鉉13下-5
捲(卷)	手部	【手部】	8畫	608	614	無	段12上-50	鍇23-16	鉉12上-8
陯	𨸏部	【阜部】	8畫	735	742	無	段14下-9	鍇28-3	鉉14下-2
膞(臠)	肉部	【肉部】	12畫	176	178	無	段4下-37	鍇8-13	鉉4下-6
蠹	蚰部	【虫部】	18畫	676	682	無	段13下-4	鍇25-15	鉉13下-1
juàn(ㄐㄩㄢˋ)									
丩(弓)	丩部	【丨部】	1畫	88	89	1-24	段3上-5	鍇5-3	鉉3上-2
卷(袞、弓ㄐ述及，婘、埢、綣、菤通段)	卩部	【卩部】	6畫	431	435	無	段9上-32	鍇17-10	鉉9上-5
綣(卷、希，綣通段)	糸部	【糸部】	6畫	657	664	23-19	段13上-29	鍇25-6	鉉13上-4
希(綣)	巾部	【巾部】	6畫	360	364	無	段7下-51	鍇14-22	鉉7下-9
捲(卷)	手部	【手部】	8畫	608	614	無	段12上-50	鍇23-16	鉉12上-8
桊(棬、益通段)	木部	【木部】	6畫	263	265	無	段6上-50	鍇11-22	鉉6上-6
睠(睊、婘)	目部	【目部】	6畫	133	135	無	段4上-9	鍇7-5	鉉4上-2
券力部，非券quanˋ(倦，勌、勧通段)	力部	【力部】	6畫	700	707	4-48	段13下-53	鍇26-11	鉉13下-7
豋	豆部	【豆部】	6畫	207	209	無	段5上-38	鍇9-16	鉉5上-7

篆本字（古文、金文、籀文、俗字、通用字，通段、金石）	說文部首	康熙部首	筆畫	一般頁碼	洪葉頁碼	金石字典頁碼	段注篇章	徐鍇通釋篇章	徐鉉藤花榭篇
雟	隹部	【隹部】	5畫	144	145	無	段4上-30	鍇7-13	鉉4上-6
衛	車部	【車部】	6畫	727	734	無	段14上-51	鍇27-14	鉉14上-7
臅(yan`)	鬲部	【鬲部】	6畫	111	112	32-9	段3下-10	鍇6-6	鉉3下-2
弄	収部	【廾部】	7畫	104	105	無	段3上-37	鍇5-19	鉉3上-8
悁(悁)	心部	【心部】	7畫	511	515	無	段10下-42	鍇20-16	鉉10下-8
窐(甈冐yuan述及)	穴部	【穴部】	6畫	344	347	22-34	段7下-18	鍇14-8	鉉7下-4
睊	目部	【目部】	7畫	133	134	無	段4上-8	鍇7-4	鉉4上-2
罥(羂、買、絹，罥、䍎通段)	网部	【网部】	19畫	355	358	無	段7下-40	鍇14-18	鉉7下-7
絹(羂，買通段)	糸部	【糸部】	7畫	649	656	無	段13上-13	鍇25-4	鉉13上-2
酢	酉部	【酉部】	7畫	747	754	無	段14下-34	鍇28-17	鉉14下-8
倦(勌、惓通段)	人部	【人部】	8畫	383	387	無	段8上-37	鍇15-12	鉉8上-5
券力部，非券quan`(倦，勌、勌通段)	力部	【力部】	6畫	700	707	4-48	段13下-53	鍇26-11	鉉13下-7
圈(圈，棬通段)	口部	【口部】	8畫	277	280	無	段6下-11	鍇12-8	鉉6下-4
桊(棬、益通段)	木部	【木部】	6畫	263	265	無	段6上-50	鍇11-22	鉉6上-6
睊(睊)	明部	【目部】	8畫	136	137	無	段4上-14	鍇7-6	鉉4上-3
鄄(甄)	邑部	【邑部】	9畫	295	297	無	段6下-46	鍇12-19	鉉6下-7
狷(獧述及)	犬部	【犬部】	7畫	無	無	無	無	無	鉉10上-6
獧(狷)	犬部	【犬部】	13畫	475	479	無	段10上-30	鍇19-10	鉉10上-5
懁(狷、獧)	心部	【心部】	13畫	508	512	無	段10下-36	鍇20-13	鉉10下-7
巂(韉、驪、鵑通段)	隹部	【山部】	15畫	141	142	30-59	段4上-24	鍇7-11	鉉4上-5
諼(xuan)	言部	【言部】	15畫	100	101	無	段3上-29	鍇5-15	鉉3上-6
斢	斗部	【斗部】	19畫	718	725	無	段14上-34	鍇27-11	鉉14上-6
罥(羂、買、絹，罥、䍎通段)	网部	【网部】	19畫	355	358	無	段7下-40	鍇14-18	鉉7下-7
juē（ㄐㄩㄝ）									
撅	手部	【手部】	12畫	610	616	無	段12上-53	鍇23-16	鉉12上-8
屩(蹻)	履部	【尸部】	15畫	402	407	無	段8下-3	鍇16-10	鉉8下-1
jué（ㄐㄩㄝˊ）									
亅(橜)	亅部	【亅部】		633	639	2-13	段12下-44	鍇24-14	鉉12下-7
乚	亅部	【亅部】		633	639	無	段12下-44	鍇24-14	鉉12下-7
孓(蟨)	了部	【子部】		744	751	無	段14下-27	鍇28-13	鉉14下-6

篆本字（古文、金文、籀文、俗字、通用字，通叚、金石）	說文部首	康熙部首	筆畫	一般頁碼	洪葉頁碼	金石字典頁碼	段注篇章	徐鍇通釋篇章	徐鉉藤花榭篇
氒(糵)	氏部	【氏部】	2畫	628	634	17-55	段12下-34	錯24-12	鉉12下-5
玨(瑴)	玨部	【玉部】	4畫	19	19	20-8	段1上-38	錯1-19	鉉1上-6
谷非谷gu˘(唃、膡)	谷部	【谷部】		87	87	6-25	段3上-2	錯5-2	鉉3上-1
谷非谷jue´(輂)	谷部	【谷部】		570	575	27-10	段11下-6	錯22-3	鉉11下-2
抉	手部	【手部】	4畫	601	607	無	段12上-36	錯23-12	鉉12上-6
訣	言部	【言部】	4畫	無	無	無	無	無	鉉3上-7
決(决、訣通叚)	水部	【水部】	4畫	555	560	無	段11上貳-19	錯21-19	鉉11上-6
玦(訣通叚)	玉部	【玉部】	4畫	13	13	無	段1上-26	錯1-18	鉉1上-4
獪(狭，猲通叚)	犬部	【犬部】	13畫	475	479	無	段10上-30	錯19-10	鉉10上-5
夬(共，英、觖通叚)	又部	【大部】	1畫	115	116	5-46	段3下-18	錯6-10	鉉3下-4
眣(觖通叚)	目部	【目部】	4畫	134	135	無	段4上-10	錯7-5	鉉4上-2
疾	疒部	【疒部】	4畫	349	352	無	段7下-28	錯14-12	鉉7下-5
肤	肉部	【肉部】	4畫	170	172	無	段4下-25	錯8-10	鉉4下-4
蚗(蚈，蛥通叚)	虫部	【虫部】	4畫	668	675	無	段13上-51	錯25-12	鉉13上-7
赽	走部	【走部】	4畫	65	65	無	段2上-34	錯3-15	鉉2上-7
趹	足部	【足部】	4畫	84	85	無	段2下-31	錯4-16	鉉2下-6
鈌	金部	【金部】	4畫	714	721	無	段14上-25	錯27-8	鉉14上-4
駃(快通叚)	馬部	【馬部】	4畫	469	473	無	段10上-18	錯19-5	鉉10上-3
悷(快、駃)	心部	【心部】	4畫	502	507	13-10	段10下-25	錯20-10	鉉10下-5
鳩(鵤)	鳥部	【鳥部】	4畫	150	152	無	段4上-43	錯7-19	鉉4上-8
鵻(雖、鳩，鴡、鷞通叚)	鳥部	【鳥部】	9畫	150	151	無	段4上-42	錯7-19	鉉4上-8
卻	卪部	【谷部】	4畫	114	115	無	段3下-15	錯6-8	鉉3下-3
御(馭、卻)	人部	【人部】	9畫	380	384	無	段8上-32	錯15-11	鉉8上-4
較(較亦作校、挍)	車部	【車部】	4畫	722	729	27-64	段14上-41	錯27-12	鉉14上-6
沕(xue`)	水部	【水部】	5畫	548	553	無	段11上貳-5	錯21-14	鉉11上-4
遹(述、聿吙述及、穴、沕、駇，僪通叚)	辵(辶)部	【辵部】	12畫	73	73	28-51	段2下-8	錯4-4	鉉2下-2
紇	糸部	【糸部】	5畫	656	662	無	段13上-26	錯25-6	鉉13上-3
趉(蹞通叚)	走部	【走部】	5畫	65	66	無	段2上-35	錯3-16	鉉2上-7
痎(恓)	疒部	【疒部】	5畫	352	355	無	段7下-34	錯14-15	鉉7下-6
絕(㡭)	糸部	【糸部】	6畫	645	652	23-17	段13上-5	錯25-2	鉉13上-1

篆本字(古文、金文、籀文、俗字、通用字，通段、金石)	說文部首	康熙部首	筆畫	一般頁碼	洪葉頁碼	金石字典頁碼	段注篇章	徐鍇通釋篇章	徐鉉藤花榭篇
桷	木部	【木部】	7畫	255	257	16-41	段6上-34	鍇11-15	鉉6上-5
剮(剐)	刀部	【刂部】	8畫	178	180	無	段4下-42	鍇8-15	鉉4下-6
崛(倔通段)	山部	【山部】	8畫	440	444	無	段9下-6	鍇18-2	鉉9下-1
屈(屆，倔、䰠通段)	尾部	【尸部】	5畫	402	406	10-43	段8下-2	鍇16-9	鉉8下-1
掘(挶)	手部	【手部】	8畫	607	613	無	段12上-48	鍇23-15	鉉12上-7
挶(扣、掘)	手部	【手部】	10畫	607	613	無	段12上-48	鍇23-15	鉉12上-7
詘(誳，褔通段)	言部	【言部】	5畫	100	101	26-44	段3上-29	鍇5-15	鉉3上-6
倔(俒、䫻)	人部	【人部】	9畫	380	384	無	段8上-32	鍇15-11	鉉8上-4
傃(倔)	心部	【心部】	9畫	507	512	無	段10下-35	鍇20-13	鉉10下-7
夒	夗部	【比部】	9畫	472	477	17-49	段10上-25	鍇19-7	鉉10上-4
蛪(蛩)	虫部	【虫部】	9畫	667	673	無	段13上-48	鍇25-12	鉉13上-7
厥(橛)	厂部	【厂部】	10畫	447	451	5-36	段9下-20	鍇18-7	鉉9下-3
橛(蹙、厥)	角部	【角部】	12畫	185	187	無	段4下-56	鍇8-20	鉉4下-8
蹶(厥)	骨部	【骨部】	12畫	165	167	無	段4下-15	鍇8-7	鉉4下-3
癥(欮)	疒部	【疒部】	10畫	349	353	20-58	段7下-29	鍇14-13	鉉7下-5
瘚(瘞、瘚通段)	疒部	【疒部】	10畫	352	356	無	段7下-35	鍇14-15	鉉7下-6
噱(嚼，喔通段)	口部	【口部】	12畫	55	55	無	段2上-14	鍇3-6	鉉2上-3
劚	力部	【力部】	12畫	699	706	無	段13下-51	鍇26-11	鉉13下-7
譎	言部	【言部】	12畫	99	100	無	段3上-27	鍇5-14	鉉3上-6
憰(譎)	心部	【心部】	12畫	510	515	無	段10下-41	鍇20-14	鉉10下-7
橜(橛、橛通段)	木部	【木部】	12畫	263	265	無	段6上-50	鍇11-22	鉉6上-6
氒(橜)	氏部	【氏部】	2畫	628	634	17-55	段12下-34	鍇24-12	鉉12下-5
亅(橜)	亅部	【亅部】		633	639	2-13	段12下-44	鍇24-14	鉉12下-7
潏(沇)	水部	【水部】	12畫	548	553	無	段11上貳-6	鍇21-14	鉉11上-4
蕝(蕞、纂、酇)	艸部	【艸部】	12畫	42	43	無	段1下-43	鍇2-20	鉉1下-7
蕨	艸部	【艸部】	12畫	45	46	無	段1下-49	鍇2-22	鉉1下-8
蟨	虫部	【虫部】	12畫	673	679	無	段13上-60	鍇25-14	鉉13上-8
趉	走部	【走部】	12畫	64	64	無	段2上-32	鍇3-14	鉉2上-7
趉(赽、趃、趉)	走部	【走部】	9畫	66	66	無	段2上-36	鍇3-16	鉉2上-8
蹶(厥)	骨部	【骨部】	12畫	165	167	無	段4下-15	鍇8-7	鉉4下-3
厥(橛)	厂部	【厂部】	10畫	447	451	5-36	段9下-20	鍇18-7	鉉9下-3
橛(蹙、厥)	角部	【角部】	12畫	185	187	無	段4下-56	鍇8-20	鉉4下-8
蹙(蹶、躅)	足部	【足部】	12畫	83	83	27-56	段2下-28	鍇4-14	鉉2下-6

篆本字(古文、金文、籀文、俗字、通用字，通叚、金石)	說文部首	康熙部首	筆畫	一般頁碼	洪葉頁碼	金石字典頁碼	段注篇章	徐鍇通釋篇章	徐鉉藤花榭篇
䲙	䰜部	【阜部】	12畫	737	744	無	段14下-13	鍇28-5	鉉14下-2
鷽	鳥部	【鳥部】	12畫	154	156	無	段4上-51	鍇7-22	鉉4上-9
噱(xue´)	口部	【口部】	13畫	57	57	無	段2上-18	鍇3-8	鉉2上-4
雀(爵)	隹部	【隹部】	3畫	141	143	30-53	段4上-25	鍇7-11	鉉4上-5
爵从𦥑(鬸、爵、雀)	鬯部	【爪部】	13畫	217	220	19-37	段5下-5	鍇10-3	鉉5下-2
爨(隻、焦=爵糕zhuo述及、噍嶢yao´述及，僬、膲、蟭通叚)	火部	【火部】	24畫	484	489	無	段10上-49	鍇19-16	鉉10上-8
緅(爵)	糸部	【糸部】	8畫			無	無	無	鉉13上-5
纔(緅=爵)	糸部	【糸部】	17畫	651	658	無	段13上-17	鍇25-4	鉉13上-3
覺	見部	【見部】	13畫	409	413	無	段8下-16	鍇16-14	鉉8下-4
矍(懼通叚)	瞿部	【目部】	15畫	147	149	無	段4上-37	鍇7-17	鉉4上-7
觼(鐍、鐍)	角部	【角部】	15畫	188	190	無	段4下-61	鍇8-21	鉉4下-9
趹(觼、鐍)	走部	【走部】	15畫	65	66	無	段2上-35	鍇3-15	鉉2上-7
爝(嚼通叚)	火部	【火部】	17畫	486	491	無	段10上-53	鍇19-18	鉉10上-9
糕(穚、稠)	米部	【米部】	12畫	330	333	23-4	段7上-58	鍇13-24	鉉7上-9
躩	足部	【足部】	18畫	83	84	無	段2下-29	鍇4-15	鉉2下-6
彏	弓部	【弓部】	20畫	640	646	無	段12下-58	鍇24-20	鉉12下-9
攫	手部	【手部】	20畫	605	611	無	段12上-43	鍇23-13	鉉12上-7
玃(蠼通叚)	犬部	【犬部】	20畫	477	481	無	段10上-34	鍇19-11	鉉10上-6
蠼(蒦、玃)	虫部	【虫部】	14畫	673	679	無	段13上-60	鍇25-14	鉉13上-8
貜	豸部	【豸部】	20畫	458	462	無	段9下-42	鍇18-15	鉉9下-7
趹	走部	【走部】	20畫	65	66	無	段2上-35	鍇3-15	鉉2上-7
钁(戳通叚)	金部	【金部】	20畫	706	713	29-63	段14上-10	鍇27-4	鉉14上-2
juè(ㄐㄩㄝˋ)									
瞔	目部	【目部】	10畫	133	134	無	段4上-8	鍇7-4	鉉4上-2
崛(倔通叚)	山部	【山部】	8畫	440	444	無	段9下-6	鍇18-2	鉉9下-1
屈(屈，倔、欪通叚)	尾部	【尸部】	5畫	402	406	10-43	段8下-2	鍇16-9	鉉8下-1
jūn(ㄐㄩㄣ)									
軍	車部	【車部】	2畫	727	734	27-60	段14上-51	鍇27-14	鉉14上-7
君(㞢，桾通叚)	口部	【口部】	4畫	57	57	6-15	段2上-18	鍇3-7	鉉2上-4
鈞(銎)	金部	【金部】	4畫	708	715	29-38	段14上-14	鍇27-5	鉉14上-3

篆本字（古文、金文、籀文、俗字、通用字，通叚、金石）	說文部首	康熙部首	筆畫	一般頁碼	洪葉頁碼	金石字典頁碼	段注篇章	徐鍇通釋篇章	徐鉉藤花榭篇
均(袀、鈞、旬，畇、韻通叚)	土部	【土部】	4畫	683	689	7-11	段13下-18	鍇26-2	鉉13下-3
沟(均、恂、敻、法，詢通叚)	水部	【水部】	6畫	544	549	無	段11上壹-57	鍇21-12	鉉11上-4
沿(均、沇，沿通叚)	水部	【水部】	5畫	556	561	無	段11上貳-21	鍇21-19	鉉11上-6
袀(均)	衣部	【衣部】	4畫	389	393	無	段8上-50	無	鉉8上-7
衿(袀、裖)	衣部	【衣部】	5畫	389	393	26-15	段8上-50	鍇16-2	鉉8上-7
麇(麕，麝、麏通叚)	鹿部	【鹿部】	5畫	471	475	32-32	段10上-22	鍇19-6	鉉10上-3
姰(姁通叚)	女部	【女部】	6畫	621	627	無	段12下-20	鍇24-7	鉉12下-3
菌(緷)	艸部	【艸部】	7畫	28	28	無	段1下-14	鍇2-7	鉉1下-3
皸	皮部	【网部】	9畫	無	無	無	無	無	鉉3下-7
踘(皸)	足部	【足部】	8畫	84	84	無	段2下-30	鍇4-15	鉉2下-6
鞠(鞹、鞫，皸、皴、屨、靴、鞾通叚)	革部	【革部】	9畫	107	108	無	段3下-2	鍇6-2	鉉3下-1
jùn（ㄐㄩㄣˋ）									
睿(濬、濬)	谷部	【谷部】	5畫	570	576	19-4	段11下-7	鍇22-4	鉉11下-2
雋	隹部	【隹部】	5畫	144	145	無	段4上-30	鍇7-13	鉉4上-6
俊(儁夋述及)	人部	【人部】	7畫	366	370	3-16	段8上-4	鍇15-2	鉉8上-1
舛(夋、舜=俊)	舛部	【舛部】	6畫	234	236	24-45	段5下-38	鍇10-16	鉉5下-7
晙	日部	【日部】	7畫	無	無	無	無	無	鉉7上-2
浚(晙通叚)	水部	【水部】	7畫	561	566	18-30	段11上貳-32	鍇21-23	鉉11上-8
焌	火部	【火部】	7畫	480	484	無	段10上-40	鍇19-14	鉉10上-7
畯	田部	【田部】	7畫	697	704	20-45	段13下-47	鍇26-9	鉉13下-6
竣(踆通叚)	立部	【立部】	7畫	500	505	無	段10下-21	鍇20-8	鉉10下-4
逡(後、踆通叚)	辵(辶)部	【辵部】	7畫	73	73	無	段2下-8	鍇4-4	鉉2下-2
郡	邑部	【邑部】	7畫	283	285	29-1	段6下-22	鍇12-13	鉉6下-5
陖(峻、洒)	𨸏部	【阜部】	7畫	732	739	30-27	段14下-3	鍇28-2	鉉14下-1
餕	倉部	【食部】	7畫	無	無	無	無	無	鉉5下-3
籑从目大食(籑从大良、饌、餕，撰、篡通叚)	倉部	【竹部】	15畫	219	222	31-47	段5下-9	鍇10-4	鉉5下-2
駿	馬部	【馬部】	7畫	463	467	31-59	段10上-6	鍇19-2	鉉10上-1

篆本字(古文、金文、籀文、俗字、通用字,通叚、金石)	說文部首	康熙部首	筆畫	一般頁碼	洪葉頁碼	金石字典頁碼	段注篇章	徐鍇通釋篇章	徐鉉藤花榭篇
鵔	鳥部	【鳥部】	7畫	155	157	無	段4上-53	鍇7-22	鉉4上-9
箘(筶)	竹部	【竹部】	8畫	189	191	無	段5上-1	鍇9-1	鉉5上-1
菌(茵通叚)	艸部	【艸部】	8畫	36	37	無	段1下-31	鍇2-15	鉉1下-5
困(蜠通叚)	囗部	【囗部】	5畫	277	280	6-62	段6下-11	鍇12-8	鉉6下-3
荾(綏,薞、莜、菨、薐通叚)	艸部	【艸部】	9畫	25	26	無	段1下-9	鍇2-5	鉉1下-2
峻(峻)	山部	【山部】	10畫	440	444	10-54	段9下-6	鍇18-2	鉉9下-1
夋	兔部	【厶部】	13畫	無	無	無	無	無	鉉10上-4
攫(攎,捃通叚)	手部	【手部】	16畫	605	611	無	段12上-43	鍇23-13	鉉12上-7
甖从北宀wang˘瓦(甕从舟㐬zhuan`)	㼜部	【瓦部】	17畫	122	123	無	段3下-31	鍇6-16	鉉3下-7

K

kāi(ㄎㄞ)

篆本字	說文部首	康熙部首	筆畫	一般頁碼	洪葉頁碼	金石字典頁碼	段注篇章	徐鍇通釋篇章	徐鉉藤花榭篇
開(闓)	門部	【門部】	4畫	588	594	30-13	段12上-10	鍇23-5	鉉12上-3
晐(該、賅,絯通叚)	日部	【日部】	6畫	308	311	無	段7上-13	鍇13-4	鉉7上-2
侅(胲、礙、賌,賅通叚)	人部	【人部】	6畫	368	372	3-10	段8上-7	鍇15-3	鉉8上-1
垓(畡,奓、姟通叚)	土部	【土部】	6畫	682	689	無	段13下-17	鍇26-2	鉉13下-3
緒	糸部	【糸部】	9畫	644	650	無	段13上-2	鍇25-1	鉉13上-

kǎi(ㄎㄞˇ)

篆本字	說文部首	康熙部首	筆畫	一般頁碼	洪葉頁碼	金石字典頁碼	段注篇章	徐鍇通釋篇章	徐鉉藤花榭篇
礙(硋,碍、輆通叚)	石部	【石部】	14畫	452	456	無	段9下-30	鍇18-10	鉉9下-4
慨(愾)	心部	【心部】	9畫	503	507	無	段10下-26	鍇20-10	鉉10下-5
楷	木部	【木部】	9畫	239	242	16-56	段6上-3	鍇11-2	鉉6上-1
鍇	金部	【金部】	9畫	702	709	無	段14上-2	鍇27-1	鉉14上-1
剴(鐖通叚)	刀部	【刂部】	10畫	178	180	4-44	段4下-42	鍇8-15	鉉4下-6
愷心部(颽通叚)	心部	【心部】	10畫	502	507	13-31	段10下-25	鍇20-10	鉉10下-5
愷豈部(凱,颽通叚)	豈部	【心部】	10畫	207	209	13-31	段5上-37	鍇9-15	鉉5上-7
豈(騚、愷,凱通叚)	豈部	【豆部】	3畫	206	208	27-11	段5上-36	鍇9-15	鉉5上-7
塏	土部	【土部】	10畫	691	697	無	段13下-34	鍇26-6	鉉13下-5
鎧	金部	【金部】	10畫	711	718	29-52	段14上-20	鍇27-7	鉉14上-4
闓	門部	【門部】	10畫	588	594	30-15	段12上-10	鍇23-6	鉉12上-3
嘅	口部	【口部】	11畫	60	61	6-54	段2上-25	鍇3-11	鉉2上-5

篆本字（古文、金文、籀文、俗字、通用字，通叚、金石）	說文部首	康熙部首	筆畫	一般頁碼	洪葉頁碼	金石字典頁碼	段注篇章	徐鍇通釋篇章	徐鉉藤花榭篇
kài（ㄎㄞˋ）									
欬(ai `)	欠部	【欠部】	6畫	413	417	17-17	段8下-24	鍇16-17	鉉8下-5
欯(xi `)	欠部	【欠部】	6畫	410	415	無	段8下-19	鍇16-15	鉉8下-4
愒(憩，偈通叚)	心部	【心部】	9畫	507	512	無	段10下-35	鍇20-13	鉉10下-7
愾(訖，忔、疙、忥通叚)	心部	【心部】	10畫	512	516	無	段10下-44	鍇20-16	鉉10下-8
慨(愾)	心部	【心部】	9畫	503	507	無	段10下-26	鍇20-10	鉉10下-5
稽	矛部	【矛部】	10畫	719	726	無	段14上-36	鍇27-11	鉉14上-6
鎎	金部	【金部】	10畫	713	720	無	段14上-24	鍇27-8	鉉14上-4
kān（ㄎㄢ）									
勘	力部	【力部】	9畫	無	無	無	無	無	鉉13下-8
刊(勘通叚)	刀部	【刂部】	3畫	180	182	4-26	段4下-45	鍇8-16	鉉4下-7
堪(戡、或)	土部	【土部】	9畫	685	692	7-22	段13下-23	鍇26-3	鉉13下-4
戡(勘、堪)	戈部	【戈部】	9畫	631	637	無	段12下-39	鍇24-13	鉉12下-6
或(堪)	戈部	【戈部】	4畫	631	637	無	段12下-39	鍇24-13	鉉12下-6
龕(龕、堪)	龍部	【龍部】	4畫	582	588	32-59	段11下-31	鍇22-12	鉉11下-6
栞(栞)	木部	【木部】	8畫	249	251	無	段6上-22	鍇11-10	鉉6上-4
kǎn（ㄎㄢˇ）									
凵凵部qianˇ，與△部qu不同	凵部	【凵部】		62	63	4-22	段2上-29	鍇3-13	鉉2上-6
坎(轗，埳通叚)	土部	【土部】	4畫	689	695	無	段13下-30	鍇26-4	鉉13下-4
轗(坎)	攵部	【攵部】	18畫	233	235	無	段5下-36	鍇10-15	鉉5下-7
欿(坎)	欠部	【欠部】	8畫	413	417	無	段8下-24	鍇16-17	鉉8下-5
銛(枕、欣、櫃，餤通叚)	金部	【金部】	6畫	706	713	無	段14上-10	鍇27-4	鉉14上-2
次(㳄、湫从水、涎、唌，沜、漾通叚)	次部	【水部】	4畫	414	418	無	段8下-26	鍇16-18	鉉8下-5
侃(衎)	川部	【人部】	6畫	569	574	3-9	段11下-4	鍇22-2	鉉11下-2
衎(侃)	行部	【行部】	3畫	78	78	無	段2下-18	鍇4-10	鉉2下-4
虓(魁)	虎部	【虍部】	7畫	210	212	無	段5上-44	鍇9-18	鉉5上-8
惂	心部	【心部】	8畫	513	518	無	段10下-47	鍇20-17	鉉10下-8
歁(坎)	欠部	【欠部】	8畫	413	417	無	段8下-24	鍇16-17	鉉8下-5

篆本字(古文、金文、籀文、俗字、通用字，通叚、金石)	說文部首	康熙部首	筆畫	一般頁碼	洪葉頁碼	金石字典頁碼	段注篇章	徐鍇通釋篇章	徐鉉藤花榭篇
歁	欠部	【欠部】	9畫	413	417	無	段8下-24	鍇16-17	鉉8下-5
顑(顩从咸心)	頁部	【頁部】	9畫	421	426	無	段9上-13	鍇17-4	鉉9上-2
感(憾，轗)	心部	【心部】	9畫	513	517	13-28	段10下-46	鍇20-16	鉉10下-8
檻(欄述及，䭰、壏、艦、轞通叚)	木部	【木部】	14畫	270	273	無	段6上-65	鍇11-29	鉉6上-8
濫(檻)	水部	【水部】	14畫	549	554	無	段11上貳-7	鍇21-15	鉉11上-5
竷(坎)	夊部	【夊部】	18畫	233	235	無	段5下-36	鍇10-15	鉉5下-7
kàn(ㄎㄢˋ)									
衎(侃)	行部	【行部】	3畫	78	78	無	段2下-18	鍇4-10	鉉2下-4
看(翰)	目部	【目部】	4畫	133	135	無	段4上-9	鍇7-5	鉉4上-2
衉(盫、胎)	血部	【血部】	8畫	214	216	無	段5上-52	鍇9-21	鉉5上-10
嵌	山部	【山部】	9畫	無	無	無	無	無	鉉9下-2
廞(淫，嵌通叚)	广部	【广部】	12畫	446	450	11-55	段9下-18	鍇18-6	鉉9下-3
睒(覢、瞰)	目部	【目部】	8畫	131	132	無	段4上-4	鍇7-2	鉉4上-1
闞(瞰、矙、虓通叚)	門部	【門部】	12畫	590	596	30-19	段12上-14	鍇23-6	鉉12上-3
kāng(ㄎㄤ)									
康(槺、簾通叚)	宀部	【宀部】	11畫	339	342	10-5	段7下-8	鍇14-4	鉉7下-2
漮	水部	【水部】	11畫	559	564	無	段11上貳-28	鍇21-21	鉉11上-7
忼(慷)	心部	【心部】	4畫	503	507	無	段10下-26	鍇20-10	鉉10下-5
歑	欠部	【欠部】	11畫	414	418	無	段8下-26	鍇16-17	鉉8下-5
輬(涼，轆通叚)	車部	【車部】	8畫	721	728	無	段14上-39	鍇27-12	鉉14上-6
穅段改从康(康、康、糠，甗、瓶通叚)	禾部	【禾部】	11畫	324	327	22-27	段7上-46	鍇13-20	鉉7上-8
káng(ㄎㄤˊ)									
扛(掆，摃通叚)	手部	【手部】	3畫	603	609	無	段12上-40	鍇23-13	鉉12上-6
kàng(ㄎㄤˋ)									
亢(頏、肮、吭)	亢部	【亠部】	2畫	497	501	2-28	段10下-14	鍇20-5	鉉10下-3
沆(亢)	水部	【水部】	4畫	548	553	無	段11上貳-5	鍇21-14	鉉11上-4
閌(阬閬述及)	門部	【門部】	4畫				無	無	鉉12上-3
伉(閌通叚)	人部	【人部】	4畫	367	371	2-54	段8上-5	鍇15-2	鉉8上-1
阬(坑、陙、閬、閌閬述及)	𨸏部	【阜部】	4畫	733	740	無	段14下-6	鍇28-2	鉉14下-1
忼(慷)	心部	【心部】	4畫	503	507	無	段10下-26	鍇20-10	鉉10下-5

篆本字(古文、金文、籀文、俗字、通用字，通叚、金石)	說文部首	康熙部首	筆畫	一般頁碼	洪葉頁碼	金石字典頁碼	段注篇章	徐鍇通釋篇章	徐鉉藤花榭篇
抗(杭)	手部	【手部】	4畫	609	615	14-9	段12上-52	鍇23-16	鉉12上-8
炕	火部	【火部】	4畫	486	490	無	段10上-52	鍇19-17	鉉10上-9
犺	犬部	【犬部】	4畫	475	479	無	段10上-30	鍇19-10	鉉10上-5
邟	邑部	【邑部】	4畫	291	293	無	段6下-38	鍇12-17	鉉6下-7
kāo(ㄎㄠ)									
尻(脽，𡱂、脈、豚、𤖑、狖通叚)	尸部	【尸部】	2畫	400	404	無	段8上-71	鍇16-8	鉉8上-11
kǎo(ㄎㄠˇ)									
丂(亏、巧屮che`述及)	丂部	【一部】	1畫	203	205	1-4	段5上-30	鍇9-12	鉉5上-5
巧(丂)	工部	【工部】	2畫	201	203	11-9	段5上-25	鍇9-10	鉉5上-4
考(孝)	老部	【老部】		398	402	23-59	段8上-68	鍇16-7	鉉8上-10
攷(考，拷通叚)	攴部	【攴部】	2畫	125	126	無	段3下-38	鍇6-19	鉉3下-8
栲(栳)	木部	【木部】	5畫	242	245	無	段6上-9	鍇11-5	鉉6上-2
頯(顆通叚)	頁部	【頁部】	12畫	418	422	無	段9上-6	鍇17-2	鉉9上-1
薧(殠通叚)	死部	【艸部】	13畫	164	166	無	段4下-13	鍇8-6	鉉4下-3
槀(槁、犒，殠、筶、篙、醨通叚)	木部	【木部】	10畫	252	254	16-61	段6上-28	鍇11-12	鉉6上-4
kào(ㄎㄠˋ)									
靠	非部	【非部】	7畫	583	588	無	段11下-32	鍇22-12	鉉11下-7
槀(槁、犒，殠、筶、篙、醨通叚)	木部	【木部】	10畫	252	254	16-61	段6上-28	鍇11-12	鉉6上-4
kē(ㄎㄜ)									
科(蝌通叚)	禾部	【禾部】	4畫	327	330	無	段7上-52	鍇13-22	鉉7上-9
窠(巢、科、薖)	穴部	【穴部】	8畫	345	348	無	段7下-20	鍇14-8	鉉7下-4
苛(訶呧述及，峉通叚)	艸部	【艸部】	5畫	40	40	24-60	段1下-38	鍇2-18	鉉1下-6
訶(苛、荷詆述及，呵、嗝、歌通叚)	言部	【言部】	5畫	100	100	26-45	段3上-28	鍇5-14	鉉3上-6
何(荷、呵，蚵通叚)	人部	【人部】	5畫	371	375	3-2	段8上-13	鍇15-5	鉉8上-2
坷	土部	【土部】	5畫	691	698	無	段13下-35	鍇26-6	鉉13下-5
柯(笴、舸通叚)	木部	【木部】	5畫	263	266	16-30	段6上-51	鍇11-22	鉉6上-7
珂	玉部	【玉部】	5畫	無	無	20-9	無	無	鉉1上-6
疴(痾通叚)	疒部	【疒部】	5畫	348	352	無	段7下-27	鍇14-12	鉉7下-5
砢(luoˇ)	石部	【石部】	5畫	453	457	無	段9下-32	鍇18-11	鉉9下-5

篆本字（古文、金文、籀文、俗字、通用字，通叚、金石）	說文部首	康熙部首	筆畫	一般頁碼	洪葉頁碼	金石字典頁碼	段注篇章	徐鍇通釋篇章	徐鉉藤花榭篇
軻	車部	【車部】	5畫	729	736	27-65	段14上-55	錯27-15	鉉14上-7
菏(荷)	水部	【艸部】	8畫	536	541	無	段11上壹-42	錯21-5	鉉11上-3
稞	禾部	【禾部】	8畫	325	328	無	段7上-48	錯13-20	鉉7上-8
窠(窼、科、薖)	穴部	【穴部】	8畫	345	348	無	段7下-20	錯14-8	鉉7下-4
顆(堁)	頁部	【頁部】	8畫	418	423	無	段9上-7	錯17-3	鉉9上-2
髁(骫、骼，骹通叚)	骨部	【骨部】	8畫	165	167	無	段4下-15	錯8-7	鉉4下-3
嗑(嗌通叚)	口部	【口部】	10畫	59	60	無	段2上-23	錯3-10	鉉2上-5
榼	木部	【木部】	10畫	261	264	無	段6上-47	錯11-20	鉉6上-6
磕(礚)	石部	【石部】	10畫	451	455	無	段9下-28	錯18-10	鉉9下-4
薖(薖通叚)	艸部	【艸部】	13畫	36	37	無	段1下-31	錯2-15	鉉1下-5
窠(窼、科、薖)	穴部	【穴部】	8畫	345	348	無	段7下-20	錯14-8	鉉7下-4
ké(ㄎㄜˊ)									
咳(孩)	口部	【口部】	6畫	55	55	6-32	段2上-14	錯3-6	鉉2上-3
殼(殻、㱿、㱿)	殳部	【殳部】	6畫	119	120	17-41	段3下-25	錯6-14	鉉3下-6
kě(ㄎㄜˇ)									
可从口丂㠯	可部	【口部】	2畫	204	206	5-56	段5上-31	錯9-12	鉉5上-5
閜(xia)	門部	【門部】	5畫	588	594	無	段12上-10	錯23-5	鉉12上-3
闔(閜)	門部	【門部】	8畫	589	595	無	段12上-12	錯23-5	鉉12上-3
敤	攴部	【攴部】	8畫	126	127	無	段3下-39	錯6-19	鉉3下-9
碣(嵑、蝎，竭通叚)	石部	【石部】	9畫	449	454	21-45	段9下-25	錯18-9	鉉9下-4
渴(竭、激)	水部	【水部】	9畫	559	564	18-44	段11上貳-28	錯21-21	鉉11上-7
竭(渴)	立部	【立部】	9畫	500	505	22-42	段10下-21	錯20-8	鉉10下-4
歇(渴)	欠部	【水部】	13畫	412	417	無	段8下-23	錯16-16	鉉8下-5
kè(ㄎㄜˋ)									
克(㝮、𡕩、剋)	克部	【儿部】	5畫	320	323	3-52	段7上-37	錯13-16	鉉7上-7
勊(克、剋，尅通叚)	力部	【力部】	7畫	700	707	4-48	段13下-53	錯26-11	鉉13下-7
屌(㕧、厱通叚)	戶部	【戶部】	5畫	587	593	無	段12上-7	錯23-4	鉉12上-2
刻(剠)	刀部	【刂部】	6畫	179	181	4-37	段4下-44	錯8-16	鉉4下-7
客	宀部	【宀部】	6畫	341	344	9-36	段7下-12	錯14-6	鉉7下-3
硞(que)	石部	【石部】	7畫	450	455	無	段9下-27	錯18-9	鉉9下-4
塺(堁、煤通叚)	土部	【土部】	11畫	691	698	無	段13下-35	錯26-6	鉉13下-5
顆(堁)	頁部	【頁部】	8畫	418	423	無	段9上-7	錯17-3	鉉9上-2
課	言部	【言部】	8畫	93	93	26-58	段3上-14	錯5-8	鉉3上-4

篆本字(古文、金文、籀文、俗字、通用字，通段、金石)	說文部首	康熙部首	筆畫	一般頁碼	洪葉頁碼	金石字典頁碼	段注篇章	徐鍇通釋篇章	徐鉉藤花榭篇
恆(亟、極、慽、戒、棘)	心部	【心部】	9畫	508	512	無	段10下-36	鍇20-13	鉉10下-7
亟(恆、棘)	二部	【二部】	7畫	681	687	2-27	段13下-14	鍇26-1	鉉13下-3
慁(悋)	心部	【心部】	9畫	505	510	13-26	段10下-31	鍇20-11	鉉10下-6
溘	水部	【水部】	10畫	無	無	無	無	無	鉉11下-1
盍(葢、曷、盇、厺 虒述及，溘、盒通段)	血部	【血部】	3畫	214	216	21-14	段5上-52	鍇9-21	鉉5上-10
䙝	裘部	【鬲部】	13畫	398	402	無	段8上-67	鍇16-6	鉉8上-10
礊	石部	【石部】	14畫	451	456	無	段9下-29	鍇18-10	鉉9下-4
kěn(ㄎㄣˇ)									
肎(肎、肯)	肉部	【肉部】	4畫	177	179	24-18	段4下-40	鍇8-14	鉉4下-6
墾	土部	【土部】	13畫	無	無	無	無	無	鉉13下-6
豤(貇、懇、懇、墾通段)	豕部	【豕部】	6畫	455	460	無	段9下-37	鍇18-12	鉉9下-6
齦(齗、貇)	齒部	【齒部】	6畫	80	80	無	段2下-22	鍇4-11	鉉2下-5
頎(懇)	頁部	【頁部】	4畫	418	422	無	段9上-6	鍇17-2	鉉9上-1
懇	心部	【心部】	13畫	無	無	無	無	無	鉉10下-9
kèn(ㄎㄣˋ)									
硍(硍俗體，說文作硍lang)	石部	【石部】	6畫	450	455	無	段9下-27	鍇18-9	鉉9下-4
kēng(ㄎㄥ)									
阬(坑、陘、閌、閌述及)	𨸏部	【阜部】	4畫	733	740	無	段14下-6	鍇28-2	鉉14下-1
閌(阬閌述及)	門部	【門部】	4畫	無	無	無	無	無	鉉12上-3
亢(頏、肮、吭)	亢部	【亠部】	2畫	497	501	2-28	段10下-14	鍇20-5	鉉10下-3
硻(硎)	山部	【山部】	7畫	441	445	無	段9下-8	鍇18-3	鉉9下-1
磬(殸、硁、硻、磬)	石部	【石部】	11畫	451	456	21-46	段9下-29	鍇18-10	鉉9下-4
牼	牛部	【牛部】	7畫	52	53	19-47	段2上-9	鍇3-4	鉉2上-2
羥(牼)	羊部	【羊部】	6畫	146	147	無	段4上-34	鍇7-16	鉉4上-7
覴(覴同覞yao、頏、牼)	覞部	【見部】	15畫	410	414	無	段8下-18	鍇16-15	鉉8下-4

篆本字（古文、金文、籀文、俗字、通用字，通叚、金石）	說文部首	康熙部首	筆畫	一般頁碼	洪葉頁碼	金石字典頁碼	段注篇章	徐鍇通釋篇章	徐鉉藤花榭篇
脛(踁、蹊鑒字述及，誙通叚)	肉部	【肉部】	7畫	170	172	無	段4下-26	鍇8-10	鉉4下-4
掔(慳，鋻=鏗鎗述及、鑋通叚)	手部	【手部】	8畫	603	609	無	段12上-39	鍇23-12	鉉12上-6
硁(硜、鏗=鋻鎗述及、硻、磬，礭、砼通叚)	石部	【石部】	8畫	451	455	無	段9下-28	鍇18-10	鉉9下-4
臤(賢，鏗通叚)	臤部	【臣部】	2畫	118	119	24-32	段3下-23	鍇6-13	鉉3下-5
摼(搷、搄、挳、鏗通叚)	手部	【手部】	11畫	609	615	無	段12上-51	鍇23-16	鉉12上-8
輥(輑、轀，輨通叚)	車部	【車部】	10畫	728	735	無	段14上-54	鍇27-14	鉉14上-7
轚	車部	【車部】	11畫	729	736	無	段14上-55	鍇27-15	鉉14上-7
kōng(ㄎㄨㄥ)									
空(孔、腔鞚man′述及，倥、崆、悾、箜、羫、窾通叚)	穴部	【穴部】	3畫	344	348	22-32	段7下-19	鍇14-8	鉉7下-4
孔(空)	乞部	【子部】	1畫	584	590	8-58	段12上-1	鍇23-1	鉉12上-1
涳	水部	【水部】	8畫	550	555	無	段11上貳-9	鍇21-15	鉉11上-5
稾(稿，稴、藁通叚)	禾部	【禾部】	10畫	326	329	無	段7上-49	鍇13-20	鉉7上-8
kǒng(ㄎㄨㄥˇ)									
孔(空)	乞部	【子部】	1畫	584	590	8-58	段12上-1	鍇23-1	鉉12上-1
空(孔、腔鞚man′述及，倥、崆、悾、箜、羫、窾通叚)	穴部	【穴部】	3畫	344	348	22-32	段7下-19	鍇14-8	鉉7下-4
恐(恐、忎)	心部	【心部】	6畫	514	519	13-16	段10下-49	鍇20-18	鉉10下-9
kòng(ㄎㄨㄥˋ)									
控(鞚通叚)	手部	【手部】	8畫	598	604	14-21	段12上-30	鍇23-10	鉉12上-5
kōu(ㄎㄡ)									
彄	弓部	【弓部】	11畫	640	646	無	段12下-58	鍇24-19	鉉12下-9
摳	手部	【手部】	11畫	594	600	無	段12上-21	鍇23-9	鉉12上-4
kǒu(ㄎㄡˇ)									
口	口部	【口部】		54	54	5-54	段2上-12	鍇3-5	鉉2上-3
叩(敂通叚)	邑部	【邑部】	3畫	286	289	無	段6下-29	鍇12-15	鉉6下-6

篆本字（古文、金文、籀文、俗字、通用字，通段、金石）	說文部首	康熙部首	筆畫	一般頁碼	洪葉頁碼	金石字典頁碼	段注篇章	徐鍇通釋篇章	徐鉉藤花榭篇
kòu(ㄎㄡˋ)									
扣(叩 訆述及)	手部	【手部】	3畫	611	617	無	段12上-55	鍇23-17	鉉12上-8
訆(叩)	言部	【言部】	3畫	98	99	無	段3上-25	鍇5-13	鉉3上-5
敂(叩)	攴部	【攴部】	5畫	125	126	無	段3下-38	鍇6-19	鉉3下-9
邭(叩 通段)	邑部	【邑部】	3畫	286	289	無	段6下-29	鍇12-15	鉉6下-6
釦	金部	【金部】	3畫	705	712	無	段14上-8	鍇27-4	鉉14上-2
佝(怐、傋、溝、瞉、瞉、區)	人部	【人部】	5畫	379	383	無	段8上-30	鍇15-10	鉉8上-4
寇(寇、蔻 通段)	攴部	【攴部】	7畫	125	126	9-53	段3下-37	鍇6-19	鉉3下-8
瞉	缶部	【缶部】	10畫	224	227	無	段5下-19	鍇10-8	鉉5下-4
滱(漚、漚)	水部	【水部】	11畫	543	548	無	段11上壹-55	鍇21-12	鉉11上-3
鷇(瞉 从瞉鳥)	鳥部	【鳥部】	12畫	157	158	無	段4上-56	鍇7-23	鉉4上-9
kū(ㄎㄨ)									
圣 非聖	土部	【土部】	2畫	689	696	無	段13下-31	鍇26-5	鉉13下-5
冴(仴，砭、硴 通段)	人部	【人部】	4畫	369	373	無	段8上-10	鍇15-4	鉉8上-2
頦(頦)	頁部	【頁部】	3畫	421	425	無	段9上-12	鍇17-4	鉉9上-2
枯(楛，樺、胐 通段)	木部	【木部】	5畫	251	254	無	段6上-27	鍇11-12	鉉6上-4
殆(辜)	歺部	【歹部】	5畫	164	166	無	段4下-13	鍇8-6	鉉4下-3
刳(挎)	刀部	【刂部】	6畫	180	182	無	段4下-45	鍇8-17	鉉4下-7
挎(挎 通段)	手部	【手部】	5畫	597	603	14-14	段12上-28	鍇23-10	鉉12上-5
哭	哭部	【口部】	7畫	63	63	無	段2上-30	鍇3-13	鉉2上-6
陁	𨸏部	【阜部】	7畫	735	742	無	段14下-10	鍇28-3	鉉14下-2
堀(窟 通段)	土部	【土部】	8畫	685	692	無	段13下-23	鍇26-3	鉉13下-4
夒	麥部	【麥部】	10畫	232	235	無	段5下-35	鍇10-14	鉉5下-7
堀	土部	【土部】	13畫	無	無	無	無	鍇26-7	鉉13下-5
𡐘	土部	【土部】	14畫	692	699	無	段13下-37	鍇26-6	鉉13下-5
kǔ(ㄎㄨˇ)									
苦(筈 通段)	艸部	【艸部】	5畫	27	27	ㄎㄨˇ	段1下-12	鍇2-7	鉉1下-2
苄(苦)	艸部	【艸部】	3畫	32	32	無	段1下-22	鍇2-11	鉉1下-4
kù(ㄎㄨˋ)									
綺(袴，褲 通段)	糸部	【糸部】	6畫	654	661	無	段13上-23	鍇25-5	鉉13上-3
庫	广部	【广部】	7畫	443	448	11-50	段9下-13	鍇18-5	鉉9下-2
攬(挎 通段)	手部	【手部】	20畫	606	612	無	段12上-46	鍇23-14	鉉12上-7

篆本字(古文、金文、籀文、俗字、通用字，通段、金石)	說文部首	康熙部首	筆畫	一般頁碼	洪葉頁碼	金石字典頁碼	段注篇章	徐鍇通釋篇章	徐鉉藤花榭篇
焅	火部	【火部】	7畫	486	490	無	段10上-52	鍇19-17	鉉10上-9
酷	酉部	【酉部】	7畫	748	755	29-25	段14下-36	鍇28-18	鉉14下-8
鷈	麻部	【麻部】	9畫	336	339	無	段7下-2	鍇13-28	鉉7下-1
嚳(俈通段)	告部	【口部】	17畫	53	54	無	段2上-11	鍇3-5	鉉2上-3
kuā（ㄎㄨㄚ）									
夸(跨冎kua ˋ 述及，姱、䓉、骻通段)	大部	【大部】	3畫	492	497	8-13	段10下-5	鍇20-1	鉉10下-1
侉(夸、骻，恗、遳通段)	人部	【人部】	6畫	381	385	無	段8上-33	鍇15-11	鉉8上-4
嫵(斌、姱、䓉通段)	女部	【女部】	12畫	618	624	無	段12下-13	鍇24-4	鉉12下-2
窫(佤、㳅通段)	穴部	【穴部】	5畫	345	348	無	段7下-20	鍇14-8	鉉7下-4
誇	言部	【言部】	6畫	98	99	無	段3上-25	鍇5-13	鉉3上-5
kuǎ（ㄎㄨㄚˇ）									
侉(夸、骻，恗、遳通段)	人部	【人部】	6畫	381	385	無	段8上-33	鍇15-11	鉉8上-4
kuà（ㄎㄨㄚˋ）									
冎(胯跨述及)	夂部	【夂部】		237	239	無	段5下-43	鍇10-18	鉉5下-8
絝	糸部	【糸部】	4畫	661	668	23-12	段13上-37	鍇25-8	鉉13上-5
刳(挎)	刀部	【刂部】	6畫	180	182	無	段4下-45	鍇8-17	鉉4下-7
挎(挎通段)	手部	【手部】	5畫	597	603	14-14	段12上-28	鍇23-10	鉉12上-5
胯(跨、冎)	肉部	【肉部】	6畫	170	172	無	段4下-26	鍇8-15	鉉4下-4
跨(踤、胯)	足部	【足部】	6畫	82	82	無	段2下-26	鍇4-13	鉉2下-6
蹸(跨)	足部	【足部】	10畫	83	84	無	段2下-29	鍇4-15	鉉2下-6
夸(跨冎kua ˋ 述及，姱、䓉、骻通段)	大部	【大部】	3畫	492	497	8-13	段10下-5	鍇20-1	鉉10下-1
kuǎi（ㄎㄨㄞˇ）									
蒯(蒯通段)	艸部	【艸部】	9畫	30	30	25-18	段1下-18	鍇2-9	鉉1下-3
kuài（ㄎㄨㄞˋ）									
巜	巜部	【巛部】		568	573	無	段11下-2	鍇22-1	鉉11下-1
凷(塊)	土部	【土部】	2畫	684	690	4-23	段13下-20	鍇26-2	鉉13下-4
悝(快、駃)	心部	【心部】	5畫	502	507	13-10	段10下-25	鍇20-10	鉉10下-5
噲(快)	口部	【口部】	13畫	54	54	6-56	段2上-12	鍇3-6	鉉2上-3
駃(快通段)	馬部	【馬部】	4畫	469	473	無	段10上-18	鍇19-5	鉉10上-3

篆本字(古文、金文、籀文、俗字、通用字,通段、金石)	說文部首	康熙部首	筆畫	一般頁碼	洪葉頁碼	金石字典頁碼	段注篇章	徐鍇通釋篇章	徐鉉藤花榭篇
郐	邑部	【邑部】	7畫	300	302	無	段6下-56	鍇12-22	鉉6下-8
鐻(碮,壈、嵼、巌通段)	金部	【金部】	9畫	713	720	無	段14上-24	鍇27-8	鉉14上-4
隤(墳通段)	𨸏部	【阜部】	12畫	732	739	無	段14下-4	鍇28-2	鉉14下-1
劊	刀部	【刂部】	13畫	179	181	無	段4下-43	鍇8-16	鉉4下-7
噲(快)	口部	【口部】	13畫	54	54	6-56	段2上-12	鍇3-6	鉉2上-3
廥	广部	【广部】	13畫	444	448	11-58	段9下-14	鍇18-5	鉉9下-2
檜	木部	【木部】	13畫	247	250	無	段6上-19	鍇11-8	鉉6上-3
鄶(檜)	邑部	【邑部】	13畫	295	298	無	段6下-47	鍇12-20	鉉6下-7
澮	水部	【水部】	13畫	526	531	無	段11上壹-21	鍇21-7	鉉11上-2
獪(狯,猾通段)	犬部	【犬部】	13畫	475	479	無	段10上-30	鍇19-10	鉉10上-5
穫	禾部	【禾部】	13畫	324	327	無	段7上-46	鍇13-20	鉉7上-8
膾(鱠通段)	肉部	【肉部】	13畫	176	178	24-28	段4下-38	鍇8-14	鉉4下-6
骪(會、括、髻从會)	骨部	【骨部】	13畫	167	169	無	段4下-19	鍇8-8	鉉4下-4
旝	㫃部	【方部】	15畫	310	313	無	段7上-18	鍇13-6	鉉7上-3

kuān(ㄎㄨㄢ)

寬(完)	宀部	【宀部】	12畫	341	344	10-6	段7下-12	鍇14-5	鉉7下-3
完(寬)	宀部	【宀部】	4畫	339	343	9-28	段7下-9	鍇14-4	鉉7下-2
髖(臗通段)	骨部	【骨部】	15畫	165	167	無	段4下-16	鍇8-7	鉉4下-3

kuǎn(ㄎㄨㄢˇ)

梡(輐通段)	木部	【木部】	7畫	269	272	無	段6上-63	鍇11-28	鉉6上-8
歀(款、欵、窽,欿通段)	欠部	【欠部】	8畫	411	415	無	段8下-20	鍇16-16	鉉8下-4
窾(窽、科、薖)	穴部	【穴部】	8畫	345	348	無	段7下-20	鍇14-8	鉉7下-4
空(孔、腔鞥man′述及,倥、崆、悾、箜、羥、窾通段)	穴部	【穴部】	3畫	344	348	22-32	段7下-19	鍇14-8	鉉7下-4

kuāng(ㄎㄨㄤ)

匩(匡、筐,眶通段)	匚部	【匚部】	4畫	636	642	5-2,筐22-49	段12下-49	鍇24-16	鉉12下-8
恇(悾,匡,劻通段)	心部	【心部】	9畫	514	519	無	段10下-49	鍇20-17	鉉10下-9
洭	水部	【水部】	6畫	528	533	無	段11上壹-25	鍇21-8	鉉11上-2
郌	邑部	【邑部】	6畫	289	291	無	段6下-34	鍇12-17	鉉6下-6

篆本字(古文、金文、籀文、俗字、通用字，通段、金石)	說文部首	康熙部首	筆畫	一般頁碼	洪葉頁碼	金石字典頁碼	段注篇章	徐鍇通釋篇章	徐鉉藤花榭篇
kuáng(ㄎㄨㄤˊ)									
狴(狂、悭，忹、狂通段)	犬部	【犬部】	4畫	476	481	19-53	段10上-33	錯19-11	鉉10上-6
軭(軯)	車部	【車部】	4畫	730	737	無	段14上-57	錯27-15	鉉14上-8
軭	車部	【車部】	6畫	728	735	無	段14上-54	錯27-15	鉉14上-7
悲(guang`)	心部	【心部】	7畫	510	515	無	段10下-41	錯20-14	鉉10下-7
誑(誆，詿通段)	言部	【言部】	7畫	96	97	無	段3上-21	錯5-11	鉉3上-4
迋(誆)	辵(辶)部	【辵部】	4畫	70	71	無	段2下-3	錯4-2	鉉2下-1
kuàng(ㄎㄨㄤˋ)									
貺	貝部	【貝部】	5畫				無	無	鉉6下-5
況(况，貺通段)	水部	【水部】	5畫	547	552	18-18	段11上貳-4	錯21-14	鉉11上-4
兄(況、貺、况)	兄部	【儿部】	3畫	405	410	3-47	段8下-9	錯16-12	鉉8下-2
磺(卝古文礦，鑛通段)	石部	【石部】	12畫	448	453	無	段9下-23	錯18-8	鉉9下-4
穬(穬通段)	禾部	【禾部】	14畫	323	326	無	段7上-43	錯13-18	鉉7上-8
壙	土部	【土部】	15畫	691	697	7-28	段13下-34	錯26-6	鉉13下-5
懬(曠，憬通段)	心部	【心部】	15畫	504	509	無	段10下-29	錯20-11	鉉10下-6
憬(懬)	心部	【心部】	12畫	515	520	無	段10下-51	錯20-18	鉉10下-9
曠	日部	【日部】	15畫	303	306	15-51	段7上-4	錯13-1	鉉7上-1
纊(絖)	糸部	【糸部】	15畫	659	666	無	段13上-33	錯25-7	鉉13上-4
晃(晄、熿，爌、爌通段)	日部	【日部】	6畫	303	306	15-45	段7上-4	錯13-2	鉉7上-1
kuī(ㄎㄨㄟ)									
亏(于)	亏部	【二部】	1畫	204	206	2-20，丂6-4	段5上-32	錯9-13	鉉5上-6
丂(亏)	丂部	【一部】	1畫	203	205	1-4	段5上-30	錯9-12	鉉5上-5
刲	刀部	【刂部】	6畫	181	183	無	段4下-48	錯8-17	鉉4下-7
悝(詼)	心部	【心部】	7畫	510	514	13-19	段10下-40	錯20-14	鉉10下-7
里(悝，瘣通段)	里部	【里部】		694	701	29-28	段13下-41	錯26-8	鉉13下-6
頯	頁部	【頁部】	10畫	417	422	無	段9上-5	錯17-2	鉉9上-1
窺(闚通段)	穴部	【穴部】	11畫	345	349	無	段7下-21	錯14-9	鉉7下-4
趏(跬、窺、頃、頍)	走部	【走部】	6畫	66	66	無	段2上-36	錯3-16	鉉2上-8
虧(䖊)	亏部	【虍部】	11畫	204	206	25-53	段5上-32	錯9-13	鉉5上-6
闚(闚通段)	門部	【門部】	11畫	590	596	無	段12上-14	錯23-6	鉉12上-3

篆本字(古文、金文、籀文、俗字、通用字，通叚、金石)	說文部首	康熙部首	筆畫	一般頁碼	洪葉頁碼	金石字典頁碼	段注篇章	徐鍇通釋篇章	徐鉉藤花榭篇
歷	盾部	【土部】	12畫	136	138	無	段4上-15	鍇7-7	鉉4上-3
巋(魏、巋、犩通叚)	嵬部	【山部】	18畫	437	441	10-60	段9上-44	鍇17-15	鉉9上-7
覽	見部	【見部】	18畫	408	413	無	段8下-15	鍇16-14	鉉8下-3
kui(ㄎㄨㄟˊ)									
馗(逵)	九部	【首部】	2畫	738	745	31-49	段14下-16	鍇28-7	鉉14下-3
�(奊通叚)	矢部	【大部】	6畫	494	498	無	段10下-8	鍇20-2	鉉10下-2
癸	収部	【廾部】	4畫	104	105	無	段3上-37	鍇5-19	鉉3上-8
魁(臼)	斗部	【鬼部】	4畫	718	725	15-5	段14上-33	鍇27-11	鉉14上-6
奎	大部	【大部】	6畫	492	497	8-17	段10下-5	鍇20-1	鉉10下-1
蝰	虫部	【虫部】	6畫	665	671	無	段13上-44	鍇25-11	鉉13上-6
跬(踜通叚)	足部	【足部】	7畫	84	84	無	段2下-30	鍇4-15	鉉2下-6
頯(頔，頄、頯通叚)	頁部	【頁部】	7畫	416	421	無	段9上-3	鍇17-1	鉉9上-1
戣	戈部	【戈部】	9畫	630	636	13-62	段12下-37	鍇24-12	鉉12下-6
葵(蘬)	艸部	【艸部】	9畫	23	24	25-18	段1下-5	鍇2-3	鉉1下-1
揆(葵)	手部	【手部】	9畫	604	610	無	段12上-42	鍇23-13	鉉12上-7
楑(揆)	木部	【木部】	9畫	240	243	無	段6上-5	鍇11-3	鉉6上-1
睽(俖，暌、蕃通叚)	目部	【目部】	9畫	132	133	21-34	段4上-6	鍇7-3	鉉4上-2
俖(睽)	人部	【人部】	9畫	376	380	無	段8上-24	鍇15-9	鉉8上-3
鄈(脽)	邑部	【邑部】	9畫	289	291	無	段6下-34	鍇12-17	鉉6下-6
騤(猤通叚)	馬部	【馬部】	9畫	466	470	無	段10上-12	鍇19-3	鉉10上-2
隗(wei ˇ)	昌部	【阜部】	10畫	732	739	30-44	段14下-3	鍇28-2	鉉14下-1
夔(歸)	夊部	【夊部】	17畫	233	236	7-49	段5下-37	鍇10-15	鉉5下-7
嵬(巋、嶬，嶵通叚)	山部	【山部】	7畫	438	442	無	段9下-2	鍇18-1	鉉9下-1
kuǐ(ㄎㄨㄟˇ)									
頍	頁部	【頁部】	4畫	418	423	無	段9上-7	鍇17-3	鉉9上-2
趌(跬、窺、頃、蹞)	走部	【走部】	6畫	66	66	無	段2上-36	鍇3-16	鉉2上-8
傀(儽、瓌、瓌、磈通叚)	人部	【人部】	10畫	368	372	無	段8上-7	鍇15-3	鉉8上-1
嵬(巋、崿、磈通叚)	嵬部	【山部】	10畫	437	441	10-58	段9上-44	鍇17-15	鉉9上-7
頯	頁部	【頁部】	10畫	421	425	無	段9上-12	鍇17-4	鉉9上-2
闚(闚通叚)	門部	【門部】	12畫	588	594	無	段12上-10	鍇23-5	鉉12上-3

篆本字（古文、金文、籀文、俗字、通用字，通段、金石）	說文部首	康熙部首	筆畫	一般頁碼	洪葉頁碼	金石字典頁碼	段注篇章	徐鍇通釋篇章	徐鉉藤花榭篇
kui（ㄎㄨㄟˋ）									
喟(嚖)	口部	【口部】	9畫	56	56	無	段2上-16	鍇3-7	鉉2上-4
媿(愧，聭通段)	女部	【女部】	10畫	626	632	8-47	段12下-29	鍇24-10	鉉12下-4
餽(饋)	倉部	【食部】	10畫	222	225	無	段5下-15	鍇10-6	鉉5下-3
饋(歸、餽)	倉部	【食部】	12畫	220	223	31-45	段5下-11	鍇10-5	鉉5下-2
匱(櫃、鑎)	匚部	【匚部】	12畫	636	642	5-3	段12下-50	鍇24-16	鉉12下-8
潰(遂、襀褾述及)	水部	【水部】	12畫	551	556	無	段11上貳-12	鍇21-16	鉉11上-8
憒(潰)	心部	【心部】	12畫	511	515	無	段10下-42	鍇20-15	鉉10下-8
殨(潰)	歺部	【歹部】	12畫	163	165	無	段4下-11	鍇8-5	鉉4下-3
讚(讀、潰訌述及)	言部	【言部】	16畫	98	99	無	段3上-25	鍇5-9	鉉3上-5
樻	木部	【木部】	12畫	243	245	無	段6上-10	鍇11-5	鉉6上-2
聵(聲、聬)	耳部	【耳部】	12畫	592	598	無	段12上-18	鍇23-7	鉉12上-4
蕢(臾从臼人，此字與申部臾義異，簣通段)	艸部	【艸部】	12畫	44	44	無	段1下-46	鍇2-21	鉉1下-7
體	骨部	【骨部】	12畫	165	167	無	段4下-16	鍇8-7	鉉4下-3
kūn（ㄎㄨㄣ）									
髡(髠，髡通段)	髟部	【髟部】	3畫	428	433	無	段9上-27	鍇17-9	鉉9上-4
崑	山部	【山部】	8畫	無	無	無	無	無	鉉9下-2
昆(崑、猑、騉通段)	日部	【日部】	4畫	308	311	15-28	段7上-13	鍇13-4	鉉7上-2
睏(晜、昆)	弟部	【目部】	12畫	236	239	15-28	段5下-42	鍇10-17	鉉5下-8
琨(瑻、昆)	玉部	【玉部】	8畫	17	17	20-13	段1上-34	鍇1-17	鉉1上-5
蚰(昆，蜫通段)	蚰部	【虫部】	6畫	674	681	無	段13下-1	鍇25-15	鉉13下-1
坤	土部	【土部】	5畫	682	688	7-13	段13下-16	鍇26-2	鉉13下-3
薻(菎通段)	艸部	【艸部】	17畫	36	36	無	段1下-30	鍇2-14	鉉1下-5
焜	火部	【火部】	8畫	485	490	無	段10上-51	鍇19-17	鉉10上-9
幝(褌，裩通段)	巾部	【巾部】	9畫	358	362	無	段7下-47	鍇14-21	鉉7下-9
卵(卝、鯤鱗duoˋ述及，峻通段)	卵部	【卩部】	5畫	680	686	5-28	段13下-12	鍇25-18	鉉13下-3
鰥(矜，瘝、癏、鰥、鰥、鯤通段)	魚部	【魚部】	10畫	576	581	32-21	段11下-18	鍇22-8	鉉11下-5
顐(頵通段)	頁部	【頁部】	8畫	420	425	無	段9上-11	鍇17-4	鉉9上-2
鵾(鶤)	鳥部	【鳥部】	9畫	151	152	無	段4上-44	鍇7-19	鉉4上-8
睏(晜、昆)	弟部	【目部】	12畫	236	239	15-28	段5下-42	鍇10-17	鉉5下-8

篆本字(古文、金文、籀文、俗字、通用字，通段、金石)	說文部首	康熙部首	筆畫	一般頁碼	洪葉頁碼	金石字典頁碼	段注篇章	徐鍇通釋篇章	徐鉉藤花榭篇
鱗从鰶	欠部	【欠部】	21畫	413	417	無	段8下-24	鍇16-17	鉉8下-5
kǔn(ㄎㄨㄣˇ)									
悃	心部	【心部】	7畫	503	508	無	段10下-27	鍇20-10	鉉10下-5
梱(閫通段)	木部	【木部】	7畫	256	259	無	段6上-37	鍇11-16	鉉6上-5
稇(捆、稛通段)	禾部	【禾部】	8畫	325	328	無	段7上-48	鍇13-20	鉉7上-8
橐从囷木(橐，稇通段)	橐部	【木部】	14畫	276	279	無	段6下-9	鍇12-7	鉉6下-3
踃(鞁)	足部	【足部】	8畫	84	84	無	段2下-30	鍇4-15	鉉2下-6
壼□wei´部(壺非壺hu´)	口部	【士部】	10畫	277	280	無	段6下-11	鍇12-8	鉉6下-3
麇(麕，麞、囷通段)	鹿部	【鹿部】	5畫	471	475	32-32	段10上-22	鍇19-6	鉉10上-3
kùn(ㄎㄨㄣˋ)									
困(柧)	口部	【口部】	4畫	278	281	6-61	段6下-13	鍇12-8	鉉6下-4
涃(涃)	水部	【水部】	6畫	544	549	無	段11上壹-57	鍇21-12	鉉11上-4
kuò(ㄎㄨㄛˋ)									
髺(鬠从會)	髟部	【髟部】	6畫	427	431	無	段9上-24	鍇17-8	鉉9上-4
髑(會、括、鬠从會)	骨部	【骨部】	13畫	167	169	無	段4下-19	鍇8-8	鉉4下-4
挰(括，擓、捖通段)	手部	【手部】	7畫	606	612	無	段12上-46	鍇23-15	鉉12上-7
栝(桰、筶，栝、筈通段)	木部	【木部】	7畫	264	267	16-39	段6上-53	鍇11-23	鉉6上-7
齛	齒部	【齒部】	6畫	80	81	無	段2下-23	鍇4-12	鉉2下-5
适(适非適通段)	辵(辶)部	【辵部】	7畫	71	72	無	段2下-5	鍇4-3	鉉2下-1
頢(頢)	頁部	【頁部】	7畫	418	423	無	段9上-7	鍇17-3	鉉9上-2
闊(闊)	門部	【門部】	8畫	591	597	30-15	段12上-15	鍇23-6	鉉12上-3
溔(huoˇ)	水部	【水部】	11畫	536	541	無	段11上壹-41	鍇21-11	鉉11上-3
霩(廓).	雨部	【雨部】	11畫	573	579	無	段11下-13	鍇22-6	鉉11下-4
鄭(郭邑部、廓鼓述及)	邑部	【邑部】	8畫	298	301	29-9	段6下-53	鍇12-21	鉉6下-8
臺(廓、郭臺部)	臺部	【高部】	7畫	228	231	2-38	段5下-27	鍇10-11	鉉5下-5
彉(彍，擴、霩从口弓通段)	弓部	【弓部】	12畫	641	647	無	段12下-60	鍇24-20	鉉12下-9
鞹从亭回(鞟，鞹通段)	革部	【革部】	24畫	107	108	31-17	段3下-1	鍇6-2	鉉3下-1
L									
lā(ㄌㄚ)									
厒(拉)	厂部	【厂部】	5畫	447	451	無	段9下-20	鍇18-7	鉉9下-3

篆本字(古文、金文、籀文、俗字、通用字，通段、金石)	說文部首	康熙部首	筆畫	一般頁碼	洪葉頁碼	金石字典頁碼	段注篇章	徐鍇通釋篇章	徐鉉藤花榭篇
拉(搚、擸，菈通段)	手部	【手部】	5畫	596	602	無	段12上-26	錯23-15	鉉12上-5
搚(擸、拉)	手部	【手部】	6畫	602	608	14-17	段12上-37	錯23-12	鉉12上-6
柆	木部	【木部】	5畫	269	271	無	段6上-62	錯11-28	鉉6上-8
遪(躐通段)	辵(辶)部	【辵部】	15畫	74	74	28-56	段2下-10	錯4-5	鉉2下-2
la(ㄌㄚˋ)									
昔(𦠿、腊、夕、昨，焟、敊通段)	日部	【日部】	4畫	307	310	15-35	段7上-12	錯13-4	鉉7上-2
齰(齚)	齒部	【齒部】	6畫	80	80	無	段2下-22	錯4-11	鉉2下-5
刺非刺ciˋ字(𧤵通段)	束部	【刂部】	7畫	276	279	4-40	段6下-9	錯12-6	鉉6下-3
蜡(蛆、胆、褙，蠢通段)	虫部	【虫部】	8畫	669	675	無	段13上-52	錯25-13	鉉13上-7
胆(蜡、蛆)	肉部	【肉部】	5畫	177	179	無	段4下-40	錯8-14	鉉4下-6
臘(蜡，臈通段)	肉部	【肉部】	14畫	172	174	24-29	段4下-29	錯8-11	鉉4下-5
𢃉	巾部	【巾部】	9畫	360	363	無	段7下-50	錯14-22	鉉7下-9
𣤴	木部	【木部】	9畫	244	247	無	段6上-13	錯11-6	鉉6上-2
瓎	玉部	【玉部】	9畫	11	11	無	段1上-21	錯1-11	鉉1上-4
瘌(辣，辢通段)	疒部	【疒部】	9畫	352	356	無	段7下-35	錯14-15	鉉7下-6
落(絡，𧰴通段)	艸部	【艸部】	9畫	40	40	25-17	段1下-38	錯2-18	鉉1下-6
臘(蜡，臈通段)	肉部	【肉部】	14畫	172	174	24-29	段4下-29	錯8-11	鉉4下-5
lái(ㄌㄞˊ)									
秾(來)	禾部	【禾部】	8畫	323	326	無	段7上-44	錯13-19	鉉7上-8
來(倈、棶、逨、鶆通段)	來部	【人部】	6畫	231	233	3-10	段5下-32	錯10-13	鉉5下-6
勑(敕俗、倈、倈通段)	力部	【力部】	8畫	699	705	無	段13下-50	錯26-11	鉉13下-7
椋(棶)	木部	【木部】	8畫	241	243	16-45	段6上-6	錯11-3	鉉6上-1
淶	水部	【水部】	8畫	543	548	無	段11上壹-55	錯21-12	鉉11上-3
琜	玉部	【玉部】	8畫	10	10	20-14	段1上-20	錯1-11	鉉1上-4
萊(葬，郲通段)	艸部	【艸部】	8畫	46	46	25-13	段1下-50	錯2-23	鉉1下-8
郲(郲通段)	邑部	【邑部】	6畫	294	297	無	段6下-45	錯12-19	鉉6下-7
覜(賴通段)	見部	【見部】	8畫	408	412	無	段8下-14	錯16-14	鉉8下-3
騋	馬部	【馬部】	8畫	463	468	無	段10上-7	錯19-2	鉉10上-2
斄(庲，耗、練通段)	犛部	【攴部】	15畫	53	54	14-59	段2上-11	錯3-5	鉉2上-3

篆本字（古文、金文、籀文、俗字、通用字，通段、金石）	說文部首	康熙部首	筆畫	一般頁碼	洪葉頁碼	金石字典頁碼	段注篇章	徐鍇通釋篇章	徐鉉藤花榭篇
邰(鰲)	邑部	【邑部】	5畫	285	287	無	段6下-26	錯12-14	鉉6下-6
lài(ㄌㄞˋ)									
冽(瀨)	夂部	【丶部】	6畫	571	577	無	段11下-9	錯22-4	鉉11下-3
勑(敕俗、徠、倈通段)	力部	【力部】	8畫	699	705	無	段13下-50	錯26-11	鉉13下-7
娕(娔)	女部	【女部】	7畫	620	626	8-40	段12下-18	錯24-6	鉉12下-3
睞	目部	【目部】	8畫	134	136	無	段4上-11	錯7-5	鉉4上-2
覠(賴通段)	見部	【見部】	8畫	408	412	無	段8下-14	錯16-14	鉉8下-3
賚(釐)	貝部	【貝部】	8畫	280	283	27-36	段6下-17	錯12-11	鉉6下-4
釐(禧、氂、賚、理，嫠通段)	里部	【里部】	11畫	694	701	29-31	段13下-41	錯26-8	鉉13下-6
賴(賴通段)	貝部	【貝部】	9畫	281	283	27-40	段6下-18	錯12-11	鉉6下-4
癩(厲、蠆、痢，癩通段)	疒部	【疒部】	15畫	350	354	無	段7下-31	錯14-16	鉉7下-6
瀨(瀬通段)	水部	【水部】	16畫	552	557	無	段11上貳-14	錯21-17	鉉11上-6
籟	竹部	【竹部】	16畫	197	199	無	段5上-17	錯9-6	鉉5上-3
鯻	魚部	【魚部】	16畫	578	584	無	段11下-23	錯22-9	鉉11下-5
lán(ㄌㄢˊ)									
婪(惏，林通段)	女部	【女部】	8畫	624	630	無	段12下-26	錯24-9	鉉12下-4
惏(婪)	心部	【心部】	8畫	510	515	無	段10下-41	錯20-15	鉉10下-7
嵐	山部	【山部】	9畫	無	無	無	無	無	鉉9下-2
葻(嵐通段)	艸部	【艸部】	9畫	40	40	無	段1下-38	錯2-18	鉉1下-6
厱(礛，碄通段)	厂部	【厂部】	13畫	447	451	無	段9下-20	錯18-7	鉉9下-3
幨(襤)	巾部	【巾部】	14畫	358	362	無	段7下-47	錯14-21	鉉7下-9
襤(幨)	衣部	【衣部】	14畫	392	396	無	段8上-55	錯16-3	鉉8上-8
籃(𥱻)	竹部	【竹部】	14畫	193	195	無	段5上-9	錯9-4	鉉5上-2
藍說文重字	艸部	【艸部】	14畫	25	25	25-36	段1下-8	錯2-4	鉉1下-2
蘫說文重字段正	艸部	【艸部】	17畫	43	43	無	段1下-44	錯2-20	鉉1下-7
鬵從髟監	髟部	【髟部】	14畫	426	430	無	段9上-22	錯17-7	鉉9上-4
欄(楝，櫳通段)	木部	【木部】	17畫	246	249	無	段6上-17	錯11-8	鉉6上-3
闌(欄)	門部	【門部】	9畫	589	595	30-15	段12上-12	錯23-5	鉉12上-3
籣(韊、韊，韊通段)	竹部	【竹部】	17畫	196	198	無	段5上-15	錯9-6	鉉5上-3
讕(譋，調通段)	言部	【言部】	17畫	101	101	27-7	段3上-30	錯5-15	鉉3上-6

篆本字(古文、金文、籀文、俗字、通用字，通段、金石)	說文部首	康熙部首	筆畫	一般頁碼	洪葉頁碼	金石字典頁碼	段注篇章	徐鍇通釋篇章	徐鉉藤花榭篇
蘭(蕑 通段)	艸部	【艸部】	17畫	25	25	25-42	段1下-8	鍇2-4	鉉1下-2
闌从戀(蘭、闌)	門部	【門部】	19畫	590	596	無	段12上-14	鍇23-6	鉉12上-3
灡(漣)	水部	【水部】	17畫	549	554	無	段11上貳-7	鍇21-15	鉉11上-5
灡(瀾)	水部	【水部】	21畫	562	567	無	段11上貳-33	鍇21-23	鉉11上-8
lǎn(ㄌㄢˇ)									
囡(圌)	口部	【口部】	2畫	278	280	無	段6下-12	鍇12-8	鉉6下-4
擥(攬、攬)	手部	【手部】	14畫	597	603	無	段12上-28	鍇23-10	鉉12上-5
覽(攬 通段)	見部	【見部】	14畫	408	412	26-34	段8下-14	鍇16-13	鉉8下-3
嬾(懶，孄、孏 通段)	女部	【女部】	16畫	624	630	無	段12下-26	鍇24-9	鉉12下-4
顲	頁部	【頁部】	16畫	421	426	無	段9上-13	鍇17-4	鉉9上-2
làn(ㄌㄢˋ)									
啗(噉、嚂 通段)	口部	【口部】	8畫	55	56	無	段2上-15	鍇3-6	鉉2上-3
濫(檻)	水部	【水部】	14畫	549	554	無	段11上貳-7	鍇21-15	鉉11上-5
嬾(濫)	女部	【女部】	14畫	625	631	無	段12下-28	鍇24-9	鉉12下-4
醆	酉部	【酉部】	14畫	748	755	無	段14下-35	鍇28-18	鉉14下-8
爛(爤、燗，糷、粲 通段)	火部	【火部】	21畫	483	487	無	段10上-46	鍇19-16	鉉10上-8
láng(ㄌㄤˊ)									
廊	广部	【广部】	9畫	無	無	無	無	無	鉉9下-3
郎(良，廊 通段)	邑部	【邑部】	6畫	297	299	29-3	段6下-50	鍇12-20	鉉6下-8
寏	宀部	【宀部】	7畫	339	342	無	段7下-8	鍇14-4	鉉7下-2
桹(榔)	木部	【木部】	7畫	250	252	16-43	段6上-24	鍇11-11	鉉6上-4
狼(駺 通段)	犬部	【犬部】	7畫	477	482	19-53	段10上-35	鍇19-11	鉉10上-6
琅(瑯 通段)	玉部	【玉部】	7畫	18	18	20-11	段1上-36	鍇1-17	鉉1上-6
硠	石部	【石部】	7畫	無	無	無	無	無	鉉9下-4
稂	矛部	【矛部】	7畫	719	726	無	段14上-36	鍇27-11	鉉14上-6
筤	竹部	【竹部】	7畫	193	195	無	段5上-9	鍇9-4	鉉5上-2
蜋(螂 通段)	虫部	【虫部】	7畫	666	673	無	段13上-47	鍇25-11	鉉13上-7
鋃	金部	【金部】	7畫	713	720	無	段14上-24	鍇27-7	鉉14上-4
莨(稂)	艸部	【艸部】	9畫	23	23	無	段1下-4	鍇2-3	鉉1下-1
lǎng(ㄌㄤˇ)									
朖(朗)	月部	【月部】	6畫	313	316	16-5	段7上-24	鍇13-9	鉉7上-4
眼	目部	【目部】	7畫	134	136	無	段4上-11	鍇7-5	鉉4上-2

篆本字(古文、金文、籀文、俗字、通用字，通段、金石)	說文部首	康熙部首	筆畫	一般頁碼	洪葉頁碼	金石字典頁碼	段注篇章	徐鍇通釋篇章	徐鉉藤花榭篇
làng(ㄌㄤˋ)									
浪(㴸通段)	水部	【水部】	7畫	522	527	18-25	段11上壹-14	鍇21-3	鉉11上-1
茛	艸部	【艸部】	7畫	36	37	25-8	段1下-31	鍇2-15	鉉1下-5
誏	門部	【門部】	7畫	588	594	30-14	段12上-10	鍇23-5	鉉12上-3
阬(坑、陜、誏、閬 閬述及)	𨸏部	【阜部】	4畫	733	740	無	段14下-6	鍇28-2	鉉14下-1
lāo(ㄌㄠ)									
撩(料，撈通段)	手部	【手部】	12畫	599	605	無	段12上-31	鍇23-10	鉉12上-5
láo(ㄌㄠˊ)									
牢(窂通段)	牛部	【牛部】	3畫	52	52	19-44	段2上-8	鍇3-4	鉉2上-2
勞(勞、勞，橯通段)	力部	【力部】	10畫	700	706	無	段13下-52	鍇26-11	鉉13下-7
遼(勞)	辵(辶_)部	【辵部】	12畫	75	75	28-50	段2下-12	鍇4-6	鉉2下-3
醪(醹通段)	酉部	【酉部】	11畫	748	755	無	段14下-35	鍇28-17	鉉14下-8
澇(潦)	水部	【水部】	12畫	523	528	無	段11上壹-16	鍇21-4	鉉11上-2
潦(澇)	水部	【水部】	12畫	557	562	無	段11上貳-24	鍇21-20	鉉11上-7
癆	疒部	【疒部】	12畫	352	356	無	段7下-35	鍇14-16	鉉7下-6
尞(燎、寮，蟟、蟧通段)	火部	【火部】	9畫	480	485	19-26	段10上-41	鍇19-14	鉉10上-7
lǎo(ㄌㄠˇ)									
老	老部	【老部】		398	402	23-58	段8上-67	鍇16-7	鉉8上-10
嫽(嘹通段)	口部	【口部】	11畫	59	60	無	段2上-23	鍇3-9	鉉2上-5
橑	木部	【木部】	12畫	255	257	無	段6上-34	鍇11-15	鉉6上-5
獠(獠通段)	犬部	【犬部】	12畫	476	480	無	段10上-32	鍇19-11	鉉10上-5
轑	車部	【車部】	12畫	726	733	無	段14上-50	鍇27-14	鉉14上-7
藔(蔜)	艸部	【艸部】	16畫	43	43	無	段1下-44	鍇2-20	鉉1下-7
lào(ㄌㄠˋ)									
烙	火部	【火部】	6畫	無	無	無	無	無	鉉10上-9
格(垎，垎、佫、烙、茖、橄、落通段)	木部	【木部】	6畫	251	254	16-37，各6-4	段6上-27	鍇11-12	鉉6上-4
酪	酉部	【酉部】	6畫	無	無	無	無	無	鉉14下-9
酢(醋，酪通段)	酉部	【酉部】	5畫	751	758	無	段14下-41	鍇28-19	鉉14下-9
嫪(摎毒ai˘述及)	女部	【女部】	11畫	623	629	無	段12下-23	鍇24-7	鉉12下-3

篆本字(古文、金文、籀文、俗字、通用字，通叚、金石)	說文部首	康熙部首	筆畫	一般頁碼	洪葉頁碼	金石字典頁碼	段注篇章	徐鍇通釋篇章	徐鉉藤花榭篇
嫪	口部	【口部】	12畫	60	60	無	段2上-24	鍇3-10	鉉2上-5
澇(潦)	水部	【水部】	12畫	523	528	無	段11上壹-16	鍇21-4	鉉11上-2
潦(澇)	水部	【水部】	12畫	557	562	無	段11上貳-24	鍇21-20	鉉11上-7
勞(勞、熒，榜通叚)	力部	【力部】	10畫	700	706	無	段13下-52	鍇26-11	鉉13下-7
lè(ㄌㄜˋ)									
仂(仂)	十部	【十部】	2畫	89	89	無	段3上-6	鍇5-4	鉉3上-2
扐(仂，芀通叚)	手部	【手部】	2畫	607	613	無	段12上-47	鍇23-15	鉉12上-7
力(仂通叚)	力部	【力部】		699	705	4-45	段13下-50	鍇26-10	鉉13下-7
阞(仂通叚)	皀部	【阜部】	2畫	731	738	無	段14下-1	鍇28-1	鉉14下-1
肋(lei`)	肉部	【肉部】	2畫	169	171	24-18	段4下-23	鍇8-9	鉉4下-4
泐	水部	【水部】	5畫	559	564	無	段11上貳-27	鍇21-21	鉉11上-7
勒	革部	【力部】	9畫	110	111	無	段3下-7	鍇6-4	鉉3下-2
樂(yue`)	木部	【木部】	11畫	265	267	17-3	段6上-54	鍇11-24	鉉6上-7
瓅(玏通叚)	玉部	【玉部】	11畫	16	16	無	段1上-32	鍇1-16	鉉1上-5
鱳	魚部	【魚部】	15畫	579	585	無	段11下-25	鍇22-10	鉉11下-5
léi(ㄌㄟˊ)									
樏(欙)	木部	【木部】	12畫	249	251	無	段6上-22	鍇11-10	鉉6上-3
絫(縲、累、纍，纅通叚)	厽部	【糸部】	6畫	737	744	23-20，纍23-39	段14下-13	鍇28-5	鉉14下-3
纍(累俗)	糸部	【糸部】	15畫	656	663	23-39，累23-20	段13上-27	鍇25-6	鉉13上-4
羸(纍、藟)	羊部	【羊部】	13畫	146	148	23-51	段4上-35	鍇7-16	鉉4上-7
蘽(藟，蔂、虆通叚)	艸部	【艸部】	15畫	30	31	無	段1下-19	鍇2-9	鉉1下-3
欙(桐、橋、樏、蔂、輂)	木部	【木部】	21畫	267	269	無	段6上-58	鍇11-25	鉉6上-7
勴(勮，攞、擂通叚)	力部	【力部】	15畫	700	706	無	段13下-52	鍇26-11	鉉13下-7
瓃	玉部	【玉部】	15畫	15	15	無	段1上-29	鍇1-14	鉉1上-4
纝(累俗)	糸部	【糸部】	15畫	656	663	23-39，累23-20	段13上-27	鍇25-6	鉉13上-4
櫑(盝、罍、罍、罍、罍)	木部	【木部】	15畫	261	263	17-13	段6上-46	鍇11-20	鉉6上-6
靁(雷、霝、䨓、䨞从田回，蕾通叚)	雨部	【雨部】	15畫	571	577	32-6	段11下-9	鍇22-5	鉉11下-3
鸓(䨞从回鳥、鵬、蠝、玃、䨞)	鳥部	【鳥部】	15畫	156	158	無	段4上-55	鍇7-23	鉉4上-9

篆本字(古文、金文、籀文、俗字、通用字，通段、金石)	說文部首	康熙部首	筆畫	一般頁碼	洪葉頁碼	金石字典頁碼	段注篇章	徐鍇通釋篇章	徐鉉藤花榭篇
藟(畾、櫐)	木部	【艸部】	19畫	241	244	無	段6上-7	鍇11-4	鉉6上-2
壚从月羊丮	九部	【九部】	19畫	495	500	無	段10下-11	鍇20-4	鉉10下-2
榱(檑)	木部	【木部】	12畫	249	251	無	段6上-22	鍇11-10	鉉6上-3
櫐(桐、橋、樏、藟、蕾)	木部	【木部】	21畫	267	269	無	段6上-58	鍇11-25	鉉6上-7
杲(桐、櫐、蕾、罍，權通段)	木部	【木部】	8畫	262	264	無	段6上-48	鍇11-20	鉉6上-6
ㄌㄟˇ(lěi)									
耒	耒部	【耒部】		183	185	24-6	段4下-52	鍇8-19	鉉4下-8
厽(參，瘰通段)	厽部	【厶部】	4畫	737	744	無	段14下-13	鍇28-5	鉉14下-2
垒(壘)	厽部	【土部】	6畫	737	744	無	段14下-14	鍇28-5	鉉14下-3
絫(縲、累、纍，纝通段)	厽部	【糸部】	6畫	737	744	23-20，纍23-39	段14下-13	鍇28-5	鉉14下-3
纍(累俗)	糸部	【糸部】	15畫	656	663	23-39，累23-20	段13上-27	鍇25-6	鉉13上-4
邽(郲通段)	邑部	【邑部】	6畫	294	297	無	段6下-45	鍇12-19	鉉6下-7
誄	言部	【言部】	6畫	101	102	26-48	段3上-31	鍇5-16	鉉3上-6
陖	𨸏部	【阜部】	10畫	732	739	無	段14下-3	鍇28-2	鉉14下-1
鑘(礧鑘wei迷及)	金部	【金部】	18畫	713	720	無	段14上-24	鍇27-8	鉉14上-4
磊(礧，礌、礧、礨通段)	石部	【石部】	10畫	453	457	無	段9下-32	鍇18-10	鉉9下-5
藟(嵬、巋、壘，礧、礧通段)	山部	【山部】	12畫	440	445	無	段9下-7	鍇18-3	鉉9下-1
壘(礧通段)	土部	【土部】	15畫	691	697	7-30	段13下-34	鍇26-5	鉉13下-5
垒(壘)	厽部	【土部】	6畫	737	744	無	段14下-14	鍇28-5	鉉14下-3
傫(儽、儽)	人部	【人部】	12畫	373	377	無	段8上-18	鍇15-7	鉉8上-3
儡(儽)	人部	【人部】	15畫	382	386	無	段8上-36	鍇15-12	鉉8上-5
蘲(虆，蔂、蘽通段)	艸部	【艸部】	15畫	30	31	無	段1下-19	鍇2-9	鉉1下-3
讄(讄)	言部	【言部】	15畫	101	101	無	段3上-30	鍇5-16	鉉3上-6
櫑(雷、靁、畾、靐从田回，蕾通段)	雨部	【雨部】	15畫	571	577	32-6	段11下-9	鍇22-5	鉉11下-3
櫑(蠱、罍、雷、鑘、礧)	木部	【木部】	15畫	261	263	17-13	段6上-46	鍇11-20	鉉6上-6

篆本字(古文、金文、籀文、俗字、通用字，通叚、金石)	說文部首	康熙部首	筆畫	一般頁碼	洪葉頁碼	金石字典頁碼	段注篇章	徐鍇通釋篇章	徐鉉藤花榭篇
鸍(鼺从回鳥、鷗、蠝、貁、鼺)	鳥部	【鳥部】	15畫	156	158	無	段4上-55	鍇7-23	鉉4上-9
灅	水部	【水部】	18畫	541	546	無	段11上壹-52	鍇21-11	鉉11上-3
鑸(礨鋃wei˘述及)	金部	【金部】	18畫	713	720	無	段14上-24	鍇27-8	鉉14上-4
灅	水部	【水部】	21畫	542	547	無	段11上壹-53	鍇21-11	鉉11上-3

lêi(ㄌㄟˋ)

肋(le˙)	肉部	【肉部】	2畫	169	171	24-18	段4下-23	鍇8-9	鉉4下-4
絫(縲、累、纍，纞通叚)	厶部	【糸部】	6畫	737	744	23-20，纍23-39	段14下-13	鍇28-5	鉉14下-3
纍(累俗)	糸部	【糸部】	15畫	656	663	23-39，累23-20	段13上-27	鍇25-6	鉉13上-4
茟	艸部	【艸部】	6畫	41	42	無	段1下-41	鍇2-19	鉉1下-7
頪(類)	頁部	【頁部】	6畫	421	425	無	段9上-12	鍇17-4	鉉9上-2
類(頪，蘱通叚)	犬部	【頁部】	10畫	476	481	31-32	段10上-33	鍇19-11	鉉10上-6
頪(類，謎通叚)	頁部	【頁部】	6畫	421	426	31-28	段9上-13	鍇17-4	鉉9上-2
禷(類)	示部	【示部】	18畫	4	4	無	段1上-7	鍇1-6	鉉1上-2
纇(類)	糸部	【糸部】	15畫	645	651	23-38	段13上-4	鍇25-2	鉉13上-1
牜(lie˙)	牛部	【牛部】	7畫	51	52	無	段2上-7	鍇3-4	鉉2上-2
酹	酉部	【酉部】	7畫	751	758	無	段14下-42	鍇28-19	鉉14下-9
洎(泪通叚)	水部	【水部】	6畫	560	565	18-19	段11上貳-30	鍇21-22	鉉11上-8
涕(淚、鼻夷通叚)	水部	【水部】	8畫	565	570	無	段11上貳-40	鍇21-25	鉉11上-9
勳(勶，攟、擂通叚)	力部	【力部】	15畫	700	706	無	段13下-52	鍇26-11	鉉13下-7
纇(類)	糸部	【糸部】	15畫	645	651	23-38	段13上-4	鍇25-2	鉉13上-1
禷(類)	示部	【示部】	18畫	4	4	無	段1上-7	鍇1-6	鉉1上-2

lêng(ㄌㄥˊ)

棱(楞，稜、鲮通叚)	木部	【木部】	8畫	268	271	無	段6上-61	鍇11-27	鉉6上-8

lěng(ㄌㄥˇ)

冷	仌部	【冫部】	5畫	571	576	無	段11下-8	鍇22-4	鉉11下-3

lí(ㄌㄧˊ)

犛	攴部	【攴部】	7畫	126	127	5-35	段3下-39	鍇6-19	鉉3下-9
杝(籬，柂、欐、箷通叚)	木部	【木部】	3畫	257	259	無	段6上-38	鍇11-17	鉉6上-5
樆(杝)	木部	【木部】	10畫	260	263	無	段6上-45	鍇11-19	鉉6上-6

篆本字(古文、金文、籀文、俗字、通用字,通叚、金石)	說文部首	康熙部首	筆畫	一般頁碼	洪葉頁碼	金石字典頁碼	段注篇章	徐鍇通釋篇章	徐鉉藤花榭篇
黎(黎、黧、梨、犁耆gou˘述及,璃、璨通叚)	黍部	【黍部】	3畫	330	333	32-39	段7上-57	鍇13-23	鉉7上-9
黎(梨、檪,蜊、黧通叚)	木部	【木部】	7畫	238	241	16-49	段6上-1	鍇11-1	鉉6上-1
驪(黎、梨)	馬部	【馬部】	18畫	461	466	31-67	段10上-3	鍇19-1	鉉10上-1
犛(犂、犁,犕通叚)	牛部	【牛部】	15畫	52	52	無	段2上-8	鍇3-4	鉉2上-2
邌(黎、犁、遲夌述及)	辵(辶)部	【辵部】	15畫	72	73	無	段2下-7	鍇4-4	鉉2下-2
遲(迡、遟=邌夌述及、夷夌述及、迟,迡通叚)	辵(辶)部	【辵部】	12畫	72	73	28-47	段2下-7	鍇4-4	鉉2下-2
鄨(黎、耆、阢、飢)	邑部	【邑部】	8畫	288	291	無	段6下-33	鍇12-16	鉉6下-6
离(離,魑通叚)	内部	【内部】	6畫	739	746	無	段14下-17	鍇28-7	鉉14下-4
儷(離,孋通叚)	人部	【人部】	19畫	376	380	無	段8上-24	鍇15-9	鉉8上-3
堇	艸部	【艸部】	7畫	26	27	無	段1下-11	鍇2-6	鉉1下-2
苗(蓄、蓫堇述及,菫通叚)	艸部	【艸部】	5畫	29	30	24-59	段1下-17	鍇2-9,2-24	鉉1下-3
貍(狸)	豸部	【豸部】	7畫	458	462		段9下-42	鍇18-15	鉉9下-7
縭(帾通叚)	糸部	【糸部】	10畫	659	666	23-30	段13上-33	鍇25-7	鉉13上-4
劙(剺、劐通叚)	刀部	【刂部】	11畫	180	182	4-44	段4下-46	鍇8-16	鉉4下-7
氂	又部	【又部】	11畫	115	116	5-53	段3下-18	鍇6-10	鉉3下-4
慈(瘇通叚)	心部	【心部】	11畫	513	518	無	段10下-47	鍇20-17	鉉10下-8
嫠	女部	【女部】	11畫	無	無	無	無	無	鉉12下-4
釐(禧、氂、賚、理,嫠通叚)	里部	【里部】	11畫	694	701	29-31	段13下-41	鍇26-8	鉉13下-6
賚(釐)	貝部	【貝部】	8畫	280	283	27-36	段6下-17	鍇12-11	鉉6下-4
斄(嫠、釐)	文部	【文部】	11畫	425	430	無	段9上-21	鍇17-7	鉉9上-4
漦	水部	【水部】	11畫	546	551	無	段11上貳-2	鍇21-13	鉉11上-4
犛	犛部	【牛部】	11畫	53	53	19-48	段2上-10	鍇3-5	鉉2上-3
縭(褵、繦通叚)	糸部	【糸部】	11畫	656	663	無	段13上-27	鍇25-6	鉉13上-4

篆本字（古文、金文、籀文、俗字、通用字，通段、金石）	說文部首	康熙部首	筆畫	一般頁碼	洪葉頁碼	金石字典頁碼	段注篇章	徐鍇通釋篇章	徐鉉藤花榭篇
讗	言部	【言部】	11畫	97	98	無	段3上-23	鍇5-12	鉉3上-5
醨(漓)	酉部	【酉部】	11畫	751	758	無	段14下-41	鍇28-19	鉉14下-9
罹(罹)	网部	【网部】	11畫	無	無	無	無	無	鉉7下-8
羅(羅、罹，邏通段)	网部	【网部】	14畫	356	359	23-44	段7下-42	鍇14-19	鉉7下-8
離(樆、鶹、驪，罹、穲、離、驪、鸝从麗通段)	隹部	【隹部】	11畫	142	144	30-61	段4上-27	鍇7-12	鉉4上-5
雡(鶹、翟，鶹、鸝从麗通段)	隹部	【隹部】	15畫	143	144	無	段4上-28	鍇7-12	鉉4上-5
麗(丽、丽、離，儷、娌、欐通段)	鹿部	【鹿部】	8畫	471	476	無	段10上-23	鍇19-7	鉉10上-4
儷(離，孋通段)	人部	【人部】	19畫	376	380		段8上-24	鍇15-9	鉉8上-3
氂(厤，耗、練通段)	犛部	【攴部】	15畫	53	54	14-59	段2上-11	鍇3-5	鉉2上-3
㥵	心部	【心部】	15畫	511	516	無	段10下-43	鍇20-15	鉉10下-8
犁(犂、犂，秝通段)	牛部	【牛部】	15畫	52	52	無	段2上-8	鍇3-4	鉉2上-2
黎(黎、黧、梨、犁耆gou˘述及，璃、瓈通段)	黍部	【黍部】	3畫	330	333	32-39	段7上-57	鍇13-23	鉉7上-9
驪(黎、梨)	馬部	【馬部】	18畫	461	466	31-67	段10上-3	鍇19-1	鉉10上-1
邌(黎、犁、遟夌述及)	辵(辶)部	【辵部】	15畫	72	73	無	段2下-7	鍇4-4	鉉2下-2
遟(迡、遟＝邌夌述及、夷夌述及、犀，迡通段)	辵(辶)部	【辵部】	12畫	72	73	28-47	段2下-7	鍇4-4	鉉2下-2
藜(蔾，蒺、莉、蔾通段)	艸部	【艸部】	15畫	47	47	無	段1下-52	鍇2-24	鉉1下-9
鑗(蠡、劙)	金部	【金部】	15畫	703	710	無	段14上-3	鍇27-2	鉉14上-1
纚(縰)	糸部	【糸部】	19畫	652	659	無	段13上-19	鍇25-5	鉉13上-3
蘺(籬通段)	艸部	【艸部】	19畫	25	26	無	段1下-9	鍇2-5	鉉1下-2
鱺(鱀通段)	魚部	【魚部】	19畫	577	583	無	段11下-21	鍇22-8	鉉11下-5
lǐ（ㄌㄧˇ）									
里(悝，瘇通段)	里部	【里部】		694	701	29-28	段13下-41	鍇26-8	鉉13下-6

篆本字(古文、金文、籀文、俗字、通用字，通段、金石)	說文部首	康熙部首	筆畫	一般頁碼	洪葉頁碼	金石字典頁碼	段注篇章	徐鍇通釋篇章	徐鉉藤花榭篇
壐(里，壓、壐、墥、瀘、鄺通段)	广部	【广部】	12畫	444	449	無	段9下-15	鍇18-5	鉉9下-3
李(杍、梓、理)	木部	【木部】	3畫	239	242	16-17	段6上-3	鍇11-2	鉉6上-1
燊	焱部	【爻部】	4畫	128	129	無	段3下-44	鍇6-21	鉉3下-10
俚(聊、理)	人部	【人部】	7畫	369	373	無	段8上-10	鍇15-4	鉉8上-2
佀(似、嗣、巳，娌、姒通段)	人部	【人部】	5畫	375	379	2-60	段8上-21	鍇15-8	鉉8上-3
麗(丽、䍿、離，儷、娌、欐通段)	鹿部	【鹿部】	8畫	471	476	無	段10上-23	鍇19-7	鉉10上-4
悝(詼)	心部	【心部】	7畫	510	514	13-19	段10下-40	鍇20-14	鉉10下-7
里(悝，瘽通段)	里部	【里部】		694	701	29-28	段13下-41	鍇26-8	鉉13下-6
理	玉部	【玉部】	7畫	15	15	20-11	段1上-30	鍇1-15	鉉1上-5
李(杍、梓、理)	木部	【木部】	3畫	239	242	16-17	段6上-3	鍇11-2	鉉6上-1
釐(禧、氂、賚、理，嫠通段)	里部	【里部】	11畫	694	701	29-31	段13下-41	鍇26-8	鉉13下-6
俚(聊、理)	人部	【人部】	7畫	369	373	無	段8上-10	鍇15-4	鉉8上-2
裏	衣部	【衣部】	7畫	390	394	26-16	段8上-51	鍇16-2	鉉8上-8
郢	邑部	【邑部】	7畫	292	295	29-6	段6下-41	鍇12-18	鉉6下-7
里(瘽通段)	里部	【里部】		694	701	29-28	段13下-41	鍇26-8	鉉13下-6
慗(瘽通段)	心部	【心部】	11畫	513	518	無	段10下-47	鍇20-17	鉉10下-8
鯉	魚部	【魚部】	7畫	576	582	32-19	段11下-19	鍇22-8	鉉11下-5
豐(豊)	豊部	【豆部】	10畫	208	210	27-12	段5上-39	鍇9-16	鉉5上-7
禮(礼、礼、禮)	示部	【示部】	13畫	2	2	21-64	段1上-4	鍇1-5	鉉1上-1
醴	酉部	【酉部】	13畫	747	754	29-26	段14下-34	鍇28-17	鉉14下-8
澧(醴)	水部	【水部】	13畫	533	538	19-3	段11上壹-35	鍇21-10	鉉11上-2
鱧	魚部	【魚部】	13畫	577	583	無	段11下-21	鍇22-9	鉉11下-5
鱻(鱧)	魚部	【魚部】	21畫	577	582	無	段11下-20	鍇22-8	鉉11下-5
蠡(桼、蠃、離、劙、𧖨)	蚰部	【虫部】	15畫	675	682	無	段13下-3	鍇25-15	鉉13下-1
蠃从虫(蠡蝸述及，倮、螺、蠃从鳥通段)	虫部	【虫部】	13畫	667	674	無	段13上-49	鍇25-12	鉉13上-7
斄(麗，儷通段)	攴部	【攴部】	19畫	123	124	無	段3下-33	鍇6-17	鉉3下-8
邐	辵(辶)部	【辵部】	19畫	72	73	28-57	段2下-7	鍇4-4	鉉2下-2

篆本字(古文、金文、籀文、俗字、通用字，通叚、金石)	說文部首	康熙部首	筆畫	一般頁碼	洪葉頁碼	金石字典頁碼	段注篇章	徐鍇通釋篇章	徐鉉藤花榭篇
欚(欐，𦫊通叚)	木部	【木部】	21畫	267	270	無	段6上-59	鍇11-27	鉉6上-7
䲗(鱧)	魚部	【魚部】	21畫	577	582	無	段11下-20	鍇22-8	鉉11下-5
li(ㄌㄧˋ)									
力(仂通叚)	力部	【力部】		699	705	4-45	段13下-50	鍇26-10	鉉13下-7
立(位述及)	立部	【立部】		500	504	22-36	段10下-20	鍇20-7	鉉10下-4
粒(䊮、立)	米部	【米部】	5畫	331	334	無	段7上-60	鍇13-25	鉉7上-10
鬲(䰛、翮、㽁，膈通叚)	鬲部	【鬲部】		111	112	32-7	段3下-9	鍇6-5	鉉3下-2
䰜(鬲)	䰜部	【鬲部】	6畫	112	113	無	段3下-11	鍇6-6	鉉3下-2
槅(䰙、鬲)	木部	【木部】	10畫	266	268	16-62	段6上-56	鍇11-24	鉉6上-7
軶(軛、戹、鬲、槅，枙通叚)	車部	【車部】	5畫	726	733	27-65	段14上-49	鍇27-13	鉉14上-7
隶(逮，迨通叚)	隶部	【隶部】		117	118	30-49	段3下-22	鍇6-13	鉉3下-5
朸(棘)	木部	【木部】	2畫	252	255	無	段6上-29	鍇11-13	鉉6上-4
吏	一部	【口部】	3畫	1	1	6-13	段1上-2	鍇1-2	鉉1上-1
唳	口部	【口部】	8畫	無	無	無	無	無	鉉2上-6
盭从幺卒(戾、盭)	弦部	【皿部】	15畫	642	648	無	段12下-61	鍇24-20	鉉12下-10
戾非戻ti`(㑦、唳通叚)	犬部	【戶部】	4畫	475	480	無	段10上-31	鍇19-10	鉉10上-5
戻非戾li`(㑦通叚)	戶部	【戶部】	3畫	586	592	無	段12上-6	鍇23-3	鉉12上-2
利(𥝢)	刀部	【刂部】	5畫	178	180	4-32	段4下-42	鍇8-15	鉉4下-6
沴(𤄙通叚)	水部	【水部】	5畫	551	556	18-17	段11上貳-12	鍇21-16	鉉11上-5
礪	石部	【石部】	15畫	無	無	無	無	無	鉉9下-5
砅(濿、礪)	水部	【水部】	5畫	556	561	18-11	段11上貳-22	鍇21-19	鉉11上-7
厲(厲、蠇、癘、蠤、蠆、勵、礪、濿、烈、例，唳通叚)	厂部	【厂部】	9畫	446	451	5-37	段9下-19	鍇18-7	鉉9下-3
癘(厲、蠆、疠，癩通叚)	疒部	【疒部】	15畫	350	354	無	段7下-31	鍇14-16	鉉7下-6
㑢 (例、列、厲)	人部	【人部】	6畫	381	385	無	段8上-34	鍇15-11	鉉8上-4
迾(厲、列、迣)	辵(辶)部	【辵部】	6畫	74	75	28-21	段2下-11	鍇4-5	鉉2下-2
秝(歷)	秝部	【禾部】	5畫	329	332	22-19	段7上-55	鍇13-23	鉉7上-9

篆本字(古文、金文、籀文、俗字、通用字，通段、金石)	說文部首	康熙部首	筆畫	一般頁碼	洪葉頁碼	金石字典頁碼	段注篇章	徐鍇通釋篇章	徐鉉藤花榭篇
笠(鵭通段)	竹部	【竹部】	5畫	195	197	無	段5上-14	鍇9-5	鉉5上-2
䳧(鵭通段)	鳥部	【鳥部】	5畫	154	155	無	段4上-50	鍇7-21	鉉4上-9
粒(䊕、立)	米部	【米部】	5畫	331	334	無	段7上-60	鍇13-25	鉉7上-10
罶(罶)	网部	【言部】	5畫	356	360	無	段7下-43	鍇14-20	鉉7下-8
裂(裂,㤠、袈通段)	衣部	【衣部】	6畫	395	399	無	段8上-62	鍇16-5	鉉8上-9
㮊(栗=慄惴述及、㰍、㰠，鷅、㯟通段)	卤部	【木部】	6畫	317	320	16-36	段7上-32	鍇13-13	鉉7上-6
珕	玉部	【玉部】	6畫	18	18	無	段1上-35	鍇1-17	鉉1上-6
荔(茘)	艸部	【艸部】	6畫	46	46	無	段1下-50	鍇2-23	鉉1下-8
劦(飍枔lu´述及)	劦部	【力部】	4畫	701	708	無	段13下-55	鍇26-12	鉉13下-8
彌(冎)	彌部	【冎部】	6畫	112	113	無	段3下-11	鍇6-6	鉉3下-2
藜(蔾,莉、莉、䕻通段)	艸部	【艸部】	15畫	47	47	無	段1下-52	鍇2-24	鉉1下-9
颲	風部	【風部】	7畫	678	684	無	段13下-8	鍇25-16	鉉13下-2
黎(梨、樆,蜊、鱺通段)	木部	【木部】	7畫	238	241	16-49	段6上-1	鍇11-1	鉉6上-1
竦(蒞、涖、涖)	立部	【立部】	8畫	500	504	無	段10下-20	鍇20-7	鉉10下-4
綟	糸部	【糸部】	8畫	652	658	無	段13上-18	鍇25-4	鉉13上-3
萰(藰从幺牵)	艸部	【艸部】	8畫	27	27	無	段1下-12	鍇2-6	鉉1下-2
蜦(蜧lun´)	虫部	【虫部】	8畫	670	676	無	段13上-54	鍇25-13	鉉13上-7
麗(丽、㒧、離，偶、娌、欐通段)	鹿部	【鹿部】	8畫	471	476	無	段10上-23	鍇19-7	鉉10上-4
攭(麗,偶通段)	攴部	【攴部】	19畫	123	124	無	段3下-33	鍇6-17	鉉3下-8
礪	石部	【石部】	15畫	無	無	無	無	無	鉉9下-5
厤(厲、蠣、癘、蠱、蕫、勵、礪、灟、烈、例,㖞通段)	厂部	【厂部】	9畫	446	451	5-37	段9下-19	鍇18-7	鉉9下-3
勱(邁,勵通段)	力部	【力部】	13畫	699	706	4-53	段13下-51	鍇26-11	鉉13下-7
例 (例、列、厲)	人部	【人部】	6畫	381	385	無	段8上-34	鍇15-11	鉉8上-4
隸(隸、㣜、隸)	隸部	【隸部】	9畫	118	119	30-49	段3下-23	鍇6-13	鉉3下-5
凓(凓,慄通段)	仌部	【冫部】	10畫	571	577	無	段11下-9	鍇22-4	鉉11下-3

篆本字(古文、金文、籀文、俗字、通用字，通段、金石)	說文部首	康熙部首	筆畫	一般頁碼	洪葉頁碼	金石字典頁碼	段注篇章	徐鍇通釋篇章	徐鉉藤花榭篇
厤	厂部	【厂部】	10畫	447	451	5-35	段9下-20	鍇18-7	鉉9下-3
漂	水部	【水部】	10畫	531	536	無	段11上壹-32	鍇21-9	鉉11上-2
瑮	玉部	【玉部】	10畫	15	15	20-16	段1上-29	鍇1-15	鉉1上-5
蒚	艸部	【艸部】	10畫	28	29	無	段1下-15	鍇2-7	鉉1下-3
暦	日部	【日部】	12畫	無	無	15-49	無	無	鉉7上-2
歷(曆、癧、轣、靂通段)	止部	【止部】	12畫	68	68	無	段2上-40	鍇3-17	鉉2上-8
厤(礰、歷)	石部	【石部】	12畫	451	455	無	段9下-28	鍇18-10	鉉9下-4
秝(歷)	秝部	【禾部】	5畫	329	332	22-19	段7上-55	鍇13-23	鉉7上-9
䣂(歷、瀝)	酉部	【酉部】	10畫	747	754	無	段14下-34	鍇28-17	鉉14下-8
凓(溧，慄通段)	仌部	【冫部】	10畫	571	577	無	段11下-9	鍇22-4	鉉11下-3
蠣(蜊通段)	虫部	【虫部】	13畫	671	677	無	段13上-56	鍇25-13	鉉13上-8
糲(糲、蠣)	米部	【米部】	12畫	331	334	無	段7上-59	鍇13-24	鉉7上-9
瓥(瓥)	玉部	【玉部】	14畫	10	10	無	段1上-20	鍇1-10	鉉1上-3
瀨(瀙通段)	水部	【水部】	16畫	552	557	無	段11上貳-14	鍇21-17	鉉11上-6
癘(厲、蠆、痾，癩通段)	疒部	【疒部】	15畫	350	354	無	段7下-31	鍇14-16	鉉7下-6
犡	牛部	【牛部】	15畫	51	51	無	段2上-6	鍇3-3	鉉2上-2
櫟(掠通段)	木部	【木部】	15畫	246	249	17-14	段6上-17	鍇11-8	鉉6上-3
瓅(瓅通段)	玉部	【玉部】	15畫	18	18	21-12瓅	段1上-35	鍇1-17	鉉1上-5
礫	石部	【石部】	15畫	450	454	無	段9下-26	鍇18-9	鉉9下-4
樂(yao ˋ)	糸部	【糸部】	15畫	644	650	無	段13上-2	鍇25-1	鉉13上-1
觻	角部	【角部】	15畫	185	187	無	段4下-55	鍇8-19	鉉4下-8
趠(躒)	走部	【走部】	15畫	66	67	27-53	段2上-37	鍇3-16	鉉2上-8
轢	車部	【車部】	15畫	728	735	無	段14上-53	鍇27-14	鉉14上-7
鑾从幺夲(戻、䥇)	弦部	【皿部】	15畫	642	648	無	段12下-61	鍇24-20	鉉12下-10
莫(鑾从幺夲)	艸部	【艸部】	8畫	27	27	無	段1下-12	鍇2-6	鉉1下-2
櫑	木部	【木部】	16畫	270	272	無	段6上-64	鍇11-29	鉉6上-8
瀝	水部	【水部】	16畫	561	566	無	段11上貳-32	鍇21-23	鉉11上-8
䣂(歷、瀝)	酉部	【酉部】	10畫	747	754	無	段14下-34	鍇28-17	鉉14下-8
櫱	木部	【木部】	17畫	244	247	無	段6上-13	鍇11-6	鉉6上-2
儷(離，孋通段)	人部	【人部】	19畫	376	380	無	段8上-24	鍇15-9	鉉8上-3
欙(檑，纚通段)	木部	【木部】	21畫	267	270	無	段6上-59	鍇11-27	鉉6上-7

篆本字（古文、金文、籀文、俗字、通用字，通段、金石）	說文部首	康熙部首	筆畫	一般頁碼	洪葉頁碼	金石字典頁碼	段注篇章	徐鍇通釋篇章	徐鉉藤花榭篇
麗(丽、丽、離，儷、娌、欐通段)	鹿部	【鹿部】	8畫	471	476	無	段10上-23	錯19-7	鉉10上-4
斁(麗，儷通段)	攴部	【攴部】	19畫	123	124	無	段3下-33	錯6-17	鉉3下-8
癘	广部	【广部】	19畫	350	353	無	段7下-30	錯14-13	鉉7下-5
藶(ge´)	艸部	【艸部】	19畫	42	42	無	段1下-42	錯2-20	鉉1下-7
覶(曬，曬通段)	見部	【見部】	19畫	407	412	無	段8下-13	錯16-13	鉉8下-3
酈	邑部	【邑部】	19畫	300	303	29-22	段6下-57	錯12-22	鉉6下-8
履	履部	【尸部】	19畫	402	407	無	段8下-3	錯16-10	鉉8下-1
巁(㠝)	山部	【山部】	19畫	440	445	無	段9下-7	錯18-2	鉉9下-1
蠡(豩、蠃、離、劙、灕)	蚰部	【虫部】	15畫	675	682	無	段13下-3	錯25-15	鉉13下-1
lián(ㄌㄧㄢˊ)									
覝(覝)	見部	【見部】	7畫	407	412	無	段8下-13	錯16-13	鉉8下-3
輦(連)	車部	【車部】	8畫	730	737	28-3	段14上-57	錯27-15	鉉14上-8
聯(聯，連，縺通段)	耳部	【耳部】	11畫	591	597	無	段12上-16	錯23-7	鉉12上-4
連(輦、聯，僆通段)	辵(辶)部	【辵部】	7畫	73	74	28-32	段2下-9	錯4-5	鉉2下-2
孿(僆、孿、顤通段)	子部	【子部】	19畫	743	750	無	段14下-25	錯28-13	鉉14下-6
嗛(帴、幨、裣通段)	巾部	【巾部】	10畫	359	362	無	段7下-48	錯14-22	鉉7下-9
廉	广部	【广部】	10畫	444	449	11-53	段9下-15	錯18-5	鉉9下-3
槏(屌、槏)	木部	【木部】	10畫	255	258	無	段6上-35	錯11-16	鉉6上-5
溓(濂、濂)	水部	【水部】	10畫	559	564	18-49	段11上貳-27	錯21-21	鉉11上-7
黏(溓、㯂披述及，惟段注从木黏，粘通段)	黍部	【黍部】	5畫	330	333	無	段7上-57	錯13-23	鉉7上-9
磏(礹)	石部	【石部】	10畫	449	454	無	段9下-25	錯18-9	鉉9下-4
蠊(蛾，蠊通段)	虫部	【虫部】	10畫	670	677	無	段13上-55	錯25-13	鉉13上-7
鎌(鐮)	金部	【金部】	10畫	707	714	無	段14上-11	錯27-5	鉉14上-3
銐(鎌，鎝通段)	金部	【金部】	5畫	707	714	29-40	段14上-11	錯27-5	鉉14上-3
霖	雨部	【雨部】	10畫	573	578	無	段11下-12	錯22-6	鉉11下-3
膁(臁通段)	倉部	【食部】	10畫	220	223	無	段5下-11	錯10-5	鉉5下-2
鬑从兼	髟部	【髟部】	10畫	427	431	無	段9上-24	錯17-8	鉉9上-4
槤(璉通段)	木部	【木部】	11畫	262	264	17-8，璉20-17	段6上-48	錯11-20	鉉6上-6
燫(爁)	火部	【火部】	11畫	484	488	無	段10上-48	錯19-16	鉉10上-8
簾(嗛、幨)	竹部	【竹部】	13畫	191	193	無	段5上-6	錯9-3	鉉5上-2

篆本字(古文、金文、籀文、俗字、通用字,通叚、金石)	說文部首	康熙部首	筆畫	一般頁碼	洪葉頁碼	金石字典頁碼	段注篇章	徐鍇通釋篇章	徐鉉藤花榭篇
聯(聯,連,縺通叚)	耳部	【耳部】	11畫	591	597	無	段12上-16	錯23-7	鉉12上-4
連(輦、聯,健通叚)	辵(辶)部	【辵部】	7畫	73	74	28-32	段2下-9	錯4-5	鉉2下-2
蓮(蕑、領述及)	艸部	【艸部】	11畫	34	34	25-27	段1下-26	錯2-13	鉉1下-4
領(蓮,嶺通叚)	頁部	【頁部】	5畫	417	421	31-28	段9上-4	錯17-2	鉉9上-1
謰	言部	【言部】	11畫	96	97	無	段3上-21	錯5-11	鉉3上-4
鰱	魚部	【魚部】	11畫	577	583	無	段11下-21	錯22-8	鉉11下-5
憐(漣)	心部	【心部】	12畫	515	519	無	段10下-50	錯20-18	鉉10下-9
憐(憐,怜通叚)	心部	【心部】	12畫	515	519	13-36	段10下-50	錯20-18	鉉10下-9
矜(憐、矝、種,瘝通叚)	矛部	【矛部】	5畫	719	726	21-36	段14上-36	錯27-11	鉉14上-6
簾(蒹、縑)	竹部	【竹部】	13畫	191	193	無	段5上-6	錯9-3	鉉5上-2
薕	艸部	【艸部】	13畫	33	34	無	段1下-25	錯2-12	鉉1下-4
賺	貝部	【貝部】	13畫	無	無	無	無	無	鉉6下-5
斂(歛、賺、賺通叚)	攴部	【攴部】	13畫	124	125	無	段3下-35	錯6-18	鉉3下-8
齷从聯	齒部	【齒部】	16畫	80	80	無	段2下-22	錯4-12	鉉2下-5
沇(㳂、沿、㕣、灝)	水部	【水部】	4畫	527	532	18-6	段11上壹-24	錯21-8	鉉11上-2
瀾(漣)	水部	【水部】	17畫	549	554	無	段11上貳-7	錯21-15	鉉11上-5
憐(漣)	心部	【心部】	12畫	515	519	無	段10下-50	錯20-18	鉉10下-9
籢(匲,匳、櫼、櫼通叚)	竹部	【竹部】	17畫	193	195	無	段5上-10	錯9-4	鉉5上-2
liǎn(ㄌㄧㄢˇ)									
槤(璉通叚)	木部	【木部】	11畫	262	264	17-8,璉20-17	段6上-48	錯11-20	鉉6上-6
薟(蔹)	艸部	【艸部】	13畫	32	33	無	段1下-23	錯2-11	鉉1下-4
醶(釅)	酉部	【酉部】	13畫	751	758	無	段14下-41	錯28-19	鉉14下-9
顩(臉通叚)	頁部	【頁部】	13畫	417	421	無	段9上-4	錯17-2	鉉9上-1
斂(歛、賺、賺通叚)	攴部	【攴部】	13畫	124	125	無	段3下-35	錯6-18	鉉3下-8
鄻	邑部	【邑部】	15畫	287	290	無	段6下-31	錯12-16	鉉6下-6
liàn(ㄌㄧㄢˋ)									
鍊	金部	【金部】	9畫	703	710	29-47	段14上-3	錯27-2	鉉14上-1
煉(鍊)	火部	【火部】	9畫	483	488	19-21	段10上-47	錯19-16	鉉10上-8
練(湅)	糸部	【糸部】	9畫	648	655	無	段13上-11	錯25-3	鉉13上-2
湅(練)	水部	【水部】	9畫	566	571	18-40	段11上貳-41	錯21-25	鉉11上-9

篆本字(古文、金文、籀文、俗字、通用字，通段、金石)	說文部首	康熙部首	筆畫	一般頁碼	洪葉頁碼	金石字典頁碼	段注篇章	徐鍇通釋篇章	徐鉉藤花榭篇
鏈	金部	【金部】	11畫	702	709	無	段14上-2	鍇27-1	鉉14上-1
潄	攴部	【攴部】	12畫	123	124	無	段3下-33	鍇6-17	鉉3下-8
瀲(澰通段)	水部	【水部】	17畫	551	556	無	段11上貳-11	鍇21-16	鉉11上-5
斂(歛、賺、賺通段)	攴部	【攴部】	13畫	124	125	無	段3下-35	鍇6-18	鉉3下-8
欄(楝，欗通段)	木部	【木部】	17畫	246	249	無	段6上-17	鍇11-8	鉉6上-3
孌(戀)	女部	【女部】	19畫	622	628	8-52，戀13-42	段12下-21	鍇24-7	鉉12下-3
liáng(ㄌㄧㄤˊ)									
良(㠃、㒳、㞬、篔、筤)	畗部	【艮部】	1畫	230	232	24-51	段5下-30	鍇10-12	鉉5下-6
郎(良，廊通段)	邑部	【邑部】	6畫	297	299	29-3	段6下-50	鍇12-20	鉉6下-8
量(量)	重部	【里部】	5畫	388	392	29-31	段8上-47	鍇15-16	鉉8上-7
粱	米部	【米部】	6畫	330	333	23-2	段7上-58	鍇13-24	鉉7上-9
梁(渿)	木部	【木部】	7畫	267	270	16-40	段6上-59	鍇11-26	鉉6上-7
莨	艸部	【艸部】	7畫	36	37	25-8	段1下-31	鍇2-15	鉉1下-5
狼(駺通段)	犬部	【犬部】	7畫	477	482	19-53	段10上-35	鍇19-11	鉉10上-6
椋(梾)	木部	【木部】	8畫	241	243	16-45	段6上-6	鍇11-3	鉉6上-1
涼(凉、亮、諒、㹁述及古多相段借)	水部	【水部】	8畫	562	567	18-35	段11上貳-34	鍇21-23	鉉11上-8
醇(涼)	酉部	【酉部】	8畫	751	758	無	段14下-42	鍇28-20	鉉14下-9
飆(涼)	風部	【風部】	8畫	677	684	無	段13下-7	鍇25-16	鉉13下-2
㹁(諒、涼、亮此四字古多相段借)	旡部	【无部】	8畫	415	419	無	段8下-28	鍇16-18	鉉8下-6
亮(涼、諒、㹁述及古多相段借)	儿部	【亠部】	7畫	405	409	無	段8下-8	無	鉉8下-2
諒(亮、涼、㹁述及古多相段借)	言部	【言部】	8畫	89	90	26-59	段3上-7	鍇5-5	鉉3上-3
輬(涼，輰通段)	車部	【車部】	8畫	721	728	無	段14上-39	鍇27-12	鉉14上-6
犉	牛部	【牛部】	8畫	51	51	無	段2上-6	鍇3-3	鉉2上-2
糧(粮，粻通段)	米部	【米部】	12畫	333	336	23-4	段7上-63	鍇13-25	鉉7上-10
liǎng(ㄌㄧㄤˇ)									
从(兩，與从cong´不同)	入部	【入部】	2畫	224	226	無	段5下-18	鍇10-7	鉉5下-3
兩	㒳部	【入部】	6畫	354	358	3-59	段7下-39	鍇14-18	鉉7下-7
㒳(輛通段)	㒳部	【入部】	5畫	354	358	3-58	段7下-39	鍇14-18	鉉7下-7

篆本字（古文、金文、籀文、俗字、通用字，通段、金石）	說文部首	康熙部首	筆畫	一般頁碼	洪葉頁碼	金石字典頁碼	段注篇章	徐鍇通釋篇章	徐鉉藤花榭篇
檣(㯕)	木部	【木部】	11畫	247	250	無	段6上-19	鍇11-8	鉉6上-3
緉	糸部	【糸部】	8畫	661	668	無	段13上-37	鍇25-8	鉉13上-5
脼	肉部	【肉部】	8畫	174	176	無	段4下-33	鍇8-14	鉉4下-5
蜽(魉蜽wang˘述及)	虫部	【虫部】	8畫	672	679	無	段13上-59	鍇25-14	鉉13上-8
liǎng（ㄌㄧㄤˋ）									
量(量)	重部	【里部】	5畫	388	392	29-31	段8上-47	鍇15-16	鉉8上-7
倞(競、儬，亮通段)	人部	【人部】	8畫	369	373	3-26	段8上-9	鍇15-4	鉉8上-2
亮(涼、諒、倞述及古多相段借)	儿部	【亠部】	7畫	405	409	無	段8下-8	無	鉉8下-2
倞(諒、涼、亮此四字古多相段借)	尣部	【尢部】	8畫	415	419	無	段8下-28	鍇16-18	鉉8下-6
諒(亮、涼、倞述及古多相段借)	言部	【言部】	8畫	89	90	26-59	段3上-7	鍇5-5	鉉3上-3
涼(涼、亮、諒、倞述及古多相段借)	水部	【水部】	8畫	562	567	18-35	段11上貳-34	鍇21-23	鉉11上-8
㒳(輛通段)	㒳部	【入部】	5畫	354	358	3-58	段7下-39	鍇14-18	鉉7下-7
liáo（ㄌㄧㄠˊ）									
聊(聊，膠、聸通段)	耳部	【耳部】	5畫	591	597	24-10	段12上-16	鍇23-7	鉉12上-4
憀(聊)	心部	【心部】	11畫	505	510	無	段10下-31	鍇20-11	鉉10下-6
俚(聊、理)	人部	【人部】	7畫	369	373	無	段8上-10	鍇15-4	鉉8上-2
僇(戮、聊，膠通段)	人部	【人部】	11畫	382	386	3-35	段8上-36	鍇15-12	鉉8上-5
燎	火部	【火部】	12畫	484	488	無	段10上-48	鍇19-16	鉉10上-8
尞(燎、寮，蟟、蟧通段)	火部	【火部】	9畫	480	485	19-26	段10上-41	鍇19-14	鉉10上-7
敹	攴部	【攴部】	11畫	124	125	15-59	段3下-35	鍇6-18	鉉3下-8
漻(瀏通段)	水部	【水部】	11畫	547	552	無	段11上貳-4	鍇21-14	鉉11上-4
熮	火部	【火部】	11畫	481	485	無	段10上-42	鍇19-14	鉉10上-7
谬	谷部	【谷部】	11畫	570	576	無	段11下-7	鍇22-3	鉉11下-2
繚	糸部	【糸部】	12畫	647	653	23-34	段13上-8	鍇25-2	鉉13上-2
墧(繚)	土部	【土部】	12畫	685	691	無	段13下-22	鍇26-3	鉉13下-4
嫽	女部	【女部】	12畫	617	623	無	段12下-12	鍇24-4	鉉12下-2
撩(撈通段)	手部	【手部】	12畫	599	605	無	段12上-31	鍇23-10	鉉12上-5
潦(澇)	水部	【水部】	12畫	557	562	無	段11上貳-24	鍇21-20	鉉11上-7

篆本字（古文、金文、籀文、俗字、通用字，通段、金石）	說文部首	康熙部首	筆畫	一般頁碼	洪葉頁碼	金石字典頁碼	段注篇章	徐鍇通釋篇章	徐鉉藤花榭篇
澇(潦)	水部	【水部】	12畫	523	528	無	段11上壹-16	錯21-4	鉉11上-2
獠(獠通段)	犬部	【犬部】	12畫	476	480	無	段10上-32	錯19-11	鉉10上-5
璙	玉部	【玉部】	12畫	10	10	無	段1上-19	錯1-10	鉉1上-3
僚(寮)	人部	【人部】	12畫	368	372	無	段8上-8	錯15-3	鉉8上-2
寮(僚、寮)	穴部	【穴部】	12畫	344	348	22-35	段7下-19	錯14-8	鉉7下-4
簝	竹部	【竹部】	12畫	195	197	無	段5上-13	錯9-5	鉉5上-2
膫(膋)	肉部	【肉部】	12畫	173	175	無	段4下-32	錯8-12	鉉4下-5
遼(勞)	辵(辶)部	【辵部】	12畫	75	75	28-50	段2下-12	錯4-6	鉉2下-3
鐐(沃銾述及)	金部	【金部】	12畫	702	709	無	段14上-1	錯27-1	鉉14上-1
飂(飉从劉、飅通段)	風部	【風部】	11畫	678	684	無	段13下-8	錯25-16	鉉13下-2
鷯	鳥部	【鳥部】	12畫	151	153	無	段4上-45	錯7-20	鉉4上-8
廫(廥，嵺、寥、廖通段)	广部	【广部】	15畫	446	450	無	段9下-18	錯18-6	鉉9下-3
僇(戮、聊，膠通段)	人部	【人部】	11畫	382	386	3-35	段8上-36	錯15-12	鉉8上-5
癆(療)	疒部	【疒部】	15畫	352	356	無	段7下-35	錯14-15	鉉7下-6
燎	炙部	【火部】	16畫	491	496	無	段10下-3	錯19-21	鉉10下-1
liǎo(ㄌㄧㄠˇ)									
了(了diaoˇ)	了部	【亅部】	1畫	743	750	2-14	段14下-26	錯28-13	鉉14下-6
扚(尥、了)	尢部	【尢部】	3畫	495	500	無	段10下-11	錯20-4	鉉10下-2
憭(了，瞭通段)	心部	【心部】	12畫	503	508	無	段10下-27	錯20-10	鉉10下-5
蓼	艸部	【艸部】	11畫	23	24	無	段1下-5	錯2-3	鉉1下-1
鄝(蓼)	邑部	【邑部】	11畫	299	302	無	段6下-55	錯12-22	鉉6下-8
燎	火部	【火部】	12畫	484	488	無	段10上-48	錯19-16	鉉10上-8
liào(ㄌㄧㄠˋ)									
扚(尥、了)	尢部	【尢部】	3畫	495	500	無	段10下-11	錯20-4	鉉10下-2
料	斗部	【斗部】	6畫	718	725	無	段14上-33	錯27-10	鉉14上-5
撩(料，撈通段)	手部	【手部】	12畫	599	605	無	段12上-31	錯23-10	鉉12上-5
尞(燎、尞，蟧、蟧通段)	火部	【火部】	9畫	480	485	19-26	段10上-41	錯19-14	鉉10上-7
廖	广部	【广部】	11畫			11-53	無	無	鉉9下-3
廫(廥，嵺、寥、廖通段)	广部	【广部】	15畫	446	450	無	段9下-18	錯18-6	鉉9下-3
鷚(鷯，廖通段)	鳥部	【鳥部】	11畫	150	151	無	段4上-42	錯7-19	鉉4上-8

篆本字（古文、金文、籀文、俗字、通用字，通叚、金石）	說文部首	康熙部首	筆畫	一般頁碼	洪葉頁碼	金石字典頁碼	段注篇章	徐鍇通釋篇章	徐鉉藤花榭篇
獟(xiao)	犬部	【犬部】	11畫	474	478	無	段10上-28	鍇19-11	鉉10上-5
liè(ㄌㄧㄝˋ)									
巛(𡿩)	川部	【巛部】	3畫	569	574	無	段11下-4	鍇22-2	鉉11下-2
爰(曼)	爻部	【爪部】	3畫	160	162	無	段4下-6	鍇8-4	鉉4下-2
劣	力部	【力部】	4畫	700	706	無	段13下-52	鍇26-11	鉉13下-7
削(列，剫通叚)	刀部	【刂部】	4畫	180	182	4-27	段4下-45	鍇8-16	鉉4下-7
梨(列)	禾部	【禾部】	6畫	326	329	22-21	段7上-49	鍇13-20	鉉7上-8
例 (例、列、厲)	人部	【人部】	6畫	381	385	無	段8上-34	鍇15-11	鉉8上-4
迾(厲、列、迣)	辵(辶)部	【辵部】	6畫	74	75	28-21	段2下-11	鍇4-5	鉉2下-2
烈(列、迾，焽通叚)	火部	【火部】	6畫	480	485	19-11	段10上-41	鍇19-14	鉉10上-7
厲(厲、厤、癘、蠇、蠆、勵、礪、漏、烈、例，喰通叚)	厂部	【厂部】	9畫	446	451	5-37	段9下-19	鍇18-7	鉉9下-3
栵(荊梨述及)	木部	【木部】	6畫	254	257	無	段6上-33	鍇11-15	鉉6上-5
荊(栵梨述及)	艸部	【艸部】	6畫	34	34	無	段1下-26	鍇2-12	鉉1下-4
冽(瀨)	仌部	【冫部】	6畫	571	577	無	段11下-9	鍇22-4	鉉11下-3
洌(冽通叚)	水部	【水部】	6畫	550	555	無	段11上貳-9	鍇21-15	鉉11上-5
蛚	虫部	【虫部】	6畫	668	675	無	段13上-51	鍇25-12	鉉13上-7
裂(裂，㓞、裂通叚)	衣部	【衣部】	6畫	395	399	無	段8上-62	鍇16-5	鉉8上-9
迾(厲、列、迣)	辵(辶)部	【辵部】	6畫	74	75	28-21	段2下-11	鍇4-5	鉉2下-2
颲	風部	【風部】	6畫	678	684	無	段13下-8	鍇25-17	鉉13下-2
駕(駟)	馬部	【馬部】	6畫	467	471	無	段10上-14	鍇19-4	鉉10上-2
齴(齾)	齒部	【齒部】	6畫	80	80	無	段2下-22	鍇4-11	鉉2下-5
埒(浮、畤通叚)	土部	【土部】	7畫	685	692	無	段13下-23	鍇26-3	鉉13下-4
栚	木部	【木部】	7畫	244	247	無	段6上-13	鍇11-6	鉉6上-2
牞(lei `)	牛部	【牛部】	7畫	51	52	無	段2上-7	鍇3-4	鉉2上-2
脟(臠)	肉部	【肉部】	7畫	169	171	無	段4下-23	鍇8-9	鉉4下-4
蛚(lüè)	虫部	【虫部】	7畫	669	675	無	段13上-52	鍇25-13	鉉13上-7
劦(飍枥lu´述及)	劦部	【力部】	4畫	701	708	無	段13下-55	鍇26-12	鉉13下-8
甋(蹦，瓩通叚)	瓦部	【瓦部】	9畫	639	645	無	段12下-56	鍇24-18	鉉12下-9
翣(接、踥，篓、氈、毾通叚)	羽部	【羽部】	8畫	140	142	無	段4上-23	鍇7-10	鉉4上-5

篆本字(古文、金文、籀文、俗字、通用字，通段、金石)	說文部首	康熙部首	筆畫	一般頁碼	洪葉頁碼	金石字典頁碼	段注篇章	徐鍇通釋篇章	徐鉉藤花榭篇
鼥(鼥从髟鼥)	囟部	【巛部】	12畫	501	505	11-5	段10下-22	鍇20-8	鉉10下-5
儠(鼥、鼥从髟鼥、獵)	人部	【人部】	15畫	368	372	無	段8上-8	鍇15-3	鉉8上-2
擸	手部	【手部】	15畫	597	603	無	段12上-28	鍇23-10	鉉12上-5
邋(躐通段)	辵(辶)部	【辵部】	15畫	74	74	28-56	段2下-10	鍇4-5	鉉2下-2
獵(獦、躐通段)	犬部	【犬部】	15畫	476	480	19-59	段10上-32	鍇19-10	鉉10上-5
獦(猲、猎)	犬部	【犬部】	12畫	474	479	無	段10上-29	鍇19-9	鉉10上-5
鼥从髟鼥(鼥、獵、儠、钄、髦、駤、髹、葛隸變、獵，犣通段)	髟部	【髟部】	15畫	427	432	無	段9上-25	鍇17-8	鉉9上-4
鼥(鼥从髟鼥)	囟部	【巛部】	12畫	501	505	11-5	段10下-22	鍇20-8	鉉10下-5
lin(ㄌㄧㄣˊ)									
林非林pai、	林部	【木部】	4畫	271	273	16-24	段6上-66	鍇11-30	鉉6上-9
林非林linˊ(麻)	林部	【木部】	4畫	335	339	無	段7下-1	鍇13-28	鉉7下-1
燊(㷠、燐，鏻通段)	炎部	【米部】	6畫	487	492	24-46	段10上-55	鍇19-18	鉉10上-9
麐(麟)	鹿部	【鹿部】	7畫	470	475	32-30	段10上-21	鍇19-6	鉉10上-3
麟(麐)	鹿部	【鹿部】	12畫	470	474	無	段10上-20	鍇19-6	鉉10上-3
惏(婪)	心部	【心部】	8畫	510	515	無	段10下-41	鍇20-15	鉉10下-7
淋	水部	【水部】	8畫	564	569	無	段11上貳-37	鍇21-24	鉉11上-9
琳	玉部	【玉部】	8畫	12	12	無	段1上-23	鍇1-18	鉉1上-4
痳	疒部	【疒部】	8畫	350	354	無	段7下-31	鍇14-14	鉉7下-6
籐(箖)	竹部	【竹部】	20畫	198	200	無	段5上-20	鍇9-7	鉉5上-3
霖	雨部	【雨部】	8畫	573	578	無	段11下-12	鍇22-6	鉉11下-3
臨	臥部	【臣部】	11畫	388	392	24-33	段8上-47	鍇15-16	鉉8上-7
獜(驎通段)	犬部	【犬部】	12畫	475	479	無	段10上-30	鍇19-10	鉉10上-5
粦(瞵、磷、燐通段)	巜部	【米部】	8畫	568	574	無	段11下-3	鍇22-1	鉉11下-1
瞵	目部	【目部】	12畫	130	132	無	段4上-3	鍇7-2	鉉4上-1
遴(僯)	辵(辶)部	【辵部】	12畫	73	73	無	段2下-8	鍇4-4	鉉2下-2
轔	車部	【車部】	12畫	無	無	無	無	無	鉉14上-8
璘(疄，轔通段)	田部	【田部】	12畫	697	704	無	段13下-47	鍇26-9	鉉13下-6
鄰(厸、瞵、轔通段)	邑部	【邑部】	12畫	284	286	29-21	段6下-24	鍇12-14	鉉6下-5

篆本字(古文、金文、籀文、俗字、通用字,通段、金石)	說文部首	康熙部首	筆畫	一般頁碼	洪葉頁碼	金石字典頁碼	段注篇章	徐鍇通釋篇章	徐鉉藤花榭篇
蹸(躙、轠从車藺、轥通段)	足部	【足部】	12畫	84	85	無	段2下-31	錯4-16	鉉2下-6
輪(轠、輪、轥,齡通段)	車部	【車部】	5畫	723	730	27-65	段14上-43	錯27-13	鉉14上-6
嶙	山部	【山部】	12畫	無	無	無	無	無	鉉9下-2
鱗(鱉,嶙、驎通段)	魚部	【魚部】	12畫	580	585	無	段11下-26	錯22-10	鉉11下-6
鱉(鱗)	魚部	【魚部】	12畫	575	581	無	段11下-17	錯22-8	鉉11下-4
麟(麎)	鹿部	【鹿部】	12畫	470	474	無	段10上-20	錯19-6	鉉10上-3
麐(麟)	鹿部	【鹿部】	7畫	470	475	32-30	段10上-21	錯19-6	鉉10上-3
灡	水部	【水部】	18畫	554	559	19-5	段11上貳-18	錯21-18	鉉11上-6
lǐn(ㄌㄧㄣˇ)									
靣(稟、癝、懍)	靣部	【亠部】	6畫	230	232	2-34	段5下-30	錯10-12	鉉5下-6
稟(廩,凜通段)	靣部	【禾部】	8畫	230	233	22-23	段5下-31	錯10-13	鉉5下-6
菻(蔜)	艸部	【艸部】	8畫	35	35	無	段1下-28	錯2-13	鉉1下-5
嫾(倈,琳通段)	女部	【女部】	8畫	624	630	無	段12下-26	錯24-9	鉉12下-4
遴(僯)	辵(辶)部	【辵部】	12畫	73	73	無	段2下-8	錯4-4	鉉2下-2
㷰	炎部	【火部】	12畫	487	491	無	段10上-54	錯19-18	鉉10上-9
癛(懍,凜通段)	仌部	【广部】	13畫	571	576	無	段11下-8	錯22-4	鉉11下-3
靣(稟、癝、懍)	靣部	【亠部】	6畫	230	232	2-34	段5下-30	錯10-12	鉉5下-6
lìn(ㄌㄧㄣˋ)									
吝(咳,𠫤、恡、悋通段)	口部	【口部】	4畫	61	61	無	段2上-26	錯3-11	鉉2上-5
閵	火部	【門部】	4畫	481	485	無	段10上-42	錯19-14	鉉10上-7
賃	貝部	【貝部】	6畫	282	285	27-33	段6下-21	錯12-12	鉉6下-5
䪢(藺)	隹部	【門部】	8畫	141	142	無	段4上-24	錯7-11	鉉4上-5
疄(閵,轥通段)	田部	【田部】	12畫	697	704	無	段13下-47	錯26-9	鉉13下-6
粼(瀕、磷、𤃋通段)	巜部	【米部】	8畫	568	574	無	段11下-3	錯22-1	鉉11下-1
鄰(厸、甐、轥通段)	邑部	【邑部】	12畫	284	286	29-21	段6下-24	錯12-14	鉉6下-5
㷠(粦、燐,磷通段)	炎部	【米部】	6畫	487	492	24-46	段10上-55	錯19-18	鉉10上-9
蹸(躙、轠从車藺、轥通段)	足部	【足部】	12畫	84	85	無	段2下-31	錯4-16	鉉2下-6
䫇	頁部	【頁部】	12畫	419	423	無	段9上-8	錯17-3	鉉9上-2
藺	艸部	【艸部】	15畫	27	28	無	段1下-13	錯2-7	鉉1下-3

篆本字(古文、金文、籀文、俗字、通用字，通段、金石)	說文部首	康熙部首	筆畫	一般頁碼	洪葉頁碼	金石字典頁碼	段注篇章	徐鍇通釋篇章	徐鉉藤花榭篇
蠠	蟲部	【虫部】	22畫	676	683	無	段13下-5	鍇25-16	鉉13下-1
1ing(ㄌ一ㄥˊ)									
玲	玉部	【玉部】	5畫	16	16	無	段1上-31	鍇1-15	鉉1上-5
伶(泠)	人部	【人部】	5畫	376	380	無	段8上-24	鍇15-9	鉉8上-3
泠(伶，翎通段)	水部	【水部】	5畫	531	536	18-11	段11上壹-32	鍇21-9	鉉11上-2
翎	羽部	【羽部】	5畫	無	無	無	無	無	鉉4上-5
零(霝轉述及，翎通段)	雨部	【雨部】	5畫	572	578	30-66	段11下-11	鍇22-6	鉉11下-3
霝(零、靈)	雨部	【雨部】	9畫	572	578	31-3	段11下-11	鍇22-5	鉉11下-3
囹	口部	【口部】	5畫	278	280	無	段6下-12	鍇12-8	鉉6下-4
夌(淩、凌、陵，庱、輘通段)	夂部	【夂部】	5畫	232	235	7-47	段5下-35	鍇10-14	鉉5下-7
陵(夌，鯪通段)	𨸏部	【阜部】	8畫	731	738	30-32	段14下-1	鍇28-1	鉉14下-1
柃	木部	【木部】	5畫	260	262	無	段6上-44	鍇11-19	鉉6上-6
瓴(㼈通段)	瓦部	【瓦部】	5畫	639	645	20-22	段12下-55	鍇24-18	鉉12下-8
笭	竹部	【竹部】	5畫	196	198	無	段5上-15	鍇9-6	鉉5上-3
齡	齒部	【齒部】	5畫			32-55	無	無	鉉2下-5
軨(轠、輪、轔，齡通段)	車部	【車部】	5畫	723	730	27-65	段14上-43	鍇27-13	鉉14上-6
聆(鈴，齡通段)	耳部	【耳部】	5畫	592	598	無	段12上-17	鍇23-7	鉉12上-4
鈴	金部	【金部】	5畫	708	715	29-39	段14上-14	鍇27-6	鉉14上-3
苓(蘦轉述及)	艸部	【艸部】	5畫	29	30	無	段1下-17	鍇2-9	鉉1下-3
蛉(蜻、蜓)	虫部	【虫部】	5畫	668	675	25-54	段13上-51	鍇25-12	鉉13上-7
蜓(蜻、蛉)	虫部	【虫部】	7畫	664	671	無	段13上-43	鍇25-10	鉉13上-6
笭(筍筠莨籯軨笒，簡、籛、籢、軨通段)	竹部	【竹部】	5畫	190	192	無	段5上-3	鍇9-1	鉉5上-1
鯪	魚部	【魚部】	5畫	580	586	無	段11下-27	鍇22-10	鉉11下-6
棱(楞，稜、鯪通段)	木部	【木部】	8畫	268	271	無	段6上-61	鍇11-27	鉉6上-8
淩	水部	【水部】	8畫	535	540	18-34	段11上壹-40	鍇21-11	鉉11上-3
綾(崚通段)	糸部	【糸部】	8畫	649	655	無	段13上-12	鍇25-3	鉉13上-2
餕	倉部	【食部】	8畫	222	225	無	段5下-15	鍇10-6	鉉5下-3
霝(零、靈)	雨部	【雨部】	9畫	572	578	31-3	段11下-11	鍇22-5	鉉11下-3
腾(淩，倰通段)	仌部	【冫部】	10畫	571	576	4-21	段11下-8	鍇22-4	鉉11下-3

篆本字(古文、金文、籀文、俗字、通用字,通叚、金石)	說文部首	康熙部首	筆畫	一般頁碼	洪葉頁碼	金石字典頁碼	段注篇章	徐鍇通釋篇章	徐鉉藤花榭篇
夌(淩、凌、陵,廗、輘通叚)	夂部	【夂部】	5畫	232	235	7-47	段5下-35	鍇10-14	鉉5下-7
陵(夌,鯪通叚)	𨸏部	【阜部】	8畫	731	738	30-32	段14下-1	鍇28-1	鉉14下-1
堎	去部	【夂部】	10畫	213	215	無	段5上-50	鍇9-20	鉉5上-9
薐(薚,菱、蔆通叚)	艸部	【艸部】	11畫	32	33	無	段1下-23	鍇2-11	鉉1下-4
櫺(欞通叚)	木部	【木部】	17畫	256	258	無	段6上-36	鍇11-16	鉉6上-5
孁(靈)	女部	【女部】	17畫	617	623	無	段12下-12	鍇24-4	鉉12下-2
靈(靈)	玉部	【玉部】	17畫	19	19	32-8	段1上-38	鍇1-18	鉉1上-6
霝(零、靈)	雨部	【雨部】	9畫	572	578	31-3	段11下-11	鍇22-5	鉉11下-3
令(靈、霝軨述及,鴒通叚)	卪部	【人部】	3畫	430	435	2-46	段9上-31	鍇17-10	鉉9上-5
軨(轜、輪、轢,齡通叚)	車部	【車部】	5畫	723	730	27-65	段14上-43	鍇27-13	鉉14上-6
罏	缶部	【缶部】	17畫	225	228	無	段5下-21	鍇10-8	鉉5下-4
藟	艸部	【艸部】	17畫	36	36	無	段1下-30	鍇2-14	鉉1下-5
苓(藟軨述及)	艸部	【艸部】	5畫	29	30	無	段1下-17	鍇2-9	鉉1下-3
蠕	虫部	【虫部】	17畫	667	674	無	段13上-49	鍇25-12	鉉13上-7
酃(醽通叚)	邑部	【邑部】	17畫	294	297	無	段6下-45	鍇12-19	鉉6下-7
顤	頁部	【頁部】	17畫	418	422	31-35	段9上-6	鍇17-2	鉉9上-1
麠從鹿靈(羚,麢從鹿零通叚)	鹿部	【鹿部】	17畫	471	476	32-33	段10上-23	鍇19-7	鉉10上-4
龗從靈	龍部	【龍部】	17畫	582	588	無	段11下-31	鍇22-12	鉉11下-6
lǐng(ㄌㄧㄥˇ)									
嶺	山部	【山部】	13畫	無	無	無	無	無	鉉9下-2
領(蓮,嶺通叚)	頁部	【頁部】	5畫	417	421	31-28	段9上-4	鍇17-2	鉉9上-1
蓮(蕑、領述及)	艸部	【艸部】	11畫	34	34	25-27	段1下-26	鍇2-13	鉉1下-4
lìng(ㄌㄧㄥˋ)									
令(靈、霝軨述及,鴒通叚)	卪部	【人部】	3畫	430	435	2-46	段9上-31	鍇17-10	鉉9上-5
撜(拯)	手部	【手部】	8畫	608	614	無	段12上-49	鍇23-16	鉉12上-8
liū(ㄌㄧㄡ)									
澑(溜)	水部	【水部】	10畫	530	535	無	段11上壹-30	鍇21-9	鉉11上-2

篆本字(古文、金文、籀文、俗字、通用字，通段、金石)	說文部首	康熙部首	筆畫	一般頁碼	洪葉頁碼	金石字典頁碼	段注篇章	徐鍇通釋篇章	徐鉉藤花榭篇
liú(ㄌㄧㄡˊ)									
畱(留、駠、流綟述及，榴通段)	田部	【田部】	5畫	697	704	20-45	段13下-47	錯26-9	鉉13下-6
駠(騮、驑、駵通段)	馬部	【馬部】	7畫	461	466	31-62	段10上-3	錯19-1	鉉10上-1
鼰(鼺、貁、留)	鼠部	【鼠部】	5畫	478	483	無	段10上-37	錯19-12	鉉10上-6
珋(聊、瑠，瑠、琉通段)	玉部	【玉部】	7畫	19	19	無	段1上-37	錯1-18	鉉1上-6
游(遊、遊、斿、旒、鬸囦eˊ述及，蝣、統通段)	㫃部	【水部】	9畫	311	314	18-42	段7上-19	錯13-7	鉉7上-3
旒(旒，統通段)	㫃部	【方部】	9畫	311	314	無	段7上-19	錯13-6	鉉7上-3
璗(旒、斿)	玉部	【玉部】	10畫	14	14	15-15	段1上-28	錯1-14	鉉1上-4
癅(瘤，膤通段)	疒部	【疒部】	10畫	350	353	20-59	段7下-30	錯14-13	鉉7下-5
蟉(蟉通段)	虫部	【虫部】	11畫	666	672	無	段13上-46	錯25-11	鉉13上-6
罶(留、罜，罪通段)	网部	【网部】	10畫	355	359	無	段7下-41	錯14-19	鉉7下-7
鶹(鷄)	鳥部	【鳥部】	10畫	151	152	無	段4上-44	錯7-20	鉉4上-8
髟从髟鼺(鼺、獵、儠、鬣、髦、髵、髶、葛隸變、獵，犣通段)	囪部	【巛部】	12畫	501	505	11-5	段10下-22	錯20-8	鉉10下-5
橮(漻、流，祣通段)	㱛部	【水部】	11畫	567	573	無	段11下-1	錯21-26	鉉11下-1
瑠	田部	【田部】	11畫	695	702	無	段13下-43	錯26-8	鉉13下-6
螝	虫部	【虫部】	11畫	671	678	無	段13上-57	錯25-13	鉉13上-8
鏐(璗通段)	金部	【金部】	11畫	711	718	29-52	段14上-19	錯27-7	鉉14上-3
飍(飍从劉、飅通段)	風部	【風部】	11畫	678	684	無	段13下-8	錯25-16	鉉13下-2
鬭从翏(摎)	鬥部	【鬥部】	11畫	114	115	無	段3下-15	錯6-8	鉉3下-3
畱(留、駠、流綟述及，榴通段)	田部	【田部】	5畫	697	704	20-45	段13下-47	錯26-9	鉉13下-6
鎦(鎦、劉，榴通段)	金部	【刂部】	13畫	714	721	29-54	段14上-25	錯27-8	鉉14上-4
瀏(嫐、慟通段)	水部	【水部】	15畫	547	552	無	段11上貳-4	錯21-14	鉉11上-4
籱	竹部	【竹部】	15畫	190	192	無	段5上-4	錯9-2	鉉5上-1

篆本字（古文、金文、籀文、俗字、通用字，通段、金石）	說文部首	康熙部首	筆畫	一般頁碼	洪葉頁碼	金石字典頁碼	段注篇章	徐鍇通釋篇章	徐鉉藤花榭篇
liǔ（ㄌㄧㄡˇ）									
桺(柳、酉，槚、蔓通段)	木部	【木部】	5畫	245	247	無	段6上-14	錯11-7	鉉6上-3
桺(柳)	木部	【木部】	6畫	240	243	無	段6上-5	錯11-2	鉉6上-1
珋(珋、璢，瑠、琉通段)	玉部	【玉部】	7畫	19	19	無	段1上-37	錯1-18	鉉1上-6
綹	糸部	【糸部】	8畫	644	651	無	段13上-3	錯25-1	鉉13上-1
罶(罶、罜，罪通段)	网部	【网部】	10畫	355	359	無	段7下-41	錯14-19	鉉7下-7
liù（ㄌㄧㄡˋ）									
六	六部	【八部】	2畫	738	745	4-6	段14下-16	錯28-6	鉉14下-3
屴(蓏从中六艸)	中部	【中部】	3畫	22	22	無	段1下-2	錯2-1	鉉1下-1
翏(翏)	羽部	【羽部】	5畫	139	141	23-53	段4上-21	錯7-10	鉉4上-4
戮(翏、勠，剹通段)	戈部	【戈部】	11畫	631	637	13-63	段12下-39	錯24-13	鉉12下-6
僇(戮、聊，膠通段)	人部	【人部】	11畫	382	386	3-35	段8上-36	錯15-12	鉉8上-5
廇(廇)	广部	【广部】	112畫	443	448	無	段9下-13	錯18-4	鉉9下-2
澑(溜)	水部	【水部】	10畫	530	535	無	段11上壹-30	錯21-9	鉉11上-2
詷(袖示部)	言部	【言部】	5畫	97	97	無	段3上-22	錯5-11	鉉3上-5
褔(褔、袖)	示部	【示部】	10畫	6	6	無	段1上-12	錯1-7	鉉1上-2
霤(霤，甂从雨畱通段)	雨部	【雨部】	10畫	573	579	無	段11下-13	錯22-6	鉉11下-4
甍(瓴、甂从雨畱，檑通段)	瓦部	【瓦部】	11畫	638	644	無	段12下-53	錯24-18	鉉12下-8
餾(餾，餐通段)	倉部	【食部】	10畫	218	221	無	段5下-7	錯10-3	鉉5下-2
雡(鷚)	隹部	【隹部】	11畫	142	144	無	段4上-27	錯7-12	鉉4上-5
鷚(鷚，廖通段)	鳥部	【鳥部】	11畫	150	151	無	段4上-42	錯7-19	鉉4上-8
飂(飅从劉、飈通段)	風部	【風部】	11畫	678	684	無	段13下-8	錯25-16	鉉13下-2
lóng（ㄌㄨㄥˊ）									
曨	日部	【日部】	16畫	無	無	無	無	無	鉉7上-2
龍(寵、和、尨買述及、駹駥述及，曨通段)	龍部	【龍部】		582	588	32-56	段11下-31	錯22-11	鉉11下-6
尨(龍、駹、蒙犹mangˊ述及)	犬部	【九部】	4畫	473	478	10-38	段10上-27	錯19-8	鉉10上-5
牻(尨)	牛部	【牛部】	7畫	51	51	無	段2上-6	錯3-3	鉉2上-2
哤(尨)	口部	【口部】	7畫	60	61	無	段2上-25	錯3-11	鉉2上-5

篆本字(古文、金文、籀文、俗字、通用字，通叚、金石)	說文部首	康熙部首	筆畫	一般頁碼	洪葉頁碼	金石字典頁碼	段注篇章	徐鍇通釋篇章	徐鉉藤花榭篇
厐(尨，疣、硥、懞通叚)	厂部	【厂部】	7畫	447	452	無	段9下-21	錯18-7	鉉9下-3
龓(籠，攏通叚)	有部	【龍部】	6畫	314	317	無	段7上-25	錯13-10	鉉7上-4
隆(隆，窿通叚)	生部	【阜部】	9畫	274	276	30-43	段6下-4	錯12-4	鉉6下-2
癃(瘴)	疒部	【疒部】	12畫	352	355	無	段7下-34	錯14-15	鉉7下-6
鼟从隆(䶀，鼞从夅通叚)	鼓部	【鼓部】	12畫	206	208	無	段5上-36	錯9-15	鉉5上-7
嚨	口部	【口部】	16畫	54	54	無	段2上-12	錯3-5	鉉2上-3
隴(龓通叚)	昌部	【阜部】	16畫	735	742	30-47	段14下-9	錯28-3	鉉14下-2
槑	木部	【木部】	16畫	256	258	無	段6上-36	錯11-16	鉉6上-5
櫳	木部	【木部】	16畫	270	273	無	段6上-65	錯11-29	鉉6上-8
瀧	水部	【水部】	16畫	558	563	無	段11上貳-25	錯21-20	鉉11上-7
瓏(瓏通叚)	玉部	【玉部】	16畫	12	12	無	段1上-24	錯1-12	鉉1上-4
礱	石部	【石部】	16畫	452	457	21-47	段9下-31	錯18-10	鉉9下-5
朧	月部	【月部】	16畫	無	無	無	無	無	鉉7上-4
籠(朧通叚)	竹部	【竹部】	16畫	195	197	22-63	段5上-13	錯9-5	鉉5上-2
龓(籠，攏通叚)	有部	【龍部】	6畫	314	317	無	段7上-25	錯13-10	鉉7上-4
聾	耳部	【耳部】	16畫	592	598	24-14	段12上-17	錯23-7	鉉12上-4
蘢	艸部	【艸部】	16畫	34	35	無	段1下-27	錯2-13	鉉1下-4
蠬	虫部	【虫部】	16畫	666	672	25-58	段13上-46	錯25-11	鉉13上-6
襱(襯，裲通叚)	衣部	【衣部】	16畫	393	397	無	段8上-57	錯16-3	鉉8上-8
礱(箜)	谷部	【谷部】	16畫	570	576	無	段11下-7	錯22-3	鉉11下-2
穰从米(寐、眛)	瘳部	【宀部】	19畫	347	351	無	段7下-25	錯14-10	鉉7下-5

lǒng(ㄌㄨㄥˇ)

塗土部	土部	【土部】	10畫	686	693	無	段13下-25	錯26-3	鉉13下-4
塗水部(澒)	水部	【水部】	10畫	564	569	無	段11上貳-38	錯21-24	鉉11上-9
壠(壟通叚)	土部	【土部】	16畫	693	699	無	段13下-38	錯26-7	鉉13下-5
隴(壠通叚)	昌部	【阜部】	16畫	735	742	30-47	段14下-9	錯28-3	鉉14下-2
龓(籠，攏通叚)	有部	【龍部】	6畫	314	317	無	段7上-25	錯13-10	鉉7上-4

lòng(ㄌㄨㄥˋ)

梇(弄)	木部	【木部】	7畫	248	250	無	段6上-20	錯11-9	鉉6上-3

篆本字(古文、金文、籀文、俗字、通用字,通段、金石)	說文部首	康熙部首	筆畫	一般頁碼	洪葉頁碼	金石字典頁碼	段注篇章	徐鍇通釋篇章	徐鉉藤花榭篇
lóu(ㄌㄡˊ)									
婁(嶁、婁,嶁、瞜、慺、屢、鞻通段)	女部	【女部】	8畫	624	630	8-44	段12下-26	鍇24-9	鉉12下-4
塿(婁,嶁、陸通段)	土部	【土部】	11畫	691	698	無	段13下-35	鍇26-6	鉉13下-5
僂	人部	【人部】	11畫	382	386	無	段8上-35	鍇15-12	鉉8上-5
寠(窶通段)	宀部	【宀部】	11畫	341	345	無	段7下-13	鍇14-7	鉉7下-3
廔(稷)	广部	【广部】	11畫	445	450	無	段9下-17	鍇18-6	鉉9下-3
樓	木部	【木部】	11畫	255	258	17-6	段6上-35	鍇11-16	鉉6上-5
蔞(鷜通段)	艸部	【艸部】	11畫	30	31	無	段1下-19	鍇2-9	鉉1下-3
桺(柳、酉,檑、蔞通段)	木部	【木部】	5畫	245	247	無	段6上-14	鍇11-7	鉉6上-3
腜(褸)	肉部	【肉部】	11畫	172	174	無	段4下-29	鍇8-11	鉉4下-5
蝼(蟉通段)	虫部	【虫部】	11畫	666	672	無	段13上-46	鍇25-11	鉉13上-6
謱	言部	【言部】	11畫	96	97	無	段3上-21	鍇5-11	鉉3上-4
遱	辵(辶_)部	【辵部】	11畫	74	75	無	段2下-11	鍇4-5	鉉2下-3
屨(履,鞻通段)	履部	【尸部】	14畫	402	407	無	段8下-3	鍇16-10	鉉8下-1
婁(嶁、婁,嶁、瞜、慺、屢、鞻通段)	女部	【女部】	8畫	624	630	8-44	段12下-26	鍇24-9	鉉12下-4
髏	骨部	【骨部】	11畫	164	166	無	段4下-14	鍇8-7	鉉4下-3
鰻	魚部	【魚部】	11畫	577	582	無	段11下-20	鍇22-8	鉉11下-5
鄻	邑部	【邑部】	11畫	292	295	無	段6下-41	鍇12-18	鉉6下-7
lǒu(ㄌㄡˇ)									
塿(婁,嶁、陸通段)	土部	【土部】	11畫	691	698	無	段13下-35	鍇26-6	鉉13下-5
婁(嶁、婁,嶁、瞜、慺、屢、鞻通段)	女部	【女部】	8畫	624	630	8-44	段12下-26	鍇24-9	鉉12下-4
摟	手部	【手部】	11畫	602	608	無	段12上-37	鍇23-12	鉉12上-6
簍	竹部	【竹部】	12畫	193	195	無	段5上-9	鍇9-4	鉉5上-2
lòu(ㄌㄡˋ)									
漏(屚)	水部	【水部】	11畫	566	571	無	段11上貳-42	鍇21-25	鉉11上-9
屚(漏)	雨部	【雨部】	3畫	573	579	10-45,30-64	段11下-13	鍇22-6	鉉11下-4

篆本字（古文、金文、籀文、俗字、通用字，通段、金石）	說文部首	康熙部首	筆畫	一般頁碼	洪葉頁碼	金石字典頁碼	段注篇章	徐鍇通釋篇章	徐鉉藤花榭篇
匜(陋)	匸部	【匸部】	5畫	635	641	無	段12下-47	鍇24-16	鉉12下-7
陋(陋)	𨸏部	【阜部】	6畫	732	739	無	段14下-3	鍇28-2	鉉14下-1
瘻	疒部	【疒部】	11畫	349	353	無	段7下-29	鍇14-12	鉉7下-5
鏤(鋼通段)	金部	【金部】	11畫	702	709	無	段14上-2	鍇27-1	鉉14上-1
露(路)	雨部	【雨部】	13畫	573	579	31-3	段11下-13	鍇22-6	鉉11下-4
lú(ㄌㄨˊ)									
枦	木部	【木部】	5畫	243	246	無	段6上-11	鍇11-5	鉉6上-2
虐(鑪、鑪)	甾部	【虍部】	8畫	638	644	25-47	段12下-53	鍇24-17	鉉12下-8
鑪(爐、鑪通段)	金部	【金部】	16畫	705	712	29-62	段14上-8	鍇27-4	鉉14上-2
濾	水部	【水部】	16畫	無	無	無	無	無	鉉11上-9
盧(盧从𠚣、盧、矑縣述及，濾、獹、鑪、轤、鱸通段)	皿部	【皿部】	11畫	212	214	21-21	段5上-47	鍇9-19	鉉5上-9
籚(盧)	竹部	【竹部】	16畫	195	197	無	段5上-14	鍇9-5	鉉5上-2
廬(盧)	广部	【广部】	16畫	443	447	11-58	段9下-12	鍇18-4	鉉9下-2
顱(盧，髗通段)	頁部	【頁部】	16畫	416	420	無	段9上-2	鍇17-1	鉉9上-1
墟	土部	【土部】	16畫	683	690	無	段13下-19	鍇26-2	鉉13下-4
攄	手部	【手部】	16畫	610	616	無	段12上-53	鍇23-17	鉉12上-8
櫨	木部	【木部】	16畫	254	257	無	段6上-33	鍇11-14	鉉6上-5
纑	糸部	【糸部】	16畫	660	666	無	段13上-34	鍇25-8	鉉13上-4
臚(膚、敷、胅，攄通段)	肉部	【肉部】	16畫	167	169	24-29	段4下-20	鍇8-8	鉉4下-4
艫	舟部	【舟部】	16畫	403	408	無	段8下-5	鍇16-10	鉉8下-1
蘆(蒢通段)	艸部	【艸部】	16畫	25	25	無	段1下-8	鍇2-4	鉉1下-2
顱(盧，髗通段)	頁部	【頁部】	16畫	416	420	無	段9上-2	鍇17-1	鉉9上-1
鬘从盧	髟部	【髟部】	16畫	428	432	無	段9上-26	鍇17-9	鉉9上-4
鸕(鷜)	鳥部	【鳥部】	16畫	153	154	無	段4上-48	鍇7-21	鉉4上-9
鷺(鷜通段)	鳥部	【鳥部】	12畫	151	153	無	段4上-45	鍇7-20	鉉4上-8
㫍	玄部	【玄部】	6畫	無	無	無	無	無	鉉4下-2
黸(盧、旅、㫍，矑通段)	黑部	【黑部】	16畫	487	492	無	段10上-55	鍇19-19	鉉10上-10

篆本字（古文、金文、籀文、俗字、通用字，通叚、金石）	說文部首	康熙部首	筆畫	一般頁碼	洪葉頁碼	金石字典頁碼	段注篇章	徐鍇通釋篇章	徐鉉藤花榭篇
盧(盧从𠙴、廬、矑矑述及，瀘、獹、蠦、轤、鱸通叚)	皿部	【皿部】	11畫	212	214	21-21	段5上-47	鍇9-19	鉉5上-9
lǔ（ㄌㄨˇ）									
鹵(滷通叚)	鹵部	【鹵部】		586	592	32-28	段12上-5	鍇23-2	鉉12上-2
魯(鹵、旅、㫖从止刀刀、旅述及)	白部	【魚部】	4畫	136	138	32-14	段4上-15	鍇7-8	鉉4上-4
西(棲、鹵、卤，栖通叚)	西部	【西部】	1畫	585	591	26-25	段12上-4	鍇23-2	鉉12上-1
虜(摣通叚)	毌部	【虍部】	7畫	316	319	25-49	段7上-30	鍇13-12	鉉7上-5
廔	广部	【广部】	13畫	443	448	無	段9下-13	鍇18-5	鉉9下-2
鑢	金部	【金部】	13畫	705	712	無	段14上-8	鍇27-4	鉉14上-2
鱸	魚部	【魚部】	13畫	579	584	無	段11下-24	鍇22-9	鉉11下-5
蕳(薗)	艸部	【艸部】	15畫	30	30	無	段1下-18	鍇2-9	鉉1下-3
櫓(樐，艪通叚)	木部	【木部】	16畫	265	267	無	段6上-54	鍇11-23	鉉6上-7
lù（ㄌㄨˋ）									
鹿(麤、擽、麗、蠇、轆、漉通叚)	鹿部	【鹿部】		470	474	32-29	段10上-20	鍇19-6	鉉10上-3
簏(箓，麓通叚)	竹部	【竹部】	12畫	194	196	無	段5上-11	鍇9-4	鉉5上-2
賂	貝部	【貝部】	6畫	280	283	無	段6下-17	鍇12-10	鉉6下-4
路	足部	【足部】	6畫	84	85	27-54	段2下-31	鍇4-16	鉉2下-6
露(路)	雨部	【雨部】	13畫	573	579	31-3	段11下-13	鍇22-6	鉉11下-4
輅	車部	【車部】	6畫	722	729	無	段14上-41	鍇27-12	鉉14上-6
碌	石部	【石部】	8畫	無	無	無	無	無	鉉9下-5
坴(陸，碌通叚)	土部	【土部】	5畫	684	690	7-12	段13下-20	鍇26-2	鉉13下-4
娽(碌、謿通叚)	女部	【女部】	8畫	622	628	8-43	段12下-21	鍇24-7	鉉12下-3
錄(慮、綠，碌、籙通叚)	金部	【金部】	8畫	703	710	29-44	段14上-3	鍇27-2	鉉14上-1
彔(彖、錄)	彔部	【彑部】	5畫	320	323	12-29	段7上-37	鍇13-16	鉉7上-7
睩	目部	【目部】	8畫	134	136	無	段4上-11	鍇7-4	鉉4上-2
祿	示部	【示部】	8畫	3	3	21-60	段1上-5	鍇1-5	鉉1上-1
稑(穆)	禾部	【禾部】	8畫	321	324	無	段7上-39	鍇13-17	鉉7上-7
菉(綠)	艸部	【艸部】	8畫	46	46	25-18	段1下-50	鍇2-23	鉉1下-8

篆本字(古文、金文、籀文、俗字、通用字，通段、金石)	說文部首	康熙部首	筆畫	一般頁碼	洪葉頁碼	金石字典頁碼	段注篇章	徐鍇通釋篇章	徐鉉藤花榭篇
親	見部	【見部】	8畫	407	412	無	段8下-13	錯16-13	鉉8下-3
趏	走部	【走部】	8畫	66	66	無	段2上-36	錯3-16	鉉2上-7
逯	辵(辶)部	【辵部】	8畫	73	74	28-35	段2下-9	錯4-4	鉉2下-2
綠(縣、醁、騄通段)	糸部	【糸部】	8畫	649	656	無	段13上-13	錯25-4	鉉13上-2
錄(盧、綠，碌、籙通段)	金部	【金部】	8畫	703	710	29-44	段14上-3	錯27-2	鉉14上-1
陸(𨽰从中兀、坴)	𨸏部	【阜部】	8畫	731	738	30-35	段14下-1	錯28-1	鉉14下-1
坴(陸，碌通段)	土部	【土部】	5畫	684	690	7-12	段13下-20	錯26-2	鉉13下-4
鵱(鵱)	鳥部	【鳥部】	8畫	152	153	無	段4上-46	錯7-23	鉉4上-9
麓(䔖)	林部	【鹿部】	8畫	271	274	17-13	段6上-67	錯11-31	鉉6上-9
僇(𤯪、聊，膠通段)	人部	【人部】	11畫	382	386	3-35	段8上-36	錯15-12	鉉8上-5
勠	力部	【力部】	11畫	700	706	無	段13下-52	錯26-11	鉉13下-7
戮(翏、勠，劉通段)	戈部	【戈部】	11畫	631	637	13-63	段12下-39	錯24-13	鉉12下-6
漉(淥，盝、盠通段)	水部	【水部】	11畫	561	566	無	段11上貳-32	錯21-23	鉉11上-8
麗(麗)	网部	【网部】	11畫	356	359	無	段7下-42	錯14-19	鉉7下-8
簏(篆，簏通段)	竹部	【竹部】	12畫	194	196	無	段5上-11	錯9-4	鉉5上-2
鷺(鷺通段)	鳥部	【鳥部】	12畫	151	153	無	段4上-45	錯7-20	鉉4上-8
潞(洛)	水部	【水部】	13畫	526	531	18-59	段11上壹-22	錯21-7	鉉11上-2
璐	玉部	【玉部】	13畫	11	11	無	段1上-21	錯1-11	鉉1上-4
簬(簵)	竹部	【竹部】	13畫	189	191	無	段5上-1	錯9-1	鉉5上-1
露(路)	雨部	【雨部】	13畫	573	579	31-3	段11下-13	錯22-6	鉉11下-4

lǘ(ㄌㄩˊ)

篆本字	說文部首	康熙部首	筆畫	一般頁碼	洪葉頁碼	金石字典頁碼	段注篇章	徐鍇通釋篇章	徐鉉藤花榭篇
筥(簇稬shao述及)	竹部	【竹部】	7畫	192	194	22-49	段5上-8	錯9-4	鉉5上-2
閭(壛，藺通段)	門部	【門部】	7畫	587	593	30-14	段12上-8	錯23-4	鉉12上-2
梠(欞通段)	木部	【木部】	7畫	255	258	16-44	段6上-35	錯11-15	鉉6上-5
膢(褸)	肉部	【肉部】	11畫	172	174	無	段4下-29	錯8-11	鉉4下-5
藘(蕳通段)	艸部	【艸部】	16畫	25	25	無	段1下-8	錯2-4	鉉1下-2
驢	馬部	【馬部】	16畫	469	473	無	段10上-18	錯19-5	鉉10上-3

lǚ(ㄌㄩˇ)

篆本字	說文部首	康熙部首	筆畫	一般頁碼	洪葉頁碼	金石字典頁碼	段注篇章	徐鍇通釋篇章	徐鉉藤花榭篇
侶	人部	【人部】	7畫	無	無	無	無	無	鉉8上-5
呂(膂，侶通段)	呂部	【口部】	4畫	343	346	6-25	段7下-16	錯14-7	鉉7下-3
㫃(旅、表、炭，侶、稆、穭通段)	㫃部	【方部】	6畫	312	315	15-17	段7上-21	錯13-7	鉉7上-3

篆本字（古文、金文、籀文、俗字、通用字，通叚、金石）	說文部首	康熙部首	筆畫	一般頁碼	洪葉頁碼	金石字典頁碼	段注篇章	徐鍇通釋篇章	徐鉉藤花榭篇
秜(穭、稆、旅)	禾部	【禾部】	5畫	323	326	無	段7上-43	鍇13-18	鉉7上-8
黸(盧、旅、旅，矑 通叚)	黑部	【黑部】	16畫	487	492	無	段10上-55	鍇19-19	鉉10上-10
魯(鹵、旅、㐺 从止刀刀、旅 述及)	白部	【魚部】	4畫	136	138	32-14	段4上-15	鍇7-8	鉉4上-4
捋(luo)	手部	【手部】	7畫	599	605	無	段12上-31	鍇23-10	鉉12上-5
梠(櫚 通叚)	木部	【木部】	7畫	255	258	16-44	段6上-35	鍇11-15	鉉6上-5
鑢(鐋，鋁 金石)	金部	【金部】	15畫	707	714	29-62	段14上-12	鍇27-5	鉉14上-3
屢	尸部	【尸部】	11畫	無	無	無	無	無	鉉8上-11
婁(嫛、㜢，嶁、瞜、慺、屢、鞻 通叚)	女部	【女部】	8畫	624	630	8-44	段12下-26	鍇24-9	鉉12下-4
褸	衣部	【衣部】	11畫	390	394	無	段8上-52	鍇16-2	鉉8上-8
縷(褸 縷述及，蔞 通叚)	糸部	【糸部】	11畫	656	662	無	段13上-26	鍇25-6	鉉13上-3
漊(縷)	水部	【水部】	11畫	558	563	無	段11上貳-25	鍇21-20	鉉11上-7
履(履、顊 从舟足)	履部	【尸部】	12畫	402	407	10-46	段8下-3	鍇16-10	鉉8下-1
屨(履，鞻 通叚)	履部	【尸部】	14畫	402	407	無	段8下-3	鍇16-10	鉉8下-1
lû（ㄌㄩˋ）									
律	彳部	【彳部】	6畫	77	78	12-44	段2下-17	鍇4-9	鉉2下-4
率(帥、達、衛，剸 通叚)	率部	【玄部】	6畫	663	669	20-3	段13上-40	鍇25-9	鉉13上-5
師(𠂤、率、帥 旗述及、獅 虦xiao述及)	帀部	【巾部】	7畫	273	275	11-22	段6下-2	鍇12-2	鉉6下-1
衛(率、帥)	行部	【行部】	11畫	78	79	26-10	段2下-19	鍇4-10	鉉2下-4
達(帥、率)	辵(辶)部	【辵部】	11畫	70	70	28-46	段2下-2	鍇4-2	鉉2下-1
淪(率，沌 通叚)	水部	【水部】	8畫	549	554	18-39	段11上貳-7	鍇21-15	鉉11上-5
鐆(率、遜、饌、垗、荆)	金部	【金部】	9畫	708	715	29-48	段14上-13	鍇27-5	鉉14上-3
膟(膵)	肉部	【肉部】	9畫	173	175	無	段4下-32	鍇8-12	鉉4下-5
葎	艸部	【艸部】	9畫	31	32	無	段1下-21	鍇2-10	鉉1下-4
綠(䘲、䖓、縣 通叚)	糸部	【糸部】	8畫	649	656	無	段13上-13	鍇25-4	鉉13上-2
菉(綠)	艸部	【艸部】	8畫	46	46	25-18	段1下-50	鍇2-23	鉉1下-8

篆本字(古文、金文、籀文、俗字、通用字,通段、金石)	說文部首	康熙部首	筆畫	一般頁碼	洪葉頁碼	金石字典頁碼	段注篇章	徐鍇通釋篇章	徐鉉藤花榭篇
錄(盝、綠,碌、籙通段)	金部	【金部】	8畫	703	710	29-44	段14上-3	錯27-2	鉉14上-1
慮(櫖通段)	思部	【心部】	11畫	501	506	13-31	段10下-23	錯20-9	鉉10下-5
綟(綟、緕)	素部	【糸部】	15畫	662	669	無	段13上-39	錯25-9	鉉13上-5
鑢(鐧,鋁金石)	金部	【金部】	15畫	707	714	29-62	段14上-12	錯27-5	鉉14上-3
勴(勴通段)	力部	【力部】	20畫	699	705	無	段13下-50	錯26-11	鉉13下-7
lǚan(ㄌㄩㄢˊ)									
戀(變、孿、欒)	言部	【言部】	12畫	97	98	27-3	段3上-23	錯5-12	鉉3上-5
敵(屬、亂、絲)	攴部	【攴部】	12畫	125	126	15-59	段3下-37	錯6-19	鉉3下-8
孌(健、孿、顡通段)	子部	【子部】	19畫	743	750	無	段14下-25	錯28-13	鉉14下-6
攣(luan´)	手部	【手部】	19畫	605	611	無	段12上-44	錯23-14	鉉12上-7
luán(ㄌㄨㄢˊ)									
戀(變、孿、欒)	言部	【言部】	12畫	97	98	27-3	段3上-23	錯5-12	鉉3上-5
鸞	鳥部	【鳥部】	19畫	148	150	無	段4上-39	錯7-18	鉉4上-8
鑾(鸞)	金部	【金部】	18畫	712	719	29-63	段14上-21	錯27-7	鉉14上-4
孌(戀)	女部	【女部】	19畫	622	628	8-52,戀 13-42	段12下-21	錯24-7	鉉12下-3
嬌(變)	女部	【女部】	12畫	618	624	無	段12下-14	錯24-5	鉉12下-2
孿(健、孿、顡通段)	子部	【子部】	19畫	743	750	無	段14下-25	錯28-13	鉉14下-6
巒	山部	【山部】	19畫	439	444	10-60	段9下-5	錯18-2	鉉9下-1
攣(lǚan)	手部	【手部】	19畫	605	611	無	段12上-44	錯23-14	鉉12上-7
奱(攣)	収部	【廾部】	19畫	105	105	無	段3上-38	錯5-20	鉉3上-8
㬪(䔄)	日部	【日部】	19畫	305	308	無	段7上-7	錯13-3	鉉7上-1
欒	木部	【木部】	19畫	245	244	17-14	段6上-15	錯11-7	鉉6上-3
戀(變、孿、欒)	言部	【言部】	12畫	97	98	27-3	段3上-23	錯5-12	鉉3上-5
歔从戀	欠部	【欠部】	19畫	410	415	無	段8下-19	錯16-15	鉉8下-4
灓(濼通段)	水部	【水部】	19畫	555	560	無	段11上貳-19	錯21-19	鉉11上-6
罠(罠、緡、羉)	网部	【网部】	5畫	356	359	無	段7下-42	錯14-19	鉉7下-8
羉(羀、罥、絹,罥、羅通段)	网部	【网部】	19畫	355	358	無	段7下-40	錯14-18	鉉7下-7
臠(臠、癵通段)	肉部	【肉部】	19畫	171	173	24-30	段4下-28	錯8-10	鉉4下-5
胬(臠)	肉部	【肉部】	7畫	169	171	無	段4下-23	錯8-9	鉉4下-4
鸞	鳥部	【鳥部】	19畫	148	150	無	段4上-39	錯7-18	鉉4上-8
虆(蘽、虅,虆通段)	艸部	【艸部】	23畫	26	27	無	段1下-11	錯2-6	鉉1下-2

篆本字(古文、金文、籀文、俗字、通用字，通叚、金石)	說文部首	康熙部首	筆畫	一般頁碼	洪葉頁碼	金石字典頁碼	段注篇章	徐鍇通釋篇章	徐鉉藤花榭篇
luǎn(ㄌㄨㄢˇ)									
卵(卝、鯤鱗duoˋ述及，崚通叚)	卵部	【卩部】	5畫	680	686	5-28	段13下-12	鍇25-18	鉉13下-3
嬠(變)	女部	【女部】	12畫	618	624	無	段12下-14	鍇24-5	鉉12下-2
luàn(ㄌㄨㄢˋ)									
夐(爰、爰)	爻部	【爪部】	8畫	160	162	19-33	段4下-6	鍇8-4	鉉4下-2
亂	乙部	【乙部】	12畫	740	747	2-13	段14下-20	鍇28-8	鉉14下-4
敳(夐、亂、䜌)	攴部	【攴部】	12畫	125	126	15-59	段3下-37	鍇6-19	鉉3下-8
薍(wanˋ)	艸部	【艸部】	13畫	33	34	無	段1下-25	鍇2-12	鉉1下-4
lüè(ㄌㄩㄝˋ)									
寽(luoˊ)	爻部	【寸部】	4畫	160	162	無	段4下-6	鍇8-4	鉉4下-2
掠	手部	【手部】	8畫	無	無	無	無	無	鉉12上-8
略(掠、螺、蟸通叚)	田部	【田部】	6畫	697	703	20-41	段13下-46	鍇26-9	鉉13下-6
蝷(略)	虫部	【虫部】	10畫	669	675	無	段13上-52	鍇25-12	鉉13上-7
櫟(掠通叚)	木部	【木部】	15畫	246	249	17-14	段6上-17	鍇11-8	鉉6上-3
蚚(jieˋ)	虫部	【虫部】	7畫	669	675	無	段13上-52	鍇25-13	鉉13上-7
鋝	金部	【金部】	7畫	708	715	無	段14上-13	鍇27-5	鉉14上-3
絡(落，縶通叚)	糸部	【糸部】	6畫	659	666	23-18	段13上-33	鍇25-7	鉉13上-4
lún(ㄌㄨㄣˊ)									
崙	山部	【山部】	8畫	無	無	10-57	無	無	鉉9下-2
侖(龠，崙通叚)	亼部	【人部】	6畫	223	225	3-12	段5下-16	鍇10-6	鉉5下-3
倫	人部	【人部】	8畫	372	376	3-27	段8上-15	鍇15-6	鉉8上-2
惀	心部	【心部】	8畫	505	510	無	段10下-31	鍇20-11	鉉10下-6
掄	手部	【手部】	8畫	599	605	無	段12上-31	鍇23-10	鉉12上-5
棆	木部	【木部】	8畫	240	243	無	段6上-5	鍇11-3	鉉6上-1
淪(率，沌通叚)	水部	【水部】	8畫	549	554	18-39	段11上貳-7	鍇21-15	鉉11上-5
陯(淪)	𨸏部	【阜部】	8畫	736	743	30-29	段14下-12	鍇28-4	鉉14下-2
綸(guan)	糸部	【糸部】	8畫	654	660	23-25	段13上-22	鍇25-5	鉉13上-3
論	言部	【言部】	8畫	91	92	26-55	段3上-11	鍇5-7	鉉3上-3
蜦(蜺liˋ)	虫部	【虫部】	8畫	670	676	無	段13上-54	鍇25-13	鉉13上-7
輪(艙通叚)	車部	【車部】	8畫	724	731	無	段14上-46	鍇27-13	鉉14上-7
軨(轜、輪、轔，齡通叚)	車部	【車部】	5畫	723	730	27-65	段14上-43	鍇27-13	鉉14上-6

篆本字(古文、金文、籀文、俗字、通用字，通段、金石)	說文部首	康熙部首	筆畫	一般頁碼	洪葉頁碼	金石字典頁碼	段注篇章	徐鍇通釋篇章	徐鉉藤花榭篇
lùn(ㄌㄨㄣˋ)									
論	言部	【言部】	8畫	91	92	26-55	段3上-11	鍇5-7	鉉3上-3
luō(ㄌㄨㄛ)									
挧(lǚ)	手部	【手部】	7畫	599	605	無	段12上-31	鍇23-10	鉉12上-5
luó(ㄌㄨㄛˊ)									
寽(lüè)	叏部	【寸部】	4畫	160	162	無	段4下-6	鍇8-4	鉉4下-2
贏(贏从月馬瓦)	肉部	【肉部】	9畫	177	179	無	段4下-39	鍇8-14	鉉4下-6
覼(覼)	見部	【見部】	12畫	407	412	26-33	段8下-13	鍇16-13	鉉8下-3
邏	辵(辶)部	【辵部】	19畫	無	無	無	無	無	鉉2下-3
羅(羅、罹，邏通段)	网部	【网部】	14畫	356	359	23-44	段7下-42	鍇14-19	鉉7下-8
贏从虫(蠡蝸述及，偗、螺、贏从鳥通段)	虫部	【虫部】	13畫	667	674	無	段13上-49	鍇25-12	鉉13上-7
贏从月馬瓦(驘从月芈瓦、騾)	馬部	【馬部】	14畫	469	473	無	段10上-18	鍇19-5	鉉10上-3
贏(贏从月馬瓦)	肉部	【肉部】	9畫	177	179	無	段4下-39	鍇8-14	鉉4下-6
蘿	艸部	【艸部】	19畫	35	35	25-43	段1下-28	鍇2-13	鉉1下-5
杝(籭，柂、欏、籭通段)	木部	【木部】	3畫	257	259	無	段6上-38	鍇11-17	鉉6上-5
鑼(鏍)	金部	【金部】	19畫	704	711	無	段14上-5	鍇27-3	鉉14上-2
luǒ(ㄌㄨㄛˇ)									
砢(ke)	石部	【石部】	5畫	453	457	無	段9下-32	鍇18-11	鉉9下-5
斷	斤部	【斤部】	6畫	717	724	無	段14上-32	鍇27-10	鉉14上-5
蓏	艸部	【艸部】	9畫	22	23	無	段1下-3	鍇2-2	鉉1下-1
贏从虫(蠡蝸述及，偗、螺、贏从鳥通段)	虫部	【虫部】	13畫	667	674	無	段13上-49	鍇25-12	鉉13上-7
贏从衣(裸非裸guanˋ，偗、贏从果、躶通)	衣部	【衣部】	13畫	396	400	無	段8上-63	鍇16-5	鉉8上-9
裸非裸luoˇ	示部	【示部】	8畫	6	6	21-59	段1上-11	鍇1-7	鉉1上-2
臝段从歺贏luoˊ(瘰)	歺部	【歹部】	19畫	163	165	無	段4下-12	鍇8-6	鉉4下-3
厽(參，瘰通段)	厽部	【厶部】	4畫	737	744	無	段14下-13	鍇28-5	鉉14下-2
luò(ㄌㄨㄛˋ)									
洛(雒)	水部	【水部】	6畫	524	529	18-21	段11上壹-18	鍇21-4	鉉11上-2
潞(洛)	水部	【水部】	13畫	526	531	18-59	段11上壹-22	鍇21-7	鉉11上-2

篆本字（古文、金文、籀文、俗字、通用字，通段、金石）	說文部首	康熙部首	筆畫	一般頁碼	洪葉頁碼	金石字典頁碼	段注篇章	徐鍇通釋篇章	徐鉉藤花榭篇
晷	目部	【目部】	6畫	134	135	無	段4上-10	鍇7-4	鉉4上-2
絡(落，繁通段)	糸部	【糸部】	6畫	659	666	23-18	段13上-33	鍇25-7	鉉13上-4
䇠(絡、落)	竹部	【竹部】	6畫	193	195	無	段5上-9	鍇9-4	鉉5上-2
落(絡，殞通段)	艸部	【艸部】	9畫	40	40	25-17	段1下-38	鍇2-18	鉉1下-6
零(落)	雨部	【雨部】	6畫	572	578	31-2	段11下-11	鍇22-6	鉉11下-3
銘(剆、斮)	金部	【金部】	6畫	714	721	無	段14上-25	鍇27-8	鉉14上-4
雒(鷦)	隹部	【隹部】	6畫	141	142	30-55	段4上-24	鍇7-11	鉉4上-5
洛(雒)	水部	【水部】	6畫	524	529	18-21	段11上壹-18	鍇21-4	鉉11上-2
鷦(雒)	鳥部	【鳥部】	6畫	151	153	無	段4上-45	鍇7-20	鉉4上-8
駱(雒)	馬部	【馬部】	6畫	461	466	31-59	段10上-3	鍇19-1	鉉10上-1
酢(醋，酪通段)	酉部	【酉部】	5畫	751	758	無	段14下-41	鍇28-19	鉉14下-9
鞳	革部	【革部】	6畫	107	108	無	段3下-1	鍇6-2	鉉3下-1
鮥(鮛)	魚部	【魚部】	6畫	576	581	無	段11下-18	鍇22-8	鉉11下-4
瞤(睏、瞯、矖、睧，擱通段)	目部	【目部】	12畫	134	136	無	段4上-11	鍇7-5	鉉4上-2
落(絡，殞通段)	艸部	【艸部】	9畫	40	40	25-17	段1下-38	鍇2-18	鉉1下-6
格(垎，垎、徦、烙、敆、橄、箁通段)	木部	【木部】	6畫	251	254	16-37，各6-4	段6上-27	鍇11-12	鉉6上-4
皠(皠、曜通段)	白部	【白部】	10畫	363	367	無	段7下-57	鍇14-24	鉉7下-10
犖	牛部	【牛部】	10畫	51	51	無	段2上-6	鍇3-3	鉉2上-2
嬴	立部	【立部】	13畫	500	505	無	段10下-21	鍇20-8	鉉10下-4
濕(潔)	水部	【水部】	14畫	536	541	無	段11上壹-41	鍇21-5	鉉11上-3
濼(泊)	水部	【水部】	15畫	535	540	19-4	段11上壹-40	鍇21-11	鉉11上-3
翟(狄，鸐、鷫通段)	羽部	【羽部】	8畫	138	140	30-55	段4上-19	鍇7-9	鉉4上-4
纚	糸部	【糸部】	19畫	647	654	無	段13上-9	鍇25-3	鉉13上-2
M									
má(ㄇㄚˊ)									
麻	麻部	【麻部】		336	339	32-34	段7下-2	鍇13-28	鉉7下-1
林非林linˊ(麻)	林部	【木部】	4畫	335	339	無	段7下-1	鍇13-28	鉉7下-1
蟆(蟇黽wa述及)	虫部	【虫部】	11畫	672	678	無	段13上-58	鍇25-14	鉉13上-8
mǎ(ㄇㄚˇ)									
馬(𢒉、𢒉)	馬部	【馬部】		460	465	31-52	段10上-1	鍇19-1	鉉10上-1

篆本字(古文、金文、籀文、俗字、通用字,通叚、金石)	說文部首	康熙部首	筆畫	一般頁碼	洪葉頁碼	金石字典頁碼	段注篇章	徐鍇通釋篇章	徐鉉藤花榭篇
mà(ㄇㄚˋ)									
瘝	广部	【广部】	10畫	349	352	無	段7下-28	錯14-12	鉉7下-5
禡	示部	【示部】	10畫	7	7	無	段1上-14	錯1-7	鉉1上-2
罵(罵、傌、傌通叚)	网部	【网部】	10畫	356	360	無	段7下-43	錯14-20	鉉7下-8
鄢	邑部	【邑部】	10畫	294	296	無	段6下-44	錯12-19	鉉6下-7
傌(隝爐xuan述及,傌通叚)	人部	【人部】	11畫	378	382	無	段8上-27	錯15-9	鉉8上-4
鬕从莫(帕)	髟部	【髟部】	11畫	427	432	無	段9上-25	錯17-8	鉉9上-4
mái(ㄇㄞˊ)									
瞒(瞒)	目部	【目部】	12畫	132	134	無	段4上-7	錯7-4	鉉4上-2
薶(貍、埋)	艸部	【艸部】	14畫	44	45	無	段1下-47	錯2-22	鉉1下-8
霾	雨部	【雨部】	14畫	574	579	32-6	段11下-14	錯22-6	鉉11下-4
mǎi(ㄇㄞˇ)									
買(鷶通叚)	貝部	【貝部】	5畫	282	284	27-32	段6下-20	錯12-12	鉉6下-5
mài(ㄇㄞˋ)									
麥	麥部	【麥部】		231	234	32-34	段5下-33	錯10-13	鉉5下-6
衇(脈、衇,脉通叚)	辰部	【血部】	6畫	570	575	無	段11下-6	錯22-3	鉉11下-2
覛(貤、眽、脈文選,覓、覤、覔、否、鬹通叚)	辰部	【見部】	6畫	570	575	無	段11下-6	錯22-3	鉉11下-2
賣(賣與賣yu易混淆)	出部	【貝部】	8畫	273	275	27-36	段6下-2	錯12-2	鉉6下-1
賣(賣、賣、鬵,矕、賣通叚)	貝部	【貝部】	12畫	282	285	27-38	段6下-21	錯12-13	鉉6下-5
霢(霡通叚)	雨部	【雨部】	10畫	573	578	無	段11下-12	錯22-6	鉉11下-3
講(講通叚)	言部	【言部】	13畫	98	99	無	段3上-25	錯5-13	鉉3上-5
邁(遭从萬虫)	辵(辶)部	【辵部】	13畫	70	70	28-52	段2下-2	錯4-2	鉉2下-1
怖(邁,悖、懇通叚)	心部	【心部】	4畫	511	516	無	段10下-43	錯20-15	鉉10下-8
勱(邁,勵通叚)	力部	【力部】	13畫	699	706	4-53	段13下-51	錯26-11	鉉13下-7
mán(ㄇㄢˊ)									
鞔(靴通叚)	革部	【革部】	7畫	108	109	無	段3下-3	錯6-3	鉉3下-1
崗(簚、簚通叚)	网部	【冂部】	9畫	354	358	無	段7下-39	錯14-18	鉉7下-7
樠(柄)	木部	【木部】	11畫	247	250	無	段6上-19	錯11-8	鉉6上-3
謾(瞞,暪通叚)	言部	【言部】	11畫	96	97	無	段3上-21	錯5-11	鉉3上-4

篆本字（古文、金文、籀文、俗字、通用字，通段、金石）	說文部首	康熙部首	筆畫	一般頁碼	洪葉頁碼	金石字典頁碼	段注篇章	徐鍇通釋篇章	徐鉉藤花榭篇
瞞(謾，暚、顢通段)	目部	【目部】	11畫	130	131	無	段4上-2	鍇7-2	鉉4上-1
㦖(顢通段)	心部	【心部】	11畫	510	514	無	段10下-40	鍇20-14	鉉10下-7
趨(慢)	走部	【走部】	11畫	65	66	無	段2上-35	鍇3-16	鉉2上-7
曼(漫滔述及，縵、鬘从曼通段)	又部	【曰部】	7畫	115	116	15-57	段3下-18	鍇6-9	鉉3下-4
鬗从兩(鬘从曼通段)	髟部	【髟部】	11畫	426	430	無	段9上-22	鍇17-7	鉉9上-4
鬘从劈(鬘从曼通段)	髟部	【髟部】	15畫	426	431	無	段9上-23	鍇17-8	鉉9上-4
鰻	魚部	【魚部】	11畫	577	583	無	段11下-21	鍇22-8	鉉11下-5
蠻	虫部	【虫部】	19畫	673	680	25-59	段13上-61	鍇25-14	鉉13上-8
mǎn(ㄇㄢˇ)									
洝(潤，酶通段)	水部	【水部】	7畫	565	570	無	段11上貳-40	鍇21-25	鉉11上-8
滿(漫通段)	水部	【水部】	11畫	551	556	18-52	段11上貳-11	鍇21-16	鉉11上-5
懣(滿)	心部	【心部】	14畫	512	516	無	段10下-44	鍇20-16	鉉10下-8
㒼(篗、㒼通段)	㒼部	【冂部】	9畫	354	358	無	段7下-39	鍇14-18	鉉7下-7
矕	目部	【目部】	19畫	130	132	無	段4上-3	鍇7-2	鉉4上-1
màn(ㄇㄢˋ)									
曼(漫滔述及，縵、鬘从曼通段)	又部	【曰部】	7畫	115	116	15-57	段3下-18	鍇6-9	鉉3下-4
蔓(曼)	艸部	【艸部】	11畫	35	36	25-28	段1下-29	鍇2-14	鉉1下-5
滿(漫通段)	水部	【水部】	11畫	551	556	18-52	段11上貳-11	鍇21-16	鉉11上-5
嫚(僈通段)	女部	【女部】	11畫	624	630	無	段12下-25	鍇24-9	鉉12下-4
幔	巾部	【巾部】	11畫	358	362	無	段7下-47	鍇14-21	鉉7下-9
慢	心部	【心部】	11畫	509	514	無	段10下-39	鍇20-14	鉉10下-7
趨(慢)	走部	【走部】	11畫	65	66	無	段2上-35	鍇3-16	鉉2上-7
槾(墁通段)	木部	【木部】	11畫	256	258	無	段6上-36	鍇11-16	鉉6上-5
鏝(槾)	金部	【金部】	11畫	707	714	無	段14上-12	鍇27-5	鉉14上-3
獌(蟃、獄，貙通段)	犬部	【犬部】	11畫	477	482	無	段10上-35	鍇19-11	鉉10上-6
縵	糸部	【糸部】	11畫	649	655	無	段13上-12	鍇25-3	鉉13上-2
蔓(曼)	艸部	【艸部】	11畫	35	36	25-28	段1下-29	鍇2-14	鉉1下-5
鄤(鄸通段)	邑部	【邑部】	14畫	294	296	無	段6下-44	鍇12-19	鉉6下-7
輓	車部	【車部】	11畫	721	728	無	段14上-40	鍇27-12	鉉14上-6
máng(ㄇㄤˊ)									
杗	木部	【木部】	3畫	256	258	無	段6上-36	鍇11-16	鉉6上-5

篆本字（古文、金文、籀文、俗字、通用字，通段、金石）	說文部首	康熙部首	筆畫	一般頁碼	洪葉頁碼	金石字典頁碼	段注篇章	徐鍇通釋篇章	徐鉉藤花榭篇
盲	目部	【目部】	3畫	135	136	無	段4上-12	錯7-6	鉉4上-3
翩(萠、忙、茫)	朙部	【月部】	7畫	314	317	無	段7上-26	錯13-10	鉉7上-4
芒(芒、鋩，釪、忙、茫通段)	艸部	【艸部】	3畫	38	39	24-55	段1下-35	錯2-17	鉉1下-6
巟(荒，汒、漭、茫通段)	川部	【巛部】	3畫	568	574	25-7	段11下-3	錯22-2	鉉11下-1
邙	邑部	【邑部】	3畫	288	290	無	段6下-32	錯12-16	鉉6下-6
氓(meng´)	民部	【氏部】	4畫	627	633	無	段12下-31	錯24-10	鉉12下-5
尨(龍、駹、蒙尨 mang´述及)	犬部	【尢部】	4畫	473	478	10-38	段10上-27	錯19-8	鉉10上-5
牻(尨)	牛部	【牛部】	7畫	51	51	無	段2上-6	錯3-3	鉉2上-2
哤(尨)	口部	【口部】	7畫	60	61	無	段2上-25	錯3-11	鉉2上-5
龍(寵、和、尨買述及、駹騋述及，曨通段)	龍部	【龍部】		582	588	32-56	段11下-31	錯22-11	鉉11下-6
駹(尨，蛖通段)	馬部	【馬部】	7畫	462	466	無	段10上-4	錯19-2	鉉10上-1
厖(尨，痝、硥、懞通段)	厂部	【厂部】	7畫	447	452	無	段9下-21	錯18-7	鉉9下-3
淲	水部	【水部】	7畫	544	549	無	段11上壹-57	錯21-12	鉉11上-4
蚌(蠯，蛖、鮮通段)	虫部	【虫部】	4畫	671	677	無	段13上-56	錯25-13	鉉13上-8
帗(綫述及，幭通段)	巾部	【巾部】	6畫	358	361	無	段7下-46	錯14-21	鉉7下-8
哤(狵，㹞、庬、薉通段)	口部	【口部】	7畫	61	62	6-37	段2上-27	錯3-12	鉉2上-6
薨(翃、翲、霿通段)	死部	【艸部】	13畫	164	166	無	段4下-13	錯8-6	鉉4下-3
mǎng(ㄇㄤˇ)									
蠠(蛗)	蚰部	【虫部】	9畫	675	682	25-54	段13下-3	錯25-15	鉉13下-1
茻	茻部	【艸部】	6畫	47	48		段1下-53	錯2-25	鉉1下-9
莽(漭、瞱、蟒通段)	茻部	【艸部】	6畫	48	48	25-12	段1下-54	無	鉉1下-10
巟(荒，汒、漭、茫通段)	川部	【巛部】	3畫	568	574	25-7	段11下-3	錯22-2	鉉11下-1
坶(坲)	土部	【土部】	5畫	683	689	無	段13下-18	錯26-2	鉉13下-3
厖(尨，痝、硥、懞通段)	厂部	【厂部】	7畫	447	452	無	段9下-21	錯18-7	鉉9下-3

篆本字（古文、金文、籀文、俗字、通用字，通叚、金石）	說文部首	康熙部首	筆畫	一般頁碼	洪葉頁碼	金石字典頁碼	段注篇章	徐鍇通釋篇章	徐鉉藤花榭篇
māo(ㄇㄠ)									
貓	豸部	【豸部】	9畫	無	無	無	無	無	鉉9下-7
máo(ㄇㄠˊ)									
毛(髦)	毛部	【毛部】		398	402	17-50	段8上-68	錯16-7	鉉8上-10
髦(毛，鬡通叚)	髟部	【髟部】	4畫	426	430	無	段9上-22	錯17-8	鉉9上-4
髳(鬏、髦)	髟部	【髟部】	9畫	426	431	無	段9上-23	錯17-8	鉉9上-4
矛(瞂，鉾、䥐通叚)	矛部	【矛部】		719	726	21-36	段14上-36	錯27-11	鉉14上-6
芼	艸部	【艸部】	4畫	39	40	無	段1下-37	錯2-18	鉉1下-6
覒(芼)	見部	【見部】	4畫	409	414	無	段8下-17	錯16-14	鉉8下-4
髦(毛，鬡通叚)	髟部	【髟部】	4畫	426	430	無	段9上-22	錯17-8	鉉9上-4
毛(髦)	毛部	【毛部】		398	402	17-50	段8上-68	錯16-7	鉉8上-10
鬣从髟巤(鼸、獵、㺕、钀、髦、㲱、毻、葛隸變、巤，犣通叚)	囟部	【巛部】	12畫	501	505	11-5	段10下-22	錯20-8	鉉10下-5
翠(接、涩，簍、氉、㲱通叚)	羽部	【羽部】	8畫	140	142	無	段4上-23	錯7-10	鉉4上-5
茅(罞、蘆、鶜通叚)	艸部	【艸部】	5畫	27	28	25-2	段1下-13	錯2-7	鉉1下-3
苗(茅)	艸部	【艸部】	5畫	40	40	24-58	段1下-38	錯2-18	鉉1下-6
旄(麾，翆、秏通叚)	㫃部	【方部】	6畫	311	314	15-17	段7上-20	錯13-7	鉉7上-3
耄(毷、耄、眊、旄，蟊通叚)	老部	【老部】	11畫	398	402	24-3	段8上-67	錯16-7	鉉8上-10
嵍(堥通叚)	山部	【山部】	9畫	441	445	無	段9下-8	錯18-3	鉉9下-2
鍪(堥鍪述及)	金部	【金部】	9畫	704	711	29-50	段14上-5	錯27-3	鉉14上-2
楙(茂)	林部	【木部】	9畫	271	274	16-53	段6上-67	錯11-31	鉉6上-9
茂(楙)	艸部	【艸部】	5畫	39	39	25-3	段1下-36	錯2-17	鉉1下-6
髳(鬏、髦)	髟部	【髟部】	9畫	426	431	無	段9上-23	錯17-8	鉉9上-4
犛	犛部	【毛部】	11畫	53	54	17-51	段2上-11	錯3-5	鉉2上-3
氂(禧、犛、𣯛、理，犛通叚)	里部	【里部】	11畫	694	701	29-31	段13下-41	錯26-8	鉉13下-6
犛	犛部	【牛部】	11畫	53	53	19-48	段2上-10	錯3-5	鉉2上-3
蟊	䖵部	【虫部】	11畫	675	681	無	段13下-2	錯25-15	鉉13下-1

篆本字(古文、金文、籀文、俗字、通用字，通叚、金石)	說文部首	康熙部首	筆畫	一般頁碼	洪葉頁碼	金石字典頁碼	段注篇章	徐鍇通釋篇章	徐鉉藤花榭篇
蠢(蟊、蟊、蛑，蝥通叚)	蟲部	【虫部】	16畫	676	682	無	段13下-4	鍇25-16	鉉13下-1
蝥(蝥通叚)	虫部	【虫部】	9畫	667	674	無	段13上-49	鍇25-12	鉉13上-7
mǎo(ㄇㄠˇ)									
冃	冃部	【冂部】	1畫	353	357	無	段7下-37	鍇14-16	鉉7下-7
夘(卯、丣、酉昴述及)	卯部	【卩部】	3畫	745	752	5-24	段14下-29	鍇28-15	鉉14下-7
昴	日部	【日部】	5畫	305	308	15-40	段7上-8	鍇13-3	鉉7上-2
茆(茒)	艸部	【艸部】	7畫	46	47	無	段1下-51	鍇2-24	鉉1下-8
茜(蕭、縮、茆)	西部	【艸部】	7畫	750	757	無	段14下-40	鍇28-19	鉉14下-9
蓩(藗)	艸部	【艸部】	11畫	26	27	無	段1下-11	鍇2-6	鉉1下-2
mào(ㄇㄠˋ)									
冒(帽)	冃部	【冂部】	2畫	353	357	無	段7下-37	鍇14-17	鉉7下-7
皃(頌、貌)	皃部	【白部】	2畫	406	410	21-8	段8下-10	鍇16-12	鉉8下-2
眊(翟、耄、薹)	目部	【目部】	4畫	131	132	無	段4上-4	鍇7-2	鉉4上-1
薹(毛、耄、眊、旄，薹通叚)	老部	【老部】	11畫	398	402	24-3	段8上-67	鍇16-7	鉉8上-10
覒(毛)	見部	【見部】	4畫	409	414	無	段8下-17	鍇16-14	鉉8下-4
冡(冡)	見部	【見部】	4畫	409	413	無	段8下-16	鍇16-14 冡14-14	鉉8下-4
茂(楙)	艸部	【艸部】	5畫	39	39	25-3	段1下-36	鍇2-17	鉉1下-6
楙(茂)	林部	【木部】	9畫	271	274	16-53	段6上-67	鍇11-31	鉉6上-9
蔚(茂、鬱)	艸部	【艸部】	11畫	35	35	無	段1下-28	鍇2-13	鉉1下-5
菽(茂、蓩)	艸部	【艸部】	9畫	39	40	無	段1下-37	鍇2-18	鉉1下-6
袤(褒)	衣部	【衣部】	5畫	391	395	無	段8上-54	鍇16-2	鉉8上-8
貿	貝部	【貝部】	5畫	281	284	27-32	段6下-19	鍇12-11	鉉6下-5
旄(麾，翟、耗通叚)	放部	【方部】	6畫	311	314	15-17	段7上-20	鍇13-7	鉉7上-3
楸(旄)	木部	【木部】	9畫	239	242	16-54	段6上-3	鍇11-2	鉉6上-1
薹(毛、耄、眊、旄，薹通叚)	老部	【老部】	11畫	398	402	24-3	段8上-67	鍇16-7	鉉8上-10
冒(帽)	冃部	【冂部】	2畫	353	357	無	段7下-37	鍇14-17	鉉7下-7
冒(圖、冃，帽、瑁、賵通叚)	冃部	【冂部】	7畫	354	358	4-15，21-26	段7下-39	鍇14-17	鉉7下-7
瞀(冒)	目部	【目部】	9畫	131	133	無	段4上-5	鍇7-3	鉉4上-2

篆本字(古文、金文、籀文、俗字、通用字，通段、金石)	說文部首	康熙部首	筆畫	一般頁碼	洪葉頁碼	金石字典頁碼	段注篇章	徐鍇通釋篇章	徐鉉藤花榭篇
瑂(玬、珇)	玉部	【玉部】	9畫	13	13	無	段1上-25	錯1-13	鉉1上-4
媚(媚)	女部	【女部】	9畫	622	628	無	段12下-22	錯24-7	鉉12下-3
楣	木部	【木部】	9畫	256	258	無	段6上-36	錯11-16	鉉6上-5
瞀(霿、霧、愁)	目部	【目部】	9畫	132	134	21-35	段4上-7	錯7-4	鉉4上-2
霿从敄目(蒙、瞀)	雨部	【雨部】	14畫	574	579	無	段11下-14	錯22-6	鉉11下-4
萺(蕺)	艸部	【艸部】	9畫	46	47	無	段1下-51	錯2-24	鉉1下-8
楙(旄)	木部	【木部】	9畫	239	242	16-54	段6上-3	錯11-2	鉉6上-1
棥(茂)	林部	【木部】	9畫	271	274	16-53	段6上-67	錯11-31	鉉6上-9
茂(棥)	艸部	【艸部】	5畫	39	39	25-3	段1下-36	錯2-17	鉉1下-6
菽(茂、蔜)	艸部	【艸部】	9畫	39	40	無	段1下-37	錯2-18	鉉1下-6
蔜(蔜)	艸部	【艸部】	11畫	26	27	無	段1下-11	錯2-6	鉉1下-2
蔜	艸部	【艸部】	12畫	無	無	無	無	無	鉉1下-2
鄧	邑部	【邑部】	12畫	294	297	無	段6下-45	錯12-19	鉉6下-7
懋(悉)	心部	【心部】	13畫	507	511	13-40	段10下-34	錯20-12	鉉10下-6
勖(懋，晶通段)	力部	【力部】	9畫	699	706	無	段13下-51	錯26-11	鉉13下-7
蘇(藜)	艸部	【艸部】	13畫	46	47	無	段1下-51	錯2-24	鉉1下-8
méi(ㄇㄟˊ)									
枚(微)	木部	【木部】	4畫	249	251	16-26	段6上-22	錯11-10	鉉6上-4
沒(湏、沒、叟、頮述及)	水部	【水部】	4畫	557	562	18-7	段11上貳-23	錯21-20	鉉11上-7
頮(沒、叟)	頁部	【頁部】	4畫	418	423	無	段9上-7	錯17-3	鉉9上-2
汅(洰、沒)	水部	【水部】	3畫	556	561	18-3	段11上貳-22	錯21-19	鉉11上-7
玫(砇、瑉、碈珉述及，玫)	玉部	【玉部】	4畫	18	18	無	段1上-36	錯1-17	鉉1上-6
督(眉)	眉部	【目部】	4畫	136	137	21-27	段4上-14	錯7-7	鉉4上-3
苺(莓通段)	艸部	【艸部】	5畫	26	26	無	段1下-10	錯2-5	鉉1下-2
梅(楳、某)	木部	【木部】	7畫	239	241	16-44	段6上-2	錯11-1	鉉6上-1
某(槑、梅，柑通段)	木部	【木部】	5畫	248	250	16-33	段6上-20	錯11-9	鉉6上-3
罪	网部	【网部】	7畫	355	358	23-42	段7下-40	錯14-18	鉉7下-7
胸(胈)	肉部	【肉部】	7畫	169	171	無	段4下-24	錯8-9	鉉4下-4
鋂	金部	【金部】	7畫	713	720	無	段14上-24	錯27-7	鉉14上-4
楣	木部	【木部】	9畫	255	257	無	段6上-34	錯11-15	鉉6上-5

篆本字（古文、金文、籀文、俗字、通用字，通段、金石）	說文部首	康熙部首	筆畫	一般頁碼	洪葉頁碼	金石字典頁碼	段注篇章	徐鍇通釋篇章	徐鉉藤花榭篇
湄(澳涊述及，堳、湉通段)	水部	【水部】	9畫	554	559	18-40	段11上貳-18	鍇21-18	鉉11上-6
澳(潒、湄涊述及)	水部	【水部】	9畫	561	566	無	段11上貳-31	鍇21-22	鉉11上-8
涊(湄)	水部	【水部】	7畫	561	566	無	段11上貳-31	鍇21-22	鉉11上-8
瑂	玉部	【玉部】	9畫	17	17	無	段1上-33	鍇1-16	鉉1上-5
媄	女部	【女部】	9畫	613	619	無	段12下-4	鍇24-2	鉉12下-1
禖(媒)	示部	【示部】	9畫	7	7	無	段1上-13	鍇1-7	鉉1上-2
腜	肉部	【肉部】	9畫	167	169	無	段4下-20	鍇8-8	鉉4下-4
郿	邑部	【邑部】	9畫	286	288	無	段6下-28	鍇12-15	鉉6下-6
塺(𡏋、煤通段)	土部	【土部】	11畫	691	698	無	段13下-35	鍇26-6	鉉13下-5
䵑	黍部	【黍部】	11畫	330	333	無	段7上-57	鍇13-23	鉉7上-9
黴(斂，穤、霉、黣通段)	黑部	【黑部】	11畫	489	493	無	段10上-58	鍇19-19	鉉10上-10
měi(ㄇㄟˇ)									
每	中部	【毋部】	3畫	21	22	17-47	段1下-1	鍇2-1	鉉1下-1
美	羊部	【羊部】	3畫	146	148	23-46	段4上-35	鍇7-16	鉉4上-7
嘉(美、善、賀，恕通段)	壴部	【口部】	11畫	205	207	6-51	段5上-34	鍇9-14	鉉5上-7
拇(挴、踇通段)	手部	【手部】	5畫	593	599	無	段12上-20	鍇23-8	鉉12上-4
浼(潤，醀通段)	水部	【水部】	7畫	565	570	無	段11上貳-40	鍇21-25	鉉11上-8
潤(浼，泯、湣、潣通段)	水部	【水部】	12畫	550	555	無	段11上貳-10	鍇21-16	鉉11上-5
媺(嬍)	女部	【女部】	9畫	618	624	無	段12下-13	鍇24-4	鉉12下-?
黴(斂，穤、霉、黣通段)	黑部	【黑部】	11畫	489	493	無	段10上-58	鍇19-19	鉉10上-10
mèi(ㄇㄟˋ)									
眣(wùˋ)	目部	【目部】	4畫	131	133	無	段4上-5	鍇7-3	鉉4上-2
睸(眣)	目部	【目部】	5畫	135	137	無	段4上-13	鍇7-6	鉉4上-3
袂(襼，襩通段)	衣部	【衣部】	4畫	392	396	無	段8上-56	鍇16-3	鉉8上-8
鬽(魅、彖、𢑱)	鬼部	【鬼部】	4畫	435	440	無	段9上-41	鍇17-14	鉉9上-7
妹(娒又似从末)	女部	【女部】	5畫	615	621	8-31	段12下-8	鍇24-3	鉉12下-1
末(秣，妹、抹、鞎通段)	木部	【木部】	1畫	248	251	16-11	段6上-21	鍇11-10	鉉6上-3

篆本字(古文、金文、籀文、俗字、通用字，通段、金石)	說文部首	康熙部首	筆畫	一般頁碼	洪葉頁碼	金石字典頁碼	段注篇章	徐鍇通釋篇章	徐鉉藤花榭篇
昒(吻、曶)	日部	【日部】	5畫	302	305	15-38	段7上-2	鍇13-1	鉉7上-1
沬(類、湏、靧)	水部	【水部】	5畫	563	568	18-44	段11上貳-36	鍇21-24	鉉11上-9
眜	目部	【目部】	5畫	134	136	無	段4上-11	鍇7-5	鉉4上-2
韎(wa ˋ)	韋部	【韋部】	5畫	234	237	無	段5下-39	鍇10-16	鉉5下-8
悔(痗、悘通段)	心部	【心部】	7畫	512	516	13-20	段10下-44	鍇20-16	鉉10下-8
媚(嬍)	女部	【女部】	9畫	617	623	8-47	段12下-12	鍇24-4	鉉12下-2
媢(媚)	女部	【女部】	9畫	622	628	無	段12下-22	鍇24-7	鉉12下-3
薇(籅、簹、蘠、笍)	竹部	【竹部】	13畫	189	191	無	段5上-2	鍇9-1	鉉5上-1
寐	寢部	【宀部】	10畫	347	351	無	段7下-25	鍇14-10	鉉7下-5
默(嘿，嘿通段)	犬部	【黑部】	4畫	474	478	32-40	段10上-28	鍇19-9	鉉10上-5

mēn(ㄇㄣ)

| 悶(憫，燜通段) | 心部 | 【心部】 | 8畫 | 512 | 516 | 無 | 段10下-44 | 鍇20-16 | 鉉10下-8 |

mén(ㄇㄣˊ)

門	門部	【門部】		587	593	30-9	段12上-7	鍇23-4	鉉12上-2
錉(鈏通段)	金部	【金部】	8畫	714	721	無	段14上-26	鍇27-8	鉉14上-4
捫	手部	【手部】	8畫	597	603	無	段12上-28	鍇23-10	鉉12上-5
頣	頁部	【頁部】	8畫	421	426	無	段9上-13	鍇17-4	鉉9上-2
𣯶	毛部	【毛部】	11畫	399	403	無	段8上-69	鍇16-7	鉉8上-10
璊(玧yun ˇ)	玉部	【玉部】	11畫	15	15	無	段1上-30	鍇1-15	鉉1上-5
虋从興酉分(穈、糜、𪎭通段)	艸部	【艸部】	26畫	22	23	無	段1下-3	鍇2-2	鉉1下-1

mèn(ㄇㄣˋ)

悶(憫，燜通段)	心部	【心部】	8畫	512	516	無	段10下-44	鍇20-16	鉉10下-8
炅(熅，煴通段)	火部	【火部】	6畫	482	487	無	段10上-45	鍇19-15	鉉10上-8
懣(滿)	心部	【心部】	14畫	512	516	無	段10下-44	鍇20-16	鉉10下-8

méng(ㄇㄥˊ)

甿(萌)	田部	【田部】	3畫	697	704	無	段13下-47	鍇26-9	鉉13下-6
氓(mang ´)	民部	【氏部】	4畫	627	633	無	段12下-31	鍇24-10	鉉12下-5
鮯(鯍、鰽)	魚部	【魚部】	6畫	576	581	無	段11下-18	鍇22-8	鉉11下-4
茵(蝱)	艸部	【艸部】	7畫	35	36	無	段1下-29	鍇2-14	鉉1下-5
蝱(蛋)	蚰部	【虫部】	9畫	675	682	25-54	段13下-3	鍇25-15	鉉13下-1
萌(萌，茗通段)	艸部	【艸部】	11畫	37	38	25-27	段1下-33	鍇2-15	鉉1下-5

篆本字(古文、金文、籀文、俗字、通用字，通段、金石)	說文部首	康熙部首	筆畫	一般頁碼	洪葉頁碼	金石字典頁碼	段注篇章	徐鍇通釋篇章	徐鉉藤花榭篇
旺(萌)	田部	【田部】	3畫	697	704	無	段13下-47	錯26-9	鉉13下-6
盟(盟、盟从血、盟从皿)	囧部	【血部】	8畫	314	317	21-19	段7上-26	錯13-10	鉉7上-4
幪(幪通段)	巾部	【巾部】	10畫	360	364	無	段7下-51	錯14-22	鉉7下-9
朦	月部	【月部】	14畫			無	無	無	鉉7上-4
蒙(蕦，朦通段)	艸部	【艸部】	10畫	46	46	無	段1下-50	錯2-23	鉉1下-8
冡(蒙)	冃部	【冖部】	8畫	353	357	無	段7下-37	錯14-17	鉉7下-7
霿从敄目(蒙、瞀)	雨部	【雨部】	14畫	574	579	無	段11下-14	錯22-6	鉉11下-4
尨(龍、駹、蒙恲 mang´述及)	犬部	【尢部】	4畫	473	478	10-38	段10上-27	錯19-8	鉉10上-5
厖(尨，痝、硥、懞通段)	厂部	【厂部】	7畫	447	452	無	段9下-21	錯18-7	鉉9下-3
醵(釅通段)	酉部	【酉部】	10畫	747	754	無	段14下-34	錯28-17	鉉14下-8
騣	馬部	【馬部】	10畫	469	473	無	段10上-18	錯19-5	鉉10上-3
甍(瓱、甊从雨畾，櫋通段)	瓦部	【瓦部】	11畫	638	644	無	段12下-53	錯24-18	鉉12下-8
懞(蕄通段)	心部	【竹部】	12畫	513	517	無	段10下-46	錯20-16	鉉10下-8
夢艸部	艸部	【艸部】	13畫	29	30	無	段1下-17	錯2-8	鉉1下-3
鄳(鄳)	邑部	【邑部】	13畫	293	295	無	段6下-42	錯12-18	鉉6下-7
儚(儚，懜通段)	人部	【人部】	17畫	378	382	無	段8上-27	錯15-10	鉉8上-4
懜(儚、懜通段)	心部	【心部】	14畫	510	515	無	段10下-41	錯20-15	鉉10下-7
蔑(瞙、蠛、鄸、鱴通段)	首部	【艸部】	11畫	145	146	25-27	段4上-32	錯7-15	鉉4上-6
夢(癁，鄸通段)	夕部	【夕部】	11畫	315	318	7-56	段7上-27	錯13-11	鉉7上-5
瞢(夢)	首部	【目部】	11畫	145	146	21-35	段4上-32	錯7-15	鉉4上-6
濛(霥从雨蒙，霿通段从蒙)	水部	【水部】	14畫	558	563	無	段11上貳-25	錯21-20	鉉11上-7
矇	目部	【目部】	14畫	135	136	無	段4上-12	錯7-6	鉉4上-3
霿从敄目(蒙、瞀)	雨部	【雨部】	14畫	574	579	無	段11下-14	錯22-6	鉉11下-4
瞀(霿、霧、愁)	目部	【目部】	9畫	132	134	21-35	段4上-7	錯7-4	鉉4上-2
饛	倉部	【食部】	14畫	221	223	無	段5下-12	錯10-5	鉉5下-2
鸏(鷭)	鳥部	【鳥部】	14畫	153	154	無	段4上-48	錯7-21	鉉4上-9

篆本字（古文、金文、籀文、俗字、通用字，通段、金石）	說文部首	康熙部首	筆畫	一般頁碼	洪葉頁碼	金石字典頁碼	段注篇章	徐鍇通釋篇章	徐鉉藤花榭篇
měng（ㄇㄥˇ）									
冡（蒙）	冃部	【冂部】	8畫	353	357	無	段7下-37	鍇14-17	鉉7下-7
猛	犬部	【犬部】	8畫	475	479	19-54	段10上-30	鍇19-10	鉉10上-5
蜢	虫部	【虫部】	8畫	無	無	無	無	無	鉉13上-8
蜢（蜢通段）	虫部	【虫部】	10畫	664	671	無	段13上-43	鍇25-10	鉉13上-6
黽	黽部	【黽部】	10畫	312	315	無	段7上-22	鍇13-8	鉉7上-3
蠓	虫部	【虫部】	14畫	668	675	無	段13上-51	鍇25-12	鉉13上-7
mèng（ㄇㄥˋ）									
孟（㹻）	子部	【子部】	5畫	743	750	9-5	段14下-25	鍇28-13	鉉14下-6
夢（鄸通段）	夕部	【夕部】	11畫	315	318	7-56	段7上-27	鍇13-11	鉉7上-5
寢（夢，㝱通段）	寢部	【宀部】	18畫	347	350	10-17	段7下-24	鍇14-10	鉉7下-4
懜（儚、懵通段）	心部	【心部】	14畫	510	515	無	段10下-41	鍇20-15	鉉10下-7
mī（ㄇㄧ）									
眯	目部	【目部】	6畫	134	136	無	段4上-11	鍇7-5	鉉4上-2
瓤从米（瘝、眯）	寢部	【宀部】	19畫	347	351	無	段7下-25	鍇14-10	鉉7下-5
mí（ㄇㄧˊ）									
覛（覛）	見部	【見部】	5畫	409	413	無	段8下-16	鍇16-14	鉉8下-3
絲（糜通段）	糸部	【糸部】	6畫	649	656	無	段13上-13	鍇25-4	鉉13上-2
㒼（罞、㡃，采通段）	网部	【网部】	6畫	355	358	無	段7下-40	鍇14-18	鉉7下-7
謎	言部	【言部】	10畫	無	無	無	無	無	鉉3上-7
迷（謎通段）	辵(辶)部	【辵部】	6畫	73	74	無	段2下-9	鍇4-4	鉉2下-2
頛（類，謎通段）	頁部	【頁部】	6畫	421	426	31-28	段9上-13	鍇17-4	鉉9上-2
眯	目部	【目部】	6畫	134	136	無	段4上-11	鍇7-5	鉉4上-2
瓤从米（瘝、眯）	寢部	【宀部】	19畫	347	351	無	段7下-25	鍇14-10	鉉7下-5
麋	鹿部	【鹿部】	6畫	471	475	無	段10上-22	鍇19-6	鉉10上-3
塵（麋）	鹿部	【鹿部】	5畫	471	475	無	段10上-22	鍇19-7	鉉10上-4
籹（麷）	米部	【米部】	5畫	332	335	無	段7上-62	鍇13-25	鉉7上-10
麛（麛）	鹿部	【鹿部】	9畫	470	475	無	段10上-21	鍇19-6	鉉10上-3
糜（饝通段）	米部	【米部】	11畫	332	335	無	段7上-61	鍇13-25	鉉7上-10
爢（糜）	火部	【火部】	19畫	483	487	無	段10上-46	鍇19-16	鉉10上-8
縻（綟）	糸部	【糸部】	11畫	658	665	無	段13上-31	鍇25-7	鉉13上-4

篆本字(古文、金文、籀文、俗字、通用字，通段、金石)	說文部首	康熙部首	筆畫	一般頁碼	洪葉頁碼	金石字典頁碼	段注篇章	徐鍇通釋篇章	徐鉉藤花榭篇
摩(磨䃺述及，魔、劘、攠、灖、麼、鄺通段)	手部	【手部】	11畫	606	612	無	段12上-45	錯23-14	鉉12上-7
靡(攠通段)	非部	【非部】	11畫	583	588	31-12	段11下-32	錯22-12	鉉11下-7
弭(弥、彌、麜)	弓部	【弓部】	6畫	640	646	12-19	段12下-57	錯24-19	鉉12下-9
镾(彌、彊、彊、敉、麇，獼通段)	長部	【長部】	14畫	453	458	30-9	段9下-33	錯18-11	鉉9下-5
璽(彌)	弓部	【弓部】	17畫	641	647	12-28	段12下-59	錯24-19	鉉12下-9
聻(彌)	耳部	【耳部】	11畫	592	598	無	段12上-18	錯23-8	鉉12上-4
禰	示部	【示部】	14畫	無	無	無	段刪	錯1-8	鉉1上-3
橌(柅)	木部	【木部】	14畫	262	264	無	段6上-48	錯11-21	鉉6上-6
柅(屁、檷，苊、槹通段)	木部	【木部】	5畫	244	247	無	段6上-13	錯11-23	鉉6上-2
篺(簛，籭、篾、簡通段)	竹部	【竹部】	15畫	190	192	無	段5上-3	錯9-1	鉉5上-1
瀰	水部	【水部】	21畫	無	無	無	無	無	鉉11下-1
濔(瀰、洢，灖)	水部	【水部】	14畫	551	556	無	段11上貳-11	錯21-16	鉉11上-5
沵(瀰，泖通段)	水部	【水部】	4畫	522	527	18-5	段11上壹-14	錯21-4	鉉11上-1
玀(祿、獼，襧从糸虫、禩通段)	犬部	【犬部】	17畫	475	480	無	段10上-31	錯19-10	鉉10上-5
蘼(蘪通段)	艸部	【艸部】	17畫	25	26	無	段1下-9	錯2-5	鉉1下-2
爢(糜)	火部	【火部】	19畫	483	487	無	段10上-46	錯19-16	鉉10上-8
糜(靡)	米部	【米部】	19畫	333	336	無	段7上-64	錯13-26	鉉7上-10
mǐ (ㄇㄧˇ)									
米	米部	【米部】		330	333	23-1	段7上-58	錯13-24	鉉7上-9
芈(羋通段)	羊部	【羊部】	2畫	145	147	23-46	段4上-33	錯7-15	鉉4上-6
弭(弥、彌、麜)	弓部	【弓部】	6畫	640	646	12-19	段12下-57	錯24-19	鉉12下-9
敉(侎)	攴部	【攴部】	6畫	125	126	14-42	段3下-37	錯6-18	鉉3下-8
镾(彌、彊、彊、敉、麇，獼通段)	長部	【長部】	14畫	453	458	30-9	段9下-33	錯18-11	鉉9下-5
絑(粖通段)	糸部	【糸部】	6畫	649	656	無	段13上-13	錯25-4	鉉13上-2
愧	心部	【心部】	9畫	515	519	無	段10下-50	錯20-18	鉉10下-9
洷	水部	【水部】	9畫	563	568	無	段11上貳-36	錯21-24	鉉11上-8

篆本字(古文、金文、籀文、俗字、通用字，通叚、金石)	說文部首	康熙部首	筆畫	一般頁碼	洪葉頁碼	金石字典頁碼	段注篇章	徐鍇通釋篇章	徐鉉藤花榭篇
⿸麻耳(彌)	耳部	【耳部】	11畫	592	598	無	段12上-18	鍇23-8	鉉12上-4
瀰(濔、洋，灦通叚)	水部	【水部】	14畫	551	556	無	段11上貳-11	鍇21-16	鉉11上-5
沔(瀰，湎通叚)	水部	【水部】	4畫	522	527	18-5	段11上壹-14	鍇21-4	鉉11上-1
摩(磨⿸麻齒述及，魔、劘、攠、灖、麽、⿰麻阝通叚)	手部	【手部】	11畫	606	612	無	段12上-45	鍇23-14	鉉12上-7
mi(ㄇㄧˋ)									
糸(纟)	糸部	【糸部】		643	650	23-5	段13上-1	鍇25-1	鉉13上-1
冖(冪通叚)	冖部	【冖部】		353	356	4-16	段7下-36	鍇14-16	鉉7下-6
幎(幂、冪、冖、鼏，冪、帲、⿰衤冥通叚)	巾部	【巾部】	10畫	358	362	11-26	段7下-47	鍇14-21	鉉7下-9
皿(幎)	皿部	【皿部】		211	213	21-13	段5上-46	鍇9-19	鉉5上-9
鼏(密，冪通叚)	鼎部	【鼎部】	2畫	319	322	無	段7上-36	鍇13-15	鉉7上-7
汩从日，非汨gu ˇ	水部	【水部】	4畫	529	534	無	段11上壹-28	鍇21-9	鉉11上-2
汨从曰yue，非汩mi ˋ	水部	【水部】	4畫	567	572	無	段11上貳-43	鍇21-26	鉉11上-9
滑(汩，猧、猾通叚)	水部	【水部】	10畫	551	556	18-50	段11上貳-11	鍇21-16	鉉11上-5
柲(柴、⿰革必通叚)	木部	【木部】	5畫	263	266	無	段6上-51	鍇11-22	鉉6上-7
密(⿱必山)	山部	【宀部】	8畫	439	444	9-53	段9下-5	鍇18-2	鉉9下-1
鼏(密、蜜)	鼎部	【鼎部】	3畫	319	322	無	段7上-36	鍇13-15	鉉7上-7
鼏(密，冪通叚)	鼎部	【鼎部】	2畫	319	322	無	段7上-36	鍇13-15	鉉7上-7
宓(密)	宀部	【宀部】	5畫	339	343	無	段7下-9	鍇14-4	鉉7下-2
虙(伏、宓)	虍部	【虍部】	5畫	209	211	無	段5上-41	鍇9-17	鉉5上-8
扃(鼏)	戶部	【戶部】	5畫	587	593	無	段12上-7	鍇23-3	鉉12上-2
⿱必皿	皿部	【皿部】	5畫	212	214	無	段5上-48	鍇9-19	鉉5上-9
祕(閟，秘通叚)	示部	【示部】	5畫	3	3	21-55	段1上-6	鍇1-6	鉉1上-2
閟(祕)	門部	【門部】	5畫	588	594	無	段12上-10	鍇23-5	鉉12上-3
⿱丏日(⿱丏呂，覓、覔、⿱丏見通叚)	日部	【日部】	4畫	308	311	無	段7上-13	鍇13-4	鉉7上-2
覛(䀣、眽、脈文選，覓、覔、⿱丏見、⿱丏日、鷩通叚)	𠂢部	【見部】	6畫	570	575	無	段11下-6	鍇22-3	鉉11下-2
眽(覛)	目部	【目部】	6畫	132	133	無	段4上-6	鍇7-3	鉉4上-2

篆本字(古文、金文、籀文、俗字、通用字，通段、金石)	說文部首	康熙部首	筆畫	一般頁碼	洪葉頁碼	金石字典頁碼	段注篇章	徐鍇通釋篇章	徐鉉藤花榭篇
魌(魕，魋通段)	虎部	【虍部】	6畫	210	212	無	段5上-44	錯9-18	鉉5上-8
恓(偭、勔、蟁、蠠、蜜、密、黽)	心部	【心部】	9畫	506	511	無	段10下-33	錯20-12	鉉10下-6
蠠从鼏(蜜，蟁、蠠通段)	蚰部	【虫部】	21畫	675	681	無	段13下-2	錯25-15	鉉13下-1
鼏(密、蜜)	鼎部	【鼎部】	3畫	319	322	無	段7上-36	錯13-15	鉉7上-7
幦(幂)	巾部	【巾部】	13畫	362	365	無	段7下-54	錯14-23	鉉7下-9
幎(幂、冪、冖、鼏，羃、帗、複通段)	巾部	【巾部】	10畫	358	362	11-26	段7下-47	錯14-21	鉉7下-9
塓	土部	【土部】	10畫	無	無	無	無	無	鉉13下-5
謐(溢、恤)	言部	【言部】	10畫	94	94	無	段3上-16	錯5-9	鉉3上-4
醯	酉部	【酉部】	10畫	749	756	無	段14下-37	錯28-18	鉉14下-9
蔤(蕰、滅，篾通段)	艸部	【艸部】	11畫	34	35	無	段1下-27	錯2-13	鉉1下-4
筬(筍筠蔑籤靬筴，簡、篾、簚、靬通段)	竹部	【竹部】	5畫	190	192	無	段5上-3	錯9-1	鉉5上-1
瀄(汨mì ﹨)	水部	【水部】	12畫	529	534	無	段11上壹-28	錯21-9	鉉11上-2
幭(簚)	巾部	【巾部】	15畫	360	364	無	段7下-51	錯14-22	鉉7下-9
蠠从鼏(蜜，蟁、蠠通段)	蚰部	【虫部】	21畫	675	681	無	段13下-2	錯25-15	鉉13下-1
mián(ㄇㄧㄢˊ)									
宀	宀部	【宀部】		337	341	9-17	段7下-5	錯14-3	鉉7下-2
芇	屮部	【艸部】	3畫	144	146	無	段4上-31	錯7-14	鉉4上-6
蚂	虫部	【虫部】	4畫	668	675	無	段13上-51	錯25-12	鉉13上-7
緜(櫋)	系部	【糸部】	9畫	643	649	23-29	段12下-63	錯24-21	鉉12下-10
櫋(楄，緜)	木部	【木部】	15畫	255	258	無	段6上-35	錯11-15	鉉6上-5
臱(鼻)	自部	【自部】	9畫	136	138	無	段4上-15	錯7-7	鉉4上-3
蝒(蟁通段)	虫部	【虫部】	9畫	666	673	無	段13上-47	錯25-11	鉉13上-7
瞑(míng´眠)	目部	【目部】	10畫	134	135	無	段4上-10	錯7-5	鉉4上-2
寫(鼏)	宀部	【宀部】	14畫	340	343	無	段7下-10	錯14-5	鉉7下-3
矊(瞦)	目部	【目部】	15畫	130	131	無	段4上-2	錯7-2	鉉4上-1
瞷(瞦，瞦、矊通段)	目部	【目部】	14畫	130	131	無	段4上-2	錯7-2	鉉4上-1

篆本字(古文、金文、籀文、俗字、通用字，通段、金石)	說文部首	康熙部首	筆畫	一般頁碼	洪葉頁碼	金石字典頁碼	段注篇章	徐鍇通釋篇章	徐鉉藤花榭篇
樏(縣)	木部	【木部】	15畫	255	258	無	段6上-35	鍇11-15	鉉6上-5
鬓从鼻(鬘从曼通段)	髟部	【髟部】	15畫	426	431	無	段9上-23	鍇17-8	鉉9上-4
孿(健、孿、顐通段)	子部	【子部】	19畫	743	750	無	段14下-25	鍇28-13	鉉14下-6
miǎn(ㄇㄧㄢˇ)									
丏(與丐gai`不同)	丏部	【一部】	3畫	423	427	無	段9上-16	鍇17-5	鉉9上-3
沔(瀰，泗通段)	水部	【水部】	4畫	522	527	18-5	段11上壹-14	鍇21-4	鉉11上-1
眄	目部	【目部】	4畫	135	136	無	段4上-12	鍇7-6	鉉4上-3
免	兔部	【儿部】	5畫	473	477	3-53	段10上-26	鍇19-8	鉉10上-4
㝃(免，娩通段)	子部	【子部】	8畫	742	749	無	段14下-24	鍇28-12	鉉14下-6
妟(駿通段)	女部	【女部】	5畫	233	235	無	段5下-36	鍇10-15	鉉5下-7
靦(酮、靦、瞄述及)	面部	【面部】	7畫	422	427	無	段9上-15	鍇17-5	鉉9上-3
瞄(靦)	眲部	【目部】	8畫	136	137	無	段4上-14	鍇7-6	鉉4上-3
鮸	魚部	【魚部】	7畫	579	584	無	段11下-24	鍇22-9	鉉11下-5
勉(俛頮述及、鬳娓述及)	力部	【力部】	8畫	699	706	無	段13下-51	鍇26-11	鉉13下-7
頮(俛、俯)	頁部	【頁部】	6畫	419	424	無	段9上-9	鍇17-3	鉉9上-2
㝃(免，娩通段)	子部	【子部】	8畫	742	749	無	段14下-24	鍇28-12	鉉14下-6
嬔(嬔，娩通段)	女部	【女部】	13畫	614	620	無	段12下-6	鍇24-2	鉉12下-1
䁕	目部	【目部】	8畫	131	132	無	段4上-4	鍇7-3	鉉4上-2
偭(面)	人部	【人部】	9畫	376	380	無	段8上-23	鍇15-9	鉉8上-3
冕(絻)	冃部	【冂部】	9畫	354	357	4-16	段7下-38	鍇14-17	鉉7下-7
湎(泯、醖通段)	水部	【水部】	9畫	562	567	18-46	段11上貳-34	鍇21-23	鉉11上-8
緬(紂通段)	糸部	【糸部】	9畫	643	650	無	段13上-1	鍇25-1	鉉13上-1
鞂	革部	【革部】	9畫	110	111	無	段3下-7	鍇6-5	鉉3下-2
愐(僶、勔、蠠、蠠、蜜、密、黽)	心部	【心部】	9畫	506	511	無	段10下-33	鍇20-12	鉉10下-6
黽(鼃，僶、澠通段)	黽部	【黽部】		679	685	32-44	段13下-10	鍇25-17	鉉13下-2
繩(愐、澠通段)	糸部	【糸部】	13畫	657	663	23-36	段13上-28	鍇25-6	鉉13上-4
miàn(ㄇㄧㄢˋ)									
面	面部	【面部】		422	427	31-13	段9上-15	鍇17-5	鉉9上-3
偭(面)	人部	【人部】	9畫	376	380	無	段8上-23	鍇15-9	鉉8上-3
宆	宀部	【宀部】	4畫	340	344	9-28	段7下-11	鍇14-5	鉉7下-3
沔(瀰，泗通段)	水部	【水部】	4畫	522	527	18-5	段11上壹-14	鍇21-4	鉉11上-1

篆本字(古文、金文、籀文、俗字、通用字,通叚、金石)	說文部首	康熙部首	筆畫	一般頁碼	洪葉頁碼	金石字典頁碼	段注篇章	徐鍇通釋篇章	徐鉉藤花榭篇
麭(麵通叚)	麥部	【麥部】	4畫	232	234	無	段5下-34	鍇10-14	鉉5下-7
miáo(ㄇㄧㄠˊ)									
苗(茅)	艸部	【艸部】	5畫	40	40	24-58	段1下-38	鍇2-18	鉉1下-6
苗(菫、蓫通叚)	艸部	【艸部】	5畫	29	30	24-59	段1下-17	鍇2-9,2-24	鉉1下-3
媌	女部	【女部】	9畫	618	624	無	段12下-14	鍇24-5	鉉12下-2
緢	糸部	【糸部】	9畫	646	653	無	段13上-7	鍇25-2	鉉13上-2
miǎo(ㄇㄧㄠˇ)									
杪	木部	【木部】	4畫	250	252	無	段6上-24	鍇11-11	鉉6上-4
眇(妙,渺通叚)	目部	【目部】	4畫	135	136	無	段4上-12	鍇7-6	鉉4上-3
秒(薰、穮)	禾部	【禾部】	4畫	324	327	無	段7上-45	鍇13-19	鉉7上-8
薰(秒,藐、藻通叚)	艸部	【艸部】	11畫	38	38	無	段1下-34	鍇2-16	鉉1下-6
膘(胗、骱、骱通叚)	肉部	【肉部】	11畫	173	175	無	段4下-32	鍇8-12	鉉4下-5
篍(篍通叚)	竹部	【竹部】	9畫	197	199	無	段5上-18	鍇9-7	鉉5上-3
淼	水部	【水部】	8畫	無	無	無	無	無	鉉11下-1
鷗	鳥部	【鳥部】	9畫	151	152	28-54	段4上-44	鍇7-20	鉉4上-8
遞	辵(辶)部	【辵部】	16畫	無	無	無	無	無	鉉2下-3
藐(薍,邈、遞通叚)	艸部	【艸部】	14畫	30	31	25-41,遞28-54	段1下-19	鍇2-9	鉉1下-3
懇	心部	【心部】	16畫	502	507	無	段10下-25	鍇20-9	鉉10下-5
miào(ㄇㄧㄠˋ)									
玅(妙、紗)	弦部	【玄部】	4畫	642	648	8-31	段12下-62	鍇24-20	鉉12下-10
眇(妙,渺通叚)	目部	【目部】	4畫	135	136	無	段4上-12	鍇7-6	鉉4上-3
廟(庿)	广部	【广部】	12畫	446	450	11-54	段9下-18	鍇18-6	鉉9下-3
miè(ㄇㄧㄝˋ)									
緬(紀通叚)	糸部	【糸部】	9畫	643	650	無	段13上-1	鍇25-1	鉉13上-1
覕(pie)	見部	【見部】	5畫	410	414	無	段8下-18	鍇16-15	鉉8下-4
瞥(覕)	目部	【目部】	11畫	134	135	21-35	段4上-10	鍇7-5	鉉4上-2
威(烕xuˋ)	火部	【火部】	6畫	486	490	19-12	段10上-52	鍇19-17	鉉10上-9
搣(媙通叚)	手部	【手部】	10畫	599	605	無	段12上-32	鍇23-11	鉉12上-5
滅	水部	【水部】	10畫	566	571	無	段11上貳-41	鍇21-25	鉉11上-9
蠛	虫部	【虫部】	14畫	無	無	無	無	無	鉉13上-8
蔑(蔑)	首部	【艸部】	9畫	145	146	無	段4上-32	鍇7-15	鉉4上-6
蔑(瞟、蠛、鄸、鱴通叚)	首部	【艸部】	11畫	145	146	25-27	段4上-32	鍇7-15	鉉4上-6

篆本字(古文、金文、籀文、俗字、通用字,通叚、金石)	說文部首	康熙部首	筆畫	一般頁碼	洪葉頁碼	金石字典頁碼	段注篇章	徐鍇通釋篇章	徐鉉藤花榭篇
瞢(曚)	目部	【目部】	13畫	134	135	無	段4上-10	錯7-5	鉉4上-2
筐(筍筠蔑籤簳筞,簡、筬、篋、籕通叚)	竹部	【竹部】	5畫	190	192	無	段5上-3	錯9-1	鉉5上-1
幭(幭)	巾部	【巾部】	15畫	360	364	無	段7下-51	錯14-22	鉉7下-9
懱(瞞从面通叚)	心部	【心部】	15畫	509	514	無	段10下-39	錯20-13	鉉10下-7
滅(抹)	水部	【水部】	15畫	560	565	無	段11上貳-30	錯21-22	鉉11上-8
穖	禾部	【禾部】	15畫	321	324	22-31	段7上-40	錯13-18	鉉7上-7
衊	血部	【血部】	15畫	214	216	無	段5上-52	錯9-21	鉉5上-10
篾(蔑,籑、篾、簡通叚)	竹部	【竹部】	15畫	190	192	無	段5上-3	錯9-1	鉉5上-1
蔑(莧、滅,篾通叚)	艸部	【艸部】	11畫	34	35	無	段1下-27	錯2-13	鉉1下-4
筐(筍筠蔑籤簳筞,簡、筬、篋、籕通叚)	竹部	【竹部】	5畫	190	192	無	段5上-3	錯9-1	鉉5上-1
蠿从糸(粖)	弼部	【鬲部】	27畫	112	113	無	段3下-12	錯6-7	鉉3下-3
min(ㄇㄧㄣˊ)									
民(兦)	民部	【氏部】	1畫	627	633	17-53	段12下-31	錯24-10	鉉12下-5
旻(旼通叚)	日部	【日部】	3畫	302	305	15-27	段7上-1	錯13-1	鉉7上-1
玟(砇、瑉、碈珉述及,玫)	玉部	【玉部】	4畫	18	18	無	段1上-36	錯1-17	鉉1上-6
怋(泯、痕、瘖通叚)	心部	【心部】	5畫	511	515	無	段10下-42	錯20-15	鉉10下-7
珉(瑉、瑉、砇、碈、碈通叚)	玉部	【玉部】	5畫	17	17	20-9	段1上-34	錯1-17	鉉1上-5
罠(罠、緡、羅)	网部	【网部】	5畫	356	359	無	段7下-42	錯14-19	鉉7下-8
蟁(蝨、蠶、蚊,鷗通叚)	蚰部	【虫部】	11畫	675	682	無	段13下-3	錯25-15	鉉13下-1
鴖(鷗、鷭)	鳥部	【鳥部】	8畫	151	153	無	段4上-45	錯7-20	鉉4上-8
捪(抆、撋)	手部	【手部】	8畫	601	607	14-20	段12上-35	錯23-11	鉉12上-6
閔(慁、憫,瘖通叚)	門部	【門部】	4畫	591	597	30-10	段12上-15	錯23-6	鉉12上-3
緍(罠述及,緡通叚)	糸部	【糸部】	8畫	659	665	無	段13上-32	錯25-7	鉉13上-4
罠(罠、緡、羅)	网部	【网部】	5畫	356	359	無	段7下-42	錯14-19	鉉7下-8
鍲(昫通叚)	金部	【金部】	8畫	714	721	無	段14上-26	錯27-8	鉉14上-4

篆本字(古文、金文、籀文、俗字、通用字，通段、金石)	說文部首	康熙部首	筆畫	一般頁碼	洪葉頁碼	金石字典頁碼	段注篇章	徐鍇通釋篇章	徐鉉藤花榭篇
謾(瞞，睧通段)	言部	【言部】	11畫	96	97	無	段3上-21	鍇5-11	鉉3上-4
瞞(謾，睧、顢通段)	目部	【目部】	11畫	130	131	無	段4上-2	鍇7-2	鉉4上-1
嵫(岷、崏、崏、峧、屼、汶、文，敃通段)	山部	【山部】	12畫	438	443	10-59	段9下-3	鍇18-1	鉉9下-1
mǐn(ㄇㄧㄣˇ)									
皿(幭)	皿部	【皿部】		211	213	21-13	段5上-46	鍇9-19	鉉5上-9
黽(鼃，僶、澠通段)	黽部	【黽部】		679	685	32-44	段13下-10	鍇25-17	鉉13下-2
恛(僶、勄、蟁、蠠、蜜、密、黽)	心部	【心部】	9畫	506	511	無	段10下-33	鍇20-12	鉉10下-6
軔(輷)	車部	【車部】	3畫	722	729	27-64	段14上-42	鍇27-13	鉉14上-6
忞(爾從興西分，釁通段)	心部	【心部】	4畫	506	511	無	段10下-33	鍇20-12	鉉10下-6
閔(愍、憫，瘡通段)	門部	【門部】	4畫	591	597	30-10	段12上-15	鍇23-6	鉉12上-3
泯	水部	【水部】	5畫	無	無	無	無	無	鉉11上-9
怋(泯、痻、瘡通段)	心部	【心部】	5畫	511	515	無	段10下-42	鍇20-15	鉉10下-7
湣(泯、黽通段)	水部	【水部】	9畫	562	567	18-46	段11上貳-34	鍇21-23	鉉11上-8
攽(敃、皆)	攴部	【攴部】	5畫	122	123	14-42	段3下-32	鍇6-17	鉉3下-8
敯(攽)	攴部	【攴部】	8畫	126	127	無	段3下-39	鍇6-19	鉉3下-9
嵫(岷、崏、崏、峧、屼、汶、文，敃通段)	山部	【山部】	12畫	438	443	10-59	段9下-3	鍇18-1	鉉9下-1
筤(筍筶葭簵簳筞，簡、篯、籯、筣通段)	竹部	【竹部】	5畫	190	192	無	段5上-3	鍇9-1	鉉5上-1
閩(蟁)	虫部	【門部】	6畫	673	680	無	段13上-61	鍇25-14	鉉13上-8
敏(拇)	攴部	【攴部】	7畫	122	123	14-44	段3下-32	鍇6-17	鉉3下-8
愍	心部	【心部】	9畫	512	517	13-26	段10下-45	鍇20-16	鉉10下-8
澗(洵，泯、湣、湣通段)	水部	【水部】	12畫	550	555	無	段11上貳-10	鍇21-16	鉉11上-5
洵(澗，酳通段)	水部	【水部】	7畫	565	570	無	段11上貳-40	鍇21-25	鉉11上-5
蝒(蟁通段)	虫部	【虫部】	9畫	666	673	無	段13上-47	鍇25-11	鉉13上-7

篆本字（古文、金文、籀文、俗字、通用字，通叚、金石）	說文部首	康熙部首	筆畫	一般頁碼	洪葉頁碼	金石字典頁碼	段注篇章	徐鍇通釋篇章	徐鉉藤花榭篇
蠠从鼏(蜜，蠠、蠱通叚)	蚰部	【虫部】	21畫	675	681	無	段13下-2	鍇25-15	鉉13下-1
恤(俒、勔、蠠、蠱、蜜、密、黽)	心部	【心部】	9畫	506	511	無	段10下-33	鍇20-12	鉉10下-6
筬(筍筠蔑簜靲筞，簡、篾、簁、靲通叚)	竹部	【竹部】	5畫	190	192	無	段5上-3	鍇9-1	鉉5上-1
篝(篹，籃、篾、簡通叚)	竹部	【竹部】	15畫	190	192	無	段5上-3	鍇9-1	鉉5上-1
輭从夒古文婚(輽，輶通叚)	車部	【車部】	19畫	724	731	28-5	段14上-45	鍇27-13	鉉14上-1
ming(ㄇㄧㄥˊ)									
銘	金部	【金部】	6畫	無	無	無	無	無	鉉14上-4
名(銘，詺、顅通叚)	口部	【口部】	3畫	56	57	6-10	段2上-17	鍇3-7	鉉2上-4
鳴	鳥部	【鳥部】	3畫	157	158	32-34	段4上-56	鍇7-23	鉉4上-9
耄(麗)	米部	【米部】	5畫	332	335	無	段7上-62	鍇13-25	鉉7上-10
洺	水部	【水部】	6畫	無	無	無	無	無	鉉11上-9
朙(明)	朙部	【月部】	7畫	314	317	15-33	段7上-25	鍇13-10	鉉7上-4
酩	酉部	【酉部】	6畫	無	無	無	無	無	鉉14下-9
茗	艸部	【艸部】	6畫	無	無	無	無	無	鉉1下-9
萌(萠，茗通叚)	艸部	【艸部】	8畫	37	38	25-27	段1下-33	鍇2-15	鉉1下-5
冥(瞑、酩通叚)	冥部	【冖部】	8畫	312	315	4-19	段7上-22	鍇13-7	鉉7上-3
溟(冥)	水部	【水部】	10畫	557	562	無	段11上貳-24	鍇21-20	鉉11上-7
嫇	女部	【女部】	10畫	619	625	無	段12下-15	鍇24-5	鉉12下-2
瞑(眠mianˊ)	目部	【目部】	10畫	134	135	無	段4上-10	鍇7-5	鉉4上-2
蓂	艸部	【艸部】	10畫	35	36	無	段1下-29	鍇2-14	鉉1下-5
螟(蟲通叚)	虫部	【虫部】	10畫	664	671	無	段13上-43	鍇25-10	鉉13上-6
覭	見部	【見部】	10畫	408	413	無	段8下-15	鍇16-14	鉉8下-3
鄍	邑部	【邑部】	10畫	289	291	無	段6下-34	鍇12-16	鉉6下-6
mǐng(ㄇㄧㄥˇ)									
窅(窅通叚)	穴部	【穴部】	5畫	343	347	無	段7下-17	鍇14-8	鉉7下-4
ming(ㄇㄧㄥˋ)									
命	口部	【口部】	5畫	57	57	6-29	段2上-18	鍇3-7	鉉2上-4

篆本字(古文、金文、籀文、俗字、通用字，通叚、金石)	說文部首	康熙部首	筆畫	一般頁碼	洪葉頁碼	金石字典頁碼	段注篇章	徐鍇通釋篇章	徐鉉藤花榭篇
miù(ㄇㄧㄡˋ)									
謬(繆)	言部	【言部】	11畫	99	99	無	段3上-26	錯5-14	鉉3上-5
繆(枭、穆)	糸部	【糸部】	11畫	661	668	23-33	段13上-37	錯25-8	鉉13上-5
摎(繆)	手部	【手部】	11畫	608	614	無	段12上-49	錯23-15	鉉12上-8
糾(繆綸述及、甌簋gui˘述及，糺通叚)	丩部	【糸部】	2畫	88	89	23-5	段3上-5	錯5-3	鉉3上-2
mó(ㄇㄛ)									
摹(摸)	手部	【手部】	11畫	607	613	無	段12上-47	錯23-15	鉉12上-7
mó(ㄇㄛˊ)									
媒(嫫、娒)	女部	【女部】	11畫	625	631	無	段12下-27	錯24-9	鉉12下-4
魔	鬼部	【鬼部】	11畫	無	無	無	無	無	鉉9上-7
礳(磨、摩)	石部	【石部】	11畫	452	457	21-47	段9下-31	錯18-11	鉉9下-5
摩(磨䃺述及，魔、劘、攠、攡、麼、䶠通叚)	手部	【手部】	11畫	606	612	無	段12上-45	錯23-14	鉉12上-7
麼	幺部	【糸部】	11畫	無	無	無	無	無	鉉4下-1
髍(麼、臕)	骨部	【骨部】	11畫	166	168	無	段4下-17	錯8-7	鉉4下-4
摹(摸)	手部	【手部】	11畫	607	613	無	段12上-47	錯23-15	鉉12上-7
模(橅，墲通叚)	木部	【木部】	11畫	253	256	無	段6上-31	錯11-14	鉉6上-4
膜	肉部	【肉部】	11畫	176	178	無	段4下-37	錯8-13	鉉4下-6
謨(暮，暮、譕通叚)	言部	【言部】	11畫	91	92	26-66	段3上-11	錯5-7	鉉3上-3
糜(饜通叚)	米部	【米部】	11畫	332	335	無	段7上-61	錯13-25	鉉7上-10
mǒ(ㄇㄛˇ)									
末(末，妺、抹、靺通叚)	木部	【木部】	1畫	248	251	16-11	段6上-21	錯11-10	鉉6上-3
潑(抹)	水部	【水部】	15畫	560	565	無	段11上貳-30	錯21-22	鉉11上-8
mò(ㄇㄛˋ)									
末(末，妺、抹、靺通叚)	木部	【木部】	1畫	248	251	16-11	段6上-21	錯11-10	鉉6上-3
潑(抹)	水部	【水部】	15畫	560	565	無	段11上貳-30	錯21-22	鉉11上-8
叟(奻)	又部	【又部】	2畫	116	117	無	段3下-19	錯6-10	鉉3下-4
沒(漫、湀、奻、頮述及)	水部	【水部】	4畫	557	562	18-7	段11上貳-23	錯21-20	鉉11上-7

篆本字(古文、金文、籀文、俗字、通用字、通叚、金石)	說文部首	康熙部首	筆畫	一般頁碼	洪葉頁碼	金石字典頁碼	段注篇章	徐錯通釋篇章	徐鉉藤花榭篇
頮(沒、叟)	頁部	【頁部】	4畫	418	423	無	段9上-7	錯17-3	鉉9上-2
歾(艘、歿，刎通叚)	歺部	【歹部】	4畫	161	163	無	段4下-8	錯8-5	鉉4下-2
玖	玉部	【玉部】	4畫	17	17	無	段1上-34	錯1-17	鉉1上-5
默(嚜，嘿通叚)	犬部	【黑部】	4畫	474	478	32-40	段10上-28	錯19-9	鉉10上-5
沬	水部	【水部】	5畫	519	524	無	段11上壹-7	錯21-3	鉉11上-1
眛	目部	【目部】	5畫	132	133	無	段4上-6	錯7-3	鉉4上-2
苜	苜部	【艸部】	5畫	145	146	無	段4上-32	錯7-15	鉉4上-6
餗(秣)	皀部	【食部】	5畫	222	225	無	段5下-15	錯10-6	鉉5下-3
眽(覛)	目部	【目部】	6畫	132	133	無	段4上-6	錯7-3	鉉4上-2
覛(貾、眽、脈文選，覓、覔、貢、沓、鷩通叚)	辰部	【見部】	6畫	570	575	無	段11下-6	錯22-3	鉉11下-2
衇(脈、衇，脉通叚)	辰部	【血部】	6畫	570	575	無	段11下-6	錯22-3	鉉11下-2
佰(袹、陌通叚)	人部	【人部】	6畫	374	378	3-7	段8上-19	錯15-7	鉉8上-3
豹(貊，貜通叚)	豸部	【豸部】	6畫	458	462	無	段9下-42	錯18-15	鉉9下-7
貉(貊、狢、貜通叚)	豸部	【豸部】	6畫	458	463	27-21	段9下-43	錯18-15	鉉9下-7
貘(貊、狛，獏、狢通叚)	豸部	【豸部】	11畫	457	462	無	段9下-41	錯18-14	鉉9下-7
嗼(寞、貊通叚)	口部	【口部】	11畫	61	61	無	段2上-26	錯3-11	鉉2上-5
蓦(寞通叚)	歺部	【歹部】	11畫	163	165	無	段4下-11	錯8-5	鉉4下-3
幙(幭通叚)	巾部	【巾部】	11畫	359	362	無	段7下-48	錯14-22	鉉7下-9
漠(幙)	水部	【水部】	11畫	545	550	無	段11上壹-59	錯21-13	鉉11上-4
募	夕部	【夕部】	11畫	316	319	無	段7上-29	錯13-11	鉉7上-5
萛(莫，暮通叚)	茻部	【艸部】	7畫	48	48	25-10	段1下-54	錯2-25	鉉1下-10
暯(萛)	日部	【日部】	19畫	305	308	無	段7上-7	錯13-3	鉉7上-1
瘼	疒部	【疒部】	11畫	348	352	無	段7下-27	錯14-12	鉉7下-5
蟆(蟇黿wa述及)	虫部	【虫部】	11畫	672	678	無	段13上-58	錯25-14	鉉13上-8
鄚	邑部	【邑部】	11畫	290	293	29-18	段6下-37	錯12-17	鉉6下-7
鏌	金部	【金部】	11畫	710	717	29-53	段14上-17	錯27-6	鉉14上-3
驀	馬部	【馬部】	11畫	464	469	無	段10上-9	錯19-3	鉉10上-2
礳(磨、摩)	石部	【石部】	11畫	452	457	21-47	段9下-31	錯18-11	鉉9下-5
墨(螺、螺通叚)	土部	【土部】	12畫	688	694	7-25	段13下-28	錯26-4	鉉13下-28
纆(黑，螺通叚)	黑部	【黑部】		487	492	32-39	段10上-55	錯19-18	鉉10上-9

篆本字(古文、金文、籀文、俗字、通用字，通叚、金石)	說文部首	康熙部首	筆畫	一般頁碼	洪葉頁碼	金石字典頁碼	段注篇章	徐鍇通釋篇章	徐鉉藤花榭篇
嫼	女部	【女部】	12畫	624	630	無	段12下-25	錯24-8	鉉12下-4
繹(繸)	糸部	【糸部】	12畫	659	665	無	段13上-32	錯25-7	鉉13上-4
蘋(蓲、邎、遪通叚)	艸部	【艸部】	14畫	30	31	25-41，遪28-54	段1下-19	錯2-9	鉉1下-3
䊈(麰)	米部	【米部】	15畫	333	336	無	段7上-63	錯13-25	鉉7上-10
móu(ㄇㄡˊ)									
眸	目部	【目部】	6畫	無	無	無	無	無	鉉4上-3
敄(勄通叚)	攴部	【攴部】	5畫	122	123	14-42	段3下-32	錯6-17	鉉3下-8
麰(䅌、䴐通叚)	麥部	【麥部】	6畫	231	234	無	段5下-33	錯10-14	鉉5下-7
牟(麰來述及、眸盲述及，恾、鴾通叚)	牛部	【牛部】	2畫	51	52	19-44	段2上-7	錯3-4	鉉2上-2
侔	人部	【人部】	6畫	372	376	無	段8上-15	錯15-6	鉉8上-2
謀(𧦜、譬)	言部	【言部】	9畫	91	92	26-63	段3上-11	錯5-6	鉉3上-3
鍪(堥𡎺述及)	金部	【金部】	9畫	704	711	29-50	段14上-5	錯27-3	鉉14上-2
繆(枲、穆)	糸部	【糸部】	11畫	661	668	23-33	段13上-37	錯25-8	鉉13上-5
摎(繆)	手部	【手部】	11畫	608	614	無	段12上-49	錯23-15	鉉12上-8
蟊(蝥、蟊、蛑，蝥通叚)	蟲部	【虫部】	16畫	676	682	無	段13下-4	錯25-16	鉉13下-1
mǒu(ㄇㄡˇ)									
某(楳、梅，柑通叚)	木部	【木部】	5畫	248	250	16-33	段6上-20	錯11-9	鉉6上-3
蔜	艸部	【艸部】	12畫	無	無	無	無	無	鉉1下-2
荗(蔜)	艸部	【艸部】	11畫	26	27	無	段1下-11	錯2-6	鉉1下-2
mú(ㄇㄨˊ)									
醤	酉部	【酉部】	9畫	751	758	無	段14下-42	錯28-19	鉉14下-9
mǔ(ㄇㄨˇ)									
母(姆)	女部	【毋部】	1畫	614	620	17-46	段12下-6	錯24-2	鉉12下-1
鵡(鸚、母)	鳥部	【鳥部】	5畫	156	157	無	段4上-54	錯7-23	鉉4上-9
牡	牛部	【牛部】	3畫	50	51	無	段2上-5	錯3-3	鉉2上-2
拇(胟、䟤通叚)	手部	【手部】	5畫	593	599	無	段12上-20	錯23-8	鉉12上-4
敏(拇)	攴部	【攴部】	7畫	122	123	14-44	段3下-32	錯6-17	鉉3下-8
姆(姆)	女部	【女部】	7畫	616	622	無	段12下-9	錯24-3	鉉12下-1
畮(畝、畞，畒通叚)	田部	【田部】	7畫	695	702	20-45	段13下-43	錯26-8	鉉13下-6
mù(ㄇㄨˋ)									
木	木部	【木部】		238	241	16-10	段6上-1	錯11-1	鉉6上-1

篆本字(古文、金文、籀文、俗字、通用字，通叚、金石)	說文部首	康熙部首	筆畫	一般頁碼	洪葉頁碼	金石字典頁碼	段注篇章	徐鍇通釋篇章	徐鉉藤花榭篇
目(圓，苜通叚)	目部	【目部】		129	131	21-23	段4上-1	鍇7-1	鉉4上-1
沐(蚨通叚)	水部	【水部】	4畫	563	568	18-4	段11上貳-36	鍇21-24	鉉11上-9
牧	攴部	【牛部】	4畫	126	127	19-45	段3下-40	鍇6-20	鉉3下-9
坶(埋)	土部	【土部】	5畫	683	689	無	段13下-18	鍇26-2	鉉13下-3
眊(翆、耄、薹)	目部	【目部】	4畫	131	132	無	段4上-4	鍇7-2	鉉4上-1
旄(麾，翆、耗通叚)	㫃部	【方部】	6畫	311	314	15-17	段7上-20	鍇13-7	鉉7上-3
霖	雨部	【雨部】	7畫	573	578	無	段11下-12	鍇22-6	鉉11下-3
嵺(穆)	彡部	【彡部】	8畫	425	429	無	段9上-20	鍇17-6	鉉9上-3
穆(嵺)	禾部	【禾部】	11畫	321	324	22-28	段7上-40	鍇13-17	鉉7上-7
睦(畜)	目部	【目部】	8畫	132	134	21-34	段4上-7	鍇7-4	鉉4上-2
帑	巾部	【巾部】	9畫	362	365	無	段7下-54	鍇14-23	鉉7下-9
柰	木部	【木部】	9畫	266	268	無	段6上-56	鍇11-24	鉉6上-7
鞑(柰)	革部	【革部】	9畫	108	109	無	段3下-4	鍇6-3	鉉3下-1
募	力部	【力部】	11畫	701	707	無	段13下-54	鍇26-12	鉉13下-8
墓(撫)	土部	【土部】	11畫	692	699	7-24	段13下-37	鍇26-7	鉉13下-5
幕(縸通叚)	巾部	【巾部】	11畫	359	362	無	段7下-48	鍇14-22	鉉7下-9
漠(幕)	水部	【水部】	11畫	545	550	無	段11上壹-59	鍇21-13	鉉11上-4
慔	心部	【心部】	11畫	506	511	無	段10下-33	鍇20-12	鉉10下-6
茻(莫，暮通叚)	茻部	【艸部】	7畫	48	48	25-10	段1下-54	鍇2-25	鉉1下-10
慕从艸(慕)	心部	【心部】	11畫	507	511	13-32	段10下-34	鍇20-12	鉉10下-6
穆(嵺)	禾部	【禾部】	11畫	321	324	22-28	段7上-40	鍇13-17	鉉7上-7
嵺(穆)	彡部	【彡部】	8畫	425	429	無	段9上-20	鍇17-6	鉉9上-3
N									
ná(ㄋㄚˊ)									
拏(拿)	手部	【手部】	5畫	610	616	無	段12上-53	鍇23-17	鉉12上-8
挐(鎿、拿通叚)	手部	【手部】	6畫	598	604	無	段12上-29	鍇23-14	鉉12上-5
袦(衲、裂)	衣部	【衣部】	5畫	395	399	無	段8上-62	鍇16-5	鉉8上-9
胗(胗通叚)	目部	【目部】	6畫	134	135	無	段4上-10	鍇7-5	鉉4上-2
nà(ㄋㄚˋ)									
呐(吶、訥)	呐部	【口部】	4畫	88	88	無	段3上-4	鍇5-3	鉉3上-2
訥(吶、呐)	言部	【言部】	4畫	95	96	無	段3上-19	鍇5-10	鉉3上-4
朒(朒段刪)	月部	【月部】	6畫	313	316	無	段7上-24	鍇13-9	鉉7上-4
納(內，衲通叚)	糸部	【糸部】	4畫	645	652	23-9	段13上-5	鍇25-2	鉉13上-1

篆本字(古文、金文、籀文、俗字、通用字，通段、金石)	說文部首	康熙部首	筆畫	一般頁碼	洪葉頁碼	金石字典頁碼	段注篇章	徐鍇通釋篇章	徐鉉藤花榭篇
內(納，枘通段)	入部	【入部】	2畫	224	226	3-56	段5下-18	錯10-7	鉉5下-3
軜	車部	【車部】	4畫	726	733	無	段14上-49	錯27-14	鉉14上-7
貀(豽通段)	豸部	【豸部】	5畫	458	462	無	段9下-42	錯18-15	鉉9下-7
鰁(魶，鰰、鰈通段)	魚部	【魚部】	10畫	575	581	無	段11下-17	錯22-7	鉉11下-4
魶(魶)	魚部	【魚部】	10畫	575	581	無	段11下-17	錯22-11	鉉11下-4
邢(冄，郍、那、挪、娜、庪通段)	邑部	【邑部】	5畫	294	296	28-60	段6下-44	錯12-19	鉉6下-7
妠(妠，娜通段)	女部	【女部】	5畫	619	625	無	段12下-15	錯24-5	鉉12下-2
朕(臘通段)	肉部	【肉部】	9畫	176	178	無	段4下-38	錯8-14	鉉4下-6
nǎi(ㄋㄞˇ)									
乃(弓、孒)	乃部	【丿部】	1畫	203	205	1-31	段5上-29	錯9-11	鉉5上-5
仍(乃，初通段)	人部	【人部】	1畫	372	376	2-44	段8上-16	錯15-6	鉉8上-3
艿(芿)	艸部	【艸部】	2畫	46	46	24-55	段1下-50	錯2-23	鉉1下-8
卤(卥、洒)	乃部	【卜部】	6畫	203	205	5-21	段5上-29	錯9-11	鉉5上-5
鬚(嫡，奶通段)	髟部	【髟部】	14畫	426	431	8-51	段9上-23	錯17-8	鉉9上-4
nài(ㄋㄞˋ)									
耏(耐、能而述及)	而部	【而部】	3畫	454	458	24-6	段9下-34	錯18-12	鉉9下-5
鼐	鼎部	【鼎部】	3畫	319	322	無	段7上-36	錯13-15	鉉7上-6
柰(奈)	木部	【大部】	5畫	239	242	無	段6上-3	錯11-2	鉉6上-1
渿	水部	【水部】	9畫	558	563	無	段11上貳-25	錯21-20	鉉11上-7
暬(褻)	日部	【日部】	10畫	305	308	無	段7上-8	錯13-3	鉉7上-1
nán(ㄋㄢˊ)									
男	男部	【田部】	2畫	698	705	20-35	段13下-49	錯26-10	鉉13下-7
抩(拲)	手部	【手部】	5畫	597	603	無	段12上-28	錯23-10	鉉12上-5
枏(抩、柟、楠通段)	木部	【木部】	5畫	239	241	無	段6上-2	錯11-1	鉉6上-1
誦(喃、呥、誧、詌、諵通段)	言部	【言部】	5畫	98	98		段3上-24	錯5-12	鉉3上-5
龥(艫)	龜部	【龜部】	5畫	678	685	無	段13下-9	錯25-17	鉉13下-2
嬈(嬲、娚)	女部	【女部】	12畫	625	631	無	段12下-27	錯24-9	鉉12下-4
南(峯)	宋部	【十部】	7畫	274	276	5-16	段6下-4	錯12-3	鉉6下-2
湳(nan ˇ)	水部	【水部】	9畫	543	548	無	段11上壹-56	錯21-12	鉉11上-3
鸐(難、艱、囏、籬从竹囏、雞)	鳥部	【鳥部】	11畫	151	152	32-26	段4上-44	錯7-20	鉉4上-8

篆本字(古文、金文、籀文、俗字、通用字，通段、金石)	說文部首	康熙部首	筆畫	一般頁碼	洪葉頁碼	金石字典頁碼	段注篇章	徐鍇通釋篇章	徐鉉藤花榭篇
儺(難，攤通段)	人部	【人部】	19畫	368	372	3-43	段8上-8	錯15-3	鉉8上-2
蘸(然)	艸部	【艸部】	19畫	36	37	無	段1下-31	錯2-15	鉉1下-5
然(蘸、爨、爨、燃俗)	火部	【火部】	8畫	480	485	19-18	段10上-41	錯19-14	鉉10上-7
năn(ㄋㄢˇ)									
赧	赤部	【赤部】	4畫	491	496	無	段10下-3	錯19-21	鉉10下-1
暔	日部	【日部】	7畫	306	309	無	段7上-10	錯13-4	鉉7上-2
湳(nan´)	水部	【水部】	9畫	543	548	無	段11上壹-56	錯21-12	鉉11上-3
蚦(蚺，蝻通段)	虫部	【虫部】	5畫	663	670	無	段13上-41	錯25-10	鉉13上-6
戁(㦮)	心部	【心部】	19畫	503	507	無	段10下-26	錯20-10	鉉10下-5
nàn(ㄋㄢˋ)									
暵(暵通段)	日部	【日部】	19畫	307	310	無	段7上-11	錯13-4	鉉7上-2
náng(ㄋㄤˊ)									
蠰	虫部	【虫部】	17畫	666	673	25-58	段13上-47	錯25-11	鉉13上-7
橐从㲋(囊)	橐部	【口部】	21畫	276	279	6-58	段6下-9	錯12-7	鉉6下-3
năng(ㄋㄤˇ)									
曩	日部	【日部】	17畫	306	309	無	段7上-9	錯13-3	鉉7上-2
nàng(ㄋㄤˋ)									
儾(ran˘)	人部	【人部】	12畫	377	381	無	段8上-26	錯15-9	鉉8上-4
náo(ㄋㄠˊ)									
呶	口部	【口部】	5畫	60	60	無	段2上-24	錯3-10	鉉2上-5
怓	心部	【心部】	5畫	511	515	無	段10下-42	錯20-15	鉉10下-7
峱(嶩、巎，嶩通段)	山部	【山部】	7畫	438	442	無	段9下-2	錯18-1	鉉9下-1
撓(橈、擾、捄)	手部	【手部】	12畫	601	607	無	段12上-36	錯23-14	鉉12上-6
橈(rao´)	木部	【木部】	12畫	250	253	無	段6上-25	錯11-12	鉉6上-4
搦(橈)	手部	【手部】	10畫	606	612	無	段12上-45	錯23-14	鉉12上-7
楺(輮、橈、櫂，檋通段)	木部	【木部】	9畫	267	270	無	段6上-59	錯11-27	鉉6上-7
蟯(rao´)	虫部	【虫部】	12畫	664	670	無	段13上-42	錯25-10	鉉13上-6
譊	言部	【言部】	12畫	95	96	26-66	段3上-19	錯5-10	鉉3上-4
鐃	金部	【金部】	12畫	709	716	29-54	段14上-15	錯27-6	鉉14上-3
夒(猱、獿)	夊部	【夊部】	15畫	233	236	無	段5下-37	錯10-15	鉉5下-7
獿	犬部	【犬部】	17畫	474	478	無	段10上-28	錯19-9	鉉10上-5

篆本字(古文、金文、籀文、俗字、通用字，通叚、金石)	說文部首	康熙部首	筆畫	一般頁碼	洪葉頁碼	金石字典頁碼	段注篇章	徐鍇通釋篇章	徐鉉藤花榭篇
孃(壤)	肉部	【肉部】	17畫	171	173	無	段4下-27	鍇8-10	鉉4下-5
瓖(瓔从心通叚)	玉部	【玉部】	17畫	10	10	無	段1上-19	鍇1-10	鉉1上-3
nǎo(ㄋㄠˇ)									
甾(腦、剷，碯通叚)	匕部	【匕部】	9畫	385	389	無	段8上-41	鍇15-14	鉉8上-6
嫐(惱，懊通叚)	女部	【女部】	9畫	626	632	無	段12下-29	鍇24-10	鉉12下-4
nào(ㄋㄠˋ)									
鬧	鬥部	【鬥部】	5畫	無	無	無	無	無	鉉3下-3
譟(噪、鬧通叚)	言部	【言部】	13畫	99	99	無	段3上-26	鍇5-10	鉉3上-5
淖	水部	【水部】	8畫	551	556	18-35	段11上貳-12	鍇21-17	鉉11上-5
汋(淖、液)	水部	【水部】	3畫	550	555	無	段11上貳-9	鍇21-15	鉉11上-5
淖(淖、稠)	水部	【水部】	10畫	563	568	無	段11上貳-35	鍇21-23	鉉11上-8
婥(chuo ˋ)	女部	【女部】	8畫	626	632	無	段12下-29	鍇24-10	鉉12下-4
臑	肉部	【肉部】	14畫	169	171	無	段4下-24	鍇8-9	鉉4下-4
nè(ㄋㄜˋ)									
疒(chuang ´)	疒部	【疒部】		348	351	20-55	段7下-26	鍇14-11	鉉7下-5
商(吶、訥)	商部	【口部】	4畫	88	88	無	段3上-4	鍇5-3	鉉3上-2
訥(吶、商)	言部	【言部】	4畫	95	96	無	段3上-19	鍇5-10	鉉3上-4
餒	臥部	【食部】	8畫	388	392	無	段8上-47	鍇15-16	鉉8上-7
néi(ㄋㄟˊ)									
幰(幪从蔑)	巾部	【巾部】	18畫	361	365	無	段7下-53	鍇14-23	鉉7下-9
něi(ㄋㄟˇ)									
餒(餧，鮾、鯘通叚)	倉部	【食部】	7畫	222	224	無	段5下-14	鍇10-6	鉉5下-3
nèi(ㄋㄟˋ)									
內(納，枘通叚)	入部	【入部】	2畫	224	226	3-56	段5下-18	鍇10-7	鉉5下-3
汭(芮、內)	水部	【水部】	4畫	546	551	18-4	段11上貳-2	鍇21-13	鉉11上-4
納(內，衲通叚)	糸部	【糸部】	4畫	645	652	23-9	段13上-5	鍇25-2	鉉13上-1
錗(歪)	金部	【金部】	8畫	715	722	無	段14上-27	鍇27-8	鉉14上-4
轥(孽)	車部	【車部】	20畫	727	734	無	段14上-52	鍇27-14	鉉14上-7
nèn(ㄋㄣˋ)									
姛(輭、嫩，軟通叚)	女部	【女部】	9畫	625	631	無	段12下-28	鍇24-9	鉉12下-4
néng(ㄋㄥˊ)									
能	能部	【肉部】	6畫	479	484	24-25	段10上-39	鍇19-13	鉉10上-7

篆本字(古文、金文、籀文、俗字、通用字，通叚、金石)	說文部首	康熙部首	筆畫	一般頁碼	洪葉頁碼	金石字典頁碼	段注篇章	徐鍇通釋篇章	徐鉉藤花榭篇
而(能、如歃述及，髵通叚)	而部	【而部】		454	458	24-4	段9下-34	鍇18-12	鉉9下-5
耏(耐、能而述及)	而部	【而部】	3畫	454	458	24-6	段9下-34	鍇18-12	鉉9下-5
熊(能疑或)	熊部	【火部】	10畫	479	484	19-22	段10上-39	鍇19-13	鉉10上-7
ni(ㄋㄧˊ)									
怩	心部	【心部】	5畫	無	無	無	無	無	鉉10下-9
尼(暱、昵，怩通叚)	尸部	【尸部】	2畫	400	404	10-42	段8上-71	鍇16-8	鉉8上-11
忕(怢、愧，怩、惉通叚)	心部	【心部】	3畫	506	511	無	段10下-33	鍇20-12	鉉10下-6
秜(穭、稆、旅)	禾部	【禾部】	5畫	323	326	無	段7上-43	鍇13-18	鉉7上-8
泥(坭通叚)	水部	【水部】	5畫	543	548	無	段11上壹-56	鍇21-12	鉉11上-3
屔(泥、尼，坭通叚)	丘部	【尸部】	7畫	387	391	無	段8上-45	鍇15-15	鉉8上-6
倪(睨、題，堄通叚)	人部	【人部】	8畫	376	380	3-26	段8上-24	鍇15-10	鉉8上-3
婗(呢通叚)	女部	【女部】	8畫	614	620	無	段12下-6	鍇24-2	鉉12下-1
敊	攴部	【攴部】	8畫	126	127	無	段3下-40	鍇6-20	鉉3下-9
蜺	虫部	【虫部】	8畫	668	674	無	段13上-50	鍇25-12	鉉13上-7
觬	角部	【角部】	8畫	185	187	無	段4下-55	鍇8-19	鉉4下-8
輗(軶、輨、棿)	車部	【車部】	8畫	729	736	無	段14上-55	鍇27-15	鉉14上-7
郳	邑部	【邑部】	8畫	298	301	29-11	段6下-53	鍇12-22	鉉6下-8
霓	雨部	【雨部】	8畫	574	579	無	段11下-14	鍇22-7	鉉11下-4
鯢(鮭通叚)	魚部	【魚部】	8畫	578	583	32-19	段11下-22	鍇22-9	鉉11下-5
鶂(鷊、鷊、鸏、鶃，艗、鴨通叚)	鳥部	【鳥部】	8畫	153	155	無	段4上-49	鍇7-21	鉉4上-9
麑(猊通叚)	鹿部	【鹿部】	8畫	471	476	無	段10上-23	鍇19-7	鉉10上-4
麛(麑)	鹿部	【鹿部】	9畫	470	475	無	段10上-21	鍇19-6	鉉10上-3
齯(兒)	齒部	【齒部】	8畫	79	80	無	段2下-21	鍇4-11	鉉2下-5
腞(臡，脘通叚)	肉部	【肉部】	9畫	175	177	無	段4下-35	鍇8-13	鉉4下-5
nǐ(ㄋㄧˇ)									
檷(柅)	木部	【木部】	14畫	262	264	無	段6上-48	鍇11-21	鉉6上-6
柅(屎、檷，苨、梠通叚)	木部	【木部】	5畫	244	247	無	段6上-13	鍇11-23	鉉6上-2
屎(柅，柅、梠通叚)	木部	【木部】	3畫	264	266	無	段6上-52	鍇11-23	鉉6上-7

篆本字（古文、金文、籀文、俗字、通用字，通段、金石）	說文部首	康熙部首	筆畫	一般頁碼	洪葉頁碼	金石字典頁碼	段注篇章	徐鍇通釋篇章	徐鉉藤花榭篇
施(旎橢yi旎者施之俗也，肔、胇、菔通段)	㫃部	【方部】	5畫	311	314	15-14	段7上-19	鍇13-6	鉉7上-3
舂(䠶)	舁部	【子部】	10畫	744	751	9-15	段14下-27	鍇28-13	鉉14下-6
儗(yi`)	人部	【人部】	14畫	378	382	無	段8上-27	鍇15-10	鉉8上-4
嶷(yi`)	口部	【口部】	14畫	55	55	無	段2上-14	鍇3-6	鉉2上-3
擬	手部	【手部】	14畫	604	610	14-33	段12上-42	鍇23-13	鉉12上-7
薿	艸部	【艸部】	14畫	38	38	無	段1下-34	鍇2-16	鉉1下-6
懝(癡，鑀通段)	心部	【心部】	14畫	509	514	無	段10下-39	鍇20-14	鉉10下-7
鬚(嬭，奶通段)	髟部	【髟部】	14畫	426	431	8-51	段9上-23	鍇17-8	鉉9上-4
鬩从爾(茶)	鬥部	【鬥部】	14畫	114	115	無	段3下-16	鍇6-8	鉉3下-3
ni(ㄋㄧˋ)									
休(溺)	水部	【水部】	2畫	557	562	無	段11上貳-23	鍇21-20	鉉11上-7
屰(逆)	干部	【屮部】	3畫	87	87	無	段3上-2	鍇5-2	鉉3上-1
逆(屰、逜、迎)	辵(辶)部	【辵部】	6畫	71	72	28-24	段2下-5	鍇4-3	鉉2下-1
秜(昵、曜、秖、敉、剩)	黍部	【黍部】	4畫	330	333		段7上-57	鍇13-23	鉉7上-9
尼(曜、昵，怩通段)	尸部	【尸部】	2畫	400	404	10-42	段8上-71	鍇16-8	鉉8上-11
曜(昵)	日部	【日部】	11畫	307	310	無	段7上-12	鍇13-4	鉉7上-2
倪(睨、題，堄通段)	人部	【人部】	8畫	376	380	3-26	段8上-24	鍇15-10	鉉8上-3
睨(覞，堄通段)	目部	【目部】	8畫	131	133	無	段4上-5	鍇7-3	鉉4上-2
覞(睨)	見部	【見部】	8畫	407	412	無	段8下-13	鍇16-13	鉉8下-3
䛏	言部	【言部】	8畫	98	99	無	段3上-25	鍇5-13	鉉3上-5
匿(慝通段)	匚部	【匚部】	9畫	635	641	5-5	段12下-47	鍇24-16	鉉12下-7
怒(惄)	心部	【心部】	8畫	507	512	13-22	段10下-35	鍇20-13	鉉10下-7
惄(怒)	心部	【心部】	10畫	513	518	無	段10下-47	鍇20-17	鉉10下-8
愵(感、戚，惄、恕、慝通段)	心部	【心部】	11畫	514	518	無	段10下-48	鍇20-17	鉉10下-9
溺(屎、尿)	水部	【水部】	10畫	520	525	無	段11上壹-10	鍇21-3	鉉11上-1
休(溺)	水部	【水部】	2畫	557	562	無	段11上貳-23	鍇21-20	鉉11上-7
繹	糸部	【糸部】	10畫	654	660	無	段13上-22	鍇25-5	鉉13上-3
曜(昵)	日部	【日部】	11畫	307	310	無	段7上-12	鍇13-4	鉉7上-2
膩	肉部	【肉部】	12畫	176	178	無	段4下-37	鍇8-13	鉉4下-6

篆本字(古文、金文、籀文、俗字、通用字，通段、金石)	說文部首	康熙部首	筆畫	一般頁碼	洪葉頁碼	金石字典頁碼	段注篇章	徐鍇通釋篇章	徐鉉藤花榭篇
niān(ㄋㄧㄢ)									
拈	手部	【手部】	5畫	598	604	無	段12上-29	錯23-10	鉉12上-5
蔫(菸矮述及殤、蒽通段)	艸部	【艸部】	11畫	40	41	無	段1下-39	錯2-18	鉉1下-6
菸(暵、蔫矮述及)	艸部	【艸部】	8畫	40	41	無	段1下-39	錯2-18	鉉1下-6
nián(ㄋㄧㄢˊ)									
季(年)	禾部	【干部】	3畫	326	329	11-31	段7上-50	錯13-21	鉉7上-8
鞈	革部	【革部】	5畫	110	111	無	段3下-7	錯6-4	鉉3下-2
飴(餂通段)	倉部	【食部】	5畫	221	223	無	段5下-12	錯10-5	鉉5下-2
鮎(鯰)	魚部	【魚部】	5畫	578	584	無	段11下-23	錯22-9	鉉11下-5
鰋(鯷、鮎)	魚部	【魚部】	7畫	578	584	32-18	段11下-23	錯22-9	鉉11下-5
黏(溓、樴柀述及，惟段注从木黏，粘通段)	黍部	【黍部】	5畫	330	333	無	段7上-57	錯13-23	鉉7上-9
樴(杉柀述及，惟段注从木黏)	木部	【木部】	13畫	無	無	無	無	無	鉉6上-2
郱(郔)	邑部	【邑部】	6畫	287	289	無	段6下-30	錯12-15	鉉6下-6
鰜(鱹通段)	魚部	【魚部】	10畫	577	582	無	段11下-20	錯22-8	鉉11下-5
niǎn(ㄋㄧㄢˇ)									
囡(圖)	口部	【口部】	2畫	278	280	無	段6下-12	錯12-8	鉉6下-4
反(反、奐)	尸部	【尸部】	2畫	400	404	無	段8上-72	錯16-8	鉉8上-11
報(輾軋ya`，報大徐作輾，碾通段)	車部	【車部】	5畫	728	735	無	段14上-53	錯27-14	鉉14上-7
屎(展、輾)	尸部	【尸部】	7畫	400	404	10-44	段8上-71	錯16-8	鉉8上-11
趁(駗，跈、蹍、辿通段)	走部	【走部】	5畫	64	64	無	段2上-32	錯3-14	鉉2上-7
踐(躔通段)	足部	【足部】	8畫	82	83	27-55	段2下-27	錯4-14	鉉2下-6
淰	水部	【水部】	8畫	562	567	無	段11上貳-33	錯21-23	鉉11上-8
輦(連)	車部	【車部】	8畫	730	737	28-3	段14上-57	錯27-15	鉉14上-8
連(輦、聯，健通段)	辵(辶)部	【辵部】	7畫	73	74	28-32	段2下-9	錯4-5	鉉2下-2
嬗(shen ˇ)	女部	【女部】	12畫	624	630	無	段12下-26	錯24-9	鉉12下-4
捻	手部	【手部】	8畫	無	無	無	無	無	鉉12上-8
撚(捻通段)	手部	【手部】	12畫	609	615	無	段12上-52	錯23-16	鉉12上-8
敜(捻通段)	支部	【支部】	8畫	125	126	無	段3下-37	錯6-19	鉉3下-8

篆本字（古文、金文、籀文、俗字、通用字，通段、金石）	說文部首	康熙部首	筆畫	一般頁碼	洪葉頁碼	金石字典頁碼	段注篇章	徐鍇通釋篇章	徐鉉藤花榭篇
niàn（ㄋㄧㄢˋ）									
廿 與疾古篆同	十部	【廾部】	1畫	89	89	5-10	段3上-6	鍇5-4	鉉3上-2
疾（痵、矲、廿 與十部廿nianˋ篆同，蒺通段）	疒部	【疒部】	5畫	348	351	20-55	段7下-26	鍇14-11	鉉7下-5
汎（沘）	水部	【水部】	3畫	544	549	無	段11上壹-57	鍇21-12	鉉11上-4
念	心部	【心部】	4畫	502	507	13-9	段10下-25	鍇20-10	鉉10下-5
諗（念）	言部	【言部】	8畫	93	93	無	段3上-14	鍇5-8	鉉3上-3
唸（殿）	口部	【口部】	8畫	60	60	無	段2上-24	鍇3-10	鉉2上-5
嬿（ranˊ）	女部	【女部】	12畫	613	619	無	段12下-4	鍇24-1	鉉12下-1
niáng（ㄋㄧㄤˊ）									
孃（娘，鬤通段）	女部	【女部】	17畫	625	631	8-52	段12下-27	鍇24-9	鉉12下-4
niàng（ㄋㄧㄤˋ）									
釀（糵通段）	酉部	【酉部】	17畫	747	754	無	段14下-34	鍇28-17	鉉14下-8
蘸	艸部	【艸部】	24畫	24	24	無	段1下-6	鍇2-3	鉉1下-2
niǎo（ㄋㄧㄠˇ）									
鳥	鳥部	【鳥部】		148	149	32-21	段4上-38	鍇7-18	鉉4上-8
褭（䋦，裊通段）	衣部	【衣部】	11畫	394	398	無	段8上-59	鍇16-4	鉉8上-8
嫋	女部	【女部】	10畫	619	625	無	段12下-15	鍇24-5	鉉12下-2
裛	衣部	【衣部】	10畫	397	401	無	段8上-66	鍇16-6	鉉8上-9
蔦（樢）	艸部	【艸部】	11畫	31	32	無	段1下-21	鍇2-10	鉉1下-4
嬈（嬲、娚）	女部	【女部】	12畫	625	631	無	段12下-27	鍇24-9	鉉12下-4
撓（嬈、擾、捄）	手部	【手部】	12畫	601	607	無	段12上-36	鍇23-14	鉉12上-6
niào（ㄋㄧㄠˋ）									
屎（尿，屁通段）	尾部	【尸部】	4畫	402	407	無	段8下-3	鍇16-10	鉉8下-1
溺（屎、尿）	水部	【水部】	10畫	520	525	無	段11上壹-10	鍇21-3	鉉11上-1
nié（ㄋㄧㄝˊ）									
闑 从爾（茶）	門部	【門部】	14畫	114	115	無	段3下-16	鍇6-8	鉉3下-3
niè（ㄋㄧㄝˋ）									
聿	聿部	【聿部】		117	118	11-17	段3下-21	鍇6-11	鉉3下-5
羍（幸通段）	羍部	【大部】	4畫	496	500	11-41	段10下-12	鍇20-4	鉉10下-3
臬（藝、埶、隍、陧）	木部	【自部】	4畫	264	267	無	段6上-53	鍇11-23	鉉6上-7
陧（隉、臬，嵲通段）	自部	【阜部】	9畫	733	740	無	段14下-5	鍇28-2	鉉14下-1

篆本字（古文、金文、籀文、俗字、通用字，通段、金石）	說文部首	康熙部首	筆畫	一般頁碼	洪葉頁碼	金石字典頁碼	段注篇章	徐鍇通釋篇章	徐鉉藤花榭篇
皆	自部	【屮部】	6畫	730	737	無	段14上-58	鍇28-1	鉉14上-8
齧(齘通段)	齒部	【齒部】	6畫	80	80	無	段2下-22	鍇4-12	鉉2下-5
涅(敜，箮通段)	水部	【水部】	7畫	552	557	18-29	段11上貳-13	鍇21-17	鉉11上-6
敜(涅，捻通段)	攴部	【攴部】	8畫	125	126	無	段3下-37	鍇6-19	鉉3下-8
馶(騳通段)	馬部	【馬部】	7畫	466	471	無	段10上-13	鍇19-4	鉉10上-2
軝(跊、輢通段)	車部	【車部】	7畫	722	729	28-3	段14上-42	鍇27-13	鉉14上-6
馬(罵、縶、縶，跊、靮通段)	馬部	【馬部】	3畫	467	472	無	段10上-15	鍇19-5	鉉10上-2
歬	止部	【入部】	8畫	68	68	無	段2上-40	鍇3-17	鉉2上-8
屵非口部屵(岩通段)	山部	【山部】	9畫	440	445	無	段9下-7	鍇18-3	鉉9下-1
品非山部品yan′(譱)	品部	【口部】	9畫	85	85	無	段2下-32	鍇4-16	鉉2下-7
黜(虺，匜通段)	出部	【自部】	9畫	273	275	無	段6下-2	鍇12-3	鉉6下-1
闑(槸)	門部	【門部】	10畫	588	594	無	段12上-9	鍇23-5	鉉12上-2
臬(藝、槸、隉、隉)	木部	【自部】	4畫	264	267	無	段6上-53	鍇11-23	鉉6上-7
隉(陧、臬，嵲通段)	自部	【阜部】	9畫	733	740	無	段14下-5	鍇28-2	鉉14下-1
槷(槸、槸)	木部	【木部】	11畫	251	254	無	段6上-27	鍇11-12	鉉6上-4
聶	耳部	【耳部】	12畫	593	599	24-12	段12上-19	鍇23-8	鉉12上-4
籋(鑷，鈉通段)	竹部	【竹部】	14畫	195	197	無	段5上-14	鍇9-5	鉉5上-2
巕	山部	【山部】	15畫	438	443	無	段9下-3	鍇18-2	鉉9下-1
孼(孽，孽通段)	子部	【子部】	16畫	743	750	9-16	段14下-25	鍇28-13	鉉14下-6
蠥(孽、孽)	虫部	【虫部】	16畫	673	680	25-58	段13上-61	鍇25-14	鉉13上-8
轓(孽)	車部	【車部】	20畫	727	734	無	段14上-52	鍇27-14	鉉14上-7
糱	米部	【米部】	16畫	331	334	無	段7上-60	鍇13-25	鉉7上-10
讘(囁通段)	言部	【言部】	18畫	100	100	無	段3上-28	鍇5-14	鉉3上-6
品非山部品yan′(譱)	品部	【口部】	9畫	85	85	無	段2下-32	鍇4-16	鉉2下-7
躡	足部	【足部】	18畫	82	82	無	段2下-26	鍇4-13	鉉2下-6
櫱(糱、枿、栓、木[不]，孽通段)	木部	【木部】	20畫	268	271	無	段6上-61	鍇11-27	鉉6上-8
瀳(讞yan`)	水部	【水部】	20畫	566	571	19-7	段11上貳-41	鍇21-25	鉉11上-9
轙(鑴从獻)	車部	【車部】	13畫	726	733	無	段14上-49	鍇27-14	鉉14上-7
轓(孽)	車部	【車部】	20畫	727	734	無	段14上-52	鍇27-14	鉉14上-7

篆本字(古文、金文、籀文、俗字、通用字，通段、金石)	說文部首	康熙部首	筆畫	一般頁碼	洪葉頁碼	金石字典頁碼	段注篇章	徐鍇通釋篇章	徐鉉藤花榭篇
nín(ㄋㄧㄣˊ)									
恁	心部	【心部】	6畫	508	513	13-13	段10下-37	鍇20-13	鉉10下-7
飪([illegible]、恁，腍通段)	食部	【食部】	4畫	218	221	31-40	段5下-7	鍇10-4	鉉5下-2
níng(ㄋㄧㄥˊ)									
冰(凝)	仌部	【冫部】	4畫	570	576	4-20	段11下-7	鍇22-4	鉉11下-3
甯(寧，寗通段)	用部	【用部】	7畫	128	129	無	段3下-44	鍇6-21	鉉3下-10
寍(寧)	宀部	【宀部】	9畫	339	342	9-57	段7下-8	鍇14-4	鉉7下-2
寧(寍，鸋通段)	丂部	【宀部】	11畫	203	205	10-1	段5上-30	鍇9-12	鉉5上-5
[illegible]([illegible])	吅部	【爻部】	12畫	62	63	6-55	段2上-29	鍇3-13	鉉2上-6
薴([illegible])	艸部	【艸部】	14畫	40	40	無	段1下-38	鍇2-18	鉉1下-6
[illegible](苧)	艸部	【艸部】	4畫	26	26	無	段1下-10	鍇2-5	鉉1下-2
[illegible](鬇、鬡从寧通段)	艸部	【艸部】	8畫	40	40	無	段1下-38	鍇2-18	鉉1下-6
[illegible]	艸部	【艸部】	16畫	29	29	無	段1下-16	鍇2-8	鉉1下-3
[illegible]	䖵部	【虫部】	18畫	675	681	無	段13下-2	鍇25-15	鉉13下-1
nìng(ㄋㄧㄥˋ)									
佞(侫、倿通段)	女部	【人部】	5畫	622	628	3-7	段12下-22	鍇24-7	鉉12下-3
甯(寧，寗通段)	用部	【用部】	7畫	128	129	無	段3下-44	鍇6-21	鉉3下-10
濘	水部	【水部】	14畫	553	558	無	段11上貳-16	鍇21-17	鉉11上-6
niú(ㄋㄧㄡˊ)									
牛	牛部	【牛部】		50	51	19-44	段2上-5	鍇3-3	鉉2上-2
niǔ(ㄋㄧㄡˇ)									
沑(nǜ)	水部	【水部】	4畫	560	565	無	段11上貳-30	鍇21-22	鉉11上-8
[illegible](狃)	彳部	【彳部】	9畫	76	76	無	段2下-14	鍇4-7	鉉2下-3
狃(忸、[illegible]、[illegible]通段)	犬部	【犬部】	4畫	475	479	無	段10上-30	鍇19-10	鉉10上-5
恧(忸、[illegible]、聏、[illegible]、[illegible]通段)	心部	【心部】	6畫	515	519	無	段10下-50	鍇20-18	鉉10下-9
杶(櫄、[illegible]、杻、櫄，椿通段)	木部	【木部】	4畫	242	245	無	段6上-9	鍇11-5	鉉6上-2
杽(杻)	木部	【木部】	4畫	270	272	無	段6上-64	鍇11-29	鉉6上-8
紐(杻檍yi ˋ 述及)	糸部	【糸部】	4畫	654	660	23-10	段13上-22	鍇25-5	鉉13上-3
[illegible]	矛部	【矛部】	4畫	720	727	無	段14上-37	鍇27-11	鉉14上-6
[illegible]	丑部	【肉部】	4畫	744	751	無	段14下-28	鍇28-14	鉉14下-7
[illegible]	邑部	【邑部】	4畫	299	302	無	段6下-55	鍇12-22	鉉6下-8

篆本字（古文、金文、籀文、俗字、通用字，通叚、金石）	說文部首	康熙部首	筆畫	一般頁碼	洪葉頁碼	金石字典頁碼	段注篇章	徐鍇通釋篇章	徐鉉藤花榭篇
鈕(钮)	金部	【金部】	4畫	706	713	29-37	段14上-9	鍇27-4	鉉14上-2
莥	艸部	【艸部】	7畫	23	23	無	段1下-4	鍇2-2	鉉1下-1
niù(ㄋㄧㄡˋ)									
飳(粗、粈)	倉部	【食部】	4畫	220	222	無	段5下-10	鍇10-4	鉉5下-2
粈(飳、粈)	米部	【米部】	4畫	333	336	無	段7上-63	鍇13-25	鉉7上-10
nóng(ㄋㄨㄥˊ)									
農(農、辳从林凶、譻、晨)	晨部	【辰部】	6畫	106	106	28-14	段3上-40	鍇6-1	鉉3上-9
奴(㚢、伮、帤，儂、駑通叚)	女部	【女部】	2畫	616	622	8-25	段12下-10	鍇24-3	鉉12下-2
濃(䨜通叚)	水部	【水部】	13畫	559	564	無	段11上貳-27	鍇21-21	鉉11上-7
獳	犬部	【犬部】	13畫	473	478	無	段10上-27	鍇19-8	鉉10上-5
癑(疼通叚)	疒部	【疒部】	13畫	351	355	無	段7下-33	鍇14-14	鉉7下-6
盥(膿)	血部	【血部】	13畫	214	216	無	段5上-51	鍇9-21	鉉5上-9
襛(襛，穠、繷、絨、癑通叚)	衣部	【衣部】	13畫	393	397	無	段8上-58	鍇16-4	鉉8上-8
髶(鬤从茸、鬠从恩、鬞从農通叚)	髟部	【髟部】	6畫	428	432	無	段9上-26	鍇17-9	鉉9上-4
擾(擾，譨通叚)	手部	【手部】	18畫	601	607	14-34	段12上-36	鍇23-13	鉉12上-6
醲	酉部	【酉部】	13畫	748	755	無	段14下-35	鍇28-18	鉉14下-8
nǒng(ㄋㄨㄥˇ)									
襛(襛，穠、繷、絨、癑通叚)	衣部	【衣部】	13畫	393	397	無	段8上-58	鍇16-4	鉉8上-8
nòng(ㄋㄨㄥˋ)									
弄	収部	【廾部】	4畫	104	104	12-11	段3上-36	鍇5-19	鉉3上-8
挊(弄)	木部	【木部】	7畫	248	250	無	段6上-20	鍇11-9	鉉6上-3
nóu(ㄋㄡˊ)									
獳(㹱通叚)	犬部	【犬部】	14畫	474	479	無	段10上-29	鍇19-10	鉉10上-5
nòu(ㄋㄡˋ)									
穀(乳通叚)	子部	【子部】	10畫	743	750	9-15	段14下-25	鍇28-12	鉉14下-6
槈(鎒，耨通叚)	木部	【木部】	10畫	258	261	無	段6上-41	鍇11-18	鉉6上-5
獳(㹱通叚)	犬部	【犬部】	14畫	474	479	無	段10上-29	鍇19-10	鉉10上-5
桺(檽、楺通叚)	木部	【木部】	6畫	254	257	無	段6上-33	鍇11-15	鉉6上-5

篆本字（古文、金文、籀文、俗字、通用字，通叚、金石）	說文部首	康熙部首	筆畫	一般頁碼	洪葉頁碼	金石字典頁碼	段注篇章	徐鍇通釋篇章	徐鉉藤花榭篇
薁（欙、楥）	艸部	【艸部】	9畫	36	37	無	段1下-31	鍇2-15	鉉1下-5
nǚ（ㄋㄩˇ）									
女	女部	【女部】		612	618	8-22	段12下-1	鍇24-1	鉉12下-1
籹	米部	【米部】	3畫	無	無	無	無	無	鉉7上-10
黍（籹通叚）	黍部	【黍部】		329	332	32-39	段7上-55	鍇13-23	鉉7上-9
nǜ（ㄋㄩˋ）									
泏（niǔ）	水部	【水部】	4畫	560	565	無	段11上貳-30	鍇21-22	鉉11上-8
衄（衂通叚）	血部	【血部】	4畫	214	216	無	段5上-51	鍇9-21	鉉5上-9
恧（忸、聏、聏、聰、愬通叚）	心部	【心部】	6畫	515	519	無	段10下-50	鍇20-18	鉉10下-9
朒（朒段刪）	月部	【月部】	6畫	313	316	無	段7上-24	鍇13-9	鉉7上-4
慽（慼、戚，惄、愬、愬通叚）	心部	【心部】	11畫	514	518	無	段10下-48	鍇20-17	鉉10下-9
nú（ㄋㄨˊ）									
奴（㚢、伮、帑，儂、駑通叚）	女部	【女部】	2畫	616	622	8-25	段12下-10	鍇24-3	鉉12下-2
帑（奴，孥通叚）	巾部	【巾部】	5畫	361	365	11-19	段7下-53	鍇14-23	鉉7下-9
笯	竹部	【竹部】	5畫	194	196	無	段5上-12	鍇9-5	鉉5上-2
nǔ（ㄋㄨˇ）									
弩（努通叚）	弓部	【弓部】	5畫	641	647	12-19	段12下-59	鍇24-19	鉉12下-9
怒（努）	心部	【心部】	5畫	511	516	13-12	段10下-43	鍇20-15	鉉10下-8
砮	石部	【石部】	5畫	449	453	無	段9下-24	鍇18-9	鉉9下-4
nù（ㄋㄨˋ）									
怒（努）	心部	【心部】	5畫	511	516	13-12	段10下-43	鍇20-15	鉉10下-8
nuán（ㄋㄨㄢˊ）									
奻	女部	【女部】	3畫	626	632	無	段12下-29	鍇24-10	鉉12下-4
nuǎn（ㄋㄨㄢˇ）									
煖（煗、晅、烜，暖、暄通叚）	火部	【火部】	9畫	486	490	無	段10上-52	鍇19-17	鉉10上-9
煗（煖，晅、晅通叚）	火部	【火部】	9畫	486	490	無	段10上-52	鍇19-17	鉉10上-9
湪（潒、湄涗述及）	水部	【水部】	9畫	561	566	無	段11上貳-31	鍇21-22	鉉11上-8
湄（湪涗述及，堳、湏通叚）	水部	【水部】	9畫	554	559	18-40	段11上貳-18	鍇21-18	鉉11上-6

篆本字（古文、金文、籀文、俗字、通用字，通段、金石）	說文部首	康熙部首	筆畫	一般頁碼	洪葉頁碼	金石字典頁碼	段注篇章	徐鍇通釋篇章	徐鉉藤花榭篇
nuàn（ㄋㄨㄢˋ）									
麰(麣从需)	鹿部	【鹿部】	9畫	470	475	無	段10上-21	鍇19-6	鉉10上-3
nüè（ㄋㄩㄝˋ）									
虐(虐、昚)	虍部	【虍部】	5畫	209	211	25-45	段5上-42	鍇9-17	鉉5上-8
瘧	疒部	【疒部】	10畫	350	354	20-58	段7下-31	鍇14-13	鉉7下-6
謔(xue ˋ)	言部	【言部】	10畫	98	99	無	段3上-25	鍇5-13	鉉3上-5
nuó（ㄋㄨㄛˊ）									
烾(er ˊ)	九部	【而部】	3畫	448	453	無	段9下-23	鍇18-8	鉉9下-4
莎(莏，挪、芯通段)	艸部	【艸部】	7畫	45	46	無	段1下-49	鍇2-22	鉉1下-8
挼(隋、墮、綏、挪，捼、搓、抄通段)	手部	【手部】	7畫	605	611	無	段12上-44	鍇23-14	鉉12上-7
那(冄，郍、那、挪、娜、㛿通段)	邑部	【邑部】	5畫	294	296	28-60	段6下-44	鍇12-19	鉉6下-7
妠(姌，娜通段)	女部	【女部】	5畫	619	625	無	段12下-15	鍇24-5	鉉12下-2
移(侈、迻，㯢、穇通段)	禾部	【禾部】	6畫	323	326	無	段7上-44	鍇13-19	鉉7上-8
魖	鬼部	【鬼部】	11畫	436	440	無	段9上-42	鍇17-14	鉉9上-7
儺(難，攤通段)	人部	【人部】	19畫	368	372	3-43	段8上-8	鍇15-3	鉉8上-2
nuǒ（ㄋㄨㄛˇ）									
婑	女部	【女部】	6畫	619	625	無	段12下-16	鍇24-5	鉉12下-2
那(冄，郍、那、挪、娜、㛿通段)	邑部	【邑部】	5畫	294	296	28-60	段6下-44	鍇12-19	鉉6下-7
nuò（ㄋㄨㄛˋ）									
觡(觽)	角部	【角部】	5畫	188	190	無	段4下-61	鍇8-21	鉉4下-9
愞(偄、儒)	心部	【心部】	9畫	508	513	無	段10下-37	鍇20-13	鉉10下-7
偄(奻、愞、儒、輭，軟通段)	人部	【人部】	9畫	377	381	無	段8上-26	鍇15-9	鉉8上-4
奻(輭，軟通段)	大部	【而部】	3畫	499	503	無	段10下-18	鍇20-7	鉉10下-4
稬(糯通段)	禾部	【禾部】	9畫	322	325	無	段7上-42	鍇13-18	鉉7上-7
諾(惹通段)	言部	【言部】	9畫	90	90	26-62	段3上-8	鍇5-5	鉉3上-3
捼(橈)	手部	【手部】	10畫	606	612	無	段12上-45	鍇23-14	鉉12上-7

篆本字(古文、金文、籀文、俗字、通用字,通叚、金石)	說文部首	康熙部首	筆畫	一般頁碼	洪葉頁碼	金石字典頁碼	段注篇章	徐鍇通釋篇章	徐鉉藤花榭篇
O									
ō(ㄛ)									
喔(wo)	口部	【口部】	9畫	61	62	無	段2上-27	鍇3-12	鉉2上-6
燠(奧,噢、澳通叚)	火部	【火部】	12畫	486	490	無	段10上-52	鍇19-17	鉉10上-9
ó(ㄛˊ)									
哦	口部	【口部】	7畫	無	無	無	無	無	鉉2上-6
誐(假,哦通叚)	言部	【言部】	7畫	94	95	26-53	段3上-17	鍇5-9	鉉3上-4
ōu(ㄡ)									
歐(嘔、啘欲述及)	欠部	【欠部】	11畫	412	416	17-20	段8下-22	鍇16-17	鉉8下-5
欲(啘、歐、嘔)	欠部	【欠部】	8畫	413	418	無	段8下-25	鍇16-17	鉉8下-5
毆(敺)	殳部	【殳部】	11畫	119	120	17-43	段3下-26	鍇6-14	鉉3下-6
甌	瓦部	【瓦部】	11畫	638	644	無	段12下-54	鍇24-18	鉉12下-8
謳	言部	【言部】	11畫	95	95	無	段3上-18	鍇5-9	鉉3上-4
區(丘、堀町述及,鏂通叚)	匸部	【匸部】	8畫	635	641	5-5	段12下-47	鍇24-16	鉉12下-7
鷗(鸥、漚)	鳥部	【鳥部】	11畫	153	155	無	段4上-49	鍇7-21	鉉4上-9
蓲(蓲通叚)	艸部	【艸部】	11畫	28	29	無	段1下-15	鍇2-8	鉉1下-3
ǒu(ㄡˇ)									
欲(啘、歐、嘔)	欠部	【欠部】	8畫	413	418	無	段8下-25	鍇16-17	鉉8下-5
歐(嘔、啘欲述及)	欠部	【欠部】	11畫	412	416	17-20	段8下-22	鍇16-17	鉉8下-5
欨(嘔通叚)	欠部	【欠部】	5畫	410	415	無	段8下-19	鍇16-15	鉉8下-4
漚(嘔、漚)	水部	【水部】	11畫	543	548	無	段11上壹-55	鍇21-12	鉉11上-3
髃(腢)	骨部	【骨部】	8畫	165	167	無	段4下-15	鍇8-7	鉉4下-3
偶(耦、寓、禺)	人部	【人部】	9畫	383	387	3-31	段8上-37	鍇15-12	鉉8上-5
耦(偶)	耒部	【耒部】	9畫	184	186	無	段4下-53	鍇8-19	鉉4下-8
藕(藕、蕅通叚)	艸部	【艸部】	12畫	34	35	無	段1下-27	鍇2-13	鉉1下-4
òu(ㄡˋ)									
漚(渥、湨)	水部	【水部】	11畫	558	563	18-57	段11上貳-26	鍇21-24	鉉11上-7
漚(嘔、漚)	水部	【水部】	11畫	543	548	無	段11上壹-55	鍇21-12	鉉11上-3
鷗(鸥、漚)	鳥部	【鳥部】	11畫	153	155	無	段4上-49	鍇7-21	鉉4上-9
P									
pā(ㄆㄚ)									
皅(葩,蘤通叚)	白部	【白部】	4畫	364	367	無	段7下-58	鍇14-24	鉉7下-10

篆本字（古文、金文、籀文、俗字、通用字，通叚、金石）	說文部首	康熙部首	筆畫	一般頁碼	洪葉頁碼	金石字典頁碼	段注篇章	徐鍇通釋篇章	徐鉉藤花榭篇
葩(皅，芭通叚)	艸部	【艸部】	9畫	37	38	無	段1下-33	錯2-16	鉉1下-5
pá(ㄆㄚˊ)									
琶	琴部	【玉部】	8畫	無	無	無	無	無	鉉12下-7
杷(柸，扒、抓、朳、爬、琶通叚)	木部	【木部】	4畫	259	262	無	段6上-43	錯11-19	鉉6上-6
把(爬、琶通叚)	手部	【手部】	4畫	597	603	14-11	段12上-28	錯23-10	鉉12上-5
嫷(婆娑述及，琶通叚)	女部	【女部】	10畫	621	627	8-48	段12下-20	錯24-6	鉉12下-3
祀(帊、琶、笆通叚)	巴部	【巾部】	9畫	741	748	無	段14下-22	錯28-10	鉉14下-5
pà(ㄆㄚˋ)									
怕(泊)	心部	【心部】	5畫	507	511	無	段10下-34	錯20-12	鉉10下-6
帊	巾部	【巾部】	4畫	無	無	無	無	無	鉉7下-9
祀(帊、琶、笆通叚)	巴部	【巾部】	9畫	741	748	無	段14下-22	錯28-10	鉉14下-5
纀(帕、袙、幞、襥、襆、襥通叚)	糸部	【糸部】	5畫	654	661	無	段13上-23	錯25-5	鉉13上-3
鬘从莫(帕)	髟部	【髟部】	11畫	427	432	無	段9上-25	錯17-8	鉉9上-4
pāi(ㄆㄞ)									
拍(拍)	手部	【手部】	5畫	598	604	14-11	段12上-30	錯23-10	鉉12上-5
搏(捕、拍，拍通叚)	手部	【手部】	10畫	597	603	14-28	段12上-27	錯23-9	鉉12上-5
髆(拍)	骨部	【骨部】	10畫	164	166	無	段4下-14	錯8-7	鉉4下-3
膊(胉、迫、拍)	肉部	【肉部】	10畫	174	176	24-28	段4下-33	錯8-12	鉉4下-5
pái(ㄆㄞˊ)									
俳(徘通叚)	人部	【人部】	8畫	380	384	3-23	段8上-31	錯15-10	鉉8上-4
裴(裵、裶、俳、徘)	衣部	【衣部】	8畫	394	398	26-18	段8上-59	錯16-4	鉉8上-8
排(囊、輫通叚)	手部	【手部】	8畫	596	602	無	段12上-26	錯23-14	鉉12上-5
輩(軰，軯通叚)	車部	【車部】	8畫	728	735	無	段14上-53	錯27-14	鉉14上-7
箄(bei)	竹部	【竹部】	8畫	193	195	無	段5上-9	錯9-4	鉉5上-2
潷(牌、欂通叚)	水部	【水部】	14畫	531	536	19-3	段11上壹-32	錯21-9	鉉11上-2
pài(ㄆㄞˋ)									
林非林lin´(麻)	林部	【木部】	4畫	335	339	無	段7下-1	錯13-28	鉉7下-1
辰(派)	辰部	【丿部】	5畫	570	575	2-4	段11下-6	錯22-3	鉉11下-2
派(辰)	水部	【水部】	6畫	553	558	無	段11上貳-15	錯21-17	鉉11上-6
紙	糸部	【糸部】	6畫	647	654	無	段13上-9	錯25-3	鉉13上-2

篆本字（古文、金文、籀文、俗字、通用字、通段、金石）	說文部首	康熙部首	筆畫	一般頁碼	洪葉頁碼	金石字典頁碼	段注篇章	徐鍇通釋篇章	徐鉉藤花榭篇
汃(邠、𠖥請詳查，湃通段)	水部	【水部】	8畫	516	521	無	段11上壹-1	錯21-2	鉉11上-1
潷(儠、湃通段)	水部	【水部】	14畫	548	553	無	段11上貳-5	錯21-14	鉉11上-4
泮(沘，淠通段)	水部	【水部】	8畫	533	538	18-37	段11上壹-35	錯21-10	鉉11上-2
pān(ㄆㄢ)									
眅(瞥)	目部	【目部】	4畫	130	132	無	段4上-3	錯7-2	鉉4上-1
瞥(眅述及)	目部	【目部】	10畫	132	133	無	段4上-6	錯7-3	鉉4上-2
潘(播，瀊通段)	水部	【水部】	12畫	561	566	18-57	段11上貳-32	錯21-23	鉉11上-8
𡴂(攢、攀、扳)	𢆶部	【又部】	15畫	104	105	10-49	段3上-37	錯5-20	鉉3上-8
pán(ㄆㄢˊ)									
爿牀詳述	片部	【爿部】		319	322	無	段7上-35	錯13-15	鉉7上-6
婆(婆娑述及，琶通段)	女部	【女部】	10畫	621	627	8-48	段12下-20	錯24-6	鉉12下-3
幋	巾部	【巾部】	10畫	357	361	無	段7下-45	錯14-21	鉉7下-8
搫(搬通段)	手部	【手部】	10畫	604	610	無	段12上-42	錯23-13	鉉12上-6
瞥(眅述及)	目部	【目部】	10畫	132	133	無	段4上-6	錯7-3	鉉4上-2
眅(瞥)	目部	【目部】	4畫	130	132	無	段4上-3	錯7-2	鉉4上-1
鞶(繁)	革部	【革部】	10畫	107	108	無	段3下-2	錯6-3	鉉3下-1
鬞從般	髟部	【髟部】	10畫	427	432	無	段9上-25	錯17-8	鉉9上-4
頖(覉、頒、泮、鬞)	須部	【頁部】	11畫	424	428	無	段9上-18	錯17-6	鉉9上-3
黻	黑部	【黑部】	10畫	489	493	無	段10上-58	錯19-19	鉉10上-10
彥(盤)	彡部	【彡部】	6畫	425	429	12-37	段9上-20	錯17-7	鉉9上-4
槃(盤、鎜，盆、桙、洀、磐、鉢通段)	木部	【木部】	10畫	260	263	17-1	段6上-45	錯11-19	鉉6上-6
般(班磻aiˊ述及、舭，股、磐通段)	舟部	【舟部】	4畫	404	408	24-47	段8下-6	錯16-11	鉉8下-2
磻(碆，磐通段)	石部	【石部】	12畫	452	457	無	段9下-31	錯18-10	鉉9下-5
蟠(般)	虫部	【虫部】	12畫	667	674	無	段13上-49	錯25-12	鉉13上-7
鼶(蟠)	鼠部	【鼠部】	12畫	478	483	無	段10上-37	錯19-12	鉉10上-6
pǎn(ㄆㄢˇ)									
眅(xiˋ)	目部	【目部】	4畫	134	135	21-26	段4上-10	錯7-6	鉉4上-2

篆本字(古文、金文、籀文、俗字、通用字，通叚、金石)	說文部首	康熙部首	筆畫	一般頁碼	洪葉頁碼	金石字典頁碼	段注篇章	徐鍇通釋篇章	徐鉉藤花榭篇
pàn(ㄆㄢˋ)									
盼	目部	【目部】	4畫	130	132	21-26	段4上-3	鍇7-2	鉉4上-1
畔(叛)	田部	【田部】	5畫	696	703	20-39	段13下-45	鍇26-9	鉉13下-6
叛(畔)	半部	【又部】	7畫	50	51	無	段2上-5	鍇3-2	鉉2上-2
泮(判、畔，沜、牉、牫、頖通叚)	水部	【水部】	5畫	566	571	18-18	段11上貳-42	鍇21-25	鉉11上-9
判(牉、拌通叚)	刀部	【刂部】	5畫	180	182	無	段4下-45	鍇8-16	鉉4下-7
片(牉、判)	片部	【片部】		318	321	19-43	段7上-33	鍇13-14	鉉7上-6
頖(頯、頒、泮、鬆)	須部	【頁部】	11畫	424	428	無	段9上-18	鍇17-6	鉉9上-3
袢(襻通叚)	衣部	【衣部】	5畫	395	399	無	段8上-61	鍇16-5	鉉8上-9
瓣	目部	【目部】	14畫	132	133	無	段4上-6	鍇7-3	鉉4上-2
pāng(ㄆㄤ)									
仈(肛、胮、胖通叚)	人部	【人部】	3畫	369	373	無	段8上-9	鍇15-4	鉉8上-2
斛	斗部	【斗部】	8畫	718	725	無	段14上-34	鍇27-11	鉉14上-6
滂(澎、磅、霶通叚)	水部	【水部】	10畫	547	552	18-49	段11上貳-4	鍇21-14	鉉11上-4
páng(ㄆㄤˊ)									
丂(旁、旁、丂、甹、徬徬彷繇述及、方訪述及，磅通叚)	二(上)部	【方部】	6畫	2	2	15-15	段1上-3	鍇1-4	鉉1上-1
徬(傍，彷通叚)	彳部	【彳部】	10畫	76	77	無	段2下-15	鍇4-8	鉉2下-3
仿(放、俩、髣、彷，倣、昉、髴通叚)	人部	【人部】	4畫	370	374	無	段8上-12	鍇15-5	鉉8上-2
方(防、舫、汸、旁訪述及，坊、髣通叚)	方部	【方部】		404	408	15-12	段8下-6	鍇16-11	鉉8下-2
桥(牻、跭、踍)	木部	【木部】	6畫	264	267	無	段6上-53	鍇11-23	鉉6上-7
逢(逄通叚)	辵(辶)部	【辵部】	7畫	71	72	28-32	段2下-5	鍇4-3	鉉2下-2
穄	禾部	【禾部】	10畫	326	329	無	段7上-50	鍇13-20	鉉7上-8
榜(榜、舫，牓、篣通叚)	木部	【木部】	10畫	264	266	16-49	段6上-52	鍇11-23	鉉6上-7
膀(髈、旁脅述及)	肉部	【肉部】	10畫	169	171	無	段4下-23	鍇8-9	鉉4下-4
郶	邑部	【邑部】	10畫	292	294	無	段6下-40	鍇12-18	鉉6下-7
魴(鰟、鰟)	魚部	【魚部】	4畫	577	582	32-14	段11下-20	鍇22-8	鉉11下-5

篆本字(古文、金文、籀文、俗字、通用字，通叚、金石)	說文部首	康熙部首	筆畫	一般頁碼	洪葉頁碼	金石字典頁碼	段注篇章	徐鍇通釋篇章	徐鉉藤花榭篇
龐(庞、龐通叚)	广部	【广部】	16畫	445	449	11-59，龐5-37	段9下-16	錯18-5	鉉9下-3
pàng(ㄆㄤˋ)									
胖	半部	【肉部】	5畫	50	50	無	段2上-4	錯3-2	鉉2上-2
仁(肛、胮、胖通叚)	人部	【人部】	3畫	369	373	無	段8上-9	錯15-4	鉉8上-2
pāo(ㄆㄠ)									
抛	手部	【手部】	4畫	無	無	無	無	無	鉉12上-8
抔(抱、裒，抔、抛通叚)	手部	【手部】	7畫	600	606	無	段12上-33	錯23-10	鉉12上-5
摽(抛通叚)	手部	【手部】	11畫	601	607	無	段12上-36	錯23-12	鉉12上-6
脬(胞)	肉部	【肉部】	7畫	168	170	24-27	段4下-22	錯8-9	鉉4下-4
胞(脬)	包部	【肉部】	5畫	434	438	無	段9上-38	錯17-13	鉉9上-6
橐(囊biaoˇ)	橐部	【木部】	13畫	276	279	17-11	段6下-9	錯12-7	鉉6下-3
páo(ㄆㄠˊ)									
麃(儦)	鹿部	【鹿部】	4畫	471	475	32-31	段10上-22	錯19-6	鉉10上-4
掊(倍、抔，刨、裒、抔、稖通叚)	手部	【手部】	8畫	598	604	無	段12上-30	錯23-10	鉉12上-5
咆	口部	【口部】	5畫	61	62	無	段2上-27	錯3-12	鉉2上-5
庖	广部	【广部】	5畫	443	448	無	段9下-13	錯18-5	鉉9下-2
炮(炰、炰、焣)	火部	【火部】	5畫	482	487	無	段10上-45	錯19-15	鉉10上-8
袍	衣部	【衣部】	5畫	391	395	26-15	段8上-53	錯16-2	鉉8上-8
誂(詢)	言部	【言部】	8畫	98	98	無	段3上-24	錯5-12	鉉3上-5
鞄(鮑)	革部	【革部】	5畫	107	108	無	段3下-1	錯6-2	鉉3下-1
匏(壺，瓟通叚)	包部	【勹部】	9畫	434	438	4-57	段9上-38	錯17-13	鉉9上-6
瓟(匏、壺，槲、攛、瓥通叚)	瓟部	【瓜部】	6畫	337	341	無	段7下-5	錯14-2	鉉7下-2
pào(ㄆㄠˋ)									
奅(筯)	大部	【大部】	5畫	493	497	無	段10下-6	錯20-1	鉉10下-2
筯(奅)	穴部	【穴部】	5畫	345	349	無	段7下-21	錯14-9	鉉7下-4
泡	水部	【水部】	5畫	536	541	無	段11上壹-42	錯21-5	鉉11上-3
炮(炰、炰、焣)	火部	【火部】	5畫	482	487	無	段10上-45	錯19-15	鉉10上-8
皰(皰，疱、皴通叚)	皮部	【皮部】	5畫	122	123	無	段3下-31	錯6-16	鉉3下-7
麭	麥部	【木部】	12畫	276	278	無	段6下-8	錯12-6	鉉6下-3

篆本字（古文、金文、籀文、俗字、通用字，通叚、金石）	說文部首	康熙部首	筆畫	一般頁碼	洪葉頁碼	金石字典頁碼	段注篇章	徐鍇通釋篇章	徐鉉藤花榭篇
pēi(ㄆㄟ)									
肧(胚)	肉部	【肉部】	4畫	167	169	無	段4下-20	錯8-8	鉉4下-4
衃	血部	【血部】	4畫	213	215	無	段5上-50	錯9-21	鉉5上-9
醅	酉部	【酉部】	8畫	750	757	無	段14下-39	錯28-19	鉉14下-9
péi(ㄆㄟˊ)									
坏此非壞字(培，坏、岯、抔、陫通叚)	土部	【土部】	4畫	692	698	無	段13下-36	錯26-6	鉉13下-5
頏	頁部	【頁部】	4畫	417	421	無	段9上-4	錯17-2	鉉9上-1
不(鴀、鴀、鶝通叚)	不部	【一部】	3畫	584	590	1-12	段12上-2	錯23-1	鉉12上-1
貔(豼、貊，貔通叚)	豸部	【豸部】	10畫	457	462	27-21	段9下-41	錯18-14	鉉9下-7
培(陪、倍)	土部	【土部】	8畫	690	696	無	段13下-32	錯26-5	鉉13下-5
陪(倍、培述及)	𨸏部	【阜部】	8畫	736	743	無	段14下-11	錯28-4	鉉14下-2
倍(偝、背、陪、培述及)	人部	【人部】	8畫	378	382	3-24	段8上-27	錯15-9	鉉8上-4
裴(裵、裶、俳、徘)	衣部	【衣部】	8畫	394	398	26-18	段8上-59	錯16-4	鉉8上-8
邶(裴)	邑部	【邑部】	8畫	289	291	無	段6下-34	錯12-16	鉉6下-6
頯(髼)	須部	【頁部】	10畫	424	428	無	段9上-18	錯17-6	鉉9上-3
邳	邑部	【邑部】	11畫	286	288	無	段6下-28	錯12-15	鉉6下-6
pèi(ㄆㄟˋ)									
配(妃)	酉部	【酉部】	3畫	748	755	29-24	段14下-36	錯28-18	鉉14下-9
怖(邁，㥊、懟通叚)	心部	【心部】	4畫	511	516	無	段10下-43	錯20-15	鉉10下-8
沛(勃、拔、跋，霈通叚)	水部	【水部】	4畫	542	547	18-8	段11上壹-53	錯21-11	鉉11上-3
跋(拔、沛)	足部	【足部】	5畫	83	84	無	段2下-29	錯4-16	鉉2下-6
市fuˊ非市shiˋ(韍、紱、黻、芾、茀、沛)	市部	【巾部】	1畫	362	366	11-16	段7下-55	錯14-24	鉉7下-9
邮(沛)	邑部	【邑部】	4畫	294	297	無	段6下-45	錯12-19	鉉6下-7
帔(襬)	巾部	【巾部】	5畫	358	361	無	段7下-46	錯14-21	鉉7下-8
佩(珮)	人部	【人部】	6畫	366	370	3-7	段8上-3	錯15-2	鉉8上-1
斾(茷，旆通叚)	㫃部	【方部】	6畫	309	312	無	段7上-15	錯13-6	鉉7上-3

篆本字（古文、金文、籀文、俗字、通用字，通叚、金石）	說文部首	康熙部首	筆畫	一般頁碼	洪葉頁碼	金石字典頁碼	段注篇章	徐鍇通釋篇章	徐鉉藤花榭篇
坺(伐、斾，墢、埻、垡通叚)	土部	【土部】	5畫	684	691	7-12	段13下-21	鍇26-3	鉉13下-4
宋(泲、斾，浡通叚)	宋部	【木部】		273	276	16-11	段6下-3	鍇12-3	鉉6下-1
湐	水部	【水部】	7畫	542	547	無	段11上壹-53	鍇21-11	鉉11上-3
嶏(piˇ)	屵部	【山部】	12畫	442	447	無	段9下-11	鍇18-4	鉉9下-2
纀(彎)	絲部	【車部】	12畫	663	669	28-5	段13上-40	鍇25-9	鉉13上-5
pēn(ㄆㄣ)									
歕	欠部	【欠部】	12畫	410	415	17-22	段8下-19	鍇16-15	鉉8下-4
噴	口部	【口部】	13畫	60	60	無	段2上-24	鍇3-10	鉉2上-5
pén(ㄆㄣˊ)									
盆(溢，葐通叚)	皿部	【皿部】	4畫	212	214	無	段5上-47	鍇9-19	鉉5上-9
鴛(羒，翁、鶲通叚)	鳥部	【鳥部】	4畫	157	158	無	段4上-56	鍇7-23	鉉4上-9
pēng(ㄆㄥ)									
抨(拼，摒通叚)	手部	【手部】	5畫	608	614	無	段12上-50	鍇23-16	鉉12上-8
怦	牛部	【牛部】	5畫	51	52	無	段2上-7	鍇3-4	鉉2上-2
薵(鬺、𩱌從將鼎、烹、亨，韽通叚)	鬲部	【鬲部】	6畫	111	112	32-8	段3下-10	鍇6-6	鉉3下-2
塡(填，砰通叚)	土部	【土部】	10畫	687	694	7-23	段13下-27	鍇26-4	鉉13下-4
péng(ㄆㄥˊ)									
芃(梵)	艸部	【艸部】	3畫	38	39	24-56	段1下-35	鍇2-17	鉉1下-6
鳳(朋、鵬、鶐、鶐從爾，䨄通叚)	鳥部	【鳥部】	3畫	148	149	32-22，朋16-4	段4上-38	鍇7-18	鉉4上-8
堋(朋結述及，塴通叚)	土部	【土部】	8畫	692	699	無	段13下-37	鍇26-6	鉉13下-5
倗(朋)	人部	【人部】	8畫	370	374	3-24	段8上-11	鍇15-5	鉉8上-2
趽	足部	【足部】	4畫	84	85	無	段2下-31	鍇4-16	鉉2下-6
絳(裧通叚)	糸部	【糸部】	6畫	650	656	23-18	段13上-14	鍇25-4	鉉13上-2
弸	弓部	【弓部】	8畫	640	646	無	段12下-58	鍇24-19	鉉12下-9
棚	木部	【木部】	8畫	262	265	無	段6上-49	鍇11-21	鉉6上-6
溤(馮)	水部	【水部】	8畫	555	560	無	段11上貳-20	鍇21-19	鉉11上-6
輣	車部	【車部】	8畫	721	728	無	段14上-39	鍇27-12	鉉14上-6
彭(韸)	壴部	【彡部】	9畫	205	207	12-38	段5上-34	鍇9-14	鉉5上-7
恲(彭)	心部	【心部】	5畫	513	518	無	段10下-47	鍇20-17	鉉10下-8
滂(澎、磅、霶通叚)	水部	【水部】	10畫	547	552	18-49	段11上貳-4	鍇21-14	鉉11上-4

篆本字（古文、金文、籀文、俗字、通用字，通段、金石）	說文部首	康熙部首	筆畫	一般頁碼	洪葉頁碼	金石字典頁碼	段注篇章	徐鍇通釋篇章	徐鉉藤花榭篇
騯	馬部	【馬部】	10畫	464	469	無	段10上-9	錯19-3	鉉10上-2
蓬(罅)	艸部	【艸部】	11畫	47	47	25-28	段1下-52	錯2-24	鉉1下-9
颿(帆，篷通段)	馬部	【馬部】	9畫	466	471	無	段10上-13	錯19-4	鉉10上-2
pěng(ㄆㄥˇ)									
奉(俸、捧通段)	収部	【大部】	5畫	103	104	8-14	段3上-35	錯5-19	鉉3上-8
捀(捧通段)	手部	【手部】	7畫	603	609	14-19	段12上-39	錯23-12	鉉12上-6
péng(ㄆㄥˊ)									
髼(挓，碰俗)	髟部	【髟部】	10畫	429	433	無	段9上-28	錯17-9	鉉9上-4
pī(ㄆㄧ)									
丕(㔻、不)	一部	【一部】	4畫	1	1	無	段1上-2	錯1-2	鉉1上-1
紕(毞，綼通段)	糸部	【糸部】	4畫	662	668	無	段13上-38	錯25-8	鉉13上-5
釽	金部	【金部】	4畫				無	無	鉉14上-4
披(陂，翍通段)	手部	【手部】	5畫	602	608	14-15	段12上-38	錯23-12	鉉12上-6
柀(彼、披，殏通段)	木部	【木部】	5畫	242	244	無	段6上-8	錯11-4	鉉6上-2
伾	人部	【人部】	5畫	370	374	無	段8上-11	錯15-4	鉉8上-2
秠(稃，秠通段)	禾部	【禾部】	5畫	324	327	無	段7上-46	錯13-19	鉉7上-8
邳	邑部	【邑部】	5畫	297	299	28-64	段6下-50	錯12-21	鉉6下-8
坏此非壞字(培，坏、岯、抔、阫通段)	土部	【土部】	4畫	692	698	無	段13下-36	錯26-6	鉉13下-5
鈹(鈚、鎞通段)	金部	【金部】	5畫	706	713	無	段14上-9	錯27-4	鉉14上-2
鑼(鑴，秛通段)	金部	【金部】	15畫	707	714	無	段14上-11	錯27-5	鉉14上-3
魾	魚部	【魚部】	5畫	577	583	無	段11下-21	錯22-9	鉉11下-5
駓(駈，駍通段)	馬部	【馬部】	6畫	462	466	無	段10上-4	錯19-2	鉉10上-1
頢(髲)	須部	【頁部】	10畫	424	428	無	段9上-18	錯17-6	鉉9上-3
髲(髮通段)	髟部	【髟部】	8畫	426	431	無	段9上-23	錯17-8	鉉9上-4
旇(蘢)	㫃部	【方部】	7畫	311	314	無	段7上-20	錯13-7	鉉7上-3
陴(隦、堞)	𨸏部	【阜部】	8畫	736	743	無	段14下-12	錯28-4	鉉14下-2
堞(堞、陴)	土部	【土部】	12畫	688	695	無	段13下-29	錯26-4	鉉13下-4
揰(批，琵、阰通段)	手部	【手部】	10畫	606	612	無	段12上-46	錯23-14	鉉12上-7
壁(蹕、辟，躄通段)	止部	【止部】	13畫	68	68	無	段2上-40	錯3-17	鉉2上-8
辟(僻、避、譬、闢、壁、襞，擗、霹通段)	辟部	【辛部】	5畫	432	437	28-8	段9上-35	錯17-11	鉉9上-6

篆本字（古文、金文、籀文、俗字、通用字，通段、金石）	說文部首	康熙部首	筆畫	一般頁碼	洪葉頁碼	金石字典頁碼	段注篇章	徐鍇通釋篇章	徐鉉藤花榭篇
劈(副、薛、擘，鈹、霹通段)	刀部	【刂部】	13畫	180	182	無	段4下-45	鍇8-16	鉉4下-7
pi(ㄆㄧˊ)									
皮(筡、晨)	皮部	【皮部】		122	123	21-12	段3下-31	鍇6-16	鉉3下-7
波(陂)	水部	【水部】	5畫	548	553	18-19	段11上貳-6	鍇21-15	鉉11上-5
破(坡、陂，礊通段)	石部	【石部】	5畫	452	456	21-43	段9下-30	鍇18-10	鉉9下-5
琶	琴部	【玉部】	8畫	無	無	無	無	無	鉉12下-7
枇(琶通段)	木部	【木部】	4畫	243	246	無	段6上-11	鍇11-5	鉉6上-2
鼙(琶通段)	鼓部	【鼓部】	8畫	206	208	32-49	段5上-35	鍇9-15	鉉5上-7
挩(批，琶、阰通段)	手部	【手部】	10畫	606	612	無	段12上-46	鍇23-14	鉉12上-7
陛(蚍、阰通段)	昌部	【阜部】	7畫	736	743	30-26	段14下-11	鍇28-4	鉉14下-2
苉(biˋ)	艸部	【艸部】	4畫	37	37	無	段1下-32	鍇2-15	鉉1下-5
篦(比筷ji述及，笓通段)	竹部	【竹部】	9畫	無	無	無	無	無	鉉5上-3
膍(肶、脾)	肉部	【肉部】	10畫	173	175	無	段4下-31	鍇8-12	鉉4下-5
毗(毗、膍，肶通段)	囟部	【比部】	6畫	501	506	20-39	段10下-23	鍇20-9	鉉10下-5
魮	魚部	【魚部】	4畫	無	無	無	無	無	鉉11下-6
疲(罷)	疒部	【疒部】	5畫	352	355	無	段7下-34	鍇14-15	鉉7下-6
罷(罷)	网部	【网部】	10畫	356	360	23-43	段7下-43	鍇14-19	鉉7下-8
鈹(鉟、鑙通段)	金部	【金部】	5畫	706	713	無	段14上-9	鍇27-4	鉉14上-2
鮍	魚部	【魚部】	5畫	577	583	無	段11下-21	鍇22-8	鉉11下-5
裨(襧、埤，裨、綼、鵧通段)	衣部	【衣部】	8畫	395	399	26-19	段8上-61	鍇16-5	鉉8上-9
埤(裨、襧)	土部	【土部】	8畫	689	696	無	段13下-31	鍇26-5	鉉13下-4
襧(裨、埤)	會部	【曰部】	16畫	223	226	無	段5下-17	鍇10-7	鉉5下-3
脾(髀肝述及)	肉部	【肉部】	8畫	168	170	無	段4下-22	鍇8-8	鉉4下-4
膍(肶、脾)	肉部	【肉部】	10畫	173	175	無	段4下-31	鍇8-12	鉉4下-5
椑	木部	【木部】	8畫	261	264	16-48	段6上-47	鍇11-20	鉉6上-6
甒	瓦部	【瓦部】	8畫	639	645	無	段12下-55	鍇24-18	鉉12下-8
郫	邑部	【邑部】	8畫	293	296	無	段6下-43	鍇12-19	鉉6下-7
鞞(琿通段)	革部	【革部】	8畫	108	109	31-15	段3下-4	鍇6-3	鉉3下-1
鼙(琶通段)	鼓部	【鼓部】	8畫	206	208	32-49	段5上-35	鍇9-15	鉉5上-7
蒻(蓖，菢通段)	艸部	【艸部】	9畫	27	27	無	段1下-12	鍇2-6	鉉1下-2
庳(椑通段)	广部	【广部】	9畫	445	449	無	段9下-16	鍇18-6	鉉9下-3

篆本字（古文、金文、籀文、俗字、通用字，通叚、金石）	說文部首	康熙部首	筆畫	一般頁碼	洪葉頁碼	金石字典頁碼	段注篇章	徐鍇通釋篇章	徐鉉藤花榭篇
榌	木部	【木部】	10畫	255	258	無	段6上-35	錯11-15	鉉6上-5
腗(肶、脾)	肉部	【肉部】	10畫	173	175	無	段4下-31	錯8-12	鉉4下-5
夶(毗、腗，躯通叚)	夶部	【比部】	6畫	501	506	20-39	段10下-23	錯20-9	鉉10下-5
貔(豼、貊，貔通叚)	豸部	【豸部】	10畫	457	462	27-21	段9下-41	錯18-14	鉉9下-7
蠯(蛣、蜌，蠯、蚹通叚)	虫部	【虫部】	12畫	671	677	無	段13上-56	錯25-13	鉉13上-7
羆(䰇、䕫)	熊部	【网部】	14畫	480	484	23-44	段10上-40	錯19-13	鉉10上-7
蟲(蝨，螵通叚)	蚰部	【虫部】	14畫	675	681	無	段13下-2	錯25-15	鉉13下-1
蠱从夶(蚍)	蟲部	【虫部】	22畫	676	683	無	段13下-5	錯25-16	鉉13下-1
pǐ(ㄆㄧˇ)									
疋(疏、足、胥、雅)	疋部	【疋部】		84	85	20-52	段2下-31	錯4-16	鉉2下-7
庀(庇)	广部	【广部】	4畫	445	450	11-45	段9下-17	錯18-6	鉉9下-3
匹(鴄通叚)	匚部	【匸部】	2畫	635	641	5-4	段12下-48	錯24-16	鉉12下-7
圮(酄)	土部	【土部】	3畫	691	697	無	段13下-34	錯26-5	鉉13下-5
仳	人部	【人部】	4畫	382	386	無	段8上-36	錯15-12	鉉8上-5
呰(訾，吡、些通叚)	口部	【口部】	6畫	59	60	無	段2上-23	錯3-9	鉉2上-5
痞(脴通叚)	疒部	【疒部】	7畫	351	355	無	段7下-33	錯14-15	鉉7下-6
頞(俾、庳)	頁部	【頁部】	8畫	421	425	無	段9上-12	錯17-4	鉉9上-2
崥(圮、㟲通叚)	屵部	【山部】	10畫	442	446	無	段9下-10	錯18-4	鉉9下-2
嶏(pei`)	屵部	【山部】	12畫	442	447	無	段9下-11	錯18-4	鉉9下-2
辟(僻、避、譬、闢、壁、襞，擗、霹通叚)	辟部	【辛部】	5畫	432	437	28-8	段9上-35	錯17-11	鉉9上-6
擘(擗、薜、辟，鈹通叚)	手部	【手部】	13畫	606	612	無	段12上-46	錯23-15	鉉12上-7
嚭(噽)	喜部	【口部】	16畫	205	207	無	段5上-33	錯9-14	鉉5上-6
pì(ㄆㄧˋ)									
辟(僻、避、譬、闢、壁、襞，擗、霹通叚)	辟部	【辛部】	5畫	432	437	28-8	段9上-35	錯17-11	鉉9上-6
僻(辟，澼、癖通叚)	人部	【人部】	13畫	379	383	無	段8上-29	錯15-10	鉉8上-4

篆本字(古文、金文、籀文、俗字、通用字,通段、金石)	說文部首	康熙部首	筆畫	一般頁碼	洪葉頁碼	金石字典頁碼	段注篇章	徐鍇通釋篇章	徐鉉藤花榭篇
擘(擗、薜、辟,鈹通段)	手部	【手部】	13畫	606	612	無	段12上-46	錯23-15	鉉12上-7
躄(蹕、辟,躃通段)	止部	【止部】	13畫	68	68	無	段2上-40	錯3-17	鉉2上-8
襞(辟)	衣部	【衣部】	13畫	395	399	無	段8上-62	錯16-5	鉉8上-9
避(辟)	辵(辶)部	【辵部】	13畫	73	73	28-51	段2下-8	錯4-4	鉉2下-2
闢(闢、辟)	門部	【門部】	13畫	588	594	30-19	段12上-10	錯23-5	鉉12上-3
劈(副、薜、擘,鈹、霹通段)	刀部	【刂部】	13畫	180	182	無	段4下-45	錯8-16	鉉4下-7
擘(擗,鈹通段)	手部	【手部】	13畫	606	612	無	段12上-46	錯23-15	鉉12上-7
洴(泚,渒通段)	水部	【水部】	8畫	533	538	18-37	段11上壹-35	錯21-10	鉉11上-2
宋(洴、㫃,渒通段)	宋部	【木部】		273	276	16-11	段6下-3	錯12-3	鉉6下-1
俾(卑、裨,睥、鞞通段)	人部	【人部】	8畫	376	380	3-22	段8上-24	錯15-9	鉉8上-3
媲(嬶通段)	女部	【女部】	10畫	614	620	無	段12下-5	錯24-2	鉉12下-2
甓	瓦部	【瓦部】	12畫	639	645	20-24	段12下-55	錯24-18	鉉12下-9
澼(㵀通段)	水部	【水部】	12畫	564	569	無	段11上貳-38	錯21-24	鉉11上-9
僻(辟,澼、癖通段)	人部	【人部】	13畫	379	383	無	段8上-29	錯15-10	鉉8上-4
闢(闢、辟)	門部	【門部】	13畫	588	594	30-19	段12上-10	錯23-5	鉉12上-3
廦	厂部	【厂部】	13畫	448	452	5-37	段9下-22	錯18-7	鉉9下-4
譬	言部	【言部】	13畫	91	91	無	段3上-10	錯5-6	鉉3上-3
詘(咱,嚊、膜通段)	言部	【言部】	6畫	97	98	無	段3上-23	錯5-12	鉉3上-5
鸊	鳥部	【鳥部】	15畫	153	154	無	段4上-48	錯7-21	鉉4上-9
癖(羃,癖通段)	疒部	【疒部】	24畫	349	353	無	段7下-29	錯14-13	鉉7下-5
piān(ㄆㄧㄢ)									
偏(翩)	人部	【人部】	9畫	378	382	3-29	段8上-27	錯15-10	鉉8上-4
翩(翩、鶣通段)	羽部	【羽部】	9畫	139	141	23-55	段4上-21	錯7-10	鉉4上-4
媥	女部	【女部】	9畫	624	630	無	段12下-25	錯24-9	鉉12下-4
瘺(扁)	疒部	【疒部】	9畫	351	354	無	段7下-32	錯14-14	鉉7下-6
萹	艸部	【艸部】	9畫	26	26	無	段1下-10	錯2-5	鉉1下-2
篇	竹部	【竹部】	9畫	190	192	無	段5上-4	錯9-2	鉉5上-1
pián(ㄆㄧㄢˊ)									
駢	馬部	【馬部】	6畫	465	469	無	段10上-10	錯19-3	鉉10上-2
邲(駢、骿)	邑部	【邑部】	6畫	299	302	無	段6下-55	錯12-22	鉉6下-8

篆本字(古文、金文、籀文、俗字、通用字，通段、金石)	說文部首	康熙部首	筆畫	一般頁碼	洪葉頁碼	金石字典頁碼	段注篇章	徐鍇通釋篇章	徐鉉藤花榭篇
骿(駢、骿，胼、跰通叚)	骨部	【骨部】	6畫	165	167	無	段4下-15	鍇8-7	鉉4下-3
姘(屏，赾、跰通叚)	女部	【女部】	6畫	625	631	無	段12下-28	鍇24-10	鉉12下-4
偋(便、平、辨，婨、梗通叚)	人部	【人部】	7畫	375	379	3-13	段8上-22	鍇15-8	鉉8上-3
辡(辨平便通用便述及、辧，辦通叚)	刀部	【辛部】	14畫	180	182	28-10	段4下-45	鍇8-16	鉉4下-7
平(秂，平便辨通用便述及，評、頯通叚)	亏部	【干部】	3畫	205	207	11-28	段5上-33	鍇9-14	鉉5上-6
楄	木部	【木部】	9畫	269	272	無	段6上-63	鍇11-28	鉉6上-8
蹁	足部	【足部】	9畫	83	84	無	段2下-29	鍇4-15	鉉2下-6
piǎn(ㄆㄧㄢˇ)									
諞	言部	【言部】	9畫	98	98	無	段3上-24	鍇5-13	鉉3上-5
piàn(ㄆㄧㄢˋ)									
片(牉、判)	片部	【片部】		318	321	19-43	段7上-33	鍇13-14	鉉7上-6
辧(辨平便通用便述及、辧，辦通叚)	刀部	【辛部】	14畫	180	182	28-10	段4下-45	鍇8-16	鉉4下-7
piāo(ㄆㄧㄠ)									
彡(彲、毟通叚)	彡部	【彡部】		424	428	12-36	段9上-18	鍇17-6	鉉9上-3
嘌	口部	【口部】	11畫	58	58	無	段2上-20	鍇3-8	鉉2上-4
幖(幖、標、剽、表，彲通叚)	巾部	【巾部】	18畫	359	363	無	段7下-49	鍇14-22	鉉7下-9
剽(僄、嫖)	刀部	【刂部】	11畫	181	183	4-44	段4下-47	鍇8-17	鉉4下-7
慓(剽)	心部	【心部】	11畫	508	513	無	段10下-37	鍇20-13	鉉10下-7
勡(剽)	力部	【力部】	11畫	701	707	無	段13下-54	鍇26-12	鉉13下-8
嫖(剽、票)	女部	【女部】	11畫	624	630	8-49	段12下-25	鍇24-8	鉉12下-4
僄(剽、嫖)	人部	【人部】	11畫	379	383	無	段8上-30	鍇15-10	鉉8上-4
標(剽，嘌通叚)	木部	【木部】	11畫	250	252	無	段6上-24	鍇11-11	鉉6上-4
漂(瀄，瘭、膘通叚)	水部	【水部】	11畫	549	554	無	段11上貳-7	鍇21-15	鉉11上-5
蠡(蛵，螵通叚)	蚰部	【虫部】	14畫	675	681	無	段13下-2	鍇25-15	鉉13下-1
趯	走部	【走部】	11畫	64	65	無	段2上-33	鍇3-14	鉉2上-7
犥(皫)	牛部	【牛部】	15畫	51	52	無	段2上-7	鍇3-4	鉉2上-2
髟(旚、猋)	髟部	【髟部】		425	430	32-4	段9上-21	鍇17-7	鉉9上-4

篆本字(古文、金文、籀文、俗字、通用字，通段、金石)	說文部首	康熙部首	筆畫	一般頁碼	洪葉頁碼	金石字典頁碼	段注篇章	徐鍇通釋篇章	徐鉉藤花榭篇
旚(飄、髟)	㫃部	【方部】	13畫	311	314	無	段7上-19	鍇13-7	鉉7上-3
飈(飄，翻通段)	風部	【風部】	18畫	677	684	無	段13下-7	鍇25-16	鉉13下-2
piáo(ㄆㄧㄠˊ)									
朴(樸)	木部	【木部】	2畫	249	251	16-16	段6上-22	鍇11-10	鉉6上-3
樸(璞、朴，卟通段)	木部	【木部】	12畫	252	254	17-9	段6上-28	鍇11-12	鉉6上-4
攴(剝、朴、扑)	攴部	【攴部】		122	123	14-35	段3下-32	鍇6-17	鉉3下-7
嫖(勡、票)	女部	【女部】	11畫	624	630	8-49	段12下-25	鍇24-8	鉉12下-4
僄(勡、嫖)	人部	【人部】	11畫	379	383	無	段8上-30	鍇15-10	鉉8上-4
瓢(瓤、飄)	瓠部	【瓜部】	11畫	337	341	20-21	段7下-5	鍇14-3	鉉7下-2
薸(秒，蘋、藻通段)	艸部	【艸部】	11畫	38	38	無	段1下-34	鍇2-16	鉉1下-6
橐(囊biao)	橐部	【木部】	13畫	276	279	17-11	段6下-9	鍇12-7	鉉6下-3
piǎo(ㄆㄧㄠˇ)									
莩(荸、殍、苻通段)	艸部	【艸部】	7畫	29	29	無	段1下-16	鍇2-8	鉉1下-3
受(荸，殍通段)	受部	【又部】	4畫	160	162	無	段4下-5	鍇8-4	鉉4下-2
暼(覰)	目部	【目部】	11畫	132	133	無	段4上-6	鍇7-3	鉉4上-2
覰(暼)	見部	【見部】	11畫	408	412	無	段8下-14	鍇16-14	鉉8下-3
縹	糸部	【糸部】	11畫	649	656	無	段13上-13	鍇25-4	鉉13上-?
犥(皫)	牛部	【牛部】	15畫	51	52	無	段2上-7	鍇3-4	鉉2上-2
piào(ㄆㄧㄠˋ)									
熛(票)	火部	【火部】	14畫	484	489	無	段10上-49	鍇19-16	鉉10上-8
熛(票、焱)	火部	【火部】	11畫	481	486	無	段10上-43	鍇19-14	鉉10上-8
嫖(勡、票)	女部	【女部】	11畫	624	630	8-49	段12下-25	鍇24-8	鉉12下-4
僄(勡、嫖)	人部	【人部】	11畫	379	383	無	段8上-30	鍇15-10	鉉8上-4
勡(僄、嫖)	刀部	【刂部】	11畫	181	183	4-44	段4下-47	鍇8-17	鉉4下-7
勦(勡)	力部	【力部】	11畫	701	707	無	段13下-54	鍇26-12	鉉13下-8
暴日部(麋，暴[暴露]、曝、暞通段)	日部	【日部】	11畫	307	310	15-50	段7上-11	鍇13-4	鉉7上-2
驃	馬部	【馬部】	11畫	462	466	31-63	段10上-4	鍇19-2	鉉10上-1
piē(ㄆㄧㄝ)									
覕(mie)	見部	【見部】	5畫	410	414	無	段8下-18	鍇16-15	鉉8下-4
瞥(覕)	目部	【目部】	11畫	134	135	21-35	段4上-10	鍇7-5	鉉4上-2
撆(撇，撒通段)	手部	【手部】	11畫	606	612	無	段12上-45	鍇23-14	鉉12上-7
潎(澼通段)	水部	【水部】	12畫	564	569	無	段11上貳-38	鍇21-24	鉉11上-9

篆本字（古文、金文、籀文、俗字、通用字，通段、金石）	說文部首	康熙部首	筆畫	一般頁碼	洪葉頁碼	金石字典頁碼	段注篇章	徐鍇通釋篇章	徐鉉藤花榭篇
piě(ㄆㄧㄝˇ)									
丿	丿部	【丿部】		627	633	1-30	段12下-31	錯24-11	鉉12下-5
撆(撇，撤通段)	手部	【手部】	11畫	606	612	無	段12上-45	錯23-14	鉉12上-7
鐅	金部	【金部】	12畫	706	713	無	段14上-10	錯27-4	鉉14上-2
piè(ㄆㄧㄝˋ)									
嫳(憋通段)	女部	【女部】	12畫	623	629	無	段12下-24	錯24-8	鉉12下-4
pīn(ㄆㄧㄣ)									
抨(拼，摒通段)	手部	【手部】	5畫	608	614	無	段12上-50	錯23-16	鉉12上-8
幷(并，拼通段)	从部	【干部】	5畫	386	390	11-40	段8上-43	錯15-14	鉉8上-6
拚(抃、弁、弁帚述及，拌通段)	手部	【手部】	5畫	604	610	無	段12上-42	錯23-13	鉉12上-6
姘(屏，迸、跰通段)	女部	【女部】	6畫	625	631	無	段12下-28	錯24-10	鉉12下-4
翩(翻、鶣通段)	羽部	【羽部】	9畫	139	141	23-55	段4上-21	錯7-10	鉉4上-4
閜从丏貝(繽、繽)	鬥部	【鬥部】	11畫	114	115	無	段3下-16	錯6-9	鉉3下-3
pín(ㄆㄧㄣˊ)									
玭(蠙)	玉部	【玉部】	4畫	18	18	無	段1上-35	錯1-17	鉉1上-5
貧(穷)	貝部	【貝部】	4畫	282	285	27-26	段6下-21	錯12-12	鉉6下-5
顮(瀕、濱、頻)	瀕部	【水部】	15畫	567	573	無	段11下-1	錯21-26	鉉11下-1
矉(頻、顰)	目部	【目部】	14畫	132	133	無	段4上-6	錯7-4	鉉4上-2
顰(卑、頻、矉、嚬)	瀕部	【頁部】	15畫	567	573	無	段11下-1	錯21-26	鉉11下-1
鞞(琕通段)	革部	【革部】	8畫	108	109	31-15	段3下-4	錯6-3	鉉3下-1
嬪	女部	【女部】	14畫	621	627	8-51	段12下-19	錯24-6	鉉12下-3
薲(蘋)	艸部	【艸部】	14畫	25	25	25-41蘋	段1下-8	錯2-4	鉉1下-2
檳(檳)	木部	【木部】	16畫	244	246	無	段6上-12	錯11-6	鉉6上-2
譬	言部	【言部】	16畫	98	98	無	段3上-24	錯5-13	鉉3上-5
pǐn(ㄆㄧㄣˇ)									
品	品部	【口部】	6畫	85	85	6-34	段2下-32	錯4-16	鉉2下-7
pìn(ㄆㄧㄣˋ)									
朮	木部	【木部】		335	339	16-10	段7下-1	錯13-27	鉉7下-1
牝	牛部	【牛部】	2畫	50	51	無	段2上-5	錯3-4	鉉2上-2
聘(娉)	耳部	【耳部】	7畫	592	598	24-8	段12上-17	錯23-7	鉉12上-4
娉(聘)	女部	【女部】	7畫	622	628	無	段12下-21	錯24-7	鉉12下-3

篆本字（古文、金文、籀文、俗字、通用字，通段、金石）	說文部首	康熙部首	筆畫	一般頁碼	洪葉頁碼	金石字典頁碼	段注篇章	徐鍇通釋篇章	徐鉉藤花榭篇
pīng（ㄆㄧㄥ）									
甹（俜）	丂部	【田部】	2畫	203	205	20-37	段5上-30	錯9-12	鉉5上-5
俜（甹）	人部	【人部】	7畫	373	377	無	段8上-17	錯15-7	鉉8上-3
艵（頩）	色部	【色部】	6畫	432	436	無	段9上-34	錯17-11	鉉9上-6
娉（聘）	女部	【女部】	7畫	622	628	無	段12下-21	錯24-7	鉉12下-3
聘（娉）	耳部	【耳部】	7畫	592	598	24-8	段12上-17	錯23-7	鉉12上-4
馮（俜，伻通段）	彳部	【彳部】	14畫	76	77	無	段2下-15	錯4-8	鉉2下-3
píng（ㄆㄧㄥˊ）									
平（㱈，平便辨通用便述及，評、頩通段）	亏部	【干部】	3畫	205	207	11-28	段5上-33	錯9-14	鉉5上-6
便（便、平、辨，媥、梗通段）	人部	【人部】	7畫	375	379	3-13	段8上-22	錯15-8	鉉8上-3
辨（辨平便通用便述及、辦，辮通段）	刀部	【辛部】	14畫	180	182	28-10	段4下-45	錯8-16	鉉4下-7
坪（埾）	土部	【土部】	5畫	683	689	7-12	段13下-18	錯26-2	鉉13下-3
枰	木部	【木部】	5畫	269	271	無	段6上-62	錯11-28	鉉6上-8
泙（洴金石）	水部	【水部】	5畫	551	556	18-39	段11上貳-11	錯21-16	鉉11上-5
苹（萍、蓱）	艸部	【艸部】	5畫	25	25	24-62	段1下-8	錯2-4	鉉1下-2
萍（苹、蓱）	水部	【艸部】	8畫	567	572	無	段11上貳-43	錯21-26	鉉11上-9
蓱（萍、苹）	艸部	【艸部】	9畫	45	46	無	段1下-49	錯2-23	鉉1下-8
軿（苹）	車部	【車部】	6畫	720	727	無	段14上-38	錯27-12	鉉14上-6
鼸	鼠部	【鼠部】	5畫	478	483	無	段10上-37	錯19-12	鉉10上-6
溯（馮）	水部	【水部】	8畫	555	560	無	段11上貳-20	錯21-19	鉉11上-6
凭（馮、憑，淜通段）	几部	【几部】	6畫	715	722	無	段14上-28	錯27-9	鉉14上-5
馮（凭、憑）	馬部	【馬部】	2畫	466	470	31-55	段10上-12	錯19-4	鉉10上-2
屏（摒、迸通段）	尸部	【尸部】	6畫	401	405	10-45	段8上-73	錯16-9	鉉8上-11
缾（瓶、瓶）	缶部	【缶部】	6畫	225	227	無	段5下-20	錯10-8	鉉5下-4
荓	艸部	【艸部】	6畫	29	29	25-17	段1下-16	錯2-8	鉉1下-3
蛢	虫部	【虫部】	6畫	666	673	無	段13上-47	錯25-11	鉉13上-7
軿（苹）	車部	【車部】	6畫	720	727	無	段14上-38	錯27-12	鉉14上-6
邟（駢、騈）	邑部	【邑部】	6畫	299	302	無	段6下-55	錯12-22	鉉6下-8
幠（冪、羃、冖、鼏，幦、帲、裱通段）	巾部	【巾部】	10畫	358	362	11-26	段7下-47	錯14-21	鉉7下-9

篆本字(古文、金文、籀文、俗字、通用字，通叚、金石)	說文部首	康熙部首	筆畫	一般頁碼	洪葉頁碼	金石字典頁碼	段注篇章	徐鍇通釋篇章	徐鉉藤花榭篇
䠶(畊通叚)	甾部	【田部】	9畫	637	643	無	段12下-52	鍇24-17	鉉12下-8
苹(萍、蓱)	艸部	【艸部】	5畫	25	25	24-62	段1下-8	鍇2-4	鉉1下-2
萍(苹、蓱)	水部	【艸部】	8畫	567	572	無	段11上貳-43	鍇21-26	鉉11上-9
蓱(萍、苹)	艸部	【艸部】	9畫	45	46	無	段1下-49	鍇2-23	鉉1下-8
蠠(蛭、蜇，蠫、鮖通叚)	虫部	【虫部】	12畫	671	677	無	段13上-56	鍇25-13	鉉13上-7
pō(ㄆㄛ)									
扗(ba´)	手部	【手部】	4畫	600	606	無	段12上-34	鍇23-11	鉉12上-6
波(bo)	水部	【水部】	5畫	548	553	18-19	段11上貳-6	鍇21-15	鉉11上-5
坡(陂，岥通叚)	土部	【土部】	5畫	683	689	無	段13下-18	鍇26-2	鉉13下-3
阪(坡、陂、反，坂通叚)	𨸏部	【阜部】	4畫	731	738	30-21	段14下-2	鍇28-1	鉉14下-1
破(坡、陂，磻通叚)	石部	【石部】	5畫	452	456	21-43	段9下-30	鍇18-10	鉉9下-5
波(陂)	水部	【水部】	5畫	548	553	18-19	段11上貳-6	鍇21-15	鉉11上-5
陂(坡、波，岥通叚)	𨸏部	【阜部】	5畫	731	738	無	段14下-2	鍇28-1	鉉14下-1
披(陂，帔通叚)	手部	【手部】	5畫	602	608	14-15	段12上-38	鍇23-12	鉉12上-6
頗(詖中述及，玻通叚)	頁部	【頁部】	5畫	421	425	無	段9上-12	鍇17-4	鉉9上-2
詖(頗)	言部	【言部】	5畫	91	91	無	段3上-10	鍇5-6	鉉3上-3
鏺	金部	【金部】	12畫	707	714	無	段14上-11	鍇27-5	鉉14上-2
pó(ㄆㄛˊ)									
嫛(婆娑述及，琶通叚)	女部	【女部】	10畫	621	627	8-48	段12下-20	鍇24-6	鉉12下-3
皤(䯮)	白部	【白部】	12畫	363	367	無	段7下-57	鍇14-24	鉉7下-10
鄱(番fan)	邑部	【邑部】	12畫	294	297	無	段6下-45	鍇12-19	鉉6下-7
pǒ(ㄆㄛˇ)									
叵	可部	【口部】	2畫	無	無	無	無	無	鉉5上-6
頗(詖中述及，玻通叚)	頁部	【頁部】	5畫	421	425	無	段9上-12	鍇17-4	鉉9上-2
詖(頗)	言部	【言部】	5畫	91	91	無	段3上-10	鍇5-6	鉉3上-3
駊	馬部	【馬部】	5畫	465	470	無	段10上-11	鍇19-3	鉉10上-2
pò(ㄆㄛˋ)									
酴	酉部	【酉部】	4畫	748	755	無	段14下-36	鍇28-18	鉉14下-9
破(坡、陂，磻通叚)	石部	【石部】	5畫	452	456	21-43	段9下-30	鍇18-10	鉉9下-5
敀(伯、迫)	攴部	【攴部】	5畫	122	123	14-42	段3下-32	鍇6-17	鉉3下-8
迫(敀、胉脅述及)	辵(辶)部	【辵部】	5畫	74	74	28-21	段2下-10	鍇4-5	鉉2下-2

篆本字(古文、金文、籀文、俗字、通用字，通段、金石)	說文部首	康熙部首	筆畫	一般頁碼	洪葉頁碼	金石字典頁碼	段注篇章	徐鍇通釋篇章	徐鉉藤花榭篇
膊(胉、迫、拍)	肉部	【肉部】	10畫	174	176	24-28	段4下-33	錯8-12	鉉4下-5
粕	米部	【米部】	5畫	無	無	無	無	無	鉉7上-10
魄(珀、粕、礴通段)	鬼部	【鬼部】	5畫	435	439	無	段9上-40	錯17-13	鉉9上-7
洦(泊、狛俗、薄，岶通段)	水部	【水部】	6畫	544	549	無	段11上壹-58	錯21-13	鉉11上-4
臽	臼部	【臼部】	6畫	334	337	無	段7上-66	錯13-27	鉉7上-10
霸(臒、灞濿述及)	月部	【雨部】	13畫	313	316	32-4	段7上-24	錯13-9	鉉7上-4
轉(輔)	韋部	【韋部】	10畫	236	238	31-21	段5下-41	錯10-17	鉉5下-8
pōu(ㄆㄡ)									
娝(婄通段)	女部	【女部】	7畫	624	630	無	段12下-26	錯24-9	鉉12下-4
剖	刀部	【刂部】	8畫	179	181	無	段4下-44	錯8-16	鉉4下-7
póu(ㄆㄡˊ)									
采(俗字手采作採、五采作彩，垺、窠、棌、綵、髮通段)	木部	【采部】		268	270	16-27	段6上-60	錯11-27	鉉6上-7
郙(垺通段)	邑部	【邑部】	7畫	284	286	29-3	段6下-24	錯12-14	鉉6下-5
襃(褒、裒，襃通段)	衣部	【衣部】	10畫	393	397	26-22	段8上-57	錯16-3	鉉8上-8
捊(抱、裒，抔、拋通段)	手部	【手部】	7畫	600	606	無	段12上-33	錯23-10	鉉12上-5
掊(倍、捊，刨、裒、抔、耪通段)	手部	【手部】	8畫	598	604	無	段12上-30	錯23-10	鉉12上-5
坏此非壞字(培，坯、坉、抔、阫通段)	土部	【土部】	4畫	692	698	無	段13下-36	錯26-6	鉉13下-5
箁	竹部	【竹部】	8畫	189	191	無	段5上-2	錯9-1	鉉5上-1
髻(髮通段)	髟部	【髟部】	8畫	426	431	無	段9上-23	錯17-8	鉉9上-4
pǒu(ㄆㄡˇ)									
音(杏、欨，恆通段)	丶部	【口部】	5畫	215	217	無	段5上-53	錯10-1	鉉5上-10
娝(婄通段)	女部	【女部】	7畫	624	630	無	段12下-26	錯24-9	鉉12下-4
棓(棒，榔通段)	木部	【木部】	8畫	263	266	16-47	段6上-51	錯11-22	鉉6上-7
瓿	瓦部	【瓦部】	8畫	639	645	無	段12下-55	錯24-18	鉉12下-8
䍶	缶部	【缶部】	8畫	225	227	無	段5下-20	錯10-8	鉉5下-4
pū(ㄆㄨ)									
剝(攴，㓤)	刀部	【刂部】		180	182	4-42	段4下-46	錯8-16	鉉4下-7

篆本字(古文、金文、籀文、俗字、通用字，通段、金石)	說文部首	康熙部首	筆畫	一般頁碼	洪葉頁碼	金石字典頁碼	段注篇章	徐鍇通釋篇章	徐鉉藤花榭篇
攴(剝、朴、扑)	攴部	【攴部】		122	123	14-35	段3下-32	鍇6-17	鉉3下-7
撲(扑、攃、撢通段)	手部	【手部】	12畫	608	614	14-30	段12上-50	鍇23-16	鉉12上-8
樸(樸、撲、僕)	木部	【木部】	14畫	244	246	無	段6上-12	鍇11-30	鉉6上-2
仆(pu´)	人部	【人部】	2畫	381	385	無	段8上-33	鍇15-11	鉉8上-4
痛	疒部	【疒部】	7畫	348	352	無	段7下-27	鍇14-11	鉉7下-5
鋪(敷、痛)	金部	【金部】	7畫	713	720	29-44	段14上-24	鍇27-8	鉉14上-4
溥(鱄、鱒通段)	水部	【水部】	10畫	546	551	18-49，鱒32-20	段11上貳-1	鍇21-13	鉉11上-4
pú(ㄆㄨˊ)									
仆(pu)	人部	【人部】	2畫	381	385	無	段8上-33	鍇15-11	鉉8上-4
癹(废)	癶部	【癶部】	4畫	233	235	無	段5下-36	鍇10-15	鉉5下-7
匍	勹部	【勹部】	7畫	433	437	4-57	段9上-36	鍇17-12	鉉9上-6
莆	艸部	【艸部】	7畫	22	22	無	段1下-3	鍇2-24	鉉1下-1
醭	酉部	【酉部】	7畫	750	757	無	段14下-39	鍇28-19	鉉14下-9
菩(蔀，蓓通段)	艸部	【艸部】	8畫	27	28	無	段1下-13	鍇2-7	鉉1下-2
美(蟲通段)	羑部	【大部】	9畫	103	104	8-20	段3上-35	鍇5-18	鉉3上-8
蒲(圃、浦藪述及、葡萄字述及)	艸部	【艸部】	10畫	28	28	25-23	段1下-14	鍇2-7	鉉1下-3
浦(蒲藪述及)	水部	【水部】	7畫	553	558	18-24	段11上貳-15	鍇21-17	鉉11上-6
墣(朴)	土部	【土部】	12畫	684	690	無	段13下-20	鍇26-2	鉉13下-4
樸(璞、朴，扑通段)	木部	【木部】	12畫	252	254	17-9	段6上-28	鍇11-12	鉉6上-4
朴(樸)	木部	【木部】	2畫	249	251	16-16	段6上-22	鍇11-10	鉉6上-3
樸(樸、撲、僕)	木部	【木部】	14畫	244	246	無	段6上-12	鍇11-30	鉉6上-2
僕(暯、樸、樸，鏷通段)	業部	【人部】	12畫	103	104	3-36，鏷29-54	段3上-35	鍇5-18	鉉3上-8
濮	水部	【水部】	14畫	535	540	19-3	段11上壹-40	鍇21-11	鉉11上-3
纀(帕、袙、幞、繜、襆、襥通段)	糸部	【糸部】	14畫	654	661	無	段13上-23	鍇25-5	鉉13上-3
pǔ(ㄆㄨˇ)									
卜(卟，鳪通段)	卜部	【卜部】		127	128	5-20	段3下-41	鍇6-20	鉉3下-9
圃(蒲、甫藪述及、匍通段)	口部	【口部】	7畫	278	280	7-2	段6下-12	鍇12-8	鉉6下-4
甫(圃、父咀亦述及)	用部	【用部】	2畫	128	129	20-30	段3下-43	鍇6-21	鉉3下-10
浦(蒲藪述及)	水部	【水部】	7畫	553	558	18-24	段11上貳-15	鍇21-17	鉉11上-6

篆本字（古文、金文、籀文、俗字、通用字，通叚、金石）	說文部首	康熙部首	筆畫	一般頁碼	洪葉頁碼	金石字典頁碼	段注篇章	徐鍇通釋篇章	徐鉉藤花榭篇
蒲(圃、浦藪述及、葡萄字述及)	艸部	【艸部】	10畫	28	28	25-23	段1下-14	錯2-7	鉉1下-3
普(暜，鰆通叚)	日部	【日部】	8畫	308	311	15-48	段7上-13	錯13-5	鉉7上-2
溥(鱄、鱒通叚)	水部	【水部】	10畫	546	551	18-49，鱒32-20	段11上貳-1	錯21-13	鉉11上-4
朴(樸)	木部	【木部】	2畫	249	251	16-16	段6上-22	錯11-10	鉉6上-3
樸(璞、朴，玣通叚)	木部	【木部】	12畫	252	254	17-9	段6上-28	錯11-12	鉉6上-4
攴(剝、朴、扑)	攴部	【攴部】		122	123	14-35	段3下-32	錯6-17	鉉3下-7
譜	言部	【言部】	12畫	無	無	無	無	無	鉉3上-7
pù(ㄆㄨˋ)									
係(保古作呆宗述及、俕、柔、孚古文、堡浦述及)	人部	【人部】	7畫	365	369	3-17	段8上-1	錯15-1	鉉8上-1
壔(保，堡通叚)	土部	【土部】	14畫	690	696	無	段13下-32	錯26-5	鉉13下-5
葆(堡、褓通叚)	艸部	【艸部】	9畫	47	47	25-19	段1下-52	錯2-24	鉉1下-9
鋪(敷、痡)	金部	【金部】	7畫	713	720	29-44	段14上-24	錯27-8	鉉14上-4
暴日部(麡，暴[暴露]、曝、㬥通叚)	日部	【日部】	11畫	307	310	15-50	段7上-11	錯13-4	鉉7上-2
瀑	水部	【水部】	15畫	557	562	無	段11上貳-24	錯21-20	鉉11上-7
Q									
qī(ㄑㄧ)									
七	七部	【一部】	1畫	738	745	1-5	段14下-16	錯28-6	鉉14下-3
西(棲、鹵、卤，栖通叚)	西部	【襾部】	1畫	585	591	26-25	段12上-4	錯23-2	鉉12上-1
屖(栖)	尸部	【尸部】	1畫	400	404	無	段8上-72	錯16-9	鉉8上-11
切(刌，沏、砌、抑通叚)	刀部	【刂部】	2畫	179	181	無	段4下-43	錯8-16	鉉4下-7
妻(㚨)	女部	【女部】	5畫	614	620	8-32	段12下-5	錯24-2	鉉12下-1
戚(蹙、慽、顣頻shi述及，蹴、傶、鏚、顧通叚)	戉部	【戈部】	7畫	632	638	13-61	段12下-42	錯24-13	鉉12下-6
慽(慼、戚，惄、愻、懿通叚)	心部	【心部】	11畫	514	518	無	段10下-48	錯20-17	鉉10下-9

篆本字（古文、金文、籀文、俗字、通用字，通段、金石）	說文部首	康熙部首	筆畫	一般頁碼	洪葉頁碼	金石字典頁碼	段注篇章	徐鍇通釋篇章	徐鉉藤花榭篇
桼(漆，杀、柒、軟通段)	桼部	【木部】	7畫	276	278	16-43	段6下-8	鍇12-6	鉉6下-3
漆(柒通段)	水部	【水部】	11畫	523	528	18-52	段11上壹-16	鍇21-4	鉉11上-2
悽	心部	【心部】	8畫	512	517	無	段10下-45	鍇20-16	鉉10下-8
攲(攱)	支部	【支部】	8畫	117	118	無	段3下-21	鍇6-11	鉉3下-5
攱(攲、崎、奇、竒，敧通段)	危部	【支部】	6畫	448	453	無	段9下-23	鍇18-8	鉉9下-4
欺(鵵通段)	欠部	【欠部】	8畫	414	418	17-17	段8下-26	鍇16-17	鉉8下-5
殢(e`)	歺部	【歹部】	8畫	164	166	無	段4下-13	鍇8-6	鉉4下-3
萋	艸部	【艸部】	8畫	38	38	25-14	段1下-34	鍇2-16	鉉1下-6
淒(萋，凄通段)	水部	【水部】	8畫	557	562	18-32	段11上貳-23	鍇21-20	鉉11上-7
齮	牙部	【牙部】	8畫	80	81	無	段2下-23	鍇4-12	鉉2下-5
綨	糸部	【糸部】	8畫	649	656	無	段13上-13	鍇25-4	鉉13上-2
諆(欺)	言部	【言部】	8畫	99	100	26-56	段3上-27	鍇5-14	鉉3上-6
踦(騎通段)	足部	【足部】	8畫	81	81	無	段2下-24	鍇4-13	鉉2下-5
郪	邑部	【邑部】	8畫	291	294	無	段6下-39	鍇12-18	鉉6下-7
霋	雨部	【雨部】	8畫	573	579	無	段11下-13	鍇22-6	鉉11下-4
媊(顚)	女部	【女部】	8畫	613	619	8-43	段12下-4	鍇24-1	鉉12下-1
顨(魌、顩，俱通段)	頁部	【頁部】	8畫	422	426	無	段9上-14	鍇17-4	鉉9上-2
鬃从桼(髹、髤)	桼部	【髟部】	8畫	276	278	無	段6下-8	鍇12-6	鉉6下-3
机(楒)	木部	【木部】	2畫	248	250	無	段6上-20	鍇11-8	鉉6上-3
慽(慼、戚，惄、惄、愵通段)	心部	【心部】	11畫	514	518	無	段10下-48	鍇20-17	鉉10下-9
戚(蹙、慽、頳覷shi述及，蹴、俶、鏚、顑通段)	戉部	【戈部】	7畫	632	638	13-61	段12下-42	鍇24-13	鉉12下-6
槭(摵、撼通段)	木部	【木部】	11畫	245	247	無	段6上-14	鍇11-7	鉉6上-2
漆(柒通段)	水部	【水部】	11畫	523	528	18-52	段11上壹-16	鍇21-4	鉉11上-2
郂	邑部	【邑部】	11畫	298	301	無	段6下-53	鍇12-21	鉉6下-8
鶈	鳥部	【鳥部】	11畫	150	152	無	段4上-43	鍇7-19	鉉4上-8
傲	人部	【人部】	12畫	380	384	無	段8上-32	鍇15-11	鉉8上-4
榍	木部	【木部】	13畫	247	249	無	段6上-18	鍇11-8	鉉6上-3
蝨(蟚)	豈部	【虫部】	13畫	205	207	無	段5上-34	鍇9-14	鉉5上-7

篆本字（古文、金文、籀文、俗字、通用字，通叚、金石）	說文部首	康熙部首	筆畫	一般頁碼	洪葉頁碼	金石字典頁碼	段注篇章	徐鍇通釋篇章	徐鉉藤花榭篇
㬎(顯，暻通叚)	日部	【日部】	10畫	307	310	15-49	段7上-11	錯13-4	鉉7上-2
qi（ㄑㄧˊ）									
𠂤(齊、𪗾、臍，隮通叚)	齊部	【齊部】		317	320	32-51	段7上-32	錯13-14	鉉7上-6
劑(齊)	刀部	【刂部】	14畫	181	183	4-45	段4下-47	錯8-16	鉉4下-7
𡚱从女(齊)	女部	【齊部】	3畫	619	625	無	段12下-16	錯24-6	鉉12下-3
𪗾从妻(齊)	齊部	【齊部】	8畫	317	320	8-52	段7上-32	錯13-14	鉉7上-6
𢧵(𪗾、齊、𢧀)	戈部	【戈部】	10畫	631	637	無	段12下-40	錯24-13	鉉12下-6
翿(𪗾、齊、𦬕、前、𢧵、𩭿)	羽部	【羽部】	9畫	138	140	23-56	段4上-19	錯7-9	鉉4上-4
鈰(齊)	金部	【金部】	5畫	715	722	無	段14上-27	錯27-8	鉉14上-4
𪗾从衣(齊，襭通叚)	衣部	【齊部】	6畫	396	400	無	段8上-64	錯16-5	鉉8上-9
𪎭从皿(粢、齊)	皿部	【齊部】	5畫	211	213	無	段5上-46	錯9-19	鉉5上-9
邟(阢)	邑部	【邑部】	2畫	299	302	無	段6下-55	錯12-22	鉉6下-8
邔(黎、耆、阢、飢)	邑部	【邑部】	8畫	288	291	無	段6下-33	錯12-16	鉉6下-6
丌(亓qiˊ=其)	丌部	【一部】	2畫	199	201	1-11	段5上-22	錯9-8	鉉5上-4
其(基祺述及)	箕部	【八部】	8畫	199	201	22-50	段5上-21	錯9-8	鉉5上-4
辺(己、忌、記、其、辺五字通用)	丌部	【辵部】	3畫	199	201	無	段5上-22	錯9-8	鉉5上-4
𡚱从女(齊)	女部	【齊部】	3畫	619	625	無	段12下-16	錯24-6	鉉12下-3
恀(shiˋ)	心部	【心部】	4畫	504	508	無	段10下-28	錯20-11	鉉10下-6
疷(底通叚)	疒部	【疒部】	4畫	352	355	無	段7下-34	錯14-15	鉉7下-6
衹(褆、衱，秖通叚)	示部	【示部】	4畫	3	3	21-51	段1上-5	錯1-6	鉉1上-2
褆示部(衹)	示部	【示部】	9畫	3	3	21-61	段1上-5	錯1-5	鉉1上-2
蚔(賊、賑通叚)	虫部	【虫部】	4畫	665	672	無	段13上-45	錯25-11	鉉13上-6
芪	艸部	【艸部】	4畫	35	36	無	段1下-29	錯2-14	鉉1下-5
軝(軹、軧、軒)	車部	【車部】	4畫	725	732	無	段14上-47	錯27-13	鉉14上-7
垠(圻，墼、磯通叚)	土部	【土部】	6畫	690	697	7-14	段13下-33	錯26-5	鉉13下-5
畿(幾、圻)	田部	【田部】	10畫	696	702	20-51	段13下-44	錯26-8	鉉13下-6
祈	示部	【示部】	4畫	6	6	21-49	段1上-12	錯1-7	鉉1上-2
蘄(芹、祈)	艸部	【艸部】	16畫	27	28	無	段1下-13	錯2-7	鉉1下-3

篆本字（古文、金文、籀文、俗字、通用字，通段、金石）	說文部首	康熙部首	筆畫	一般頁碼	洪葉頁碼	金石字典頁碼	段注篇章	徐鍇通釋篇章	徐鉉藤花榭篇
刉(祈、幾)	刀部	【刂部】	3畫	179	181	無	段4下-43	鍇8-16	鉉4下-7
蚚	虫部	【虫部】	4畫	665	672	無	段13上-45	鍇25-11	鉉13上-6
扸(斱、折，肵通段)	艸部	【手部】	4畫	44	45	15-8	段1下-47	鍇2-22	鉉1下-8
頎(懇)	頁部	【頁部】	4畫	418	422	無	段9上-6	鍇17-2	鉉9上-1
赼	走部	【走部】	4畫	64	64	無	段2上-32	鍇3-14	鉉2上-7
跂(庪、歧通段)	足部	【足部】	4畫	84	85	無	段2下-31	鍇4-16	鉉2下-6
枝(岐、跂述及)	木部	【木部】	4畫	249	251	16-23	段6上-22	鍇11-10	鉉6上-3
枝(岐、跂述及)	木部	【木部】	4畫	249	251	16-23	段6上-22	鍇11-10	鉉6上-3
郂(岐、楂)	邑部	【邑部】	4畫	285	287	10-53	段6下-26	鍇12-14	鉉6下-6
企(㲼、跂，跐通段)	人部	【人部】	4畫	365	369	無	段8上-2	鍇15-1	鉉8上-1
蚑	虫部	【虫部】	4畫	669	676	無	段13上-53	鍇25-13	鉉13上-7
肌(蚑通段)	肉部	【肉部】	2畫	167	169	無	段4下-20	鍇8-8	鉉4下-4
奇(竒)	可部	【大部】	5畫	204	206	8-14	段5上-31	鍇9-12	鉉5上-6
錡(奇)	金部	【金部】	8畫	705	712	29-47	段14上-8	鍇27-4	鉉14上-2
攲(攱、崎、奇、竒，敧通段)	危部	【支部】	6畫	448	453	無	段9下-23	鍇18-8	鉉9下-4
舁(惎)	𦥑部	【廾部】	5畫	104	104	12-11	段3上-36	鍇5-19	鉉3上-8
畁(畀非畁qi´)	丌部	【田部】	3畫	200	202	20-37	段5上-23	鍇9-9	鉉5上-4
盭(刉)	血部	【血部】	12畫	214	216	無	段5上-51	鍇9-21	鉉5上-10
祁	邑部	【邑部】	5畫	289	292	28-64	段6下-35	鍇12-17	鉉6下-6
麔(祁)	鹿部	【鹿部】	7畫	471	475	無	段10上-22	鍇19-6	鉉10上-3
鈰(齊)	金部	【金部】	5畫	715	722	無	段14上-27	鍇27-8	鉉14上-4
㫋(㫃通段)	㫃部	【方部】	6畫	310	313	15-16	段7上-17	鍇13-6	鉉7上-3
箕(𠀠、𥲔、𠔹、𠔽、其、匫)	箕部	【竹部】	8畫	199	201	22-50	段5上-21	鍇9-8	鉉5上-4
丌(亓qi´=其)	丌部	【一部】	2畫	199	201	1-11	段5上-22	鍇9-8	鉉5上-4
其(基祺述及)	箕部	【八部】	8畫	199	201	22-50	段5上-21	鍇9-8	鉉5上-4
畦	田部	【田部】	6畫	696	702	20-40	段13下-44	鍇26-9	鉉13下-6
鮨(鰭、鮪)	魚部	【魚部】	6畫	580	586	無	段11下-27	鍇22-10	鉉11下-6
鬐从耆	髟部	【髟部】	10畫	無	無	無	無	無	鉉9上-5
耆(鬐从耆、嗜，鰭通段)	老部	【老部】	6畫	398	402	24-3	段8上-67	鍇16-7	鉉8上-10
嗜(耆)	口部	【口部】	10畫	59	59	無	段2上-22	鍇3-9	鉉2上-5

篆本字(古文、金文、籀文、俗字、通用字，通段、金石)	說文部首	康熙部首	筆畫	一般頁碼	洪葉頁碼	金石字典頁碼	段注篇章	徐鍇通釋篇章	徐鉉藤花榭篇
鄧(黎、耆、阢、飢)	邑部	【邑部】	8畫	288	291	無	段6下-33	錯12-16	鉉6下-6
厎(砥、耆)	厂部	【厂部】	5畫	446	451	5-33	段9下-19	錯18-7	鉉9下-3
淇(濜)	水部	【水部】	8畫	527	532	無	段11上壹-24	錯21-7	鉉11上-2
祺(禥)	示部	【示部】	8畫	3	3	21-59	段1上-5	錯1-5	鉉1上-2
期(旮、稘、基，萁通段)	月部	【月部】	8畫	314	317	16-7	段7上-25	錯13-9	鉉7上-4
稘(期，萁通段)	禾部	【禾部】	8畫	328	331	無	段7上-54	錯13-23	鉉7上-9
基(期)	土部	【土部】	8畫	684	691	7-17	段13下-21	錯26-3	鉉13下-4
棊(碁通段)	木部	【木部】	8畫	264	267	無	段6上-53	錯11-23	鉉6上-7
萁(蓁)	艸部	【艸部】	8畫	23	23	25-16	段1下-4	錯2-2	鉉1下-1
綥(綦)	糸部	【糸部】	8畫	651	657	23-23	段13上-16	錯25-4	鉉13上-3
騏(綦，騹通段)	馬部	【馬部】	8畫	461	465	無	段10上-2	錯19-1	鉉10上-1
鯕	魚部	【魚部】	8畫	581	587	無	段11下-29	錯22-11	鉉11下-6
忌(諅、誋通段)	心部	【心部】	3畫	511	515	13-3	段10下-42	錯20-15	鉉10下-8
麒(麎金石)	鹿部	【鹿部】	8畫	470	475	32-30	段10上-21	錯19-6	鉉10上-3
錡(奇)	金部	【金部】	8畫	705	712	29-47	段14上-8	錯27-4	鉉14上-2
庋(庪、崎、奇、奇，攲通段)	危部	【支部】	6畫	448	453	無	段9下-23	錯18-8	鉉9下-4
陭(埼、崎、碕、隑通段)	皀部	【阜部】	8畫	735	742	無	段14下-9	錯28-3	鉉14下-2
騎	馬部	【馬部】	8畫	464	469	31-60	段10上-9	錯19-3	鉉10上-2
旗	㫃部	【方部】	10畫	309	312	15-20	段7上-15	錯13-5	鉉7上-3
鬾(機)	鬼部	【鬼部】	10畫	436	440	無	段9上-42	錯17-14	鉉9上-7
璂(瑧、琪)	玉部	【玉部】	14畫	14	14	無	段1上-28	錯1-14	鉉1上-4
齎(臍)	肉部	【肉部】	14畫	170	172	無	段4下-25	錯8-9	鉉4下-4
𪗀(齊、齋、臍，隮通段)	齊部	【齊部】		317	320	32-51	段7上-32	錯13-14	鉉7上-6
齎从女(齊)	女部	【齊部】	3畫	619	625	無	段12下-16	錯24-6	鉉12下-3
齏从妻(齊)	齊部	【齊部】	8畫	317	320	8-52	段7上-32	錯13-14	鉉7上-6
鈰(齊)	金部	【金部】	5畫	715	722	無	段14上-27	錯27-8	鉉14上-4
蓁(萁)	艸部	【艸部】	14畫	29	29	無	段1下-16	錯2-8	鉉1下-3

篆本字(古文、金文、籀文、俗字、通用字，通叚、金石)	說文部首	康熙部首	筆畫	一般頁碼	洪葉頁碼	金石字典頁碼	段注篇章	徐鍇通釋篇章	徐鉉藤花榭篇
齊从火(燨通叚)	火部	【齊部】	4畫	482	487	19-28	段10上-45	錯19-15	鉉10上-8
蠐(蠐，蝏通叚)	虫部	【虫部】	14畫	665	672	無	段13上-45	錯25-11	鉉13上-6
齋(齋、禲从齋眞攵，禲通叚)	示部	【齊部】	12畫	3	3	32-54	段1上-6	錯1-6	鉉1上-2
幾(幾)	豈部	【豆部】	15畫	207	209	無	段5上-37	錯9-15	鉉5上-7
蘄(芹、祈)	艸部	【艸部】	16畫	27	28	無	段1下-13	錯2-7	鉉1下-3
qǐ（ㄑㄧˇ）									
气(乞、餼、氣鎎kai、述及，炁通叚)	气部	【气部】		20	20	17-57	段1上-39	錯1-19	鉉1上-6
屺(岐，嶇通叚)	山部	【山部】	3畫	439	443	無	段9下-4	錯18-2	鉉9下-1
玘	玉部	【玉部】	3畫	無	無	無	無	無	鉉1上-6
杞(檵、芑)	木部	【木部】	3畫	246	248	16-19	段6上-16	錯11-7	鉉6上-3
芑(芌，杞通叚)	艸部	【艸部】	3畫	46	47	24-56	段1下-51	錯2-23	鉉1下-8
萱(芑)	艸部	【艸部】	9畫	23	24	無	段1下-5	錯2-3	鉉1下-1
豈(驪、愷，凱通叚)	豈部	【豆部】	3畫	206	208	27-11	段5上-36	錯9-15	鉉5上-7
起(起)	走部	【走部】	3畫	65	65	27-46	段2上-34	錯3-15	鉉2上-7
邔(印譌)	邑部	【邑部】	3畫	293	295	無	段6下-42	錯12-18	鉉6下-7
企(足、跂，踵通叚)	人部	【人部】	4畫	365	369	無	段8上-2	錯15-1	鉉8上-1
启(啟，闁通叚)	口部	【口部】	4畫	58	58	無	段2上-20	錯3-8	鉉2上-4
屇	尸部	【尸部】	6畫	400	404	無	段8上-71	錯16-8	鉉8上-11
軡(輢通叚)	車部	【車部】	6畫	729	736	無	段14上-55	錯27-15	鉉14上-7
䭫(稽)	首部	【首部】	6畫	423	427	31-49	段9上-16	錯17-5	鉉9上-3
頁(頁、䭫、䭫)	頁部	【頁部】		415	420	31-24	段9上-1	錯17-1	鉉9上-1
啟(啓)	攴部	【口部】	8畫	122	123	6-41	段3下-32	錯6-17	鉉3下-8
启(啟，闁通叚)	口部	【口部】	4畫	58	58	無	段2上-20	錯3-8	鉉2上-4
晵	日部	【日部】	8畫	304	307	無	段7上-5	錯13-2	鉉7上-1
膂	肉部	【肉部】	8畫	無	無	無	無	無	鉉4下-6
腨(膊、肺、膂)	肉部	【肉部】	9畫	170	172	無	段4下-26	錯8-10	鉉4下-4
棨(綮述及)	木部	【木部】	8畫	266	268	無	段6上-56	錯11-24	鉉6上-7
綮(棨，啟通叚)	糸部	【糸部】	8畫	649	655	無	段13上-12	錯25-3	鉉13上-2
綺	糸部	【糸部】	8畫	648	654	23-25	段13上-10	錯25-3	鉉13上-2
萱(芑)	艸部	【艸部】	9畫	23	24	無	段1下-5	錯2-3	鉉1下-1

篆本字(古文、金文、籀文、俗字、通用字，通叚、金石)	說文部首	康熙部首	筆畫	一般頁碼	洪葉頁碼	金石字典頁碼	段注篇章	徐鍇通釋篇章	徐鉉藤花榭篇
qi(ㄑㄧˋ)									
气(乞、餼、氣鎎kai、述及，炁通叚)	气部	【气部】		20	20	17-57	段1上-39	鍇1-19	鉉1上-6
既(旡、嘰、穖、气、氣、餼氣述及)	皀部	【无部】	5畫	216	219	15-22	段5下-3	鍇10-2	鉉5下-1
攱	七部	【支部】	2畫	385	389	無	段8上-41	鍇15-13	鉉8上-6
肵(忯通叚)	肉部	【肉部】	2畫	171	173	24-18，肵3-8	段4下-27	鍇8-10	鉉4下-5
芰	艸部	【艸部】	3畫	26	26	無	段1下-10	鍇2-5	鉉1下-2
迄	辵(辶)部	【辵部】	3畫	無	無	無	無	無	鉉2下-3
訖(迄通叚)	言部	【言部】	3畫	95	95	26-41	段3上-18	鍇5-9	鉉3上-4
愒(訖，忔、疙、忥通叚)	心部	【心部】	10畫	512	516	無	段10下-44	鍇20-16	鉉10下-8
企(𨈟、跂，跕通叚)	人部	【人部】	4畫	365	369	無	段8上-2	鍇15-1	鉉8上-1
韧(剆qia`)	韧部	【刂部】	4畫	183	185	無	段4下-51	鍇8-18	鉉4下-8
砌	石部	【石部】	4畫	無	無	無	無	無	鉉9下-5
切(刌，沏、砌、扴通叚)	刀部	【刂部】	2畫	179	181	無	段4下-43	鍇8-16	鉉4下-7
汽	水部	【水部】	4畫	559	564	無	段11上貳-28	鍇21-21	鉉11上-7
泣	水部	【水部】	5畫	565	570	無	段11上貳-40	鍇21-25	鉉11上-9
迟(枳、郤)	辵(辶)部	【辵部】	5畫	72	73	無	段2下-7	鍇4-4	鉉2下-2
葺(緝，呫通叚)	口部	【口部】	6畫	57	58	24-7	段2上-19	鍇3-8	鉉2上-4
挈(契、栔)	手部	【手部】	6畫	596	602	無	段12上-26	鍇23-9	鉉12上-5
契(栔、挈)	大部	【大部】	6畫	493	497	無	段10下-6	鍇20-2	鉉10下-2
栔(契、挈、鍥、刧)	韧部	【木部】	6畫	183	185	16-40	段4下-52	鍇8-18	鉉4下-8
偰(契、离)	人部	【人部】	9畫	367	371	無	段8上-5	鍇15-2	鉉8上-1
氣(气既述及、槩、餼)	米部	【气部】	6畫	333	336	23-2	段7上-63	鍇13-25	鉉7上-10
气(乞、餼、氣鎎kai、述及，炁通叚)	气部	【气部】		20	20	17-57	段1上-39	鍇1-19	鉉1上-6
既(旡、嘰、穖、气、氣、餼氣述及)	皀部	【无部】	5畫	216	219	15-22	段5下-3	鍇10-2	鉉5下-1
亟(恆、棘)	二部	【二部】	7畫	681	687	2-27	段13下-14	鍇26-1	鉉13下-3

篆本字（古文、金文、籀文、俗字、通用字，通段、金石）	說文部首	康熙部首	筆畫	一般頁碼	洪葉頁碼	金石字典頁碼	段注篇章	徐鍇通釋篇章	徐鉉藤花榭篇
悈(亟、棘)	心部	【心部】	7畫	504	509	13-20	段10下-29		鉉10下-6
棘(亟，蕀、瓅通段)	朿部	【木部】	8畫	318	321	16-46	段7上-33	錯13-14	鉉7上-6
恆(亟、極、悈、戒、棘)	心部	【心部】	9畫	508	512	13-25	段10下-36	錯20-13	鉉10下-7
苟 非苟gou˘，古文从羊句(亟、棘，急俗)	苟部	【艸部】	5畫	434	439	無	段9上-39	錯17-13	鉉9上-7
趣(蹐，跂通段)	走部	【走部】	7畫	66	66	無	段2上-36	錯3-16	鉉2上-8
蹐(趣)	足部	【足部】	10畫	83	84	無	段2下-29	錯4-15	鉉2下-6
棄(棄、弃)	華部	【木部】	8畫	158	160	16-46	段4下-1	錯8-1	鉉4下-1
晵	目部	【目部】	8畫	133	134	無	段4上-8	錯7-4	鉉4上-2
褉	衣部	【衣部】	8畫	390	394	無	段8上-52	錯16-2	鉉8上-8
屆(埍)	尸部	【尸部】	9畫	400	404	無	段8上-72	錯16-8	鉉8上-11
愒(憩，偈通段)	心部	【心部】	9畫	507	512	無	段10下-35	錯20-13	鉉10下-7
湆(濟，憤通段)	水部	【水部】	9畫	560	565	無	段11上貳-29	錯21-21	鉉11上-7
緝(jï)	糸部	【糸部】	9畫	659	666	23-28	段13上-33	錯25-7	鉉13上-4
咠(緝，呫通段)	口部	【口部】	6畫	57	58	24-7	段2上-19	錯3-8	鉉2上-4
緁(緝、緝)	糸部	【糸部】	8畫	656	662	23-24	段13上-26	錯25-6	鉉13上-3
葺	艸部	【艸部】	9畫	42	43	無	段1下-43	錯2-20	鉉1下-7
係(毄、繫、系述及)	人部	【人部】	7畫	381	385	3-14	段8上-34	錯15-11	鉉8上-4
系(繫从處、絲、係、繫、毄)	糸部	【糸部】	1畫	642	648	23-5	段12下-62	錯24-20	鉉12下-10
頡(稧、禊通段)	頁部	【頁部】	9畫	421	425	無	段9上-12	錯17-4	鉉9上-2
鼜(礜)	鼓部	【鼓部】	9畫	206	208	無	段5上-36	錯9-15	鉉5上-7
甈(塾)	瓦部	【瓦部】	10畫	639	645	無	段12下-55	錯24-18	鉉12下-9
瞁	目部	【目部】	11畫	132	133	無	段4上-6	錯7-3	鉉4上-2
磧	石部	【石部】	11畫	450	454	無	段9下-26	錯18-9	鉉9下-4
器(噐、㗊通段)	品部	【口部】	13畫	86	87	6-54	段3上-1	錯5-1	鉉3上-1
罄(罃通段)	缶部	【缶部】	13畫	226	228	無	段5下-22	錯10-8	鉉5下-4
藒(藒)	艸部	【艸部】	13畫	26	26	無	段1下-10	錯2-5	鉉1下-2
嫛	女部	【女部】	14畫	622	628	無	段12下-22	錯24-7	鉉12下-3
慼	心部	【心部】	14畫	514	519	無	段10下-49	錯20-18	鉉10下-9
qiā（ㄑㄧㄚ）									
揢	手部	【手部】	8畫	無	無	無	無	無	鉉12上-8

篆本字(古文、金文、籀文、俗字、通用字,通叚、金石)	說文部首	康熙部首	筆畫	一般頁碼	洪葉頁碼	金石字典頁碼	段注篇章	徐鍇通釋篇章	徐鉉藤花榭篇
插(捷、扱,刞、掐通叚)	手部	【手部】	9畫	599	605	無	段12上-31	鍇23-10	鉉12上-5
陷(掐、銘、隯通叚)	𨸏部	【阜部】	8畫	732	739	30-37	段14下-4	鍇28-2	鉉14下-1
搳	手部	【手部】	13畫	602	608	無	段12上-37	鍇23-12	鉉12上-6
qiá(ㄑㄧㄚˊ)									
跒(xiá)	足部	【足部】	9畫	84	84	無	段2下-30	鍇4-15	鉉2下-6
qià(ㄑㄧㄚˋ)									
刉(刌qì `)	刉部	【刂部】	4畫	183	185	無	段4下-51	鍇8-18	鉉4下-8
插(捷、扱,刞、掐通叚)	手部	【手部】	9畫	599	605	無	段12上-31	鍇23-10	鉉12上-5
恰	心部	【心部】	6畫	無	無	無	無	無	鉉10下-9
洽(郃、合)	水部	【水部】	6畫	559	564	18-22	段11上貳-27	鍇21-26	鉉11上-7
栺(帢通叚)	木部	【木部】	6畫	258	261	無	段6上-41	鍇11-18	鉉6上-5
帢(鞈,帕通叚)	市部	【巾部】	8畫	363	366	無	段7下-56	鍇14-24	鉉7下-10
硈	石部	【石部】	6畫	451	455	無	段9下-28	鍇18-10	鉉9下-4
佉(仡,砝、硈通叚)	人部	【人部】	4畫	369	373	無	段8上-10	鍇15-4	鉉8上-2
骼(胳、骱、髂、骹)	骨部	【骨部】	6畫	166	168	無	段4下-18	鍇8-7	鉉4下-4
髁(骱、骼,骹通叚)	骨部	【骨部】	8畫	165	167	無	段4下-15	鍇8-7	鉉4下-3
瞎	目部	【目部】	9畫	135	136	無	段4上-12	鍇7-6	鉉4上-3
鬠(顅、髫、楬,鬛通叚)	髟部	【髟部】	12畫	428	432	無	段9上-26	鍇17-9	鉉9上-4
qiān(ㄑㄧㄢ)									
辛(慾)	辛部	【立部】	1畫	102	103	無	段3上-33	鍇5-17	鉉3上-7
芊	艸部	【艸部】	3畫	無	無	無	無	無	鉉1下-9
阡	𨸏部	【阜部】	3畫	無	無	無	無	無	鉉14下-2
千(芊俗qian逑及,仟、阡通叚)	十部	【十部】	1畫	89	89	5-7。仟2-46,	段3上-6	鍇5-4	鉉3上-2
谸(芊,仟通叚)	谷部	【谷部】	3畫	570	576	2-46	段11下-7	鍇22-4	鉉11下-2
臤(賢,鏗通叚)	臤部	【臣部】	2畫	118	119	24-32	段3下-23	鍇6-13	鉉3下-5
賢(臤古文賢字)	貝部	【貝部】	8畫	279	282	27-35	段6下-15	鍇12-10	鉉6下-4
汗	水部	【水部】	3畫	544	549	無	段11上壹-58	鍇21-13	鉉11上-4
攲	欠部	【欠部】	4畫	411	416	無	段8下-21	鍇16-16	鉉8下-4

篆本字(古文、金文、籀文、俗字、通用字，通段、金石)	說文部首	康熙部首	筆畫	一般頁碼	洪葉頁碼	金石字典頁碼	段注篇章	徐鍇通釋篇章	徐鉉藤花榭篇
鉛(鈆通段)	金部	【金部】	5畫	702	709	無	段14上-1	錯27-1	鉉14上-1
巡(鉛沿述及)	辵(辶)部	【辵部】	3畫	70	70	28-17	段2下-2	錯4-2	鉉2下-1
汧(岍)	水部	【水部】	6畫	523	528	18-19	段11上壹-16	錯21-4	鉉11上-1
幵(岍)	幵部	【干部】	4畫	715	722	11-31	段14上-27	錯27-9	鉉14上-5
牵(緈通段)	牛部	【牛部】	7畫	52	52	19-47	段2上-8	錯3-4	鉉2上-2
娶	女部	【女部】	8畫	620	626	無	段12下-17	錯24-10	鉉12下-3
掔(慳，鋻=鏗鏘述及、鼜通段)	手部	【手部】	8畫	603	609	無	段12上-39	錯23-12	鉉12上-6
越	走部	【走部】	8畫	66	66	無	段2上-36	錯3-16	鉉2上-7
迦	辵(辶)部	【辵部】	8畫	74	75	28-34	段2下-11	錯4-5	鉉2下-3
顧(鬚、楬、髠)	頁部	【頁部】	8畫	420	425	無	段9上-11	錯17-4	鉉9上-2
鬚(顧、髠、楬，鬈通段)	彡部	【彡部】	12畫	428	432	無	段9上-26	錯17-9	鉉9上-4
覷(覰同覷yao、顧、覒)	覞部	【見部】	15畫	410	414	無	段8下-18	錯16-15	鉉8下-4
愆(寒、僭籀文从言，㥶通段)	心部	【心部】	9畫	510	515	無	段10下-41	錯20-15	鉉10下-7
辛(愆)	辛部	【立部】	1畫	102	103	無	段3上-33	錯5-17	鉉3上-7
舁(舋、舋，畚通段)	舁部	【臼部】	9畫	105	106	12-14	段3上-39	錯5-21	鉉3上-9
謙(嗛)	言部	【言部】	10畫	94	94	26-64	段3上-16	錯5-9	鉉3上-4
嗛(銜、歉、謙，喅通段)	口部	【口部】	10畫	55	55	6-50	段2上-14	錯3-6	鉉2上-3
謇	走部	【走部】	10畫	64	65	無	段2上-33	錯3-15	鉉2上-7
褰(攓，襂通段)	衣部	【衣部】	10畫	393	397	無	段8上-57	錯16-3	鉉8上-8
騫(褰，驐通段)	馬部	【馬部】	10畫	467	471	31-61	段10上-14	錯19-4	鉉10上-2
僉	亼部	【人部】	11畫	222	225	6-50	段5下-15	錯10-6	鉉5下-3
遷(遷、揗、拪，櫏、韆通段)	辵(辶)部	【辵部】	11畫	72	72	28-49	段2下-6	錯4-3	鉉2下-2
鄼(酇)	邑部	【邑部】	11畫	300	303	29-18	段6下-57	錯12-23	鉉6下-8
攓(攐，攐、攐、揵、搴、搴通段)	手部	【手部】	12畫	605	611	無	段12上-44	錯23-14	鉉12上-7
厱(磏，磏通段)	厂部	【厂部】	13畫	447	451	無	段9下-20	錯18-7	鉉9下-3
檢(簽通段)	木部	【木部】	13畫	265	268	17-12	段6上-55	錯11-24	鉉6上-7

篆本字（古文、金文、籀文、俗字、通用字，通段、金石）	說文部首	康熙部首	筆畫	一般頁碼	洪葉頁碼	金石字典頁碼	段注篇章	徐鍇通釋篇章	徐鉉藤花榭篇
髻(顑、髶、楬，鬢通段)	髟部	【髟部】	12畫	428	432	無	段9上-26	鍇17-9	鉉9上-4
覸(覸同覞yao丶、顅、脛)	覞部	【見部】	15畫	410	414	無	段8下-18	鍇16-15	鉉8下-4
覝(覝通段同覸qian)	覞部	【見部】	7畫	410	414	無	段8下-18	鍇16-15	鉉8下-4
攘(攙)	手部	【手部】	16畫	594	600	無	段12上-21	鍇23-9	鉉12上-4
攙(攘，撍、攐、揤、搴、搴通段)	手部	【手部】	12畫	605	611	無	段12上-44	鍇23-14	鉉12上-7
孅(纖)	女部	【女部】	17畫	619	625	無	段12下-15	鍇24-5	鉉12下-2
纖(孅)	糸部	【糸部】	17畫	646	652	23--39	段13上-6	鍇25-2	鉉13上-1
籤	竹部	【竹部】	17畫	196	198	無	段5上-16	鍇9-6	鉉5上-3
幟(籤)	巾部	【巾部】	17畫	360	363	無	段7下-50	鍇14-22	鉉7下-9
qián(ㄑㄧㄢˊ)									
虔(榩通段)	虍部	【虍部】	4畫	209	211	25-46	段5上-42	鍇9-17	鉉5上-8
禁(傑蓋古以綝chen爲禁字，伶通段)	示部	【示部】	8畫	9	9	21-59	段1上-17	鍇1-8	鉉1上-3
鈐	金部	【金部】	4畫	707	714	無	段14上-11	鍇27-4	鉉14上-1
拑(鉆)	手部	【手部】	5畫	596	602	無	段12上-26	鍇23-9	鉉12上-5
鉗(箝，柑、髶通段)	金部	【金部】	5畫	707	714	無	段14上-12	鍇27-5	鉉14上-3
箝(鉗)	竹部	【竹部】	8畫	195	197	無	段5上-14	鍇9-5	鉉5上-2
黚(黔)	黑部	【黑部】	5畫	488	492	無	段10上-56	鍇19-20	鉉10上-10
黔(黚)	黑部	【黑部】	4畫	488	493	32-41	段10上-57	鍇19-19	鉉10上-10
歬(前、翦)	止部	【止部】	6畫	68	68	17-26，前4-41	段2上-40	鍇3-17	鉉2上-8
翦(翦、齊、歬、前、戩、鬋)	羽部	【羽部】	9畫	138	140	23-56	段4上-19	鍇7-9	鉉4上-4
箷(zhan)	竹部	【竹部】	8畫	195	197	無	段5上-13	鍇9-5	鉉5上-2
紻(綃、繪、衿、禁、襟)	糸部	【糸部】	4畫	654	661	23-10	段13上-23	鍇25-5	鉉13上-3
錢(泉貝述及，籛通段)	金部	【金部】	8畫	706	713	29-45	段14上-10	鍇27-4	鉉14上-2
騫(賽，驐通段)	馬部	【馬部】	10畫	467	471	31-61	段10上-14	鍇19-4	鉉10上-2
楗(犍溫述及，揵通段)	木部	【木部】	9畫	256	259	16-59	段6上-37	鍇11-17	鉉6上-5
媊	女部	【女部】	9畫	616	622	無	段12下-10	鍇24-3	鉉12下-2
蒨(蒨)	艸部	【艸部】	9畫	26	27	無	段1下-11	鍇2-6	鉉1下-2

篆本字（古文、金文、籀文、俗字、通用字，通段、金石）	說文部首	康熙部首	筆畫	一般頁碼	洪葉頁碼	金石字典頁碼	段注篇章	徐鍇通釋篇章	徐鉉藤花榭篇
蕭(萷)	艸部	【艸部】	12畫	35	35	無	段1下-28	鍇2-13	鉉1下-5
乾(乹俗音乾溼)	乙部	【乙部】	10畫	740	747	2-12	段14下-20	鍇28-8	鉉14下-4
攄	手部	【手部】	10畫	605	611	14-28	段12上-44	鍇23-14	鉉12上-7
鄡	邑部	【邑部】	10畫	289	291	無	段6下-34	鍇12-16	鉉6下-6
筋(腱，劤、籬通段)	筋部	【竹部】	5畫	178	180	無	段4下-41	鍇8-15	鉉4下-6
潛(熸通段)	水部	【水部】	12畫	556	561	18-60	段11上貳-21	鍇21-19	鉉11上-7
蕁(薚)	艸部	【艸部】	12畫	28	29	無	段1下-15	鍇2-8	鉉1下-3
攓(攓段增，各本作搴)	手部	【手部】	17畫	603	609	無	段12上-39	鍇23-17	鉉12上-6
灊	水部	【水部】	18畫	519	524	無	段11上壹-8	鍇21-3	鉉11上-1

qiăn（ㄑㄧㄢˇ）

篆本字	說文部首	康熙部首	筆畫	一般頁碼	洪葉頁碼	金石字典頁碼	段注篇章	徐鍇通釋篇章	徐鉉藤花榭篇
凵(kanˇ凵部，與凵部qu不)	凵部	【凵部】		62	63	4-22	段2上-29	鍇3-13	鉉2上-6
平(秀，平便辨通用便述及，評、頩通段)	亐部	【干部】	3畫	205	207	11-28	段5上-33	鍇9-14	鉉5上-6
淺(幓)	水部	【水部】	8畫	551	556	18-35	段11上貳-12	鍇21-16	鉉11上-5
牼(ciˋ)	牛部	【牛部】	8畫	52	53	無	段2上-9	鍇3-4	鉉2上-2
昬(昬，陕通段)	𣍘部	【阜部】	8畫	734	741	無	段14下-8	鍇28-3	鉉14下-2
槏(戻、椾)	木部	【木部】	10畫	255	258	無	段6上-35	鍇11-16	鉉6上-5
繾	糸部	【糸部】	13畫	無	無	無	無	無	鉉13上-5
遣(繾通段)	辵(辶)部	【辵部】	10畫	72	73	28-43	段2下-7	鍇4-4	鉉2下-2
譴	言部	【言部】	14畫	100	100	27-6	段3上-28	鍇5-15	鉉3上-6

qiàn（ㄑㄧㄢˋ）

篆本字	說文部首	康熙部首	筆畫	一般頁碼	洪葉頁碼	金石字典頁碼	段注篇章	徐鍇通釋篇章	徐鉉藤花榭篇
欠(嗛異音同義)	欠部	【欠部】		410	414	17-15	段8下-18	鍇16-15	鉉8下-4
嗛(欠異音同義)	口部	【口部】	15畫	56	57	無	段2上-17	鍇3-7	鉉2上-4
芡	艸部	【艸部】	4畫	33	33	無	段1下-24	鍇2-12	鉉1下-4
俔(罄、磬)	人部	【人部】	7畫	375	379	無	段8上-22	鍇15-8	鉉8上-3
綪(蒨、茜，輤通段)	糸部	【糸部】	8畫	650	657	無	段13上-15	鍇25-4	鉉13上-2
茜(蒨、綪，蕾通段)	艸部	【艸部】	6畫	31	31	無	段1下-20	鍇2-10	鉉1下-4
倩	人部	【人部】	8畫	367	371	3-26	段8上-6	鍇15-2	鉉8上-1
嵌	山部	【山部】	9畫	無	無	無	無	無	鉉9下-2
歉(淊，嵌通段)	广部	【广部】	12畫	446	450	11-55	段9下-18	鍇18-6	鉉9下-3
傔	人部	【人部】	10畫	無	無	無	無	無	鉉8上-5
㸩(兼、傔、鶼通段)	秝部	【八部】	8畫	329	332	4-12	段7上-56	鍇13-23	鉉7上-9

篆本字(古文、金文、籀文、俗字、通用字,通叚、金石)	說文部首	康熙部首	筆畫	一般頁碼	洪葉頁碼	金石字典頁碼	段注篇章	徐鍇通釋篇章	徐鉉藤花榭篇
慊(嫌)	心部	【心部】	10畫	511	515	無	段10下-42	錯20-15	鉉10下-7
歉(嗛)	欠部	【欠部】	10畫	413	417	17-20	段8下-24	錯16-17	鉉8下-5
嗛(銜、歉、謙,噞通叚)	口部	【口部】	10畫	55	55	6-50	段2上-14	錯3-6	鉉2上-3
謙(嗛)	言部	【言部】	10畫	94	94	26-64	段3上-16	錯5-9	鉉3上-4
牽(縴通叚)	牛部	【牛部】	7畫	52	52	19-47	段2上-8	錯3-4	鉉2上-2
塹(壍通叚)	土部	【土部】	11畫	691	697	無	段13下-34	錯26-6	鉉13下-5
槧	木部	【木部】	11畫	265	268	17-6	段6上-55	錯11-24	鉉6上-7
qiāng(ㄑㄧㄤ)									
羌(羗,羌、強通叚)	羊部	【羊部】	2畫	146	148	3-55	段4上-35	錯7-16	鉉4上-7
腔	肉部	【肉部】	8畫	無	無	無	無	無	鉉4下-6
空(孔、腔鞔man´述及,㤼、崆、悾、箜、羫、窾通叚)	穴部	【穴部】	3畫	344	348	22-32	段7下-19	錯14-8	鉉7下-4
戕(戗通叚)	戈部	【戈部】	4畫	631	637	無	段12下-39	錯24-13	鉉12下-6
斨	斤部	【斤部】	4畫	716	723	15-7	段14上-30	錯27-10	鉉14上-5
椌	木部	【木部】	8畫	265	267	無	段6上-54	錯11-24	鉉6上-7
蜣(蛢)	虫部	【虫部】	9畫	667	673	無	段13上-48	錯25-12	鉉13上-7
牄	倉部	【爿部】	10畫	223	226	無	段5下-17	錯10-7	鉉5下-3
槍(鎗,搶、傖通叚)	木部	【木部】	10畫	256	259	16-60	段6上-37	錯11-16	鉉6上-5
鐺(鎗)	金部	【金部】	13畫	713	720	無	段14上-24	錯27-7	鉉14上-4
瑲(鏘、鎗、鶬,瑲通叚)	玉部	【玉部】	10畫	16	16	無	段1上-31	錯1-15	鉉1上-5
鎗(鏘、鶬、將、瑲述及)	金部	【金部】	10畫	709	716	29-50	段14上-16	錯27-6	鉉14上-3
玱(瑲)	玉部	【玉部】	8畫	16	16	無	段1上-31	錯1-15	鉉1上-5
蹌	足部	【足部】	10畫	82	82	無	段2下-26	錯4-13	鉉2下-5
蹡(蹌)	足部	【足部】	11畫	81	82	無	段2下-25	錯4-13	鉉2下-5
qiáng(ㄑㄧㄤˊ)									
爿牆詳述	爿部	【爿部】		319	322	19-42	段7上-35	錯13-15	鉉7上-6
戕(戗通叚)	戈部	【戈部】	4畫	631	637	無	段12下-39	錯24-13	鉉12下-6
嵌	山部	【山部】	8畫	441	446	無	段9下-9	錯18-3	鉉9下-2
彊(勥)	弓部	【弓部】	13畫	640	646	12-26	段12下-58	錯24-19	鉉12下-9

篆本字(古文、金文、籀文、俗字、通用字，通段、金石)	說文部首	康熙部首	筆畫	一般頁碼	洪葉頁碼	金石字典頁碼	段注篇章	徐鍇通釋篇章	徐鉉藤花榭篇
強(彊、䵻)	虫部	【弓部】	8畫	665	672	12-20	段13上-45	錯25-11	鉉13上-6
勥(勥)	力部	【力部】	11畫	699	706	無	段13下-51	錯26-12	鉉13下-7
嬙	女部	【女部】	13畫	無	無	無	無	無	鉉12下-4
牆(牆、牆从來，墻、嬙、寎、廧、	嗇部	【爿部】	13畫	231	233	19-42	段5下-32	錯10-13	鉉5下-6
薔(蘠)	艸部	【艸部】	13畫	46	47	無	段1下-51	錯2-23	鉉1下-8
蘠	艸部	【艸部】	17畫	35	36	無	段1下-29	錯2-14	鉉1下-5
qiǎng(ㄑ一ㄤˇ)									
槍(鎗，搶、傖通段)	木部	【木部】	10畫	256	259	16-60	段6上-37	錯11-16	鉉6上-5
羥(牼)	羊部	【羊部】	6畫	146	147	無	段4上-34	錯7-16	鉉4上-7
繈(緔通段)	糸部	【糸部】	11畫	645	651	無	段13上-4	錯25-2	鉉13上-1
襁	衣部	【衣部】	11畫	390	394	無	段8上-51	錯16-2	鉉8上-8
qiàng(ㄑ一ㄤˋ)									
唴	口部	【口部】	8畫	54	55	無	段2上-13	錯3-6	鉉2上-3
qiāo(ㄑ一ㄠ)									
骹(校，骹、嚆、跤、骲、髐通段)	骨部	【骨部】	6畫	165	167	無	段4下-16	錯8-7	鉉4下-3
悄(愀通段)	心部	【心部】	7畫	514	518	無	段10下-48	錯20-17	鉉10下-9
銚(鈣、枭、鍫，鍬通段)	金部	【金部】	6畫	704	711	無	段14上-6	錯27-3	鉉14上-2
斛(斛，剻、鍫通段)	斗部	【斗部】	9畫	719	726	15-5	段14上-35	錯27-11	鉉14上-6
鍬(斛銚diaoˋ述及銚斛枭三字同。即今鍫字也，鍫通段)	金部	【金部】	9畫	711	718	無	段14上-20	錯27-7	鉉14上-4
挑(佻，挍通段)	手部	【手部】	6畫	601	607	無	段12上-36	錯23-12	鉉12上-6
敲(擊、擏，搞通段)	攴部	【攴部】	10畫	125	126	14-57	段3下-38	錯6-19	鉉3下-9
毃(敲)	殳部	【殳部】	10畫	119	120	無	段3下-26	錯6-14	鉉3下-6
頍(窯通段)	頁部	【頁部】	10畫	417	422	無	段9上-5	錯17-2	鉉9上-1
鄡(鄥)	邑部	【邑部】	11畫	290	292	29-19	段6下-36	錯12-17	鉉6下-7
幧	巾部	【巾部】	13畫	無	無	無	無	無	鉉7下-9
綃(宵、繡，幧、緔通段)	糸部	【糸部】	7畫	643	650	無	段13上-1	錯25-1	鉉13上-1
燥(燺、灯、爒通段)	火部	【火部】	13畫	486	490	無	段10上-52	錯19-17	鉉10上-9

篆本字(古文、金文、籀文、俗字、通用字,通段、金石)	說文部首	康熙部首	筆畫	一般頁碼	洪葉頁碼	金石字典頁碼	段注篇章	徐鍇通釋篇章	徐鉉藤花榭篇
臿(纍,橇、腘、畞 通段)	臼部	【臼部】	3畫	334	337	無	段7上-66	錯13-27	鉉7上-10
繑	糸部	【糸部】	12畫	654	661	無	段13上-23	錯25-5	鉉13上-3
蹻(翹)	足部	【足部】	12畫	81	82	27-56	段2下-25	錯4-13	鉉2下-5
屩(蹻)	履部	【尸部】	15畫	402	407	無	段8下-3	錯16-10	鉉8下-1
趬	走部	【走部】	12畫	64	64	無	段2上-32	錯3-14	鉉2上-7
敽	攴部	【攴部】	12畫	126	127	無	段3下-40	錯6-20	鉉3下-9
磽(墩,境 通段)	石部	【石部】	12畫	451	456	無	段9下-29	錯18-10	鉉9下-4
墩(境)	土部	【土部】	13畫	683	690	無	段13下-19	錯26-2	鉉13下-4
樵(蕉,刴、蘸、蘱 通段)	木部	【木部】	12畫	247	250	無	段6上-19	錯11-8	鉉6上-3
qiáo(ㄑㄧㄠˊ)									
荍	艸部	【艸部】	6畫	27	27	無	段1下-12	錯2-6	鉉1下-2
潐(zhaoˇ)	艸部	【艸部】	8畫	46	46	無	段1下-50	錯2-23	鉉1下-8
喬(嶠,簥 通段)	夭部	【口部】	9畫	494	499	6-46	段10下-9	錯20-3	鉉10下-2
橋(嶠、轎 通段)	木部	【木部】	12畫	267	269	17-10	段6上-58	錯11-26	鉉6上-7
欙(桐、橋、樔、蘲、輂)	木部	【木部】	21畫	267	269	無	段6上-58	錯11-25	鉉6上-7
翹(蟜 通段)	羽部	【羽部】	12畫	139	140	23-57	段4上-20	錯7-9	鉉4上-4
蹻(翹)	足部	【足部】	12畫	81	82	27-56	段2下-25	錯4-13	鉉2下-5
僑(簥)	人部	【人部】	12畫	368	372	3-36	段8上-8	錯15-4	鉉8上-2
趫(僑)	走部	【走部】	12畫	63	64	27-52	段2上-31	錯3-14	鉉2上-7
驕(嬌、僑,憍 通段)	馬部	【馬部】	12畫	463	468	31-64	段10上-7	錯19-2	鉉10上-2
鐈	金部	【金部】	12畫	704	711	無	段14上-5	錯27-3	鉉14上-2
樵(蕉,刴、蘸、蘱 通段)	木部	【木部】	12畫	247	250	無	段6上-19	錯11-8	鉉6上-3
譙(誚)	言部	【言部】	12畫	100	101	27-2	段3上-29	錯5-15	鉉3上-6
顀	頁部	【頁部】	12畫	無	無	無	無	無	鉉9上-2
醮(嫶,憔、顀、癄 通段)	面部	【面部】	12畫	423	427	31-14	段9上-16	錯17-5	鉉9上-3
qiǎo(ㄑㄧㄠˇ)									
巧(丂)	工部	【工部】	2畫	201	203	11-9	段5上-25	錯9-10	鉉5上-4
丂(亏、巧ㄓ che`述及)	丂部	【一部】	1畫	203	205	1-4	段5上-30	錯9-12	鉉5上-5

篆本字（古文、金文、籀文、俗字、通用字，通叚、金石）	說文部首	康熙部首	筆畫	一般頁碼	洪葉頁碼	金石字典頁碼	段注篇章	徐鍇通釋篇章	徐鉉藤花榭篇
悄(愀通叚)	心部	【心部】	7畫	514	518	無	段10下-48	錯20-17	鉉10下-9
湫(愀通叚)	水部	【水部】	9畫	560	565	18-43	段11上貳-29	錯21-22	鉉11上-8
愁(槮，愀通叚)	心部	【心部】	9畫	513	518	無	段10下-47	錯20-17	鉉10下-8
qiào(ㄑㄧㄠˋ)									
肖(俏)	肉部	【肉部】	3畫	170	172	24-18	段4下-26	錯8-10	鉉4下-4
陗(峭通叚)	𨸏部	【阜部】	7畫	732	739	30-25	段14下-3	錯28-2	鉉14下-1
哨(峭通叚)	口部	【口部】	7畫	60	61	無	段2上-25	錯3-11	鉉2上-5
鞘	革部	【革部】	7畫	無	無	無	無	無	鉉3下-2
梢(捎，旓、槊、稍、鞘、鞘通叚)	木部	【木部】	7畫	244	247	無	段6上-13	錯11-6	鉉6上-2
削(鞘、鞘)	刀部	【刂部】	7畫	178	180	無	段4下-41	錯8-15	鉉4下-6
翹(翱通叚)	羽部	【羽部】	12畫	139	140	23-57	段4上-20	錯7-9	鉉4上-4
譙(誚)	言部	【言部】	12畫	100	101	27-2	段3上-29	錯5-15	鉉3上-6
擎(撽，撖通叚)	手部	【手部】	13畫	608	614	無	段12上-50	錯23-16	鉉12上-8
敲(擎、擎，搞通叚)	攴部	【攴部】	10畫	125	126	14-57	段3下-38	錯6-19	鉉3下-9
竅	穴部	【穴部】	13畫	344	348	無	段7下-19	錯14-8	鉉7下-4
噭(趫通叚)	口部	【口部】	13畫	54	54	無	段2上-12	錯3-5	鉉2上-3
qiē(ㄑㄧㄝ)									
切(刌，沏、砌、抈通叚)	刀部	【刂部】	2畫	179	181	無	段4下-43	錯8-16	鉉4下-7
刌(切、忖)	刀部	【刂部】	3畫	179	181	無	段4下-43	錯8-16	鉉4下-7
齰(齰、切)	齒部	【齒部】	10畫	80	80	無	段2下-22	錯4-11	鉉2下-5
qié(ㄑㄧㄝˊ)									
茄(荷)	艸部	【艸部】	5畫	34	34	無	段1下-26	錯2-13	鉉1下-4
qiě(ㄑㄧㄝˇ)									
且(𠣥，蛆、跙通叚)	且部	【一部】	4畫	716	723	1-15	段14上-29	錯27-9	鉉14上-5
qiè(ㄑㄧㄝˋ)									
切(刌，沏、砌、抈通叚)	刀部	【刂部】	2畫	179	181	無	段4下-43	錯8-16	鉉4下-7
刌(切、忖)	刀部	【刂部】	3畫	179	181	無	段4下-43	錯8-16	鉉4下-7
齰(齰、切)	齒部	【齒部】	10畫	80	80	無	段2下-22	錯4-11	鉉2下-5
妾	辛部	【女部】	5畫	102	103	8-32	段3上-33	錯5-17	鉉3上-7
猰(怯que`)	犬部	【犬部】	5畫	475	479	無	段10上-30	錯19-10	鉉10上-5

篆本字(古文、金文、籀文、俗字、通用字，通段、金石)	說文部首	康熙部首	筆畫	一般頁碼	洪葉頁碼	金石字典頁碼	段注篇章	徐鍇通釋篇章	徐鉉藤花榭篇
挈(契、挈)	手部	【手部】	6畫	596	602	無	段12上-26	鍇23-9	鉉12上-5
契(挈、挈)	大部	【大部】	6畫	493	497	無	段10下-6	鍇20-2	鉉10下-5
絜(契、挈、鍥、剆)	韧部	【木部】	6畫	183	185	16-40	段4下-52	鍇8-18	鉉4下-8
匧(箧)	匚部	【匚部】	7畫	636	642	無	段12下-49	鍇24-16	鉉12下-8
愜(愜)	心部	【心部】	9畫	502	507	無	段10下-25	鍇20-10	鉉10下-5
㛟(愜)	女部	【女部】	7畫	624	630	無	段12下-26	鍇24-9	鉉12下-4
恷	心部	【心部】	7畫	514	519	無	段10下-49	鍇20-17	鉉10下-5
痰	疒部	【疒部】	7畫	351	355	無	段7下-33	鍇14-15	鉉7下-6
淁	水部	【水部】	8畫	544	549	無	段11上壹-57	鍇21-12	鉉11上-4
蹙(蹀、喋、啑，蹟、跕通段)	足部	【足部】	11畫	82	83	無	段2下-27	鍇4-14	鉉2下-6
鯜	魚部	【魚部】	8畫	579	584	無	段11下-24	鍇22-9	鉉11下-5
頰(稧、禊通段)	頁部	【頁部】	9畫	421	425	無	段9上-12	鍇17-4	鉉9上-2
鍥	金部	【金部】	9畫	707	714	無	段14上-11	鍇27-5	鉉14上-3
朅	去部	【口部】	10畫	213	215	無	段5上-50	鍇9-20	鉉5上-9
齛(齰、切)	齒部	【齒部】	10畫	80	80	無	段2下-22	鍇4-11	鉉2下-5
緤(緆、緝)	糸部	【糸部】	8畫	656	662	23-24	段13上-26	鍇25-6	鉉13上-3
藒(藒)	艸部	【艸部】	13畫	26	26	無	段1下-10	鍇2-5	鉉1下-2
竊从米离(竊)	米部	【穴部】	17畫	333	336	無	段7上-64	鍇13-26	鉉7上-10

qīn(ㄑㄧㄣ)

篆本字	說文部首	康熙部首	筆畫	一般頁碼	洪葉頁碼	金石字典頁碼	段注篇章	徐鍇通釋篇章	徐鉉藤花榭篇
衾	衣部	【衣部】	4畫	395	399	無	段8上-61	鍇16-6	鉉8上-9
淫(㴫，霪通段)	水部	【水部】	8畫	551	556	18-34	段11上貳-11	鍇21-16	鉉11上-5
㸒(淫，嵌通段)	日部	【广部】	12畫	446	450	11-55	段9下-18	鍇18-6	鉉9下-3
欽(㱃通段)	欠部	【金部】	4畫	410	415	17-18	段8下-19	鍇16-15	鉉8下-4
厰(嶔，㱃通段)	厂部	【厂部】	12畫	446	451	5-36	段9下-19	鍇18-7	鉉9下-3
兓(鐵、尖)	兂部	【儿部】	6畫	406	410	無	段8下-10	鍇16-12	鉉8下-2
頜(頷)	頁部	【頁部】	8畫	419	423	無	段9上-8	鍇17-3	鉉9上-2
親(覝，儭通段)	見部	【見部】	9畫	409	414	26-32	段8下-17	鍇16-14	鉉8下-4
寴(親)	宀部	【宀部】	16畫	339	343	10-7	段7下-9	鍇14-4	鉉7下-2
螼(嶔通段)	昌部	【阜部】	10畫	734	741	無	段14上-8	鍇28-3	鉉14上-1
傻(侵、浸)	人部	【人部】	10畫	374	378	3-15	段8上-20	鍇15-8	鉉8上-3
綅(綅)	糸部	【糸部】	10畫	655	662	無	段13上-25	鍇25-6	鉉13上-3

篆本字(古文、金文、籀文、俗字、通用字，通段、金石)	說文部首	康熙部首	筆畫	一般頁碼	洪葉頁碼	金石字典頁碼	段注篇章	徐鍇通釋篇章	徐鉉藤花榭篇
驋(駸)	馬部	【馬部】	10畫	466	470	無	段10上-12	鍇19-4	鉉10上-2
嵚(嶔、磁、硂通段)	山部	【山部】	8畫	439	444	無	段9下-5	鍇18-2	鉉9下-1
寴(親)	宀部	【宀部】	16畫	339	343	10-7	段7下-9	鍇14-4	鉉7下-2
親(寴，儭通段)	見部	【見部】	9畫	409	414	26-32	段8下-17	鍇16-14	鉉8下-4
qin(ㄑㄧㄣˊ)									
庈(庈通段)	广部	【广部】	8畫	447	452	5-35	段9下-21	鍇18-7	鉉9下-3
耹	耳部	【耳部】	4畫	593	599	無	段12上-19	鍇23-8	鉉12上-4
芩(莟、蘞)	艸部	【艸部】	4畫	32	33	無	段1下-23	鍇2-11	鉉1下-4
荃(芩)	艸部	【艸部】	8畫	32	33	無	段1下-23	鍇2-11	鉉1下-4
芹(菦，蘄通段)	艸部	【艸部】	4畫	31	32	24-58	段1下-21	鍇2-10	鉉1下-4
菦(芹)	艸部	【艸部】	8畫	24	24	無	段1下-6	鍇2-3	鉉1下-2
蘄(芹、祈)	艸部	【艸部】	16畫	27	28	無	段1下-13	鍇2-7	鉉1下-3
圅(函、肣)	马部	【口部】	7畫	316	319	4-25，肣24-20	段7上-30	鍇13-12	鉉7上-5
矜(憐、矜、穫，瘝通段)	矛部	【矛部】	5畫	719	726	21-36	段14上-36	鍇27-11	鉉14上-6
鰥(矜，瘝、瘝、鰥、鱞、鯤通段)	魚部	【魚部】	10畫	576	581	32-21	段11下-18	鍇22-8	鉉11下-5
鈙(鏨通段)	攴部	【金部】	4畫	126	127	14-54	段3下-40	鍇6-19	鉉3下-9
雂(鴒通段)	隹部	【隹部】	4畫	143	144	無	段4上-28	鍇7-12	鉉4上-5
靲	革部	【革部】	4畫	110	111	無	段3下-7	鍇6-5	鉉3下-2
笒(筍筠蔑箈靲笭，簢、篾、箴、靲通段)	竹部	【竹部】	5畫	190	192	無	段5上-3	鍇9-1	鉉5上-1
魿(鰎通段)	魚部	【魚部】	4畫	580	586	無	段11下-27	鍇22-10	鉉11下-6
秦(秝)	禾部	【禾部】	5畫	327	330	22-20	段7上-51	鍇13-21	鉉7上-8
溱(秦)	水部	【水部】	10畫	529	534	無	段11上壹-27	鍇21-9	鉉11上-2
琴(珡、鑋)	琴部	【玉部】	6畫	633	639	20-13	段12下-44	鍇24-14	鉉12下-7
覃从㫗(覃、㽱、蕈，憛、膻通段)	㫗部	【襾部】	6畫	229	232	26-28	段5下-29	鍇10-12	鉉5下-6
剡(覃，掞通段)	刀部	【刂部】	8畫	178	180	無	段4下-42	鍇8-15	鉉4下-6
捦(襟、擒)	手部	【手部】	8畫	597	603	14-22	段12上-27	鍇23-9	鉉12上-5
禽(禽，檎通段)	内部	【内部】	8畫	739	746	22-3	段14下-17	鍇28-7	鉉14下-4
菦(芹)	艸部	【艸部】	8畫	24	24	無	段1下-6	鍇2-3	鉉1下-2

篆本字（古文、金文、籀文、俗字、通用字，通段、金石）	說文部首	康熙部首	筆畫	一般頁碼	洪葉頁碼	金石字典頁碼	段注篇章	徐鍇通釋篇章	徐鉉藤花榭篇
芹(莐，蘄通段)	艸部	【艸部】	4畫	31	32	24-58	段1下-21	錯2-10	鉉1下-4
蘄(芹、祈)	艸部	【艸部】	16畫	27	28	無	段1下-13	錯2-7	鉉1下-3
菳(jin)	艸部	【艸部】	8畫	32	33	無	段1下-23	錯2-11	鉉1下-4
蜻(蟓頸jing`述及)	虫部	【虫部】	8畫	668	675	25-56	段13上-51	錯25-12	鉉13上-7
頸(蟓、蜻)	頁部	【頁部】	8畫	420	425	無	段9上-11	錯17-3	鉉9上-2
勤	力部	【力部】	11畫	700	707	無	段13下-53	錯26-11	鉉13下-8
僅(廑、懃)	人部	【人部】	11畫	374	378	無	段8上-20	錯15-8	鉉8上-3
廑(僅、勤，厪、廜通段)	广部	【广部】	11畫	446	450	11-53	段9下-18	錯18-6	鉉9下-3
矜(憐、矝、觻，癏通段)	矛部	【矛部】	5畫	719	726	21-36	段14上-36	錯27-11	鉉14上-6
鰥(矜，癏、瘝、鰥、鰥、鯤通段)	魚部	【魚部】	10畫	576	581	32-21	段11下-18	錯22-8	鉉11下-5
岑(嵰通段)	山部	【山部】	4畫	439	444	10-53	段9下-5	錯18-2	鉉9下-1
癑(懃)	疒部	【疒部】	11畫	348	352	無	段7下-27	錯14-12	鉉7下-5
謹(懃、懃通段)	言部	【言部】	11畫	92	92	26-66	段3上-12	錯5-7	鉉3上-3
僅(廑、懃)	人部	【人部】	11畫	374	378	無	段8上-20	錯15-8	鉉8上-3
qǐn(ㄑㄧㄣˇ)									
赾(蘄)	走部	【走部】	4畫	65	66	無	段2上-35	錯3-15	鉉2上-7
梫	木部	【木部】	7畫	239	242	無	段6上-3	錯11-2	鉉6上-1
蓁	艸部	【艸部】	7畫	44	44	無	段1下-46	錯2-21	鉉1下-8
鑯(尖，鋟通段)	金部	【金部】	17畫	705	712	無	段14上-7	錯27-3	鉉14上-2
趣	走部	【走部】	8畫	64	65	無	段2上-33	錯3-14	鉉2上-7
寑(寢、㝲)	宀部	【宀部】	9畫	340	344	9-59	段7下-11	錯14-5	鉉7下-3
寢从帚(寢)	寢部	【宀部】	11畫	347	351	無	段7下-25	錯14-11	鉉7下-5
螼	虫部	【虫部】	11畫	663	670	無	段13上-41	錯25-10	鉉13上-6
qìn(ㄑㄧㄣˋ)									
沁	水部	【水部】	4畫	526	531	無	段11上壹-21	錯21-7	鉉11上-2
藒(藬，蕢通段)	艸部	【艸部】	8畫	35	35	無	段1下-28	錯2-13	鉉1下-5
濜	水部	【水部】	16畫	532	537	無	段11上壹-33	錯21-10	鉉11上-2
qīng(ㄑㄧㄥ)									
靑(青、岑)	靑部	【靑部】		215	218	31-10	段5下-1	錯10-1	鉉5下-1
卯	卯部	【卩部】	2畫	432	436	無	段9上-34	錯17-11	鉉9上-6

篆本字(古文、金文、籀文、俗字、通用字，通段、金石)	說文部首	康熙部首	筆畫	一般頁碼	洪葉頁碼	金石字典頁碼	段注篇章	徐鍇通釋篇章	徐鉉藤花榭篇
茜(蒨、綪，蓄通段)	艸部	【艸部】	6畫	31	31	無	段1下-20	鍇2-10	鉉1下-4
綪(蒨、茜，輤通段)	糸部	【糸部】	8畫	650	657	無	段13上-15	鍇25-4	鉉13上-2
輕	車部	【車部】	7畫	721	728	28-3	段14上-39	鍇27-12	鉉14上-6
清(圊槭述及，瀞)	水部	【水部】	8畫	550	555	18-32	段11上貳-9	鍇21-15	鉉11上-5
瀞(淨、清，圊、淨通段)	水部	【水部】	16畫	560	565	19-4	段11上貳-30	鍇21-22	鉉11上-8
蜻(蠬頳jing`述及)	虫部	【虫部】	8畫	668	675	25-56	段13上-51	鍇25-12	鉉13上-7
頳(蠬、蜻)	頁部	【頁部】	8畫	420	425	無	段9上-11	鍇17-3	鉉9上-2
精(晴、暒姓qing´述及，鯖、鶄、鶯从即、鶄、鼱通段)	米部	【米部】	8畫	331	334	23-3	段7上-59	鍇13-24	鉉7上-9
卿	卯部	【卩部】	9畫	432	436	5-31	段9上-34	鍇17-11	鉉9上-6
傾(頃)	人部	【人部】	11畫	373	377	3-34	段8上-17	鍇15-7	鉉8上-3
頃(傾)	匕部	【頁部】	2畫	385	389	31-24	段8上-41	鍇15-14	鉉8上-6
陾(頃)	𨸏部	【阜部】	11畫	733	740	無	段14下-6	鍇28-2	鉉14下-1
鑋(鏊通段)	金部	【金部】	14畫	710	717	無	段14上-17	鍇27-6	鉉14上-3
脛(踁、鏊鑋字述及，誙通段)	肉部	【肉部】	7畫	170	172	無	段4下-26	鍇8-10	鉉4下-4
qing(ㄑㄧㄥˊ)									
姓(晴、暒、精)	夕部	【夕部】	5畫	315	318	無	段7上-28	鍇13-11	鉉7上-5
精(晴、暒姓qing´述及，鯖、鶄、鶯从即、鶄、鼱通段)	米部	【米部】	8畫	331	334	23-3	段7上-59	鍇13-24	鉉7上-9
鯖	魚部	【魚部】	6畫	577	583	無	段11下-21	鍇22-8	鉉11下-5
勍(倞)	力部	【力部】	8畫	700	706	無	段13下-52	鍇26-11	鉉13下-7
情	心部	【心部】	8畫	502	506	無	段10下-24	鍇20-9	鉉10下-5
黥(剠，剄通段)	黑部	【黑部】	8畫	489	494	無	段10上-59	鍇19-20	鉉10上-10
檠(榮)	木部	【木部】	13畫	264	266	無	段6上-52	鍇11-23	鉉6上-7
鯨(鰦、京)	魚部	【魚部】	13畫	580	585	無	段11下-26	鍇22-10	鉉11下-5
敠(擎通段)	攴部	【金部】	14畫	126	127	14-54	段3下-40	鍇6-19	鉉3下-9
qǐng(ㄑㄧㄥˇ)									
頃(傾)	匕部	【頁部】	2畫	385	389	31-24	段8上-41	鍇15-14	鉉8上-6
傾(頃)	人部	【人部】	11畫	373	377	3-34	段8上-17	鍇15-7	鉉8上-3

篆本字(古文、金文、籀文、俗字、通用字,通叚、金石)	說文部首	康熙部首	筆畫	一般頁碼	洪葉頁碼	金石字典頁碼	段注篇章	徐鍇通釋篇章	徐鉉藤花榭篇
隒(頃)	㠯部	【阜部】	11畫	733	740	無	段14下-6	鍇28-2	鉉14下-1
趑(跬、窺、頃、踣)	走部	【走部】	6畫	66	66	無	段2上-36	鍇3-16	鉉2上-8
高(廎)	高部	【高部】	2畫	227	230	無	段5下-25	鍇10-10	鉉5下-5
請(覯)	言部	【言部】	8畫	90	90	26-58	段3上-8	鍇5-5	鉉3上-3
靚(請)	見部	【見部】	8畫	409	413	26-31	段8下-16	鍇16-14	鉉8下-4
濪	水部	【水部】	11畫	562	567	無	段11上貳-34	鍇21-23	鉉11上-8
謦	言部	【言部】	11畫	89	90	無	段3上-7	鍇5-5	鉉3上-3
檾(蒨、穎,藑通叚)	林部	【木部】	14畫	335	339	無	段7下-1	鍇13-28	鉉7下-1
qing(ㄑ一ㄥˋ)									
窒(妌通叚)	穴部	【穴部】	7畫	345	348	無	段7下-20	鍇14-8	鉉7下-4
清(淨、凔cang述及)	仌部	【冫部】	8畫	571	576	無	段11下-8	鍇22-4	鉉11下-3
慶	心部	【心部】	11畫	504	509	13-33	段10下-29	鍇20-11	鉉10下-6
磬(殸、硜、硻、礊)	石部	【石部】	11畫	451	456	21-46	段9下-29	鍇18-10	鉉9下-4
罄(磬)	缶部	【缶部】	11畫	225	228	無	段5下-21	鍇10-8	鉉5下-4
倪(磬、罄)	人部	【人部】	7畫	375	379	無	段8上-22	鍇15-8	鉉8上-3
硻(硜、鏗=鋞鎗述及、硑、磬,礭、砿通叚)	石部	【石部】	8畫	451	455	無	段9下-28	鍇18-10	鉉9下-4
qiōng(ㄑㄩㄥ)									
銎(銃通叚)	金部	【金部】	6畫	706	713	無	段14上-9	鍇27-4	鉉14上-2
qióng(ㄑㄩㄥˊ)									
穹	穴部	【穴部】	3畫	346	350		段7下-23	鍇14-9	鉉7下-4
邛(笻通叚)	邑部	【邑部】	3畫	295	297	28-59	段6下-46	鍇12-20	鉉6下-7
藭(芎)	艸部	【艸部】	9畫	25	25	25-25	段1下-8	鍇2-4	鉉1下-2
椰(栁)	木部	【木部】	6畫	240	243	無	段6上-5	鍇11-2	鉉6上-1
蛩(蛬通叚)	虫部	【虫部】	6畫	673	679	無	段13上-60	鍇25-14	鉉13上-8
睘(睘)	目部	【目部】	8畫	131	133	21-32	段4上-5	鍇7-3	鉉4上-2
煢(嬛、惸、睘,傊、嬛通叚)	卪部	【火部】	9畫	583	588	無	段11下-32	鍇22-12	鉉11下-7
趙(煢)	走部	【走部】	4畫	65	65	27-47	段2上-34	鍇3-15	鉉2上-7

篆本字（古文、金文、籀文、俗字、通用字，通段、金石）	說文部首	康熙部首	筆畫	一般頁碼	洪葉頁碼	金石字典頁碼	段注篇章	徐鍇通釋篇章	徐鉉藤花榭篇
嬛(嫈，孃、婘、娟通段)	女部	【女部】	13畫	619	625	無	段12下-15	錯24-5	鉉12下-2
忡(憃、恍、恾通段)	心部	【心部】	4畫	514	518	無	段10下-48	錯20-17	鉉10下-9
肇	車部	【車部】	10畫	724	731	無	段14上-46	錯27-13	鉉14上-7
閵	釁部	【臼部】	11畫	106	106	無	段3上-40	錯6-2	鉉3上-9
竆(窮、躬、躳)	穴部	【穴部】	10畫	346	350	22-34	段7下-23	錯14-9	鉉7下-4
邼(竆、窮)	邑部	【邑部】	12畫	284	287	無	段6下-25	錯12-14	鉉6下-6
惸(惸)	心部	【心部】	12畫	513	518	無	段10下-47	錯20-17	鉉10下-8
藑(蔡、菅)	艸部	【艸部】	14畫	40	41	無	段1下-39	錯2-18	鉉1下-6
瓊(璚、瓗，琁通釋)	玉部	【玉部】	15畫	10	10	20-20	段1上-20	錯1-11	鉉1上-4
藭	艸部	【艸部】	15畫	29	30	無	段1下-17	錯2-9	鉉1下-3
蕎	艸部	【艸部】	15畫	25	25	無	段1下-8	錯2-4	鉉1下-2
qiū（ㄑㄧㄡ）									
北(丘、坵、垕，蚯通段)	丘部	【一部】	4畫	386	390	1-20	段8上-44	錯15-15	鉉8上-6
區(丘、堀町述及，鏂通段)	匚部	【匚部】	8畫	635	641	5-5	段12下-47	錯24-16	鉉12下-7
秌(龝、秋，鞦通段)	禾部	【禾部】	4畫	327	330	22-16	段7上-51	錯13-21	鉉7上-8
邱	邑部	【邑部】	5畫	299	302	28-63	段6下-55	錯12-22	鉉6下-8
鶖(鶩)	鳥部	【鳥部】	6畫	152	153	無	段4上-46	錯7-20	鉉4上-8
楸(檝通段)	木部	【木部】	9畫	242	244	無	段6上-8	錯11-4	鉉6上-2
湫(愀通段)	水部	【水部】	9畫	560	565	18-43	段11上貳-29	錯21-22	鉉11上-8
蟲(蜉，虾、螯、蠹通段)	蚰部	【虫部】	22畫	676	682	無	段13下-4	錯25-15	鉉13下-1
篍	竹部	【竹部】	9畫	198	200	無	段5上-19	錯9-7	鉉5上-3
緧(緅，綯、緵、鞧、鞦通段)	糸部	【糸部】	9畫	658	665	無	段13上-31	錯25-7	鉉13上-4
秌(龝、秋，鞦通段)	禾部	【禾部】	4畫	327	330	22-16	段7上-51	錯13-21	鉉7上-8
萩(荻、藡通段)	艸部	【艸部】	9畫	35	35	25-18	段1下-28	錯2-13	鉉1下-5
趙	走部	【走部】	9畫	64	65	無	段2上-33	錯3-14	鉉2上-7
鰌(鰍、鰽、鰍通段)	魚部	【魚部】	9畫	578	583	無	段11下-22	錯22-9	鉉11下-5
薗(藲通段)	艸部	【艸部】	11畫	28	29	無	段1下-15	錯2-8	鉉1下-3
嫗(傴、薗)	女部	【女部】	11畫	614	620	無	段12下-6	錯24-2	鉉12下-1

篆本字(古文、金文、籀文、俗字、通用字，通段、金石)	說文部首	康熙部首	筆畫	一般頁碼	洪葉頁碼	金石字典頁碼	段注篇章	徐鍇通釋篇章	徐鉉藤花榭篇
qiú(ㄑㄧㄡˊ)									
囚	口部	【口部】	2畫	278	281	無	段6下-13	鍇12-8	鉉6下-4
仇(逑，扰通段)	人部	【人部】	2畫	382	386	2-42	段8上-36	鍇15-12	鉉8上-5
魗(仇)	斗部	【斗部】	13畫	718	725	無	段14上-34	鍇27-11	鉉14上-6
吂	口部	【口部】	2畫	59	60	無	段2上-23	鍇3-10	鉉2上-5
内(蹂、厹，鵗通段)	内部	【内部】		739	746	22-1	段14下-17	鍇28-7	鉉14下-4
芁(苬、芃通段)	艸部	【艸部】	2畫	45	45	無	段1下-48	鍇2-22	鉉1下-8
肍	肉部	【肉部】	2畫	175	177	無	段4下-35	鍇8-13	鉉4下-5
簋(匭、匭、軌、杫、九)	竹部	【竹部】	12畫	193	195	22-59	段5上-10	鍇9-4	鉉5上-2
訄	言部	【言部】	2畫	102	102	無	段3上-32	鍇5-16	鉉3上-6
頯(頵，頄、顤通段)	頁部	【頁部】	7畫	416	421	無	段9上-3	鍇17-1	鉉9上-1
鼽	鼻部	【鼻部】	2畫	137	139	無	段4上-17	鍇7-8	鉉4上-4
虯(蚪，虬通段)	虫部	【虫部】	2畫	670	676	25-54	段13上-54	鍇25-13	鉉13上-7
觓(捄、觩)	角部	【角部】	2畫	185	187	無	段4下-56	鍇8-19	鉉4下-8
酋(醋通段)	酋部	【酉部】	2畫	752	759	29-24	段14下-43	鍇28-20	鉉14下-9
汓(泅、沒)	水部	【水部】	3畫	556	561	18-3	段11上貳-22	鍇21-19	鉉11上-7
菌(茵通段)	艸部	【艸部】	8畫	36	37	無	段1下-31	鍇2-15	鉉1下-5
統(髮鬆述及，伉、統、祝通段)	糸部	【糸部】	4畫	652	659	無	段13上-19	鍇25-5	鉉13上-3
俅(賴通段)	人部	【人部】	7畫	366	370	無	段8上-3	鍇15-2	鉉8上-1
莱(梂，毬通段，段刪)	艸部	【艸部】	7畫	37	37	無	段1下-32	鍇2-15	鉉1下-5
梂(莱、絿)	木部	【木部】	7畫	246	249	無	段6上-17	鍇11-8	鉉6上-3
球(璆)	玉部	【玉部】	7畫	12	12	20-18	段1上-23	鍇1-11	鉉1上-4
絿(紌通段)	糸部	【糸部】	7畫	647	654	無	段13上-9	鍇25-3	鉉13上-2
毬	毛部	【毛部】	7畫	無	無	無	無	無	鉉8上-10
鞠(鞠从革、毬、鞠、鞬，毱、踘通段)	革部	【革部】	8畫	108	109	31-16	段3下-3	鍇6-3	鉉3下-1
裘(求，宩、氍通段)	裘部	【衣部】	7畫	398	402	26-17	段8上-67	鍇16-6	鉉8上-10
逑(扰、仇、求，宩通段)	辵(辶)部	【辵部】	7畫	73	74	28-25	段2下-9	鍇4-5	鉉2下-2
鳩(勼、述)	鳥部	【鳥部】	2畫	149	150	32-22	段4上-40	鍇7-19	鉉4上-8

篆本字(古文、金文、籀文、俗字、通用字，通段、金石)	說文部首	康熙部首	筆畫	一般頁碼	洪葉頁碼	金石字典頁碼	段注篇章	徐鍇通釋篇章	徐鉉藤花榭篇
仇(逑，扐通段)	人部	【人部】	2畫	382	386	2-42	段8上-36	錯15-12	鉉8上-5
斛(仇)	斗部	【斗部】	13畫	718	725	無	段14上-34	錯27-11	鉉14上-6
賕	貝部	【貝部】	7畫	282	285	無	段6下-21	錯12-12	鉉6下-5
鹵(迶、遒迉ji`述及)	乃部	【卜部】	8畫	203	205	5-22	段5上-30	錯9-12	鉉5上-5
遒(遒、迶迉ji`述及)	辵(辶)部	【辵部】	7畫	74	74	無	段2下-10	錯4-5	鉉2下-2
揂(遒)	手部	【手部】	9畫	603	609	無	段12上-39	錯23-12	鉉12上-6
僝(遒)	人部	【人部】	11畫	383	387	無	段8上-37	錯15-12	鉉8上-5
郰	邑部	【邑部】	7畫	299	302	無	段6下-55	錯12-22	鉉6下-8
慫(咎)	心部	【心部】	8畫	513	517	無	段10下-46	錯20-17	鉉10下-8
醜(鬽，媸、愀通段)	鬼部	【酉部】	10畫	436	440	無	段9上-42	錯17-14	鉉9上-7
漕(漕，酒通段)	水部	【水部】	9畫	566	571	18-56	段11上貳-42	錯21-25	鉉11上-9
蝤	虫部	【虫部】	9畫	665	672	無	段13上-45	錯25-11	鉉13上-6
觩	角部	【角部】	9畫	188	190	無	段4下-61	錯8-21	鉉4下-9
蠤(蚕、蛷)	蚰部	【虫部】	13畫	675	682	無	段13下-3	錯25-15	鉉13下-1
仇(逑，扐通段)	人部	【人部】	2畫	382	386	2-42	段8上-36	錯15-12	鉉8上-5
讎(仇，售通段)	言部	【言部】	16畫	90	90	27-7	段3上-8	錯5-10	鉉3上-3
斛(仇)	斗部	【斗部】	13畫	718	725	無	段14上-34	錯27-11	鉉14上-6
qiǔ(ㄑㄧㄡˇ)									
趥(qun)	走部	【走部】	7畫	66	66	無	段2上-36	錯3-16	鉉2上-7
糗(糒通段)	米部	【米部】	10畫	332	335	23-4	段7上-62	錯13-25	鉉7上-10
qū(ㄑㄩ)									
亼 亼部qu，與凵部kan˘不同(筶，弆通段)	亼部	【凵部】		213	215	無	段5上-50	錯9-20	鉉5上-9
曲(苗、笛、囲)	曲部	【曰部】	2畫	637	643	15-53，囲20-14	段12下-51	錯24-17	鉉12下-8
茁(齒、笛通段)	艸部	【艸部】	6畫	44	44	無	段1下-46	錯2-22	鉉1下-8
囲(曲，匡、笛通段)	曲部	【凵部】	9畫	637	643	20-14，曲15-53	段12下-52	錯24-17	鉉12下-8
伹(粗)	人部	【人部】	5畫	377	381	無	段8上-26	錯15-9	鉉8上-4
坦	土部	【土部】	5畫	692	698	無	段13下-36	錯26-6	鉉13下-5
屈(屈，倔、粼通段)	尾部	【尸部】	5畫	402	406	10-43	段8下-2	錯16-9	鉉8下-1
劫(刦，刧、抾通段)	力部	【力部】	5畫	701	707	無	段13下-54	錯26-12	鉉13下-8
柱	木部	【木部】	5畫	266	268	無	段6上-56	錯11-24	鉉6上-7
且(凵，蛆、跙通段)	且部	【一部】	4畫	716	723	1-15	段14上-29	錯27-9	鉉14上-5
胆(蜡、蛆)	肉部	【肉部】	5畫	177	179	無	段4下-40	錯8-14	鉉4下-6

篆本字(古文、金文、籀文、俗字、通用字,通叚、金石)	說文部首	康熙部首	筆畫	一般頁碼	洪葉頁碼	金石字典頁碼	段注篇章	徐鍇通釋篇章	徐鉉藤花榭篇
蠞(蛆、胆、褙,蠹通叚)	虫部	【虫部】	8畫	669	675	無	段13上-52	錯25-13	鉉13上-7
胠(呿通叚)	肉部	【肉部】	5畫	169	171	無	段4下-24	錯8-9	鉉4下-4
蚰(蝹)	虫部	【虫部】	5畫	665	671	無	段13上-44	錯25-10	鉉13上-6
祛(裾,袪通叚)	衣部	【衣部】	5畫	392	396	無	段8上-55	錯16-3	鉉8上-8
詘(謳,褔通叚)	言部	【言部】	5畫	100	101	26-44	段3上-29	錯5-15	鉉3上-6
黜(絀、詘)	黑部	【黑部】	5畫	489	493	無	段10上-58	錯19-19	鉉10上-10
阹	㠣部	【阜部】	5畫	736	743	無	段14下-12	錯28-4	鉉14下-2
魼(鱋通叚)	魚部	【魚部】	5畫	575	581	無	段11下-17	錯22-7	鉉11下-4
虛(虗、墟,圩、獹、驢、鱸通叚)	丘部	【虍部】	5畫	386	390	25-48	段8上-44	錯15-15	鉉8上-6
區(丘、堀町述及,鏂通叚)	匸部	【匸部】	8畫	635	641	5-5	段12下-47	錯24-16	鉉12下-7
佝(怐、傴、溝、瞉、瞉、區)	人部	【人部】	5畫	379	383	無	段8上-30	錯15-10	鉉8上-4
苉(fuˇ)	艸部	【艸部】	8畫	43	43	無	段1下-44	錯2-20	鉉1下-7
鷗	鳥部	【鳥部】	8畫	149	150	無	段4上-40	錯7-19	鉉4上-8
趜(趣)	走部	【走部】	10畫	63	64	無	段2上-31	錯3-14	鉉2上-7
趉(跦通叚)	走部	【走部】	6畫	65	65	27-49	段2上-34	錯3-15	鉉2上-7
覯(覯、覯)	見部	【見部】	11畫	408	412	無	段8下-14	錯16-14	鉉8下-3
軀	身部	【身部】	11畫	388	392	無	段8上-48	錯15-17	鉉8上-7
隔(嶇,蓲通叚)	㠣部	【阜部】	11畫	732	739	無	段14下-4	錯28-2	鉉14下-1
驅(敺、駈)	馬部	【馬部】	11畫	466	471	31-63	段10上-13	錯19-4	鉉10上-2
鰸	魚部	【魚部】	11畫	579	584	無	段11下-24	錯22-9	鉉11下-5
麴(鞠從麥、麯,麴通叚)	米部	【竹部】	18畫	332	335	無	段7上-62	錯13-25	鉉7上-10
qú(ㄑㄩˊ)									
劬	力部	【力部】	5畫	無	無	無	無	無	鉉13下-8
句(勾、劬、呴通叚)	句部	【口部】	2畫	88	88	5-55	段3上-4	錯5-3	鉉3上-2
絇(句)	糸部	【糸部】	5畫	657	664	23-14	段13上-29	錯25-6	鉉13上-4
斪(拘欘述及)	斤部	【斤部】	5畫	717	724	15-7	段14上-31	錯27-10	鉉14上-5
眗(瞿)	眗部	【目部】	5畫	135	137	21-28,瞿30-61	段4上-13	錯7-6	鉉4上-3
翑(絇)	羽部	【羽部】	5畫	139	140	無	段4上-20	錯7-10	鉉4上-4

篆本字(古文、金文、籀文、俗字、通用字，通段、金石)	說文部首	康熙部首	筆畫	一般頁碼	洪葉頁碼	金石字典頁碼	段注篇章	徐鍇通釋篇章	徐鉉藤花榭篇
胊(蒟、朐通段)	肉部	【肉部】	5畫	174	176	24-24	段4下-33	鍇8-12	鉉4下-5
蒟(枸，蒟通段)	艸部	【艸部】	10畫	36	37	無	段1下-31	鍇2-15	鉉1下-5
軥	車部	【車部】	5畫	726	733	無	段14上-49	鍇27-14	鉉14上-7
鴝(鸜、鸜)	鳥部	【鳥部】	5畫	155	156	無	段4上-52	鍇7-22	鉉4上-9
䵶(𪓰)	黽部	【黽部】	5畫	679	686	無	段13下-11	鍇25-18	鉉13下-3
鼩	鼠部	【鼠部】	5畫	479	483	無	段10上-38	鍇19-13	鉉10上-7
蚼(蜪、鼩、鼩)	虫部	【虫部】	5畫	673	679	無	段13上-60	鍇25-14	鉉13上-8
璩	玉部	【玉部】	13畫	無	無	無	無	無	鉉1上-6
渠(璩、𫄱、蕖、詎、轑通段)	水部	【水部】	9畫	554	559	無	段11上貳-18	鍇21-18	鉉11上-6
虡(虡、鐻、鉅，簴、璩通段)	虍部	【虍部】	11畫	210	212	無	段5上-43	鍇9-17	鉉5上-8
𧓍(蟝通段)	䖵部	【虫部】	11畫	675	682	無	段13下-3	鍇25-15	鉉13下-1
𪅝	鳥部	【鳥部】	12畫	153	155	無	段4上-49	鍇7-21	鉉4上-9
蘧(蘧，蘧通段)	艸部	【艸部】	13畫	24	24	無	段1下-6	鍇2-3	鉉1下-1
籧	竹部	【竹部】	17畫	192	194	22-63	段5上-7	鍇9-3	鉉5上-2
蘧	艸部	【艸部】	17畫	24	25	25-42	段1下-7	鍇2-3	鉉1下-2
鑺	金部	【金部】	18畫	無	無	無	無	無	鉉14上-4
瞿(䀠，戵、鑺通段)	瞿部	【目部】	13畫	147	149	30-61	段4上-37	鍇7-17	鉉4上-7
䀠(瞿)	䀠部	【目部】	5畫	135	137	21-28，瞿30-61	段4上-13	鍇7-6	鉉4上-3
𥃻(瞿，矍通段)	夰部	【大部】	12畫	498	503	無	段10下-17	鍇20-6	鉉10下-4
钁(戵通段)	金部	【金部】	20畫	706	713	29-63	段14上-10	鍇27-4	鉉14上-2
𧼈	走部	【走部】	18畫	64	65	27-54	段2上-33	鍇3-15	鉉2上-7
躣	足部	【足部】	18畫	81	82	無	段2下-25	鍇4-13	鉉2下-5
忂(躣、𧼈)	彳部	【彳部】	18畫	76	76	無	段2下-14	鍇4-7	鉉2下-3
灈	水部	【水部】	18畫	533	538	無	段11上壹-36	鍇21-10	鉉11上-2
𣐭(欋通段)	木部	【木部】	12畫	258	261	17-10	段6上-41	鍇11-18	鉉6上-6
氍	毛部	【毛部】	18畫	無	無	無	無	無	鉉8上-10
裘(求，𣏾、氍通段)	裘部	【衣部】	7畫	398	402	26-17	段8上-67	鍇16-6	鉉8上-10
臞(癯通段)	肉部	【肉部】	18畫	171	173	無	段4下-27	鍇8-10	鉉4下-5
衢	行部	【行部】	18畫	78	78	無	段2下-18	鍇4-10	鉉2下-4
𩽊	魚部	【魚部】	18畫	581	587	無	段11下-29	鍇22-11	鉉11下-6
玃(蠼通段)	犬部	【犬部】	20畫	477	481	無	段10上-34	鍇19-11	鉉10上-6

篆本字(古文、金文、籀文、俗字、通用字，通叚、金石)	說文部首	康熙部首	筆畫	一般頁碼	洪葉頁碼	金石字典頁碼	段注篇章	徐鍇通釋篇章	徐鉉藤花榭篇
鑵(戳通叚)	金部	【金部】	20畫	706	713	29-63	段14上-10	鍇27-4	鉉14上-2
qǔ(ㄑㄩˇ)									
曲(苖、笛、囲)	曲部	【曰部】	2畫	637	643	15-53，囲20-14	段12下-51	鍇24-17	鉉12下-8
囲(曲，匡、笛通叚)	曲部	【凵部】	9畫	637	643	20-14，曲15-53	段12下-52	鍇24-17	鉉12下-8
竘	立部	【立部】	5畫	500	505	無	段10下-21	鍇20-8	鉉10下-4
取	又部	【又部】	6畫	116	117	5-48	段3下-19	鍇6-10	鉉3下-4
娶(嫐通叚)	女部	【女部】	8畫	613	619	無	段12下-4	鍇24-2	鉉12下-1
禹(𥝤，蝺通叚)	内部	【内部】	4畫	739	746	無	段14下-18	鍇28-7	鉉14下-4
齲(齵)	牙部	【牙部】	9畫	81	81	無	段2下-24	鍇4-12	鉉2下-5
qù(ㄑㄩˋ)									
厺(去，弆通叚)	去部	【厶部】	3畫	213	215	5-39	段5上-50	鍇9-20	鉉5上-9
盇(蓋、曷、盍、厺琥述及，溢、盒通叚)	血部	【血部】	3畫	214	216	21-14	段5上-52	鍇9-21	鉉5上-10
屆(㞡、厲通叚)	戶部	【戶部】	5畫	587	593	無	段12上-7	鍇23-4	鉉12上-2
麮	麥部	【麥部】	5畫	232	234	無	段5下-34	鍇10-14	鉉5下-7
黿(鼅，鼀通叚)	黽部	【黽部】	5畫	679	685	32-44	段13下-10	鍇25-17	鉉13下-3
趣(赺、跙通叚)	走部	【走部】	8畫	63	64	無	段2上-31	鍇3-14	鉉2上-7
趨(趣)	走部	【走部】	10畫	63	64	無	段2上-31	鍇3-14	鉉2上-7
驟(趣)	馬部	【馬部】	10畫	468	472	31-62	段10上-16	鍇19-5	鉉10上-2
驟(騶)	馬部	【馬部】	14畫	466	471	無	段10上-13	鍇19-4	鉉10上-2
閴	門部	【門部】	9畫	無	無	無	無	無	鉉12上-3
趜(跼通叚)	走部	【走部】	10畫	65	65	無	段2上-34	鍇3-15	鉉2上-7
覻(覷、覰)	見部	【見部】	11畫	408	412	無	段8下-14	鍇16-14	鉉8下-3
狙(覻)	犬部	【犬部】	5畫	477	481	19-51	段10上-34	鍇19-11	鉉10上-6
quān(ㄑㄩㄢ)									
捲(卷)	手部	【手部】	8畫	608	614	無	段12上-50	鍇23-16	鉉12上-8
悛	心部	【心部】	7畫	507	511	無	段10下-34	鍇20-12	鉉10下-6
恂(詢、洵、悛)	心部	【心部】	6畫	505	509	無	段10下-30	鍇20-11	鉉10下-6
圈(圏，棬通叚)	口部	【囗部】	8畫	277	280	無	段6下-11	鍇12-8	鉉6下-4
桊(棬、益通叚)	木部	【木部】	6畫	263	265	無	段6上-50	鍇11-22	鉉6上-6
鐉	金部	【金部】	12畫	714	721	無	段14上-25	鍇27-8	鉉14上-4
quán(ㄑㄩㄢˊ)									
仝(全、𠓍，痊通叚)	入部	【人部】	3畫	224	226	3-58	段5下-18	鍇10-7	鉉5下-3

篆本字(古文、金文、籀文、俗字、通用字，通段、金石)	說文部首	康熙部首	筆畫	一般頁碼	洪葉頁碼	金石字典頁碼	段注篇章	徐鍇通釋篇章	徐鉉藤花榭篇
泉(錢貝述及，湶、洤、蜁通段)	泉部	【水部】	5畫	569	575	18-14	段11下-5	鍇22-2	鉉11下-2
錢(泉貝述及，籛通段)	金部	【金部】	8畫	706	713	29-45	段14上-10	鍇27-4	鉉14上-2
佺	人部	【人部】	6畫	372	376	無	段8上-15	鍇15-6	鉉8上-2
恮	心部	【心部】	6畫	504	508	無	段10下-28	鍇20-11	鉉10下-6
牷	牛部	【牛部】	6畫	51	52	無	段2上-7	鍇3-4	鉉2上-2
絟(荃)	糸部	【糸部】	6畫	660	667	無	段13上-35	鍇25-8	鉉13上-4
荃(筌、葼通段)	艸部	【艸部】	6畫	43	43	25-3	段1下-44	鍇2-20	鉉1下-7
詮	言部	【言部】	6畫	93	94	無	段3上-15	鍇5-8	鉉3上-4
跧	足部	【足部】	6畫	82	82	無	段2下-26	鍇4-13	鉉2下-6
輇(輨通段)	車部	【車部】	6畫	729	736	無	段14上-55	鍇27-15	鉉14上-7
銓(硂通段)	金部	【金部】	6畫	707	714	29-41	段14上-12	鍇27-5	鉉14上-3
牶(犉，駩通段)	牛部	【牛部】	8畫	51	52	無	段2上-7	鍇3-4	鉉2上-2
拳	手部	【手部】	6畫	594	600	無	段12上-21	鍇23-8	鉉12上-4
觠(蜷、踡通段)	角部	【角部】	6畫	185	187	無	段4下-55	鍇8-19	鉉4下-8
齤	齒部	【齒部】	6畫	79	80	無	段2下-21	鍇4-11	鉉2下-4
鬈从卷	髟部	【髟部】	8畫	426	430	無	段9上-22	鍇17-7	鉉9上-4
卷(裷、弓丩述及，啳、埢、綣、菤通段)	卩部	【卩部】	6畫	431	435	無	段9上-32	鍇17-10	鉉9上-5
睠(睠、婘)	目部	【目部】	6畫	133	135	無	段4上-9	鍇7-5	鉉4上-2
嬛(㜇，孌、婘、娟通段)	女部	【女部】	13畫	619	625	無	段12下-15	鍇24-5	鉉12下-2
縓(溫、縕靺mei`述及)	糸部	【糸部】	10畫	650	657	無	段13上-15	鍇25-4	鉉13上-3
彏(䝱，韄通段)	弓部	【弓部】	18畫	640	646	無	段12下-58	鍇24-19	鉉12下-9
權(顴朠zhun述及，權俗作顴)	木部	【木部】	18畫	246	248	17-14	段6上-16	鍇11-7	鉉6上-3
坖(垂、陲、權銓述及，倕、菙通段)	土部	【土部】	12畫	693	700	7-21	段13下-39	鍇26-7	鉉13下-5
蠸	虫部	【虫部】	18畫	664	671	無	段13上-43	鍇25-10	鉉13上-6
趯	走部	【走部】	18畫	66	66	27-54	段2上-36	鍇3-16	鉉2上-7
灥(xun´)	灥部	【水部】	23畫	569	575	無	段11下-5	鍇22-3	鉉11下-2

篆本字(古文、金文、籀文、俗字、通用字，通段、金石)	說文部首	康熙部首	筆畫	一般頁碼	洪葉頁碼	金石字典頁碼	段注篇章	徐鍇通釋篇章	徐鉉藤花榭篇
quǎn(ㄑㄩㄢˇ)									
〈(甽、畎、畖，畖、畎通段)	〈部	【巛部】		568	573	20-37	段11下-2	鍇22-1	鉉11下-1
犬(猷通段)	犬部	【犬部】		473	477	19-49	段10上-26	鍇19-8	鉉10上-4
鞙(琄通段)	革部	【革部】	7畫	110	111	無	段3下-7	鍇6-4	鉉3下-2
糮(粔)	米部	【米部】	8畫	333	336	無	段7上-64	鍇13-26	鉉7上-10
綣	糸部	【糸部】	8畫	無	無	無	無	無	鉉13上-5
綦(卷、帣，綣通段)	糸部	【糸部】	6畫	657	664	23-19	段13上-29	鍇25-6	鉉13上-4
卷(袞、弓ㄐ述及，啳、埢、綣、菤通段)	卩部	【卩部】	6畫	431	435	無	段9上-32	鍇17-10	鉉9上-5
quàn(ㄑㄩㄢˋ)									
券刀部，非券juanˋ	刀部	【刂部】	6畫	182	184	無	段4下-50	鍇8-17	鉉4下-7
韏	韋部	【韋部】	6畫	236	238	無	段5下-41	鍇10-17	鉉5下-8
勸	力部	【力部】	18畫	699	706	無	段13下-51	鍇26-11	鉉13下-7
quē(ㄑㄩㄝ)									
焆(炔通段)	火部	【火部】	7畫	484	489	無	段10上-49	鍇19-16	鉉10上-8
缺(闕，蒛通段)	缶部	【缶部】	4畫	225	228	23-40	段5下-21	鍇10-8	鉉5下-4
歖(趹、闕)	亯部	【高部】	9畫	228	231	無	段5下-27	鍇10-11	鉉5下-5
què(ㄑㄩㄝˋ)									
靑(肯)	冃部	【土部】	3畫	353	357	無	段7下-37	鍇14-17	鉉7下-7
雀(爵)	隹部	【隹部】	3畫	141	143	30-53	段4上-25	鍇7-11	鉉4上-5
猛(怯)	犬部	【犬部】	5畫	475	479	無	段10上-30	鍇19-10	鉉10上-5
殼(穀、殻、觳)	殳部	【殳部】	6畫	119	120	17-41	段3下-25	鍇6-14	鉉3下-6
舄(雒、誰，潟、礐、碏、蕮、鵲通段)	烏部	【臼部】	6畫	157	158	19-19	段4上-56	鍇7-23	鉉4上-10
卻(却，郤通段)	卩部	【卩部】	7畫	431	435	5-29	段9上-32	鍇17-10	鉉9上-5
碻(keˋ)	石部	【石部】	7畫	450	455	無	段9下-27	鍇18-9	鉉9下-4
确(殼、確、塙獄yuˋ述及)	石部	【石部】	7畫	451	456	無	段9下-29	鍇18-10	鉉9下-4
踖(猏)	立部	【立部】	8畫	500	505	無	段10下-21	鍇20-8	鉉10下-5
獡(猎、猎)	犬部	【犬部】	12畫	474	479	無	段10上-29	鍇19-9	鉉10上-5

篆本字(古文、金文、籀文、俗字、通用字，通段、金石)	說文部首	康熙部首	筆畫	一般頁碼	洪葉頁碼	金石字典頁碼	段注篇章	徐鍇通釋篇章	徐鉉藤花榭篇
碏	石部	【石部】	8畫	無	無	無	無	無	鉉9下-5
趞	走部	【走部】	8畫	64	64	27-52	段2上-32	鍇3-14	鉉2上-7
遚(錯，撒、斁、畝通段)	辵(辶)部	【辵部】	8畫	71	71	28-34	段2下-4	鍇4-3	鉉2下-1
昔(臂、腊、夕、昨，焟、斁通段)	日部	【日部】	4畫	307	310	15-35	段7上-12	鍇13-4	鉉7上-2
闃	門部	【門部】	9畫	590	596	無	段12上-14	鍇23-6	鉉12上-3
塙(確，碻、礭通段)	土部	【土部】	10畫	683	690	7-23	段13下-19	鍇26-2	鉉13下-4
确(㲉、確、埆獄yuˋ述及)	石部	【石部】	7畫	451	456	無	段9下-29	鍇18-10	鉉9下-4
愨	心部	【心部】	10畫	502	507	無	段10下-25	鍇20-9	鉉10下-5
推	手部	【手部】	10畫	609	615	無	段12上-51	鍇23-16	鉉12上-8
榷(推通段)	木部	【木部】	10畫	267	269	無	段6上-58	鍇11-26	鉉6上-7
淮	水部	【水部】	10畫	558	563	無	段11上貳-26	鍇21-21	鉉11上-7
闕(缺述及)	門部	【門部】	10畫	588	594	30-16	段12上-9	鍇23-4	鉉12上-2
缺(闕，蒛通段)	缶部	【缶部】	4畫	225	228	23-40	段5下-21	鍇10-8	鉉5下-4
歠(缺、闕)	稟部	【高部】	9畫	228	231	無	段5下-27	鍇10-11	鉉5下-5
礐(嚳)	石部	【石部】	13畫	451	455	無	段9下-28	鍇18-9	鉉9下-4
qūn(ㄑㄩㄣ)									
夋	夂部	【夂部】	4畫	232	235	7-47	段5下-35	鍇10-14	鉉5下-7
囷(稇通段)	口部	【口部】	5畫	277	280	6-62	段6下-11	鍇12-8	鉉6下-3
趚(qiuˇ)	走部	【走部】	7畫	66	66	無	段2上-36	鍇3-16	鉉2上-7
逡(後、踆通段)	辵(辶)部	【辵部】	7畫	73	73	無	段2下-8	鍇4-4	鉉2下-2
朘(屡、峻通段)	肉部	【肉部】	7畫	177	179	無	段4下-40	無	鉉4下-6
qún(ㄑㄩㄣˊ)									
宭	宀部	【宀部】	7畫	340	343	無	段7下-10	鍇14-5	鉉7下-3
帬(裠、裙)	巾部	【巾部】	7畫	358	361	無	段7下-46	鍇14-21	鉉7下-8
窘(癄通段)	穴部	【穴部】	7畫	346	349	無	段7下-22	鍇14-9	鉉7下-4
羣(群)	羊部	【羊部】	7畫	146	148	23-50	段4上-35	鍇7-16	鉉4上-7
攈	攴部	【攴部】	13畫	125	126	無	段3下-37	鍇6-18	鉉3下-8
qùn(ㄑㄩㄣˋ)									
趨(yunˇ)	走部	【走部】	8畫	64	65	無	段2上-33	鍇3-14	鉉2上-7

篆本字（古文、金文、籀文、俗字、通用字，通段、金石）	說文部首	康熙部首	筆畫	一般頁碼	洪葉頁碼	金石字典頁碼	段注篇章	徐鍇通釋篇章	徐鉉藤花榭篇
R									
rán(ㄖㄢˊ)									
肰(胹、脒)	肉部	【肉部】	4畫	177	179	無	段4下-39	錯8-14	鉉4下-6
蚺(蛃，蟒通段)	虫部	【虫部】	5畫	663	670	無	段13上-41	錯25-10	鉉13上-6
襜(袡、幨，紳、裈、祮通段)	衣部	【衣部】	13畫	392	396	26-24	段8上-56	錯16-3	鉉8上-8
詽(喃、呻、詷、訮、諵通段)	言部	【言部】	5畫	98	98	無	段3上-24	錯5-12	鉉3上-5
蛅(zhan)	虫部	【虫部】	5畫	667	673	無	段13上-48	錯25-11	鉉13上-7
丙(酉，甜、餂通段)	谷部	【一部】	5畫	87	88	無	段3上-3	錯5-2	鉉3上-1
黿(朧)	龜部	【龜部】	5畫	678	685	無	段13下-9	錯25-17	鉉13下-2
顃(鬏、鬋、顃)	須部	【頁部】	7畫	424	428	無	段9上-18	錯17-6	鉉9上-3
蘕(然)	艸部	【艸部】	19畫	36	37	無	段1下-31	錯2-15	鉉1下-5
然(蘕、爨、爨、燃俗)	火部	【火部】	8畫	480	485	19-18	段10上-41	錯19-14	鉉10上-7
嘫(然)	口部	【口部】	12畫	58	58	6-54	段2上-20	錯3-8	鉉2上-4
嬈(nian`)	女部	【女部】	12畫	613	619	無	段12下-4	錯24-1	鉉12下-1
繎	糸部	【糸部】	12畫	646	652	無	段13上-6	錯25-2	鉉13上-1
răn(ㄖㄢˇ)									
冄(冉，苒通段)	冄部	【冂部】	3畫	454	458	4-14	段9下-34	錯18-11	鉉9下-5
那(冄，郍、那、挪、娜、歠通段)	邑部	【邑部】	5畫	294	296	28-60	段6下-44	錯12-19	鉉6下-7
姌(姍，娜通段)	女部	【女部】	5畫	619	625	無	段12下-15	錯24-5	鉉12下-2
染	水部	【木部】	5畫	565	570	16-27	段11上貳-39	錯21-24	鉉11上-9
霂(染)	雨部	【雨部】	9畫	573	579	無	段11下-13	錯22-6	鉉11下-4
舊	酉部	【酉部】	6畫	751	758	無	段14下-42	錯28-20	鉉14下-9
燥	女部	【女部】	9畫	620	626	無	段12下-18	錯24-6	鉉12下-3
偄(nang`)	人部	【人部】	12畫	377	381	無	段8上-26	錯15-9	鉉8上-4
橪	木部	【木部】	12畫	244	247	無	段6上-13	錯11-5	鉉6上-2
ráng(ㄖㄤˊ)									
襄从工己爻(襄、㠾、攘、驤，儴、勷、褢通段)	衣部	【衣部】	11畫	394	398	26-23	段8上-60	錯16-4	鉉8上-9

篆本字(古文、金文、籀文、俗字、通用字，通段、金石)	說文部首	康熙部首	筆畫	一般頁碼	洪葉頁碼	金石字典頁碼	段注篇章	徐鍇通釋篇章	徐鉉藤花榭篇
攘(讓、儴，勷、戁通段)	手部	【手部】	17畫	595	601	14-34，讓27-8	段12上-23	鍇23-9	鉉12上-4
禳	示部	【示部】	17畫	7	7	無	段1上-13	鍇1-7	鉉1上-2
瀼	水部	【水部】	17畫	無	無	無	無	無	鉉11上-9
穰(瀼通段)	禾部	【禾部】	17畫	326	329	22-31	段7上-49	鍇13-20	鉉7上-8
鄭(穰)	邑部	【邑部】	17畫	292	295	無	段6下-41	鍇12-18	鉉6下-7
籢(瓤通段)	竹部	【竹部】	17畫	195	197	無	段5上-13	鍇9-5	鉉5上-2
蘘	艸部	【艸部】	17畫	24	25	25-41	段1下-7	鍇2-4	鉉1下-2
饟(xiangˇ)	倉部	【食部】	17畫	220	223	無	段5下-11	鍇10-5	鉉5下-2
孃(娘，鬤通段)	女部	【女部】	17畫	625	631	8-52	段12下-27	鍇24-9	鉉12下-4
rǎng(ㄖㄤ∨)									
壤	土部	【土部】	17畫	683	689	無	段13下-18	鍇26-2	鉉13下-3
膿(壤)	肉部	【肉部】	17畫	171	173	無	段4下-27	鍇8-10	鉉4下-5
纕(瓖通段)	糸部	【糸部】	17畫	655	662	無	段13上-25	鍇25-6	鉉13上-3
攘(讓、儴，勷、戁通段)	手部	【手部】	17畫	595	601	14-34，讓27-8	段12上-23	鍇23-9	鉉12上-4
讓(攘)	言部	【言部】	17畫	100	100	27-8	段3上-28	鍇5-15	鉉3上-6
ràng(ㄖㄤ丶)									
讓(攘)	言部	【言部】	17畫	100	100	27-8	段3上-28	鍇5-15	鉉3上-6
攘(讓、儴，勷、戁通段)	手部	【手部】	17畫	595	601	14-34，讓27-8	段12上-23	鍇23-9	鉉12上-4
ráo(ㄖㄠˊ)									
顤(奊通段)	頁部	【頁部】	10畫	417	422	無	段9上-5	鍇17-2	鉉9上-1
嬈(嬲、嫐)	女部	【女部】	12畫	625	631	無	段12下-27	鍇24-9	鉉12下-4
橈(naoˊ)	木部	【木部】	12畫	250	253	無	段6上-25	鍇11-12	鉉6上-4
撓(橈)	手部	【手部】	10畫	606	612	無	段12上-45	鍇23-14	鉉12上-7
蕘	艸部	【艸部】	12畫	44	45	無	段1下-47	鍇2-22	鉉1下-8
韜(襓，綯通段)	韋部	【韋部】	10畫	235	237	無	段5下-40	鍇10-16	鉉5下-8
繞(襓、遶通段)	糸部	【糸部】	12畫	647	653	無	段13上-8	鍇25-3	鉉13上-2
蟯(naoˊ)	虫部	【虫部】	12畫	664	670	無	段13上-42	鍇25-10	鉉13上-6
饒	倉部	【食部】	12畫	221	224	31-45	段5下-13	鍇10-5	鉉5下-3
擾(擾，擾通段)	牛部	【牛部】	21畫	52	52	無	段2上-8	鍇3-4	鉉2上-2

篆本字（古文、金文、籀文、俗字、通用字，通段、金石）	說文部首	康熙部首	筆畫	一般頁碼	洪葉頁碼	金石字典頁碼	段注篇章	徐鍇通釋篇章	徐鉉藤花榭篇
rǎo(ㄖㄠˇ)									
擾(擾，譨通段)	手部	【手部】	18畫	601	607	14-34	段12上-36	錯23-13	鉉12上-6
㹖(㹖，擾通段)	牛部	【牛部】	21畫	52	52	無	段2上-8	錯3-4	鉉2上-2
撓(嬈、擾、捄)	手部	【手部】	12畫	601	607	無	段12上-36	錯23-14	鉉12上-6
rào(ㄖㄠˋ)									
繞(襓、遶通段)	糸部	【糸部】	12畫	647	653	無	段13上-8	錯25-3	鉉13上-2
rě(ㄖㄜˇ)									
惹	心部	【心部】	9畫	無	無	無	無	無	鉉10下-9
婼(𧩙、惹)	女部	【女部】	8畫	625	631	無	段12下-28	錯24-9	鉉12下-4
諸(惹、婼，譇通段)	言部	【言部】	12畫	96	97	無	段3上-21	錯5-11	鉉3上-4
諾(惹通段)	言部	【言部】	9畫	90	90	26-62	段3上-8	錯5-5	鉉3上-3
rè(ㄖㄜˋ)									
熱	火部	【火部】	11畫	485	490	無	段10上-51	錯19-17	鉉10上-9
爇(蓺，焫通段)	火部	【火部】	15畫	480	485	無	段10上-41	錯19-14	鉉10上-7
rén(ㄖㄣˊ)									
人(仁果人，宋元以前無不作人字、儿大巾　述及)	人部	【人部】		365	369	2-38	段8上-1	錯15-1	鉉8上-1
儿(人大巾　述及)	儿部	【儿部】		404	409	3-44	段8下-7	錯16-11	鉉8下-2
仁(忎、𡰥)	人部	【人部】	2畫	365	369	2-41	段8上-1	錯15-1	鉉8上-1
壬非壬ting˘	王部	【士部】	1畫	742	749	7-31	段14下-23	錯28-11	鉉14下-5
任(ren`)	人部	【人部】	4畫	375	379	2-59	段8上-22	錯15-8	鉉8上-3
紝(絍，䋕通段)	糸部	【糸部】	4畫	644	651	23-11	段13上-3	錯25-1	鉉13上-1
rěn(ㄖㄣˇ)									
羊(捈通段)	干部	【干部】	2畫	87	87	無	段3上-2	錯5-2	鉉3上-1
朒	肉部	【肉部】	7畫	無	無	無	無	無	鉉4下-6
忍(肕、朒、靭通段)	心部	【心部】	3畫	515	519	無	段10下-50	錯20-18	鉉10下-9
忍非忍ren˘字(刃通段)	心部	【心部】	2畫	511	516	13-3	段10下-43	錯20-15	鉉10下-8
汈(㲰)	水部	【水部】	3畫	544	549	無	段11上壹-57	錯21-12	鉉11上-4
餁(胚、恁，腍通段)	倉部	【食部】	4畫	218	221	31-40	段5下-7	錯10-4	鉉5下-2
棯(荏)	木部	【木部】	6畫	249	252	無	段6上-23	錯11-10	鉉6上-4
荏	艸部	【艸部】	6畫	23	24	25-7	段1下-5	錯2-3	鉉1下-1
蕋	艸部	【艸部】	7畫	26	26	無	段1下-10	錯2-5	鉉1下-2
稔	禾部	【禾部】	8畫	326	329	22-23	段7上-50	錯13-21	鉉7上-8

篆本字(古文、金文、籀文、俗字、通用字,通叚、金石)	說文部首	康熙部首	筆畫	一般頁碼	洪葉頁碼	金石字典頁碼	段注篇章	徐鍇通釋篇章	徐鉉藤花榭篇
rèn(ㄖㄣˋ)									
韌	韋部	【韋部】	3畫	無	無	無	無	無	鉉5下-8
刃(韌通叚)	刃部	【刂部】	1畫	183	185	4-25	段4下-51	錯8-18	鉉4下-7
紉(韌通叚)	糸部	【糸部】	3畫	657	663	23-9	段13上-28	錯25-6	鉉13上-4
忍(肕、朒、韌通叚)	心部	【心部】	3畫	515	519	無	段10下-50	錯20-18	鉉10下-9
仞(牣、軔,認、韌通叚)	人部	【人部】	3畫	365	369	無	段8上-2	錯15-1	鉉8上-1
牣	牛部	【牛部】	3畫	53	53	無	段2上-10	錯3-4	鉉2上-2
軔	車部	【車部】	3畫	728	735	無	段14上-54	錯27-15	鉉14上-7
帉(㡇)	巾部	【巾部】	3畫	357	361	無	段7下-45	錯14-21	鉉7下-8
杒(㮲通叚)	木部	【木部】	3畫	248	250	無	段6上-20	錯11-9	鉉6上-3
訒(認通叚)	言部	【言部】	3畫	95	96	無	段3上-19	錯5-10	鉉3上-4
仞(認、韌通叚)	人部	【人部】	3畫	365	369	無	段8上-2	錯15-1	鉉8上-1
任(ren´)	人部	【人部】	4畫	375	379	2-59	段8上-22	錯15-8	鉉8上-3
妊(姙通叚)	女部	【女部】	4畫	614	620	無	段12下-5	錯24-2	鉉12下-1
恁	心部	【心部】	6畫	508	513	13-13	段10下-37	錯20-13	鉉10下-7
飪(肚、恁,脌通叚)	倉部	【食部】	4畫	218	221	31-40	段5下-7	錯10-4	鉉5下-2
衽(袵通叚)	衣部	【衣部】	4畫	390	394	無	段8上-51	錯16-2	鉉8上-8
紝(絍,魟通叚)	糸部	【糸部】	4畫	644	651	23-11	段13上-3	錯25-1	鉉13上-1
rēng(ㄖㄥ)									
扔(仍)	手部	【手部】	3畫	606	612	無	段12上-46	錯23-15	鉉12上-7
réng(ㄖㄥˊ)									
仍(乃,礽通叚)	人部	【人部】	2畫	372	376	2-44	段8上-16	錯15-6	鉉8上-3
扔(仍)	手部	【手部】	3畫	606	612	無	段12上-46	錯23-15	鉉12上-7
杒	木部	【木部】	2畫	244	246	無	段6上-12	錯11-6	鉉6上-2
訒	言部	【言部】	2畫	92	92	無	段3上-12	錯5-7	鉉3上-3
芿(苪)	艸部	【艸部】	2畫	46	46	24-55	段1下-50	錯2-23	鉉1下-8
卤(鹵、酒)	乃部	【卜部】	7畫	203	205	5-21	段5上-29	錯9-11	鉉5上-5
陾(陑)	𨸏部	【阜部】	9畫	736	743	無	段14下-12	錯28-4	鉉14下-2
ri(ㄖˋ)									
日(囜)	日部	【日部】		302	305	15-23	段7上-1	錯13-1	鉉7上-1
衵	衣部	【衣部】	4畫	395	399	無	段8上-61	錯16-4	鉉8上-9
馹(驛)	馬部	【馬部】	4畫	468	473	無	段10上-17	錯19-5	鉉10上-3

篆本字(古文、金文、籀文、俗字、通用字，通段、金石)	說文部首	康熙部首	筆畫	一般頁碼	洪葉頁碼	金石字典頁碼	段注篇章	徐鍇通釋篇章	徐鉉藤花榭篇
遷(駏)	辵(辶)部	【辵部】	12畫	74	74	無	段2下-10	錯4-5	鉉2下-2
róng(ㄖㄨㄥˊ)									
駥	馬部	【馬部】	6畫	無	無	無	無	無	鉉10上-3
龍(寵、和、尨買述及、駹騋述及，曨通段)	龍部	【龍部】		582	588	32-56	段11下-31	錯22-11	鉉11下-6
戎(戎，莪、駹通段)	戈部	【戈部】	2畫	630	636	13-51	段12下-37	錯24-12	鉉12下-6
襛(襛，穠、繷、絨、穊通段)	衣部	【衣部】	13畫	393	397	無	段8上-58	錯16-4	鉉8上-8
蓉	艸部	【艸部】	10畫	無	無	無	無	無	鉉1下-9
容(容、頌，蓉通段)	宀部	【宀部】	7畫	340	343	9-49	段7下-10	錯14-5	鉉7下-2
頌(額、容)	頁部	【頁部】	4畫	416	420	31-25	段9上-2	錯17-1	鉉9上-1
傛	人部	【人部】	10畫	367	371	無	段8上-6	錯15-12	鉉8上-1
搈	手部	【手部】	10畫	602	608	無	段12上-38	錯23-12	鉉12上-6
茸(羢)	艸部	【艸部】	6畫	47	47	25-7	段1下-52	錯2-24	鉉1下-9
揰(茸，挶通段)	手部	【手部】	10畫	606	612	無	段12上-46	錯23-14	鉉12上-7
溶	水部	【水部】	10畫	550	555	無	段11上貳-9	錯21-15	鉉11上-5
松(寀寀作榕，淞通段)	木部	【木部】	10畫	247	250	16-22	段6上-19	錯11-8	鉉6上-3
甊	瓦部	【瓦部】	10畫	639	645	無	段12下-55	錯24-18	鉉12下-9
鎔	金部	【金部】	10畫	703	710	29-51	段14上-3	錯27-2	鉉14上-1
醹(醲)	酉部	【酉部】	6畫	748	755	無	段14下-35	錯28-18	鉉14下-8
鬤(鬆从茸、鬠从恩、鬞从農通段)	髟部	【髟部】	6畫	428	432	無	段9上-26	錯17-9	鉉9上-4
榮(蠑通段)	木部	【木部】	10畫	247	249	16-61	段6上-18	錯11-8	鉉6上-3
融(蟲、彤，烔、蝸通段)	鬲部	【虫部】	10畫	111	112	25-57	段3下-10	錯6-6	鉉3下-2
肜(彤、融、繹)	舟部	【舟部】	3畫	403	407	無	段8下-4	錯16-10	鉉8下-1
鞋(靴、鞵、鞟通段)	革部	【革部】	10畫	110	111	無	段3下-7	錯6-4	鉉3下-2
嶸(嵤，嶒通段)	山部	【山部】	14畫	441	445	無	段9下-8	錯18-3	鉉9下-1
rǒng(ㄖㄨㄥˇ)									
宂(冗)	宀部	【冖部】	2畫	340	343	9-17	段7下-10	錯14-5	鉉7下-3
軵(軬、輯)	車部	【車部】	5畫	729	736	27-65	段14上-55	錯27-15	鉉14上-7
甋(歃通段)	鼠部	【鼠部】	5畫	479	484	無	段10上-39	錯19-13	鉉10上-7
揰(挶通段)	手部	【手部】	10畫	606	612	無	段12上-46	錯23-14	鉉12上-7

篆本字（古文、金文、籀文、俗字、通用字，通段、金石）	說文部首	康熙部首	筆畫	一般頁碼	洪葉頁碼	金石字典頁碼	段注篇章	徐鍇通釋篇章	徐鉉藤花榭篇
毪(毟)	毛部	【毛部】	10畫	399	403	無	段8上-69	錯16-7	鉉8上-10
róu(ㄖㄡˊ)									
内(蹂、厹，鶔通段)	内部	【内部】		739	746	22-1	段14下-17	錯28-7	鉉14下-4
粈(餇、糅)	米部	【米部】	4畫	333	336	無	段7上-63	錯13-25	鉉7上-10
餇(粈、糅)	倉部	【食部】	4畫	220	222	無	段5下-10	錯10-4	鉉5下-2
腬(柔行而腬廢，腴通段)	百部	【肉部】	7畫	422	427	無	段9上-15	錯17-5	鉉9上-3
柔(揉、渘、騥通段)	木部	【木部】	5畫	252	254	16-28	段6上-28	錯11-13	鉉6上-4
煣(揉，楺通段)	火部	【火部】	9畫	484	488	無	段10上-48	錯19-16	鉉10上-8
輮(揉通段)	車部	【車部】	9畫	724	731	無	段14上-45	錯27-13	鉉14上-7
畽	田部	【田部】	9畫	695	702	無	段13下-43	錯26-8	鉉13下-6
腬	肉部	【肉部】	9畫	172	174	無	段4下-30	錯8-11	鉉4下-5
蝚	虫部	【虫部】	9畫	665	671	無	段13上-44	錯25-10	鉉13上-6
鍒	金部	【金部】	9畫	714	721	無	段14上-26	錯27-8	鉉14上-4
鞣	革部	【革部】	9畫	107	108	無	段3下-2	錯6-2	鉉3下-1
瓔(瓔从心通段)	玉部	【玉部】	17畫	10	10	無	段1上-19	錯1-10	鉉1上-3
rǒu(ㄖㄡˇ)									
徥(狃)	彳部	【彳部】	9畫	76	76	無	段2下-14	錯4-7	鉉2下-3
煣(揉，楺通段)	火部	【火部】	9畫	484	488	無	段10上-48	錯19-16	鉉10上-8
ròu(ㄖㄡˋ)									
肉	肉部	【肉部】		167	169	24-18	段4下-19	錯8-8	鉉4下-4
rú(ㄖㄨˊ)									
如(而敵述及)	女部	【女部】	3畫	620	626	8-27	段12下-18	錯24-6	鉉12下-3
而(能、如敵述及，髵通段)	而部	【而部】		454	458	24-4	段9下-34	錯18-12	鉉9下-5
絮(袽、袈通段)	糸部	【糸部】	5畫	661	668	無	段13上-37	錯25-7	鉉13上-4
袈(袽、袈)	衣部	【衣部】	5畫	395	399	無	段8上-62	錯16-5	鉉8上-9
雂(鴽、鴽)	隹部	【隹部】	5畫	143	144	無	段4上-28	錯7-13	鉉4上-5
帤	巾部	【巾部】	6畫	357	361	無	段7下-45	錯14-21	鉉7下-8
恕(忞，伽通段)	心部	【心部】	6畫	504	508	無	段10下-28	錯20-10	鉉10下-6
挐(搻、拿通段)	手部	【手部】	6畫	598	604	無	段12上-29	錯23-10	鉉12上-5
茹	艸部	【艸部】	6畫	44	44	25-3	段1下-46	錯2-22	鉉1下-8
娜	邑部	【邑部】	6畫	299	302	無	段6下-55	錯12-22	鉉6下-8

篆本字(古文、金文、籀文、俗字、通用字，通叚、金石)	說文部首	康熙部首	筆畫	一般頁碼	洪葉頁碼	金石字典頁碼	段注篇章	徐鍇通釋篇章	徐鉉藤花榭篇
筡(荼俗，茹通叚)	竹部	【竹部】	7畫	189	191	22-49	段5上-2	鍇9-1	鉉5上-1
甍(甍、㽵、瓽，㼾通叚)	甍部	【瓦部】	9畫	122	123	無	段3下-31	鍇6-16	鉉3下-7
抰(擩，捝、撋通叚)	手部	【手部】	9畫	604	610	無	段12上-41	鍇23-13	鉉12上-6
蝡(蠕通叚)	虫部	【虫部】	9畫	669	676	無	段13上-53	鍇25-13	鉉13上-7
儒(僬通叚)	人部	【人部】	14畫	366	370	3-41	段8上-3	鍇15-2	鉉8上-1
需(須述及，劃通叚)	雨部	【雨部】	6畫	574	580	31-2	段11下-15	鍇22-7	鉉11下-4
吺(嚅通叚)	口部	【口部】	4畫	59	60	無	段2上-23	鍇3-9	鉉2上-5
嬬	女部	【女部】	14畫	624	630	無	段12下-25	鍇24-9	鉉12下-4
孺(㹎通叚)	子部	【子部】	14畫	743	750	9-16	段14下-25	鍇28-13	鉉14下-6
濡	水部	【水部】	14畫	541	546	無	段11上壹-51	鍇21-7	鉉11上-3
胹(濡、臑、胹)	肉部	【肉部】	6畫	175	177	無	段4下-36	鍇8-13	鉉4下-5
襦(濡，襖通叚)	衣部	【衣部】	14畫	394	398	無	段8上-60	鍇16-4	鉉8上-9
獳(獡通叚)	犬部	【犬部】	14畫	474	479	無	段10上-29	鍇19-10	鉉10上-5
栭(檽、栮通叚)	木部	【木部】	6畫	254	257	無	段6上-33	鍇11-15	鉉6上-5
萸(檽、栮)	艸部	【艸部】	9畫	36	37	無	段1下-31	鍇2-15	鉉1下-5
繻(㛹)	糸部	【糸部】	14畫	652	658	23-37	段13上-18	鍇25-5	鉉13上-3
襦(濡，襖通叚)	衣部	【衣部】	14畫	394	398	無	段8上-60	鍇16-4	鉉8上-9
醹(酘通叚)	酉部	【酉部】	14畫	748	755	無	段14下-35	鍇28-17	鉉14下-8
浮(醹)	水部	【水部】	8畫	544	549	無	段11上壹-57	鍇21-12	鉉11上-4
醜	鬼部	【鬼部】	14畫	436	440	無	】	鍇17-14	鉉9上-7
rǔ(ㄖㄨˇ)									
汝	水部	【水部】	3畫	525	530	18-3	段11上壹-20	鍇21-5	鉉11上-2
乳	乙部	【乙部】	7畫	584	590	2-12	段12上-1	鍇23-1	鉉12上-1
鄏	邑部	【邑部】	10畫	287	290	無	段6下-31	鍇12-16	鉉6下-6
抰(擩，捝、撋通叚)	手部	【手部】	9畫	604	610	無	段12上-41	鍇23-13	鉉12上-6
[illegible]	㝱部	【宀部】	18畫	347	351	無	段7下-25	鍇14-10	鉉7下-5
rù(ㄖㄨˋ)									
入	入部	【入部】		224	226	3-55	段5下-18	鍇10-7	鉉5下-3
辱(黷黷述及)	辰部	【辰部】	3畫	745	752	無	段14下-30	鍇28-15	鉉14下-7
溽(辱)	水部	【水部】	10畫	552	557	無	段11上貳-13	鍇21-17	鉉11上-5
澤(洳)	水部	【水部】	10畫	558	563	無	段11上貳-26	鍇21-21	鉉11上-7

篆本字(古文、金文、籀文、俗字、通用字，通段、金石)	說文部首	康熙部首	筆畫	一般頁碼	洪葉頁碼	金石字典頁碼	段注篇章	徐鍇通釋篇章	徐鉉藤花榭篇
薅(蒻、茠，媷、槤通段)	蓐部	【艸部】	13畫	47	48	無	段1下-53	錯2-25	鉉1下-9
緷	糸部	【糸部】	10畫	652	658	無	段13上-18	錯25-5	鉉13上-3
蓐(薅，褥通段)	蓐部	【艸部】	10畫	47	48	無	段1下-53	錯2-25	鉉1下-9
ruán(ㄖㄨㄢˊ)									
葇(檽、楺)	艸部	【艸部】	9畫	36	37	無	段1下-31	錯2-15	鉉1下-5
撋(擩，挼、掜通段)	手部	【手部】	9畫	604	610	無	段12上-41	錯23-13	鉉12上-6
畷(堧、壖、壖)	田部	【田部】	9畫	695	701	無	段13下-42	錯26-8	鉉13下-6
ruǎn(ㄖㄨㄢˇ)									
阮(原)	𨸏部	【阜部】	4畫	735	742	30-22	段14下-9	錯28-3	鉉14下-2
反(𠬡、𡉚)	尸部	【尸部】	2畫	400	404	無	段8上-72	錯16-8	鉉8上-11
奿(輭，軟通段)	大部	【而部】	3畫	499	503	無	段10下-18	錯20-7	鉉10下-4
媆(輭、嫩，軟通段)	女部	【女部】	9畫	625	631	無	段12下-28	錯24-9	鉉12下-4
輭(輀，軸、輭通段)	車部	【車部】	12畫	730	737	無	段14上-58	錯27-15	鉉14上-8
偄(奿、愞、懦、輭，軟通段)	人部	【人部】	9畫	377	381	無	段8上-26	錯15-9	鉉8上-4
愞(偄、懦)	心部	【心部】	9畫	508	513	無	段10下-37	錯20-13	鉉10下-7
碝(瑌、瓀、礝通段)	石部	【石部】	9畫	449	453	無	段9下-24	錯18-9	鉉9下-4
葇(檽、楺)	艸部	【艸部】	9畫	36	37	無	段1下-31	錯2-15	鉉1下-5
栭(檽、楺通段)	木部	【木部】	6畫	254	257	無	段6上-33	錯11-15	鉉6上-5
緛	糸部	【糸部】	9畫	656	662	無	段13上-26	錯25-6	鉉13上-3
腝(臡，腇通段)	肉部	【肉部】	9畫	175	177	無	段4下-35	錯8-13	鉉4下-5
甂(甗、㼕、甂，莞通段)	瓬部	【瓦部】	9畫	122	123	無	段3下-31	錯6-16	鉉3下-7
rui(ㄖㄨㄟˊ)									
桵	木部	【木部】	7畫	242	245	無	段6上-9	錯11-5	鉉6上-2
甤(蕤)	生部	【生部】	7畫	274	276	無	段6下-4	錯12-4	鉉6下-2
緌(蕤、綏)	糸部	【糸部】	8畫	653	659	23-26	段13上-20	錯25-5	鉉13上-3
蕤(甤、緌)	艸部	【艸部】	12畫	38	38	無	段1下-34	錯2-16	鉉1下-6
ruǐ(ㄖㄨㄟˇ)									
惢(蕊、蘂，橤、蕋通段)	惢部	【心部】	8畫	515	520	13-25	段10下-51	錯20-19	鉉10下-9

篆本字(古文、金文、籀文、俗字、通用字，通叚、金石)	說文部首	康熙部首	筆畫	一般頁碼	洪葉頁碼	金石字典頁碼	段注篇章	徐鍇通釋篇章	徐鉉藤花榭篇
縈(蕊蕊suoˋ述及，蘂通叚)	惢部	【糸部】	12畫	515	520	23-35	段10下-51	鍇20-19	鉉10下-9
葅(菹、薤今之香菜，蕰通叚)	艸部	【艸部】	9畫	23	24	無	段1下-5	鍇2-3	鉉1下-1
rui(ㄖㄨㄟˋ)									
汭(芮、內)	水部	【水部】	4畫	546	551	18-4	段11上貳-2	鍇21-13	鉉11上-4
芮	艸部	【艸部】	4畫	39	40	24-57	段1下-37	鍇2-17	鉉1下-6
內(納，枘通叚)	入部	【入部】	2畫	224	226	3-56	段5下-18	鍇10-7	鉉5下-3
銳(劂互jiˋ述及，兌通叚)	金部	【金部】	7畫	707	714	無	段14上-12	鍇27-5	鉉14上-3
蜹(蚋通叚)	虫部	【虫部】	8畫	669	675	無	段13上-52	鍇25-12	鉉13上-7
瑞(璓、繸綏shouˋ述及)	玉部	【玉部】	9畫	13	13	20-15	段1上-25	鍇1-13	鉉1上-4
叡(睿、叡)	奴部	【又部】	14畫	161	163	5-53	段4下-7	鍇8-4	鉉4下-2
rún(ㄖㄨㄣˊ)									
瞤	目部	【目部】	12畫	132	133	無	段4上-6	鍇7-4	鉉4上-2
rùn(ㄖㄨㄣˋ)									
閏	王部	【門部】	4畫	9	9	30-11	段1上-18	鍇1-9	鉉1上-3
潤	水部	【水部】	12畫	560	565	18-59	段11上貳-29	鍇21-22	鉉11上-8
ruó(ㄖㄨㄛˊ)									
挼	手部	【手部】	8畫	無	無	無	無	無	鉉12上-7
按(隋、墮、綏、挪，挼、搓、抄通叚)	手部	【手部】	7畫	605	611	無	段12上-44	鍇23-14	鉉12上-7
ruò(ㄖㄨㄛˋ)									
叒(叕)	叒部	【又部】	4畫	272	275	5-46	段6下-1	鍇12-1	鉉6下-1
若	艸部	【艸部】	5畫	43	44	24-61	段1下-45	鍇2-21	鉉1下-7
弱	彡部	【弓部】	7畫	425	429	12-20	段9上-20	鍇17-7	鉉9上-3
石(碩、祏，楛通叚)	石部	【石部】		448	453	21-41	段9下-23	鍇18-8	鉉9下-4
箬	竹部	【竹部】	9畫	189	191	22-56	段5上-2	鍇9-1	鉉5上-1
蒻	艸部	【艸部】	10畫	28	28	無	段1下-14	鍇2-7	鉉1下-3
腏	肉部	【肉部】	10畫	176	178	無	段4下-37	鍇8-13	鉉4下-6
爇(蓺，焫通叚)	火部	【火部】	15畫	480	485	無	段10上-41	鍇19-14	鉉10上-7

篆本字(古文、金文、籀文、俗字、通用字，通段、金石)	說文部首	康熙部首	筆畫	一般頁碼	洪葉頁碼	金石字典頁碼	段注篇章	徐鍇通釋篇章	徐鉉藤花榭篇
S									
sǎ(ㄙㄚˇ)									
鞁	革部	【革部】	4畫	108	109	無	段3下-3	鍇6-3	鉉3下-1
灑(蓗通段)	水部	【水部】	19畫	565	570	無	段11上貳-39	鍇21-24	鉉11上-9
釃(灑，麗通段)	酉部	【酉部】	19畫	747	754	無	段14下-34	鍇28-17	鉉14下-8
洒(灑)	水部	【水部】	6畫	563	568	18-20	段11上貳-35	鍇21-23	鉉11上-8
汛(汛、洒、灑)	水部	【水部】	3畫	565	570	無	段11上貳-39	鍇21-24	鉉11上-9
洗(洒)	水部	【水部】	6畫	564	569	18-21	段11上貳-37	鍇21-24	鉉11上-9
瘙(洒、洗、銑)	广部	【广部】	7畫	349	352	20-57	段7下-28	鍇14-12	鉉7下-5
陜(峻、洒)	𨸏部	【阜部】	7畫	732	739	30-27	段14下-3	鍇28-2	鉉14下-1
遾(錯，撒、戲、皷 通段)	辵(辶)部	【辵部】	12畫	71	71	28-34	段2下-4	鍇4-3	鉉2下-1
縗(殺，撒通段)	米部	【米部】	10畫	333	336	無	段7上-64	鍇13-26	鉉7上-10
sà(ㄙㄚˋ)									
卅(卅)	卅部	【十部】	3畫	89	90	5-11	段3上-7	鍇5-5	鉉3上-2
鈒	金部	【金部】	4畫	710	717	無	段14上-18	鍇27-6	鉉14上-3
馺(炭)	馬部	【馬部】	4畫	466	470	無	段10上-12	鍇19-4	鉉10上-2
澀(馺)	彳部	【彳部】	14畫	76	77	無	段2下-15	鍇4-7	鉉2下-3
颯	風部	【風部】	5畫	678	684	31-37	段13下-8	鍇25-16	鉉13下-2
縗(殺，撒通段)	米部	【米部】	10畫	333	336	無	段7上-64	鍇13-26	鉉7上-10
鍛(撒)	金部	【金部】	10畫	706	713	無	段14上-9	鍇27-6	鉉14上-2
薛(薛，薩通段)	艸部	【艸部】	13畫	27	27	25-37	段1下-12	鍇2-6	鉉1下-2
sāi(ㄙㄞ)									
思(罳、腮、顋、鬒通段)	思部	【心部】	5畫	501	506	13-10	段10下-23	鍇20-9	鉉10下-5
偲(恖、葸通段)	人部	【人部】	9畫	370	374	無	段8上-11	鍇15-4	鉉8上-2
鰓(鰓通段)	角部	【角部】	9畫	185	187	無	段4下-55	鍇8-19	鉉4下-8
諰(㥒、葸，鰓通段)	言部	【言部】	9畫	94	95	25-18葸	段3上-17	鍇5-9	鉉3上-4
窶(塞、寒，賽、寨 通段)	土部	【土部】	19畫	689	696	無	段13下-31	鍇26-5	鉉13下-5
寨(塞、寞窒述及、僿通段)	廾部	【宀部】	10畫	201	203	無	段5上-26	鍇9-10	鉉5上-4

篆本字(古文、金文、籀文、俗字、通用字,通段、金石)	說文部首	康熙部首	筆畫	一般頁碼	洪葉頁碼	金石字典頁碼	段注篇章	徐鍇通釋篇章	徐鉉藤花榭篇
sài(ㄙㄞˋ)									
窜(塞、宾窒述及、傳通段)	珏部	【宀部】	10畫	201	203	無	段5上-26	鍇9-10	鉉5上-4
愳(愿,傳通段)	心部	【心部】	10畫	505	509	無	段10下-30	鍇20-11	鉉10下-6
窐(塞、愿,賽、寨通段)	土部	【土部】	19畫	689	696	無	段13下-31	鍇26-5	鉉13下-5
賽	貝部	【貝部】	10畫	無	無	27-41	無	無	鉉6下-5
簺	竹部	【竹部】	13畫	198	200		段5上-19	鍇9-7	鉉5上-3
sān(ㄙㄢ)									
三(弎)	三部	【一部】	2畫	9	9	1-6	段1上-17	鍇1-9	鉉1上-3
籂	竹部	【竹部】	7畫	193	195	無	段5上-10	鍇9-4	鉉5上-2
犙	牛部	【牛部】	11畫	51	51	無	段2上-6	鍇3-3	鉉2上-2
彡(彰、髟通段)	彡部	【彡部】		424	428	12-36	段9上-18	鍇17-6	鉉9上-3
曑(曟、參)	晶部	【日部】	13畫	313	316	5-40	段7上-23	鍇13-8	鉉7上-4
篸(參)	竹部	【竹部】	12畫	190	192	無	段5上-3	鍇9-2	鉉5上-1
厽(參,瘰通段)	厽部	【厶部】	4畫	737	744	無	段14下-13	鍇28-5	鉉14下-2
sǎn(ㄙㄢˇ)									
繖	糸部	【糸部】	12畫	無	無	無	無	無	鉉13上-5
緣(傘,慘、繖、衫、裓、襂、襹通段)	糸部	【糸部】	11畫	657	663	無	段13上-28	鍇25-6	鉉13上-4
歡(繖,傘通段)	隹部	【隹部】	12畫	143	145	無	段4上-29	鍇7-13	鉉4上-6
糂(糣、糝、糕,餰、餭、粽通段)	米部	【米部】	9畫	332	335	無	段7上-61	鍇13-25	鉉7上-10
饊(馓)	食部	【食部】	12畫	219	221	無	段5下-8	鍇10-4	鉉5下-2
sàn(ㄙㄢˋ)									
散(散、散)	肉部	【支部】	8畫	176	178	14-56	段4下-38	鍇8-14	鉉4下-6
㪔(散通段)	林部	【支部】	8畫	336	339	14-49	段7下-2	鍇13-28	鉉7下-1
歡(繖,傘通段)	隹部	【隹部】	12畫	143	145	無	段4上-29	鍇7-13	鉉4上-6
霰(霓、霚)	雨部	【雨部】	12畫	572	578	32-4	段11下-11	鍇22-5	鉉11下-3
sāng(ㄙㄤ)									
桑(緔通段)	叒部	【木部】	6畫	272	275	16-39	段6下-1	鍇12-1	鉉6下-1
喪	哭部	【口部】	9畫	63	63	6-46	段2上-30	鍇3-13	鉉2上-6

篆本字(古文、金文、籀文、俗字、通用字，通段、金石)	說文部首	康熙部首	筆畫	一般頁碼	洪葉頁碼	金石字典頁碼	段注篇章	徐鍇通釋篇章	徐鉉藤花榭篇
sǎng(ㄙㄤˇ)									
顙	頁部	【頁部】	10畫	416	421	無	段9上-3	錯17-1	鉉9上-1
sāo(ㄙㄠ)									
傮	人部	【人部】	10畫	379	383	無	段8上-30	錯15-10	鉉8上-4
搔(瘙、癗)	手部	【手部】	10畫	601	607	無	段12上-36	錯23-12	鉉12上-6
溞(溲，澀、螋、酸通段)	水部	【水部】	10畫	561	566	無	段11上貳-32	錯21-23	鉉11上-8
椮(槮，艘通段)	木部	【木部】	10畫	267	270	無	段6上-59	錯11-26	鉉6上-7
騷(颾通段)	馬部	【馬部】	10畫	467	472	無	段10上-15	錯19-5	鉉10上-2
慅(騷，愮通段)	心部	【心部】	10畫	513	517	無	段10下-46	錯20-16	鉉10下-8
繅(繰，獟、魈通段)	糸部	【糸部】	11畫	643	650	無	段13上-1	錯25-1	鉉13上-1
繰(澡、繅)	糸部	【糸部】	13畫	651	658	無	段13上-17	錯25-4	鉉13上-3
藻(璪、繅、藻，轈通段)	艸部	【艸部】	14畫	46	46	25-36	段1下-50	錯2-23	鉉1下-8
臊	肉部	【肉部】	13畫	175	177	無	段4下-36	錯8-13	鉉4下-5
鰠	魚部	【魚部】	13畫	580	586	無	段11下-27	錯22-10	鉉11下-6
sǎo(ㄙㄠˇ)									
埽(掃通段)	土部	【土部】	8畫	687	693	7-17	段13下-26	錯26-4	鉉13下-4
帚(掃、歸通段)	巾部	【巾部】	5畫	361	364	11-18	段7下-52	錯14-22	鉉7下-9
嫂(嫂，㛮通段)	女部	【女部】	10畫	615	621	8-46	段12下-8	錯24-3	鉉12下-1
薮(薂，蔲通段)	艸部	【艸部】	12畫	32	32	無	段1下-22	錯2-11	鉉1下-4
sào(ㄙㄠˋ)									
埽(掃通段)	土部	【土部】	8畫	687	693	7-17	段13下-26	錯26-4	鉉13下-4
搔(瘙、癗)	手部	【手部】	10畫	601	607	無	段12上-36	錯23-12	鉉12上-6
臐(鱐)	肉部	【肉部】	13畫	174	176	無	段4下-34	錯8-13	鉉4下-5
sè(ㄙㄜˋ)									
色(變)	色部	【色部】		431	436	24-54	段9上-33	錯17-11	鉉9上-6
歚(色)	欠部	【欠部】	13畫	412	417	無	段8下-23	錯16-16	鉉8下-5
涑非涑suˋ(漱)	水部	【水部】	6畫	557	562	18-23	段11上貳-24	錯21-20	鉉11上-7
棘	木部	【木部】	6畫	無	無	無	無	無	鉉6上-8
朿(刺、棘棟yiˊ述及，庇、椡、㓨通段)	朿部	【木部】	2畫	318	321	16-16	段7上-33	錯13-14	鉉7上-6
濇(澀)	水部	【水部】	12畫	548	553	無	段11上貳-5	錯21-14	鉉11上-4

篆本字(古文、金文、籀文、俗字、通用字，通叚、金石)	說文部首	康熙部首	筆畫	一般頁碼	洪葉頁碼	金石字典頁碼	段注篇章	徐鍇通釋篇章	徐鉉藤花榭篇
瑟(爽、𤩀)	琴部	【玉部】	9畫	634	640	20-14	段12下-45	鍇24-14	鉉12下-7
嗇(𠻳、穡)	嗇部	【口部】	10畫	230	233	6-50	段5下-31	鍇10-13	鉉5下-6
穡(嗇)	禾部	【禾部】	13畫	321	324	22-30	段7上-39	鍇13-16	鉉7上-7
𡫳(塞、𡨄，賽、寨通叚)	土部	【土部】	19畫	689	696	無	段13下-31	鍇26-5	鉉13下-5
𡨄(塞、寋窒述及、僿通叚)	㠭部	【宀部】	10畫	201	203	無	段5上-26	鍇9-10	鉉5上-4
𢡃(𢙌，僿通叚)	心部	【心部】	10畫	505	509	無	段10下-30	鍇20-11	鉉10下-6
𢘅(𢙌、𠐿籀文从言，𢢀通叚)	心部	【心部】	9畫	510	515	無	段10下-41	鍇20-15	鉉10下-7
摵	手部	【手部】	11畫	無	無	無	無	無	鉉12上-8
槭(摵、攈通叚)	木部	【木部】	11畫	245	247	無	段6上-14	鍇11-7	鉉6上-2
穡(嗇)	禾部	【禾部】	13畫	321	324	22-30	段7上-39	鍇13-16	鉉7上-7
歃(色)	欠部	【欠部】	13畫	412	417	無	段8下-23	鍇16-16	鉉8下-5
葅(菆、蕏今之香菜，莚通叚)	艸部	【艸部】	9畫	23	24	無	段1下-5	鍇2-3	鉉1下-1
黬(緎，繬、罭通叚)	黑部	【黑部】	8畫	489	493	無	段10上-58	鍇19-19	鉉10上-10
璱	玉部	【玉部】	13畫	15	15	無	段1上-29	鍇1-15	鉉1上-5
歰(澀)	止部	【止部】	10畫	68	68	無	段2上-40	鍇3-17	鉉2上-8
濇(歰、轖，澁、澀通叚)	水部	【水部】	13畫	551	556	無	段11上貳-11	鍇21-16	鉉11上-5
翜(接、歰，篓、翣、毴、毻通叚)	羽部	【羽部】	8畫	140	142	無	段4上-23	鍇7-10	鉉4上-5
轖	車部	【車部】	13畫	723	730	無	段14上-43	鍇27-13	鉉14上-6
sēn(ㄙㄣ)									
森	林部	【木部】	8畫	272	274	無	段6上-68	鍇11-31	鉉6上-9
罧(罙、槮)	网部	【网部】	8畫	356	359	無	段7下-42	鍇14-19	鉉7下-8
縿(傘，幓、繖、衫、褫、襂、襳通叚)	糸部	【糸部】	11畫	657	663	無	段13上-28	鍇25-6	鉉13上-4
槮(蔘)	木部	【木部】	11畫	251	253	無	段6上-26	鍇11-12	鉉6上-4
蕽(葠、蔘)	艸部	【艸部】	13畫	26	27	無	段1下-11	鍇2-6	鉉1下-2

篆本字(古文、金文、籀文、俗字、通用字，通段、金石)	說文部首	康熙部首	筆畫	一般頁碼	洪葉頁碼	金石字典頁碼	段注篇章	徐鍇通釋篇章	徐鉉藤花榭篇
sēng(ㄙㄥ)									
曾(曾通段)	八部	【曰部】	8畫	49	49	15-57	段2上-2	錯3-1	鉉2上-1
僧	人部	【人部】	12畫	無	無	3-39	無	無	鉉8上-5
shā(ㄕㄚ)									
沙(沙，坔、砂、砂、紗、袋、鞦通段)	水部	【水部】	4畫	552	557	無	段11上貳-14	錯21-17	鉉11上-6
莎(莎，挱、芯通段)	艸部	【艸部】	7畫	45	46	無	段1下-49	錯2-22	鉉1下-8
魦(鯊)	魚部	【魚部】	4畫	579	585	32-14	段11下-25	錯22-9	鉉11下-5
鮀(鯊)	魚部	【魚部】	5畫	578	584	無	段11下-23	錯22-9	鉉11下-5
桼(漆，杀、柒、軟通段)	桼部	【木部】	7畫	276	278	16-43	段6下-8	錯12-6	鉉6下-3
殺(㣿、敠、穀、布、殺、杀)	殺部	【殳部】	6畫	120	121	17-41	段3下-28	錯6-15	鉉3下-6
糳(殺，撒通段)	米部	【米部】	10畫	333	336	無	段7上-64	錯13-26	鉉7上-10
杀(殺通段)	木部	【木部】	3畫			無	無	無	鉉3下-7
橵(薮通段)	木部	【木部】	10畫	245	247	無	段6上-14	錯11-7	鉉6上-2
楔(橵)	木部	【木部】	9畫	257	259	無	段6上-38	錯11-17	鉉6上-5
鐵(撒)	金部	【金部】	10畫	706	713	無	段14上-9	錯27-6	鉉14上-2
shà(ㄕㄚˋ)									
霎	雨部	【雨部】	8畫	無	無	無	無	無	鉉11下-4
翜(霎，翈通段)	羽部	【羽部】	7畫	139	141	無	段4上-21	錯7-10	鉉4上-4
霅(霎)	雨部	【雨部】	7畫	572	577	無	段11下-10	錯22-5	鉉11下-3
翣(接、霎，箑、翣、駛通段)	羽部	【羽部】	8畫	140	142	無	段4上-23	錯7-10	鉉4上-5
箑(篓、翣)	竹部	【竹部】	8畫	195	197	22-54	段5上-13	錯9-5	鉉5上-2
萐	艸部	【艸部】	8畫	22	23	無	段1下-3	錯2-2	鉉1下-1
蹹(蹀、喋、喋，	足部	【足部】	11畫	82	83	無	段2下-27	錯4-14	鉉2下-6
喋(喋、嚶、唼通段)	口部	【口部】	12畫	55	55	無	段2上-14	錯3-6	鉉2上-3
歃(歃、唺、呷通段)	欠部	【欠部】	9畫	413	417	無	段8下-24	錯16-17	鉉8下-5
嗄(歃，嘎通段)	口部	【口部】	15畫	59	59	無	段2上-22	錯3-9	鉉2上-5
shāi(ㄕㄞ)									
籭(籆，蓰通段)	竹部	【竹部】	11畫	193	195	無	段5上-9	錯9-4	鉉5上-2

篆本字（古文、金文、籀文、俗字、通用字，通段、金石）	說文部首	康熙部首	筆畫	一般頁碼	洪葉頁碼	金石字典頁碼	段注篇章	徐鍇通釋篇章	徐鉉藤花榭篇
籭（筵、篩）	竹部	【竹部】	19畫	192	194	無	段5上-7	鍇9-3	鉉5上-2
shài（ㄕㄞˋ）									
曬（晒通段）	日部	【日部】	19畫	307	310	無	段7上-12	鍇13-4	鉉7上-2
shān（ㄕㄢ）									
山	山部	【山部】		437	442	10-50	段9下-1	鍇18-1	鉉9下-1
止（趾、山隸變延述及，杜通段）	止部	【止部】		67	68	17-22	段2上-39	鍇3-17	鉉2上-8
彡（髟、毨通段）	彡部	【彡部】		424	428	12-36	段9上-18	鍇17-6	鉉9上-3
邖	邑部	【邑部】	3畫	300	302	無	段6下-56	鍇12-22	鉉6下-8
芟（撕、煔通段）	艸部	【艸部】	4畫	42	43	無	段1下-43	鍇2-20	鉉1下-7
枮（杉、砧、碪通段）	木部	【木部】	5畫	248	250	無	段6上-20	鍇11-8	鉉6上-3
煔（杉通段）	炎部	【火部】	9畫	487	491	無	段10上-54	鍇19-18	鉉10上-9
榶（杉柀述及，惟段注从木黏）	木部	【木部】	13畫	無	無	無	無	無	鉉6上-2
衫	衣部	【衣部】	3畫	無	無	無	無	無	鉉8上-10
繆（傘，幓、緘、衫、縅、摻、襳通段）	糸部	【糸部】	11畫	657	663	無	段13上-28	鍇25-6	鉉13上-4
刪	刀部	【刂部】	5畫	180	182	無	段4下-45	鍇8-16	鉉4下-7
姍（訕，跚通段）	女部	【女部】	5畫	625	631	無	段12下-27	鍇24-9	鉉12下-4
訕（姍）	言部	【言部】	3畫	96	97	無	段3上-21	鍇5-11	鉉3上-5
珊	玉部	【玉部】	5畫	18	18	無	段1上-36	鍇1-18	鉉1上-6
痁	疒部	【疒部】	5畫	350	354	無	段7下-31	鍇14-13	鉉7下-6
笘	竹部	【竹部】	5畫	196	198	無	段5上-16	鍇9-6	鉉5上-3
苫（煔通段）	艸部	【艸部】	5畫	43	43	無	段1下-44	鍇2-20	鉉1下-7
狦（狪）	犬部	【犬部】	6畫	474	478	無	段10上-28	鍇19-9	鉉10上-5
脠（脡）	肉部	【肉部】	6畫	175	177	無	段4下-35	鍇8-13	鉉4下-5
挻（埏，脡通段）	手部	【手部】	7畫	599	605	無	段12上-31	鍇23-11	鉉12上-5
袩	衣部	【衣部】	7畫	397	401	無	段8上-66	鍇16-6	鉉8上-9
薓（蔘）	艸部	【艸部】	12畫	44	45	無	段1下-47	鍇2-22	鉉1下-8
煽（扇）	火部	【火部】	10畫	無	無	無	無	無	鉉10上-9
偏（扇，煽通段）	人部	【人部】	10畫	370	374	無	段8上-11	鍇15-5	鉉8上-2
扇（偏，煽通段）	戶部	【戶部】	6畫	586	592	無	段12上-6	鍇23-3	鉉12上-2

篆本字(古文、金文、籀文、俗字、通用字，通叚、金石)	說文部首	康熙部首	筆畫	一般頁碼	洪葉頁碼	金石字典頁碼	段注篇章	徐鍇通釋篇章	徐鉉藤花榭篇
衫	衣部	【衣部】	3畫	無	無	無	無	無	鉉8上-10
縿(傘，幓、繖、衫、襂、襂、襳通叚)	糸部	【糸部】	11畫	657	663	無	段13上-28	鍇25-6	鉉13上-4
剼(剹，劉通叚)	刀部	【刂部】	13畫	181	183	無	段4下-48	鍇8-17	鉉4下-7
潸	水部	【水部】	12畫	566	571	無	段11上貳-41	鍇21-25	鉉11上-9
羴(羶)	羴部	【羊部】	12畫	147	149	無	段4上-37	鍇7-17	鉉4上-7
膻(襢、袒，襢通叚)	肉部	【肉部】	13畫	171	173	無	段4下-27	鍇8-10	鉉4下-5
shǎn(ㄕㄢˇ)									
夾非大部夾jiá	亦部	【大部】	4畫	493	498	無	段10下-7	鍇20-2	鉉10下-2
夾jiá非亦部夾shan˘	大部	【大部】	4畫	492	497	8-13	段10下-5	鍇20-1	鉉10下-1
陝古虢國	𨸏部	【阜部】	7畫	735	742	無	段14下-9	鍇28-3	鉉14下-2
陝非陝shan˘(陿、峽、狹)	𨸏部	【阜部】	7畫	732	739	30-25	段14下-3	鍇28-2	鉉14下-1
閃(煔通叚)	門部	【門部】	2畫	590	596	無	段12上-14	鍇23-6	鉉12上-3
㐺(煔通叚)	㐺部	【人部】	8畫	308	311	無	段7上-14	鍇13-5	鉉7上-2
䁈(覢、瞯)	目部	【目部】	8畫	131	132	無	段4上-4	鍇7-2	鉉4上-1
覢(䁈)	見部	【見部】	8畫	408	413	無	段8下-15	鍇16-14	鉉8下-3
炶(杉通叚)	炎部	【火部】	9畫	487	491	無	段10上-54	鍇19-18	鉉10上-9
嬐	女部	【女部】	10畫	623	629	無	段12下-24	鍇24-8	鉉12下-4
shàn(ㄕㄢˋ)									
汕	水部	【水部】	3畫	555	560	無	段11上貳-19	鍇21-19	鉉11上-6
疝	疒部	【疒部】	3畫	349	353	無	段7下-29	鍇14-13	鉉7下-5
訕(姍)	言部	【言部】	3畫	96	97	無	段3上-21	鍇5-11	鉉3上-5
姍(訕，跚通叚)	女部	【女部】	5畫	625	631	無	段12下-27	鍇24-9	鉉12下-4
扇(偏，煽通叚)	戶部	【戶部】	6畫	586	592	無	段12上-6	鍇23-3	鉉12上-2
偏(扇，煽通叚)	人部	【人部】	10畫	370	374	無	段8上-11	鍇15-5	鉉8上-2
煽(扇)	火部	【火部】	10畫	無	無	無	無	無	鉉10上-9
剡(覃，掞通叚)	刀部	【刂部】	8畫	178	180	無	段4下-42	鍇8-15	鉉4下-6
蟮	虫部	【虫部】	10畫	669	676	無	段13上-53	鍇25-13	鉉13上-7
犏(騙)	牛部	【牛部】	10畫	51	51	無	段2上-6	鍇3-3	鉉2上-2
儃从亶言(僐)	人部	【人部】	21畫	380	384	無	段8上-31	鍇15-10	鉉8上-4
禪(襢、墠)	示部	【示部】	12畫	7	7	21-63	段1上-13	鍇1-7	鉉1上-2

篆本字(古文、金文、籀文、俗字、通用字，通段、金石)	說文部首	康熙部首	筆畫	一般頁碼	洪葉頁碼	金石字典頁碼	段注篇章	徐鍇通釋篇章	徐鉉藤花榭篇
墠(壇、禪、襢)	土部	【土部】	12畫	690	697	無	段13下-33	鍇26-5	鉉13下-5
壇(襢、礜通段)	土部	【土部】	13畫	693	699	7-27	段13下-38	鍇26-7	鉉13下-5
樿	木部	【木部】	12畫	240	242	17-11	段6上-4	鍇11-2	鉉6上-1
繕	糸部	【糸部】	12畫	656	663	無	段13上-27	鍇25-6	鉉13上-4
膳(饍通段)	肉部	【肉部】	12畫	172	174	24-28	段4下-30	鍇8-11	鉉4下-5
鄯	邑部	【邑部】	12畫	284	287	29-20	段6下-25	鍇12-14	鉉6下-6
鱓(鱔、魡)	魚部	【魚部】	12畫	579	584	無	段11下-24	鍇22-9	鉉11下-5
嬗(嬋通段)	女部	【女部】	13畫	621	627	無	段12下-19	鍇24-6	鉉12下-3
擅	手部	【手部】	13畫	604	610	14-32	段12上-42	鍇23-13	鉉12上-6
蟺(蟮通段)	虫部	【虫部】	13畫	671	678	無	段13上-57	鍇25-13	鉉13上-8
鱣(鱸)	魚部	【魚部】	13畫	576	582	無	段11下-19	鍇22-8	鉉11下-5
贍	貝部	【貝部】	13畫	無	無	無	無	無	鉉6下-5
淡(贍，痰通段)	水部	【水部】	8畫	562	567	無	段11上貳-34	鍇21-23	鉉11上-8
譱(譱、善)	誩部	【言部】	13畫	102	102	6-42	段3上-32	鍇5-16	鉉3上-7
嘉(美、善、賀，恕通段)	壴部	【口部】	11畫	205	207	6-51	段5上-34	鍇9-14	鉉5上-7
儓从譱(僐)	人部	【人部】	21畫	380	384	無	段8上-31	鍇15-10	鉉8上-4
shāng(ㄕㄤ)									
商(矞、矞、矞，蓞、螪、謫通段)	㕯部	【口部】	8畫	88	88	6-39	段3上-4	鍇5-3	鉉3上-2
賣(賣、商)	貝部	【貝部】	8畫	282	284	27-39	段6下-20	鍇12-12	鉉6下-5
亯(鬺、鬺从將鼎、烹、亨，餻通段)	畐部	【畐部】	6畫	111	112	32-8	段3下-10	鍇6-6	鉉3下-2
湘(鬺)	水部	【水部】	9畫	530	535	18-44	段11上壹-29	鍇21-9	鉉11上-2
傷	人部	【人部】	11畫	381	385	3-34	段8上-33	鍇15-11	鉉8上-4
惕(傷)	心部	【心部】	11畫	513	518	無	段10下-47	鍇20-17	鉉10下-8
殤	歹部	【歹部】	11畫	162	164	無	段4下-9	鍇8-5	鉉4下-3
鍚(鍚)	矢部	【矢部】	11畫	227	229	無	段5下-24	鍇10-9	鉉5下-4
觴(觴、䚡，醯通段)	角部	【角部】	11畫	187	189	26-38	段4下-60	鍇8-20	鉉4下-9
shǎng(ㄕㄤˇ)									
㬊(xiang`晌)	日部	【日部】	11畫	306	309	無	段7上-9	鍇13-3	鉉7上-2
賞	貝部	【貝部】	8畫	280	283	27-39	段6下-17	鍇12-11	鉉6下-4
餉(餳)	倉部	【食部】	12畫	220	222	無	段5下-10	鍇10-4	鉉5下-2

篆本字(古文、金文、籀文、俗字、通用字，通段、金石)	說文部首	康熙部首	筆畫	一般頁碼	洪葉頁碼	金石字典頁碼	段注篇章	徐鍇通釋篇章	徐鉉藤花榭篇
shàng（ㄕㄤˋ）									
二(上、丄)	二(上)部	【一部】	1畫	1	1	1-8	段1上-2	鍇1-4	鉉1上-1
尚	八部	【小部】	5畫	49	49	10-37	段2上-2	鍇3-1	鉉2上-1
黨(曭、尙，儻、讜、倘、惝通段)	黑部	【黑部】	8畫	488	493	32-42	段10上-57	鍇19-19	鉉10上-10
shāo（ㄕㄠ）									
捎	手部	【手部】	7畫	604	610	無	段12上-41	鍇23-13	鉉12上-6
梢(捎，旓、槊、稍、鞘、鞘通段)	木部	【木部】	7畫	244	247	無	段6上-13	鍇11-6	鉉6上-2
削(鞘、鞘)	刀部	【刂部】	7畫	178	180	無	段4下-41	鍇8-15	鉉4下-6
稍	禾部	【禾部】	7畫	327	330	無	段7上-51	鍇13-21	鉉7上-8
娋(稍)	女部	【女部】	7畫	623	629	無	段12下-23	鍇24-8	鉉12下-3
莦(xiao)	艸部	【艸部】	7畫	39	40	無	段1下-37	鍇2-17	鉉1下-6
簫(弰、彇、彇通段)	竹部	【竹部】	13畫	197	199	22-62	段5上-17	鍇9-6	鉉5上-3
箾(籠、筲、籭)	竹部	【竹部】	10畫	192	194	無	段5上-8	鍇9-4	鉉5上-2
籀(筲，箾通段)	竹部	【竹部】	12畫	192	194	無	段5上-8	鍇9-3	鉉5上-2
燒	火部	【火部】	12畫	480	485	無	段10上-41	鍇19-14	鉉10上-7
sháo（ㄕㄠˊ）									
勺(杓)	勺部	【勹部】	1畫	715	722	4-55	段14上-27	鍇27-9	鉉14上-5
旳(的、勺，玓通段)	日部	【日部】	3畫	303	306	15-27	段7上-4	鍇13-2	鉉7上-1
杓(biao)	木部	【木部】	3畫	261	263	無	段6上-46	鍇11-20	鉉6上-6
芍	艸部	【艸部】	3畫	35	35	無	段1下-28	鍇2-13	鉉1下-5
柖(招)	木部	【木部】	5畫	250	253	無	段6上-25	鍇11-12	鉉6上-4
苕(葟，迢通段)	艸部	【艸部】	5畫	46	47	無	段1下-51	鍇2-24	鉉1下-8
韶(招、磬)	音部	【音部】	5畫	102	103	31-23	段3上-33	鍇5-17	鉉3上-7
鞀(鼗、鼗、磬，鼓通段)	革部	【革部】	5畫	108	109	無	段3下-4	鍇6-3	鉉3下-1
shǎo（ㄕㄠˇ）									
少(小)	小部	【小部】	1畫	48	49	10-35	段2上-1	鍇3-1	鉉2上-1
小(少)	小部	【小部】		48	49	10-34	段2上-1	鍇3-1	鉉2上-1
邲	邑部	【邑部】	4畫	295	297	無	段6下-46	鍇12-19	鉉6下-7
shào（ㄕㄠˋ）									
卲	卪部	【卩部】	5畫	431	435	5-28	段9上-32	鍇17-10	鉉9上-5

篆本字(古文、金文、籀文、俗字、通用字,通段、金石)	說文部首	康熙部首	筆畫	一般頁碼	洪葉頁碼	金石字典頁碼	段注篇章	徐鍇通釋篇章	徐鉉藤花榭篇
劭(釗、卲)	力部	【力部】	5畫	699	706	無	段13下-51	鍇26-11	鉉13下-7
叴(玅,笤通段)	卜部	【卜部】	5畫	127	128	無	段3下-42	鍇6-20	鉉3下-9
紹(𦃟,綤通段)	糸部	【糸部】	5畫	646	652	23-12	段13上-6	鍇25-2	鉉13上-1
袑	衣部	【衣部】	5畫	393	397	無	段8上-57	鍇16-3	鉉8上-8
邵(召俗)	邑部	【邑部】	5畫	288	291	28-62	段6下-33	鍇12-16	鉉6下-6
哨(峭通段)	口部	【口部】	7畫	60	61	無	段2上-25	鍇3-11	鉉2上-5
娋(稍)	女部	【女部】	7畫	623	629	無	段12下-23	鍇24-8	鉉12下-4
郋	邑部	【邑部】	7畫	284	287	無	段6下-25	鍇12-14	鉉6下-6
shē(ㄕㄜ)									
畬(yu´)	田部	【田部】	7畫	695	702	無	段13下-43	鍇26-8	鉉13下-6
賒	貝部	【貝部】	7畫	281	283	無	段6下-18	鍇12-11	鉉6下-5
奢(奓)	奢部	【大部】	9畫	497	501	8-19	段10下-14	鍇20-5	鉉10下-3
shé(ㄕㄜˊ)									
舌(與后互譌)	舌部	【舌部】		86	87	24-44	段3上-1	鍇5-1	鉉3上-1
昏(昬、舌隸變)	口部	【口部】	3畫	61	61	6-20	段2上-26	鍇3-11	鉉2上-5
它(蛇、佗、他)	它部	【宀部】	2畫	678	684	9-18	段13下-8	鍇25-17	鉉13下-2
蚗(蚥,蛥通段)	虫部	【虫部】	4畫	668	675	無	段13上-51	鍇25-12	鉉13上-7
揲	手部	【手部】	9畫	596	602	無	段12上-26	鍇23-9	鉉12上-5
睞(睫、眣,眨、瞸、瞼通段)	目部	【目部】	7畫	130	131	無	段4上-2	鍇7-2	鉉4上-1
shě(ㄕㄜˇ)									
捨(舍)	手部	【手部】	8畫	598	604	無	段12上-29	鍇23-10	鉉12上-5
舍(捨縱述及)	亼部	【舌部】	2畫	223	225	24-44	段5下-16	鍇10-6	鉉5下-3
shè(ㄕㄜˋ)									
舍(捨縱述及)	亼部	【舌部】	2畫	223	225	24-44	段5下-16	鍇10-6	鉉5下-3
捨(舍)	手部	【手部】	8畫	598	604	無	段12上-29	鍇23-10	鉉12上-5
社(祍)	示部	【示部】	3畫	8	8	21-47	段1上-15	鍇1-8	鉉1上-2
設	言部	【言部】	4畫	94	95	26-44	段3上-17	鍇5-9	鉉3上-4
赦(㓼、𢽠)	攴部	【赤部】	4畫	124	125	14-47	段3下-36	鍇6-18	鉉3下-8
躲(射,榭、賭通段)	矢部	【身部】	5畫	226	228	21-40,榭26-64	段5下-22	鍇10-9	鉉5下-4
涻(涔枰lu´述及)	水部	【水部】	8畫	544	549	無	段11上壹-57	鍇21-12	鉉11上-4
韘(弽、韘)	韋部	【韋部】	9畫	235	238	無	段5下-41	鍇10-16	鉉5下-8
麝(麕)	鹿部	【鹿部】	10畫	471	476	無	段10上-23	鍇19-7	鉉10上-4

篆本字(古文、金文、籀文、俗字、通用字，通段、金石)	說文部首	康熙部首	筆畫	一般頁碼	洪葉頁碼	金石字典頁碼	段注篇章	徐鍇通釋篇章	徐鉉藤花榭篇
楙(涉)	林部	【水部】	11畫	567	573	無	段11下-1	鍇21-26	鉉11下-1
渿(泝、遡、涉，溯、㑱通段)	水部	【水部】	5畫	556	561	無	段11上貳-21	鍇21-19	鉉11上-6
蒄	艸部	【艸部】	11畫	42	42	無	段1下-42	鍇2-19	鉉1下-7
慴(zhe´)	心部	【心部】	11畫	514	519	無	段10下-49	鍇20-18	鉉10下-9
歙(xi)	欠部	【欠部】	12畫	413	418	17-21	段8下-25	鍇16-17	鉉8下-5
鄒(xi`)	邑部	【邑部】	12畫	299	302	無	段6下-55	鍇12-22	鉉6下-8
懾(懾通段)	心部	【心部】	18畫	514	519	無	段10下-49	鍇20-17	鉉10下-9
儘(儘)	人部	【人部】	18畫	372	376	無	段8上-15	鍇15-6	鉉8上-2
儡	人部	【人部】	18畫	372	376	無	段8上-15	鍇15-6	鉉8上-2
攝	手部	【手部】	18畫	597	603	14-34	段12上-27	鍇23-10	鉉12上-5
櫜	木部	【木部】	18畫	249	252	無	段6上-23	鍇11-10	鉉6上-4
shéi(ㄕㄟˊ)									
誰(shui´)	言部	【言部】	8畫	101	101	26-54	段3上-30	鍇5-15	鉉3上-6
shēn(ㄕㄣ)									
申(串⌇、㫒、甲、伸)	申部	【田部】		746	753	20-33	段14下-32	鍇28-16	鉉14下-8
曼(申、㫒、甲)	又部	【又部】	9畫	115	116	無	段3下-18	鍇6-9	鉉3下-4
伸(申、甲、信)	人部	【人部】	5畫	377	381	無	段8上-26	鍇15-9	鉉8上-4
信(伸蠖huo`迹及、仚、訫)	言部	【人部】	7畫	92	93	3-20	段3上-13	鍇5-7	鉉3上-3
身	身部	【身部】		388	392	27-57	段8上-47	鍇15-17	鉉8上-7
侾(身)	人部	【人部】	7畫	383	387	無	段8上-38	鍇15-13	鉉8上-5
屾	屾部	【山部】	3畫	441	446	無	段9上-9	鍇18-3	鉉9上-2
扟	手部	【手部】	3畫	605	611	無	段12上-43	鍇23-13	鉉12上-7
呻	口部	【口部】	5畫	60	61	無	段2上-25	鍇3-10	鉉2上-5
槇(顛、稹，柛通段)	木部	【木部】	10畫	249	252	無	段6上-23	鍇11-11	鉉6上-4
紳	糸部	【糸部】	5畫	653	659	無	段13上-20	鍇25-5	鉉13上-3
突(罙、㴱、深)	穴部	【宀部】	5畫	344	347	22-33	段7下-18	鍇14-8	鉉7下-4
深(㴱)	水部	【水部】	8畫	529	534	18-47	段11上壹-28	鍇21-9	鉉11上-2
牲(騅、侁、詵、莘)	生部	【生部】	5畫	274	276	無	段6下-4	鍇12-4	鉉6下-2
兟(牲)	兟部	【儿部】	10畫	407	411	3-55	段8下-12	鍇16-13	鉉8下-3

篆本字（古文、金文、籀文、俗字、通用字，通段、金石）	說文部首	康熙部首	筆畫	一般頁碼	洪葉頁碼	金石字典頁碼	段注篇章	徐鍇通釋篇章	徐鉉藤花榭篇
駪(莘)	馬部	【馬部】	6畫	469	473	31-59	段10上-18	錯19-5	鉉10上-3
侁(莘通段)	人部	【人部】	6畫	373	377	3-9	段8上-17	錯15-7	鉉8上-3
姺(娎、莘通段)	女部	【女部】	6畫	613	619	無	段12下-4	錯24-1	鉉12下-1
薪(莘通段)	艸部	【艸部】	13畫	44	45	25-35	段1下-47	錯2-22	鉉1下-8
詵(駪、駪、莘、侁)	言部	【言部】	6畫	90	90	無	段3上-8	錯5-5	鉉3上-3
侁(身)	人部	【人部】	7畫	383	387	無	段8上-38	錯15-13	鉉8上-5
娠	女部	【女部】	7畫	614	620	無	段12下-6	錯24-2	鉉12下-1
攽(抈)	攴部	【攴部】	7畫	123	124	14-46	段3下-34	錯6-18	鉉3下-8
深(湙)	水部	【水部】	8畫	529	534	18-47	段11上壹-28	錯21-9	鉉11上-2
突(罙、湙、深)	穴部	【宀部】	5畫	344	347	22-33	段7下-18	錯14-8	鉉7下-4
罙(罙、槑)	网部	【网部】	8畫	356	359	無	段7下-42	錯14-19	鉉7下-8
㕋(申、昌、甲)	又部	【又部】	9畫	115	116	無	段3下-18	錯6-9	鉉3下-4
糂(糣、糝、𥽸，䅯、餰、粽通段)	米部	【米部】	9畫	332	335	無	段7上-61	錯13-25	鉉7上-10
蔟	艸部	【艸部】	11畫	28	28	無	段1下-14	錯2-7	鉉1下-3
薆(蒁)	艸部	【艸部】	12畫	44	45	無	段1下-47	錯2-22	鉉1下-8
燊	焱部	【木部】	12畫	490	495	無	段10下-1	錯19-20	鉉10下-1
薓(薆、蓡)	艸部	【艸部】	13畫	26	27	無	段1下-11	錯2-6	鉉1下-2
曑(曑、參)	晶部	【日部】	13畫	313	316	5-40	段7上-23	錯13-8	鉉7上-4
槮(三馬一木)	木部	【木部】	30畫	250	252	無	段6上-24	錯11-11	鉉6上-4

shén（ㄕㄣˊ）

神	示部	【示部】	5畫	3	3	21-51	段1上-5	錯1-5	鉉1上-2
魊(神)	鬼部	【鬼部】	5畫	435	439	無	段9上-40	錯17-13	鉉9上-7

shěn（ㄕㄣˇ）

弞(㰤、哂，嗔、吲通段)	欠部	【欠部】	3畫	411	415	無	段8下-20	錯16-16	鉉8下-4
矤(矧)	矢部	【矢部】	3畫	227	229	無	段5下-24	錯10-9	鉉5下-4
斷(矧，齓通段)	齒部	【齒部】	4畫	78	79	無	段2下-19	錯4-11	鉉2下-4
沈(潘、湛、黕，沉俗、邥通段)	水部	【水部】	4畫	558	563	18-7	段11上貳-25	錯21-20	鉉11上-7
霃(沈，霪、霃通段)	雨部	【雨部】	7畫	573	578	無	段11下-12	錯22-6	鉉11下-7
湛(淰、沈淑迹及)	水部	【水部】	9畫	556	561	18-41	段11上貳-22	錯21-19	鉉11上-7

篆本字(古文、金文、籀文、俗字、通用字，通段、金石)	說文部首	康熙部首	筆畫	一般頁碼	洪葉頁碼	金石字典頁碼	段注篇章	徐鍇通釋篇章	徐鉉藤花榭篇
瀋(沈)	水部	【水部】	15畫	563	568	無	段11上貳-36	錯21-24	鉉11上-8
訊(誸、誽)	言部	【言部】	3畫	92	92	26-41	段3上-12	錯5-7	鉉3上-3
頤與頤yi´不同	頁部	【頁部】	6畫	420	424	無	段9上-10	錯17-3	鉉9上-2
寀(審)	釆部	【宀部】	7畫	50	50	9-50	段2上-4	錯3-2	鉉2上-1
瘆(洒、洗、銑)	疒部	【疒部】	7畫	349	352	20-57	段7下-28	錯14-12	鉉7下-5
諗(念)	言部	【言部】	8畫	93	93	無	段3上-14	錯5-8	鉉3上-3
嬸(nianˇ)	女部	【女部】	12畫	624	630	無	段12下-26	錯24-9	鉉12下-4
瞫	目部	【目部】	12畫	133	135	21-35	段4上-9	錯7-5	鉉4上-2
蕈(蕃通段)	艸部	【艸部】	12畫	36	37	無	段1下-31	錯2-15	鉉1下-5
瀋(沈)	水部	【水部】	15畫	563	568	無	段11上貳-36	錯21-24	鉉11上-8

shèn(ㄕㄣˋ)

篆本字	說文部首	康熙部首	筆畫	一般頁碼	洪葉頁碼	金石字典頁碼	段注篇章	徐鍇通釋篇章	徐鉉藤花榭篇
甚(屁、昆、椹弓述及，砧、碪通段)	甘部	【甘部】	4畫	202	204	無	段5上-27	錯9-11	鉉5上-5
葚(椹通段)	艸部	【艸部】	9畫	36	37	無	段1下-31	錯2-15	鉉1下-5
黮(葚，霮通段)	黑部	【黑部】	9畫	489	493	32-42	段10上-58	錯19-20	鉉10上-10
胂(夤、䐳)	肉部	【肉部】	5畫	169	171	無	段4下-23	錯8-9	鉉4下-4
朕(腫、膭)	肉部	【肉部】	4畫	172	174	無	段4下-29	錯8-11	鉉4下-5
欨(啟、戁)	欠部	【欠部】	7畫	413	417	無	段8下-24	錯16-17	鉉8下-5
祳(蜃、脤)	示部	【示部】	7畫	7	7	無	段1上-14	錯1-7	鉉1上-2
蜃(蚌、蠯)	虫部	【虫部】	7畫	670	677	25-55	段13上-55	錯25-13	鉉13上-7
腎	肉部	【肉部】	8畫	168	170	無	段4下-21	錯8-8	鉉4下-4
黮(葚，霮通段)	黑部	【黑部】	9畫	489	493	32-42	段10上-58	錯19-20	鉉10上-10
慎(慎、昚、昚)	心部	【心部】	10畫	502	507	13-30	段10下-25	錯20-9	鉉10下-5
眞(𠔉、愼)	匕部	【目部】	5畫	384	388	21-29	段8上-40	錯15-13	鉉8上-5
滲	水部	【水部】	11畫	550	555	無	段11上貳-10	錯21-16	鉉11上-5

shēng(ㄕㄥ)

篆本字	說文部首	康熙部首	筆畫	一般頁碼	洪葉頁碼	金石字典頁碼	段注篇章	徐鍇通釋篇章	徐鉉藤花榭篇
生	生部	【生部】		274	276	20-26	段6下-4	錯12-3	鉉6下-2
性(生人述及)	心部	【心部】	5畫	502	506	13-12	段10下-24	錯20-9	鉉10下-5
昇	日部	【日部】	4畫	無	無	無	無	無	鉉7上-2
升(升、陞，昇通段)	斗部	【十部】	2畫	719	726	5-12	段14上-35	錯27-11	鉉14上-6
牲	牛部	【牛部】	5畫	51	52	19-46	段2上-7	錯3-4	鉉2上-2
笙	竹部	【竹部】	5畫	197	199	無	段5上-17	錯9-6	鉉5上-3
猩(狌，鯹通段)	犬部	【犬部】	9畫	474	478	無	段10上-28	錯19-9	鉉10上-5

篆本字(古文、金文、籀文、俗字、通用字，通段、金石)	說文部首	康熙部首	筆畫	一般頁碼	洪葉頁碼	金石字典頁碼	段注篇章	徐鍇通釋篇章	徐鉉藤花榭篇
甥	男部	【生部】	7畫	698	705	無	段13下-49	鍇26-10	鉉13下-7
聲(聖)	耳部	【耳部】	11畫	592	598	24-11	段12上-17	鍇23-7	鉉12上-4
聖(聲)	耳部	【耳部】	7畫	592	598	24-8	段12上-17	鍇23-7	鉉12上-4
磬(殸、硜、磘、罄)	石部	【石部】	11畫	451	456	21-46	段9下-29	鍇18-10	鉉9下-4
shéng(ㄕㄥˊ)									
繩(憴、澠通段)	糸部	【糸部】	13畫	657	663	23-36	段13上-28	鍇25-6	鉉13上-4
shěng(ㄕㄥˇ)									
省(㣲、瘠)	目部	【目部】	4畫	136	137	21-26	段4上-14	鍇7-7	鉉4上-3
眚(瘠、省)	目部	【目部】	5畫	134	135	21-30	段4上-10	鍇7-5	鉉4上-2
渻(省、婿、楮)	水部	【水部】	9畫	551	556	無	段11上貳-12	鍇21-16	鉉11上-5
婿(渻亦作省xingˇ)	女部	【女部】	9畫	623	629	無	段12下-23	鍇24-8	鉉12下-3
楮(枇、樅)	日部	【木部】	9畫	260	263	無	段6上-45	鍇11-19	鉉6上-6
蛸	虫部	【虫部】	9畫	669	675	無	段13上-52	鍇25-12	鉉13上-7
shèng(ㄕㄥˋ)									
胜(此字應作腥)	肉部	【肉部】	5畫	175	177	無	段4下-36	鍇8-13	鉉4下-5
盛(成，晟通段)	皿部	【皿部】	6畫	211	213	21-18	段5上-46	鍇9-19	鉉5上-9
郕(成、盛)	邑部	【邑部】	6畫	296	299	無	段6下-49	鍇12-20	鉉6下-8
成(戚，曒通段)	戊部	【戈部】	3畫	741	748	13-47	段14下-21	鍇28-9	鉉14下-5
聲(聖)	耳部	【耳部】	11畫	592	598	24-11	段12上-17	鍇23-7	鉉12上-4
聖(聲)	耳部	【耳部】	7畫	592	598	24-8	段12上-17	鍇23-7	鉉12上-4
圣非聖	土部	【土部】	2畫	689	696	無	段13下-31	鍇26-5	鉉13下-5
椉(死、乘，乘通段)	桀部	【木部】	12畫	237	240	2-5	段5下-44	鍇10-18	鉉5下-9
勝	力部	【力部】	10畫	700	706	無	段13下-52	鍇26-11	鉉13下-7
榺(勝)	木部	【木部】	10畫	262	265	無	段6上-49	鍇11-21	鉉6上-6
賸(剩)	貝部	【貝部】	10畫	280	282	27-40	段6下-17	鍇12-10	鉉6下-4
shī(ㄕ)									
尸(尸，鳲通段)	尸部	【尸部】		399	403	10-40	段8上-70	鍇16-8	鉉8上-11
屍(尸)	尸部	【尸部】	6畫	400	404	無	段8上-72	鍇16-9	鉉8上-11
夨(失)	手部	【大部】	2畫	604	610	8-7	段12上-42	鍇23-13	鉉12上-7
佚(古失佚逸泆字多通用，劮通段)	人部	【人部】	5畫	380	384	3-4	段8上-31	鍇15-10	鉉8上-4
攱(施)	攴部	【攴部】	3畫	123	124	無	段3下-33	鍇6-17	鉉3下-8

篆本字(古文、金文、籀文、俗字、通用字，通叚、金石)	說文部首	康熙部首	筆畫	一般頁碼	洪葉頁碼	金石字典頁碼	段注篇章	徐鍇通釋篇章	徐鉉藤花榭篇
施(旒橋yi旒者施之俗也，肔、胣、菔通叚)	㫃部	【方部】	5畫	311	314	15-14	段7上-19	錯13-6	鉉7上-3
晒(施)	日部	【日部】	9畫	304	307	無	段7上-6	錯13-2	鉉7上-1
鉈(鍦、袘，鉈通叚)	金部	【金部】	5畫	711	718	29-39	段14上-19	錯27-6	鉉14上-3
匝(鍦、鉈通叚)	匚部	【匚部】	3畫	636	642	5-1	段12下-49	錯24-17	鉉12下-8
覗(視，規通叚)	見部	【見部】	5畫	410	414	無	段8下-18	錯16-15	鉉8下-4
屍(尸)	尸部	【尸部】	6畫	400	404	無	段8上-72	錯16-9	鉉8上-11
詩(詋、持)	言部	【言部】	6畫	90	91	26-48	段3上-9	錯5-6	鉉3上-3
郙(詩)	邑部	【邑部】	6畫	296	299	28-65	段6下-49	錯12-20	鉉6下-8
師(䦻、率、帥旗述及、獅虥xiao述及)	帀部	【巾部】	7畫	273	275	11-22	段6下-2	錯12-2	鉉6下-1
晒(施)	日部	【日部】	9畫	304	307	無	段7上-6	錯13-2	鉉7上-1
柂(籭，柁、欐、籭通叚)	木部	【木部】	3畫	257	259	無	段6上-38	錯11-17	鉉6上-5
螫	虫部	【虫部】	9畫	667	673	無	段13上-48	錯25-11	鉉13上-7
蟁(虱通叚)	蚰部	【虫部】	9畫	674	681	無	段13下-1	錯25-15	鉉13下-1
蓍	艸部	【艸部】	10畫	34	35	無	段1下-27	錯2-13	鉉1下-4
溼(濕)	水部	【水部】	10畫	559	564	18-51	段11上貳-28	錯21-21	鉉11上-7
濕(潔)	水部	【水部】	14畫	536	541	無	段11上壹-41	錯21-5	鉉11上-3
鼅从爾	黽部	【黽部】	14畫	679	686	無	段13下-11	錯25-17	鉉13下-3
繩(絁)	糸部	【糸部】	19畫	648	655	無	段13上-11	錯25-3	鉉13上-2
釃(灑，釃通叚)	酉部	【酉部】	19畫	747	754	無	段14下-34	錯28-17	鉉14下-8
shi(ㄕˊ)									
十	十部	【十部】		88	89	5-6	段3上-5	錯5-4	鉉3上-2
石(碩、祏，砳通叚)	石部	【石部】		448	453	21-41	段9下-23	錯18-8	鉉9下-4
碩(石)	頁部	【石部】	9畫	417	422	31-27	段9上-5	錯17-2	鉉9上-1
祏(石)	禾部	【禾部】	5畫	328	331	無	段7上-54	錯13-23	鉉7上-9
飤(食，飼通叚)	倉部	【食部】		218	220	31-38	段5下-6	錯10-3	鉉5下-2
飤(食、飼)	倉部	【食部】	5畫	220	222	31-39	段5下-10	錯10-4	鉉5下-2
什	人部	【人部】	2畫	373	377	2-41	段8上-18	錯15-7	鉉8上-3
姼(妭，爹通叚)	女部	【女部】	6畫	616	622	無	段12下-9	錯24-3	鉉12下-1
祏	示部	【示部】	5畫	4	4	無	段1上-8	錯1-6	鉉1上-2
秴(dan`)	禾部	【禾部】	5畫	328	331	無	段7上-54	錯13-23	鉉7上-9

篆本字(古文、金文、籀文、俗字、通用字，通叚、金石)	說文部首	康熙部首	筆畫	一般頁碼	洪葉頁碼	金石字典頁碼	段注篇章	徐鍇通釋篇章	徐鉉藤花榭篇
鼶	鼠部	【鼠部】	5畫	478	483	32-50	段10上-37	錯19-12	鉉10上-6
拾	手部	【手部】	6畫	605	611	14-17	段12上-43	錯23-10	鉉12上-7
時(旹，溡、鰣、鰆通叚)	日部	【日部】	6畫	302	305	15-42	段7上-1	錯13-1	鉉7上-1
湜	水部	【水部】	9畫	550	555	無	段11上貳-9	錯21-16	鉉11上-5
跱(跱，榯、跿、踷、跦通叚)	止部	【止部】	6畫	67	68	17-26	段2上-39	錯3-17	鉉2上-8
跱(楬、櫍，榯通叚)	止部	【止部】	6畫	67	68	無	段2上-39	錯3-17	鉉2上-8
塒	土部	【土部】	10畫	688	695	無	段13下-29	錯26-4	鉉13下-4
蒔(shi ˋ)	艸部	【艸部】	10畫	40	40	無	段1下-38	錯2-18	鉉1下-6
實	宀部	【宀部】	11畫	340	343	10-5	段7下-10	錯14-4	鉉7下-2
寔(是、實)	宀部	【宀部】	9畫	339	342	9-59	段7下-8	錯14-4	鉉7下-2
蝕(蝕通叚)	虫部	【虫部】	11畫	670	676	無	段13上-54	錯25-13	鉉13上-7
識(志、意，幟、痣、誌通叚)	言部	【言部】	13畫	92	92	27-1	段3上-12	錯5-7	鉉3上-3
織(識，幟、繶、蟙通叚)	糸部	【糸部】	12畫	644	651	23-35	段13上-3	錯25-1	鉉13上-1
shǐ（ㄕˇ）									
矢(吳古文矤述及)	矢部	【矢部】		226	228	21-37	段5下-22	錯10-9	鉉5下-4
菡(矢，屎通叚)	艸部	【艸部】	9畫	44	45	無	段1下-47	錯2-22	鉉1下-8
呎(屎，吚、咿通叚)	口部	【口部】	4畫	60	60	無	段2上-24	錯3-10	鉉2上-5
豕(㞸)	豕部	【豕部】		454	459	27-15	段9下-35	錯18-12	鉉9下-5
亥(㞸豕)	亥部	【亠部】	4畫	752	759	2-30	段14下-44	錯28-20	鉉14下-10末
史(叓)	史部	【口部】	2畫	116	117	5-58	段3下-20	錯6-11	鉉3下-4
始(殆)	女部	【女部】	5畫	617	623	8-32	段12下-12	錯24-4	鉉12下-2
殆(始)	歹部	【歹部】	5畫	163	165	無	段4下-12	錯8-5	鉉4下-3
茇	艸部	【艸部】	5畫	23	24	無	段1下-5	錯2-3	鉉1下-1
使(駛)	人部	【人部】	6畫	376	380	3-8	段8上-24	錯15-9	鉉8上-3
駛从皀(駛，駛通叚)	皀部	【皀部】	6畫	218	220	無	段5下-6	錯10-3	鉉5下-2
菡(矢，屎通叚)	艸部	【艸部】	9畫	44	45	無	段1下-47	錯2-22	鉉1下-8
呎(屎，吚、咿通叚)	口部	【口部】	4畫	60	60	無	段2上-24	錯3-10	鉉2上-5
shì（ㄕˋ）									
氏(坁、阺、是)	氏部	【氏部】		628	634	17-51	段12下-33	錯24-11	鉉12下-5

篆本字(古文、金文、籀文、俗字、通用字，通段、金石)	說文部首	康熙部首	筆畫	一般頁碼	洪葉頁碼	金石字典頁碼	段注篇章	徐鍇通釋篇章	徐鉉藤花榭篇
是(昰、氏緹述及)	是部	【日部】	5畫	69	70	15-40	段2下-1	鍇4-1	鉉2下-1
示(視述及、兀)	示部	【示部】		2	2	21-47	段1上-4	鍇1-4	鉉1上-1
視(示、眎、眡)	見部	【見部】	5畫	407	412	26-30	段8下-13	鍇16-13	鉉8下-3
士	士部	【士部】		20	20	7-30	段1上-39	鍇1-19	鉉1上-6
仕	人部	【人部】	3畫	366	370	2-45	段8上-3	鍇15-1	鉉8上-1
市	冂部	【巾部】	2畫	228	230	11-16	段5下-26	鍇10-10	鉉5下-5
市fu´非市shi`(韍、紱、黻、芾、茀、沛)	市部	【巾部】	1畫	362	366	11-16	段7下-55	鍇14-24	鉉7下-9
式(拭、栻、鵡、鷟从敕通段)	工部	【弋部】	3畫	201	203	12-15	段5上-25	鍇9-10	鉉5上-4
軾(式)	車部	【車部】	5畫	722	729	無	段14上-41	鍇27-12	鉉14上-6
飾(拭)	巾部	【食部】	5畫	360	363	31-40	段7下-50	鍇14-22	鉉7下-9
飭(飾)	力部	【食部】	4畫	701	707	無	段13下-54	鍇26-12	鉉13下-8
𡰥(𡰥，砨通段)	臣部	【己部】	6畫	593	599	11-14	段12上-19	鍇23-8	鉉12上-4
忕(忲、愫，怩、忕通段)	心部	【心部】	3畫	506	511	無	段10下-33	鍇20-12	鉉10下-6
世	𦮃部	【一部】	4畫	89	90	無	段3上-7	鍇5-5	鉉3上-2
代(世)	人部	【人部】	3畫	375	379	2-46	段8上-21	鍇15-8	鉉8上-3
忕(qi´)	心部	【心部】	4畫	504	508	無	段10下-28	鍇20-11	鉉10下-6
柹(棫、柿)	木部	【木部】	4畫	239	241	無	段6上-2	鍇11-1	鉉6上-1
柀(柿、柿)	木部	【木部】	4畫	268	270	無	段6上-60	鍇11-27	鉉6上-7
眠(睯)	目部	【目部】	4畫	131	132	21-27	段4上-4	鍇7-3	鉉4上-2
跮	足部	【足部】	4畫	82	83	無	段2下-27	鍇4-14	鉉2下-6
是(昰、氏緹述及)	是部	【日部】	5畫	69	70	15-40	段2下-1	鍇4-1	鉉2下-1
氐(坻、阺、是)	氐部	【氏部】		628	634	17-51	段12下-33	鍇24-11	鉉12下-5
徥(是，徥通段)	彳部	【彳部】	9畫	76	77	無	段2下-15	鍇4-8	鉉2下-3
寔(是、實)	宀部	【宀部】	9畫	339	342	9-59	段7下-8	鍇14-4	鉉7下-2
諟(是、題)	言部	【言部】	9畫	92	92	無	段3上-12	鍇5-7	鉉3上-3
諦(諟采shen˘述及，諟通段)	言部	【言部】	9畫	92	92	無	段3上-12	鍇5-7	鉉3上-3
視(示、眎、眡)	見部	【見部】	5畫	407	412	26-30	段8下-13	鍇16-13	鉉8下-3
示(視述及、兀)	示部	【示部】		2	2	21-47	段1上-4	鍇1-4	鉉1上-1

篆本字(古文、金文、籒文、俗字、通用字，通叚、金石)	說文部首	康熙部首	筆畫	一般頁碼	洪葉頁碼	金石字典頁碼	段注篇章	徐鍇通釋篇章	徐鉉藤花榭篇
題(眡坁fa ˊ 述及，鶗通叚)	頁部	【頁部】	9畫	416	421	無	段9上-3	錯17-1	鉉9上-1
詍(yi ˋ)	言部	【言部】	5畫	97	98	無	段3上-23	錯5-12	鉉3上-5
呭(泄、沓、詍)	口部	【口部】	5畫	57	58	無	段2上-19	錯3-8	鉉2上-4
飾(拭)	巾部	【食部】	5畫	360	363	31-40	段7下-50	錯14-22	鉉7下-9
貰	貝部	【貝部】	5畫	281	284	無	段6下-19	錯12-11	鉉6下-5
軾(式)	車部	【車部】	5畫	722	729	無	段14上-41	錯27-12	鉉14上-6
侍	人部	【人部】	6畫	373	377	3-12	段8上-17	錯15-7	鉉8上-3
寺(侍)	寸部	【寸部】	3畫	121	122	10-17	段3下-29	錯6-15	鉉3下-7
室	宀部	【宀部】	6畫	338	341	9-38	段7下-6	錯14-3	鉉7下-2
恃	心部	【心部】	6畫	506	510	13-13	段10下-32	錯20-12	鉉10下-6
駛	馬部	【馬部】	6畫	無	無	無	無	無	鉉10上-3
眹從邑(駛，駛通叚)	邑部	【邑部】	6畫	218	220	無	段5下-6	錯10-3	鉉5下-2
埓(恀通叚)	土部	【土部】	6畫	690	697	無	段13下-33	錯26-5	鉉13下-5
觢(掣通叚)	角部	【角部】	6畫	185	187	無	段4下-55	錯8-19	鉉4下-8
試	言部	【言部】	6畫	93	93	26-49	段3上-14	錯5-8	鉉3上-4
弒(試)	殺部	【弋部】	9畫	120	121	無	段3下-28	錯6-15	鉉3下-7
遰(适非適通叚)	辵(辶)部	【辵部】	6畫	71	72	無	段2下-5	錯4-3	鉉2下-1
事(叓，剚通叚)	史部	【亅部】	7畫	116	117	2-14	段3下-20	錯6-11	鉉3下-5
皀	皀部	【一部】	7畫	217	219	4-16	段5下-4	錯10-3	鉉5下-1
誓	言部	【言部】	7畫	92	93	26-51	段3上-13	錯5-7	鉉3上-3
逝從斬艸(遾通叚)	辵(辶)部	【辵部】	7畫	70	71	無	段2下-3	錯4-2	鉉2下-1
迣(逝)	辵(辶)部	【辵部】	5畫	74	75	28-19	段2下-11	錯4-5	鉉2下-2
銴	金部	【金部】	7畫	711	718	無	段14上-20	錯27-7	鉉14上-4
睗	目部	【目部】	8畫	133	134	21-34	段4上-8	錯7-4	鉉4上-2
舓(䑛、舐、狧，咶通叚)	舌部	【舌部】	8畫	87	87	無	段3上-2	錯5-1	鉉3上-1
弒(試)	殺部	【弋部】	9畫	120	121	無	段3下-28	錯6-15	鉉3下-7
徥(是，偍通叚)	彳部	【彳部】	9畫	76	77	無	段2下-15	錯4-8	鉉2下-3
諟(是、題)	言部	【言部】	9畫	92	92	無	段3上-12	錯5-7	鉉3上-3
夐沙青巖收錄	黽部	【比部】	10畫	無	無	無	無	無	鉉1上-1
嗜(耆)	口部	【口部】	10畫	59	59	無	段2上-22	錯3-9	鉉2上-5

篆本字(古文、金文、籀文、俗字、通用字，通叚，金石)	說文部首	康熙部首	筆畫	一般頁碼	洪葉頁碼	金石字典頁碼	段注篇章	徐鍇通釋篇章	徐鉉藤花榭篇
耆(鬕从耆、嗜，鰭通叚)	老部	【老部】	6畫	398	402	24-3	段8上-67	鍇16-7	鉉8上-10
蒔(shì)	艸部	【艸部】	10畫	40	40	無	段1下-38	鍇2-18	鉉1下-6
謚	言部	【言部】	10畫	無	無	26-65	無	無	鉉3上-6
諡(謚)	言部	【言部】	10畫	101	102	26-65謚	段3上-31	鍇5-16	鉉3上-6
奭(奭，襫、翃通叚)	皕部	【大部】	12畫	137	139	8-21	段4上-17	鍇7-8	鉉4上-4
螫(奭、蜇)	虫部	【虫部】	11畫	669	676	無	段13上-53	鍇25-13	鉉13上-7
赫(奭、翃，嚇、烸、莃通叚)	赤部	【赤部】	7畫	492	496	27-45	段10下-4	鍇19-21	鉉10下-1
適(瓻通叚)	辵(辶)部	【辵部】	11畫	71	71	28-46	段2下-4	鍇4-2	鉉2下-1
嫡(適)	女部	【女部】	11畫	620	626	無	段12下-18	鍇24-6	鉉12下-3
敵(適)	攴部	【攴部】	11畫	124	125	14-58	段3下-36	鍇6-18	鉉3下-8
勢	力部	【力部】	12畫	無	無	無	無	無	鉉13下-8
澨	水部	【水部】	13畫	555	560	無	段11上貳-20	鍇21-19	鉉11上-6
識(志、意，幟、痣、誌通叚)	言部	【言部】	13畫	92	92	27-1	段3上-12	鍇5-7	鉉3上-3
志(識、意，娡、恙、誌通叚)	心部	【心部】	3畫	502	506	13-4	段10下-24	鍇20-9	鉉10下-5
織(識，幟、繶、蟙通叚)	糸部	【糸部】	12畫	644	651	23-35	段13上-3	鍇25-1	鉉13上-1
職(聅、薒、識通叚)	耳部	【耳部】	12畫	592	598	24-12	段12上-17	鍇23-7	鉉12上-4
斁(釋)	攴部	【攴部】	13畫	124	125	15-59	段3下-36	鍇6-18	鉉3下-8
釋采部(斁、醳，懌通叚)	采部	【采部】	13畫	50	50	無	段2上-4	鍇3-2	鉉2上-1
釋米部(釋段借字也，醳通叚)	米部	【米部】	13畫	332	335	無	段7上-61	鍇13-25	鉉7上-10
澤(釋，檡、鸅通叚)	水部	【水部】	13畫	551	556	19-1	段11上貳-11	鍇21-16	鉉11上-5
逝从斷艸(遾通叚)	辵(辶)部	【辵部】	7畫	70	71	無	段2下-3	鍇4-2	鉉2下-1
噬(噬段改此字，遾通叚)	口部	【口部】	14畫	55	56	無	段2上-15	鍇3-6	鉉2上-3
簭(筮澨shì 述及，簭通叚)	竹部	【竹部】	17畫	191	193	無	段5上-5	鍇9-3	鉉5上-1
shōu(ㄕㄡ)									
收	攴部	【攴部】	2畫	125	126	14-35	段3下-38	鍇6-19	鉉3下-8

篆本字(古文、金文、籀文、俗字、通用字，通段、金石)	說文部首	康熙部首	筆畫	一般頁碼	洪葉頁碼	金石字典頁碼	段注篇章	徐鍇通釋篇章	徐鉉藤花榭篇
shóu(ㄕㄡˊ)									
𦏧从亯羊(孰、熟，塾通段)	丮部	【子部】	8畫	113	114	無	段3下-14	鍇6-8	鉉3下-3
shǒu(ㄕㄡˇ)									
手(𠂿)	手部	【手部】		593	599	14-6	段12上-20	鍇23-8	鉉12上-4
𩠐(首)	首部	【首部】		423	427	31-47	段9上-16	鍇17-5	鉉9上-3
𦣻(𩠐、首、手)	𦣻部	【自部】	1畫	422	426	無	段9上-14	鍇17-5	鉉9上-2
𩑋(頁、䭫、𩠐)	頁部	【頁部】		415	420	31-24	段9上-1	鍇17-1	鉉9上-1
百(𦣻、白)	白部	【白部】	1畫	137	138	21-6	段4上-16	鍇7-8	鉉4上-4
守	宀部	【宀部】	3畫	340	343	9-19	段7下-10	鍇14-5	鉉7下-3
狩(守)	犬部	【犬部】	6畫	476	480	19-52	段10上-32	鍇19-11	鉉10上-5
shòu(ㄕㄡˋ)									
受(紂古文)	𠬪部	【又部】	6畫	160	162	5-48	段4下-6	鍇8-4	鉉4下-2
狩(守)	犬部	【犬部】	6畫	476	480	19-52	段10上-32	鍇19-11	鉉10上-5
授	手部	【手部】	8畫	600	606	14-21	段12上-34	鍇23-11	鉉12上-6
綬	糸部	【糸部】	8畫	653	660	23-24	段13上-21	鍇25-5	鉉13上-3
售	口部	【口部】	7畫	無	無	無	無	無	鉉2上-6
雔(售通段)	雔部	【隹部】	8畫	147	149	無	段4上-37	鍇7-17	鉉4上-7
讎(仇，售通段)	言部	【言部】	16畫	90	90	27-7	段3上-8	鍇5-5	鉉3上-3
瘦(瘦，膄通段)	疒部	【疒部】	10畫	351	355	20-58	段7下-33	鍇14-15	鉉7下-6
壽(𠷎)	老部	【士部】	11畫	398	402	7-35	段8上-68	鍇16-7	鉉8上-10
鏉	金部	【金部】	11畫	714	721	無	段14上-25	鍇27-8	鉉14上-4
獸	嘼部	【犬部】	15畫	739	746	19-59	段14下-18	鍇28-8	鉉14下-4
shū(ㄕㄨ)									
几	几部	【几部】		120	121	無	段3下-28	鍇6-15	鉉3下-7
殳	殳部	【殳部】		118	119	17-38	段3下-24	鍇6-13	鉉3下-6
疋(疏、足、胥、雅)	疋部	【疋部】		84	85	20-52	段2下-31	鍇4-16	鉉2下-7
㚢	女部	【女部】	4畫	618	624	無	段12下-13	鍇24-4	鉉12下-2
杸	殳部	【木部】	4畫	119	120	無	段3下-25	鍇6-14	鉉3下-6
㽰(疏、𤕟，疎通段)	疋部	【疋部】	4畫	85	85	無	段2下-32	鍇4-16	鉉2下-7
抒(紓)	手部	【手部】	4畫	604	610	無	段12上-42	鍇23-13	鉉12上-7
紓(舒)	糸部	【糸部】	4畫	646	652	無	段13上-6	鍇25-2	鉉13上-1

篆本字(古文、金文、籀文、俗字、通用字，通叚、金石)	說文部首	康熙部首	筆畫	一般頁碼	洪葉頁碼	金石字典頁碼	段注篇章	徐鍇通釋篇章	徐鉉藤花榭篇
舒(紓)	予部	【舌部】	6畫	160	162	24-45	段4下-5	錯8-3	鉉4下-2
郐(舒)	邑部	【邑部】	8畫	300	302	29-9	段6下-56	錯12-22	鉉6下-8
俆(舒、邻、徐)	人部	【人部】	7畫	377	381	無	段8上-26	錯15-9	鉉8上-4
姝	女部	【女部】	6畫	618	624	無	段12下-13	錯24-4	鉉12下-2
袾(姝)	衣部	【衣部】	6畫	395	399	無	段8上-61	錯16-5	鉉8上-9
薯(書)	聿部	【曰部】	6畫	117	118	24-14	段3下-22	錯6-12	鉉3下-5
殊	歺部	【歹部】	6畫	161	163	無	段4下-8	錯8-5	鉉4下-2
筞(zhu)	竹部	【竹部】	6畫	196	198	無	段5上-16	錯9-6	鉉5上-3
鮂(鯈)	魚部	【魚部】	6畫	576	581	無	段11下-18	錯22-8	鉉11下-4
叔(村、鯂鮂述及，菽通叚)	又部	【又部】	6畫	116	117	5-46	段3下-19	錯6-10	鉉3下-4
尗(菽、豆古今語，亦古今字。)	尗部	【小部】	3畫	336	339	10-36	段7下-2	錯14-1	鉉7下-1
豆(昆、皀、菽尗shu´述及，餖通叚)	豆部	【豆部】		207	209	27-11	段5上-37	錯9-16	鉉5上-7
蔬	艸部	【艸部】	11畫	無	無	無	無	無	鉉1下-9
疏(疋、延、蔬饉述及，疎、練通叚)	㐬部	【疋部】	7畫	744	751	20-52	段14下-28	錯28-14	鉉14下-7
延(疏、㸚，疎通叚)	疋部	【疋部】	4畫	85	85	無	段2下-32	錯4-16	鉉2下-7
梳(疏)	木部	【木部】	7畫	258	261	無	段6上-41	錯11-18	鉉6上-5
疋(疏)	疋部	【疋部】	7畫	85	85	無	段2下-32	錯4-16	鉉2下-7
疋(疏、足、胥、雅)	疋部	【疋部】		84	85	20-52	段2下-31	錯4-16	鉉2下-7
練	糸部	【糸部】	7畫	無	無	無	無	無	鉉13上-5
跾(透，悠通叚)	足部	【足部】	7畫	82	82	無	段2下-26	錯4-13	鉉2下-5
倏(儵，倏通叚)	犬部	【人部】	8畫	475	479	19-13	段10上-30	錯19-10	鉉10上-5
琡	玉部	【玉部】	8畫	無	無	無	無	無	鉉1上-6
琡	玉部	【玉部】	8畫	無	無	無	無	無	鉉1上-6
璹(琡)	玉部	【玉部】	14畫	15	15	無	段1上-29	錯1-14	鉉1上-4
郐(舒)	邑部	【邑部】	8畫	300	302	29-9	段6下-56	錯12-22	鉉6下-8
緰(tou´)	糸部	【糸部】	9畫	661	667	無	段13上-36	錯25-8	鉉13上-5
鍮(輸通叚)	巾部	【巾部】	9畫	359	362	11-26，輸31-16	段7下-48	錯14-22	鉉7下-9
繻(鍮)	糸部	【糸部】	14畫	652	658	23-37	段13上-18	錯25-5	鉉13上-3

篆本字(古文、金文、籀文、俗字、通用字，通叚、金石)	說文部首	康熙部首	筆畫	一般頁碼	洪葉頁碼	金石字典頁碼	段注篇章	徐鍇通釋篇章	徐鉉藤花榭篇
毨	毛部	【毛部】	9畫	無	無	無	無	無	鉉8上-10
輸	車部	【車部】	9畫	727	734	28-4	段14上-52	鍇27-14	鉉14上-7
鄃(俞)	邑部	【邑部】	9畫	290	292	無	段6下-36	鍇12-17	鉉6下-7
樗(檴、檴、樺、摴通叚)	木部	【木部】	11畫	241	243	無	段6上-6	鍇11-6	鉉6上-2
樞	木部	【木部】	11畫	255	258	17-7	段6上-35	鍇11-16	鉉6上-5
橾	木部	【木部】	13畫	266	269	無	段6上-57	鍇11-24	鉉6上-7
臚(膚、敷、胅，攄通叚)	肉部	【肉部】	16畫	167	169	24-29	段4下-20	鍇8-8	鉉4下-4
儵(倏、鯈从儵通叚)	黑部	【人部】	17畫	489	493	無	段10上-58	鍇19-19	鉉10上-10
倏(儵，倏通叚)	犬部	【人部】	8畫	475	479	19-13	段10上-30	鍇19-10	鉉10上-5
shú(ㄕㄨˊ)									
尗(菽、豆古今語，亦古今字。)	尗部	【小部】	3畫	336	339	10-36	段7下-2	鍇14-1	鉉7下-1
豆(昰、梪、菽尗shu´述及，餖通叚)	豆部	【豆部】		207	209	27-11	段5上-37	鍇9-16	鉉5上-7
叔(村、鯈鉻述及，菽通叚)	又部	【又部】	6畫	116	117	5-46	段3下-19	鍇6-10	鉉3下-4
秫(术，术通叚)	禾部	【禾部】	5畫	322	325	22-19	段7上-42	鍇13-18	鉉7上-7
塾	土部	【土部】	12畫	無	無	無	無	無	鉉13下-6
馭从亯羊(孰、熟，塾通叚)	丮部	【子部】	8畫	113	114	無	段3下-14	鍇6-8	鉉3下-3
壔(埻、準臬述及，塾通叚)	十部	【土部】	16畫	688	695	無	段13下-29	鍇26-4	鉉13下-4
璹(琡)	玉部	【玉部】	14畫	15	15	無	段1上-29	鍇1-14	鉉1上-4
淑	水部	【水部】	8畫	550	555	18-33	段11上貳-9	鍇21-15	鉉11上-5
俶(淑，休、倜通叚)	人部	【人部】	8畫	370	374	3-21	段8上-12	鍇15-5	鉉8上-2
贖	貝部	【貝部】	15畫	281	284	27-43	段6下-19	鍇12-13	鉉6下-5
shǔ(ㄕㄨˇ)									
黍(秫通叚)	黍部	【黍部】		329	332	32-39	段7上-55	鍇13-23	鉉7上-9
鼠(癙)	鼠部	【鼠部】		478	483	32-50	段10上-37	鍇19-12	鉉10上-6
賅(縃)	貝部	【貝部】	5畫	282	285	無	段6下-21	鍇12-13	鉉6下-5
蜀(蠋，斶通叚)	虫部	【虫部】	7畫	665	672	25-55	段13上-45	鍇25-11	鉉13上-6

篆本字(古文、金文、籀文、俗字、通用字，通叚、金石)	說文部首	康熙部首	筆畫	一般頁碼	洪葉頁碼	金石字典頁碼	段注篇章	徐鍇通釋篇章	徐鉉藤花榭篇
暑	日部	【日部】	9畫	306	309	15-48	段7上-10	鍇13-4	鉉7上-2
曙	日部	【日部】	13畫	無	無	無	無	無	鉉7上-2
睹(署、曙)	日部	【日部】	9畫	302	305	無	段7上-2	鍇13-1	鉉7上-1
署(署)	网部	【网部】	8畫	356	360	23-43	段7下-43	鍇14-19	鉉7下-8
數	攴部	【攴部】	11畫	123	124	14-58	段3下-33	鍇6-17	鉉3下-8
轣(皽，櫡通叚)	革部	【革部】	15畫	110	111	31-17	段3下-8	鍇6-5	鉉3下-2
襡(襩通叚)	衣部	【衣部】	13畫	394	398	無	段8上-60	鍇16-4	鉉8上-9
籔(籔，簻通叚)	竹部	【竹部】	15畫	192	194	無	段5上-8	鍇9-3	鉉5上-2
藷(zhu)	艸部	【艸部】	16畫	29	29	無	段1下-16	鍇2-8	鉉1下-3
屬(矚通叚)	尾部	【尸部】	21畫	402	406	10-46	段8下-2	鍇16-9	鉉8下-1
躅(蹢、躪通叚)	足部	【足部】	21畫	82	83	無	段2下-27	鍇4-14	鉉2下-6
shù(ㄕㄨㄟ)									
戍(非戌xu)	戈部	【戈部】	2畫	630	636	13-46	段12下-38	鍇24-12	鉉12下-6
束	束部	【木部】	3畫	276	278	16-20	段6下-8	鍇12-6	鉉6下-3
柔(杼、芧)	木部	【木部】	4畫	243	245	無	段6上-10	鍇11-5	鉉6上-2
杼(梭、榪、柔)	木部	【木部】	4畫	262	265	16-23	段6上-49	鍇11-21	鉉6上-6
耇	老部	【老部】	4畫	398	402	無	段8上-68	鍇16-7	鉉8上-10
沭	水部	【水部】	5畫	538	543	無	段11上壹-45	鍇21-6	鉉11上-3
疘(㤅)	疒部	【疒部】	5畫	352	355	無	段7下-34	鍇14-15	鉉7下-6
秫(朮，术通叚)	禾部	【禾部】	5畫	322	325	22-19	段7上-42	鍇13-18	鉉7上-7
術	行部	【行部】	5畫	78	78	26-5	段2下-18	鍇4-10	鉉2下-4
述(㵤、術、遂、遹古文多以遹yu ˋ為述)	辵(辶_)部	【辵部】	5畫	70	71	28-20	段2下-3	鍇4-2	鉉2下-1
遹(述、聿吹述及、穴、沇、馱，僪通叚)	辵(辶_)部	【辵部】	12畫	73	73	28-51	段2下-8	鍇4-4	鉉2下-2
遂(述吹述及，邌、濦、璲、隧通叚)	辵(辶_)部	【辵部】	9畫	74	74	28-36	段2下-10	鍇4-5	鉉2下-2
鉥	金部	【金部】	5畫	706	713	無	段14上-9	鍇27-4	鉉14上-2
訹(鉥、怵)	言部	【言部】	5畫	96	96	無	段3上-20	鍇5-10	鉉3上-4
駐(住，侸)	馬部	【馬部】	5畫	467	471	無	段10上-14	鍇19-4	鉉10上-2
侸(住、侸)	人部	【人部】	7畫	373	377	3-13	段8上-18	鍇15-7	鉉8上-3
恕(㣽，伽通叚)	心部	【心部】	6畫	504	508	無	段10下-28	鍇20-10	鉉10下-6

篆本字（古文、金文、籀文、俗字、通用字，通叚、金石）	說文部首	康熙部首	筆畫	一般頁碼	洪葉頁碼	金石字典頁碼	段注篇章	徐鍇通釋篇章	徐鉉藤花榭篇
裋(襜通叚)	衣部	【衣部】	7畫	396	400	無	段8上-64	錯16-6	鉉8上-9
倏(儵，倐通叚)	犬部	【人部】	8畫	475	479	無	段10上-30	錯19-10	鉉10上-5
庶	广部	【广部】	8畫	445	450	11-50	段9下-17	錯18-6	鉉9下-3
豎(豎，竪通叚)	臤部	【豆部】	8畫	118	119	27-12	段3下-24	錯6-13	鉉3下-6
樹(尌、尌、豎)	木部	【木部】	12畫	248	251	17-9	段6上-21	錯11-9	鉉6上-3
尌(侸、樹)	壴部	【寸部】	9畫	205	207	10-30	段5上-33	錯9-14	鉉5上-7
蒁(茂)	艸部	【艸部】	9畫	26	26	無	段1下-10	錯2-5	鉉1下-2
鷫(鸇从鷫、鸐从遹、鷞)	鳥部	【鳥部】	12畫	153	154	無	段4上-48	錯7-21	鉉4上-9
隃(瑜通叚)	𨸏部	【阜部】	9畫	735	742	30-38	段14下-9	錯28-3	鉉14下-2
輸(輸通叚)	巾部	【巾部】	9畫	359	362	11-26，輸31-16	段7下-48	錯14-22	鉉7下-9
數	攴部	【攴部】	11畫	123	124	14-58	段3下-33	錯6-17	鉉3下-8
漱(欶㰛kai`述及、涷，嗽通叚)	水部	【水部】	11畫	563	568	無	段11上貳-36	錯21-24	鉉11上-8
涷非涷se`(漱)	水部	【水部】	7畫	564	569	18-23	段11上貳-38	錯21-24	鉉11上-9
野(壄、埜，墅通叚)	里部	【里部】	4畫	694	701	29-30	段13下-41	錯26-8	鉉13下-6
樹(尌、尌、豎)	木部	【木部】	12畫	248	251	17-9	段6上-21	錯11-9	鉉6上-3
澍	水部	【水部】	12畫	557	562	18-60	段11上貳-24	錯21-20	鉉11上-7
虪从儵(麂)	虎部	【虍部】	20畫	210	212	無	段5上-44	錯9-18	鉉5上-8
shu ā（ㄕㄨㄚ）									
刷(㕞)	刀部	【刂部】	6畫	181	183	無	段4下-47	錯8-16	鉉4下-7
㕞(刷)	又部	【又部】	6畫	115	116	無	段3下-18	錯6-10	鉉3下-4
shu āi（ㄕㄨㄞ）									
縗(𧞫、衰、蓑)	衣部	【衣部】	4畫	397	401	26-14	段8上-65	錯16-6	鉉8上-9
縗(衰)	糸部	【糸部】	10畫	661	667	無	段13上-36	錯25-8	鉉13上-5
瘫(衰)	疒部	【疒部】	10畫	352	356	無	段7下-35	錯14-16	鉉7下-6
shuài（ㄕㄨㄞˋ）									
帥(帨)	巾部	【巾部】	6畫	357	361	11-21	段7下-45	錯14-20	鉉7下-8
衛(率、帥)	行部	【行部】	11畫	78	79	26-10	段2下-19	錯4-10	鉉2下-4
率(帥、達、衛，㮚通叚)	率部	【玄部】	6畫	663	669	20-3	段13上-40	錯25-9	鉉13上-5
達(帥、率)	辵(辶)部	【辵部】	11畫	70	70	28-46	段2下-2	錯4-2	鉉2下-1

篆本字(古文、金文、籀文、俗字、通用字,通段、金石)	說文部首	康熙部首	筆畫	一般頁碼	洪葉頁碼	金石字典頁碼	段注篇章	徐鍇通釋篇章	徐鉉藤花榭篇
師(率、率、帥旗述及、獅虓xiao述及)	帀部	【巾部】	7畫	273	275	11-22	段6下-2	錯12-2	鉉6下-1
淪(率,沌通段)	水部	【水部】	8畫	549	554	18-39	段11上貳-7	錯21-15	鉉11上-5
鋝(率、選、饌、垸、荆)	金部	【金部】	9畫	708	715	29-48	段14上-13	錯27-5	鉉14上-3
蟀(蟀蟋蟀皆俗字,通段蟋作悉xi)	虫部	【虫部】	9畫	666	673	無	段13上-47	錯25-11	鉉13上-6
灛(渻、涮,渼、嘆通段)	水部	【水部】	16畫	563	568	無	段11上貳-36	錯21-24	鉉11上-8
shuān(ㄕㄨㄢ)									
關(櫼、貫彎述及,攔通段)	門部	【門部】	11畫	590	596	30-17	段12上-13	錯23-5	鉉12上-3
shuàn(ㄕㄨㄢˋ)									
腨(膊、肫、臂)	肉部	【肉部】	9畫	170	172	無	段4下-26	錯8-10	鉉4下-4
肫(準、腨、忳、純)	肉部	【肉部】	4畫	167	169	無	段4下-20	錯8-8	鉉4下-4
膞(腨胆述及)	肉部	【肉部】	11畫	176	178	無	段4下-38	錯8-14	鉉4下-6
尃(槫)	厄部	【寸部】	14畫	430	434	無	段9上-30	錯17-10	鉉9上-5
簨从竹目大車	車部	【車部】	14畫	729	736	無	段14上-55	錯27-15	鉉14上-7
灛(渻、涮,渼、嘆通段)	水部	【水部】	16畫	563	568	無	段11上貳-36	錯21-24	鉉11上-8
shuāng(ㄕㄨㄤ)									
霜(孀通段)	雨部	【雨部】	9畫	573	579	31-3	段11下-13	錯22-6	鉉11下-4
雙(雙、艭、鸒通段)	雔部	【隹部】	10畫	148	149	30-59	段4上-38	錯7-17	鉉4上-7
鷞(鸘通段)	鳥部	【鳥部】	11畫	149	150	無	段4上-40	錯7-19	鉉4上-8
shuǎng(ㄕㄨㄤˇ)									
爽(爽,㸥通段)	㸚部	【爻部】	7畫	128	129	19-41	段3下-44	錯6-21	鉉3下-10
滄(滄,㳄通段)	水部	【水部】	10畫	563	568	無	段11上貳-36	錯21-24	鉉11上-9
凔(㳄,㳄通段)	仌部	【冫部】	10畫	571	576	無	段11下-8	錯22-4	鉉11下-3
甋(碤)	瓦部	【瓦部】	11畫	639	645	無	段12下-56	錯24-18	鉉12下-9
shuí(ㄕㄨㄟˊ)									
脽	肉部	【肉部】	8畫	170	172	無	段4下-25	錯8-10	鉉4下-4
郵(脽)	邑部	【邑部】	9畫	289	291	無	段6下-34	錯12-17	鉉6下-6

篆本字(古文、金文、籀文、俗字、通用字，通段、金石)	說文部首	康熙部首	筆畫	一般頁碼	洪葉頁碼	金石字典頁碼	段注篇章	徐鍇通釋篇章	徐鉉藤花榭篇
誰(shei´)	言部	【言部】	8畫	101	101	26-54	段3上-30	鍇5-15	鉉3上-6
shuǐ(ㄕㄨㄟˇ)									
水	水部	【水部】		516	521	17-57	段11上壹-1	鍇21-1	鉉11上-1
shuì(ㄕㄨㄟˋ)									
帨(帨)	巾部	【巾部】	11畫	357	361	無	段7下-45	鍇14-20	鉉7下-8
帥(帨)	巾部	【巾部】	6畫	357	361	11-21	段7下-45	鍇14-20	鉉7下-8
涗(湄)	水部	【水部】	7畫	561	566	無	段11上貳-31	鍇21-22	鉉11上-8
稅	禾部	【禾部】	7畫	326	329	22-23	段7上-50	鍇13-21	鉉7上-8
祱(襚)	衣部	【衣部】	7畫	397	401	無	段8上-66	鍇16-6	鉉8上-9
餲(祱，饡通段)	倉部	【食部】	7畫	222	225	無	段5下-15	鍇10-6	鉉5下-3
睡	目部	【目部】	9畫	134	135	21-34	段4上-10	鍇7-5	鉉4上-2
雖	隹部	【隹部】	9畫	142	144	無	段4上-27	鍇7-12	鉉4上-5
啐(啐)	口部	【口部】	11畫	55	56	無	段2上-15	鍇3-6	鉉2上-3
啐(啐)	口部	【口部】	8畫	60	60	無	段2上-24	鍇3-10	鉉2上-5
shǔn(ㄕㄨㄣˇ)									
吮	口部	【口部】	4畫	55	55	無	段2上-14	鍇3-6	鉉2上-3
楯(盾，楯、輴通段)	木部	【木部】	9畫	256	258	無	段6上-36	鍇11-14	鉉6上-5
shùn(ㄕㄨㄣˋ)									
順(古馴、訓、順三字互相段借)	頁部	【頁部】	3畫	418	423	31-25	段9上-7	鍇17-3	鉉9上-2
馴(古馴、訓、順三字互相段借)	馬部	【馬部】	3畫	467	471	31-56	段10上-14	鍇19-4	鉉10上-2
訓(古馴、訓、順三字互相段借)	言部	【言部】	3畫	91	91	26-40	段3上 10	鍇5-6	鉉3上-3
眴(眹，姟通段)	目部	【目部】	5畫	134	136	無	段4上-11	鍇7-5	鉉4上-2
舜(㼐、舜=俊)	舜部	【舛部】	6畫	234	236	24-45	段5下-38	鍇10-16	鉉5下-7
蕣(舜)	艸部	【艸部】	12畫	37	37	無	段1下-32	鍇2-15	鉉1下-5
鬊(巛)	髟部	【髟部】	9畫	428	432	無	段9上-26	鍇17-9	鉉9上-4
巛(川、鬊)	川部	【巛部】		568	574	無	段11下-3	鍇22-1	鉉11下-1
瞚(瞬)	目部	【目部】	11畫	135	137	無	段4上-13	鍇7-6	鉉4上-3
shuō(ㄕㄨㄛ)									
說(悅、悅)	言部	【言部】	7畫	93	94	26-53	段3上-15	鍇5-8	鉉3上-4

篆本字（古文、金文、籀文、俗字、通用字，通段、金石）	說文部首	康熙部首	筆畫	一般頁碼	洪葉頁碼	金石字典頁碼	段注篇章	徐鍇通釋篇章	徐鉉藤花榭篇
shuò（ㄕㄨㄛˋ）									
妁	女部	【女部】	3畫	613	619	無	段12下-4	錯24-2	鉉12下-1
朔	月部	【月部】	6畫	313	316	無	段7上-24	錯13-9	鉉7上-4
欶(嗽㰌kai`述及，癩通段)	欠部	【欠部】	7畫	413	417	無	段8下-24	錯16-17	鉉8下-5
稍(矟通段)	矛部	【矛部】	8畫	719	726	無	段14上-36	錯27-11	鉉14上-6
槊	木部	【木部】	10畫	無	無	無	無	無	鉉6上-8
梢(捎，旓、槊、稍、鞘、鞘通段)	木部	【木部】	7畫	244	247	無	段6上-13	錯11-6	鉉6上-2
箾(簫，槊通段)	竹部	【竹部】	9畫	196	198	無	段5上-16	錯9-6	鉉5上-3
碩(石)	頁部	【石部】	9畫	417	422	31-27	段9上-5	錯17-2	鉉9上-1
石(碩、秵，楛通段)	石部	【石部】		448	453	21-41	段9下-23	錯18-8	鉉9下-4
綃(宵、繡，幧、綡通段)	糸部	【糸部】	7畫	643	650	無	段13上-1	錯25-1	鉉13上-1
數	攴部	【攴部】	11畫	123	124	14-58	段3下-33	錯6-17	鉉3下-8
獡(狋、猎)	犬部	【犬部】	12畫	474	479	無	段10上-29	錯19-9	鉉10上-5
逽(獡)	立部	【立部】	8畫	500	505	無	段10下-21	錯20-8	鉉10下-4
爍	火部	【火部】	15畫	無	無	19-30	無	無	鉉10上-9
鑠(爍通段)	金部	【金部】	15畫	703	710	29-62	段14上-3	錯27-2	鉉14上-1
爐(爍、燿、鑠)	火部	【火部】	17畫	481	486	無	段10上-43	錯19-14	鉉10上-8
燿(曜、爍、耀通段)	火部	【火部】	14畫	485	490	無	段10上-51	錯19-17	鉉10上-9
sī（ㄙ）									
厶(私)	厶部	【厶部】		436	441	無	段9上-43	錯17-14	鉉9上-7
私(厶)	禾部	【禾部】	2畫	321	324	22-12	段7上-40	錯13-17	鉉7上-7
司(伺、覗)	司部	【口部】	2畫	429	434	6-1	段9上-29	錯17-10	鉉9上-5
玜	玉部	【玉部】	2畫	17	17	無	段1上-33	錯1-16	鉉1上-5
虒(傂、螔通段、俿金石)	虎部	【虍部】	4畫	211	213	3-22	段5上-45	錯9-18	鉉5上-8
罳(罳)	网部	【网部】	9畫	無	無	無	無	無	鉉7下-8
思(罳、腮、顋、鰓通段)	思部	【心部】	5畫	501	506	13-10	段10下-23	錯20-9	鉉10下-5
囟(脴、顖、顄、甶，胴通段)	囟部	【口部】	3畫	501	505	無	段10下-22	錯20-8	鉉10下-5

篆本字(古文、金文、籀文、俗字、通用字，通叚、金石)	說文部首	康熙部首	筆畫	一般頁碼	洪葉頁碼	金石字典頁碼	段注篇章	徐鍇通釋篇章	徐鉉藤花榭篇
絲	絲部	【糸部】	6畫	663	669	23-20	段13上-40	錯25-9	鉉13上-5
莔	艸部	【艸部】	7畫	33	34	無	段1下-25	錯2-12	鉉1下-4
斯(撕、螦、螹、嘶、廝、鐁通叚)	斤部	【斤部】	8畫	717	724	15-8	段14上-31	錯27-10	鉉14上-5
緦(罳)	糸部	【糸部】	9畫	660	667	無	段13上-35	錯25-8	鉉13上-5
颸	風部	【風部】	9畫	無	無	無	無	無	鉉13下-2
飀(颼、飅、飀)	風部	【風部】	8畫	678	684	無	段13下-8	錯25-16	鉉13下-2
榹(柶)	木部	【木部】	10畫	260	263	無	段6上-45	錯11-19	鉉6上-6
澌	水部	【水部】	10畫	540	545	無	段11上壹-50	錯21-7	鉉11上-3
狤(伺、覗)	犬部	【犬部】	10畫	478	482	無	段10上-36	錯19-12	鉉10上-6
禠	示部	【示部】	10畫	3	3	無	段1上-5	錯1-5	鉉1上-1
蹝(蹏，硶通叚)	足部	【足部】	10畫	81	81	27-56	段2下-24	錯4-12	鉉2下-5
鼶	鼠部	【鼠部】	10畫	478	483	無	段10上-37	錯19-12	鉉10上-6
凘	仌部	【冫部】	12畫	571	576	無	段11下-8	錯22-4	鉉11下-3
澌(賜、傷，俿、獮通叚)	水部	【水部】	12畫	559	564	無	段11上貳-28	錯21-21	鉉11上-7
廝(嘶，廝、甗通叚)	广部	【广部】	12畫	349	352	無	段7下-28	錯14-12	鉉7下-5
誓(誓、嘶)	言部	【言部】	12畫	101	101	無	段3上-30	錯5-15	鉉3上-6
斯(撕、螦、螹、嘶、廝、鐁通叚)	斤部	【斤部】	8畫	717	724	15-8	段14上-31	錯27-10	鉉14上-5
霹(xian`)	雨部	【雨部】	17畫	572	578	無	段11下-11	錯22-6	鉉11下-3
sĭ(ㄙˇ)									
死(兕)	死部	【歹部】	2畫	164	166	17-36	段4下-13	錯8-6	鉉4下-3
sì(ㄙˋ)									
巳	巳部	【己部】		745	752	11-12	段14下-30	錯28-16	鉉14下-7
佀(似、嗣、巳，娰、姒通叚)	人部	【人部】	5畫	375	379	2-60	段8上-21	錯15-8	鉉8上-3
四(亖、三)	四部	【囗部】	2畫	737	744	6-58	段14下-14	錯28-5	鉉14下-3
寺(侍)	寸部	【寸部】	3畫	121	122	10-17	段3下-29	錯6-15	鉉3下-7
汜(坋)	水部	【水部】	3畫	553	558	無	段11上貳-15	錯21-17	鉉11上-6
坁(汜)	土部	【土部】	3畫	693	700	無	段13下-39	錯26-7	鉉13下-5
祀(禩，禖通叚)	示部	【示部】	3畫	3	3	21-48	段1上-6	錯1-6	鉉1上-2
祠(祀)	示部	【示部】	5畫	5	5	21-56	段1上-10	錯1-6	鉉1上-2

篆本字(古文、金文、籀文、俗字、通用字,通段、金石)	說文部首	康熙部首	筆畫	一般頁碼	洪葉頁碼	金石字典頁碼	段注篇章	徐鍇通釋篇章	徐鉉藤花榭篇
止(趾、山隸變延述及,杸通段)	止部	【止部】		67	68	17-22	段2上-39	鍇3-17	鉉2上-8
㠯(以、姒姒yi`如姒姓本作以)	巳部	【人部】	3畫	746	753	2-49	段14下-31	鍇28-16	鉉14下-8
佀(似、嗣、巳,娌、姒通段)	人部	【人部】	5畫	375	379	2-60	段8上-21	鍇15-8	鉉8上-3
枱(梩,耜、耘通段)	木部	【木部】	5畫	259	261	無	段6上-42	鍇11-18	鉉6上-6
耕(耜耦述及)	耒部	【耒部】	4畫	184	186	24-6	段4下-53	鍇8-19	鉉4下-8
枱(鈶、辝、耜)	木部	【木部】	5畫	259	261	無	段6上-42	鍇11-18	鉉6上-6
柶	木部	【木部】	5畫	260	263	無	段6上-45	鍇11-19	鉉6上-6
泗	水部	【水部】	5畫	537	542	18-17	段11上壹-43	鍇21-5	鉉11上-3
渻(泗)	水部	【水部】	6畫	565	570	無	段11上貳-40	鍇21-25	鉉11上-9
牭(犆)	牛部	【牛部】	5畫	51	51	19-46	段2上-6	鍇3-3	鉉2上-2
笥	竹部	【竹部】	5畫	192	194	22-44	段5上-8	鍇9-4	鉉5上-2
伺	人部	【人部】	5畫	無	無	無	無	無	鉉8上-5
司(伺、覗)	司部	【口部】	2畫	429	434	6-1	段9上-29	鍇17-10	鉉9上-5
獄(伺、覗)	犬部	【犬部】	10畫	478	482	無	段10上-36	鍇19-12	鉉10上-6
倉(食,飼通段)	倉部	【食部】		218	220	31-38	段5下-6	鍇10-3	鉉5下-2
飤(食、飼)	倉部	【食部】	5畫	220	222	31-39	段5下-10	鍇10-4	鉉5下-2
駟	馬部	【馬部】	5畫	465	470	31-58	段10上-11	鍇19-3	鉉10上-2
㳽	水部	【水部】	6畫	544	549	18-26	段11上壹-58	鍇21-13	鉉11上-4
竢(竢、俟)	立部	【立部】	7畫	500	505	無	段10下-21	鍇20-8	鉉10下-4
㹟(俟、竢)	來部	【矢部】	10畫	231	234	無	段5下-33	鍇10-13	鉉5下-6
俟(竢、騃)	人部	【人部】	7畫	369	373	無	段8上-9	鍇15-4	鉉8上-2
騃(俟)	馬部	【馬部】	7畫	466	471	無	段10上-13	鍇19-4	鉉10上-2
涘	水部	【水部】	7畫	552	557	18-32	段11上貳-14	鍇21-17	鉉11上-6
炱(烗通段)	火部	【火部】	5畫	482	486	19-9	段10上-44	鍇19-15	鉉10上-8
舄(鳥、𪆰、㲃)	舄部	【火部】	7畫	458	463	3-54	段9下-43	鍇18-15	鉉9下-7
殔(𣩁)	歺部	【歹部】	8畫	163	165	無	段4下-11	鍇8-5	鉉4下-3
肆(肆、鬟、遂、鬖、肄)	長部	【聿部】	7畫	453	457	30-8	段9下-32	鍇18-11	鉉9下-5

篆本字(古文、金文、籀文、俗字、通用字，通叚、金石)	說文部首	康熙部首	筆畫	一般頁碼	洪葉頁碼	金石字典頁碼	段注篇章	徐鍇通釋篇章	徐鉉藤花榭篇
希(彖、豨、肆、貄、脩、豪，狶通叚)	希部	【彑部】	5畫	456	460	無	段9下-38	鍇18-13	鉉9下-6
絼(繡、絼、肆、遂)	希部	【彑部】	13畫	456	461	12-30	段9下-39	鍇18-13	鉉9下-6
盡(儘、賜賜述及)	皿部	【皿部】	9畫	212	214	21-19	段5上-48	鍇9-20	鉉5上-9
賜(錫，賜通叚)	貝部	【貝部】	8畫	280	283	27-38	段6下-17	鍇12-11	鉉6下-4
澌(賜、賜，斯、嘶通叚)	水部	【水部】	12畫	559	564	無	段11上貳-28	鍇21-21	鉉11上-7
嗣(孠)	冊(册)部	【口部】	10畫	86	86	6-49	段2下-34	鍇4-17	鉉2下-7
佀(似、嗣、巳，娰、姒通叚)	人部	【人部】	5畫	375	379	2-60	段8上-21	鍇15-8	鉉8上-3
隸(肆、鬚、遂、鬚、肄)	長部	【隶部】	7畫	453	457	30-8	段9下-32	鍇18-11	鉉9下-5
絼(繡、絼、肆、遂)	希部	【彑部】	13畫	456	461	12-30	段9下-39	鍇18-13	鉉9下-6
蕩	艸部	【艸部】	15畫	29	29	無	段1下-16	鍇2-8	鉉1下-3
蘇(蔛)	艸部	【艸部】	15畫	31	31	無	段1下-20	鍇2-10	鉉1下-4
sōng(ㄙㄨㄥ)									
松(窠窠作榕，淞通叚)	木部	【木部】	4畫	247	250	16-22	段6上-19	鍇11-8	鉉6上-3
娀	女部	【女部】	6畫	617	623	無	段12下-11	鍇24-3	鉉12下-2
庸(墉，倯、慵通叚)	用部	【广部】	8畫	128	129	11-51	段3下-43	鍇6-21	鉉3下-10
崇(崧、嵩，崒、菘通叚)	山部	【山部】	8畫	440	444	10-56	段9下-6	鍇18-3	鉉9下-1
菶(蘴，菘)	艸部	【艸部】	9畫	32	32	無	段1下-22	鍇2-10	鉉1下-4
蜙(蚣)	虫部	【虫部】	8畫	668	674	無	段13上-50	鍇25-12	鉉13上-7
箜(篢通叚)	竹部	【竹部】	6畫	193	195	無	段5上-10	鍇9-4	鉉5上-2
sǒng(ㄙㄨㄥˇ)									
竦(慫)	立部	【立部】	7畫	500	504	無	段10下-20	鍇20-7	鉉10下-4
愯(愯=雙雙述及、悚)	心部	【心部】	10畫	506	510	無	段10下-32	鍇20-12	鉉10下-6
聳(雙)	耳部	【彳部】	10畫	592	598	無	段12上-17	鍇23-7	鉉12上-4
敕(駷通叚)	攴部	【攴部】	6畫	126	127	無	段3下-40	鍇6-20	鉉3下-9
慫(慂)	心部	【心部】	11畫	510	514	無	段10下-40	鍇20-14	鉉10下-7

篆本字(古文、金文、籀文、俗字、通用字，通段、金石)	說文部首	康熙部首	筆畫	一般頁碼	洪葉頁碼	金石字典頁碼	段注篇章	徐鍇通釋篇章	徐鉉藤花榭篇
縱(從緯迹及，慫通段)	糸部	【糸部】	11畫	646	652	23-32	段13上-6	錯25-2	鉉13上-1
sòng(ㄙㄨㄥˋ)									
宋	宀部	【宀部】	4畫	342	345	9-27	段7下-14	錯14-6	鉉7下-3
末(末，妹、抹、靺通段)	木部	【木部】	1畫	248	251	16-11	段6上-21	錯11-10	鉉6上-3
頌(額、容)	頁部	【頁部】	4畫	416	420	31-25	段9上-2	錯17-1	鉉9上-1
容(宖、頌，蓉通段)	宀部	【宀部】	7畫	340	343	9-49	段7下-10	錯14-5	鉉7下-2
訟(誦、頌)	言部	【言部】	4畫	100	100	26-42	段3上-28	錯5-14	鉉3上-6
遳(送、迸)	辵(辶)部	【辵部】	6畫	72	73	28-25	段2下-7	錯4-4	鉉2下-2
誦	言部	【言部】	7畫	90	91	26-53	段3上-9	錯5-6	鉉3上-3
sōu(ㄙㄡ)									
獀(獀)	犬部	【犬部】	9畫	473	477	無	段10上-26	錯19-8	鉉10上-5
颼	風部	【風部】	9畫	無	無	無	無	無	鉉13下-2
騷(颼通段)	馬部	【馬部】	10畫	467	472	無	段10上-15	錯19-5	鉉10上-2
搜(搜，廀、趨、鎪通段)	手部	【手部】	10畫	611	617	14-26	段12上-55	錯23-17	鉉12上-8
梭(槮、艘)	木部	【木部】	10畫	267	270	無	段6上-59	錯11-26	鉉6上-7
敕(勅、勑，憨、慽、揫通段)	攴部	【攴部】	7畫	124	125	14-46	段3下-35	錯6-18	鉉3下-8
溞(溲，滫、螋、酸通段)	水部	【水部】	10畫	561	566	無	段11上貳-32	錯21-23	鉉11上-8
糟(糟、醩、蒩，酸通段)	米部	【米部】	11畫	332	335	23-4	段7上-62	錯13-25	鉉7上-10
醪(酸通段)	酉部	【酉部】	11畫	748	755	無	段14下-35	錯28-17	鉉14下-8
蒐	艸部	【艸部】	10畫	31	31	無	段1下-20	錯2-10	鉉1下-4
薽(蔲，蒐通段)	艸部	【艸部】	12畫	32	32	無	段1下-22	錯2-11	鉉1下-4
鄋(郰)	邑部	【邑部】	10畫	290	293	無	段6下-37	錯12-17	鉉6下-7
sǒu(ㄙㄡˇ)									
叟(叜、㝓、傁)	又部	【又部】	7畫	115	116	5-52	段3下-17	錯6-9	鉉3下-4
瞍(瞍)	目部	【目部】	10畫	135	137	無	段4上-13	錯7-6	鉉4上-3
嗾	口部	【口部】	11畫	61	62	無	段2上-27	錯3-12	鉉2上-5
籔(籔，籔通段)	竹部	【竹部】	15畫	192	194	無	段5上-8	錯9-3	鉉5上-2
藪	艸部	【艸部】	15畫	41	41	無	段1下-40	錯2-19	鉉1下-7

篆本字（古文、金文、籀文、俗字、通用字，通段、金石）	說文部首	康熙部首	筆畫	一般頁碼	洪葉頁碼	金石字典頁碼	段注篇章	徐鍇通釋篇章	徐鉉藤花榭篇
椒(藪，撇、聚通段)	木部	【木部】	8畫	269	272	16-49	段6上-63	鍇11-28	鉉6上-8
sòu（ㄙㄡˋ）									
欶(嗽欶kai`述及，瘶通段)	欠部	【欠部】	7畫	413	417	無	段8下-24	鍇16-17	鉉8下-5
漱(欶欶kai`述及、涷，嗽通段)	水部	【水部】	11畫	563	568	無	段11上貳-36	鍇21-24	鉉11上-8
sū（ㄙㄨ）									
窣	穴部	【穴部】	8畫	346	349	無	段7下-22	鍇14-9	鉉7下-4
欨(甦通段)	死部	【歹部】	6畫	164	166	無	段4下-14	鍇8-6	鉉4下-3
穌(蘇)	禾部	【禾部】	11畫	327	330	22-28	段7上-51	鍇13-21	鉉7上-8
蘇(穌通段)	艸部	【艸部】	16畫	23	24	25-39	段1下-5	鍇2-22	鉉1下-1
sú（ㄙㄨˊ）									
俗	人部	【人部】	7畫	376	380	3-17	段8上-23	鍇15-9	鉉8上-3
sù（ㄙㄨˋ）									
玊(珛xiu`唐本但作玉、不作珛)	玉部	【玉部】	1畫	11	11	無	段1上-22	鍇1-11	鉉1上-4
殊(佰、佰、夙)	夕部	【夕部】	4畫	315	318	7-51	段7上-28	鍇13-11	鉉7上-5
宿(宿、夙鹽述及，蓿通段)	宀部	【宀部】	8畫	340	344	9-53	段7下-11	鍇14-5	鉉7下-3
縥(素，嗉、愫通段)	素部	【糸部】	4畫	662	669	23-11	段13上-39	鍇25-9	鉉13上-5
溯(泝、遡、涉，溯、愫通段)	水部	【水部】	5畫	556	561	無	段11上貳-21	鍇21-19	鉉11上-6
槀(虆从卤、粟)	卤部	【米部】	6畫	317	320	23-2	段7上-32	鍇13-13	鉉7上-6
涷非涷se`(漱)	水部	【水部】	7畫	564	569	18-23	段11上貳-38	鍇21-24	鉉11上-9
漱(欶欶kai`述及、涷，嗽通段)	水部	【水部】	11畫	563	568	無	段11上貳-36	鍇21-24	鉉11上-8
茜(蕭、縮、茜)	西部	【艸部】	7畫	750	757	無	段14下-40	鍇28-19	鉉14下-9
蓲(茜)	艸部	【艸部】	12畫	29	29	無	段1下-16	鍇2-8	鉉1下-3
速(遬、警、樕樕yan`述及，觫通段)	辵(辶)部	【辵部】	7畫	71	72	28-33	段2下-5	鍇4-3	鉉2下-1
宿(宿、夙鹽述及，蓿通段)	宀部	【宀部】	8畫	340	344	9-53	段7下-11	鍇14-5	鉉7下-3
摍(縮、宿)	手部	【手部】	11畫	605	611	無	段12上-43	鍇23-14	鉉12上-7

篆本字(古文、金文、籀文、俗字、通用字,通段、金石)	說文部首	康熙部首	筆畫	一般頁碼	洪葉頁碼	金石字典頁碼	段注篇章	徐鍇通釋篇章	徐鉉藤花榭篇
諫(訴、謋、愬)	言部	【言部】	9畫	100	100	13-31	段3上-28	錯5-15	鉉3上-6
奰(測,謖通段)	夂部	【田部】	5畫	233	236	無	段5下-37	錯10-15	鉉5下-7
跡(跦、蹜、顅通段)	足部	【足部】	8畫	81	82	無	段2下-25	錯4-13	鉉2下-5
蕭(肅)	艸部	【艸部】	13畫	35	35	25-31	段1下-28	錯2-13	鉉1下-5
肅(盡、蕭,翻、驫、驌通段)	聿部	【聿部】	7畫	117	118	24-16	段3下-21	錯6-12	鉉3下-5
鷫(鷞,驌通段)	鳥部	【鳥部】	13畫	149	150	無	段4上-40	錯7-18	鉉4上-8
繂(素,嗉、愫通段)	素部	【糸部】	10畫	662	669	23-11	段13上-39	錯25-9	鉉13上-5
麣从速	鹿部	【鹿部】	10畫	無	無	無	無	錯19-6	鉉10上-3
楸	木部	【木部】	11畫	241	243	無	段6上-6	錯11-3	鉉6上-1
櫹(櫄)	木部	【木部】	13畫	251	253	無	段6上-26	錯11-12	鉉6上-4
瀟(瀟通段)	水部	【水部】	13畫	546	551	無	段11上貳-2	錯21-13	鉉11上-4
膌(鱐)	肉部	【肉部】	13畫	174	176	無	段4下-34	錯8-13	鉉4下-5
蔌(蓮、遬,薂通段)	艸部	【艸部】	15畫	33	34	無	段1下-25	錯2-12	鉉1下-4
速(遬、警、樕楸yan述及,觫通段)	辵(辶)部	【辵部】	7畫	71	72	28-33	段2下-5	錯4-3	鉉2下-1
虪从速(㑁、薂)	弼部	【鬲部】	17畫	112	113	無	段3下-12	錯6-6	鉉3下-3
suān(ㄙㄨㄢ)									
狻	犬部	【犬部】	7畫	477	481	無	段10上-34	錯19-11	鉉10上-6
酸(䤏)	酉部	【酉部】	7畫	751	758	無	段14下-41	錯28-19	鉉14下-9
霰	雨部	【雨部】	14畫	573	578	無	段11下-12	錯22-6	鉉11下-3
suǎn(ㄙㄨㄢˇ)									
簨(㢓)	竹部	【竹部】	12畫	192	194	無	段5上-7	錯9-3	鉉5上-2
㢑(巽、𢍱,簨、撰通段)	丌部	【己部】	6畫	200	202	11-15	段5上-23	錯9-9	鉉5上-4
匴(篹,籫通段)	匚部	【匚部】	14畫	636	642	無	段12下-49	錯24-16	鉉12下-8
饌从目大食(饌从大良、饋、餕,撰、篹通段)	倉部	【竹部】	15畫	219	222	31-47	段5下-9	錯10-4	鉉5下-2
算(選、撰、筭計述及,篹通段)	竹部	【竹部】	8畫	198	200	22-53	段5上-20	錯9-8	鉉5上-3
suàn(ㄙㄨㄢˋ)									
祘(祘)	示部	【示部】	5畫	8	8	無	段1上-16	錯1-8	鉉1上-3

篆本字(古文、金文、籀文、俗字、通用字，通段、金石)	說文部首	康熙部首	筆畫	一般頁碼	洪葉頁碼	金石字典頁碼	段注篇章	徐鍇通釋篇章	徐鉉藤花榭篇
筭	竹部	【竹部】	7畫	198	200	22-49	段5上-20	錯9-8	鉉5上-3
算(選、撰、筭計述及，篹通段)	竹部	【竹部】	8畫	198	200	22-53	段5上-20	錯9-8	鉉5上-3
蒜	艸部	【艸部】	10畫	45	45	無	段1下-48	錯2-22	鉉1下-8
suī（ㄙㄨㄟ）									
夊(綏)	夊部	【夊部】		232	235	無	段5下-35	錯10-14	鉉5下-7
綏(荾通段)	糸部	【糸部】	7畫	662	668	23-22	段13上-38	錯25-8	鉉13上-5
挼(隋、墮、綏、挪，捼、搓、抄通段)	手部	【手部】	7畫	605	611	無	段12上-44	錯23-14	鉉12上-7
屎(尿，尾通段)	尾部	【尸部】	4畫	402	407	無	段8下-3	錯16-10	鉉8下-1
葰(綏，薞、荾、菱、蓤通段)	艸部	【艸部】	9畫	25	26	無	段1下-9	錯2-5	鉉1下-2
倠	人部	【人部】	8畫	382	386	3-26	段8上-36	錯15-12	鉉8上-5
雖(睢)	虫部	【隹部】	9畫	664	670	30-58	段13上-42	錯25-10	鉉13上-6
娷(雖、倠)	女部	【女部】	8畫	624	630	無	段12下-25	錯24-8	鉉12下-4
眭	目部	【目部】	6畫	無	無	無	無	無	鉉4上-3
睢非且部睢ju鵙字(灘、睚通段)	目部	【目部】	8畫	132	134	21-33	段4上-7	錯7-4	鉉4上-2
鵙(睢，灘通段)	鳥部	【鳥部】	5畫	154	156	32-25	段4上-51	錯7-22	鉉4上-9
鞲	革部	【革部】	18畫	110	111	無	段3下-8	錯6-5	鉉3下-2
suí（ㄙㄨㄟˊ）									
隋(隨隓述及、陊、墮)	肉部	【阜部】	9畫	172	174	無	段4下-30	錯8-11	鉉4下-5
挼(隋、墮、綏、挪，捼、搓、抄通段)	手部	【手部】	7畫	605	611	無	段12上-44	錯23-14	鉉12上-7
橢(隋，楕通段)	木部	【木部】	12畫	261	264	無	段6上-47	錯11-20	鉉6上-6
隓(隋、隨、橢、墮)	山部	【山部】	12畫	440	444	無	段9下-6	錯18-2	鉉9下-1
隨(骽=腿通段)	辵(辶)部	【阜部】	13畫	70	71	30-46	段2下-3	錯4-2	鉉2下-1
suǐ（ㄙㄨㄟˇ）									
滫(灕、糔通段)	水部	【水部】	11畫	562	567	無	段11上貳-33	錯21-23	鉉11上-8
髓从隓hui(髓，䯝、灕通段)	骨部	【骨部】	13畫	166	168	無	段4下-17	錯8-7	鉉4下-4

篆本字(古文、金文、籀文、俗字、通用字，通段、金石)	說文部首	康熙部首	筆畫	一般頁碼	洪葉頁碼	金石字典頁碼	段注篇章	徐鍇通釋篇章	徐鉉藤花榭篇
sui(ㄙㄨㄟˋ)									
采(穗)	禾部	【禾部】	4畫	324	327	22-19	段7上-45	鍇13-19	鉉7上-8
祟(鼜从眞夂)	示部	【示部】	5畫	8	8	無	段1上-16	鍇1-8	鉉1上-3
㒸(遂)	八部	【八部】	7畫	49	49	27-15	段2上-2	鍇3-2	鉉2上-1
碎(瓾)	石部	【石部】	8畫	452	456	無	段9下-30	鍇18-10	鉉9下-5
瓾(碎)	瓦部	【瓦部】	8畫	639	645	無	段12下-56	鍇24-18	鉉12下-9
誶	言部	【言部】	8畫	100	101	無	段3上-29	鍇5-15	鉉3上-6
粹(晬、晖通段)	米部	【米部】	8畫	333	336	無	段7上-63	鍇13-25	鉉7上-10
愫(邃，窢通段)	心部	【心部】	9畫	505	510	無	段10下-31	鍇20-11	鉉10下-6
椽(檖)	木部	【木部】	9畫	243	246	無	段6上-11	鍇11-5	鉉6上-2
歲(崴通段)	步部	【止部】	9畫	68	69	17-27	段2上-41	鍇3-18	鉉2上-8
薉(穢，歲通段)	艸部	【艸部】	13畫	40	40	25-33	段1下-38	鍇2-18	鉉1下-6
㒸(遂)	八部	【八部】	7畫	49	49	27-15	段2上-2	鍇3-2	鉉2上-1
鐆(遂)	金部	【金部】	12畫	704	711	無	段14上-5	鍇27-3	鉉14上-2
潰(遂、襀褉述及)	水部	【水部】	12畫	551	556	無	段11上貳-12	鍇21-16	鉉11上-5
絺(繻、絫、肆、遂)	希部	【互部】	13畫	456	461	12-30	段9下-39	鍇18-13	鉉9下-6
述(㳥、術、遂、遹古文多以遹yuˋ爲述)	辵(辶_)部	【辵部】	5畫	70	71	28-20	段2下-3	鍇4-2	鉉2下-1
遂(述㱃述及，遀、滐、璲、隧通段)	辵(辶_)部	【辵部】	9畫	74	74	28-36	段2下-10	鍇4-5	鉉2下-2
瑞(璲、繸綏shouˋ述及)	玉部	【玉部】	9畫	13	13	20-15	段1上-25	鍇1-13	鉉1上-4
隸(肆、鬣、遂、鬙、肂)	長部	【隶部】	7畫	453	457	30-8	段9下-32	鍇18-11	鉉9下-5
叡	又部	【又部】	10畫	116	117	無	段3下-19	鍇6-10	鉉3下-4
繀	糸部	【糸部】	11畫	644	650	無	段13上-2	鍇25-1	鉉13上-1
繐	糸部	【糸部】	11畫	660	666	無	段13上-34	鍇25-8	鉉13上-4
繸	糸部	【糸部】	12畫	661	667	無	段13上-36	鍇25-5	鉉13上-5
鐆(遂)	金部	【金部】	12畫	704	711	無	段14上-5	鍇27-3	鉉14上-2
韢	韋部	【韋部】	12畫	235	237	無	段5下-40	鍇10-16	鉉5下-8
穟(蓫)	禾部	【禾部】	13畫	324	327	無	段7上-45	鍇13-19	鉉7上-8
襚	衣部	【衣部】	13畫	397	401	無	段8上-66	鍇16-6	鉉8上-9

篆本字（古文、金文、籀文、俗字、通用字，通段、金石）	說文部首	康熙部首	筆畫	一般頁碼	洪葉頁碼	金石字典頁碼	段注篇章	徐鍇通釋篇章	徐鉉藤花榭篇
祝(襑)	衣部	【衣部】	7畫	397	401	無	段8上-66	錯16-6	鉉8上-9
邃(竂)	穴部	【辵部】	14畫	346	350	無	段7下-23	錯14-9	鉉7下-4
愬(邃，竂通段)	心部	【心部】	9畫	505	510	無	段10下-31	錯20-11	鉉10上-6
旞(旚)	㫃部	【方部】	15畫	310	313	無	段7上-17	錯13-6	鉉7上-3
䰜从遂火(㷭、㸂，燧通段)	鬮部	【阜部】	25畫	737	744	19-25	段14下-13	錯28-5	鉉14下-2
sūn(ㄙㄨㄣ)									
飧(飱、殓)	倉部	【食部】	3畫	220	222	31-40	段5下-10	錯10-4	鉉5下-2
餐(湌)	倉部	【食部】	7畫	220	223	無	段5下-11	錯10-4	鉉5下-2
孫(遜俗)	系部	【子部】	7畫	642	648	9-8	段12下-62	錯24-20	鉉12下-10
遜(愻、孫)	辵(辶)部	【辵部】	10畫	72	72	28-45	段2下-6	錯4-5	鉉2下-2
蓀	艸部	【艸部】	10畫	無	無	無	無	無	鉉1下-9
荃(筌、蓀通段)	艸部	【艸部】	6畫	43	43	25-3	段1下-44	錯2-20	鉉1下-7
sǔn(ㄙㄨㄣˇ)									
鵻(隼、佳、鶴)	鳥部	【鳥部】	8畫	149	151	32-25	段4上-41	錯7-19	鉉4上-8
鷻(鶉、鷻、雡、鷙从敦、隼雕述及)	鳥部	【鳥部】	12畫	154	155	無	段4上-50	錯7-22	鉉4上-9
雅(鶉、鷻、鷻、鷙=隼雕述及、雡奄chunˊ述及)	佳部	【佳部】	8畫	143	145	無	段4上-29	錯7-13	鉉4上-5
帉(袇通段)	巾部	【巾部】	6畫	358	361	無	段7下-46	錯14-21	鉉7下-8
帿(帉通段)	巾部	【巾部】	7畫	362	366	無	段7下-55	錯14-23	鉉7下-9
筍(筠、笋，枸、簨、籥、洘通段)	竹部	【竹部】	6畫	189	191	22-48	段5上-2	錯9-1	鉉5上-1
楯(枸、椿、籥、簨通段)	木部	【木部】	12畫	242	245	無	段6上-9	錯11-5	鉉6上-2
匴(筹，籥通段)	匚部	【匚部】	14畫	636	642	無	段12下-49	錯24-16	鉉12下-8
笢(筍筠蔑篾幹筡，簡、篾、籧、幹通段)	竹部	【竹部】	5畫	190	192	無	段5上-3	錯9-1	鉉5上-1
巺(巽、㢲，篹、籑通段)	丌部	【己部】	6畫	200	202	11-15	段5上-23	錯9-9	鉉5上-4
腞(籑)	肉部	【肉部】	10畫	175	177	無	段4下-36	錯8-13	鉉4下-5

篆本字（古文、金文、籀文、俗字、通用字，通段、金石）	說文部首	康熙部首	筆畫	一般頁碼	洪葉頁碼	金石字典頁碼	段注篇章	徐鍇通釋篇章	徐鉉藤花榭篇
芎(愕)	兮部	【勹部】	8畫	204	206	無	段5上-31	錯9-13	鉉5上-6
損	手部	【手部】	10畫	604	610	14-29	段12上-42	錯23-13	鉉12上-7
suō（ㄙㄨㄛ）									
娑	女部	【女部】	7畫	621	627	無	段12下-20	錯24-7	鉉12下-3
梭(桫，挱通段)	木部	【木部】	7畫	244	247	無	段6上-13	錯11-6	鉉6上-2
柔(梭、桫、柔)	木部	【木部】	4畫	262	265	16-23	段6上-49	錯11-21	鉉6上-6
莎(莏、挱、芯通段)	艸部	【艸部】	7畫	45	46	無	段1下-49	錯2-22	鉉1下-8
挼(隋、墮、綏、挪，捼、搓、抄通段)	手部	【手部】	7畫	605	611	無	段12上-44	錯23-14	鉉12上-7
趖(夎、夎通段)	走部	【走部】	7畫	64	65	無	段2上-33	錯3-15	鉉2上-7
襃(裒、衰、蓑)	衣部	【衣部】	4畫	397	401	26-14	段8上-65	錯16-6	鉉8上-9
傞	人部	【人部】	10畫	380	384	無	段8上-32	錯15-11	鉉8上-4
縮(摍)	糸部	【糸部】	11畫	646	653	無	段13上-7	錯25-2	鉉13上-2
摍(縮、宿)	手部	【手部】	11畫	605	611	無	段12上-43	錯23-14	鉉12上-7
茜(蕭、縮、茮)	西部	【艸部】	7畫	750	757	無	段14下-40	錯28-19	鉉14下-9
瀳(潊、涮，潠、噀通段)	水部	【水部】	16畫	563	568	無	段11上貳-36	錯21-24	鉉11上-8
suǒ（ㄙㄨㄛˇ）									
貨(瑣)	貝部	【貝部】	3畫	279	282	無	段6下-15	錯12-9	鉉6下-4
瑣(鎖鎖述及，鏁通段)	玉部	【玉部】	10畫	16	16	無	段1上-31	錯1-15	鉉1上-5
所(許)	斤部	【戶部】	4畫	717	724	14-4	段14上-31	錯27-10	鉉14上-5
許(鄦古今字、所、御)	言部	【言部】	4畫	90	90	26-43，鄦29-20	段3上-8	錯5-5	鉉3上-3
惢(蕊、蘂，橤、蘃通段)	惢部	【心部】	8畫	515	520	13-25	段10下-51	錯20-19	鉉10下-9
硰	石部	【石部】	8畫	450	455	無	段9下-27	錯18-9	鉉9下-4
桫(桫通段)	木部	【木部】	7畫	256	258	16-42	段6上-36	錯11-16	鉉6上-5
索(索)	宀部	【宀部】	10畫	341	345	9-60	段7下-13	錯14-6	鉉7下-3
索(索，摤通段)	米部	【糸部】	4畫	273	276	23-11	段6下-3	錯12-3	鉉6下-2
涗	水部	【水部】	10畫	544	549	無	段11上壹-57	錯21-12	鉉11上-4
鎖	金部	【金部】	10畫	無	無	無	無	無	鉉14上-4
瑣(鎖鎖述及，鏁通段)	玉部	【玉部】	10畫	16	16	無	段1上-31	錯1-15	鉉1上-5
貨(瑣)	貝部	【貝部】	3畫	279	282	無	段6下-15	錯12-9	鉉6下-4

篆本字(古文、金文、籀文、俗字、通用字，通叚、金石)	說文部首	康熙部首	筆畫	一般頁碼	洪葉頁碼	金石字典頁碼	段注篇章	徐鍇通釋篇章	徐鉉藤花榭篇
膄(脞通叚)	肉部	【肉部】	10畫	176	178	無	段4下-37	鍇8-13	鉉4下-6
麬	麥部	【麥部】	10畫	231	234	無	段5下-33	鍇10-14	鉉5下-7
璅	玉部	【玉部】	11畫	17	17	無	段1上-33	鍇1-16	鉉1上-5
suò(ㄙㄨㄛˋ)									
槭(摵、撼通叚)	木部	【木部】	11畫	245	247		段6上-14	鍇11-7	鉉6上-2
T									
tā(ㄊㄚ)									
它(蛇、佗、他)	它部	【宀部】	2畫	678	684	9-18	段13下-8	鍇25-17	鉉13下-2
佗(他、駝、馱，紽、馳、鮀通叚)	人部	【人部】	5畫	371	375	3-2	段8上-13	鍇15-5	鉉8上-2
跎	足部	【足部】	4畫	83	83	無	段2下-28	鍇4-14	鉉2下-6
鉈(錗、祂，鈍通叚)	金部	【金部】	5畫	711	718	29-39	段14上-19	鍇27-6	鉉14上-3
榙(苔)	木部	【木部】	10畫	248	250	無	段6上-20	鍇11-9	鉉6上-3
謧(諔通叚)	言部	【言部】	18畫	100	100	無	段3上-28	鍇5-14	鉉3上-6
毻	毛部	【毛部】	10畫	無	無	無	無	無	鉉8上-10
曡(疊，氎、罷、毻通叚)	晶部	【日部】	14畫	313	316	15-51	段7上-23	鍇13-8	鉉7上-4
翠(㩧，榻、毻通叚)	羽部	【羽部】	4畫	139	141	無	段4上-21	鍇7-10	鉉4上-4
tǎ(ㄊㄚˇ)									
塔	土部	【土部】	9畫	無	無	無	無	無	鉉13下-6
剎(刹、塔通叚)	刀部	【刂部】	11畫	181	183	無	段4下-48	鍇8-17	鉉4下-7
鰨(魶，鱠、鰈通叚)	魚部	【魚部】	10畫	575	581	無	段11下-17	鍇22-7	鉉11下-4
獺	犬部	【犬部】	16畫	478	482	無	段10上-36	鍇19-11	鉉10上-6
tà(ㄊㄚˋ)									
少(屮類似五，从反正，躂通叚)	止部	【止部】		68	68	17-23	段2上-40	鍇3-17	鉉2上-8
沓(達)	曰部	【水部】	4畫	203	205	15-56	段5上-29	鍇9-11	鉉5上-5
錔(沓)	金部	【金部】	8畫	714	721	無	段14上-25	鍇27-8	鉉14上-4
呭(泄、沓、詍)	口部	【口部】	5畫	57	58	無	段2上-19	鍇3-8	鉉2上-4
榻	木部	【木部】	10畫	無	無	無	無	無	鉉6上-8
翠(㩧，榻、毻通叚)	羽部	【羽部】	4畫	139	141	無	段4上-21	鍇7-10	鉉4上-4
拓(摭)	手部	【手部】	5畫	605	611	14-29	段12上-43	鍇23-13	鉉12上-7
鉆	缶部	【缶部】	5畫	225	227	無	段5下-20	鍇10-8	鉉5下-4

篆本字(古文、金文、籀文、俗字、通用字，通段、金石)	說文部首	康熙部首	筆畫	一般頁碼	洪葉頁碼	金石字典頁碼	段注篇章	徐鍇通釋篇章	徐鉉藤花榭篇
猺(猶)	犬部	【犬部】	6畫	474	479	無	段10上-29	鍇19-10	鉉10上-5
舓(訑、舐、猺，咶通段)	舌部	【舌部】	8畫	87	87	無	段3上-2	鍇5-1	鉉3上-1
闒(闛，榻通段)	門部	【門部】	10畫	587	593	30-16	段12上-8	鍇23-4	鉉12上-2
翋(㧻，榻、𣱃通段)	羽部	【羽部】	4畫	139	141	無	段4上-21	鍇7-10	鉉4上-4
鞈(鞈、榻、闒)	鼓部	【鼓部】	6畫	206	208	無	段5上-36	鍇9-15	鉉5上-7
鞈(鼛，鞳、鼛通段)	革部	【革部】	6畫	110	111	無	段3下-7	鍇6-4	鉉3下-2
鼛(鼛ca`)	鼓部	【鼓部】	6畫	206	208	無	段5上-36	鍇9-15	鉉5上-7
欱(哈、齡通段)	欠部	【欠部】	6畫	413	417	無	段8下-24	鍇16-17	鉉8下-5
會(佮、儈駓zu`述及)	會部	【曰部】	9畫	223	225	15-58	段5下-16	鍇10-6	鉉5下-3
婚	女部	【女部】	8畫	621	627	無	段12下-19	鍇24-6	鉉12下-3
搕(𪖗通段)	手部	【手部】	8畫	607	613	無	段12上-47	鍇23-15	鉉12上-7
溚	水部	【水部】	8畫	561	566	無	段11上貳-31	鍇21-22	鉉11上-8
磕	石部	【石部】	8畫	452	457	無	段9下-31	鍇18-10	鉉9下-5
譗	言部	【言部】	8畫	98	98	無	段3上-24	鍇5-12	鉉3上-5
錔(沓)	金部	【金部】	8畫	714	721	無	段14上-25	鍇27-8	鉉14上-4
甛(噡，嗒通段)	舌部	【舌部】	8畫	87	87	無	段3上-2	鍇5-1	鉉3上-1
荅(答，嗒通段)	艸部	【艸部】	6畫	22	23	25-6	段1下-3	鍇2-2	鉉1下-1
蹋(踏，剔、蹹通段)	足部	【足部】	10畫	82	82	無	段2下-26	鍇4-13	鉉2下-6
踏	足部	【足部】	10畫	83	83	無	段2下-28	鍇4-14	鉉2下-6
遝	辵(辶)部	【辵部】	10畫	71	71	28-43	段2下-4	鍇4-3	鉉2下-1
濕(㵮)	水部	【水部】	14畫	536	541	無	段11上壹-41	鍇21-5	鉉11上-3
闒	門部	【門部】	13畫	無	無	無	無	無	鉉12上-3
達(达，逹通段)	辵(辶)部	【辵部】	9畫	73	73	28-40	段2下-8	鍇4-4	鉉2下-2
闒(闛，榻通段)	門部	【門部】	10畫	587	593	30-16	段12上-8	鍇23-4	鉉12上-2
撻(達，毅通段)	手部	【手部】	13畫	608	614	無	段12上-49	鍇23-15	鉉12上-8
樏	木部	【木部】	14畫	248	250	無	段6上-20	鍇11-9	鉉6上-3
譺	言部	【言部】	14畫	98	98	無	段3上-24	鍇5-12	鉉3上-5
譆	言部	【言部】	14畫	102	102	無	段3上-32	鍇5-16	鉉3上-7
譳(諞通段)	言部	【言部】	18畫	100	100	無	段3上-28	鍇5-14	鉉3上-6
tāi(ㄊㄞ)									
胎(蛤通段)	肉部	【肉部】	5畫	167	169	無	段4下-20	鍇8-8	鉉4下-4

篆本字（古文、金文、籀文、俗字、通用字，通段、金石）	說文部首	康熙部首	筆畫	一般頁碼	洪葉頁碼	金石字典頁碼	段注篇章	徐鍇通釋篇章	徐鉉藤花榭篇
tái（ㄊㄞˊ）									
台(yí´)	口部	【口部】	2畫	58	58	5-58	段2上-20	鍇3-8	鉉2上-4
怡(台)	心部	【心部】	5畫	504	508	13-12	段10下-28	鍇20-10	鉉10下-6
瓵(台，甌、瓯通段)	瓦部	【瓦部】	5畫	638	644	無	段12下-54	鍇24-18	鉉12下-8
鮐(台，鮧通段)	魚部	【魚部】	5畫	580	585	無	段11下-26	鍇22-10	鉉11下-5
枱(鈶、鉾、耜)	木部	【木部】	5畫	259	261	無	段6上-42	鍇11-18	鉉6上-6
炱(煤通段)	火部	【火部】	5畫	482	486	19-9	段10上-44	鍇19-15	鉉10上-8
邰(斄)	邑部	【邑部】	5畫	285	287	無	段6下-26	鍇12-14	鉉6下-6
苔(苔、簦，箈通段)	艸部	【艸部】	8畫	37	37	無	段1下-32	鍇2-15	鉉1下-5
簦(箈)	竹部	【竹部】	9畫	189	191	無	段5上-2	鍇9-1	鉉5上-1
駘(跆通段)	馬部	【馬部】	5畫	468	472	31-58	段10上-16	鍇19-5	鉉10上-2
嬯(儓、懛、跆通段)	女部	【女部】	14畫	624	630	無	段12下-26	鍇24-9	鉉12下-4
臺(握，儓通段)	至部	【至部】	8畫	585	591	24-38	段12上-3	鍇23-2	鉉12上-1
tài（ㄊㄞˋ）									
忲(忕、悈，怟、怢通段)	心部	【心部】	3畫	506	511	無	段10下-33	鍇20-12	鉉10下-6
大不得不殊爲二部(太泰述及，忕通段)	大部	【大部】		492	496	7-56	段10下-4	鍇20-1	鉉10下-1
大(亣籀文大、太泰述及)	大部	【大部】		498	503	7-56	段10下-17	鍇20-6	鉉10下-4
泰(夳、太、汏，汰通段)	水部	【水部】	5畫	565	570	18-16	段11上貳-39	鍇21-24	鉉11上-9
岱(太、泰)	山部	【山部】	5畫	437	442	無	段9下-1	鍇18-1	鉉9下-1
汏(泰，汰俗)	水部	【水部】	3畫	561	566	無	段11上貳-31	鍇21-22	鉉11上-8
態(儱)	心部	【心部】	10畫	509	514	13-31	段10下-39	鍇20-14	鉉10下-7
tān（ㄊㄢ）									
貪	貝部	【貝部】	4畫	282	284	27-26	段6下-20	鍇12-12	鉉6下-5
瘝(壇，廛通段)	疒部	【疒部】	6畫	352	356	無	段7下-35	鍇14-15	鉉7下-6
嘽	口部	【口部】	12畫	56	56	無	段2上-16	鍇3-7	鉉2上-4
攤	手部	【手部】	19畫	無	無	無	無	無	鉉12上-8
儺(難，攤通段)	人部	【人部】	19畫	368	372	3-43	段8上-8	鍇15-3	鉉8上-2
灘(灘，攤、潬通段)	水部	【水部】	22畫	555	560	無	段11上貳-19	鍇21-18	鉉11上-6

篆本字（古文、金文、籀文、俗字、通用字，通段、金石）	說文部首	康熙部首	筆畫	一般頁碼	洪葉頁碼	金石字典頁碼	段注篇章	徐鍇通釋篇章	徐鉉藤花榭篇
tán（ㄊㄢˊ）									
覃从𣎵(覃、𪉖、蕈，憛、膛通段)	𣎵部	【两部】	6畫	229	232	26-28	段5下-29	錯10-12	鉉5下-6
剡(覃，掞通段)	刀部	【刂部】	8畫	178	180	無	段4下-42	錯8-15	鉉4下-6
嘾(憛通段)	口部	【口部】	12畫	59	59	無	段2上-22	錯3-9	鉉2上-4
倓(倓、賧)	人部	【人部】	8畫	367	371	3-24	段8上-6	錯15-3	鉉8上-1
憺(倓)	心部	【心部】	13畫	507	511	無	段10下-34	錯20-12	鉉10下-6
惔(dan`)	心部	【心部】	8畫	513	518	無	段10下-47	錯20-17	鉉10下-8
淡(瞻，痰通段)	水部	【水部】	8畫	562	567	無	段11上貳-34	錯21-23	鉉11上-8
郯	邑部	【邑部】	8畫	298	300	29-11	段6下-52	錯12-21	鉉6下-8
錟(銛)	金部	【金部】	8畫	711	718	無	段14上-19	錯27-7	鉉14上-3
談(譚通段)	言部	【言部】	8畫	89	90	26-57	段3上-7	錯5-5	鉉3上-3
郯(譚)	邑部	【邑部】	12畫	299	301	26-57譚	段6下-54	錯12-22	鉉6下-8
箈	竹部	【竹部】	10畫	196	198	無	段5上-15	錯9-6	鉉5上-3
彈(弓、弜)	弓部	【弓部】	12畫	641	647	12-26	段12下-60	錯24-20	鉉12下-9
僤(彈)	人部	【人部】	12畫	369	373	3-38	段8上-9	錯15-4	鉉8上-2
曇	日部	【日部】	12畫	無	無	無	無	無	鉉7上-2
黕(湛，曇通段)	黑部	【黑部】	4畫	488	493	32-40	段10上-57	錯19-19	鉉10上-10
檀(樿通段)	木部	【木部】	12畫	255	258	無	段6上-35	錯11-15	鉉6上-5
蕁(藫)	艸部	【艸部】	12畫	28	29	無	段1下-15	錯2-8	鉉1下-3
潭(潯)	水部	【水部】	12畫	530	535	18-59	段11上壹-30	錯21-9	鉉11上-2
燂(燖通段)	火部	【火部】	12畫	485	489	無	段10上-50	錯19-17	鉉10上-8
糜	米部	【米部】	12畫	332	335	無	段7上-62	錯13-25	鉉7上-10
貚	豸部	【豸部】	12畫	457	462	無	段9下-41	錯18-14	鉉9下-7
坦(壇)	土部	【土部】	5畫	687	694	無	段13下-27	錯26-4	鉉13下-4
壇(禪、礑通段)	土部	【土部】	13畫	693	699	7-27	段13下-38	錯26-7	鉉13下-5
墠(壇、禪、襢)	土部	【土部】	12畫	690	697	無	段13下-33	錯26-5	鉉13下-5
檀	木部	【木部】	13畫	246	249	17-12	段6上-17	錯11-8	鉉6上-3
誕(迆，譠通段)	言部	【言部】	7畫	98	99	26-52	段3上-25	錯5-13	鉉3上-5
醰从鹵𣎵(醏、醰通段)	酉部	【酉部】	21畫	748	755	無	段14下-36	錯28-18	鉉14下-9
tǎn（ㄊㄢˇ）									
肕(䵐从血、醓)	肉部	【肉部】	4畫	177	179	無	段4下-39	錯8-14	鉉4下-6
䶜(醓，涨通段)	血部	【血部】	8畫	214	216	無	段5上-51	錯9-21	鉉5上-9

篆本字（古文、金文、籀文、俗字、通用字，通段、金石）	說文部首	康熙部首	筆畫	一般頁碼	洪葉頁碼	金石字典頁碼	段注篇章	徐鍇通釋篇章	徐鉉藤花榭篇
坦(壇)	土部	【土部】	5畫	687	694	無	段13下-27	鍇26-4	鉉13下-4
袒(綻、綻)	衣部	【衣部】	5畫	395	399	無	段8上-62	鍇16-5	鉉8上-9
但(袒，襢通段)	人部	【人部】	5畫	382	386	3-3	段8上-35	鍇15-11	鉉8上-4
膻(襢、袒，羶通段)	肉部	【肉部】	13畫	171	173	無	段4下-27	鍇8-10	鉉4下-5
緂(擱，毿、繝通段)	糸部	【糸部】	8畫	652	658	無	段13上-18	鍇25-4	鉉13上-3
氈(氊、旃，毿通段)	毛部	【毛部】	13畫	399	403	無	段8上-69	鍇16-8	鉉8上-10
菼(葵)	艸部	【艸部】	10畫	33	34	無	段1下-25	鍇2-12	鉉1下-4
緂(葵)	糸部	【糸部】	10畫	652	658	無	段13上-18	鍇25-4	鉉13上-3
噴	口部	【口部】	11畫	58	59	無	段2上-21	鍇3-8	鉉2上-4
襄(襢，展通段)	衣部	【衣部】	12畫	389	393	無	段8上-49	鍇16-1	鉉8上-7
但(袒，襢通段)	人部	【人部】	5畫	382	386	3-3	段8上-35	鍇15-11	鉉8上-4
膻(襢、袒，羶通段)	肉部	【肉部】	13畫	171	173	無	段4下-27	鍇8-10	鉉4下-5
氈(氊、旃，毿通段)	毛部	【毛部】	13畫	399	403	無	段8上-69	鍇16-8	鉉8上-10
tàn(ㄊㄢˋ)									
炭	火部	【火部】	5畫	482	486	無	段10上-44	鍇19-15	鉉10上-8
探	手部	【手部】	8畫	605	611	無	段12上-44	鍇23-14	鉉12上-7
撢(探)	手部	【手部】	12畫	605	611	無	段12上-44	鍇23-14	鉉12上-7
嘆(歎今通用)	口部	【口部】	11畫	60	61	無	段2上-25	鍇3-11	鉉2上-5
歎(歎)	欠部	【欠部】	11畫	412	416	無	段8下-22	鍇16-16	鉉8下-5
tāng(ㄊㄤ)									
湯	水部	【水部】	9畫	561	566	18-45	段11上貳-31	無	鉉11上-8
薚(蕩)	艸部	【艸部】	9畫	29	30	無	段1下-17	鍇2-9	鉉1下-3
鏜(闛、闒)	金部	【金部】	11畫	710	717	29-52	段14上-17	鍇27-6	鉉14上-3
鼞(闛、鏜、闒)	鼓部	【鼓部】	11畫	206	208	無	段5上-36	鍇9-15	鉉5上-7
táng(ㄊㄤˊ)									
塘(唐隄述及)	土部	【土部】	10畫	無	無	無	無	無	鉉13下-6
唐(喝、塘，磄、螗、隚、鶶通段)	口部	【口部】	7畫	58	59	6-36	段2上-21	鍇3-9	鉉2上-4
鎕(磄通段)	金部	【金部】	10畫	714	721	無	段14上-26	鍇27-8	鉉14上-4
蟷(螗、蟷)	虫部	【虫部】	13畫	666	673	無	段13上-47	鍇25-11	鉉13上-7
螳	虫部	【虫部】	11畫	無	無	無	無	無	鉉13上-8
堂(坣、臺，螳通段)	土部	【土部】	8畫	685	692	7-18	段13下-23	鍇26-3	鉉13下-4
棠(樿通段)	木部	【木部】	8畫	240	242	16-47	段6上-4	鍇11-2	鉉6上-1

篆本字（古文、金文、籀文、俗字、通用字，通段、金石）	說文部首	康熙部首	筆畫	一般頁碼	洪葉頁碼	金石字典頁碼	段注篇章	徐鍇通釋篇章	徐鉉藤花榭篇
踼	足部	【足部】	9畫	83	84	無	段2下-29	錯4-15	鉉2下-6
糖	米部	【米部】	10畫	無	無	無	無	無	鉉7上-10
餳(糖、餹)	食部	【食部】	9畫	218	221	31-43	段5下-7	錯10-4	鉉5下-2
康(糖、穅通段)	宀部	【宀部】	11畫	339	342	10-5	段7下-8	錯14-4	鉉7下-2
樘(牚、撐、橕、赪，撑、敞通段)	木部	【木部】	11畫	254	256	無	段6上-32	錯11-14	鉉6上-4
鏜(tang)	金部	【金部】	11畫	710	717	29-52	段14上-17	錯27-6	鉉14上-3
闛(闛)	門部	【門部】	11畫	590	596	無	段12上-13	錯23-6	鉉12上-3
鏜(闛、闛)	金部	【金部】	11畫	710	717	29-52	段14上-17	錯27-6	鉉14上-3
鼞(闛、鏜、闛)	鼓部	【鼓部】	11畫	206	208	無	段5上-36	錯9-15	鉉5上-7
鄭(鄧)	邑部	【邑部】	16畫	300	302	無	段6下-56	錯12-22	鉉6下-8
tǎng（ㄊㄤˇ）									
帑(奴，孥通段)	巾部	【巾部】	5畫	361	365	11-19	段7下-53	錯14-23	鉉7下-9
儻(倘通段)	人部	【人部】	8畫	無	無	無	無	無	鉉8上-5
黨(矘、尚，儻、讜、倘、惝通段)	黑部	【黑部】	8畫	488	493	32-42	段10上-57	錯19-19	鉉10上-10
攩(黨、儻，儻通段)	手部	【手部】	20畫	600	606	無	段12上-34	錯23-11	鉉12上-6
敞(廠、廠、惝、驚通段)	攴部	【攴部】	8畫	123	124	14-51	段3下-34	錯6-18	鉉3下-8
惕(婸，傷通段)	心部	【心部】	9畫	510	514	無	段10下-40	錯20-14	鉉10下-7
矘(矘，瞠、瞜、懂通段)	目部	【目部】	20畫	131	132	無	段4上-4	錯7-2	鉉4上-1
tāo（ㄊㄠ）									
本非本ben˘	本部	【大部】	2畫	497	502	無	段10下-15	錯20-5	鉉10下-3
本(杢)	木部	【木部】	1畫	248	251	16-14	段6上-21	錯11-9	鉉6上-3
叟(挑)	又部	【又部】	3畫	116	117	無	段3下-19	錯6-10	鉉3下-4
弢(韔、韜、弢)	弓部	【弓部】	5畫	641	647	無	段12下-59	錯24-19	鉉12下-9
韔(弢、弢，韜通段)	韋部	【韋部】	8畫	235	238	31-21	段5下-41	錯10-17	鉉5下-8
牧	牛部	【牛部】	5畫	51	52	無	段2上-7	錯3-4	鉉2上-2
條(縚、縧、絛通段)	糸部	【糸部】	7畫	655	661	無	段13上-24	錯25-5	鉉13上-3
慆(謟通段)	心部	【心部】	10畫	507	511	無	段10下-34	錯20-12	鉉10下-6
搯(掏)	手部	【手部】	10畫	595	601	無	段12上-24	錯23-9	鉉12上-5
滔	水部	【水部】	10畫	546	551	18-48	段11上貳-2	錯21-13	鉉11上-4

篆本字(古文、金文、籀文、俗字、通用字，通段、金石)	說文部首	康熙部首	筆畫	一般頁碼	洪葉頁碼	金石字典頁碼	段注篇章	徐鍇通釋篇章	徐鉉藤花榭篇
韜(襓，綯通段)	韋部	【韋部】	10畫	235	237	無	段5下-40	錯10-16	鉉5下-8
駋(驨)	馬部	【馬部】	10畫	465	470	無	段10上-11	錯19-3	鉉10上-2
饕(叨、虦，刏通段)	倉部	【食部】	13畫	221	224	無	段5下-13	錯10-5	鉉5下-3
濤	水部	【水部】	14畫	無	無	19-3	無	無	鉉11上-9
淖(濤，潮通段)	水部	【水部】	8畫	546	551	18-36	段11上貳-1	錯21-13	鉉11上-4
畾	曲部	【凵部】	14畫	637	643	無	段12下-52	錯24-17	鉉12下-8

táo(ㄊㄠˊ)

鞀(鞉、鼗、磬，鼖通段)	革部	【革部】	5畫	108	109	無	段3下-4	錯6-3	鉉3下-1
咷	口部	【口部】	6畫	54	55	6-32	段2上-13	錯3-6	鉉2上-3
桃	木部	【木部】	6畫	239	242	16-39	段6上-3	錯11-2	鉉6上-1
洮(淘通段)	水部	【水部】	6畫	521	526	18-39	段11上壹-11	錯21-3	鉉11上-1
逃	辵(辶_)部	【辵部】	6畫	74	74	28-24	段2下-10	錯4-5	鉉2下-2
狣(兆、垗，筄、駣通段)	卜部	【卜部】	6畫	127	128	5-22	段3下-42	錯6-20	鉉3下-9
萄(蕥)	艸部	【艸部】	8畫	46	47	無	段1下-51	錯2-23	鉉1下-8
條(幍、絛、綯通段)	糸部	【糸部】	7畫	655	661	無	段13上-24	錯25-5	鉉13上-3
綯(緧，綯、綬、鞱、鞦通段)	糸部	【糸部】	9畫	658	665	無	段13上-31	錯25-7	鉉13上-4
詢(詯)	言部	【言部】	8畫	98	98	無	段3上-24	錯5-12	鉉3上-5
陶(匋，鞜、蜪通段)	昌部	【阜部】	8畫	735	742	30-36	段14下-10	錯28-4	鉉14下-2
窯(匋、陶，窑、窅通段)	穴部	【穴部】	10畫	344	347	22-34	段7下-18	錯14-8	鉉7下-4
匋(陶、窯述及)	缶部	【勹部】	6畫	224	227	4-57	段5下-19	錯10-8	鉉5下-4
傜(繇、陶、傛，徭通段)	人部	【人部】	10畫	380	384	無	段8上-31	錯15-11	鉉8上-4
陶(匋，鞜、蜪通段)	昌部	【阜部】	8畫	735	742	30-36	段14下-10	錯28-4	鉉14下-2
蚼(蜪、鼀、蚼)	虫部	【虫部】	5畫	673	679	無	段13上-60	錯25-14	鉉13上-8
鞜(鞜、鞜，鞍、皵、屨、靴、鞾通段)	革部	【革部】	9畫	107	108	無	段3下-2	錯6-2	鉉3下-1
騊	馬部	【馬部】	8畫	469	474	31-61	段10上-19	錯19-5	鉉10上-3
檮(檔)	木部	【木部】	14畫	269	271	無	段6上-62	錯11-28	鉉6上-8

篆本字(古文、金文、籀文、俗字、通用字，通叚、金石)	說文部首	康熙部首	筆畫	一般頁碼	洪葉頁碼	金石字典頁碼	段注篇章	徐鍇通釋篇章	徐鉉藤花榭篇
犉	牛部	【牛部】	14畫	52	53	無	段2上-9	鍇3-4	鉉2上-2
tāo(ㄊㄠˇ)									
討	言部	【言部】	3畫	101	101	26-40	段3上-30	鍇5-15	鉉3上-6
tè(ㄊㄜˋ)									
忒(貣)	心部	【心部】	3畫	509	513	13-4	段10下-38	鍇20-13	鉉10下-7
忲(忒差迭及)	心部	【心部】	5畫	508	513	13-12	段10下-37	鍇20-13	鉉10下-7
貣(貳、忲差迭及、貸)	貝部	【貝部】	3畫	280	282	27-25	段6下-16	鍇12-10	鉉6下-4
貸(貣)	貝部	【貝部】	5畫	280	282	27-27	段6下-16	鍇12-10	鉉6下-4
特(犆)	牛部	【牛部】	6畫	50	51	19-47	段2上-5	鍇3-3	鉉2上-2
匿(慝通叚)	匸部	【匸部】	9畫	635	641	5-5	段12下-47	鍇24-16	鉉12下-7
螣(蟘、䖢，蚩、蟘、蛌通叚)	虫部	【虫部】	10畫	664	671	無	段13上-43	鍇25-10	鉉13上-6
䖢(螣，蟘、蟘通叚)	虫部	【虫部】	10畫	663	670	無	段13上-41	鍇25-10	鉉13上-6
téng(ㄊㄥˊ)									
痋(疼)	疒部	【疒部】	6畫	351	355	無	段7下-33	鍇14-15	鉉7下-6
癑(疼通叚)	疒部	【疒部】	13畫	351	355	無	段7下-33	鍇14-14	鉉7下-6
幐(縢，帒、幀、袋通叚)	巾部	【巾部】	10畫	361	364	無	段7下-52	鍇14-23	鉉7下-9
騰(騬、乘)	馬部	【馬部】	10畫	468	473	31-62	段10上-17	鍇19-5	鉉10上-3
滕(騰)	水部	【水部】	10畫	548	553	18-51	段11上貳-5	鍇21-14	鉉11上-4
縢(藤、籐、藤通叚)	糸部	【糸部】	10畫	657	664	無	段13上-29	鍇25-6	鉉13上-4
䖢(螣，蟘、蟘通叚)	虫部	【虫部】	10畫	663	670	無	段13上-41	鍇25-10	鉉13上-6
螣(蟘、䖢，蚩、蟘、蛌通叚)	虫部	【虫部】	10畫	664	671	無	段13上-43	鍇25-10	鉉13上-6
謄	言部	【言部】	10畫	95	96	無	段3上-19	鍇5-10	鉉3上-4
虅从騰	虎部	【虍部】	22畫	211	213	無	段5上-45	鍇9-18	鉉5上-8
tī(ㄊㄧ)									
梯	木部	【木部】	7畫	263	265	無	段6上-50	鍇11-22	鉉6上-6
銻	金部	【金部】	7畫	714	721	無	段14上-26	鍇27-8	鉉14上-4
厗(銻)	厂部	【厂部】	7畫	447	451	無	段9下-20	鍇18-7	鉉9下-3
涕(淚、鼽通叚)	水部	【水部】	8畫	565	570	無	段11上貳-40	鍇21-25	鉉11上-9
圛(弟、涕、繹)	囗部	【囗部】	13畫	277	280	無	段6下-11	鍇12-8	鉉6下-3

篆本字(古文、金文、籀文、俗字、通用字，通叚、金石)	說文部首	康熙部首	筆畫	一般頁碼	洪葉頁碼	金石字典頁碼	段注篇章	徐鍇通釋篇章	徐鉉藤花榭篇
剔	刀部	【刂部】	8畫	無	無	無	無	鍇8-18	鉉4下-7
鬎(剔、剃，勞、捌、剐通叚)	髟部	【髟部】	10畫	428	432	32-5	段9上-26	鍇17-9	鉉9上-4
鷈(鷉通叚)	鳥部	【鳥部】	10畫	153	154	32-26	段4上-48	鍇7-21	鉉4上-9
ti(ㄊㄧˊ)									
鷉(鷉、夷，鷈、鸊通叚)	鳥部	【鳥部】	6畫	153	155	無	段4上-49	鍇7-21	鉉4上-9
厗(鍗)	厂部	【厂部】	7畫	447	451	無	段9下-20	鍇18-7	鉉9下-3
綈(tiˋ)	糸部	【糸部】	7畫	648	655	無	段13上-11	鍇25-3	鉉13上-2
荑(第、夷薙tiˋ 述及)	艸部	【艸部】	7畫	27	27	25-6	段1下-12	鍇2-6	鉉1下-2
鮷(鮧、鯷、鯑)	魚部	【魚部】	7畫	578	584	無	段11下-23	鍇22-9	鉉11下-5
堤(坁、隄俗)	土部	【土部】	9畫	687	694	無	段13下-27	鍇26-4	鉉13下-4
媞(偍)	女部	【女部】	9畫	620	626	無	段12下-17	鍇24-6	鉉12下-3
徥(是，偍通叚)	彳部	【彳部】	9畫	76	77	無	段2下-15	鍇4-8	鉉2下-3
提	手部	【手部】	9畫	598	604	14-22	段12上-29	鍇23-10	鉉12上-5
抵(提)	手部	【手部】	4畫	609	615	無	段12上-51	鍇23-16	鉉12上-8
題(眡坁faˊ 述及，鷈通叚)	頁部	【頁部】	9畫	416	421	無	段9上-3	鍇17-1	鉉9上-1
睼(題)	目部	【目部】	9畫	133	134	無	段4上-8	鍇7-4	鉉4上-2
題(題)	見部	【見部】	9畫	408	412	無	段8下-14	鍇16-14	鉉8下-3
俔(睍、題，坥通叚)	人部	【人部】	8畫	376	380	3-26	段8上-24	鍇15-10	鉉8上-3
諟(是、題)	言部	【言部】	9畫	92	92	無	段3上-12	鍇5-7	鉉3上-3
褆示部(祇)	示部	【示部】	9畫	3	3	21-61	段1上-5	鍇1-5	鉉1上-2
褆衣部	衣部	【衣部】	9畫	393	397	無	段8上-58	鍇16-4	鉉8上-8
醍	酉部	【酉部】	9畫	無	無	無	無	無	鉉14下-9
緹(祇、衹，醍通叚)	糸部	【糸部】	9畫	650	657	無	段13上-15	鍇25-4	鉉13上-2
趧	走部	【走部】	9畫	67	67	無	段2上-38	鍇3-16	鉉2上-8
隄(陡通叚)	𨸏部	【阜部】	9畫	733	740	30-38	段14下-6	鍇28-3	鉉14下-1
鷈(鷉通叚)	鳥部	【鳥部】	10畫	153	154	32-26	段4上-48	鍇7-21	鉉4上-9
騠	馬部	【馬部】	9畫	469	473	無	段10上-18	鍇19-5	鉉10上-3
嗁(啼，謕通叚)	口部	【口部】	10畫	61	61	無	段2上-26	鍇3-11	鉉2上-5
滴(滴、渧)	水部	【水部】	11畫	555	560	無	段11上貳-19	鍇21-16	鉉11上-6
繨(帾通叚)	糸部	【糸部】	10畫	659	666	23-30	段13上-33	鍇25-7	鉉13上-4

篆本字(古文、金文、籀文、俗字、通用字,通段、金石)	說文部首	康熙部首	筆畫	一般頁碼	洪葉頁碼	金石字典頁碼	段注篇章	徐鍇通釋篇章	徐鉉藤花榭篇
蹏(蹄,碲通段)	足部	【足部】	10畫	81	81	27-56	段2下-24	錯4-12	鉉2下-5
鏙	金部	【金部】	10畫	705	712	無	段14上-8	錯27-4	鉉14上-2
蹢(蹢、躊,貃、躑通段)	足部	【足部】	11畫	82	83	無	段2下-27	錯4-14	鉉2下-6
稊(稊通段)	艸部	【艸部】	12畫	36	36	無	段1下-30	錯2-14	鉉1下-5
徲(徲,徲通段)	彳部	【彳部】	13畫	77	77	12-58	段2下-16	錯4-9	鉉2下-4
tǐ(ㄊㄧˇ)									
體(軆通段)	骨部	【骨部】	13畫	166	168	31-68	段4下-17	錯8-7	鉉4下-4
醍(醍通段)	酉部	【酉部】	11畫	748	755	無	段14下-35	錯28-18	鉉14下-8
tì(ㄊㄧˋ)									
戻非戾li`(侲通段)	戶部	【戶部】	3畫	586	592	無	段12上-6	錯23-3	鉉12上-2
涕(淚、鮧通段)	水部	【水部】	7畫	565	570	無	段11上貳-40	錯21-25	鉉11上-9
綈(ti´)	糸部	【糸部】	7畫	648	655	無	段13上-11	錯25-3	鉉13上-2
逖(逷、狄)	辵(辶)部	【辵部】	7畫	75	75	28-31	段2下-12	錯4-6	鉉2下-3
髰(剃)	髟部	【髟部】	7畫	429	433	無	段9上-28	錯17-9	鉉9上-4
悌	心部	【心部】	7畫	無	無	無	無	無	鉉10下-9
弟(羍,悌、第通段)	弟部	【弓部】	4畫	236	239	12-19	段5下-42	錯10-17	鉉5下-8
倜	人部	【人部】	8畫	無	無	無	無	無	鉉8上-5
俶(淑,俅、倜通段)	人部	【人部】	8畫	370	374	3-21	段8上-12	錯15-5	鉉8上-2
惕(悐)	心部	【心部】	8畫	514	519	13-22	段10下-49	錯20-18	鉉10下-9
普(替、替)	竝部	【日部】	8畫	501	505	21-11	段10下-22	錯20-8	鉉10下-5
驖(鐵、載)	馬部	【馬部】	14畫	462	466	無	段10上-4	錯19-2	鉉10上-1
狄	犬部	【犬部】	8畫	475	480	無	段10上-31	錯19-10	鉉10上-5
褅(禘)	衣部	【衣部】	8畫	396	400	無	段8上-63	錯16-5	鉉8上-9
禘(褅、褅)	衣部	【衣部】	12畫	393	397	無	段8上-58	錯16-4	鉉8上-8
骭	骨部	【骨部】	8畫	166	168	無	段4下-17	錯8-7	鉉4下-4
髳从易(髢)	髟部	【髟部】	8畫	427	431	無	段9上-24	錯17-8	鉉9上-4
屟(屜,屜、藤通段)	尸部	【尸部】	9畫	400	404	無	段8上-72	錯16-9	鉉8上-11
鬎(剔、剃,劣、揥、剔通段)	髟部	【髟部】	10畫	428	432	32-5	段9上-26	錯17-9	鉉9上-4
隸(肆、髳、遂、鬄、肄)	長部	【隶部】	7畫	453	457	30-8	段9下-32	錯18-11	鉉9下-5
懘(殢,嵵、懘通段)	心部	【心部】	11畫	504	508	無	段10下-28	錯20-11	鉉10下-6

篆本字（古文、金文、籀文、俗字、通用字，通段、金石）	說文部首	康熙部首	筆畫	一般頁碼	洪葉頁碼	金石字典頁碼	段注篇章	徐鍇通釋篇章	徐鉉藤花榭篇
矊(瞞通段，瞞通釋)	目部	【目部】	11畫	132	133	無	段4上-6	錯7-4	鉉4上-2
督(叩，瞞、瞞通段)	目部	【目部】	7畫	134	136	無	段4上-11	錯7-5	鉉4上-2
禧(裼、褅)	衣部	【衣部】	12畫	393	397	無	段8上-58	錯16-4	鉉8上-8
裼(禧)	衣部	【衣部】	8畫	396	400	無	段8上-63	錯16-5	鉉8上-9
薙(雉)	艸部	【艸部】	13畫	41	42	無	段1下-41	錯2-19	鉉1下-7
擢(棹、籊通段)	手部	【手部】	14畫	605	611	無	段12上-44	錯23-12	鉉12上-7
趯(yue`)	走部	【走部】	14畫	64	64	無	段2上-32	錯3-14	鉉2上-7
嚏(欠異音同義)	口部	【口部】	15畫	56	57	無	段2上-17	錯3-7	鉉2上-4
欠(嚏異音同義)	欠部	【欠部】		410	414	17-15	段8下-18	錯16-15	鉉8下-4
擿(擲，掭通段)	手部	【手部】	15畫	601	607	無	段12上-35	錯23-11	鉉12上-6
捵(捵，掭通段)	手部	【手部】	11畫	600	606	無	段12上-33	錯23-11	鉉12上-5
tiān(ㄊㄧㄢ)									
天(袄非祆yao通段)	一部	【大部】	1畫	1	1	8-1	段1上-1	錯1-1	鉉1上-1
沾(添、霑)	水部	【水部】	5畫	526	531	無	段11上壹-22	錯21-7	鉉11上-2
霑(沾，添、酟通段)	雨部	【雨部】	8畫	573	579	無	段11下-13	錯22-6	鉉11下-4
黇	黃部	【黃部】	5畫	698	705	無	段13下-49	錯26-10	鉉13下-7
tián(ㄊㄧㄢˊ)									
田(陳，鈿、鵙通段)	田部	【田部】		694	701	20-31	段13下-41	錯26-8	鉉13下-6
畋(田)	攴部	【田部】	4畫	126	127	無	段3下-40	錯6-19	鉉3下-9
陳(敶、陣、陳、敕、田述及)	𨸏部	【阜部】	8畫	735	742	30-29	段14下-10	錯28-4	鉉14下-2
顚(顛，巔、傎、偵、癲、瘨、酊、鷏、齻通段)	頁部	【頁部】	10畫	416	420	31-31	段9上-2	錯17-1	鉉9上-1
恬(悟)	心部	【心部】	6畫	503	508	13-15	段10下-27	錯20-10	鉉10下-5
甜(甜、恬醴述及)	甘部	【甘部】	6畫	202	204	無	段5上-27	錯9-10	鉉5上-5
輾(輖、輖，輖通段)	車部	【車部】	10畫	728	735	無	段14上-54	錯27-14	鉉14上-7
轟(輖、輖、輖、輖)	車部	【車部】	14畫	730	737	無	段14上-58	錯27-15	鉉14上-8
緂(擱，毯、繨通段)	糸部	【糸部】	8畫	652	658	無	段13上-18	錯25-4	鉉13上-3
塡(填，砏通段)	土部	【土部】	10畫	687	694	7-23	段13下-27	錯26-4	鉉13下-4
窴(窴、填)	穴部	【穴部】	10畫	346	349	22-34	段7下-22	錯14-9	鉉7下-4

篆本字（古文、金文、籀文、俗字、通用字，通段、金石）	說文部首	康熙部首	筆畫	一般頁碼	洪葉頁碼	金石字典頁碼	段注篇章	徐鍇通釋篇章	徐鉉藤花榭篇
摼(摲、捯、拘、鏗通段)	手部	【手部】	11畫	609	615	無	段12上-51	鍇23-16	鉉12上-8
瑱(顛，磌通段)	玉部	【玉部】	10畫	13	13	無	段1上-26	鍇1-13	鉉1上-4
闐(顛)	門部	【門部】	10畫	590	596	無	段12上-13	鍇23-6	鉉12上-3
嗔(闐)	口部	【口部】	10畫	58	58	無	段2上-20	鍇3-8	鉉2上-4
tiǎn(ㄊㄧㄢˇ)									
忝(悉)	心部	【心部】	4畫	515	519	無	段10下-50	鍇20-18	鉉10下-9
丙(丙，甜、餂通段)	谷部	【一部】	5畫	87	88	無	段3上-3	鍇5-2	鉉3上-1
飻(餂通段)	倉部	【食部】	5畫	221	223	無	段5下-12	鍇10-5	鉉5下-2
銛(枚、欣、櫶，餂通段)	金部	【金部】	6畫	706	713	無	段14上-10	鍇27-4	鉉14上-2
錟(銛)	金部	【金部】	8畫	711	718	無	段14上-19	鍇27-7	鉉14上-3
靦(䩄、𪐩、䩉述及)	面部	【面部】	7畫	422	427	無	段9上-15	鍇17-5	鉉9上-3
殄(丩、胗)	歺部	【歹部】	5畫	163	165	17-37	段4下-12	鍇8-6	鉉4下-3
腆(臠、殄、𦞅)	肉部	【肉部】	8畫	173	175	無	段4下-31	鍇8-12	鉉4下-5
悿	心部	【心部】	8畫	515	519	無	段10下-50	鍇20-18	鉉10下-9
琠(璏)	玉部	【玉部】	8畫	10	10	無	段1上-19	鍇1-10	鉉1上-3
錪	金部	【金部】	8畫	704	711	無	段14上-5	鍇27-3	鉉14上-2
tiàn(ㄊㄧㄢˋ)									
烔(焪)	炎部	【火部】	10畫	487	491	無	段10上-54	鍇19-18	鉉10上-9
栝(橪、栖)	木部	【木部】	6畫	264	267	16-39	段6上-53	鍇11-23	鉉6上-7
楷(栝、筶，橪、筶通段)	木部	【木部】	7畫	264	267	16-39	段6上-53	鍇11-23	鉉6上-7
瑱(顛，磌通段)	玉部	【玉部】	10畫	13	13	無	段1上-26	鍇1-13	鉉1上-4
tiāo(ㄊㄧㄠ)									
佻(窕，嬥、恌通段)	人部	【人部】	6畫	379	383	無	段8上-29	鍇15-10	鉉8上-4
嬥(佻)	女部	【女部】	14畫	620	626	無	段12下-17	鍇24-6	鉉12下-3
挑(佻，挑通段)	手部	【手部】	6畫	601	607	無	段12上-36	鍇23-12	鉉12上-6
誂(挑)	言部	【言部】	6畫	98	99	無	段3上-25	鍇5-13	鉉3上-5
叞(挑)	又部	【又部】	3畫	116	117	無	段3下-19	鍇6-10	鉉3下-4
祧	示部	【示部】	6畫	無	無	無	段刪	鍇1-8	鉉1上-3
胱肉部(佻，翟通段)	肉部	【肉部】	6畫	172	174	無	段4下-30	鍇8-11	鉉4下-5
斛(斛，刷、鎣通段)	斗部	【斗部】	9畫	719	726	15-5	段14上-35	鍇27-11	鉉14上-6

篆本字(古文、金文、籀文、俗字、通用字，通段、金石)	說文部首	康熙部首	筆畫	一般頁碼	洪葉頁碼	金石字典頁碼	段注篇章	徐鍇通釋篇章	徐鉉藤花榭篇
銚(斛、枭、鋫，鍬通段)	金部	【金部】	6畫	704	711	無	段14上-6	鍇27-3	鉉14上-2
tiáo(ㄊㄧㄠˊ)									
芀(苕)	艸部	【艸部】	2畫	34	34	24-55	段1下-26	鍇2-12	鉉1下-4
苕(葦，迢通段)	艸部	【艸部】	5畫	46	47	無	段1下-51	鍇2-24	鉉1下-8
迢	辵(辶)部	【辵部】	5畫	無	無	無	無	無	鉉2下-3
超(怊、迢通段)	走部	【走部】	5畫	63	64	27-47	段2上-31	鍇3-14	鉉2上-7
叾(玆、笤通段)	卜部	【卜部】	5畫	127	128	無	段3下-42	鍇6-20	鉉3下-9
髦(毛，齝通段)	髟部	【髟部】	4畫	426	430	無	段9上-22	鍇17-8	鉉9上-4
阼(跅通段)	𨸏部	【阜部】	5畫	736	743	無	段14下-11	鍇28-4	鉉14下-2
銚(斛、枭、鋫，鍬通段)	金部	【金部】	6畫	704	711	無	段14上-6	鍇27-3	鉉14上-2
鹵(卤、矗)	鹵部	【卜部】	7畫	317	320	5-22	段7上-31	鍇13-13	鉉7上-6
條(樤通段)	木部	【木部】	7畫	249	251	16-44	段6上-22	鍇11-10	鉉6上-3
滌(條、脩，藋、潟通段)	水部	【水部】	12畫	563	568	無	段11上貳-35	鍇21-23	鉉11上-8
鋚(肇，鎥通段)	金部	【金部】	7畫	702	709	29-43	段14上-2	鍇27-1	鉉14上-1
鰷(鮴、鮋、鰺，鮰、鯈通段)	魚部	【魚部】	7畫	577	582	無	段11下-20	鍇22-8	鉉11下-5
蜩(蚍)	虫部	【虫部】	8畫	668	674	無	段13上-50	鍇25-12	鉉13上-7
調(diao`)	言部	【言部】	8畫	93	94	26-54	段3上-15	鍇5-8	鉉3上-4
髫	髟部	【髟部】	5畫	無	無	無	無	無	鉉9上-5
鬜(綢，髫、鬙从壽通段)	髟部	【髟部】	8畫	426	431	無	段9上-23	鍇17-8	鉉9上-4
蓨(蓧通段)	艸部	【艸部】	11畫	29	30	25-25	段1下-17	鍇2-9	鉉1下-3
tiǎo(ㄊㄧㄠˇ)									
朓月部	月部	【月部】	6畫	313	316	無	段7上-24	鍇13-9	鉉7上-4
朓肉部(祧，翟通段)	肉部	【肉部】	6畫	172	174	無	段4下-30	鍇8-11	鉉4下-5
窕(yao´)	穴部	【穴部】	6畫	346	349	22-33	段7下-22	鍇14-9	鉉7下-4
佻(窕，嬥、恌通段)	人部	【人部】	6畫	379	383	無	段8上-29	鍇15-10	鉉8上-4
挑(佻，挱通段)	手部	【手部】	6畫	601	607	無	段12上-36	鍇23-12	鉉12上-6
誂(挑)	言部	【言部】	6畫	98	99	無	段3上-25	鍇5-13	鉉3上-5
窱	穴部	【穴部】	11畫	346	350	無	段7下-23	鍇14-9	鉉7下-4

篆本字(古文、金文、籀文、俗字、通用字,通段,金石)	說文部首	康熙部首	筆畫	一般頁碼	洪葉頁碼	金石字典頁碼	段注篇章	徐鍇通釋篇章	徐鉉藤花榭篇
嬥(佻)	女部	【女部】	14畫	620	626	無	段12下-17	錯24-6	鉉12下-3
佻(窕,嬥、恌通段)	人部	【人部】	6畫	379	383	無	段8上-29	錯15-10	鉉8上-4
tiǎo(ㄊㄧㄠˋ)									
覜	見部	【見部】	6畫	409	414	無	段8下-17	錯16-14	鉉8下-4
眺(覜)	目部	【目部】	6畫	134	136	21-30	段4上-11	錯7-5	鉉4上-2
絩	糸部	【糸部】	6畫	648	654	無	段13上-10	錯25-3	鉉13上-2
跳	足部	【足部】	6畫	83	83	無	段2下-28	錯4-14	鉉2下-6
趒(跳)	走部	【走部】	6畫	67	67	無	段2上-38	錯3-16	鉉2上-8
糶	出部	【米部】	18畫	273	275	無	段6下-2	錯12-3	鉉6下-1
tiē(ㄊㄧㄝ)									
貼	貝部	【貝部】	5畫	無	無	無	無	無	鉉6下-5
帖(貼,怗、浾、慁通段)	巾部	【巾部】	5畫	359	362	無	段7下-48	錯14-22	鉉7下-9
聑(帖,怗通段)	耳部	【耳部】	6畫	593	599	無	段12上-19	錯23-7	鉉12上-4
tiě(ㄊㄧㄝˇ)									
帖(貼,怗、浾、慁通段)	巾部	【巾部】	5畫	359	362	無	段7下-48	錯14-22	鉉7下-9
聑(帖,怗通段)	耳部	【耳部】	6畫	593	599	無	段12上-19	錯23-7	鉉12上-4
紩(鉄通段,非今鐵之簡體)	糸部	【糸部】	5畫	656	662	無	段13上-26	錯25-6	鉉13上-3
鐵(鐡、銕)	金部	【金部】	14畫	702	709	29-59	段14上-2	錯27-1	鉉14上-1
驖(鐵、載)	馬部	【馬部】	14畫	462	466	無	段10上-4	錯19-2	鉉10上-1
tiè(ㄊㄧㄝˋ)									
帖(貼,怗、浾、慁通段)	巾部	【巾部】	5畫	359	362	無	段7下-48	錯14-22	鉉7下-9
聑(帖,怗通段)	耳部	【耳部】	6畫	593	599	無	段12上-19	錯23-7	鉉12上-4
呫(緝,呫通段)	口部	【口部】	6畫	57	58	24-7	段2上-19	錯3-8	鉉2上-4
謺(呫、喋通段)	言部	【言部】	11畫	96	97	無	段3上-21	錯5-11	鉉3上-4
飻(餮)	倉部	【食部】	5畫	222	224	無	段5下-14	錯10-5	鉉5下-3
聲(饕)	鼓部	【鼓部】	9畫	206	208	無	段5上-36	錯9-15	鉉5上-7
tīng(ㄊㄧㄥ)									
汀(圢)	水部	【水部】	2畫	560	565	17-64	段11上貳-30	錯21-22	鉉11上-8
芅	艸部	【艸部】	2畫	36	36	無	段1下-30	錯2-14	鉉1下-5

篆本字(古文、金文、籀文、俗字、通用字，通叚、金石)	說文部首	康熙部首	筆畫	一般頁碼	洪葉頁碼	金石字典頁碼	段注篇章	徐鍇通釋篇章	徐鉉藤花榭篇
听非聽(龘通叚)	口部	【口部】	4畫	57	57	無	段2上-18	鍇3-8	鉉2上-4
桯	木部	【木部】	7畫	257	260	無	段6上-39	鍇11-17	鉉6上-5
楹(桯)	木部	【木部】	10畫	253	256	無	段6上-31	鍇11-14	鉉6上-4
綎	糸部	【糸部】	7畫	654	661	無	段13上-23	鍇25-5	鉉13上-3
聽(廳、廰通叚)	耳部	【耳部】	16畫	592	598	24-12	段12上-17	鍇23-7	鉉12上-4
庭(廳、廰通叚)	广部	【广部】	7畫	443	448	無	段9下-13	鍇18-4	鉉9下-2
ting(ㄊㄧㄥˊ)									
罦	血部	【血部】	2畫	214	216	無	段5上-51	鍇9-21	鉉5上-9
廷	廴部	【廴部】	4畫	77	78	12-6	段2下-17	鍇4-9	鉉2下-4
停	人部	【人部】	9畫	無	無	無	無	無	鉉8上-5
亭(停、淳，婷、葶通叚)	高部	【亠部】	7畫	227	230	2-34，淳18-42	段5下-25	鍇10-10	鉉5下-5
娗(婷)	女部	【女部】	7畫	626	632	無	段12下-29	鍇24-10	鉉12下-4
庭(廳、廰通叚)	广部	【广部】	7畫	443	448	無	段9下-13	鍇18-4	鉉9下-2
筳	竹部	【竹部】	7畫	191	193	無	段5上-6	鍇9-3	鉉5上-1
莛	艸部	【艸部】	7畫	37	38	無	段1下-33	鍇2-16	鉉1下-5
蜓(蝏、蛉)	虫部	【虫部】	7畫	664	671	無	段13上-43	鍇25-10	鉉13上-6
蛉(蝏、蜓)	虫部	【虫部】	5畫	668	675	25-54	段13上-51	鍇25-12	鉉13上-7
霆	雨部	【雨部】	7畫	572	577	無	段11下-10	鍇22-5	鉉11下-3
震(霺从猋炋云禺、霆、振辰述及)	雨部	【雨部】	7畫	572	577	31-2	段11下-10	鍇22-5	鉉11下-3
鼮(鼥、鼤)	鼠部	【鼠部】	5畫	479	483	無	段10上-38	鍇19-12	鉉10上-6
棠(樗通叚)	木部	【木部】	8畫	240	242	16-47	段6上-4	鍇11-2	鉉6上-1
tǐng(ㄊㄧㄥˇ)									
壬非壬renˊ	壬部	【士部】	1畫	387	391	無	段8上-46	鍇15-16	鉉8上-7
町(圢通叚)	田部	【田部】	2畫	695	701	無	段13下-42	鍇26-8	鉉13下-6
侹	人部	【人部】	7畫	370	374	無	段8上-11	鍇15-5	鉉8上-2
娗(婷)	女部	【女部】	7畫	626	632	無	段12下-29	鍇24-10	鉉12下-4
艇	舟部	【舟部】	7畫	無	無	無	無	無	鉉8下-2
梃(脡、艇通叚)	木部	【木部】	7畫	249	252	16-42	段6上-23	鍇11-11	鉉6上-4
挺(埏，脡通叚)	手部	【手部】	7畫	605	611	14-19	段12上-44	鍇23-14	鉉12上-7
頲(挺)	頁部	【頁部】	7畫	418	423	無	段9上-7	鍇17-3	鉉9上-2
梴梃 篆本字(挺、埏)	木部	【木部】	7畫	251	253		段6上-26	鍇11-30	鉉6上-4

篆本字(古文、金文、籀文、俗字、通用字，通叚、金石)	說文部首	康熙部首	筆畫	一般頁碼	洪葉頁碼	金石字典頁碼	段注篇章	徐鍇通釋篇章	徐鉉藤花榭篇
鋌	金部	【金部】	7畫	703	710	無	段14上-4	鍇27-2	鉉14上-1
窡(瓬通叚)	穴部	【穴部】	7畫	345	348	無	段7下-20	鍇14-8	鉉7下-4
珽(珵)	玉部	【玉部】	7畫	13	13	無	段1上-25	鍇1-13	鉉1上-4
綎(經)	糸部	【糸部】	10畫	646	652	無	段13上-6	鍇25-2	鉉13上-1

tōng(ㄊㄨㄥ)

恫(嗵、痌、癑通叚)	心部	【心部】	6畫	512	517	無	段10下-45	鍇20-16	鉉10下-8
通	辵(辶_)部	【辵部】	7畫	71	72	28-26	段2下-5	鍇4-3	鉉2下-2

tóng(ㄊㄨㄥˊ)

仝(全、𠑶，痊通叚)	入部	【人部】	3畫	224	226	3-58	段5下-18	鍇10-7	鉉5下-3
同(峒通叚)	冃部	【口部】	3畫	353	357	6-9	段7下-37	鍇14-17	鉉7下-7
𪓵(𪓿)	龜部	【龜部】	3畫	678	685	無	段13下-9	鍇25-17	鉉13下-2
彤	丹部	【彡部】	4畫	215	218	12-37	段5下-1	鍇10-1	鉉5下-1
冬(𡘇，佟通叚)	夊部	【冫部】	3畫	571	576	4-20	段11下-8	鍇22-4	鉉11下-3
桐	木部	【木部】	6畫	247	249	16-37	段6上-18	鍇11-8	鉉6上-3
融(𧖓、肜，烔、蝸通叚)	鬲部	【虫部】	10畫	111	112	25-57	段3下-10	鍇6-6	鉉3下-2
瞳	目部	【目部】	6畫	131	132	無	段4上-4	鍇7-2	鉉4上-1
佟(恫)	人部	【人部】	6畫	369	373	無	段8上-9	鍇15-4	鉉8上-2
詷(侗通叚)	言部	【言部】	6畫	94	95	無	段3上-17	鍇5-9	鉉3上-4
𧹙(赤)	赤部	【赤部】	6畫	491	496	無	段10下-3	鍇19-21	鉉10下-1
鈾	金部	【金部】	6畫	707	714	無	段14上-11	鍇27-5	鉉14上-2
銅	金部	【金部】	6畫	702	709	29-41	段14上-1	鍇27-1	鉉14上-1
鮦(鱱通叚)	魚部	【魚部】	6畫	576	582	無	段11下-19	鍇22-8	鉉11下-5
毈(毇)	殳部	【殳部】	9畫	120	121	無	段3下-27	鍇6-14	鉉3下-6
曈	日部	【日部】	12畫	無	無	無	無	無	鉉7上-2
犝	牛部	【牛部】	12畫	無	無	無	無	無	鉉2上-3
重(童董述及)	重部	【里部】	2畫	388	392	29-29	段8上-47	鍇15-16	鉉8上-7
童(𪕾从立黃土、重董述及，犝、瞳、曈通叚)	辛部	【立部】	7畫	102	103	22-41，瞳21-35	段3上-33	鍇5-17	鉉3上-7
湩(重、童)	水部	【水部】	9畫	565	570	18-43	段11上貳-40	鍇21-25	鉉11上-9
僮(童經傳，瞳、偅通叚)	人部	【人部】	12畫	365	369	3-38	段8上-1	鍇15-1	鉉8上-1

篆本字（古文、金文、籀文、俗字、通用字，通段、金石）	說文部首	康熙部首	筆畫	一般頁碼	洪葉頁碼	金石字典頁碼	段注篇章	徐鍇通釋篇章	徐鉉藤花榭篇
動(運，勤、慟通段)	力部	【力部】	9畫	700	706	4-50	段13下-52	錯26-11	鉉13下-7
橦(幢通段)	木部	【木部】	12畫	257	260	無	段6上-39	錯11-17	鉉6上-5
潼	水部	【水部】	12畫	517	522	18-60	段11上壹-3	錯21-2	鉉11上-1
穜(種通段)	禾部	【禾部】	12畫	321	324	22-30	段7上-39	錯13-17	鉉7上-7
tǒng(ㄊㄨㄥˇ)									
筒	竹部	【竹部】	6畫	197	199	無	段5上-17	錯9-6	鉉5上-3
統	糸部	【糸部】	6畫	645	651	23-16	段13上-4	錯25-2	鉉13上-1
桶(甬)	木部	【木部】	7畫	264	267	16-41	段6上-53	錯11-23	鉉6上-7
箈	竹部	【竹部】	7畫	194	196	無	段5上-11	錯9-5	鉉5上-2
tòng(ㄊㄨㄥˋ)									
衕(衖通段)	行部	【行部】	6畫	78	78	無	段2下-18	錯4-10	鉉2下-4
痛	疒部	【疒部】	7畫	348	351	無	段7下-26	錯14-11	鉉7下-5
恫(嗵、痌、癉通段)	心部	【心部】	6畫	512	517	無	段10下-45	錯20-16	鉉10下-8
慟	心部	【心部】	11畫	無	無	無	無	無	鉉10下-9
動(運，勤、慟通段)	力部	【力部】	9畫	700	706	4-50	段13下-52	錯26-11	鉉13下-7
懂(重，慟通段)	心部	【心部】	9畫	503	507	無	段10下-26	錯20-18	鉉10下-5
tōu(ㄊㄡ)									
媮(偷)	女部	【女部】	9畫	623	629	無	段12下-23	錯24-8	鉉12下-3
愉(偷佻述及，愈通段)	心部	【心部】	9畫	509	513	13-26	段10下-38	錯20-13	鉉10下-7
tóu(ㄊㄡˊ)									
投(摢)	手部	【手部】	4畫	601	607	14-9	段12上-35	錯23-11	鉉12上-6
毀	殳部	【殳部】	7畫	119	120	無	段3下-25	錯6-14	鉉3下-6
頭	頁部	【頁部】	7畫	415	420	31-29	段9上-1	錯17-1	鉉9上-1
腄(頭)	肉部	【肉部】	7畫	168	170	無	段4下-21	錯8-8	鉉4下-4
緰(shu)	糸部	【糸部】	9畫	661	667	無	段13上-36	錯25-8	鉉13上-5
緰(輸通段)	巾部	【巾部】	9畫	359	362	11-26，輸31-16	段7下-48	錯14-22	鉉7下-9
繻(緰)	糸部	【糸部】	14畫	652	658	23-37	段13上-18	錯25-5	鉉13上-3
麤	麻部	【麻部】	9畫	336	339	無	段7下-2	錯13-28	鉉7下-1
tǒu(ㄊㄡˇ)									
妵	女部	【女部】	5畫	617	623	無	段12下-12	錯24-4	鉉12下-2
䳲	鳥部	【鳥部】	5畫	151	153	無	段4上-45	錯7-20	鉉4上-8
鮏(鮭)	魚部	【魚部】	7畫	577	582	無	段11下-20	錯22-8	鉉11下-5
黈(黈通段)	黃部	【黃部】	6畫	698	705	無	段13下-49	錯26-10	鉉13下-7

篆本字(古文、金文、籀文、俗字、通用字，通段、金石)	說文部首	康熙部首	筆畫	一般頁碼	洪葉頁碼	金石字典頁碼	段注篇章	徐鍇通釋篇章	徐鉉藤花榭篇
主(丶、宔祐述及、炷，蛀通段)	丶部	【丶部】	4畫	214	216	1-30	段5上-52	鍇10-1	鉉5上-10
注(註，疰、紸，蛀通段)	水部	【水部】	5畫	555	560	18-18	段11上貳-19	鍇21-19	鉉11上-6
藪(蘣，藪通段)	艸部	【艸部】	18畫	37	38	無	段1下-33	鍇2-16	鉉1下-5
tǒu(ㄊㄡˋ)									
咅(杏、欨，㤶通段)	丶部	【口部】	5畫	215	217	無	段5上-53	鍇10-1	鉉5上-10
透	辵(辶)部	【辵部】	7畫	無	無	無	無	無	鉉2下-3
跿(透，悠通段)	足部	【足部】	7畫	82	82	無	段2下-26	鍇4-13	鉉2下-5
tū(ㄊㄨ)									
朕窅朕=坳突=凹凸(突通段)	肉部	【肉部】	5畫	172	174	無	段4下-29	鍇8-11	鉉4下-5
突(堗、葖、鷈、鼷通段)	穴部	【穴部】	4畫	346	349	22-33	段7下-22	鍇14-9	鉉7下-4
厺(厽、突)	厺部	【厶部】	1畫	744	751	5-38	段14下-27	鍇28-14	鉉14下-6
禿	禿部	【禾部】	2畫	407	411	22-12	段8下-12	鍇16-13	鉉8下-3
tú(ㄊㄨˊ)									
辻(徒)	辵(辶)部	【辵部】	3畫	70	71	12-46	段2下-3	鍇4-2	鉉2下-1
突(堗、葖、鷈、鼷通段)	穴部	【穴部】	4畫	346	349	22-33	段7下-22	鍇14-9	鉉7下-4
厺(厽、突)	厺部	【厶部】	1畫	744	751	5-38	段14下-27	鍇28-14	鉉14下-6
捈(梌通段)	手部	【手部】	7畫	610	616	無	段12上-53	鍇23-16	鉉12上-8
塗(嵞述及)	土部	【土部】	10畫	無	無	無	無	無	鉉13下-5
嵞(塗)	屾部	【山部】	10畫	441	446	無	段9下-9	鍇18-3	鉉9下-2
涂(塗、墐、堲，滁、搽、途通段)	水部	【水部】	7畫	520	525	18-26	段11上壹-9	鍇21-3	鉉11上-1
徐(途通段)	彳部	【彳部】	7畫	76	77	12-44	段2下-15	鍇4-8	鉉2下-3
鄒(徐)	邑部	【邑部】	7畫	296	298	29-5	段6下-48	鍇12-20	鉉6下-8
俆(舒、鄒、徐)	人部	【人部】	7畫	377	381	無	段8上-26	鍇15-9	鉉8上-4
悇(悇)	心部	【心部】	7畫	509	513	13-19	段10下-38	鍇20-13	鉉10下-7
㸪	牛部	【牛部】	7畫	51	51	無	段2上-6	鍇3-3	鉉2上-2
稌	禾部	【禾部】	7畫	322	325	無	段7上-42	鍇13-18	鉉7上-7
筡(茶俗，筎通段)	竹部	【竹部】	7畫	189	191	22-49	段5上-2	鍇9-1	鉉5上-1

篆本字（古文、金文、籀文、俗字、通用字，通段，金石）	說文部首	康熙部首	筆畫	一般頁碼	洪葉頁碼	金石字典頁碼	段注篇章	徐鍇通釋篇章	徐鉉藤花榭篇
筡(筍筠蒬籫籿箻，簡、篗、籮、籿通段)	竹部	【竹部】	5畫	190	192	無	段5上-3	錯9-1	鉉5上-1
荼(蔗，茶、榛、璨、瀁、鷞通段)	艸部	【艸部】	7畫	46	47	25-10	段1下-51	錯2-24	鉉1下-8
歪(走，跿通段)	走部	【走部】		63	64	27-45	段2上-31	錯3-14	鉉2上-6
酴	酉部	【酉部】	7畫	747	754	無	段14下-34	錯28-17	鉉14下-8
駼	馬部	【馬部】	7畫	469	474	無	段10上-19	錯19-5	鉉10上-3
余(予，蜍、鵌通段)	八部	【人部】	5畫	49	50	3-3	段2上-3	錯3-2	鉉2上-1
屠(鷵通段)	尸部	【尸部】	8畫	400	404	10-45	段8上-72	錯16-9	鉉8上-11
虝	虎部	【虍部】	8畫	無	無	無	無	無	鉉5上-8
兔(菟，虝、鵵通段)	兔部	【儿部】	6畫	472	477	3-54	段10上-25	錯19-8	鉉10上-4
瘏	疒部	【疒部】	9畫	348	352	無	段7下-27	錯14-12	鉉7下-5
腯(腞)	肉部	【肉部】	9畫	173	175	無	段4下-31	錯8-12	鉉4下-5
醏	酉部	【酉部】	9畫	751	758	無	段14下-42	錯28-19	鉉14下-9
嵞(塗)	屾部	【山部】	10畫	441	446	無	段9下-9	錯18-3	鉉9下-2
玗(玕、華，瑹通段)	玉部	【玉部】	3畫	17	17	20-7	段1上-34	錯1-16	鉉1上-5
圖	囗部	【囗部】	11畫	277	279	7-5	段6下-10	錯12-7	鉉6下-3
鄌(屠)	邑部	【邑部】	12畫	287	289	無	段6下-30	錯12-15	鉉6下-6
tǔ（ㄊㄨˇ）									
土(芏通段)	土部	【土部】		682	688	7-7	段13下-16	錯26-1	鉉13下-3
吐	口部	【口部】	3畫	59	59	6-15	段2上-22	錯3-9	鉉2上-5
tù（ㄊㄨˋ）									
兔(菟，虝、鵵通段)	兔部	【儿部】	6畫	472	477	3-54	段10上-25	錯19-8	鉉10上-4
tuān（ㄊㄨㄢ）									
湍	水部	【水部】	9畫	549	554	無	段11上貳-8	錯21-15	鉉11上-5
貒(貆)	豸部	【豸部】	9畫	458	462	無	段9下-42	錯18-15	鉉9下-7
貆(貒)	豸部	【豸部】	18畫	458	462	27-21	段9下-42	錯18-15	鉉9下-7
黵	黃部	【黃部】	9畫	698	705	無	段13下-49	錯26-10	鉉13下-7
tuán（ㄊㄨㄢˊ）									
漙	水部	【水部】	11畫				無	無	鉉11上-9
團(專，漙、慱、檲通段)	囗部	【囗部】	11畫	277	279	無	段6下-10	錯12-7	鉉6下-3

篆本字(古文、金文、籀文、俗字、通用字，通段、金石)	說文部首	康熙部首	筆畫	一般頁碼	洪葉頁碼	金石字典頁碼	段注篇章	徐鍇通釋篇章	徐鉉藤花榭篇
摶(團、專、嫥，博通段)	手部	【手部】	11畫	607	613	無	段12上-48	鍇23-15	鉉12上-7
塼(槫)	厄部	【寸部】	14畫	430	434	無	段9上-30	鍇17-10	鉉9上-5
縳(蟤通段)	糸部	【糸部】	11畫	648	655	無	段13上-11	鍇25-3	鉉13上-2
篿(zhuan)	竹部	【竹部】	11畫	193	195	無	段5上-9	鍇9-4	鉉5上-2
斷從斷首(剸)	首部	【首部】	18畫	423	428	無	段9上-17	鍇17-5	鉉9上-3
專(甎、塼，剸、漙、磚、鄟通段)	寸部	【寸部】	8畫	121	122	10-23	段3下-30	鍇6-16	鉉3下-7
鷻(鶉、鶎、雖、鷔從敦)	鳥部	【鳥部】	12畫	154	155	無	段4上-50	鍇7-22	鉉4上-9
雖(鶉、鶎、鷻、鷔=隼雖述及、雖奄chunˊ述及)	隹部	【隹部】	8畫	143	145	無	段4上-29	鍇7-13	鉉4上-5
tuǎn(ㄊㄨㄢˇ)									
疃(暖、斷，畽通段)	田部	【田部】	12畫	697	704	20-51	段13下-47	鍇26-9	鉉13下-6
蹳(斷，暖通段)	足部	【足部】	14畫	81	82	無	段2下-25	鍇4-13	鉉2下-5
tuàn(ㄊㄨㄢˋ)									
彖(系，猭、腞通段)	彑部	【彑部】	6畫	456	461	27-15	段9下-39	鍇18-14	鉉9下-6
彑(彖)	彑部	【彑部】	4畫	456	461	無	段9下-39	鍇18-14	鉉9下-6
湪(潒、湄沇述及)	水部	【水部】	9畫	561	566	無	段11上貳-31	鍇21-22	鉉11上-8
緣(純，褖、褖通段)	糸部	【糸部】	9畫	654	661	無	段13上-23	鍇25-5	鉉13上-3
tuī(ㄊㄨㄟ)									
忒(貣)	心部	【心部】	3畫	509	513	13-4	段10下-38	鍇20-13	鉉10下-7
㥾(忒差述及)	心部	【心部】	5畫	508	513	13-12	段10下-37	鍇20-13	鉉10下-7
推	手部	【手部】	8畫	596	602	14-20	段12上-25	鍇23-9	鉉12上-5
蓷(萑通段)	艸部	【艸部】	11畫	28	28	25-26	段1下-14	鍇2-7	鉉1下-3
tuí(ㄊㄨㄟˊ)									
瘣(痕通段)	广部	【广部】	8畫	350	354	無	段7下-31	鍇14-14	鉉7下-6
庺	广部	【广部】	8畫	445	450	11-51	段9下-17	鍇18-6	鉉9下-3
魋	隹部	【鬼部】	8畫	144	145	30-61	段4上-30	鍇17-14	鉉9上-7
隤(壝通段)	𨸏部	【阜部】	12畫	732	739	無	段14下-4	鍇28-2	鉉14下-1
躓(憲，蹟通段)	足部	【足部】	15畫	83	83	無	段2下-28	鍇4-14	鉉2下-6
穨(頹、穨)	禿部	【禾部】	14畫	407	411	無	段8下-12	鍇16-13	鉉8下-3

篆本字(古文、金文、籀文、俗字、通用字，通段、金石)	說文部首	康熙部首	筆畫	一般頁碼	洪葉頁碼	金石字典頁碼	段注篇章	徐鍇通釋篇章	徐鉉藤花榭篇
頌(頖)	頁部	【頁部】	3畫	421	425	無	段9上-12	鍇17-4	鉉9上-2
讟	言部	【言部】	18畫	99	99	無	段3上-26	鍇5-13	鉉3上-5
tuǐ(ㄊㄨㄟˇ)									
倭(俀通段)	人部	【人部】	8畫	368	372	3-28	段8上-8	鍇15-4	鉉8上-2
隨(骽=腿通段)	辵(辶)部	【阜部】	13畫	70	71	30-46	段2下-3	鍇4-2	鉉2下-1
債	人部	【人部】	12畫	368	372	3-36	段8上-8	鍇15-4	鉉8上-2
tui(ㄊㄨㄟˋ)									
娧(倪通段)	女部	【女部】	7畫	618	624	無	段12下-14	鍇24-5	鉉12下-2
復(退、彻、遐)	彳部	【彳部】	7畫	77	77	28-23	段2下-16	鍇4-8	鉉2下-4
蛻	虫部	【虫部】	7畫	669	676	無	段13上-53	鍇25-13	鉉13上-7
駾	馬部	【馬部】	7畫	467	471	無	段10上-14	鍇19-4	鉉10上-2
悿(dian`)	心部	【心部】	8畫	507	511	無	段10下-34	鍇20-12	鉉10下-6
憝	心部	【心部】	12畫	507	512	無	段10下-35	鍇20-13	鉉10下-7
tūn(ㄊㄨㄣ)									
吞	口部	【口部】	4畫	54	55	無	段2上-13	鍇3-6	鉉2上-3
涒	水部	【水部】	7畫	563	568	18-29	段11上貳-35	鍇21-23	鉉11上-8
嗐(啍，嫩通段)	口部	【口部】	8畫	56	56	無	段2上-16	鍇3-7	鉉2上-4
爥(焞、淳、燉)	火部	【火部】	8畫	485	489	無	段10上-50	鍇19-17	鉉10上-8
曣(暾通段)	日部	【日部】	19畫	307	310	無	段7上-11	鍇13-4	鉉7上-2
黗(黗，黗通段)	黑部	【黑部】	4畫	488	492	無	段10上-56	鍇19-19	鉉10上-10
tún(ㄊㄨㄣˊ)									
屯(zhun)	屮部	【屮部】	1畫	21	22	10-47	段1下-1	鍇2-1	鉉1下-1
笓(囤通段)	竹部	【囗部】	4畫	194	196	無	段5上-11	鍇9-4	鉉5上-2
幠(囤通段)	巾部	【巾部】	9畫	361	364	無	段7下-52	鍇14-23	鉉7下-9
純(醇，忳、稕通段)	糸部	【糸部】	4畫	643	650	23-10	段13上-1	鍇25-1	鉉13上-1
諄(誖、敦，忳、綧、訰通段)	言部	【言部】	8畫	91	91		段3上-10	鍇5-6	鉉3上-3
軘	車部	【車部】	4畫	721	728	無	段14上-39	鍇27-12	鉉14上-6
黗(黗，黗通段)	黑部	【黑部】	4畫	488	492	無	段10上-56	鍇19-19	鉉10上-10
屍(脾、臀从殿骨、臋，臀)	尸部	【尸部】	6畫	400	404	無	段8上-71	鍇16-8	鉉8上-11
尻(脾，启、脲、豚、犯、狉通段)	尸部	【尸部】	2畫	400	404	無	段8上-71	鍇16-8	鉉8上-11

篆本字(古文、金文、籀文、俗字、通用字，通叚、金石)	說文部首	康熙部首	筆畫	一般頁碼	洪葉頁碼	金石字典頁碼	段注篇章	徐鍇通釋篇章	徐鉉藤花榭篇
蠡从巾(豚、蠡从小，犺、犺通叚)	蠡部	【豕部】	9畫	457	461	27-16	段9下-40	鍇18-14	鉉9下-7
豬(腯祉述及、豚，潴通叚)	豕部	【豕部】	8畫	454	459	27-19	段9下-35	鍇18-12	鉉9下-6
籔(dian ˋ)	竹部	【竹部】	13畫	196	198	無	段5上-16	鍇9-6	鉉5上-3
tuō(ㄊㄨㄛ)									
乇(zheˊ)	乇部	【丿部】	2畫	274	277	1-34	段6下-5	鍇12-4	鉉6下-2
託(托通叚)	言部	【言部】	3畫	95	95	無	段3上-18	鍇5-9	鉉3上-4
橐(沰涿zhuoˊ述及、託轊suiˋ述及)	橐部	【木部】	12畫	276	279	17-11	段6下-9	鍇12-7	鉉6下-3
侂(托，任、佗通叚)	人部	【人部】	6畫	382	386	無	段8上-36	鍇15-12	鉉8上-5
魠	魚部	【魚部】	3畫	578	583	無	段11下-22	鍇22-9	鉉11下-5
餅(飥、餭、餛、鉼釘述及，麷通叚)	倉部	【食部】	6畫	219	221	無	段5下-8	鍇10-4	鉉5下-2
扥(拖，扡、柁通叚)	手部	【手部】	5畫	610	616	14-14	段12上-53	鍇23-16	鉉12上-8
褫(扥)	衣部	【衣部】	10畫	396	400	無	段8上-63	鍇16-5	鉉8上-9
袉(袘、拖、扡、扥，袥、襬、酡通叚)	衣部	【衣部】	5畫	392	396	無	段8上-56	鍇16-3	鉉8上-8
詑(忚、訑、詒、訑通叚)	言部	【言部】	5畫	96	96	無	段3上-20	鍇5-11	鉉3上-4
涿(氒，沰、豚通叚)	水部	【水部】	8畫	557	562	無	段11上貳-24	鍇21-20	鉉11上-7
橐(沰涿zhuoˊ述及、託轊suiˋ述及)	橐部	【木部】	12畫	276	279	17-11	段6下-9	鍇12-7	鉉6下-3
赭(丹、沰)	赤部	【赤部】	9畫	492	496	無	段10下-4	鍇19-21	鉉10下-1
袥(拓)	衣部	【衣部】	5畫	392	396	無	段8上-56	鍇16-3	鉉8上-8
挩(捝、脫)	手部	【手部】	7畫	604	610	無	段12上-42	鍇23-13	鉉12上-7
脫(莌通叚)	肉部	【肉部】	7畫	171	173	24-27	段4下-27	鍇8-11	鉉4下-5
兌(閱，莌、蕍通叚)	儿部	【儿部】	5畫	405	409	3-53	段8下-8	鍇16-11	鉉8下-2
娧(倪通叚)	女部	【女部】	7畫	618	624	無	段12下-14	鍇24-5	鉉12下-2
湻(唾)	水部	【水部】	9畫	544	549	18-38	段11上壹-57	鍇21-12	鉉11上-4
唾(湻)	口部	【口部】	9畫	56	56	無	段2上-16	鍇3-7	鉉2上-4
磔(矺)	桀部	【石部】	10畫	237	240	無	段5下-44	鍇10-18	鉉5下-9

篆本字(古文、金文、籀文、俗字、通用字，通段、金石)	說文部首	康熙部首	筆畫	一般頁碼	洪葉頁碼	金石字典頁碼	段注篇章	徐鍇通釋篇章	徐鉉藤花榭篇
tuó(ㄊㄨㄛˊ)									
阤(陀、阤)	𨸏部	【阜部】	3畫	733	740	30-22	段14下-5	鍇28-2	鉉14下-1
鮀(鯊)	魚部	【魚部】	5畫	578	584	無	段11下-23	鍇22-9	鉉11下-5
杕(柁、舵)	木部	【木部】	3畫	251	253	無	段6上-26	鍇11-12	鉉6上-4
馱	馬部	【馬部】	3畫	無	無	無	無	無	鉉10上-3
佗(他、駝、馱，紽、馳、鮀通段)	人部	【人部】	5畫	371	375	3-2	段8上-13	鍇15-5	鉉8上-2
它(蛇、佗、他)	它部	【宀部】	2畫	678	684	9-18	段13下-8	鍇25-17	鉉13下-2
跎	足部	【足部】	5畫	無	無	無	無	無	鉉2下-6
沱(池、沲、跎通段)	水部	【水部】	5畫	517	522	18-9	段11上壹-4	鍇21-2	鉉11上-1
袉(袘、拖、扡、拕，袥、襢、酡通段)	衣部	【衣部】	5畫	392	396	無	段8上-56	鍇16-3	鉉8上-8
訑(訑、訷、訛、訑通段)	言部	【言部】	5畫	96	96	無	段3上-20	鍇5-11	鉉3上-4
鉈(鉇、釶，鉈通段)	金部	【金部】	5畫	711	718	29-39	段14上-19	鍇27-6	鉉14上-3
鞑	革部	【革部】	5畫	111	112	無	段3下-9	鍇6-5	鉉3下-2
娷(倪通段)	女部	【女部】	7畫	618	624	無	段12下-14	鍇24-5	鉉12下-2
橐(沰涿zhuoˊ述及、託譿suiˋ述及)	橐部	【木部】	12畫	276	279	17-11	段6下-9	鍇12-7	鉉6下-3
驒	馬部	【馬部】	12畫	469	473	無	段10上-18	鍇19-5	鉉10上-3
鼉(鼍、鼉通段)	黽部	【黽部】	12畫	679	686	32-45	段13下-11	鍇25-17	鉉13下-3
tuǒ(ㄊㄨㄛˇ)									
妥	女部	【女部】	4畫	626	632	8-30	段12下-29	鍇24-10	鉉12下-4
惰(憜、媠)	心部	【心部】	12畫	509	514	無	段10下-39	鍇20-14	鉉10下-7
媠(媠)	女部	【女部】	12畫	618	624	無	段12下-13	鍇24-4	鉉12下-2
橢(隋，楕通段)	木部	【木部】	12畫	261	264	無	段6上-47	鍇11-20	鉉6上-6
隋(隋、隨、橢、墮)	𨸏部	【𨸏部】	12畫	440	444	無	段9下-6	鍇18-2	鉉9下-1
tuò(ㄊㄨㄛˋ)									
拓(摭)	手部	【手部】	5畫	605	611	14-29	段12上-43	鍇23-13	鉉12上-7
袥(拓)	衣部	【衣部】	5畫	392	396	無	段8上-56	鍇16-3	鉉8上-8
柝(柝、拆)	木部	【木部】	5畫	252	254	16-52	段6上-28	鍇11-13	鉉6上-4
橐(梉，柝通段)	木部	【木部】	16畫	257	259	17-13	段6上-38	鍇11-17	鉉6上-5

篆本字（古文、金文、籀文、俗字、通用字，通叚、金石）	說文部首	康熙部首	筆畫	一般頁碼	洪葉頁碼	金石字典頁碼	段注篇章	徐鍇通釋篇章	徐鉉藤花榭篇
辵(蹃，踱、跡通叚)	辵(辶)部	【辵部】		70	70	28-16	段2下-2	鍇4-1	鉉2下-1
壊(坼，拆、跡通叚)	土部	【土部】	5畫	691	698	無	段13下-35	鍇26-6	鉉13下-5
鬐从左月(氊、毻，騎通叚)	髟部	【髟部】	9畫	428	432	無	段9上-26	鍇17-9	鉉9上-4
湤(唾)	水部	【水部】	9畫	544	549	18-38	段11上壹-57	鍇21-12	鉉11上-4
唾(湤)	口部	【口部】	9畫	56	56	無	段2上-16	鍇3-7	鉉2上-4
橐	木部	【木部】	9畫	251	254	無	段6上-27	鍇11-12	鉉6上-4
隋(隋、隨、橢、墮)	山部	【山部】	12畫	440	444	無	段9下-6	鍇18-2	鉉9下-1
蘀(籜通叚)	艸部	【艸部】	16畫	40	41	22-63	段1下-39	鍇2-18	鉉1下-6

W

wā(ㄨㄚ)

篆本字	說文部首	康熙部首	筆畫	一般頁碼	洪葉頁碼	金石字典頁碼	段注篇章	徐鍇通釋篇章	徐鉉藤花榭篇
窊从乞(挖通叚)	穴部	【穴部】	1畫	345	348	無	段7下-20	鍇14-8	鉉7下-4
呱(gu、gua)	口部	【口部】	5畫	54	55	無	段2上-13	鍇3-6	鉉2上-3
窊(㼚、窊通叚)	穴部	【穴部】	5畫	345	348	無	段7下-20	鍇14-8	鉉7下-4
哇(鼃)	口部	【口部】	6畫	59	60	無	段2上-23	鍇3-9	鉉2上-5
黽(蛙、鼃)	黽部	【黽部】	6畫	679	685	無	段13下-10	鍇25-17	鉉13下-3
畫	虫部	【虫部】	6畫	665	671	無	段13上-44	鍇25-11	鉉13上-6
洼	水部	【水部】	6畫	553	558	無	段11上貳-16	鍇21-18	鉉11上-6
窐(甌舄yuan述及)	穴部	【穴部】	6畫	344	347	22-34	段7下-18	鍇14-8	鉉7下-4
媧(嬌)	女部	【女部】	9畫	617	623	無	段12下-11	鍇24-3	鉉12下-2
歊(ya`)	欠部	【欠部】	10畫	413	417	無	段8下-24	鍇16-17	鉉8下-5
漥	水部	【水部】	11畫	553	558	無	段11上貳-16	鍇21-18	鉉11上-6

wá(ㄨㄚˊ)

娃	女部	【女部】	6畫	623	629	無	段12下-24	鍇24-8	鉉12下-4

wǎ(ㄨㄚˇ)

瓦	瓦部	【瓦部】		638	644	20-21	段12下-53	鍇24-17	鉉12下-8
瓵(瓶、瓾通叚)	瓦部	【瓦部】	4畫	638	644	無	段12下-53	鍇24-18	鉉12下-8

wà(ㄨㄚˋ)

明(yue`)	耳部	【耳部】	4畫	592	598	無	段12上-18	鍇23-7	鉉12上-4
聉	耳部	【耳部】	5畫	592	598	無	段12上-18	鍇23-7	鉉12上-4
韎(mei`)	韋部	【韋部】	5畫	234	237	無	段5下-39	鍇10-16	鉉5下-8
黜(䧯，阢通叚)	出部	【自部】	9畫	273	275	無	段6下-2	鍇12-3	鉉6下-1

篆本字（古文、金文、籀文、俗字、通用字，通段、金石）	說文部首	康熙部首	筆畫	一般頁碼	洪葉頁碼	金石字典頁碼	段注篇章	徐鍇通釋篇章	徐鉉藤花榭篇
喎	口部	【口部】	10畫	59	59	無	段2上-22	鍇3-9	鉉2上-5
韢(韤、襪，妹通段)	韋部	【韋部】	15畫	236	238	無	段5下-41	鍇10-17	鉉5下-8
瞶从癸(wai`)	耳部	【耳部】	17畫	592	598	無	段12上-18	鍇23-7	鉉12上-4
wāi(ㄨㄞ)									
咼(瑜、喎通段)	口部	【口部】	6畫	61	61	無	段2上-26	鍇3-11	鉉2上-5
竵(歪)	立部	【立部】	13畫	500	505	無	段10下-21	鍇20-8	鉉10下-4
wǎi(ㄨㄞˇ)									
鍡(碨，壈、嵔、嵬通段)	金部	【金部】	9畫	713	720	無	段14上-24	鍇27-8	鉉14上-4
wài(ㄨㄞˋ)									
外(夗)	夕部	【夕部】	2畫	315	318	7-50	段7上-28	鍇13-11	鉉7上-5
頖	頁部	【頁部】	9畫	418	422	無	段9上-6	鍇17-2	鉉9上-1
顡(顮)	頁部	【頁部】	11畫	421	426	無	段9上-13	鍇17-4	鉉9上-2
瞶从癸(wa`)	耳部	【耳部】	17畫	592	598	無	段12上-18	鍇23-7	鉉12上-4
wān(ㄨㄢ)									
豌(䰀，豌通段)	豆部	【豆部】	5畫	207	209	無	段5上-38	鍇9-16	鉉5上-7
眢(腕通段)	目部	【目部】	5畫	132	134	無	段4上-7	鍇7-4	鉉4上-2
宛(惌，惋、蜿、蜿、跿、鴛通段)	宀部	【宀部】	5畫	341	344	9-36	段7下-12	鍇14-6	鉉7下-2
夗(蜿、蜿通段)	夕部	【夕部】	2畫	315	318	無	段7上-27	鍇13-11	鉉7上-5
剜	刀部	【刂部】	8畫	無	無	無	無	無	鉉4下-7
掔(剜，捥通段)	手部	【手部】	8畫	595	601	無	段12上-24	鍇23-9	鉉12上-5
剈(剜)	刀部	【刂部】	7畫	180	182	無	段4下-46	鍇8-17	鉉4下-7
婠	女部	【女部】	8畫	618	624	無	段12下-14	鍇24-5	鉉12下-2
彎(灣通段)	弓部	【弓部】	19畫	640	646	無	段12下-58	鍇24-19	鉉12下-9
wán(ㄨㄢˊ)									
丸(汍通段)	丸部	【丶部】	2畫	448	452	1-28	段9下-22	鍇18-8	鉉9下-4
紈	糸部	【糸部】	3畫	648	654	無	段13上-10	鍇25-3	鉉13上-2
芄	艸部	【艸部】	3畫	25	26	無	段1下-9	鍇2-5	鉉1下-2
汍	水部	【水部】	3畫	無	無	無	無	無	鉉11上-9
洹(汍)	水部	【水部】	6畫	537	542	18-23	段11上壹-44	鍇21-5	鉉11上-3
萑(汍通段)	艸部	【艸部】	3畫	45	46	無	段1下-49	鍇2-23	鉉1下-8
雚(鸛、觀，汍通段)	萑部	【隹部】	10畫	144	146	30-59	段4上-31	鍇7-14	鉉4上-6

篆本字(古文、金文、籀文、俗字、通用字，通段、金石)	說文部首	康熙部首	筆畫	一般頁碼	洪葉頁碼	金石字典頁碼	段注篇章	徐鍇通釋篇章	徐鉉藤花榭篇
刓(园，抏、捖通段)	刀部	【刂部】	4畫	181	183	無	段4下-48	錯8-17	鉉4下-7
揾(括，擓、捖通段)	手部	【手部】	7畫	606	612	無	段12上-46	錯23-15	鉉12上-7
捾(刐，捖通段)	手部	【手部】	8畫	595	601	無	段12上-24	錯23-9	鉉12上-5
完(寬)	宀部	【宀部】	4畫	339	343	9-28	段7下-9	錯14-4	鉉7下-2
寬(完)	宀部	【宀部】	12畫	341	344	10-6	段7下-12	錯14-5	鉉7下-3
頑	頁部	【頁部】	4畫	418	422	無	段9上-6	錯17-2	鉉9上-1
玩(貦)	玉部	【玉部】	4畫	16	16	無	段1上-31	錯1-15	鉉1上-5
忨(翫，䬺通段)	心部	【心部】	4畫	510	515	無	段10下-41	錯20-15	鉉10下-7
翫(忨)	習部	【羽部】	9畫	138	139	無	段4上-18	錯7-9	鉉4上-4
wǎn(ㄨㄢˇ)									
婠	女部	【女部】	5畫	618	624	無	段12下-14	錯24-5	鉉12下-2
脘(宛)	肉部	【肉部】	7畫	174	176	無	段4下-33	錯8-12	鉉4下-5
宛(惌，惋、蜿、蜿、踠、鵷通段)	宀部	【宀部】	5畫	341	344	9-36	段7下-12	錯14-6	鉉7下-2
鬱(宛、菀，欝从爻、灪、灪从林缶宀韋通段)	林部	【鬯部】	19畫	271	274	17-15	段6上-67	錯11-30	鉉6上-9
冤(宛、絇繙述及，寃通段)	兔部	【冖部】	8畫	472	477	4-19	段10上-25	錯19-8	鉉10上-4
踠(踠通段)	足部	【足部】	8畫	84	84	無	段2下-30	錯4-15	鉉2下-6
夗(蜿、蜿通段)	夕部	【夕部】	2畫	315	318	無	段7上-27	錯13-11	鉉7上-5
鞙(靰通段)	革部	【革部】	7畫	108	109	無	段3下-3	錯6-3	鉉3下-1
甂(椀、盌，碗通段)	瓦部	【瓦部】	5畫	639	645	20-22	段12下-55	錯24-18	鉉12下-8
盌(椀，碗、盌通段)	皿部	【皿部】	5畫	211	213	21-18	段5上-46	錯9-19	鉉5上-9
鞔(鞔)	革部	【革部】	10畫	108	109	無	段3下-4	錯6-3	鉉3下-1
晚	日部	【日部】	7畫	305	308	15-48	段7上-7	錯13-3	鉉7上-1
輓(晚、挽)	車部	【車部】	7畫	730	737	28-3	段14上-57	錯27-15	鉉14上-8
澣(浣、瀚)	水部	【水部】	17畫	564	569	無	段11上貳-38	錯21-24	鉉11上-9
埦(浣、睕，皖通段)	土部	【土部】	7畫	688	694	無	段13下-28	錯26-4	鉉13下-4
濯(浣、櫂段刪。楫ji´說文無櫂字，棹又櫂之俗)	水部	【水部】	14畫	564	569	19-3	段11上貳-38	錯21-24	鉉11上-9
婉	女部	【女部】	8畫	618	624	無	段12下-14	錯24-5	鉉12下-2
㛅(婉)	女部	【女部】	10畫	620	626	無	段12下-18	錯24-6	鉉12下-3

篆本字(古文、金文、籀文、俗字、通用字，通段、金石)	說文部首	康熙部首	筆畫	一般頁碼	洪葉頁碼	金石字典頁碼	段注篇章	徐鍇通釋篇章	徐鉉藤花榭篇
琬	玉部	【玉部】	8畫	12	12	無	段1上-24	錯1-12	鉉1上-4
脘(宛)	肉部	【肉部】	7畫	174	176	無	段4下-33	錯8-12	鉉4下-5
畹	田部	【田部】	8畫	696	703	20-49	段13下-45	錯26-9	鉉13下-6
綰	糸部	【糸部】	8畫	650	656	23-26	段13上-14	錯25-4	鉉13上-2
菀(鬱)	艸部	【艸部】	8畫	35	36	25-17	段1下-29	錯2-14	鉉1下-5
鬱(宛、菀，欝从爻、灪、欎从林缶冖韋通段)	林部	【鬯部】	19畫	271	274	17-15	段6上-67	錯11-30	鉉6上-9
薀(菀、苑、蘊，韞通段)	艸部	【艸部】	13畫	40	41	無	段1下-39	錯2-18	鉉1下-6
wàn(ㄨㄢˋ)						無			
梡(輐通段)	木部	【木部】	7畫	269	272	無	段6上-63	錯11-28	鉉6上-8
腕(臂，捥通段)	肉部	【肉部】	9畫	175	177	無	段4下-35	錯8-13	鉉4下-5
掔(捥、腕)	手部	【手部】	9畫	594	600	無	段12上-21	錯23-8	鉉12上-4
壐	玉部	【玉部】	9畫	17	17	無	段1上-33	錯1-16	鉉1上-5
萬(万)	内部	【艸部】	9畫	739	746	22-4，万1-6	段14下-18	錯28-7	鉉14下-4
獌(蔓、獶，貓通段)	犬部	【犬部】	11畫	477	482	無	段10上-35	錯19-11	鉉10上-6
蘰(luan`)	艸部	【艸部】	13畫	33	34	無	段1下-25	錯2-12	鉉1下-4
購	貝部	【貝部】	13畫	279	282	27-42	段6下-15	錯12-10	鉉6下-4
鄤(鄸通段)	邑部	【邑部】	14畫	294	296	無	段6下-44	錯12-19	鉉6下-7
wāng(ㄨㄤ)									
尢(尣、尪、尩，厜通段)	尢部	【尢部】		495	499	無	段10下-10	錯20-3	鉉10下-2
浬(汪)	水部	【水部】	6畫	547	552	18-23	段11上貳-4	錯21-14	鉉11上-4
wáng(ㄨㄤˊ)									
王(舌)	王部	【玉部】		9	9	20-4	段1上-18	錯1-9	鉉1上-3
亾(無、亡)	亾部	【一部】	1畫	634	640	2-28	段12下-45	錯24-15	鉉12下-7
莣(茫通段)	艸部	【艸部】	7畫	31	31	無	段1下-20	錯2-10	鉉1下-4
wǎng(ㄨㄤˇ)									
网(罔、罔从糸亾、囚、网，網、惘、輞、輀通段)	网部	【网部】		355	358	無	段7下-40	錯14-18	鉉7下-7
桂(枉)	木部	【木部】	4畫	250	253	16-23	段6上-25	錯11-12	鉉6上-4

篆本字(古文、金文、籀文、俗字、通用字，通叚、金石)	說文部首	康熙部首	筆畫	一般頁碼	洪葉頁碼	金石字典頁碼	段注篇章	徐鍇通釋篇章	徐鉉藤花榭篇
徍(往、逛，徨、洭、狴通叚)	彳部	【彳部】	5畫	76	76	12-40	段2下-14	鍇4-7	鉉2下-3
暀(皇、往，旺通叚)	日部	【日部】	8畫	306	309	15-47	段7上-10	鍇13-3	鉉7上-2
蛧(罔、魍，魍通叚)	虫部	【虫部】	6畫	672	679	無	段13上-59	鍇25-14	鉉13上-8
莣(薗通叚)	艸部	【艸部】	7畫	31	31	無	段1下-20	鍇2-10	鉉1下-4
敥	攴部	【攴部】	7畫	126	127	無	段3下-39	鍇6-19	鉉3下-9
wàng(ㄨㄤˋ)									
妄(姿)	女部	【女部】	3畫	623	629	8-29	段12下-23	鍇24-8	鉉12下-3
忘	心部	【心部】	3畫	510	514	13-5	段10下-40	鍇20-14	鉉10下-7
迬(誑)	辵(辶)部	【辵部】	4畫	70	71	無	段2下-3	鍇4-2	鉉2下-1
暀(皇、往，旺通叚)	日部	【日部】	8畫	306	309	15-47	段7上-10	鍇13-3	鉉7上-2
望(朢)	亾部	【月部】	7畫	634	640	16-5	段12下-46	鍇24-15	鉉12下-7
朢(望、望)	壬部	【月部】	10畫	387	391	16-8	段8上-46	鍇15-16	鉉8上-7
諲(諲)	言部	【言部】	14畫	100	101	27-6	段3上-29	鍇5-15	鉉3上-6
wēi(ㄨㄟ)									
厃(yan´)	厂部	【厂部】	2畫	448	452	無	段9下-22	鍇18-8	鉉9下-4
危(峞、桅、拹通叚)	危部	【卩部】	4畫	448	453	5-28	段9下-23	鍇18-8	鉉9下-4
威(豊、葳、賊通叚，娞金石)	女部	【女部】	6畫	615	621	8-38	段12下-7	鍇24-2	鉉12下-1
烓	火部	【火部】	6畫	482	486	無	段10上-44	鍇19-15	鉉10上-8
委(蜲通叚)	女部	【女部】	5畫	619	625	8-36	段12下-15	鍇24-5	鉉12下-2
覣	見部	【見部】	8畫	407	412	無	段8下-13	鍇16-13	鉉8下-3
逶(蟜、遹通叚)	辵(辶)部	【辵部】	8畫	73	73	28-34	段2下-8	鍇4-4	鉉2下-2
巍(魏、巋、犩通叚)	嵬部	【山部】	18畫	437	441	10-60	段9上-44	鍇17-15	鉉9上-7
椳	木部	【木部】	9畫	256	258	無	段6上-36	鍇11-16	鉉6上-5
椷	木部	【木部】	9畫	258	260	無	段6上-40	鍇11-18	鉉6上-5
鍡(碨，壈、嵔、巖通叚)	金部	【金部】	9畫	713	720	無	段14上-24	鍇27-8	鉉14上-4
煨	火部	【火部】	9畫	482	486	無	段10上-44	鍇19-15	鉉10上-8
觮	角部	【角部】	9畫	185	187	無	段4下-56	鍇8-19	鉉4下-8
隈	𨸏部	【阜部】	9畫	734	741	無	段14下-8	鍇28-3	鉉14下-2
葰(緌)	艸部	【艸部】	7畫	28	28	無	段1下-14	鍇2-7	鉉1下-3
微(散，癓通叚)	彳部	【彳部】	10畫	76	77	12-57	段2下-15	鍇4-7	鉉2下-3

篆本字（古文、金文、籀文、俗字、通用字，通段、金石）	說文部首	康熙部首	筆畫	一般頁碼	洪葉頁碼	金石字典頁碼	段注篇章	徐鍇通釋篇章	徐鉉藤花榭篇
溦(微，溦通段)	水部	【水部】	10畫	558	563	無	段11上貳-25	錯21-20	鉉11上-7
枚(微)	木部	【木部】	4畫	249	251	16-26	段6上-22	錯11-10	鉉6上-4
尾(微，浘通段)	尾部	【尸部】	4畫	402	406	10-42	段8下-2	錯16-9	鉉8下-1
散(微)	人部	【攴部】	6畫	374	378	14-43	段8上-19	錯15-7	鉉8上-3
薇(蔽)	艸部	【艸部】	13畫	24	24	無	段1下-6	錯2-3	鉉1下-1
wéi(ㄨㄟˊ)									
□非□kouˇ(圍)	口部	【囗部】		276	279	6-58	段6下-9	錯12-7	鉉6下-3
韋(奠、違)	韋部	【韋部】		234	237	31-18	段5下-39	錯10-16	鉉5下-8
邔(阢)	邑部	【邑部】	2畫	299	302	無	段6下-55	錯12-22	鉉6下-8
虛(虖、墟，圩、獹、驢、鱸通段)	丘部	【虍部】	5畫	386	390	25-48	段8上-44	錯15-15	鉉8上-6
桅	木部	【木部】	6畫	無	無	無	無	無	鉉6上-3
危(峗、桅、捴通段)	危部	【卩部】	4畫	448	453	5-28	段9下-23	錯18-8	鉉9下-4
散(微)	人部	【攴部】	6畫	374	378	14-43	段8上-19	錯15-7	鉉8上-3
微(散，癓通段)	彳部	【彳部】	10畫	76	77	12-57	段2下-15	錯4-7	鉉2下-3
溦(微，溦通段)	水部	【水部】	10畫	558	563	無	段11上貳-25	錯21-20	鉉11上-7
枚(微)	木部	【木部】	4畫	249	251	16-26	段6上-22	錯11-10	鉉6上-4
洈	水部	【水部】	6畫	528	533	無	段11上壹-26	錯21-8	鉉11上-2
夓(韰)	交部	【韋部】	7畫	494	499	無	段10下-9	錯20-3	鉉10下-2
回(囘、夓衺xieˊ述及，迴、徊通段)	口部	【囗部】	3畫	277	279	6-61	段6下-10	錯12-7	鉉6下-3
唯	口部	【口部】	8畫	57	57	6-38	段2上-18	錯3-7	鉉2上-4
惟(唯、維)	心部	【心部】	8畫	505	509	13-23	段10下-30	錯20-11	鉉10下-6
維	糸部	【糸部】	8畫	658	664	23-25	段13上-30	錯25-6	鉉13上-
淮(維)	水部	【水部】	8畫	532	537	18-33	段11上壹-34	錯21-10	鉉11上-2
瑈	玉部	【玉部】	8畫	17	17	無	段1上-33	錯1-16	鉉1上-5
帷(匲、匱)	巾部	【巾部】	8畫	359	362	無	段7下-48	錯14-22	鉉7下-9
爲(為、舀、偽、譌述及)	爪部	【爪部】	8畫	113	114	19-33	段3下-13	錯6-7	鉉3下-3
媦	女部	【女部】	9畫	624	630	無	段12下-25	錯24-8	鉉12下-4
幃	巾部	【巾部】	9畫	360	364	11-26	段7下-51	錯14-22	鉉7下-9
敿(緯、徽)	攴部	【攴部】	9畫	125	126	無	段3下-37	錯6-18	鉉3下-8
湋	水部	【水部】	9畫	549	554	無	段11上貳-8	錯21-15	鉉11上-5

篆本字(古文、金文、籀文、俗字、通用字，通段、金石)	說文部首	康熙部首	筆畫	一般頁碼	洪葉頁碼	金石字典頁碼	段注篇章	徐鍇通釋篇章	徐鉉藤花榭篇
違	辵(辶)部	【辵部】	9畫	73	73	28-41	段2下-8	鍇4-4	鉉2下-2
韋(𩋆、違)	韋部	【韋部】		234	237	31-18	段5下-39	鍇10-16	鉉5下-8
闈	門部	【門部】	9畫	587	593	無	段12上-7	鍇23-4	鉉12上-2
圍	囗部	【囗部】	10畫	278	281	7-4	段6下-13	鍇12-8	鉉6下-4
囗 非口kou˘(圍)	囗部	【囗部】		276	279	6-58	段6下-9	鍇12-7	鉉6下-3
嵬(巋、峞、磈通段)	嵬部	【山部】	10畫	437	441	10-58	段9上-44	鍇17-15	鉉9上-7
微(散，癓通段)	彳部	【彳部】	10畫	76	77	12-57	段2下-15	鍇4-7	鉉2下-3
溦(微，濊通段)	水部	【水部】	10畫	558	563	無	段11上貳-25	鍇21-20	鉉11上-7
枚(微)	木部	【木部】	4畫	249	251	16-26	段6上-22	鍇11-10	鉉6上-4
薇	艸部	【艸部】	11畫	24	24	無	段1下-6	鍇2-3	鉉1下-2
摧(催，嗺、惟、擢、譙通段)	手部	【手部】	11畫	596	602	無	段12上-26	鍇23-14	鉉12上-5
潿	水部	【水部】	12畫	550	555	無	段11上貳-10	鍇21-16	鉉11上-5
蓶	艸部	【艸部】	12畫	38	39	無	段1下-35	鍇2-17	鉉1下-6
褘(幃、洄)	衣部	【衣部】	12畫	393	397	26-24	段8上-58	鍇16-3	鉉8上-8
豴	豕部	【豕部】	12畫	455	459	無	段9下-36	鍇18-12	鉉9下-6
鄥	邑部	【邑部】	12畫	300	302	無	段6下-56	鍇12-22	鉉6下-8
隈(鄥)	𨸏部	【阜部】	12畫	735	742	無	段14下-10	鍇28-3	鉉14下-2
巖(戺通段)	厂部	【厂部】	13畫	446	451	無	段9下-19	鍇18-7	鉉9下-3
薇(籔、簹、籄、笥)	竹部	【竹部】	13畫	189	191	無	段5上-2	鍇9-1	鉉5上-1
矀(矊)	見部	【見部】	13畫	408	413	無	段8下-15	鍇16-14	鉉8下-3
鼪 从陸	隹部	【隹部】	13畫	144	145	無	段4上-30	鍇7-13	鉉4上-6
溦(濊通段)	水部	【水部】	10畫	558	563	無	段11上貳-25	鍇21-20	鉉11上-7
濰	水部	【水部】	14畫	539	544	無	段11上壹-47	鍇21-6	鉉11上-3
巍(魏、歸、犩通段)	嵬部	【山部】	18畫	437	441	10-60	段9上-44	鍇17-15	鉉9上-7
wěi(ㄨㄟˇ)									
骫	骨部	【骨部】	3畫	167	169	無	段4下-19	鍇8-7	鉉4下-4
尾(微，浘通段)	尾部	【尸部】	4畫	402	406	10-42	段8下-2	鍇16-9	鉉8下-1
芛	艸部	【艸部】	4畫	37	38	無	段1下-33	鍇2-16	鉉1下-5
委(蜲通段)	女部	【女部】	5畫	619	625	8-36	段12下-15	鍇24-5	鉉12下-2
洧	水部	【水部】	6畫	534	539	無	段11上壹-37	鍇21-10	鉉11上-3
痏(㾁㾑yao˘迒及)	疒部	【疒部】	6畫	351	354	無	段7下-32	鍇14-14	鉉7下-6

篆本字（古文、金文、籀文、俗字、通用字，通段、金石）	說文部首	康熙部首	筆畫	一般頁碼	洪葉頁碼	金石字典頁碼	段注篇章	徐鍇通釋篇章	徐鉉藤花榭篇
韃(韃、韃)	東部	【韋部】	6畫	317	320	無	段7上-31	鍇13-13	鉉7上-6
頡	頁部	【頁部】	6畫	418	423	無	段9上-7	鍇17-3	鉉9上-2
鮪(鱓鮋geng ` 述及)	魚部	【魚部】	6畫	576	581	32-17	段11下-18	鍇22-8	鉉11下-4
鮨(鰭、鮪)	魚部	【魚部】	6畫	580	586	無	段11下-27	鍇22-10	鉉11下-6
黇	黃部	【黃部】	6畫	698	705	無	段13下-49	鍇26-10	鉉13下-7
态(釁从興酉分，豐通段)	心部	【心部】	4畫	506	511	無	段10下-33	鍇20-12	鉉10下-6
娓(豐通段)	女部	【女部】	7畫	620	626	無	段12下-18	鍇24-6	鉉12下-3
釁从興酉分(衅、豐态min ˇ 述及、璺瑕述及，豐、璺、釁通段)	爨部	【酉部】	18畫	106	106	無	段3上-40	鍇6-2	鉉3上-9
殘(萎)	歹部	【歹部】	8畫	161	163	無	段4下-8	鍇8-5	鉉4下-2
萎(餧、殘)	艸部	【艸部】	8畫	44	44	無	段1下-46	鍇2-22	鉉1下-8
痿(痕通段)	疒部	【疒部】	8畫	350	354	無	段7下-31	鍇14-14	鉉7下-6
諉	言部	【言部】	8畫	94	94	26-58	段3上-16	鍇5-9	鉉3上-4
趡(趲，跬通段)	走部	【走部】	8畫	66	67	27-51	段2上-37	鍇3-16	鉉2上-8
偉(瑋)	人部	【人部】	9畫	368	372	3-29，瑋20-15	段8上-7	鍇15-3	鉉8上-1
諱(瑋釀述及)	言部	【言部】	9畫	101	102	26-63	段3上-31	鍇5-16	鉉3上-6
樟	木部	【木部】	9畫	240	242	無	段6上-4	鍇11-2	鉉6上-1
羠(羍)	羊部	【羊部】	8畫	146	148	無	段4上-35	鍇7-16	鉉4上-7
煒(暐通段)	火部	【火部】	9畫	485	489	無	段10上-50	鍇19-17	鉉10上-9
葦(蘲)	艸部	【艸部】	9畫	45	46	無	段1下-49	鍇2-23	鉉1下-8
緯	糸部	【糸部】	9畫	644	651	無	段13上-3	鍇25-2	鉉13上-1
敳(緯、徽)	攴部	【攴部】	9畫	125	126	無	段3下-37	鍇6-18	鉉3下-8
韙(愇)	是部	【韋部】	9畫	69	70	無	段2下-1	鍇4-1	鉉2下-1
鍡(碨，堁、嵔、崣通段)	金部	【金部】	9畫	713	720	無	段14上-24	鍇27-8	鉉14上-4
渨	水部	【水部】	9畫	557	562	18-46	段11上貳-23	鍇21-20	鉉11上-7
威(叝、葳、賊通段，媁金石)	女部	【女部】	6畫	615	621	8-38	段12下-7	鍇24-2	鉉12下-1
猥	犬部	【犬部】	9畫	474	478	無	段10上-28	鍇19-9	鉉10上-5
崣(嶉)	山部	【山部】	8畫	439	444	無	段9下-5	鍇18-2	鉉9下-1
隈(kui ´)	自部	【阜部】	10畫	732	739	30-44	段14下-3	鍇28-2	鉉14下-1

篆本字(古文、金文、籀文、俗字、通用字，通叚、金石)	說文部首	康熙部首	筆畫	一般頁碼	洪葉頁碼	金石字典頁碼	段注篇章	徐鍇通釋篇章	徐鉉藤花榭篇
嵬(巋、嵓、磈通叚)	嵬部	【山部】	10畫	437	441	10-58	段9上-44	錯17-15	鉉9上-7
嬀(媯，溈通叚)	女部	【女部】	12畫	613	619	無	段12下-3	錯24-1	鉉12下-1
爲(為、叒、偽、譌述及)	爪部	【爪部】	8畫	113	114	19-33	段3下-13	錯6-7	鉉3下-3
僞(偽、為、譌述及)	人部	【人部】	12畫	379	383	3-38	段8上-30	錯15-10	鉉8上-4
譌(為、偽、訛俗)	言部	【言部】	12畫	99	99	26-66	段3上-26	錯5-14	鉉3上-5
寪	宀部	【宀部】	12畫	339	342	無	段7下-8	錯14-4	鉉7下-2
瘑	广部	【广部】	12畫	349	352	無	段7下-28	錯14-12	鉉7下-5
薳	艸部	【艸部】	14畫	無	無	無	無	無	鉉1下-9
蔿(薳)	艸部	【艸部】	12畫	35	36	25-33	段1下-29	錯2-13	鉉1下-5
闈(闈通叚)	門部	【門部】	12畫	588	594	無	段12上-10	錯23-5	鉉12上-3
韡(韑)	韋部	【韋部】	13畫	274	277	無	段6下-5	錯12-4	鉉6下-2
韋(芛、花，蒍通叚)	韋部	【人部】	10畫	274	277	2-7	段6下-5	錯12-4	鉉6下-2
皅(葩，蓶通叚)	白部	【白部】	4畫	364	367	無	段7下-58	錯14-24	鉉7下-10
癟	广部	【广部】	18畫	351	354	無	段7下-32	錯14-14	鉉7下-6

wei(ㄨㄟˋ)

篆本字	說文部首	康熙部首	筆畫	一般頁碼	洪葉頁碼	金石字典頁碼	段注篇章	徐鍇通釋篇章	徐鉉藤花榭篇
未	未部	【木部】	1畫	746	753	16-11	段14下-32	錯28-16	鉉14下-8
叀(叀、轊，裹、轊通叚)	車部	【車部】	3畫	725	732	無	段14上-47	錯27-13	鉉14上-7
畏(畏)	甶部	【田部】	4畫	436	441	20-37	段9上-43	錯17-14	鉉9上-7
位(立)	人部	【人部】	5畫	371	375	3-1	段8上-14	錯15-6	鉉8上-2
立(位述及)	立部	【立部】		500	504	22-36	段10下-20	錯20-7	鉉10下-4
味	口部	【口部】	5畫	55	56	無	段2上-15	錯3-6	鉉2上-3
覛(覭通叚)	見部	【見部】	5畫	410	414	無	段8下-18	錯16-15	鉉8下-4
胃(膶通叚)	肉部	【肉部】	5畫	168	170	24-22	段4下-22	錯8-9	鉉4下-4
餧(餒，鮾、鯘通叚)	倉部	【食部】	7畫	222	224	無	段5下-14	錯10-6	鉉5下-3
爲(為、叒、偽、譌述及)	爪部	【爪部】	8畫	113	114	19-33	段3下-13	錯6-7	鉉3下-3
萎(餧、矮)	艸部	【艸部】	8畫	44	44	無	段1下-46	錯2-22	鉉1下-8
尉(尉，熨通叚)	火部	【寸部】	8畫	483	487	19-24	段10上-46	錯19-16	鉉10上-8
茉	艸部	【艸部】	8畫	35	36	無	段1下-29	錯2-14	鉉1下-5
蜼(狖)	虫部	【虫部】	8畫	673	679	25-56	段13上-60	錯25-14	鉉13上-8
貁(蜼、狖)	豸部	【豸部】	5畫	458	463	無	段9下-43	錯18-15	鉉9下-7

篆本字(古文、金文、籀文、俗字、通用字，通叚、金石)	說文部首	康熙部首	筆畫	一般頁碼	洪葉頁碼	金石字典頁碼	段注篇章	徐鍇通釋篇章	徐鉉藤花榭篇
巍(魏、嶏、犩通叚)	嵬部	【山部】	18畫	437	441	10-60	段9上-44	錯17-15	鉉9上-7
媚	女部	【女部】	9畫	615	621	無	段12下-8	錯24-3	鉉12下-1
帟(蕢)	宋部	【廾部】	9畫	273	276	無	段6下-3	錯12-3	鉉6下-1
渭	水部	【水部】	9畫	521	526	18-41	段11上壹-12	錯21-4	鉉11上-1
絹	糸部	【糸部】	9畫	648	654	無	段13上-10	錯25-3	鉉13上-2
謂(曰yue)	言部	【言部】	9畫	89	90	26-62	段3上-7	錯5-5	鉉3上-3
颶	風部	【風部】	9畫	678	684	無	段13下-8	錯25-16	鉉13下-1
爲(為、䙡、偽、譌述及)	爪部	【爪部】	8畫	113	114	19-33	段3下-13	錯6-7	鉉3下-3
僞(偽、為、譌述及)	人部	【人部】	12畫	379	383	3-38	段8上-30	錯15-10	鉉8上-4
譌(為、偽、訛俗)	言部	【言部】	12畫	99	99	26-66	段3上-26	錯5-14	鉉3上-5
彙(蝟、蝟、猬、彚)	希部	【彑部】	10畫	456	461	無	段9下-39	錯18-13	鉉9下-6
磑(ai´)	石部	【石部】	10畫	452	457	無	段9下-31	錯18-10	鉉9下-5
衞(衛)	行部	【行部】	10畫	78	79	26-6	段2下-19	錯4-10	鉉2下-4
慰	心部	【心部】	11畫	506	510	無	段10下-32	錯20-12	鉉10下-6
熭(曅通叚)	火部	【火部】	11畫	486	491	無	段10上-53	錯19-18	鉉10上-9
罻	网部	【网部】	11畫	356	359	無	段7下-42	錯14-19	鉉7下-8
蔚(茂、鬱)	艸部	【艸部】	11畫	35	35	無	段1下-28	錯2-13	鉉1下-5
褽(裵)	衣部	【衣部】	11畫	395	399	無	段8上-62	錯16-5	鉉8上-9
鏏	金部	【金部】	11畫	704	711	無	段14上-6	錯27-3	鉉14上-2
惠(蕙从艸叀心、蕙，憓、蟪、譓、轊通叚)	叀部	【心部】	8畫	159	161	13-24	段4下-3	錯8-2	鉉4下-1
黮	黑部	【黑部】	13畫	487	492	32-42	段10上-55	錯19-19	鉉10上-10
饖	倉部	【食部】	14畫	222	224	無	段5下-14	錯10-5	鉉5下-3
講(顜通叚)	言部	【言部】	13畫	98	99	無	段3上-25	錯5-13	鉉3上-5
憓(蟪)	心部	【心部】	16畫	511	515	無	段10下-42	錯20-15	鉉10下-8
蹞(蹞)	足部	【足部】	16畫	82	83	無	段2下-27	錯4-14	鉉2下-6
犩(蹞)	牛部	【牛部】	16畫	52	53	無	段2上-9	錯3-4	鉉2上-2
彝	㣇部	【彑部】	16畫	457	461	無	段9下-40	錯18-14	鉉9下-7
蝟(蝟通叚)	虫部	【虫部】	17畫	676	682	無	段13下-4	無	鉉13下-1

篆本字(古文、金文、籀文、俗字、通用字，通叚、金石)	說文部首	康熙部首	筆畫	一般頁碼	洪葉頁碼	金石字典頁碼	段注篇章	徐鍇通釋篇章	徐鉉藤花榭篇
wēn(ㄨㄣ)									
盈(溫)	皿部	【皿部】	5畫	213	215	21-15	段5上-49	鍇9-20	鉉5上-9
溫(盈)	水部	【水部】	10畫	519	524	18-48	段11上壹-7	鍇21-3	鉉11上-1
緼(溫、緼䊳mei`述及)	糸部	【糸部】	10畫	650	657	無	段13上-15	鍇25-4	鉉13上-3
緼(氳通叚)	糸部	【糸部】	10畫	662	668	無	段13上-38	鍇25-8	鉉13上-5
輼(轀)	車部	【車部】	9畫	720	727	無	段14上-38	鍇27-12	鉉14上-6
轀(輼)	車部	【車部】	8畫	729	736	無	段14上-56	鍇27-15	鉉14上-8
殟(殦、瘟通叚)	歺部	【歹部】	10畫	162	164	無	段4下-9	鍇8-5	鉉4下-3
wén(ㄨㄣˊ)									
文(紋、彣)	文部	【文部】		425	429	15-1	段9上-20	鍇17-7	鉉9上-4
彣(文，紋通叚)	彣部	【彡部】	4畫	425	429	12-36	段9上-20	鍇17-7	鉉9上-4
嶓(岷、嶒、崏、嵍、岐、汶、文，敯通叚)	山部	【山部】	12畫	438	443	10-59	段9下-3	鍇18-1	鉉9下-1
玟(砇、瑉、碈珉述及，玫)	玉部	【玉部】	4畫	18	18	無	段1上-36	鍇1-17	鉉1上-6
珉(瑉、瑉、砇、碈、碈通叚)	玉部	【玉部】	5畫	17	17	20-9	段1上-34	鍇1-17	鉉1上-5
馼(驨)	馬部	【馬部】	4畫	464	468	無	段10上-8	鍇19-3	鉉10上-2
聞(䎽)	耳部	【耳部】	8畫	592	598	24-11	段12上-17	鍇23-7	鉉12上-4
闅(閿)	夏部	【門部】	9畫	129	131	無	段4上-1	鍇7-1	鉉4上-1
蟁(蠹、蟲、蚊，鴨通叚)	蚰部	【虫部】	11畫	675	682	無	段13下-3	鍇25-15	鉉13下-1
䖑(蟁)	虫部	【門部】	6畫	673	680	無	段13上-61	鍇25-14	鉉13上-8
wěn(ㄨㄣˇ)									
吻(脗、脗、脗)	口部	【口部】	4畫	54	54	無	段2上-12	鍇3-5	鉉2上-3
刎	刀部	【刂部】	4畫	無	無	無	無	無	鉉4下-7
歾(瘦、歿，刎通叚)	歺部	【歹部】	4畫	161	163	無	段4下-8	鍇8-5	鉉4下-2
搵(扠、搄)	手部	【手部】	8畫	601	607	14-20	段12上-35	鍇23-11	鉉12上-6
穩	禾部	【禾部】	14畫	無	無	無	無	無	鉉7上-9
昷(隱、穩)	叉部	【爪部】	6畫	160	162	無	段4下-6	鍇8-4	鉉4下-2
隱(昷，穩通叚)	皀部	【阜部】	14畫	734	741	30-47	段14下-8	鍇28-3	鉉14下-2

篆本字（古文、金文、籀文、俗字、通用字，通段、金石）	說文部首	康熙部首	筆畫	一般頁碼	洪葉頁碼	金石字典頁碼	段注篇章	徐鍇通釋篇章	徐鉉藤花榭篇
惽(睯通段)	心部	【心部】	8畫	511	515	無	段10下-42	鍇20-15	鉉10下-8
wèn(ㄨㄣˋ)									
汶	水部	【水部】	4畫	539	544	18-6	段11上壹-48	鍇21-6	鉉11上-3
嶜(峮、嶅、嶍、嶻、岉、汶、文，敃通段)	山部	【山部】	12畫	438	443	10-59	段9下-3	鍇18-1	鉉9下-1
紊	糸部	【糸部】	4畫	646	653	無	段13上-7	鍇25-2	鉉13上-2
問	口部	【口部】	8畫	57	57	6-40	段2上-18	鍇3-7	鉉2上-4
顐(顐通段)	頁部	【頁部】	8畫	420	425	無	段9上-11	鍇17-4	鉉9上-2
搵	手部	【手部】	10畫	610	616	無	段12上-53	鍇23-17	鉉12上-8
饐(en ˋ)	倉部	【食部】	14畫	221	223	無	段5下-12	鍇10-5	鉉5下-2
釁从興酉分(衅、釁惢 minˇ 述及、璺瑕述及，豐、璺、釁通段)	爨部	【酉部】	18畫	106	106	無	段3上-40	鍇6-2	鉉3上-9
wēng(ㄨㄥ)									
翁(滃、公，翀、鶲通段)	羽部	【羽部】	4畫	138	140	23-52	段4上-19	鍇7-9	鉉4上-4
滃(翁)	水部	【水部】	10畫	557	562	無	段11上貳-23	鍇21-20	鉉11上-7
閡	鬥部	【鬥部】	4畫	114	115	無	段3下-16	鍇6-9	鉉3下-3
箺(蓊通段)	竹部	【竹部】	10畫	190	192	無	段5上-3	鍇9-2	鉉5上-1
螉	虫部	【虫部】	10畫	664	670	無	段13上-42	鍇25-10	鉉13上-6
鰺	魚部	【魚部】	10畫	578	584	無	段11下-23	鍇22-9	鉉11下-5
wěng(ㄨㄥˇ)									
滃(翁)	水部	【水部】	10畫	557	562	無	段11上貳-23	鍇21-20	鉉11上-7
箺(蓊通段)	竹部	【竹部】	10畫	190	192	無	段5上-3	鍇9-2	鉉5上-1
wèng(ㄨㄥˋ)									
邕(営，壅、巂从巛邑通段)	川部	【邑部】	3畫	569	574	28-59	段11下-4	鍇22-2	鉉11下-2
瓮(甖、罌，甕通段)	瓦部	【瓦部】	4畫	638	644	無	段12下-54	鍇24-18	鉉12下-8
罋(甕、甕)	缶部	【瓦部】	18畫	225	227	23-40	段5下-20	鍇10-8	鉉5下-4
wō(ㄨㄛ)									
倭(侞通段)	人部	【人部】	8畫	368	372	3-28	段8上-8	鍇15-4	鉉8上-2
漚(渥、湪)	水部	【水部】	11畫	558	563	18-57	段11上貳-26	鍇21-24	鉉11上-7

篆本字(古文、金文、籀文、俗字、通用字，通叚、金石)	說文部首	康熙部首	筆畫	一般頁碼	洪葉頁碼	金石字典頁碼	段注篇章	徐鍇通釋篇章	徐鉉藤花榭篇
踒(踠通叚)	足部	【足部】	8畫	84	84	無	段2下-30	鍇4-15	鉉2下-6
喔又音ō	口部	【口部】	9畫	61	62	無	段2上-27	鍇3-12	鉉2上-6
滑(汨，猾、猾通叚)	水部	【水部】	10畫	551	556	18-50	段11上貳-11	鍇21-16	鉉11上-5
騧	丸部	【口部】	9畫	448	453	無	段9下-23	鍇18-8	鉉9下-4
苣(炬，蒚通叚)	艸部	【艸部】	5畫	44	45	無	段1下-47	鍇2-22	鉉1下-8
緺(gua)	糸部	【糸部】	9畫	654	660	無	段13上-22	鍇25-5	鉉13上-3
蝸(gua)	虫部	【虫部】	9畫	671	677	無	段13上-56	鍇25-13	鉉13上-8
濄(渦通叚)	水部	【水部】	13畫	534	539	無	段11上壹-38	鍇21-11	鉉11上-3
過(楇、輠、鍋，渦、蠣、濄通叚)	辵(辶)部	【辵部】	9畫	71	71	28-35	段2下-4	鍇4-2	鉉2下-1
wǒ（ㄨㄛˇ）									
我(䧂)	我部	【戈部】	3畫	632	638	13-53	段12下-42	鍇24-14	鉉12下-6
婐(婐姬俗作婀娜)	女部	【女部】	8畫	619	625	無	段12下-16	鍇24-5	鉉12下-2
wò（ㄨㄛˋ）									
臥	臥部	【臣部】	2畫	388	392	24-32	段8上-47	鍇15-16	鉉8上-7
沃(沃)	水部	【水部】	4畫	555	560	18-39	段11上貳-20	鍇21-19	鉉11上-6
鋈(沃、沃)	金部	【金部】	7畫	702	709	無	段14上-1	鍇27-1	鉉14上-1
鐐(沃鋈述及)	金部	【金部】	12畫	702	709	無	段14上-1	鍇27-1	鉉14上-1
䀅	目部	【目部】	4畫	135	137	無	段4上-13	鍇7-6	鉉4上-3
偓(齷通叚)	人部	【人部】	9畫	372	376	無	段8上-15	鍇15-6	鉉8上-2
握(臺、齷通叚)	手部	【手部】	9畫	597	603	無	段12上-28	鍇23-10	鉉12上-5
屋(屋、臺，剭、齷通叚)	尸部	【尸部】	6畫	400	404	10-44	段8上-72	鍇16-9	鉉8上-11
臺(握，幄通叚)	至部	【至部】	8畫	585	591	24-38	段12上-3	鍇23-2	鉉12上-1
楃(幄)	木部	【木部】	9畫	257	260	無	段6上-39	鍇11-17	鉉6上-5
渥	水部	【水部】	9畫	558	563	無	段11上貳-26	鍇21-21	鉉11上-7
漚(渥、湊)	水部	【水部】	11畫	558	563	18-57	段11上貳-26	鍇21-24	鉉11上-7
晤	目部	【目部】	9畫	133	134	無	段4上-8	鍇7-5	鉉4上-2
捾(剜，捥通叚)	手部	【手部】	8畫	595	601	無	段12上-24	鍇23-9	鉉12上-5
斡(捾、斛)	斗部	【斗部】	10畫	718	725	15-6	段14上-33	鍇27-10	鉉14上-6
騧	馬部	【馬部】	13畫	467	471	無	段10上-14	鍇19-4	鉉10上-2
獲(嚄、嶸通叚)	犬部	【犬部】	14畫	476	480	19-58	段10上-32	鍇19-11	鉉10上-6

篆本字（古文、金文、籀文、俗字、通用字，通段、金石）	說文部首	康熙部首	筆畫	一般頁碼	洪葉頁碼	金石字典頁碼	段注篇章	徐鍇通釋篇章	徐鉉藤花榭篇
wū（ㄨ）									
弙（扜）	弓部	【弓部】	3畫	641	647	無	段12下-59	鍇24-19	鉉12下-9
杇（釫，圬、鋘通段）	木部	【木部】	3畫	256	258	29-37鋙	段6上-36	鍇11-16	鉉6上-5
汙（汚濶述及，涴、鵠通段）	水部	【水部】	3畫	560	565	無	段11上貳-29	鍇21-22	鉉11上-8
洿（汙）	水部	【水部】	6畫	560	565	無	段11上貳-29	鍇21-22	鉉11上-8
紆（汙）	糸部	【糸部】	3畫	646	652	23-9	段13上-6	鍇25-2	鉉13上-1
巫（覡）	巫部	【工部】	4畫	201	203	11-10	段5上-26	鍇9-10	鉉5上-4
屋（屖、臺，剭、齷通段）	尸部	【尸部】	6畫	400	404	10-44	段8上-72	鍇16-9	鉉8上-11
握（臺、齷通段）	手部	【手部】	9畫	597	603	無	段12上-28	鍇23-10	鉉12上-5
華（花，陓、驊通段）	華部	【艸部】	8畫	275	277	25-14	段6下-6	鍇12-5	鉉6下-2
烏（繾、慾、於，嗚、鎢、鷠通段）	烏部	【火部】	6畫	157	158	19-9	段4上-56	鍇7-23	鉉4上-10
誣	言部	【言部】	7畫	97	97	無	段3上-22	鍇5-11	鉉3上-5
歍（噁，嗚通段）	欠部	【欠部】	10畫	411	416	無	段8下-21	鍇16-17	鉉8下-4
鄔	邑部	【邑部】	10畫	289	292	29-16	段6下-35	鍇12-17	鉉6下-6
wú（ㄨˊ）									
毋（無）	毋部	【毋部】		626	632	17-44	段12下-30	鍇24-10	鉉12下-5
亾（無、亡）	亾部	【亠部】	1畫	634	640	2-28	段12下-45	鍇24-15	鉉12下-7
𣺅从亡（無、无）	亾部	【火部】	18畫	634	640	19-13	段12下-46	鍇24-15	鉉12下-7
橆（無、𣺅从亡）	林部	【木部】	15畫	271	274	19-13	段6上-67	鍇11-30	鉉6上-9
廡（庽、橆、廉，甒通段）	广部	【广部】	12畫	443	448	11-56	段9下-13	鍇18-4	鉉9下-2
吳（芬，蜈通段）	矢部	【口部】	4畫	494	498	6-20	段10下-8	鍇20-2	鉉10下-2
吾	口部	【口部】	4畫	56	57	6-23	段2上-17	鍇3-7	鉉2上-4
梧（捂、齬通段）	木部	【木部】	7畫	247	249	16-44	段6上-18	鍇11-8	鉉6上-3
浯	水部	【水部】	7畫	539	544	18-31	段11上壹-48	鍇21-6	鉉11上-3
蓉（葊）	艸部	【艸部】	7畫	46	46	無	段1下-50	鍇2-23	鉉1下-8
鄅	邑部	【邑部】	7畫	298	300	29-5	段6下-52	鍇12-21	鉉6下-8
鋙（鋙，峿通段）	金部	【金部】	11畫	705	712	無	段14上-8	鍇27-4	鉉14上-2
齬（齖齱ju˘述及、鋙、鋙，峿通段）	齒部	【齒部】	7畫	79	80	無	段2下-21	鍇4-12	鉉2下-4

篆本字(古文、金文、籀文、俗字、通用字，通叚、金石)	說文部首	康熙部首	筆畫	一般頁碼	洪葉頁碼	金石字典頁碼	段注篇章	徐鍇通釋篇章	徐鉉藤花榭篇
模(橅，撫通叚)	木部	【木部】	11畫	253	256	無	段6上-31	鍇11-14	鉉6上-4
墓(撫)	土部	【土部】	11畫	692	699	7-24	段13下-37	鍇26-7	鉉13下-5
璑	玉部	【玉部】	12畫	11	11	20-19	段1上-21	鍇1-11	鉉1上-4
蕪(薞通叚)	艸部	【艸部】	12畫	40	40	無	段1下-38	鍇2-18	鉉1下-6
隖	𨸏部	【阜部】	12畫	735	742	無	段14下-9	鍇28-3	鉉14下-2
謨(暮、謩、謩通叚)	言部	【言部】	11畫	91	92	26-66	段3上-11	鍇5-7	鉉3上-3
橆从亡(無、无)	亾部	【火部】	18畫	634	640	19-13	段12下-46	鍇24-15	鉉12下-7
橆(無、橆从亡)	林部	【木部】	15畫	271	274	19-13	段6上-67	鍇11-30	鉉6上-9
廡(廞、橆、廱，甒通叚)	广部	【广部】	12畫	443	448	11-56	段9下-13	鍇18-4	鉉9下-2
wǔ（ㄨˇ）									
五(㐅)	五部	【二部】	2畫	738	745	2-23	段14下-15	鍇28-6	鉉14下-3
午(仵、忤通叚)	午部	【十部】	2畫	746	753	5-13	段14下-31	鍇28-16	鉉14下-8
啎(𣄃，仵、忤、悟、摀、晤、語通叚)	午部	【口部】	8畫	746	753	6-41	段14下-31	鍇28-16	鉉14下-8
遻(遌，愕、悟、迕通叚)	辵(辶)部	【辵部】	12畫	71	72	28-51	段2下-5	鍇4-3	鉉2下-2
梧(摀、鼯通叚)	木部	【木部】	7畫	247	249	16-44	段6上-18	鍇11-8	鉉6上-3
伍	人部	【人部】	4畫	373	377	2-55	段8上-18	鍇15-7	鉉8上-3
武(珷，碔通叚)	戈部	【止部】	4畫	632	638	13-57	段12下-41	鍇24-13	鉉12下-6
鵡(鸚、母)	鳥部	【鳥部】	5畫	156	157	無	段4上-54	鍇7-23	鉉4上-9
侮(務、伄)	人部	【人部】	7畫	380	384	無	段8上-32	鍇15-11	鉉8上-4
舞(𦥑、儛)	舛部	【舛部】	8畫	234	236	無	段5下-38	鍇10-15	鉉5下-7
憮	心部	【心部】	9畫	506	511	無	段10下-33	鍇20-12	鉉10下-6
瑀	玉部	【玉部】	10畫	17	17	無	段1上-33	鍇1-16	鉉1上-5
趜	走部	【走部】	10畫	64	65	無	段2上-33	鍇3-15	鉉2上-7
嫵(娬、姱、嫮通叚)	女部	【女部】	12畫	618	624	無	段12下-13	鍇24-4	鉉12下-2
廡(廞、橆、廱，甒通叚)	广部	【广部】	12畫	443	448	11-56	段9下-13	鍇18-4	鉉9下-2
憮	心部	【心部】	12畫	506	510	無	段10下-32	鍇20-12	鉉10下-6
潕	水部	【水部】	12畫	532	537	無	段11上壹-33	鍇21-10	鉉11上-2
瞴	目部	【目部】	12畫	131	132	無	段4上-4	鍇7-3	鉉4上-1

篆本字（古文、金文、籀文、俗字、通用字，通段、金石）	說文部首	康熙部首	筆畫	一般頁碼	洪葉頁碼	金石字典頁碼	段注篇章	徐鍇通釋篇章	徐鉉藤花榭篇
舞(羉)	网部	【网部】	14畫	356	360	無	段7下-43	鍇14-19	鉉7下-8
wù(ㄨˋ)									
兀	儿部	【儿部】	1畫	405	409	無	段8下-8	鍇16-11	鉉8下-2
戊	戊部	【戈部】	1畫	741	748	13-44	段14下-21	鍇28-9	鉉14下-5
勿(㫬、毋、沒、物)	勿部	【勹部】	2畫	453	458	4-55	段9下-33	鍇18-11	鉉9下-5
物	牛部	【牛部】	4畫	53	53	19-45	段2上-10	鍇3-4	鉉2上-2
舳(舡)	舟部	【舟部】	2畫	403	408	24-49	段8下-5	鍇16-10	鉉8下-1
黜(鼀，㕙通段)	出部	【自部】	9畫	273	275	無	段6下-2	鍇12-3	鉉6下-1
捐(扤)	手部	【手部】	4畫	608	614	無	段12上-49	鍇23-15	鉉12上-7
扤(㲾，㩲、杌通段)	手部	【手部】	3畫	608	614	14-8	段12上-49	鍇23-15	鉉12上-7
阢(㲾、岉、杌通段)	自部	【阜部】	3畫	734	741	無	段14下-8	鍇28-3	鉉14下-1
柮(杌通段)	木部	【木部】	5畫	269	271	16-33	段6上-62	鍇11-28	鉉6上-8
洷(溜、淈，汩通段)	水部	【水部】	8畫	552	557	無	段11上貳-13	鍇21-17	鉉11上-6
物	牛部	【牛部】	4畫	53	53	19-45	段2上-10	鍇3-4	鉉2上-2
勿(㫬、毋、沒、物)	勿部	【勹部】	2畫	453	458	4-55	段9下-33	鍇18-11	鉉9下-5
眮(mei`)	目部	【目部】	4畫	131	133	無	段4上-5	鍇7-3	鉉4上-2
瞢(眮)	目部	【目部】	5畫	135	137	無	段4上-13	鍇7-6	鉉4上-3
芴(蕪)	艸部	【艸部】	4畫	45	46	無	段1下-49	鍇2-23	鉉1下-8
敄(勅通段)	攴部	【攴部】	5畫	122	123	14-42	段3下-32	鍇6-17	鉉3下-8
痏	疒部	【疒部】	5畫	348	352	無	段7下-27	鍇14-12	鉉7下-5
遻(遌，愕、啎、迕通段)	辵(辶)部	【辵部】	12畫	71	72	28-51	段2下-5	鍇4-3	鉉2下-2
寤(寤)	宀部	【宀部】	7畫	341	344	無	段7下-12	鍇14-5	鉉7下-3
晤(寤)	日部	【日部】	7畫	303	306	15-46	段7上-3	鍇13-1	鉉7上-1
寤(癤、薵、寤、悟)	寢部	【宀部】	11畫	347	351	無	段7下-25	鍇14-10	鉉7下-5
牾(啎，仵、忤、悟、捂、逜、遻通段)	午部	【口部】	8畫	746	753	6-41	段14下-31	鍇28-16	鉉14下-8
悟(憅)	心部	【心部】	7畫	506	510	13-18	段10下-32	鍇20-12	鉉10下-6
誤	言部	【言部】	7畫	97	98	無	段3上-23	鍇5-12	鉉3上-5

篆本字(古文、金文、籀文、俗字、通用字，通段、金石)	說文部首	康熙部首	筆畫	一般頁碼	洪葉頁碼	金石字典頁碼	段注篇章	徐鍇通釋篇章	徐鉉藤花榭篇
鋈(沃、浂)	金部	【金部】	7畫	702	709	無	段14上-1	鍇27-1	鉉14上-1
誣	言部	【言部】	8畫	99	100	無	段3上-27	鍇5-14	鉉3上-6
惡(悪通段)	心部	【心部】	8畫	511	516	13-25	段10下-43	鍇20-15	鉉10下-8
務(蓩通段)	力部	【力部】	9畫	699	706	無	段13下-51	鍇26-11	鉉13下-7
侮(務、伳)	人部	【人部】	7畫	380	384	無	段8上-32	鍇15-11	鉉8上-4
嫵	女部	【女部】	9畫	620	626	8-46	段12下-17	鍇24-6	鉉12下-3
嵍(堥通段)	山部	【山部】	9畫	441	445	無	段9下-8	鍇18-3	鉉9下-2
摰	羊部	【羊部】	9畫	145	147	無	段4上-33	鍇7-15	鉉4上-7
霚(雺、霧)	雨部	【雨部】	9畫	574	579	無	段11下-14	鍇22-6	鉉11下-4
督(霚、霧、愁)	目部	【目部】	9畫	132	134	21-35	段4上-7	鍇7-4	鉉4上-2
鶩	馬部	【馬部】	9畫	467	471	無	段10上-14	鍇19-4	鉉10上-2
鶩	鳥部	【鳥部】	9畫	152	154	無	段4上-47	鍇7-21	鉉4上-9
隖(塢，碼通段)	𨸏部	【阜部】	10畫	736	743	無	段14下-12	鍇28-4	鉉14下-2
臀(段增)	肉部	【肉部】	13畫	176	178	無	段4下-37	無	鉉4下-6
鄂(鄂，䴗、蕚、諤通段)	邑部	【邑部】	9畫	293	295	29-19	段6下-42	鍇12-18	鉉6下-7

X

xī（ㄒ一）

篆本字(古文、金文、籀文、俗字、通用字，通段、金石)	說文部首	康熙部首	筆畫	一般頁碼	洪葉頁碼	金石字典頁碼	段注篇章	徐鍇通釋篇章	徐鉉藤花榭篇
夕(汐通段)	夕部	【夕部】		315	318	7-49	段7上-27	鍇13-11	鉉7上-4
昔(臄、腊、夕、昨，焟、皵通段)	日部	【日部】	4畫	307	310	15-35	段7上-12	鍇13-4	鉉7上-2
西(棲、鹵、卤，栖通段)	西部	【襾部】		585	591	26-25	段12上-4	鍇23-2	鉉12上-1
兮(猗、也述及)	兮部	【八部】	2畫	204	206	4-7	段5上-31	鍇9-13	鉉5上-6
也(芺、兮)	乁部	【乙部】	2畫	627	633	2-10	段12下-32	鍇24-11	鉉12下-5
呬(屎，呸、咿通段)	口部	【口部】	4畫	60	60	無	段2上-24	鍇3-10	鉉2上-5
窸(xì`)	穴部	【穴部】	3畫	347	350	22-32	段7下-24	鍇14-10	鉉7下-4
訑(怹、訑、訛、訑通段)	言部	【言部】	5畫	96	96	無	段3上-20	鍇5-11	鉉3上-4
扱(插)	手部	【手部】	4畫	608	614	無	段12上-50	鍇23-16	鉉12上-8
插(捷、扱，刣、掐通段)	手部	【手部】	9畫	599	605	無	段12上-31	鍇23-10	鉉12上-5

篆本字(古文、金文、籀文、俗字、通用字,通叚、金石)	說文部首	康熙部首	筆畫	一般頁碼	洪葉頁碼	金石字典頁碼	段注篇章	徐鍇通釋篇章	徐鉉藤花榭篇
昔(昝、腊、夕、昨,熸、敯通叚)	日部	【日部】	4畫	307	310	15-35	段7上-12	錯13-4	鉉7上-2
析(枅通叚)	木部	【木部】	4畫	269	271	16-24	段6上-62	錯11-28	鉉6上-8
欽(嘁、歔,㰤、哈通叚)	欠部	【欠部】	4畫	412	416	無	段8下-22	錯16-16	鉉8下-5
肸	十部	【肉部】	4畫	89	89	24-19	段3上-6	錯5-4	鉉3上-2
盼(肸)	目部	【目部】	4畫	134	135	21-26	段4上-10	錯7-6	鉉4上-2
吸(噏通叚)	口部	【口部】	4畫	56	56	6-20	段2上-16	錯3-7	鉉2上-4
翁(嗡、燴通叚)	羽部	【羽部】	6畫	139	140	23-54	段4上-20	錯7-10	鉉4上-4
息(葸、諰、餏通叚)	心部	【心部】	6畫	502	506	13-14	段10下-24	錯20-9	鉉10下-5
瘜(息,腮通叚)	疒部	【疒部】	10畫	350	353	無	段7下-30	錯14-13	鉉7下-5
覀	西部	【西部】	6畫	585	591	無	段12上-4	錯23-2	鉉12上-2
秈(稷、稉=秈籼秏稴xian´述及、粳)	禾部	【禾部】	4畫	323	326	無	段7上-43	錯13-18	鉉7上-7
俙	人部	【人部】	7畫	380	384	無	段8上-32	錯15-11	鉉8上-4
唏(悕通叚)	口部	【口部】	7畫	57	57	無	段2上-18	錯3-8	鉉2上-4
欷(唏,悕通叚)	欠部	【欠部】	7畫	412	417	無	段8下-23	錯16-16	鉉8下-5
晞(烯、曦通叚)	日部	【日部】	7畫	307	310	15-46	段7上-12	錯13-4	鉉7上-2
睎(希、莃,鵗通叚)	目部	【目部】	7畫	133	135	11-18	段4上-9	錯7-3	鉉4上-2
黹(希疑古文黹、絺)	黹部	【黹部】		364	367	32-43	段7下-58	錯14-25	鉉7下-10
絺(郗、希繡述及)	糸部	【糸部】	7畫	660	666	23-23	段13上-34	錯25-8	鉉13上-4
郗(絺)	邑部	【邑部】	7畫	288	290	29-7	段6下-32	錯12-16	鉉6下-6
稀	禾部	【禾部】	7畫	321	324	無	段7上-40	錯13-18	鉉7上-7
莃	艸部	【艸部】	7畫	29	30	無	段1下-17	錯2-8	鉉1下-3
豨(稀通叚)	豕部	【豕部】	7畫	455	460	27-18	段9下-37	錯18-13	鉉9下-6
奚(徯,傒、蒵通叚)	大部	【大部】	7畫	499	503	8-18	段10下-18	錯20-6	鉉10下-4
屖(栖)	尸部	【尸部】	7畫	400	404	無	段8上-72	錯16-9	鉉8上-11
蟋	虫部	【虫部】	11畫	無	無	無	無	無	鉉13上-8
悉(恩、蟋)	釆部	【心部】	7畫	50	50	13-19	段2上-4	錯3-2	鉉2上-1
戌非戍shu`(悉咸述及)	戌部	【戈部】	2畫	752	759	13-46	段14下-43	錯28-20	鉉14下-10末
𢾭	支部	【支部】	7畫	126	127	5-35	段3下-39	錯6-19	鉉3下-9
虙	虍部	【虍部】	7畫	208	210	無	段5上-40	錯9-17	鉉5上-8
覡	巫部	【見部】	7畫	201	203	無	段5上-26	錯9-10	鉉5上-5

篆本字(古文、金文、籀文、俗字、通用字，通段、金石)	說文部首	康熙部首	筆畫	一般頁碼	洪葉頁碼	金石字典頁碼	段注篇章	徐鍇通釋篇章	徐鉉藤花榭篇
惜(xi ˊ)	心部	【心部】	8畫	512	517	無	段10下-45	鍇20-16	鉉10下-8
淅	水部	【水部】	8畫	561	566	無	段11上貳-32	鍇21-22	鉉11上-8
犀	牛部	【牛部】	8畫	52	53	19-47	段2上-9	鍇3-4	鉉2上-2
晳(晳)	白部	【白部】	8畫	363	367	無	段7下-57	鍇14-24	鉉7下-10
緆(𦇁、錫)	糸部	【糸部】	8畫	660	667	無	段13上-35	鍇25-8	鉉13上-5
蜥(蜴)	虫部	【虫部】	8畫	664	671	無	段13上-43	鍇25-10	鉉13上-6
裼(ti ˋ)	衣部	【衣部】	8畫	396	400	無	段8上-63	鍇16-5	鉉8上-9
熙	火部	【火部】	9畫	486	491	19-23	段10上-53	鍇19-18	鉉10上-9
𡢁(熙)	女部	【女部】	10畫	620	626	8-49	段12下-17	鍇24-6	鉉12下-3
熹(譆、熙，熺通叚)	火部	【火部】	12畫	482	487	19-27	段10上-45	鍇19-15	鉉10上-8
媄	女部	【女部】	10畫	616	622	8-48	段12下-10	鍇24-3	鉉12下-2
徯(蹊，傒通叚)	彳部	【彳部】	10畫	76	77	無	段2下-15	鍇4-8	鉉2下-3
槵	木部	【木部】	10畫	243	245	無	段6上-10	鍇11-5	鉉6上-2
熄	火部	【火部】	10畫	482	486	19-22	段10上-44	鍇19-15	鉉10上-8
瘜(息，膄通叚)	疒部	【疒部】	10畫	350	353	無	段7下-30	鍇14-13	鉉7下-5
羲(羲，曦通叚)	兮部	【羊部】	10畫	204	206	23-51	段5上-31	鍇9-13	鉉5上-6
犧(羲)	牛部	【牛部】	16畫	53	53	19-49	段2上-10	鍇3-5	鉉2上-2
螇	虫部	【虫部】	10畫	668	675	25-57	段13上-51	鍇25-12	鉉13上-7
豯(豀通叚)	豕部	【豕部】	10畫	455	459	無	段9下-36	鍇18-12	鉉9下-6
奚(豯，傒、蒵通叚)	大部	【大部】	7畫	499	503	8-18	段10下-18	鍇20-6	鉉10下-4
郋(息)	邑部	【邑部】	10畫	291	294	無	段6下-39	鍇12-18	鉉6下-7
谿(溪、磎通叚)	谷部	【谷部】	10畫	570	575	27-10	段11下-6	鍇22-3	鉉11下-2
厀(膝)	卩部	【卩部】	11畫	431	435	無	段9上-32	鍇17-10	鉉9上-5
娭(嬉)	女部	【女部】	10畫	620	626	無	段12下-17	鍇24-6	鉉12下-3
僖(嬉)	人部	【人部】	12畫	376	380	無	段8上-23	鍇15-8	鉉8上-3
榹	木部	【木部】	12畫	270	273	無	段6上-65	鍇11-29	鉉6上-8
歙(she ˋ)	欠部	【欠部】	12畫	413	418	17-21	段8下-25	鍇16-17	鉉8下-5
潝(湆)	水部	【水部】	12畫	548	553	無	段11上貳-5	鍇21-14	鉉11上-4
譆(嘻通叚)	言部	【言部】	12畫	97	98	無	段3上-23	鍇5-12	鉉3上-5
熹(譆、熙，熺通叚)	火部	【火部】	12畫	482	487	19-27	段10上-45	鍇19-15	鉉10上-8
獡(㹱、猎)	犬部	【犬部】	12畫	474	479	無	段10上-29	鍇19-9	鉉10上-5
竮(獡)	立部	【立部】	8畫	500	505	無	段10下-21	鍇20-8	鉉10下-4
㾷(嘶，廝、螹通叚)	疒部	【疒部】	12畫	349	352	無	段7下-28	鍇14-12	鉉7下-5

篆本字(古文、金文、籀文、俗字、通用字，通段、金石)	說文部首	康熙部首	筆畫	一般頁碼	洪葉頁碼	金石字典頁碼	段注篇章	徐鍇通釋篇章	徐鉉藤花榭篇
誓(誓、嘶)	言部	【言部】	12畫	101	101	無	段3上-30	鍇5-15	鉉3上-6
瞦	目部	【目部】	12畫	130	131	無	段4上-2	鍇7-2	鉉4上-1
醯(醯、醯通段)	皿部	【酉部】	12畫	212	214	無	段5上-48	鍇9-19	鉉5上-9
饎(餏、糦、餾)	倉部	【食部】	12畫	219	222	31-46	段5下-9	鍇10-4	鉉5下-2
嶲(巂、巂、鵑通段)	隹部	【山部】	15畫	141	142	30-59	段4上-24	鍇7-11	鉉4上-5
犧(羲)	牛部	【牛部】	16畫	53	53	19-49	段2上-10	鍇3-5	鉉2上-2
鼷	鼠部	【鼠部】	16畫	479	483	無	段10上-38	鍇19-13	鉉10上-6
戲(戲、巇通段)	戈部	【戈部】	13畫	630	636	13-64	段12下-38	鍇24-12	鉉12下-6
攜(携通段)	手部	【手部】	18畫	598	604	無	段12上-29	鍇23-10	鉉12上-5
瓊(璚、瓗，琁通釋)	玉部	【玉部】	15畫	10	10	20-20	段1上-20	鍇1-11	鉉1上-4
蠵(蠡)	虫部	【虫部】	18畫	672	678	無	段13上-58	鍇25-14	鉉13上-8
酅	邑部	【邑部】	18畫	298	300	無	段6下-52	鍇12-21	鉉6下-8
鑴	金部	【金部】	18畫	704	711	無	段14上-5	鍇27-3	鉉14上-2
觿(鑴)	角部	【角部】	18畫	186	188	26-39	段4下-58	鍇8-20	鉉4下-9

xi(ㄒㄧˊ)

昔(臂、腊、夕、昨，焟、散通段)	日部	【日部】	4畫	307	310	15-35	段7上-12	鍇13-4	鉉7上-2
習(彗)	習部	【羽部】	5畫	138	139	23-54	段4上-18	鍇7-9	鉉4上-4
息(蒠、諰、媳通段)	心部	【心部】	6畫	502	506	13-14	段10下-24	鍇20-9	鉉10下-5
郋(息)	邑部	【邑部】	10畫	291	294	無	段6下-39	鍇12-18	鉉6下-7
眙(暜)	目部	【目部】	6畫	131	132	無	段4上-4	鍇7-3	鉉4上-1
邔	邑部	【邑部】	6畫	291	294	無	段6下-39	鍇12-18	鉉6下-7
席(圖)	巾部	【巾部】	7畫	361	364	11-24	段7下-52	鍇14-23	鉉7下-9
椴	木部	【木部】	7畫	260	262	無	段6上-44	鍇11-19	鉉6上-6
惜(xi)	心部	【心部】	8畫	512	517	無	段10下-45	鍇20-16	鉉10下-8
錫(賜)	金部	【金部】	8畫	702	709	29-46	段14上-1	鍇27-1	鉉14上-1
賜(錫，傷通段)	貝部	【貝部】	8畫	280	283	27-38	段6下-17	鍇12-11	鉉6下-4
緆(繲、錫)	糸部	【糸部】	8畫	660	667	無	段13上-35	鍇25-8	鉉13上-5
蓆	艸部	【艸部】	10畫	42	42	無	段1下-42	鍇2-20	鉉1下-7
奚(猴，傒、蒵通段)	大部	【大部】	7畫	499	503	8-18	段10下-18	鍇20-6	鉉10下-4
騱	馬部	【馬部】	10畫	469	474	無	段10上-19	鍇19-5	鉉10上-3
鼅	黽部	【黽部】	10畫	679	686	無	段13下-11	鍇25-18	鉉13下-3
榴	木部	【木部】	11畫	240	242	無	段6上-4	鍇11-2	鉉6上-1

篆本字（古文、金文、籀文、俗字、通用字，通段、金石）	說文部首	康熙部首	筆畫	一般頁碼	洪葉頁碼	金石字典頁碼	段注篇章	徐鍇通釋篇章	徐鉉藤花榭篇
謵	言部	【言部】	11畫	99	100	無	段3上-27	錯5-11	鉉3上-6
騽	馬部	【馬部】	11畫	463	467	無	段10上-6	錯19-2	鉉10上-1
驒(驔、騽)	馬部	【馬部】	12畫	462	467	無	段10上-5	錯19-2	鉉10上-1
鰼	魚部	【魚部】	11畫	578	583	無	段11下-22	錯22-9	鉉11下-5
橍	木部	【木部】	13畫	265	268	無	段6上-55	錯11-24	鉉6上-7
覈(覈、槅、核，敫通段)	襾部	【襾部】	13畫	357	360	26-29	段7下-44	錯14-20	鉉7下-8
觷(ao´)	角部	【角部】	13畫	187	189	無	段4下-60	錯8-20	鉉4下-9
隰	𠂤部	【阜部】	14畫	732	739	無	段14下-4	錯28-2	鉉14下-1
襲(襲、褶)	衣部	【衣部】	16畫	391	395	26-25	段8上-53	錯16-2	鉉8上-8
褺(襲、墊)	衣部	【衣部】	11畫	394	398	無	段8上-59	錯16-4	鉉8上-9
巂(轊、驨、鴟通段)	隹部	【山部】	15畫	141	142	30-59	段4上-24	錯7-11	鉉4上-5
xí(ㄒ一ˇ)									
枲(檾，葈通段)	木部	【木部】	5畫	335	339	無	段7下-1	錯13-27	鉉7下-1
繆(枲、穆)	糸部	【糸部】	11畫	661	668	23-33	段13上-37	錯25-8	鉉13上-5
芓(莩、枲)	艸部	【艸部】	3畫	23	23	24-56	段1下-4	錯2-22	鉉1下-1
洒(灑)	水部	【水部】	6畫	563	568	18-20	段11上貳-35	錯21-23	鉉11上-8
洗(洒)	水部	【水部】	6畫	564	569	18-21	段11上貳-37	錯21-24	鉉11上-9
銑(鐁通段)	金部	【金部】	6畫	702	709	29-42	段14上-2	錯27-2	鉉14上-1
痒(洒、洗、銑)	疒部	【疒部】	7畫	349	352	20-57	段7下-28	錯14-12	鉉7下-5
延(徙、征、屣、粊、遷)	辵(辶)部	【辵部】	8畫	72	72	12-47	段2下-6	錯4-3	鉉2下-2
止(趾、山隸變延述及，枾通段)	止部	【止部】		67	68	17-22	段2上-39	錯3-17	鉉2上-8
楷(枾、榰)	日部	【木部】	9畫	260	263	無	段6上-45	錯11-19	鉉6上-6
喜(歖、歆，憙通段)	喜部	【口部】	9畫	205	207	6-44	段5上-33	錯9-14	鉉5上-6
諰(偲、葸，鰓通段)	言部	【言部】	9畫	94	95	25-18葸	段3上-17	錯5-9	鉉3上-4
偲(愢、葸通段)	人部	【人部】	9畫	370	374	無	段8上-11	錯15-4	鉉8上-2
諰(謏、夐)	言部	【言部】	10畫	101	102	無	段3上-31	錯5-16	鉉3上-6
偰(㑦、婐)	人部	【人部】	6畫	378	382	無	段8上-28	錯15-10	鉉8上-4
鞭(屣、跿、蹝通段)	革部	【革部】	11畫	108	109	無	段3下-3	錯6-3	鉉3下-1
躧(轊，屣、跿、蹝、鞭通段)	足部	【足部】	19畫	84	84	無	段2下-30	錯4-15	鉉2下-6

篆本字（古文、金文、籀文、俗字、通用字，通段、金石）	說文部首	康熙部首	筆畫	一般頁碼	洪葉頁碼	金石字典頁碼	段注篇章	徐鍇通釋篇章	徐鉉藤花榭篇
筵(筵，莚通段)	竹部	【竹部】	11畫	193	195	無	段5上-9	鍇9-4	鉉5上-2
灑(莚通段)	水部	【水部】	19畫	565	570	無	段11上貳-39	鍇21-24	鉉11上-9
纚(縰)	糸部	【糸部】	19畫	652	659	無	段13上-19	鍇25-5	鉉13上-3
厵	厂部	【厂部】	12畫	447	451	無	段9下-20	鍇18-7	鉉9下-3
歖(喜)	欠部	【欠部】	12畫	412	416	無	段8下-22	鍇16-16	鉉8下-5
喜(歖、歎，憙通段)	喜部	【口部】	9畫	205	207	6-44	段5上-33	鍇9-14	鉉5上-6
憙(喜，憘、憘通段)	喜部	【心部】	12畫	205	207	13-37	段5上-33	鍇9-14	鉉5上-6
禧	示部	【示部】	12畫	2	2	無	段1上-4	鍇1-5	鉉1上-1
釐(禧、氂、賚、理，嫠通段)	里部	【里部】	11畫	694	701	29-31	段13下-41	鍇26-8	鉉13下-6
壐(璽，鉨金石)	土部	【土部】	14畫	688	694	7-28	段13下-28	鍇26-4	鉉13下-4
彌(彌)	弓部	【弓部】	17畫	641	647	12-28	段12下-59	鍇24-19	鉉12下-9
覼(矖，矖通段)	見部	【見部】	19畫	407	412	無	段8下-13	鍇16-13	鉉8下-3
xi(ㄒㄧˋ)									
匚非匚fang	匚部	【匚部】		635	641	5-4	段12下-47	鍇24-16	鉉12下-7
匸非匚xi`(匸、方)	匸部	【匚部】		635	641	5-1	段12下-48	鍇24-16	鉉12下-7
夕(汐通段)	夕部	【夕部】		315	318	7-49	段7上-27	鍇13-11	鉉7上-4
昔(膋、腊、夕、昨，焟、皵通段)	日部	【日部】	4畫	307	310	15-35	段7上-12	鍇13-4	鉉7上-2
系(鼷从處、絲、係、繫、毄)	糸部	【糸部】	1畫	642	648	23-5	段12下-62	鍇24-20	鉉12下-10
係(毄、繫、系述及)	人部	【人部】	7畫	381	385	3-14	段8上-34	鍇15-11	鉉8上-4
繫(系)	糸部	【糸部】	14畫	659	666	23-37	段13上-33	鍇25-7	鉉13上-4
彖(系，豤、豚通段)	互部	【彑部】	6畫	456	461	27-15	段9下-39	鍇18-14	鉉9下-6
穸(xi)	穴部	【穴部】	3畫	347	350	22-32	段7下-24	鍇14-10	鉉7下-4
忥	心部	【气部】	4畫	511	515	無	段10下-42	鍇20-15	鉉10下-8
盻(肸)	目部	【目部】	4畫	134	135	21-26	段4上-10	鍇7-6	鉉4上-2
鈢(鉨)	金部	【金部】	4畫	712	719	無	段14上-21	鍇27-7	鉉14上-4
呬(㺒，呬通段)	口部	【口部】	5畫	56	56	無	段2上-16	鍇3-7	鉉2上-4
細(洫)	糸部	【糸部】	5畫	646	653	23-14	段13上-7	鍇25-2	鉉13上-2
洫(細)	水部	【水部】	6畫	533	538	無	段11上壹-36	鍇21-10	鉉11上-2
咥(die´)	口部	【口部】	6畫	57	57	無	段2上-18	鍇3-7	鉉2上-4
眉(頂，屓通段)	尸部	【尸部】	6畫	400	404	10-44	段8上-71	鍇16-8	鉉8上-11

篆本字(古文、金文、籀文、俗字、通用字、通叚、金石)	說文部首	康熙部首	筆畫	一般頁碼	洪葉頁碼	金石字典頁碼	段注篇章	徐鍇通釋篇章	徐鉉藤花榭篇
欯(kai丶)	欠部	【欠部】	6畫	410	415	無	段8下-19	錯16-15	鉉8下-4
夐	夐部	【目部】	6畫	129	131	無	段4上-1	錯7-1	鉉4上-1
舄(雒、鵻，潟、礎、碼、蔦、鵲通叚)	烏部	【臼部】	6畫	157	158	19-19	段4上-56	錯7-23	鉉4上-10
滌(條、脩，藤、潟通叚)	水部	【水部】	12畫	563	568	無	段11上貳-35	錯21-23	鉉11上-8
䓶	赤部	【赤部】	6畫	無	無	無	無	無	鉉10下-1
赫(㰒、䓶，嚇、烕、莯通叚)	赤部	【赤部】	7畫	492	496	27-45	段10下-4	錯19-21	鉉10下-1
㰒(㰒，襖、䓶通叚)	酉部	【大部】	12畫	137	139	8-21	段4上-17	錯7-8	鉉4上-4
係(毄、繫、系述及)	人部	【人部】	7畫	381	385	3-14	段8上-34	錯15-11	鉉8上-4
系(鬠从處、縎、係、繫、毄)	系部	【系部】	1畫	642	648	23-5	段12下-62	錯24-20	鉉12下-10
枲	白部	【小部】	7畫	364	367	10-38	段7下-58	錯14-25	鉉7下-10
絡(帢)	系部	【系部】	7畫	660	666	無	段13上-34	錯25-8	鉉13上-4
僋	言部	【言部】	7畫	95	96	無	段3上-19	錯5-10	鉉3上-4
郤非卻que丶(郄通叚)	邑部	【邑部】	7畫	289	291	29-6	段6下-34	錯12-16	鉉6下-6
隙(郤)	𨸏部	【阜部】	10畫	736	743	30-45	段14下-11	錯28-4	鉉14下-2
迡(枳、郤)	辵(辶_)部	【辵部】	5畫	72	73	無	段2下-7	錯4-4	鉉2下-2
鞔(xie´)	革部	【革部】	7畫	111	112	無	段3下-9	錯6-5	鉉3下-2
鬩	鬥部	【鬥部】	8畫	114	115	無	段3下-16	錯6-9	鉉3下-3
祓(禊通叚)	示部	【示部】	5畫	6	6	無	段1上-12	錯1-7	鉉1上-2
頮(稧、禊通叚)	頁部	【頁部】	9畫	421	425	無	段9上-12	錯17-4	鉉9上-2
氣(气既述及、槩、餼)	米部	【气部】	6畫	333	336	23-2	段7上-63	錯13-25	鉉7上-10
气(乞、餼、氣鎎kai丶述及，炁通叚)	气部	【气部】		20	20	17-57	段1上-39	錯1-19	鉉1上-6
既(旣、嘰、禨、气、氣、餼氣述及)	皀部	【无部】	5畫	216	219	15-22	段5下-3	錯10-2	鉉5下-1
愾(訖，忔、疙、忥通叚)	心部	【心部】	10畫	512	516	無	段10下-44	錯20-16	鉉10下-8
隙(郤)	𨸏部	【阜部】	10畫	736	743	30-45	段14下-11	錯28-4	鉉14下-2

篆本字(古文、金文、籀文、俗字、通用字，通段、金石)	說文部首	康熙部首	筆畫	一般頁碼	洪葉頁碼	金石字典頁碼	段注篇章	徐鍇通釋篇章	徐鉉藤花榭篇
墍(塈，墍通段)	土部	【土部】	11畫	686	693	無	段13下-25	鍇26-3	鉉13下-4
涂(塗、塗、墍，滁、搽、途通段)	水部	【水部】	7畫	520	525	18-26	段11上壹-9	鍇21-3	鉉11上-1
呬(墍，悀通段)	口部	【口部】	5畫	56	56	無	段2上-16	鍇3-7	鉉2上-4
滌(條、脩，蓧、滆通段)	水部	【水部】	12畫	563	568	無	段11上貳-35	鍇21-23	鉉11上-8
郩(she ˋ)	邑部	【邑部】	12畫	299	302	無	段6下-55	鍇12-22	鉉6下-8
闟(闟，闟通段)	門部	【門部】	9畫	588	594	無	段12上-9	鍇23-5	鉉12上-2
戲(戲、巇通段)	戈部	【戈部】	13畫	630	636	13-64	段12下-38	鍇24-12	鉉12下-6
虩(覤通段)	虎部	【虍部】	13畫	211	213	25-53	段5上-45	鍇9-18	鉉5上-8
歔	欠部	【欠部】	14畫	413	418	無	段8下-25	鍇16-17	鉉8下-5
繫(系)	糸部	【糸部】	14畫	659	666	23-37	段13上-33	鍇25-7	鉉13上-4
係(毄、繫、系述及)	人部	【人部】	7畫	381	385	3-14	段8上-34	鍇15-11	鉉8上-4
系(繫从處、縣、係、繫、毄)	糸部	【糸部】	1畫	642	648	23-5	段12下-62	鍇24-20	鉉12下-10
覤	覞部	【雨部】	14畫	410	414	無	段8下-18	鍇16-15	鉉8下-4
衋(从百)	血部	【血部】	18畫	214	216	26-2	段5上-52	鍇9-21	鉉5上-10
xi ā(ㄒㄧㄚ)									
叚(彖)	彑部	【彑部】	4畫	456	461	無	段9下-39	鍇18-14	鉉9下-6
呷	口部	【口部】	5畫	57	58	無	段2上-19	鍇3-8	鉉2上-4
蝦(qia ˊ)	足部	【足部】	9畫	84	84	無	段2下-30	鍇4-15	鉉2下-6
蝦(赮通段)	虫部	【虫部】	9畫	671	678	無	段13上-57	鍇25-14	鉉13上-8
鰕(赮、蝦、瑕)	魚部	【魚部】	9畫	580	586	無	段11下-27	鍇22-10	鉉11下-6
xiá(ㄒㄧㄚˊ)									
匣(柙)	匚部	【匚部】	5畫	637	643	5-3	段12下-51	鍇24-16	鉉12下-8
柙(押、拶通段)	木部	【木部】	5畫	270	273	16-32	段6上-65	鍇11-29	鉉6上-8
狎(甲)	犬部	【犬部】	5畫	475	479	無	段10上-30	鍇19-10	鉉10上-5
俠(夾jia ˊ)	人部	【人部】	7畫	373	377	3-20	段8上-17	鍇15-7	鉉8上-3
翜(霎，翈通段)	羽部	【羽部】	7畫	139	141	無	段4上-21	鍇7-10	鉉4上-4
祫(合)	示部	【示部】	6畫	6	6	無	段1上-11	鍇1-6	鉉1上-2
黠	黑部	【黑部】	6畫	488	493	32-42	段10上-57	鍇19-19	鉉10上-10
齰	齒部	【齒部】	6畫	80	80	無	段2下-22	鍇4-11	鉉2下-5
陜	厂部	【厂部】	7畫	447	452	無	段9下-21	鍇18-8	鉉9下-4

篆本字(古文、金文、籀文、俗字、通用字，通叚、金石)	說文部首	康熙部首	筆畫	一般頁碼	洪葉頁碼	金石字典頁碼	段注篇章	徐鍇通釋篇章	徐鉉藤花榭篇
揢	手部	【手部】	10畫	602	608	14-27	段12上-37	鍇23-12	鉉12上-6
鞶(轄，鎋通叚)	舛部	【舛部】	7畫	234	236	無	段5下-38	鍇10-16	鉉5下-7
轄(鞶、蝎，鎋通叚)	車部	【車部】	10畫	727	734	無	段14上-52	鍇27-14	鉉14上-7
陝非陝shan ˇ (陜、峽、狹)	𨸏部	【阜部】	7畫	732	739	30-25	段14下-3	鍇28-2	鉉14下-1
鈌(蔽、鎘、鶣通叚)	金部	【金部】	6畫	706	713	無	段14上-10	鍇27-4	鉉14上-2
遐	辵(辶)部	【辵部】	9畫	無	無	無	無	無	鉉2下-3
徦(假、格，徦、遐通叚)	彳部	【彳部】	9畫	77	77	12-55，徦12-41	段2下-16	鍇4-8	鉉2下-3
暇(假)	日部	【日部】	9畫	306	309	15-48	段7上-9	鍇13-3	鉉7上-2
假(徦、嘏、嘉、暇)	人部	【人部】	9畫	374	378	3-29	段8上-19	鍇15-8	鉉8上-3
碬(段、碫、鍛)	石部	【石部】	9畫	449	454	無	段9下-25	鍇18-9	鉉9下-4
鍛(斛銚diao ˋ 述及銚斛枭三字同。即今鏊字也，鏊通叚)	金部	【金部】	9畫	711	718	無	段14上-20	鍇27-7	鉉14上-4
騢	馬部	【馬部】	9畫	461	466	無	段10上-3	鍇19-1	鉉10上-1
霞	雨部	【雨部】	9畫	無	無	無	無	無	鉉11下-4
蝦(霞，緞通叚)	虫部	【虫部】	9畫	671	678	無	段13上-57	鍇25-14	鉉13上-8
瑕(緞、霞通叚)	玉部	【玉部】	9畫	15	15	20-16	段1上-30	鍇1-15	鉉1上-5
鰕(緞、蝦、瑕)	魚部	【魚部】	9畫	580	586	無	段11下-27	鍇22-10	鉉11下-6
緞	赤部	【赤部】	9畫	無	無	無	無	無	鉉10下-1
鞎	韋部	【韋部】	9畫	無	無	無	無	無	鉉5下-8
㿝(㿝，㿟、㿗、蔽通叚)	臼部	【臼部】	3畫	334	337	無	段7上-66	鍇13-27	鉉7上-10
葭(蕸、笳通叚)	艸部	【艸部】	9畫	46	46	25-17	段1下-50	鍇2-23	鉉1下-8
瑕	玉部	【玉部】	14畫	17	17	無	段1上-33	鍇1-16	鉉1上-5
蝦从鞶(螢通叚)	虵部	【虫部】	19畫	675	681	無	段13下-2	鍇25-15	鉉13下-1

xiǎ(ㄒㄧㄚˇ)

閜(ke ˇ)	門部	【門部】	5畫	588	594	無	段12上-10	鍇23-5	鉉12上-3
閘(閜)	門部	【門部】	8畫	589	595	無	段12上-12	鍇23-5	鉉12上-3

xià(ㄒㄧㄚˋ)

二(下、丅)	二(下)部	【一部】	1畫	2	2	1-9	段1上-3	鍇1-4	鉉1上-1

篆本字(古文、金文、籀文、俗字、通用字，通段、金石)	說文部首	康熙部首	筆畫	一般頁碼	洪葉頁碼	金石字典頁碼	段注篇章	徐鍇通釋篇章	徐鉉藤花榭篇
窜(塞、寏窒述及、僿通段)	珡部	【宀部】	10畫	201	203	無	段5上-26	錯9-10	鉉5上-4
廈(sha`)	广部	【广部】	9畫	無	無	無	無	無	鉉9下-3
夏(憂、夓，厦、廈通段)	夊部	【夊部】	7畫	233	235	7-47	段5下-36	錯10-15	鉉5下-7
諕(hao´)	言部	【言部】	8畫	99	99	無	段3上-26	錯5-13	鉉3上-5
罅(墟)	缶部	【缶部】	11畫	225	228	無	段5下-21	錯10-8	鉉5下-4
墟(隟、罅)	土部	【土部】	11畫	691	698	7-23	段13下-35	錯26-6	鉉13下-5
赫(奭、赦，嚇、烞、荻通段)	赤部	【赤部】	14畫	492	496	27-45	段10下-4	錯19-21	鉉10下-1
虢(嚇、曷通段)	口部	【口部】	8畫	62	62	6-42	段2上-28	錯3-12	鉉2上-6
xiān(ㄒㄧㄢ)									
仚	人部	【人部】	3畫	383	387	無	段8上-38	錯15-13	鉉8上-5
秈(秈)	禾部	【禾部】	10畫	323	326	無	段7上-43	錯13-18	鉉7上-7
秔(稷、粳=秈秈秜秼xian´述及、粳)	禾部	【禾部】	4畫	323	326	無	段7上-43	錯13-18	鉉7上-7
先	先部	【儿部】	4畫	406	411	3-48	段8下-11	錯16-12	鉉8下-3
祆从示天	示部	【示部】	4畫	無	無	無	段刪	錯1-8	鉉1上-3
天(祆从天tian通段)	一部	【大部】	1畫	1	1	8-1	段1上-1	錯1-1	鉉1上-1
枮(杉、砧、碪通段)	木部	【木部】	5畫	248	250	無	段6上-20	錯11-8	鉉6上-3
思(憸)	心部	【心部】	6畫	508	512	無	段10下-36	錯20-13，20-4	鉉10下-7
姺(嫢、莘通段)	女部	【女部】	6畫	613	619	無	段12下-4	錯24-1	鉉12下-1
銛(枮、欣、橪，餂通段)	金部	【金部】	6畫	706	713	無	段14上-10	錯27-4	鉉14上-2
錟(銛)	金部	【金部】	8畫	711	718	無	段14上-19	錯27-7	鉉14上-3
鮮(尟、鱻、巑甗yan˘述及，廯通段)	魚部	【魚部】	6畫	579	585	32-18	段11下-25	錯22-10	鉉11下-5
鱻(鮮)	魚部	【魚部】	22畫	581	587	無	段11下-29	錯22-11	鉉11下-6
尟(尠、鮮)	是部	【小部】	10畫	69	70	無	段2下-1	錯4-1	鉉2下-1
甗(巑、鮮)	瓦部	【瓦部】	16畫	638	644	20-24	段12下-54	錯24-18	鉉12下-8
䵭(䵣通段)	黃部	【黃部】	7畫	698	704	無	段13下-48	錯26-10	鉉13下-7
掀(焮、炘通段)	手部	【手部】	8畫	603	609	無	段12上-39	錯23-13	鉉12上-6
韱(籤通段)	韭部	【韭部】	8畫	337	340	31-22	段7下-4	錯14-2	鉉7下-2

篆本字(古文、金文、籀文、俗字、通用字,通段、金石)	說文部首	康熙部首	筆畫	一般頁碼	洪葉頁碼	金石字典頁碼	段注篇章	徐鍇通釋篇章	徐鉉藤花榭篇
鶱	鳥部	【鳥部】	10畫	157	158	無	段4上-56	鍇7-23	鉉4上-9
嫣(嗎,唋通段)	女部	【女部】	11畫	619	625	無	段12下-15	鍇24-5	鉉12下-2
僲(仙)	人部	【人部】	11畫	383	387	3-35	段8上-38	鍇15-13	鉉8上-5
躚	足部	【足部】	12畫	無	無	無	無	無	鉉2下-6
嬐(yan ˇ)	女部	【女部】	13畫	621	627	無	段12下-19	鍇24-6	鉉12下-3
憸	心部	【心部】	13畫	507	512	無	段10下-35	鍇20-13	鉉10下-7
思(憸)	心部	【心部】	6畫	508	512	無	段10下-36	鍇20-13	鉉10下-7
譣(憸、驗讖述及)	言部	【言部】	13畫	92	93	無	段3上-13	鍇5-8	鉉3上-3
薟(薟)	艸部	【艸部】	13畫	32	33	無	段1下-23	鍇2-11	鉉1下-4
纖(孅)	糸部	【糸部】	17畫	646	652	23--39	段13上-6	鍇25-2	鉉13上-1
孅(纖)	女部	【女部】	17畫	619	625	無	段12下-15	鍇24-5	鉉12下-2
攕(纖)	手部	【手部】	17畫	594	600	無	段12上-21	鍇23-8	鉉12上-4
繆(傘,幓、繖、衫、襂、襂、襳通段)	糸部	【糸部】	11畫	657	663	無	段13上-28	鍇25-6	鉉13上-4
鱻(鮮)	魚部	【魚部】	22畫	581	587	無	段11下-29	鍇22-11	鉉11下-6
xián(ㄒㄧㄢˊ)									
弓	马部	【弓部】	1畫	無	無	無	無	鍇13-13	鉉7上-5
次(㳄、㳄从水、涎、唌,泪、漾通段)	次部	【水部】	4畫	414	418	無	段8下-26	鍇16-18	鉉8下-5
閑(瞯,鷳通段)	門部	【門部】	4畫	589	595	無	段12上-12	鍇11-29,23-5	鉉12上-3
閒(間、閞、閑,瀾通段)	門部	【門部】	4畫	589	595	30-11	段12上-12	鍇23-5	鉉12上-3
憪(閒)	心部	【心部】	12畫	509	513	無	段10下-38	鍇20-13	鉉10下-7
伭(佷)	人部	【人部】	5畫	379	383	無	段8上-29	鍇15-10	鉉8上-4
弦(弦、絃,紅、舷通段)	弦部	【弓部】	5畫	642	648	12-19	段12下-61	鍇24-20	鉉12下-10
胘	肉部	【肉部】	5畫	173	175	無	段4下-31	鍇8-12	鉉4下-5
咸	口部	【口部】	6畫	58	59	6-33	段2上-21	鍇3-8	鉉2上-4
減(咸)	水部	【水部】	9畫	566	571	18-41	段11上貳-41	鍇21-25	鉉11上-9
緘(咸,城通段)	糸部	【糸部】	9畫	657	664	23-28	段13上-29	鍇25-6	鉉13上-4
莔(xue ˋ)	艸部	【艸部】	6畫	46	47	無	段1下-51	鍇2-23	鉉1下-8

篆本字(古文、金文、籀文、俗字、通用字，通叚、金石)	說文部首	康熙部首	筆畫	一般頁碼	洪葉頁碼	金石字典頁碼	段注篇章	徐鍇通釋篇章	徐鉉藤花榭篇
唌(次)	口部	【口部】	7畫	60	61	無	段2上-25	錯3-11	鉉2上-5
嫉	女部	【女部】	8畫	624	630	無	段12下-25	錯24-9	鉉12下-4
帗	巾部	【巾部】	8畫	362	365	無	段7下-54	錯14-23	鉉7下-9
慈	心部	【心部】	8畫	508	513	無	段10下-37	錯20-13	鉉10下-7
茲	艸部	【艸部】	8畫	29	29	無	段1下-16	錯2-8	鉉1下-3
蟳(蚓，蚿、蚚、蟘、蚰通叚)	虫部	【虫部】	11畫	663	670	無	段13上-41	錯25-10	鉉13上-6
銜(啣通叚)	金部	【行部】	8畫	713	720	29-42	段14上-23	錯27-7	鉉14上-4
賢(臤古文賢字)	貝部	【貝部】	8畫	279	282	27-35	段6下-15	錯12-10	鉉6下-4
臤(賢，鏗通叚)	臤部	【臣部】	2畫	118	119	24-32	段3下-23	錯6-13	鉉3下-5
硻(硜、鏗=鎯鎗述及、硱、磬，礭、砼通叚)	石部	【石部】	8畫	451	455	無	段9下-28	錯18-10	鉉9下-4
趏	走部	【走部】	8畫	64	64	無	段2上-32	錯3-14	鉉2上-7
諴	言部	【言部】	9畫	93	93	26-62	段3上-14	錯5-8	鉉3上-4
鹹(醎通叚)	鹵部	【鹵部】	9畫	586	592	無	段12上-5	錯23-3	鉉12上-2
麙(豜、羬通叚)	鹿部	【鹿部】	9畫	471	476	無	段10上-23	錯19-7	鉉10上-4
齗(喊通叚)	齒部	【齒部】	9畫	80	80	無	段2下-22	錯4-11	鉉2下-5
嗛(銜、歉、謙，噞通叚)	口部	【口部】	10畫	55	55	6-50	段2上-14	錯3-6	鉉2上-3
嫌	女部	【女部】	10畫	623	629	無	段12下-23	錯24-8	鉉12下-3
慊(嫌)	心部	【心部】	10畫	511	515	無	段10下-42	錯20-15	鉉10下-7
稴(秈)	禾部	【禾部】	10畫	323	326	無	段7上-43	錯13-18	鉉7上-7
燅(燂、尋、燖，臎通叚)	炎部	【火部】	12畫	487	491	無	段10上-54	錯19-18	鉉10上-9
嫺(嫻通叚)	女部	【女部】	12畫	620	626	無	段12下-17	錯24-6	鉉12下-3
憪(閒)	心部	【心部】	12畫	509	513	無	段10下-38	錯20-13	鉉10下-7
癇(癎)	疒部	【疒部】	12畫	348	352	無	段7下-27	錯14-12	鉉7下-5
閑(瞯，鷴通叚)	門部	【門部】	4畫	589	595	無	段12上-12	錯11-29，23-5	鉉12上-3
瞷(瞯、覸、騆、睸，覵通叚)	目部	【目部】	12畫	134	136	無	段4上-11	錯7-5	鉉4上-2
僩(撊、瞯)	人部	【人部】	13畫	369	373	無	段8上-10	錯15-4	鉉8上-2
騆(瞯、騆)	馬部	【馬部】	12畫	461	465	無	段10上-2	錯19-1	鉉10上-1

篆本字(古文、金文、籀文、俗字、通用字，通段、金石)	說文部首	康熙部首	筆畫	一般頁碼	洪葉頁碼	金石字典頁碼	段注篇章	徐鍇通釋篇章	徐鉉藤花榭篇
鵰(鷳通段)	鳥部	【鳥部】	12畫	154	156	無	段4上-51	鍇7-22	鉉4上-9
蓻(藖，蕡通段)	艸部	【艸部】	8畫	35	35	無	段1下-28	鍇2-13	鉉1下-5
xiǎn(ㄒㄧㄢˇ)									
姺(婎、莘通段)	女部	【女部】	6畫	613	619	無	段12下-4	鍇24-1	鉉12下-1
毨	毛部	【毛部】	6畫	399	403	無	段8上-69	鍇16-7	鉉8上-10
跣	足部	【足部】	6畫	84	84	無	段2下-30	鍇4-15	鉉2下-6
銑(鐸通段)	金部	【金部】	6畫	702	709	29-42	段14上-2	鍇27-2	鉉14上-1
蜆	虫部	【虫部】	7畫	667	673	無	段13上-48	鍇25-12	鉉13上-7
尟(尠、鮮)	是部	【小部】	10畫	69	70	無	段2下-1	鍇4-1	鉉2下-1
鮮(尟、鱻、鱬鼺yan ˇ述及，鼷通段)	魚部	【魚部】	6畫	579	585	32-18	段11下-25	鍇22-10	鉉11下-5
甗(巚、鮮)	瓦部	【瓦部】	16畫	638	644	20-24	段12下-54	鍇24-18	鉉12下-8
罕(罕、尟)	网部	【网部】	2畫	355	358	23-41	段7下-40	鍇14-18	鉉7下-7
顯(㬎)	頁部	【頁部】	14畫	422	426	31-32	段9上-14	鍇17-4	鉉9上-2
㬎(顯，曬通段)	日部	【日部】	10畫	307	310	15-49	段7上-11	鍇13-4	鉉7上-2
撉(攇，㩧、㩗、揗、搴、搴通段)	手部	【手部】	12畫	605	611	無	段12上-44	鍇23-14	鉉12上-7
險(嶮通段)	𨸏部	【阜部】	13畫	732	739	無	段14下-3	鍇28-2	鉉14下-1
儉(險)	人部	【人部】	13畫	376	380	3-41	段8上-23	鍇15-9	鉉8上-3
獫(玁通段)	犬部	【犬部】	13畫	473	478	19-58	段10上-27	鍇19-8	鉉10上-5
譣(憸、驗讖述及)	言部	【言部】	13畫	92	93	無	段3上-13	鍇5-8	鉉3上-3
燹	火部	【火部】	14畫	480	484	19-29	段10上-40	鍇19-14	鉉10上-7
幰	巾部	【巾部】	16畫	無	無	無	無	無	鉉7下-9
軒(幰通段)	車部	【車部】	3畫	720	727	27-63	段14上-37	鍇27-12	鉉14上-1
玁(狋、玀，襺從糸虫、禪通段)	犬部	【犬部】	17畫	475	480	無	段10上-31	鍇19-10	鉉10上-5
鮮(尟、鱻、鱬鼺yan ˇ述及，鼷通段)	魚部	【魚部】	6畫	579	585	32-18	段11下-25	鍇22-10	鉉11下-5
癬(蘚、瘬通段)	疒部	【疒部】	17畫	350	353	無	段7下-30	鍇14-13	鉉7下-6
韅(韅)	革部	【革部】	23畫	109	110	無	段3下-5	鍇6-4	鉉3下-1
xiàn(ㄒㄧㄢˋ)									
旬(眴，峋、旳通段)	目部	【目部】	2畫	132	134	無	段4上-7	鍇7-4	鉉4上-2
臽	臼部	【臼部】	2畫	334	337	24-39	段7上-66	鍇13-27	鉉7上-11

篆本字(古文、金文、籀文、俗字、通用字，通段、金石)	說文部首	康熙部首	筆畫	一般頁碼	洪葉頁碼	金石字典頁碼	段注篇章	徐鍇通釋篇章	徐鉉藤花榭篇
限(限、㡾、𢘓)	𨸏部	【阜部】	6畫	732	739	30-23	段14下-3	鍇28-2	鉉14下-1
阬(坑、限、閬、閌閬述及)	𨸏部	【阜部】	4畫	733	740	無	段14下-6	鍇28-2	鉉14下-1
哯(哘通段)	口部	【口部】	7畫	59	59	無	段2上-22	鍇3-9	鉉2上-5
垷(挸，峴通段)	土部	【土部】	7畫	686	693	無	段13下-25	鍇26-3	鉉13下-4
見(現通段)	見部	【見部】		407	412	26-30	段8下-13	鍇16-13	鉉8下-3
晛(曣)	日部	【日部】	7畫	304	307	無	段7上-5	鍇13-2	鉉7上-1
睍	目部	【目部】	7畫	130	132	無	段4上-3	鍇7-2	鉉4上-1
羨(衍、延)	次部	【羊部】	7畫	414	418	23-47	段8下-26	鍇16-18	鉉8下-5
衍(羨，衎通段)	水部	【水部】	6畫	546	551	26-5	段11上貳-1	鍇21-13	鉉11上-4
㬎	目部	【目部】	8畫	130	131	21-32	段4上-2	鍇7-2	鉉4上-1
綫(線，絤通段)	糸部	【糸部】	8畫	656	662	無	段13上-26	鍇25-6	鉉13上-3
脂(脥通段)	肉部	【肉部】	8畫	177	179	無	段4下-39	鍇8-14	鉉4下-6
衉(𧖴、脂)	血部	【血部】	8畫	214	216	無	段5上-52	鍇9-21	鉉5上-10
莧(羬通段)	艸部	【艸部】	8畫	24	24	無	段1下-6	鍇2-3	鉉1下-2
萈(羱，羦、羦、羬通段)	萈部	【艸部】	8畫	473	477	無	段10上-26	鍇19-8	鉉10上-4
陷(掐、錎、隂通段)	𨸏部	【阜部】	8畫	732	739	30-37	段14下-4	鍇28-2	鉉14下-1
鮎	魚部	【魚部】	8畫	578	584	無	段11下-23	鍇22-9	鉉11下-5
坎(竷，埳通段)	土部	【土部】	4畫	689	695	無	段13下-30	鍇26-4	鉉13下-4
縣(懸，寰通段)	県部	【糸部】	9畫	423	428	23-30	段9上-17	鍇17-6	鉉9上-3
獫	犬部	【犬部】	10畫	474	478	無	段10上-28	鍇19-9	鉉10上-5
鼸	鼠部	【鼠部】	10畫	479	483	無	段10上-38	鍇19-13	鉉10上-7
憲(欣)	心部	【心部】	12畫	503	507	13-36	段10下-26	鍇20-10	鉉10下-5
橌	木部	【木部】	12畫	250	252	無	段6上-24	鍇11-11	鉉6上-4
霰(霓、霰)	雨部	【雨部】	12畫	572	578	32-4	段11下-11	鍇22-5	鉉11下-3
僩(撊、瞯)	人部	【人部】	13畫	369	373	無	段8上-10	鍇15-4	鉉8上-2
瞯(睊、瞷、驧、眲，撊通段)	目部	【目部】	12畫	134	136	無	段4上-11	鍇7-5	鉉4上-2
檻(欄述及，𨽍、壏、艦、轞通段)	木部	【木部】	14畫	270	273	無	段6上-65	鍇11-29	鉉6上-8
獻	犬部	【犬部】	16畫	476	480	19-60	段10上-32	鍇19-11	鉉10上-6
䞁	走部	【走部】	16畫	64	65	無	段2上-33	鍇3-15	鉉2上-7

篆本字（古文、金文、籀文、俗字、通用字，通段、金石）	說文部首	康熙部首	筆畫	一般頁碼	洪葉頁碼	金石字典頁碼	段注篇章	徐鍇通釋篇章	徐鉉藤花榭篇
霹(si)	雨部	【雨部】	17畫	572	578	無	段11下-11	錯22-6	鉉11下-3
xiāng(ㄒㄧ尢)									
薌	艸部	【艸部】	12畫	無	無	25-35	無	無	鉉1下-9
番(香=腳膮xiao述及、薌)	香部	【香部】		330	333	31--51，薌25-35	段7上-57	錯13-24	鉉7上-9
皀非皂zao `(薌通段)	皀部	【白部】	2畫	216	219	21-7，薌25-35	段5下-3	錯10-2	鉉5下-1
相(xiang`)	目部	【目部】	4畫	133	134	21-24	段4上-8	錯7-4	鉉4上-2
胥(相，偦通段)	肉部	【肉部】	5畫	175	177	24-24	段4下-35	錯8-12	鉉4下-5
湘(灁)	水部	【水部】	9畫	530	535	18-44	段11上壹-29	錯21-9	鉉11上-2
緗	糸部	【糸部】	9畫	無	無	無	無	無	鉉13上-5
桑(緗通段)	叒部	【木部】	6畫	272	275	16-39	段6下-1	錯12-1	鉉6下-1
廂	广部	【广部】	9畫	無	無	無	無	無	鉉9下-3
箱(廂通段、段刪)	竹部	【竹部】	9畫	195	197	22-57	段5上-14	錯9-5	鉉5上-3
鄉(鄉)	郒部	【邑部】	9畫	300	303	29-17	段6下-57	錯12-23	鉉6下-9
響(鄉，韽通段)	音部	【音部】	11畫	102	102	31-23	段3上-32	錯5-17	鉉3上-7
向(鄉，嚮金石)	宀部	【口部】	3畫	338	341	6-15	段7下-6	錯14-3	鉉7下-2
番(香=腳膮xiao述及、薌)	香部	【香部】		330	333	31--51，薌25-35	段7上-57	錯13-24	鉉7上-9
襄从工己爻(襄、嬰、攘、驤，儴、勷、褼通段)	衣部	【衣部】	11畫	394	398	26-23	段8上-60	錯16-4	鉉8上-9
驤(襄)	馬部	【馬部】	17畫	464	469	31-67	段10上-9	錯19-3	鉉10上-2
纕(瓖通段)	糸部	【糸部】	17畫	655	662	無	段13上-25	錯25-6	鉉13上-3
鑲	金部	【金部】	17畫	703	710	無	段14上-3	錯27-2	鉉14上-1
xiáng(ㄒㄧ尢ˊ)									
夅降服字，當作此。	夂部	【夂部】	3畫	237	239	7-46	段5下-43	錯10-18	鉉5下-8
洚(降、夅)	水部	【水部】	6畫	546	551	無	段11上貳-1	錯21-13	鉉11上-4
降投夅(𨼛通段)	𨸏部	【阜部】	6畫	732	739	30-23	段14下-4	錯28-2	鉉14下-1
瓨(缸)	瓦部	【瓦部】	3畫	639	645	20-22	段12下-55	錯24-18	鉉12下-8
庠	广部	【广部】	6畫	443	447	11-49	段9下-12	錯18-4	鉉9下-2
桻(桻、踩、踩)	木部	【木部】	6畫	264	267	無	段6上-53	錯11-23	鉉6上-7
祥	示部	【示部】	6畫	3	3	21-58	段1上-5	錯1-5	鉉1上-1
詳(祥，佯通段)	言部	【言部】	6畫	92	92	26-49	段3上-12	錯5-7	鉉3上-3

篆本字(古文、金文、籀文、俗字、通用字，通段、金石)	說文部首	康熙部首	筆畫	一般頁碼	洪葉頁碼	金石字典頁碼	段注篇章	徐鍇通釋篇章	徐鉉藤花榭篇
翔(鷞通段)	羽部	【羽部】	6畫	140	141	23-55	段4上-22	鍇7-10	鉉4上-4
xiǎng(ㄒㄧㄤˇ)									
餉(餉通段)	倉部	【食部】	6畫	220	223	無	段5下-11	鍇10-5	鉉5下-2
亯(亯、享、亨)	亯部	【亠部】	7畫	229	231	2-35	段5下-28	鍇10-11	鉉5下-5
饗(亯、享)	倉部	【食部】	11畫	220	223	31-46	段5下-11	鍇10-5	鉉5下-2
想	心部	【心部】	9畫	505	510	13-27	段10下-31	鍇20-11	鉉10下-6
蠁(蛹)	虫部	【虫部】	11畫	664	670	無	段13上-42	鍇25-10	鉉13上-6
響(鄉，韺通段)	音部	【音部】	11畫	102	102	31-23	段3上-32	鍇5-17	鉉3上-7
饗(亯、享)	倉部	【食部】	11畫	220	223	31-46	段5下-11	鍇10-5	鉉5下-2
饟(rang´)	倉部	【食部】	17畫	220	223	無	段5下-11	鍇10-5	鉉5下-2
xiàng(ㄒㄧㄤˋ)									
向(鄉，嚮金石)	宀部	【口部】	3畫	338	341	6-15	段7下-6	鍇14-3	鉉7下-2
項(堆)	頁部	【頁部】	3畫	417	421	無	段9上-4	鍇17-2	鉉9上-1
相(xiang)	目部	【目部】	4畫	133	134	21-24	段4上-8	鍇7-4	鉉4上-2
珦	玉部	【玉部】	6畫	11	11	無	段1上-21	鍇1-11	鉉1上-4
缿	缶部	【缶部】	6畫	226	228	無	段5下-22	鍇10-8	鉉5下-4
鄉(邜)	㗊部	【邑部】	7畫	300	303	29-6	段6下-57	鍇12-23	鉉6下-8
曏(晑shang˘)	日部	【日部】	11畫	306	309	無	段7上-9	鍇13-3	鉉7上-2
樣(樣、攘、橡)	木部	【木部】	11畫	243	245	無	段6上-10	鍇11-5	鉉6上-2
象(像，橡通段)	象部	【豕部】	5畫	459	464	27-16	段9下-45	鍇18-16	鉉9下-7
像(象)	人部	【人部】	12畫	375	379	3-36	段8上-21	鍇15-12	鉉8上-3
勨	力部	【力部】	12畫	700	706	無	段13下-52	鍇26-11	鉉13下-7
褖	衣部	【衣部】	12畫	395	399	無	段8上-61	鍇16-4	鉉8上-9
巷(巷、巷、衖，港通段)	㗊部	【邑部】	13畫	301	303	28-66	段6下-58	鍇12-23	鉉6下-9
閧(hang`)	門部	【門部】	13畫	589	595	無	段12上-12	鍇23-5	鉉12上-3
xiāo(ㄒㄧㄠ)									
燒(熮、灱、鐰通段)	火部	【火部】	13畫	486	490	無	段10上-52	鍇19-17	鉉10上-9
肖(俏)	肉部	【肉部】	3畫	170	172	24-18	段4下-26	鍇8-10	鉉4下-4
虓(猇通段)	虎部	【虍部】	4畫	211	213	無	段5上-45	鍇9-18	鉉5上-8
枵(哠、謼通段)	木部	【木部】	5畫	250	252	無	段6上-24	鍇11-11	鉉6上-4
鴞	鳥部	【鳥部】	5畫	150	152	無	段4上-43	鍇7-19	鉉4上-8

篆本字(古文、金文、籀文、俗字、通用字，通叚、金石)	說文部首	康熙部首	筆畫	一般頁碼	洪葉頁碼	金石字典頁碼	段注篇章	徐鍇通釋篇章	徐鉉藤花榭篇
哮(狗，烋、㗤、㾵通叚)	口部	【口部】	7畫	61	62	6-37	段2上-27	鍇3-12	鉉2上-6
削(鞘、𩏩)	刀部	【刂部】	7畫	178	180	無	段4下-41	鍇8-15	鉉4下-6
宵(㝱)	宀部	【宀部】	7畫	340	344	9-49	段7下-11	鍇14-5	鉉7下-3
綃(宵、繡，幧、綃通叚)	糸部	【糸部】	7畫	643	650	無	段13上-1	鍇25-1	鉉13上-1
梟(嗅、嗅、蠨通叚)	木部	【木部】	7畫	271	273	無	段6上-66	鍇11-29	鉉6上-8
縣(梟)	縣部	【目部】	4畫	423	428	無	段9上-17	鍇17-6	鉉9上-3
鴅(交，蠨、鵁通叚)	鳥部	【鳥部】	6畫	154	155	無	段4上-50	鍇7-22	鉉4上-9
逍	辵(辶_)部	【辵部】	7畫	無	無	27-49	無	無	鉉2下-3
消(酋，逍通叚)	水部	【水部】	7畫	559	564	18-28	段11上貳-28	鍇21-21	鉉11上-7
霄(消)	雨部	【雨部】	7畫	572	578	無	段11下-11	鍇22-5	鉉11下-3
痟	疒部	【疒部】	7畫	349	352	無	段7下-28	鍇14-13	鉉7下-5
莦(shao)	艸部	【艸部】	7畫	39	40	無	段1下-37	鍇2-17	鉉1下-6
蛸	虫部	【虫部】	7畫	666	673	無	段13上-47	鍇25-11	鉉13上-7
趙(踃通叚)	走部	【走部】	7畫	65	66	27-49	段2上-35	鍇3-15	鉉2上-7
銷(焇通叚)	金部	【金部】	7畫	703	710	無	段14上-3	鍇27-2	鉉14上-1
繅(㵾、魈通叚)	糸部	【糸部】	11畫	643	650	無	段13上-1	鍇25-1	鉉13上-1
揱	手部	【手部】	9畫	594	600	無	段12上-21	鍇23-9	鉉12上-4
脩(修，翛、餐通叚)	肉部	【肉部】	7畫	174	176	無	段4下-33	鍇8-12	鉉4下-5
歊(歇、蒿)	欠部	【欠部】	10畫	411	416	無	段8下-21	鍇16-16	鉉8下-4
嘐(嚟通叚)	口部	【口部】	11畫	59	60	無	段2上-23	鍇3-9	鉉2上-5
獠(liao`)	犬部	【犬部】	11畫	474	478	無	段10上-28	鍇19-9	鉉10上-5
嘵(憢通叚)	口部	【口部】	12畫	60	60	無	段2上-24	鍇3-10	鉉2上-5
獟(憢通叚)	犬部	【犬部】	12畫	476	481	無	段10上-33	鍇19-11	鉉10上-6
猗(驕)	犬部	【犬部】	12畫	473	478	19-57	段10上-27	鍇19-8	鉉10上-5
膮	肉部	【肉部】	12畫	175	177	無	段4下-36	鍇8-13	鉉4下-5
顤(顥通叚)	頁部	【頁部】	12畫	418	422	無	段9上-6	鍇17-2	鉉9上-1
驍(駒)	馬部	【馬部】	12畫	463	468	31-65	段10上-7	鍇19-2	鉉10上-1
骹(校，蔽、𩪎、跤、骲、髐通叚)	骨部	【骨部】	6畫	165	167	無	段4下-16	鍇8-7	鉉4下-3
簫(弰、蕭、䉶通叚)	竹部	【竹部】	13畫	197	199	22-62	段5上-17	鍇9-6	鉉5上-3
箾(簫，槊通叚)	竹部	【竹部】	9畫	196	198	無	段5上-16	鍇9-6	鉉5上-3

篆本字(古文、金文、籀文、俗字、通用字，通段、金石)	說文部首	康熙部首	筆畫	一般頁碼	洪葉頁碼	金石字典頁碼	段注篇章	徐鍇通釋篇章	徐鉉藤花榭篇
蕭(肅)	艸部	【艸部】	13畫	35	35	25-31	段1下-28	鍇2-13	鉉1下-5
肅(𦘒、蕭，翿、飅、驌通段)	聿部	【聿部】	7畫	117	118	24-16	段3下-21	鍇6-12	鉉3下-5
莤(蕭、縮、茆)	酉部	【艸部】	7畫	750	757	無	段14下-40	鍇28-19	鉉14下-9
蠨(蛸、蠨)	虫部	【虫部】	13畫	669	675	無	段13上-52	鍇25-12	鉉13上-7
藃(秏、槁)	艸部	【艸部】	14畫	39	39	無	段1下-36	鍇2-17	鉉1下-6
瀟	水部	【水部】	16畫	無	無	無	無	無	鉉11上-9
潚(瀟通段)	水部	【水部】	13畫	546	551	無	段11上貳-2	鍇21-13	鉉11上-4
橚(櫹)	木部	【木部】	13畫	251	253	無	段6上-26	鍇11-12	鉉6上-4
楸(櫹通段)	木部	【木部】	9畫	242	244	無	段6上-8	鍇11-4	鉉6上-2
嚻(䠷、買)	㗊部	【口部】	18畫	86	87	6-58	段3上-1	鍇5-1	鉉3上-1
謷(嚻、聱)	言部	【言部】	11畫	96	96	無	段3上-20	鍇5-10	鉉3上-4
蘬(虈)	艸部	【艸部】	21畫	25	26	無	段1下-9	鍇2-5	鉉1下-2
鬻从頁	鬲部	【鬲部】	21畫	111	112	32-11	段3下-10	鍇6-6	鉉3下-2
xiáo(ㄒㄧㄠˊ)									
洨	水部	【水部】	6畫	540	545	無	段11上壹-50	鍇21-7	鉉11上-3
殽(肴、效，崤、淆通段)	殳部	【殳部】	8畫	120	121	無	段3下-27	鍇6-14	鉉3下-6
xiǎo(ㄒㄧㄠˇ)									
小(少)	小部	【小部】		48	49	10-34	段2上-1	鍇3-1	鉉2上-1
少(小)	小部	【小部】	1畫	48	49	10-35	段2上-1	鍇3-1	鉉2上-1
心(小隸書疛述及，杺通段)	心部	【心部】		501	506	13-1	段10下-23	鍇20-9	鉉10下-5
筱(篠)	竹部	【竹部】	7畫	189	191	無	段5上-1	鍇9-1	鉉5上-1
謏	言部	【言部】	9畫	無	無	無	無	無	鉉3上-7
羑(誘、牖、謟、羐，謏通段)	ㄙ部	【ㄙ部】	9畫	436	441	無	段9上-43	鍇17-15	鉉9上-7
皛	白部	【白部】	10畫	364	367	無	段7下-58	鍇14-25	鉉7下-10
曉	日部	【日部】	12畫	303	306	15-49	段7上-3	鍇13-1	鉉7上-1
皢	白部	【白部】	12畫	363	367	無	段7下-57	鍇14-24	鉉7下-10
皦(皢)	白部	【白部】	13畫	364	367	無	段7下-58	鍇14-25	鉉7下-10
鐃	金部	【金部】	16畫	703	710	無	段14上-4	鍇27-2	鉉14上-1

篆本字(古文、金文、籀文、俗字、通用字，通叚、金石)	說文部首	康熙部首	筆畫	一般頁碼	洪葉頁碼	金石字典頁碼	段注篇章	徐鍇通釋篇章	徐鉉藤花榭篇
xiào(ㄒㄧㄠˋ)									
肖(俏)	肉部	【肉部】	3畫	170	172	24-18	段4下-26	鍇8-10	鉉4下-4
宵(肖)	宀部	【宀部】	7畫	340	344	9-49	段7下-11	鍇14-5	鉉7下-3
孝	老部	【子部】	4畫	398	402	9-2	段8上-68	鍇16-7	鉉8上-10
笑(笑，关通叚)	竹部	【竹部】	4畫	198	200	22-43	段5上-20	鍇9-8	鉉5上-3
恔(恔)	心部	【心部】	6畫	503	508	無	段10下-27	鍇20-10	鉉10下-5
校(挍，較通叚)	木部	【木部】	6畫	267	270	16-35	段6上-59	鍇11-27	鉉6上-7
較(較亦作校、挍)	車部	【車部】	4畫	722	729	27-64	段14上-41	鍇27-12	鉉14上-6
效(効、傚，詨、俲通叚)	攴部	【攴部】	6畫	123	124	14-43	段3下-33	鍇6-17	鉉3下-8
殽(肴、效，崤、淆通叚)	殳部	【殳部】	8畫	120	121	無	段3下-27	鍇6-14	鉉3下-6
叫(詨通叚)	口部	【口部】	2畫	60	61	6-3	段2上-25	鍇3-11	鉉2上-5
哮(狗，烋、庨、藃通叚)	口部	【口部】	7畫	61	62	6-37	段2上-27	鍇3-12	鉉2上-6
嘯(歗)	口部	【口部】	12畫	58	58	6-56	段2上-20	鍇3-8	鉉2上-4
歗(嘯)	欠部	【欠部】	12畫	412	416	17-22	段8下-22	鍇16-16	鉉8下-5
毊	氏部	【氏部】	14畫	628	634	無	段12下-34	鍇24-12	鉉12下-5
骹(校，骲、髐、跤、骲、髐通叚)	骨部	【骨部】	6畫	165	167	無	段4下-16	鍇8-7	鉉4下-3
斅(斈)	教部	【子部】	19畫	469	474	無	段10上-19	鍇19-6	鉉10上-3
xiē(ㄒㄧㄝ)									
些	此部	【二部】	6畫	無	無	無	無	無	鉉2上-8
娑(些)	女部	【女部】	6畫	621	627	8-40	段12下-20	鍇24-7	鉉12下-3
呰(訾，呲、些通叚)	口部	【口部】	6畫	59	60	無	段2上-23	鍇3-9	鉉2上-5
嫨	女部	【女部】	7畫	624	630	無	段12下-26	鍇24-9	鉉12下-4
楔(椴)	木部	【木部】	9畫	257	259	無	段6上-38	鍇11-17	鉉6上-5
歇	欠部	【欠部】	9畫	410	415	17-19	段8下-19	鍇16-15	鉉8下-4
猲(獦、獡)	犬部	【犬部】	9畫	473	478	無	段10上-27	鍇19-8	鉉10上-5
xié(ㄒㄧㄝˊ)									
劦(飇枰lu´述及)	劦部	【力部】	4畫	701	708	無	段13下-55	鍇26-12	鉉13下-8
斜(褒)	斗部	【斗部】	7畫	718	725	無	段14上-34	鍇27-11	鉉14上-6
衺(邪)	衣部	【衣部】	4畫	396	400	無	段8上-64	鍇16-5	鉉8上-9

篆本字(古文、金文、籀文、俗字、通用字,通叚、金石)	說文部首	康熙部首	筆畫	一般頁碼	洪葉頁碼	金石字典頁碼	段注篇章	徐鍇通釋篇章	徐鉉藤花榭篇
邪(耶、衺,梛、瑘通叚)	邑部	【邑部】	4畫	298	300	28-62	段6下-52	鍇12-21	鉉6下-8
歙(撇、挪、邪、攦,挪通叚)	欠部	【欠部】	10畫	411	416	無	段8下-21	鍇16-16	鉉8下-4
協(叶、叶)	劦部	【十部】	6畫	701	708	5-16	段13下-55	鍇26-12	鉉13下-8
汁(叶,渣通叚)	水部	【水部】	2畫	563	568	無	段11上貳-35	鍇21-24	鉉11上-8
奊(奊通叚)	矢部	【大部】	6畫	494	498	無	段10下-8	鍇20-2	鉉10下-2
恊	劦部	【心部】	6畫	701	708	13-16	段13下-55	鍇26-12	鉉13下-8
拹(擸、拉)	手部	【手部】	6畫	602	608	14-17	段12上-37	鍇23-12	鉉12上-6
拉(拹、擸,菈通叚)	手部	【手部】	5畫	596	602	無	段12上-26	鍇23-15	鉉12上-5
脅(岬、愶劫述及,胎、脥通叚)	肉部	【肉部】	6畫	169	171	無	段4下-23	鍇8-9	鉉4下-4
挾(浹)	手部	【手部】	7畫	597	603	14-18	段12上-28	鍇23-10	鉉12上-5
斜(衺)	斗部	【斗部】	7畫	718	725	無	段14上-34	鍇27-11	鉉14上-6
絰	糸部	【糸部】	7畫	658	664	無	段13上-30	鍇25-7	鉉13上-4
鋏	金部	【金部】	7畫	703	710	無	段14上-3	鍇27-2	鉉14上-1
莢	艸部	【艸部】	7畫	34	34	無	段1下-26	鍇2-12	鉉1下-4
鞎(xi ˋ)	革部	【革部】	7畫	111	112	無	段3下-9	鍇6-5	鉉3下-2
偕	人部	【人部】	9畫	372	376	無	段8上-15	鍇15-6	鉉8上-2
皆(偕)	白部	【白部】	4畫	136	138	21-8	段4上-15	鍇7-8	鉉4上-4
瑎	玉部	【玉部】	9畫	17	17	無	段1上-34	鍇1-17	鉉1上-5
騱	馬部	【馬部】	9畫	465	470	無	段10上-11	鍇19-3	鉉10上-2
諧	言部	【言部】	9畫	93	94	無	段3上-15	鍇5-8	鉉3上-4
龤(諧)	龠部	【龠部】	9畫	85	86	無	段2下-33	鍇4-17	鉉2下-7
像从象非彖	心部	【心部】	10畫	511	516	無	段10下-43	鍇20-15	鉉10下-8
歠(嚽通叚)	欠部	【欠部】	10畫	410	415	無	段8下-19	鍇16-15	鉉8下-4
膎(鮭)	肉部	【肉部】	10畫	174	176	無	段4下-33	鍇8-14	鉉4下-5
鞵(鞋通叚)	革部	【革部】	10畫	108	109	無	段3下-3	鍇6-3	鉉3下-1
絜(潔,挈、擦、摞通叚)	糸部	【糸部】	6畫	661	668	23-17	段13上-37	鍇25-8	鉉13上-5
勰	劦部	【力部】	13畫	701	708	無	段13下-55	鍇26-12	鉉13下-8
襭(擷)	衣部	【衣部】	15畫	396	400	無	段8上-64	鍇16-5	鉉8上-9
懾(攝)	心部	【心部】	18畫	510	515	無	段10下-41	鍇20-14	鉉10下-7

篆本字（古文、金文、籀文、俗字、通用字，通段、金石）	說文部首	康熙部首	筆畫	一般頁碼	洪葉頁碼	金石字典頁碼	段注篇章	徐鍇通釋篇章	徐鉉藤花榭篇
攜(攜通段)	手部	【手部】	18畫	598	604	無	段12上-29	錯23-10	鉉12上-5
讛	言部	【言部】	18畫	98	98	無	段3上-24	錯5-12	鉉3上-5
雟(轙、驨、鷐通段)	隹部	【山部】	15畫	141	142	30-59	段4上-24	錯7-11	鉉4上-5
尵(尵，隑通段)	尢部	【尢部】	22畫	495	500	無	段10下-11	錯20-4	鉉10下-2
xiě（ㄒㄧㄝˇ）									
血(xue`)	血部	【血部】		213	215	26-1	段5上-50	錯9-20	鉉5上-9
寫(瀉)	宀部	【宀部】	12畫	340	344	10-6	段7下-11	錯14-5	鉉7下-3
卸(寫，卸通段)	卩部	【卩部】	7畫	431	435	5-29	段9上-32	錯17-10	鉉9上-5
魯	龜部	【比部】	12畫	472	477	17-50	段10上-25	錯19-7	鉉10上-4
xiè（ㄒㄧㄝˋ）									
炧(炨通段)	火部	【火部】	3畫	484	488	無	段10上-48	錯19-16	鉉10上-8
恝(愶)	心部	【心部】	4畫	510	514	無	段10下-40	錯20-14	鉉10下-7
閦	門部	【門部】	4畫	588	594	無	段12上-9	錯23-5	鉉12上-2
齘	齒部	【齒部】	4畫	79	79	無	段2下-20	錯4-11	鉉2下-4
夼	大部	【大部】	5畫	493	497	無	段10下-6	錯20-1	鉉10下-2
泄(詍，洩通段)	水部	【水部】	5畫	534	539	18-21	段11上壹-38	錯21-11	鉉11上-3
渫(泄，涤通段)	水部	【水部】	9畫	564	569	18-39	段11上貳-37	錯21-24	鉉11上-9
呭(泄、沓、詍)	口部	【口部】	5畫	57	58	無	段2上-19	錯3-8	鉉2上-4
抴(枻、拽，栧通段)	手部	【手部】	5畫	610	616	無	段12上-53	錯23-16	鉉12上-8
紲(緤，絏、靾通段)	糸部	【糸部】	5畫	658	665	23-15	段13上-31	錯25-7	鉉13上-4
齛(齥)	齒部	【齒部】	5畫	80	81	無	段2下-23	錯4-12	鉉2下-5
屟(屧，屭通段)	尸部	【尸部】	6畫	400	404	10-44	段8上-71	錯16-8	鉉8上-11
攲	支部	【支部】	6畫	124	125	無	段3下-35	錯6-18	鉉3下-8
絬(褻)	糸部	【糸部】	6畫	656	663	23-15	段13上-27	錯25-6	鉉13上-4
卸(寫，卸通段)	卩部	【卩部】	7畫	431	435	5-29	段9上-32	錯17-10	鉉9上-5
屑(屑俗)	尸部	【尸部】	7畫	400	404	無	段8上-71	錯16-8	鉉8上-11
械	木部	【木部】	7畫	270	272	無	段6上-64	錯11-29	鉉6上-8
誠(喊通段)	言部	【言部】	7畫	92	93	無	段3上-13	錯5-7	鉉3上-3
齂	鼻部	【鼻部】	8畫	137	139	無	段4上-17	錯7-8	鉉4上-4
禼(㠹)	内部	【内部】	6畫	739	746	無	段14下-18	錯28-7	鉉14下-4
偰(契、禼)	人部	【人部】	9畫	367	371	無	段8上-5	錯15-2	鉉8上-1
褻(媟)	衣部	【衣部】	11畫	395	399	26-22	段8上-61	錯16-4	鉉8上-9
暬(褻)	日部	【日部】	11畫	308	311	15-49	段7上-13	錯13-4	鉉7上-2

篆本字(古文、金文、籀文、俗字、通用字,通段、金石)	說文部首	康熙部首	筆畫	一般頁碼	洪葉頁碼	金石字典頁碼	段注篇章	徐鍇通釋篇章	徐鉉藤花榭篇
媟(褻)	女部	【女部】	9畫	622	628	無	段12下-22	錯24-7	鉉12下-3
結(褻)	糸部	【糸部】	6畫	656	663	23-15	段13上-27	錯25-6	鉉13上-4
傑(偞,倸通段)	人部	【人部】	13畫	367	371	無	段8上-6	錯15-3	鉉8上-1
屟(屜,屧、藤通段)	尸部	【尸部】	9畫	400	404	無	段8上-72	錯16-9	鉉8上-11
渫(泄,渫通段)	水部	【水部】	9畫	564	569	18-39	段11上貳-37	錯21-24	鉉11上-9
遰	辵(辶)部	【辵部】	9畫	74	75	無	段2下-11	錯4-6	鉉2下-3
楔(枻)	木部	【木部】	10畫	256	259	無	段6上-37	錯11-16	鉉6上-5
榭	木部	【木部】	10畫	無	無	26-64	無	無	鉉6上-8
謝(謝、榭)	言部	【言部】	10畫	95	95	26-64	段3上-18	錯5-9	鉉3上-4
躲(射,榭、賭通段)	矢部	【身部】	5畫	226	228	21-40,榭26-64	段5下-22	錯10-9	鉉5下-4
傂(偐通段)	人部	【人部】	11畫	370	374	無	段8上-12	錯15-5	鉉8上-2
暬	日部	【日部】	11畫	308	311	15-49	段7上-13	錯13-4	鉉7上-2
糏	米部	【米部】	11畫	333	336	無	段7上-64	錯13-26	鉉7上-10
噧	口部	【口部】	13畫	59	60	無	段2上-23	錯3-10	鉉2上-5
邂	辵(辶)部	【辵部】	13畫	無	無	無	無	無	鉉2下-3
懈(解,懸通段)	心部	【心部】	13畫	509	514	無	段10下-39	錯20-14	鉉10下-7
解(廌,廨、嶰、獬、貄、繲、邂通段)	角部	【角部】	6畫	186	188	26-37	段4下-58	錯8-20	鉉4下-9
隦(嶰)	𨸏部	【阜部】	13畫	734	741	無	段14下-8	錯28-3	鉉14下-2
澥今渤海灣(嶰通段)	水部	【水部】	13畫	544	549	無	段11上壹-58	錯21-13	鉉11上-4
薢	艸部	【艸部】	13畫	33	33	無	段1下-24	錯2-12	鉉1下-4
蟹(蠏、蟹)	虫部	【虫部】	13畫	672	678	無	段13上-58	錯25-14	鉉13上-8
韰(薤,𦬸通段)	韭部	【韭部】	14畫	337	340	無	段7下-4	錯14-2	鉉7下-1
爕(燮、燮,煠通段)	又部	【又部】	15畫	115	116	無	段3下-17	錯6-9	鉉3下-4
燮	炎部	【又部】	15畫	487	491	無	段10上-54	錯19-18	鉉10上-9
寫(瀉)	宀部	【宀部】	12畫	340	344	10-6	段7下-11	錯14-5	鉉7下-3
劈	刀部	【刂部】	16畫	179	181	無	段4下-43	錯8-16	鉉4下-7
瀄	水部	【水部】	17畫	無	無	無	無	無	鉉11上-9
溉(漑,瀄通段)	水部	【水部】	11畫	539	544	18-57	段11上壹-47	錯21-6	鉉11上-3
瓗	玉部	【玉部】	17畫	17	17	無	段1上-33	錯1-16	鉉1上-5

篆本字(古文、金文、籀文、俗字、通用字，通段、金石)	說文部首	康熙部首	筆畫	一般頁碼	洪葉頁碼	金石字典頁碼	段注篇章	徐鍇通釋篇章	徐鉉藤花榭篇
xīn(ㄒㄧㄣ)									
心(小隸書疒述及，杺通段)	心部	【心部】		501	506	13-1	段10下-23	錯20-9	鉉10下-5
辛	辛部	【辛部】		741	748	28-6	段14下-22	錯28-11	鉉14下-5
昕	日部	【日部】	4畫	303	306	15-27	段7上-3	錯13-1	鉉7上-1
忻(欣廣韵合為一)	心部	【心部】	4畫	503	507	13-9	段10下-26	錯20-10	鉉10下-5
欣(訢)	欠部	【欠部】	4畫	411	415	17-16	段8下-20	錯16-15	鉉8下-4
訢(欣)	言部	【言部】	4畫	93	94	26-42	段3上-15	錯5-8	鉉3上-4
憲(欣)	心部	【心部】	12畫	503	507	13-36	段10下-26	錯20-10	鉉10下-5
掀(焮、炘通段)	手部	【手部】	8畫	603	609	無	段12上-39	錯23-13	鉉12上-6
莎(莏，挪、芯通段)	艸部	【艸部】	7畫	45	46	無	段1下-49	錯2-22	鉉1下-8
新	斤部	【斤部】	9畫	717	724	15-9	段14上-32	錯27-10	鉉14上-5
歆	欠部	【欠部】	9畫	414	418	17-19	段8下-26	錯16-17	鉉8下-5
馨	香部	【香部】	11畫	330	333	31-51	段7上-58	錯13-24	鉉7上-9
䁖(馨)	只部	【口部】	9畫	87	88	無	段3上-3	錯5-2	鉉3上-2
廞(淫，嵌通段)	广部	【广部】	12畫	446	450	11-55	段9下-18	錯18-6	鉉9下-3
淫(廞述及，霪通段)	水部	【水部】	8畫	551	556	18-34	段11上貳-11	錯21-16	鉉11上-5
薪(莘通段)	艸部	【艸部】	13畫	44	45	25-35	段1下-47	錯2-22	鉉1下-8
xín(ㄒㄧㄣˊ)									
魿(鱗通段)	魚部	【魚部】	4畫	580	586	無	段11下-27	錯22-10	鉉11下-6
襑	衣部	【衣部】	12畫	393	397	無	段8上-57	錯16-3	鉉8上-8
鐔	金部	【金部】	12畫	710	717	29-59	段14上-17	錯27-6	鉉14上-3
xìn(ㄒㄧㄣˋ)									
阠	𨸏部	【阜部】	3畫	無	無	無	無	無	鉉14下-2
囟(膟、顖、頤、出，胴通段)	囟部	【口部】	3畫	501	505	無	段10下-22	錯20-8	鉉10下-5
掀(焮、炘通段)	手部	【手部】	8畫	603	609	無	段12上-39	錯23-13	鉉12上-6
信(伸蠖huo˘述及、伿、訫)	言部	【人部】	7畫	92	93	3-20	段3上-13	錯5-7	鉉3上-3
脪(瘒、胸通段)	肉部	【肉部】	7畫	172	174	無	段4下-29	錯8-11	鉉4下-5
釁从興酉分(衅、釁忞min˘述及、璺瑕述及，豐、璺、釁通段)	釁部	【酉部】	18畫	106	106	無	段3上-40	錯6-2	鉉3上-9

篆本字(古文、金文、籀文、俗字、通用字,通叚、金石)	說文部首	康熙部首	筆畫	一般頁碼	洪葉頁碼	金石字典頁碼	段注篇章	徐鍇通釋篇章	徐鉉藤花榭篇
态(嚢从興西分，曡通叚)	心部	【心部】	4畫	506	511	無	段10下-33	錯20-12	鉉10下-6
勉(俛頪述及、嚢娓述及)	力部	【力部】	8畫	699	706	無	段13下-51	錯26-11	鉉13下-7
xīng(ㄒㄧㄥ)									
鮏(鯹)	魚部	【魚部】	5畫	580	585	無	段11下-26	錯22-10	鉉11下-6
胜(此字應作腥)	肉部	【肉部】	5畫	175	177	無	段4下-36	錯8-13	鉉4下-5
腥	肉部	【肉部】	9畫	175	177	無	段4下-36	錯8-13	鉉4下-5
猩(狌，鼪通叚)	犬部	【犬部】	9畫	474	478	無	段10上-28	錯19-9	鉉10上-5
興(嬹)	舁部	【臼部】	9畫	105	106	24-41	段3上-39	錯5-21	鉉3上-9
嬹(興)	女部	【女部】	16畫	618	624	無	段12下-13	錯24-4	鉉12下-2
騂	馬部	【馬部】	10畫	無	無	無	無	無	鉉10上-3
垶(埕、駍、騂通叚)	土部	【土部】	10畫	683	690	無	段13下-19	錯26-2	鉉13下-4
觲(騂，觪通叚)	角部	【角部】	10畫	185	187	無	段4下-56	錯8-20	鉉4下-8
曐(皨、星，醒通叚)	晶部	【日部】	13畫	312	315	15-50	段7上-22	錯13-8	鉉7上-4
鄂	邑部	【邑部】	16畫	300	302	無	段6下-56	錯12-22	鉉6下-8
xíng(ㄒㄧㄥˊ)									
行(hang´)	行部	【行部】		78	78	26-2	段2下-18	錯4-10	鉉2下-4
邢(邢)	邑部	【邑部】	4畫	289	292	無	段6下-35	錯12-17	鉉6下-6
刑	刀部	【刂部】	4畫	182	184	無	段4下-50	錯8-17	鉉4下-7
形(型、刑)	彡部	【彡部】	4畫	424	429	12-37	段9上-19	錯17-6	鉉9上-3
型(型，侀通叚)	土部	【土部】	7畫	688	695	無	段13下-29	錯26-4	鉉13下-4
刑井部(侀通叚)	井部	【刂部】	4畫	216	218	4-27	段5下-2	錯10-2	鉉5下-1
鍰(率、選、饌、垸、荊)	金部	【金部】	9畫	708	715	29-48	段14上-13	錯27-5	鉉14上-3
洐	水部	【水部】	6畫	554	559	無	段11上貳-18	錯21-18	鉉11上-6
螾(蚓，蚖、蚙、蝼、蚰通叚)	虫部	【虫部】	11畫	663	670	無	段13上-41	錯25-10	鉉13上-6
鈃(銒)	金部	【金部】	6畫	703	710	29-40	段14上-4	錯27-2	鉉14上-1
銒(鉶、鈃、荊)	金部	【金部】	6畫	704	711	無	段14上-5	錯27-3	鉉14上-2
婞(孉通叚)	女部	【女部】	7畫	618	624	無	段12下-14	錯24-5	鉉12下-2
陘(徑、嶜)	昌部	【阜部】	7畫	734	741	30-27	段14上-7	錯28-3	鉉14上-1
嶜(硎)	山部	【山部】	7畫	441	445	無	段9下-8	錯18-3	鉉9下-1

篆本字(古文、金文、籀文、俗字、通用字，通叚、金石)	說文部首	康熙部首	筆畫	一般頁碼	洪葉頁碼	金石字典頁碼	段注篇章	徐鍇通釋篇章	徐鉉藤花榭篇
研(硯，硏通叚)	石部	【石部】	4畫	452	457	21-43	段9下-31	鍇18-10	鉉9下-5
蛵	虫部	【虫部】	7畫	665	671	無	段13上-44	鍇25-10	鉉13上-6
鋞(jìng)	金部	【金部】	7畫	704	711	無	段14上-5	鍇27-3	鉉14上-2
餳(糖、餹)	倉部	【食部】	9畫	218	221	31-43	段5下-7	鍇10-4	鉉5下-2
祭(淡、熒，濴、瀅、濙通叚)	水部	【水部】	10畫	553	558	18-51	段11上貳-16	鍇21-18	鉉11上-6
甇	瓜部	【瓜部】	10畫	337	341	無	段7下-5	鍇14-2	鉉7下-2
xǐng(ㄒㄧㄥˇ)									
省(𤯅、瘖)	眉部	【目部】	4畫	136	137	21-26	段4上-14	鍇7-7	鉉4上-3
眚(瘖、省)	目部	【目部】	5畫	134	135	21-30	段4上-10	鍇7-5	鉉4上-2
楮(杜、櫨)	木部	【木部】	9畫	260	263	無	段6上-45	鍇11-19	鉉6上-6
醒	酉部	【酉部】	9畫	無	無	無	無	無	鉉14下-9
醒(醒)	酉部	【酉部】	7畫	750	757	無	段14下-40	鍇28-19	鉉14下-9
曐(曑、星，醒通叚)	晶部	【日部】	13畫	312	315	15-50	段7上-22	鍇13-8	鉉7上-4
xìng(ㄒㄧㄥˋ)									
杏(荇)	木部	【木部】	3畫	239	242	16-20	段6上-3	鍇11-1	鉉6上-1
姓	女部	【女部】	5畫	612	618	8-35	段12下-1	鍇24-1	鉉12下-1
性(生人述及)	心部	【心部】	5畫	502	506	13-12	段10下-24	鍇20-9	鉉10下-5
夰(幸，㚔、㚔、倖通叚)	夭部	【丿部】	7畫	494	499	無	段10下-9	鍇20-3	鉉10下-2
㚔(幸通叚)	㚔部	【大部】	4畫	496	500	11-41	段10下-12	鍇20-4	鉉10下-3
㞷(滜通叚)	㞷部	【爪部】	7畫	387	391	無	段8上-46	鍇15-16	鉉8上-7
荇(荇、荇)	艸部	【艸部】	7畫	36	36	25-3	段1下-30	鍇2-14	鉉1下-5
悻(悻，婞通叚)	心部	【心部】	7畫	508	512	無	段10下-36	鍇20-13	鉉10下-7
婞(悻通叚)	女部	【女部】	8畫	623	629	無	段12下-24	鍇24-8	鉉12下-3
緈	糸部	【糸部】	8畫	646	652	無	段13上-6	鍇25-2	鉉13上-1
嬹(興)	女部	【女部】	16畫	618	624	無	段12下-13	鍇24-4	鉉12下-2
xiōng(ㄒㄩㄥ)									
凶(函、殈通叚)	凶部	【凵部】	2畫	334	337	4-23	段7上-66	鍇13-27	鉉7上-11
兄(況、貺、況)	兄部	【儿部】	3畫	405	410	3-47	段8下-9	鍇16-12	鉉8下-2
兇(恟、恼通叚)	凶部	【儿部】	4畫	334	337	3-48	段7上-66	鍇13-27	鉉7上-11
匈(胸、膋、臅)	勹部	【勹部】	4畫	433	438	4-57	段9上-37	鍇17-12	鉉9上-6
洶	水部	【水部】	6畫	549	554	無	段11上貳-8	鍇21-15	鉉11上-5

篆本字(古文、金文、籀文、俗字、通用字，通叚、金石)	說文部首	康熙部首	筆畫	一般頁碼	洪葉頁碼	金石字典頁碼	段注篇章	徐鍇通釋篇章	徐鉉藤花榭篇
詢(詾、說，呴通叚)	言部	【言部】	6畫	100	100	無	段3上-28	鍇5-14	鉉3上-6
營(荸)	艸部	【艸部】	9畫	25	25	25-25	段1下-8	鍇2-4	鉉1下-2
xióng(ㄒㄩㄥˊ)									
雄	隹部	【隹部】	4畫	143	145	30-54	段4上-29	鍇7-13	鉉4上-6
熊(能疑或)	熊部	【火部】	10畫	479	484	19-22	段10上-39	鍇19-13	鉉10上-7
xiòng(ㄒㄩㄥˋ)									
詗(偵)	言部	【言部】	5畫	100	101	26-46	段3上-29	鍇5-15	鉉3上-6
趚(趌通叚)	走部	【走部】	10畫	65	65	無	段2上-34	鍇3-15	鉉2上-7
夐(矎通叚)	夏部	【夊部】	11畫	129	131	無	段4上-1	鍇7-1	鉉4上-1
洶(均、恂、夐、泫，詢通叚)	水部	【水部】	6畫	544	549	無	段11上壹-57	鍇21-12	鉉11上-4
xiū(ㄒㄧㄡ)									
休(庥，咻、狖通叚)	木部	【人部】	4畫	270	272	2-57	段6上-64	鍇11-28	鉉6上-8
羞(膮通叚)	丑部	【羊部】	5畫	745	752	23-47	段14下-29	鍇28-14	鉉14下-7
儶	馬部	【馬部】	6畫	464	468	無	段10上-8	鍇19-3	鉉10上-2
舊(鵂)	萑部	【臼部】	12畫	144	146	24-43	段4上-31	鍇7-14	鉉4上-6
哮(詨，庥、庨、薨通叚)	口部	【口部】	7畫	61	62	6-37	段2上-27	鍇3-12	鉉2上-6
脙	肉部	【肉部】	7畫	171	173	無	段4下-28	鍇8-10	鉉4下-5
脩(修，翛、餐通叚)	肉部	【肉部】	7畫	174	176	無	段4下-33	鍇8-12	鉉4下-5
悠(攸、脩)	心部	【心部】	7畫	513	518	13-18	段10下-47	鍇20-17	鉉10下-8
修(脩)	彡部	【人部】	8畫	424	429	3-23，脩24-25	段9上-19	鍇17-6	鉉9上-3
滌(條、脩，藻、潟通叚)	水部	【水部】	12畫	563	568	無	段11上貳-35	鍇21 23	鉉11上-8
希(彖、希、肆、肄、脩、豪，羵通叚)	希部	【彑部】	5畫	456	460	無	段9下-38	鍇18-13	鉉9下-6
饎(餾，餐通叚)	倉部	【食部】	10畫	218	221	無	段5下-7	鍇10-3	鉉5下-2
鬃从桼(髹、髤)	桼部	【髟部】	8畫	276	278	無	段6下-8	鍇12-6	鉉6下-3
鍪(肈，鏐通叚)	金部	【金部】	7畫	702	709	29-43	段14上-2	鍇27-1	鉉14上-1
鰷(鮍、鮋、鰷，鮰、鯈通叚)	魚部	【魚部】	7畫	577	582	無	段11下-20	鍇22-8	鉉11下-5
鰌(鰍、鱃、鰠通叚)	魚部	【魚部】	9畫	578	583	無	段11下-22	鍇22-9	鉉11下-5

篆本字(古文、金文、籀文、俗字、通用字，通段、金石)	說文部首	康熙部首	筆畫	一般頁碼	洪葉頁碼	金石字典頁碼	段注篇章	徐鍇通釋篇章	徐鉉藤花榭篇
滫(灪、糔通段)	水部	【水部】	11畫	562	567	無	段11上貳-33	鍇21-23	鉉11上-8
xiǔ(ㄒㄧㄡˇ)									
歺(朽)	歺部	【歹部】	2畫	163	165	16-16	段4下-11	鍇8-5	鉉4下-3
滫(灪、糔通段)	水部	【水部】	11畫	562	567	無	段11上貳-33	鍇21-23	鉉11上-8
xiù(ㄒㄧㄡˋ)									
王(su`琇唐本但作玉、不作琇)	玉部	【玉部】	1畫	11	11	無	段1上-22	鍇1-11	鉉1上-4
秀(秀，蜏通段)	禾部	【禾部】	3畫	320	323	22-14	段7上-38	鍇13-16	鉉7上-7
莠(秀)	艸部	【艸部】	8畫	23	23	25-11	段1下-4	鍇2-3	鉉1下-1
臭(嗅、螑通段)	犬部	【自部】	4畫	476	480	無	段10上-32	鍇19-11	鉉10上-5
殠(臭)	歺部	【歹部】	10畫	163	165	無	段4下-11	鍇8-5	鉉4下-3
岫(宿)	山部	【山部】	5畫	440	444	無	段9下-6	鍇18-2	鉉9下-1
邞(邦、峀)	邑部	【邑部】	4畫	283	285	28-60	段6下-22	鍇12-13	鉉6下-5
褏(袖、裒，軸通段)	衣部	【衣部】	9畫	392	396	無	段8上-55	鍇16-3	鉉8上-8
齅(嗅通段)	鼻部	【鼻部】	10畫	137	139	無	段4上-17	鍇7-8	鉉4上-4
詬(咶，嗅、膟通段)	言部	【言部】	6畫	97	98	無	段3上-23	鍇5-12	鉉3上-5
琇(琇)	玉部	【玉部】	11畫	16	16	無	段1上-32	鍇1-16	鉉1上-5
繡	糸部	【糸部】	12畫	649	655	23-36	段13上-12	鍇25-3	鉉13上-2
綃(宵、繡，幧、綃通段)	糸部	【糸部】	7畫	643	650	無	段13上-1	鍇25-1	鉉13上-1
xū(ㄒㄩ)									
亏(于、於烏述及)	亏部	【二部】	1畫	204	206	2-20，吁6-4	段5上-32	鍇9-13	鉉5上-6
丂(亏、巧丩che`述及)	丂部	【一部】	1畫	203	205	1-4	段5上-30	鍇9-12	鉉5上-5
戌非戊shu`(悉咸述及)	戌部	【戈部】	2畫	752	759	13-46	段14下-43	鍇28-20	鉉14下-10末
吁(吁)	亏部	【口部】	3畫	204	206	6-4，亏2-20	段5上-32	鍇9-13	鉉5上-6
吁(yu`)	口部	【口部】	3畫	60	60	6-4	段2上-24	鍇3-10	鉉2上-5
忬(吁、盱)	心部	【心部】	3畫	514	518	13-6	段10下-48	鍇20-17	鉉10下-8
盱	目部	【目部】	3畫	131	133	21-23	段4上-5	鍇7-3	鉉4上-2
訏	言部	【言部】	3畫	99	100	無	段3上-27	鍇5-14	鉉3上-6
須(頾需述及、鬚，蕦通段)	須部	【頁部】	3畫	424	428	31-24	段9上-18	鍇17-6	鉉9上-3
需(須述及，劁通段)	雨部	【雨部】	6畫	574	580	31-2	段11下-15	鍇22-7	鉉11下-4

篆本字(古文、金文、籀文、俗字、通用字,通叚、金石)	說文部首	康熙部首	筆畫	一般頁碼	洪葉頁碼	金石字典頁碼	段注篇章	徐鍇通釋篇章	徐鉉藤花榭篇
頙(遌、竭、需、須,頌通叚)	立部	【立部】	12畫	500	505	22-42	段10下-21	鍇20-8	鉉10下-4
頑	頁部	【頁部】	4畫	419	423	31-27	段9上-8	鍇17-3	鉉9上-2
劃(畵、騞通叚)	刀部	【刂部】	12畫	180	182	無	段4下-46	鍇8-17	鉉4下-7
欥(嘔通叚)	欠部	【欠部】	5畫	410	415	無	段8下-19	鍇16-15	鉉8下-4
沬(頮、湏、䪠)	水部	【水部】	5畫	563	568	18-44	段11上貳-36	鍇21-24	鉉11上-9
胥(相,偦通叚)	肉部	【肉部】	5畫	175	177	24-24	段4下-35	鍇8-12	鉉4下-5
諝(胥)	言部	【言部】	9畫	93	93	無	段3上-14	鍇5-8	鉉3上-3
疋(疏、足、胥、雅)	疋部	【疋部】		84	85	20-52	段2下-31	鍇4-16	鉉2下-7
虛(虗、墟,圩、獹、驢、鱸通叚)	丘部	【虍部】	5畫	386	390	25-48	段8上-44	鍇15-15	鉉8上-6
威(mie、烕)	火部	【火部】	6畫	486	490	19-12	段10上-52	鍇19-17	鉉10上-9
需(須述及,劃通叚)	雨部	【雨部】	6畫	574	580	31-2	段11下-15	鍇22-7	鉉11下-4
欨	欠部	【欠部】	8畫	411	416	17-17	段8下-21	鍇16-16	鉉8下-4
揯(湑)	手部	【手部】	9畫	607	613	無	段12上-48	鍇23-15	鉉12上-7
楈	木部	【木部】	9畫	240	243	無	段6上-5	鍇11-3	鉉6上-1
蝑	虫部	【虫部】	9畫	668	674	無	段13上-50	鍇25-12	鉉13上-7
諝(胥)	言部	【言部】	9畫	93	93	無	段3上-14	鍇5-8	鉉3上-3
惰(諝)	心部	【心部】	9畫	506	510	無	段10下-32	鍇20-12	鉉10下-6
鱮	魚部	【魚部】	9畫	576	581	無	段11下-18	鍇22-8	鉉11下-4
嘘	口部	【口部】	11畫	56	56	無	段2上-16	鍇3-7	鉉2上-4
頦(嫛)	女部	【女部】	12畫	617	623	無	段12下-11	鍇24-4	鉉12下-2
稸(欘通叚)	木部	【木部】	12畫	258	261	17-10	段6上-41	鍇11-18	鉉6上-6
歔	欠部	【欠部】	12畫	412	416	無	段8下-22	鍇16-16	鉉8下-5
頙(遌、竭、需、須,頌通叚)	立部	【立部】	12畫	500	505	22-42	段10下-21	鍇20-8	鉉10下-4
須(遌需述及、鬚,蘋通叚)	須部	【頁部】	3畫	424	428	31-24	段9上-18	鍇17-6	鉉9上-3
魖	鬼部	【鬼部】	12畫	435	439	無	段9上-40	鍇17-14	鉉9上-7
麜(麢从需)	鹿部	【鹿部】	9畫	470	475	無	段10上-21	鍇19-6	鉉10上-3
xú(ㄒㄩˊ)									
徐(舒、邨、佘)	人部	【人部】	7畫	377	381	無	段8上-26	鍇15-9	鉉8上-4

篆本字(古文、金文、籀文、俗字、通用字，通叚、金石)	說文部首	康熙部首	筆畫	一般頁碼	洪葉頁碼	金石字典頁碼	段注篇章	徐鍇通釋篇章	徐鉉藤花榭篇
徐(途通叚)	彳部	【彳部】	7畫	76	77	12-44	段2下-15	錯4-8	鉉2下-3
邾(徐)	邑部	【邑部】	7畫	296	298	29-5	段6下-48	錯12-20	鉉6下-8
xǔ(ㄒㄩˇ)									
姁	女部	【女部】	5畫	615	621	無	段12下-7	錯24-2	鉉12下-1
呴(吼，呴、吘通叚)	后部	【口部】	6畫	429	434	無	段9上-29	錯17-10	鉉9上-5
雊(呴通叚)	隹部	【隹部】	5畫	142	143	無	段4上-26	錯7-12	鉉4上-5
昫(煦述及)	日部	【日部】	5畫	304	307	15-36	段7上-5	錯13-2	鉉7上-1
煦(昫)	火部	【火部】	9畫	481	485	無	段10上-42	錯19-17	鉉10上-7
栩	木部	【木部】	6畫	243	245	16-36	段6上-10	錯11-5	鉉6上-2
珝	玉部	【玉部】	6畫	無	無	無	無	無	鉉1上-6
詡(吁)	言部	【言部】	6畫	94	94	26-49	段3上-16	錯5-9	鉉3上-4
許(鄦古今字、所、御)	言部	【言部】	4畫	90	90	26-43，鄦29-20	段3上-8	錯5-5	鉉3上-3
鄦(鄦、許古今字)	邑部	【邑部】	12畫	290	293	29-20，許26-43	段6下-37	錯12-17	鉉6下-7
所(許)	斤部	【戶部】	4畫	717	724	14-4	段14上-31	錯27-10	鉉14上-5
愲(謂)	心部	【心部】	9畫	506	510	無	段10下-32	錯20-12	鉉10下-6
湑(醑通叚)	水部	【水部】	9畫	562	567	無	段11上貳-34	錯21-23	鉉11上-8
揟(湑)	手部	【手部】	9畫	607	613	無	段12上-48	錯23-15	鉉12上-7
縃(稰通叚)	米部	【米部】	9畫	333	336	無	段7上-63	錯13-25	鉉7上-10
諝(縃)	示部	【示部】	8畫	7	7	無	段1上-14	錯1-7	鉉1上-2
賮(縃)	貝部	【貝部】	5畫	282	285	無	段6下-21	錯12-13	鉉6下-5
煦	火部	【火部】	9畫	481	485	無	段10上-42	錯19-17	鉉10上-7
盨	皿部	【皿部】	12畫	212	214	無	段5上-47	錯9-19	鉉5上-9
纈(纅)	糸部	【糸部】	12畫	658	665	無	段13上-31	錯25-7	鉉13上-4
xù(ㄒㄩˋ)									
旭(好)	日部	【日部】	2畫	303	306	15-26	段7上-4	錯13-2	鉉7上-1
卹(恤)	血部	【血部】	2畫	214	216	5-29	段5上-52	錯9-21	鉉5上-10
恤(卹)	心部	【心部】	6畫	507	511	13-15	段10下-34	錯20-13	鉉10下-6
謚(溢、恤)	言部	【言部】	10畫	94	94	無	段3上-16	錯5-9	鉉3上-4
侐(洫、恤)	人部	【人部】	6畫	373	377	無	段8上-17	錯15-7	鉉8上-3
淢(洫)	水部	【水部】	8畫	547	552	18-37	段11上貳-3	錯21-14	鉉11上-4
洫(淢、閾)	水部	【水部】	6畫	554	559	無	段11上貳-17	錯21-18	鉉11上-6
閾(洫)	門部	【門部】	8畫	588	594	無	段12上-9	錯23-5	鉉12上-3

篆本字（古文、金文、籀文、俗字、通用字，通段、金石）	說文部首	康熙部首	筆畫	一般頁碼	洪葉頁碼	金石字典頁碼	段注篇章	徐鍇通釋篇章	徐鉉藤花榭篇
序(杼、緒、敍，陓通段)	广部	【广部】	4畫	444	448	11-45	段9下-14	鍇18-5	鉉9下-2
緒(序述及)	糸部	【糸部】	9畫	643	650	23-28	段13上-1	鍇25-1	鉉13上-1
敍(敘、序述及，漵通段)	攴部	【攴部】	7畫	126	127	無	段3下-40	鍇6-19	鉉3下-9
苧(苧)	艸部	【艸部】	4畫	26	26	無	段1下-10	鍇2-5	鉉1下-2
柔(杼、苧)	木部	【木部】	4畫	243	245	無	段6上-10	鍇11-5	鉉6上-2
昫(煦述及)	日部	【日部】	5畫	304	307	15-36	段7上-5	鍇13-2	鉉7上-1
煦(昫)	火部	【火部】	9畫	481	485	無	段10上-42	鍇19-17	鉉10上-7
畜(蓄、嘼，稸通段)	田部	【田部】	5畫	697	704	20-39	段13下-47	鍇26-9	鉉13下-6
嘼(畜)	嘼部	【口部】	12畫	739	746	6-54	段14下-18	鍇28-8	鉉14下-4
嫱(畜)	女部	【女部】	10畫	618	624	無	段12下-13	鍇24-4	鉉12下-2
慉(畜)	心部	【心部】	10畫	505	510	無	段10下-31	鍇20-11	鉉10下-6
訹(鈗、怵)	言部	【言部】	5畫	96	96	無	段3上-20	鍇5-10	鉉3上-4
酌(酗)	酉部	【酉部】	5畫	750	757	29-25	段14下-39	鍇28-19	鉉14下-9
疷(恤)	疒部	【疒部】	5畫	352	355	無	段7下-34	鍇14-15	鉉7下-6
鈗(鉞、鐬)	金部	【金部】	5畫	712	719	無	段14上-22	鍇27-7	鉉14上-4
臭(溴、獟、瞁、矎通段)	犬部	【犬部】	5畫	474	478	無	段10上-28	鍇19-9	鉉10上-5
殟(殈、瘟通段)	歺部	【歹部】	10畫	162	164	無	段4下-9	鍇8-5	鉉4下-3
瞉(殈、段)	卵部	【殳部】	12畫	680	687	無	段13下-13	鍇25-18	鉉13下-3
絮	糸部	【糸部】	6畫	659	665	23-19	段13上-32	鍇25-7	鉉13上-4
屖	履部	【尸部】	7畫	402	407	無	段8下-3	鍇16-10	鉉8下-1
漵	水部	【水部】	11畫	無	無	無	無	無	鉉11上-9
敍(敘、序述及，漵通段)	攴部	【攴部】	7畫	126	127	無	段3下-40	鍇6-19	鉉3下-9
㾆	疒部	【疒部】	8畫	349	352	無	段7下-28	鍇14-12	鉉7下-5
勖(懋，暈通段)	力部	【力部】	9畫	699	706	無	段13下-51	鍇26-11	鉉13下-7
壻(婿，媍、聟、埐通段)	士部	【士部】	9畫	20	20	無	段1上-40	鍇1-19	鉉1上-6
煦(昫)	火部	【火部】	9畫	481	485	無	段10上-42	鍇19-17	鉉10上-7
昫(煦述及)	日部	【日部】	5畫	304	307	15-36	段7上-5	鍇13-2	鉉7上-1
緒(序述及)	糸部	【糸部】	9畫	643	650	23-28	段13上-1	鍇25-1	鉉13上-1

篆本字（古文、金文、籀文、俗字、通用字，通叚、金石）	說文部首	康熙部首	筆畫	一般頁碼	洪葉頁碼	金石字典頁碼	段注篇章	徐鍇通釋篇章	徐鉉藤花榭篇
媨(畜)	女部	【女部】	10畫	618	624	無	段12下-13	錯24-4	鉉12下-2
畜(蓄、畾，稸通叚)	田部	【田部】	5畫	697	704	20-39	段13下-47	錯26-9	鉉13下-6
畾(畜)	畾部	【口部】	12畫	739	746	6-54	段14下-18	錯28-8	鉉14下-4
慉(畜)	心部	【心部】	10畫	505	510	無	段10下-31	錯20-11	鉉10下-6
蓄(蕁，偫、滀、稸通叚)	艸部	【艸部】	10畫	47	48	25-25	段1下-53	錯2-24	鉉1下-9
苗(蓄、蓫蕫述及，菫通叚)	艸部	【艸部】	5畫	29	30	24-59	段1下-17	錯2-9，2-24	鉉1下-3
儲(蓄、具、積)	人部	【人部】	16畫	371	375	無	段8上-14	錯15-5	鉉8上-2
鷣	鳥部	【鳥部】	10畫	150	152	無	段4上-43	錯7-19	鉉4上-8
宿(宿，蓿通叚)	宀部	【宀部】	8畫	340	344	9-53	段7下-11	錯14-5	鉉7下-3
趥(蹜，翻通叚)	走部	【走部】	12畫	65	66	無	段2上-35	錯3-16	鉉2上-7
髑(髏通叚)	骨部	【骨部】	13畫	164	166	無	段4下-14	錯8-7	鉉4下-3
與(异，藇、釀通叚)	舁部	【臼部】	7畫	105	106	24-40	段3上-39	錯5-21	鉉3上-9
鱮	魚部	【魚部】	14畫	577	583	32-21	段11下-21	錯22-8	鉉11下-5
臹(䫱、𩱏、或)	有部	【巛部】	14畫	314	317	無	段7上-25	錯13-10	鉉7上-4
續(賡)	糸部	【糸部】	15畫	645	652	23-38	段13上-5	錯25-2	鉉13上-1
薔	艸部	【艸部】	15畫	46	47	無	段1下-51	錯2-23	鉉1下-8

xuān(ㄒㄩㄢ)

篆本字	說文部首	康熙部首	筆畫	一般頁碼	洪葉頁碼	金石字典頁碼	段注篇章	徐鍇通釋篇章	徐鉉藤花榭篇
吅(喧、吅與讙通，嚾、諠通叚)	吅部	【口部】	3畫	62	63	27-9讙	段2上-29	錯3-13	鉉2上-6
咺(喧、暖通叚)	口部	【口部】	6畫	54	55	無	段2上-13	錯3-6	鉉2上-3
愃(喧通叚)	心部	【心部】	9畫	504	509	無	段10下-29	錯20-11	鉉10下-6
亘(回)	二部	【二部】	4畫	681	687	2-26	段13下-14	錯26-1	鉉13下-3
軒(幰通叚)	車部	【車部】	3畫	720	727	27-63	段14上-37	錯27-12	鉉14上-6
瑄	玉部	【玉部】	9畫	無	無	無	無	無	鉉1上-6
宣(瑄)	宀部	【宀部】	6畫	338	341	9-37	段7下-6	錯14-3	鉉7下-2
珣(瑄，瑄通叚)	玉部	【玉部】	6畫	11	11	無	段1上-21	錯1-11	鉉1上-4
觛	角部	【角部】	6畫	187	189	無	段4下-60	錯8-20	鉉4下-9
弲	弓部	【弓部】	7畫	640	646	無	段12下-57	錯24-19	鉉12下-9
圓(园、帽、桐通叚)	口部	【口部】	10畫	277	279	7-5	段6下-10	錯12-7	鉉6下-3
鋗	金部	【金部】	7畫	704	711	29-44	段14上-6	錯27-3	鉉14上-2
鞙(琄通叚)	革部	【革部】	7畫	110	111	無	段3下-7	錯6-4	鉉3下-2

篆本字（古文、金文、籀文、俗字、通用字，通段、金石）	說文部首	康熙部首	筆畫	一般頁碼	洪葉頁碼	金石字典頁碼	段注篇章	徐鍇通釋篇章	徐鉉藤花榭篇
騽	馬部	【馬部】	7畫	461	466	無	段10上-3	鍇19-1	鉉10上-1
援(撋、揎纕rang˘述及)	手部	【手部】	9畫	605	611	14-27	段12上-44	鍇23-14	鉉12上-7
愃(喧通段)	心部	【心部】	9畫	504	509	無	段10下-29	鍇20-11	鉉10下-6
煖(暖、暄、昍通段)	火部	【火部】	9畫	486	490	無	段10上-52	鍇19-17	鉉10上-9
煴(煖，暎、昍通段)	火部	【火部】	9畫	486	490	無	段10上-52	鍇19-17	鉉10上-9
暵(熯，昍、暵、蓳通段)	日部	【日部】	11畫	307	310	無	段7上-12	鍇13-4	鉉7上-2
諼(藼，蕿、諠通段)	言部	【言部】	9畫	96	96	無	段3上-20	鍇5-10	鉉3上-4
吅(喧、吅與讙通，嚾、誼通段)	吅部	【口部】	3畫	62	63	27-9讙	段2上-29	鍇3-13	鉉2上-6
嬛(煢，孅、婘、娟通段)	女部	【女部】	13畫	619	625	無	段12下-15	鍇24-5	鉉12下-2
嬽(娟、嬛)	女部	【女部】	15畫	618	624	無	段12下-14	鍇24-4	鉉12下-2
懁(狷、獧)	心部	【心部】	13畫	508	512	無	段10下-36	鍇20-13	鉉10下-7
儇	人部	【人部】	13畫	367	371	無	段8上-6	鍇15-3	鉉8上-1
翾(儇，翲通段)	羽部	【羽部】	13畫	139	140	23-57	段4上-20	鍇7-10	鉉4上-4
蠉	虫部	【虫部】	13畫	669	676	無	段13上-53	鍇25-13	鉉13上-7
譞	言部	【言部】	13畫	94	95	無	段3上-17	鍇5-9	鉉3上-4
趮(還)	走部	【走部】	13畫	65	65	無	段2上-34	鍇3-15	鉉2上-7
夐(矎通段)	夏部	【夊部】	11畫	129	131	無	段4上-1	鍇7-1	鉉4上-1
譬(juan`)	言部	【言部】	15畫	100	101	無	段3上-29	鍇5-15	鉉3上-6
諼(藼，蕿、諠通段)	言部	【言部】	9畫	96	96	無	段3上-20	鍇5-10	鉉3上-4
藼(蕿、萱，萲、蔿、諼通段)	艸部	【艸部】	16畫	25	25	25-38	段1下-8	鍇2-4	鉉1下-2
觼	角部	【角部】	16畫	185	187	無	段4下-55	鍇8-19	鉉4下-8

xuán（ㄒㄩㄢˊ）

玄(串，袨)	玄部	【玄部】		159	161	20-1	段4下-4	鍇8-3	鉉4下-1
炫(玄)	火部	【火部】	5畫	485	490	無	段10上-51	鍇19-17	鉉10上-9
伭(玹)	人部	【人部】	5畫	379	383	無	段8上-29	鍇15-10	鉉8上-4
鬩	鬥部	【鬥部】	4畫	114	115	無	段3下-16	鍇6-9	鉉3下-3
馬(畧、駖)	馬部	【馬部】	2畫	460	465	無	段10上-1	鍇19-1	鉉10上-1
圓(圓、員、圜述及)	口部	【口部】	7畫	277	279	7-1	段6下-10	鍇12-7	鉉6下-3

篆本字(古文、金文、籀文、俗字、通用字，通叚、金石)	說文部首	康熙部首	筆畫	一般頁碼	洪葉頁碼	金石字典頁碼	段注篇章	徐鍇通釋篇章	徐鉉藤花榭篇
旋	㫃部	【方部】	7畫	311	314	無	段7上-20	錯13-7	鉉7上-3
淀(澱)	水部	【水部】	7畫	550	555	無	段11上貳-10	錯21-16	鉉11上-5
縣(懸，寰通叚)	県部	【糸部】	9畫	423	428	23-30	段9上-17	錯17-6	鉉9上-3
嫙	女部	【女部】	11畫	619	625	無	段12下-16	錯24-6	鉉12下-3
檈	木部	【木部】	13畫	261	263	無	段6上-46	錯11-20	鉉6上-6
璿(璇、叡、琁、璇)	玉部	【玉部】	14畫	11	11	20-20	段1上-22	錯1-11	鉉1上-4
瓊(璚、璛，琁通釋)	玉部	【玉部】	15畫	10	10	20-20	段1上-20	錯1-11	鉉1上-4
櫋(還)	木部	【木部】	17畫	247	249	無	段6上-18	錯11-8	鉉6上-3
xuǎn(ㄒㄩㄢˇ)									
咺(喧、暖通叚)	口部	【口部】	6畫	54	55	無	段2上-13	錯3-6	鉉2上-3
爟(烜、烜，晅通叚)	火部	【火部】	18畫	486	490	19-30	段10上-52	錯19-17	鉉10上-9
睘(罿、蹕)	网部	【网部】	12畫	355	358	無	段7下-40	錯14-18	鉉7下-7
選	辵(辶)部	【辵部】	12畫	72	72	28-49	段2下-6	錯4-4	鉉2下-2
算(選、撰、筭計述及，篹通叚)	竹部	【竹部】	8畫	198	200	22-53	段5上-20	錯9-8	鉉5上-3
顀(選)	頁部	【頁部】	9畫	422	426	無	段9上-14	錯17-4	鉉9上-2
鋑(率、選、饌、垸、荆)	金部	【金部】	9畫	708	715	29-48	段14上-13	錯27-5	鉉14上-3
癬(蘚、瘙通叚)	疒部	【疒部】	17畫	350	353	無	段7下-30	錯14-13	鉉7下-6
xuàn(ㄒㄩㄢˋ)									
旬(眴，眴、眴通叚)	目部	【目部】	2畫	132	134	無	段4上-7	錯7-4	鉉4上-2
泫(洵)	水部	【水部】	5畫	547	552	無	段11上貳-3	錯21-14	鉉11上-4
洵(均、恂、敻、泫，詢通叚)	水部	【水部】	6畫	544	549	無	段11上壹-57	錯21-12	鉉11上-4
眩	目部	【目部】	5畫	130	131	無	段4上-2	錯7-1	鉉4上-1
袨	衣部	【衣部】	5畫	無	無	無	無	無	鉉8上-10
玄(串，袨)	玄部	【玄部】		159	161	20-1	段4下-4	錯8-3	鉉4下-1
炫(玄)	火部	【火部】	5畫	485	490	無	段10上-51	錯19-17	鉉10上-9
鉉(扃)	金部	【金部】	5畫	704	711	無	段14上-6	錯27-3	鉉14上-2
絢(約、綰)	糸部	【糸部】	6畫	649	655	23-20	段13上-12	錯25-4	鉉13上-2
鞙(琄通叚)	革部	【革部】	7畫	110	111	無	段3下-7	錯6-4	鉉3下-2

篆本字（古文、金文、籀文、俗字、通用字，通叚、金石）	說文部首	康熙部首	筆畫	一般頁碼	洪葉頁碼	金石字典頁碼	段注篇章	徐鍇通釋篇章	徐鉉藤花榭篇
摼(搷、捯、拘、鏗通叚)	手部	【手部】	11畫	609	615	無	段12上-51	鍇23-16	鉉12上-8
衙(衙)	行部	【行部】	7畫	78	78	無	段2下-18	鍇4-10	鉉2下-4
鞙(琄通叚)	革部	【革部】	7畫	110	111	無	段3下-7	鍇6-4	鉉3下-2
楥(楦)	木部	【木部】	9畫	262	265	無	段6上-49	鍇11-21	鉉6上-6
縼(旋通叚)	糸部	【糸部】	11畫	658	665	無	段13上-31	鍇25-7	鉉13上-4
鏇	金部	【金部】	11畫	705	712	無	段14上-8	鍇27-4	鉉14上-2
矎(矏)	目部	【目部】	15畫	130	131	無	段4上-2	鍇7-2	鉉4上-1
虥	虤部	【虍部】	17畫	211	213	27-43	段5上-46	鍇9-19	鉉5上-8
xuē（ㄒㄩㄝ）									
削(鞘、韒)	刀部	【刂部】	7畫	178	180	無	段4下-41	鍇8-15	鉉4下-6
鞾	革部	【革部】	12畫			無	無	無	鉉3下-2
鞮(鞼、鞠，靸、鞭、履、靴、鞾通叚)	革部	【革部】	9畫	107	108	無	段3下-2	鍇6-2	鉉3下-1
辥	辛部	【辛部】	9畫	742	749	28-10	段14下-23	鍇28-11	鉉14下-5
薛(薛，薩通叚)	艸部	【艸部】	13畫	27	27	25-37	段1下-12	鍇2-6	鉉1下-2
xué（ㄒㄩㄝˊ）									
穴(xue`)	穴部	【穴部】		343	347	22-32	段7下-17	鍇14-7	鉉7下-4
閱(穴)	門部	【門部】	7畫	590	596	無	段12上-14	鍇23-6	鉉12上-3
遹(述、聿吹述及、穴、泬、鴥，僪通叚)	辵(辶)部	【辵部】	12畫	73	73	28-51	段2下-8	鍇4-4	鉉2下-2
鷽(鸒)	鳥部	【鳥部】	13畫	150	151	無	段4上-42	鍇7-19	鉉4上-8
噱(jue´)	口部	【口部】	13畫	57	57	無	段2上-18	鍇3-8	鉉2上-4
嶨(㟪通叚)	山部	【山部】	13畫	439	444	無	段9下-5	鍇18-2	鉉9下-1
礐(礐)	石部	【石部】	13畫	451	455	無	段9下-28	鍇18-9	鉉9下-4
澩(澩)	水部	【水部】	13畫	555	560	無	段11上貳-19	鍇21-18	鉉11上-6
斅(學)	教部	【攴部】	16畫	127	128	9-15	段3下-41	鍇6-20	鉉3下-9
觷	角部	【角部】	13畫	無	無	無	無	鍇8-20	鉉4下-8
xuě（ㄒㄩㄝˇ）									
䨪(雪)	雨部	【雨部】	3畫	572	578	30-64	段11下-11	鍇22-5	鉉11下-3
幭(繓通叚)	巾部	【巾部】	11畫	359	362	無	段7下-48	鍇14-22	鉉7下-9

篆本字（古文、金文、籀文、俗字、通用字，通段、金石）	說文部首	康熙部首	筆畫	一般頁碼	洪葉頁碼	金石字典頁碼	段注篇章	徐鍇通釋篇章	徐鉉藤花榭篇
xuè（ㄒㄩㄝˋ）									
穴(xue ´)	穴部	【穴部】		343	347	22-32	段7下-17	錯14-7	鉉7下-4
閲(穴)	門部	【門部】	7畫	590	596	無	段12上-14	錯23-6	鉉12上-3
遹(述、聿吹述及、穴、泬、駅，僪通段)	辵(辶)部	【辵部】	12畫	73	73	28-51	段2下-8	錯4-4	鉉2下-2
泬(jue ´)	水部	【水部】	5畫	548	553	無	段11上貳-5	錯21-14	鉉11上-4
血(xie ˇ)	血部	【血部】		213	215	26-1	段5上-50	錯9-20	鉉5上-9
叜	叜部	【目部】	3畫	129	131	21-26	段4上-1	錯7-1	鉉4上-1
歠从叕(呋)	歠部	【欠部】	15畫	414	418	無	段8下-26	錯16-18	鉉8下-5
狖	犬部	【犬部】	5畫	無	無	無	無	無	鉉10上-6
越(粵，狖、樾通段)	走部	【走部】	5畫	64	64	27-48	段2上-32	錯3-14	鉉2上-7
颰(颭)	風部	【風部】	5畫	677	684	無	段13下-7	錯25-16	鉉13下-2
莔(xian ´)	艸部	【艸部】	6畫	46	47	無	段1下-51	錯2-23	鉉1下-8
謔(nue `)	言部	【言部】	10畫	98	99	無	段3上-25	錯5-13	鉉3上-5
窫(yu `)	穴部	【穴部】	12畫	345	348	無	段7下-20	錯14-8	鉉7下-4
滈(鎬，鄗、漍、灟通段)	水部	【水部】	10畫	558	563	無	段11上貳-25	錯21-20	鉉11上-7
xūn（ㄒㄩㄣ）									
窨(yin `)	穴部	【穴部】	9畫	343	347	無	段7下-17	錯14-8	鉉7下-4
熏(熏，焄、燻、臐通段)	屮部	【火部】	10畫	22	22	19-23	段1下-2	錯2-2	鉉1下-1
輝(輝、暉、熏，燀通段)	火部	【火部】	9畫	485	490	19-21	段10上-51	錯19-17	鉉10上-9
勳(勛)	力部	【力部】	14畫	699	705	4-53	段13下-50	錯26-10	鉉13下-7
閽(勳)	門部	【門部】	8畫	590	596		段12上-14	錯23-6	鉉12上-3
殂(徂、勛、勳、殐、殈)	歹部	【歹部】	5畫	162	164	17-38	段4下-9	錯8-5	鉉4下-3
壎(塤)	土部	【土部】	14畫	687	694	7-27	段13下-27	錯26-4	鉉13下-4
纁(窯，曛、焄通段)	糸部	【糸部】	14畫	650	656	23-37	段13上-14	錯25-4	鉉13上-2
黫(窯、黗)	黑部	【黑部】	11畫	488	492	無	段10上-56	錯19-19	鉉10上-10
昏(昏，曛通段)	日部	【日部】	4畫	305	308	15-32	段7上-7	錯13-3	鉉7上-1

篆本字(古文、金文、籀文、俗字、通用字，通叚、金石)	說文部首	康熙部首	筆畫	一般頁碼	洪葉頁碼	金石字典頁碼	段注篇章	徐鍇通釋篇章	徐鉉藤花榭篇
菫(焄、薰，獯、獂通叚)	艸部	【艸部】	9畫	24	25	25-36薰	段1下-7	鍇2-4	鉉1下-2
薰	艸部	【艸部】	14畫	25	26	25-36	段1下-9	鍇2-5	鉉1下-2
醺	酉部	【酉部】	14畫	750	757	無	段14下-39	鍇28-19	鉉14下-9
xún(ㄒㄩㄣˊ)									
旬(旬)	勹部	【日部】	2畫	433	437	15-26	段9上-36	鍇17-12	鉉9上-6
均(袀、鈞、旬，畇、韻通叚)	土部	【土部】	4畫	683	689	7-11	段13下-18	鍇26-2	鉉13下-3
紃	糸部	【糸部】	3畫	655	661	23-9	段13上-24	鍇25-6	鉉13上-3
巡(鉛沿述及)	辵(辶)部	【辵部】	3畫	70	70	28-17	段2下-2	鍇4-2	鉉2下-1
馴(古馴、訓、順三字互相叚借)	馬部	【馬部】	3畫	467	471	31-56	段10上-14	鍇19-4	鉉10上-2
順(古馴、訓、順三字互相叚借)	頁部	【頁部】	3畫	418	423	31-25	段9上-7	鍇17-3	鉉9上-2
訓(古馴、訓、順三字互相叚借)	言部	【言部】	3畫	91	91	26-40	段3上-10	鍇5-6	鉉3上-3
絢(約、繕)	糸部	【糸部】	6畫	649	655	23-20	段13上-12	鍇25-4	鉉13上-2
峋	山部	【山部】	6畫	無	無	無	無	無	鉉9下-2
旬(晌，峋、盷通叚)	目部	【目部】	2畫	132	134	無	段4上-7	鍇7-4	鉉4上-2
帕(袀通叚)	巾部	【巾部】	6畫	358	361	無	段7下-46	鍇14-21	鉉7下-8
詢	言部	【言部】	6畫	無	無	無	無	無	鉉3上-7
恂(詢、洵、悛)	心部	【心部】	6畫	505	509	無	段10下-30	鍇20-11	鉉10下-6
洵(均、恂、敻、泫，詢通叚)	水部	【水部】	6畫	544	549	無	段11上壹57	鍇21-12	鉉11上-4
泫(洵)	水部	【水部】	5畫	547	552	無	段11上貳-3	鍇21-14	鉉11上-4
姰(迿通叚)	女部	【女部】	6畫	621	627	無	段12下-20	鍇24-7	鉉12下-3
珣(韋，瑄通叚)	玉部	【玉部】	6畫	11	11	無	段1上-21	鍇1-11	鉉1上-4
荀	艸部	【艸部】	6畫	無	無	無	無	無	鉉1下-9
郇(荀、揗通叚)	邑部	【邑部】	6畫	290	292	28-65	段6下-36	鍇12-17	鉉6下-7
楯(栒、椿、簨、虡通叚)	木部	【木部】	12畫	242	245	無	段6上-9	鍇11-5	鉉6上-2
筍(筠、笋，栒、簨、虡、筼通叚)	竹部	【竹部】	6畫	189	191	22-48	段5上-2	鍇9-1	鉉5上-1

篆本字(古文、金文、籀文、俗字、通用字，通段、金石)	說文部首	康熙部首	筆畫	一般頁碼	洪葉頁碼	金石字典頁碼	段注篇章	徐鍇通釋篇章	徐鉉藤花榭篇
鱟(鱟、䙔从鬲牀)	鬲部	【鬲部】	8畫	111	112	無	段3下-10	鍇6-5	鉉3下-2
𬤖(尋)	寸部	【寸部】	9畫	121	122	10-30	段3下-30	鍇6-15	鉉3下-7
燅(燅、尋、爓，爓通段)	炎部	【火部】	12畫	487	491	無	段10上-54	鍇19-18	鉉10上-9
循	彳部	【彳部】	9畫	76	76	12-56	段2下-14	鍇4-7	鉉2下-3
揗	手部	【手部】	9畫	598	604	無	段12上-30	鍇23-10	鉉12上-5
畛(畇、疄通段)	田部	【田部】	5畫	696	703	無	段13下-45	鍇26-9	鉉13下-6
樳	木部	【木部】	10畫	245	248	無	段6上-15	鍇11-7	鉉6上-3
燂(燖通段)	火部	【火部】	12畫	485	489	無	段10上-50	鍇19-17	鉉10上-8
潯(燖通段)	水部	【水部】	12畫	551	556	無	段11上貳-11	鍇21-16	鉉11上-5
潭(潯)	水部	【水部】	12畫	530	535	18-59	段11上壹-30	鍇21-9	鉉11上-2
樨(樳通段)	木部	【木部】	12畫	255	258	無	段6上-35	鍇11-15	鉉6上-5
蕁(薚)	艸部	【艸部】	12畫	28	29	無	段1下-15	鍇2-8	鉉1下-3
鄩	邑部	【邑部】	12畫	288	290	無	段6下-32	鍇12-16	鉉6下-6
趯(趁从㝐)	走部	【走部】	16畫	64	65	無	段2上-33	鍇3-14	鉉2上-7
鱘从鹵lu˘ 㝐huo ˋ(鱒、鱘)	魚部	【魚部】	21畫	578	583	無	段11下-22	鍇22-9	鉉11下-5
灥(quan ´)	灥部	【水部】	23畫	569	575	無	段11下-5	鍇22-3	鉉11下-2

xùn(ㄒㄩㄣˋ)

篆本字(古文、金文、籀文、俗字、通用字，通段、金石)	說文部首	康熙部首	筆畫	一般頁碼	洪葉頁碼	金石字典頁碼	段注篇章	徐鍇通釋篇章	徐鉉藤花榭篇
卂	卂部	【十部】	1畫	583	588	無	段11下-32	鍇22-12	鉉11下-7
汛(浘、洒、灑)	水部	【水部】	3畫	565	570	無	段11上貳-39	鍇21-24	鉉11上-9
訊(譖、詗)	言部	【言部】	3畫	92	92	26-41	段3上-12	鍇5-7	鉉3上-3
訓(古馴、訓、順三字互相叚借)	言部	【言部】	3畫	91	91	26-40	段3上-10	鍇5-6	鉉3上-3
馴(古馴、訓、順三字互相叚借)	馬部	【馬部】	3畫	467	471	31-56	段10上-14	鍇19-4	鉉10上-2
順(古馴、訓、順三字互相叚借)	頁部	【頁部】	3畫	418	423	31-25	段9上-7	鍇17-3	鉉9上-2
迅	辵(辶)部	【辵部】	3畫	71	72	無	段2下-5	鍇4-3	鉉2下-1
徇(侚、佝，殉、狥、迿通段)	彳部	【彳部】	4畫	77	77	無	段2下-16	鍇4-9	鉉2下-4
姰(迿通段)	女部	【女部】	6畫	621	627	無	段12下-20	鍇24-7	鉉12下-3
侚(徇)	人部	【人部】	6畫	367	371	無	段8上-6	鍇15-3	鉉8上-1

篆本字(古文、金文、籒文、俗字、通用字，通段、金石)	說文部首	康熙部首	筆畫	一般頁碼	洪葉頁碼	金石字典頁碼	段注篇章	徐鍇通釋篇章	徐鉉藤花榭篇
巽(巺、巺，簨、撰通段)	丌部	【己部】	6畫	200	202	11-15	段5上-23	錯9-9	鉉5上-4
奞	奞部	【大部】	8畫	144	145	無	段4上-30	錯7-14	鉉4上-6
愻(遜)	心部	【心部】	10畫	504	509	無	段10下-29	錯20-11	鉉10下-6
遜(愻、孫)	辵(辶)部	【辵部】	10畫	72	72	28-45	段2下-6	錯4-5	鉉2下-2
孫(遜俗)	系部	【子部】	7畫	642	648	9-8	段12下-62	錯24-20	鉉12下-10
潠	水部	【水部】	12畫	無	無	無	無	無	鉉11下-1
濬(濬、涮，潠、噀通段)	水部	【水部】	16畫	563	568	無	段11上貳-36	錯21-24	鉉11上-8
蕈(蕃通段)	艸部	【艸部】	12畫	36	37	無	段1下-31	錯2-15	鉉1下-5
覃從㫗(覃、鹵、蕈，憛、膪通段)	㫗部	【襾部】	6畫	229	232	26-28	段5下-29	錯10-12	鉉5下-6
顨	丌部	【頁部】	12畫	200	202	無	段5上-23	錯9-9	鉉5上-4

Y

yā(ㄧㄚ)

篆本字(古文、金文、籒文、俗字、通用字，通段、金石)	說文部首	康熙部首	筆畫	一般頁碼	洪葉頁碼	金石字典頁碼	段注篇章	徐鍇通釋篇章	徐鉉藤花榭篇
呀	口部	【口部】	4畫	無	無	無	無	無	鉉2上-6
牙(齖、䶚、芽管述及，呀通段)	牙部	【牙部】		80	81	19-43	段2下-23	錯4-12	鉉2下-5
訝(迓、御、迎，呀通段)	言部	【言部】	4畫	95	96	無	段3上-19	錯5-10	鉉3上-4
枒(梛，椏、椰通段)	木部	【木部】	4畫	246	248	無	段6上-16	錯11-7	鉉6上-3
雅(鴉、鵶通段)	隹部	【隹部】	4畫	141	142	30-54	段4上-24	錯7-11	鉉4上-5
鴨	鳥部	【鳥部】	5畫	無	無	無	無	無	鉉4上-10
鷽(鷗、鷋、鷊、鶮，艪、鴨通段)	鳥部	【鳥部】	8畫	153	155	無	段4上-49	錯7-21	鉉4上-9
錏	金部	【金部】	8畫	711	718	29-45	段14上-20	錯27-7	鉉14上-4
窫(押通段)	穴部	【穴部】	5畫	347	350	無	段7下-24	錯14-10	鉉7下-4
枏(押、拶通段)	木部	【木部】	5畫	270	273	16-32	段6上-65	錯11-29	鉉6上-8
壓(押通段)	土部	【土部】	14畫	691	698	7-28	段13下-35	錯26-6	鉉13下-5
厭(魘、壓，靨通段)	厂部	【厂部】	12畫	448	452	5-36，19-54	段9下-22	錯18-8	鉉9下-4

yá(ㄧㄚˊ)

篆本字(古文、金文、籒文、俗字、通用字，通段、金石)	說文部首	康熙部首	筆畫	一般頁碼	洪葉頁碼	金石字典頁碼	段注篇章	徐鍇通釋篇章	徐鉉藤花榭篇
牙(齖、䶚、芽管述及，呀通段)	牙部	【牙部】		80	81	19-43	段2下-23	錯4-12	鉉2下-5

篆本字(古文、金文、籀文、俗字、通用字，通段、金石)	說文部首	康熙部首	筆畫	一般頁碼	洪葉頁碼	金石字典頁碼	段注篇章	徐鍇通釋篇章	徐鉉藤花榭篇
芽(牙糵nieˋ 述及)	艸部	【艸部】	4畫	37	38	無	段1下-33	錯2-15	鉉1下-5
雅(犿、猂)	佳部	【犬部】	3畫	141	143	無	段4上-25	錯7-11	鉉4上-5
邪(耶、衺，梛、琊通叚)	邑部	【邑部】	4畫	298	300	28-62	段6下-52	錯12-21	鉉6下-8
衺(邪)	衣部	【衣部】	4畫	396	400	無	段8上-64	錯16-5	鉉8上-9
歟(撇、捓、邪、攦，揶通叚)	欠部	【欠部】	10畫	411	416	無	段8下-21	錯16-16	鉉8下-4
齖(齘齚juˇ 述及、鋙、鋙，峿通叚)	齒部	【齒部】	7畫	79	80	無	段2下-21	錯4-12	鉉2下-4
涯	水部	【水部】	8畫	無	無	無	無	無	鉉11下-1
厓(涯、睚通叚)	厂部	【厂部】	6畫	446	451	5-33	段9下-19	錯18-7	鉉9下-3
睚	目部	【目部】	8畫	無	無	無	無	無	鉉4上-3
衙	行部	【行部】	7畫	78	78	26-6	段2下-18	錯4-10	鉉2下-4
崖	屵部	【山部】	8畫	442	446	10-58	段9下-10	錯18-4	鉉9下-2
yǎ(ーㄚˇ)									
庌	广部	【广部】	4畫	443	448	無	段9下-13	錯18-4	鉉9下-2
雅(鴉、鵶通叚)	佳部	【佳部】	4畫	141	142	30-54	段4上-24	錯7-11	鉉4上-5
疋(疏、足、胥、雅)	疋部	【疋部】		84	85	20-52	段2下-31	錯4-16	鉉2下-7
亞(婭通叚)	亞部	【二部】	6畫	738	745	2-26	段14下-15	錯28-6	鉉14下-3
啞(瘂通叚)	口部	【口部】	8畫	57	57	無	段2上-18	錯3-8	鉉2上-4
yà(ーㄚˋ)									
乙(氳yiˇ)	乙部	【乙部】		584	590	2-7	段12上-1	錯23-1	鉉12上-1
襾	襾部	【襾部】		357	360	26-25	段7下-44	錯14-20	鉉7下-8
軋	車部	【車部】	1畫	728	735	無	段14上-53	錯27-14	鉉14上-7
乙(軋、軋，鳦通叚)	乙部	【乙部】		740	747	無	段14下-19	錯28-8	鉉14下-4
牙(齒、齒、芽管述及，呀通叚)	牙部	【牙部】		80	81	19-43	段2下-23	錯4-12	鉉2下-5
訝(迓、御、迎，呀通叚)	言部	【言部】	4畫	95	96	無	段3上-19	錯5-10	鉉3上-4
御(馭，迓通叚)	彳部	【彳部】	8畫	77	78	12-52	段2下-17	錯4-9	鉉2下-4
亞(婭通叚)	亞部	【二部】	6畫	738	745	2-26	段14下-15	錯28-6	鉉14下-3
揠	手部	【手部】	9畫	605	611	無	段12上-44	錯23-14	鉉12上-7

篆本字(古文、金文、籀文、俗字、通用字,通段、金石)	說文部首	康熙部首	筆畫	一般頁碼	洪葉頁碼	金石字典頁碼	段注篇章	徐鍇通釋篇章	徐鉉藤花榭篇
闐(圖)	門部	【門部】	9畫	589	595	無	段12上-12	鍇23-5	鉉12上-3
獟	犬部	【犬部】	9畫	無	無	無	無	無	鉉10上-6
㝯(獟、獟通段)	宀部	【宀部】	9畫	339	343	無	段7下-9	鍇14-4	鉉7下-2
晉	亞部	【日部】	10畫	738	745	無	段14下-15	鍇28-6	鉉14下-3
歗(wa)	欠部	【欠部】	10畫	413	417	無	段8下-24	鍇16-17	鉉8下-5
鬷从獻(鬷从獻)	齒部	【齒部】	20畫	79	80	無	段2下-21	鍇4-11	鉉2下-5
憗(鬷从獻齒,憗通段)	心部	【心部】	12畫	504	508	無	段10下-28	鍇20-11	鉉10下-6
yān(一ㄢ)									
奄(弇,崦通段)	大部	【大部】	5畫	492	497	8-13	段10下-5	鍇20-1	鉉10下-1
郾(奄)	邑部	【邑部】	8畫	296	299	無	段6下-49	鍇12-20	鉉6下-8
咽(胭、嚥通段)	口部	【口部】	6畫	54	55	無	段2上-13	鍇3-5	鉉2上-3
鼜从鼎(咽、淵,鼜通段)	鼓部	【鼓部】	8畫	206	208	無	段5上-36	鍇9-15	鉉5上-7
焉	烏部	【火部】	7畫	157	159	19-13	段4上-57	鍇7-23	鉉4上-10
淹	水部	【水部】	8畫	520	525	無	段11上壹-10	鍇21-3	鉉11上-1
腌(淹,醃通段)	肉部	【肉部】	8畫	176	178	無	段4下-38	鍇8-14	鉉4下-6
晻(崦通段)	日部	【日部】	8畫	305	308	無	段7上-8	鍇13-3	鉉7上-1
暗(闇、晻,陪通段)	日部	【日部】	9畫	305	308	無	段7上-8	鍇13-3	鉉7上-1
弇(窀、窨,崦通段)	収部	【廾部】	6畫	104	104	12-12	段3上-36	鍇5-19	鉉3上-8
諳(惹、讍,謁通段)	言部	【言部】	12畫	96	97	無	段3上-21	鍇5-11	鉉3上-4
媕(讍、惹)	女部	【女部】	8畫	625	631	無	段12下-28	鍇24-9	鉉12下-4
瘱(殗、殜通段)	疒部	【疒部】	10畫	351	354	無	段7下-32	鍇14-14	鉉7下-6
閹	門部	【門部】	8畫	590	596	無	段12上-13	鍇23-6	鉉12上-3
菸(暵、蔫矮述及)	艸部	【艸部】	8畫	40	41	無	段1下-39	鍇2-18	鉉1下-6
闕(遏)	門部	【門部】	8畫	589	595	無	段12上-12	鍇23-5	鉉12上-3
漹(鼰)	水部	【水部】	9畫	557	562	無	段11上貳-23	鍇21-20	鉉11上-7
湮(歅通段)	水部	【水部】	9畫	557	562	無	段11上貳-23	鍇21-20	鉉11上-7
煙(烟、窒、歅,甄通段)	火部	【火部】	9畫	484	489	無	段10上-49	鍇19-16	鉉10上-8
羥(甄、羖)	羊部	【羊部】	9畫	146	148	無	段4上-35	鍇7-16	鉉4上-7
殷(硍、殸、郼、甄通段)	月部	【殳部】	6畫	388	392	17-40	段8上-48	鍇15-17	鉉8上-7
猏	犬部	【犬部】	9畫	474	478	無	段10上-28	鍇19-9	鉉10上-5

篆本字(古文、金文、籀文、俗字、通用字，通段、金石)	說文部首	康熙部首	筆畫	一般頁碼	洪葉頁碼	金石字典頁碼	段注篇章	徐鍇通釋篇章	徐鉉藤花榭篇
傿(隁龎xuan述及，隁通段)	人部	【人部】	11畫	378	382	無	段8上-27	錯15-9	鉉8上-4
鄢(傿)	邑部	【邑部】	11畫	293	295	無	段6下-42	錯12-23	鉉6下-7
嫣(嘕，唌通段)	女部	【女部】	11畫	619	625	無	段12下-15	錯24-5	鉉12下-2
漹	水部	【水部】	11畫	543	548	無	段11上壹-56	錯21-12	鉉11上-4
蔫(菸矮述及殦、蔥通段)	艸部	【艸部】	11畫	40	41	無	段1下-39	錯2-18	鉉1下-6
菸(暵、蔫矮述及)	艸部	【艸部】	8畫	40	41	無	段1下-39	錯2-18	鉉1下-6
燕(宴)	燕部	【火部】	12畫	582	587	19-26	段11下-30	錯22-11	鉉11下-6
宴(燕、宴晏曣古通用，晛xian`述及，讌、宴、醼通段)	宀部	【宀部】	7畫	339	343	9-46	段7下-9	錯14-4	鉉7下-2
嫛(靨从面通段)	女部	【女部】	14畫	618	624	無	段12下-13	錯24-4	鉉12下-2
愿(憪，愔通段)	心部	【心部】	14畫	507	511	無	段10下-34	錯20-12	鉉10下-6
鄢	邑部	【邑部】	16畫	299	302	無	段6下-55	錯12-22	鉉6下-8

yán(一ㄢˊ)

篆本字	說文部首	康熙部首	筆畫	一般頁碼	洪葉頁碼	金石字典頁碼	段注篇章	徐鍇通釋篇章	徐鉉藤花榭篇
言(䚄通段)	言部	【言部】		89	90	26-39	段3上-7	錯5-5	鉉3上-2
厃(wei)	厂部	【厂部】	2畫	448	452	無	段9下-22	錯18-8	鉉9下-4
炎	炎部	【火部】	4畫	487	491	無	段10上-54	錯19-18	鉉10上-9
研(碝，硎通段)	石部	【石部】	4畫	452	457	21-43	段9下-31	錯18-10	鉉9下-5
硯(研)	石部	【石部】	7畫	453	457	無	段9下-32	錯18-10	鉉9下-5
跰(研)	足部	【足部】	4畫	84	85	無	段2下-31	錯4-16	鉉2下-6
妍	女部	【女部】	4畫	623	629	無	段12下-24	錯24-8	鉉12下-4
訮(詽、妍)	言部	【言部】	6畫	98	98	無	段3上-24	錯5-12	鉉3上-5
潚(沇)	水部	【水部】	12畫	548	553	無	段11上貳-6	錯21-14	鉉11上-4
㕣(容、兗、沇)	口部	【口部】	2畫	62	62	無	段2上-28	錯3-12	鉉2上-6
沇(兗、沿、㕣、灖)	水部	【水部】	4畫	527	532	18-6	段11上壹-24	錯21-8	鉉11上-2
沿(均、沇，㳂通段)	水部	【水部】	5畫	556	561	無	段11上貳-21	錯21-19	鉉11上-6
羨(衍、延)	次部	【羊部】	7畫	414	418	23-47	段8下-26	錯16-18	鉉8下-5
延非延zheng(莚蔓man`延字多作莚，綖、蜓、蜒通段)	延部	【廴部】	5畫	77	78	12-2	段2下-17	錯4-10	鉉2下-4

篆本字（古文、金文、籀文、俗字、通用字，通段、金石）	說文部首	康熙部首	筆畫	一般頁碼	洪葉頁碼	金石字典頁碼	段注篇章	徐鍇通釋篇章	徐鉉藤花榭篇
延非延yan´（征，怔通段）	辵(辶)部	【辵部】	5畫	70	71	28-19	段2下-3	鍇4-2	鉉2下-1
琂	玉部	【玉部】	7畫	17	17	無	段1上-33	鍇1-16	鉉1上-5
眘(脡通段)	目部	【目部】	7畫	131	133	12-10	段4上-5	鍇7-3	鉉4上-2
埏	土部	【土部】	8畫	無	無	無	無	無	鉉13下-5
挺(埏，脡通段)	手部	【手部】	7畫	599	605	無	段12上-31	鍇23-11	鉉12上-5
梴梴 篆本字(挺、埏)	木部	【木部】	7畫	251	253	無	段6上-26	鍇11-30	鉉6上-4
筵	竹部	【竹部】	7畫	192	194	無	段5上-7	鍇9-3	鉉5上-2
郔	邑部	【邑部】	7畫	295	298	無	段6下-47	鍇12-20	鉉6下-7
閻(壛)	門部	【門部】	7畫	587	593	30-14	段12上-8	鍇23-4	鉉12上-2
閆(壛，蔺通段)	門部	【門部】	7畫	587	593	30-14	段12上-8	鍇23-4	鉉12上-2
鹽(塩通段)	鹽部	【鹵部】	7畫	586	592	32-29	段12上-5	鍇23-3	鉉12上-2
嵒非口部嵒nie`（岩通段）	山部	【山部】	9畫	440	445	無	段9下-7	鍇18-3	鉉9下-1
喦非山部喦yan´（讘）	品部	【口部】	9畫	85	85	無	段2下-32	鍇4-16	鉉2下-7
碞(僭)	石部	【石部】	9畫	451	456	無	段9下-29	鍇18-10	鉉9下-4
顏(顔)	頁部	【頁部】	9畫	415	420	31-30	段9上-1	鍇17-1	鉉9上-1
爛(爤、燗，糷、糫通段)	火部	【火部】	21畫	483	487	無	段10上-46	鍇19-16	鉉10上-8
虤	虤部	【虍部】	10畫	211	213	無	段5上-46	鍇9-18	鉉5上-8
顅(頯)	頁部	【頁部】	10畫	417	422	無	段9上-5	鍇17-2	鉉9上-1
挈	手部	【手部】	11畫	606	612	無	段12上-45	鍇23-14	鉉12上-7
檐(簷，櫩通段)	木部	【木部】	13畫	255	258	17-11	段6上-35	鍇11-15	鉉6上-5
綖(擱，毯、縜通段)	糸部	【糸部】	8畫	652	658	無	段13上-18	鍇25-4	鉉13上-2
闟	門部	【門部】	13畫	587	593	無	段12上-7	鍇23-4	鉉12上-2
狿(狧，嚥通段)	犬部	【犬部】	4畫	474	479	19-51	段10上-29	鍇19-9	鉉10上-5
灠	水部	【水部】	16畫	565	570	無	段11上貳-39	鍇21-25	鉉11上-9
巖(壛、岩通段)	山部	【山部】	20畫	440	445	無	段9下-7	鍇18-2	鉉9下-1
厂(厈、巖广an述及，圹通段)	厂部	【厂部】		446	450	5-32	段9下-18	鍇18-6	鉉9下-3
礹(巖、嚴嶃述及)	石部	【石部】	19畫	451	456	無	段9下-29	鍇18-10	鉉9下-4
嚴(嚻)	吅部	【口部】	17畫	62	63	無	段2上-29	鍇3-13	鉉2上-6
嚷(嚷)	口部	【口部】	20畫	60	61	無	段2上-25	鍇3-10	鉉2上-5

篆本字(古文、金文、籀文、俗字、通用字，通段、金石)	說文部首	康熙部首	筆畫	一般頁碼	洪葉頁碼	金石字典頁碼	段注篇章	徐鍇通釋篇章	徐鉉藤花榭篇
芩(蒸、藆)	艸部	【艸部】	4畫	32	33	無	段1下-23	錯2-11	鉉1下-4
籢(篏)	竹部	【竹部】	20畫	198	200	無	段5上-20	錯9-7	鉉5上-3
yǎn(一ㄢˇ)									
广	广部	【广部】		442	447	11-45	段9下-11	錯18-4	鉉9下-2
肰(偃)	肰部	【方部】	2畫	308	311	15-14	段7上-14	錯13-5	鉉7上-3
齗	齒部	【齒部】	3畫	80	80	無	段2下-22	錯4-11	鉉2下-5
凸(窬、兗、沇)	口部	【口部】	2畫	62	62	無	段2上-28	錯3-12	鉉2上-6
沇(兗、沿、凸、灁)	水部	【水部】	4畫	527	532	18-6	段11上壹-24	錯21-8	鉉11上-2
沿(均，沇，沿通段)	水部	【水部】	5畫	556	561	無	段11上貳-21	錯21-19	鉉11上-6
㟻(壓)	西部	【西部】	4畫	748	755	29-25	段14下-36	錯28-18	鉉14下-8
欯(䊯通段)	欠部	【欠部】	5畫	413	418	無	段8下-25	錯16-17	鉉8下-5
齞	齒部	【齒部】	5畫	79	79	無	段2下-20	錯4-11	鉉2下-4
奄(弇，嵃通段)	大部	【大部】	5畫	492	497	8-13	段10下-5	錯20-1	鉉10下-1
弇(寢、筭，崦通段)	𠬞部	【廾部】	6畫	104	104	12-12	段3上-36	錯5-19	鉉3上-8
衍(羨，衙通段)	水部	【水部】	6畫	546	551	26-5	段11上貳-1	錯21-13	鉉11上-4
羨(衍、延)	次部	【羊部】	7畫	414	418	23-47	段8下-26	錯16-18	鉉8下-5
眼	目部	【目部】	6畫	129	131	21-31	段4上-1	錯7-1	鉉4上-1
匽(堰、㸃通段)	匸部	【匸部】	7畫	635	641	5-5	段12下-47	錯24-16	鉉12下-7
鰋(鱷、鮎)	魚部	【魚部】	7畫	578	584	32-18	段11下-23	錯22-9	鉉11下-5
鮎(鱷)	魚部	【魚部】	5畫	578	584	無	段11下-23	錯22-9	鉉11下-5
掩(揜通段)	手部	【手部】	8畫	607	612	14-20	段12上-48	錯23-15	鉉12上-7
揜(掩)	手部	【手部】	9畫	600	606	14-23	段12上-34	錯23-10	鉉12上-5
裺(an)	衣部	【衣部】	8畫	390	394	無	段8上-51	錯16-2	鉉8上-8
郾(奄)	邑部	【邑部】	8畫	296	299	無	段6下-49	錯12-20	鉉6下-8
晻(崦通段)	日部	【日部】	8畫	305	308	無	段7上-8	錯13-3	鉉7上-1
暗(闇、晻，陪通段)	日部	【日部】	9畫	305	308	無	段7上-8	錯13-3	鉉7上-1
黤	黑部	【黑部】	8畫	488	492	無	段10上-56	錯19-19	鉉10上-10
渰(黤)	水部	【水部】	9畫	557	562	無	段11上貳-23	錯21-20	鉉11上-7
剡(覃，掞通段)	刀部	【刂部】	8畫	178	180	無	段4下-42	錯8-15	鉉4下-6
燄(爓、焰，掞通段)	炎部	【火部】	8畫	487	491	無	段10上-54	錯19-18	鉉10上-9
棪	木部	【木部】	8畫	241	243	無	段6上-6	錯11-3	鉉6上-1
琰	玉部	【玉部】	8畫	12	12	20-13	段1上-24	錯1-12	鉉1上-4

篆本字(古文、金文、籀文、俗字、通用字，通叚、金石)	說文部首	康熙部首	筆畫	一般頁碼	洪葉頁碼	金石字典頁碼	段注篇章	徐鍇通釋篇章	徐鉉藤花榭篇
罨(罨，旓通叚)	网部	【网部】	8畫	355	358	無	段7下-40	鍇14-18	鉉7下-7
屵(嵃通叚)	屵部	【山部】	2畫	442	446	無	段9下-10	鍇18-4	鉉9下-2
偃(堰筍述及、鼴鼢述及，鼴从匽通叚)	人部	【人部】	9畫	381	385	3-28	段8上-33	鍇15-11	鉉8上-4
褗(偃)	衣部	【衣部】	9畫	390	394	無	段8上-51	鍇16-2	鉉8上-8
㫃(偃)	㫃部	【方部】	2畫	308	311	15-14	段7上-14	鍇13-5	鉉7上-3
揜(掩)	手部	【手部】	9畫	600	606	14-23	段12上-34	鍇23-10	鉉12上-5
蝘(蝘从匽)	虫部	【虫部】	9畫	664	671	無	段13上-43	鍇25-10	鉉13上-6
郾	邑部	【邑部】	9畫	291	294	29-15	段6下-39	鍇12-17	鉉6下-7
鶠	鳥部	【鳥部】	9畫	151	153	無	段4上-45	鍇7-20	鉉4上-8
黭	黑部	【黑部】	9畫	489	494	無	段10上-59	鍇19-20	鉉10上-10
燅(煔)	炎部	【火部】	10畫	487	491	無	段10上-54	鍇19-18	鉉10上-9
睔(晏、燕，匽、瞏通叚)	目部	【目部】	10畫	133	134	無	段4上-8	鍇7-4	鉉4上-2
隒(嵰通叚)	𨸏部	【阜部】	10畫	734	741	無	段14下-8	鍇28-3	鉉14下-1
戭(敷)	戈部	【戈部】	11畫	631	637	13-63	段12下-40	鍇24-13	鉉12下-6
演	水部	【水部】	11畫	547	552	18-56	段11上貳-3	鍇21-13	鉉11上-4
濥(演文選)	水部	【水部】	14畫	546	551	無	段11上貳-1	鍇21-13	鉉11上-4
弞(改、哂，嗔、吲通叚)	欠部	【欠部】	3畫	411	415	無	段8下-20	鍇16-16	鉉8下-4
紖(絼，縯通叚)	糸部	【糸部】	4畫	658	665	無	段13上-31	鍇25-7	鉉13上-4
黬(憨)	黑部	【黑部】	12畫	489	494	無	段10上-59	鍇19-20	鉉10上-10
噞	口部	【口部】	13畫	無	無	無	無	無	鉉2上-6
嗛(銜、歉、謙，噞通叚)	口部	【口部】	10畫	55	55	6-50	段2上-14	鍇3-6	鉉2上-3
嬐(xian)	女部	【女部】	13畫	621	627	無	段12下-19	鍇24-6	鉉12下-3
顩(臉通叚)	頁部	【頁部】	13畫	417	421	無	段9上-4	鍇17-2	鉉9上-1
顲(顩)	頁部	【頁部】	10畫	417	422	無	段9上-5	鍇17-2	鉉9上-1
檿(櫮)	木部	【木部】	14畫	247	249	無	段6上-18	鍇11-8	鉉6上-3
酓(檿)	酉部	【酉部】	4畫	748	755	29-25	段14下-36	鍇28-18	鉉14下-8
魘	鬼部	【鬼部】	13畫	無	無	無	無	無	鉉9上-7
猒(饜、壓，饜通叚)	厂部	【厂部】	12畫	448	452	5-36，19-54	段9下-22	鍇18-8	鉉9下-4
黶	黑部	【黑部】	14畫	487	492	無	段10上-55	鍇19-19	鉉10上-10

篆本字(古文、金文、籀文、俗字、通用字,通叚、金石)	說文部首	康熙部首	筆畫	一般頁碼	洪葉頁碼	金石字典頁碼	段注篇章	徐鍇通釋篇章	徐鉉藤花榭篇
甗(巘、鮮)	瓦部	【瓦部】	16畫	638	644	20-24	段12下-54	鍇24-18	鉉12下-8
緂(摛,毯、緂通叚)	糸部	【糸部】	8畫	652	658	無	段13上-18	鍇25-4	鉉13上-3
儼	人部	【人部】	20畫	369	373	無	段8上-10	鍇15-4	鉉8上-2
yàn(一ㄢˋ)									
妟	女部	【女部】	4畫	621	627	無	段12下-19	鍇24-6	鉉12下-3
狋	犬部	【犬部】	4畫	476	481	無	段10上-33	鍇19-11	鉉10上-6
鳫	鳥部	【鳥部】	4畫	152	154	32-25	段4上-47	鍇7-21	鉉4上-9
雁(鳫)	隹部	【隹部】	4畫	143	144	30-54	段4上-28	鍇7-12	鉉4上-5
咽(胭、嚥通叚)	口部	【口部】	6畫	54	55	無	段2上-13	鍇3-5	鉉2上-3
鼞从甹(咽、淵,鼜通叚)	鼓部	【鼓部】	8畫	206	208	無	段5上-36	鍇9-15	鉉5上-7
彥(盤)	彣部	【彡部】	6畫	425	429	12-37	段9上-20	鍇17-7	鉉9上-4
鷃(鶠)	鳥部	【鳥部】	6畫	156	158	無	段4上-55	鍇7-23	鉉4上-9
鬳(juan`)	鬲部	【鬲部】	6畫	111	112	32-9	段3下-10	鍇6-6	鉉3下-2
唁(殯通叚)	口部	【口部】	7畫	61	61	無	段2上-26	鍇3-11	鉉2上-5
晏(安、宴晏曣古通用,晛xian`述及)	日部	【日部】	6畫	304	307	15-45	段7上-5	鍇13-2	鉉7上-1
宴(燕、宴晏曣古通用,晛xian`述及,讌、宴、醼通叚)	宀部	【宀部】	7畫	339	343	9-46	段7下-9	鍇14-4	鉉7下-2
燕(宴)	燕部	【火部】	12畫	582	587	19-26	段11下-30	鍇22-11	鉉11下-6
暥(晏、燕,暖、暵通叚)	目部	【目部】	10畫	133	134	無	段4上-8	鍇7-4	鉉4上-2
硯(研)	石部	【石部】	7畫	453	457	無	段9下-32	鍇18-10	鉉9下-5
媕(諳)	女部	【女部】	8畫	625	631	無	段12下-28	鍇24-9	鉉12下-4
焱(猋桑述及古互譌)	焱部	【火部】	8畫	490	495	無	段10下-1	鍇19-20	鉉10下-1
猋(焱古互譌,㹣通叚)	犬部	【犬部】	8畫	478	482	19-56	段10上-36	鍇19-12	鉉10上-6
爓(焰)	火部	【火部】	16畫	485	490	無	段10上-51	鍇19-17	鉉10上-9
燄(爓、焰,燄通叚)	炎部	【火部】	8畫	487	491	無	段10上-54	鍇19-18	鉉10上-9
燅(燅、燖、爓,燗通叚)	炎部	【火部】	12畫	487	491	無	段10上-54	鍇19-18	鉉10上-9
猒(猒、饜,厭通叚)	甘部	【犬部】	8畫	202	204	19-54	段5上-27	鍇9-11	鉉5上-5
厭(魘、壓,饜通叚)	厂部	【厂部】	12畫	448	452	5-36,19-54	段9下-22	鍇18-8	鉉9下-4

篆本字(古文、金文、籀文、俗字、通用字，通段、金石)	說文部首	康熙部首	筆畫	一般頁碼	洪葉頁碼	金石字典頁碼	段注篇章	徐鍇通釋篇章	徐鉉藤花榭篇
諺(喭)	言部	【言部】	9畫	95	95	26-61	段3上-18	鍇5-10	鉉3上-4
匽(堰、鰋通段)	匸部	【匸部】	7畫	635	641	5-5	段12下-47	鍇24-16	鉉12下-7
偃(堰筍述及、鰋鶠述及，鼴从匽通段)	人部	【人部】	9畫	381	385	3-28	段8上-33	鍇15-11	鉉8上-4
暥(晏、燕，暍、暥通段)	目部	【目部】	10畫	133	134	無	段4上-8	鍇7-4	鉉4上-2
齞	齒部	【齒部】	10畫	79	79	無	段2下-20	鍇4-11	鉉2下-4
傿(隁鼹xuan述及，隁通段)	人部	【人部】	11畫	378	382	無	段8上-27	鍇15-9	鉉8上-4
雁(鷃、鶠，鶠通段)	隹部	【隹部】	11畫	143	145	無	段4上-29	鍇7-13	鉉4上-5
厭(贗从鴈，贗通段)	火部	【火部】	12畫	481	485	無	段10上-42	鍇19-14	鉉10上-8
燕(宴)	燕部	【火部】	12畫	582	587	19-26	段11下-30	鍇22-11	鉉11下-6
宴(燕、宴晏暥古通用，晛xianˋ述及，讌、醼、醼通段)	宀部	【宀部】	7畫	339	343	9-46	段7下-9	鍇14-4	鉉7下-2
暥(暥、宴晏暥古通用，晛xianˋ述及)	日部	【日部】	16畫	304	307	無	段7上-5	鍇13-2	鉉7上-1
奰	大部	【大部】	13畫	499	503	8-22	段10下-18	鍇20-7	鉉10下-4
遬	辵(辶)部	【辵部】	13畫	74	75	無	段2下-11	鍇4-5	鉉2下-2
釅(釅)	西部	【西部】	13畫	751	758	無	段14下-41	鍇28-19	鉉14下-9
驗(譣)	馬部	【馬部】	13畫	464	468	31-66	段10上-8	鍇19-3	鉉10上-2
譣(憸、驗識述及)	言部	【言部】	13畫	92	93	無	段3上-13	鍇5-8	鉉3上-3
靨	面部	【面部】	14畫	無	無	無	無	無	鉉9上-3
壓(靨从面通段)	女部	【女部】	14畫	618	624	無	段12下-13	鍇24-4	鉉12下-2
擪(擫、擪)	手部	【手部】	14畫	598	604	無	段12上-29	鍇23-10	鉉12上-5
嬮	女部	【女部】	16畫	617	623	無	段12下-11	鍇24-4	鉉12下-2
爓(焰)	火部	【火部】	16畫	485	490	無	段10上-51	鍇19-17	鉉10上-9
宴(燕、宴晏暥古通用，晛xianˋ述及，讌、醼、醼通段)	宀部	【宀部】	7畫	339	343	9-46	段7下-9	鍇14-4	鉉7下-2
暥(暥、宴晏暥古通用，晛xianˋ述及)	日部	【日部】	16畫	304	307	無	段7上-5	鍇13-2	鉉7上-1
驖	馬部	【馬部】	16畫	463	467	無	段10上-6	鍇19-2	鉉10上-1

篆本字（古文、金文、籀文、俗字、通用字，通段、金石）	說文部首	康熙部首	筆畫	一般頁碼	洪葉頁碼	金石字典頁碼	段注篇章	徐鍇通釋篇章	徐鉉藤花榭篇
贊（賛，囋、讚、瓚、囐、啴通段）	貝部	【貝部】	12畫	280	282	27-41	段6下-16	鍇12-10	鉉6下-4
灒（讃）	水部	【水部】	20畫	566	571	19-7	段11上貳-41	鍇21-25	鉉11上-9
豔（艶，艷通段）	豐部	【豆部】	20畫	208	210	27-14	段5上-40	鍇9-17	鉉5上-8
yāng（一尢）									
央（鉠通段）	冂部	【大部】	2畫	228	230	8-7	段5下-26	鍇10-10	鉉5下-5
姎	女部	【女部】	5畫	624	630	無	段12下-25	鍇24-8	鉉12下-4
柍（楧通段）	木部	【木部】	5畫	240	243	無	段6上-5	鍇11-3	鉉6上-1
殃（袂通段）	歺部	【歹部】	5畫	163	165	17-37	段4下-12	鍇8-5	鉉4下-3
泱（英，映通段）	水部	【水部】	5畫	557	562	無	段11上貳-23	鍇21-20	鉉11上-7
英（泱述及）	艸部	【艸部】	5畫	38	38	25-1	段1下-34	鍇2-16	鉉1下-6
秧	禾部	【禾部】	5畫	326	329	無	段7上-49	鍇13-20	鉉7上-8
絉	糸部	【糸部】	5畫	653	659	無	段13上-20	鍇25-5	鉉13上-3
鞅	革部	【革部】	5畫	110	111	31-15	段3下-8	鍇6-5	鉉3下-2
怏（鞅）	心部	【心部】	5畫	512	516	無	段10下-44	鍇20-16	鉉10下-8
鴦	鳥部	【鳥部】	5畫	152	153	無	段4上-46	鍇7-20	鉉4上-8
yáng（一尢ˊ）									
羊	羊部	【羊部】		145	146	23-45	段4上-32	鍇7-15	鉉4上-6
昜（陽）	勿部	【日部】	5畫	454	458	15-38	段9下-34	鍇18-11	鉉9下-5
陽（昜，佯通段）	𨸏部	【阜部】	9畫	731	738	30-38	段14下-1	鍇28-1	鉉14下-1
詳（祥，佯通段）	言部	【言部】	6畫	92	92	26-49	段3上-12	鍇5-7	鉉3上-3
洋	水部	【水部】	6畫	538	543	18-20	段11上壹-46	鍇21-6	鉉11上-3
痒（蛘、癢）	疒部	【疒部】	6畫	349	352	無	段7下-28	鍇14-12	鉉7下-5
蛘（痒、癢）	虫部	【虫部】	6畫	669	676	無	段13上-53	鍇25-13	鉉13上-7
翔（鴹通段）	羽部	【羽部】	6畫	140	141	23-55	段4上-22	鍇7-10	鉉4上-4
羋（蛘通段）	羊部	【羊部】	2畫	145	147	23-46	段4上-33	鍇7-15	鉉4上-6
崵	山部	【山部】	9畫	439	443	無	段9下-4	鍇18-2	鉉9下-1
揚（敭、媵俟述及）	手部	【手部】	9畫	603	609	14-23	段12上-39	鍇23-17	鉉12上-6
楊（揚）	木部	【木部】	9畫	245	247	16-50	段6上-14	鍇11-7	鉉6上-2
陽（昜，佯通段）	𨸏部	【阜部】	9畫	731	738	30-38	段14下-1	鍇28-1	鉉14下-1
暘（陽晞述及）	日部	【日部】	9畫	303	306	無	段7上-4	鍇13-2	鉉7上-1
煬（yang ˋ）	火部	【火部】	9畫	483	487	無	段10上-46	鍇19-15	鉉10上-8
瘍非瘍yiˋ	疒部	【疒部】	9畫	349	352	無	段7下-28	鍇14-12	鉉7下-5

篆本字(古文、金文、籀文、俗字、通用字，通叚、金石)	說文部首	康熙部首	筆畫	一般頁碼	洪葉頁碼	金石字典頁碼	段注篇章	徐鍇通釋篇章	徐鉉藤花榭篇
褐	示部	【示部】	9畫	8	8	無	段1上-16	鍇1-8	鉉1上-2
颺	風部	【風部】	9畫	678	684	無	段13下-8	鍇25-16	鉉13下-2
鍚(錫)	金部	【金部】	12畫	712	719	無	段14上-22	鍇27-7	鉉14上-4
yǎng(一尤ˇ)									
卬(印、仰，昂通叚)	七部	【卩部】	2畫	385	389	5-23	段8上-42	鍇15-14	鉉8上-6
仰(卬)	人部	【人部】	4畫	373	377	2-53	段8上-18	鍇15-7	鉉8上-3
坱	土部	【土部】	5畫	691	698	無	段13下-35	鍇26-6	鉉13下-5
抶	手部	【手部】	5畫	609	615	無	段12上-51	鍇23-16	鉉12上-8
茚(茆通叚)	艸部	【艸部】	4畫	34	34	無	段1下-26	鍇2-12	鉉1下-4
痒(蛘、癢)	疒部	【疒部】	6畫	349	352	無	段7下-28	鍇14-12	鉉7下-5
蛘(痒、癢)	虫部	【虫部】	6畫	669	676	無	段13上-53	鍇25-13	鉉13上-7
養(羪)	倉部	【食部】	6畫	220	222	31-41	段5下-10	鍇10-4	鉉5下-2
恙(懩通叚)	心部	【心部】	6畫	513	517	13-16	段10下-46	鍇20-17	鉉10下-8
柍(楧通叚)	木部	【木部】	5畫	240	243	無	段6上-5	鍇11-3	鉉6上-1
yàng(一尤ˋ)									
怏(鞅)	心部	【心部】	5畫	512	516	無	段10下-44	鍇20-16	鉉10下-8
詇	言部	【言部】	5畫	91	91	無	段3上-10	鍇5-6	鉉3上-3
恙(懩通叚)	心部	【心部】	6畫	513	517	13-16	段10下-46	鍇20-17	鉉10下-8
羕	永部	【羊部】	6畫	570	575	18-23	段11下-6	鍇22-3	鉉11下-2
煬(yang´)	火部	【火部】	9畫	483	487	無	段10上-46	鍇19-15	鉉10上-8
黢	黑部	【黑部】	9畫	488	492	無	段10上-56	鍇19-19	鉉10上-10
樣(樣、揉、橡)	木部	【木部】	11畫	243	245	無	段6上-10	鍇11-5	鉉6上-2
漾(瀁、瀁)	水部	【水部】	11畫	521	526	無	段11上壹-12	鍇21-4	鉉11上-1
yāo(一ㄠ)									
幺(么通叚)	幺部	【幺部】		158	160	無	段4下-2	鍇8-2	鉉4下-1
夭(拗、殀、闄通叚)	夭部	【大部】	5畫	494	498	7-62	段10下-8	鍇20-3	鉉10下-2
媄(妖)	女部	【女部】	4畫	622	628	無	段12下-22	鍇24-7	鉉12下-3
枖	木部	【木部】	4畫	249	252	無	段6上-23	鍇11-10	鉉6上-4
祅(袄从夭yao)	示部	【示部】	4畫	8	8	無	段1上-16	鍇1-8	鉉1上-3
玅(妙、纱)	弦部	【玄部】	4畫	642	648	8-31	段12下-62	鍇24-20	鉉12下-10
舀(要、覂、嚻，喓、䙴、腰、孁、楆、驙通叚)	臼部	【西部】	3畫	105	106	26-28	段3上-39	鍇6-1	鉉3上-9

篆本字（古文、金文、籀文、俗字、通用字，通段、金石）	說文部首	康熙部首	筆畫	一般頁碼	洪葉頁碼	金石字典頁碼	段注篇章	徐鍇通釋篇章	徐鉉藤花榭篇
蔉	艸部	【艸部】	9畫	36	37	無	段1下-31	鍇2-15	鉉1下-5
徼(僥、邀、闄通段)	彳部	【彳部】	13畫	76	76	無	段2下-14	鍇4-7	鉉2下-3
擎(摮，撽通段)	手部	【手部】	13畫	608	614	無	段12上-50	鍇23-16	鉉12上-8
yáo（ㄧㄠˊ）									
爻	爻部	【爻部】		128	129	19-40	段3下-44	鍇6-21	鉉3下-10
恔(恔)	心部	【心部】	6畫	503	508	無	段10下-27	鍇20-10	鉉10下-5
絞(綏、鉸通段)	交部	【糸部】	6畫	495	499	無	段10下-10	鍇20-3	鉉10下-2
肴(殽)	肉部	【肉部】	4畫	173	175	無	段4下-31	鍇8-11	鉉4下-5
䚻(謠、謡)	言部	【言部】	4畫	93	93	26-65	段3上-14	鍇5-8	鉉3上-4
輻	車部	【車部】	5畫	721	728	無	段14上-39	鍇27-12	鉉14上-6
垚	垚部	【土部】	6畫	694	700	無	段13下-40	鍇26-7	鉉13下-6
姚	女部	【女部】	6畫	612	618	8-37	段12下-2	鍇24-1	鉉12下-1
珧	玉部	【玉部】	6畫	18	18	無	段1上-35	鍇1-17	鉉1上-6
照(炤、烑通段)	火部	【火部】	9畫	485	489	19-20	段10上-50	鍇19-17	鉉10上-9
窔(tiaoˇ)	穴部	【穴部】	6畫	346	349	22-33	段7下-22	鍇14-9	鉉7下-4
佻(窕，燿、恌通段)	人部	【人部】	6畫	379	383	無	段8上-29	鍇15-10	鉉8上-4
銚(斛、槔、鏊，鍬通段)	金部	【金部】	6畫	704	711	無	段14上-6	鍇27-3	鉉14上-2
俏	人部	【人部】	8畫	381	385	無	段8上-33	鍇15-11	鉉8上-4
娝(俏，倄通段)	女部	【女部】	6畫	621	627	無	段12下-20	鍇24-7	鉉12下-3
殽(肴、効，崤、淆通段)	殳部	【殳部】	8畫	120	121	無	段3下-27	鍇6-14	鉉3下-6
肴(殽)	肉部	【肉部】	4畫	173	175	無	段4下-31	鍇8-11	鉉4下-5
陶(匋，鞠、蜪通段)	昌部	【阜部】	8畫	735	742	30-36	段14下-10	鍇28-4	鉉14下-2
鞉(鞀、鞜，鼗、皺、履、靴、鞞通段)	革部	【革部】	9畫	107	108	無	段3下-2	鍇6-2	鉉3下-1
堯(垚)	垚部	【土部】	9畫	694	700	無	段13下-40	鍇26-7	鉉13下-6
傜(繇、陶、傛，徭通段)	人部	【人部】	10畫	380	384	無	段8上-31	鍇15-11	鉉8上-4
嗂	口部	【口部】	10畫	58	58	無	段2上-20	鍇3-8	鉉2上-4
媱	女部	【女部】	10畫	619	625	無	段12下-15	鍇24-5	鉉12下-2
榣(颻通段)	木部	【木部】	10畫	250	253	16-59	段6上-25	鍇11-12	鉉6上-4

篆本字(古文、金文、籀文、俗字、通用字,通段、金石)	說文部首	康熙部首	筆畫	一般頁碼	洪葉頁碼	金石字典頁碼	段注篇章	徐鍇通釋篇章	徐鉉藤花榭篇
檾(檿、䌛)	木部	【木部】	17畫	248	251	無	段6上-21	錯11-9	鉉6上-3
歊	欠部	【欠部】	10畫	412	416	無	段8下-22	錯16-16	鉉8下-5
瑤(䃻通段)	玉部	【玉部】	10畫	17	17	20-17	段1上-34	錯1-17	鉉1上-5
窯(匋、陶,窑、窰通段)	穴部	【穴部】	10畫	344	347	22-34	段7下-18	錯14-8	鉉7下-4
匋(陶、窯述及)	缶部	【勹部】	6畫	224	227	4-57	段5下-19	錯10-8	鉉5下-4
蹻	足部	【足部】	10畫	83	83	無	段2下-28	錯4-14	鉉2下-6
絲	瓜部	【瓜部】	11畫	337	341	無	段7下-5	錯14-2	鉉7下-2
邎(遙通段)	辵(辶)部	【辵部】	18畫	70	71	28-57	段2下-3	錯4-2	鉉2下-1
遙(遥)	辵(辶)部	【辵部】	10畫	無	無	無	無	無	鉉2下-3
搖(愮、遙、飖通段)	手部	【手部】	10畫	602	608	14-28	段12上-38	錯23-12	鉉12上-6
繇(由=囮囮e´述及、䌛、遙殷tou´述及,趨、遒、飖、鴟通段)	系部	【糸部】	11畫	643	649	23-33,由20-33	段12下-63	錯24-21	鉉12下-10
傜(䌛、陶、徭,徭通段)	人部	【人部】	10畫	380	384	無	段8上-31	錯15-11	鉉8上-4
榣(飖通段)	木部	【木部】	10畫	250	253	16-59	段6上-25	錯11-12	鉉6上-4
鰩	魚部	【魚部】	10畫	無	無	無	無	無	鉉11下-6
僥	人部	【人部】	12畫	384	388	無	段8上-39	錯15-13	鉉8上-5
嶢	山部	【山部】	12畫	441	445	無	段9下-8	錯18-3	鉉9下-2
顤(顅通段)	頁部	【頁部】	12畫	418	422	無	段9上-6	錯17-2	鉉9上-1
彌	弓部	【弓部】	17畫	640	646	無	段12下-58	錯24-19	鉉12下-9
藥(蘂)	艸部	【艸部】	18畫	41	42	無	段1下-41	錯2-19	鉉1下-7
yǎo(一ㄠˇ)									
旯	日部	【日部】	2畫	305	308	無	段7上-8	錯13-3	鉉7上-2
齩(咬,齧通段)	齒部	【齒部】	6畫	80	80	無	段2下-22	錯4-11	鉉2下-5
杳	木部	【木部】	4畫	252	255	無	段6上-29	錯11-13	鉉6上-4
舀(抌、㧫)	臼部	【臼部】	4畫	334	337	無	段7上-66	錯13-27	鉉7上-10
揄(舀)	手部	【手部】	9畫	604	610	無	段12上-42	錯23-13	鉉12上-6
夭(拗、殀、麇通段)	夭部	【大部】	5畫	494	498	7-62	段10下-8	錯20-3	鉉10下-2
宎宎朕=坳突=凹凸(坳、容通段)	目部	【穴部】	5畫	130	132	無	段4上-3	錯7-2	鉉4上-1

篆本字（古文、金文、籀文、俗字、通用字，通段、金石）	說文部首	康熙部首	筆畫	一般頁碼	洪葉頁碼	金石字典頁碼	段注篇章	徐鍇通釋篇章	徐鉉藤花榭篇
窈(窔篠述及)	穴部	【穴部】	5畫	346	350	無	段7下-23	鍇14-9	鉉7下-4
幼(幽、窈)	幺部	【幺部】	2畫	158	160	11-43	段4下-2	鍇8-2	鉉4下-1
膘(胗、骱、骱通段)	肉部	【肉部】	11畫	173	175	無	段4下-32	鍇8-12	鉉4下-5
窅	穴部	【穴部】	6畫	346	350	無	段7下-23	鍇14-9	鉉7下-4
齩(咬，齳通段)	齒部	【齒部】	6畫	80	80	無	段2下-22	鍇4-11	鉉2下-5
宧(穾、突，宎通段)	宀部	【宀部】	7畫	338	341	無	段7下-6	鍇14-3	鉉7下-2
窔(穾通段)	穴部	【穴部】	6畫	346	350	無	段7下-23	鍇14-9	鉉7下-4
夒(要、覈、嶨，喓、蘽、腰、嬰、楆、騕通段)	臼部	【臼部】	3畫	105	106	26-28	段3上-39	鍇6-1	鉉3上-9
徼(僥、邀、闄通段)	彳部	【彳部】	13畫	76	76	無	段2下-14	鍇4-7	鉉2下-3
旒	放部	【方部】	11畫	311	314	無	段7上-19	鍇13-6	鉉7上-3
鷕(鷕)	鳥部	【鳥部】	11畫	156	157	無	段4上-54	鍇7-23	鉉4上-9

yào（一ㄠˋ）

篆本字	說文部首	康熙部首	筆畫	一般頁碼	洪葉頁碼	金石字典頁碼	段注篇章	徐鍇通釋篇章	徐鉉藤花榭篇
夒(要、覈、嶨，喓、蘽、腰、嬰、楆、騕通段)	臼部	【西部】	3畫	105	106	26-28	段3上-39	鍇6-1	鉉3上-9
宧(穾、突，宎通段)	宀部	【宀部】	7畫	338	341	無	段7下-6	鍇14-3	鉉7下-2
窔(穾通段)	穴部	【穴部】	6畫	346	350	無	段7下-23	鍇14-9	鉉7下-4
尥(㞳)	尢部	【尢部】	6畫	495	499	無	段10下-10	鍇20-4	鉉10下-2
狣(兆、垗，笊、駣通段)	卜部	【卜部】	6畫	127	128	5-22	段3下-42	鍇6-20	鉉3下-9
覐(覞通段同覵qian)	覞部	【見部】	7畫	410	414	無	段8下-18	鍇16-15	鉉8下-4
覵(覞同覐yao、顧、覬)	覞部	【見部】	15畫	410	414	無	段8下-18	鍇16-15	鉉8下-4
杳(喓、嗅、蠅通段)	木部	【木部】	7畫	271	273	無	段6上-66	鍇11-29	鉉6上-8
搖(愮、遙、颻通段)	手部	【手部】	10畫	602	608	14-28	段12上-38	鍇23-12	鉉12上-6
鷂(鷸)	鳥部	【鳥部】	10畫	154	156	無	段4上-51	鍇7-22	鉉4上-9
燿(曜、爍、耀通段)	火部	【火部】	14畫	485	490	無	段10上-51	鍇19-17	鉉10上-9
爆(爍、燿、鑠)	火部	【火部】	17畫	481	486	無	段10上-43	鍇19-14	鉉10上-8
繛(li ˋ)	糸部	【糸部】	15畫	644	650	無	段13上-2	鍇25-1	鉉13上-1
藥	艸部	【艸部】	15畫	42	42	25-36	段1下-42	鍇2-20	鉉1下-7
覶(論通段)	見部	【見部】	17畫	409	413	無	段8下-16	鍇16-14	鉉8下-4

篆本字（古文、金文、籀文、俗字、通用字，通叚、金石）	說文部首	康熙部首	筆畫	一般頁碼	洪葉頁碼	金石字典頁碼	段注篇章	徐鍇通釋篇章	徐鉉藤花榭篇
闟（䈯，鑰通叚）	門部	【門部】	17畫	590	596	無	段12上-13	鍇23-6	鉉12上-3
䈯（鑰通叚）	竹部	【竹部】	17畫	190	192	22-63	段5上-4	鍇9-2	鉉5上-1
yē（一ㄝ）									
暍（he`）	日部	【日部】	9畫	306	309	無	段7上-10	鍇13-4	鉉7上-2
噎（歐，喠、餲通叚）	口部	【口部】	12畫	59	59	無	段2上-22	鍇3-9	鉉2上-4
歐又音yi`（噎）	欠部	【欠部】	6畫	413	417	無	段8下-24	鍇16-17	鉉8下-5
歋（攦、挪、邪、摅，揶通叚）	欠部	【欠部】	10畫	411	416	無	段8下-21	鍇16-16	鉉8下-4
yé（一ㄝˊ）									
邪（耶、衺，梛、琊通叚）	邑部	【邑部】	4畫	298	300	28-62	段6下-52	鍇12-21	鉉6下-8
歋（攦、挪、邪、摅，揶通叚）	欠部	【欠部】	10畫	411	416	無	段8下-21	鍇16-16	鉉8下-4
衺（邪）	衣部	【衣部】	4畫	396	400	無	段8上-64	鍇16-5	鉉8上-9
鈒（鎁）	金部	【金部】	4畫	710	717	無	段14上-18	鍇27-6	鉉14上-3
茢	艸部	【艸部】	7畫	34	34	無	段1下-26	鍇2-12	鉉1下-4
枒（梛，椏、椰通叚）	木部	【木部】	9畫	246	248	無	段6上-16	鍇11-7	鉉6上-3
yě（一ㄝˇ）									
也（芑、兮）	乁部	【乙部】	2畫	627	633	2-10	段12下-32	鍇24-11	鉉12下-5
兮（猗、也述及）	兮部	【八部】	2畫	204	206	4-7	段5上-31	鍇9-13	鉉5上-6
野（壄、埜，墅通叚）	里部	【里部】	4畫	694	701	29-30	段13下-41	鍇26-8	鉉13下-6
冶（蠱）	仌部	【冫部】	5畫	571	576	4-20	段11下-8	鍇22-4	鉉11下-3
yè（一ㄝˋ）									
頁（頁、䫝、睾）	頁部	【頁部】		415	420	31-24	段9上-1	鍇17-1	鉉9上-1
䈎（頁、葉）	竹部	【竹部】	9畫	190	192	22-58	段5上-4	鍇9-2	鉉5上-1
曳（拽、抴）	申部	【曰部】	2畫	747	754	無	段14下-33	鍇28-17	鉉14下-8
協（旪、叶）	劦部	【十部】	6畫	701	708	5-16	段13下-55	鍇26-12	鉉13下-8
夜（夜）	夕部	【夕部】	5畫	315	318	7-55	段7上-27	鍇13-11	鉉7上-5
抴（枻、拽，栧通叚）	手部	【手部】	5畫	610	616	無	段12上-53	鍇23-16	鉉12上-8
枼	木部	【木部】	5畫	269	272	16-33	段6上-63	鍇11-28	鉉6上-8
咽（胭、嚥通叚）	口部	【口部】	6畫	54	55	無	段2上-13	鍇3-5	鉉2上-3
鼜从㱃（咽、淵，鼕通叚）	鼓部	【鼓部】	8畫	206	208	無	段5上-36	鍇9-15	鉉5上-7

篆本字(古文、金文、籀文、俗字、通用字，通段、金石)	說文部首	康熙部首	筆畫	一般頁碼	洪葉頁碼	金石字典頁碼	段注篇章	徐鍇通釋篇章	徐鉉藤花榭篇
亦(腋同掖、袼，㑊通段)	亦部	【亠部】	4畫	493	498	2-29	段10下-7	錯20-2	鉉10下-2
掖(腋，被通段)	手部	【手部】	8畫	611	617	14-21	段12上-55	錯23-17	鉉12上-8
液(yiˋ)	水部	【水部】	8畫	563	568	18-38	段11上貳-35	錯21-23	鉉11上-8
汋(淖、液)	水部	【水部】	3畫	550	555	無	段11上貳-9	錯21-15	鉉11上-5
噎(歐，喠、餲通段)	口部	【口部】	12畫	59	59	無	段2上-22	錯3-9	鉉2上-4
堨(遏，塨通段)	土部	【土部】	9畫	685	693	無	段13下-23	錯26-3	鉉13下-4
厩	广部	【广部】	9畫	446	450	無	段9下-18	錯18-6	鉉9下-3
業(叢、鍱)	丵部	【木部】	9畫	103	103	16-55	段3上-34	錯5-18	鉉3上-8
葉	艸部	【艸部】	9畫	37	38	25-19	段1下-33	錯2-16	鉉1下-5
箕(頁、葉)	竹部	【竹部】	9畫	190	192	22-58	段5上-4	錯9-2	鉉5上-1
謁	言部	【言部】	9畫	90	90	26-62	段3上-8	錯5-5	鉉3上-3
鍱(鑷通段)	金部	【金部】	9畫	705	712	無	段14上-8	錯27-4	鉉14上-2
鬻从翟(爆、瀹、汋)	鬲部	【鬲部】	20畫	113	114	無	段3下-13	錯6-7	鉉3下-3
燮(燮、燮，煠通段)	又部	【又部】	15畫	115	116	無	段3下-17	錯6-9	鉉3下-4
饁	食部	【食部】	10畫	220	223	無	段5下-11	錯10-5	鉉5下-2
曅(曄、曄)	日部	【日部】	12畫	304	307	15-49	段7上-6	錯13-2	鉉7上-1
皣	華部	【白部】	12畫	275	277	無	段6下-6	錯12-5	鉉6下-2
僷(偞，徤通段)	人部	【人部】	13畫	367	371	無	段8上-6	錯15-3	鉉8上-1
喝(噎，嗑通段)	口部	【口部】	9畫	60	61	無	段2上-25	錯3-11	鉉2上-5
鄴	邑部	【邑部】	13畫	290	292	29-22	段6下-36	錯12-17	鉉6下-6
嬮(靨从面通段)	女部	【女部】	14畫	618	624	無	段12下-13	錯24-4	鉉12下-2
擪(搣、㩩)	手部	【手部】	14畫	598	604	無	段12上-29	錯23-10	鉉12上-5
爗(爐，燁、燡通段)	火部	【火部】	16畫	485	490	無	段10上-51	錯19-17	鉉10上-9
y ī (一)									
一(弌)	一部	【一部】		1	1	1-1	段1上-1	錯1-1	鉉1上-1
衣	衣部	【衣部】		388	392	26-11	段8上-48	錯15-17	鉉8上-7
肩(肙)	肩部	【身部】		388	392	無	段8上-48	錯15-17	鉉8上-7
咿(屎，呎、咿通段)	口部	【口部】	4畫	60	60	無	段2上-24	錯3-10	鉉2上-5
伊(㐵、欦，蛜通段)	人部	【人部】	4畫	367	371	2-54	段8上-5	錯15-2	鉉8上-1
蚒(蚵通段)	虫部	【虫部】	4畫	667	674	無	段13上-49	錯25-12	鉉13上-7
蚞(蚒，蛢通段)	虫部	【虫部】	4畫	668	675	無	段13上-51	錯25-12	鉉13上-7
医非古醫字(翳)	匸部	【匸部】	5畫	635	641	無	段12下-48	錯24-16	鉉12下-7

篆本字（古文、金文、籀文、俗字、通用字，通段、金石）	說文部首	康熙部首	筆畫	一般頁碼	洪葉頁碼	金石字典頁碼	段注篇章	徐鍇通釋篇章	徐鉉藤花榭篇
依	人部	【人部】	6畫	372	376	3-13	段8上-16	鍇15-6	鉉8上-3
嬑(依)	女部	【女部】	6畫	617	623	無	段12下-12	鍇24-4	鉉12下-2
陒	𨸏部	【阜部】	6畫	735	742	無	段14下-9	鍇28-3	鉉14下-2
黟	黑部	【黑部】	6畫	489	494	無	段10上-59	鍇19-20	鉉10上-10
悘(俖)	心部	【心部】	8畫	512	517	無	段10下-45	鍇20-16	鉉10下-8
猗(yiˇ漪)	犬部	【犬部】	8畫	473	478	無	段10上-27	鍇19-9	鉉10上-5
檹(旇、猗、椅)	木部	【木部】	14畫	250	253	無	段6上-25	鍇11-12	鉉6上-4
兮(猗、也述及)	兮部	【八部】	2畫	204	206	4-7	段5上-31	鍇9-13	鉉5上-6
旇(倚、猗、椅)	㫃部	【方部】	10畫	311	314	無	段7上-19	鍇13-7	鉉7上-3
陭(埼、崎、碕、隑通段)	𨸏部	【阜部】	8畫	735	742	無	段14下-9	鍇28-3	鉉14下-2
壹(壱)	壹部	【士部】	9畫	496	500	7-32	段10下-12	鍇20-4	鉉10下-3
揖(擅通段)	手部	【手部】	9畫	594	600	無	段12上-22	鍇23-9	鉉12上-4
擅	手部	【手部】	12畫	594	600	無	段12上-22	鍇23-9	鉉12上-4
殷(碬、毆、郼、黰通段)	𠬞部	【殳部】	6畫	388	392	17-40	段8上-48	鍇15-17	鉉8上-7
懿(抑，禕通段)	壹部	【心部】	16畫	496	500	17-22	段10下-12	鍇20-4	鉉10下-3
禕(禕通段)	衣部	【衣部】	9畫	390	394	無	段8上-52	鍇16-2	鉉8上-8
堅	土部	【土部】	11畫	692	698	無	段13下-36	鍇26-6	鉉13下-5
嫛(鷖)	女部	【女部】	11畫	614	620	8-49	段12下-6	鍇24-2	鉉12下-1
鷖(繄)	鳥部	【鳥部】	11畫	152	154	32-27	段4上-47	鍇7-21	鉉4上-9
繄	糸部	【糸部】	11畫	656	663	無	段13上-27	鍇25-6	鉉13上-4
醫(殹通段)	酉部	【酉部】	11畫	750	757	29-26	段14下-40	鍇28-19	鉉14下-9
黳	黑部	【黑部】	11畫	488	492	無	段10上-56	鍇19-19	鉉10上-10
噫(餩，饐、譩通段)	口部	【口部】	13畫	55	56	無	段2上-15	鍇3-7	鉉2上-4
檹(旇、猗、椅)	木部	【木部】	14畫	250	253	無	段6上-25	鍇11-12	鉉6上-4
椅(檹)	木部	【木部】	8畫	241	244	無	段6上-7	鍇11-7	鉉6上-2

yí(ㄧˊ)

乁(古文及字，見市shìˋ)	乁部	【丿部】		627	633	1-31	段12下-32	鍇24-11	鉉12下-5
及(乁、弓非弓、𨔾)	又部	【又部】	2畫	115	116	5-43	段3下-18	鍇6-10	鉉3下-4
臣(頤、𦣝，頤通段)	臣部	【臣部】	1畫	593	599	24-32	段12上-19	鍇23-8	鉉12上-4
台(táiˊ)	口部	【口部】	2畫	58	58	5-58	段2上-20	鍇3-8	鉉2上-4
怡(台)	心部	【心部】	5畫	504	508	13-12	段10下-28	鍇20-10	鉉10下-6

篆本字(古文、金文、籀文、俗字、通用字，通叚、金石)	說文部首	康熙部首	筆畫	一般頁碼	洪葉頁碼	金石字典頁碼	段注篇章	徐鍇通釋篇章	徐鉉藤花榭篇
瓵(台，甌、瓯通叚)	瓦部	【瓦部】	5畫	638	644	無	段12下-54	錯24-18	鉉12下-8
鮐(台，鮚通叚)	魚部	【魚部】	5畫	580	585	無	段11下-26	錯22-10	鉉11下-5
匜(鉈、鈍通叚)	匚部	【匚部】	3畫	636	642	5-1	段12下-49	錯24-17	鉉12下-8
圯(汜)	土部	【土部】	3畫	693	700	無	段13下-39	錯26-7	鉉13下-5
汜(圯)	水部	【水部】	3畫	553	558	無	段11上貳-15	錯21-17	鉉11上-6
夷(遟夌述及，侇、恞通叚)	大部	【大部】	3畫	493	498	8-12	段10下-7	錯20-2	鉉10下-2
侇(夷，佅通叚)	彳部	【彳部】	6畫	76	77	無	段2下-15	錯4-8	鉉2下-3
痍(夷)	疒部	【疒部】	6畫	351	355	無	段7下-33	錯14-14	鉉7下-6
荑(苐、夷蓷ti`述及)	艸部	【艸部】	6畫	27	27	25-6	段1下-12	錯2-6	鉉1下-2
遟(迟、遟=遲夌述及、夷夌述及、迉，迡通叚)	辵(辶)部	【辵部】	12畫	72	73	28-47	段2下-7	錯4-4	鉉2下-2
鵜(鷋、夷，鶗、鶙通叚)	鳥部	【鳥部】	6畫	153	155	無	段4上-49	錯7-21	鉉4上-9
宐(宎、宐、宜)	宀部	【宀部】	3畫	340	344	9-29	段7下-11	錯14-5	鉉7下-3
柂(籭，杝、欏、簃通叚)	木部	【木部】	3畫	257	259	無	段6上-38	錯11-17	鉉6上-5
橔(柂)	木部	【木部】	10畫	260	263	無	段6上-45	錯11-19	鉉6上-6
貤(賄通叚)	貝部	【貝部】	3畫	281	283	無	段6下-18	錯12-11	鉉6下-4
酏(醄通叚)	酉部	【酉部】	3畫	751	758	無	段14下-41	錯28-19	鉉14下-9
沂(圻，筋、齗通叚)	水部	【水部】	4畫	538	543	18-7	段11上壹-46	錯21-6	鉉11上-3
狋	犬部	【犬部】	5畫	474	479	無	段10上-29	錯19-9	鉉10上-5
怡(台)	心部	【心部】	5畫	504	508	13-12	段10下-28	錯20-10	鉉10下-5
瓵(台，甌、瓯通叚)	瓦部	【瓦部】	5畫	638	644	無	段12下-54	錯24-18	鉉12下-8
貽	貝部	【貝部】	5畫	無	無	無	無	無	鉉6下-5
詒(貽)	言部	【言部】	5畫	96	97	無	段3上-21	錯5-11	鉉3上-4
飴(𥼽，餃)	食部	【食部】	5畫	218	221	31-41	段5下-7	錯10-4	鉉5下-2
訑(怈、訷、訑、訑通叚)	言部	【言部】	5畫	96	96	無	段3上-20	錯5-11	鉉3上-4
咦	口部	【口部】	6畫	56	56	無	段2上-16	錯3-7	鉉2上-4
姨	女部	【女部】	6畫	616	622	無	段12下-9	錯24-3	鉉12下-1
洍(泗)	水部	【水部】	6畫	565	570	無	段11上貳-40	錯21-25	鉉11上-9

篆本字（古文、金文、籀文、俗字、通用字，通段、金石）	說文部首	康熙部首	筆畫	一般頁碼	洪葉頁碼	金石字典頁碼	段注篇章	徐鍇通釋篇章	徐鉉藤花榭篇
徲(夷，㑏通段)	彳部	【彳部】	6畫	76	77	無	段2下-15	錯4-8	鉉2下-3
荑(苐、夷蒬ti`述及)	艸部	【艸部】	6畫	27	27	25-6	段1下-12	錯2-6	鉉1下-2
痍(夷)	疒部	【疒部】	6畫	351	355	無	段7下-33	錯14-14	鉉7下-6
栘	木部	【木部】	6畫	241	244	無	段6上-7	錯11-4	鉉6上-2
羠	羊部	【羊部】	6畫	146	147	無	段4上-34	錯7-16	鉉4上-7
曁(屭、跠通段)	己部	【己部】	8畫	741	748	11-14	段14下-21	錯28-10	鉉14下-5
鮧(鮷、鯷、鯑)	魚部	【魚部】	7畫	578	584	無	段11下-23	錯22-9	鉉11下-5
栘	木部	【木部】	6畫	245	248	無	段6上-15	錯11-7	鉉6上-3
瘞(壇，屖通段)	疒部	【疒部】	6畫	352	356	無	段7下-35	錯14-15	鉉7下-6
箷	竹部	【竹部】	11畫	無	無	無	無	無	鉉5上-3
訑(謉、簃、哆)	言部	言部	6畫	97	97	無	段3上-22	錯5-11	鉉3上-5
移(侈、迻，槏、簃通段)	禾部	【禾部】	6畫	323	326	無	段7上-44	錯13-19	鉉7上-8
袳(袬、移、侈)	衣部	【衣部】	6畫	394	398	無	段8上-59	錯16-4	鉉8上-8
迻(移)	辵(辶)部	【辵部】	6畫	72	72	無	段2下-6	錯4-3	鉉2下-2
荑(苐、夷蒬ti`述及)	艸部	【艸部】	6畫	27	27	25-6	段1下-12	錯2-6	鉉1下-2
鵗(鶒、夷，鶙、鶬通段)	鳥部	【鳥部】	6畫	153	155	無	段4上-49	錯7-21	鉉4上-9
灰	次部	【厂部】	7畫	414	419	無	段8下-27	錯16-18	鉉8下-5
宧	宀部	【宀部】	7畫	338	341	無	段7下-6	錯14-3	鉉7下-2
鮐(台，鮔通段)	魚部	【魚部】	5畫	580	585	無	段11下-26	錯22-10	鉉11下-5
珆	玉部	【玉部】	7畫	17	17	無	段1上-33	錯1-16	鉉1上-5
配(酏，矵通段)	臣部	【己部】	7畫	593	599	11-14	段12上-19	錯23-8	鉉12上-4
誼(誼)	言部	【言部】	8畫	94	94	26-52，義23-47	段3上-16	錯5-9	鉉3上-4
義(羛、誼儀yi´今時所謂義、古書爲誼)	我部	【羊部】	7畫	633	639	23-47，誼26-52	段12下-43	錯24-14	鉉12下-6
晱(施)	日部	【日部】	9畫	304	307	無	段7上-6	錯13-2	鉉7上-1
乿(疑)	七部	【乙部】	7畫	384	388	無	段8上-39	錯15-13	鉉8上-5
疑	子部	【疋部】	9畫	743	750	20-54	段14下-26	錯28-13	鉉14下-6
嶷(疑)	山部	【山部】	14畫	438	442	無	段9下-2	錯18-1	鉉9下-1
嫠(熙)	女部	【女部】	10畫	620	626	8-49	段12下-17	錯24-6	鉉12下-3
㦡	心部	【心部】	10畫	504	508	無	段10下-28	錯20-16	鉉10下-6

篆本字(古文、金文、籀文、俗字、通用字，通段、金石)	說文部首	康熙部首	筆畫	一般頁碼	洪葉頁碼	金石字典頁碼	段注篇章	徐鍇通釋篇章	徐鉉藤花榭篇
歋(擨、揶、邪、搋，揶通叚)	欠部	【欠部】	10畫	411	416	無	段8下-21	鍇16-16	鉉8下-4
虒(傂、螔通叚、傂金石)	虎部	【虍部】	4畫	211	213	3-22	段5上-45	鍇9-18	鉉5上-8
蘺	艸部	【艸部】	11畫	38	38	無	段1下-34	鍇2-16	鉉1下-6
誃(謻、簃、哆)	言部	【言部】	6畫	97	97	無	段3上-22	鍇5-11	鉉3上-5
遺	辵(辶)部	【辵部】	12畫	74	74	28-50	段2下-10	鍇4-5	鉉2下-2
儀(義，儀通叚)	人部	【人部】	13畫	375	379	3-40	段8上-21	鍇15-8	鉉8上-3
義(羛、誼、儀yi´今時所謂義、古書爲誼)	我部	【羊部】	7畫	633	639	23-47，誼26-52	段12下-43	鍇24-14	鉉12下-6
鄯	邑部	【邑部】	13畫	297	300	29-22	段6下-51	鍇12-21	鉉6下-8
鸃(鸏从壽通叚)	鳥部	【鳥部】	13畫	155	157	無	段4上-53	鍇7-22	鉉4上-9
嶷(疑)	山部	【山部】	14畫	438	442	無	段9下-2	鍇18-1	鉉9下-1
彝(𦇢从米素、䋲从爪絲)	糸部	【彐部】	15畫	662	669	12-30	段13上-39	鍇25-8	鉉13上-5
櫫从米糸	木部	【木部】	19畫	241	243	無	段6上-6	鍇11-3	鉉6上-1
yǐ(一ˇ)									
乙(𠃉、軋，鳦通叚)	乙部	【乙部】		740	747	無	段14下-19	鍇28-8	鉉14下-4
札(蛰、鳦通叚)	木部	【木部】	1畫	265	268	無	段6上-55	鍇11-24	鉉6上-7
乚(ya`鳦)	乚部	【乙部】	1畫	584	590	2-7	段12上-1	鍇23-1	鉉12上-1
矣	矢部	【矢部】	2畫	227	230	21-37	段5下-25	鍇10-9	鉉5下-4
㠯(以、姒㚤yi`如姒姓本作以)	巳部	【人部】	3畫	746	753	2-49	段14下-31	鍇28-16	鉉14下-8
攺與改gaiˇ不同	攴部	【攴部】	3畫	126	127	14-38	段3下-40	鍇6-19	鉉3下-9
迆(迤通叚)	辵(辶)部	【辵部】	3畫	73	73	無	段2下-8	鍇4-4	鉉2下-2
融	鬲部	【鬲部】	4畫	111	112	無	段3下-9	鍇6-5	鉉3下-2
佁(aiˇ)	人部	【人部】	5畫	379	383	無	段8上-30	鍇15-10	鉉8上-4
苢(苡)	艸部	【艸部】	5畫	28	29	無	段1下-15	鍇2-7	鉉1下-3
扆(依，戾、扆通叚)	戶部	【戶部】	6畫	587	593	無	段12上-7	鍇23-4	鉉12上-2
㤝(㑥)	心部	【心部】	8畫	512	517	無	段10下-45	鍇20-16	鉉10下-8
倚	人部	【人部】	8畫	372	376	3-25	段8上-16	鍇15-6	鉉8上-3
椅(檹)	木部	【木部】	8畫	241	244	無	段6上-7	鍇11-7	鉉6上-2
猗(倚，漪通叚)	犬部	【犬部】	8畫	473	478	無	段10上-27	鍇19-9	鉉10上-5

篆本字(古文、金文、籀文、俗字、通用字，通叚、金石)	說文部首	康熙部首	筆畫	一般頁碼	洪葉頁碼	金石字典頁碼	段注篇章	徐鍇通釋篇章	徐鉉藤花榭篇
旖(倚、猗、椅)	㫃部	【方部】	10畫	311	314	無	段7上-19	錯13-7	鉉7上-3
檹(旖、猗、椅)	木部	【木部】	14畫	250	253	無	段6上-25	錯11-12	鉉6上-4
兮(猗、也述及)	兮部	【八部】	2畫	204	206	4-7	段5上-31	錯9-13	鉉5上-6
阿(旃、榱通叚)	𨸏部	【阜部】	5畫	731	738	30-23	段14下-2	錯28-1	鉉14下-1
輢	車部	【車部】	8畫	722	729	無	段14上-42	錯27-13	鉉14上-6
齮	齒部	【齒部】	8畫	79	80	32-55	段2下-21	錯4-11	鉉2下-5
喜(歖、歕，憙通叚)	喜部	【口部】	9畫	205	207	6-44	段5上-33	錯9-14	鉉5上-6
螘(蛾、蟻)	虫部	【虫部】	10畫	666	673	25-57	段13上-47	錯25-11	鉉13上-6
蛾(螘、蟻)	虫部	【虫部】	7畫	666	672	無	段13上-46	錯25-11	鉉13上-6
顗	頁部	【頁部】	10畫	420	425	無	段9上-11	錯17-3	鉉9上-2
檥(轙通叚)	木部	【木部】	13畫	253	256	無	段6上-31	錯11-14	鉉6上-4
硪(礒)	石部	【石部】	7畫	451	456	無	段9下-29	錯18-10	鉉9下-4
轙(鑀从獻)	車部	【車部】	13畫	726	733	無	段14上-49	錯27-14	鉉14上-7
yi(一ˋ)									
厂	厂部	【丿部】		627	633	1-30	段12下-32	錯24-11	鉉12下-5
弋(杙，芅、䋏、鳶、黓通叚)	厂部	【弋部】		627	633	12-14	段12下-32	錯24-11	鉉12下-5
雉(弋，鳶、戴通叚)	隹部	【隹部】	3畫	143	145	無	段4上-29	錯7-13	鉉4上-6
杙(弋)	木部	【木部】	3畫	243	245	無	段6上-11	錯11-5	鉉6上-2
酏(黓通叚)	酉部	【酉部】	3畫	748	755	無	段14下-36	錯28-18	鉉14下-9
邑(唈无jiˋ述及)	邑部	【邑部】		283	285	28-57	段6下-22	錯12-13	鉉6下-5
悒(邑、唈)	心部	【心部】	7畫	508	513	無	段10下-37	錯20-13	鉉10下-7
㫪	邑部	【邑部】		300	303	無	段6下-57	錯12-23	鉉6下-8
耴	耳部	【耳部】	1畫	591	597	無	段12上-15	錯23-6	鉉12上-3
肊(臆、肐)	肉部	【肉部】	1畫	169	171	無	段4下-23	錯8-9	鉉4下-4
乂(刈、艾)	丿部	【丿部】	1畫	627	633	無	段12下-31	錯24-11	鉉12下-5
忢(乂、艾)	心部	【心部】	2畫	515	520	無	段10下-51	錯20-18	鉉10下-9
壁(乂、艾)	辟部	【辛部】	7畫	432	437	無	段9上-35	錯17-11	鉉9上-6
艾(乂，狘通叚)	艸部	【艸部】	2畫	31	32	24-55	段1下-21	錯2-10	鉉1下-4
忍非忍renˇ字(忉通叚)	心部	【心部】	2畫	511	516	13-3	段10下-43	錯20-15	鉉10下-8
曳(拽、抴)	申部	【曰部】	2畫	747	754	無	段14下-33	錯28-17	鉉14下-8
俋	人部	【人部】	6畫			3-8	無	無	鉉8上-5
肳(俋通叚)	肉部	【肉部】	2畫	171	173	24-18，肳3-8	段4下-27	錯8-10	鉉4下-5

篆本字(古文、金文、籀文、俗字、通用字，通段、金石)	說文部首	康熙部首	筆畫	一般頁碼	洪葉頁碼	金石字典頁碼	段注篇章	徐鍇通釋篇章	徐鉉藤花榭篇
圠(圪，圪通段)	土部	【土部】	3畫	685	691	無	段13下-22	鍇26-3	鉉13下-4
愵(訖，忔、疙、忁通段)	心部	【心部】	10畫	512	516	無	段10下-44	鍇20-16	鉉10下-8
妜	女部	【女部】	3畫	616	622	無	段12下-10	鍇24-3	鉉12下-2
异(異)	収部	【廾部】	3畫	104	104	無	段3上-36	鍇5-19	鉉3上-8
忕(忲、愾，怟、忕通段)	心部	【心部】	3畫	506	511	無	段10下-33	鍇20-12	鉉10下-6
弋(杙，芅、絨、鳶、黓通段)	厂部	【弋部】		627	633	12-14	段12下-32	鍇24-11	鉉12下-5
杙(弋)	木部	【木部】	3畫	243	245	無	段6上-11	鍇11-5	鉉6上-2
雉(弋，鳶、戵通段)	隹部	【隹部】	3畫	143	145	無	段4上-29	鍇7-13	鉉4上-6
羿(羿、翠)	羽部	【羽部】	3畫	139	140	無	段4上-20	鍇7-10	鉉4上-4
弮(羿、翠)	弓部	【弓部】	6畫	641	647	無	段12下-60	鍇24-20	鉉12下-9
貤(貤通段)	貝部	【貝部】	3畫	281	283	無	段6下-18	鍇12-11	鉉6下-4
仡(仡，砭、硈通段)	人部	【人部】	4畫	369	373	無	段8上-10	鍇15-4	鉉8上-2
懿(抑，褘通段)	壹部	【心部】	16畫	496	500	17-22	段10下-12	鍇20-4	鉉10下-3
归(押、抑、抑)	印部	【卩部】	4畫	431	436	無	段9上-33	鍇17-11	鉉9上-6
印(归)	印部	【卩部】	4畫	431	436	5-24	段9上-33	鍇17-11	鉉9上-5
邔(印誽)	邑部	【邑部】	3畫	293	295	無	段6下-42	鍇12-18	鉉6下-7
坄(垼)	土部	【土部】	4畫	684	691	無	段13下-21	鍇26-3	鉉13下-4
役(偠，垼通段)	殳部	【彳部】	4畫	120	121	無	段3下-27	鍇6-14	鉉3下-6
穎(役，穎通段)	禾部	【禾部】	11畫	323	326	22-28	段7上-44	鍇13-19	鉉7上-8
場非場chang˘	土部	【土部】	8畫	無	無	無	無	無	鉉13下-5
易(蜴、場通段非場chang˘)	易部	【日部】	4畫	459	463	15-30	段9下-44	鍇18-15	鉉9下-7
瘍非瘍yang´(易)	疒部	【疒部】	8畫	351	355	無	段7下-33	鍇14-15	鉉7下-6
傷(易)	人部	【人部】	8畫	380	384	無	段8上-32	鍇15-11	鉉8上-4
蜥(蜴)	虫部	【虫部】	8畫	664	671	無	段13上-43	鍇25-10	鉉13上-6
疫	疒部	【疒部】	4畫	352	355	無	段7下-34	鍇14-15	鉉7下-6
虠	虎部	【虍部】	4畫	211	213	無	段5上-45	鍇9-18	鉉5上-8
毅	豕部	【豕部】	4畫	455	459	無	段9下-36	鍇18-12	鉉9下-6
豙(豛)	豕部	【豕部】	4畫	456	460	27-18	段9下-38	鍇18-13	鉉9下-6

篆本字(古文、金文、籀文、俗字、通用字，通叚、金石)	說文部首	康熙部首	筆畫	一般頁碼	洪葉頁碼	金石字典頁碼	段注篇章	徐鍇通釋篇章	徐鉉藤花榭篇
亦(腋同掖、袼，佫通叚)	亦部	【亠部】	4畫	493	498	2-29	段10下-7	錯20-2	鉉10下-2
伲(你)	人部	【人部】	5畫	379	383	無	段8上-30	錯15-10	鉉8上-4
洗(迣)	水部	【水部】	5畫	551	556	18-13	段11上貳-12	錯21-16	鉉11上-5
佚(古失佚逸泆字多通用，劮通叚)	人部	【人部】	5畫	380	384	3-4	段8上-31	錯15-10	鉉8上-4
軼(迣泆述及)	車部	【車部】	5畫	728	735	無	段14上-54	錯27-14	鉉14上-7
駃(軼、逸俗)	馬部	【馬部】	5畫	467	471	無	段10上-14	錯19-4	鉉10上-2
詄(呹通叚)	言部	【言部】	5畫	98	99	無	段3上-25	錯5-13	鉉3上-5
胅窅胅=坳突=凹凸(突通叚)	肉部	【肉部】	5畫	172	174	無	段4下-29	錯8-11	鉉4下-5
詜(shì`)	言部	【言部】	5畫	97	98	無	段3上-23	錯5-12	鉉3上-5
泄(詜，洩通叚)	水部	【水部】	5畫	534	539	18-21	段11上壹-38	錯21-11	鉉11上-3
泄(洩通叚)	水部	【水部】	5畫	534	539	18-21	段11上壹-38	錯21-11	鉉11上-3
呭(泄、沓、詜)	口部	【口部】	5畫	57	58	無	段2上-19	錯3-8	鉉2上-4
希(彖、𢁥、肆、豨、脩、豪，貄通叚)	希部	【㐰部】	5畫	456	460	無	段9下-38	錯18-13	鉉9下-6
益(益、鎰通叚)	皿部	【皿部】	5畫	212	214	21-16	段5上-48	錯9-19	鉉5上-9
翊(翌、𦐯)	羽部	【羽部】	5畫	139	141	23-54	段4上-21	錯7-10	鉉4上-4
昱(翌、翼、翊)	日部	【日部】	5畫	306	309	無	段7上-10	錯13-4	鉉7上-2
虓(虓)	虎部	【虍部】	5畫	211	213	無	段5上-45	錯9-18	鉉5上-8
趹	足部	【足部】	5畫	83	83	無	段2下-28	錯4-15	鉉2下-6
袘(袘、拖、扡、拕，袉、襬、酏通叚)	衣部	【衣部】	5畫	392	396	無	段8上-56	錯16-3	鉉8上-8
帟	巾部	【巾部】	6畫	無	無	無	無	無	鉉7下-9
奕(帟通叚)	大部	【大部】	6畫	499	503	8-17	段10下-18	錯20-6	鉉10下-4
弈(弈)	収部	【廾部】	6畫	104	105	無	段3上-37	錯5-20	鉉3上-8
䪼(羿、羿)	弓部	【弓部】	6畫	641	647	無	段12下-60	錯24-20	鉉12下-9
羿(䪼、羿)	羽部	【羽部】	3畫	139	140	無	段4上-20	錯7-10	鉉4上-4
歆(噎)	欠部	【欠部】	6畫	413	417	無	段8下-24	錯16-17	鉉8下-5
瑛	玉部	【玉部】	6畫	17	17	無	段1上-33	錯1-16	鉉1上-5
抴(枻、拽，栧通叚)	手部	【手部】	5畫	610	616	無	段12上-53	錯23-16	鉉12上-8

篆本字(古文、金文、籀文、俗字、通用字，通段、金石)	說文部首	康熙部首	筆畫	一般頁碼	洪葉頁碼	金石字典頁碼	段注篇章	徐鍇通釋篇章	徐鉉藤花榭篇
異	異部	【田部】	6畫	105	105	20-43	段3上-38	錯5-20	鉉3上-9
异(異)	収部	【廾部】	3畫	104	104	無	段3上-36	錯5-19	鉉3上-8
詣(楷通段)	言部	【言部】	6畫	95	96	無	段3上-19	錯5-10	鉉3上-4
鮨(鰭、鮪)	魚部	【魚部】	6畫	580	586	無	段11下-27	錯22-10	鉉11下-6
悒(邑、唈)	心部	【心部】	7畫	508	513	無	段10下-37	錯20-13	鉉10下-7
挹	手部	【手部】	7畫	604	610	14-18	段12上-42	錯23-13	鉉12上-7
殹	殳部	【殳部】	7畫	119	120	17-42	段3下-26	錯6-14	鉉3下-6
浥	水部	【水部】	7畫	552	557	18-24	段11上貳-13	錯21-17	鉉11上-6
䇂(憶通段)	言部	【立部】	7畫	91	91	6-42	段3上-10	錯5-6	鉉3上-3
裔(斉、㐫，襃通段)	衣部	【衣部】	7畫	394	398	26-18	段8上-59	錯16-4	鉉8上-8
襃	衣部	【衣部】	7畫	396	400	26-17	段8上-64	錯16-5	鉉8上-9
壁(乂、艾)	辟部	【辛部】	7畫	432	437	無	段9上-35	錯17-11	鉉9上-6
乂(刈、艾)	丿部	【丿部】	1畫	627	633	無	段12下-31	錯24-11	鉉12下-5
忢(乂、艾)	心部	【心部】	2畫	515	520	無	段10下-51	錯20-18	鉉10下-9
艾(乂，㠯通段)	艸部	【艸部】	2畫	31	32	24-55	段1下-21	錯2-10	鉉1下-4
傷(昜)	人部	【人部】	8畫	380	384	無	段8上-32	錯15-11	鉉8上-4
厓	厂部	【厂部】	8畫	447	451	無	段9下-20	錯18-7	鉉9下-3
掖(腋，被通段)	手部	【手部】	8畫	611	617	14-21	段12上-55	錯23-17	鉉12上-8
敠	攴部	【攴部】	8畫	125	126	無	段3下-37	錯6-18	鉉3下-8
暘	日部	【日部】	8畫	304	307	無	段7上-5	錯13-2	鉉7上-1
殔(堆)	歹部	【歹部】	8畫	163	165	無	段4下-11	錯8-5	鉉4下-3
液(ye`)	水部	【水部】	8畫	563	568	18-38	段11上貳-35	錯21-23	鉉11上-8
汋(淖、液)	水部	【水部】	3畫	550	555	無	段11上貳-9	錯21-15	鉉11上-5
瘍非瘍yang´(昜)	广部	【广部】	8畫	351	355	無	段7下-33	錯14-15	鉉7下-6
睪(睪)	㚔部	【目部】	8畫	496	500	21-32	段10下-12	錯20-5	鉉10下-3
義(羛、誼儀yi´今時所謂義、古書爲誼)	我部	【羊部】	7畫	633	639	23-47，誼26-52	段12下-43	錯24-14	鉉12下-6
儀(義，俄通段)	人部	【人部】	13畫	375	379	3-40	段8上-21	錯15-8	鉉8上-3
誼(誼)	言部	【言部】	8畫	94	94	26-52，義23-47	段3上-16	錯5-9	鉉3上-4
逸	兔部	【辵部】	8畫	472	477	無	段10上-25	錯19-8	鉉10上-4
噎(歐，喠、餲通段)	口部	【口部】	12畫	59	59	無	段2上-22	錯3-9	鉉2上-4
歐(yin、噎)	欠部	【欠部】	6畫	413	417	無	段8下-24	錯16-17	鉉8下-5

篆本字(古文、金文、籀文、俗字、通用字，通叚、金石)	說文部首	康熙部首	筆畫	一般頁碼	洪葉頁碼	金石字典頁碼	段注篇章	徐鍇通釋篇章	徐鉉藤花榭篇
鴪(鷸、鵚、鶍、鷨，艦、鴨通叚)	鳥部	【鳥部】	8畫	153	155	無	段4上-49	鍇7-21	鉉4上-9
埶(蓺、藝)	丮部	【土部】	9畫	113	114	7-16	段3下-14	鍇6-8	鉉3下-3
臬(藝、槷、隉、陧)	木部	【自部】	4畫	264	267	無	段6上-53	鍇11-23	鉉6上-7
窫(猰、猰通叚)	宀部	【宀部】	9畫	339	343	無	段7下-9	鍇14-4	鉉7下-2
音(憶通叚)	言部	【立部】	7畫	91	91	6-42	段3上-10	鍇5-6	鉉3上-3
意(億、憶、志識述及，繶、鷾通叚)	心部	【心部】	9畫	502	506	13-27	段10下-24	鍇20-9	鉉10下-5
億(億、薏、意)	人部	【人部】	13畫	376	380	3-39	段8上-24	鍇15-9	鉉8上-3
識(志、意，幟、痣、誌通叚)	言部	【言部】	13畫	92	92	27-1	段3上-12	鍇5-7	鉉3上-3
繶(褘、繵通叚)	糸部	【糸部】	11畫	656	663	無	段13上-27	鍇25-6	鉉13上-4
織(識，幟、繶、蟻通叚)	糸部	【糸部】	12畫	644	651	23-35	段13上-3	鍇25-1	鉉13上-1
肛(臆、髓)	肉部	【肉部】	1畫	169	171	無	段4下-23	鍇8-9	鉉4下-4
竭(碣，緆通叚)	弦部	【玄部】	9畫	642	648	無	段12下-62	鍇24-20	鉉12下-10
餲(腸、胺、餲、鰝通叚)	倉部	【食部】	9畫	222	224	無	段5下-14	鍇10-6	鉉5下-3
剴(剴)	刀部	【刂部】	10畫	182	184	4-43	段4下-49	鍇8-17	鉉4下-7
齸(嗌)	齒部	【齒部】	10畫	80	81	無	段2下-23	鍇4-12	鉉2下-5
嗌(蒜、益，膉通叚)	口部	【口部】	10畫	54	55	6-50	段2上-13	鍇3-6	鉉2上-3
股(膉胭述及)	肉部	【肉部】	4畫	170	172	24-19	段4下-26	鍇8-10	鉉4下-4
謚(溢、恤)	言部	【言部】	10畫	94	94	無	段3上-16	鍇5-9	鉉3上-4
溢(鎰，佾通叚)	水部	【水部】	10畫	563	568	18-50	段11上貳-35	鍇21-23	鉉11上-8
益(薑、鎰通叚)	皿部	【皿部】	5畫	212	214	21-16	段5上-48	鍇9-19	鉉5上-9
嗌(蒜、益，膉通叚)	口部	【口部】	10畫	54	55	6-50	段2上-13	鍇3-6	鉉2上-3
瘱	土部	【疒部】	10畫	692	699	無	段13下-37	鍇26-6	鉉13下-5
縊	糸部	【糸部】	10畫	662	668	無	段13上-38	鍇25-8	鉉13上-5
鼶(貖)	鼠部	【鼠部】	10畫	479	483	無	段10上-38	鍇19-13	鉉10上-6
齸(嗌)	齒部	【齒部】	10畫	80	81	無	段2下-23	鍇4-12	鉉2下-5
匽	匚部	【匸部】	11畫	636	642	無	段12下-50	鍇24-16	鉉12下-8
槷(槸、槸)	木部	【木部】	11畫	251	254	無	段6上-27	鍇11-12	鉉6上-4

篆本字(古文、金文、籀文、俗字、通用字，通叚、金石)	說文部首	康熙部首	筆畫	一般頁碼	洪葉頁碼	金石字典頁碼	段注篇章	徐鍇通釋篇章	徐鉉藤花榭篇
毅(毅)	殳部	【殳部】	11畫	120	121	17-43	段3下-27	錯6-14	鉉3下-6
熠	火部	【火部】	11畫	485	489	無	段10上-50	錯19-17	鉉10上-9
癔(嬟)	心部	【疒部】	11畫	503	508	無	段10下-27	錯20-10	鉉10下-5
翳(瞖、翳通叚)	羽部	【羽部】	11畫	140	142	23-57	段4上-23	錯7-10	鉉4上-5
医非古醫字(翳)	匚部	【匚部】	5畫	635	641	無	段12下-48	錯24-16	鉉12下-7
隸(肄、肄、肆)	聿部	【聿部】	11畫	117	118	30-49	段3下-21	錯6-12	鉉3下-5
隸(肆、鬣、遂、鬄、肄)	長部	【隶部】	7畫	453	457	30-8	段9下-32	錯18-11	鉉9下-5
蒖	艸部	【艸部】	11畫	23	24	無	段1下-5	錯2-22	鉉1下-1
廙(翼)	广部	【广部】	11畫	445	450	無	段9下-17	錯18-6	鉉9下-3
翼(翼、釴鬲li述及)	飛部	【飛部】	11畫	582	588	31-38	段11下-31	錯22-12	鉉11下-7
昱(翌、翼、翊)	日部	【日部】	5畫	306	309	無	段7上-10	錯13-4	鉉7上-2
勛	力部	【力部】	12畫	700	707	無	段13下-53	錯26-11	鉉13下-7
溂(勑)	水部	【水部】	12畫	525	530	無	段11上壹-20	錯21-5	鉉11上-2
織(識，幟、繶、蟻通叚)	糸部	【糸部】	12畫	644	651	23-35	段13上-3	錯25-1	鉉13上-1
薏(意、億)	心部	【心部】	12畫	505	510	13-36	段10下-31	錯20-11	鉉10下-6
億(億、薏、意)	人部	【人部】	13畫	376	380	3-39	段8上-24	錯15-9	鉉8上-3
檍	木部	【木部】	13畫	無	無	無	無	無	鉉6上-2
檹(檍)	木部	【木部】	13畫	242	244	無	段6上-8	錯11-4	鉉6上-2
澺(澺)	水部	【水部】	13畫	533	538	無	段11上壹-36	錯21-10	鉉11上-2
薏(蕙)	艸部	【艸部】	13畫	27	28	無	段1下-13	錯2-7	鉉1下-3
暆	日部	【日部】	12畫	305	308	無	段7上-8	錯13-3	鉉7上-2
墥(暆)	土部	【土部】	12畫	692	698	無	段13下-36	錯26-6	鉉13下-5
殨(薧)	歺部	【歹部】	12畫	163	165	無	段4下-11	錯8-5	鉉4下-3
豰	豕部	【豕部】	12畫	455	460	無	段9下-37	錯18-12	鉉9下-6
餩(臆、餐通叚)	倉部	【食部】	12畫	222	224	無	段5下-14	錯10-6	鉉5下-3
鷧	鳥部	【鳥部】	12畫	153	154	無	段4上-48	錯7-22	鉉4上-9
圛(弟、涕、繹)	口部	【口部】	13畫	277	280	無	段6下-11	錯12-8	鉉6下-3
窭(zhe´)	収部	【廾部】	13畫	104	104	12-13	段3上-36	錯5-19	鉉3上-8
殬(斁)	歺部	【歹部】	13畫	163	165	無	段4下-12	錯8-6	鉉4下-3
嶧	山部	【山部】	13畫	438	442	無	段9下-2	錯18-1	鉉9下-1

篆本字(古文、金文、籀文、俗字、通用字，通段、金石)	說文部首	康熙部首	筆畫	一般頁碼	洪葉頁碼	金石字典頁碼	段注篇章	徐鍇通釋篇章	徐鉉藤花榭篇
暤(皞、昊，暭、曍 通段)	日部	【日部】	10畫	304	307	無	段7上-6	錯13-2	鉉7上-1
斁(釋)	攴部	【攴部】	13畫	124	125	15-59	段3下-36	錯6-18	鉉3下-8
釋采部(斁、醳，懌 通段)	采部	【采部】	13畫	50	50	無	段2上-4	錯3-2	鉉2上-1
釋米部(釋段借字也，醳 通段)	米部	【米部】	13畫	332	335	無	段7上-61	錯13-25	鉉7上-10
懌	心部	【心部】	13畫	無	無	13-41	無	無	鉉10下-9
繹(醳酉述及，懌、襗 通段)	糸部	【糸部】	13畫	643	650	23-37	段13上-1	錯25-1	鉉13上-1
圛(弟、涕、繹)	囗部	【囗部】	13畫	277	280	無	段6下-11	錯12-8	鉉6下-3
彤(肜、融、繹)	舟部	【舟部】	3畫	403	407	無	段8下-4	錯16-10	鉉8下-1
燡(爍，燁、燡 通段)	火部	【火部】	16畫	485	490	無	段10上-51	錯19-17	鉉10上-9
譯	言部	【言部】	13畫	101	102	27-5	段3上-31	錯5-16	鉉3上-6
驛	馬部	【馬部】	13畫	468	473	無	段10上-17	錯19-5	鉉10上-3
馹(驛)	馬部	【馬部】	4畫	468	473	無	段10上-17	錯19-5	鉉10上-3
議	言部	【言部】	13畫	92	92	27-3	段3上-12	錯5-7	鉉3上-3
儗(niˇ)	人部	【人部】	14畫	378	382	無	段8上-27	錯15-10	鉉8上-4
嶷(niˇ)	口部	【口部】	14畫	55	55	無	段2上-14	錯3-6	鉉2上-3
寱(甕、㼝 从臬)	寢部	【宀部】	14畫	348	351	無	段7下-26	錯14-11	鉉7下-5
袂(襫，襫 通段)	衣部	【衣部】	4畫	392	396	無	段8上-56	錯16-3	鉉8上-8
懿(抑，禕 通段)	壹部	【心部】	16畫	496	500	17-22	段10下-12	錯20-4	鉉10下-3
瀷	水部	【水部】	17畫	532	537	無	段11上壹-33	錯21-9	鉉11上-2
趣	走部	【走部】	18畫	65	65	無	段2上-34	錯3-15	鉉2上-7
薿(薿)	艸部	【艸部】	20畫	32	33	無	段1下-23	錯2-11	鉉1下-4
蘱(穀)	艸部	【艸部】	20畫	43	43	無	段1下-44	錯2-21	鉉1下-7
yīn(一ㄣ)									
音	音部	【音部】		102	102	31-22	段3上-32	錯5-17	鉉3上-7
齗(豻，齦 通段)	齒部	【齒部】	4畫	78	79	無	段2下-19	錯4-11	鉉2下-4
因	囗部	【囗部】	3畫	278	280	6-60	段6下-12	錯12-8	鉉6下-4
捆(因)	手部	【手部】	6畫	606	612	無	段12上-46	錯23-15	鉉12上-7
垔(墾、堙、陻、陻)	土部	【土部】	6畫	691	697	無	段13下-34	錯26-5	鉉13下-5

篆本字（古文、金文、籀文、俗字、通用字，通段、金石）	說文部首	康熙部首	筆畫	一般頁碼	洪葉頁碼	金石字典頁碼	段注篇章	徐鍇通釋篇章	徐鉉藤花榭篇
姻(媚)	女部	【女部】	6畫	614	620	8-38	段12下-5	錯24-2	鉉12下-1
歐又音yiˋ(噎)	欠部	【欠部】	6畫	413	417	無	段8下-24	錯16-17	鉉8下-5
噎(歐，喔、餲通段)	口部	【口部】	12畫	59	59	無	段2上-22	錯3-9	鉉2上-4
殷(磤、骰、鄆、黫通段)	肙部	【殳部】	6畫	388	392	17-40	段8上-48	錯15-17	鉉8上-7
羵(黫、殷)	羊部	【羊部】	9畫	146	148	無	段4上-35	錯7-16	鉉4上-7
洇(涃)	水部	【水部】	6畫	544	549	無	段11上壹-57	錯21-12	鉉11上-4
茵(鞇，絪、裀通段)	艸部	【艸部】	6畫	44	44	25-6	段1下-46	錯2-21	鉉1下-8
駰	馬部	【馬部】	6畫	461	466	31-58	段10上-3	錯19-2	鉉10上-1
壹(氤、氲)	壹部	【士部】	9畫	495	500	無	段10下-11	錯20-4	鉉10下-3
陰(霠、霒、侌)	皀部	【阜部】	8畫	731	738	30-27	段14下-1	錯28-1	鉉14下-1
霠(侌、窨、霒、陰)	雲部	【雨部】	8畫	575	580	無	段11下-16	錯22-7	鉉11下-4
蔭(陰，廕通段)	艸部	【艸部】	11畫	39	39	無	段1下-36	錯2-17	鉉1下-6
喑	口部	【口部】	9畫	55	55	無	段2上-14	錯3-6	鉉2上-3
湆(湇，愔通段)	水部	【水部】	9畫	560	565	無	段11上貳-29	錯21-21	鉉11上-7
慇(憗，愔通段)	心部	【心部】	14畫	507	511	無	段10下-34	錯20-12	鉉10下-6
瘖	疒部	【疒部】	9畫	349	352	20-57	段7下-28	錯14-12	鉉7下-5
湮(歅通段)	水部	【水部】	9畫	557	562	無	段11上貳-23	錯21-20	鉉11上-7
禋(䄄从弓図土，諲通段)	示部	【示部】	9畫	3	3	21-61	段1上-6	錯1-6	鉉1上-2
闉	門部	【門部】	9畫	588	594	無	段12上-9	錯23-4	鉉12上-2
灊(灔、潵)	水部	【水部】	14畫	534	539	無	段11上壹-38	錯21-10	鉉11上-3
慇(隱)	心部	【心部】	10畫	512	517	無	段10下-45	錯20-16	鉉10下-8

yín(ㄧㄣˊ)

冘(猶、淫，趻、踸通段)	冂部	【冖部】	2畫	228	230	無	段5下-26	錯10-10	鉉5下-5
猶(猷、冘)	犬部	【犬部】	9畫	477	481	19-56	段10上-34	錯19-11	鉉10上-6
伀(zhōngˋ)	伀部	【人部】	4畫	387	391	2-55	段8上-45	錯15-15	鉉8上-6
狀	狀部	【犬部】	4畫	478	482	無	段10上-36	錯19-12	鉉10上-6
圣(浡通段)	土部	【爪部】	4畫	387	391	無	段8上-46	錯15-16	鉉8上-7
吟(唫、訡)	口部	【口部】	4畫	60	61	無	段2上-25	錯3-10	鉉2上-5
含(吟)	口部	【口部】	4畫	55	56	6-23	段2上-15	錯3-6	鉉2上-3

篆本字（古文、金文、籀文、俗字、通用字，通段、金石）	說文部首	康熙部首	筆畫	一般頁碼	洪葉頁碼	金石字典頁碼	段注篇章	徐鍇通釋篇章	徐鉉藤花榭篇
斦	斤部	【斤部】	4畫	717	724	15-7	段14上-32	錯27-10	鉉14上-5
狋(猲，嚙通段)	犬部	【犬部】	4畫	474	479	19-51	段10上-29	錯19-9	鉉10上-5
沂(圻，筈、斳通段)	水部	【水部】	4畫	538	543	18-7	段11上壹-46	錯21-6	鉉11上-3
垠(圻，墾、磯通段)	土部	【土部】	6畫	690	697	7-14	段13下-33	錯26-5	鉉13下-5
畿(幾、圻)	田部	【田部】	10畫	696	702	20-51	段13下-44	錯26-8	鉉13下-6
珢	玉部	【玉部】	6畫	17	17	無	段1上-33	錯1-16	鉉1上-5
虤	虎部	【虍部】	6畫	211	213	無	段5上-45	錯9-18	鉉5上-8
銀	金部	【金部】	6畫	702	709	29-40	段14上-1	錯27-1	鉉14上-1
霖(靈、淫，霪通段)	雨部	【雨部】	6畫	573	578	無	段11下-12	錯22-6	鉉11下-3
斷(剬，齗通段)	齒部	【齒部】	4畫	78	79	無	段2下-19	錯4-11	鉉2下-4
齗(斷、狠)	齒部	【齒部】	6畫	80	80	無	段2下-22	錯4-11	鉉2下-5
訇(詾，圓通段)	言部	【言部】	2畫	98	98	無	段3上-24	錯5-12	鉉3上-5
萟(菰)	艸部	【艸部】	7畫	39	39	無	段1下-36	錯2-17	鉉1下-6
芩(芊、蘞)	艸部	【艸部】	4畫	32	33	無	段1下-23	錯2-11	鉉1下-4
夤(夤、寅)	夕部	【夕部】	10畫	315	318	7-56	段7上-28	錯13-11	鉉7上-5
崟(嶔、礹、碄通段)	山部	【山部】	8畫	439	444	無	段9下-5	錯18-2	鉉9下-1
淫(瀅，霪通段)	水部	【水部】	8畫	551	556	18-34	段11上貳-11	錯21-16	鉉11上-5
廞(淫，嵌通段)	日部	【广部】	12畫	446	450	11-55	段9下-18	錯18-6	鉉9下-3
婬(淫)	女部	【女部】	8畫	625	631	無	段12下-28	錯24-10	鉉12下-4
尣(尳、淫，跉、蹢通段)	冂部	【一部】	2畫	228	230	無	段5下-26	錯10-10	鉉5下-5
霖(靈、淫，霪通段)	雨部	【雨部】	6畫	573	578	無	段11下-12	錯22-6	鉉11下-3
訔	言部	【言部】	8畫	91	92	無	段3上-11	錯5-6	鉉3上-3
黃	艸部	【艸部】	11畫	29	29	無	段1下-16	錯2-8	鉉1下-3
寅(亃)	寅部	【宀部】	8畫	745	752	9-51	段14下-29	錯28-15	鉉14下-7
夤(夤、寅)	夕部	【夕部】	10畫	315	318	7-56	段7上-28	錯13-11	鉉7上-5
朜(夤、臏)	肉部	【肉部】	5畫	169	171	無	段4下-23	錯8-9	鉉4下-4
朒(胂、臏)	肉部	【肉部】	4畫	172	174	無	段4下-29	錯8-11	鉉4下-5
鄞(堇)	邑部	【邑部】	11畫	294	297	無	段6下-45	錯12-19	鉉6下-7
厰(嶔，廞通段)	厂部	【厂部】	12畫	446	451	5-36	段9下-19	錯18-7	鉉9下-3
蟫	虫部	【虫部】	12畫	665	671	無	段13上-44	錯25-10	鉉13上-6
虤	虤部	【虍部】	14畫	211	213	無	段5上-46	錯9-19	鉉5上-8
嚚(嚚)	㗊部	【口部】	15畫	86	87	無	段3上-1	錯5-1	鉉3上-1

篆本字（古文、金文、籀文、俗字、通用字，通段、金石）	說文部首	康熙部首	筆畫	一般頁碼	洪葉頁碼	金石字典頁碼	段注篇章	徐鍇通釋篇章	徐鉉藤花榭篇
鄾	邑部	【邑部】	16畫	300	302	無	段6下-56	錯12-22	鉉6下-8
yǐn(一ㄣˇ)									
乚(乚)	乚部	【乙部】		634	640	無	段12下-45	錯24-14	鉉12下-7
弓(引)	弓部	【弓部】		77	78	12-1	段2下-17	錯4-9	鉉2下-4
引	弓部	【弓部】	1畫	640	646	12-16	段12下-58	錯24-19	鉉12下-9
尹(帬)	又部	【尸部】	1畫	115	116	10-41	段3下-18	錯6-10	鉉3下-4
听非聽(齮通段)	口部	【口部】	4畫	57	57	無	段2上-18	錯3-8	鉉2上-4
狃(忸、䖤、蚟通段)	犬部	【犬部】	4畫	475	479	無	段10上-30	錯19-10	鉉10上-5
弞(㱟、哂，嚬、吲通段)	欠部	【欠部】	3畫	411	415	無	段8下-20	錯16-16	鉉8下-4
釿	金部	【金部】	4畫	702	709	無	段14上-1	錯27-1	鉉14上-1
靷(鞥从宀了口又)	革部	【革部】	4畫	109	110	無	段3下-6	錯6-4	鉉3下-1
肙(肙)	肙部	【身部】	5畫	388	392	無	段8上-48	錯15-17	鉉8上-7
㸒(隱、穩)	爪部	【爪部】	6畫	160	162	無	段4下-6	錯8-4	鉉4下-2
輑	車部	【車部】	7畫	723	730	無	段14上-44	錯27-13	鉉14上-6
胗(疢、脈通段)	肉部	【肉部】	7畫	172	174	無	段4下-29	錯8-11	鉉4下-5
赺	走部	【走部】	8畫	65	65	27-51	段2上-34	錯3-15	鉉2上-7
憖	心部	【心部】	10畫	504	509	無	段10下-29	錯20-11	鉉10下-6
歙(㳄、㱃、飲)	歙部	【欠部】	11畫	414	418	17-21	段8下-26	錯16-18	鉉8下-5
螾(蚓，蚿、蚚、蠖、蚰通段)	虫部	【虫部】	11畫	663	670	無	段13上-41	錯25-10	鉉13上-6
絼(緆，繽通段)	糸部	【糸部】	4畫	658	665	無	段13上-31	錯25-7	鉉13上-4
檃(檃，櫽通段)	木部	【木部】	13畫	264	266	無	段6上-52	錯11-23	鉉6上-7
檼	木部	【木部】	14畫	255	257	無	段6上-34	錯11-15	鉉6上-5
濱(演文選)	水部	【水部】	14畫	546	551	無	段11上貳-1	錯21-13	鉉11上-4
㶜(灝、潊)	水部	【水部】	14畫	534	539	無	段11上壹-38	錯21-10	鉉11上-3
隱(㥯，穩通段)	𨸏部	【阜部】	14畫	734	741	30-47	段14下-8	錯28-3	鉉14下-2
㥯(隱、穩)	爪部	【爪部】	6畫	160	162	無	段4下-6	錯8-4	鉉4下-2
憗(隱)	心部	【心部】	10畫	512	517	無	段10下-45	錯20-16	鉉10下-8
yìn(一ㄣˋ)									
印(㕈)	印部	【卩部】	4畫	431	436	5-24	段9上-33	錯17-11	鉉9上-5
朋(胂、膪)	肉部	【肉部】	4畫	172	174	無	段4下-29	錯8-11	鉉4下-5
酳(酳)	酉部	【酉部】	4畫	749	756	無	段14下-37	錯28-18	鉉14下-9

篆本字(古文、金文、籀文、俗字、通用字,通段、金石)	說文部首	康熙部首	筆畫	一般頁碼	洪葉頁碼	金石字典頁碼	段注篇章	徐鍇通釋篇章	徐鉉藤花榭篇
胤(臀、臋)	肉部	【肉部】	5畫	171	173	24-23	段4下-27	鍇8-10	鉉4下-4
坙	土部	【土部】	7畫	692	698	無	段13下-36	鍇26-6	鉉13下-5
猌	犬部	【犬部】	8畫	475	480	無	段10上-31	鍇19-10	鉉10上-5
窨(xun)	穴部	【穴部】	9畫	343	347	無	段7下-17	鍇14-8	鉉7下-4
㫙(楝)	申部	【日部】	10畫	746	753	無	段14下-32	鍇28-16	鉉14下-8
氤	氏部	【氏部】	10畫	628	634	無	段12下-34	鍇24-12	鉉12下-5
戭(敪)	戈部	【戈部】	11畫	631	637	13-63	段12下-40	鍇24-13	鉉12下-6
蔭(陰,廕通段)	艸部	【艸部】	11畫	39	39	無	段1下-36	鍇2-17	鉉1下-6
憖(鬻從獻齒,憗通段)	心部	【心部】	12畫	504	508	無	段10下-28	鍇20-11	鉉10下-6

yīng(ㄧㄥ)

篆本字	說文部首	康熙部首	筆畫	一般頁碼	洪葉頁碼	金石字典頁碼	段注篇章	徐鍇通釋篇章	徐鉉藤花榭篇
英(决述及)	艸部	【艸部】	5畫	38	38	25-1	段1下-34	鍇2-16	鉉1下-6
决(英,映通段)	水部	【水部】	5畫	557	562	無	段11上貳-23	鍇21-20	鉉11上-7
瑛	玉部	【玉部】	9畫	11	11	20-16	段1上-21	鍇1-11	鉉1上-4
柍(楧通段)	木部	【木部】	5畫	240	243	無	段6上-5	鍇11-3	鉉6上-1
賏(瓔通段)	貝部	【貝部】	7畫	283	285	27-35	段6下-22	鍇12-13	鉉6下-5
雁(鷹、鷹)	隹部	【隹部】	8畫	142	144	30-56鷹 32-25 27	段4上-27	鍇7-12	鉉4上-5
嫈	女部	【女部】	10畫	623	629	無	段12下-23	鍇24-7	鉉12下-3
蔡(繁、幣)	艸部	【艸部】	14畫	40	41	無	段1下-39	鍇2-18	鉉1下-6
罃(甖通段)	缶部	【缶部】	10畫	225	228	無	段5下-21	鍇10-8	鉉5下-4
褮	衣部	【衣部】	10畫	397	401	26-21	段8上-66	鍇16-6	鉉8上-9
櫻	木部	【木部】	17畫	無	無	無	無	無	鉉6上-8
鶯(櫻、鸚通段)	鳥部	【鳥部】	10畫	155	156	無	段4上-52	鍇7-22	鉉4上-9
嬰(攖、櫻、蔓通段)	女部	【女部】	14畫	621	627	8-50	段12下-20	鍇24-7	鉉12下-3
應(應、膺諾述及)	心部	【心部】	13畫	502	507	13-39	段10下-25	鍇20-9	鉉10下-5
膺(鷹)	肉部	【肉部】	13畫	169	171	24-29	段4下-23	鍇8-9	鉉4下-4
蠳(玃、獲)	虫部	【虫部】	14畫	673	679	無	段13上-60	鍇25-14	鉉13上-8
罌(甖,甇通段)	缶部	【缶部】	14畫	225	227	無	段5下-20	鍇10-8	鉉5下-4
瓮(甖、罌,甕通段)	瓦部	【瓦部】	4畫	638	644	無	段12下-54	鍇24-18	鉉12下-8
譻	言部	【言部】	14畫	89	90	無	段3上-7	鍇5-5	鉉3上-3
嚶(鸚)	口部	【口部】	17畫	61	62	無	段2上-27	鍇3-12	鉉2上-6
纓	糸部	【糸部】	17畫	653	659	23--39	段13上-20	鍇25-5	鉉13上-3
鄭	邑部	【邑部】	17畫	299	302	無	段6下-55	鍇12-22	鉉6下-8
鸚	鳥部	【鳥部】	18畫	156	157	32-28	段4上-54	鍇7-23	鉉4上-9

篆本字（古文、金文、籀文、俗字、通用字，通段、金石）	說文部首	康熙部首	筆畫	一般頁碼	洪葉頁碼	金石字典頁碼	段注篇章	徐鍇通釋篇章	徐鉉藤花榭篇
ying（ㄧㄥˊ）									
迎	辵(辶)部	【辵部】	4畫	71	72	28-18	段2下-5	鍇4-3	鉉2下-2
逆(屰、逢、迎)	辵(辶)部	【辵部】	6畫	71	72	28-24	段2下-5	鍇4-3	鉉2下-1
訝(迓、御、迎，呀通段)	言部	【言部】	4畫	95	96	無	段3上-19	鍇5-10	鉉3上-4
盈	皿部	【皿部】	5畫	212	214	21-14	段5上-48	鍇9-19	鉉5上-9
嬴(盈郯tanˊ述及)	女部	【女部】	13畫	612	618	8-51	段12下-2	鍇24-1	鉉12下-1
塋	土部	【土部】	10畫	692	699	無	段13下-37	鍇26-7	鉉13下-5
楹(桯)	木部	【木部】	10畫	253	256	無	段6上-31	鍇11-14	鉉6上-4
棁(梲俗)	木部	【木部】	8畫	241	243	無	段6上-6	鍇11-3	鉉6上-1
犖(淡)	井部	【火部】	10畫	216	218	無	段5下-2	鍇10-2	鉉5下-1
滎(淡、熒，漤、瀅、濙通段)	水部	【水部】	10畫	553	558	18-51	段11上貳-16	鍇21-18	鉉11上-6
熒(滎，螢通段)	焱部	【火部】	10畫	490	495	無	段10下-1	鍇19-20	鉉10下-1
蠲(圭，螢通段)	虫部	【虫部】	17畫	665	672	25-58	段13上-45	鍇25-11	鉉13上-6
瑩	玉部	【玉部】	10畫	15	15	20-17	段1上-30	鍇1-15	鉉1上-5
禜(yongˇ)	示部	【示部】	10畫	6	6	無	段1上-12	鍇1-7	鉉1上-2
縊(經)	糸部	【糸部】	10畫	646	652	無	段13上-6	鍇25-2	鉉13上-1
縈	糸部	【糸部】	10畫	657	664	23-30	段13上-29	鍇25-6	鉉13上-4
蓥(縈、帯)	艸部	【艸部】	14畫	40	41	無	段1下-39	鍇2-18	鉉1下-6
營(闍、闇)	宮部	【火部】	13畫	342	346	19-29	段7下-15	鍇14-7	鉉7下-3
瞥(營)	目部	【目部】	10畫	135	137	無	段4上-13	鍇7-6	鉉4上-3
謍(營)	言部	【言部】	10畫	95	96	無	段3上-19	鍇5-10	鉉3上-4
嶸(嶜，嶒通段)	山部	【山部】	14畫	441	445	無	段9下-8	鍇18-3	鉉9下-1
蠅	黽部	【虫部】	13畫	679	686	無	段13下-11	鍇25-18	鉉13下-3
嬴(盈郯tanˊ述及)	女部	【女部】	13畫	612	618	8-51	段12下-2	鍇24-1	鉉12下-1
贏	貝部	【貝部】	13畫	281	283	27-42	段6下-18	鍇12-11	鉉6下-4
娙(孎通段)	女部	【女部】	7畫	618	624	無	段12下-14	鍇24-5	鉉12下-2
瀛	水部	【水部】	16畫	無	無	無	無	無	鉉11上-9
籯从月貝凡	竹部	【竹部】	21畫	193	195	無	段5上-10	鍇9-4	鉉5上-2
篕(篛、筥、籯)	竹部	【竹部】	10畫	192	194	無	段5上-8	鍇9-4	鉉5上-2
yǐng（ㄧㄥˇ）									
樗	木部	【木部】	7畫	238	241	無	段6上-1	鍇11-1	鉉6上-1

篆本字（古文、金文、籀文、俗字、通用字，通段、金石）	說文部首	康熙部首	筆畫	一般頁碼	洪葉頁碼	金石字典頁碼	段注篇章	徐鍇通釋篇章	徐鉉藤花榭篇
郢(邘、程)	邑部	【邑部】	7畫	292	295	29-6	段6下-41	鍇12-18	鉉6下-7
燅(淡)	炗部	【火部】	10畫	216	218	無	段5下-2	鍇10-2	鉉5下-1
潁	水部	【水部】	11畫	534	539	18-57	段11上壹-37	鍇21-10	鉉11上-2
穎(役，潁通段)	禾部	【禾部】	11畫	323	326	22-28	段7上-44	鍇13-19	鉉7上-8
景(影、暎通段)	日部	【日部】	8畫	304	307	15-47	段7上-5	鍇13-2	鉉7上-1
癭	疒部	【疒部】	17畫	349	352	無	段7下-28	鍇14-12	鉉7下-5
廮	广部	【广部】	18畫	445	449	無	段9下-16	鍇18-6	鉉9下-3
ying(ㄧㄥˋ)									
映	日部	【日部】	5畫	無	無	15-42	無	無	鉉7上-2
盅(瓷，映通段)	皿部	【皿部】	5畫	212	214	21-15	段5上-47	鍇9-19	鉉5上-9
泱(英，映通段)	水部	【水部】	5畫	557	562	無	段11上貳-23	鍇21-20	鉉11上-7
倂(佽、勝、佚)	人部	【人部】	7畫	377	381	3-16	段8上-25	鍇15-9	鉉8上-4
樱(梗，挭、硬、鞕通段)	木部	【木部】	7畫	247	250	16-41	段6上-19	鍇11-8	鉉6上-3
景(影、暎通段)	日部	【日部】	8畫	304	307	15-47	段7上-5	鍇13-2	鉉7上-1
鑒	金部	【金部】	10畫	705	712	無	段14上-7	鍇27-3	鉉14上-2
撗	手部	【手部】	11畫	609	615	無	段12上-51	鍇23-16	鉉12上-8
鮪(鯉)	魚部	【魚部】	6畫	575	581	無	段11下-17	鍇22-7	鉉11下-4
癭(應、膺諾述及)	心部	【心部】	13畫	502	507	13-39	段10下-25	鍇20-9	鉉10下-5
譍	言部	【言部】	15畫	無	無	無	無	鍇5-5	鉉3上-3
yōng(ㄩㄥ)									
邕(営，雝、雟从巛邑通段)	川部	【邑部】	3畫	569	574	28-59	段11下-4	鍇22-2	鉉11下-2
鐘(鍾、銿)	金部	【金部】	12畫	709	716	29-57	段14上-16	鍇27-6	鉉14上-3
廱(雝通段)	广部	【广部】	17畫	442	447	11-60	段9下-11	鍇18-4	鉉9下-2
雝(雍，噰、雍通段)	隹部	【隹部】	10畫	143	144	30-59	段4上-28	鍇7-12	鉉4上-5
攤(擁、雍，擎、擧)	手部	【手部】	13畫	604	610	14-34	段12上-41	鍇23-13	鉉12上-6
傭(鴻)	人部	【人部】	11畫	370	374	無	段8上-12	鍇15-5	鉉8上-2
貑(犅、猵通段)	豸部	【豸部】	11畫	457	462	無	段9下-41	鍇18-15	鉉9下-7
庸(墉，佲、慵通段)	用部	【广部】	8畫	128	129	11-51	段3下-43	鍇6-21	鉉3下-10
亯(庸)	亯部	【亠部】	13畫	229	232	24-36	段5下-29	鍇10-12	鉉5下-5
墉(臺、庸，陣通段)	土部	【土部】	11畫	688	695	7-23	段13下-29	鍇26-4	鉉13下-4

篆本字(古文、金文、籀文、俗字、通用字，通段、金石)	說文部首	康熙部首	筆畫	一般頁碼	洪葉頁碼	金石字典頁碼	段注篇章	徐鍇通釋篇章	徐鉉藤花榭篇
鏞(庸)	金部	【金部】	11畫	709	716	無	段14上-16	鍇27-6	鉉14上-3
鄘(庸)	邑部	【邑部】	11畫	293	296	無	段6下-43	鍇12-18	鉉6下-7
鷛(鸕、庸)	鳥部	【鳥部】	11畫	153	155	無	段4上-49	鍇7-21	鉉4上-9
鱅	魚部	【魚部】	11畫	579	585	無	段11下-25	鍇22-10	鉉11下-5
慵	心部	【心部】	11畫	無	無	無	無	無	鉉10下-9
廱(雝通段)	广部	【广部】	17畫	442	447	11-60	段9下-11	鍇18-4	鉉9下-2
饔从邕隹(饗)	倉部	【食部】	18畫	218	221	31-47	段5下-7	鍇10-4	鉉5下-2
灘(灘)	水部	【水部】	18畫	537	542		段11上壹-44	鍇21-6	鉉11上-3
癰	疒部	【疒部】	18畫	350	353	20-59	段7下-30	鍇14-13	鉉7下-5
yóng(ㄩㄥˊ)									
喁	口部	【口部】	9畫	62	62	6-44	段2上-28	鍇3-12	鉉2上-6
顒	頁部	【頁部】	9畫	417	422	無	段9上-5	鍇17-4	鉉9上-1
鰫	魚部	【魚部】	10畫	575	581	無	段11下-17	鍇22-8	鉉11下-4
yǒng(ㄩㄥˇ)									
永	永部	【水部】	2畫	569	575	17-58	段11下-5	鍇22-3	鉉11下-2
甬	马部	【用部】	2畫	317	320	20-30	段7上-31	鍇13-13	鉉7上-5
桶(甬)	木部	【木部】	7畫	264	267	16-41	段6上-53	鍇11-23	鉉6上-7
泳	水部	【水部】	5畫	556	561	18-18	段11上貳-21	鍇21-19	鉉11上-7
詠(咏)	言部	【言部】	5畫	95	95	26-47	段3上-18	鍇5-9	鉉3上-4
俑	人部	【人部】	7畫	381	385	無	段8上-33	鍇15-11	鉉8上-4
勇(勈、恿、悥，慂通段)	力部	【力部】	7畫	701	707	無	段13下-54	鍇26-12	鉉13下-8
涌(湧、恿通段)	水部	【水部】	7畫	549	554	18-28	段11上貳-8	鍇21-15	鉉11上-5
蛹	虫部	【虫部】	7畫	664	670	無	段13上-42	鍇25-10	鉉13上-6
術(衝通段)	行部	【行部】	6畫	78	78	無	段2下-18	鍇4-10	鉉2下-4
踊	走部	【走部】	7畫	67	67	無	段2上-38	鍇3-16	鉉2上-8
踴(踴通段)	足部	【足部】	7畫	82	82	無	段2下-26	鍇4-13	鉉2下-5
臾(臾申部、瘐，愳通段)	申部	【臼部】	2畫	747	754	無	段14下-33	鍇28-17	鉉14下-8
禜(yingˊ)	示部	【示部】	10畫	6	6	無	段1上-12	鍇1-7	鉉1上-2
攤(擁、雍，雝、邕)	手部	【手部】	13畫	604	610	14-34	段12上-41	鍇23-13	鉉12上-6

篆本字(古文、金文、籀文、俗字、通用字，通段、金石)	說文部首	康熙部首	筆畫	一般頁碼	洪葉頁碼	金石字典頁碼	段注篇章	徐鍇通釋篇章	徐鉉藤花榭篇
yòng(ㄩㄥˋ)									
用(𤰃)	用部	【用部】		128	129	20-28	段3下-43	鍇6-21	鉉3下-9
醟	酉部	【酉部】	10畫	750	757	無	段14下-39	鍇28-19	鉉14下-9
yōu(ㄧㄡ)									
麀(⿸鹿幽从幽)	鹿部	【鹿部】	2畫	470	474	32-30	段10上-20	鍇19-7	鉉10上-3
幽	丝部	【幺部】	3畫	158	160	無	段4下-2	鍇8-2	鉉4下-1
攸(汥、浟、悠、⿺辶鹵、逌，滺通叚)	攴部	【攴部】	3畫	124	125	14-36	段3下-36	鍇6-18	鉉3下-8
卣(逌、遒⿺辶丌jì`述及)	乃部	【卜部】	8畫	203	205	5-22	段5上-30	鍇9-12	鉉5上-5
逎(遒、逌⿺辶丌jì`述及)	辵(辶)部	【辵部】	7畫	74	74	無	段2下-10	鍇4-5	鉉2下-2
怣	心部	【心部】	4畫	513	517	無	段10下-46	鍇20-16	鉉10下-8
泑(呦)	水部	【水部】	5畫	516	521	無	段11上壹-2	鍇21-2	鉉11上-1
呦(⿰幼欠、泑)	口部	【口部】	5畫	62	62	無	段2上-28	鍇3-12	鉉2上-6
⿰幼欠(⿰糹欠通叚)	欠部	【欠部】	5畫	413	418	無	段8下-25	鍇16-17	鉉8下-5
怮	心部	【心部】	5畫	513	517	無	段10下-46	鍇20-17	鉉10下-8
黝(幽)	黑部	【黑部】	5畫	488	492	32-41	段10上-56	鍇19-19	鉉10上-10
幽(黝)	丝部	【幺部】	6畫	158	160	11-44	段4下-2	鍇8-2	鉉4下-1
幼(幽、窈)	幺部	【幺部】	2畫	158	160	11-43	段4下-2	鍇8-2	鉉4下-1
悠(攸、脩)	心部	【心部】	7畫	513	518	13-18	段10下-47	鍇20-17	鉉10下-8
攸(汥、浟、悠、⿺辶鹵、逌，滺通叚)	攴部	【攴部】	3畫	124	125	14-36	段3下-36	鍇6-18	鉉3下-8
卣(逌、遒⿺辶丌jì`述及)	乃部	【卜部】	8畫	203	205	5-22	段5上-30	鍇9-12	鉉5上-5
逎(遒、逌⿺辶丌jì`述及)	辵(辶)部	【辵部】	7畫	74	74	無	段2下-10	鍇4-5	鉉2下-2
𢙈(憂，懮通叚)	心部	【心部】	9畫	514	518	13-26	段10下-48	鍇20-17	鉉10下9
蠿(蚴)	虫部	【虫部】	9畫	671	678	無	段13上-57	鍇25-13	鉉13上-8
優(瀀)	人部	【人部】	15畫	375	379	3-43	段8上-22	鍇15-8	鉉8上-3
瀀(優)	水部	【水部】	15畫	558	563	無	段11上貳-26	鍇21-21	鉉11上-7
憂(⿰彳憂、優𢙈述及，懮通叚)	夊部	【夊部】	17畫	233	235	無	段5下-36	鍇10-15	鉉5下-7
𢙈(憂，懮通叚)	心部	【心部】	9畫	514	518	13-26	段10下-48	鍇20-17	鉉10下-9
嚘(⿰憂欠，嗄通叚)	口部	【口部】	15畫	59	59	無	段2上-22	鍇3-9	鉉2上-5
櫌(耰)	木部	【木部】	15畫	259	262	無	段6上-43	鍇11-19	鉉6上-6
鄾	邑部	【邑部】	15畫	292	294	無	段6下-40	鍇12-18	鉉6下-7

篆本字(古文、金文、籀文、俗字、通用字，通叚、金石)	說文部首	康熙部首	筆畫	一般頁碼	洪葉頁碼	金石字典頁碼	段注篇章	徐鍇通釋篇章	徐鉉藤花榭篇
夒(猱、獿)	夊部	【夊部】	15畫	233	236	無	段5下-37	鍇10-15	鉉5下-7
yóu(ㄧㄡˊ)									
尢(尤)	乙部	【尢部】	1畫	740	747	10-38	段14下-20	鍇28-8	鉉14下-4
訧(郵、尤)	言部	【言部】	4畫	101	101	無	段3上-30	鍇5-15	鉉3上-6
郵(訧、尤，郵通叚)	邑部	【邑部】	9畫	284	286	無	段6下-24	鍇12-14	鉉6下-5
甹(甹、由)	马部	【田部】	2畫	316	319	無	段7上-30	鍇13-13	鉉7上-5
繇(由=䌛匜e´述及、䌛、遙叚tou´述及，遙、逌、飆、鷂通叚)	系部	【系部】	11畫	643	649	23-33，由20-33	段12下-63	鍇24-21	鉉12下-10
沋	水部	【水部】	4畫	544	549	無	段11上壹-57	鍇21-12	鉉11上-4
缶	缶部	【缶部】	4畫	225	228	無	段5下-21	鍇10-8	鉉5下-4
肬(黕，疣通叚)	肉部	【肉部】	4畫	171	173	無	段4下-28	鍇8-11	鉉4下-5
頄(疣、頯)	頁部	【頁部】	4畫	421	425	無	段9上-12	鍇17-4	鉉9上-2
訧(郵、尤)	言部	【言部】	4畫	101	101	無	段3上-30	鍇5-15	鉉3上-6
郵(訧、尤，郵通叚)	邑部	【邑部】	9畫	284	286	無	段6下-24	鍇12-14	鉉6下-5
油	水部	【水部】	5畫	530	535	無	段11上壹-29	鍇21-9	鉉11上-2
鯈(鰷、鮋、鰷，鮂、鰺通叚)	魚部	【魚部】	7畫	577	582	無	段11下-20	鍇22-8	鉉11下-5
螾(蚓，蚿、蚵、蟣、蚰通叚)	虫部	【虫部】	11畫	663	670	無	段13上-41	鍇25-10	鉉13上-6
莤(蕕)	酉部	【艸部】	7畫	750	757	無	段14下-40	鍇28-19	鉉14下-9
莜(蓧通叚)	艸部	【艸部】	7畫	43	44	無	段1下-45	鍇2-21	鉉1下-7
卣(逌、遒迺ji`述及)	乃部	【卜部】	8畫	203	205	5-22	段5上-30	鍇9-12	鉉5上-5
楢(栖通叚)	木部	【木部】	9畫	240	243	無	段6上-5	鍇11-2	鉉6上-1
庮(痼通叚)	广部	【广部】	9畫	445	450	無	段9下-17	鍇18-6	鉉9下-3
斿(旒，統通叚)	㫃部	【方部】	9畫	311	314	無	段7上-19	鍇13-6	鉉7上-3
游(遊、遊、斿、旒、䌛匜e´述及，蝣、統通叚)	㫃部	【水部】	9畫	311	314	18-42	段7上-19	鍇13-7	鉉7上-3

篆本字(古文、金文、籀文、俗字、通用字，通段、金石)	說文部首	康熙部首	筆畫	一般頁碼	洪葉頁碼	金石字典頁碼	段注篇章	徐鍇通釋篇章	徐鉉藤花榭篇
䌛(由=𦉼匜e´述及、繇、遙段tou´述及，䬙、遉、䬘、䲕通段)	系部	【糸部】	11畫	643	649	23-33，由20-33	段12下-63	鍇24-21	鉉12下-10
瑬(旒、斿)	玉部	【玉部】	10畫	14	14	15-15	段1上-28	鍇1-14	鉉1上-4
猶(猷、冘)	犬部	【犬部】	9畫	477	481	19-56	段10上-34	鍇19-11	鉉10上-6
輶	車部	【車部】	9畫	721	728	無	段14上-39	鍇27-12	鉉14上-6
郵(訧、尤，郵通段)	邑部	【邑部】	9畫	284	286	無	段6下-24	鍇12-14	鉉6下-5
訧(郵、尤)	言部	【言部】	4畫	101	101	無	段3上-30	鍇5-15	鉉3上-6
莤(蕕)	艸部	【艸部】	10畫	46	46	無	段1下-50	鍇2-23	鉉1下-8
覰	見部	【見部】	10畫	409	413	26-33	段8下-16	鍇16-14	鉉8下-4
䌛(由=𦉼匜e´述及、繇、遙段tou´述及，䬙、遉、䬘、䲕通段)	系部	【糸部】	11畫	643	649	23-33，由20-33	段12下-63	鍇24-21	鉉12下-10
櫾(榣、繇)	木部	【木部】	17畫	248	251	無	段6上-21	鍇11-9	鉉6上-3
柚(櫾，榛通段)	木部	【木部】	5畫	238	241	無	段6上-1	鍇11-1	鉉6上-1
鼬(鼦，䲕通段)	鼠部	【鼠部】	5畫	479	483	無	段10上-38	鍇19-13	鉉10上-7
莤(蕕)	酉部	【艸部】	7畫	750	757	無	段14下-40	鍇28-19	鉉14下-9
蕕(莤)	艸部	【艸部】	12畫	29	29	無	段1下-16	鍇2-8	鉉1下-3
遙(遙通段)	辵(辶)部	【辵部】	18畫	70	71	28-57	段2下-3	鍇4-2	鉉2下-1
yǒu(ㄧㄡˇ)									
酉(丣)	酉部	【酉部】		747	754	29-23	段14下-33	鍇28-17	鉉14下-8
桺(柳、酉，楰、蔞通段)	木部	【木部】	5畫	245	247	無	段6上-14	鍇11-7	鉉6上-3
丣(卯、非、酉昴述及)	卯部	【卩部】	3畫	745	752	5-24	段14下-29	鍇28-15	鉉14下-7
友(㕛、䎘)	又部	【又部】	2畫	116	117	5-44	段3下-20	鍇6-11	鉉3下-4
有(又、囿述及)	有部	【月部】	2畫	314	317	16-1	段7上-25	鍇13-9	鉉7上-4
囿(𡈚、有)	口部	【口部】	6畫	278	280	6-62	段6下-12	鍇12-8	鉉6下-4
羑(㕗、誘、牖)	羊部	【羊部】	3畫	147	148	無	段4上-36	鍇7-16	鉉4上-7
㕗(誘、牖、誦、羑，誘通段)	厶部	【厶部】	9畫	436	441	無	段9上-43	鍇17-15	鉉9上-7

篆本字（古文、金文、籀文、俗字、通用字，通叚、金石）	說文部首	康熙部首	筆畫	一般頁碼	洪葉頁碼	金石字典頁碼	段注篇章	徐鍇通釋篇章	徐鉉藤花榭篇
魽(鱌)	魚部	【魚部】	5畫	577	583	無	段11下-21	鍇22-8	鉉11下-5
呦(欨)	口部	【口部】	5畫	62	62	無	段2上-28	鍇3-12	鉉2上-6
欨(紡通叚)	欠部	【欠部】	5畫	413	418	無	段8下-25	鍇16-17	鉉8下-5
蚴(蚴)	虫部	【虫部】	9畫	671	678	無	段13上-57	鍇25-13	鉉13上-8
黝(幽)	黑部	【黑部】	5畫	488	492	32-41	段10上-56	鍇19-19	鉉10上-10
幽(黝)	丝部	【幺部】	6畫	158	160	11-44	段4下-2	鍇8-2	鉉4下-1
卤(卣、鹵)	卤部	【卜部】	7畫	317	320	5-22	段7上-31	鍇13-13	鉉7上-6
秀(秀，蛻通叚)	禾部	【禾部】	3畫	320	323	22-14	段7上-38	鍇13-16	鉉7上-7
莠(秀)	艸部	【艸部】	7畫	23	23	25-11	段1下-4	鍇2-3	鉉1下-1
庮(瘤通叚)	广部	【广部】	7畫	445	450	無	段9下-17	鍇18-6	鉉9下-3
酉(醜通叚)	酉部	【西部】	2畫	752	759	29-24	段14下-43	鍇28-20	鉉14下-9
欲(唅、歐、嘔)	欠部	【欠部】	8畫	413	418	無	段8下-25	鍇16-17	鉉8下-5
楢(栖通叚)	木部	【木部】	9畫	240	243	無	段6上-5	鍇11-2	鉉6上-1
歐	欠部	【欠部】	10畫	412	417	無	段8下-23	鍇16-16	鉉8下-5
櫾(禉，褕通叚)	木部	【木部】	11畫	269	272	無	段6上-63	鍇11-28	鉉6上-8
爨从鬲(炒、爨、聚、聚、燮，焆、燭、鬻通叚)	鬻部	【鬲部】	16畫	112	113	無	段3下-12	鍇6-7	鉉3下-3
牖(誘)	片部	【片部】	11畫	318	321	無	段7上-34	鍇13-15	鉉7上-6
羑(䍃、誘、牖)	羊部	【羊部】	3畫	147	148	無	段4上-36	鍇7-16	鉉4上-7
璗	玉部	【玉部】	14畫	19	19	無	段1上-37	鍇1-18	鉉1上-6

yòu（一ㄡˋ）

篆本字（古文、金文、籀文、俗字、通用字，通叚、金石）	說文部首	康熙部首	筆畫	一般頁碼	洪葉頁碼	金石字典頁碼	段注篇章	徐鍇通釋篇章	徐鉉藤花榭篇
有(又、囿述及)	有部	【月部】	2畫	314	317	16-1	段7上-25	鍇13-9	鉉7上-4
又(右)	又部	【又部】		114	115	5-41	段3下-16	鍇6-9	鉉3下-4
右口部佑通叚	又部	【口部】	2畫	114	115	5-61	段3下-16	鍇6-9	鉉3下-4
右又部佑	口部	【口部】	2畫	58	59	5-61	段2上-21	鍇3-8	鉉2上-4
祐(右)	示部	【示部】	5畫	3	3	51-54	段1上-5	鍇1-5	鉉1上-2
幼(幽、窈)	幺部	【幺部】	2畫	158	160	11-43	段4下-2	鍇8-2	鉉4下-1
疣(疣)	疒部	【疒部】	2畫	349	353	無	段7下-29	鍇14-13	鉉7下-5
頄(疣、頨)	頁部	【頁部】	4畫	421	425	無	段9上-12	鍇17-4	鉉9上-2
柚(櫾，榛通叚)	木部	【木部】	5畫	238	241	無	段6上-1	鍇11-1	鉉6上-1
褎(袖、褏，柚通叚)	衣部	【衣部】	9畫	392	396	無	段8上-55	鍇16-3	鉉8上-8
祐(右)	示部	【示部】	5畫	3	3	51-54	段1上-5	鍇1-5	鉉1上-2

篆本字（古文、金文、籀文、俗字、通用字，通段、金石）	說文部首	康熙部首	筆畫	一般頁碼	洪葉頁碼	金石字典頁碼	段注篇章	徐鍇通釋篇章	徐鉉藤花榭篇
蜼(狖)	虫部	【虫部】	8畫	673	679	25-56	段13上-60	錯25-14	鉉13上-8
狖(蜼、狖)	豸部	【豸部】	5畫	458	463	無	段9下-43	錯18-15	鉉9下-7
鼬(鶹通段)	鼠部	【鼠部】	5畫	479	483	無	段10上-38	錯19-13	鉉10上-7
鼩(歋通段)	鼠部	【鼠部】	5畫	479	484	無	段10上-39	錯19-13	鉉10上-7
囿(圛、有)	口部	【口部】	6畫	278	280	6-62	段6下-12	錯12-8	鉉6下-4
有(又、囿述及)	有部	【月部】	2畫	314	317	16-1	段7上-25	錯13-9	鉉7上-4
姷(侑，俖通段)	女部	【女部】	6畫	621	627	無	段12下-20	錯24-7	鉉12下-3
宥(侑)	宀部	【宀部】	6畫	340	344	9-41	段7下-11	錯14-5	鉉7下-3
痏(唷俖yao´述及)	疒部	【疒部】	6畫	351	354	無	段7下-32	錯14-14	鉉7下-6
盇(盇)	皿部	【皿部】	6畫	212	214	無	段5上-47	錯9-19	鉉5上-9
趙	走部	【走部】	6畫	64	65	無	段2上-33	錯3-15	鉉2上-7
莠(秀)	艸部	【艸部】	8畫	23	23	25-11	段1下-4	錯2-3	鉉1下-1
羑(厽、誘、牖)	羊部	【羊部】	3畫	147	148	無	段4上-36	錯7-16	鉉4上-7
厽(誘、牖、誈、羑，誜通段)	厶部	【厶部】	9畫	436	441	無	段9上-43	錯17-15	鉉9上-7
牖(誘)	片部	【片部】	11畫	318	321	無	段7上-34	錯13-15	鉉7上-6
蕕(藚通段)	艸部	【艸部】	20畫	29	29	無	段1下-16	錯2-8	鉉1下-3

yū（ㄩ）

扜	手部	【手部】	3畫	610	616	14-8	段12上-54	錯23-17	鉉12上-8
弙(扜)	弓部	【弓部】	3畫	641	647	無	段12下-59	錯24-19	鉉12下-9
紆(汙)	糸部	【糸部】	3畫	646	652	23-9	段13上-6	錯25-2	鉉13上-1
迂	辵(辶)部	【辵部】	3畫	75	75	28-17	段2下-12	錯4-6	鉉2下-3
尪	尢部	【尢部】	3畫	495	500	無	段10下-11	錯20-4	鉉10下-2
華(花，陓、驊通段)	華部	【艸部】	8畫	275	277	25-14	段6下-6	錯12-5	鉉6下-2
醧(醓、飫，飍通段)	酉部	【酉部】	11畫	749	756	無	段14下-37	錯28-18	鉉14下-9
淤(嶼通段)	水部	【水部】	8畫	562	567	無	段11上貳-33	錯21-23	鉉11上-8
瘀	疒部	【疒部】	8畫	349	353	無	段7下-29	錯14-13	鉉7下-5
侉(夸、骻，恗、遻通段)	人部	【人部】	6畫	381	385	無	段8上-33	錯15-11	鉉8上-4

yú（ㄩˊ）

魚(歔，鱷通段)	魚部	【魚部】		575	580	32-12	段11下-16	錯22-7	鉉11下-4
袞(衧、祅、于)	衣部	【衣部】	3畫	393	397	無	段8上-57	錯16-3	鉉8上-8

篆本字(古文、金文、籀文、俗字、通用字、通段、金石)	說文部首	康熙部首	筆畫	一般頁碼	洪葉頁碼	金石字典頁碼	段注篇章	徐鍇通釋篇章	徐鉉藤花榭篇
曰(云雲述及，粤于爰曰四字可互相訓，以雙聲疊韵相段借也。)	曰部	【曰部】		202	204	15-51	段5上-28	錯9-11	鉉5上-5
亏(于、於烏述及)	亏部	【二部】	1畫	204	206	2-20，丂6-4	段5上-32	錯9-13	鉉5上-6
丂(亏、巧屮che`述及)	丂部	【一部】	1畫	203	205	1-4	段5上-30	錯9-12	鉉5上-5
皃(與申部、瘐，愚通段)	申部	【臼部】	2畫	747	754	無	段14下-33	錯28-17	鉉14下-8
蕢(與从臼人，此字與申部與義異，簣通段)	艸部	【艸部】	12畫	44	44	無	段1下-46	錯2-21	鉉1下-7
簓(籔、籥)	竹部	【竹部】	12畫	198	200	22-58	段5上-20	錯9-7	鉉5上-3
玗(玕、華，瑃通段)	玉部	【玉部】	3畫	17	17	20-7	段1上-34	錯1-16	鉉1上-5
盂(㿽、盌)	皿部	【皿部】	3畫	211	213	21-13	段5上-46	錯9-19	鉉5上-9
竽	竹部	【竹部】	3畫	196	198	22-43	段5上-16	錯9-6	鉉5上-3
表(衲、裱、于)	衣部	【衣部】	3畫	393	397	無	段8上-57	錯16-3	鉉8上-8
邘	邑部	【邑部】	3畫	288	291	無	段6下-33	錯12-16	鉉6下-6
雩(粤、翠)	雨部	【雨部】	3畫	574	580	30-63	段11下-15	錯22-7	鉉11下-4
靬	革部	【革部】	3畫	109	110	無	段3下-6	錯6-4	鉉3下-1
伃(妤)	人部	【人部】	4畫	367	371	無	段8上-6	錯15-3	鉉8上-1
嬮(妤通段)	女部	【女部】	14畫	617	623	無	段12下-12	錯24-4	鉉12下-2
禺	由部	【内部】	4畫	436	441	22-3	段9上-43	錯17-14	鉉9上-7
偶(耦、寓、禺)	人部	【人部】	9畫	383	387	3-31	段8上-37	錯15-12	鉉8上-5
余(予，蜍、鵨通段)	八部	【人部】	5畫	49	50	3-3	段2上-3	錯3-2	鉉2上-1
予(與、余)	予部	【亅部】	3畫	159	161	2-14	段4下-4	錯8-3	鉉4下-2
舁	舁部	【廾部】	6畫	105	106	12-12	段3上-39	錯5-21	鉉3上-9
烏(緆、紆、於，嗚、蜴、鶃通段)	烏部	【火部】	6畫	157	158	19-9	段4上-56	錯7-23	鉉4上-10
亏(于、於烏述及)	亏部	【二部】	1畫	204	206	2-20，丂6-4	段5上-32	錯9-13	鉉5上-6
娛(虞)	女部	【女部】	7畫	620	626	8-40	段12下-17	錯24-6	鉉12下-3
虞(娛、度、众旅述及，澞通段)	虍部	【虍部】	7畫	209	211	25-49	段5上-41	錯9-17	鉉5上-8
俞(崳，愈通段)	舟部	【人部】	7畫	403	407	3-59	段8下-4	錯16-10	鉉8下-1
鄃(俞)	邑部	【邑部】	9畫	290	292	無	段6下-36	錯12-17	鉉6下-7
畬(she)	田部	【田部】	7畫	695	702	無	段13下-43	錯26-8	鉉13下-6

篆本字(古文、金文、籀文、俗字、通用字，通叚、金石)	說文部首	康熙部首	筆畫	一般頁碼	洪葉頁碼	金石字典頁碼	段注篇章	徐鍇通釋篇章	徐鉉藤花榭篇
艅	舟部	【舟部】	7畫	無	無	無	無	無	鉉8下-2
餘(艅、雜通叚)	倉部	【食部】	7畫	221	224	31-42	段5下-13	錯10-5	鉉5下-3
堬	土部	【土部】	9畫	682	689	7-20	段13下-17	錯26-2	鉉13下-3
愉	心部	【心部】	9畫	507	512	無	段10下-35	錯20-13	鉉10下-6
愚	心部	【心部】	9畫	509	514	13-28	段10下-39	錯20-13	鉉10下-7
嵎	山部	【山部】	9畫	438	442	無	段9下-2	錯18-1	鉉9下-1
渦	水部	【水部】	9畫	540	545	無	段11上壹-49	錯21-7	鉉11上-3
隅(嵎、渦)	𨸏部	【阜部】	9畫	731	738	30-37	段14下-2	錯28-2	鉉14下-1
鰅	魚部	【魚部】	9畫	579	585	無	段11下-25	錯22-10	鉉11下-5
齵	齒部	【齒部】	9畫	79	79	無	段2下-20	錯4-11	鉉2下-4
愉(偷佻述及，愈通叚)	心部	【心部】	9畫	509	513	13-26	段10下-38	錯20-13	鉉10下-7
揄(舀)	手部	【手部】	9畫	604	610	無	段12上-42	錯23-13	鉉12上-6
瘉(愈，揄、撤、瘦通叚)	疒部	【疒部】	9畫	352	356	無	段7下-35	錯14-16	鉉7下-6
褕(揄)	衣部	【衣部】	9畫	389	393	無	段8上-49	錯16-1	鉉8上-7
楰	木部	【木部】	9畫	248	250	無	段6上-20	錯11-9	鉉6上-3
榆	木部	【木部】	9畫	247	249	16-52	段6上-18	錯11-8	鉉6上-3
渝(㴱通叚)	水部	【水部】	9畫	566	571	18-43	段11上貳-41	錯21-25	鉉11上-9
窬(㔶，牏)	穴部	【穴部】	9畫	345	349	無	段7下-21	錯14-9	鉉7下-4
牏(窬)	片部	【片部】	9畫	318	321	無	段7上-34	錯13-15	鉉7上-6
俞(窬，愈通叚)	舟部	【人部】	7畫	403	407	3-59	段8下-4	錯16-10	鉉8下-1
瑜	玉部	【玉部】	9畫	10	10	20-16	段1上-20	錯1-10	鉉1上-4
歈	欠部	【欠部】	9畫	無	無	無	無	無	鉉8下-5
羭	羊部	【羊部】	9畫	146	147	無	段4上-34	錯7-16	鉉4上-7
萮	艸部	【艸部】	9畫	無	無	無	無	無	
蝓	虫部	【虫部】	9畫	671	677	無	段13上-56	錯25-13	鉉13上-8
覦	見部	【見部】	9畫	409	413	無	段8下-16	錯16-14	鉉8下-4
踰	足部	【足部】	9畫	81	82	無	段2下-25	錯4-13	鉉2下-5
逾(yu`)	辵(辶)部	【辵部】	9畫	71	71	無	段2下-4	錯4-2	鉉2下-1
隃(瑜通叚)	𨸏部	【阜部】	9畫	735	742	30-38	段14下-9	錯28-3	鉉14下-2
匬(甒通叚)	匚部	【匸部】	9畫	636	642	無	段12下-50	錯24-16	鉉12下-8
萸	艸部	【艸部】	9畫	37	37	無	段1下-32	錯2-15	鉉1下-5
諛	言部	【言部】	9畫	96	96	26-61	段3上-20	錯5-10	鉉3上-4

篆本字(古文、金文、籀文、俗字、通用字，通叚、金石)	說文部首	康熙部首	筆畫	一般頁碼	洪葉頁碼	金石字典頁碼	段注篇章	徐鍇通釋篇章	徐鉉藤花榭篇
腴	肉部	【肉部】	10畫	170	172	無	段4下-25	鍇8-10	鉉4下-4
臚(膚、敷、腴，據通叚)	肉部	【肉部】	16畫	167	169	24-29	段4下-20	鍇8-8	鉉4下-4
輿(轝、轝箯述及，枒通叚)	車部	【車部】	10畫	721	728	28-4	段14上-40	鍇27-12	鉉14上-6
輂(樺、桐、轝、轝、軼，轎通叚)	車部	【車部】	6畫	729	736	無	段14上-56	鍇27-15	鉉14上-8
枲(桐、櫷、輂、轝，樺通叚)	木部	【木部】	8畫	262	264	無	段6上-48	鍇11-20	鉉6上-6
庾(蓂通叚)	广部	【广部】	8畫	444	448	11-52	段9下-14	鍇18-5	鉉9下-3
蝓	虫部	【虫部】	11畫	669	676	無	段13上-53	鍇25-13	鉉13上-7
褕	衣部	【衣部】	11畫	397	401	無	段8上-65	鍇16-6	鉉8上-9
諛(諮)	言部	【言部】	11畫	99	99	無	段3上-26	鍇5-14	鉉3上-5
鰬	鱻部	【魚部】	11畫	582	587	無	段11下-30	鍇22-11	鉉11下-6
柔	八部	【人部】	12畫	49	50	無	段2上-3	鍇3-2	鉉2上-1
嫗(妤通叚)	女部	【女部】	13畫	617	623	無	段12下-12	鍇24-4	鉉12下-4
瑘(璵从車通叚)	玉部	【玉部】	13畫	無	無	無	段刪	鍇1-10	鉉1上-3
歟(與)	欠部	【欠部】	13畫	410	415	無	段8下-19	鍇16-15	鉉8下-4
趣(愈)	走部	【走部】	13畫	65	65	無	段2上-34	鍇3-15	鉉2上-7
愸(與，愈通叚)	心部	【心部】	13畫	507	511	13-41	段10下-34	鍇20-12	鉉10下-6
籅(筥，籔通叚)	竹部	【竹部】	12畫	195	197	無	段5上-13	鍇9-5	鉉5上-2
驉	馬部	【馬部】	13畫	466	470	無	段10上-12	無	鉉10上-2
旟	㫃部	【方部】	16畫	309	312	15-21	段7上-16	鍇13-6	鉉7上-3
瀱	水部	【水部】	20畫	544	549	無	段11上壹-57	鍇21-12	鉉11上-4
鱻(魚、鰬、漁、敘、歔)	鱻部	【水部】	22畫	582	587	18-53	段11下-30	鍇22-11	鉉11下-6
魚(歔，騻通叚)	魚部	【魚部】		575	580	32-12	段11下-16	鍇22-7	鉉11下-4
yǔ(ㄩˇ)									
羽(羿)	羽部	【羽部】		138	139	23-51	段4上-18	鍇7-9	鉉4上-4
雨(霤)	雨部	【雨部】		571	577	30-62	段11下-9	鍇22-5	鉉11下-3
与(與)	勺部	【一部】	3畫	715	722	無	段14上-27	鍇27-9	鉉14上-5
予(與、余)	予部	【亅部】	3畫	159	161	2-14	段4下-4	鍇8-3	鉉4下-2
余(予，蜍、鵨通叚)	八部	【人部】	5畫	49	50	3-3	段2上-3	鍇3-2	鉉2上-1

篆本字（古文、金文、籀文、俗字、通用字，通叚、金石）	說文部首	康熙部首	筆畫	一般頁碼	洪葉頁碼	金石字典頁碼	段注篇章	徐鍇通釋篇章	徐鉉藤花榭篇
宇(寓)	宀部	【宀部】	3畫	338	342	9-21	段7下-7	錯14-4	鉉7下-2
禹(禼，蝺通叚)	内部	【内部】	4畫	739	746	無	段14下-18	錯28-7	鉉14下-4
瓜	瓜部	【瓜部】	5畫	337	341	無	段7下-5	錯14-2	鉉7下-2
邪	邑部	【邑部】	6畫	292	295	無	段6下-41	錯12-18	鉉6下-7
霚	雨部	【雨部】	6畫	574	580	無	段11下-15	錯22-7	鉉11下-4
頛	頁部	【頁部】	6畫	420	425	無	段9上-11	錯17-3	鉉9上-2
俣	人部	【人部】	7畫	369	373	無	段8上-9	錯15-4	鉉8上-2
圄(圉)	囗部	【囗部】	7畫	278	281	無	段6下-13	錯12-8	鉉6下-4
圉(圄)	㚔部	【囗部】	8畫	496	501	7-2	段10下-13	錯20-5	鉉10下-3
敔(禦、御、圉)	攴部	【攴部】	7畫	126	127	14-44	段3下-39	錯6-19	鉉3下-9
與(异，𢍜、釀通叚)	舁部	【臼部】	7畫	105	106	24-40	段3上-39	錯5-21	鉉3上-9
与(與)	勹部	【一部】	3畫	715	722	無	段14上-27	錯27-9	鉉14上-5
歟(與)	欠部	【欠部】	13畫	410	415	無	段8下-19	錯16-15	鉉8下-4
予(與、余)	予部	【亅部】	3畫	159	161	2-14	段4下-4	錯8-3	鉉4下-2
懇(與，懊通叚)	心部	【心部】	13畫	507	511	13-41	段10下-34	錯20-12	鉉10下-6
語	言部	【言部】	7畫	89	90	26-51	段3上-7	錯5-5	鉉3上-3
齬(齵齱ju˘述及、鋤、鋙，峿通叚)	齒部	【齒部】	7畫	79	80	無	段2下-21	錯4-12	鉉2下-4
庾(斔通叚)	广部	【广部】	8畫	444	448	11-52	段9下-14	錯18-5	鉉9下-3
臾(臾申部、瘐，㥡通叚)	申部	【臼部】	2畫	747	754	無	段14下-33	錯28-17	鉉14下-8
瘉(愈，揄、撤、瘐通叚)	疒部	【疒部】	9畫	352	356	無	段7下-35	錯14-16	鉉7下-6
匬(瓸通叚)	匚部	【匚部】	9畫	636	642	無	段12下-50	錯24-16	鉉12下-8
斞(斔通叚)	斗部	【斗部】	9畫	718	725	無	段14上-33	錯27-10	鉉14上-6
楀(揄)	木部	【木部】	9畫	241	244	無	段6上-7	錯11-4	鉉6上-2
瑀	玉部	【玉部】	9畫	16	16	無	段1上-31	錯1-16	鉉1上-5
萬	艸部	【艸部】	9畫	27	27	無	段1下-12	錯2-6	鉉1下-2
踽(偊通叚)	足部	【足部】	9畫	81	82	無	段2下-25	錯4-13	鉉2下-5
鄅	邑部	【邑部】	9畫	295	298	無	段6下-47	錯12-20	鉉6下-7
雨	雨部	【雨部】	9畫	573	579	無	段11下-13	錯22-6	鉉11下-3
貐	豸部	【豸部】	9畫	457	462	無	段9下-41	錯18-14	鉉9下-7
窳(寙通叚)	穴部	【穴部】	10畫	345	348	無	段7下-20	錯14-8	鉉7下-4

篆本字(古文、金文、籀文、俗字、通用字，通叚、金石)	說文部首	康熙部首	筆畫	一般頁碼	洪葉頁碼	金石字典頁碼	段注篇章	徐鍇通釋篇章	徐鉉藤花榭篇
傴(嫗)	人部	【人部】	11畫	382	386	3-34	段8上-35	鍇15-12	鉉8上-5
鋙(鋜，唔通叚)	金部	【金部】	11畫	705	712	無	段14上-8	鍇27-4	鉉14上-2
噳(麌)	口部	【口部】	13畫	62	62	無	段2上-28	鍇3-12	鉉2上-6
趣(懙)	走部	【走部】	13畫	65	65	無	段2上-34	鍇3-15	鉉2上-7
懇(與，懊通叚)	心部	【心部】	13畫	507	511	13-41	段10下-34	鍇20-12	鉉10下-6
嶼	山部	【山部】	13畫	無	無	無	無	無	鉉9下-2
淤(嶼通叚)	水部	【水部】	8畫	562	567	無	段11上貳-33	鍇21-23	鉉11上-8
yù(ㄩˋ)									
聿(遹吹述及)	聿部	【聿部】		117	118	24-14	段3下-21	鍇6-12	鉉3下-5
遹(述、聿吹述及、穴、沇、馸，僪通叚)	辵(辶)部	【辵部】	12畫	73	73	28-51	段2下-8	鍇4-4	鉉2下-2
吹(遹、聿、曰)	欠部	【欠部】	4畫	413	418	無	段8下-25	鍇16-17	鉉8下-5
玉(乇)	玉部	【玉部】	1畫	10	10	20-4	段1上-19	鍇1-10	鉉1上-3
吁(吁)	亏部	【口部】	3畫	204	206	6-4，亏2-20	段5上-32	鍇9-13	鉉5上-6
吁(xu)	口部	【口部】	3畫	60	60	6-4	段2上-24	鍇3-10	鉉2上-5
詡(吁)	言部	【言部】	6畫	94	94	26-49	段3上-16	鍇5-9	鉉3上-4
芌(芋)	艸部	【艸部】	3畫	24	25	24-56	段1下-7	鍇2-3	鉉1下-2
𣲷	川部	【巛部】	4畫	568	574	無	段11下-3	鍇22-2	鉉11下-2
或(域、國、惑欯zi `述及)	戈部	【戈部】	4畫	631	637	13-56	段12下-39	鍇24-12	鉉12下-6
育(毓)	厶部	【肉部】	4畫	744	751	24-21	段14下-28	鍇28-14	鉉14下-7
颶	風部	【風部】	4畫	678	684	無	段13下-8	鍇25-16	鉉13下-2
餕(飫、饇)	倉部	【食部】	4畫	221	223	無	段5下-12	鍇10-5	鉉5下-2
奔	𠬞部	【廾部】	5畫	104	105	無	段3上-37	鍇5-19	鉉3上-8
昱(翌、翼、翊)	日部	【日部】	5畫	306	309	無	段7上-10	鍇13-4	鉉7上-2
鴥(鴪)	鳥部	【鳥部】	5畫	155	156	無	段4上-52	鍇7-22	鉉4上-9
遹(述、聿吹述及、穴、沇、馸，僪通叚)	辵(辶)部	【辵部】	12畫	73	73	28-51	段2下-8	鍇4-4	鉉2下-2
吹(遹、聿、曰)	欠部	【欠部】	4畫	413	418	無	段8下-25	鍇16-17	鉉8下-5
鷸(鷸通叚)	鳥部	【鳥部】	11畫	149	150	無	段4上-40	鍇7-18	鉉4上-8
郁(郁、彧)	邑部	【邑部】	6畫	286	288	28-65	段6下-28	鍇12-15	鉉6下-6

篆本字（古文、金文、籀文、俗字、通用字，通叚、金石）	說文部首	康熙部首	筆畫	一般頁碼	洪葉頁碼	金石字典頁碼	段注篇章	徐鍇通釋篇章	徐鉉藤花榭篇
惥(悇)	心部	【心部】	7畫	509	513	13-19	段10下-38	錯20-13	鉉10下-7
欲(慾)	欠部	【欠部】	7畫	411	415	17-17	段8下-20	錯16-16	鉉8下-4
浴	水部	【水部】	7畫	564	569	18-25	段11上貳-37	錯21-24	鉉11上-9
狢	犬部	【犬部】	7畫	475	480	無	段10上-31	錯19-10	鉉10上-5
矞(霱通叚)	矞部	【矛部】	7畫	88	88	無	段3上-4	錯5-3	鉉3上-2
裕(褣)	衣部	【衣部】	7畫	395	399	26-18	段8上-62	錯16-5	鉉8上-9
鋊	金部	【金部】	7畫	705	712	無	段14上-7	錯27-3	鉉14上-2
鵒(雓)	鳥部	【鳥部】	7畫	155	157	無	段4上-53	錯7-22	鉉4上-9
繇(由=繇囮e´述及、繇、遙殹tou´述及，趨、遒、飆、鷂通叚)	系部	【糸部】	11畫	643	649	23-33，由20-33	段12下-63	錯24-21	鉉12下-10
御(馭，迓通叚)	彳部	【彳部】	8畫	77	78	12-52	段2下-17	錯4-9	鉉2下-4
禦(御)	示部	【示部】	11畫	7	7	無	段1上-13	錯1-7	鉉1上-2
敔(禦、御、圉)	支部	【攴部】	7畫	126	127	14-44	段3下-39	錯6-19	鉉3下-9
訝(迓、御、迎，呀通叚)	言部	【言部】	4畫	95	96	無	段3上-19	錯5-10	鉉3上-4
許(鄦古今字、所、御)	言部	【言部】	4畫	90	90	26-43，鄦29-20	段3上-8	錯5-5	鉉3上-3
輿(舁、轝篋述及，檋通叚)	車部	【車部】	10畫	721	728	28-4	段14上-40	錯27-12	鉉14上-6
棫	木部	【木部】	8畫	243	245	16-46	段6上-10	錯11-5	鉉6上-2
柞(棫)	木部	【木部】	5畫	243	246	16-29	段6上-11	錯11-5	鉉6上-2
歈	欠部	【欠部】	8畫	410	415	無	段8下-19	錯16-15	鉉8下-4
敕(勑、勅，憨、慽、摗通叚)	支部	【攴部】	7畫	124	125	14-46	段3下-35	錯6-18	鉉3下-8
淯	水部	【水部】	8畫	525	530	無	段11上壹-19	錯21-5	鉉11上-2
減(淢)	水部	【水部】	8畫	547	552	18-37	段11上貳-3	錯21-14	鉉11上-4
淢(減、閾)	水部	【水部】	6畫	554	559	無	段11上貳-17	錯21-18	鉉11上-6
惑(或、臧)	川部	【巛部】	8畫	568	574	12-38	段11下-3	錯22-2	鉉11下-2
郁(臧、或)	邑部	【邑部】	6畫	286	288	28-65	段6下-28	錯12-15	鉉6下-6
績	糸部	【糸部】	8畫	649	656	無	段13上-13	錯25-4	鉉13上-2
罭	缶部	【缶部】	8畫	225	228	無	段5下-21	錯10-8	鉉5下-4

篆本字(古文、金文、籀文、俗字、通用字，通段、金石)	說文部首	康熙部首	筆畫	一般頁碼	洪葉頁碼	金石字典頁碼	段注篇章	徐鍇通釋篇章	徐鉉藤花榭篇
菁	艸部	【艸部】	8畫	36	36	無	段1下-30	錯2-15	鉉1下-5
蛾(蠟，魗通段)	虫部	【虫部】	8畫	672	678	無	段13上-58	錯25-14	鉉13上-8
閾(閾)	門部	【門部】	8畫	588	594	無	段12上-9	錯23-5	鉉12上-3
罬(罥)	网部	【网部】	8畫	無	無	無	無	無	鉉7下-8
黦(繰，繒、罭通段)	黑部	【黑部】	8畫	489	493	無	段10上-58	錯19-19	鉉10上-10
喅	口部	【口部】	9畫	58	58	無	段2上-20	錯3-8	鉉2上-4
寓(廙)	宀部	【宀部】	9畫	341	345	9-54	段7下-13	錯14-6	鉉7下-3
偶(耦、寓、禺)	人部	【人部】	9畫	383	387	3-31	段8上-37	錯15-12	鉉8上-5
煜	火部	【火部】	9畫	485	489	無	段10上-50	錯19-17	鉉10上-9
瘉(愈，揄、撤、痩通段)	疒部	【疒部】	9畫	352	356	無	段7下-35	錯14-16	鉉7下-6
愉(偷佻迭及，愈通段)	心部	【心部】	9畫	509	513	13-26	段10下-38	錯20-13	鉉10下-7
俞(窬，愈通段)	舟部	【人部】	7畫	403	407	3-59	段8下-4	錯16-10	鉉8下-1
諭(喻)	言部	【言部】	9畫	91	91	26-61	段3上-10	錯5-6	鉉3上-3
預	頁部	【頁部】	4畫	無	無	無	無	無	鉉9上-2
豫(蹂、豫、預，澦通段)	象部	【豕部】	9畫	459	464	27-19	段9下-44	錯18-16	鉉9下-8
逾(yuˊ)	辵(辶)部	【辵部】	9畫	71	71	無	段2下-4	錯4-2	鉉2下-1
遇	辵(辶)部	【辵部】	9畫	71	72	28-35	段2下-5	錯4-3	鉉2下-2
獄	狀部	【犬部】	10畫	478	482	19-57	段10上-36	錯19-12	鉉10上-6
臟(臧、臧、或)	有部	【巛部】	14畫	314	317	無	段7上-25	錯13-10	鉉7上-4
郁(臧、或)	邑部	【邑部】	6畫	286	288	28-65	段6下-28	錯12-15	鉉6下-6
萑(蒮)	艸部	【艸部】	10畫	45	45	無	段1下-48	錯2-22	鉉1下-8
嫗(傴、蓲)	女部	【女部】	11畫	614	620	無	段12下-6	錯24-2	鉉12下-1
傴(嫗)	人部	【人部】	11畫	382	386	3-34	段8上-35	錯15-12	鉉8上-5
禦(御)	示部	【示部】	11畫	7	7	無	段1上-13	錯1-7	鉉1上-2
敔(禦、御、圉)	攴部	【攴部】	7畫	126	127	14-44	段3下-39	錯6-19	鉉3下-9
醞(醖、飫，饂通段)	酉部	【酉部】	11畫	749	756	無	段14下-37	錯28-18	鉉14下-9
餗(飫、饂)	倉部	【食部】	4畫	221	223	無	段5下-12	錯10-5	鉉5下-2
匓(饂通段)	勹部	【勹部】	11畫	433	438	無	段9上-37	錯17-12	鉉9上-6
噊	口部	【口部】	12畫	60	60	無	段2上-24	錯3-10	鉉2上-5
燠(奧，噢、襖通段)	火部	【火部】	12畫	486	490	無	段10上-52	錯19-17	鉉10上-9
簄(匠)	竹部	【竹部】	12畫	192	194	無	段5上-7	錯9-3	鉉5上-2

篆本字（古文、金文、籀文、俗字、通用字，通叚、金石）	說文部首	康熙部首	筆畫	一般頁碼	洪葉頁碼	金石字典頁碼	段注篇章	徐鍇通釋篇章	徐鉉藤花榭篇
窬(xuè)	穴部	【穴部】	12畫	345	348	無	段7下-20	鍇14-8	鉉7下-4
箷(籔、籔)	竹部	【竹部】	12畫	198	200	22-58	段5上-20	鍇9-7	鉉5上-3
繘(繘、纚从矛冏)	糸部	【糸部】	12畫	659	665	無	段13上-32	鍇25-7	鉉13上-4
蟜(蚑通叚)	虫部	【虫部】	12畫	667	673	無	段13上-48	鍇25-11	鉉13上-7
粥(粥)	皿部	【口部】	9畫	63	63	無	段2上-30	鍇3-13	鉉2上-6
鬻(粥、鬻，精、餰通叚)	鬻部	【鬲部】	12畫	112	113	32-10	段3下-11	鍇6-6	鉉3下-2
賣(賣、賣、鬻，贖、賣通叚)	貝部	【貝部】	12畫	282	285	27-38	段6下-21	鍇12-13	鉉6下-5
儥(鬻、覿)	人部	【人部】	15畫	374	378	3-42	段8上-20	鍇15-8	鉉8上-3
遹(述、聿吹述及、穴、沇、馱，僪通叚)	辵(辶)部	【辵部】	12畫	73	73	28-51	段2下-8	鍇4-4	鉉2下-2
述(遹、術、遂、遹古文多以遹yù為述)	辵(辶)部	【辵部】	5畫	70	71	28-20	段2下-3	鍇4-2	鉉2下-1
吹(遹、聿、曰)	欠部	【欠部】	4畫	413	418	無	段8下-25	鍇16-17	鉉8下-5
趫(獝，翻通叚)	走部	【走部】	12畫	65	66	無	段2上-35	鍇3-16	鉉2上-7
驈(肆通叚)	馬部	【馬部】	12畫	462	466	無	段10上-4	鍇19-2	鉉10上-1
鷸(鶐从鷸、鸆从遹、鴥)	鳥部	【鳥部】	12畫	153	154	無	段4上-48	鍇7-21	鉉4上-9
蒏	艸部	【艸部】	13畫	30	30	無	段1下-18	鍇2-9	鉉1下-3
鷪(鸜)	鳥部	【鳥部】	13畫	150	151	無	段4上-42	鍇7-19	鉉4上-8
臧(臧、臧、或)	有部	【巛部】	14畫	314	317	無	段7上-25	鍇13-10	鉉7上-4
郁(臧、或)	邑部	【邑部】	6畫	286	288	28-65	段6下-28	鍇12-15	鉉6下-6
惑(或、臧)	川部	【巛部】	8畫	568	574	12-38	段11下-3	鍇22-2	鉉11下-2
礜	石部	【石部】	14畫	449	454	無	段9下-25	鍇18-9	鉉9下-4
繘(窬，曛、熅通叚)	糸部	【糸部】	14畫	650	656	23-37	段13上-14	鍇25-4	鉉13上-2
譽	言部	【言部】	14畫	95	95	27-4	段3上-18	鍇5-9	鉉3上-4
鸒从與	鳥部	【鳥部】	14畫	150	151	無	段4上-42	鍇7-19	鉉4上-8
麇	鹿部	【鹿部】	14畫	471	476	無	段10上-23	鍇19-7	鉉10上-4
儥(鬻、覿)	人部	【人部】	15畫	374	378	3-42	段8上-20	鍇15-8	鉉8上-3

篆本字(古文、金文、籀文、俗字、通用字，通段、金石)	說文部首	康熙部首	筆畫	一般頁碼	洪葉頁碼	金石字典頁碼	段注篇章	徐鍇通釋篇章	徐鉉藤花榭篇
鬱(宛、菀，鬰从爻、灪、鬱从林缶冖韋通段)	林部	【鬯部】	19畫	271	274	17-15	段6上-67	鍇11-30	鉉6上-9
𩰪(鬱从缶鬯彡)	鬯部	【鬯部】	18畫	217	219	32-6	段5下-4	鍇10-3	鉉5下-2
菀(鬱)	艸部	【艸部】	8畫	35	36	25-17	段1下-29	鍇2-14	鉉1下-5
蔚(茂、鬱)	艸部	【艸部】	11畫	35	35	無	段1下-28	鍇2-13	鉉1下-5
𩱐从毓(鬻)	䰜部	【鬲部】	20畫	112	113	無	段3下-12	鍇6-7	鉉3下-3
籲	頁部	【竹部】	26畫	422	426	無	段9上-14	鍇17-4	鉉9上-2
yuān(ㄩㄢ)									
肙(蜎)	肉部	【肉部】	3畫	177	179	無	段4下-40	鍇8-14	鉉4下-6
蜎(肙)	虫部	【虫部】	7畫	671	678	無	段13上-57	鍇25-13	鉉13上-8
夗(蜿、𧊒通段)	夕部	【夕部】	2畫	315	318	無	段7上-27	鍇13-11	鉉7上-5
宛(惌，惋、蜿、𧊒、踠、鵷通段)	宀部	【宀部】	5畫	341	344	9-36	段7下-12	鍇14-6	鉉7下-2
鬱(宛、菀，鬰从爻、灪、鬱从林缶冖韋通段)	林部	【鬯部】	19畫	271	274	17-15	段6上-67	鍇11-30	鉉6上-9
鴛(鵷通段)	鳥部	【鳥部】	5畫	152	153	無	段4上-46	鍇7-20	鉉4上-8
帵	巾部	【巾部】	5畫	359	363	無	段7下-49	鍇14-23	鉉7下-9
眢(睕通段)	目部	【目部】	5畫	132	134	無	段4上-7	鍇7-4	鉉4上-2
鳶(鶚、鳶)	鳥部	【鳥部】	6畫	154	155	無	段4上-50	鍇7-22	鉉4上-9
隿(弋，鳶、㦸通段)	隹部	【隹部】	3畫	143	145	無	段4上-29	鍇7-13	鉉4上-6
弋(芅、翊、鳶、黓通段)	𠂆部	【弋部】		627	633	12-14	段12下-32	鍇24-11	鉉12下-5
剈(剜)	刀部	【刂部】	7畫	180	182	無	段4下-46	鍇8-17	鉉4下-7
悁(𢙂)	心部	【心部】	7畫	511	515	無	段10下-42	鍇20-16	鉉10下-8
痟	疒部	【疒部】	7畫	352	355	無	段7下-34	無	鉉7下-6
冤(宛、絻繙述及，寃通段)	兔部	【冖部】	8畫	472	477	4-19	段10上-25	鍇19-8	鉉10上-4
衮(袞、襃，蓑、蓑、裷通段)	衣部	【衣部】	5畫	388	392	26-15	段8上-48	鍇16-1	鉉8上-7
汙(洿潤述及，涴、鴮通段)	水部	【水部】	3畫	560	565	無	段11上貳-29	鍇21-22	鉉11上-8

篆本字(古文、金文、籀文、俗字、通用字，通段、金石)	說文部首	康熙部首	筆畫	一般頁碼	洪葉頁碼	金石字典頁碼	段注篇章	徐鍇通釋篇章	徐鉉藤花榭篇
輓(輼)	車部	【車部】	8畫	729	736	無	段14上-56	鍇27-15	鉉14上-8
輼(輓)	車部	【車部】	9畫	720	727	無	段14上-38	鍇27-12	鉉14上-6
遄	辵(辶)部	【辵部】	8畫	72	73	無	段2下-7	鍇4-4	鉉2下-2
淵(開、囦，灥通段)	水部	【水部】	8畫	550	555	18-38	段11上貳-10	鍇21-16	鉉11上-5
鼘從開(咽、淵，鼘通段)	鼓部	【鼓部】	8畫	206	208	無	段5上-36	鍇9-15	鉉5上-7
蔫(菸矮述及殤、蔥通段)	艸部	【艸部】	11畫	40	41	無	段1下-39	鍇2-18	鉉1下-6
菟	艸部	【艸部】	10畫	30	31	無	段1下-19	鍇2-9	鉉1下-3
鞭(鞭)	革部	【革部】	10畫	108	109	無	段3下-4	鍇6-3	鉉3下-1
忨(翫，餧通段)	心部	【心部】	4畫	510	515	無	段10下-41	鍇20-15	鉉10下-7
嬽(娟、嬛)	女部	【女部】	15畫	618	624	無	段12下-14	鍇24-4	鉉12下-2
矗從開	雥部	【隹部】	24畫	148	149	無	段4上-38	鍇7-17	鉉4上-7

yuán(ㄩㄢˊ)

篆本字	說文部首	康熙部首	筆畫	一般頁碼	洪葉頁碼	金石字典頁碼	段注篇章	徐鍇通釋篇章	徐鉉藤花榭篇
元	一部	【儿部】	2畫	1	1	3-44	段1上-1	鍇1-1	鉉1上-1
沅	水部	【水部】	4畫	520	525	18-4	段11上壹-10	鍇21-3	鉉11上-1
芫(杬，芫通段)	艸部	【艸部】	4畫	36	36	無	段1下-30	鍇2-14	鉉1下-5
蚖(蝝)	虫部	【虫部】	4畫	664	671	無	段13上-43	鍇25-10	鉉13上-6
邧	邑部	【邑部】	4畫	295	298	無	段6下-47	鍇12-20	鉉6下-7
黿(鼋通段)	黽部	【黽部】	4畫	679	686	無	段13下-11	鍇25-17	鉉13下-3
莧(羱，羘、羱、羬通段)	莧部	【艸部】	8畫	473	477	無	段10上-26	鍇19-8	鉉10上-4
爰(轅、袁，簑、鵷通段)	受部	【爪部】	5畫	160	162	19-31	段4下-5	鍇8-4	鉉4下-2
趄(轅、爰、換)	走部	【走部】	6畫	66	67	27-48	段2上-37	鍇3-16	鉉2上-8
袁(爰)	衣部	【衣部】	5畫	394	398	26-14	段8上-59	鍇16-4	鉉8上-8
曰(云雲述及，粵于爰 曰四字可互相訓，以雙聲疊韵相段借也。)	曰部	【曰部】		202	204	15-51	段5上-28	鍇9-11	鉉5上-5
垣(壜)	土部	【土部】	6畫	684	691	7-13	段13下-21	鍇26-3	鉉13下-4
隹(弋，鳶、戴通段)	隹部	【隹部】	3畫	143	145	無	段4上-29	鍇7-13	鉉4上-6
員(鼎、云，賆通段)	員部	【口部】	7畫	279	281	27-24	段6下-14	鍇12-9	鉉6下-4
圓(圓、員、圜述及)	口部	【口部】	7畫	277	279	7-1	段6下-10	鍇12-7	鉉6下-3

篆本字（古文、金文、籀文、俗字、通用字，通段、金石）	說文部首	康熙部首	筆畫	一般頁碼	洪葉頁碼	金石字典頁碼	段注篇章	徐鍇通釋篇章	徐鉉藤花榭篇
媛(yuan`)	女部	【女部】	9畫	622	628	無	段12下-21	鍇24-7	鉉12下-3
湲	水部	【水部】	9畫	無	無	無	無	無	鉉11上-9
援(撋、揎繏rang˘述及)	手部	【手部】	9畫	605	611	14-27	段12上-44	鍇23-14	鉉12上-7
楥(楦)	木部	【木部】	9畫	262	265	無	段6上-49	鍇11-21	鉉6上-6
緣(純，櫞、褖通段)	糸部	【糸部】	9畫	654	661	無	段13上-23	鍇25-5	鉉13上-3
蝝	虫部	【虫部】	9畫	666	672	無	段13上-46	鍇25-11	鉉13上-6
蝯(猿、猨)	虫部	【虫部】	9畫	673	679	無	段13上-60	鍇25-14	鉉13上-8
轅	車部	【車部】	10畫	725	732	28-4	段14上-48	鍇27-13	鉉14上-7
爰(轅、袁，篗、鶢通段)	爪部	【爪部】	5畫	160	162	19-31	段4下-5	鍇8-4	鉉4下-2
園	囗部	【囗部】	10畫	278	280	7-5	段6下-12	鍇12-8	鉉6下-4
圜(圓)	囗部	【囗部】	13畫	277	279	7-6	段6下-10	鍇12-7	鉉6下-3
圓(园、幃、桐通段)	囗部	【囗部】	10畫	277	279	7-5	段6下-10	鍇12-7	鉉6下-3
刓(园，抏、捖通段)	刀部	【刂部】	4畫	181	183	無	段4下-48	鍇8-17	鉉4下-7
蒝	艸部	【艸部】	10畫	38	38	無	段1下-34	鍇2-16	鉉1下-6
謜(源、原)	言部	【言部】	10畫	91	91	無	段3上-10	鍇5-6	鉉3上-3
厵(原、原、源，羱、蟽、騵通段)	灥部	【厂部】	24畫	569	575	5-34	段11下-5	鍇22-3	鉉11下-2
嫄(原)	女部	【女部】	10畫	617	623	無	段12下-11	鍇24-4	鉉12下-2
傆(原)	人部	【人部】	10畫	374	378	無	段8上-19	鍇15-7	鉉8上-3
阮(原)	𨸏部	【阜部】	4畫	735	742	30-22	段14下-9	鍇28-3	鉉14下-2
邍从辵备彔(原)	辵(辶)部	【辵部】	16畫	75	75	28-56	段2下-12	鍇4-6	鉉2下-3
yuǎn(ㄩㄢˇ)									
訬(詧)	言部	【言部】	5畫	100	101	無	段3上-29	鍇5-15	鉉3上-6
頪	頁部	【頁部】	9畫	418	423	無	段9上-7	鍇17-3	鉉9上-2
遠(逺)	辵(辶)部	【辵部】	10畫	75	75	28-42	段2下-12	鍇4-6	鉉2下-3
薳	艸部	【艸部】	14畫	無	無	無	無	無	鉉1下-9
蔿(薳)	艸部	【艸部】	12畫	35	36	25-33	段1下-29	鍇2-13	鉉1下-5
yuàn(ㄩㄢˋ)									
夗(蜿、蜎通段)	夕部	【夕部】	2畫	315	318	無	段7上-27	鍇13-11	鉉7上-5
怨(㤪、㤛、惌)	心部	【心部】	5畫	511	516	13-14	段10下-43	鍇20-15	鉉10下-8
苑	艸部	【艸部】	5畫	41	41	24-62	段1下-40	鍇2-19	鉉1下-7

篆本字（古文、金文、籀文、俗字、通用字，通叚、金石）	說文部首	康熙部首	筆畫	一般頁碼	洪葉頁碼	金石字典頁碼	段注篇章	徐鍇通釋篇章	徐鉉藤花榭篇
薀(菀、苑、蘊，韞通叚)	艸部	【艸部】	13畫	40	41	無	段1下-39	鍇2-18	鉉1下-6
訧(詧)	言部	【言部】	5畫	100	101	無	段3上-29	鍇5-15	鉉3上-6
院(奫)	𨸏部	【阜部】	7畫	736	743	30-27	段14下-12	鍇28-4	鉉14下-2
奫(院)	宀部	【宀部】	9畫	338	342	9-59	段7下-7	鍇14-4	鉉7下-2
餫(饂)	食部	【食部】	7畫	221	224	無	段5下-13	鍇10-5	鉉5下-2
媛(yuan´)	女部	【女部】	9畫	622	628	無	段12下-21	鍇24-7	鉉12下-3
掾(彖)	手部	【手部】	9畫	598	604	14-27	段12上-30	鍇23-10	鉉12上-5
瑗	玉部	【玉部】	9畫	12	12	無	段1上-23	鍇1-12	鉉1上-4
傆(原)	人部	【人部】	10畫	374	378	無	段8上-19	鍇15-7	鉉8上-3
愿	心部	【心部】	10畫	503	508	無	段10下-27	鍇20-10	鉉10下-5
願(顚)	頁部	【頁部】	10畫	418	422	31-31	段9上-6	鍇17-2	鉉9上-1
顚(願)	頁部	【頁部】	15畫	416	420	31-35	段9上-2	鍇17-1	鉉9上-1
yuē（ㄩㄝ）									
曰(云雲述及，粵于爰曰四字可互相訓，以雙聲疊韵相段借也。)	曰部	【曰部】		202	204	15-51	段5上-28	鍇9-11	鉉5上-5
粵(越、曰)	亏部	【米部】	6畫	204	206	29-28	段5上-32	鍇9-13	鉉5上-6
欥(遹、聿、曰)	欠部	【欠部】	4畫	413	418	無	段8下-25	鍇16-17	鉉8下-5
謂(曰yue)	言部	【言部】	9畫	89	90	26-62	段3上-7	鍇5-5	鉉3上-3
約	糸部	【糸部】	3畫	647	653	23-8	段13上-8	鍇25-2	鉉13上-2
豆(餡，豌通叚)	豆部	【豆部】	5畫	207	209	無	段5上-38	鍇9-16	鉉5上-7
籥	竹部	【竹部】	9畫	197	199	無	段5上-18	鍇9-7	鉉5上-3
蒦(彟，彟通叚)	萑部	【艸部】	10畫	144	146	無	段4上-31	鍇7-14	鉉4上-6
噦(鐬通叚)	口部	【口部】	13畫	59	59	無	段2上-22	鍇3-9	鉉2上-5
yuè（ㄩㄝˋ）									
月	月部	【月部】		313	316	15-59	段7上-23	鍇13-9	鉉7上-4
龠(籥經傳)	龠部	【龠部】		85	85	32-61	段2下-32	鍇4-17	鉉2下-7
戉(鉞)	戉部	【戈部】	1畫	632	638	13-45	段12下-42	鍇24-13	鉉12下-6
厃	厂部	【厂部】	3畫	447	452	無	段9下-21	鍇18-7	鉉9下-3
礿(禴)	示部	【示部】	3畫	5	5	無	段1上-10	鍇1-6	鉉1上-2
刖(跀)	刀部	【刂部】	4畫	181	183	無	段4下-48	鍇8-17	鉉4下-7
跀(刖、趴)	足部	【足部】	4畫	84	84	無	段2下-30	鍇4-15	鉉2下-6

篆本字(古文、金文、籀文、俗字、通用字，通叚、金石)	說文部首	康熙部首	筆畫	一般頁碼	洪葉頁碼	金石字典頁碼	段注篇章	徐鍇通釋篇章	徐鉉藤花榭篇
捐(抏)	手部	【手部】	4畫	608	614	無	段12上-49	錯23-15	鉉12上-7
聉(wa`)	耳部	【耳部】	4畫	592	598	無	段12上-18	錯23-7	鉉12上-4
姎	女部	【女部】	4畫	623	629	無	段12下-24	錯24-8	鉉12下-4
突	穴部	【穴部】	4畫	344	348	無	段7下-19	錯14-8	鉉7下-4
軏(軏)	車部	【車部】	4畫	726	733	無	段14上-49	錯27-13	鉉14上-7
嶽(岊、岳)	山部	【山部】	14畫	437	442	10-59	段9下-1	錯18-1	鉉9下-1
娍	女部	【女部】	5畫	624	630	無	段12下-25	錯24-8	鉉12下-4
跤	足部	【足部】	5畫	81	82	無	段2下-25	錯4-15	鉉2下-5
泧(瀎通叚)	水部	【水部】	5畫	560	565	無	段11上貳-30	錯21-22	鉉11上-8
絨	糸部	【糸部】	5畫	655	661	無	段13上-24	錯25-5	鉉13上-3
越	辵(辶)部	【辵部】	5畫	75	75	無	段2下-12	錯4-6	鉉2下-3
鉞(鈌、鏺)	金部	【金部】	5畫	712	719	無	段14上-22	錯27-7	鉉14上-4
戉(鉞)	戉部	【戈部】	1畫	632	638	13-45	段12下-42	錯24-13	鉉12下-6
越(粵，狘、樾通叚)	走部	【走部】	5畫	64	64	27-48	段2上-32	錯3-14	鉉2上-7
粵(越、曰)	亏部	【米部】	6畫	204	206	29-28	段5上-32	錯9-13	鉉5上-6
曰(云雲述及，粵于爰曰四字可互相訓，以雙聲疊韵相段借也。)	曰部	【曰部】		202	204	15-51	段5上-28	錯9-11	鉉5上-5
窢	穴部	【穴部】	7畫	344	348	無	段7下-19	錯14-8	鉉7下-4
絜	素部	【糸部】	7畫	662	669	無	段13上-39	錯25-9	鉉13上-5
說(悅、悦)	言部	【言部】	7畫	93	94	26-53	段3上-15	錯5-8	鉉3上-4
閱(穴)	門部	【門部】	7畫	590	596	無	段12上-14	錯23-6	鉉12上-3
兌(閱，兗、兌通叚)	儿部	【儿部】	5畫	405	409	3-53	段8下-8	錯16-11	鉉8下-2
頞	頁部	【頁部】	7畫	418	422	無	段9上-6	錯17-2	鉉9上-1
鴪	鳥部	【鳥部】	7畫	151	153	無	段4上-45	錯7-20	鉉4上-8
犕	牛部	【牛部】	10畫	51	52	無	段2上-7	錯3-4	鉉2上-2
樂(le`)	木部	【木部】	11畫	265	267	17-3	段6上-54	錯11-24	鉉6上-7
黰(黳、黰)	黑部	【黑部】	11畫	488	492	無	段10上-56	錯19-19	鉉10上-10
籔从竹蔓(觰、籔从竹明隻)	竹部	【竹部】	13畫	191	192	無	段5上-6	錯9-3	鉉5上-1
嶽(岊、岳)	山部	【山部】	14畫	437	442	10-59	段9下-1	錯18-1	鉉9下-1
趯(ti`)	走部	【走部】	14畫	64	64	無	段2上-32	錯3-14	鉉2上-7
躍	足部	【足部】	14畫	82	82	無	段2下-26	錯4-13	鉉2下-5

篆本字（古文、金文、籀文、俗字、通用字，通段、金石）	說文部首	康熙部首	筆畫	一般頁碼	洪葉頁碼	金石字典頁碼	段注篇章	徐鍇通釋篇章	徐鉉藤花榭篇
鷟(鵫)	鳥部	【鳥部】	14畫	148	150	無	段4上-39	鍇7-18	鉉4上-8
爟(爍、燿、鑠)	火部	【火部】	17畫	481	486	無	段10上-43	鍇19-14	鉉10上-8
蕭(鷫通段)	艸部	【艸部】	17畫	33	33	25-41	段1下-24	鍇2-12	鉉1下-4
趨(躝，蹦通段)	走部	【走部】	17畫	65	66	無	段2上-35	鍇3-15	鉉2上-7
籬(鑰通段)	竹部	【竹部】	17畫	190	192	22-63	段5上-4	鍇9-2	鉉5上-1
龠(籥經傳)	龠部	【龠部】		85	85	32-61	段2下-32	鍇4-17	鉉2下-7
闟(籥，鑰通段)	門部	【門部】	17畫	590	596	無	段12上-13	鍇23-6	鉉12上-13
瀹(鸞从翟、汋)	水部	【水部】	17畫	562	567	無	段11上貳-33	鍇21-23	鉉11上-8
鸞从翟(爍、瀹、汋)	弼部	【肃部】	20畫	113	114	無	段3下-13	鍇6-7	鉉3下-3
yūn(ㄩㄣ)									
涒	水部	【水部】	7畫	563	568	18-29	段11上貳-35	鍇21-23	鉉11上-8
頵	頁部	【頁部】	7畫	417	422	31-29	段9上-5	鍇17-2	鉉9上-1
暈(輝、暉)	日部	【日部】	9畫	304	307	無	段7上-6	鍇13-2	鉉7上-1
壼(𪔀、壸)	壺部	【士部】	9畫	495	500	無	段10下-11	鍇20-4	鉉10下-3
熅(氳)	火部	【火部】	10畫	484	489	無	段10上-49	鍇19-16	鉉10上-8
縕(氳通段)	糸部	【糸部】	10畫	662	668	無	段13上-38	鍇25-8	鉉13上-5
淵(㶜、囦，瀟通段)	水部	【水部】	8畫	550	555	18-38	段11上貳-10	鍇21-16	鉉11上-5
yún(ㄩㄣˊ)									
勻	勹部	【勹部】	2畫	433	437	無	段9上-36	鍇17-12	鉉9上-6
蒷(魂、伝通段)	鬼部	【鬼部】	4畫	435	439	32-12	段9上-40	鍇17-13	鉉9上-7
囩	囗部	【囗部】	4畫	277	279	無	段6下-10	鍇12-7	鉉6下-3
妘(嫛、嬽)	女部	【女部】	4畫	613	619	8-29	段12下-3	鍇24-1	鉉12下-1
沄	水部	【水部】	4畫	548	553	無	段11上貳-5	鍇21-14	鉉11上-4
芸	艸部	【艸部】	4畫	31	32	無	段1下-21	鍇2-10	鉉1下-4
雲(𩃬古文、云)	雲部	【雨部】	4畫	575	580	30-64	段11下-16	鍇22-7	鉉11下-4
員(鼎、云，賱通段)	員部	【口部】	7畫	279	281	27-24	段6下-14	鍇12-9	鉉6下-4
曰(云雲述及，粵于爰曰四字可互相訓，以雙聲疊韵相段借也。)	曰部	【曰部】		202	204	15-51	段5上-28	鍇9-11	鉉5上-5
畇(畇、畬通段)	田部	【田部】	5畫	696	703	無	段13下-45	鍇26-9	鉉13下-6
均(袀、鈞、旬，畇、韻通段)	土部	【土部】	4畫	683	689	7-11	段13下-18	鍇26-2	鉉13下-3
筼	竹部	【竹部】	7畫	無	無	無	無	無	鉉5上-3

篆本字(古文、金文、籀文、俗字、通用字，通叚、金石)	說文部首	康熙部首	筆畫	一般頁碼	洪葉頁碼	金石字典頁碼	段注篇章	徐鍇通釋篇章	徐鉉藤花榭篇
筍(筠、笋，枸、簨、簙、箳通叚)	竹部	【竹部】	6畫	189	191	22-48	段5上-2	鍇9-1	鉉5上-1
篋(筍筠蒆籫輨筡，簡、篋、籆、輨通叚)	竹部	【竹部】	5畫	190	192	無	段5上-3	鍇9-1	鉉5上-1
齃(紜)	員部	【貝部】	7畫	279	281	無	段6下-14	鍇12-9	鉉6下-4
愪	心部	【心部】	10畫	513	517	無	段10下-46	鍇20-17	鉉10下-8
溳	水部	【水部】	10畫	533	538	無	段11上壹-35	鍇21-10	鉉11上-5
纁(竁，曛、燻通叚)	糸部	【糸部】	14畫	650	656	23-37	段13上-14	鍇25-4	鉉13上-2
員(鼎、云，篔通叚)	員部	【口部】	7畫	279	281	27-24	段6下-14	鍇12-9	鉉6下-4
縜	糸部	【糸部】	10畫	655	662	無	段13上-25	鍇25-6	鉉13上-3
賴(耬、耘)	耒部	【耒部】	10畫	184	186	無	段4下-53	鍇8-19	鉉4下-8
抎(隕、耘)	手部	【手部】	4畫	602	608	無	段12上-37	鍇23-12	鉉12上-6
鄖(邧)	邑部	【邑部】	10畫	293	296	無	段6下-43	鍇12-18	鉉6下-7
澐	水部	【水部】	12畫	549	554	無	段11上貳-7	鍇21-15	鉉11上-5

yǔn(ㄩㄣˇ)

允(狁通叚)	儿部	【儿部】	2畫	405	409	3-44	段8下-8	鍇16-11	鉉8下-2
靴(允)	本部	【中部】	9畫	498	502	10-49	段10下-16	鍇20-6	鉉10下-3
夽	大部	【大部】	4畫	493	497	無	段10下-6	鍇20-1	鉉10下-2
抎(隕、耘)	手部	【手部】	4畫	602	608	無	段12上-37	鍇23-12	鉉12上-6
鈗	金部	【金部】	4畫	710	717	無	段14上-18	鍇27-6	鉉14上-3
阭	𨸏部	【阜部】	4畫	732	739	無	段14下-3	鍇28-2	鉉14下-1
頵	頁部	【頁部】	4畫	417	422	無	段9上-5	鍇17-2	鉉9上-1
荺	艸部	【艸部】	7畫	38	39	25-11	段1下-35	鍇2-17	鉉1下-6
趡(qun ˋ)	走部	【走部】	8畫	64	65	無	段2上-33	鍇3-14	鉉2上-7
喗	口部	【口部】	9畫	54	55	無	段2上-13	鍇3-6	鉉2上-3
靴(允)	本部	【中部】	9畫	498	502	10-49	段10下-16	鍇20-6	鉉10下-3
齫(齳)	齒部	【齒部】	9畫	79	80	無	段2下-21	鍇4-11	鉉2下-4
隕(殞、圽通叚)	𨸏部	【阜部】	10畫	733	740	無	段14下-5	鍇28-2	鉉14下-1
磒(隕)	石部	【石部】	10畫	450	454	無	段9下-26	鍇18-9	鉉9下-4
抎(隕、耘)	手部	【手部】	4畫	602	608	無	段12上-37	鍇23-12	鉉12上-6
霣(霝、隕)	雨部	【雨部】	10畫	572	577	無	段11下-10	鍇22-5	鉉11下-5
璊(玧men ˊ)	玉部	【玉部】	11畫	15	15	無	段1上-30	鍇1-15	鉉1上-5

篆本字(古文、金文、籀文、俗字、通用字，通叚、金石)	說文部首	康熙部首	筆畫	一般頁碼	洪葉頁碼	金石字典頁碼	段注篇章	徐鍇通釋篇章	徐鉉藤花榭篇
yùn(ㄩㄣˋ)									
孕(孕、膕、媵，媵通叚)	子部	【子部】	2畫	742	749	8-60	段14下-24	鍇28-12	鉉14下-6
韻	音部	【音部】	10畫	無	無	無	無	無	鉉3上-7
均(袀、鈞、旬，畇、韻通叚)	土部	【土部】	4畫	683	689	7-11	段13下-18	鍇26-2	鉉13下-3
惲	心部	【心部】	9畫	503	507	13-28	段10下-26	鍇20-10	鉉10下-5
暈(輝、暉)	日部	【日部】	9畫	304	307	無	段7上-6	鍇13-2	鉉7上-1
緷(纇从豕)	糸部	【糸部】	9畫	644	651	無	段13上-3	鍇25-2	鉉13上-1
運	辵(辶)部	【辵部】	9畫	72	72	28-41	段2下-6	鍇4-3	鉉2下-2
鄆(運)	邑部	【邑部】	9畫	288	290	無	段6下-32	鍇12-16	鉉6下-6
韗(韗、鞠，鞍、皲、屨、靴、韓通叚)	革部	【革部】	9畫	107	108	無	段3下-2	鍇6-2	鉉3下-1
餫	食部	【食部】	9畫	221	224	無	段5下-13	鍇10-5	鉉5下-3
慍	心部	【心部】	10畫	511	516	無	段10下-43	鍇20-15	鉉10下-8
癮	疒部	【疒部】	10畫	348	352	無	段7下-27	鍇14-12	鉉7下-5
縕(氳通叚)	糸部	【糸部】	10畫	662	668	無	段13上-38	鍇25-8	鉉13上-5
緼(溫、縕靺mei ˋ述及)	糸部	【糸部】	10畫	650	657	無	段13上-15	鍇25-4	鉉13上-3
覨	見部	【見部】	10畫	407	412	無	段8下-13	鍇16-13	鉉8下-3
醞(蘊，韞通叚)	酉部	【酉部】	10畫	747	754	無	段14下-34	鍇28-17	鉉14下-8
薀(菀、苑、蘊，韞通叚)	艸部	【艸部】	13畫	40	41	無	段1下-39	鍇2-18	鉉1下-6
尉(尉，熨通叚)	火部	【寸部】	8畫	483	487	19-24	段10上-46	鍇19-16	鉉10上-8
Z									
zā(ㄗㄚ)									
帀(襍，匝、迊通叚)	帀部	【巾部】	1畫	273	275	11-15	段6下-2	鍇12-2	鉉6下-1
歃(歃、唼、吶通叚)	欠部	【欠部】	9畫	413	417	無	段8下-24	鍇16-17	鉉8下-5
zá(ㄗㄚˊ)									
襍(雜)	衣部	【隹部】	10畫	395	399	無	段8上-62	鍇16-5	鉉8上-9
雥(集、襍)	雥部	【隹部】	20畫	148	149	30-61	段4上-38	鍇7-17	鉉4上-8
帀(襍，匝、迊通叚)	帀部	【巾部】	1畫	273	275	11-15	段6下-2	鍇12-2	鉉6下-1

篆本字（古文、金文、籀文、俗字、通用字，通叚、金石）	說文部首	康熙部首	筆畫	一般頁碼	洪葉頁碼	金石字典頁碼	段注篇章	徐鍇通釋篇章	徐鉉藤花榭篇
嚄(嘖、嚶、唪通叚)	口部	【口部】	12畫	55	55	無	段2上-14	鍇3-6	鉉2上-3
雥	雥部	【隹部】	16畫	148	149	無	段4上-38	鍇7-17	鉉4上-7
吉(嚍、唪通叚)	口部	【口部】	6畫	59	60	無	段2上-23	鍇3-9	鉉2上-5
zǎ（ㄗㄚˇ）									
乍(咋)	亡部	【丿部】	4畫	634	640	2-1	段12下-45	鍇24-15	鉉12下-7
詐(咋)	言部	【言部】	7畫	96	97	無	段3上-21	鍇5-11	鉉3上-4
齰(齚，咋通叚)	齒部	【齒部】	8畫	80	80	無	段2下-22	鍇4-11	鉉2下-5
zāi（ㄗㄞ）									
巛(災)	川部	【巛部】	1畫	569	574	無	段11下-4	鍇22-2	鉉11下-2
戋(㦰)	戈部	【戈部】	3畫	631	637	13-53	段12下-40	鍇24-13	鉉12下-6
哉(哉，截通叚)	口部	【口部】	6畫	57	58	6-34	段2上-19	鍇3-8	鉉2上-4
甾(岜，淄、椔、稐、篃、鯔通叚)	甾部	【田部】	3畫	637	643	4-23	段12下-52	鍇24-17	鉉12下-8
薔(菑、甾、栽)	艸部	【艸部】	8畫	41	42	無	段1下-41	鍇2-19	鉉1下-7
烖(灾、烖、災、薔)	火部	【火部】	7畫	484	489	19-12	段10上-49	鍇19-16	鉉10上-8
巛(災)	川部	【巛部】	1畫	569	574	無	段11下-4	鍇22-2	鉉11下-2
栽(栽)	木部	【木部】	6畫	252	255	16-38	段6上-29	鍇11-13	鉉6上-4
淺(溮)	水部	【水部】	9畫	518	523	無	段11上壹-5	無	鉉11上-1
zǎi（ㄗㄞˇ）									
仔	人部	【人部】	3畫	377	381	2-45	段8上-25	鍇15-9	鉉8上-4
載(載、戴述及，縡通叚)	車部	【車部】	6畫	727	734	27-66	段14上-51	鍇27-14	鉉14上-7
戴(戴、載)	異部	【戈部】	14畫	105	105	13-64	段3上-38	鍇5-20	鉉3上-9
宰	宀部	【宀部】	7畫	340	343	9-43	段7下-10	鍇14-5	鉉7下-3
葘(窠)	艸部	【艸部】	10畫	43	44	無	段1下-45	鍇2-21	鉉1下-7
聯	耳部	【耳部】	10畫	592	598	無	段12上-18	鍇23-7	鉉12上-4
zài（ㄗㄞˋ）									
在	土部	【土部】	3畫	687	693	7-7	段13下-26	鍇26-4	鉉13下-4
再(冄通叚)	冓部	【冂部】	4畫	158	160	4-15	段4下-2	鍇8-1	鉉4下-1
洅	水部	【水部】	6畫	558	563	無	段11上貳-25	鍇21-20	鉉11上-7
縡	糸部	【糸部】	10畫	無	無	無	無	無	鉉13上-5

篆本字(古文、金文、籀文、俗字、通用字，通段、金石)	說文部首	康熙部首	筆畫	一般頁碼	洪葉頁碼	金石字典頁碼	段注篇章	徐鍇通釋篇章	徐鉉藤花榭篇
載(載、戴述及，縡通段)	車部	【車部】	6畫	727	734	27-66	段14上-51	鍇27-14	鉉14上-7
戴(戴、載)	異部	【戈部】	14畫	105	105	13-64	段3上-38	鍇5-20	鉉3上-9
飵(載)	丮部	【食部】	7畫	113	114	31-42	段3下-14	鍇6-8	鉉3下-3
繂(縡，縡、繒通段)	糸部	【糸部】	12畫	648	654	23-34	段13上-10	鍇25-3	鉉13上-2
酨(酨)	邑部	【邑部】	6畫	299	302	無	段6下-55	鍇12-22	鉉6下-8
酨	酉部	【酉部】	6畫	751	758	無	段14下-41	鍇28-19	鉉14下-9
獪(狹，猚通段)	犬部	【犬部】	13畫	475	479	無	段10上-30	鍇19-10	鉉10上-5
zān(ㄗㄢ)									
兂(簪=寁庴摺同字、笄)	兂部	【无部】	1畫	405	410	3-47	段8下-9	鍇16-12	鉉8下-2
旡(㒫、兂、㤎、㥈)	旡部	【无部】	1畫	414	419	15-21	段8下-27	鍇16-18	鉉8下-6
鐕(釘、簪兂述及)	金部	【金部】	12畫	707	714	無	段14上-12	鍇27-5	鉉14上-3
zán(ㄗㄢˊ)									
詹(咱，嘆、膌通段)	言部	【言部】	6畫	97	98	無	段3上-23	鍇5-12	鉉3上-5
zǎn(ㄗㄢˇ)									
怎(恁通段)	心部	【心部】	5畫	515	519	無	段10下-50	鍇20-18	鉉10下-9
枏(押、拶通段)	木部	【木部】	5畫	270	273	16-32	段6上-65	鍇11-29	鉉6上-8
寁(摺、庴)	宀部	【宀部】	8畫	341	344	無	段7下-12	鍇14-6	鉉7下-3
疌(寁)	止部	【疋部】	3畫	68	68	17-25	段2上-40	鍇3-17	鉉2上-8
兂(簪=寁庴摺同字、笄)	兂部	【无部】	1畫	405	410	3-47	段8下-9	鍇16-12	鉉8下-2
嚪	口部	【口部】	12畫	61	61	無	段2上-26	鍇3-11	鉉2上-5
儹(攢通段)	人部	【人部】	19畫	372	376	無	段8上-16	鍇15-6	鉉8上-3
欑(儹，攢通段)	木部	【木部】	19畫	264	266	無	段6上-52	鍇11-23	鉉6上-7
纂(纘、撰，攢、蟇、繕通段)	糸部	【糸部】	14畫	654	660	23-38	段13上-22	鍇25-5	鉉13上-3
鑽(厱、攢通段)	金部	【金部】	19畫	707	714	無	段14上-12	鍇27-5	鉉14上-3
zàn(ㄗㄢˋ)									
暫(蹔通段)	日部	【日部】	11畫	306	309	無	段7上-9	鍇13-3	鉉7上-2
鏨	金部	【金部】	11畫	706	713	無	段14上-9	鍇27-4	鉉14上-2
蕝(蕞、纂、酇)	艸部	【艸部】	12畫	42	43	無	段1下-43	鍇2-20	鉉1下-7

篆本字(古文、金文、籀文、俗字、通用字，通叚、金石)	說文部首	康熙部首	筆畫	一般頁碼	洪葉頁碼	金石字典頁碼	段注篇章	徐鍇通釋篇章	徐鉉藤花榭篇
贊(賛，囋、讚、贊、讞、嘀通叚)	貝部	【貝部】	12畫	280	282	27-41	段6下-16	鍇12-10	鉉6下-4
喑(囋、嘀通叚)	口部	【口部】	6畫	59	60	無	段2上-23	鍇3-9	鉉2上-5
瓚(贊)	玉部	【玉部】	19畫	11	11	20-20	段1上-21	鍇1-11	鉉1上-4
孆	女部	【女部】	19畫	618	624	無	段12下-14	鍇24-5	鉉12下-2
灒(濺jianˋ)	水部	【水部】	19畫	565	570	無	段11上貳-40	鍇21-25	鉉11上-9
酇(鄼)	邑部	【邑部】	19畫	284	286	無	段6下-24	鍇12-14	鉉6下-5
鄼(酇)	邑部	【邑部】	11畫	294	297	無	段6下-45	鍇12-19	鉉6下-7
饡(屡、餍)	食部	【食部】	19畫	220	222	無	段5下-10	鍇10-4	鉉5下-2
zāng(ㄗㄤ)									
牂	羊部	【爿部】	6畫	146	147	無	段4上-34	鍇7-15	鉉4上-7
臧(臶、賍、藏，臟通叚)	臣部	【臣部】	8畫	118	119	24-32	段3下-24	鍇6-13	鉉3下-6
zǎng(ㄗㄤˇ)									
駔(儈)	馬部	【馬部】	5畫	468	472	無	段10上-16	鍇19-5	鉉10上-2
珇(駔)	玉部	【玉部】	5畫	14	14	無	段1上-28	鍇1-14	鉉1上-4
zàng(ㄗㄤˋ)									
壯(奘、莊顗yiˇ述及)	士部	【士部】	4畫	20	20	7-32	段1上-40	鍇1-19	鉉1上-6
奘大部，玄奘。	大部	【大部】	7畫	499	503	無	段10下-18	鍇20-6	鉉10下-4
奘犬部	犬部	【犬部】	7畫	474	479	無	段10上-29	鍇19-9	鉉10上-5
葬	茻部	【艸部】	9畫	48	48	25-22	段1下-54	鍇2-26	鉉1下-10
坐(堃、坐，座通叚)	土部	【土部】	5畫	687	693	無	段13下-26	鍇26-4	鉉13下-4
臧(臶、賍、藏，臟通叚)	臣部	【臣部】	8畫	118	119	24-32	段3下-24	鍇6-13	鉉3下-6
zāo(ㄗㄠ)									
傮(遭)	人部	【人部】	11畫	383	387	無	段8上-37	鍇15-12	鉉8上-5
褿(襩，嬶、幧、襸通叚)	衣部	【衣部】	11畫	396	400	無	段8上-64	鍇16-5	鉉8上-9
熸	火部	【火部】	11畫	484	489	無	段10上-49	鍇19-16	鉉10上-8
糟(精、醩、蒩，醸通叚)	米部	【米部】	11畫	332	335	23-4	段7上-62	鍇13-25	鉉7上-10
遭	辵(辶)部	【辵部】	11畫	71	72	28-45	段2下-5	鍇4-3	鉉2下-2

篆本字(古文、金文、籀文、俗字、通用字，通段、金石)	說文部首	康熙部首	筆畫	一般頁碼	洪葉頁碼	金石字典頁碼	段注篇章	徐鍇通釋篇章	徐鉉藤花榭篇
záo(ㄗㄠˊ)									
鑿从鏧	金部	【金部】	20畫	706	713	無	段14上-10	鍇27-4	鉉14上-2
繫(鑿)	毇部	【米部】	21畫	334	337	無	段7上-65	鍇13-26	鉉7上-10
zǎo(ㄗㄠˇ)									
晜(早、草)	日部	【日部】	2畫	302	305	15-27	段7上-2	鍇13-1	鉉7上-1
蚤(蚤、早)	蚰部	【虫部】	10畫	674	681	無	段13下-1	鍇25-15	鉉13下-1
棗(棘)	朿部	【木部】	8畫	318	321	16-47	段7上-33	鍇13-14	鉉7上-6
棘(皕、棗，蘱、璘通段)	朿部	【木部】	8畫	318	321	16-46	段7上-33	鍇13-14	鉉7上-6
繰(澡、繅)	糸部	【糸部】	13畫	651	658	無	段13上-17	鍇25-4	鉉13上-3
澡(繰)	水部	【水部】	13畫	564	569	18-60	段11上貳-37	鍇21-24	鉉11上-9
璪(祳通段)	玉部	【玉部】	13畫	14	14	無	段1上-28	鍇1-14	鉉1上-4
藻(璪、繅、藻，轍通段)	艸部	【艸部】	14畫	46	46	25-36	段1下-50	鍇2-23	鉉1下-8
zào(ㄗㄠˋ)									
草(葽、皁、皂非皂jī，愯、騲通段)	艸部	【艸部】	6畫	47	47	25-5	段1下-52	鍇2-24	鉉1下-9
晜(早、草)	日部	【日部】	2畫	302	305	15-27	段7上-2	鍇13-1	鉉7上-1
槽(皁、曹)	木部	【木部】	11畫	264	267	無	段6上-53	鍇11-23	鉉6上-7
造(艁，慥通段)	辵(辶)部	【辵部】	7畫	71	71	28-28	段2下-4	鍇4-2	鉉2下-1
竈(竈从土、窀从先、造)	穴部	【穴部】	12畫	343	347	22-35	段7下-17	鍇14-8	鉉7下-4
鍜(斞銚diaoˋ述及銚斞枲三字同。即今鍫字也，鏊通段)	金部	【金部】	9畫	711	718	無	段14上-20	鍇27-7	鉉14上-4
薻(簉)	艸部	【艸部】	10畫	39	39	無	段1下-36	鍇2-17	鉉1下-6
燥(熮、灹、鏍通段)	火部	【火部】	13畫	486	490	無	段10上-52	鍇19-17	鉉10上-9
銚(斞、枲、鏊，鍬通段)	金部	【金部】	6畫	704	711	無	段14上-6	鍇27-3	鉉14上-2
喿(噪)	品部	【口部】	10畫	85	85	6-48	段2下-32	鍇4-16	鉉2下-7
譟(噪、鬧通段)	言部	【言部】	13畫	99	99	無	段3上-26	鍇5-10	鉉3上-5
趮(躁)	走部	【走部】	13畫	64	64	無	段2上-32	鍇3-14	鉉2上-7

篆本字(古文、金文、籀文、俗字、通用字，通叚、金石)	說文部首	康熙部首	筆畫	一般頁碼	洪葉頁碼	金石字典頁碼	段注篇章	徐鍇通釋篇章	徐鉉藤花榭篇
zé(ㄗㄜˊ)									
賾(責、債，蟗、鱭通叚)	貝部	【貝部】	4畫	281	284	27-27	段6下-19	鍇12-12	鉉6下-5
筰(笮，莋通叚)	竹部	【竹部】	7畫	195	197	無	段5上-13	鍇9-5	鉉5上-2
笮(窄=迮述及)	竹部	【竹部】	5畫	191	193	無	段5上-6	鍇9-3	鉉5上-2
迮(乍、作、窄)	辵(辶)部	【辵部】	5畫	71	71	無	段2下-4	鍇4-3	鉉2下-1
作(迮、乍)	人部	【人部】	5畫	374	378	3-4	段8上-19	鍇15-7	鉉8上-3
賊(賊)	戈部	【貝部】	6畫	630	636	27-34	段12下-38	鍇24-12	鉉12下-6
則(剆、副、剈)	刀部	【刂部】	7畫	179	181	4-38	段4下-43	鍇8-16	鉉4下-7
濭	水部	【水部】	8畫	555	560	無	段11上貳-20	鍇21-19	鉉11上-6
䂦(矟通叚)	矛部	【矛部】	8畫	719	726	無	段14上-36	鍇27-11	鉉14上-6
譜(嘖、借再證)	言部	【言部】	8畫	96	96	無	段3上-20	鍇5-10	鉉3上-4
齰(齚，咋通叚)	齒部	【齒部】	8畫	80	80	無	段2下-22	鍇4-11	鉉2下-5
鰂(鯽、鱡从賊)	魚部	【魚部】	9畫	579	585	無	段11下-25	鍇22-10	鉉11下-5
嘖(讀，憤、蹟通叚)	口部	【口部】	11畫	60	60	無	段2上-24	鍇3-10	鉉2上-5
嫧	女部	【女部】	11畫	620	626	無	段12下-18	鍇24-6	鉉12下-3
幘	巾部	【巾部】	11畫	358	361	無	段7下-46	鍇14-21	鉉7下-8
齚	齒部	【齒部】	11畫	79	79	無	段2下-20	鍇4-11	鉉2下-4
簀(積)	竹部	【竹部】	12畫	192	194	無	段5上-7	鍇9-3	鉉5上-2
積(簀，蔪、禶通叚)	禾部	【禾部】	11畫	325	328	22-29	段7上-48	鍇13-20	鉉7上-8
擇	手部	【手部】	13畫	599	605	14-31	段12上-31	鍇23-11	鉉12上-5
澤(釋，檡、鸅通叚)	水部	【水部】	13畫	551	556	19-1	段11上貳-11	鍇21-16	鉉11上-5
臭(澤)	大部	【大部】	5畫	499	503	8-14	段10下-18	鍇20-6	鉉10下-4
襗(澤襦亦述及)	衣部	【衣部】	13畫	393	397	無	段8上-57	鍇16-3	鉉8上-8
zè(ㄗㄜˋ)									
矢	矢部	【大部】	1畫	494	498	7-61	段10下-8	鍇20-2	鉉10下-2
仄(庂、側、昃)	厂部	【厂部】	2畫	447	452	無	段9下-21	鍇18-7	鉉9下-4
稷(稄、即、昃)	禾部	【禾部】	10畫	321	324	22-24	段7上-40	鍇13-17	鉉7上-7
側(仄)	人部	【人部】	9畫	373	377	3-31	段8上-17	鍇15-7	鉉8上-3
昃(庂、臭、仄述及)	日部	【日部】	4畫	305	308	無	段7上-7	鍇13-2	鉉7上-1
zéi(ㄗㄟˊ)									
賊(賊)	戈部	【貝部】	6畫	630	636	27-34	段12下-38	鍇24-12	鉉12下-6
鰂(鯽、鱡从賊)	魚部	【魚部】	9畫	579	585	無	段11下-25	鍇22-10	鉉11下-5

篆本字(古文、金文、籀文、俗字、通用字，通叚、金石)	說文部首	康熙部首	筆畫	一般頁碼	洪葉頁碼	金石字典頁碼	段注篇章	徐鍇通釋篇章	徐鉉藤花榭篇
zēn(ㄗㄣ)									
兂(簪=寁𣬛摺同字、笲)	兂部	【无部】	1畫	405	410	3-47	段8下-9	錯16-12	鉉8下-2
璻	玉部	【玉部】	12畫	17	17	無	段1上-33	錯1-16	鉉1上-5
zèn(ㄗㄣˋ)									
譖(僭)	言部	【言部】	12畫	100	100	無	段3上-28	錯5-11	鉉3上-6
僭(譖)	人部	【人部】	12畫	378	382	無	段8上-27	錯15-9	鉉8上-4
zēng(ㄗㄥ)									
曾(䎡通叚)	八部	【曰部】	8畫	49	49	15-57	段2上-2	錯3-1	鉉2上-1
增(曾)	土部	【土部】	12畫	689	696	7-25	段13下-31	錯26-5	鉉13下-4
層(增)	尸部	【尸部】	12畫	401	405	10-46	段8上-73	錯16-9	鉉8上-11
憎	心部	【心部】	12畫	511	516	無	段10下-43	錯20-15	鉉10下-8
竲(橧通叚)	立部	【立部】	12畫	501	505	無	段10下-22	錯20-8	鉉10下-4
熷(𤎅)	火部	【火部】	12畫	482	487	無	段10上-45	錯19-15	鉉10上-8
矰	矢部	【矢部】	12畫	226	228	21-41	段5下-22	錯10-9	鉉5下-4
繒(綕，缯、嶒通叚)	糸部	【糸部】	12畫	648	654	23-34	段13上-10	錯25-3	鉉13上-2
鄫(䢔)	邑部	【邑部】	12畫	298	300	29-20	段6下-52	錯12-21	鉉6下-8
罾(𦊰)	网部	【网部】	12畫	355	359	無	段7下-41	錯14-18	鉉7下-7
譄	言部	【言部】	12畫	98	99	無	段3上-25	錯5-13	鉉3上-5
zèng(ㄗㄥˋ)									
鬸(甑)	鬲部	【鬲部】	12畫	111	112	無	段3下-10	錯6-6	鉉3下-2
甑(䰝從曾)	瓦部	【瓦部】	12畫	638	644	無	段12下-54	錯24-18	鉉12下-8
䰝(甑、䵝從鬲𤖅)	鬲部	【鬲部】	12畫	111	112	無	段3下-10	錯6-5	鉉3下-2
贈	貝部	【貝部】	12畫	280	283	無	段6下-17	錯12-10	鉉6下-4
zhā(ㄓㄚ)									
挓(摣)	手部	【手部】	5畫	605	611	14-30	段12上-43	錯23-13	鉉12上-7
柤	木部	【木部】	5畫	256	259	16-28	段6上-37	錯11-16	鉉6上-5
觰	角部	【角部】	9畫	186	188	無	段4下-57	錯8-20	鉉4下-9
泏(睢，渣通叚)	水部	【水部】	5畫	519	524	18-13	段11上壹-8	錯21-3	鉉11上-1
汁(叶，渣通叚)	水部	【水部】	2畫	563	568	無	段11上貳-35	錯21-24	鉉11上-8
槎(樖，柞、楂通叚)	木部	【木部】	10畫	269	271	無	段6上-62	錯11-28	鉉6上-8
遳(錯，撒、戲、皷通叚)	辵(辶)部	【辵部】	8畫	71	71	28-34	段2下-4	錯4-3	鉉2下-1

篆本字(古文、金文、籀文、俗字、通用字,通段、金石)	說文部首	康熙部首	筆畫	一般頁碼	洪葉頁碼	金石字典頁碼	段注篇章	徐鍇通釋篇章	徐鉉藤花榭篇
抯(擔)	手部	【手部】	5畫	605	611	14-30	段12上-43	錯23-13	鉉12上-7
戲(擔)	又部	【又部】	11畫	115	116	無	段3下-18	錯6-10	鉉3下-4
齟(齟)	齒部	【齒部】	11畫	79	79	無	段2下-20	錯4-11	鉉2下-4
樝(查通段)	木部	【木部】	11畫	238	241	17-7	段6上-1	錯11-1	鉉6上-1
蓡	多部	【口部】	11畫	316	319	無	段7上-29	錯13-12	鉉7上-5
諸(惹、譗,譇通段)	言部	【言部】	12畫	96	97	無	段3上-21	錯5-11	鉉3上-4
zhá(ㄓㄚˊ)									
札(蚻、鳼通段)	木部	【木部】	1畫	265	268	無	段6上-55	錯11-24	鉉6上-7
蠽(蚻,蠿通段)	蚰部	【虫部】	21畫	674	681	無	段13下-1	錯25-15	鉉13下-1
軋	車部	【車部】	1畫	728	735	無	段14上-53	錯27-14	鉉14上-7
乙(軋、軋,鳼通段)	乙部	【乙部】		740	747	無	段14下-19	錯28-8	鉉14下-4
閘(牐通段)	門部	【門部】	5畫	588	594	無	段12上-10	錯23-5	鉉12上-3
臿(臿,橇、牐、敠通段)	臼部	【臼部】	3畫	334	337	無	段7上-66	錯13-27	鉉7上-10
霅(霎)	雨部	【雨部】	7畫	572	577	無	段11下-10	錯22-5	鉉11下-3
黵從竹目大黑	黑部	【黑部】	14畫	488	493	無	段10上-57	錯19-19	鉉10上-10
蠿	蚰部	【虫部】	22畫	675	681	無	段13下-2	錯25-15	鉉13下-1
zhǎ(ㄓㄚˇ)									
眨	目部	【目部】	4畫	無	無	無	無	無	鉉4上-3
䀹(睫、䀱,眨、瞸、瞼通段)	目部	【目部】	7畫	130	131	無	段4上-2	錯7-2	鉉4上-1
燂(ci羨)	火部	【火部】	7畫	482	486	無	段10上-44	錯19-15	鉉10上-8
鮺(鮓)	魚部	【魚部】	7畫	580	586	無	段11下-27	錯22-10	鉉11下-6
zhà(ㄓㄚˋ)									
吒(咤,嚇、詫通段)	口部	【口部】	3畫	60	60	6-15	段2上-24	錯3-10	鉉2上-5
宅(咤通段)	宀部	【宀部】	10畫	353	357	4-19	段7下-37	錯14-16	鉉7下-6
乍(咋)	亾部	【丿部】	4畫	634	640	2-1	段12下-45	錯24-15	鉉12下-7
作(迮、乍)	人部	【人部】	5畫	374	378	3-4	段8上-19	錯15-7	鉉8上-3
迮(乍、作、窄)	辵(辶)部	【辵部】	5畫	71	71	無	段2下-4	錯4-3	鉉2下-1
柞(械)	木部	【木部】	5畫	243	246	16-29	段6上-11	錯11-5	鉉6上-2
蠚(蝗,蚱、虴、蜡通段)	虫部	【虫部】	11畫	668	674	無	段13上-50	錯25-12	鉉13上-7
柵	木部	【木部】	5畫	257	259	無	段6上-38	錯11-17	鉉6上-5

篆本字(古文、金文、籀文、俗字、通用字，通叚、金石)	說文部首	康熙部首	筆畫	一般頁碼	洪葉頁碼	金石字典頁碼	段注篇章	徐鍇通釋篇章	徐鉉藤花榭篇
詐	言部	【言部】	5畫	99	100	無	段3上-27	鍇5-14	鉉3上-6
詵(咋)	言部	【言部】	7畫	96	97	無	段3上-21	鍇5-11	鉉3上-4
蜡(蛆、胆、褯，蠢通叚)	虫部	【虫部】	8畫	669	675	無	段13上-52	鍇25-13	鉉13上-7
溠	水部	【水部】	10畫	528	533	無	段11上壹-25	鍇21-8	鉉11上-2
zhāi(ㄓㄞ)									
龺(齋、齋從齋眞攴，禬通叚)	示部	【齊部】	3畫	3	3	32-54	段1上-6	鍇1-6	鉉1上-2
亝(齊、龺、臍，隮通叚)	齊部	【齊部】		317	320	32-51	段7上-32	鍇13-14	鉉7上-6
摘	手部	【手部】	11畫	602	608	無	段12上-37	鍇23-12	鉉12上-6
zhái(ㄓㄞˊ)									
宅(厇、㡯、侘)	宀部	【宀部】	3畫	338	341	9-19	段7下-6	鍇14-3	鉉7下-2
翟(狄，鸐、鷄通叚)	羽部	【羽部】	8畫	138	140	30-55	段4上-19	鍇7-9	鉉4上-4
澤(釋，檡、鸅通叚)	水部	【水部】	13畫	551	556	19-1	段11上貳-11	鍇21-16	鉉11上-5
zhǎi(ㄓㄞˇ)									
笮(窄=迮述及)	竹部	【竹部】	5畫	191	193	無	段5上-6	鍇9-3	鉉5上-2
迮(乍、作、窄)	辵(辶)部	【辵部】	5畫	71	71	無	段2下-4	鍇4-3	鉉2下-1
zhài(ㄓㄞˋ)									
債	人部	【人部】	11畫				無	無	鉉8上-5
責(責、債，蟦、鰿通叚)	貝部	【貝部】	4畫	281	284	27-27	段6下-19	鍇12-12	鉉6下-5
祭(傺通叚)	示部	【示部】	6畫	3	3	21-57	段1上-6	鍇1-6	鉉1上-2
鄒(祭)	邑部	【邑部】	11畫	287	290	無	段6下-31	鍇12-16	鉉6下-6
際(瘵)	𨸏部	【阜部】	11畫	736	743	無	段14下-11	鍇28-4	鉉14下-2
瘵(際)	疒部	【疒部】	11畫	348	352	無	段7下-27	鍇14-12	鉉7下-5
𡐔(塞、寒，賽、寨通叚)	土部	【土部】	19畫	689	696	無	段13下-31	鍇26-5	鉉13下-5
zhān(ㄓㄢ)									
占(颭通叚)	卜部	【卜部】	3畫	127	128	5-20	段3下-42	鍇6-20	鉉3下-9
沾(添、霑)	水部	【水部】	5畫	526	531	無	段11上壹-22	鍇21-7	鉉11上-2
蛅(ranˊ)	虫部	【虫部】	5畫	667	673	無	段13上-48	鍇25-11	鉉13上-7
覘(沾，佔、貼通叚)	見部	【見部】	5畫	408	413	無	段8下-15	鍇16-14	鉉8下-3

篆本字(古文、金文、籀文、俗字、通用字，通叚、金石)	說文部首	康熙部首	筆畫	一般頁碼	洪葉頁碼	金石字典頁碼	段注篇章	徐鍇通釋篇章	徐鉉藤花榭篇
鉆	金部	【金部】	5畫	707	714	無	段14上-11	鍇27-5	鉉14上-3
拑(鉆)	手部	【手部】	5畫	596	602	無	段12上-26	鍇23-9	鉉12上-5
旃(旜)	㫃部	【方部】	6畫	310	313	無	段7上-18	鍇13-6	鉉7上-3
氈(毣、旃，毯通叚)	毛部	【毛部】	13畫	399	403	無	段8上-69	鍇16-8	鉉8上-10
詹(蟾、譫、詀通叚)	八部	【言部】	6畫	49	49	26-47	段2上-2	鍇3-2	鉉2上-1
帖(貼，怗、惉、惵通叚)	巾部	【巾部】	5畫	359	362	無	段7下-48	鍇14-22	鉉7下-9
苫(惉通叚)	艸部	【艸部】	5畫	43	43	無	段1下-44	鍇2-20	鉉1下-7
箈(qian´)	竹部	【竹部】	8畫	195	197	無	段5上-13	鍇9-5	鉉5上-2
霑(沾，添、酟通叚)	雨部	【雨部】	8畫	573	579	無	段11下-13	鍇22-6	鉉11下-4
沾(添、霑)	水部	【水部】	5畫	526	531	無	段11上壹-22	鍇21-7	鉉11上-2
氈(毣、旃，毯通叚)	毛部	【毛部】	13畫	399	403	無	段8上-69	鍇16-8	鉉8上-10
瞻	目部	【目部】	13畫	132	134	21-35	段4上-7	鍇7-4	鉉4上-2
耽(瞻)	耳部	【耳部】	4畫	591	597	無	段12上-16	鍇23-6	鉉12上-3
趲(邅通叚)	走部	【走部】	13畫	64	64	無	段2上-32	鍇3-14	鉉2上-7
驙(邅通叚)	馬部	【馬部】	13畫	467	472	無	段10上-15	鍇19-4	鉉10上-2
亶(邅驙述及)	㐭部	【亠部】	11畫	230	233	2-37	段5下-31	鍇10-13	鉉5下-6
饘(糝通叚)	食部	【食部】	13畫	219	221	無	段5下-8	鍇10-4	鉉5下-2
鱣(鱔)	魚部	【魚部】	13畫	576	582	無	段11下-19	鍇22-8	鉉11下-5
鮪(鱣鮔geng`述及)	魚部	【魚部】	6畫	576	581	32-17	段11下-18	鍇22-8	鉉11下-4
鸇(鸇从廛、䲴)	鳥部	【鳥部】	13畫	155	156	無	段4上-52	鍇7-22	鉉4上-9
鬻从弜侃(餰、飦、飵)	鬲部	【鬲部】	14畫	112	113	32-11	段3下-11	鍇6-6	鉉3下-2
蠿从珡(蠆，蜇通叚)	蚰部	【虫部】	20畫	674	681	無	段13下-1	鍇25-15	鉉13下-1
zhǎn(ㄓㄢˇ)									
斬(獑、钀通叚)	車部	【斤部】	4畫	730	737	無	段14上-57	鍇27-15	鉉14上-8
颭	風部	【風部】	5畫	無	無	無	無	無	鉉13下-2
占(颭通叚)	卜部	【卜部】	3畫	127	128	5-20	段3下-42	鍇6-20	鉉3下-9
報(輾軋ya`，報大徐作輾，碾通叚)	車部	【車部】	5畫	728	735	無	段14上-53	鍇27-14	鉉14上-7
屣(展、輾)	尸部	【尸部】	7畫	400	404	10-44	段8上-71	鍇16-8	鉉8上-11
㞡(展，捵通叚)	㞡部	【工部】	9畫	201	203	11-11	段5上-26	鍇9-10	鉉5上-4
襄(禐、展)	衣部	【衣部】	12畫	389	393	無	段8上-49	鍇16-1	鉉8上-7

篆本字(古文、金文、籀文、俗字、通用字，通叚、金石)	說文部首	康熙部首	筆畫	一般頁碼	洪葉頁碼	金石字典頁碼	段注篇章	徐鍇通釋篇章	徐鉉藤花榭篇
瑽	玉部	【玉部】	8畫	無	無	無	無	無	鉉1上-6
湔(濺灒zan`述及，瑽、盞通叚)	水部	【水部】	9畫	519	524	無	段11上壹-7	鍇21-3	鉉11上-1
戔(殘、諓，醆、盞通叚)	戈部	【戈部】	4畫	632	638	13-56	段12下-41	鍇24-13	鉉12下-6
匴(㯲方言曰：盂械盞㮰間㯠㯂，栖也，㮰、杅、盞通叚)	匚部	【匚部】	24畫	636	642	無	段12下-49	鍇24-16	鉉12下-8
磛(嶃、嶄、漸)	石部	【石部】	11畫	451	455	無	段9下-28	鍇18-10	鉉9下-4
嬋	女部	【女部】	12畫	623	629	8-51	段12下-24	鍇24-8	鉉12下-4
顝	頁部	【頁部】	12畫	420	424	無	段9上-10	鍇17-3	鉉9上-2
䁎	目部	【目部】	13畫	131	133	無	段4上-5	鍇7-3	鉉4上-2
鑱	金部	【金部】	13畫	714	721	無	段14上-25	鍇27-8	鉉14上-4
顠(顫通叚)	頁部	【頁部】	13畫	421	426	31-32	段9上-13	鍇17-4	鉉9上-2
蠶从朁(蝅，蠺通叚)	蚰部	【虫部】	20畫	674	681	無	段13下-1	鍇25-15	鉉13下-1
zhàn(ㄓㄢˋ)									
占(颭通叚)	卜部	【卜部】	3畫	127	128	5-20	段3下-42	鍇6-20	鉉3下-9
覘(沾，佔、貼通叚)	見部	【見部】	5畫	408	413	無	段8下-15	鍇16-14	鉉8下-3
組(綻)	糸部	【糸部】	5畫	656	662	無	段13上-26	鍇25-6	鉉13上-3
袒(綻、裧)	衣部	【衣部】	5畫	395	399	無	段8上-62	鍇16-5	鉉8上-9
轏	車部	【車部】	12畫	無	無	無	無	無	鉉14上-8
棧(碊、轏、輚通叚)	木部	【木部】	8畫	262	265	16-46	段6上-49	鍇11-21	鉉6上-6
蟺(蚓，蚿、蚵、蠘、蚰通叚)	虫部	【虫部】	11畫	663	670	無	段13上-41	鍇25-10	鉉13上-6
倦(僝、潺)	人部	【人部】	9畫	368	372	無	段8上-8	鍇15-3	鉉8上-2
湛(潗、沈淑述及)	水部	【水部】	9畫	556	561	18-41	段11上貳-22	鍇21-19	鉉11上-7
沈(瀋、湛、黕，沉俗、沒通叚)	水部	【水部】	4畫	558	563	18-7	段11上貳-25	鍇21-20	鉉11上-7
黕(湛，曇通叚)	黑部	【黑部】	4畫	488	493	32-40	段10上-57	鍇19-19	鉉10上-10
煁(諶、湛)	火部	【火部】	9畫	482	486	無	段10上-44	鍇19-15	鉉10上-8
酖(耽、湛)	酉部	【酉部】	4畫	749	756	無	段14下-37	鍇28-18	鉉14下-9
媅(耽、湛，妉、愖通叚)	女部	【女部】	9畫	620	626	8-46	段12下-18	鍇24-6	鉉12下-3

篆本字（古文、金文、籀文、俗字、通用字，通段、金石）	說文部首	康熙部首	筆畫	一般頁碼	洪葉頁碼	金石字典頁碼	段注篇章	徐鍇通釋篇章	徐鉉藤花榭篇
虤(戲)	虎部	【虍部】	10畫	210	212	無	段5上-44	鍇9-18	鉉5上-8
騨(各本無此篆)	馬部	【馬部】	10畫	467	472	無	段10上-15	鍇19-5	鉉10上-2
暫(蹔通段)	日部	【日部】	11畫	306	309	無	段7上-9	鍇13-3	鉉7上-2
嶘(嵹)	山部	【山部】	12畫	440	444	無	段9下-6	鍇18-2	鉉9下-1
戰	戈部	【戈部】	12畫	630	636	13-63	段12下-38	鍇24-12	鉉12下-6
襢(禪、展)	衣部	【衣部】	12畫	389	393	無	段8上-49	鍇16-1	鉉8上-7
陷(掐、銛、隬通段)	昌部	【阜部】	8畫	732	739	30-37	段14下-4	鍇28-2	鉉14下-1
顫(癭通段)	頁部	【頁部】	13畫	421	426	31-32	段9上-13	鍇17-4	鉉9上-2
蘸	艸部	【艸部】	19畫	無	無	無	無	無	鉉1下-9
霮(蘸通段)	雨部	【雨部】	13畫	573	579	無	段11下-13	鍇22-6	鉉11下-3
醮(譙，蘸通段)	酉部	【酉部】	12畫	748	755	無	段14下-36	鍇28-18	鉉14下-9

zhāng(ㄓㄤ)

章(嫜、樟通段)	音部	【立部】	6畫	102	103	22-39	段3上-33	鍇5-17	鉉3上-7
彰(章)	彡部	【彡部】	11畫	424	429	12-39	段9上-19	鍇17-6	鉉9上-3
粻	米部	【米部】	8畫	無	無	無	無	無	鉉7上-10
糧(粮，粻通段)	米部	【米部】	12畫	333	336	23-4	段7上-63	鍇13-25	鉉7上-10
張(脹瘬述及，漲、痕、粻、餦通段)	弓部	【弓部】	8畫	640	646	12-21	段12下-58	鍇24-19	鉉12下-9
帳(張，賬通段)	巾部	【巾部】	8畫	359	362	11-24	段7下-48	鍇14-22	鉉7下-9
餅(飥、餦、餛、餅釘述及，麭通段)	倉部	【食部】	6畫	219	221	無	段5下-8	鍇10-4	鉉5下-2
彰(章)	彡部	【彡部】	11畫	424	429	12-39	段9上-19	鍇17-6	鉉9上-3
漳	水部	【水部】	11畫	527	532	無	段11上壹-23	鍇21-8	鉉11上-2
璋	玉部	【玉部】	11畫	12	12	20-17	段1上-24	鍇1-12	鉉1上-4
葦	艸部	【艸部】	11畫	31	32	無	段1下-21	鍇2-10	鉉1下-4
鄣	邑部	【邑部】	11畫	297	300	29-18	段6下-51	鍇12-21	鉉6下-8
麞(獐)	鹿部	【鹿部】	11畫	471	475	無	段10上-22	鍇19-6	鉉10上-3

zhǎng(ㄓㄤˇ)

爪(掌，仉通段)	爪部	【爪部】		113	114	無	段3下-14	鍇6-7	鉉3下-3
掌	手部	【手部】	8畫	593	599	14-20	段12上-20	鍇23-8	鉉12上-4

zhàng(ㄓㄤˋ)

丈	十部	【一部】	2畫	89	89	1-6	段3上-6	鍇5-4	鉉3上-2
杖(仗)	木部	【木部】	3畫	263	266	無	段6上-51	鍇11-22	鉉6上-7

篆本字(古文、金文、籀文、俗字、通用字，通段、金石)	說文部首	康熙部首	筆畫	一般頁碼	洪葉頁碼	金石字典頁碼	段注篇章	徐鍇通釋篇章	徐鉉藤花榭篇
瘴(疧)	疒部	【疒部】	7畫	351	355	無	段7下-33	鍇14-15	鉉7下-6
帳(張，賬通段)	巾部	【巾部】	8畫	359	362	11-24	段7下-48	鍇14-22	鉉7下-9
墇	土部	【土部】	11畫	690	696	無	段13下-32	鍇26-5	鉉13下-5
障(嶂、瘴通段)	自部	【阜部】	11畫	734	741	無	段14下-8	鍇28-3	鉉14下-2
張(脹痕述及，漲、痕、粻、餦通段)	弓部	【弓部】	8畫	640	646	12-21	段12下-58	鍇24-19	鉉12下-9
zhāo(ㄓㄠ)									
召(zhao`)	口部	【口部】	2畫	57	57	5-55	段2上-18	鍇3-7	鉉2上-4
邵(召俗)	邑部	【邑部】	5畫	288	291	28-62	段6下-33	鍇12-16	鉉6下-6
盄	皿部	【皿部】	4畫	212	214	21-15	段5上-47	鍇9-19	鉉5上-9
佋	人部	【人部】	5畫	383	387	無	段8上-38	鍇15-12	鉉8上-5
招	手部	【手部】	5畫	601	607	14-12	段12上-35	鍇23-11	鉉12上-6
柖(招)	木部	【木部】	5畫	250	253	無	段6上-25	鍇11-12	鉉6上-4
釗(昭)	刀部	【金部】	2畫	181	183	無	段4下-48	鍇8-17	鉉4下-7
劭(釗、邵)	力部	【力部】	5畫	699	706	無	段13下-51	鍇26-11	鉉13下-7
昭(炤通段)	日部	【日部】	5畫	303	306	15-39	段7上-3	鍇13-1	鉉7上-1
照(炤、佋通段)	火部	【火部】	9畫	485	489	19-20	段10上-50	鍇19-17	鉉10上-9
鉊(鎌，鍣通段)	金部	【金部】	5畫	707	714	29-40	段14上-11	鍇27-5	鉉14上-3
朝(朝、輖)	倝部	【月部】	8畫	308	311	16-6	段7上-14	鍇13-5	鉉7上-3
輖(朝怒ni`述及，輊、轉通段)	車部	【車部】	8畫	727	734	無	段14上-52	鍇27-14	鉉14上-7
膻(禮、袒，皽通段)	肉部	【肉部】	13畫	171	173	無	段4下-27	鍇8-10	鉉4下-5
zhǎo(ㄓㄠˇ)									
爪(抓通段叉俗)	爪部	【爪部】		113	114	19-31	段3下-13	鍇6-7	鉉3下-3
叉(爪)	又部	【又部】	2畫	115	116	5-43	段3下-17	鍇6-9	鉉3下-4
沼	水部	【水部】	5畫	553	558	18-15	段11上貳-16	鍇21-18	鉉11上-6
蕁(qiao´)	艸部	【艸部】	8畫	46	46	無	段1下-50	鍇2-23	鉉1下-8
瑵	玉部	【玉部】	10畫	14	14	無	段1上-27	鍇1-14	鉉1上-4
zhào(ㄓㄠˋ)									
召(zhao)	口部	【口部】	2畫	57	57	5-55	段2上-18	鍇3-7	鉉2上-4
詔	言部	【言部】	5畫	無	無	26-44	無	無	鉉3上-3
誥古文从言肘(叡、告、詔)	言部	【言部】	7畫	92	93	26-52	段3上-13	鍇5-7	鉉3上-3

篆本字(古文、金文、籀文、俗字、通用字,通段、金石)	說文部首	康熙部首	筆畫	一般頁碼	洪葉頁碼	金石字典頁碼	段注篇章	徐鍇通釋篇章	徐鉉藤花榭篇
仌𠬢 (別、兆)	八部	【几部】	4畫	49	49	4-7	段2上-2	錯3-2	鉉2上-1
狋(兆、地,笓、駚通段)	卜部	【卜部】	6畫	127	128	5-22	段3下-42	錯6-20	鉉3下-9
羏	羊部	【羊部】	6畫	145	147	無	段4上-33	錯7-15	鉉4上-7
垗(肇、兆)	土部	【土部】	6畫	693	699	無	段13下-38	錯26-7	鉉13下-5
扉(肇)	戶部	【戶部】	6畫	586	592	無	段12上-6	錯23-4	鉉12上-2
鮡	魚部	【魚部】	6畫	581	587	無	段11下-29	錯22-11	鉉11下-6
趙(踃通段)	走部	【走部】	7畫	65	66	27-49	段2上-35	錯3-15	鉉2上-7
旐	㫃部	【方部】	8畫	309	312	15-20	段7上-15	錯13-6	鉉7上-3
荺(箌通段)	艸部	【艸部】	8畫	41	42	無	段1下-41	錯2-25	鉉1下-9
罩(罩,箌、篧、籗、籗通段)	网部	【网部】	8畫	355	359	無	段7下-41	錯14-19	鉉7下-7
翟(罩、罩)	隹部	【网部】	8畫	144	145	無	段4上-30	錯7-13	鉉4上-6
肇(扉、肇)	戈部	【聿部】	8畫	629	635	24-17,扉24-14	段12下-35	錯24-12 肇6-17	鉉12下-6
扉(肇)	戶部	【戶部】	6畫	586	592	無	段12上-6	錯23-4	鉉12上-2
垗(肇、兆)	土部	【土部】	6畫	693	699	無	段13下-38	錯26-7	鉉13下-5
隍	𨸏部	【阜部】	8畫	735	742	無	段14下-10	錯28-4	鉉14下-2
鮡	魚部	【魚部】	8畫	581	587	無	段11下-29	錯22-11	鉉11下-6
昭(炤通段)	日部	【日部】	5畫	303	306	15-39	段7上-3	錯13-1	鉉7上-1
照(炤、晁通段)	火部	【火部】	9畫	485	489	19-20	段10上-50	錯19-17	鉉10上-9
櫂(棹又櫂之俗)	木部	【木部】	14畫	無	無	無	無	無	鉉6上-8
濯(浣、櫂段刪。楫ji´說文無櫂字,棹又櫂之俗)	水部	【水部】	14畫	564	569	19-3	段11上貳-38	錯21-24	鉉11上-9
楫(輯、橈、櫂,檝通段)	木部	【木部】	9畫	267	270	無	段6上-59	錯11-27	鉉6上-7
擢(棹、籗通段)	手部	【手部】	14畫	605	611	無	段12上-44	錯23-12	鉉12上-7

zhē(ㄓㄜ)

篆本字	說文部首	康熙部首	筆畫	一般頁碼	洪葉頁碼	金石字典頁碼	段注篇章	徐鍇通釋篇章	徐鉉藤花榭篇
箸(者弋述及,著、櫫、筯、竼通段)	竹部	【竹部】	8畫	193	195	22-56	段5上-9	錯9-4	鉉5上-2
嘛	口部	【口部】	11畫	59	60	無	段2上-23	錯3-9	鉉2上-5
遮(鷓通段)	辵(辶)部	【辵部】	11畫	74	75	28-47	段2下-11	錯4-5	鉉2下-2

zhé(ㄓㄜˊ)

篆本字	說文部首	康熙部首	筆畫	一般頁碼	洪葉頁碼	金石字典頁碼	段注篇章	徐鍇通釋篇章	徐鉉藤花榭篇
乇(tuo)	乇部	【丿部】	2畫	274	277	1-34	段6下-5	錯12-4	鉉6下-2

篆本字(古文、金文、籀文、俗字、通用字，通叚、金石)	說文部首	康熙部首	筆畫	一般頁碼	洪葉頁碼	金石字典頁碼	段注篇章	徐鍇通釋篇章	徐鉉藤花榭篇
斯(斲、折，胅通叚)	艸部	【手部】	4畫	44	45	15-8	段1下-47	錯2-22	鉉1下-8
桍(楛、櫓，樗通叚)	木部	【木部】	6畫	261	264	無	段6上-47	錯11-20	鉉6上-6
聑(惉通叚)	耳部	【耳部】	6畫	593	599	無	段12上-19	錯23-7	鉉12上-4
襜(裧、幨，紷、袡、袩通叚)	衣部	【衣部】	13畫	392	396	26-24	段8上-56	錯16-3	鉉8上-8
悊(哲)	心部	【心部】	7畫	503	508	13-19	段10下-27	錯20-10	鉉10下-5
哲(悊、嚞、喆)	口部	【口部】	7畫	57	57	6-35	段2上-18	錯3-7	鉉2上-4
晢(晰，晣通叚)	日部	【日部】	7畫	303	306	15-46	段7上-3	錯13-1	鉉7上-1
螫(奭、蜇)	虫部	【虫部】	11畫	669	676	無	段13上-53	錯25-13	鉉13上-7
蛬(蠥、蠚、蜇)	虫部	【虫部】	9畫	665	672	25-56	段13上-45	錯25-11	鉉13上-6
鷙(鴬通叚)	鳥部	【鳥部】	11畫	155	156	無	段4上-52	錯7-22	鉉4上-9
幒(帕通叚)	巾部	【巾部】	7畫	362	366	無	段7下-55	錯14-23	鉉7下-9
抓	手部	【手部】	7畫	598	604	無	段12上-29	錯23-10	鉉12上-5
莇(茁通叚)	艸部	【艸部】	8畫	47	48	25-13	段1下-53	錯2-24	鉉1下-9
輒(跊、輙通叚)	車部	【車部】	7畫	722	729	28-3	段14上-42	錯27-13	鉉14上-6
鈉	金部	【金部】	7畫	707	714	無	段14上-12	錯27-5	鉉14上-3
鮅(鮷)	魚部	【魚部】	8畫	579	584	無	段11下-24	錯22-9	鉉11下-5
懾(惵通叚)	心部	【心部】	18畫	514	519	無	段10下-49	錯20-17	鉉10下-9
朕(膘通叚)	肉部	【肉部】	9畫	176	178	無	段4下-38	錯8-14	鉉4下-6
磔(矺tuo)	桀部	【石部】	10畫	237	240	無	段5下-44	錯10-18	鉉5下-9
虴	虫部	【虫部】	3畫				無	無	鉉13上-8
蟅(蝗，蚱、虴、蟒通叚)	虫部	【虫部】	11畫	668	674	無	段13上-50	錯25-12	鉉13上-7
慴(she`)	心部	【心部】	11畫	514	519	無	段10下-49	錯20-18	鉉10下-9
摺	手部	【手部】	11畫	602	608	無	段12上-37	錯23-12	鉉12上-6
蟄(zhi´)	虫部	【虫部】	11畫	671	678	無	段13上-57	錯25-13	鉉13上-8
讁(謫，讛通叚)	言部	【言部】	11畫	100	100	無	段3上-28	錯5-15	鉉3上-6
讋(呫、喋通叚)	言部	【言部】	11畫	96	97	無	段3上-21	錯5-11	鉉3上-4
轍	車部	【車部】	11畫	無	無	無	無	無	鉉14上-8
徹(㣙，撤、蹾、轍通叚)	攴部	【彳部】	12畫	122	123	12-58	段3下-32	錯6-17	鉉3下-8
勶(撤，轍通叚)	力部	【力部】	15畫	700	706	4-54	段13下-52	錯26-11	鉉13下-7
弈(yi`)	収部	【廾部】	13畫	104	104	12-13	段3上-36	錯5-19	鉉3上-8

篆本字(古文、金文、籀文、俗字、通用字，通叚、金石)	說文部首	康熙部首	筆畫	一般頁碼	洪葉頁碼	金石字典頁碼	段注篇章	徐鍇通釋篇章	徐鉉藤花榭篇
讋(讋)	言部	【言部】	16畫	99	100	27-7	段3上-27	鍇5-14	鉉3上-6
zhě(ㄓㄜˇ)									
者(這、箸弋述及)	白部	【老部】	4畫	137	138	24-1	段4上-16	鍇7-8	鉉4上-4
箸(者弋述及，著、藷、筯、竿通叚)	竹部	【竹部】	8畫	193	195	22-56	段5上-9	鍇9-4	鉉5上-2
諸(者，蝫、蠩通叚)	言部	【言部】	9畫	90	90	26-59	段3上-8	鍇5-5	鉉3上-3
赭(丹、沰)	赤部	【赤部】	9畫	492	496	無	段10下-4	鍇19-21	鉉10下-1
袥(衿裧述及，袂、褶通叚)	衣部	【衣部】	6畫	394	398	無	段8上-60	鍇16-4	鉉8上-9
襟(襟，褶通叚)	衣部	【衣部】	9畫	391	395	無	段8上-54	鍇16-2	鉉8上-8
襲(襲、褶)	衣部	【衣部】	16畫	391	395	26-25	段8上-53	鍇16-2	鉉8上-8
zhè(ㄓㄜˋ)									
莇(茈通叚)	艸部	【艸部】	8畫	47	48	25-13	段1下-53	鍇2-24	鉉1下-9
者(這、箸弋述及)	白部	【老部】	4畫	137	138	24-1	段4上-16	鍇7-8	鉉4上-4
柘	木部	【木部】	5畫	247	249	無	段6上-18	鍇11-8	鉉6上-3
樜(柘枰lu´述及)	木部	【木部】	11畫	244	247	無	段6上-13	鍇11-6	鉉6上-2
浙	水部	【水部】	7畫	518	523	無	段11上壹-5	鍇21-2	鉉11上-1
蔗(睹通叚)	艸部	【艸部】	11畫	29	29	無	段1下-16	鍇2-8	鉉1下-3
蠦(蝗，蚱、蚝、蠑通叚)	虫部	【虫部】	11畫	668	674	無	段13上-50	鍇25-12	鉉13上-7
鷓	鳥部	【鳥部】	11畫	無	無	無	無	無	鉉4上-10
遮(鷓通叚)	辵(辶)部	【辵部】	11畫	74	75	28-47	段2下-11	鍇4-5	鉉2下-2
zhēn(ㄓㄣ)									
偵	人部	【人部】	9畫	無	無	無	無	無	鉉8上-5
貞(偵通叚)	卜部	【貝部】	2畫	127	128	27-23	段3下-42	鍇6-20	鉉3下-9
詷(偵)	言部	【言部】	5畫	100	101	26-46	段3上-29	鍇5-15	鉉3上-6
砧	石部	【石部】	5畫	無	無	無	無	無	鉉9下-5
枮(杉、砧、碪通叚)	木部	【木部】	5畫	248	250	無	段6上-20	鍇11-8	鉉6上-3
甚(㞞、是、椹弓述及，砧、碪通叚)	甘部	【甘部】	4畫	202	204	無	段5上-27	鍇9-11	鉉5上-5
葚(椹通叚)	艸部	【艸部】	9畫	36	37	無	段1下-31	鍇2-15	鉉1下-5
珍(鉁通叚)	玉部	【玉部】	5畫	16	16	20-9	段1上-31	鍇1-15	鉉1上-5
眞(冣、慎)	七部	【目部】	5畫	384	388	21-29	段8上-40	鍇15-13	鉉8上-5

篆本字（古文、金文、籀文、俗字、通用字，通段、金石）	說文部首	康熙部首	筆畫	一般頁碼	洪葉頁碼	金石字典頁碼	段注篇章	徐鍇通釋篇章	徐鉉藤花榭篇
胗(疹)	肉部	【肉部】	5畫	171	173	無	段4下-28	鍇8-11	鉉4下-5
斟	斗部	【斗部】	7畫	718	725	無	段14上-34	鍇27-11	鉉14上-6
亲(榛、㯆)	木部	【木部】	7畫	239	242	16-38	段6上-3	鍇11-2	鉉6上-1
楨	木部	【木部】	9畫	252	254	16-54	段6上-28	鍇11-13	鉉6上-4
湞	水部	【水部】	9畫	529	534	無	段11上壹-27	鍇21-9	鉉11上-2
甄(震)	瓦部	【瓦部】	9畫	638	644	20-23	段12下-53	鍇24-18	鉉12下-8
鄄(甄)	邑部	【邑部】	9畫	295	297	無	段6下-46	鍇12-19	鉉6下-7
禎	示部	【示部】	9畫	3	3	無	段1上-5	鍇1-5	鉉1上-1
鍼(針、箴述及)	金部	【金部】	9畫	706	713	29-49	段14上-9	鍇27-4	鉉14上-2
箴(鍼，葴通段)	竹部	【竹部】	9畫	196	198	無	段5上-16	鍇9-6	鉉5上-3
黬(葴、箴)	黑部	【黑部】	15畫	488	492	無	段10上-56	鍇19-19	鉉10上-10
鶼(鰜、箴)	鳥部	【鳥部】	15畫	154	155	無	段4上-50	鍇7-22	鉉4上-9
葴	艸部	【艸部】	9畫	30	30	無	段1下-18	鍇2-9	鉉1下-3
陙(zheng)	𨸏部	【阜部】	9畫	735	742	無	段14下-10	鍇28-3	鉉14下-2
榛	木部	【木部】	10畫	242	245	無	段6上-9	鍇11-4	鉉6上-2
亲(榛、㯆)	木部	【木部】	7畫	239	242	16-38	段6上-3	鍇11-2	鉉6上-1
溱(秦)	水部	【水部】	10畫	529	534	無	段11上壹-27	鍇21-9	鉉11上-2
臻(溱)	至部	【至部】	10畫	585	591	24-39	段12上-3	鍇23-2	鉉12上-1
禛	示部	【示部】	10畫	2	2	21-63	段1上-4	鍇1-5	鉉1上-1
蓁	艸部	【艸部】	10畫	39	40	無	段1下-37	鍇2-17	鉉1下-6
轃	車部	【車部】	10畫	729	736	無	段14上-56	鍇27-15	鉉14上-8
溍	水部	【水部】	12畫	535	540	無	段11上壹-39	鍇21-11	鉉11上-3
甄	艸部	【艸部】	13畫	31	32	無	段1下-21	鍇2-10	鉉1下-4
鶼(鰜、箴)	鳥部	【鳥部】	15畫	154	155	無	段4上-50	鍇7-22	鉉4上-9
zhěn(ㄓㄣˇ)									
㐱	几部	【几部】	3畫	120	121	無	段3下-28	鍇6-15	鉉3下-7
㐱(鬒、顛，縝通段)	彡部	【人部】	3畫	424	429	無	段9上-19	鍇17-6	鉉9上-3
枕	木部	【木部】	4畫	258	260	16-26	段6上-40	鍇11-18	鉉6上-5
㲃	殳部	【殳部】	4畫	119	120	無	段3下-25	鍇6-14	鉉3下-6
頋	頁部	【頁部】	4畫	417	421	無	段9上-4	鍇17-2	鉉9上-1
胗(疹)	肉部	【肉部】	5畫	171	173	無	段4下-28	鍇8-11	鉉4下-5
疢(疹、疿通段)	疒部	【疒部】	4畫	351	355	20-55	段7下-33	鍇14-15	鉉7下-6

篆本字(古文、金文、籀文、俗字、通用字，通段、金石)	說文部首	康熙部首	筆畫	一般頁碼	洪葉頁碼	金石字典頁碼	段注篇章	徐鍇通釋篇章	徐鉉藤花榭篇
碪(礩、鏗=鍖鎗述及、硜、磬，礆、砧通段)	石部	【石部】	8畫	451	455	無	段9下-28	鍇18-10	鉉9下-4
畛(畇、畨通段)	田部	【田部】	5畫	696	703	無	段13下-45	鍇26-9	鉉13下-6
眕	目部	【目部】	5畫	131	133	無	段4上-5	鍇7-3	鉉4上-2
袗(袀、裖)	衣部	【衣部】	5畫	389	393	26-15	段8上-50	鍇16-2	鉉8上-7
診	言部	【言部】	5畫	101	101	無	段3上-30	鍇5-15	鉉3上-6
軫	車部	【車部】	5畫	723	730	無	段14上-44	鍇27-13	鉉14上-7
紾(捻、軫)	糸部	【糸部】	5畫	647	653	無	段13上-8	鍇25-3	鉉13上-2
頣(頒通段)	頁部	【頁部】	5畫	419	423	無	段9上-8	鍇17-3	鉉9上-2
駗(迍通段)	馬部	【馬部】	5畫	467	472	無	段10上-15	鍇19-4	鉉10上-2
辰(宸)	尸部	【尸部】	7畫	400	404	10-44	段8上-72	鍇16-9	鉉8上-11
參(曑、顯，縝通段)	乡部	【人部】	3畫	424	429	無	段9上-19	鍇17-6	鉉9上-3
稹(縝通段)	禾部	【禾部】	10畫	321	324	無	段7上-40	鍇13-17	鉉7上-7
槙(顛、稹，柛通段)	木部	【木部】	10畫	249	252	無	段6上-23	鍇11-11	鉉6上-4
歆(啟、鞁)	欠部	【欠部】	7畫	413	417	無	段8下-24	鍇16-17	鉉8下-5
zhèn(ㄓㄣˋ)									
兩(閆)	門部	【門部】	2畫	590	596	無	段12上-14	鍇23-6	鉉12上-3
〈(畖、甽、畎，畖、㽝通段)	〈部	【巛部】		568	573	20-37	段11下-2	鍇22-1	鉉11下-1
紖(繎，縝通段)	糸部	【糸部】	4畫	658	665	無	段13上-31	鍇25-7	鉉13上-4
鴆(酖)	鳥部	【鳥部】	4畫	156	158	無	段4上-55	鍇7-23	鉉4上-9
挋	手部	【手部】	6畫	600	606	無	段12上-34	鍇23-11	鉉12上-6
眹	目部	【目部】	6畫	無	無	無	無	無	鉉4上-3
朕(䑱、騰，眹通段)	舟部	【月部】	6畫	403	408	24-50	段8下-5	鍇16-10	鉉8下-1
栚	木部	【木部】	6畫	261	264	無	段6上-47	鍇11-20	鉉6上-6
侲	人部	【人部】	7畫	無	無	無	無	無	鉉8上-5
振(震辰述及、賑俗，侲通段)	手部	【手部】	7畫	603	609	14-17	段12上-40	鍇23-13	鉉12上-6
賑(振俗)	貝部	【貝部】	7畫	279	282	無	段6下-15	鍇12-10	鉉6下-4
跡(振通段)	足部	【足部】	7畫	83	83	27-55	段2下-28	鍇4-14	鉉2下-6
震(霃从焱炏云圅、霆、振辰述及)	雨部	【雨部】	7畫	572	577	31-2	段11下-10	鍇22-5	鉉11下-3

篆本字（古文、金文、籀文、俗字、通用字，通段、金石）	說文部首	康熙部首	筆畫	一般頁碼	洪葉頁碼	金石字典頁碼	段注篇章	徐鍇通釋篇章	徐鉉藤花榭篇
唇驚也(震)	口部	【口部】	7畫	60	60	6-35	段2上-24	錯3-10	鉉2上-5
甄(震)	瓦部	【瓦部】	9畫	638	644	20-23	段12下-53	錯24-18	鉉12下-8
扰(揕)	手部	【手部】	4畫	609	615	無	段12上-51	錯23-16	鉉12上-8
羊(揕通段)	干部	【干部】	2畫	87	87	無	段3上-2	錯5-2	鉉3上-1
鎮	金部	【金部】	10畫	707	714	29-51	段14上-11	錯27-5	鉉14上-3
陳(𨸶、阽、敶、敕、田述及)	𨸏部	【阜部】	8畫	735	742	30-29	段14下-10	錯28-4	鉉14下-2
敶(敕、陳、陣)	攴部	【攴部】	11畫	124	125	14-56	段3下-35	錯6-18	鉉3下-8

zhēng（ㄓㄥ）

篆本字	說文部首	康熙部首	筆畫	一般頁碼	洪葉頁碼	金石字典頁碼	段注篇章	徐鍇通釋篇章	徐鉉藤花榭篇
爭(埩)	叉部	【爪部】	4畫	160	162	19-31	段4下-6	錯8-4	鉉4下-2
延非延yan´(征，怔通段)	辵(辶)部	【辵部】	5畫	70	71	28-19	段2下-3	錯4-2	鉉2下-1
延與止部延yan´不同(、征、延)	廴部	【廴部】	5畫	77	78	12-2	段2下-17	錯4-9	鉉2下-4
延非延zheng(延蔓man、延字多作延，綖、蜓、蜑通段)	延部	【廴部】	5畫	77	78	12-2	段2下-17	錯4-10	鉉2下-4
綎	糸部	【糸部】	5畫	658	664	無	段13上-30	錯25-7	鉉13上-4
鉦	金部	【金部】	5畫	708	715	29-39	段14上-14	錯27-6	鉉14上-3
烝(蒸)	火部	【火部】	6畫	480	485	19-12	段10上-41	錯19-14	鉉10上-7
胥(烝，脀通段)	肉部	【肉部】	6畫	171	173	無	段4下-28	錯8-11	鉉4下-5
埩(淨)	土部	【土部】	8畫	690	696	無	段13下-32	錯26-5	鉉13下-5
淨(瀞、埩、爭)	水部	【水部】	8畫	536	541	無	段11上壹-41	錯21-11	鉉11上-3
爭(埩)	叉部	【爪部】	4畫	160	162	19-31	段4下-6	錯8-4	鉉4下-2
崝(崢)	山部	【山部】	8畫	441	445	無	段9下-8	錯18-3	鉉9下-1
箏	竹部	【竹部】	8畫	198	200	無	段5上-19	錯9-7	鉉5上-3
緈	糸部	【糸部】	8畫	657	664	無	段13上-29	錯25-6	鉉13上-4
苧(檉、欒从寧通段)	艸部	【艸部】	8畫	40	40	無	段1下-38	錯2-18	鉉1下-6
諍(zheng ﹨)	言部	【言部】	8畫	95	95	26-56	段3上-18	錯5-9	鉉3上-4
錚	金部	【金部】	8畫	710	717	無	段14上-17	錯27-6	鉉14上-3
隉(zhen)	𨸏部	【阜部】	9畫	735	742	無	段14下-10	錯28-3	鉉14下-2
蒸(荵)	艸部	【艸部】	10畫	44	45	無	段1下-47	錯2-22	鉉1下-8
烝(蒸)	火部	【火部】	6畫	480	485	19-12	段10上-41	錯19-14	鉉10上-7

篆本字（古文、金文、籀文、俗字、通用字，通段、金石）	說文部首	康熙部首	筆畫	一般頁碼	洪葉頁碼	金石字典頁碼	段注篇章	徐鍇通釋篇章	徐鉉藤花榭篇
徵(敳)	壬部	【彳部】	12畫	387	391	12-58	段8上-46	鍇15-16	鉉8上-7
澄(澄、徵)	水部	【水部】	12畫	550	555	18-58	段11上貳-9	鍇21-15	鉉11上-5
懲(徵)	心部	【心部】	15畫	515	520	無	段10下-51	鍇20-18	鉉10下-9
zhěng(ㄓㄥˇ)									
抍抍 (撜、拯)	手部	【手部】	6畫	603	609	無	段12上-39	鍇23-13	鉉12上-6
撜(拯)	手部	【手部】	8畫	608	614	無	段12上-49	鍇23-16	鉉12上-8
整	攴部	【攴部】	11畫	123	124	15-59	段3下-33	鍇6-17	鉉3下-8
憖(䜌從獻齒，憗通段)	心部	【心部】	12畫	504	508	無	段10下-28	鍇20-11	鉉10下-6
zhèng(ㄓㄥˋ)									
正(㱏、疋古文从足)	正部	【止部】	1畫	69	70	17-23	段2下-1	鍇4-1	鉉2下-1
政	攴部	【攴部】	5畫	123	124	14-38	段3下-33	鍇6-17	鉉3下-8
證	言部	【言部】	12畫	100	101	無	段3上-29	鍇5-15	鉉3上-6
証(證)	言部	【言部】	5畫	93	93	無	段3上-14	鍇5-8	鉉3上-3
諍(zheng)	言部	【言部】	8畫	95	95	26-56	段3上-18	鍇5-9	鉉3上-4
鄭	邑部	【邑部】	12畫	286	289	29-20	段6下-29	鍇12-15	鉉6下-6
zhī(ㄓ)									
支(𢺵)	支部	【支部】		117	118	無	段3下-21	鍇6-11	鉉3下-5
汁(叶，渣通段)	水部	【水部】	2畫	563	568	無	段11上貳-35	鍇21-24	鉉11上-8
隻	隹部	【隹部】	2畫	141	142	30-53	段4上-24	鍇7-11	鉉4上-5
之	之部	【丿部】	3畫	272	275	1-34	段6下-1	鍇12-2	鉉6下-1
卮(巵=觗觛dan 述及)	卮部	【卩部】	3畫	430	434	無	段9上-30	鍇17-10	鉉9上-5
梔(卮，栀通段)	木部	【木部】	7畫	248	250	無	段6上-20	鍇11-9	鉉6上-3
知(矯从智)	矢部	【矢部】	3畫	227	230	無	段5下-25	鍇10-9	鉉5下-4
枝(岐、跂述及)	木部	【木部】	4畫	249	251	16-23	段6上-22	鍇11-10	鉉6上-3
邲(岐、嵯)	邑部	【邑部】	4畫	285	287	10-53	段6下-26	鍇12-14	鉉6下-6
泜	水部	【水部】	4畫	554	559	無	段11上貳-17	鍇21-18	鉉11上-6
芝	艸部	【艸部】	4畫	22	23	24-56	段1下-3	鍇2-2	鉉1下-1
雉(鴙)	隹部	【隹部】	4畫	143	145	無	段4上-29	鍇7-13	鉉4上-5
馶	馬部	【馬部】	4畫	464	468	無	段10上-8	鍇19-3	鉉10上-2
泜	水部	【水部】	5畫	541	546	無	段11上壹-51	鍇21-7	鉉11上-3
滍(泜)	水部	【水部】	10畫	532	537	無	段11上壹-34	鍇21-10	鉉11上-2
祗	示部	【示部】	5畫	3	3	21-51	段1上-5	鍇1-5	鉉1上-2
胑(肢)	肉部	【肉部】	5畫	170	172	無	段4下-26	鍇8-10	鉉4下-4

篆本字（古文、金文、籀文、俗字、通用字，通叚、金石）	說文部首	康熙部首	筆畫	一般頁碼	洪葉頁碼	金石字典頁碼	段注篇章	徐鍇通釋篇章	徐鉉藤花榭篇
胝	肉部	【肉部】	5畫	171	173	無	段4下-28	鍇8-11	鉉4下-5
疧(疷通叚)	疒部	【疒部】	4畫	352	355	無	段7下-34	鍇14-15	鉉7下-6
祇(褆、祋，秖通叚)	示部	【示部】	4畫	3	3	21-51	段1上-5	鍇1-6	鉉1上-2
脂	肉部	【肉部】	6畫	175	177	無	段4下-36	鍇8-13	鉉4下-5
詣(指通叚)	言部	【言部】	6畫	95	96	無	段3上-19	鍇5-10	鉉3上-4
鴲	鳥部	【鳥部】	6畫	151	153	無	段4上-45	鍇7-20	鉉4上-8
梔(卮，栀通叚)	木部	【木部】	7畫	248	250	無	段6上-20	鍇11-9	鉉6上-3
蒞(涖)	艸部	【艸部】	7畫	43	43	無	段1下-44	鍇2-20	鉉1下-7
楮(揣、庋通叚)	木部	【木部】	10畫	254	256	無	段6上-32	鍇11-14	鉉6上-4
醬(智通叚)	酉部	【酉部】	11畫	748	755	無	段14下-35	鍇28-18	鉉14下-8
鼅从知于(鼄、蜌，蜘通叚)	黽部	【黽部】	11畫	679	686	無	段13下-11	鍇25-18	鉉13下-3
織(識，幟、繶、蟙通叚)	糸部	【糸部】	12畫	644	651	23-35	段13上-3	鍇25-1	鉉13上-1
職(軄、蘵、識通叚)	耳部	【耳部】	12畫	592	598	24-12	段12上-17	鍇23-7	鉉12上-4
zhi（ㄓˊ）									
直(棄)	ㄴ部	【目部】	3畫	634	640	21-23	段12下-45	鍇24-14	鉉12下-7
值(直)	人部	【人部】	8畫	382	386	無	段8上-36	鍇15-12	鉉8上-5
馽(罬、縶、縶，跖、靮通叚)	馬部	【馬部】	3畫	467	472	無	段10上-15	鍇19-5	鉉10上-2
屄	尸部	【尸部】	5畫	400	404	無	段8上-72	鍇16-8	鉉8上-11
拓(摭)	手部	【手部】	5畫	605	611	14-29	段12上-43	鍇23-13	鉉12上-7
跖(蹠通叚)	足部	【足部】	7畫	84	84	無	段2下-30	鍇4-15	鉉2下-6
蹢(躑通叚)	足部	【足部】	11畫	83	83	無	段2下-28	鍇4-14	鉉2下-6
跖(蹠、蹠)	足部	【足部】	5畫	81	81	無	段2下-24	鍇4-13	鉉2下-5
齛	齒部	【齒部】	5畫	80	80	無	段2下-22	鍇4-11	鉉2下-5
姪	女部	【女部】	6畫	616	622	8-37	段12下-9	鍇24-3	鉉12下-1
眰(眣，跌通叚)	目部	【目部】	5畫	134	136	無	段4上-11	鍇7-5	鉉4上-2
值(直)	人部	【人部】	8畫	382	386	無	段8上-36	鍇15-12	鉉8上-5
埴(壒)	土部	【土部】	8畫	683	690	無	段13下-19	鍇26-2	鉉13下-4
戠(壒通叚)	戈部	【戈部】	9畫	632	638	13-62	段12下-41	鍇24-13	鉉12下-6
植(櫃)	木部	【木部】	8畫	255	258	16-47	段6上-35	鍇11-15	鉉6上-5
置(寘、植)	网部	【网部】	8畫	356	360	23-42	段7下-43	鍇14-19	鉉7下-8

篆本字（古文、金文、籀文、俗字、通用字，通段、金石）	說文部首	康熙部首	筆畫	一般頁碼	洪葉頁碼	金石字典頁碼	段注篇章	徐鍇通釋篇章	徐鉉藤花榭篇
特(犆)	牛部	【牛部】	6畫	50	51	19-47	段2上-5	鍇3-3	鉉2上-2
殖(腫、臘，殆通段)	歹部	【歹部】	8畫	164	166	17-38	段4下-13	鍇8-6	鉉4下-3
稙	禾部	【禾部】	8畫	321	324	無	段7上-39	鍇13-17	鉉7上-7
質(櫍、鑕通段)	貝部	【貝部】	8畫	281	284	27-37	段6下-19	鍇12-11	鉉6下-5
騭(騭、陟、質)	馬部	【馬部】	10畫	460	465	31-63	段10上-1	鍇19-1	鉉10上-1
軶(執)	卒部	【土部】	8畫	496	501	7-15	段10下-13	鍇20-5	鉉10下-3
熟(慄通段)	心部	【心部】	11畫	514	519	無	段10下-49	鍇20-18	鉉10下-9
蟄(zhe´)	虫部	【虫部】	11畫	671	678	無	段13上-57	鍇25-13	鉉13上-8
蹢(跢通段)	足部	【足部】	11畫	83	83	無	段2下-28	鍇4-14	鉉2下-6
彳(躑通段)	彳部	【彳部】		76	76	12-40	段2下-14	鍇4-7	鉉2下-3
躑(蹢、躊，貊、躅通段)	足部	【足部】	11畫	82	83	無	段2下-27	鍇4-14	鉉2下-6
啻(商、翅痣qi´述及，蟅通段)	口部	【口部】	9畫	58	59	6-40	段2上-21	鍇3-9	鉉2上-4
麴	麥部	【麥部】	11畫	232	234	無	段5下-34	鍇10-14	鉉5下-7
殖(腫、臘，殆通段)	歹部	【歹部】	8畫	164	166	17-38	段4下-13	鍇8-6	鉉4下-3
胾(臘通段)	肉部	【肉部】	6畫	176	178	無	段4下-37	鍇8-14	鉉4下-6
職(膱、蘵、識通段)	耳部	【耳部】	12畫	592	598	24-12	段12上-17	鍇23-7	鉉12上-4
樴(職)	木部	【木部】	12畫	263	265	無	段6上-50	鍇11-22	鉉6上-7
黏(昵、暱、樴、䵑、𥻳)	黍部	【黍部】	4畫	330	333	無	段7上-57	鍇13-23	鉉7上-9
織(識，幟、繶、蟙通段)	糸部	【糸部】	12畫	644	651	23-35	段13上-3	鍇25-1	鉉13上-1
墌	土部	【土部】	14畫	689	695	無	段13下-30	鍇26-5	鉉13下-4
擿(擲，掆通段)	手部	【手部】	15畫	601	607	無	段12上-35	鍇23-11	鉉12上-6
投(擿)	手部	【手部】	4畫	601	607	14-9	段12上-35	鍇23-11	鉉12上-6
硩(擿、𥐫段注、說文作𥐫皆誤本)	石部	【石部】	8畫	452	456	無	段9下-30	鍇18-10	鉉9下-4
zhǐ（ㄓˇ）									
夂	夂部	【夂部】		237	239	7-46	段5下-43	鍇10-17	鉉5下-8
止(趾、山隸變延述及，杜通段)	止部	【止部】		67	68	17-22	段2上-39	鍇3-17	鉉2上-8
沚(止湜述及)	水部	【水部】	4畫	553	558	無	段11上貳-15	鍇21-17	鉉11上-6

篆本字（古文、金文、籀文、俗字、通用字，通段、金石）	說文部首	康熙部首	筆畫	一般頁碼	洪葉頁碼	金石字典頁碼	段注篇章	徐鍇通釋篇章	徐鉉藤花榭篇
楷(枱、梎)	日部	【木部】	9畫	260	263	無	段6上-45	鍇11-19	鉉6上-6
㶜(希 疑古文㶜、絺)	㶜部	【㶜部】		364	367	32-43	段7下-58	鍇14-25	鉉7下-10
只(衹)	只部	【口部】	2畫	87	88	無	段3上-3	鍇5-2	鉉3上-1
旨(香)	旨部	【日部】	2畫	202	204	15-26	段5上-28	鍇9-14	鉉5上-5
恉(旨、指)	心部	【心部】	6畫	502	507	無	段10下-25	鍇20-9	鉉10下-5
坁(坻)	土部	【土部】	4畫	687	694	無	段13下-27	鍇26-4	鉉13下-4
氏(坁、阺、是)	氏部	【氏部】		628	634	17-51	段12下-33	鍇24-11	鉉12下-4
堤(坁、隄俗)	土部	【土部】	9畫	687	694	無	段13下-27	鍇26-4	鉉13下-4
抵(提)	手部	【手部】	4畫	609	615	無	段12上-51	鍇23-16	鉉12上-8
泜	水部	【水部】	4畫	559	564	無	段11上貳-27	鍇21-21	鉉11上-7
沚(止湜述及)	水部	【水部】	4畫	553	558	無	段11上貳-15	鍇21-17	鉉11上-6
渚(沚)	水部	【水部】	6畫	551	556	無	段11上貳-12	鍇21-16	鉉11上-5
衹(褆、夂攴，衹通段)	示部	【示部】	4畫	3	3	21-51	段1上-5	鍇1-6	鉉1上-2
褆示部(衹)	示部	【示部】	9畫	3	3	21-61	段1上-5	鍇1-5	鉉1上-2
只(衹)	只部	【口部】	2畫	87	88	無	段3上-3	鍇5-2	鉉3上-1
緹(衹、衹，醍通段)	糸部	【糸部】	9畫	650	657	無	段13上-15	鍇25-4	鉉13上-2
祉	示部	【示部】	4畫	3	3	21-51	段1上-5	鍇1-5	鉉1上-2
紙(帋通段)	糸部	【糸部】	4畫	659	666	無	段13上-33	鍇25-7	鉉13上-4
蚳(蚔、𧎚通段)	虫部	【虫部】	4畫	665	672	無	段13上-45	鍇25-11	鉉13上-6
阯(址)	𨸏部	【阜部】	4畫	734	741	30-22	段14下-7	鍇28-3	鉉14下-1
𡉣(㞢，址通段)	㞢部	【土部】	4畫	272	275	無	段6下-1	鍇12-2	鉉6下-1
茝(芷通段)	艸部	【艸部】	6畫	25	26	無	段1下-9	鍇2-5	鉉1下-2
批非批pi	手部	【手部】	6畫	599	605	無	段12上-32	鍇23-11	鉉12上-5
扺	手部	【手部】	5畫	601	607	無	段12上-35	鍇23-11	鉉12上-6
枳	木部	【木部】	5畫	245	248	無	段6上-15	鍇11-7	鉉6上-3
稘(枳，棋通段)	禾部	【禾部】	9畫	275	277	無	段6下-6	鍇12-5	鉉6下-2
迟(枳、郗)	辵(辶)部	【辵部】	5畫	72	73	無	段2下-7	鍇4-4	鉉2下-2
疧	疒部	【疒部】	5畫	351	354	無	段7下-32	鍇14-14	鉉7下-6
軹(軒𤰅wei`述及)	車部	【車部】	5畫	725	732	27-65	段14上-47	鍇27-13	鉉14上-7
軝(軝、軹、軒)	車部	【車部】	4畫	725	732	無	段14上-47	鍇27-13	鉉14上-7
咫	尺部	【口部】	6畫	401	406	無	段8下-1	鍇16-9	鉉8下-1
恉(旨、指)	心部	【心部】	6畫	502	507	無	段10下-25	鍇20-9	鉉10下-5
指(拮)	手部	【手部】	6畫	593	599	14-16	段12上-20	鍇23-8	鉉12上-4

篆本字（古文、金文、籀文、俗字、通用字，通叚、金石）	說文部首	康熙部首	筆畫	一般頁碼	洪葉頁碼	金石字典頁碼	段注篇章	徐鍇通釋篇章	徐鉉藤花榭篇
洔(沚)	水部	【水部】	6畫	551	556	無	段11上貳-12	鍇21-16	鉉11上-5
詂(詒)	言部	【言部】	6畫	100	100	無	段3上-28	鍇5-14	鉉3上-6
禔示部(祇)	示部	【示部】	9畫	3	3	21-61	段1上-5	鍇1-5	鉉1上-2
稙(枳，棋通叚)	禾部	【禾部】	9畫	275	277	無	段6下-6	鍇12-5	鉉6下-2
敳(倳通叚)	攴部	【攴部】	10畫	125	126	無	段3下-37	鍇6-19	鉉3下-8
襧(緻)	衣部	【衣部】	12畫	396	400	無	段8上-63	鍇16-5	鉉8上-9
zhi（ㄓˋ）									
至(坙，脛通叚)	至部	【至部】		584	590	24-37	段12上-2	鍇23-1	鉉12上-1
豸(廌)	豸部	【豸部】		457	461	27-20	段9下-40	鍇18-14	鉉9下-7
廌(豸、豼)	廌部	【广部】	10畫	469	474	無	段10上-19	鍇19-6	鉉10上-3
解(廌，廨、嶰、獬、貈、繲、邂通叚)	角部	【角部】	6畫	186	188	26-37	段4下-58	鍇8-20	鉉4下-9
誌	言部	【言部】	7畫	無	無	無	無	無	鉉3上-7
志(識、意，娡、恙、誌通叚)	心部	【心部】	3畫	502	506	13-4	段10下-24	鍇20-9	鉉10下-5
致(緻)	夂部	【至部】	3畫	232	235	24-37	段5下-35	鍇10-14	鉉5下-7
襧(緻)	衣部	【衣部】	12畫	396	400	無	段8上-63	鍇16-5	鉉8上-9
忮(伎)	心部	【心部】	4畫	509	514	無	段10下-39	鍇20-14	鉉10下-7
伎(忮)	人部	【人部】	4畫	379	383	無	段8上-29	鍇15-10	鉉8上-4
炙(鍊，熫通叚)	炙部	【火部】	4畫	491	495	19-8	段10下-2	鍇19-15，19-20	鉉10下-1
帙(袠、袟)	巾部	【巾部】	5畫	359	362	無	段7下-48	鍇14-22	鉉7下-9
治	水部	【水部】	5畫	540	545	18-12	段11上壹-49	鍇21-6	鉉11上-3
秩(載、戴)	禾部	【禾部】	5畫	325	328	22-19	段7上-48	鍇13-20	鉉7上-8
戠(戔、戴)	戈部	【戈部】	7畫	630	636	13-62	段12下-38	鍇24-12	鉉12下-6
榹(袾)	木部	【木部】	10畫	256	259	無	段6上-37	鍇11-16	鉉6上-5
紩(鉄通叚，非今鐵之簡體)	糸部	【糸部】	5畫	656	662	無	段13上-26	鍇25-6	鉉13上-3
遰(逝)	辵(辶)部	【辵部】	5畫	74	75	28-19	段2下-11	鍇4-5	鉉2下-2
迾(厲、列、遰)	辵(辶)部	【辵部】	6畫	74	75	28-21	段2下-11	鍇4-5	鉉2下-2
雉(鴙，埃、矮通叚)	隹部	【隹部】	5畫	141	143	30-55	段4上-25	鍇7-11	鉉4上-5
薙(雉)	艸部	【艸部】	13畫	41	42	無	段1下-41	鍇2-19	鉉1下-7
刜(制、栵)	刀部	【刂部】	6畫	182	184	4-37	段4下-49	鍇8-17	鉉4下-7

篆本字(古文、金文、籀文、俗字、通用字，通叚、金石)	說文部首	康熙部首	筆畫	一般頁碼	洪葉頁碼	金石字典頁碼	段注篇章	徐鍇通釋篇章	徐鉉藤花榭篇
庤(偫，峙通叚)	广部	【广部】	6畫	445	450	無	段9下-17	鍇18-6	鉉9下-3
偫(峙、庤)	人部	【人部】	9畫	371	375	無	段8上-13	鍇15-5	鉉8上-2
峙(跱，榯、踟、跢、跦通叚)	止部	【止部】	6畫	67	68	17-26	段2上-39	鍇3-17	鉉2上-8
畤	田部	【田部】	6畫	697	703	20-42	段13下-46	鍇26-9	鉉13下-6
痔	疒部	【疒部】	6畫	350	354	無	段7下-31	鍇14-14	鉉7下-6
鞁	革部	【革部】	6畫	109	110	無	段3下-5	鍇6-4	鉉3下-1
茋(芪通叚)	艸部	【艸部】	6畫	43	44	無	段1下-45	鍇2-21	鉉1下-7
挃(秷通叚)	手部	【手部】	6畫	608	614	無	段12上-49	鍇23-15	鉉12上-7
庢(厔通叚)	广部	【广部】	6畫	445	449	11-49	段9下-16	鍇18-5	鉉9下-3
郅(旺通叚)	邑部	【邑部】	6畫	290	293	28-66	段6下-37	鍇12-17	鉉6下-7
桎	木部	【木部】	6畫	270	272	無	段6上-64	鍇11-29	鉉6上-8
窒(恎、憳通叚)	穴部	【穴部】	6畫	346	349	22-33	段7下-22	鍇14-9	鉉7下-4
銍(臷)	至部	【至部】	6畫	585	591	無	段12上-3	鍇23-2	鉉12上-1
蛭	虫部	【虫部】	6畫	665	671	無	段13上-44	鍇25-10	鉉13上-6
銍(餒通叚)	金部	【金部】	6畫	707	714	無	段14上-11	鍇27-5	鉉14上-3
朝(朝、輖)	倝部	【月部】	8畫	308	311	16-6	段7上-14	鍇13-5	鉉7上-3
輖(朝怒ni`述及，輊、轈通叚)	車部	【車部】	8畫	727	734	無	段14上-52	鍇27-14	鉉14上-7
騺(駤、鷙史記)	馬部	【馬部】	11畫	467	472	無	段10上-15	鍇19-4	鉉10上-2
躓(躓，蹛、蟄、駤通叚)	叀部	【疋部】	9畫	159	161	20-53	段4下-3	鍇8-2	鉉4下-1
摯(贄、勢、鷙、鷙=輊輖述及)	手部	【手部】	11畫	597	603	14-29	段12上-27	鍇23-9	鉉12上-5
齫	齒部	【齒部】	6畫	80	81	無	段2下-23	鍇4-12	鉉2下-5
陟(偦、隲述及)	𨸏部	【阜部】	7畫	732	739	30-25	段14下-4	鍇28-2	鉉14下-1
騭(鷙、陟、質)	馬部	【馬部】	10畫	460	465	31-63	段10上-1	鍇19-1	鉉10上-1
幟	巾部	【巾部】	12畫	無	無	無	無	無	鉉7下-9
識(志、意，幟、痣、誌通叚)	言部	【言部】	13畫	92	92	27-1	段3上-12	鍇5-7	鉉3上-3
志(識、意，娡、莣、誌通叚)	心部	【心部】	3畫	502	506	13-4	段10下-24	鍇20-9	鉉10下-5

篆本字（古文、金文、籀文、俗字、通用字，通段、金石）	說文部首	康熙部首	筆畫	一般頁碼	洪葉頁碼	金石字典頁碼	段注篇章	徐鍇通釋篇章	徐鉉藤花榭篇
狋（猗、狟、痢、瘷、齧通段）	犬部	【犬部】	7畫	476	481	無	段10上-33	鍇19-11	鉉10上-6
晢（晰，睭通段）	日部	【日部】	8畫	303	306	15-46	段7上-3	鍇13-1	鉉7上-1
矯（智、矯）	白部	【日部】	8畫	137	138	21-40	段4上-16	鍇7-8	鉉4上-4
知（矯从智）	矢部	【矢部】	3畫	227	230	無	段5下-25	鍇10-9	鉉5下-4
置（置、植）	网部	【网部】	8畫	356	360	23-42	段7下-43	鍇14-19	鉉7下-8
製	衣部	【衣部】	8畫	397	401	無	段8上-65	鍇16-6	鉉8上-9
櫍	木部	【木部】	15畫	無	無	無	無	無	鉉6上-8
質（櫍、鑕通段）	貝部	【貝部】	8畫	281	284	27-37	段6下-19	鍇12-11	鉉6下-5
隲（騭、陟、質）	馬部	【馬部】	10畫	460	465	31-63	段10上-1	鍇19-1	鉉10上-1
侸（崼、侸）	人部	【人部】	9畫	371	375	無	段8上-13	鍇15-5	鉉8上-2
菣	艸部	【艸部】	10畫	無	無	無	無	鍇2-19	鉉1下-7
蓟（莿通段，菣說文）	艸部	【艸部】	8畫	41	42	無	段1下-41	鍇2-25	鉉1下-9
寘	宀部	【宀部】	10畫	無	無	9-60	無	無	鉉7下-3
廌（豸、豸）	廌部	【广部】	10畫	469	474	無	段10上-19	鍇19-6	鉉10上-3
豸（廌）	豸部	【豸部】		457	461	27-20	段9下-40	鍇18-14	鉉9下-7
彑	彑部	【彑部】	10畫	456	461	12-30	段9下-39	鍇18-14	鉉9下-6
戠（戠）	大部	【戈部】	10畫	493	497	無	段10下-6	鍇20-1	鉉10下-2
秩（戠、戴）	禾部	【禾部】	5畫	325	328	22-19	段7上-48	鍇13-20	鉉7上-8
或（戠、戴）	戈部	【戈部】	7畫	630	636	13-62	段12下-38	鍇24-12	鉉12下-6
趀（秩）	走部	【走部】	14畫	64	65	無	段2上-33	鍇3-15	鉉2上-7
摯	手部	【手部】	10畫	608	614	無	段12上-49	鍇23-15	鉉12上-7
緻	糸部	【糸部】	10畫	無	無	無	無	鍇25-9	鉉13上-5
致（緻）	夊部	【至部】	3畫	232	235	24-37	段5下-35	鍇10-14	鉉5下-7
褖（緻）	衣部	【衣部】	12畫	396	400	無	段8上-63	鍇16-5	鉉8上-9
滍（泜）	水部	【水部】	10畫	532	537	無	段11上壹-34	鍇21-10	鉉11上-2
瘛（瘈、瘲通段）	疒部	【疒部】	10畫	352	356	無	段7下-35	鍇14-15	鉉7下-6
稚（稚，稺、穉通段）	禾部	【禾部】	10畫	321	324	22-30	段7上-39	鍇13-17	鉉7上-7
觶	角部	【角部】	10畫	185	187	無	段4下-55	鍇8-19	鉉4下-8
虒（傂、螔通段、傂金石）	虎部	【虍部】	4畫	211	213	3-22	段5上-45	鍇9-18	鉉5上-8
隲（騭、陟、質）	馬部	【馬部】	10畫	460	465	31-63	段10上-1	鍇19-1	鉉10上-1
幟（帨）	巾部	【巾部】	11畫	357	361	無	段7下-45	鍇14-20	鉉7下-8

篆本字(古文、金文、籀文、俗字、通用字,通段、金石)	說文部首	康熙部首	筆畫	一般頁碼	洪葉頁碼	金石字典頁碼	段注篇章	徐鍇通釋篇章	徐鉉藤花榭篇
㜺(贅通段)	女部	【女部】	11畫	621	627	8-49	段12下-19	鍇24-6	鉉12下-3
鷙(鴛通段)	鳥部	【鳥部】	11畫	155	156	無	段4上-52	鍇7-22	鉉4上-9
騺(駐、驇史記)	馬部	【馬部】	11畫	467	472	無	段10上-15	鍇19-4	鉉10上-2
摯(贄、㜺、鷙、鷙=輊輖述及)	手部	【手部】	11畫	597	603	14-29	段12上-27	鍇23-9	鉉12上-5
輊(轐,鷙、輖通段)	車部	【車部】	11畫	728	735	無	段14上-54	鍇27-15	鉉14上-7
輖(朝慜ni`述及,輊、轐通段)	車部	【車部】	8畫	727	734	無	段14上-52	鍇27-14	鉉14上-7
滯(癉、澂通段)	水部	【水部】	11畫	559	564	無	段11上貳-27	鍇21-21	鉉11上-7
咥(喹通段)	口部	【口部】	5畫	57	58	無	段2上-19	鍇3-8	鉉2上-4
銐(鍥)	金部	【金部】	11畫	713	720	無	段14上-23	鍇27-7	鉉14上-4
摵	手部	【手部】	12畫	602	608	無	段12上-38	鍇23-12	鉉12上-6
潪(漍通段)	水部	【水部】	15畫	551	556	無	段11上貳-11	鍇21-16	鉉11上-5
璏(瑑通段)	玉部	【玉部】	12畫	14	14	無	段1上-27	鍇1-14	鉉1上-4
觶(觗、觚,觙通段)	角部	【角部】	12畫	187	189	無	段4下-59	鍇8-20	鉉4下-9
遟(駤)	辵(辶)部	【辵部】	12畫	74	74	無	段2下-10	鍇4-5	鉉2下-2
櫛(楖,扻通段)	木部	【木部】	13畫	258	261	無	段6上-41	鍇11-18	鉉6上-5
節(卪,嗻、澃通段)	竹部	【竹部】	7畫	189	191	22-57	段5上-2	鍇9-1	鉉5上-1
識(志、意,幟、痣、誌通段)	言部	【言部】	13畫	92	92	27-1	段3上-12	鍇5-7	鉉3上-3
織(識,幟、繶、蟙通段)	糸部	【糸部】	12畫	644	651	23-35	段13上-3	鍇25-1	鉉13上-1
豑	豊部	【豆部】	13畫	208	210	無	段5上-39	鍇9-16	鉉5上-7
趩(秩)	走部	【走部】	14畫	64	65	無	段2上-33	鍇3-15	鉉2上-7
鷙(憒,懫通段)	至部	【至部】	10畫	585	591	無	段12上-3	鍇23-2	鉉12上-1
窒(怪、憒通段)	穴部	【穴部】	6畫	346	349	22-33	段7下-22	鍇14-9	鉉7下-4
噴	口部	【口部】	15畫	56	57	無	段2上-17	鍇3-7	鉉2上-4
櫍	木部	【木部】	15畫	無	無	無	無	無	鉉6上-8
質(櫍、鑕通段)	貝部	【貝部】	8畫	281	284	27-37	段6下-19	鍇12-11	鉉6下-5
礩	石部	【石部】	15畫	無	無	無	無	無	鉉9下-5
蹇(躓,躓、摯、駤通段)	夷部	【疋部】	9畫	159	161	20-53	段4下-3	鍇8-2	鉉4下-1
躓(蹇,蹟通段)	足部	【足部】	15畫	83	83	無	段2下-28	鍇4-14	鉉2下-6

篆本字（古文、金文、籀文、俗字、通用字，通段、金石）	說文部首	康熙部首	筆畫	一般頁碼	洪葉頁碼	金石字典頁碼	段注篇章	徐鍇通釋篇章	徐鉉藤花榭篇
蒂（蕫、柢，蒂通段）	艸部	【艸部】	11畫	38	39	無	段1下-35	錯2-17	鉉1下-6
zhōng（ㄓㄨㄥ）									
中（𠚍、𠁩、仲述及）	丨部	【丨部】	3畫	20	20	1-24	段1上-40	錯1-20	鉉1上-7
仲（中，种通段）	人部	【人部】	4畫	367	371	2-53，种22-15	段8上-5	錯15-2	鉉8上-1
衷（中）	衣部	【衣部】	4畫	395	399	26-13	段8上-61	錯16-5	鉉8上-9
汝（終，沑通段）	水部	【水部】	3畫	544	549	無	段11上壹-58	錯21-13	鉉11上-4
忪（妐、忪，伀通段）	人部	【人部】	4畫	367	371	無	段8上-6	錯15-3	鉉8上-1
忠	心部	【心部】	4畫	502	507	13-7	段10下-25	錯20-9	鉉10下-5
盅（沖）	皿部	【皿部】	4畫	212	214	無	段5上-48	錯9-20	鉉5上-9
沖（盅，冲、沖、𣶒通段）	水部	【水部】	4畫	547	552	18-6	段11上貳-4	錯21-14	鉉11上-4
芇	艸部	【艸部】	4畫	29	29	24-57	段1下-16	錯2-8	鉉1下-3
緟（終、𠂼、冬，蔠通段）	糸部	【糸部】	5畫	647	654	23-13	段13上-9	錯25-3	鉉13上-2
汝（終，沑通段）	水部	【水部】	3畫	544	549	無	段11上壹-58	錯21-13	鉉11上-4
冬（𡿦，佟通段）	夂部	【冫部】	3畫	571	576	4-20	段11下-8	錯22-4	鉉11下-4
鼨（鼨、鼨）	鼠部	【鼠部】	5畫	479	483	無	段10上-38	錯19-12	鉉10上-6
蚣（蚣）	虫部	【虫部】	8畫	668	674	無	段13上-50	錯25-12	鉉13上-7
幒（崧、裗，𢃖通段）	巾部	【巾部】	9畫	358	362	無	段7下-47	錯14-21	鉉7下-9
鍾（鐘通段）	金部	【金部】	9畫	703	710	29-49	段14上-4	錯27-2	鉉14上-1
螽（蠢、蠜，蝩通段）	蚰部	【虫部】	11畫	674	681	無	段13下-1	錯25-15	鉉13下-1
霝	雨部	【雨部】	11畫	573	578	無	段11下-12	錯22-6	鉉11下-3
霊（霝、淫，霎通段）	雨部	【雨部】	6畫	573	578	無	段11下-12	錯22-6	鉉11下-3
鐘（鍾、銿）	金部	【金部】	12畫	709	716	29-57	段14上-16	錯27-6	鉉14上-3
踵（蹱通段）	足部	【足部】	9畫	82	83	無	段2下-27	錯4-14	鉉2下-6
歱（踵，蹱通段）	止部	【止部】	9畫	67	68	17-26	段2上-39	錯3-17	鉉2上-8
zhǒng（ㄓㄨㄥˇ）									
仲（中，种通段）	人部	【人部】	4畫	367	371	2-53，种22-15	段8上-5	錯15-2	鉉8上-1
冢（塚通段）	勹部	【宀部】	8畫	433	438	4-17	段9上-37	錯17-12	鉉9上-6
種（種）	禾部	【禾部】	9畫	321	324	22-23	段7上-39	錯13-17	鉉7上-7
腫（瘇通段）	肉部	【肉部】	9畫	172	174	24-28	段4下-29	錯8-11	鉉4下-5
踵（蹱通段）	足部	【足部】	9畫	82	83	無	段2下-27	錯4-14	鉉2下-6
徸（踵）	彳部	【彳部】	9畫	77	77	12-55	段2下-16	錯4-9	鉉2下-4

篆本字(古文、金文、籀文、俗字、通用字，通叚、金石)	說文部首	康熙部首	筆畫	一般頁碼	洪葉頁碼	金石字典頁碼	段注篇章	徐鍇通釋篇章	徐鉉藤花榭篇
歱(踵，躘通叚)	止部	【止部】	9畫	67	68	17-26	段2上-39	錯3-17	鉉2上-8
瘇(尰、㲆、㽝)	广部	【广部】	12畫	351	354	20-59	段7下-32	錯14-14	鉉7下-6
zhòng(ㄓㄨㄥˋ)									
重(童董述及)	重部	【里部】	2畫	388	392	29-29	段8上-47	錯15-16	鉉8上-7
緟(重)	糸部	【糸部】	9畫	655	662	無	段13上-25	錯25-6	鉉13上-3
童(䇂从立黃土、重董述及，犝、㼗、曈通叚)	辛部	【立部】	7畫	102	103	22-41，瞳21-35	段3上-33	錯5-17	鉉3上-7
湩(重、童)	水部	【水部】	9畫	565	570	18-43	段11上貳-40	錯21-25	鉉11上-9
憧(重，慟通叚)	心部	【心部】	9畫	503	507	無	段10下-26	錯20-18	鉉10下-5
㐺(yin´)	㐺部	【人部】	4畫	387	391	2-55	段8上-45	錯15-15	鉉8上-6
仲(中，种通叚)	人部	【人部】	4畫	367	371	2-53	段8上-5	錯15-2	鉉8上-1
眾	㐺部	【目部】	6畫	387	391	21-31	段8上-45	錯15-15	鉉8上-6
僮(童經傳，曈、偅通叚)	人部	【人部】	12畫	365	369	3-38	段8上-1	錯15-1	鉉8上-1
種(種)	禾部	【禾部】	9畫	321	324	22-23	段7上-39	錯13-17	鉉7上-7
穜(種通叚)	禾部	【禾部】	12畫	321	324	22-30	段7上-39	錯13-17	鉉7上-7
zhōu(ㄓㄡ)									
雕(鵰、琱、凋、舟)	隹部	【隹部】	8畫	142	144	30-57	段4上-27	錯7-12	鉉4上-5
舟(周)	舟部	【舟部】		403	407	24-47	段8下-4	錯16-10	鉉8下-1
周(𡇈，賙、週通叚)	口部	【口部】	5畫	58	59	6-25	段2上-21	錯3-9	鉉2上-4
匊(周、週)	勹部	【勹部】	6畫	433	438	4-57	段9上-37	錯17-12	鉉9上-6
州(川、洲)	川部	【巛部】	3畫	569	574	11-3	段11下-4	錯22-2	鉉11下-2
侜(譸)	人部	【人部】	6畫	378	382	無	段8上-28	錯15-10	鉉8上-4
輈(䡭从戔舟)	車部	【車部】	6畫	725	732	無	段14上-48	錯27-13	鉉14上-7
鵃	鳥部	【鳥部】	6畫	149	151	無	段4上-41	錯7-19	鉉4上-8
啁(嘲，謿通叚)	口部	【口部】	8畫	59	60	無	段2上-23	錯3-9	鉉2上-5
婤	女部	【女部】	8畫	617	623	8-44	段12下-12	錯24-4	鉉12下-2
䑧	舟部	【舟部】	8畫	404	408	無	段8下-6	無	鉉8下-2
刀(舟、鵃鷦述及，刁、刂、剆)	刀部	【刂部】		178	180	4-25	段4下-41	錯8-15	鉉4下-6

篆本字(古文、金文、籀文、俗字、通用字，通叚、金石)	說文部首	康熙部首	筆畫	一般頁碼	洪葉頁碼	金石字典頁碼	段注篇章	徐鍇通釋篇章	徐鉉藤花榭篇
輖(朝惄ni｀述及，輊、轗通叚)	車部	【車部】	8畫	727	734	無	段14上-52	鍇27-14	鉉14上-7
喌(粥、鬻)	吅部	【口部】	9畫	63	63	無	段2上-30	鍇3-13	鉉2上-6
鬻(粥、䰞，𥺅、𩞄通叚)	䰜部	【鬲部】	12畫	112	113	32-10	段3下-11	鍇6-6	鉉3下-2
糗(糊通叚)	米部	【米部】	10畫	332	335	23-4	段7上-62	鍇13-25	鉉7上-10
盩从血，隸从皿	幸部	【皿部】	12畫	496	501	26-2	段10下-13	鍇20-5	鉉10下-3
盭从幺幸(戾、盩)	弦部	【皿部】	15畫	642	648	無	段12下-61	鍇24-20	鉉12下-10
𠷎(𠷎、噫、疇)	口部	【口部】	14畫	58	59	6-47	段2上-21	鍇3-9	鉉2上-4
譸(祩通叚)	言部	【言部】	14畫	97	97	27-6	段3上-22	鍇5-11	鉉3上-5
侜(譸)	人部	【人部】	6畫	378	382	無	段8上-28	鍇15-10	鉉8上-4
zhóu(ㄓㄡˊ)									
妯(怞)	女部	【女部】	5畫	623	629	無	段12下-23	鍇24-8	鉉12下-3
怞(妯)	心部	【心部】	5畫	506	511	無	段10下-33	鍇20-12	鉉10下-6
舳(zhuˊ)	舟部	【舟部】	5畫	403	407	無	段8下-4	鍇16-10	鉉8下-1
軸	車部	【車部】	5畫	724	731	27-65	段14上-45	鍇27-13	鉉14上-7
zh ǒ u(ㄓㄡˇ)									
疛(𤸎)	疒部	【疒部】	3畫	349	353	無	段7下-29	鍇14-13	鉉7下-5
肘	肉部	【肉部】	3畫	170	172	無	段4下-25	鍇8-9	鉉4下-4
帚(掃、歸通叚)	巾部	【巾部】	5畫	361	364	11-18	段7下-52	鍇14-22	鉉7下-9
zhòu(ㄓㄡˋ)									
紂	糸部	【糸部】	3畫	658	665	無	段13上-31	鍇25-7	鉉13上-4
受(紂古文)	𠬪部	【又部】	6畫	160	162	5-48	段4下-6	鍇8-4	鉉4下-2
酎	酉部	【酉部】	3畫	748	755	29-25	段14下-35	鍇28-17	鉉14下-8
宙	宀部	【宀部】	5畫	342	346	無	段7下-15	鍇14-7	鉉7下-3
㣙(踧、宙)	彳部	【彳部】	5畫	77	77	無	段2下-16	鍇4-8	鉉2下-3
胄肉部，非甲冑	肉部	【肉部】	5畫	171	173	24-24	段4下-27	鍇8-10	鉉4下-5
冑月yue｀部(鞏)	冃部	【冂部】	7畫	354	357	4-15	段7下-38	鍇14-17	鉉7下-7
詘(袖示部)	言部	【言部】	5畫	97	97	無	段3上-22	鍇5-11	鉉3上-5
騁(駎通叚)	馬部	【馬部】	7畫	467	471	31-59	段10上-14	鍇19-4	鉉10上-2
咮(注述及)	口部	【口部】	6畫	61	62	無	段2上-27	鍇3-12	鉉2上-6
噣(咮、啄)	口部	【口部】	13畫	54	54	無	段2上-12	鍇3-5	鉉2上-3

篆本字（古文、金文、籀文、俗字、通用字，通叚、金石）	說文部首	康熙部首	筆畫	一般頁碼	洪葉頁碼	金石字典頁碼	段注篇章	徐鍇通釋篇章	徐鉉藤花榭篇
詶(呪、酬，咒、祝通叚)	言部	【言部】	6畫	97	97	無	段3上-22	鍇5-11	鉉3上-5
祝(呪、詛訕述及，咒通叚)	示部	【示部】	5畫	6	6	21-55	段1上-12	鍇1-7	鉉1上-2
畫(書)	畫部	【日部】	7畫	117	118	無	段3下-22	鍇6-12	鉉3下-5
甃	瓦部	【瓦部】	9畫	639	645	無	段12下-55	鍇24-18	鉉12下-9
揫(揪、鬏从米韋，瘦通叚)	手部	【手部】	9畫	602	608	無	段12上-37	鍇23-12	鉉12上-6
縐(皺通叚)	糸部	【糸部】	10畫	660	666	無	段13上-34	鍇25-8	鉉13上-4
噣(咮、啄)	口部	【口部】	13畫	54	54	無	段2上-12	鍇3-5	鉉2上-3
籀(籒、抽讀述及)	竹部	【竹部】	15畫	190	192	無	段5上-3	鍇9-2	鉉5上-1

zhū (ㄓㄨ)

篆本字	說文部首	康熙部首	筆畫	一般頁碼	洪葉頁碼	金石字典頁碼	段注篇章	徐鍇通釋篇章	徐鉉藤花榭篇
朱(絑，侏通叚)	木部	【木部】	2畫	248	251	16-14	段6上-21	鍇11-9	鉉6上-3
絑(朱)	糸部	【糸部】	6畫	650	656	無	段13上-14	鍇25-4	鉉13上-2
洙	水部	【水部】	6畫	538	543	無	段11上壹-45	鍇21-6	鉉11上-3
珠	玉部	【玉部】	6畫	17	17	20-10	段1上-34	鍇1-17	鉉1上-5
譸(袾通叚)	言部	【言部】	14畫	97	97	27-6	段3上-22	鍇5-11	鉉3上-5
株(橻)	木部	【木部】	6畫	248	251	16-37	段6上-21	鍇11-9	鉉6上-3
袾(姝)	衣部	【衣部】	6畫	395	399	無	段8上-61	鍇16-5	鉉8上-9
筡(shu)	竹部	【竹部】	6畫	196	198	無	段5上-16	鍇9-6	鉉5上-3
茱	艸部	【艸部】	6畫	37	37	無	段1下-32	鍇2-15	鉉1下-5
誅	言部	【言部】	6畫	101	101	26-47	段3上-30	鍇5-15	鉉3上-6
邾	邑部	【邑部】	6畫	293	296	28-66	段6下-43	鍇12-18	鉉6下-7
銖	金部	【金部】	6畫	707	714	29-43	段14上-12	鍇27-5	鉉14上-3
歭(踌，榯、踟、跱、跦通叚)	止部	【止部】	6畫	67	68	17-26	段2上-39	鍇3-17	鉉2上-8
鼄(蛛、蝃鼄述及)	黽部	【黽部】	6畫	680	686	32-45	段13下-12	鍇25-18	鉉13下-3
諸(者，蜍、蠩通叚)	言部	【言部】	9畫	90	90	26-59	段3上-8	鍇5-5	鉉3上-3
渚(諸)	水部	【水部】	9畫	540	545	無	段11上壹-50	鍇21-7	鉉11上-3
瀦	水部	【水部】	15畫	無	無	無	無	無	鉉11上-9
豬(豬祖述及、豚，瀦通叚)	豕部	【豕部】	8畫	454	459	27-19	段9下-35	鍇18-12	鉉9下-6
都(瀦、賭、覩通叚)	邑部	【邑部】	8畫	283	286	29-11	段6下-23	鍇12-13	鉉6下-5

篆本字(古文、金文、籀文、俗字、通用字，通叚、金石)	說文部首	康熙部首	筆畫	一般頁碼	洪葉頁碼	金石字典頁碼	段注篇章	徐鍇通釋篇章	徐鉉藤花榭篇
睹(覩，覩通叚)	目部	【目部】	15畫	132	133	無	段4上-6	鍇7-3	鉉4上-2
箸(者弋述及，著、藇、筯、竚通叚)	竹部	【竹部】	8畫	193	195	22-56	段5上-9	鍇9-4	鉉5上-2
藸(藇通叚)	艸部	【艸部】	15畫	29	29	無	段1下-16	鍇2-8	鉉1下-3
廐(礎，礎通叚)	厂部	【厂部】	13畫	447	451	無	段9下-20	鍇18-7	鉉9下-3
藷(shu ˇ)	艸部	【艸部】	16畫	29	29	無	段1下-16	鍇2-8	鉉1下-3
zhú(ㄓㄨˊ)									
竹	竹部	【竹部】		189	191	22-43	段5上-1	鍇9-1	鉉5上-1
藩(葏、竹萹pian述及)	艸部	【艸部】	12畫	25	26	無	段1下-9	鍇2-5	鉉1下-2
獨(竹萹述及)	犬部	【犬部】	13畫	475	480	19-58	段10上-31	鍇19-10	鉉10上-5
竺(篤)	二部	【竹部】	2畫	681	688	22-43	段13下-15	鍇26-1	鉉13下-3
篤(竺述及、篙)	馬部	【竹部】	10畫	465	470	22-58	段10上-11	鍇19-3	鉉10上-2
泏(chu `)	水部	【水部】	5畫	551	556	無	段11上貳-11	鍇21-16	鉉11上-5
窋	穴部	【穴部】	5畫	346	349	22-33	段7下-22	鍇14-9	鉉7下-4
舳(zhou ´)	舟部	【舟部】	5畫	403	407	無	段8下-4	鍇16-10	鉉8下-1
茁	艸部	【艸部】	5畫	35	36	無	段1下-29	鍇2-14	鉉1下-5
筑(竹部，筑通叚)	竹部	【竹部】	6畫	198	200	無	段5上-19	鍇9-7	鉉5上-3
苀	艸部	【艸部】	6畫	26	26	無	段1下-10	無	鉉1下-2
逐(鰡通叚)	辵(辶)部	【辵部】	7畫	74	74	28-28	段2下-10	鍇4-5	鉉2下-2
瘃(瘵通叚)	疒部	【疒部】	8畫	351	354	無	段7下-32	鍇14-14	鉉7下-6
笛(篴)	竹部	【竹部】	5畫	197	199	無	段5上-18	鍇9-7	鉉5上-3
苗(蓄、蓫葷述及，葷通叚)	艸部	【艸部】	5畫	29	30	24-59	段1下-17	鍇2-9，2-24	鉉1下-3
築木部(篫)	木部	【竹部】	10畫	253	255	22-58	段6上-30	鍇11-13	鉉6上-4
燭	火部	【火部】	12畫	483	488	19-29	段10上-47	鍇19-16	鉉10上-8
燋(燭)	火部	【火部】	12畫	481	486	無	段10上-43	鍇19-14	鉉10上-8
趠	走部	【走部】	13畫	64	65	無	段2上-33	鍇3-14	鉉2上-7
蜀(蠋，腸通叚)	虫部	【虫部】	7畫	665	672	25-55	段13上-45	鍇25-11	鉉13上-6
濁(瀆通叚)	水部	【水部】	13畫	539	544	無	段11上壹-47	鍇21-6	鉉11上-3
躅(蹢、躑通叚)	足部	【足部】	13畫	82	83	無	段2下-27	鍇4-14	鉉2下-6
嬥(zhu `)	女部	【女部】	21畫	620	626	無	段12下-18	鍇24-6	鉉12下-3
斸(欘，钃通叚)	斤部	【斤部】	21畫	717	724	無	段14上-31	鍇27-10	鉉14上-5
欘(斸)	木部	【木部】	21畫	259	262	無	段6上-43	鍇11-19	鉉6上-6

篆本字(古文、金文、籀文、俗字、通用字，通段、金石)	說文部首	康熙部首	筆畫	一般頁碼	洪葉頁碼	金石字典頁碼	段注篇章	徐鍇通釋篇章	徐鉉藤花榭篇
zhǔ（ㄓㄨˇ）									
、(丶、主)	、部	【丶部】		214	216	1-28	段5上-52	錯10-1	鉉5上-10
主(丶、宔祐述及、炷，黈通段)	、部	【丶部】	4畫	214	216	1-30	段5上-52	錯10-1	鉉5上-10
宔(主，炷通段)	宀部	【宀部】	5畫	342	346	9-36	段7下-15	錯14-7	鉉7下-3
柱(拄，砫通段)	木部	【木部】	5畫	253	256	16-30	段6上-31	錯11-14	鉉6上-4
斸(畤)	宁部	【田部】	5畫	738	745	無	段14下-15	錯28-6	鉉14下-3
罜(罜)	网部	【网部】	5畫	355	359	無	段7下-41	錯14-19	鉉7下-7
麈(麈)	鹿部	【鹿部】	5畫	471	475	無	段10上-22	錯19-7	鉉10上-4
紵(絟、褚，紓、衿通段)	糸部	【糸部】	5畫	660	667	無	段13上-35	錯25-8	鉉13上-4
褚(卒、著絮述及，幯、衿通段)	衣部	【衣部】	8畫	397	401	26-21	段8上-65	錯16-6	鉉8上-9
渚(諸)	水部	【水部】	9畫	540	545	無	段11上壹-50	錯21-7	鉉11上-3
陼(渚)	自部	【阜部】	9畫	735	742	30-38	段14下-10	錯28-4	鉉14下-2
鸑(鸀)	鳥部	【鳥部】	14畫	148	150	無	段4上-39	錯7 18	鉉4上-8
鬻从者(羹、煮、鬻从者水)	鬲部	【鬲部】	15畫	113	114	無	段3下-13	錯6-7	鉉3下-3
屬(矚通段)	尾部	【尸部】	18畫	402	406	10-46	段8下-2	錯16-9	鉉8下-1
欘(劚)	木部	【木部】	21畫	259	262	無	段6上-43	錯11-19	鉉6上-6
劚(欘，钃通段)	斤部	【斤部】	21畫	717	724	無	段14上-31	錯27-10	鉉14上-5
zhù（ㄓㄨˋ）									
壴	壴部	【豆部】	2畫	205	207	27-11	段5上-33	錯9-14	鉉5上-6
佇	人部	【人部】	5畫	無	無	無	無	無	鉉8上-5
宁(貯、渚、著，竚、佇、眝通段)	宁部	【宀部】	2畫	737	744	9-17	段14下-14	錯28-5	鉉14下-3
眝(佇、竚)	目部	【目部】	5畫	133	135	無	段4上-9	錯7-5	鉉4上-2
貯(渚、宁)	貝部	【貝部】	5畫	281	283	27-27	段6下-18	錯12-11	鉉6下-5
馵	馬部	【馬部】	3畫	462	467	無	段10上-5	錯19-2	鉉10上-1
杼(梭、棪、柔)	木部	【木部】	4畫	262	265	16-23	段6上-49	錯11-21	鉉6上-6
序(杼、緒、敍，阼通段)	广部	【广部】	4畫	444	448	11-45	段9下-14	錯18-5	鉉9下-2
柔(杼、芧)	木部	【木部】	4畫	243	245	無	段6上-10	錯11-5	鉉6上-2

篆本字(古文、金文、籀文、俗字、通用字，通叚、金石)	說文部首	康熙部首	筆畫	一般頁碼	洪葉頁碼	金石字典頁碼	段注篇章	徐鍇通釋篇章	徐鉉藤花榭篇
茡(苧)	艸部	【艸部】	4畫	26	26	無	段1下-10	鍇2-5	鉉1下-2
紵(緒、褚，苧、苧通叚)	糸部	【糸部】	5畫	660	667	無	段13上-35	鍇25-8	鉉13上-4
羜	羊部	【羊部】	5畫	145	147	無	段4上-33	鍇7-15	鉉4上-6
助	力部	【力部】	5畫	699	705	4-48	段13下-50	鍇26-11	鉉13下-7
柷(chu`)	木部	【木部】	5畫	265	267	無	段6上-54	鍇11-24	鉉6上-7
盅	皿部	【皿部】	5畫	212	214	無	段5上-47	鍇9-19	鉉5上-9
麤(麁，麄、麤通叚)	麤部	【鹿部】	22畫	472	476	無	段10上-24	鍇19-7	鉉10上-4
祝(呪、詛訓述及，咒通叚)	示部	【示部】	5畫	6	6	21-55	段1上-12	鍇1-7	鉉1上-2
詶(呪、酬，咒、祝通叚)	言部	【言部】	6畫	97	97	無	段3上-22	鍇5-11	鉉3上-5
詛(祝訓述及，褿通叚)	言部	【言部】	5畫	97	97	26-46	段3上-22	鍇5-11	鉉3上-5
譸(袾通叚)	言部	【言部】	14畫	97	97	27-6	段3上-22	鍇5-11	鉉3上-5
注(註，痒、絑、黈通叚)	水部	【水部】	5畫	555	560	18-18	段11上貳-19	鍇21-19	鉉11上-6
咮(注述及)	口部	【口部】	6畫	61	62	無	段2上-27	鍇3-12	鉉2上-6
狂	犬部	【犬部】	5畫	473	478	無	段10上-27	鍇19-9	鉉10上-5
柱(拄，砫通叚)	木部	【木部】	5畫	253	256	16-30	段6上-31	鍇11-14	鉉6上-4
侸(住、偳)	人部	【人部】	7畫	373	377	3-13	段8上-18	鍇15-7	鉉8上-3
逗(住)	辵(辶)部	【辵部】	7畫	72	73	無	段2下-7	鍇4-4	鉉2下-2
駐(住，侸)	馬部	【馬部】	5畫	467	471	無	段10上-14	鍇19-4	鉉10上-2
遱从驫(住通叚)	辵(辶)部	【辵部】	19畫	72	73	無	段2下-7	鍇4-4	鉉2下-2
主(丶、宔祐述及、炷，黈通叚)	丶部	【丶部】	4畫	214	216	1-30	段5上-52	鍇10-1	鉉5上-10
宔(主，炷通叚)	宀部	【宀部】	5畫	342	346	9-36	段7下-15	鍇14-7	鉉7下-3
耡(莇)	耒部	【耒部】	7畫	184	186	無	段4下-54	鍇8-19	鉉4下-8
褚(卒、著絮述及，幥、苧通叚)	衣部	【衣部】	8畫	397	401	26-21	段8上-65	鍇16-6	鉉8上-9
宁(貯、豬、著，竚、佇、眝通叚)	宁部	【宀部】	2畫	737	744	9-17	段14下-14	鍇28-5	鉉14下-3
箸(者弋述及，著、簜、筯、竻通叚)	竹部	【竹部】	8畫	193	195	22-56	段5上-9	鍇9-4	鉉5上-2

篆本字(古文、金文、籀文、俗字、通用字，通叚、金石)	說文部首	康熙部首	筆畫	一般頁碼	洪葉頁碼	金石字典頁碼	段注篇章	徐鍇通釋篇章	徐鉉藤花榭篇
者(這、箸弋述及)	白部	【老部】	4畫	137	138	24-1	段4上-16	鍇7-8	鉉4上-4
鬻(粥)	皿部	【口部】	9畫	63	63	無	段2上-30	鍇3-13	鉉2上-6
翥	羽部	【羽部】	9畫	139	140	無	段4上-20	鍇7-10	鉉4上-4
鑄	金部	【金部】	14畫	703	710	29-59	段14上-3	鍇27-2	鉉14上-1
鑢	虘部	【虍部】	17畫	209	211	無	段5上-41	鍇9-17	鉉5上-8
邁从駜(住通叚)	辵(辶)部	【辵部】	19畫	72	73	無	段2下-7	鍇4-4	鉉2下-2
嬬(zhu´)	女部	【女部】	21畫	620	626	無	段12下-18	鍇24-6	鉉12下-3
zhuā(ㄓㄨㄚ)									
爪(抓通叚叉俗)	爪部	【爪部】		113	114	19-31	段3下-13	鍇6-7	鉉3下-3
杷(枙，扒、抓、朳、爬、琶通叚)	木部	【木部】	4畫	259	262	無	段6上-43	鍇11-19	鉉6上-6
築(橵、簅、摳)	竹部	【竹部】	6畫	196	198	無	段5上-15	鍇9-6	鉉5上-3
鬆	髟部	【髟部】	7畫	429	433	無	段9上-28	鍇17-9	鉉9上-4
zhuǎ(ㄓㄨㄚˇ)									
爪(抓通叚叉俗)	爪部	【爪部】		113	114	19-31	段3下-13	鍇6-7	鉉3下-3
zhuài(ㄓㄨㄞˋ)									
曳(拽、拽)	申部	【曰部】	2畫	747	754	無	段14下-33	鍇28-17	鉉14下-8
拽(枻、拽，槸通叚)	手部	【手部】	5畫	610	616	無	段12上-53	鍇23-16	鉉12上-8
zhuān(ㄓㄨㄢ)									
叀(玆、皀、專)	叀部	【厶部】	6畫	159	161	5-39	段4下-3	鍇8-2	鉉4下-1
顓(專)	頁部	【頁部】	9畫	419	423	無	段9上-8	鍇17-3	鉉9上-2
耑(端、專)	耑部	【而部】	3畫	336	340	24-5	段7下-3	鍇14-1	鉉7下-1
專(甎、塼，剸、溥、磚、鄟通叚)	寸部	【寸部】	8畫	121	122	10 23	段3下-30	鍇6-16	鉉3下-7
嫥(專)	女部	【女部】	11畫	620	626	無	段12下-18	鍇24-6	鉉12下-3
摶(團、專、嫥，傅通叚)	手部	【手部】	11畫	607	613	無	段12上-48	鍇23-15	鉉12上-7
團(專，溥、傅、霉通叚)	口部	【口部】	11畫	277	279	無	段6下-10	鍇12-7	鉉6下-3
劗从斷首(剸)	首部	【首部】	18畫	423	428	無	段9上-17	鍇17-5	鉉9上-3
諯	言部	【言部】	9畫	100	100	無	段3上-28	鍇5-15	鉉3上-6
顓(專)	頁部	【頁部】	9畫	419	423	無	段9上-8	鍇17-3	鉉9上-2
傳(chuan´)	人部	【人部】	11畫	377	381	3-32	段8上-25	鍇15-9	鉉8上-3

篆本字(古文、金文、籀文、俗字、通用字，通叚、金石)	說文部首	康熙部首	筆畫	一般頁碼	洪葉頁碼	金石字典頁碼	段注篇章	徐鍇通釋篇章	徐鉉藤花榭篇
膞(腨脛述及)	肉部	【肉部】	11畫	176	178	無	段4下-38	鍇8-14	鉉4下-6
腨(膞、肫、脣)	肉部	【肉部】	9畫	170	172	無	段4下-26	鍇8-10	鉉4下-4
鱄	魚部	【魚部】	11畫	576	582	無	段11下-19	鍇22-8	鉉11下-5
篿(tuan ˊ)	竹部	【竹部】	11畫	193	195	無	段5上-9	鍇9-4	鉉5上-2
zhu ǎ n(ㄓㄨㄢˇ)									
孨(孱)	孨部	【子部】	6畫	744	751	9-8	段14下-27	鍇28-13	鉉14下-6
耑(椯)	卮部	【而部】	8畫	430	434	無	段9上-30	鍇17-10	鉉9上-5
竱(揣)	立部	【立部】	11畫	500	504	無	段10下-20	鍇20-7	鉉10下-4
轉(囀通叚)	車部	【車部】	11畫	727	734	28-5	段14上-52	鍇27-14	鉉14上-7
闟	門部	【門部】	17畫	589	595	無	段12上-12	鍇23-5	鉉12上-3
zhuàn(ㄓㄨㄢˋ)									
卂	卩部	【卩部】	2畫	431	435	無	段9上-32	鍇17-10	鉉9上-5
僝(僝、潺)	人部	【人部】	9畫	368	372	無	段8上-8	鍇15-3	鉉8上-2
瑑	玉部	【玉部】	9畫	14	14	無	段1上-28	鍇1-14	鉉1上-4
瓀(瑑通叚)	玉部	【玉部】	12畫	14	14	無	段1上-27	鍇1-14	鉉1上-4
篆	竹部	【竹部】	9畫	190	192	無	段5上-3	鍇9-2	鉉5上-1
隊	自部	【阜部】	9畫	736	743	無	段14下-12	鍇28-4	鉉14下-2
腯(腞)	肉部	【肉部】	9畫	173	175	無	段4下-31	鍇8-12	鉉4下-5
彖(系，猭、腞通叚)	彑部	【彑部】	6畫	456	461	27-15	段9下-39	鍇18-14	鉉9下-6
掾(彖)	手部	【手部】	9畫	598	604	14-27	段12上-30	鍇23-10	鉉12上-5
顛(選)	頁部	【頁部】	9畫	422	426	無	段9上-14	鍇17-4	鉉9上-2
鍰(率、選、饌、垸、剘)	金部	【金部】	9畫	708	715	29-48	段14上-13	鍇27-5	鉉14上-3
籑从目大食(籑从大良、饌、餕，撰、篹通叚)	倉部	【竹部】	15畫	219	222	31-47	段5下-9	鍇10-4	鉉5下-2
椾(栒、椿、簨、箕通叚)	木部	【木部】	12畫	242	245	無	段6上-9	鍇11-5	鉉6上-2
筍(筠、笋，栒、簨、箕、箬通叚)	竹部	【竹部】	6畫	189	191	22-48	段5上-2	鍇9-1	鉉5上-1
匴(篹，簨通叚)	匚部	【匚部】	14畫	636	642	無	段12下-49	鍇24-16	鉉12下-8
巺(巽、巽，篹、臇通叚)	丌部	【己部】	6畫	200	202	11-15	段5上-23	鍇9-9	鉉5上-4

篆本字(古文、金文、籀文、俗字、通用字，通叚、金石)	說文部首	康熙部首	筆畫	一般頁碼	洪葉頁碼	金石字典頁碼	段注篇章	徐鍇通釋篇章	徐鉉藤花榭篇
籑从目大食(饌从大良、饌、餕，撰、籑通叚)	食部	【竹部】	15畫	219	222	31-47	段5下-9	鍇10-4	鉉5下-2
算(選、撰、筭計述及，籑通叚)	竹部	【竹部】	8畫	198	200	22-53	段5上-20	鍇9-8	鉉5上-3
鎩(率、選、饌、埦、刑)	金部	【金部】	9畫	708	715	29-48	段14上-13	鍇27-5	鉉14上-3
斂(歛、賺、賺通叚)	攴部	【攴部】	13畫	124	125	無	段3下-35	鍇6-18	鉉3下-8
縛(蟤通叚)	糸部	【糸部】	11畫	648	655	無	段13上-11	鍇25-3	鉉13上-2
僎(僎，撰通叚)	人部	【人部】	12畫	366	370	無	段8上-3	鍇15-2	鉉8上-1
纂(纘、撰，攢、蒙、繑通叚)	糸部	【糸部】	14畫	654	660	23-38	段13上-22	鍇25-5	鉉13上-3
譔(撰通叚)	言部	【言部】	12畫	91	91	無	段3上-10	鍇5-6	鉉3上-3
zhuāng(ㄓㄨㄤ)									
妝(粧，糚、娤、粧通叚)	女部	【女部】	4畫	622	628	8-30	段12下-21	鍇24-7	鉉12下-3
莊(牂、壯、庄俗，糚通叚)	艸部	【艸部】	7畫	22	22	25-8	段1下-2	鍇2-2	鉉1下-1
壯(奘、莊顝yiˇ述及)	士部	【士部】	4畫	20	20	7-32	段1上-40	鍇1-19	鉉1上-6
裝	衣部	【衣部】	7畫	396	400	26-17	段8上-64	鍇16-5	鉉8上-9
椿	木部	【木部】	11畫	無	無	無	無	無	鉉6上-8
株(椿)	木部	【木部】	6畫	248	251	16-37	段6上-21	鍇11-9	鉉6上-3
舂(椿通叚)	臼部	【臼部】	11畫	334	337	24-40	段7上-65	鍇13-27	鉉7上-10
zhuàng(ㄓㄨㄤˋ)									
壯(奘、莊顝yiˇ述及)	士部	【士部】	4畫	20	20	7-32	段1上-40	鍇1-19	鉉1上-6
莊(牂、壯、庄俗，糚通叚)	艸部	【艸部】	7畫	22	22	25-8	段1下-2	鍇2-2	鉉1下-1
狀	犬部	【犬部】	4畫	474	479	19-50	段10上-29	鍇19-9	鉉10上-5
僮(童經傳，瞳、僵通叚)	人部	【人部】	12畫	365	369	3-38	段8上-1	鍇15-1	鉉8上-1
撞(剬、剸、捶、摐、舂通叚)	手部	【手部】	12畫	606	612	無	段12上-46	鍇23-14	鉉12上-7
戇(憃通叚)	心部	【心部】	24畫	509	514	無	段10下-39	鍇20-13	鉉10下-7

篆本字(古文、金文、籀文、俗字、通用字，通段、金石)	說文部首	康熙部首	筆畫	一般頁碼	洪葉頁碼	金石字典頁碼	段注篇章	徐鍇通釋篇章	徐鉉藤花榭篇
zhuī (ㄓㄨㄟ)									
隹(雖)	隹部	【隹部】		141	142	30-50	段4上-24	鍇7-11	鉉4上-5
雖(隹、佳、鶴)	鳥部	【鳥部】	8畫	149	151	32-25	段4上-41	鍇7-19	鉉4上-8
追(鎚，腿、頤通段)	辵(辶)部	【辵部】	6畫	74	74	28-22	段2下-10	鍇4-5	鉉2下-2
彊(弴、敦、追、弨)	弓部	【弓部】	16畫	639	645	無	段12下-56	鍇24-19	鉉12下-9
椎(鎚通段)	木部	【木部】	8畫	263	266	無	段6上-51	鍇11-22	鉉6上-7
錐	金部	【金部】	8畫	707	714	無	段14上-12	鍇27-5	鉉14上-3
騅	馬部	【馬部】	8畫	461	466	31-60	段10上-3	鍇19-1	鉉10上-1
zhuǐ (ㄓㄨㄟˇ)									
沝	沝部	【水部】	4畫	567	573	無	段11下-1	鍇21-26	鉉11下-
zhuì (ㄓㄨㄟˋ)									
笍(錣)	竹部	【竹部】	4畫	196	198	無	段5上-15	鍇9-6	鉉5上-3
錣(鐕)	金部	【金部】	11畫	713	720	無	段14上-23	鍇27-7	鉉14上-4
奞	奞部	【大部】	8畫	144	145	無	段4上-30	鍇7-14	鉉4上-6
畷	田部	【田部】	8畫	696	703	無	段13下-45	鍇26-9	鉉13下-6
綴(贅)	叕部	【糸部】	8畫	738	745	無	段14下-15	鍇28-6	鉉14下-3
餟(醊)	倉部	【食部】	8畫	222	225	無	段5下-15	鍇10-6	鉉5下-3
追(鎚，腿、頤通段)	辵(辶)部	【辵部】	6畫	74	74	28-22	段2下-10	鍇4-5	鉉2下-2
諈	言部	【言部】	9畫	93	94	無	段3上-15	鍇5-8	鉉3上-4
娷(諈)	女部	【女部】	9畫	626	632	無	段12下-29	鍇24-10	鉉12下-4
惴(端通段)	心部	【心部】	9畫	513	517	無	段10下-46	鍇20-17	鉉10下-8
墜	土部	【土部】	12畫	無	無	無	無	無	鉉13下-6
磏(墜、隊，堅通段)	石部	【石部】	9畫	450	454	無	段9下-26	鍇18-9	鉉9下-4
隊(墜、磏，堅通段)	𨸏部	【阜部】	9畫	732	739	30-43	段14下-4	鍇28-2	鉉14下-1
缍(錘、甀通段)	缶部	【缶部】	10畫	225	227	23-40	段5下-20	鍇10-8	鉉5下-4
硾	石部	【石部】	9畫	無	無	無	無	無	鉉9下-5
縋(硾通段)	糸部	【糸部】	10畫	657	664	無	段13上-29	鍇25-6	鉉13上-4
贅(綴)	貝部	【貝部】	11畫	281	284	無	段6下-19	鍇12-11	鉉6下-5
綴(贅)	叕部	【糸部】	8畫	738	745	無	段14下-15	鍇28-6	鉉14下-3
zhūn (ㄓㄨㄣ)									
屯(tun ́)	屮部	【屮部】	1畫	21	22	10-47	段1下-1	鍇2-1	鉉1下-1
窀	穴部	【穴部】	4畫	347	350	無	段7下-24	鍇14-10	鉉7下-4

篆本字(古文、金文、籀文、俗字、通用字，通叚、金石)	說文部首	康熙部首	筆畫	一般頁碼	洪葉頁碼	金石字典頁碼	段注篇章	徐鍇通釋篇章	徐鉉藤花榭篇
趁(駗，跈、躔、迍通叚)	走部	【走部】	5畫	64	64	無	段2上-32	錯3-14	鉉2上-7
駗(迍通叚)	馬部	【馬部】	5畫	467	472	無	段10上-15	錯19-4	鉉10上-2
嚞(啍，噈通叚)	口部	【口部】	8畫	56	56	無	段2上-16	錯3-7	鉉2上-4
腨(膞、肫、臋)	肉部	【肉部】	9畫	170	172	無	段4下-26	錯8-10	鉉4下-4
肫(準、腨、忳、純)	肉部	【肉部】	4畫	167	169	無	段4下-20	錯8-8	鉉4下-4
諄(誖、敦，忳、綧、訰通叚)	言部	【言部】	8畫	91	91	無	段3上-10	錯5-6	鉉3上-3
帕(囤通叚)	巾部	【巾部】	9畫	361	364	無	段7下-52	錯14-23	鉉7下-9
瞤(䁢)	目部	【目部】	16畫	132	133	無	段4上-6	錯7-4	鉉4上-2
zhǔn(ㄓㄨㄣˇ)									
雋(隼、佳、鶴)	鳥部	【鳥部】	8畫	149	151	32-25	段4上-41	錯7-19	鉉4上-8
鷻(鶉、鶤、雗、鷙 从敦、隼雗述及)	鳥部	【鳥部】	12畫	154	155	無	段4上-50	錯7-22	鉉4上-9
雗(鶉、鶤、鷻、鷙=隼雗述及、雗 奄chun´述及)	佳部	【隹部】	8畫	143	145	無	段4上-29	錯7-13	鉉4上-5
準(准、壥梟述及)	水部	【水部】	10畫	560	565	無	段11上貳-29	錯21-22	鉉11上-8
壥(埻、準梟述及，墊通叚)	土部	【土部】	16畫	688	695	無	段13下-29	錯26-4	鉉13下-4
肫(準、腨、忳、純)	肉部	【肉部】	4畫	167	169	無	段4下-20	錯8-8	鉉4下-4
頵(準)	頁部	【頁部】	5畫	420	424	無	段9上-10	錯17-3	鉉9上-2
諄(誖、敦，忳、綧、訰通叚)	言部	【言部】	8畫	91	91	無	段3上-10	錯5-6	鉉3上-3
zhùn(ㄓㄨㄣˋ)									
諄(誖、敦，忳、綧、訰通叚)	言部	【言部】	8畫	91	91	無	段3上-10	錯5-6	鉉3上-3
稕	禾部	【禾部】	8畫	無	無	無	無	無	鉉7上-9
稛(捆、稕通叚)	禾部	【禾部】	8畫	325	328	無	段7上-48	錯13-20	鉉7上-8
純(醇，忳、稕通叚)	糸部	【糸部】	4畫	643	650	23-10	段13上-1	錯25-1	鉉13上-1

篆本字(古文、金文、籀文、俗字、通用字，通叚、金石)	說文部首	康熙部首	筆畫	一般頁碼	洪葉頁碼	金石字典頁碼	段注篇章	徐鍇通釋篇章	徐鉉藤花榭篇
zhuō(ㄓㄨㄛ)									
捉	手部	【手部】	7畫	599	605	無	段12上-31	鍇23-11	鉉12上-5
梲(棳通叚)	木部	【木部】	7畫	263	266	無	段6上-51	鍇11-22	鉉6上-7
涿(𣲎，𣲖、豚通叚)	水部	【水部】	8畫	557	562	無	段11上貳-24	鍇21-20	鉉11上-7
窡(𡱂)	女部	【穴部】	11畫	622	628	無	段12下-22	鍇24-7	鉉12下-3
屈(屈，倔、𡱂通叚)	尾部	【尸部】	5畫	402	406	10-43	段8下-2	鍇16-9	鉉8下-1
濯(櫂段刪。楫jí 說文無櫂字，棹又櫂之俗)	水部	【水部】	14畫	564	569	19-3	段11上貳-38	鍇21-24	鉉11上-9
擢(棹、籗通叚)	手部	【手部】	14畫	605	611	無	段12上-44	鍇23-12	鉉12上-7
櫡(鐯，鐯通叚)	木部	【木部】	15畫	259	262	無	段6上-43	鍇11-19	鉉6上-6
穛(穛、穱)	米部	【米部】	12畫	330	333	23-4	段7上-58	鍇13-24	鉉7上-9
zhuó(ㄓㄨㄛˊ)									
汋(淖、液)	水部	【水部】	3畫	550	555	無	段11上貳-9	鍇21-15	鉉11上-5
瀹(鬻从翟、汋)	水部	【水部】	17畫	562	567	無	段11上貳-33	鍇21-23	鉉11上-8
鬻从翟(爚、瀹、汋)	䰜部	【鬲部】	20畫	113	114	無	段3下-13	鍇6-7	鉉3下-3
灼(焯)	火部	【火部】	3畫	483	488	19-7	段10上-47	鍇19-16	鉉10上-8
焯(灼尚書，晫通叚)	火部	【火部】	8畫	485	489	無	段10上-50	鍇19-17	鉉10上-9
仢(仢)	人部	【人部】	3畫	372	376	無	段8上-15	鍇15-6	鉉8上-2
酌	酉部	【酉部】	3畫	748	755	無	段14下-36	鍇28-18	鉉14下-9
鼩	鼠部	【鼠部】	3畫	479	483	無	段10上-38	鍇19-13	鉉10上-7
蚼(蜪、鼩、鼩)	虫部	【虫部】	5畫	673	679	無	段13上-60	鍇25-14	鉉13上-8
觕(犓，衠通叚)	角部	【角部】	4畫	185	187	無	段4下-56	鍇8-19	鉉4下-8
拙	手部	【手部】	5畫	607	613	無	段12上-47	鍇23-15	鉉12上-7
炪(拙)	火部	【火部】	5畫	480	485	無	段10上-41	鍇19-14	鉉10上-7
斫	斤部	【斤部】	5畫	717	724	21-43	段14上-30	鍇27-10	鉉14上-5
茁	艸部	【艸部】	5畫	37	38	無	段1下-33	鍇2-16	鉉1下-5
頔(準)	頁部	【頁部】	5畫	420	424	無	段9上-10	鍇17-3	鉉9上-2
顡(頔，頄、顡通叚)	頁部	【頁部】	7畫	416	421	無	段9上-3	鍇17-1	鉉9上-1
卓(帛、皁，鵫通叚)	匕部	【匕部】	6畫	385	389	5-16	段8上-42	鍇15-14	鉉8上-6
穛(卓)	稽部	【禾部】	12畫	275	278	無	段6下-7	鍇12-5	鉉6下-2
叕	叕部	【又部】	6畫	738	745	無	段14下-15	鍇28-6	鉉14下-3
浞(足)	水部	【水部】	7畫	558	563	無	段11上貳-26	鍇21-21	鉉11上-7
倬(菿，晫通叚)	人部	【人部】	8畫	370	374	無	段8上-11	鍇15-4	鉉8上-2

篆本字(古文、金文、籀文、俗字、通用字，通叚、金石)	說文部首	康熙部首	筆畫	一般頁碼	洪葉頁碼	金石字典頁碼	段注篇章	徐鍇通釋篇章	徐鉉藤花榭篇
焯(晫通叚)	火部	【火部】	8畫	485	489	無	段10上-50	鍇19-17	鉉10上-9
灼(焯)	火部	【火部】	3畫	483	488	19-7	段10上-47	鍇19-16	鉉10上-8
啄	口部	【口部】	8畫	62	62	無	段2上-28	鍇3-12	鉉2上-6
噣(咮、啄)	口部	【口部】	13畫	54	54	無	段2上-12	鍇3-5	鉉2上-3
娕	女部	【女部】	8畫	623	629	無	段12下-24	鍇24-8	鉉12下-4
斲(剭通叚)	斤部	【斤部】	8畫	717	724	無	段14上-31	鍇27-10	鉉14上-5
椓(榐俗)	木部	【木部】	8畫	241	243	無	段6上-6	鍇11-3	鉉6上-1
棁(椓通叚)	木部	【木部】	7畫	263	266	無	段6上-51	鍇11-22	鉉6上-7
椓(諑通叚)	木部	【木部】	8畫	268	271	無	段6上-61	鍇11-27	鉉6上-8
敊(椓)	攴部	【攴部】	8畫	125	126	14-51	段3下-38	鍇6-19	鉉3下-9
斀(劚、椓)	攴部	【攴部】	13畫	126	127	無	段3下-39	鍇6-19	鉉3下-9
涿(叺，泧、豚通叚)	水部	【水部】	8畫	557	562	無	段11上貳-24	鍇21-20	鉉11上-7
琢	玉部	【玉部】	8畫	15	15	20-12	段1上-30	鍇1-15	鉉1上-5
尾(脾，启、屃、豚、犯、狁通叚)	尸部	【尸部】	2畫	400	404	無	段8上-71	鍇16-8	鉉8上-11
畷	田部	【田部】	8畫	696	703	無	段13下-45	鍇26-9	鉉13下-6
窡	穴部	【穴部】	8畫	345	349	無	段7下-21	鍇14-9	鉉7下-4
罬(㒪、輟)	网部	【网部】	8畫	356	359	無	段7下-42	鍇14-19	鉉7下-8
輟(罬)	車部	【車部】	8畫	728	735	無	段14上-54	鍇27-15	鉉14上-7
鞭	革部	【革部】	8畫	109	110	無	段3下-6	鍇6-4	鉉3下-2
鮥	魚部	【魚部】	8畫	581	587	無	段11下-29	鍇22-11	鉉11下-6
半(族)	半部	【丨部】	9畫	103	103	無	段3上-34	鍇5-17	鉉3上-7
斲(斶，斵、劚、斷通叚)	斤部	【斤部】	10畫	717	724	15 11	段14上-31	鍇27-10	鉉14上-5
稬(襦)	禾部	【禾部】	10畫	325	328	無	段7上-48	鍇13-20	鉉7上-8
鷙(瑪通叚)	鳥部	【鳥部】	11畫	149	150	無	段4上-40	鍇7-18	鉉4上-8
穛(卓)	稽部	【禾部】	12畫	275	278	無	段6下-7	鍇12-5	鉉6下-2
窧	口部	【口部】	13畫	55	56	無	段2上-15	鍇3-7	鉉2上-4
斀(劚、椓)	攴部	【攴部】	13畫	126	127	無	段3下-39	鍇6-19	鉉3下-9
濁(瀫通叚)	水部	【水部】	13畫	539	544	無	段11上壹-47	鍇21-6	鉉11上-3
繁(繳)	糸部	【糸部】	13畫	659	665	無	段13上-32	鍇25-7	鉉13上-4
鐲	金部	【金部】	13畫	708	715	無	段14上-14	鍇27-5	鉉14上-3
擢(棹、篧通叚)	手部	【手部】	14畫	605	611	無	段12上-44	鍇23-12	鉉12上-7

篆本字(古文、金文、籀文、俗字、通用字，通叚、金石)	說文部首	康熙部首	筆畫	一般頁碼	洪葉頁碼	金石字典頁碼	段注篇章	徐鍇通釋篇章	徐鉉藤花榭篇
濯(櫂段刪。楫ji´說文無櫂字，棹又櫂之俗)	水部	【水部】	14畫	564	569	19-3	段11上貳-38	鍇21-24	鉉11上-9
蠼(玃、㺇)	虫部	【虫部】	14畫	673	679	無	段13上-60	鍇25-14	鉉13上-8
裻从𣃔衣	衣部	【衣部】	14畫	394	398	26-24	段8上-60	鍇16-4	鉉8上-9
楮(鍺，鐯通叚)	木部	【木部】	14畫	259	262	無	段6上-43	鍇11-19	鉉6上-6
碏(鐯)	石部	【石部】	14畫	452	457	無	段9下-31	鍇18-10	鉉9下-5
樵(蕉，劋、藮、薻通叚)	木部	【木部】	12畫	247	250	無	段6上-19	鍇11-8	鉉6上-3
罩(罩，箌、篧、翟、籗通叚)	网部	【网部】	8畫	355	359	無	段7下-41	鍇14-19	鉉7下-7
潐	水部	【水部】	18畫	548	553	無	段11上貳-5	鍇21-14	鉉11上-4
籱(籗、籗)	竹部	【竹部】	24畫	194	196	無	段5上-12	鍇9-5	鉉5上-2

zī(ㄗ)

篆本字(古文、金文、籀文、俗字、通用字，通叚、金石)	說文部首	康熙部首	筆畫	一般頁碼	洪葉頁碼	金石字典頁碼	段注篇章	徐鍇通釋篇章	徐鉉藤花榭篇
仔	人部	【人部】	3畫	377	381	無	段8上-25	鍇15-9	鉉8上-4
甾(㠿，淄、椔、緇、篘、鷀通叚)	甾部	【田部】	3畫	637	643	4-23	段12下-52	鍇24-17	鉉12下-8
薔(薔、甾、𣙙)	艸部	【艸部】	8畫	41	42	無	段1下-41	鍇2-19	鉉1下-7
鼒(鎡)	鼎部	【鼎部】	3畫	319	322	無	段7上-36	鍇13-15	鉉7上-6
孜(孶)	攴部	【子部】	4畫	123	124	無	段3下-34	鍇6-17	鉉3下-8
茲玄部，與艸部茲異，應再確認(嵫通叚)	玄部	【玄部】	5畫	159	161	20-2	段4下-4	鍇8-3	鉉4下-2
茲艸部、與玄部茲異，應再確認。	艸部	【艸部】	6畫	39	39	25-4	段1下-36	鍇2-17	鉉1下-6
滋(茲)	水部	【水部】	10畫	552	557	18-50	段11上貳-13	鍇21-17	鉉11上-6
嗞(茲、嗟、咨，諮通叚)	口部	【口部】	10畫	60	61	無	段2上-25	鍇3-11	鉉2上-5
咨(諮通叚)	口部	【口部】	6畫	57	57	6-32	段2上-18	鍇3-7	鉉2上-4
觜(嘴廣雅作𧢲zuiˇ，蠵通叚)	角部	【角部】	5畫	186	188	無	段4下-58	鍇8-20	鉉4下-9
齋从禾(秄、秶、齍)	禾部	【齊部】	3畫	322	325	無	段7上-41	鍇13-18	鉉7上-7
齍从皿(秶、齊)	皿部	【齊部】	5畫	211	213	無	段5上-46	鍇9-19	鉉5上-9
餈(餈、粢)	倉部	【食部】	6畫	219	221	無	段5下-8	鍇10-4	鉉5下-2
姕(些)	女部	【女部】	6畫	621	627	8-40	段12下-20	鍇24-7	鉉12下-3

篆本字(古文、金文、籀文、俗字、通用字，通段、金石)	說文部首	康熙部首	筆畫	一般頁碼	洪葉頁碼	金石字典頁碼	段注篇章	徐鍇通釋篇章	徐鉉藤花榭篇
姿	女部	【女部】	6畫	623	629	無	段12下-23	鍇24-7	鉉12下-3
資(齎，憤通段)	貝部	【貝部】	6畫	279	282	27-33	段6下-15	鍇12-10	鉉6下-4
齎从貝(資，賫通段)	貝部	【齊部】	7畫	280	282	27-42	段6下-16	鍇12-10	鉉6下-4
趑(跤、趄、跙)	走部	【走部】	6畫	65	66	無	段2上-35	鍇3-16	鉉2上-7
赼(次，屖、跤、趑通段)	走部	【走部】	4畫	64	64	27-47	段2上-32	鍇3-14	鉉2上-7
趣(蹐，跤通段)	走部	【走部】	7畫	66	66	無	段2上-36	鍇3-16	鉉2上-8
訾(呰、訿)	言部	【言部】	6畫	98	98	26-47	段3上-24	鍇5-12	鉉3上-5
貲(帗通段)	貝部	【貝部】	6畫	282	285	無	段6下-21	鍇12-13	鉉6下-5
鑒	金部	【金部】	6畫	706	713	無	段14上-9	鍇27-4	鉉14上-2
齜	鼠部	【鼠部】	6畫	479	484	無	段10上-39	鍇19-13	鉉10上-7
齜	齒部	【齒部】	6畫	79	79	無	段2下-20	鍇4-11	鉉2下-4
齋从衣(齊，襀通段)	衣部	【齊部】	6畫	396	400	無	段8上-64	鍇16-5	鉉8上-9
緇(紎、純、滓述及)	糸部	【糸部】	8畫	651	658	無	段13上-17	鍇25-4	鉉13上-3
滓(淄通段)	水部	【水部】	8畫	562	567	18-51	段11上貳-33	鍇21-23	鉉11上-8
甾(屳，淄、椔、緇、簹、鶅通段)	甾部	【田部】	3畫	637	643	4-23	段12下-52	鍇24-17	鉉12下-8
薔(蕾、甾、栽)	艸部	【艸部】	8畫	41	42	無	段1下-41	鍇2-19	鉉1下-7
輜	車部	【車部】	8畫	720	727	無	段14上-38	鍇27-12	鉉14上-6
孳(孿从糸㐭北人几、孜)	子部	【子部】	9畫	743	750	9-14	段14下-25	鍇28-13	鉉14下-6
孜(孳)	攴部	【子部】	4畫	123	124	無	段3下-34	鍇6-17	鉉3下-8
錙	金部	【金部】	9畫	708	715	29-45	段14上-14	鍇27-5	鉉14上-3
頾(髭)	須部	【頁部】	9畫	424	428	無	段9上-18	鍇17-6	鉉9上-3
嗞(茲、嗟、咨，諮通段)	口部	【口部】	10畫	60	61	無	段2上-25	鍇3-11	鉉2上-5
咨(諮通段)	口部	【口部】	6畫	57	57	6-32	段2上-18	鍇3-7	鉉2上-4
滋(茲)	水部	【水部】	10畫	552	557	18-50	段11上貳-13	鍇21-17	鉉11上-6
鄑(jìn`)	邑部	【邑部】	10畫	295	297	無	段6下-46	鍇12-19	鉉6下-7
霣(䨫，霽、霵通段)	雨部	【雨部】	10畫	573	578	無	段11下-12	鍇22-6	鉉11下-3
濟(䨫，霽通段)	水部	【水部】	13畫	557	562	無	段11上貳-24	鍇21-20	鉉11上-7
積	禾部	【禾部】	13畫	325	328	無	段7上-48	鍇13-20	鉉7上-8

篆本字(古文、金文、籀文、俗字、通用字，通段、金石)	說文部首	康熙部首	筆畫	一般頁碼	洪葉頁碼	金石字典頁碼	段注篇章	徐鍇通釋篇章	徐鉉藤花榭篇
zi(ㄗˊ)									
蓻(jíˊ)	艸部	【艸部】	11畫	38	39	無	段1下-35	鍇2-17	鉉1下-6
zî(ㄗˇ)									
子(㜽、𡥀从巛囟北人几)	子部	【子部】		742	749	8-52	段14下-24	鍇28-12	鉉14下-6
仔	人部	【人部】	3畫	377	381	無	段8上-25	鍇15-9	鉉8上-4
秄(芓、籽、葰)	禾部	【禾部】	3畫	325	328	無	段7上-47	鍇13-19	鉉7上-8
芓(葕、枲)	艸部	【艸部】	3畫	23	23	24-56	段1下-4	鍇2-22	鉉1下-1
孜(舒)	了部	【子部】		743	750	無	段14下-26	鍇28-13	鉉14下-6
朿	宋部	【丿部】	4畫	274	276	無	段6下-4	鍇12-3	鉉6下-2
姊(姉)	女部	【女部】	5畫	615	621	8-31	段12下-8	鍇24-3	鉉12下-1
疧(痄)	疒部	【疒部】	5畫	352	355	無	段7下-34	鍇14-15	鉉7下-6
秭	禾部	【禾部】	5畫	328	331	22-19	段7上-53	鍇13-22	鉉7上-9
笫(胏)	竹部	【竹部】	5畫	192	194	無	段5上-7	鍇9-3	鉉5上-2
胏(胏、肺)	肉部	【肉部】	5畫	176	178	無	段4下-38	鍇8-14	鉉4下-6
紫(茈)	糸部	【糸部】	5畫	651	657	無	段13上-16	鍇25-4	鉉13上-3
茈(紫)	艸部	【艸部】	6畫	30	31	無	段1下-19	鍇2-9	鉉1下-3
批非批pi	手部	【手部】	6畫	599	605	無	段12上-32	鍇23-11	鉉12上-5
呰(訾，呲、些通段)	口部	【口部】	6畫	59	60	無	段2上-23	鍇3-9	鉉2上-5
訾(呰、訿)	言部	【言部】	6畫	98	98	26-47	段3上-24	鍇5-12	鉉3上-5
梓(杍)	木部	【木部】	7畫	242	244	16-42	段6上-8	鍇11-4	鉉6上-2
榟(梓)	木部	【木部】	10畫	243	246	無	段6上-11	鍇11-5	鉉6上-2
李(杍、梓、理)	木部	【木部】	3畫	239	242	16-17	段6上-3	鍇11-2	鉉6上-1
啙	此部	【口部】	8畫	68	69	無	段2上-41	鍇3-18	鉉2上-8
滓(淄通段)	水部	【水部】	10畫	562	567	18-51	段11上貳-33	鍇21-23	鉉11上-8
緇(紂、純、滓述及)	糸部	【糸部】	8畫	651	658	無	段13上-17	鍇25-4	鉉13上-3
葘(薔)	艸部	【艸部】	10畫	43	44	無	段1下-45	鍇2-21	鉉1下-7
zi(ㄗˋ)									
鼻(自皇述及，襣通段)	鼻部	【鼻部】		137	139	無	段4上-17	鍇7-8	鉉4上-4
𦣹(自〔𦣹〕請詳查內容、𦣝、鼻皇述及)	白部	【白部】		136	138	24-35，自21-6	段4上-15	鍇7-7	鉉4上-3
𦣹(自【80年代段注以白代之】)	白部	【白部】		136	138	24-35，自21-6	段4上-15	鍇7-7	鉉4上-3

篆本字(古文、金文、籀文、俗字、通用字，通段、金石)	說文部首	康熙部首	筆畫	一般頁碼	洪葉頁碼	金石字典頁碼	段注篇章	徐鍇通釋篇章	徐鉉藤花榭篇
字(牸通段)	子部	【子部】	3畫	743	750	8-60	段14下-25	鍇28-12	鉉14下-6
齋从禾(秌、紮、齍)	禾部	【齊部】	3畫	322	325	無	段7上-41	鍇13-18	鉉7上-7
芓(苸、枲)	艸部	【艸部】	3畫	23	23	24-56	段1下-4	鍇2-22	鉉1下-1
恣	心部	【心部】	6畫	510	514	13-15	段10下-40	鍇20-14	鉉10下-7
紁(紫)	糸部	【糸部】	6畫	660	666	無	段13上-34	鍇25-8	鉉13上-4
扗(齝)	手部	【手部】	6畫	602	608	無	段12上-38	鍇23-12	鉉12上-6
歋	欠部	【欠部】	6畫	412	416	無	段8下-22	鍇16-16	鉉8下-5
欿(甦通段)	死部	【歹部】	6畫	164	166	無	段4下-14	鍇8-6	鉉4下-3
眥(眦通段)	目部	【目部】	6畫	130	131	無	段4上-2	鍇7-2	鉉4上-1
胾(臓通段)	肉部	【肉部】	6畫	176	178	無	段4下-37	鍇8-14	鉉4下-6
敐(傳通段)	攴部	【攴部】	10畫	125	126	無	段3下-37	鍇6-19	鉉3下-8
事(叓，剚通段)	史部	【亅部】	7畫	116	117	2-14	段3下-20	鍇6-11	鉉3下-5
漬(骴漬胔瘠四字、古同音通用，當是骴為正字也)	水部	【水部】	11畫	558	563	無	段11上貳-26	鍇21-24	鉉11上-7
骴(殨、漬、髊、胔、脊、瘠)	骨部	【骨部】	5畫	166	168	無	段4下-18	鍇8-7	鉉4下-4
扗(齝)	手部	【手部】	6畫	602	608	無	段12上-38	鍇23-12	鉉12上-6
羵	羊部	【羊部】	11畫	146	148	無	段4上-35	鍇7-16	鉉4上-7
積(籍，藉、襀通段)	禾部	【禾部】	11畫	325	328	22-29	段7上-48	鍇13-20	鉉7上-8
籍(積)	竹部	【竹部】	12畫	192	194	無	段5上-7	鍇9-3	鉉5上-2
zōng(ㄗㄨㄥ)									
宗	宀部	【宀部】	5畫	342	345	9-31	段7下-14	鍇14-6	鉉7下-3
夎(瘀通段)	夊部	【夊部】	6畫	233	236	無	段5下-37	鍇10-15	鉉5下-7
從(从、縱、蹤，蓯通段)	从部	【彳部】	8畫	386	390	12-50	段8上-43	鍇15-14	鉉8上-6
軦(從、蹤、踪，蹤、遜通段)	車部	【車部】	8畫	728	735	無	段14上-54	鍇27-14	鉉14上-7
縱(總，蹤通段)	糸部	【糸部】	8畫	655	661	無	段13上-24	鍇25-5	鉉13上-3
總(揔，緫、緵通段)	糸部	【糸部】	11畫	647	653	23-32	段13上-8	鍇25-2	鉉13上-2
堫(稯)	土部	【土部】	9畫	684	690	無	段13下-20	鍇26-2	鉉13下-4
嵸(崚)	山部	【山部】	9畫	438	443	無	段9下-3	鍇18-3	鉉9下-1
椶(棕通段)	木部	【木部】	9畫	241	244	16-53	段6上-7	鍇11-4	鉉6上-2

篆本字(古文、金文、籀文、俗字、通用字，通段、金石)	說文部首	康熙部首	筆畫	一般頁碼	洪葉頁碼	金石字典頁碼	段注篇章	徐鍇通釋篇章	徐鉉藤花榭篇
稯(稅、緵，穮、糉通段)	禾部	【禾部】	9畫	327	330	無	段7上-52	錯13-22	鉉7上-9
艭(屈，腔通段)	舟部	【舟部】	9畫	403	408	無	段8下-5	錯16-10	鉉8下-1
屈(艭)	尸部	【尸部】	5畫	400	404	無	段8上-71	錯16-8	鉉8上-11
葼	艸部	【艸部】	9畫	38	38	無	段1下-34	錯2-16	鉉1下-6
騣	馬部	【馬部】	9畫	無	無	無	無	無	鉉10上-3
夋(騣通段)	夂部	【夂部】	5畫	233	235	無	段5下-36	錯10-15	鉉5下-7
鬷(緫=稯=緵繲tiao述及)	鬲部	【鬲部】	9畫	111	112	32-10	段3下-9	錯6-5	鉉3下-2
鞐(靲、筄、靰通段)	革部	【革部】	10畫	110	111	無	段3下-7	錯6-4	鉉3下-2
髶(鬆從茸、鬤從恩、鬞從農通段)	髟部	【髟部】	6畫	428	432	無	段9上-26	錯17-9	鉉9上-4
蜙	虫部	【虫部】	11畫	664	670	無	段13上-42	錯25-10	鉉13上-6
猣(猔、獔通段)	豕部	【豕部】	11畫	455	459	無	段9下-36	錯18-12	鉉9下-6
zǒng(ㄗㄨㄥˇ)									
恩(傯、怱、謥通段)	囱部	【心部】	7畫	490	495	13-20	段10下-1	錯19-20	鉉10下-1
熜(熧通段)	火部	【火部】	11畫	483	488	無	段10上-47	錯19-16	鉉10上-8
縱(緫，蹤通段)	糸部	【糸部】	8畫	655	661	無	段13上-24	錯25-5	鉉13上-3
緫(揔，總、緵通段)	糸部	【糸部】	11畫	647	653	23-32	段13上-8	錯25-2	鉉13上-2
鬷(緫=稯=緵繲tiao述及)	鬲部	【鬲部】	9畫	111	112	32-10	段3下-9	錯6-5	鉉3下-2
稯(稅、緵，穮、糉通段)	禾部	【禾部】	9畫	327	330	無	段7上-52	錯13-22	鉉7上-9
zòng(ㄗㄨㄥˋ)									
綜	糸部	【糸部】	8畫	644	651	23-24	段13上-3	錯25-1	鉉13上-1
糉(糭、糝、糪，餕、餥、粽通段)	米部	【米部】	9畫	332	335	無	段7上-61	錯13-25	鉉7上-10
糭	米部	【米部】	9畫	無	無	無	無	無	鉉7上-10
稯(稅、緵，穮、糉通段)	禾部	【禾部】	9畫	327	330	無	段7上-52	錯13-22	鉉7上-9
鬷(緫=稯=緵繲tiao述及)	鬲部	【鬲部】	9畫	111	112	32-10	段3下-9	錯6-5	鉉3下-2
瘲	疒部	【疒部】	11畫	349	352	無	段7下-28	錯14-12	鉉7下-5

篆本字(古文、金文、籀文、俗字、通用字，通叚、金石)	說文部首	康熙部首	筆畫	一般頁碼	洪葉頁碼	金石字典頁碼	段注篇章	徐鍇通釋篇章	徐鉉藤花榭篇
縱(從緯述及，慫通叚)	糸部	【糸部】	11畫	646	652	23-32	段13上-6	錯25-2	鉉13上-1
從(从、縱、蹤，蓗通叚)	从部	【彳部】	8畫	386	390	12-50	段8上-43	錯15-14	鉉8上-6
輚(從、蹤、踪，輚、遾通叚)	車部	【車部】	8畫	728	735	無	段14上-54	錯27-14	鉉14上-7
zōu(ㄗㄡ)									
揪(zhou)	手部	【手部】	8畫	610	616	無	段12上-54	錯23-17	鉉12上-8
椒(藪，揪、聚通叚)	木部	【木部】	8畫	269	272	16-49	段6上-63	錯11-28	鉉6上-8
菆(芲通叚)	艸部	【艸部】	8畫	47	48	25-13	段1下-53	錯2-24	鉉1下-9
諏(詛、諑，娵通叚)	言部	【言部】	8畫	91	92	26-55	段3上-11	錯5-7	鉉3上-3
陬(娵通叚)	𨸏部	【阜部】	8畫	731	738	無	段14下-2	錯28-2	鉉14下-1
郰(鄹)	邑部	【邑部】	8畫	296	299	無	段6下-49	錯12-20	鉉6下-8
緅(爵)	糸部	【糸部】	8畫	無	無	無	無	無	鉉13上-5
纔(緅=爵)	糸部	【糸部】	17畫	651	658	無	段13上-17	錯25-4	鉉13上-3
鯫(鮵)	魚部	【魚部】	8畫	579	584	無	段11下-24	錯22-9	鉉11下-5
麤	麻部	【麻部】	8畫	336	339	無	段7下-2	錯13-28	鉉7下-1
齱(齵、齺通叚)	齒部	【齒部】	8畫	79	79	無	段2下-20	錯4-11	鉉2下-4
鄒(騶)	邑部	【邑部】	10畫	296	298	29-16	段6下-48	錯12-20	鉉6下-8
騶(趣)	馬部	【馬部】	10畫	468	472	31-62	段10上-16	錯19-5	鉉10上-2
齺	齒部	【齒部】	10畫	79	79	無	段2下-20	錯4-11	鉉2下-4
zōu(ㄗㄡˇ)									
赱(走，踀通叚)	走部	【走部】		63	64	27-45	段2上-31	錯3-14	鉉2上-6
zòu(ㄗㄡˋ)									
卪 其形反卪	卪部	【卩部】	1畫	431	435	無	段9上-32	錯17-10	鉉9上-5
奏(㩻、屚、敊，腠通叚)	本部	【大部】	6畫	498	502	8-18	段10下-16	錯20-6	鉉10下-3
驟(騶)	馬部	【馬部】	14畫	466	471	無	段10上-13	錯19-4	鉉10上-2
zū(ㄗㄨ)									
租	禾部	【禾部】	5畫	326	329	22-21	段7上-50	錯13-21	鉉7上-8
菹(蒩、葅皆从血，葅、菹通叚)	艸部	【艸部】	8畫	43	43	25-16	段1下-44	錯2-20	鉉1下-7
蒩(苴)	艸部	【艸部】	10畫	42	43	無	段1下-43	錯2-20	鉉1下-7

篆本字(古文、金文、籀文、俗字、通用字，通叚、金石)	說文部首	康熙部首	筆畫	一般頁碼	洪葉頁碼	金石字典頁碼	段注篇章	徐鍇通釋篇章	徐鉉藤花榭篇
zú(ㄗㄨˊ)									
足	足部	【足部】		81	81	27-54	段2下-24	錯4-12	鉉2下-5
浞(足)	水部	【水部】	7畫	558	563	無	段11上貳-26	錯21-21	鉉11上-7
疋(疏、足、胥、雅)	疋部	【疋部】		84	85	20-52	段2下-31	錯4-16	鉉2下-7
卒(猝，倅通叚)	衣部	【十部】	6畫	397	401	26-12	段8上-65	錯16-6	鉉8上-9
猝(卒)	犬部	【犬部】	8畫	474	478	無	段10上-28	錯19-9	鉉10上-5
殚(卒)	歹部	【歹部】	8畫	161	163	無	段4下-8	錯8-5	鉉4下-2
褚(卒、著絮述及，幯、袢通叚)	衣部	【衣部】	8畫	397	401	26-21	段8上-65	錯16-6	鉉8上-9
欨(戳，嚳通叚)	欠部	【欠部】	6畫	411	416	無	段8下-21	錯16-16	鉉8下-4
族(鏃，旐、簇、瘯通叚)	㫃部	【方部】	7畫	312	315	15-20	段7上-21	錯13-7	鉉7上-3
丵(旐)	丵部	【丨部】	9畫	103	103	無	段3上-34	錯5-17	鉉3上-7
崒(崔)	山部	【山部】	8畫	439	444	無	段9上-5	錯18-2	鉉9下-1
捽(zuo´)	手部	【手部】	8畫	599	605	無	段12上-32	錯23-17	鉉12上-5
殚(卒)	歹部	【歹部】	8畫	161	163	無	段4下-8	錯8-5	鉉4下-2
踤	足部	【足部】	8畫	82	83	無	段2下-27	錯4-14	鉉2下-6
齼(cuo`)	齒部	【齒部】	8畫	80	80	無	段2下-22	錯4-11	鉉2下-5
菹(蒩、韲皆从血，葅、蒩通叚)	艸部	【艸部】	8畫	43	43	25-16	段1下-44	錯2-20	鉉1下-7
鐼(cu`)	金部	【金部】	11畫	714	721	無	段14上-25	錯27-8	鉉14上-4
韲从血(韲从血)	血部	【血部】	12畫	214	216	無	段5上-51	錯9-21	鉉5上-10
歔(噈、歃，顣通叚)	欠部	【欠部】	18畫	411	416	無	段8下-21	錯16-16	鉉8下-4
歃(歔)	欠部	【欠部】	13畫	412	417	無	段8下-23	錯16-16	鉉8下-5
zǔ(ㄗㄨˇ)									
珇(駔)	玉部	【玉部】	5畫	14	14	無	段1上-28	錯1-14	鉉1上-4
祖示部非祖ju`(襴通叚)	示部	【示部】	5畫	4	4	21-56	段1上-8	錯1-6	鉉1上-2
祖衣部非祖zu˘	衣部	【衣部】	5畫	395	399	無	段8上-61	錯16-5	鉉8上-9
詛(祝訓述及，襴通叚)	言部	【言部】	5畫	97	97	26-46	段3上-22	錯5-11	鉉3上-5
諏(詛、諑，娵通叚)	言部	【言部】	8畫	91	92	26-55	段3上-11	錯5-7	鉉3上-3
祝(呪、詛訓述及，咒通叚)	示部	【示部】	5畫	6	6	21-55	段1上-12	錯1-7	鉉1上-2

篆本字(古文、金文、籀文、俗字、通用字,通段、金石)	說文部首	康熙部首	筆畫	一般頁碼	洪葉頁碼	金石字典頁碼	段注篇章	徐鍇通釋篇章	徐鉉藤花榭篇
禠	示部	【示部】	11畫	無	無	無	段刪	鍇1-8	鉉1上-1
組	糸部	【糸部】	5畫	653	660	23-12	段13上-21	鍇25-5	鉉13上-3
阻(俎)	𨸏部	【阜部】	5畫	732	739	無	段14下-3	鍇28-2	鉉14下-1
俎(爼通段)	且部	【人部】	7畫	716	723	3-16	段14上-30	鍇27-9	鉉14上-5
苴(蒩、蘁今之香菜,蔖通段)	艸部	【艸部】	9畫	23	24	無	段1下-5	鍇2-3	鉉1下-1
zù(ㄗㄨˋ)									
虘	且部	【虍部】	12畫	716	723	無	段14上-30	鍇27-9	鉉14上-5
zuān(ㄗㄨㄢ)									
鉆	金部	【金部】	5畫	707	714	無	段14上-11	鍇27-5	鉉14上-3
劗(剪,剗、劕通段)	刀部	【刂部】	7畫	178	180	4-41	段4下-42	鍇8-15	鉉4下-7
鑽(厱、攢通段)	金部	【金部】	19畫	707	714	無	段14上-12	鍇27-5	鉉14上-3
爨从興林大火(鐕)	革部	【革部】	29畫	109	110	無	段3下-5	鍇6-4	鉉3下-1
zuǎn(ㄗㄨㄢˇ)									
纂(纉、撰,攢、蕃、繕通段)	糸部	【糸部】	14畫	654	660	23-38	段13上-22	鍇25-5	鉉13上-3
纘(纂,繢通段)	糸部	【糸部】	19畫	646	652	23--39	段13上-6	鍇25-2	鉉13上-1
蕝(蕞、纂、欝)	艸部	【艸部】	12畫	42	43	無	段1下-43	鍇2-20	鉉1下-7
籫	竹部	【竹部】	19畫	193	195	無	段5上-10	鍇9-4	鉉5上-2
鐏(鐼、欑、欀从爨,種通段)	金部	【金部】	11畫	711	718	29-52	段14上-19	鍇27-6	鉉14上-3
zuàn(ㄗㄨㄢˋ)									
鐏(鐼、欑、欀从爨,種通段)	金部	【金部】	11畫	711	718	29-52	段14上-19	鍇27 6	鉉14上-3
匴(籑,簨通段)	匚部	【匚部】	14畫	636	642	無	段12下-49	鍇24-16	鉉12下-8
籑从目大食(籑从大良、饌、餕,撰、篡通段)	倉部	【竹部】	15畫	219	222	31-47	段5下-9	鍇10-4	鉉5下-2
算(選、撰、籌計述及,籑通段)	竹部	【竹部】	8畫	198	200	22-53	段5上-20	鍇9-8	鉉5上-3
zuī(ㄗㄨㄟ)									
卵(卝、鯤鱒duoˋ述及,峻通段)	卵部	【卩部】	5畫	680	686	5-28	段13下-12	鍇25-18	鉉13下-3

篆本字(古文、金文、籀文、俗字、通用字，通段、金石)	說文部首	康熙部首	筆畫	一般頁碼	洪葉頁碼	金石字典頁碼	段注篇章	徐鍇通釋篇章	徐鉉藤花榭篇
胺(屪、峻通段)	肉部	【肉部】	7畫	177	179	無	段4下-40	無	鉉4下-6
厜(厓、𡾟)	厂部	【厂部】	9畫	446	451	無	段9下-19	錯18-7	鉉9下-3
騩(騒)	馬部	【馬部】	9畫	463	468	無	段10上-7	錯19-2	鉉10上-2
摧(催，嗺、慛、攉、誰通段)	手部	【手部】	11畫	596	602	無	段12上-26	錯23-14	鉉12上-5
纗	糸部	【糸部】	18畫	655	662	無	段13上-25	錯25-6	鉉13上-3
zuī(ㄗㄨㄟˇ)									
觜(嘴廣雅作觜zuǐ，蠵通段)	角部	【角部】	5畫	186	188	無	段4下-58	錯8-20	鉉4下-9
些	此部	【木部】	8畫	69	69	無	段2上-42	錯3-18	鉉2上-8
zuì(ㄗㄨㄟˋ)									
辠(罪)	辛部	【辛部】	6畫	741	748	28-7	段14下-22	錯28-11	鉉14下-5
罪(罪、辠)	网部	【网部】	8畫	355	359	無	段7下-41	錯14-18	鉉7下-7
晬	日部	【日部】	8畫	無	無	無	無	無	鉉7上-2
粹(晬、睟通段)	米部	【米部】	8畫	333	336	無	段7上-63	錯13-25	鉉7上-10
萃(倅籑cuò 述及，稡、瘁通段)	艸部	【艸部】	8畫	40	40	25-17	段1下-38	錯2-18	鉉1下-6
醉	酉部	【酉部】	8畫	750	757	無	段14下-39	錯28-19	鉉14下-9
檇(醉)	木部	【木部】	12畫	268	271	無	段6上-61	錯11-27	鉉6上-8
綷(綷，倅通段)	黹部	【黹部】	8畫	364	368	無	段7下-59	錯14-25	鉉7下-10
最(冣非冣jiū、撮，嘬通段)	冃部	【冂部】	10畫	354	358	無	段7下-39	錯14-17	鉉7下-7
冣(聚段不作冣zuì，儹zǎn下曰：各本誤作最，冣通段)	冖部	【冖部】	8畫	353	356	4-19	段7下-36	錯14-16	鉉7下-6
蕝(蕝、纂、鄼)	艸部	【艸部】	12畫	42	43	無	段1下-43	錯2-20	鉉1下-7
檇(醉)	木部	【木部】	12畫	268	271	無	段6上-61	錯11-27	鉉6上-8
嶵(嶵)	山部	【山部】	13畫	440	445	無	段9下-7	錯18-3	鉉9下-1
zūn(ㄗㄨㄣ)									
尊(尊、鐏、樽)	酋部	【廾部】	9畫	752	759	10-24	段14下-43	錯28-20	鉉14下-10末
墫	士部	【士部】	12畫	20	20	無	段1上-40	錯1-19	鉉1上-6
繜(撙通段)	糸部	【糸部】	12畫	655	661	23-35	段13上-24	錯25-5	鉉13上-3
遵	辵(辶)部	【辵部】	12畫	71	71	28-48	段2下-4	錯4-2	鉉2下-1

篆本字(古文、金文、籀文、俗字、通用字，通叚、金石)	說文部首	康熙部首	筆畫	一般頁碼	洪葉頁碼	金石字典頁碼	段注篇章	徐鍇通釋篇章	徐鉉藤花榭篇
鐏	金部	【金部】	12畫	711	718	無	段14上-19	鍇27-7	鉉14上-3
鱒	魚部	【魚部】	12畫	575	581	無	段11下-17	鍇22-7	鉉11下-4
蹲(踆竣字述及，鵻通叚)	足部	【足部】	12畫	83	84	無	段2下-29	鍇4-15	鉉2下-6
zǔn(ㄗㄨㄣˇ)									
噂(僔)	口部	【口部】	12畫	57	58	6-56	段2上-19	鍇3-8	鉉2上-4
僔(噂、蹲)	人部	【人部】	12畫	383	387	無	段8上-37	鍇15-12	鉉8上-5
蓴	艸部	【艸部】	12畫	43	44	無	段1下-45	鍇2-21	鉉1下-7
劗(撙)	刀部	【刂部】	12畫	182	184	無	段4下-50	鍇8-17	鉉4下-7
繜(撙通叚)	糸部	【糸部】	12畫	655	661	23-35	段13上-24	鍇25-5	鉉13上-3
zùn(ㄗㄨㄣˋ)									
捘	手部	【手部】	7畫	596	602	無	段12上-25	鍇23-9	鉉12上-5
zuō(ㄗㄨㄛ)									
最(冣非取jiu丶、撮，嘬通叚)	冃部	【冂部】	10畫	354	358	無	段7下-39	鍇14-17	鉉7下-7
zuó(ㄗㄨㄛˊ)									
昨(酢)	日部	【日部】	5畫	306	309	無	段7上-9	鍇13-3	鉉7上-2
秨	禾部	【禾部】	5畫	325	328	無	段7上-47	鍇13-19	鉉7上-8
筰(窄=迮述及)	竹部	【竹部】	5畫	191	193	無	段5上-6	鍇9-3	鉉5上-2
茟	艸部	【艸部】	7畫	無	無	無	無	無	鉉1下-9
筰(筰，茟通叚)	竹部	【竹部】	7畫	195	197	無	段5上-13	鍇9-5	鉉5上-2
捽(zu´)	手部	【手部】	8畫	599	605	無	段12上-32	鍇23-17	鉉12上-5
zuǒ(ㄗㄨㄛˇ)									
屮(左、佐)	屮部	【丿部】	1畫	116	117	1-31	段3下-20	鍇6-11	鉉3下-4
左(佐)	左部	【工部】	2畫	200	202	11-7	段5上-24	鍇9-9	鉉5上-4
尳	尢部	【尢部】	5畫	495	499	無	段10下-10	鍇20-3	鉉10下-2
zuò(ㄗㄨㄛˋ)									
作(迮、乍)	人部	【人部】	5畫	374	378	3-4	段8上-19	鍇15-7	鉉8上-3
迮(乍、作、窄)	辵(辶)部	【辵部】	5畫	71	71	無	段2下-4	鍇4-3	鉉2下-1
坐(座、坐，座通叚)	土部	【土部】	5畫	687	693	無	段13下-26	鍇26-4	鉉13下-4
怍(慙通叚)	心部	【心部】	5畫	515	519	無	段10下-50	鍇20-18	鉉10下-9
柞(梍)	木部	【木部】	5畫	243	246	16-29	段6上-11	鍇11-5	鉉6上-2
祚	示部	【示部】	5畫	無	無	無	段刪	鍇1-8	鉉1上-3

篆本字(古文、金文、籀文、俗字、通用字,通段、金石)	說文部首	康熙部首	筆畫	一般頁碼	洪葉頁碼	金石字典頁碼	段注篇章	徐鍇通釋篇章	徐鉉藤花榭篇
胙(祚通段)	肉部	【肉部】	5畫	172	174	24-23	段4下-30	鍇8-11	鉉4下-5
酢(醋,酪通段)	酉部	【酉部】	5畫	751	758	無	段14下-41	鍇28-19	鉉14下-9
醋(醋、酢)	酉部	【酉部】	8畫	749	756	無	段14下-37	鍇28-18	鉉14下-9
昨(酢)	日部	【日部】	5畫	306	309	無	段7上-9	鍇13-3	鉉7上-2
阼(跓通段)	𨸏部	【阜部】	5畫	736	743	無	段14下-11	鍇28-4	鉉14下-2
飵	倉部	【食部】	5畫	221	223	無	段5下-12	鍇10-5	鉉5下-2
坐	人部	【人部】	7畫	373	377	無	段8上-18	鍇15-7	鉉8上-3
姓(蓮通段)	女部	【女部】	7畫	624	630	無	段12下-25	鍇24-8	鉉12下-4
槎(樚,柞、楂通段)	木部	【木部】	10畫	269	271	無	段6上-62	鍇11-28	鉉6上-8
糳(鑿)	毇部	【米部】	21畫	334	337	無	段7上-65	鍇13-26	鉉7上-10

附錄一　編纂過程實記

　　本書進入實質編纂耗時兩年多，所有細節、心得當公諸於世，使讀者了解編纂過程的種種境況，或可避免筆者遠路；亦可運籌帷幄，指導子弟，合力編纂《康熙字典（拼音、部首）通檢》之鉅著。

　　筆者首先採用台北洪葉文化事業有限公司，二〇一六年十月三版一刷《說文解字注》，將其「注音索引」放大影印。藉由「說文解字」網頁（作者按：參見後同，不另出注。shouwen.org）的線上部首、楷書檢索功能，進行逐字查找。每找一字，便在 EXCEL 工作表裡，逐筆記錄「洪葉版」的頁碼、拼音、注音及說文部首等資訊。「說文解字」網頁的功能，必須輸入正確的字查找，或以部首、楷書檢索功能尋找，其編排之篆字約有百分之五的錯漏。過程中發現「新華字典」（作者按：參見後同，不另出注。https://zidian.911cha.com/）檢索功能及《康熙字典》、《說文解字》、《說文解字注》的相關文本資料，具更多、更豐富的通用字；且含《康熙字典》、《說文解字》及《說文解字注》的釋文（部分特殊字型、字體無法據實呈現），遂改用「新華字典」網頁繼續查找篆本字。此前機緣巧合，於二手書店買到一本北京中華書局出版《注音版 說文解字》（2017 年 3 月 3 刷），遇有疑問的發音，則參考此書。（作者按：此書雖名為〈注音版〉，唯內容依舊是漢語拼音。）

　　在「洪葉版」查找篆本字過程中，陸續整理出〈部首索引〉的若干錯訛、漏，列舉如後：

　　【厦，部首誤印為曼，注音正確，頁 116】；【溁（〔liang ˊ〕，同梁），部首誤印為溁〔nai ˋ〕】；【縱，頁 652 正確，頁 661 錯誤（應為縱、蹤）】；【宅，部首列在广部為宅，注音則宅、窆、庀並列，頁 341】；【僋，部首缺、注音有，頁 184】；以下同。【揮，頁 612】；【戰，頁 126】；【楛，頁 267】；【橾，頁 240】；【沬，頁 568】；【泙，頁 556】；【奆，頁 485】；【牸，頁 52】；【齋，頁 3】；【靖，頁 505】；【薇，頁 191】；【縱，頁 661】；【苹，頁 29】；【謑，頁 100】；【辻，頁 71】；【闍，頁 594】；【霤，頁 578】；【龖，頁 340】；【驦，頁 471】。

　　第一階段完成後，用 EXCEL 排序功能，將所有資料按「洪葉版」注音索引的頁碼，由小到大排序。此時所有篆本字頁碼資料，與「洪葉版」《段注》（藤花榭版）頁碼相符，只是各頁的篆字順序都不相符，必須逐頁、逐字重新調整字序，順道排除錯漏。完成後，用 EXCEL 建立第一道「洪葉版」排序碼（此動作很重要，在每階段完成時，必須採取此動作，日後新編任何版本，皆可依序回復運用）。此番查找校對，發現「說文解字」網頁及「新華字典」網頁篆本字及其《說文解字》、《說文解字注》注釋，還是有不少錯誤，關鍵在於「數位字源」的不完備。期望有關單位，

能運用全國師範院校資源，分工合作先造字，完備基本字庫，然後進行校勘、編輯、整理、複查、再複查，盡全力修補《康熙字典》、《說文解字》、《說文解字注》數位資料的錯、訛、遺、漏，祈能再舉文事勳業。

　　當「洪葉版」《說文解字注》所有篆本字頁碼、字序重新建立後，筆者考量上世紀，台灣盛行《說文解字注》的年代，雙色、句讀先行者「漢京文化事業有限公司」，未限版權，大方表示：「歡迎翻印，以廣流傳」。遂有多家出版社參與轉印出刊，且頁碼一致。據此，再參考「漢京版」之《說文解字注》進行新增頁碼調整輸入（作者按：「洪葉版」雖雙色印刷，注音檢字表，唯注文無標點符號，乃最大缺憾）。為嘉惠「漢京版」《說文解字注》、及其他版本的藏家（作者按：應有數萬本出版量）、未來持有者、未來發行者，提供《說文解字注》書系頁碼。另增添《說文解字》、《說文解字注》古印本篇章頁數，方便新舊讀者皆能方便查找篆字；加上大陸數百萬的《說文解字》、《說文解字注》持有者而言，筆者堅信，前述各書頁碼，必當使讀者查找篆字更加快速、正確。

　　篆本字拼音與注音都已建立資料庫，排序功能就容易發揮。EXCEL 排序功能，處理拼音問題較少，由 A 到 Z，井然有序；參照北京中華書局注音版《說文解字》的順序調整、校對，輕鬆自在。唯「洪葉版」與「中華書局版」拼音的差異，不斷地找字、搬移、比對、確認，讓筆者吃足苦頭。此間，筆者發現越來越多篆本字發音及部首出現差異，必須註明，否則讀者易入歧途。故而將不少篆本字括弧內加註、分列其他讀音，俾利讀者循音找字時，能順利找到篆本字。惟拼音、部首兩部外加《說文大字典》（沙青巖，台北大孚書局出版，1993 年 6 月初版）「540部首」頁碼，合編後高達一千二百頁（作者按：因本書尚有版權疑慮，故 540 部首僅以目錄形式處理），乃不得不放棄加註拼音，甚且刪除部分已加註之拼音，節省空間（完稿後，括弧內偶有拚音乃不影響欄寬之故）。為了方便讀者能在拼音、注音、部首的字羣裡快速辨認，藉此次增補，逐字與「新華字典網」之金文、籀文、古文的拼音、部首，再次審核、校對，並標粗體，以歸類該音或該部首，其工程之繁雜，也是一難。

　　《說文解字注》部首、拼音、注音頁碼、章篇資料等各個排序檔案，陸續完成。又編纂期間筆者不斷思考，段翁著《說文解字注》時，刪改不少《說文解字》篆本字，如果能把段翁所移除之字補齊，且將《說文解字》的篇章頁碼資料，一併建立起來，才不會有功虧一簣之憾。接著將北京中國書店發行《說文解字》（藤花榭版，2013 年 10 月 20 刷），以《說文解字注》之排序，逐頁、逐字查找、核對、搬移，輸入篇章頁碼。本以為《說文解字注》作藍本，《說文解字》篇章頁碼輸入的工程，應輕鬆自如，結果非是。蓋因《說文解字注》與《說文解字》字序排列差異所致（作者按：後因加入小徐版《說文解字繫傳》篇章頁碼，方知段翁應是參照此版本字序進行編纂）。段翁對《說文解字》篆本字有獨到的見解，屢屢搬動篆本字的關

鍵位置，以補證其論述，篆本字順序遂有不小的變動（作者按：木部變動最大，字群多又複雜，上天若假予您二十年壽期，相信您老人家，一定會驚天動地的騰挪），故乃又一大工程。此時須把「洪葉版」部首的排序碼調整出來使用，依照五百四十部首順序開始搬遷、增補《段注》刪除的篆本字。完成《說文解字》篇章頁數作業後，依例再添「說文部首」新建排序碼。再利用先前拼音版排序碼，回復成《說文解字注》拼音、注音排序，將《說文解字注》刪、缺的《說文解字》篆本字約四百五十字回插其正確位置。再不厭其煩地新增《說文解字注》拼音、注音說文排序碼。此時考量既然要作「通檢」，再把《說文解字》篆字補齊，雖然辛苦，又如何呢？故錦上添花竟成樂事，不亦快哉！最終順利完成《說文解字》、《說文解字注》拼音、注音及部首之通檢排序碼。

　　作者手邊的《說文大字典》係嘉興沙青巖先生所著，其書篆字工整，內容精要，可作學篆者快速參考之工具；且其依據康熙字典所用之部首排列編纂，為現今學習篆文者較為方便之小學工具書。如果僅因其參照《說文解字》內含金文、籀文、古文，篆刻及篆書諸師言其易混淆初學者之章法，為其所累而棄之不用，殊為可惜。蓋初學篆字或古文者，常有嚴重的挫折感，故筆者發心編纂此書。期望讀者在找尋篆本字或眾多通叚字、通用字、古今俗體字時，當先求有，次求好，再求精。筆者鼓勵初學者，善用本工具書，快速、順利在《說文解字》、《說文解字注》找到篆本字，切莫因某師、某學、某書影響，躊躇不前而錯失良書。

　　隨即將「部首排序」列出，逐次按說文部首搬移、調整為康熙部首順序，再將合併的部首進行搬移、歸納。接著再一次從一部到龠部所有字翻找、調整。這回完成《說文大字典》部首順序，增補康熙部首，按各部複製貼上，以方便日後有關康熙部首之編輯時，可再運用之。完成後，同樣賦予《說文大字典》新排序碼。至此，《說文解字》篆本字經過初尋；《說文解字注》原始缺漏查找編排；說文部首核對、編整、補缺；《說文大字典》康熙部首調整編排四大階段，每次都要徹徹底底從頭到尾一字不落地核對，絕不含糊。筆者對許翁、段翁之《說文解字》及《說文解字注》大著，自謂忠實信徒，絕對是不愧不怍。

　　至二〇二一年八月，已完成《說文解字》、《說文解字注》、《說文大字典》三大鉅著通檢之編纂（拼音、注音、部首檢字資料庫，分三檔案，逐頁校對，調整輸出，非常繁複，諸如字型大小、列高調整。按 EXCEL 畫面上，資料沒有超出格寬，但輸出後常被斷捨，必須將列高調整，方無遺漏），隨時可進行美編、出版事宜。即開始尋訪出版發行的相關業者，所需資金可由筆者全額支付。結果沒有任何一家出版業者願意承接，所持理由：「此類書不好賣，如果承接，擔心沒有空間可以長期存放」；無奈筆者最大的困擾也是存放問題，家住公寓四樓沒有電梯，要存放五百本，一千二百多頁的大部頭精裝書，搬上搬下就頭疼不已。為此我進退兩難，遂將出版計畫延後，待兩岸恢復金門小三通，再進行出版事宜。

　　當新冠疫情舒緩，轉眼來到虎年新春，筆者每日追劇百般無聊，遂翻出王老師福厂的《作篆通叚》（台北蕙風堂筆墨有限公司，1999 年 10 月，初版），不禁激起我摻入通叚字的念頭，何不向前再進一步？把《作篆通叚》元素補入篆本字括弧內，以逗號做區隔，逗號左邊為《說文解字》、《說文解字注》及《說文大字典》內已有之古文、金文、籀文、古今字、假借字、俗字等；逗號右邊的註記為通叚（後再補上《金石大字典》數字，註記為金石）。此工作看似雲淡風輕，其實暗潮洶湧，何故？王老師的《作篆通叚》係手抄本，由韓登安先生校錄鈔本，再經廣州中山大學馬教授國權先生薦舉，照像製版。登安先生文字手稿，有其個人風格，字體與現今之楷書有不同之習慣，筆者上窮碧落下黃泉的翻找，依舊有數十字無法兌現，只能在《作篆通叚》書上標註記號，日後找機會增補。

　　隨著編纂經驗增加，此回增補通叚字，我逐字在書上以鉛筆標註注音，隨即以整列方式，將該通叚字整列複製到另音群組、或另部群組（此時要開拼音、注音、部首三檔同時作業），每有增補、修正，必三檔同步更改。拼音、注音部分，盡量依筆畫多寡或比鄰同字安插；部首部分，按筆畫多寡插入，同字則重而列之。再將該通叚字以粗體呈現，以方便循通叚字拼音、部首找篆本字讀者，能在通叚字裡找到篆本字，達異曲同工之妙。經驗告訴我，所有通叚字的安插，如同段翁在注文內補充說明之假借字，雖然麻煩但助益頗大，故甘之如飴。倍增的工作，漸成慢活享受，遇任何問題皆隨手記錄，以便日後再查。此時此刻，竟產生懷古幽情，彷彿筆者是博學多聞，刻正埋首經學的訓詁學者，莫名自得（白日夢也）。再再反覆檢視編纂內容，確認、確認、再確認，使細微末節疏漏處，一一更正剔除，增加本書的可靠度。

　　各種資料不斷補充進來，每字（筆）的相關資料愈來愈多，讓我思考如何調整欄寬，以減省紙張。原本段注篇章以【一篇上二】的文字呈現，【十一篇上 A 十一】就會影響欄寬（《段注》唯獨此篇上分一、二）。又因期間網購小徐版《說文解字繫傳》，經比對後，發現段翁參考此版字序作《說文解字注》，乃決定將《段注》、大徐版《說文解字》及小徐版《說文解字繫傳》調整頁碼之書體為阿拉伯數字型式，改為：【段 13 上－15】，【鉉 13 上－15】、【鍇 25－5】以縮小欄寬，進而減省頁次。為進行此項工程，不得不將已完稿之檔案，再調整回到段注排序、說文排序，方便整合。EXCEL 雖好，唯有排序後天下（列高）大亂之大虫（bug）。所幸筆者經驗豐富，知道調整工作還算輕鬆，三、五天即可完成，比校對、勘錯相對簡單，所以義無反顧繼續前行。再經月餘，總算完成《說文》、《段注》重要元素的大融合，至此大功告成。

　　一般學有專精的學者，本身學術工作已超負荷，不屑檢索的整理，以為初階，大多交與弟子或助理處理。惟參與的人愈多，各人學術程度或工作態度參差不

齊，若不得其人如懋堂先生者主掌全局，整合後的瑕疵也愈多。現今紙本式微，電腦、平板、手機網絡發達，相關應用軟件、APP，十分方便。嚴老師及筆者篆刻呂老師國祈先生也如是說：「網絡很方便，學生利用網路找字，快速、方便、好用。」年輕學子們更是趨之若鶩，網絡上搜尋，不懂就發問，很快就會得到答案（網路世界，良莠不齊，多少速食資訊竄流其間？學者不細察，易墮不學無術之窠，徒遭後人譏諷。）；紙本查找是自找麻煩，聰明人不會花太多時間在紙本上，願意投入檢索工作者，可想而知（竊以為愈是投機取巧的學習，成本雖低，日後要付出的代價愈高）！本書，學藝不精者，沒能力完成；學藝中等，無 EXCEL 技能者，無法勝任；各項能力具備，無耐性者，必然中輟。淺生拜墓受段翁激勵及導引，僥倖完成此通檢工具書，幸甚！幸甚！又筆者欲自資出版，出版商或婉辭、或不應，恐是懼怕被庫存滯銷拖累，蹉跎至今。至此，筆者只能頂著學術逆風，義無反顧，精益求精，勇往直前。

二〇二二年九月中旬，筆者開始從網路查詢國內、外（含港、澳、大陸、新加坡、日本、及馬來西亞等國）出版業者及各知名大學中文相關系所，嘗試以電子郵件投稿，附上筆者完稿之 PDF 檔案野人獻曝。兩週下來多石沉大海毫無音訊，唯師大國文系專任教授羅先生凡晸熱心回函指點：「如果要出版，或許可以洽談『萬卷樓圖書有限公司』，由出版社出版您的大作，它的流通性應該更強。」筆者當然不錯過任何機會，隨即於中午十二時半寄出稿件；張總編輯亦於一小時內回應，遂有出版本書之後續規劃。今幸得萬卷樓圖書股份有限公司張總編輯晏瑞先生慧眼，庶免沉埋，幸甚！幸甚！

二〇二一年十月，在臉書（Facebook）上發現一位名叫「林丹」書法家，他每日上傳的作品極多，隸書渾厚樸實，剛柔並濟；篆書灑脫自然，線條優雅，風格自成一家，與眾不同。尤其在釋文上，林老師瓊峯先生，對篆本字及今體字皆會闡釋，讓讀者能穿透古文、古意。筆者當即加林老師好友，並報告將出版本書，懇請老師惠賜寶墨。此後在沒有老師回應下，我在臉書上只要有疑問提出，老師必然熱心地諄諄指導，筆者受益良多。直到二〇二二年九月，老師接納我為臉書好友。原本請老師賜本書墨寶之事不見回應，也只當是老師無意於此，也就略過不提。未料老師隨後在臉書發表隸書「溯源立本，博古通今」，我厚顏跟老師請求同意將此幅作品，置於本書扉頁，老師很爽快的同意了。二〇二三年後，老師再發表一幅篆書作品「視而可識，察而見意」（說文解字敍句），我再一次唐突的請老師讓筆者收錄於作品中，老師又慷慨應允，萬分感謝老師指導提攜。

二〇二二年八月，本書初稿即將完成，筆者遂翻出楊公家駱先生編纂的《說文解字詁林正補合編》，查閱古人相關論述，借為參考。其中楊公所寫之序文精彩無比，讓筆者嘆服不已，應推而廣之，與愛篆者共享。隨即在網路上查找楊公生平資訊，得知楊公之女公子思明女士曾執教中央大學，現已榮退的資訊。筆者立即以電話聯繫央大化學系，請該系老師留下筆者的資料，並轉達筆者新書欲引

用楊公序文。數日後接到楊教授的 E-mail，經過信件說明，楊教授回覆：「只要是正確引用並註明出處我原則上是同意的。」感謝楊教授大方授權，使本書更為增價增色。

　　二〇二二年十月十三日，2022 兩岸漢字文化藝術節——「兩岸名家書法展」及「兩岸名家篆刻展」。筆者專程到會場進行本書發行之前期調研。有幸遇到「緣旭書藝學會」嚴老師，遂請老師指導。嚴老師問我：「如何證明你的檢索資料是正確的？」這話一聽就是經驗之談，也是清朝乾、嘉之際，經學、訓詁學何以會如此興盛之故。如何證明筆者所編纂的篆本字、籀文、金文、古文、通段字及各書的頁碼與《說文解字》（藤花榭版）、《說文解字繫傳》（祁雋藻刻本）、《說文解字注》（經韵樓藏版）、《作篆通段》、《金石大字典》內容正確無誤？筆者自信地請大家來檢視本書內容的真訛，也請後世學者歷十至三十年使用感想，向世人宣告結果：《說文段注（拼音、部首）通檢》篆本字之今體字、籀文、金文、古文、通段字及各書章篇頁碼可信度極高，是學習中文、篆字、篆書、篆刻、古文、古籍、訓詁等，最優經典之工具書。（作者按：在責任編輯林以邠小姐協助審校過程中，以令筆者折服的專業能力與敬業態度，將本書徹頭徹尾、鉅細靡遺地糾錯、補漏、調整體例，使本書更臻完美。）

　　筆者以 EXCEL 建立的資料庫，拼音計 17107 筆、部首計 22787 筆，未來可建立完好 APP 應用程式。庶幾所有與《說文》、《段注》相關古籍、新版本著述等，皆可以本書為基礎，建立完整之數位化通檢。各個新創事業、出版業者、學術單位、學者專家，如有興趣，可與萬卷樓洽談合作事宜，共襄盛舉。另紙本紀錄、眉註，對學術研究非常重要。振興或探究中華文化急不得，文化界的變化異常快速，今天人人拿手機不拿紙本，以後或許會有不同的閱讀方式。筆者期望中華文化大潮再現，大家在學習上都能得心應手。本書能扮演好「穿針引線」的角色，引領有心人順利進入小學領域，就是筆者一生最大的成就。

　　二〇二二年十月底，因萬卷樓總編張晏瑞先生告知，年終歲末，乃出版業的大月，忙碌異常，且諸多學術著作已排定時間，本書一時恐難付梓。筆者轉念一想，何不把原先編纂以「精簡」為原則的內容「擴而充之」？遂將過去省略的資訊，重新檢視補充。尤其字體繁複、筆畫多的字，加註從字，如「籧從佐（籚從差）」，「釁從隆（鑿，釁從夅通段）」，以免印刷時，因筆畫過多而線條模糊不清難以辨識；又如「馫（香＝腳曉 xiao 述及、薌）」，很多字的通段說明，段翁常在他字裡補充說明，筆者特別標示「述及」二字，以為憑據。再就諸多沒有相關字群的孤字，逐一再確認、補充。唯筆者初著本書時，心浮氣躁，欠缺定、靜、安、慮、得的基本功，故而粗枝大葉，疏漏甚多。日後除自發再校審，尚祈讀者協助，凡有疑慮，即標註該字，多多賜教。

附錄二　出書感言

常言道：得天下英才而育之，乃為人師者一大快事。好徒弟、好學生不容易遇上，一輩子能教上一、兩個優秀的生徒，就夠得意的。同樣地，好師傅、好老師易尋嗎？這是個嚴肅的課題，只有歷經過比較，才知道好師傅、好老師，是要學子、學者認真的尋訪，才不至遺憾。今藉字聖許翁的《說文解字》及字仙段翁的《說文解字注》，闡述本著作《說文段注通檢》二冊如何扮演橋樑一角。

古往今來，中華文化孕育了無數的學人，留下浩瀚的經、史、子、集、詩、詞、歌、賦等經典，供後輩瞻仰學習。學子們，悠游於古文、古書，許翁叔重先生的《說文解字》及段翁懋堂先生的《說文解字注》，扮演承先啟後、繼往開來的重要角色。清初學人投入甲骨文、金文、古文、篆字的校勘、訓詁，掀起了波瀾壯闊的小學熱潮，《說文解字》功不可沒。

過往所有版本的《說文解字》、《說文解字注》的檢字附表，雖經前人（《說文解字注》有黎氏檢字）不斷精進，不外筆畫、540 部首、康熙字典部首、注音、拼音等檢字附表。在查找過程中，如不熟悉繁體字、540 部首、康熙字典部首，注音、拼音等，要從《說文解字》、《說文解字注》裡找篆本字，耗時費事，困難重重。又古文、古字多有叚借、替代之字，如不能藉檢字附表找到正確的篆本字，或誤以為其無篆字，或以其他篆刻字典為依據、不知譌訛、自創篆字，致文義不能通古，實字學大忌。

本工具書能完成編纂，乃藉網路強大功能，尤歷無數學者、前輩努力所建立的「新華字典 911 查詢網頁」。其篆字、今楷字完備度最高，僅需以極少數圖片或造字，置入檢字表中，才能順利完成本工具書編纂，萬幸！萬幸！。唯《說文解字》及《說文解字注》裡篆字的找尋，還是需要耐心、信心，克服初期的挫折感，在本書與「新華字典 911 查詢網頁」交互運用下，很快就會熟能生巧，如魚得水。

好的工具書，堪比半個好師傅、好老師。本書可藉讀音、部首、540 部首，交叉查找。如果讀音不正確，可借部首翻找；部首尋無時，可參酌 540 部首，再四確認；遍尋不著時，請至「新華字典 911 查詢網頁」查找，確定該篆字的部首及讀音後，再以本書檢索。本書雖厚重，相關資訊、頁碼異常好用，舉凡字大清晰、相關通叚字群、說文部首、康熙部首、筆畫、舊版頁碼、新版頁碼、段注篇章、說文篇章，都在其中，學習篆字、古文，可一舉數得，事半功倍！

——寫於二〇二三年二月二十七日

附錄三　學篆心得

　　筆者出生於一九六一年，自小受中華文化薰陶，有機會涉獵小學、古文。一九八七年隨江蘇籍吳老師書杰先生研習篆刻，重拾書法，得書杰老師的心法，自此一頭栽進小學領域。老師叮嚀告誡，要實誠於文字領域的所有細節，不可大而化之、因陋就簡；凡事要有信心，並持之以恆，就算沒有成就，又有何憾？更何況一方印文僅三、四字，求快不如求好，求好不如求真，天下文字，惟真不破。筆者牢記在心，不敢或忘。

　　學篆刻，須對篆字進行查找。筆者名字「恆」字在一般的字典裡，屬「忄（心）」部，《說文解字注》部首「心」部無此「恆」字，無奈只好在筆劃檢字裡，按筆劃逐字找尋。出乎意料的是，「恆」字不屬「心」部，屬「二」部（內容略）。繼續找「發」字時，「癶」（讀如撥〔bo〕）部無「發」，在篆字部首裡屬於「弓」部（內容略）。後續翻找《說文解字注》的過程裡，屢屢受挫，耗時費事，氣餒無比。誠所謂「失之毫釐、差之千里」。在吳老師的箴言叮囑下，耐著性子，不但查筆者想找的字，在《說文解字注》注釋裡看到不認識的字，也逐一去查找，期能「溯源立本、博古通今」及「視而可識、察而見意」（林老師瓊峯先生惠賜之兩幅寶墨）。換句話說，筆者常常為了一個篆字，要額外查找十幾個篆字，以核實段翁所述，過程苦澀，非常人所能體會；惟經驗愈豐富時，成果自然不斷湧出，甜蜜無窮。

　　筆者深感《說文解字注》的查找，對初學者的難度相當高，其關鍵就在檢字工具不好用，對一生使用簡體字的古文、古籍愛好者而言，更是難上加難。筆者怎敢輕言挑戰此檢字工具書？此書最難的部分就是找齊正篆九千三百五十三字，重文（正篆異體）一千一百六十三字的電腦字體，如無「新華字典 911 查詢網頁」，只能望洋興嘆。惟徒有「新華字典網頁」，缺少適用的拼音、部首檢字紙本工具書，初學者依舊不容易進行篆字的查找。蓋因今古音韻變化為其一，簡字部首不足以涵蓋所有說文部首或康熙部首為其二，故而發願編纂此工具書。

　　本家侄兒其超，與我興趣相當，臭味相投，雖分隔兩岸，魚雁（微信）往返頻仍，天涯海角，遙相呼應，此乃人生最大樂事。我們曾探討過，今之學者何不在《說文解字》及《說文解字注》檢字領域裡，再下點功夫改進檢字方法嘉惠學林呢？究其原因有三：一者檢字表乃小學裡的末微學科，乏人問津；再者中華文化包羅萬象，在四庫全書裡，僅滄海一粟，難被發端；三者書市不振，無人看好。

　　筆者為段翁筆下之淺人（作者按：所學不深，略通小技耳），因學問淺薄故能安之若素，心無旁騖，不伎不求，所以敢立下此狂野之願，一人執行編纂。拜科技之賜，筆者以一當十，校對質量專一，更勝十人。（筆者幼承家訓，上秉先祖父相如

公興學之志，下承父母讀書不忘報國之願，整合許翁、段翁大著，完成《說文段注通檢》一書，此生無憾）

世事洞明皆學問，人情練達即文章。學習古代的事事物物，《說文解字注》最為捷徑。過去讀《東周列國誌》（〔明〕余紹魚、馮夢龍著），精采絕倫，妙趣橫生。今再讀之，遇疑難處，查文、字本意、出處，更能融入情節，拓展自己的國學視野。凡愛好古籍、古書者，何不嘗試用《說文解字注》來品讀古書？果能藉經典之章回小說，促使大眾能接觸古籍、古書，一本實用、好用的檢字工具書益形重要。

天下好書雖多，惟濫竽充數、魚目混珠者亦混雜其間；沒有好的文、字基礎，好的師傅指引，盡信書不如無書。要在有限的人生，求得好學識、真學問，有《說文解字注》協助論證，事半功倍，論述堅實。坊間字典多如牛毛，如何選用古典經學，既可朔源又可訓詁的的好字典、真字典，段翁的《說文解字注》當為翹楚。

從結識《說文解字注》起，就對段翁的崇偉，敬佩的無以復加。《段注》內容引證三、五百部古籍，緊密紮實，言簡意賅；凡有疑義、皆直言不諱；剖析古今，當斷則斷。段翁立論有憑、有據，後世學者，可追其譌、考其謬，再起訓詁波瀾亦是段翁所願。筆者因而發懷古幽情，趁返鄉（南京湯山）掃墓之便，再三前往金壇薛埠花山段翁故里，拜望其墓塚。前兩次無緣入家祠內行禮，直到二〇一九年四月第三次造訪段翁家祠，機緣巧合得以入祠，向段翁行拜師大禮，終償夙願。（您認同與否不重要，只要此工具書能幫助您在查找篆字時有所助益，就是筆者最最期望之事。）

學習是條無止盡的路，如果您是中、小學生，可以空出些許上網的時間，強記中華文字及中國成語，愈多愈好，養成紙本閱讀的好習慣，日後絕對不會吃虧；如果您是高中生，放您一馬，高考優先；上了大學，如果您不是名校、名系本科生，別氣餒，好好加強您的國語文實力，十年磨一劍，職場上翻盤的機會絕對會保留給您；如果您是國語文相關師範生，不願自誤誤人者，《說文解字注》可為您指路，讓您得天下英才而育之；如果您步入社會後，自覺語文溝通差人一截，每天一小時勤修苦練，成功指日可待！年輕時忙於家計、生活、事業，鮮少有時間閱讀的您，退休後可以考慮再拿起書本，好好的享受閱讀之樂，尤其是與古文有關的書籍，為自己而學習，愉悅自己、豐富自己。

編纂本書之初，因年過六旬，且心臟已安裝支架，深怕不能完成所有《說文解字》及《說文解字注》篆字的查找編輯，所以進度快，品質粗糙。直到初步完成才放下心中憂慮，慢工細活的逐字校對十餘次，並將許翁《說文解字》大、小徐版章篇頁碼，一併輸入本書。完成「《說文解字》及《說文解字注》拼音、部

首檢字」一書。本書能完成，全是先聖、先賢們，不斷為《說文解字》、《說文解字注》訓詁、考證、研究、討論、編整、刊印等諸多付出與功績，筆者始能趁網際網路發達之便，逐字、逐音、編輯核對，本書付梓，不過盡心盡力罷了。

　　　　　　　　　　　　　　　——寫於二〇二三年二月二十七日

《〈段注〉朱檢》[1]跋

朱其超

　　《〈段注〉朱檢》者何？吾叔恒發夫子，吾家老鳳，沉浸小學有年，出入諸家，獨服膺金壇段先生人品學問，遂乃覃思製作之段《注》檢索工具，示人以金針，以為後學之津梁者也。

　　夫六經皆史也。非有《說文》，六經卒不可讀。非不可讀，大意難明，詰聱難訓也。許書傳千七百年，漸又不可讀，乃有段《注》出。是許書為六經功臣，段《注》為許書功臣，其有功文化、羽翼許書如此。

　　然則何所謂？許書之前，不有《爾疋》、《方言》乎？許書之後，不有《釋名》、《玉篇》、《廣韻》、《集韻》、《韻會》、《洪武正韻》、《康熙字典》諸書乎？何尊崇許書若此？且《說文》之出，注家紛起，清世尤甚。段氏同時，不有桂、王、朱諸百十家乎？何厚薄輕重若此哉！

　　予曰，不然。許書為邃密系統貫通之學問，其於中華文化之地位價值，久有定論，自不待吾人今日之贅言。嘉定王西沚先生曰：「文字當以許氏為宗，先究文字，後通訓詁，故《說文》為天下第一種書。讀遍天下書，不讀《說文》，猶未讀也。」議論痛快，予深折服。

　　金壇段懋堂夫子推重《說文》，通達許祭酒奧窔深長意味，發明義例，校勘文本，《經》字互證，音、形、義互校，於許書匡正糾謬，集成心血曰段《注》，紹接許祭酒衣缽，邃密系統貫通，或青勝於藍。海寧王觀堂先生曰，「平生於小學最服膺懋堂先生，以為許淡長後一人也」。且發議曰，「兩漢古文學家多兼小學家」。無錫錢賓四先生曰，「東原弟子傳其學者諸人，段、王小學尤推絕業。」

　　叔於閒暇，鐵筆勤耕，以寫餘情垂四十年。舉凡治印所涉籀篆之疑所未當、及讀史所遇之生僻文字，要皆取正於段《注》一書，以為宏富精妙，世罕其匹。近年更數到金壇，訪求段先生遺跡，謁館展墓，致敬申誠，恭行弟子禮儀。且以段《注》流布雖廣，時下學者苦於紙本檢字之難，甚且廢讀。舊有番禺黎先生《通檢》流行百五十年，分部細密，當時稱方便，今人茫然莫從，翻以為病。

　　惟電子文檔、網絡、APP諸種，以其方便遂以盛行，人既皆於許書、段《注》紙本猶不屑，又何暇編纂工具，枯槁從事，作他人嫁衣耶？然以小學之精深博大，儻必擯棄紙本，一一皆作快餐式檢閱，淺嘗輒止如蜻蜓點水，所得能幾多？必沉浸涵泳其中，乃為取有益！如人之晨練，既以早

---

[1] 《〈段注〉朱檢》，即本書《說文段注通檢》（朱恒發編著）之簡稱。

起，於是乎空氣之清新、光影之變幻、鳥鳴之婉轉，種種生動，皆為所悅納，持之以恆，此於身心大有裨益。叔感慨痛惜有如此，發憤而為此《〈段注〉朱檢》。

　　且籌劃自出貲刊行，無償分贈於安陽中國文字博物館、鄭城許慎紀念館、漯河許慎文化園、金壇段玉裁先生紀念館、兩岸社科院所、及海內外之《說文》研究機構，以勸天下學人段《注》之學。是懋堂夫子得許祭酒本心，吾叔得懋堂夫子本心，乃有此嘔心瀝血、舍己利人之書，與夫計利求名、災禍梨棗之輩，高下不啻雲泥矣。

　　溯夫我桃源（江蘇泗陽）折檻朱氏，乃徽國文公嫡派，自婺來桃，七百載於茲，敬愛世則，仁孝家風，世世勿替。迨我族曾祖相如公字趙卿，自桃遷寧，居江寧湯山之上曹村，硯田勤耕，道德學問為鄉里矜式。公實生四子，其仲子諱長盛公別名際唐於一九四九年遷臺省之桃園者，即恒發叔之父也。忽忽四世七十餘載，叔猶時時署其里籍曰「桃源」、曰「金陵」，木本水源，不能忘情如此。家國情懷，宜有斯著！

　　昔我桃源折檻《朱氏宗譜》六修合訂之再版，譜頭舊有宋繪雲祖折檻晑照片一幀，不甚清晰。叔與臺北故宮博物院多方協調，爰得高清圖片，親為製版，玉成斯事。叔與我諸叔伯之來桃，訪來安白果奇樹則繞行環抱、且驚且喜；登運河泗水高閣則戀戀風物，悵悵有不忍離。皎皎此心，宜有斯著！

　　且夫我紫陽夫子嘗讎校《說文》，鏤版贛州，一時風行。婺源洪玄發師告我曰，「朱子汲汲本源，眷眷桑梓，猶有《新安鄉音字義考正》，書藏婺源江灣婺源古代民間民俗博物館。」叔以紫陽賢裔，家學淵源，宜有斯著！

　　叔之編訂此書，不憚繁鉅，自任其勞：資料則自搜羅之、文檔則自錄入之、編排則自創為體例。以許書、段《注》生僻之單字、部首甚夥，考校錄入之辛勞種種，非有躬親從事者不足與道也。叔於緊張忙碌之暇，時與 WeChat 分享體會。予小子獲益良多，於吾叔之精神人格，理解益深。

　　叔曰，段翁觀察入微，且富思辨，能傳許翁衣缽。許書說「不」、「至」為飛鳥騰降之形。段翁於艸木鳥獸蟲魚諸部，亦必詳明種屬、產地、形態、習性、及造字之所取法關聯。茲舉一例，許說「甲」曰：「從木、戴孚甲之象。」段為詳釋：「孚甲，穀也。」「凡艸木初生，或戴種於顛；或先見其葉。」「始於下，見於上。」且據以斷諸本「始一見十」、「始十見千」之非。

　　叔曰，段翁亦地理學家，方輿之所牽涉，雖一丘一壑，必旁徵博引，

溯其原委，考察變遷，尤見工夫。注「淅」字則盡道三江原委，注「汶」字則揭櫫「汶」、「岷」同音叚借，可窺一斑。

叔曰，古字之叚借而久不還，不敷其用，人乃別剙新字，文明日進，造字愈多，許翁所謂「形聲相益」、「孳乳寖多」者也。其演變若吾淮水系之紛亂然：泗奪於河、河又奪淮，尾閭壅積不能出，匯瀦為洪湖大澤。河始為漕用，後又別開新河。日久年深，混沌茫然亦遂難免。

叔曰，後世隸變，齊整筆劃，方便書寫，兼顧美觀，而原旨錯亂迷失，在所難免：或鵲巢而鳩占、或張冠而李戴、或指鹿而為馬、或顛黑而倒白。惟形聲字猶為今日漢字之主體，其於初民深意尚可講求。爰秉《爾疋》分類、《說文》別部之遺意，微更朱《檢》體例，於拼音分冊，臚列同音叚借，珠連串接。一冊在手，勾沈索隱，甚可樂也。

叔曰，許書所收正字，曰籀篆同形、沿襲不改之篆；曰籀有篆無之籀；曰籀無篆有之篆；曰籀篆異形、附列並排之籀與篆。段《注》既為表見，靜安先生《〈說文〉今敘篆文合以古籀說》又為補充，以為「千古卓識」，贊之曰「兩千來治《說文》未有能言之明白曉暢如是者也！」

叔曰，段翁于許書通貫熟爛，觸類旁通，往往以許證許、以許注許。注「坌」曰，「以艸次于屋上曰茨；以土次于道上曰坌。」注「魚」曰，「其尾皆枝，故象枝形，非從火也。」其疏「燕」字許注「枝尾」也，則曰，「與魚尾同。故以灬像之。」又以兔善逃，故「逸」字從兔辵，並及隹善飛，故「奪」從手持隹而失之，此皆亡逸之意。精妙生動如此。

叔曰，段翁得許氏心傳，其注「久」字，嘗有一議論，曰「因經義以推造字之意、因造字之意以推經義」，先生得戴東原先生精髓如此！注許書之法在此！治小學方法亦在此！許翁〈說文解字敘〉所謂「前人所以垂後」與夫「後人所以識古」者，段《注》庶幾兼有之矣！

叔曰，段翁精譜牒之學。注「嬀」字，則明析姓與氏之區別。注「胡毌」，則詳溯「毌丘」典故，考定讀音。注「鄒」字，則極辨「邾」、「鄒」、「朱婁」三者異名一地，唯其語言緩急之殊也。日照王獻唐先生《炎黃氏族文化考》得近似地名二十七事、棗莊朱廣平宗親作《春秋邾分四國考》，或皆濫觴於此矣。

叔曰，段翁極淹博。注「唐」字，訓「空」義項，則引梵書「福不唐捐」為證；注「巒」字，則據周王季曆之墓址，斷孔衍之非；注「㸻」字，則援漢碑，論「仲尼」為夫子本字合於古義。

叔曰，段翁治學極謹嚴。注「樗」字，略申心得曰，「凡物必得諸目

驗，折衷古籍，乃為可信。」書中「淺人妄作」、「淺人妄增」、「淺人妄改」、「淺人妄續」、「淺人穿鑿」之語比比皆是，一曰「淺人」，再曰「淺人」。為許翁護法，慷慨激烈，見諸文字如此。

叔曰，段翁之為《注》，若古畫之修復工藝者。揭裱、除塵、除黴菌黑變、複裱、補破，非小心謹慎不能為，非得原作者精神氣質亦不屑為，非自身繪藝高超亦不敢為。段《注》一書，實段翁領會許書精神、結合其人「修補經驗」之新產品也，推陳出新，光焰萬丈。

叔曰，許書、段《注》、別注之延續叢出，正我中華文化久遠歷史、勃發生機、神奇魅力、珍貴價值之具體體現也。印人、書家而習許書、讀段《注》，明造字法、用字法，於我中華傳統典籍則簡明易知。且於我族群上古以迄秦漢之發明創造、審美觀點、抽象思維、思辨精神亦當有深刻之體會。

叔曰，段翁既作此書，子、弟、孫、曾、仁和龔婿全為校字，儼然一家庭學術團隊也。此亦中華傳統學術之有趣現象，遺風流韻，至於今思之。

叔曰，段翁為龔定庵外王父，琢磨陶冶，感染亦深。定庵感戴舊恩，詩以懷之，「張杜西京說外家，斯文吾述段金沙。導河積石歸東海，一字源流奠萬嘩。」

叔以成稿示予小子，命為參訂且為之跋。其時新冠肆虐、海峽懸隔，更涉軟件兼容諸問題，予小子弗能奉教分勞，實為遺憾！而吾叔夫子大人傾心力於中華文化弘揚之精誠良苦，素所深知。既渥此榮寵，不敢以淺陋辭，爰紀成書經過、撮錄平昔受教十數條，略彰吾叔夫子大人之苦心孤詣、春風化雨及予小子仰止切慕之心，以為之賀如此。

叔且有小學典籍檢索別數種編定待出，其他待梓書稿曰《中國歷史圖說》、曰《圖說中國成語系列》又數種，孜孜不倦，意味深遠。後百千年，博雅君子讀其書、想望其人、為之護法可矣。

敬跋如是。

時西元二〇二二年十二月上旬

桃源折檻朱氏二十一世　受教愚侄　其超

寫定於中國江蘇泗陽桃源綠島浪琴灣

《〈段注〉朱檢》[1]再跋

鄭國樑

　　或曰，前〈跋〉三千五百言，於著者心事及斯著價值既已表見。又何必累贅再跋若疊床架屋然哉？

　　予曰，稿成碁年，而先生新增改易者屢，且於用紙、版式、字型、字號、美工、裝訂諸細節，推敲斟酌，不憚繁劇，先生實已老，而殫精竭慮猶如是。至於聯絡多方，商談出版，尤所費心。

　　今夏極熱，卅年罕有，先生心臟久不適，繫足書齋，尤所不堪。魚雁往來，必且以是書為言。且告之曰，斯事不濟必擇賢子弟以續成之云云。苦夏無聊，瞻望海東，三複斯言，悵罔深沉。今書將付梓，感動曷極！

　　蓋許氏《說文》為講求吾華古史文明之基礎工具；段《注》磅礴萬事，秕糠百家，於許書實有羽翼紹統之功；先生斯著，予不敢必其於中華文化暨小學研習之價值地位，然先生汲汲文化、嘉惠學人之良苦暨孜孜不倦、老而彌篤之志行，非常儕之可望可及也明矣。

　　先生學博行高，遊處每嘆服其議論。而行事穩健，沉著用力，嶽峙淵渟，尤為儕輩所不及。雖然，論交四十載，切磋琢磨，吾人獲益亦已多。是斯人而有斯著，固亦宜矣。

　　予寡學謭陋，文翰非所擅長，爰以先生請，贅言附驥略如此。

　　　　　　　　　　　　　　　　　　壬寅冬至日
　　　　　　　　　　　　　　同學愚弟宜蘭鄭氏國樑氏
　　　　　　　　　　　　　　　　　謹跋於金門

---

[1] 《〈段注〉朱檢》，即本書《說文段注通檢》（朱恒發編著）之簡稱。

說文五百四十部目檢索表

篆本字(古文、金文、籀文，通段)	拼音	注音	部首通檢目次	康熙部首	說文大字典	漢京頁碼	洪葉頁碼	段注篇章	徐鍇通釋篇章	徐鉉藤花榭篇章
說文解字弟一					1	765	773	段15上-25	繫傳31部敘-1-1	標目-1
一(弌)	yi	一	1	【一部】	1	1	1	段1上-1	鍇1-1	鉉1上-1
二(上、丄)	shang `	ㄕㄤ `	1	【一部】	1	1	1	段1上-2	鍇1-2	鉉1上-1
示(視述及、礻)	shi `	ㄕ `	2	【示部】	1	2	2	段1上-4	鍇1-4	鉉1上-1
三(弎)	san	ㄙㄢ	1	【一部】	2	9	9	段1上-17	鍇1-9	鉉1上-3
王(珤)	wang ´	ㄨㄤ ´	407	【玉部】	2	9	9	段1上-18	鍇1-9	鉉1上-3
玉(玊)	yu `	ㄩ `	407	【玉部】	2	10	10	段1上-19	鍇1-10	鉉1上-3
玨(瑴)	jue ´	ㄐㄩㄝ ´	407	【玉部】	2	19	19	段1上-38	鍇1-19	鉉1上-6
气(乞、餼、氣 鎎kai ` 述及，炁通段)	qi `	ㄑㄧ `	339	【气部】	2	20	20	段1上-39	鍇1-19	鉉1上-6
士	shi `	ㄕ `	120	【士部】	2	20	20	段1上-39	鍇1-19	鉉1上-6
丨	gun ˇ	ㄍㄨㄣ ˇ	2	【丨部】	2	20	20	段1上-40	鍇1-20	鉉1上-7
屮	che `	ㄔㄜ `	159	【屮部】	2	21	22	段1下-1	鍇2-1	鉉1下-1
艸(草)	cao ˇ	ㄘㄠ ˇ	566	【艸部】	2	22	22	段1下-2	鍇2-2	鉉1下-1
蓐(薅，褥通段)	ru `	ㄖㄨ `	566	【艸部】	3	47	48	段1下-53	鍇2-25	鉉1下-9
茻	mang ˇ	ㄇㄤ ˇ	566	【艸部】	3	47	48	段1下-53	鍇2-25	鉉1下-9
說文解字弟二					3	766	773	段15上-26	繫傳31部敘-1-	標目-1
小(少)	xiao ˇ	ㄒㄧㄠ ˇ	153	【小部】	3	48	49	段2上-1	鍇3-1	鉉2上-1
八	ba	ㄅㄚ	42	【八部】	3	48	49	段2上-1	鍇3-1	鉉2上-1
釆(乎、丂、辨 孨juan ` 述及)	bian `	ㄅㄧㄢ `	740	【釆部】	3	50	50	段2上-4	鍇3-2	鉉2上-1
半	ban `	ㄅㄢ `	66	【十部】	4	50	50	段2上-4	鍇3-2	鉉2上-1
牛	niu ´	ㄋㄧㄡ ´	396	【牛部】	4	50	51	段2上-5	鍇3-3	鉉2上-2
犛	mao ´	ㄇㄠ ´	396	【牛部】	4	53	53	段2上-10	鍇3-5	鉉2上-3
告	gao	ㄍㄠ	77	【口部】	4	53	54	段2上-11	鍇3-5	鉉2上-3
口	kou ˇ	ㄎㄡ ˇ	77	【口部】	4	54	54	段2上-12	鍇3-5	鉉2上-3
凵qian ˇ凵部，與凵部qu不同	kan ˇ	ㄎㄢ ˇ	49	【凵部】	4	62	63	段2上-29	鍇3-13	鉉2上-6

篆本字(古文、金文、籀文，通段)	拼音	注音	部首通檢目次	康熙部首	說文大字典	漢京頁碼	洪葉頁碼	段注篇章	徐鍇通釋篇章	徐鉉藤花榭篇章
吅(喧、吅與讙通，嚾、誼通段)	xuan	ㄒㄩㄢ	77	【口部】	4	62	63	段2上-29	錯3-13	鉉2上-6
哭	ku	ㄎㄨ	77	【口部】	4	63	63	段2上-30	錯3-13	鉉2上-6
歪(走，赺通段)	zou˅	ㄗㄡ˅	684	【走部】	4	63	64	段2上-31	錯3-14	鉉2上-6
止(趾、山隸變延述及，杫通段)	zhi˅	ㄓ˅	328	【止部】	5	67	68	段2上-39	錯3-17	鉉2上-8
癶(址)	bo	ㄅㄛ	437	【癶部】	5	68	68	段2上-40	錯3-18	鉉2上-8
步	bu˙	ㄅㄨ˙	328	【止部】	5	68	69	段2上-41	錯3-18	鉉2上-8
此	ci˅	ㄘ˅	328	【止部】	5	68	69	段2上-41	錯3-18	鉉2上-8
正(㞷、㱏古文从足)	zheng˙	ㄓㄥ˙	328	【止部】	5	69	70	段2下-1	錯4-1	鉉2下-1
是(昰、氏緹述及)	shi˙	ㄕ˙	271	【日部】	5	69	70	段2下-1	錯4-1	鉉2下-1
辵(蹜，踱、跡通段)	chuo˙	ㄔㄨㄛ˙	712	【辵部】	5	70	70	段2下-2	錯4-1	鉉2下-1
彳(躑通段)	chi˙	ㄔ˙	195	【彳部】	5	76	76	段2下-14	錯4-7	鉉2下-3
廴(引)	yin˅	ㄧㄣ˅	186	【廴部】	5	77	78	段2下-17	錯4-9	鉉2下-4
延(辿)	chan˅	ㄔㄢ˅	186	【廴部】	6	78	78	段2下-17	錯4-10	鉉2下-4
行(hang´)	xing´	ㄒㄧㄥ´	631	【行部】	6	78	78	段2下-18	錯4-10	鉉2下-4
齒(𪘀)	chi˅	ㄔ˅	866	【齒部】	6	78	79	段2下-19	錯4-10	鉉2下-4
牙(䶨、䶩、芽管述及，呀通段)	ya´	ㄧㄚ´	395	【牙部】	6	80	81	段2下-23	錯4-12	鉉2下-5
足	zu´	ㄗㄨ´	687	【足部】	6	81	81	段2下-24	錯4-12	鉉2下-5
疋(疏、足、胥、雅)	shu	ㄕㄨ	427	【疋部】	6	84	85	段2下-31	錯4-16	鉉2下-7
品	pin˅	ㄆㄧㄣ˅	77	【口部】	6	85	85	段2下-32	錯4-16	鉉2下-7
龠(籥經傳)	yue˙	ㄩㄝ˙	869	【龠部】	6	85	85	段2下-32	錯4-17	鉉2下-7
冊(籍、册、筴段注亦作策)	ce˙	ㄘㄜ˙	44	【冂部】	6	85	86	段2下-34	錯4-17	鉉2下-7
說文解字弟三					7	767	774	段15上-28	繫傳31 部敘-1-	標目-12
㗊	ji´	ㄐㄧ´	77	【口部】	7	86	87	段3上-1	錯5-1	鉉3上-1

篆本字(古文、金文、籀文，通叚)	拼音	注音	部首通檢目次	康熙部首	說文大字典	漢京頁碼	洪葉頁碼	段注篇章	徐鍇通釋篇章	徐鉉藤花榭篇章
舌與后互譌	she´	ㄕㄜˊ	562	【舌部】	7	86	87	段3上-1	鍇5-1	鉉3上-1
干(竿，杆通叚)	gan	ㄍㄢ	178	【干部】	7	87	87	段3上-2	鍇5-2	鉉3上-1
谷非谷gu˘(唂、臄)	jue´	ㄐㄩㄝˊ	671	【谷部】	7	87	87	段3上-2	鍇5-2	鉉3上-1
只(祇)	zhi˘	ㄓˇ	77	【口部】	7	87	88	段3上-3	鍇5-2	鉉3上-1
㕯(呐、訥)	ne`	ㄋㄜˋ	77	【口部】	7	88	88	段3上-4	鍇5-3	鉉3上-2
句(勾、劬、岣通叚)	gou	ㄍㄡ	77	【口部】	8	88	88	段3上-4	鍇5-3	鉉3上-2
丩	jiu	ㄐㄧㄡ	2	【丨部】	8	88	89	段3上-5	鍇5-3	鉉3上-2
古(𠖠)	gu˘	ㄍㄨˇ	77	【口部】	8	88	89	段3上-5	鍇5-4	鉉3上-2
十	shi´	ㄕˊ	66	【十部】	8	88	89	段3上-5	鍇5-4	鉉3上-2
卅(丗)	sa`	ㄙㄚˋ	66	【十部】	8	89	90	段3上-7	鍇5-5	鉉3上-2
言(䇂通叚)	yan´	ㄧㄢˊ	652	【言部】	8	89	90	段3上-7	鍇5-5	鉉3上-2
誩	jing`	ㄐㄧㄥˋ	652	【言部】	8	102	102	段3上-32	鍇5-16	鉉3上-7
音	yin	ㄧㄣ	790	【音部】	8	102	102	段3上-32	鍇5-17	鉉3上-7
䇂(愆)	qian	ㄑㄧㄢ	482	【立部】	8	102	103	段3上-33	鍇5-17	鉉3上-7
丵(簇)	zhuo´	ㄓㄨㄛˊ	2	【丨部】	9	103	103	段3上-34	鍇5-17	鉉3上-7
菐(蠸通叚)	pu´	ㄆㄨˊ	123	【大部】	9	103	104	段3上-35	鍇5-18	鉉3上-8
収(卝、𢪒、捧)	gong˘	ㄍㄨㄥˇ	186	【廾部】	9	103	104	段3上-35	鍇5-19	鉉3上-8
癶(攀、攀、扳)	pan	ㄆㄢ	75	【又部】	9	104	105	段3上-37	鍇5-20	鉉3上-8
共(舜、恭)	gong`	ㄍㄨㄥˋ	42	【八部】	9	105	105	段3上-38	鍇5-20	鉉3上-8
異	yi`	ㄧˋ	422	【田部】	9	105	105	段3上-38	鍇5-20	鉉3上-9
舁	yu´	ㄩˊ	186	【廾部】	9	105	106	段3上-39	鍇5-21	鉉3上-9
臼非臼jiu`(掬通叚)	ju´	ㄐㄩˊ	561	【臼部】	9	105	106	段3上-39	鍇6-1	鉉3上-9
晨晨部(晨)	chen´	ㄔㄣˊ	711	【辰部】	9	105	106	段3上-39	鍇6-1	鉉3上-9
爨(爨)	cuan`	ㄘㄨㄢˋ	379	【火部】	10	106	106	段3上-40	鍇6-2	鉉3上-9
革(革，愅、撺通叚)	ge´	ㄍㄜˊ	781	【革部】	10	107	108	段3下-1	鍇6-2	鉉3下-1

篆本字(古文、金文、籀文，通段)	拼音	注音	部首通檢目次	康熙部首	說文大字典	漢京頁碼	洪葉頁碼	段注篇章	徐鍇通釋篇章	徐鉉藤花榭篇章
鬲(䰛、䰝、歷，膈通段)	li ˋ	ㄌㄧˋ	825	【鬲部】	10	111	112	段3下-9	鍇6-5	鉉3下-2
䰜(鬲)	li ˋ	ㄌㄧˋ	825	【鬲部】	10	112	113	段3下-11	鍇6-6	鉉3下-2
爪(抓通段叉俗)	zhua ˇ	ㄓㄨㄚˇ	392	【爪部】	10	113	114	段3下-13	鍇6-7	鉉3下-3
丮	ji ˊ	ㄐㄧˊ	2	【丨部】	10	113	114	段3下-14	鍇6-8	鉉3下-3
鬥	dou ˋ	ㄉㄡˋ	824	【鬥部】	10	114	115	段3下-15	鍇6-8	鉉3下-3
又(右)	you ˋ	ㄧㄡˋ	75	【又部】	10	114	115	段3下-16	鍇6-9	鉉3下-4
ナ(左、佐)	zuo ˇ	ㄗㄨㄛˇ	4	【丿部】	10	116	117	段3下-20	鍇6-11	鉉3下-4
史(叏)	shi ˇ	ㄕˇ	77	【口部】	11	116	117	段3下-20	鍇6-11	鉉3下-4
支(㧗)	zhi	ㄓ	258	【支部】	11	117	118	段3下-21	鍇6-11	鉉3下-5
聿	nie ˋ	ㄋㄧㄝˋ	543	【聿部】	11	117	118	段3下-21	鍇6-11	鉉3下-5
聿(遹欥述及)	yu ˋ	ㄩˋ	543	【聿部】	11	117	118	段3下-21	鍇6-12	鉉3下-5
畫(畵、劃，𩨨通段)	hua ˋ	ㄏㄨㄚˋ	422	【田部】	11	117	118	段3下-22	鍇6-12	鉉3下-5
隶(逮，迨通段)	dai ˋ	ㄉㄞˋ	770	【隶部】	11	117	118	段3下-22	鍇6-13	鉉3下-5
臤(賢，鏗通段)	qian	ㄑㄧㄢ	559	【臣部】	11	118	119	段3下-23	鍇6-13	鉉3下-5
臣(忈)	chen ˊ	ㄔㄣˊ	559	【臣部】	11	118	119	段3下-24	鍇6-13	鉉3下-6
殳	shu	ㄕㄨ	333	【殳部】	11	118	119	段3下-24	鍇6-13	鉉3下-6
殺(㣲、𢿣、殺、布、㣼、杀)	sha	ㄕㄚ	333	【殳部】	12	120	121	段3下-28	鍇6-15	鉉3下-6
几([illegible])	shu	ㄕㄨ	48	【几部】	12	120	121	段3下-28	鍇6-15	鉉3下-7
寸(忖通段)	cun ˋ	ㄘㄨㄣˋ	152	【寸部】	12	121	122	段3下-29	鍇6-15	鉉3下-7
皮(𥫶、𡰵)	pi ˊ	ㄆㄧˊ	439	【皮部】	12	122	123	段3下-31	鍇6-16	鉉3下-7
甍(𤿹、阸、𤿸，莬通段)	ruan ˇ	ㄖㄨㄢˇ	419	【瓦部】	12	122	123	段3下-31	鍇6-16	鉉3下-7
攴(剝、朴、扑)	pu	ㄆㄨ	258	【攴部】	12	122	123	段3下-32	鍇6-17	鉉3下-7
教(𦥠、效、教)	jiao ˋ	ㄐㄧㄠˋ	258	【攴部】	12	127	128	段3下-41	鍇6-20	鉉3下-9
卜(𠁦，鳪通段)	bu ˇ	ㄅㄨˇ	68	【卜部】	12	127	128	段3下-41	鍇6-20	鉉3下-9
用(㽕)	yong ˋ	ㄩㄥˋ	422	【用部】	12	127	129	段3下-43	鍇6-21	鉉3下-9

篆本字（古文、金文、籀文，通叚）	拼音	注音	部首通檢目次	康熙部首	說文大字典	漢京頁碼	洪葉頁碼	段注篇章	徐鍇通釋篇章	徐鉉藤花榭篇章
爻	yao´	ㄧㄠˊ	393	【爻部】	13	128	129	段3下-44	鍇6-21	鉉3下-10
燓	li˅	ㄌㄧˇ	393	【爻部】	13	128	129	段3下-44	鍇6-21	鉉3下-10
說文解字弟四					13	768	776	段15上-31	繫傳31部敘-1-3	標目-2
夏	xue`	ㄒㄩㄝˋ	444	【目部】	13	129	131	段4上-1	鍇7-1	鉉4上-1
目（圖，𦣹通叚）	mu`	ㄇㄨˋ	444	【目部】	13	129	131	段4上-1	鍇7-1	鉉4上-1
眮（瞿ju`）	qu´	ㄑㄩˊ	444	【目部】	13	135	137	段4上-13	鍇7-6	鉉4上-3
睂（眉）	mei´	ㄇㄟˊ	444	【目部】	14	136	137	段4上-14	鍇7-7	鉉4上-3
盾（鶞通叚）	dun`	ㄉㄨㄣˋ	444	【目部】	14	136	137	段4上-14	鍇7-7	鉉4上-3
𦣻（自〔凶〕請詳查內容、𦣞、鼻皇述及）	zi`	ㄗˋ	559	【自部】	14	136	138	段4上-15	鍇7-7	鉉4上-3
凶（自【80年代段注多以白代之】）	zi`	ㄗˋ	559	【自部】	14	136	138	段4上-15	鍇7-7	鉉4上-3
鼻（自皇述及，襣通叚）	bi´	ㄅㄧˊ	864	【鼻部】	14	137	139	段4上-17	鍇7-8	鉉4上-4
皕	bi`	ㄅㄧˋ	437	【白部】	14	137	139	段4上-17	鍇7-8	鉉4上-4
習（彗）	xi´	ㄒㄧˊ	534	【羽部】	14	138	139	段4上-18	鍇7-9	鉉4上-4
羽（羾）	yu˅	ㄩˇ	534	【羽部】	14	138	139	段4上-18	鍇7-9	鉉4上-4
隹（雛）	zhui	ㄓㄨㄟ	770	【隹部】	14	141	142	段4上-24	鍇7-11	鉉4上-5
奞	zhui`	ㄓㄨㄟˋ	123	【大部】	15	144	145	段4上-30	鍇7-14	鉉4上-6
萑（萑部）	huan´	ㄏㄨㄢˊ	770	【隹部】	15	144	145	段4上-30	鍇7-14	鉉4上-6
丱	guai˅	ㄍㄨㄞˇ	566	【艸部】	15	144	146	段4上-31	鍇7-14	鉉4上-6
苜	mo`	ㄇㄛˋ	566	【艸部】	15	145	146	段4上-32	鍇7-15	鉉4上-6
羊	yang´	ㄧㄤˊ	531	【羊部】	15	145	146	段4上-32	鍇7-15	鉉4上-6
羴（羶）	shan	ㄕㄢ	531	【羊部】	15	147	149	段4上-37	鍇7-17	鉉4上-7
瞿（眮，戵、鑺通叚）	qu´	ㄑㄩˊ	444	【目部】	15	147	149	段4上-37	鍇7-17	鉉4上-7
雔（售通叚）	chou´	ㄔㄡˊ	770	【隹部】	15	147	149	段4上-37	鍇7-17	鉉4上-7
雥	za´	ㄗㄚˊ	770	【隹部】	15	148	149	段4上-38	鍇7-17	鉉4上-7
鳥	niao˅	ㄋㄧㄠˇ	838	【鳥部】	16	148	149	段4上-38	鍇7-18	鉉4上-8

篆本字(古文、金文、籀文，通段)	拼音	注音	部首通檢目次	康熙部首	說文大字典	漢京頁碼	洪葉頁碼	段注篇章	徐鍇通釋篇章	徐鉉藤花榭篇章
烏(䳋、䳓、於，嗚、螐、鶵通段)	wu	ㄨ	379	【火部】	16	157	158	段4上-56	鍇7-23	鉉4上-10
華(搬通段)	ban	ㄅㄢ	66	【十部】	16	158	160	段4下-1	鍇8-1	鉉4下-1
冓(構、溝，搆通段)	gou `	ㄍㄡ `	44	【冂部】	16	158	160	段4下-2	鍇8-1	鉉4下-1
幺(么通段)	yao	一ㄠ	179	【幺部】	16	158	160	段4下-2	鍇8-2	鉉4下-1
茲	you	一ㄡ	179	【幺部】	16	158	160	段4下-2	鍇8-2	鉉4下-1
叀(㹌、𠃬、專)	zhuan	ㄓㄨㄢ	74	【厶部】	16	159	161	段4下-3	鍇8-2	鉉4下-1
玄(串，衒)	xuan ´	ㄒㄩㄢ ´	407	【玄部】	16	159	161	段4下-4	鍇8-3	鉉4下-1
予(與、余)	yu ˇ	ㄩ ˇ	7	【亅部】	16	159	161	段4下-4	鍇8-3	鉉4下-2
放(仿㸈jiao ` 述及，倣通段)	fang `	ㄈㄤ `	258	【攴部】	17	160	162	段4下-5	鍇8-3	鉉4下-2
受(芟，殍通段)	biao `	ㄅ一ㄠ `	75	【又部】	17	160	162	段4下-5	鍇8-4	鉉4下-2
奴	can ´	ㄘㄢ ´	330	【歹部】	17	161	163	段4下-7	鍇8-4	鉉4下-2
歺(戶)	e `	ㄜ `	330	【歹部】	17	161	163	段4下-8	鍇8-5	鉉4下-2
死(㱙)	si ˇ	ㄙ ˇ	330	【歹部】	17	164	166	段4下-13	鍇8-6	鉉4下-3
冎(剮，咼通段)	gua	ㄍㄨㄚ ˇ	44	【冂部】	17	164	166	段4下-14	鍇8-6	鉉4下-3
骨(榾通段)	gu ˇ	ㄍㄨ ˇ	817	【骨部】	17	164	166	段4下-14	鍇8-7	鉉4下-3
肉	rou	ㄖㄡ	544	【肉部】	17	167	169	段4下-19	鍇8-8	鉉4下-4
筋(薊)	jin	ㄐ一ㄣ	484	【竹部】	17	178	180	段4下-41	鍇8-15	鉉4下-6
刀(綢、鳿鷉述及，刁、刏、魛)	dao	ㄉㄠ	50	【刂部】	18	178	180	段4下-41	鍇8-15	鉉4下-6
刃(韌通段)	ren `	ㄖㄣ `	50	【刂部】	18	183	185	段4下-51	鍇8-18	鉉4下-7
韌(刔qi `)	qia `	ㄑ一ㄚ `	50	【刂部】	18	183	185	段4下-51	鍇8-18	鉉4下-8
丰	jie `	ㄐ一ㄝ `	2	【丨部】	18	183	185	段4下-52	鍇8-18	鉉4下-8
耒	lei ˇ	ㄌㄟ ˇ	539	【耒部】	18	183	185	段4下-52	鍇8-18	鉉4下-8
甪(角)	jiao ˇ	ㄐ一ㄠ ˇ	649	【角部】	18	184	186	段4下-54	鍇8-19	鉉4下-8
說文解字弟五					18	769	777	段15上-33	繫傳31部敘-1-標目-24	
竹	zhu ´	ㄓㄨ ´	484	【竹部】	19	189	191	段5上-1	鍇9-1	鉉5上-1

篆本字(古文、金文、籀文，通叚)	拼音	注音	部首通檢目次	康熙部首	說文大字典	漢京頁碼	洪葉頁碼	段注篇章	徐鍇通釋篇章	徐鉉藤花榭篇章
箕(𠔼、𢍓、𠥩、𠥋、其、匲)	ji	ㄐㄧ	484	【竹部】	19	199	201	段5上-21	鍇9-8	鉉5上-4
丌(亓qi´=其)	ji	ㄐㄧ	1	【一部】	19	199	201	段5上-22	鍇9-8	鉉5上-4
左(佐)	zuo˘	ㄗㄨㄛ˘	170	【工部】	19	200	202	段5上-24	鍇9-9	鉉5上-4
工(𢒜)	gong	ㄍㄨㄥ	170	【工部】	19	201	203	段5上-25	鍇9-9	鉉5上-4
琵(展，㞡通叚)	zhan˘	ㄓㄢ˘	170	【工部】	19	201	203	段5上-26	鍇9-10	鉉5上-4
巫(覡)	wu	ㄨ	170	【工部】	19	201	203	段5上-26	鍇9-10	鉉5上-4
甘(柑通叚)	gan	ㄍㄢ	421	【甘部】	19	202	204	段5上-27	鍇9-10	鉉5上-5
曰(云雲述及，粵于爰曰四字可互相訓，以雙聲疊韵相叚借也。)	yue	ㄩㄝ	282	【曰部】	19	202	204	段5上-28	鍇9-11	鉉5上-5
乃(𠄎、𠄐)	nai˘	ㄋㄞ˘	4	【丿部】	20	203	205	段5上-29	鍇9-11	鉉5上-5
丂(𠀎、巧屮che`述及)	kao˘	ㄎㄠ˘	1	【一部】	20	203	205	段5上-30	鍇9-12	鉉5上-5
可从口丂㕾	ke˘	ㄎㄜ˘	77	【口部】	20	204	206	段5上-31	鍇9-12	鉉5上-5
兮(猗、也述及)	xi	ㄒㄧ	42	【八部】	20	204	206	段5上-31	鍇9-13	鉉5上-6
号(號)	hao´	ㄏㄠ´	77	【口部】	20	204	206	段5上-32	鍇9-13	鉉5上-6
亏(于、於烏述及)	yu´	ㄩ´	7	【二部】	20	204	206	段5上-32	鍇9-13	鉉5上-6
旨(香)	zhi˘	ㄓ˘	271	【日部】	20	202	204	段5上-28	鍇9-14	鉉5上-5
喜(歖、歓，憘通叚)	xi˘	ㄒㄧ˘	77	【口部】	20	205	207	段5上-33	鍇9-14	鉉5上-6
壴	zhu`	ㄓㄨ`	671	【豆部】	20	205	207	段5上-33	鍇9-14	鉉5上-6
鼓(皷、皼、瞽从古)	gu˘	ㄍㄨ˘	862	【鼓部】	21	206	208	段5上-35	鍇9-15	鉉5上-7
豈(𩚨、愷，凱通叚)	qi˘	ㄑㄧ˘	671	【豆部】	21	206	208	段5上-36	鍇9-15	鉉5上-7
豆(梪、𣅣、菽未shu´述及，餖通叚)	dou`	ㄉㄡ`	671	【豆部】	21	207	209	段5上-37	鍇9-16	鉉5上-7

篆本字(古文、金文、籀文，通段)	拼音	注音	部首通檢目次	康熙部首	說文大字典	漢京頁碼	洪葉頁碼	段注篇章	徐鍇通釋篇章	徐鉉藤花榭篇章
豐(豊)	li˘	ㄌㄧ˘	671	【豆部】	21	208	210	段5上-39	鍇9-16	鉉5上-7
豐(丰、豐，灃通段)	feng	ㄈㄥ	671	【豆部】	21	208	210	段5上-39	鍇9-16	鉉5上-8
虍	xi	ㄒㄧ	608	【虍部】	21	208	210	段5上-40	鍇9-17	鉉5上-8
虍	hu	ㄏㄨ	608	【虍部】	21	209	211	段5上-41	鍇9-17	鉉5上-8
虎(虒、𠪳)	hu˘	ㄏㄨ˘	608	【虍部】	21	210	212	段5上-43	鍇9-18	鉉5上-8
虤	yan´	ㄧㄢ´	608	【虍部】	21	211	213	段5上-46	鍇9-18	鉉5上-8
皿(幎)	min˘	ㄇㄧㄣ˘	440	【皿部】	22	211	213	段5上-46	鍇9-19	鉉5上-9
凵(厶部qu，與凵部kan˘不同、𥬔，弆通段)	qu	ㄑㄩ	49	【凵部】	22	213	215	段5上-50	鍇9-20	鉉5上-9
厺(去，弆通段)	qu`	ㄑㄩ`	74	【厶部】	22	213	215	段5上-50	鍇9-20	鉉5上-9
血(xue`)	xie˘	ㄒㄧㄝ˘	630	【血部】	22	213	215	段5上-50	鍇9-20	鉉5上-9
丶(丶主)	zhu˘	ㄓㄨ˘	3	【丶部】	22	214	216	段5上-52	鍇10-1	鉉5上-10
丹(𠁿、彤)	dan	ㄉㄢ	3	【丶部】	22	215	218	段5下-1	鍇10-1	鉉5下-1
青(青、岺)	qing	ㄑㄧㄥ	780	【青部】	22	215	218	段5下-1	鍇10-2	鉉5下-1
井(丼)	jing˘	ㄐㄧㄥ˘	7	【二部】	22	216	218	段5下-2	鍇10-2	鉉5下-1
皂非皂zao`(薊通段)	ji´	ㄐㄧ´	437	【白部】	22	216	219	段5下-3	鍇10-2	鉉5下-1
鬯	chang`	ㄔㄤ`	825	【鬯部】	23	217	219	段5下-4	鍇10-3	鉉5下-1
倉(食，飼通段)	shi´	ㄕ´	800	【食部】	23	218	220	段5下-6	鍇10-3	鉉5下-2
亼	ji´	ㄐㄧ´	42	【入部】	23	222	225	段5下-15	鍇10-6	鉉5下-3
會(佮、儈馶zu`述及)	hui`	ㄏㄨㄟ`	282	【曰部】	23	223	225	段5下-16	鍇10-6	鉉5下-3
倉(仺，傖通段)	cang	ㄘㄤ	10	【人部】	23	223	226	段5下-17	鍇10-7	鉉5下-3
入	ru`	ㄖㄨ`	42	【入部】	23	224	226	段5下-18	鍇10-7	鉉5下-3
缶(瓵)	fou˘	ㄈㄡ˘	527	【缶部】	23	224	227	段5下-19	鍇10-7	鉉5下-4
矢(吳古文𠥍述及)	shi˘	ㄕ˘	454	【矢部】	23	226	228	段5下-22	鍇10-9	鉉5下-4
高	gao	ㄍㄠ	819	【高部】	23	227	230	段5下-25	鍇10-10	鉉5下-4
冂(冄、冋、坰)	jiong	ㄐㄩㄥ	44	【冂部】	24	228	230	段5下-26	鍇10-10	鉉5下-5
𩫏(廓、郭𩫏部)	guo	ㄍㄨㄛ	726	【邑部】	24	228	231	段5下-27	鍇10-11	鉉5下-5

篆本字(古文、金文、籀文,通段)	拼音	注音	部首通檢目次	康熙部首	說文大字典	漢京頁碼	洪葉頁碼	段注篇章	徐鍇通釋篇章	徐鉉藤花榭篇章
京	jing	ㄐㄧㄥ	8	【亠部】	24	229	231	段5下-28	鍇10-11	鉉5下-5
亯(亭、享、亨)	xiang˘	ㄒㄧㄤ˘	8	【亠部】	24	229	231	段5下-28	鍇10-11	鉉5下-5
𣆪(厚、垕)	hou`	ㄏㄡ`	646	【襾部】	24	229	232	段5下-29	鍇10-12	鉉5下-5
畐(畗、偪、逼,湢通段)	bi	ㄅㄧ	422	【田部】	24	230	232	段5下-30	鍇10-12	鉉5下-6
㐭(廩、癝、懍)	lin˘	ㄌㄧㄣ˘	8	【亠部】	24	230	232	段5下-30	鍇10-12	鉉5下-6
嗇(蕾、穡)	se`	ㄙㄜ`	77	【口部】	24	230	233	段5下-31	鍇10-13	鉉5下-6
來(徠,棶、逨、鶆通段)	lai´	ㄌㄞ´	10	【人部】	24	231	233	段5下-32	鍇10-13	鉉5下-6
麥	mai`	ㄇㄞ`	854	【麥部】	25	231	234	段5下-33	鍇10-13	鉉5下-6
夊(綏)	sui	ㄙㄨㄟ	121	【夊部】	25	232	235	段5下-35	鍇10-14	鉉5下-7
舛(蹢、踳、僢)	chuan˘	ㄔㄨㄢ˘	563	【舛部】	25	234	236	段5下-38	鍇10-15	鉉5下-7
舜(蕣、舜=俊)	shun`	ㄕㄨㄣ`	563	【舛部】	25	234	236	段5下-38	鍇10-16	鉉5下-7
韋(㙟、違)	wei´	ㄨㄟ´	787	【韋部】	25	234	237	段5下-39	鍇10-16	鉉5下-8
弟(丰,悌、第通段)	di`	ㄉㄧ`	188	【弓部】	25	236	239	段5下-42	鍇10-17	鉉5下-8
夂	zhi˘	ㄓ˘	121	【夂部】	25	237	239	段5下-43	鍇10-17	鉉5下-8
久(灸)	jiu˘	ㄐㄧㄡ˘	4	【丿部】	25	237	239	段5下-43	鍇10-18	鉉5下-9
桀(榤、揭)	jie´	ㄐㄧㄝ´	285	【木部】	25	237	240	段5下-44	鍇10-18	鉉5下-9
說文解字弟六					26	771	779	段15上-37	繫傳31部敘-1-標目-36	
木	mu`	ㄇㄨ`	285	【木部】	26	238	241	段6上-1	鍇11-1	鉉6上-1
東	dong	ㄉㄨㄥ	285	【木部】	26	271	273	段6上-66	鍇11-30	鉉6上-9
林非林pai`	lin´	ㄌㄧㄣ´	285	【木部】	26	271	273	段6上-66	鍇11-30	鉉6上-9
才(凡才、材、財、裁、纔字以同音通用)	cai´	ㄘㄞ´	229	【手部】	26	272	274	段6上-68	鍇12-1	鉉6上-9
叒(叒)	ruo`	ㄖㄨㄛ`	75	【又部】	26	272	275	段6下-1	鍇12-1	鉉6下-1
之	zhi	ㄓ	4	【丿部】	26	272	275	段6下-1	鍇12-2	鉉6下-1

篆本字(古文、金文、籀文,通段)	拼音	注音	部首通檢目次	康熙部首	說文大字典	漢京頁碼	洪葉頁碼	段注篇章	徐鍇通釋篇章	徐鉉藤花榭篇章
帀(襍,匝、迊通段)	za	ㄗㄚ	171	【巾部】	27	273	275	段6下-2	鍇12-2	鉉6下-1
出从山(出从屮)	chu	ㄔㄨ	49	【凵部】	27	273	275	段6下-2	鍇12-2	鉉6下-1
宋(浡、斾,渤通段)	bei `	ㄅㄟˋ	285	【木部】	27	273	276	段6下-3	鍇12-3	鉉6下-1
生	sheng	ㄕㄥ	422	【生部】	27	274	276	段6下-4	鍇12-3	鉉6下-2
乇(zhe ´)	tuo	ㄊㄨㄛ	4	【丿部】	27	274	277	段6下-5	鍇12-4	鉉6下-2
烝(㼌、垂、𡍬)	chui ´	ㄔㄨㄟˊ	4	【丿部】	27	274	277	段6下-5	鍇12-4	鉉6下-2
𡍬(萼、花,蘤通段)	hua	ㄏㄨㄚ	10	【人部】	27	274	277	段6下-5	鍇12-4	鉉6下-2
華(花,陓、驊通段)	hua	ㄏㄨㄚ	566	【艸部】	27	275	277	段6下-6	鍇12-5	鉉6下-2
禾	ji	ㄐㄧ	470	【禾部】	27	275	277	段6下-6	鍇12-5	鉉6下-2
稽(嵇通段)	ji	ㄐㄧ	470	【禾部】	28	275	278	段6下-7	鍇12-5	鉉6下-2
巢(漅通段)	chao ´	ㄔㄠˊ	169	【巛部】	28	275	278	段6下-7	鍇12-6	鉉6下-3
桼(漆,杀、柒、軟通段)	qi	ㄑㄧ	285	【木部】	28	276	278	段6下-8	鍇12-6	鉉6下-3
束	shu `	ㄕㄨˋ	285	【木部】	28	276	278	段6下-8	鍇12-6	鉉6下-3
橐从㯻木(橐,梱通段)	gun ˇ	ㄍㄨㄣˇ	238	【木部】	28	276	279	段6下-9	鍇12-7	鉉6下-3
囗非口kou ˇ(圍)	wei ´	ㄨㄟˊ	77	【口部】	28	276	279	段6下-9	鍇12-7	鉉6下-3
員(鼏、云,篔通段)	yuan ´	ㄩㄢˊ	77	【口部】	28	279	281	段6下-14	鍇12-9	鉉6下-4
貝(鼏述及,唄通段)	bei `	ㄅㄟˋ	677	【貝部】	28	279	281	段6下-14	鍇12-9	鉉6下-4
邑(唈旡ji ` 述及)	yi `	ㄧˋ	726	【邑部】	28	283	285	段6下-22	鍇12-13	鉉6下-5
鄉(鄉)	xiang `	ㄒㄧㄤˋ	726	【邑部】	29	300	303	段6下-57	鍇12-23	鉉6下-8
說文解字弟七					29	772	779	段15上-38	繫傳31部敘-1-標目-36	
日(㲃)	ri `	ㄖˋ	271	【日部】	29	302	305	段7上-1	鍇13-1	鉉7上-1
旦(妲通段)	dan `	ㄉㄢˋ	271	【日部】	29	308	311	段7上-14	鍇13-5	鉉7上-2

篆本字(古文、金文、籀文，通叚)	拼音	注音	部首通檢目次	康熙部首	說文大字典	漢京頁碼	洪葉頁碼	段注篇章	徐鍇通釋篇章	徐鉉藤花榭篇章
臶(燗通叚)	gan `	《ㄢˋ	10	【人部】	29	308	311	段7上-14	錯13-5	鉉7上-2
攽(偃)	yan ˇ	一ㄢˇ	267	【方部】	30	308	311	段7上-14	錯13-5	鉉7上-3
冥(暝、酩通叚)	ming ´	ㄇ一ㄥˊ	45	【冖部】	30	312	315	段7上-22	錯13-7	鉉7上-3
晶	jing	ㄐ一ㄥ	271	【日部】	30	312	315	段7上-22	錯13-8	鉉7上-4
月	yue `	ㄩㄝˋ	284	【月部】	30	313	316	段7上-23	錯13-9	鉉7上-4
有(又、囿述及)	you ˇ	一ㄡˇ	284	【月部】	30	314	317	段7上-25	錯13-9	鉉7上-4
朙(明)	ming ´	ㄇ一ㄥˊ	284	【月部】	30	314	317	段7上-25	錯13-10	鉉7上-4
囧(冏、䆠)	jiong ˇ	ㄐㄩㄥˇ	44	【冂部】	30	314	317	段7上-26	錯13-10	鉉7上-4
夕(汐通叚)	xi `	ㄒ一ˋ	122	【夕部】	30	315	318	段7上-27	錯13-11	鉉7上-4
多(夛)	duo	ㄉㄨㄛ	122	【夕部】	30	316	319	段7上-29	錯13-11	鉉7上-5
毌(串、貫)	guan `	《ㄨㄢˋ	335	【毌部】	31	316	319	段7上-29	錯13-12	鉉7上-5
弓(㔾)	han `	ㄏㄢˋ	188	【弓部】	31	316	319	段7上-30	錯13-12	鉉7上-5
東(柬)	han `	ㄏㄢˋ	285	【木部】	31	317	320	段7上-31	錯13-13	鉉7上-5
卤(卣、鹵)	you ˇ	一ㄡˇ	68	【卜部】	31	317	320	段7上-31	錯13-13	鉉7上-6
齊(齊、齋、臍，隮通叚)	qi ´	ㄑ一ˊ	865	【齊部】	31	317	320	段7上-32	錯13-14	鉉7上-6
朿(刺、棘楝yi述及，庛、蟄、蝶通叚)	ci `	ㄘˋ	285	【木部】	31	318	321	段7上-33	錯13-14	鉉7上-6
片(牉、判)	pian `	ㄆ一ㄢˋ	395	【片部】	31	318	321	段7上-33	錯13-14	鉉7上-6
鼎(丁、貝，鼏通叚)	ding ˇ	ㄉ一ㄥˇ	861	【鼎部】	31	319	322	段7上-35	錯13-15	鉉7上-6
克(𠅘、𠧪、剋)	ke `	ㄎㄜˋ	40	【儿部】	31	320	323	段7上-37	錯13-16	鉉7上-7
彔(彖、錄)	lu `	ㄌㄨˋ	192	【彑部】	32	320	323	段7上-37	錯13-16	鉉7上-7
禾	he ´	ㄏㄜˊ	470	【禾部】	32	320	323	段7上-37	錯13-16	鉉7上-7
秝(歷)	li `	ㄌ一ˋ	470	【禾部】	32	329	332	段7上-55	錯13-23	鉉7上-9
黍(秔通叚)	shu ˇ	ㄕㄨˇ	856	【黍部】	32	329	332	段7上-55	錯13-23	鉉7上-9
香(香=腳曉xiao述及、薌)	xiang	ㄒ一ㄤ	808	【香部】	32	330	333	段7上-57	錯13-24	鉉7上-9
米	mi ˇ	ㄇ一ˇ	500	【米部】	32	330	333	段7上-58	錯13-24	鉉7上-9
毇	hui ˇ	ㄏㄨㄟˇ	333	【殳部】	32	334	337	段7上-65	錯13-26	鉉7上-10

篆本字（古文、金文、籀文，通段）	拼音	注音	部首通檢目次	康熙部首	說文大字典	漢京頁碼	洪葉頁碼	段注篇章	徐鍇通釋篇章	徐鉉藤花榭篇章
臼非臼ju´（鴟通段）	jiu	ㄐㄧㄡˋ	561	【臼部】	32	334	337	段7上-65	錯13-26	鉉7上-10
凶（函、殈通段）	xiong	ㄒㄩㄥ	49	【凵部】	32	334	337	段7上-66	錯13-27	鉉7上-11
朮	pin	ㄆㄧㄣˋ	285	【木部】	33	335	339	段7下-1	錯13-27	鉉7下-1
林非林lin´（麻）	pai	ㄆㄞˋ	285	【木部】	33	335	339	段7下-1	錯13-28	鉉7下-1
麻	ma	ㄇㄚˊ	855	【麻部】	33	336	339	段7下-2	錯13-28	鉉7下-1
尗（菽、豆古今語，亦古今字。）	shu	ㄕㄨˊ	153	【小部】	33	336	339	段7下-2	錯14-1	鉉7下-1
耑（端、專）	duan	ㄉㄨㄢ	538	【而部】	33	336	340	段7下-3	錯14-1	鉉7下-1
韭	jiu	ㄐㄧㄡˇ	790	【韭部】	33	336	340	段7下-3	錯14-1	鉉7下-1
瓜	gua	ㄍㄨㄚ	418	【瓜部】	33	337	340	段7下-4	錯14-2	鉉7下-2
瓠（匏、壺，梌、挩、瓥通段）	hu	ㄏㄨˋ	418	【瓜部】	33	337	341	段7下-5	錯14-2	鉉7下-2
宀	mian	ㄇㄧㄢˊ	144	【宀部】	33	337	341	段7下-5	錯14-3	鉉7下-2
宮	gong	ㄍㄨㄥ	144	【宀部】	34	342	346	段7下-15	錯14-7	鉉7下-3
呂（膂，侶通段）	lü	ㄌㄩˇ	77	【口部】	34	343	346	段7下-16	錯14-7	鉉7下-3
穴（xue´）	xue	ㄒㄩㄝˋ	478	【穴部】	34	343	347	段7下-17	錯14-7	鉉7下-4
瘳（夢，薨通段）	meng	ㄇㄥˋ	144	【宀部】	34	347	350	段7下-24	錯14-10	鉉7下-4
广（ne`）	chuang	ㄔㄨㄤˊ	428	【广部】	34	348	351	段7下-26	錯14-11	鉉7下-5
冖（幦通段）	mi	ㄇㄧˋ	45	【一部】	34	353	356	段7下-36	錯14-16	鉉7下-6
冃	mao	ㄇㄠˇ	44	【冂部】	34	353	357	段7下-37	錯14-16	鉉7下-7
冒（帽）	mao	ㄇㄠˋ	44	【冂部】	34	353	357	段7下-37	錯14-17	鉉7下-7
兩（輛通段）	liang	ㄌㄧㄤˇ	42	【入部】	34	354	358	段7下-39	錯14-18	鉉7下-7
网（罔、罽从糸乚、囚、罓，網、惘、輞、輞通段）	wang	ㄨㄤˇ	528	【网部】	35	355	358	段7下-40	錯14-18	鉉7下-7
西	ya	ㄧㄚˋ	646	【襾部】	35	357	360	段7下-44	錯14-20	鉉7下-8
巾	jin	ㄐㄧㄣ	171	【巾部】	35	357	360	段7下-44	錯14-20	鉉7下-8

篆本字(古文、金文、籀文，通叚)	拼音	注音	部首通檢目次	康熙部首	說文大字典	漢京頁碼	洪葉頁碼	段注篇章	徐鍇通釋篇章	徐鉉藤花榭篇章
市fu´非市shi`(韍、紱、襏、芾、茀、沛)	fu´	ㄈㄨˊ	171	【巾部】	35	362	366	段7下-55	錯14-24	鉉7下-9
帛	bo´	ㄅㄛˊ	171	【巾部】	35	363	367	段7下-57	錯14-24	鉉7下-10
白(皁，請詳查)	bai´	ㄅㄞˊ	437	【白部】	35	363	367	段7下-57	錯14-24	鉉7下-10
㡀(敝)	bi`	ㄅㄧˋ	171	【巾部】	35	364	367	段7下-58	錯14-25	鉉7下-10
黹(希疑古文黹)	zhi˘	ㄓˇ	860	【黹部】	35	364	367	段7下-58	錯14-25	鉉7下-10
說文解字弟八					36	773	781	段15上-41	繫傳31部敘-2-1	標目-4
人(仁果人，宋元以前無不作人字、儿大 述及)	ren´	ㄖㄣˊ	10	【人部】	36	365	369	段8上-1	錯15-1	鉉8上-1
七變化(化)	hua`	ㄏㄨㄚˋ	63	【七部】	36	384	388	段8上-39	錯15-13	鉉8上-5
匕(比、札)	bi˘	ㄅㄧˇ	63	【七部】	36	384	388	段8上-40	錯15-13	鉉8上-5
从(從)	cong´	ㄘㄨㄥˊ	10	【人部】	36	386	390	段8上-43	錯15-14	鉉8上-6
比(篦笓ji述及、匕鹿述及，妣)	bi˘	ㄅㄧˇ	335	【比部】	36	386	390	段8上-43	錯15-14	鉉8上-6
北(古字背)	bei˘	ㄅㄟˇ	63	【七部】	36	386	390	段8上-44	錯15-15	鉉8上-6
丠(丘、蚯、坴，蚯通叚)	qiu	ㄑㄧㄡ	1	【一部】	37	386	390	段8上-44	錯15-15	鉉8上-6
仦(zhong`)	yin´	ㄧㄣˊ	10	【人部】	37	387	391	段8上-45	錯15-15	鉉8上-6
壬非王ren´	ting˘	ㄊㄧㄥˇ	103	【土部】	37	387	391	段8上-46	錯15-16	鉉8上-7
重(童董述及)	zhong`	ㄓㄨㄥˋ	740	【里部】	37	388	392	段8上-47	錯15-16	鉉8上-7
臥	wo`	ㄨㄛˋ	559	【臣部】	37	388	392	段8上-47	錯15-16	鉉8上-7
身	shen	ㄕㄣ	698	【身部】	37	388	392	段8上-47	錯15-17	鉉8上-7
㐆(㐆)	yi	ㄧ	698	【身部】	37	388	392	段8上-48	錯15-17	鉉8上-7
衣	yi	ㄧ	632	【衣部】	37	388	392	段8上-48	錯16-1	鉉8上-7
裘(求，㐸、氍通叚)	qiu´	ㄑㄧㄡˊ	632	【衣部】	37	398	402	段8上-67	錯16-6	鉉8上-10
老	lao˘	ㄌㄠˇ	538	【老部】	38	398	402	段8上-67	錯16-7	鉉8上-10
毛(髦)	mao´	ㄇㄠˊ	336	【毛部】	38	398	402	段8上-68	錯16-7	鉉8上-10
毳	cui`	ㄘㄨㄟˋ	336	【毛部】	38	399	403	段8上-70	錯16-8	鉉8上-10

篆本字（古文、金文、籀文，通段）	拼音	注音	部首通檢目次	康熙部首	說文大字典	漢京頁碼	洪葉頁碼	段注篇章	徐鍇通釋篇章	徐鉉藤花榭篇章
尸(尸，鳲通段)	shi	ㄕ	155	【尸部】	38	399	403	段8上-70	錯16-8	鉉8上-11
尺(蚇通段)	chǐ	ㄔˇ	155	【尸部】	38	401	406	段8下-1	錯16-9	鉉8下-1
尾(微，浘通段)	wěi	ㄨㄟˇ	155	【尸部】	38	402	406	段8下-2	錯16-9	鉉8下-1
履(履、顥从舟足)	lǚ	ㄌㄩˇ	155	【尸部】	38	402	407	段8下-3	錯16-10	鉉8下-1
舟(周)	zhou	ㄓㄡ	563	【舟部】	38	403	407	段8下-4	錯16-10	鉉8下-1
方(防、舫、汸、旁訪述及，坊、髣通段)	fang	ㄈㄤ	267	【方部】	38	404	408	段8下-6	錯16-11	鉉8下-2
儿(人大兀述及)	er´	ㄦˊ	40	【儿部】	39	404	409	段8下-7	錯16-11	鉉8下-2
兄(況、貺、況)	xiong	ㄒㄩㄥ	40	【儿部】	39	405	410	段8下-9	錯16-12	鉉8下-2
兂(簪=寁廛撍同字、笄)	zen	ㄗㄣ	270	【兂部】	39	405	410	段8下-9	錯16-12	鉉8下-2
皃(頖、貌)	mao`	ㄇㄠˋ	437	【白部】	39	406	410	段8下-10	錯16-12	鉉8下-2
兜(兜)	gǔ	ㄍㄨˇ	40	【儿部】	39	406	411	段8下-11	錯16-12	鉉8下-3
先	xian	ㄒㄧㄢ	40	【儿部】	39	406	411	段8下-11	錯16-12	鉉8下-3
禿	tu	ㄊㄨ	470	【禾部】	39	407	411	段8下-12	錯16-13	鉉8下-3
見(現通段)	jian`	ㄐㄧㄢˋ	646	【見部】	39	407	412	段8下-13	錯16-13	鉉8下-3
覞(覞通段同	yao`	ㄧㄠˋ	646	【見部】	39	410	414	段8下-18	錯16-15	鉉8下-4
欠(嚏異音同義)	qian`	ㄑㄧㄢˋ	324	【欠部】	40	410	414	段8下-18	錯16-15	鉉8下-4
歙(汆、貪、飲)	yǐn	ㄧㄣˇ	324	【欠部】	40	414	418	段8下-26	錯16-18	鉉8下-5
次(傪、楸、涎、唌，泋、漾通段)	xian´	ㄒㄧㄢˊ	339	【水部】	40	414	418	段8下-26	錯16-18	鉉8下-5
旡(兂、先、炁、旣)	ji`	ㄐㄧˋ	270	【旡部】	40	414	419	段8下-27	錯16-18	鉉8下-5
說文解字弟九					40	775	782	段15上-44	繫傳31部敘-2- 標目-42	
覓(頁、𩑋、𦣻)	ye`	ㄧㄝˋ	790	【頁部】	41	415	420	段9上-1	錯17-1	鉉9上-1

篆本字(古文、金文、籀文，通段)	拼音	注音	部首通檢目次	康熙部首	說文大字典	漢京頁碼	洪葉頁碼	段注篇章	徐鍇通釋篇章	徐鉉藤花榭篇章
百(𦣻、首、手)	shou˘	ㄕㄡ˘	807	【首部】	41	422	426	段9上-14	鍇17-5	鉉9上-2
面	mian`	ㄇㄧㄢ`	780	【面部】	41	422	427	段9上-15	鍇17-5	鉉9上-3
丏(與丐gai`不同)	mian˘	ㄇㄧㄢ˘	1	【一部】	41	423	427	段9上-16	鍇17-5	鉉9上-3
𦣻(首)	shou˘	ㄕㄡ˘	807	【首部】	41	423	427	段9上-16	鍇17-5	鉉9上-3
県(梟)	jiao	ㄐㄧㄠ	444	【目部】	41	423	428	段9上-17	鍇17-6	鉉9上-3
須(𩓾需述及、鬚，蕦通段)	xu	ㄒㄩ	790	【頁部】	41	424	428	段9上-18	鍇17-6	鉉9上-3
彡(影、毿通段)	shan	ㄕㄢ	193	【彡部】	41	424	428	段9上-18	鍇17-6	鉉9上-3
彣(文，紋通段)	wen´	ㄨㄣ´	193	【彡部】	41	425	429	段9上-20	鍇17-7	鉉9上-4
文(紋、彣)	wen´	ㄨㄣ´	264	【文部】	42	425	429	段9上-20	鍇17-7	鉉9上-4
髟(𩑒、㲞)	biao	ㄅㄧㄠ	820	【髟部】	42	425	430	段9上-21	鍇17-7	鉉9上-4
后(後，姤通段)	hou`	ㄏㄡ`	77	【口部】	42	429	434	段9上-29	鍇17-9	鉉9上-5
司(伺，覗通段)	si	ㄙ	77	【口部】	42	429	434	段9上-29	鍇17-9	鉉9上-5
卮(巵=觝觛dan`述及)	zhi	ㄓ	68	【卩部】	42	430	434	段9上-30	鍇17-10	鉉9上-5
卩(㔾、節)	jie´	ㄐㄧㄝ´	68	【卩部】	42	430	435	段9上-31	鍇17-10	鉉9上-5
印(𩊚)	yin`	ㄧㄣ`	68	【卩部】	42	431	436	段9上-33	鍇17-11	鉉9上-5
色(艴)	se`	ㄙㄜ`	566	【色部】	42	431	436	段9上-33	鍇17-11	鉉9上-6
卯	qing	ㄑㄧㄥ	68	【卩部】	42	432	436	段9上-34	鍇17-11	鉉9上-6
辟(僻、避、譬、闢、壁、襞，擗、霹通段)	pi`	ㄆㄧ`	710	【辛部】	43	432	437	段9上-35	鍇17-11	鉉9上-6
勹(包)	bao	ㄅㄠ	62	【勹部】	43	432	437	段9上-35	鍇17-12	鉉9上-6
包(苞)	bao	ㄅㄠ	62	【勹部】	43	434	438	段9上-38	鍇17-12	鉉9上-6
茍非苟gou˘，古文从羊句(䝿、棘，急俗)	ji`	ㄐㄧ`	566	【艸部】	43	434	439	段9上-39	鍇17-13	鉉9上-7
鬼(槐从示)	gui˘	ㄍㄨㄟ˘	828	【鬼部】	43	434	439	段9上-39	鍇17-13	鉉9上-7
甶	fu´	ㄈㄨ´	422	【田部】	43	436	441	段9上-43	鍇17-14	鉉9上-7
厶(私)	si	ㄙ	74	【厶部】	43	436	441	段9上-43	鍇17-14	鉉9上-7

篆本字(古文、金文、籀文，通叚)	拼音	注音	部首通檢目次	康熙部首	說文大字典	漢京頁碼	洪葉頁碼	段注篇章	徐鍇通釋篇章	徐鉉藤花榭篇章
嵬(隗、峞、磈通叚)	wei′	ㄨㄟˊ	159	【山部】	43	437	441	段9上-44	錯17-15	鉉9上-7
山	shan	ㄕㄢ	159	【山部】	43	437	442	段9下-1	錯18-1	鉉9下-1
屾	shen	ㄕㄣ	159	【山部】	44	441	446	段9下-9	錯18-3	鉉9下-2
屵(嶭通叚)	e`	ㄜˋ	159	【山部】	44	442	446	段9下-10	錯18-4	鉉9下-2
广(yanˇ、an)	guangˇ	ㄍㄨㄤˇ	180	【广部】	44	442	447	段9下-11	錯18-4	鉉9下-2
厂(厈、巖广an述及，圹通叚)	hanˇ	ㄏㄢˇ	70	【厂部】	44	446	450	段9下-18	錯18-6	鉉9下-3
丸(㐀通叚)	wan′	ㄨㄢˊ	3	【、部】	44	448	452	段9下-22	錯18-8	鉉9下-4
危(峞、桅、捁通叚)	wei′	ㄨㄟˊ	68	【卩部】	44	448	453	段9下-23	錯18-8	鉉9下-4
石(碩、秳，楛通叚)	shi′	ㄕˊ	455	【石部】	44	448	453	段9下-23	錯18-8	鉉9下-4
長(镸、兏、镸)	chang′	ㄔㄤˊ	757	【長部】	44	453	457	段9下-32	錯18-11	鉉9下-5
勿(旃、毋、沒、物)	wu`	ㄨˋ	62	【勹部】	44	453	458	段9下-33	錯18-11	鉉9下-5
冄(冉，苒通叚)	ranˇ	ㄖㄢˇ	44	【冂部】	45	454	458	段9下-34	錯18-11	鉉9下-5
而(能、如歃述及，鬜通叚)	er′	ㄦˊ	538	【而部】	45	454	458	段9下-34	錯18-12	鉉9下-5
豕(帀)	shiˇ	ㄕˇ	672	【豕部】	45	454	459	段9下-35	錯18-12	鉉9下-5
希(彖、豨、肆、豜、脩、豪，狔通叚)	yi`	ㄧˋ	192	【彑部】	45	456	460	段9下-38	錯18-13	鉉9下-6
彑(彐)	ji`	ㄐㄧˋ	192	【彑部】	45	456	461	段9下-39	錯18-13	鉉9下-6
豚从巾(豚、豚从小，犿、狿通叚)	tun′	ㄊㄨㄣˊ	672	【豕部】	45	457	461	段9下-40	錯18-14	鉉9下-7
豸(廌)	zhi`	ㄓˋ	675	【豸部】	45	457	461	段9下-40	錯18-14	鉉9下-7
舄(兒、眔，兇通叚)	si`	ㄙˋ	379	【火部】	45	458	463	段9下-43	錯18-15	鉉9下-7
易(蜴、場通叚非場changˇ)	yi`	ㄧˋ	271	【日部】	45	459	463	段9下-44	錯18-15	鉉9下-7

篆本字(古文、金文、籀文，通段)	拼音	注音	部首通檢目次	康熙部首	說文大字典	漢京頁碼	洪葉頁碼	段注篇章	徐鍇通釋篇章	徐鉉藤花榭篇章
象(像，橡通段)	xiang`	ㄒㄧㄤˋ	672	【豕部】	46	459	464	段9下-45	錯18-16	鉉9下-7
說文解字弟十					46	776	783	段15上-46	繫傳31部敘-2-3	標目-4
馬(影、影)	ma`	ㄇㄚˇ	808	【馬部】	46	460	465	段10上-1	錯19-1	鉉10上-1
廌(豸、豸)	zhi`	ㄓˋ	180	【广部】	46	469	474	段10上-19	錯19-6	鉉10上-3
鹿(麄、攎、蔍、蠦、轆、轒通段)	lu`	ㄌㄨˋ	852	【鹿部】	46	470	474	段10上-20	錯19-6	鉉10上-3
麤(麄、粗，麄、麤通段)	cu	ㄘㄨ	852	【鹿部】	47	472	476	段10上-24	錯19-7	鉉10上-4
怎(㲋、奐)	chuo`	ㄔㄨㄛˋ	335	【比部】	47	472	476	段10上-24	錯19-7	鉉10上-4
兔(菟，麂、鵌通段)	tu`	ㄊㄨˋ	40	【儿部】	47	472	477	段10上-25	錯19-8	鉉10上-4
莧(羦，羖、羱、羠通段)	huan´	ㄏㄨㄢˊ	566	【艸部】	47	473	477	段10上-26	錯19-8	鉉10上-4
犬(獣通段)	quan`	ㄑㄩㄢˇ	399	【犬部】	47	473	477	段10上-26	錯19-8	鉉10上-4
狀	yin´	ㄧㄣˊ	399	【犬部】	47	478	482	段10上-36	錯19-12	鉉10上-6
鼠(癙)	shu`	ㄕㄨˇ	863	【鼠部】	47	478	483	段10上-37	錯19-12	鉉10上-6
能	neng´	ㄋㄥˊ	544	【肉部】	47	479	484	段10上-39	錯19-13	鉉10上-7
熊(能疑或)	xiong´	ㄒㄩㄥˊ	379	【火部】	47	479	484	段10上-39	錯19-13	鉉10上-7
火	huo`	ㄏㄨㄛˇ	379	【火部】	48	480	484	段10上-40	錯19-14	鉉10上-7
炎	yan´	ㄧㄢˊ	379	【火部】	48	487	491	段10上-54	錯19-18	鉉10上-9
罻(黑，螺通段)	hei	ㄏㄟ	857	【黑部】	48	487	492	段10上-55	錯19-18	鉉10上-9
囪(囱、窗、囦，䆫通段)	chuang	ㄔㄨㄤ	100	【囗部】	48	490	495	段10下-1	錯19-20	鉉10下-1
焱(㷓燊述及古互譌)	yan`	ㄧㄢˋ	379	【火部】	48	490	495	段10下-1	錯19-20	鉉10下-1
炙(煉，燶通段)	zhi`	ㄓˋ	379	【火部】	48	491	495	段10下-2	錯19-15,19-20	鉉10下-1
炎(赤、䞠、尺)	chi`	ㄔˋ	683	【赤部】	48	491	496	段10下-3	錯19-21	鉉10下-1

篆本字（古文、金文、籀文，通段）	拼音	注音	部首通檢目次	康熙部首	說文大字典	漢京頁碼	洪葉頁碼	段注篇章	徐鍇通釋篇章	徐鉉藤花榭篇章
大不得不殊爲二部 (太泰述及，忕通段)	da`	ㄉㄚˋ	123	【大部】	48	492	496	段10下-4	鍇20-1	鉉10下-1
亦(腋同掖、袼，佟通段)	yi`	ㄧˋ	8	【亠部】	48	493	498	段10下-7	鍇20-2	鉉10下-2
夨	ze`	ㄗㄜˋ	123	【大部】	49	494	498	段10下-8	鍇20-2	鉉10下-2
夭(拗、殀、麇通段)	yao	ㄧㄠ	123	【大部】	49	494	498	段10下-8	鍇20-3	鉉10下-2
交(佼、佼，玟通段)	jiao	ㄐㄧㄠ	8	【亠部】	49	494	499	段10下-9	鍇20-3	鉉10下-2
尢(允、尳、尪，尫通段)	wang	ㄨㄤ	154	【尢部】	49	495	499	段10下-10	鍇20-3	鉉10下-2
壺(壷非壼kun`)	hu´	ㄏㄨˊ	120	【士部】	49	495	500	段10下-11	鍇20-4	鉉10下-3
壹(壹)	yi	ㄧ	120	【士部】	49	496	500	段10下-12	鍇20-4	鉉10下-3
㚔(幸通段)	nie`	ㄋㄧㄝˋ	123	【大部】	49	496	500	段10下-12	鍇20-4	鉉10下-3
奢(奓)	she	ㄕㄜ	123	【大部】	49	497	501	段10下-14	鍇20-5	鉉10下-3
亢(頏、肮、吭)	kang`	ㄎㄤˋ	8	【亠部】	49	497	501	段10下-14	鍇20-5	鉉10下-3
夲非本ben˅	tao	ㄊㄠ	123	【大部】	50	497	502	段10下-15	鍇20-5	鉉10下-3
夰	gao	ㄍㄠ˅	123	【大部】	50	498	503	段10下-17	鍇20-6	鉉10下-4
大(亣籀文大、太泰述及)	da`	ㄉㄚˋ	123	【大部】	50	498	503	段10下-17	鍇20-6	鉉10下-4
夫(玞、砆、芺、鳺通段)	fu	ㄈㄨ	123	【大部】	50	499	504	段10下-19	鍇20-7	鉉10下-4
立(位述及)	li`	ㄌㄧˋ	482	【立部】	50	500	504	段10下-20	鍇20-7	鉉10下-4
竝(並)	bing`	ㄅㄧㄥˋ	482	【立部】	50	501	505	段10下-22	鍇20-8	鉉10下-5
囟(辟、顖、顋、出，胸通段)	xin`	ㄒㄧㄣˋ	100	【囗部】	50	501	505	段10下-22	鍇20-8	鉉10下-5
思(罳、腮、題、鬹通段)	si	ㄙ	200	【心部】	50	501	506	段10下-23	鍇20-9	鉉10下-5

篆本字(古文、金文、籀文，通叚)	拼音	注音	部首通檢目次	康熙部首	說文大字典	漢京頁碼	洪葉頁碼	段注篇章	徐鍇通釋篇章	徐鉉藤花榭篇章
心(小隸書疒述及，杺通叚)	xin	ㄒㄧㄣ	200	【心部】	50	501	506	段10下-23	錯20-9	鉉10下-5
惢(蕊、蘂，橤、藥通叚)	ruǐ	ㄖㄨㄟˇ	200	【心部】	51	515	520	段10下-51	錯20-19	鉉10下-9
說文解字弟十一					51	777	784	段15上-48	繫傳31 部敘-2- 標目-54	
水	shuǐ	ㄕㄨㄟˇ	339	【水部】	51	516	521	段11上壹-1	錯21-1	鉉11上-1
沝	zhuǐ	ㄓㄨㄟˇ	339	【水部】	51	567	573	段11下-1	錯21-26	鉉11下-1
瀕(瀕、濱、頻)	bin	ㄅㄧㄣ	339	【水部】	51	567	573	段11下-1	錯21-26	鉉11下-1
〵(甽、畖、畎，畖、甽通叚)	quǎn	ㄑㄩㄢˇ	169	【巛部】	52	568	573	段11下-2	錯22-1	鉉11下-1
〵〵	kuai	ㄎㄨㄞˋ	169	【巛部】	52	568	573	段11下-2	錯22-1	鉉11下-1
巛(川、鬊)	chuan	ㄔㄨㄢ	169	【巛部】	52	568	574	段11下-3	錯22-1	鉉11下-1
泉(錢貝述及，湶、洤、螈通叚)	quán	ㄑㄩㄢˊ	339	【水部】	52	569	575	段11下-5	錯22-2	鉉11下-2
灥(xunˊ)	quán	ㄑㄩㄢˊ	339	【水部】	52	569	575	段11下-5	錯22-3	鉉11下-2
永	yǒng	ㄩㄥˇ	339	【水部】	52	569	575	段11下-5	錯22-3	鉉11下-2
辰(派)	pai	ㄆㄞˋ	4	【丿部】	52	570	575	段11下-6	錯22-3	鉉11下-2
谷非谷jueˊ(鵒)	gǔ	ㄍㄨˇ	671	【谷部】	52	570	575	段11下-6	錯22-3	鉉11下-2
仌	bing	ㄅㄧㄥ	46	【冫部】	52	570	576	段11下-7	錯22-4	鉉11下-3
雨(屚)	yǔ	ㄩˇ	775	【雨部】	53	571	577	段11下-9	錯22-5	鉉11下-3
雲(古文、云)	yún	ㄩㄣˊ	775	【雨部】	53	575	580	段11下-16	錯22-7	鉉11下-4
魚(䲆、䲉通叚)	yú	ㄩˊ	829	【魚部】	53	575	580	段11下-16	錯22-7	鉉11下-4
鱻	yú	ㄩˊ	829	【魚部】	53	582	587	段11下-30	錯22-11	鉉11下-6
燕(宴)	yan	ㄧㄢˋ	379	【火部】	53	582	587	段11下-30	錯22-11	鉉11下-6
龍(寵、和、尨，買述及、駹騩述及，曨通叚)	long	ㄌㄨㄥˊ	868	【龍部】	53	582	588	段11下-31	錯22-11	鉉11下-6
飛(蜚，霏通叚)	fei	ㄈㄟ	800	【飛部】	53	582	588	段11下-31	錯22-12	鉉11下-6
非(緋通叚)	fei	ㄈㄟ	780	【非部】	53	583	588	段11下-32	錯22-12	鉉11下-7

篆本字(古文、金文、籀文，通段)	拼音	注音	部首通檢目次	康熙部首	說文大字典	漢京頁碼	洪葉頁碼	段注篇章	徐鍇通釋篇章	徐鉉藤花榭篇章
卂	xun`	ㄒㄩㄣˋ	66	【十部】	53	583	588	段11下-32	鍇22-12	鉉11下-7
說文解字弟十二					54	778	785	段15上-50	繫傳31部敍-2-54	標目-5
乙(ya`鳦)	yiˇ	ㄧˇ	6	【乙部】	54	584	590	段12上-1	鍇23-1	鉉12上-1
不(鴀、䳐、鵧通段)	bu`	ㄅㄨˋ	1	【一部】	54	584	590	段12上-2	鍇23-1	鉉12上-1
至(坙，胵通段)	zhi`	ㄓˋ	560	【至部】	54	584	590	段12上-2	鍇23-2	鉉12上-1
西(棲、卥、鹵，栖通段)	xi	ㄒㄧ	646	【西部】	54	585	591	段12上-4	鍇23-2	鉉12上-1
鹵(滷通段)	luˇ	ㄌㄨˇ	852	【鹵部】	54	586	592	段12上-5	鍇23-2	鉉12上-2
鹽(塩通段)	yan´	ㄧㄢˊ	852	【鹵部】	54	586	592	段12上-5	鍇23-3	鉉12上-2
戶(戹)	hu`	ㄏㄨˋ	228	【戶部】	55	586	592	段12上-6	鍇23-3	鉉12上-2
門	men´	ㄇㄣˊ	757	【門部】	55	587	593	段12上-7	鍇23-4	鉉12上-2
耳(爾唐譌亂至今，咡、駬通段)	erˇ	ㄦˇ	540	【耳部】	55	591	597	段12上-15	鍇23-6	鉉12上-3
臣(頤、䶓，頥通段)	yi´	ㄧˊ	559	【臣部】	55	593	599	段12上-19	鍇23-8	鉉12上-4
手(𢏚)	shouˇ	ㄕㄡˇ	229	【手部】	55	593	599	段12上-20	鍇23-8	鉉12上-4
𠦳(乖)	guai	ㄍㄨㄞ	4	【丿部】	55	611	617	段12上-55	鍇23-17	鉉12上-9
女	nüˇ	ㄋㄩˇ	128	【女部】	55	612	618	段12下-1	鍇24-1	鉉12下-1
毋(無)	wu´	ㄨˊ	335	【毋部】	55	626	632	段12下-30	鍇24-10	鉉12下-5
民(𡰥)	min´	ㄇㄧㄣˊ	338	【氏部】	55	627	633	段12下-31	鍇24-10	鉉12下-5
丿	pieˇ	ㄆㄧㄝˇ	4	【丿部】	56	627	633	段12下-31	鍇24-11	鉉12下-5
乁	yi`	ㄧˋ	4	【丿部】	56	627	633	段12下-32	鍇24-11	鉉12下-5
乀(古文及字，見市 shi`)	yi´	ㄧˊ	4	【丿部】	56	627	633	段12下-32	鍇24-11	鉉12下-5
氏(坻、阺、是)	shi`	ㄕˋ	338	【氏部】	56	628	634	段12下-33	鍇24-11	鉉12下-5
氐(低、底楷zhi述及，秖通段)	di	ㄉㄧ	338	【氏部】	56	628	634	段12下-34	鍇24-12	鉉12下-5
戈	ge	ㄍㄜ	225	【戈部】	56	628	634	段12下-34	鍇24-12	鉉12下-6
戉(鉞)	yue`	ㄩㄝˋ	225	【戈部】	56	632	638	段12下-42	鍇24-13	鉉12下-6

篆本字(古文、金文、籀文，通叚)	拼音	注音	部首通檢目次	康熙部首	說文大字典	漢京頁碼	洪葉頁碼	段注篇章	徐鍇通釋篇章	徐鉉藤花榭篇章
我(𢦺)	wǒ	ㄨㄛˇ	225	【戈部】	56	632	638	段12下-42	鍇24-14	鉉12下-6
亅(𣎒)	jué	ㄐㄩㄝˊ	7	【亅部】	56	633	639	段12下-44	鍇24-14	鉉12下-7
琴(珡、鑾)	qín	ㄑㄧㄣˊ	407	【玉部】	57	633	639	段12下-44	鍇24-14	鉉12下-7
乚(乙)	yǐn	ㄧㄣˇ	6	【乙部】	57	634	640	段12下-45	鍇24-14	鉉12下-7
亾(無、亡)	wáng	ㄨㄤˊ	8	【亠部】	57	634	640	段12下-45	鍇24-15	鉉12下-7
匸非匚fang	xì	ㄒㄧˋ	64	【匸部】	57	635	641	段12下-47	鍇24-16	鉉12下-7
匚非匸xi`(匯、方)	fāng	ㄈㄤ	64	【匚部】	57	635	641	段12下-48	鍇24-16	鉉12下-7
曲(苗、笛、𠚂)	qǔ	ㄑㄩˇ	282	【曰部】	57	637	643	段12下-51	鍇24-17	鉉12下-8
甾(𠚕，淄、緇、簒、鶅通叚)	zi	ㄗ	422	【田部】	57	637	643	段12下-52	鍇24-17	鉉12下-8
瓦	wǎ	ㄨㄚˇ	419	【瓦部】	57	638	644	段12下-53	鍇24-17	鉉12下-8
弓	gōng	ㄍㄨㄥ	188	【弓部】	57	639	645	段12下-56	鍇24-18	鉉12下-9
弜	jiàng	ㄐㄧㄤˋ	188	【弓部】	58	642	648	段12下-61	鍇24-20	鉉12下-9
弦(弦、絃，紽、舷通叚)	xián	ㄒㄧㄢˊ	188	【弓部】	58	642	648	段12下-61	鍇24-20	鉉12下-10
系(繫从處、縶、係、繫、毄)	xì	ㄒㄧˋ	505	【糸部】	58	642	648	段12下-62	鍇24-20	鉉12下-10
說文解字弟十三					58	779	786	段15上-52	繫傳31部敘-2-5	標目-5
糸(糹)	mì	ㄇㄧˋ	505	【糸部】	58	643	650	段13上-1	鍇25-1	鉉13上-1
緐(素，嗉、愫通叚)	sù	ㄙㄨˋ	505	【糸部】	58	662	669	段13上-39	鍇25-9	鉉13上-5
絲	si	ㄙ	505	【糸部】	58	663	669	段13上-40	鍇25-9	鉉13上-5
率(帥、遾、衛，剰通叚)	lǜ	ㄌㄩˋ	407	【玄部】	59	663	669	段13上-40	鍇25-9	鉉13上-5
虫(虺hui)	chóng	ㄔㄨㄥˊ	610	【虫部】	59	663	669	段13上-40	鍇25-9	鉉13上-6
蚰(昆，蜫通叚)	kun	ㄎㄨㄣ	610	【虫部】	59	674	681	段13下-1	鍇25-15	鉉13下-1
蟲(爞通叚)	chóng	ㄔㄨㄥˊ	610	【虫部】	59	676	682	段13下-4	鍇25-16	鉉13下-1

篆本字（古文、金文、籀文，通叚）	拼音	注音	部首通檢目次	康熙部首	說文大字典	漢京頁碼	洪葉頁碼	段注篇章	徐鍇通釋篇章	徐鉉藤花榭篇章
風（𠙻，瘋、飆通叚）	feng	ㄈㄥ	799	【風部】	59	677	683	段13下-6	鍇25-16	鉉13下-2
它（蛇、佗、他）	ta	ㄊㄚ	144	【宀部】	59	678	684	段13下-8	鍇25-17	鉉13下-2
龜（𪚥，鼇通叚）	gui	ㄍㄨㄟ	868	【龜部】	59	678	685	段13下-9	鍇25-17	鉉13下-2
黽（鼀、鼃，澠通叚）	min˅	ㄇㄧㄣ˅	860	【黽部】	59	679	685	段13下-10	鍇25-17	鉉13下-2
卵（㘝、鯤鱗duo`述及，峻通叚）	luan˅	ㄌㄨㄢ˅	68	【卩部】	59	680	686	段13下-12	鍇25-18	鉉13下-3
二（弍）	er`	ㄦ`	7	【二部】	60	681	687	段13下-14	鍇26-1	鉉13下-3
土（芏通叚）	tu˅	ㄊㄨ˅	103	【土部】	60	682	688	段13下-16	鍇26-1	鉉13下-3
垚	yao´	ㄧㄠ´	103	【土部】	60	694	700	段13下-40	鍇26-7	鉉13下-6
堇（墐、蓳蓳）	jin˅	ㄐㄧㄣ˅	103	【土部】	60	694	700	段13下-40	鍇26-7	鉉13下-6
里（悝，瘇通叚）	li˅	ㄌㄧ˅	740	【里部】	60	694	701	段13下-41	鍇26-8	鉉13下-6
田（陳，鈿、鷐通叚）	tian´	ㄊㄧㄢ´	422	【田部】	60	694	701	段13下-41	鍇26-8	鉉13下-6
畺	jiang	ㄐㄧㄤ	422	【田部】	60	698	704	段13下-48	鍇26-9	鉉13下-7
黃（㽤）	huang´	ㄏㄨㄤ´	856	【黃部】	60	698	704	段13下-48	鍇26-10	鉉13下-7
男	nan´	ㄋㄢ´	422	【田部】	60	698	705	段13下-49	鍇26-10	鉉13下-7
力（仂通叚）	li`	ㄌㄧ`	58	【力部】	61	699	705	段13下-50	鍇26-10	鉉13下-7
劦（飍枱lu´述及）	xie´	ㄒㄧㄝ´	58	【力部】	61	701	708	段13下-55	鍇26-12	鉉13下-8
說文解字弟十四					61	779	787	段15上-53	繫傳31部敘-2-標目-65	
金（𨥀）	jin	ㄐㄧㄣ	741	【金部】	61	702	709	段14上-1	鍇27-1	鉉14上-1
幵（岍）	jian	ㄐㄧㄢ	178	【干部】	61	715	722	段14上-27	鍇27-9	鉉14上-5
勺（杓）	shao´	ㄕㄠ´	62	【勹部】	61	715	722	段14上-27	鍇27-9	鉉14上-5
几（机）	ji˅	ㄐㄧ˅	48	【几部】	62	715	722	段14上-28	鍇27-9	鉉14上-5
且（𠄖，蛆、俎通叚）	qie˅	ㄑㄧㄝ˅	1	【一部】	62	716	723	段14上-29	鍇27-9	鉉14上-5
斤	jin	ㄐㄧㄣ	266	【斤部】	62	716	723	段14上-30	鍇27-10	鉉14上-5

篆本字(古文、金文、籀文，通叚)	拼音	注音	部首通檢目次	康熙部首	說文大字典	漢京頁碼	洪葉頁碼	段注篇章	徐鍇通釋篇章	徐鉉藤花榭篇章
斗(枓魁述及、陡陗qiao`述及，戽、抖、郖、蚪、阧通叚)	dou˅	ㄉㄡ˅	265	【斗部】	62	717	724	段14上-32	鍇27-10	鉉14上-5
矛(𢦧，鉾、錄通叚)	mao´	ㄇㄠ´	453	【矛部】	62	719	726	段14上-36	鍇27-11	鉉14上-6
車(轐)	che	ㄔㄜ	699	【車部】	62	720	727	段14上-37	鍇27-12	鉉14上-6
𠂤(堆，塠、雁通叚)	dui	ㄉㄨㄟ	4	【丿部】	62	730	737	段14上-58	鍇28-1	鉉14上-8
𨸏(阜、嶏，峊、䧞通叚)	fu`	ㄈㄨ`	761	【阜部】	62	731	738	段14下-1	鍇28-1	鉉14下-1
䪞	fu`	ㄈㄨ`	761	【阜部】	62	737	744	段14下-13	鍇28-5	鉉14下-2
厽(參，瘣通叚)	lei˅	ㄌㄟ˅	74	【厶部】	63	737	744	段14下-13	鍇28-5	鉉14下-2
四(𦊽、𦉆)	si`	ㄙ`	100	【囗部】	63	737	744	段14下-14	鍇28-5	鉉14下-3
宁(貯、𥩀、著，竚、佇、眝通叚)	zhu`	ㄓㄨ`	144	【宀部】	63	737	744	段14下-14	鍇28-5	鉉14下-3
叕	zhuo´	ㄓㄨㄛ´	75	【又部】	63	738	745	段14下-15	鍇28-6	鉉14下-3
亞(婭通叚)	ya˅	ㄧㄚ˅	7	【二部】	63	738	745	段14下-15	鍇28-6	鉉14下-3
五(乂)	wu˅	ㄨ˅	7	【二部】	63	738	745	段14下-15	鍇28-6	鉉14下-3
六	liu`	ㄌㄧㄡ`	42	【八部】	63	738	745	段14下-16	鍇28-6	鉉14下-3
七	qi	ㄑㄧ	1	【一部】	63	738	745	段14下-16	鍇28-6	鉉14下-3
九(氿厬gui˅述及)	jiu˅	ㄐㄧㄡ˅	6	【乙部】	63	738	745	段14下-16	鍇28-7	鉉14下-3
禸(蹂、厹，鶔通叚)	rou´	ㄖㄡ´	470	【禸部】	64	739	746	段14下-17	鍇28-7	鉉14下-4
嘼(畜)	chu`	ㄔㄨ`	77	【口部】	64	739	746	段14下-18	鍇28-8	鉉14下-4
甲(命、𠦒、胛䯊述及)	jia˅	ㄐㄧㄚ˅	422	【田部】	64	740	747	段14下-19	鍇28-8	鉉14下-4
乙(𠃉軋，鳦通叚)	yi˅	ㄧ˅	6	【乙部】	64	740	747	段14下-19	鍇28-8	鉉14下-4
丙	bing˅	ㄅㄧㄥ˅	1	【一部】	64	740	747	段14下-20	鍇28-9	鉉14下-4

篆本字(古文、金文、籀文，通叚)	拼音	注音	部首通檢目次	康熙部首	說文大字典	漢京頁碼	洪葉頁碼	段注篇章	徐鍇通釋篇章	徐鉉藤花榭篇章
个(丁，虰、飣通叚)	ding	ㄉㄧㄥ	10	【人部】	64	740	747	段14下-20	鍇28-9	鉉14下-4
戊	wu ˋ	ㄨˋ	225	【戈部】	64	741	748	段14下-21	鍇28-9	鉉14下-5
己(古)	ji ˇ	ㄐㄧˇ	170	【己部】	64	741	748	段14下-21	鍇28-10	鉉14下-5
巴(芭通叚)	ba	ㄅㄚ	170	【己部】	64	741	748	段14下-22	鍇28-10	鉉14下-5
庚(鶊通叚)	geng	ㄍㄥ	180	【广部】	65	741	748	段14下-22	鍇28-10	鉉14下-5
辛	xin	ㄒㄧㄣ	710	【辛部】	65	741	748	段14下-22	鍇28-11	鉉14下-5
辡	bian ˇ	ㄅㄧㄢˇ	710	【辛部】	65	742	749	段14下-23	鍇28-11	鉉14下-5
壬非壬ting ˇ	ren ˊ	ㄖㄣˊ	120	【士部】	65	742	749	段14下-23	鍇28-11	鉉14下-5
癸(𢍰、癸)	gui ˇ	ㄍㄨㄟˇ	437	【癶部】	65	742	749	段14下-24	鍇28-12	鉉14下-6
子(孚、𢀈从巛囟北人几)	zi ˇ	ㄗˇ	142	【子部】	65	742	749	段14下-24	鍇28-12	鉉14下-6
了(㇁diao ˇ)	liao ˇ	ㄌㄧㄠˇ	7	【亅部】	65	743	750	段14下-26	鍇28-13	鉉14下-6
孨(孱)	zhuan ˇ	ㄓㄨㄢˇ	142	【子部】	65	744	751	段14下-27	鍇28-13	鉉14下-6
𠫓(㐬、突)	tu	ㄊㄨ	74	【厶部】	65	744	751	段14下-27	鍇28-14	鉉14下-6
丑	chou ˇ	ㄔㄡˇ	1	【一部】	66	744	751	段14下-28	鍇28-14	鉉14下-7
寅(鑿)	yin ˊ	ㄧㄣˊ	144	【宀部】	66	745	752	段14下-29	鍇28-15	鉉14下-7
丣(卯、非、酉昴述及)	mao ˇ	ㄇㄠˇ	68	【卩部】	66	745	752	段14下-29	鍇28-15	鉉14下-7
辰(𠨑)	chen ˊ	ㄔㄣˊ	711	【辰部】	66	745	752	段14下-30	鍇28-15	鉉14下-7
巳	si ˋ	ㄙˋ	170	【己部】	66	745	752	段14下-30	鍇28-16	鉉14下-7
午(仵、忤通叚)	wu ˇ	ㄨˇ	66	【十部】	66	746	753	段14下-31	鍇28-16	鉉14下-8
未	wei ˋ	ㄨㄟˋ	285	【木部】	66	746	753	段14下-32	鍇28-16	鉉14下-8
申(𦥔[illegible]、𣅀、𠁩、伸)	shen	ㄕㄣ	422	【田部】	66	746	753	段14下-32	鍇28-16	鉉14下-8
酉(丣)	you ˇ	ㄧㄡˇ	734	【酉部】	66	747	754	段14下-33	鍇28-17	鉉14下-8
酋(醋通叚)	qiu ˊ	ㄑㄧㄡˊ	734	【酉部】	67	752	759	段14下-43	鍇28-20	鉉14下-9
戌非戍shu ˋ(悉咸述及)	xu	ㄒㄩ	225	【戈部】	67	752	759	段14下-43	鍇28-20	鉉14下-10末
亥(𠀅，[illegible])	hai ˋ	ㄏㄞˋ	8	【亠部】	67	752	759	段14下-44	鍇28-20	鉉14下-10末

作者簡介

朱恒發

　　臺北市南港人，生於一九六一年。一九七九年於中正國防幹部預備學校第一期畢業；一九八三年於鳳山黃埔陸軍官校正五十二期通信電子科畢業、授階、履職。一九八九年因健康因素退伍後，於一九九二年任職法商馬特拉交通事業公司擔任低壓工程師；一九九五年轉任職臺北市立廣慈博愛院駐警小隊長。後於一九九九年擔任有昇國際有限公司業務部經理，於二〇〇九年半退休至今。熱愛古文，對文學經典著作充滿熱忱。一九八七年跟隨吳老師書杰先生學習篆刻後，開始接觸古文字，二〇一四年再學書法、篆刻於呂老師國祈先生座前。因為這段學篆經歷，從而展開對中國文字的探索。

本書簡介

　　許慎的《說文解字》與段玉裁的《說文解字注》是中國文字學研究的先驅，流傳千年，可以說是中華優秀傳統文化的代表作之一。同時，也是中國文字研究的重要典籍。所以想要「識字」，必須先學會「說文」。也就是說，想研究文字學，就必須先學習如何讀《說文解字》這本書。

　　要讀懂《說文解字》這部書，要先學會如何查找書中收錄的文字。市面上的《說文解字》，大多會附上檢字表，便於檢索。但檢字表要如何查找，又有筆畫、部首、注音、拼音，或康熙字典部首等多種方式。若是不擅長使用這些方式，要查詢檢字表，就會費時費力。

　　現今為電子化的時代，網路上也有許多「字典網」可以查詢，只要輸入要查詢的字，該字的相關資料就會顯示出來。但是否會有需要的資料，就要看網站的編纂者，是否有羅列進去，更何況會有罕用字未被收錄，或有漏字的可能。

　　朱恒發老師的《說文段注拼音通檢》與《說文段注部首通檢》，可說是解決版本比較的問題。作者以拼音跟部首之查詢方式為主，把《說文解字》、《說文解字注》中的篆字、古文、金文、籀文、俗字、通用字，通假、金石等字形，逐條列出；每個字形後面，亦羅列常見版本之部首、筆畫與頁碼。可以說將多本工具書，融合成這兩本書，減少版本比較與查找的功夫，實屬不易。本書可以說是文字學研究者，初學入門、治學進階、成學研究，案頭必備的寶典。

　　With a history of thousands of years, Xu Shen's *Shuowen Jiezi* and Duan Yucai's *Shuowen Jiezi Zhu* are pioneering works in the study of Chinese characters. They are considered classics in Chinese Philology, representing rich Chinese culture. Therefore, if you want to learn Chinese characters, you need to learn how to read *Shuowen Jiezi*.

To get started, you need to learn how to search for the characters included in the book. Most versions of *Shuowen Jiezi* available on the market come with character indexes for reference. However, there are various methods used in making character indexes, such as stroke count, radical, Zhuyin (Bopomofo), Pinyin, or Kangxi Dictionary radical. If you're not familiar with these methods, it can be time-consuming to use the indexes.

Nowadays, there are many online dictionary websites where you can look up characters. Simply enter the character you want to search, and the relevant information will appear. However, some missing rare characters might not be included in these online resources.

The series of *Chinese 123* by Zhu Hengfa provides helpful guidance of *Shuowen Jiezi and Shuowen Jiezi Zhu*. The author organizes the characters found in *Shuowen Jiezi and Shuowen Jiezi Zhu* based on their Pinyin or radicals. Then he lists various forms of characters, including seal graph, ancient script, bronze script, Zhòu script, vulgar script, and other commonly used script. Additionally, he indicates each character's radical, stroke count, and page number in *Shuowen Jiezi*. The *Chinese 123* series combine multiple reference materials, making it easier for the researchers to compare versions and search for specific characters. The series are valuable resources for anyone interested in Chinese Philology.

文獻研究叢書・出土文獻譯注研析叢刊 0902026

《說文》段注拼音通檢

作　　　者	朱恒發
審　　　校	朱其超
美編顧問	鄭國樑
封面題字	蕭鼎中
書脊題字	張秀英
責任編輯	林以邠

發 行 人	林慶彰
總 經 理	梁錦興
總 編 輯	張晏瑞
編 輯 所	萬卷樓圖書股份有限公司
地址	臺北市羅斯福路二段 41 號 6 樓之 3
電話	(02)23216565
傳真	(02)23218698

發　　　行	萬卷樓圖書股份有限公司
地址	臺北市羅斯福路二段 41 號 6 樓之 3
電話	(02)23216565
傳真	(02)23218698
電郵	SERVICE@WANJUAN.COM.TW
香港經銷	香港聯合書刊物流有限公司
電話	(852)21502100
傳真	(852)23560735

ISBN 978-986-478-837-8
2023 年 5 月初版
定價：新臺幣 11000 元（全精裝共二冊不分售）

ISBN 978-986-478-837-8

如何購買本書：

1. 劃撥購書，請透過以下郵政劃撥帳號：
   帳號：15624015
   戶名：萬卷樓圖書股份有限公司
2. 轉帳購書，請透過以下帳戶
   合作金庫銀行　古亭分行
   戶名：萬卷樓圖書股份有限公司
   帳號：0877717092596
3. 網路購書，請透過萬卷樓網站
   網址 WWW.WANJUAN.COM.TW

大量購書，請直接聯繫我們，將有專人為您
服務。客服：(02)23216565 分機 610

如有缺頁、破損或裝訂錯誤，請寄回更換

國家圖書館出版品預行編目資料

<<說文>>段注拼音通檢/朱恒發著. -- 初版. --
臺北市：萬卷樓圖書股份有限公司, 2023.05
　　面 ；　　公分. -- (文獻研究叢書. 出土文獻譯
注研析叢刊 ; 902026)
ISBN 978-986-478-837-8(精裝)
ISBN 978-986-478-839-2(全套：精裝)

1.CST: 說文解字 2.CST: 檢索

802.223　　　　　　　　　　　112006199